江湖小香风

上

一度君华——著

百花洲文艺出版社
BAIHUAZHOU LITERATURE AND ART PRESS

图书在版编目（CIP）数据

江湖小香风 / 一度君华著 . -- 南昌 : 百花洲文艺出版社 , 2018.10（2021.4 重印）
ISBN 978-7-5500-2769-5

Ⅰ . ①江… Ⅱ . ①一… Ⅲ . ①长篇小说 - 中国 - 当代 Ⅳ . ① I247.5

中国版本图书馆 CIP 数据核字 (2018) 第 060030 号

江湖小香风（全三册）

一度君华　著

特约策划　秦　瑶　涂继文
责任编辑　袁　蓉
特约编辑　秦　瑶
插　　画　李　堃
封面设计　姚姚设计工作室
出版发行　百花洲文艺出版社
社　　址　南昌市红谷滩区世贸路 898 号博能中心一期 A 座 20 楼
邮　　编　330038
经　　销　全国新华书店
印　　刷　三河市华东印刷有限公司
开　　本　700mm×1000mm　1/16
印　　张　57
版　　次　2018 年 10 月第 1 版　2021 年 4 月第 2 次印刷
字　　数　700 千字
书　　号　ISBN 978-7-5500-2769-5
定　　价　128.00 元（全三册）

赣版权登字 05-2018-148

邮购联系　0791-86895108
网　　址　http://www.bhzwy.com
图书若有印装错误，影响阅读，可向承印厂联系调换。

目录

contents

目录

contents

第一章 雪乱九微

九微山又开始下雪。

微生歧半夜醒来，冷风入窗，吹得人心凉。他披衣而起，推门出去。不知不觉，竟然来到一座石牢前。石牢靠着山，外面已经结满冰霜。这样的天气，他……也很冷吧？微生歧按下机关，石门开启，碎冰破裂，吱嘎作响。他伸手拂去衣上落雪，短短一段路，雪已覆了半肩。

石门打开，里面是深入地底的石阶。微生歧在昏暗的光线中行走，松脂燃烧的味道令人胸闷。行不多时，已达尽头。而石阶的尽头，竟然是一扇铜门。铜门厚重，虽然没有结冰，以手触之，却是寒气刺骨。

微生歧从腰间掏出钥匙，打开铁锁，推开铜门，他却惊住！里面石床、石桌如故，他的儿子微生瓷坐在石床上运功打坐，一切与平常无异。唯一异样的，是微生瓷怀里，竟然靠着一个女人！

微生歧目光微凛，已运功于双掌——什么人竟然敢擅闯九微山？

微生瓷早在他进来之前就已经清醒，此时明显感觉到他的杀气，双肩微侧，护住怀里的人，已经是戒备之意。微生歧此时也看清，他怀中的女人仍在熟睡之中，一时之间，怒起心头——这小子被囚于石牢十二年，什么时候竟然还藏了个女人？

父子俩沉默对峙，然片刻之后，微生歧慢慢收了杀意。虽然他犯的错不可饶恕，但是自己毕竟就这么一个儿子。微生世家总得有人传宗接代，延续香火。

这样一想，他刚刚举起的手掌又放了下来，将要出口的怒喝，也咽了下去。

微生瓷感觉到压力消失，也收了戒备，闭上眼睛继续运功。天气冷了，怀里的人天天在外面跑，每次回来，手脚都是冰的。牢里无法取暖，他运功替她驱寒。

因为这样，她就会常来。

微生歧走到二人面前，绝世高手，行走无声，连呼吸也细不可闻。所以微生瓷怀里，蓝小翅睡得很香，头埋在他颈窝里。一床薄毯全部卷裹在身上，她却仍蜷缩着，像只怕冷的小兔子。

微生歧清咳一声，微生瓷怀里，蓝小翅蓦然被惊醒，抬起头，冷不丁看见站在二人面前的微生歧。她“呀”一声惊跳而起，然后微生歧就在微生瓷的瞳孔里看见明显的不悦。

“你是谁？”蓝小翅一脸警惕，伸手去摸床头的剑。

微生歧觉得好笑——居然有人敢在微生世家的人面前握剑。随后他看清蓝小翅的脸，心头一顿，不由也轻叹了一声“妖精”。

十五六岁的小女孩，清纯中偏偏又透出一种媚色。一双眼睛在昏暗囚牢之中，依然忽闪忽闪的，清澈得仿佛能倒映人心。粉肌玉肤、琼鼻樱唇，像是山中魑魅成了精，美得惊心。

有点过于娇俏了，但微生歧还有点满意——有这样的母亲，将来孙儿的样貌绝不会差。他尽量放低声音，但独步武林太久了，纵然想故作谦卑，仍改变不了质问的语气。他问：“你是什么人？怎么会在九微山？”再一看二人举止亲密，不由又加重语气，“孤男寡女，成何体统！”

这语气不像是敌人，蓝小翅躲到微生瓷身后，低声问：“你爹啊？”

微生瓷说：“嗯。”微生歧呆住，十二年了，他的儿子没有跟他说过一句话。纵然意志如铁，再听见他的声音，也忍不住心痛了。

原来，他并没有失语，他只是不想说话。当年的事，痛苦的又岂止自己呢？那时候他才七岁啊！

他想开口，然而一团微酸堵住了喉头，然后听见那小妖精又低声说："他看起来好凶啊。"

微生瓷听见了，仍是低低地说："嗯。"他爹是挺凶的。

微生歧来不及生气，呵，给儿媳妇的第一印象不好。可是他已经极力示好了，他有些为难，却见那丫头笑嘻嘻地站起来："微生叔叔好。"

粲然一笑，玉容生花，微生歧被她的笑容晃得有点眼晕，脸莫名发热，干脆借着台阶下坡："嗯。"还不错，挺有礼貌。微生歧把声音放低一点，试图挽回一点形象，问："你叫什么名字？"

蓝小翅说："我姓蓝，叫蓝小翅。是小瓷的朋友。本来早就应该前来问候微生叔叔，可是小瓷不方便走动，叔叔不要生气呀。"

小瓷，叫得还挺亲热。微生歧哼哼了一声，你们这共处一室还搂搂抱抱的，男女授受不亲啊！但是他很快安抚自己的情绪——不能计较。依着自己儿子如今的状况，真要是闺阁千金，足不出户的，他哪儿找去啊！

于是只好安慰自己，江湖儿女，不拘小节，不拘小节。

儿子指望不上，为了表明自己的态度，他说："小瓷的朋友，就是微生世家的朋友。以后九微山，你可以常来。"这个表态……够明显了吧？小妖精，我的意思你明白吧？

——一辈子的伏低做小都用在今儿个了。

蓝小翅笑得跟朵花儿一样，说："谢谢叔叔！微生叔叔，你为什么要把小瓷关起来？他做错了什么事吗？"她一脸天真无邪，微生歧的表情却像是被人捅了一刀。

可是当着小姑娘，总不能泪流满面。他沉默。

蓝小翅歪着小脑袋，问："这里好冷的，又不好玩，你可不可以把他放了呀？"

微生歧慢慢咬紧牙关，许久说："好。"

微生瓷抬起头看他，他重复："好。"

十二年，够了。不管是折磨他还是折磨自己，都够了。

微生瓷却说："不，我……"并不想出去，十二年，他早已习惯了这里。不想见到别人，不想看见任何陌生的东西。

但是他话未说完，蓝小翅就扯着他的胳膊，说："不什么？走啊走啊，我们出去玩雪！"

微生瓷眉头微皱，来不及说话，已经被她拖了出去。石牢打开，风霜覆面而来。微生瓷下意识躲避，不……还是不喜欢外面的世界。只想永远待在石牢里，石床石桌，孤灯相伴。

他站住，微生歧已经察觉了他的异样。十二年之后，被释放的儿子，神色中只有漠然，并无欣喜。

微生歧问："什么事？"跟儿子说话，不由自主便带了几分威严。

微生瓷慢慢挣脱蓝小翅的手，转身返回。微生歧神色愤怒，目光中却带着痛楚。他不愿离开。这么多年，困住他的从来不是这坚固的石牢。

微生歧转过头，想叫住他，可是不知道该如何开口。呵斥吗？还是劝解？这么多年他身为微生世家的家主，武林至高无上的神级高手，所面对的只有弟子家仆的唯命是从、武林人士的敬畏退避。

他失去妻儿十二年，忘了作为一个父亲该有的口吻。

然而微生瓷走了没几步，蓝小翅已经蹦蹦跳跳地跟上去："小瓷，你怎么了？"

微生瓷说："我……"剩下的话还没出口，蓝小翅把一张妩媚俏脸伸过去，笑声如莺啼："你不是怕冷吧？"说罢，雪白柔嫩的双掌覆着微生瓷的手，放到唇边呵气："呼呼，乖乖，不冷不冷哦。我们走。"

微生瓷鬼使神差地，便跟随她的脚步，如同被勾了魂魄。

微生歧默默地跟在二人身后，是谁说女生外向？好像儿子就不外向了一样！

三个人一路行过冰天雪地，总管步寒蝉第一眼看到二人，喝了一声："什么人？"然后看到蓝小翅和微生瓷身后的微生歧。步寒蝉呆了一呆，再仔细打量微生瓷，一脸震惊："少……少主？"

他疾行上前，伸出手去握微生瓷的手。微生瓷瞬间避开。步寒蝉一双手空凝片刻，倒也不尴尬，几乎喜极而泣：“少主！你终于出关了！”

名义上是闭关，然而微生世家谁又不知道这十二年的囚禁？原以为这对父子永远不能和解了，没想到竟然还有今日！

然而面对步寒蝉的亲近，微生瓷却只是眉峰紧皱。连眼神都冷漠，仿佛站在面前的不是十二年未见的、曾视如父执的亲人。别人泛滥的感情，只是增加他的困扰，他的不喜溢于言表。

步寒蝉愣住，微生歧说：“重新为少主布置住处。还有……这位蓝姑娘是少主的朋友，好生招待贵客。”“贵客”二字有意加重，我的暗示够明白了吧？

步寒蝉这才注意到蓝小翅，上下一打量，最初疑惑，但随后立刻如醍醐灌顶。多年主仆，几时从家主口里听到过“贵客”二字？

他忙躬身道：“是是，老奴这就去准备。”

蓝小翅跟着他下去，天确实很冷，有香汤沐浴，再喝一碗热汤，还是很好的。

微生瓷自然跟着她，微生歧眼见他离开，又独自在风雪中站了很久。雪覆银灯，华夜如锦。他沉默地凝视沉睡中的九微山，突然一件貂裘披上肩头。

微生歧蓦地转头，却见养子微生镜站在身后。微生歧长吁一口气，说：“镜儿，你为何还未歇下？”

微生镜说：“刚练完功，听说小瓷出关了，孩儿立刻赶过来。”

微生歧拢了拢肩头裘衣，说：“难为你有心。这孩子……唉。若得你一半贤孝，我何必如此劳心？”

微生镜说：“义父，当年小瓷突发狂疾，乃至失手杀死夫人。可他当时毕竟只有七岁，他自锢石牢十二年，这惩罚，无论如何也足够了。毕竟，他也因此失去了母亲啊。”

旧事重提，微生歧又忆起当初慕容绣的音容，依然心如刀割。他竖手说：“爹也明白。他多年独居石牢，性子孤僻。若有无礼不周之处，镜儿，你身为兄长，多担待。”

微生镜说：“义父说的哪里话？我当小瓷是亲弟弟，无论如何，理当忍让照看，何来担待？”

微生歧点头，说：“去吧，让他引见一下他的朋友。”

微生镜意外：“朋友？”

微生歧“嗯”了一声，没再多说。

微生瓷是微生歧的独子，在九微山当然有住处。步寒蝉在前领路，说：“少主不在这些年，赤薇斋一直空着。干净倒还算干净，只是恐怕陈设老旧。少主将就住着，我明儿个就找人更换。”

微生瓷听他絮叨，皱着眉头一声不吭。陌生的声音、陌生的气味，令他不适。儿时的住处并不能让他觉得舒适。旁边蓝小翅说：“寒蝉伯伯，这就是小瓷以前住的地方呀？”

步寒蝉说：“正是，少主七岁之前，都住在这里。”

赤薇斋布置清雅，倒是看不出是个孩童居所。蓝小翅正左右观望，一个声音惊讶地道：“少、少主？！”

蓝小翅转头看过去，只见一个年近双十的女孩，一身粉裙，丫鬟打扮，清而不寒，有几分俏丽。

步寒蝉说：“蓝姑娘，这是少主的贴身侍婢红昙。她服侍少主也有五六年了，这些年少主的起居皆是她在打理。蓝姑娘有什么事可以交代她。”

蓝小翅“唔”了一声，红昙也在这时候才开始打量她。发愣的时间有点久了，步寒蝉说：“红昙，还不见过蓝姑娘？”

红昙这才回过神来，上前施礼：“蓝姑娘。”

蓝小翅点头，说：“没有吃的吗？我住哪儿？”

步寒蝉赶紧说：“蓝姑娘先沐浴，吃食厨房已在准备，稍后家主会请蓝姑娘入宴。”

蓝小翅说：“好吧。”说完就伸手去拉微生瓷，手刚伸出，被人格开。蓝小翅转回头，红昙手掌按在她手背上，说：“蓝姑娘，对不住，我们少主不喜欢别人接近。”

步寒蝉见状，赶紧斥道：“红昙！不可对贵客无礼！”

蓝小翅倒是没往心里去，跟着红昙往里间走，没走两步，突然回过身，一把抱住微生瓷，红唇微张，就猛地在他脸颊亲了一口。

红昙见状，险些气昏："你！"

蓝小翅双手挂在微生瓷脖子上，笑得死去活来。微生瓷低下头，她笑靥如花，层层叠叠地盛开在他的瞳孔之中。正是他此生所见过的最美的风景，无言形容。

他伸手按住她的后脑勺，双唇在她粉嫩的脸颊微微一碰，依样画葫芦，回了一记轻吻。不明意义，但你若喜欢，可以。

红昙目光失色，步寒蝉手捂胸口后退一步——我的少主，你饶了我这一颗老心吧！

大雪天，微烫的水，上面撒了九色的花瓣，香气幽微。蓝小翅踏入错金雕花的木桶里，长长地吁了一口气。

突然有人撩起纱幔，带起一阵冷风。蓝小翅皱眉，不用看，也知道来的是微生瓷的丫鬟红昙。

红昙站在离木桶三步远的地方，问："少主一直被关在石牢里，你是如何结识他的？"

蓝小翅嘟了嘟嘴，说："你喜欢微生瓷？"

红昙愣住，然后脸色通红："你胡说什么？少主所在的石牢，机关、铜锁均是家主特制，你如何进去的？"

蓝小翅说："那个锁啊，我轻轻拨了两下就开了啊。你若不喜欢他，这么关心他干什么？"

红昙气急败坏："我们少主善良单纯，我只是担心他被某些居心叵测之徒蒙骗！你到底是什么人？难道你不知道微生家的名头？武林之中，还没有谁敢招惹！"蓝小翅继续洗澡，柔滑的澡豆搓在身上，肌肤生香。红昙怒问："你为什么不说话？"

蓝小翅宽宏大量地说："我一般不和下人计较。"

"下人"两个字，像一根尖针，直刺人心。红昙气急，右掌已经提气运功。微生世家的下人全部习武，虽然只算是低等弟子，但是微生家的低等弟子，在江湖之中也是可怕的存在了。

蓝小翅看了她一眼，说：“我说得有错吗？你看你不仅地位低，气量也狭小。啊，眼小鼻塌，嘴唇厚，贫乳粗腰短腿大脚……”

红昙气得眼睛都红了，蓝小翅还在火上浇油：“唉，你这样喜欢微生瓷，我看这辈子是没戏……”

话未落，红昙一掌拍过来。“砰”的一声巨响，木桶炸裂，水珠四散。蓝小翅“啧啧”了两声，说：“你看，你有这么多缺点，却还不能做到心狠手辣，怎么追求所爱呢？”

红昙还要说话，蓝小翅裹了薄纱跳出来，几乎瞬间，微生瓷出现在门口。步寒蝉也是吃了一惊，紧随其后。

蓝小翅双瞳含泪，如同受惊的小兔，瑟瑟发抖：“红……红昙姐姐，你为什么要杀我？”微生瓷扑过来抱住她，入手只觉香肌玉肤，无处不柔。那张小脸上惊魂未定，微生瓷转头看向红昙，同问：“为什么？”

步寒蝉见状也是吓得不行：“红昙！你在干什么？！”

出口已经是非常严厉的呵斥，在微生家，下人也相当于弟子，平素任何来客，谁不看他们脸色？

红昙被这样一吼，整个人也清醒过来。她指着蓝小翅：“你！少主，她接近你乃是别有用心，你不要相信她！”

蓝小翅瞬间把头缩回微生瓷怀里，微生瓷说：“你打小翅膀，我会杀你。”蓝小翅一手按住他的手：“小瓷，别！”情真意切，步寒蝉也松了一口气，劝道：“少主，下人无礼，但不值少主亲自出手。交给主人处理吧。”

蓝小翅说：“红昙姐姐不喜欢我，我还是走吧。”

步寒蝉一听，这怎么行？立刻怒道：“红昙！跪下！”

红昙惊住：“什……什么？”

自从被带到山上，家主虽然严厉，却从没拿她们当奴仆看待。几时又对外人跪过？

步寒蝉加重语气：“跪下！”一时之间，只觉得下人是需要好生调教了。平时真是惯得没了边际。

红昙羞愤委屈，但步寒蝉的命令，她不敢违抗。她双眼含泪，慢慢跪下。

步寒蝉说："向蓝姑娘道歉！"

红昙张了张嘴，话没出口，眼泪已经流下来。蓝小翅说："寒蝉叔叔……"声音弱弱的，有点害怕，又有想求情的意思。

步寒蝉说："蓝姑娘，她身为下人，得罪贵客，下跪认错已是宽宏。请不要求情了。"

红昙说："你假惺惺地装什么好人！明明是你……"剩下的话说不出口了。难道说蓝小翅称她配不上微生瓷，所以她恼羞成怒？

步寒蝉脸色阴沉："如果你不愿道歉的话，我也不强人所难。红昙，微生家已经多年没有被驱逐的门人了。"

红昙瞬间脸色惨白。微生世家的门人，被逐出师门，就意味着废掉武功。

她低下头，眼泪落下来，却终于慢慢匍匐于地，额头轻磕："请……请蓝姑娘……"哭得几乎说不出话，她抽噎不断，"……饶恕我。"

蓝小翅缩在微生瓷怀里，她有点冷了，等她磕了三个头，才怯怯地说："红昙姐姐，我本来就没有怪过你。你快起来吧。别哭了，你看你，妆都哭花了。"

步寒蝉叹了口气，说："还不谢谢蓝姑娘大人大量？"

红昙泣不成声："谢……谢蓝姑娘。"

步寒蝉说："出去，让碧鸳进来服侍蓝姑娘更衣。"

红昙掩面起身，几乎是奔出门去。蓝小翅小声说："寒蝉叔叔……红昙姐姐已经知错了，你就别再骂她了吧。"

步寒蝉躬身说："是我失职，让蓝姑娘受惊了。姑娘快些换了衣服，以免着凉。红昙的事，我会处理。"

蓝小翅点点头，等他出去了，这才抬头看微生瓷。微生瓷方才已确定她没有受伤，这时候扯了外衣给她披上。

不知道为什么，她依偎过的地方火热。一种奇异的感觉纠缠着他。他七岁就被囚于石牢，这些年除了微生歧偶尔前往教他武功之外，几乎不与人接触。

男女情事俱都陌生，他不懂。

最后还是碧鸳过来，服侍蓝小翅沐浴更衣。事毕之后，一行人来到大厅，微生歧、微生镜已经在列。旁边还坐着一个华服妇人，四十来岁的年纪。

蓝小翅上前，先叫了一声："微生叔叔！"

微生歧点点头，虽然等得有些久了，但心情居然还不错。原来，他也想彼此解脱。他说："这是小瓷的兄长，小镜。"

蓝小翅立刻上前："镜哥哥！"

微生镜看见他们的时候就已经站起来，这时候上下打量蓝小翅，笑容温和："你就是小瓷的朋友？"

蓝小翅歪了歪头，见微生瓷还站在门口，把他扯过来，说："我叫蓝小翅。小瓷，你怎么不说话？"

微生瓷眉头紧皱，他不喜欢这样的交谈。想回去，想一个人安静地待着就好。但是蓝小翅说话，他不能没反应，所以他问："说什么？"

微生歧顿时怒从心起，难道关你关得不对？你还敢记恨我们！我没有杀你，就已经是顾念父子亲情！但他随即又深呼吸，不不，不能在这时候生气，不能在这时候怨恨，不然……他又会回去吧？

多可悲，可他想留住他。在失去了爱妻之后，难道自己真的要囚禁亲生儿子一辈子吗？

蓝小翅歪了歪小脑袋，说："就算不知道说什么，你也要叫人呀！来，叫爹，叫哥哥。"

微生瓷终于开口："爹，大哥。"

微生歧注意他的神色，终于明白过来。他不是还在记恨，而是已经忘记了如何正常地交流。那种悲哀终于漫延开来，想起小时候，那孩子小雪球一样跑过来，喊："爹、娘，看我抓了一只小兔子！"

笑言犹在耳，他只有望天，止眼中温热。

微生镜听见这声大哥，神色间也是黯然和感动："小瓷。"他上前，想要拉住微生瓷的手。微生瓷皱眉，侧身避开。

微生镜的手停在半空，倒也体谅，说："快坐吧。对了，这是我的母亲，还记得吗？肖姨，小时候你见过的。"

他指着座上的华服女人介绍，女人也早站了起来，笑容满面："小瓷，这么多年，你总算是想通了。肖姨真是……”她以香帕擦泪，“我们终于一家团聚了。”

蓝小翅歪了歪头：“一家团聚？肖姨，你是小瓷的继母吗？”

女人闻言，顿时有些尴尬，旁边微生歧说：“不是。当初绣儿……过世之后，家中无人打理杂务。小镜就让他母亲过来帮忙。这些年家中诸事都是景柔在打理，帮衬良多。”

微生歧难得这样细心地解释，肖景柔和微生镜都不由看了他一眼。蓝小翅倒是明白了，点头说：“是管事吗？”

肖景柔的脸色顿时有些难看。虽然她确实是管事的身份，但是这些年大小事务处理久了，很有一点已经入主微生家的错觉。管事这个身份，可不能讨她欢喜。然微生歧说：“嗯。”

蓝小翅似乎浑然不觉，说：“哦哦，我们可以吃饭了吗，微生叔叔？我饿了。”虽然不似闺中女儿一般稳重，倒也娇憨可爱。

微生歧说：“吃吧。”

蓝小翅坐在桌边，开始吃饭。她喜欢甜食，桌上的水果珍珠甜汤很受她青睐。旁边微生瓷却坐着没动，不喜欢这样的场合。习惯了待在狭窄的空间里，光线昏暗，没有旁人的视线，更不会有人打断他发呆。

蓝小翅给他夹了一筷子菜：“快吃。”

微生瓷只好拿起筷子，微生歧有点满意——还行，知道照顾我儿子。肖景柔也赶紧夹了一筷子菜给他：“来，小瓷，多吃点。”

刚刚夹过去，微生瓷避开，菜掉在桌上。陌生的客套，让他心烦。肖景柔的笑容僵在脸上，微生歧说：“小瓷！”

微生瓷看了他一眼，不情愿地把碗推过去。多年积威，他有点怕他爹。

旁边肖景柔说：“歧哥，不要紧的。小瓷只是还不习惯。你不要吓到他。倒是蓝姑娘，不知是哪里人氏？父母做何营生？为什么会出现在九微山上，又认识我们家小瓷呢？”

蓝小翅喝了一口甜汤，说：“我爹骂我，我就跑出来了。你再问我要说谎了哦！”

肖景柔说："可是微生世家，毕竟不是一般地方。姑娘来历不明，我们只怕不能放心让你留在小瓷身边。"

蓝小翅抹抹嘴站起来，说："好吧，那我走了。"

转身要走，微生瓷拉住她的手，急道："小翅膀！"

微生歧就心软了，这么多年，他在石牢里，冷冷清清，没有眷恋过任何一样东西。微生歧说："天色晚了，又下着雪，你一个女儿家下山也不安全，先住下吧。"

几时见过微生歧亲自出言留客？肖景柔不敢再说话了。

蓝小翅说："微生叔叔，你们到底谁说了算？一个让留，一个让走的。"有点不高兴了。

微生歧心中叹气，年轻时作孽太多，老来看小丫头脸色啊。他说："当然是我。"小妖精，我把脸给你，你可别拿去抹地。

蓝小翅说："好吧，我听微生叔叔的。"

笑靥如花，竟让人生不起气。

微生歧说："赶紧吃完睡觉，明天让小瓷带你到处走走。"

蓝小翅往嘴里刨饭，点点头："嗯！"看了一眼桌上，又夹了鱼放到微生瓷碗里。微生瓷皱眉——腥。蓝小翅用筷子敲他，说："不许挑食。"

他终于夹起那块鱼，放进嘴里。

微生歧无奈——儿子啊，你这样下去，将来恐怕是夫纲不振啊！！

吃过饭，蓝小翅跟微生瓷回到赤薇斋。步寒蝉自然又命人添了暖炉、被褥，殷勤侍候。临走时善意提醒："少主的房间就在隔壁，夜深雪重，蓝姑娘早些休息，不要乱走。"小丫头，你跟我们少主到底发展到哪一步了？如果你晚上偷偷摸过去，我也会假装不知道的。

蓝小翅说："谢谢寒蝉叔叔。"

步寒蝉退出去，看了一眼两扇窗户中散出来的暖光，掩饰不住欣喜。

蓝小翅靠在床头，把被子全部扯过来卷在身上。隔壁没有声音，凭她的功力，居然连微生瓷的呼吸声都听不见。她敲敲墙："小瓷，你睡了吗？"

声音不大，微生瓷却很快说："没有。"

蓝小翅把唇贴着墙，小声问："你为什么不睡呀？"

微生瓷说："因为你在说话。"

蓝小翅说："那你是想听我说话呢，还是想睡觉呀？"

微生瓷说："听你说话。"

蓝小翅说："为什么想听我说话？"

微生瓷说："喜欢听你的声音。"

蓝小翅说："那你要不要过来听我说话呀？"好可爱，好想引诱纯洁乖宝宝做一点邪恶的事。微生瓷说："能等一等吗？"

蓝小翅问："为什么呀？你不想过来吗？"声音柔媚婉转。

微生瓷说："等我爹走。"

蓝小翅"嗷"了一声钻进被窝里，再也不出声了！！你是不是傻，你爹在你现在才说！！！微生歧坐在桌前，同默默无语——这把狗粮噎得人直翻白眼，却不知道该怒还是该笑。

然而蓝小翅不说话后，微生瓷也不说话了。父子两人沉默相对。微生歧说："明天，去祭拜一下你娘。"

微生瓷双肩一抖，眼前一黑，仿佛又见到那天夜里，他睁开眼睛，只见满墙喷溅的血，而他手里提着娘亲的首级。不远处倒伏着无头的尸体。

他的手开始颤抖，身体发冷，牙关咬得再紧也咯咯作响。微生歧说："我知道这很难忍受，但是你长大了。"

微生瓷连连后退，不，我不要长大！我希望死在七岁那年！我不要长大！

他瞳孔中隐隐可见红丝，微生歧心中一凛，按住他的手，运功稳定他的情绪，说："小瓷！冷静一点！"

微生瓷甩开他的手，他以传音入密，说："你的朋友在隔壁，你不想吓到她，对不对？"

微生瓷大口大口地喘着粗气，如同溺水。但他没有再挣扎，微生歧的内力入体，温暖地游走在经脉之中。微生瓷低下头，等到他情绪彻底稳定，微生歧才说："你总不能一直逃避。"

微生瓷没有回应，但他已经习惯了自己儿子的不回应。这才是他真正担心的原因，微生瓷的狂疾十二年来一直未愈。每当情绪激动时，他瞳孔充血，神智失常，陷入狂乱。

可他偏偏是习武的奇才，十二年的幽囚让他将所有的精力全部用在了武学之上。以前他狂疾发作，微生歧还能控制，后来慢慢吃力。及至这一两年，微生歧已经只能避开——要想在不伤到他的情况下制住他，已经太难。

他在石牢中时，发病无人能知。微生歧当然也不会提，就任他发疯，等到体力耗尽，他就会慢慢平静。可是看到石牢被破坏的程度，微生歧不敢想象如果当时有活物在他身边会怎么样。

而现在，他似乎有所顾忌。这样就好多了，起码他会控制自己的情绪。

微生歧说："那次的事，是因为你生病了。你母亲不会怪你，因为她最疼爱你。我虽然万分悲痛，可我是你父亲。即使再心痛，我也不可能恨你一辈子。但是小瓷，蓝姑娘如果看见你发病的情形，她未必肯留在你身边。你会吓坏她，甚至……甚至杀死她。所以，你知道这有多严重吗？"

微生瓷的右手又开始发抖，当初就是这只手，提着母亲的头颅。那个总是笑着抱他、亲吻他的女人，那个曾经喂他吃饭、替他穿衣的最美丽的女人。

他按住自己的右手，慢慢运功平息自己狂乱的心跳。微生歧说："爹走了，你要是不习惯，可以让她过来陪陪你。但是毕竟未成亲，不可太过亲密。你放心，只要你好好的，你喜欢谁，爹都支持。"

一番话都是传音入密，他拍拍微生瓷的肩，开门出去。有意加重了脚步，关门的时候也有点用力。

等脚步声彻底走远了，蓝小翅从被窝里伸出一个小小的脑袋："你爹走啦？"

微生瓷坐到床上，俯下身极力压制自己的颤抖。他需要竭尽全力，才能让自己的声音平稳如常："嗯。"

蓝小翅问："那你过来吗？"

微生瓷说："我、我想睡。"右手的感觉，滑腻而冰凉，十二年洗不干净的血腥气，四千多个日夜的噩梦，他把头埋进怀里。

不，别过来，我害怕。

蓝小翅问：“你怎么啦？”

微生瓷说：“没事。”

蓝小翅爬起来，胡乱披了衣服，就来敲门。微生瓷听到敲门声，莫名紧张。门没闩，蓝小翅说：“快说进来，我要冻死了！”

微生瓷只好说：“进来。”

蓝小翅开门进来，一双手就往他怀里捂。果然很冷，却也很香。一种幽微的冷香沁人心脾，让人放松，一切汹涌的情绪都归于平静。

他搓了搓那细嫩的小手，捧到唇边呵气。蓝小翅说：“我好困，我睡了。”

微生瓷说：“嗯。”扯过被子把她裹住，只剩了一个脑袋，靠在他颈窝里。那呼吸温软湿润，让人安心。

他伸出右手，想摸摸她的头，将要触及时又放下，改用左手。那发丝也柔滑，头上紫色的花铃缀着柔软的细羽，像她的人一样，香香软软的一团。

他靠着她，闭上眼睛，小睡一觉，居然无梦。

第二天，吃过早饭，微生歧当真命人准备了香烛贡品，带着微生瓷去祭拜其母。出门时他对蓝小翅说：“小瓷的母亲是个很温和的人，一定会很喜欢你。你要一起去吗？”

旁边肖景柔说：“歧哥，夫人墓地一向不许外人靠近。蓝姑娘是客，恐怕不好吧？”

微生歧说：“不会，小瓷的朋友去看她，绣儿一定很开心。”

蓝小翅倒是满不在乎，说：“好呀。”

微生歧点头，一行人出了门。墓地并不远，尽管这是心里永远的伤疤，微生歧却还是希望自己随时能过去跟她说说话。

微生瓷越走越慢，微生歧发现了，但是他没有催。蓝小翅拉着微生瓷的衣角，左顾右盼，说：“听说九微山有棵九薇树，花瓣有九种颜色，是不是真的呀？”

微生瓷拼了命地压制自己的颤抖：“嗯，有。”不，不能让小翅膀看出来。如果知道自己有病，她还会留在自己身边吗？会……会仓皇而逃吧？

蓝小翅说："那一会儿你带我去看呀？"

微生瓷说："好。"

牙关轻叩的声响没有瞒过她，蓝小翅注意到了，双手捧着他的脸："小瓷，你冷吗？脸都白了。"

那小手香气袭人，熟悉的香味。微生瓷略微放松，说："嗯。"必须忍住，忍住。

蓝小翅搓了搓他的脸，哈哈哈一阵乱呵，呼气如兰。他竟觉得真的有了一点暖意，拉着她继续往前走。冰雪覆盖下的孤冢，墓碑上都是霜晶。微生歧上前，伸手抚落，"慕容绣"三个字有一股奇异的力量，令人相思辗转，却也伤痛透骨。

他当然一直在留意微生瓷，此刻只是轻声说："小瓷，过来给你娘上炷香。你多年没来看过她，她一定很想你。"

微生瓷不肯上前，双腿似乎陷进了雪里，重逾千斤。十二年前手上带血的头颅，和那具无头的尸身，就葬在这里面吗？隔了薄薄的一层土封？如果挖出来，还能看到吗？

他汗出如浆，双唇抖动，目光惊恐，不住后退。蓝小翅暗骂了一声，考验本大小姐的技术。她双手笼在袖中，将两粒香丸融了，涂于手掌，然后说："小瓷，你出了好多汗。"

素手抚过额头、鼻端、唇际，拭去汗珠，留下一股淡淡的清香。蓝小翅声音很轻，说："小瓷，你不舒服吗？"

旁边微生镜说："爹，小瓷刚刚出来，还是让他适应几天吧。"

肖景柔也道："歧哥，小瓷旧疾未愈，你不要逼他。难道你忘记了当初……"

微生歧说："小瓷，过来。"依然坚持。只有他知道自己儿子的性情。如果你敢当着你心爱之人的面发疯，你就疯吧。

微生瓷脸色惨白如纸，但他一步一步，终是上得前来。微生歧看了一眼蓝小翅，把香也递给她一炷，说："你也来。"声音倒是缓和了许多。

蓝小翅接了一炷，跟微生瓷一起拜了几拜，插香在地。微生瓷双膝一屈，跪在雪地里。像是离开水的鱼，他竭尽全力地呼吸。他内力深厚，微生歧相信只要他能忍得痛苦，他可以控制自己。对不起，虽然残忍，但你也想像正常人一样生活，对不对？

清醒地承受记忆烙刻的痛苦，或者丧失理智颠倒狂乱地活着，很抱歉，儿子，没有其他的选择。

蓝小翅也跟着跪在坟前，双手合十，说："绣儿阿姨好，我叫蓝小翅，蓝色的蓝，小翅膀的小，小翅膀的翅。"然后转头对微生瓷说："我知道你很难过，每个人失去娘，都会很难过的。你想哭就哭吧。"

微生瓷问："每个人都会？"

蓝小翅说："嗯。"

微生瓷声音沙哑："我跟他们一样吗？"

蓝小翅说："一样呀。你还可以哭，很大声很大声地哭，就更一样了。"

微生瓷膝行几步，伸手去抚摸冰冷的墓碑，然后将脸贴在墓碑上，轻声说："她从小就跟我说，男孩子不能哭。"一直记得母亲的话，所以一个人待在冰冷的石牢里，黑暗孤独，他从来不哭。他只有拼命地练功，再害怕也忍住。

蓝小翅说："也可以哭吧，不要天天哭就行。"

微生瓷问："真的吗？"

蓝小翅说："骗你干什么？"

旁边微生歧一直暗暗蓄势，他当然明白微生瓷随时有可能旧病复发。他总不能真的任微生瓷伤到任何人，尤其是离得最近的蓝小翅。如果她有什么意外的话，真不敢想象事情会变成什么样。

但是此时，看着两个人旁若无人地交谈，微生瓷的情绪已经没有恶化的迹象。他长吁一口气，无法形容当下的心情。

稀世珍宝，失而复得，莫过于此。

第二章 羽族妖人

祭扫完毕之后，蓝小翅想去看九薇树，微生歧当即同意，让微生瓷带她过去。等两个人离开，他回头拾捡慕容绣坟头零星的几片枯叶。

肖景柔轻声说："歧哥，天冷，先回去吧。"

微生歧说："你和镜儿先回去，我想再陪她说会儿话。"

肖景柔说："可是……"

微生歧说："离开吧。"

微生镜上前扶住她，说："娘，我们走吧。"

肖景柔点点头，看向孤身伫立在爱妻坟前的微生歧。十二年过去，他伤口如新。

等人都离开了，微生歧才在墓碑前蹲下来，说："我把小瓷放出来了，你应该放心了吧？他身边的那个小丫头，对他很好。小瓷也很喜欢她。你喜欢吗？呵，你当然会喜欢。绣儿，十二年，我还记得你笑起来的样子……"他轻声低喃，风声盈耳。

傍晚时分，蓝小翅终于跟微生瓷一起回来。她有点不高兴，正值冬天，九薇树上根本没有花，只有一片掉光树叶的枝丫，没什么看头嘛。倒是雪景不错，她搓雪球堆雪人，玩了一身雪泥。碧鸳赶紧领着下人准备热水，供她沐浴。

蓝小翅美美地洗了个澡，又花了半个时辰化妆梳头。

微生歧把微生瓷叫到书房，他还是担心今天的祭扫会影响微生瓷。跟他多谈谈，也免得发生不可预期的事。蓝小翅玩了一天，本来就累了，也不等他，吃过饭就睡着了。

及至半夜，突然隔壁传来惊叫声。蓝小翅被惊醒，刚坐起来，声响更大了。

“什么事？小瓷，是你吗？”她打开门，顿时愣住。只见雪地里，微生瓷长发披散，一双瞳孔缠满血丝。他的神情狂乱，手上沾满鲜血。

方才一声惊叫，应该是丫头碧鸳发出的。现在她倒在地上，胸前一个大洞。心脏飞出，落在不远处的雪地里，热血在雪上灼出几个红色的小孔。

蓝小翅来不及关门，微生瓷瞬间已经到了她面前。她出掌抵挡，但掌力一接，高下立现。微生世家的武学，就不是人力可抗的。

但好在她有心理准备，这一掌并未落在实处，当即借力后退一步，左手一扬，一把淡绿色香粉挥出。

微生瓷吸入了，但是以他这样的内力，再厉害的毒发作也慢。蓝小翅只觉得脖子一紧，微生瓷扼住了她！死亡的气息瞬间接近，她不敢想象微生瓷全力一掌打在她身上会是怎样的后果。反正脑袋肯定会碎成西瓜。

情急之下，她蓦地伸头，吻住了他的唇。

微生瓷果然愣了一下，熟悉的香味。他开始头痛，努力想抗拒什么。蓝小翅已经呼吸困难，却还是坚持把药喂给他，但是看起来似乎不能让他立刻清醒。正危急之时，外面脚步声再起。

微生瓷犹自吮吸着她的舌尖。她舌尖是甜的，带了点薄荷的味道，很软很柔滑，哪怕狂乱，也很喜欢。

微生歧飞身赶到时，就见到这场景。赤薇斋满地鲜血，雪地上摔落心脏、丫头浑身是血的尸身。而微生瓷正扼住蓝小翅的脖子，右掌凝功，蓄势待发。

微生歧怒喝：“小瓷！”一掌已至！

微生瓷当即扔下蓝小翅，回掌防守。两个人掌风相击，顿时一声巨响，仿佛九微山都微微震颤。

蓝小翅被摔在地上，脖子剧痛。她努力顺气，好半天才缓过劲来。而此时，微生镜也已赶到。见到雪地里交手的父子，他吃了一惊，当即加入战局，帮助微生歧一起制服微生瓷。

但与微生瓷掌力一接，他心头暗惊，怎么可能——微生瓷被囚十二年，功力却远在他之上！他后退两步，气血翻涌。

但有他相助，微生歧终算是占了上风。不能痛下杀手，却要制服一个微生瓷这样的高手，真是太为难了。直到微生歧制住微生瓷，微生镜才平息内力造成的反冲。他走到蓝小翅面前："蓝姑娘，你没事吧？"关切之意溢于言表。

蓝小翅还在咳嗽，挥挥手说："我没事。"

此时，肖景柔、步寒蝉等人业已赶到。赤薇斋顿时站了不少人，然而气氛却十分凝重。微生镜问："蓝姑娘，小瓷为何会突然发病？"

蓝小翅摇头："不知道，当时我在房里睡觉。"

微生镜说："你听到声响之时，他已经杀了碧鸳吗？"

蓝小翅说："我并没有看到他杀死碧鸳，我只能说我出来的时候，碧鸳已经死了。"

微生歧看过来，问："没伤到你吧？"小妖精，你还是看到了。接下来……还愿意留下吗？

蓝小翅说："还好，皮外伤。"

微生歧说："镜儿，找大夫给蓝姑娘看看伤势如何。寒蝉，你和其他人收拾一下。"

步寒蝉说："是，主人放心。"

微生歧点点头，抱起微生瓷，却突然心头一阵茫然——带他去哪里？还是只有送回石牢吗？身后，蓝小翅突然问："微生叔叔，你和小瓷在书房……说了什么刺激他的话吗？"

微生歧皱眉，说："我没有。当时他情绪很稳定，我不知道他为什么会突然发病。"

蓝小翅说："那可真是奇怪。"

微生歧心情糟透，不想多说，抱着微生瓷离开。蓝小翅摸着脖子，上面的掐痕已经肿起。她进到微生瓷的房间，里面血迹溅到墙上，在烛火中显得阴森恐怖。

蓝小翅四下看看，步寒蝉也是心中忐忑，说："蓝姑娘，少主……平时不这样。今日想是祭扫夫人之墓，有些反常。你……你不要往心里去。"这话说出来，他自己都觉得没道理——哪个姑娘看到这样的场景，会不往心里去？

蓝小翅拨弄着银台上的蜡烛，说："寒蝉叔叔，我先出去了。"

步寒蝉心头叹息，说："少主真的是个好孩子，只是……"造化弄人。

蓝小翅端着烛台出了房间，指尖如刀，将蜡烛剖开。只见已燃了一半的蜡芯之中，有一截浅淡的粉红。

她将这段烛身抽出来，抬头看见微生镜站在碧鸳的尸身前。她上前："镜哥哥。"

微生镜一脸抱歉："是我们不小心，明知小瓷精神不稳定，却始终觉得他已经痊愈，没想到让你陷入危险之中。"

蓝小翅说："是啊，真的好危险。"语气中没有惊惧，相反还带着盈盈笑意。微生镜盯着她的眼睛，蓝小翅说："如果不是七日薰发作得快，我现在也没命站在这里跟镜哥哥说话了。"

微生镜的神色慢慢冷凝："七日薰？你是什么人？"

蓝小翅说："我是什么人不重要，我的来意才重要，不是吗，镜哥哥？"

她甜甜地喊镜哥哥，微生镜不动声色地运功于右掌，问："那么你的来意是什么？"

蓝小翅说："在说来意之前，先告诉镜哥哥一件好玩的事吧。"说着话，她从袖中摸出一截手指粗细的蜡烛。微生镜却立刻变了脸色。

蓝小翅说："我一直奇怪，微生瓷禁锢石牢十二年，你是怎么做到从不接近，却让他不定时发病的？直到我在石牢的蜡烛里发现了这个。"

微生镜面沉如水，然而眼里杀机已现。蓝小翅摆摆手，说："别急着杀人灭口啊，心太急不好。"

微生镜说："你到底想说什么？"

蓝小翅说："我想表达对镜哥哥的敬佩、仰慕之情啊。把毒药融在蜡烛里，当烛火烧到那一段的时候，毒气释放。而微生瓷又在石牢里，空间狭小，气流不畅。日积月累，中毒渐深。不过我不明白，第一次你是怎么让他发狂，甚至杀死微生夫人的？赤薇斋通风顺畅，这点毒素可不够。还是那时候他还是个小孩，比较容易下手？”

微生镜一掌拍过来，蓝小翅早有防备，轻盈后退。步寒蝉还在命人清洗血迹，微生镜怕他发现，只好低声道：“你想怎么样？”

蓝小翅说：“真不友好。我想请镜哥哥帮个忙。你知道的，我对九微山的事，并没有兴趣。”

微生镜眉头紧皱：“什么忙？”

蓝小翅说：“传说微生世家有一本《奇经谱》，对经脉剖析十分精妙。我要求不高，只想看一眼。”

微生镜怒道：“不可能，那是微生世家的不传之秘，你休想！”

蓝小翅拨弄着手里的蜡烛，说：“那就遗憾了。看来我只有成了微生家的少夫人才能看得到了。啊，或者我拿这截蜡烛去找微生叔叔，不知道他会不会卖我一个人情。”她把粉色的蜡烛抛起来，又伸手接住。

微生镜说：“哼，一截蜡烛，就算有毒，又有什么证据证明与我有关？”

蓝小翅说：“反正总不能跟我有关吧？微生夫人死的那年我才三岁。促使你下这样的决心，难道当年没有发生什么刺激你的事？咦，不会是七岁的小瓷已经可以打败你了吧？”

微生镜顿时面色铁青，蓝小翅说：“看，我猜对了。如果这事让微生叔叔想想，他会不起疑心？哦，对了，如果蜡烛交出去，你以后也找不到机会下手了。人家毕竟是亲儿子，可是会继承家业的呀。至于你，路边捡的。微生世家上下，可没有人管镜哥哥你叫少主呀。这么努力，真是可惜。”

微生镜额头青筋暴起，许久，说：“你只看一看？”

蓝小翅说：“看一遍，当着镜哥哥的面。看完之后原物奉还，还附赠精美小礼物。”她扬了扬手里的蜡烛，补充，“然后我走，此事从此不提。”

微生镜转过头，又看了一眼房里的步寒蝉，说：“记住你的话！”

蓝小翅说：“这个镜哥哥不必担心，我记性一向不错。”

微生镜冷哼一声，转头离开。

微生镜离开之后，蓝小翅出了赤薇斋，来到关押微生瓷的石牢。

微生歧父子二人果然在这里，蓝小翅走进去。微生歧转头看了一眼，见是她，说："怎么还不休息？小瓷服了些药，今晚恐怕不会醒来了。"

蓝小翅走到二人身边，在石床上坐下，说："我不是来找小瓷的，我是来找微生叔叔的。"

微生歧意外："什么事？"对这个小妖精说话，总是忍不住降两个声调。

蓝小翅说："小瓷的病，微生叔叔没有找大夫看过吗？"

微生歧说："当然看过。只是……"只是不敢明目张胆地找大夫。微生世家何等武力？若是出现一个随时会发狂杀人的疯子，江湖会恐慌。如果仙心阁派人过问，即使他能留住自己儿子一条性命，恐怕也不可能传他武功、将他关押在九微山。

蓝小翅说："只是不是最好的大夫吧？"

微生歧终于"嗯"了一声，最好的大夫在仙心阁……或者不老坑。可是若去仙心阁，就势必要说出缘由，万万不能。而不老坑是羽族妖人的范围。微生世家岂能去求羽人？

蓝小翅说："微生叔叔，我爹有很多侍妾。"微生歧不明白她为什么说这些，但没有打断。蓝小翅说："以前有个侍妾替我爹生了个儿子，我爹还挺喜欢的。但是这个侍妾发病，生吃了我的弟弟。"

微生歧悚然，什么地方竟然会发生如此可怕的事？

蓝小翅说："后来我在那个侍妾的房间里，发现了一种香料的残烬。里面多了一种剧毒，名叫幻绮罗。"

微生歧脸色慢慢凝重："什么意思？"

蓝小翅说："但是幻绮罗只是让人颠狂发疯，产生幻觉，会引起什么后果不可知。所以我觉得事情太巧了，她怎么就偏偏把我弟弟吃了呢？然后我就仔细研究了一下那个侍妾的尸体，我可怜的弟弟被啃成那样，可是在她胃里，并没有发现血肉。很耐人寻味，不是吗？"

微生歧只觉得全身冰凉，他说："你是说，有人陷害小瓷？当初绣儿的死，另有原因？”

蓝小翅说：“这就需要微生叔叔思考了。我一个小孩，又是个女儿家，太复杂的问题也想不明白的。”

微生歧转头看了一眼沉睡中的微生瓷，双手握拳：“是谁？”砰的一拳，将石桌捶得粉碎。

蓝小翅说：“研究动机就简单多了，只需要观察得利者是谁。当初夫人死的那一年，是不是发生了什么意外的事？她死之后，小瓷被囚禁，十二年来得利者是谁？”

微生歧额头青筋隐现，身体微颤，像是发冷：“当年……”当年，一切正常。那时候小瓷的武学天赋已经展现出来。已经十二岁的镜儿从年初开始就不再是他的对手。不过镜儿学武晚，九岁才开蒙，确实是晚了。虽然努力，也不那么容易赶上。

然后噩梦就那么发生了，绣儿每天晚上都会去赤薇斋陪小瓷看书、练武。可是那一夜，他听见异响赶到的时候，只见微生瓷满脸是血，手里提着他至爱之人的头颅，站在雪地里。

他不知道自己在想什么，头脑俱是空白。也许狂叫了一声吧，然后一掌拍出。微生瓷重伤，却没有死。

他悲极怒极，根本没有想到检查现场。后来小瓷醒过来，十二年来，父子之间再没有过一次正常的交流。

然后，微生家只有步寒蝉操持，一度混乱。于是镜儿的母亲肖景柔过来帮忙。等到时间麻痹了疼痛之后，他再不敢去掀旧日的伤口。可是如今，有人告诉他，这一切可能是个阴谋！！

蓝小翅说：“哦，对了，我想到当初的事，就在小瓷发病之后，去他房里看了看，然后在蜡烛里发现了这个。微生叔叔你看看。”

她把蜡烛递过去，微生瓷接过来，半截烛芯，略略的粉色，闻之有异香。他说：“这种香味，我并没有闻到过。”

蓝小翅说：“幻绮罗燃烧的时候不是这个味道。”她把蜡烛拿到石牢的烛火上点燃，那闻起来有异香的烛芯，燃烧的时候却是无味的。

微生歧捻灭了烛火，说：“可……不，就凭这个，我无法怀疑任何人。”那是他的另一个儿子啊！多年来一直视如己出的孩子，知冷知热，稳重自持。怎么可能……

蓝小翅说：“微生叔叔怀疑谁，我可以先帮您试探一番。我也不想小瓷一辈子待在石牢里呀。”

微生歧说：“如何试探？”

蓝小翅说：“这个就要看嫌疑人是谁了。”

微生歧沉默半晌，缓缓说：“我想问问镜儿。”

蓝小翅说：“好嘞，您瞧好吧！”

当天夜里，诸人都睡下了，九微山一片宁静。

微生镜在九薇树下等蓝小翅，说：“《奇经谱》不能离开密室，我会带你进去，一刻钟之后，你必须离开。”

蓝小翅甜甜地说：“镜哥哥真是言而有信。”

微生镜说：“东西呢？”

蓝小翅说：“噫，没见到兔子，人家怎么可以撒开鹰呢？”

微生镜冷哼，终于带她进入微生世家的密室。这些年微生歧已经将他当作亲生儿子，微生家的密室他可以进出自如。蓝小翅小心翼翼地跟着他入内，原以为会有十分高明的机关，然而并没有。只是关卡需要内力超凡的人以掌力开启。

反正以蓝小翅的内力肯定打不开。蓝小翅在旁边看了一阵，赞叹：“微生世家果然名不虚传。”

微生镜不理她，及至进了内室，他又以巧力开启装藏《奇经谱》的铁盒，将里面的秘籍扔给蓝小翅。

蓝小翅接过来，微生镜说：“《奇经谱》你已到手，东西呢？”

蓝小翅说：“镜哥哥不要心急嘛。话说回来，小瓷跟你也算是兄弟，你能下这样的手，也真是狠心呢。当时你年纪也不大，幻绮罗这种东西，不老坑卖价可是相当高，你是如何买到手的？”

微生镜说：“少废话！”

蓝小翅说："好吧好吧，给就给嘛。你这么凶干什么？"说完，将半截烛芯扔过去。微生镜接在手里，说："你没有留藏其他吧？"

蓝小翅说："没有啊，石牢里我发现过两支，但是没动过。"

微生镜说："那你可以死了。"运功于掌，掌心泛红。蓝小翅说："怎么？杀人灭口啊？这就不厚道了呀，我的哥！！"

微生镜说："这就是威胁我的下场！"

蓝小翅分辩："不讲道理呀，我的哥，你要是不干坏事，怎么会被我威胁？前因后果还是要分清的呀！"

微生镜一掌拍出来，带起雷霆之势："牙尖嘴利能救你性命吗？"

可是这一掌并没有拍到蓝小翅身后，密室里轰隆一声巨响，天地皆震颤。尘埃落定之后，微生歧站在他对面。

微生镜后退一步，面色大变："义……义父？"

微生歧牙关紧咬，许久之后，才问："为什么？"每一个字都似有千斤之力。

微生镜瞬间明白过来，恨不得把蓝小翅千刀万剐："你竟然敢骗我！"

蓝小翅露了一个天真无邪的笑，甜甜地说："噫，镜哥哥这是什么话？你是坏人，我也是坏人呀，言而无信、出尔反尔，是我们的传统美德嘛。"

微生镜目眦欲裂："我杀了你！"一掌劈过来，又被微生歧拦住。蓝小翅说："哎呀，好凶好吓人，微生叔叔我出去等你啊！"

微生歧急怒攻心之下，倒仍是挂心她的安危，回头一掌，替她把机关拍开。蓝小翅兔子一样，连蹦带蹿，飞快地逃了出去。里面动静惊天动地，她可是不管了，掏出《奇经谱》翻看。

微生镜的武功在江湖上已经是一览众山小，但是在微生歧面前，还有明显的高下优劣之分。微生歧在七十招之后就将他逼得退无可退。

但是这位微生家的家主不明白，他问："微生镜，为什么？！十九年前你父母被仇家寻仇，是我救你和你母亲性命。虽然当时没有教你武功，但是你母子二人的生活，一直是微生家接济。你九岁被仇家报复，我收你为徒，授你武艺，让你保护你和你娘。我养你十九年，将你视如己出，微生镜，你为什么会做出这等禽兽不如的事？！”

“视如己出？”微生镜笑，衣乱发散，状如疯狂，“真的视如己出，你为什么当时不教我武功？自从有了小瓷，你和义母眼里，就只有他！他才是你的亲生儿子，我不过是你从路边捡来的弃儿！我把你当父亲，我把义母当成自己的母亲！可是她每晚都去陪小瓷，每晚都在赤薇斋！你知不知道我有多羡慕，我多希望她也能过来看看我，你知不知道！我为什么要有那么懦弱无能的父母？我为什么不能是你们的亲生孩子！我这么努力，可是我什么都改变不了！”

微生歧说：“所以你杀死她？”微生镜终于止住狂笑，微生歧说：“就因为她对她的亲生儿子比对你好那么一点点？”

微生镜说：“那我能怎么办？如果不是这样，小瓷犯了什么错你才会不理他？不，就算是这样，你还是没有不理他。你还是教他武功，倾囊相授。”

微生歧说：“你害他被囚十二年，你杀了他的母亲，我的妻子！我们父子之间，十二年没有说过一句话。你难道一点也不知错吗？”话到最后，已是怒吼。

微生镜说：“知错？你口口声声当我是亲生儿子，他杀了义母，你囚禁他，却还关心他，照顾他。现在换成我了，你会怎么做？会杀了我吧？看看，你的视如己出有多虚伪。”

微生歧用陌生的目光打量他，仿佛面前站的是头面目狰狞的妖魔：“连镜，你真是无药可救。”

“连镜，哈哈，哈哈哈哈。”微生镜大笑起来，最终还是恢复从前的姓氏，什么都没有。他说：“你杀了我吧。”

微生歧举起手，最后却一掌破他气海，废他武功。连镜惨叫了一声：“不！你杀了我，杀了我！”微生歧打开机关，步寒蝉已经在门外。微生歧看着他，面容疲惫：“从今以后，连镜与九微山无关。”

步寒蝉上前，察觉到微生镜武功已废，他甚至不敢问为什么：“是。”

蓝小翅没空听里面父子反目的好戏，她将《奇经谱》翻了一遍，见微生歧出来，顺手递过去。微生歧示意步寒蝉放回去，累，真是太累了。

但他还有更重要的事，他问："你说你爹曾有侍妾用幻绮罗害死你弟弟？"

蓝小翅说："嗯。"微生歧问："害人者最后如何处置了？"

蓝小翅莫名其妙："处置？"

微生歧说："你爹没有处置她吗？"

蓝小翅说："我没有告诉我爹啊。"

微生歧怒道："什么？！被害死的是你弟弟，你就一点不顾念姐弟亲情吗？"

蓝小翅说："我爹侍妾多了去了，我弟弟已经死了。我弄死她，还是会有其他人进来。那我当然是留着一个被我抓住尾巴的女人更好了。"

微生歧气结，然后起疑——这样的人，不像是名门正派出身。他问："你到底是谁？"

蓝小翅说："呃……"

微生歧说："说。"

蓝小翅还没说话，有个妇人已经赶来，见到不能站立的微生镜，瞬间扑过去："镜儿！！歧哥，到底发生了什么事？镜儿怎么会这样！"

微生歧说："发生了什么事，你应该问他。景柔，这么多年，微生家有你操持，我一直心存感激。但如今，恕我不能再留你。你收拾一下，跟连镜一起，下山去吧。"

他称微生镜为连镜，肖景柔惊住："歧哥，到底发生了什么事？"

微生歧怒喝："走！在我改变主意之前，马上带连镜离开！"

肖景柔上前扶起微生镜，全然不知发生何事。旁边步寒蝉赶紧命人半扶半拖着微生镜，带着母子二人离开。

微生歧这才又缓和了语气，说："我知道你一定不是普通人家的女儿。你今日为我和小瓷做的事，我心中有数。说出你的父母，我亲自上门提亲。"

蓝小翅天真无邪地说："好呀！我爹姓蓝，叫蓝翡。"

"蓝翡。"微生歧轻念这个名字，怎么觉得有点熟悉。但是九微山一向不涉武林事，他一时想不起来。

蓝小翅好心提醒："他住在方壶拥翠。"

微生歧顿时目如利箭——蓝翡、方壶拥翠！！

他怒道："你是羽人！"

蓝小翅甜甜地笑："微生叔叔真是客气，一般他们都称我为羽族妖人。"

微生歧说："你这次到九微山，有何目的？！"已是疾言厉色。

蓝小翅说："我爹骂我啊，我就逃出来玩玩。听说九薇树开花好看，就过来看看啊。结果根本就没有开花！"

微生歧说："看在小瓷的面子上，你给我马上离开。从此以后，不许踏入九微山一步，否则休怪我不留情面。"

蓝小翅眼泪汪汪，问："微生叔叔你怎么可以这样对我？我对小瓷是真心的！"微生歧气极："你马上给我走！"

蓝小翅说："好吧，也是我没有这个福分嫁进微生家。不过微生家欠我一个人情，又拒绝这么天真可爱、一片深情的我，让我伤心落泪、痛不欲生，难道你不会愧疚吗？微生叔叔的心存感激，还真是随便说说。怪不得镜哥哥那样伤心。"

微生歧气极："你真是不知天高地厚！羽族擅入九微山，我不杀你就已是最大的宽容！"

蓝小翅说："不行！你欠我一个人情。你得还我，放我走不算。我是来帮你的！你要是真的言而无信，你就把我杀了。微生世家口口声声自命侠义，哼，我算是看清你们的真面目了。欺凌我一个弱小女子！恩将仇报、杀人灭口、忘恩负义……"

微生歧怒极，但若论唇舌，他哪里辩得过这牙尖嘴利的丫头？他怒道："你欲何为？！"

蓝小翅说："是你求我要报恩的哦！那让我想想。"微生歧抓狂，蓝小翅似乎突然想起来："啊，对了。我有个朋友受了一点伤，现在动不了了。我那个爹很铺张浪费的，没用的东西他就想丢掉。但是我觉得修修没准还能用的。如果你迫切地想报恩的话呢，帮我救人。只需要一点小小的内力，很简单的。便宜你了。"

微生歧磨牙，许久，说："微生家向来恩怨分明，有恩必报。如今我会尽力一试，但无论成或不成，你与我微生家再无瓜葛，包括小瓷！你要知道……"

话未说完，蓝小翅拖着他的胳膊："知道了知道了，走了走了！那么多正派人士，就你话多！"

微生歧怒道："我还有事要交代，九微山下等我！"

蓝小翅说："啧，真小气。"

微生歧手按剑柄："下山！"

蓝小翅举起双手："好好，别太久。你知道的，男人让女人等，很没风度。"

微生歧转身就走。

九微山下，蓝小翅在山门前踱来踱去。突然一个声音尖厉地道："小贱人！你竟然敢害我儿子！"

蓝小翅转过头去，就看见肖景柔扶着微生镜下山来。微生镜虽然只是被废了武功，但是一个高手，尤其是像他这样的高手，一旦武功被废，身体的适应期是非常长的。笨重、缓慢并不可怕，可怕的是以往没有注意到的内伤、病痛，也会趁机发作。

所以"形同废人"四个字并非虚言。

蓝小翅看了一眼，说："大婶，你是不是骂错人了？第一，我虽然小，却不贱。第二，我可没有害你儿子。你儿子身上哪一道伤是我造成的？你看我这么天真、这么可爱、这么无辜，我怎么会害你的儿子呢？"

肖景柔头发散乱，脸上泪痕斑斑，衣上还有泥土，显然是苦求未果，微生世家送她下山的过程不太友好。她指着蓝小翅："我儿子是有错，但是事情都已经过去那么多年了，你为什么还要旧事重提？何况这本是微生家的家事，你算什么东西？有什么资格插上一脚？"

蓝小翅说："哈，原来还真的是我的不是。"

肖景柔说："慕容绣毕竟已经死了，可镜儿还活着！你为什么要因为一个死人，而把活人逼到这种地步？你知不知道镜儿有多努力，就连歧哥也一直以他为荣！你怎么忍心毁了他！”

蓝小翅说：“为什么？因为教育他是你的事。你自己没有尽到分内之责，却跑来指责我。如果我现在把你儿子杀了，你是不是会因为我还活着，而你儿子已经死了，就心怀慈悲，不跟我计较了呢？”

肖景柔愣住：“什么？”从来没有人这样跟她讲过道理。

蓝小翅说：“你儿子现在功力全失了，而你在这里凶我、吼我。你知不知道凶我后果很严重？”

肖景柔说：“这里还是九微山地界，你以为你下毒手，微生家真的会坐视不理吗？！你这种有娘生没娘养的小贱种，怎么能体谅为人母的一片苦心？”

蓝小翅慢慢走近她，仍然是笑意温婉。肖景柔却不由自主地退了一步。蓝小翅说：“别怕，一般情况下我不杀老幼妇孺。”她看向面前的微生镜，此刻的连镜，微笑，说：“连镜哥哥，啧啧，弄成这样真是可怜。”

连镜仿佛看见了一条逼近的毒蛇，不由自主就后退了一步。蓝小翅说：“其实微生叔叔挺仁慈的，可是看来你并不知错。你娘也不知错。你看，她的教育方式一直就是失败的。”

连镜连嘴唇都在抖：“你想干什么？”

蓝小翅说：“肖婶婶，你要道歉，你方才对我那么凶，伤害了我幼小的心灵。”

肖景柔说：“呸，贱人！你敢乱来，立刻就会引来微生世家的人。”

蓝小翅指间银光一闪，连镜闷哼一声，跪倒在地上，左脚脚踝处剧痛。他不敢相信地抬起头——蓝小翅挑断了他的脚筋！

肖景柔狂呼一声，蓝小翅说：“你看，没有人会来。就算有人来，有什么用？你儿子的脚也残了。都是你不好。肖婶婶，你知错吗？”

肖景柔完全不敢相信，十九年来，在微生世家的庇护之下，人人见她皆恭敬礼遇。她完全不相信竟然会发生这样的事。蓝小翅说：“看来您还是没有知错。”银光再一闪，挑断了连镜另一条腿的脚筋。连镜身子一晃，昏了过去。肖景柔狂呼一声：“不——住手！你住手！我知错了，我知错了！”

蓝小翅说：“态度不够诚恳。”指间微动，又要出手，肖景柔扑过来抱住她："我道歉，我错了！"她跪下，磕头，"都是我的错，我的镜儿也错了，我们对不起绣夫人，我们罪该万死！我不应该对蓝姑娘出言不逊，我求求你放过他，求求你……"

泪如雨下。

蓝小翅双手扶她起来，一脸同情，说："唉，肖婶婶，你看这又是何必呢？我是晚辈，怎么能受你大礼？快起来，快起来。你这样让我如何过意得去？"

微生歧下山来，就见这样的场景，肖景柔看见他，一时之间又想扑上去。蓝小翅说："咦？镜哥哥你怎么了？很难受吗？"

肖景柔不敢动了，满面泪痕，瑟瑟发抖。蓝小翅说得没错，别说微生歧不一定会管，就算他肯过问又如何？她儿子也会再残一只手，甚至会丢掉一条命。

微生歧再没有多看他们母子一眼，只对蓝小翅说："走。"

蓝小翅和气地说："肖婶婶，事到如今，说别的也没有用。不过你的忏悔真的要诚心一点，否则就太对不起死去的微生夫人了。而且……江湖险恶呀，以后自己要保重。"

肖景柔俯在地上，满脸泥水，说："我……我记住了。"

蓝小翅说："这就对了，那我走了。"

不再理会母子二人，她走到微生歧面前，微生歧说："做什么？"

蓝小翅耸耸肩膀："唉，我在苦口婆心、语重心长地劝镜哥哥和肖婶婶好好做人。你没见她感动得泪流满面吗？"

微生歧冷哼了一声："带路！"

二人一起，离开了九微山。

微生歧多年不出九微山了。这次出来，发觉原来外面已经是樱花初开，李花含苞。蓝小翅与他一并赶路，衣食住行都好好打理，虽然牙尖嘴利老是气他，但倒真是照顾长辈的架势。又会过日子，住店还会讲价钱。

微生歧跟羽族有深仇大恨，对蓝翡更是深恶痛绝，但是不得不说，这个丫头还不错。可惜了，生错了人家。

羽族的老巢在方壶拥翠，蓝小翅带着微生歧进去，一路遇到的人俱是低头行礼，不敢冒犯。但是经过一段藤梯时，就有人上前，一脸警惕地盯着微生歧腰间的九微剑，皱眉道："大小姐！微生世家的人不能进入方壶拥翠，否则我必须示警！"

蓝小翅搂着他的肩膀，说："森罗，跟着我也不能进去？"

微生歧立刻明白，这是羽族的两个守关童子——森罗和郁罗之一，传说中羽族最强的战力。他不由打量森罗，森罗外形如常人，背后却生有一对宽大的翅膀。羽翼雪白，怪异而绝美。

森罗当然注意到微生歧的目光，他说："不能。"

微生歧冷哼："这可不是老夫失信。"

蓝小翅说："叔叔别急呀。森罗，你看你身为守关人，我爹的命令你肯定要听的，我也不阻止。但是我身为羽族大小姐，我的命令你该不该听呢？"

森罗愣了一下，拍了拍翅膀，说："大小姐的命令不能和羽尊冲突。"

蓝小翅亲热地说："当然不会。我最听我爹的话了，对不对？呐，你对我无礼，我罚你在这里原地蛙跳十万下。累了就歇一歇，歇完继续跳。惩罚完成之后，你立刻发信号示警，明白吗？"

森罗说："这……"好像有什么不对。

蓝小翅沉下脸："怎么？你要抗命？"

森罗右手横在胸前，欠身行礼，说："是。"说罢，真的开始蛙跳。蓝小翅这才转过身，笑嘻嘻地道："微生叔叔，时间不多，我们得加快速度了。"

这还叫时间不多？老子自己跳也得跳上一整天！微生歧一边跟她往前走，一边庆幸——谢天谢地，幸好这小妖精不嫁给小瓷。

再往前行，见一片石林，四周石刻或狰狞或微笑，如神祇又如厉鬼。而地上生火、火中栽莲、石上开花，一片人间奇景。微生歧说："火中莲、石上花，不老坑？"

蓝小翅说："嗯，叔叔跟紧我，四周危险。"

微生歧冷哼："儿戏。"

蓝小翅往嘴上抹蜜："是呀是呀，不然我怎么会想到微生叔叔您一定有办法救人呢？”

微生歧仍是不假辞色，却多少有些绝世高人的自负倨傲之意。

两个人通过石林，里面有人正在晒花。此时听见声响，他抬起头，正好与微生歧四目相对，惊诧：“微生歧？！”微生歧腰间的九微剑，是身份的象征。十五年前，微生歧单人一剑在方壶杀了个来回，撸掉了一半羽族人！！

微生歧说：“木冰砚？”当今武林公认的神医之一。他心头叹气，当初自己要不是昏了头，真应该放下面子来找寻一下这些奇人。七岁的孩子，刚刚丧母，一个人被囚在石牢，十二年啊。

木冰砚显然有些受惊过度，微生世家的人来到方壶拥翠，跟猫到老鼠窝也差不多。他说：“你……你怎么来了？”当年你杀了一半羽人，今天终于想起来杀另一半了？！

蓝小翅说：“微生叔叔过来帮我们一个忙。快别说了，带他去看香衣。给我纸笔。”

木冰砚将信将疑，但见微生歧没有杀气，他还是带他入内。里面全是各种药草、药剂，但气味并不难闻。微生歧来到床边，见简陋的床榻上躺着一个男孩，面庞还很稚嫩，跟蓝小翅差不多的年纪。

他瞪了蓝小翅一眼：“你夫婿？”你有夫婿了还来撩我们家小瓷？！

蓝小翅已经自己拿了纸笔，在桌前写写画画，闻言一抬头：“不是。我说你这一脸醋意是什么意思？”

微生歧怒哼，也奇怪，为什么自己会这么生气？这丫头肯定是不能跟小瓷再有什么瓜葛，可还是替自己儿子耿耿于怀。哼！他上前把脉，不由也皱了眉头，说：“能致经脉受损至此，是仙心阁的内功所致。”

旁边木冰砚说：“他遇上柳风巢，经脉俱断。”柳风巢是仙心阁阁主温谜的大弟子，内力深厚，伤势如此就不奇怪了。

微生歧说：“起死回生难道不应该是你的事吗？叫我来干什么？”

蓝小翅说：“不不，《奇经谱》里面有一种方法，可以让断脉再续。”她上得前来，飞快地剥开床上男子的衣服，微生歧一时忽略了《奇经谱》这句重点，嘴角抽搐：“你！你不知道男女授受不亲吗？！”

蓝小翅不理他，用笔在男子身上画出几个点，然后连成一条线，标出先后。然后她煞有其事地说：“如果我们有高手助他行功，从这里到这里……”她指尖在男孩身上画来画去，微生歧不知道怎么的，就是看着碍眼。

蓝小翅说：“冰砚老头，你再施针，从这里接他断脉……”

她比比画画地讲了一阵，微生歧的脸色慢慢变了——《奇经谱》里确实有这样的记载，但是一共十三章，分散在各章的内容里。她不过才看了多久，就足以将内容融会贯通？

他脸色有些难看：“你偷看微生世家的秘籍！”

蓝小翅说：“这不是重点，不要在意这些微末小事，救人要紧，救人要紧。”

微生歧怎么肯善罢甘休，怒问：“混账，你看了多少？”

蓝小翅耸耸肩：“就只有这么一点。”

微生歧说：“这么一点？”

蓝小翅理所当然地说：“大不了我写一本还你啊！我只是找医治朋友的办法，找到了当然就行了。那秘籍又臭又长，你以为我乐意看啊？”

微生歧气急败坏，微生世家的秘籍，哪怕随便流出一本，在江湖上也要掀起腥风血雨！他说：“蓝翡怎么没把你揍死！！”

蓝小翅说：“自己生的嘛，怎么可能揍死？最多也就押到石牢里关十二年。”

微生歧暴跳如雷。

第三章 偷袭风巢

微生歧替床上的男孩疗伤足足用了一个下午的时间。那可远远不止蓝小翅说的“一点点功力”那么简单。每个穴位都要以功力打通，稍有不慎就会两败俱伤。他出了一身汗，好在到底功力深厚，也不算太吃力。

蓝小翅站在他身后，啧啧，这微生世家的人真是单纯。如果这时候自己一掌过去……绝世高手也要栽个大跟斗。难道这就是正派和邪道的区别？

想是如此想，可她到底还是乖乖地替他护法。一直到傍晚时分，终于最后一个穴位打通。微生歧不想在方壶拥翠久留，这个地方总让他觉得浑身不适。行功完毕之后，他立刻起身准备离开。蓝小翅说：“我送你。冰砚老头，剩下的交给你了啊。”

微生歧神色冷淡，说：“不用！你记着，以后微生家与你两不相欠，若再见面，只会相杀。”

蓝小翅说：“真凶。那你慢走。不行，我还是送送你吧，万一你儿子那病是你们微生家遗传……”

微生歧气昏。但不得不说，这样绝世的高手，确实非凡。木冰砚的石林奇毒进不了他的护身气罩，他一路经过方壶拥翠的岗哨，除了森罗，根本无人发觉。不过森罗也没工夫理他——蛙跳还差好多好多个呢。

蓝小翅一直将他送到方壶拥翠之外，躬身道：“微生叔叔，有劳了。”语气真诚。

她正色的时候，端庄大方，很有点羽族大小姐的气质。微生歧冷哼，神色不忿，心里却还是生了点好感——看看别人家的孩子！

正不是滋味，就见蓝小翅一回头抱住森罗的大腿，一把鼻涕一把泪："森罗叔叔，你千万别示警呀！我爹就是条疯狗，他要知道我带微生叔叔来方壶拥翠，会飞起来咬人的……你说话呀！你不答应我往你身上抹鼻涕了！！"

微生歧："……"

微生歧顺利离开，直接赶回九微山。可是微生瓷不在赤薇斋，微生歧脸色一沉："临走时我不是吩咐过，将少主安置在赤薇斋？人呢？"

步寒蝉面带为难之色，说："他……又回去了。"

回去，没有说哪里。但也不用说。微生歧转身去往石牢。

石牢如旧，门没有锁。白天不点灯，比夜里更黑暗。

微生歧只觉脚步沉重，好不容易才走到门口："小瓷。"石室里，微生瓷盘腿而坐，看见他目光如星火，极快地看了一眼他身后。没有人。他眼里的失望显而易见。

微生歧心中痛楚，坐到他身边，说："她走了，你不要再想着她。她不适合你。"

微生瓷低下头，微生歧说："小瓷，她不像你想象的那么单纯。他接近你只是为了《奇经谱》。她是羽人，是蓝翡的女儿！你不能去叫蓝翡那样的人作爹，明白吗？"

微生瓷不想听，耳边却有声音嗡嗡作响。他开始希望面前的人离开，留他一个人在这里。微生歧看出他的抗拒，说："羽人生性凶残狡诈，她是个坏人！而且蓝翡仇人遍地，如果你成了他的女婿，以后有人找他报仇，杀他和他女儿，你是帮还是不帮？你要是帮忙，我难道能袖手旁观吗？我们不能把微生世家都搭进去，明白吗？"

微生瓷的反应，是捂住了耳朵。他对父亲有生来的惧怕，不敢露出厌烦的表情。于是捂住耳朵，不听。

微生歧扯下他的手，说："给我回赤薇斋去！"

微生瓷不动，微生歧怒了：“听见没有！”

还是没反应，微生歧随手操起一截铁链，以此为鞭，一鞭下去。微生瓷微微一颤，不敢躲。微生歧从他四岁起就开始授他武艺。严厉自是不必说，微生瓷没少挨揍。

只是那时候，他还有娘亲，可以哭诉。后来，娘亲没了，被囚石牢之后，他不打了，只是冷漠。眼神、表情，都透着冰冷与仇恨。

初时他一直盯着石牢入口看，想着也许有一天，娘亲还会找来。时间久了，他慢慢也明白，原来那晚的事是真的，没有什么人会来了。从此右手都成噩梦。于是他的眼神也慢慢冷下来。不再期待，也没有什么可等了。

这一鞭子当然痛，铁链粗糙，有皮肤被刮破，血珠沁出来。他伸手碰了碰伤口，一脸不耐烦——打也打过了，你可以走了吧？

微生歧打完之后又后悔了，可是这脾气再压抑早晚内伤。他说：“你娘的事，都是误会。她不是你杀的。你之所以发病，是因为……你大哥暗中下毒。”

可是微生瓷并没有多大反应，他对微生歧说话的内容并不感兴趣。微生歧说：“你听见我的话了吗？这些年，是爹错怪你。出去吧。”他伸手过来，微生瓷往后面缩。微生歧坚持：“走！你要在这里躲到什么时候？”

微生瓷躲开他的手，又摸了一下后背，衣服凉凉的，有点不适。微生歧这时候才发觉不对——微生瓷的血……好像流得太多了！

他吃了一惊，几步赶过去，果然他的衣裳都红了。这……不可能！他说：“让我看看你的伤！”

微生瓷眼里的厌烦终于显露出来。微生歧强忍着揍他的冲动，在他嫌弃的目光里扯开他的衣裳。伤口并不大，可是血一直在流。

“这……怎会如此？”微生歧掏出伤药，想为他止血。但是伤口刚擦干净，血很快又流出来。不，这不正常。

微生歧说：“以前也这样吗？”声音里带着颤抖，以前……以前他从来没有注意过。血完全不能止住，他只有说：“你不要乱动，我去找大夫。”

然后他奔出去，微生瓷紧皱的眉头终于松懈下来，然后低下头。小翅膀走了。我还是吓到她了吗？伤口在流血，不奇怪，这些年每次一受伤都会流个不停。很讨厌。

竟也没有心思练功了，脑海里一遍一遍，反复想她的笑、她的声音、她的气味。

自她来后，他又开始盯着石牢入口看，又开始期待。可现在……她也再不会来了吗？

微生歧很快与大夫一同赶来。微生世家请来的大夫，自然也是名医。

微生歧急道："看看他的伤口。"大夫也不敢怠慢，急急上前诊脉。随后又查看伤口，然而许久之后，他只是眉头紧皱："少主这病，来得奇怪。"

微生歧说："先替他止血！"

大夫说："主人，少主伤口小，不会危及性命。但是这病要根治，只怕是……难了。"

他说话间装了一些碎冰，一边涂药，一边冰敷微生瓷的伤口。微生瓷很讨厌有人在他身上动来动去，但是他爹在，他不敢反抗。

微生歧听见这话，脸色已经很难看，问："是什么原因引起的？"

大夫低吟道："两种可能，一种是胎里带来的，一种是异毒，而且是常年累积而成。因为人体自愈能力与毒性抗衡，时间久了，往往毒性会变异。无解。"

微生歧说："他小时候……并没有。"

大夫说："那恐怕就是后者了。"

微生歧有一瞬间的无力和颓唐，是什么时候开始的事，我为什么一点也不知道？这到底是怎么样的十二年？

大夫看出他心情不好，说："主人与少主想必还有话说，我留下药，主人记得一直冰敷上药，如果血将药冲掉，就再涂抹便是。约莫半个时辰血定能止住。伤口很小，只是须得耐心一些。不必担心。"

微生歧点头，挥一挥手，示意他下去。等人离开了，他勉强打起精神，一边按大夫所言抹药，一边说："这里也并不是不能来，只是你练功的时候过来，平时还是住在赤薇斋，爹让人少来打扰。好不好？"

微生瓷别过脸，伸手想自己上药，微生歧拒绝，继续说：“小瓷，女孩子很多。到时候爹找几个活泼可爱的，你可以随意挑选。你也已经不小了，也到了该成家立业的年纪。”

微生瓷闭上眼睛，不想再听到其他声音了。

微生歧心中叹气，突然外面步寒蝉的声音响起：“主人，仙心阁阁主温谜求见家主。”

微生歧糟糕的情绪全部爆发出来：“不见。”

步寒蝉说：“温阁主说，如果家主不见的话，请转告家主，他带了神医云采真一并前来。”

微生歧想了想，终于说：“让他进来吧。你来帮少主上药。”

片刻之后，温谜同云采真一起上了九微山。

微生歧说：“直道来意。”仙心阁，整个江湖也就是九微山不卖这个面子。

温谜倒也习惯了，见礼之后，说：“这些天，听闻歧兄的义子被逐出师门，又听闻歧兄亲自出门，我担忧好友，过来看看。”

微生歧说：“我的义子也是我的弟子，我愿意逐出便逐出，难道还需要仙心阁允许吗？腿长在我身上，我要下山还需要你首肯？另外，我可担不起温阁主这声好友！”

微生世家武功实在太过强大，仙心阁一直有派人监视动向。但微生一家，素来脾气火暴，发现之后就怒而翻脸了。幸好他们既施不出那些阴险诡计，也没有争夺江湖的野心，更不会有不长眼的来招惹得罪他们，所以一时之间，相安无事。

可这脸色肯定就好不了了。

温谜苦笑，好在他性情素来温和，也不计较，只是说：“歧兄去哪里，我当然不便过问。不过如果是前往方壶拥翠，我就想来问一句，是发生了何事？”

微生歧不打算解释，说：“一点个人私事，如今事情已了，不代表九微山的态度。”

温谜略微放心，说：“我看歧兄请了大夫上山，可是家中有人生病？恰好采真同我一道。若真有人生病，不如请他一观如何？”

微生歧虽然面色仍冷，好在确实有用得着的地方。他向云采真抱拳：“有劳。”

云采真回礼，一行人前往石牢。微生瓷听见有人过来，还是微生歧带着两个陌生人，一时之间已是十分烦恼。

云采真看出来了，上前说：“公子放心，我等很快离开。现在让我检视一下伤处，如何？”

微生瓷终于拉开外袍，让他查看。云采真看了一阵，示意步寒蝉不要再冰敷，转而取了两瓶药：“请用粉瓶清洗伤口，白瓶里药丸内服。这里有一帖止血膏，外贴。”

步寒蝉答应一声，云采真回过头，说：“公子的病会越来越严重。”

微生歧心头微沉，更坏的消息也来了。云采真说：“回去之后，我会配药过来。坚持服用或有好转。公子现在只在受伤时出现异状，是因为他内力深厚，抑制了毒素。但是随着时间久远，以后他即使不受外伤，也可能内出血。一旦内出血，很难止住。”

微生歧声音发虚：“无法根治？任何代价都不能？”

云采真说：“不能。”他说不能，就等于判了死刑。

微生歧说：“云大夫。”

云采真说：“你应该早点把病人送过来，如果十年前，不至如此。”

微生歧坚毅的脸上终于露出痛苦的神色，可我当时不知道！我……我甚至不知道他什么时候开始发病。天啊，这十二年我到底做了什么！

温谜拍拍他的肩，说：“现在也不是全无办法，先稳住病情，再寻法医治也是可能的。”

微生歧说：“有劳云大夫，后续的药还请云大夫费心。九微山会派人上门来取。”根本不理温谜。

云采真说：“家主客气了。”

微生歧说：“家中有事，恕不留客了。”这就下了逐客令。温谜说：“歧兄，我来之时，看见微生镜，似乎被人挑断了脚筋。”

微生歧说：“非我所为。”想了想，说：“他虽被逐，但九微山地界没有人会伤他。应该是蓝翡的女儿蓝小翅下的手。”

温谜脸色一僵，意识到自己失态，说：“蓝小翅？”

微生歧终于还是问了一句：“她……如何？”久不在江湖行走，他是真不清楚。

温谜说：“貌似天真，行事狠毒，类其父。”

微生歧不说话了，呵，为什么还抱着一丝微弱的期望？他说：“我放心不下小瓷，恕不远送了。”

温谜当然也不会计较这个，和云采真一路下山，他苦笑：“歧兄脾气不好，连累好友也跟着看人脸色。”

云采真说：“能得微生世家家主一声有劳，我倒是受宠若惊。只是你，难道仅是连累？今日若非我，你连九微山门都进不去。”

温谜笑说：“是啊是啊，我今天真是沾了好友的光。”

云采真说：“方才微生家主提到蓝翡的时候，你失态了。”

温谜说：“旧日心疾，无药可医。”

云采真拍拍他的肩：“你应该娶个老婆，生一堆孩子，就会忘记当年的事。”

温谜在笑，可眼睛里却流露着伤痛：“谢谢，你真会安慰人。”你在拿刀子戳我的心。

云采真说：“是吗？我也经常这么觉得。”

温谜说：“求求你不要说话了。”

方壶拥翠，入目皆是树、藤、花、水。四季在这里宛如不存在。

蓝小翅顺着繁花点缀、绿藤搭就的藤梯上去。蓝翡的居所呈椭圆状，悬在树冠上。蓝小翅满脸堆笑——她还是没能拦住耿直的森罗。

加急的示警烟火腾空而起，蓝小翅像只猴子被火烧了屁股。

蓝翡手持深蓝色的羽扇，倚卧在美人榻上。旁边两个美人儿正在帮他捶腿。

蓝小翅狗腿地上前帮他倒茶，一声“爹”喊得那叫一个奴颜媚骨、卑躬曲膝。蓝翡看了她一眼，说：“我听森罗说了，你是为了救木香衣那个蠢货，独闯九微山，勇气可嘉。”

蓝小翅赶紧说：“都是爹声名在外，又教导有方。”

蓝翡说：“嗯，听说你还提醒微生歧那条老狗幻绮罗的事情，让他父子二人冰释前嫌。我的女儿真是个天性善良的好孩子。”

蓝小翅说：“爹，他们父子二人，不影响我们大局呀。”

蓝翡说：“嗯，爹也是这么觉得。”

蓝小翅狐疑：“真的？”

蓝翡说：“当然了。不过我女儿既然这么有空，跑去九微山管别人家的闲事，不如把方壶拥翠的闲事也管一下吧。”

蓝小翅哀求，说：“爹……”

蓝翡摸摸她的头，说：“最近方壶拥翠环境卫生不好，你去扫扫。不要让爹看见一片枯叶，你知道的，爹是个伤春悲秋的人，看见枯叶会心情不好。”

蓝小翅心里骂遍了他八辈儿祖宗，蓝翡侧了侧耳朵，说：“宝贝儿，爹好像听到有人在腹诽我。”

蓝小翅哭丧着脸：“我去扫地。”

这么大的方壶拥翠，全是树、草、花，不见一片枯叶……

九微山。

微生歧很快便令步寒蝉安排下去，寻找附近最漂亮、活泼的姑娘。微生世家要找儿媳妇，简直是应者如云。武林中武学巅峰般的存在，连仙心阁也不放在眼里，谁不想搭上这关系？于是九微山便来了许多姑娘，个个花枝招展。步寒蝉特地举行了一场灯会，灯下美人个个姿色倾城。

然后微生瓷不见了。微生歧也不能确定他是不是已经离开了九微山，反正是所有人都找不到了。

方壶拥翠。一个看门的羽人只觉得眼前一花，好半天，才看见一个人站在面前。是个双十年华的少年，一身红衣，脸色苍白，眼神却十分纯净。他吓了一大跳——这个人什么时候来的?

少年问:“方壶拥翠在哪里?”声音干涩,字句生硬。

羽人说:“你、你、你是谁?!”

少年说:“我是微生瓷。”

羽人一听“微生”两个字,两眼一翻白,昏倒在地。

那时候,蓝小翅刚扫完地,手脚抽搐地躺在一条花藤上。听见声音,她伸出脑袋向下看。微生瓷早听见花藤上有人,正想上来问问,一抬头,正好四目相对。

蓝小翅说:“小瓷?”跳下花藤,问,“你怎么在这里?谁带你来的?”

微生瓷说:“我在找你。”

蓝小翅将他拉到一棵巨树上——树上的鸟巢状的窝就是她的住处:“别让人发现!你找我干什么?”

微生瓷说:“我想见你。可我问了很多人,他们都不说,还睡觉,很讨厌。”

蓝小翅拍了拍额头,说:“小瓷,你不能跟我在一起。你得回九微山去。”

微生瓷问:“为什么?”

蓝小翅当然不会自己背锅,推卸责任是她的强项,所以她耐心地解释:“因为你爹不喜欢我,不喜欢我爹,他不准我们在一起。”乖宝宝,回去找你爹闹去,啊?

微生瓷沉默了一下,说:“为什么?”

蓝小翅头疼:“因为他认为我爹是坏人,我也是坏人,他不允许你和坏人在一起。知道吗?”

微生瓷问:“那你是坏人吗?”

蓝小翅说:“我是啊。”

微生瓷说:“哦。”

蓝小翅无语向天:“明白了就快点回去吧。乖。”

微生瓷摇头:“我不。”

“我的祖宗！让我爹发现你想走也走不了！”蓝小翅急道，“还有，如果你爹发现你跑了，说不定会找来，到时候打起来就麻烦了。”

微生瓷说：“会给你惹麻烦吗？”

蓝小翅肯定道：“上次因为一点点事情，你爹杀了我们一半族人。如果不是我爹机智把他怼跑了，另一半也不一定保得住。”

微生瓷迟疑了一下，终于说：“很严重吗？”

蓝小翅说：“废话！”

微生瓷说：“哦。”

蓝小翅松了一口气：“明白了就好，快回去吧。路上注意安全。”

微生瓷说：“那我以后还可以来吗？我认识路了。”

蓝小翅哭笑不得：“最好不要。你要是经常来，会把羽人吓死。你知道的，鸟都胆小。”

微生瓷很失望，但既然小翅膀说了会给她惹麻烦，他就必须离开。他慢慢往外走，蓝小翅又叫住他，给了他两瓶香丸：“这个，如果你觉得呼吸加快、不好受的时候，就闻一闻。”

微生瓷收起来，说：“嗯。”

蓝小翅帮他理理衣服，说：“你有干粮吗？”微生瓷歪了歪头，蓝小翅只好又给他准备了水和干粮，“好了，回去吧。”

微生瓷终于走出去，然后外面又有羽人示警了。倒不是因为羽人反应慢，而是他闯入得实在是太快了。

蓝小翅骂了一声，默默地去到蓝翡的住处。蓝翡盯着她看：“微生家十五年没有来过羽族了。最近这一个月却来了两次。宝贝儿，爹对微生家的人有童年阴影。”上次他围攻仙心阁的阁主温谜，致温谜重伤、爱女身死。温谜的夫人与温谜反目。仙心阁大怒，少年的微生歧尚有满腔热血，单人一剑，在羽族杀进杀出，撸掉了一半羽族人的性命。

蓝翡赶回之后，用剧毒、设陷阱、发暗器、布剑阵各种卑鄙无耻的车轮战加偷袭，终于怼跑了他。从此羽族夹起翅膀儿老实了十五年，不敢去撸微生家一根毛。

但也正是因为如此，微生世家的武力引起整个江湖的恐慌。温谜不得不派人严密监视九微山，收集微生世家的所有情报。

微生歧察觉之后，勃然大怒，从此仙心阁没有得到过微生世家一个好脸色。

蓝小翅翻了个白眼——童年阴影？她说：“是微生歧的儿子，被关了十二年，有点呆呆的。”

蓝翡有些好奇：“听说过。武力如何？”

蓝小翅说：“清醒的时候输他爹一点，但不多。发狂的时候，武力值有所增加。我在他手底下走不过两招。”

蓝翡以蓝羽团扇捂着小心肝：“宝贝儿，爹好害怕。”

怕你妹啊！蓝小翅说：“已经走了。”

蓝翡说：“不会再回来了吧？”

蓝小翅说：“这……应该不会吧？”说不准。

蓝翡说：“宝贝儿，这个微生小呆既然比微生老呆还厉害，你不留下自己用，反而让他回去了。为父十分不解。”

蓝小翅无奈，说：“爹，他叫微生瓷。武功再高有什么用，你又没教女儿采补之术！”

蓝翡说：“可是爹记得，上个月仙心阁的大弟子柳风巢差点打死了爹爹最心爱的弟子。小香衣现在还不能起床。你手握利器，却不思复仇，真令爹费解。”

蓝小翅翻了个白眼——你最心爱的弟子？当初不知道是谁一见人家受伤了就要丢出去喂狗。但是蓝翡的意思还是让她心里一惊。

果然蓝翡接着道：“你身为羽族大小姐，羽人被伤成这样，有报仇的义务。柳风巢很厉害，而这个微生小呆看起来又很容易忽悠的样子。宝贝儿，你怎么能就这么放他走呢？”

这意思很明显了，蓝小翅沉默了一会儿，说：“他已经够可怜了，爹。”

蓝翡微笑，说：“你同情他？是什么时候开始，我的宝贝儿居然有如此丰富的同情心了？”

蓝小翅说："我不是同情他，可是如果我真的这样做，有损爹的一世英名。而且爹还是羽尊呢，为什么不去杀了柳风巢，替香衣报仇？"

蓝翡说："因为柳风巢是晚辈。爹是个讲究风度的人。不过你不用转移话题，宝贝儿，为什么放着简单的路不走呢？"

蓝小翅说："我不想欺骗信任我的人。"

蓝翡说："看来为父教你的，你并没有听进去。"

蓝小翅说："我不明白，爹，为什么我们要做坏人呢？"

蓝翡说："因为在其他人眼里，羽族都是十恶不赦的坏人。"

蓝小翅说："可是爹，我觉得这样没道理。别人觉得我们是坏人，我们就要做坏人。那如果别人觉得我们是一坨狗屎，难道我们就要成为一坨……"

蓝翡说："好了，宝贝儿，爹困了。这些问题你自己去外面想，想明白了来告诉爹。"

蓝小翅惨叫："爹！！"

蓝翡说："去吧，对了，去门外东边百丈开外的地方跪着想。"

蓝小翅只好出门，向东量了百丈，是一片荆棘！！气炸！

她跪了不多久，另一个人就来了。

蓝小翅抬头看了一眼，是木香衣。她问："你怎么来了？"香衣在她旁边跪下，蓝小翅说："你伤还没好，不用过来陪我。"

木香衣怒目："你以为我愿意！！"他前去拜见蓝翡，蓝翡笑得又优雅又温柔，说："哎呀，我最心爱的大弟子可以下地了。你上次力战柳风巢，很英勇，为师很欣赏。但是你有一件东西丢在外面，忘了拿回来。为师不太满意。"

木香衣当然就问："什么东西？"

蓝翡温柔地说："你把为师的脸丢在外面了。"

木香衣就乖乖地滚过来了。

木香衣的来历，说来可笑。不老坑的木冰砚当初也是与云采真齐名的神医，看的病多了，终于遇到医闹。妻儿全数被杀。木冰砚悲愤之下，在井水中下毒，几乎屠城。

然后他在歪脖子树下上吊自尽，却正好遇上蓝翡。蓝翡制住他，从四面八方欣赏了一遍他的悲痛欲绝，然后命人给他灌药，连派了数十个青楼女子软硬兼施，与他夜夜春宵，并且放话道——谁为木神医生下一男半女，出黄金五万两。

一时之间，这些女子个个如狼似虎。终于有人抢先一步，怀胎十月，生下了木香衣。木冰砚悲愤，木冰砚痛恨，木冰砚恨不得手撕了蓝翡，可是他打不过蓝翡……

他当然不会认这个儿子。可是蓝翡更绝，木冰砚刚说了一句不要，他随手把孩子扔湖里了。木冰砚只有一瞬间的反应时间。他当然是把孩子捞了起来，可是带着小香衣，他哪儿也去不了。上次屠城之后，仙心阁还在追杀他呢！

他只有投靠蓝翡，平时给羽族治点头疼脑热、秃毛掉毛什么的，顺便研究点毒药毒针，再种点花花草草来创收，勉强度日。至于木香衣，他是不认的，更不以父子相称。所以木香衣也不认他，对外只称师从蓝翡。

这次木香衣被柳风巢重伤，原以为已经没了气息，倒是木冰砚大显神通，又给救了回来。微生歧只道是木冰砚也不过如此，连个经脉都要自己出手来续。他却不知道这是要保证木香衣的功力不打折扣。

蓝小翅说：“过几天，我们去找柳风巢。”

木香衣说：“他很厉害。”

蓝小翅一甩刘海，说：“再厉害也得给他一点颜色看看，不然还真敢欺负我家的鸟！！”

正说着话，羽族的账目主簿白翳捧了账本过来：“大小姐，这是这个月的各项进账收支，请您过目。”

蓝小翅翻了个白眼：“我说翳叔，你真的没看见我跪着吗？既然你知道我是大小姐，现在我跪着你站着，你觉得这样好吗？是不是还要我给你磕一个啊？你们这群没良心的！！”

白翳说：“哦。”然后和她面对面跪下，“大小姐，这是这个月的各项进账收支，请您过目。”

蓝小翅气极：“你要跟我夫妻对拜啊？拜托，你身为一个主簿、羽族智囊，能不能有点脑子？”

白翳说：“脑子？我们羽族哪有那玩意儿？”

蓝小翅气炸了肺，白翳却又说：“大小姐，我知道这样不好。但这是羽尊的吩咐，我们也不敢违抗啊。”

蓝小翅叹了口气，说：“翳叔，你至少可以捧着这些账本去找我爹。我爹肯定让你捧来给我。这样你就可以提醒他我还在这里跪着了啊。”

白翳说：“哦。是属下考虑不周。”话落，转身离开。

不一会儿，他去而复返。蓝小翅满眼希望的小星星，白翳在她面前搭了个小桌板，然后把账本放在小桌板上，推到她面前摆好。

蓝小翅吐血：“我……”

九微山下，温谜和云采真一路赶回仙心阁。

仙心阁地界，名曰太极垂光。其下门规森严，且极为注重修身修心。尽管每个弟子都武艺超群，却少有劣迹，在江湖中口碑一向不错。

因为实力强大，又颇为公正，江湖中人若是有什么恩怨、冤屈，也喜欢找仙心阁主持公道，所以温谜一直很忙。江湖中东家长西家短的破事儿是真不少。

温谜跟云采真刚刚行至仙心泉下，柳风巢就过来见礼：“师父，云大夫。”

温谜点点头，说：“手怎么样了？”上次柳风巢跟木香衣一战，木香衣几乎身亡，而他也伤了手臂。

柳风巢低下头：“回师父，已经无碍。”

温谜温和地道：“这次微生歧突然前往方壶拥翠，为师怀疑是与木香衣的伤势有关。但是微生歧并不愿明言。”

柳风巢惊讶：“木香衣还活着？不可能啊，当初弟子明明刺中他要害，且他已经脉俱毁……”

旁边云采真说：“木冰砚的医术，不能以常人猜度。”

柳风巢说：“是。”云采真和温谜是至交好友，他也视云采真为长辈父执，不会轻易反驳。

温谜说："羽族人向来睚眦必报，这次你重伤木香衣，恐怕他们不会善罢甘休。你出外行走，要格外小心。"

柳风巢拱手："师父放心，弟子自会谨慎行事。"

温谜点头，也不太担心。他这个大弟子，素来极是稳重自持，平时也很照顾师弟、师妹，极少让他操心。云采真也跟着他一并进入太极垂光，说："你这个人，这辈子净干蠢事，以致夫妻缘浅、子女缘无。就是有点为师之命，徒弟收得都还不错。"

温谜苦笑："谢谢好友夸奖。"你可真会插刀。

云采真一脸真诚地说："实话而已，不谢不谢。"温谜哑然。

九微山。微生歧一直找不到微生瓷。步寒蝉一脸担忧："主人，少主今天曾经问了送饭的仆役，询问蓝小翅的下落。仆役说了……方壶拥翠。"

微生歧说："他去了方壶拥翠？不可能，他不知道路。"

步寒蝉说："山下有人称遇见过形似少主的少年问路，目的地正是此地。而且我最担心的是，羽族跟仙心阁起冲突，难免是要报复的。少主天真单纯，可不要受了羽人的蛊惑，卷入这场风波才好。"

微生歧神色一凛，羽人素来奸诈狡猾，如果那小妖精蛊惑自己儿子去杀柳风巢……他说："我要再往方壶拥翠去一趟。"

步寒蝉一脸担忧："可主人与方壶拥翠，结有血海深仇。一再前往……"

微生歧竖手："你所忧心之事甚有道理。无论如何我得再去一趟。"

微生歧再下九微山，仙心阁探子第一时间就发现了，又发急报回太极垂光。温谜看到急报，又开始头大了——微生世家的人都是死宅，以前三年两载不下一次山。

今年真是……让人不安啊。

方壶拥翠。蓝小翅躺在自己的窝里。被花藤完全包裹的小窝吊在树上，风一吹，摇来晃去、花香阵阵，很是怡人。蓝小翅却有点头痛。柳风巢是温谜的亲传大弟子，武力自不必说。为人也是清正寡欲，找不出不良嗜好。怎么对付是个问题。可是木香衣被揍得半死，这事也不能就这么算了。不然羽族的脸往哪儿搁？

她正沉思，外面有人进来。人未至，香风已袭来。环佩丁当，伊人如画。蓝小翅没有起身，她也完全不见怪，反而行礼道：“烟峦见过大小姐。”她正是蓝翡的侍妾烟峦。

蓝小翅说：“起来吧，我爹歇下了？”

烟峦把手里的托盘放在桌上：“羽尊已经歇下了，我听说大小姐跪了一天，特地做了点吃食送过来。”说到“跪了一天”，她抿嘴偷笑。她也不是好人，当初蓝翡的另一个爱妾浮翠，是她的亲姐妹。一日身怀有孕，替蓝翡生下了一个儿子。

她不声不响地给浮翠的香里面下了幻绮罗，又杀死那孩子，伪装成浮翠啃咬而致。后来就被蓝小翅拿住了小辫子。

她以前没少对付蓝小翅——暗中下毒、陷害，背后吹枕边风离间父女二人的关系，但对蓝小翅不太生效——这些年蓝翡的哪个姬妾没有这样对付过她？

她百炼成精了。如今把柄在手，就把烟峦折腾了一个生不如死。后来，烟峦就怕了。她渐渐长大了，蓝翡懒，不爱管事。羽族的事大多都是她在过问。美人们渐渐没人敢再对她下手了。烟峦也认命了，对她千依百顺，不敢再使绊子。

蓝小翅看见她，灵光一闪，说：“告诉风翥，我要仙心阁柳风巢的资料，越详细越好。”

烟峦答应一声，立刻出去。风翥在羽族专门负责情报收集，是羽族的眼睛和耳朵。果然不一会儿，他就捧着一大堆书卷进来，然后开始例行哭穷：“大小姐，这个月我的办公经费一定要涨了！那点钱还不够跑跑腿儿的。我们可都是在外风吹日晒的，不比白翳那帮子坐在家里吃西瓜吹凉风的！这点银子实在不够花，手下都快揭竿起义了……”

蓝小翅一脸麻木，问：“你为啥不找我爹哭去啊？”

风翥干脆利落地说：“我怕他。”他要杀人，是真的笑眯眯地就会宰了啊！

蓝小翅说：“那你为什么老是找我要啊？”

风翥理所当然地说：“大小姐你为人善良亲和嘛！”

蓝小翅笑得很有深意，媚眼如丝，说："要钱没有，要不我以色抵债吧？"

风翥就连滚带爬地滚了。这父女二人都有办法拿捏他。

蓝小翅低头，翻看柳风巢的资料。外面木冰砚进来，也没说话，给她放了一盆红艳艳的樱桃。蓝小翅尖叫，冲过去就要抱："樱桃！！冰砚老头我爱你！"

木冰砚推开她，说："我老了，吃不消，你还是挑个年轻的爱吧。"你看我儿子怎么样？比你大两岁，模样英俊、品行端庄、武功高强。呃，虽然智商不怎么样……

蓝小翅抓了一把樱桃，真是爱，没办法，鸟都喜欢红果果。木冰砚就搭了个大棚，专门种点蔬果，免费供应给羽族的头头脑脑，有偿贩卖给普通羽人。

这也是他一个外人能在羽族深受羽人爱戴的重要原因之一。

蓝小翅看见他泛着莹莹绿光的眼睛，说："冰砚老头，你今天突然这么好，是不是有所求啊？"

木冰砚说："听说，你想对付柳风巢？"蓝小翅耸耸肩，默认。木冰砚说："那很危险。你不必听你那个疯狗老爹的话！"上次我儿子好歹还一整块回来了，我怕下次会分批回来啊！

蓝小翅拍拍他的肩，说："放心吧，我带香衣出去，就会好好地带他回来。"

木冰砚被说中心思，老脸也有点挂不住了。但是蓝小翅办事，他总有一种莫名的放心。所以他问："需要准备些什么？"

蓝小翅看了眼桌上的书卷，说："不急，让我想想。"

木冰砚答应一声，探头往外看了看，见自己儿子跟森罗并肩而行，不知道说什么。立刻心里就来气了——蠢材！该讨好的不讨好，你跟森罗一个公鸟混什么混！他能给你当媳妇儿吗？！

气炸！

太极垂光。仙心泉瀑布挂流三百丈，喷壑数十里，如同弱水虹流天上来。暗处，木香衣问："我们为什么到这里？"要直接杀入太极垂光？即使是他这样好战的人，也稍微觉得这——有点危险吧？

蓝小翅说：“温谜有个女弟子，叫贺雨苔，是温谜所有弟子里面武功最差的。不过柳风巢很爱护她。”

木香衣不明所以：“嗯？”

蓝小翅拍了拍他的头，说：“我让风翥模仿柳风巢的笔迹，约她到这里见面。”

木香衣说：“可是这里离太极垂光如此接近，你就不怕其他人发现吗？如果引来温谜或者仙心阁四大长老，风险很大。”

蓝小翅说：“引不来，”坏笑，“因为那封信是一封情书。你赴约会的时候会公告天下吗？”

木香衣说：“需要我做什么？”

蓝小翅说：“歇着。对付她，我就可以了。”

不一会儿，一个微胖的女孩左顾右盼，迟疑着向这边行来。等她接近仙心泉，蓝小翅突然暴起，一掌挥出，却是虚招，趁贺雨苔慌乱应变的时候，她一脚出去，踢断了贺雨苔的腿。

贺雨苔一声痛叫，木香衣无语——贺雨苔的功夫差了这么多，她居然还偷袭。

蓝小翅制住贺雨苔，贺雨苔满眼愤恨，却已不能出声。

木香衣说：“接下来呢？”

蓝小翅说：“我让风翥晚一刻钟再给柳风巢送另一封信，他应该快来了。”

木香衣说：“另一封？也是情书？”

蓝小翅笑：“是呀。为了给贺雨苔面子，他肯定也会单独前来，并且避开旁人。”

木香衣“唔”了一声，说：“我们二人打他一个，很难不惊动其他人。”

蓝小翅说：“我们会尽快结束战斗。”

尽快？木香衣不是很懂，但是他和蓝小翅在一起的时候就不太愿意想问题，于是便不问了。过了不久，远处又有人来。蓝小翅把贺雨苔堵上嘴捆起来，丢到瀑布里面。

柳风巢向仙心泉行来，速度很慢。接到贺雨苔的情书，他心里有点无措。二十二岁也不小了，不是懵懂少年了。父亲和师父也都支持他早日定下婚事。

小师妹贺雨苔是个合适的人选，可是他从来没有往这方面想过。前面二十二年，他在感情方面可谓是一片空白，从来没有过动心的感觉，可是如果两个人真的在一起，相敬如宾，貌似也不是不能接受。

他内心还算是理智，所以少年该有的憧憬、相思都不曾出现，没有想过会不会遇到心爱的人。心爱是一种什么样的感觉？

他走到仙心泉下，瀑布轰鸣。雨苔还没来？他左右一看，突然看见泉中忽沉忽浮的人！柳风巢吃了一惊：“雨苔？”飞身掠过去，贺雨苔嘴里被塞了布团，不能出声，只能呜呜摇头。但在水里，根本看不清。

他刚握住贺雨苔的肩，突然身上一痛。柳风巢低下头，只见贺雨苔身下的碧水中伸出一截雪亮的锋刃。柳风巢吃了一惊——无色翼，羽人的兵器！血在这时候才晕散开来，在水中蜿蜒出一条红纱。

蓝小翅从水下露出一张美人脸来，一脸得意：“咦，我得手了。”

柳风巢顿时明白上当，待要发信号通知仙心阁，但是手刚一动，蓝小翅已经斩向贺雨苔。柳风巢没有办法，只得保护师妹。

贺雨苔急得眼睛里全是泪，但是她发不出声音。而柳风巢带伤与蓝小翅交手，又要保护受伤的她，无暇看她。两个人交手十余招，柳风巢将要占得上风，突然身后传来破风声！

柳风巢回身一挡，是邪钩阴藤！木香衣！

他心中一凉，蓝小翅的无色翼刺入他胸口！他手一失力，邪钩阴藤贯入体内。血流如注，他倒落池中。泱泱碧水之中，只见水气氤氲蒸腾，光影陆离。

一身紫裙的少女手里握着寒气森然的无色翼，锋刃滴血，她却一脸盈盈笑意。明明那么恶毒，偏又天真无邪。风吹过，他听见清悦的声音，是她发间花铃。

香气幽微入鼻，她衣绦垂水，画面定格，竟然有一点平生未见的美好。是在生命的最后一刻，看见了神女飞仙吗？他喷出一口血，泉水漫过，手松开，剑沉落。

第四章 丹崖青壁

贺雨苔悲鸣一声，眼中泣血。蓝小翅把她提出来，扔在水外，说：“走吧。”

木香衣看了贺雨苔一眼：“不杀她？”

蓝小翅说：“你跟她有仇啊？杀心不要那么重。”木香衣并不爱听的样子，蓝小翅只好说：“她根基差，留着她拖累温谜。”

木香衣遂觉有理！

二人刚要离开，突然远处有人飞奔而来，一个声音低沉道：“小妖精，小瓷是不是跟你在一起？！”

蓝小翅大吃一惊——微生歧！微生歧为什么会出现在太极垂光？！木香衣侧耳听了听，说：“声音耳熟！”

蓝小翅将他一推：“快走！”

然而来不及了，他们的速度，岂能跟微生歧相提并论？

微生歧来到仙心泉下，左右一看，不见微生瓷，正要再问，突见地上躺着一个人。观其衣着，显然是仙心阁弟子。他顿时怒道：“妖女好大胆，竟然敢到太极垂光作恶！”

说话间，一掌击过来。情急之中，蓝小翅和木香衣联手一挡，二人都喷出一口血来。而这显然还是因为微生歧只想逮住她，问出微生瓷的行踪，没下杀手。

蓝小翅被他抓在手里，木香衣接了那一掌，也知道是讨不了好了。正犹豫，蓝小翅怒道："跑！"

木香衣再不犹豫，掉头就跑！微生歧顾不上追他，只是问蓝小翅："小瓷是否到过方壶拥翠？"

蓝小翅被他勒得直翻白眼，勉强道："到过，你松点手，勒死我了！"

微生歧逼问："如今他在何处？"

蓝小翅说："我劝他回九微山，他现在应该已经回去了。"微生歧将信将疑，手上力道倒是松了。蓝小翅说："我就算有天大的胆子，也不敢欺骗微生叔叔您呐！"

微生歧放开她，她拔足狂奔。微生歧又一剑挑开了地上贺雨苔的绳索。贺雨苔爬起来，立刻哭道："微生前辈，那妖女杀死了我的大师兄柳风巢！快抓住她！"

微生歧一惊，立刻几步上前。蓝小翅已经拼命奔逃，但哪里是他的对手，不过片刻，又被他抓住。此时贺雨苔努力去拖泉水中的柳风巢，微生歧不想管仙心阁的闲事，说："我走了，你自己找人帮忙。"说完，一伸手制住蓝小翅身上几处大穴，转头离开。

贺雨苔发了信号，蓝小翅知道这次有点惨，也不说话。不一会儿，仙心阁阁主温谜和长老柳冰岩最先赶到。见到贺雨苔，温谜皱眉："什么事？"

贺雨苔"哇"的一声哭出来："师父！大师兄……大师兄他……他被羽族妖人杀了！"

温谜心中一惊，旁边柳冰岩瞬间红了眼睛："什么？风巢人在何处？！"

柳风巢是他儿子。

贺雨苔泣不成声，指了指仙心泉。柳冰岩肝胆俱裂，再顾不得其他，纵身跃入水中找寻。温谜早就看见了被制住穴道的蓝小翅，他走近一看，就皱起眉头——是微生世家的点穴手法。九微山谁来过？

又有弟子赶来，温谜一边为贺雨苔包扎腿伤，一边说："去请云大夫过来。"

此时，柳冰岩从仙心泉中捞出柳风巢，一双眼睛都是血红的，像要择人而噬："风巢！"

温谜赶过去，就见柳风巢身上几处伤口。他急忙为他止血，然而毕竟术业有专攻，旁的也做不了。柳冰岩也运功护住柳风巢心脉，直到云采真赶来，温谜才问贺雨苔："发生了什么事？"

贺雨苔把蓝小翅暗算柳风巢的事都说了，温谜看了一眼蓝小翅——蓝翡的女儿？心里结痂的伤口又被撕开，他说："把她带下去，先行关押。"

有弟子应声，前来拖着蓝小翅进了仙心阁。柳冰岩一直守在柳风巢身边，见云采真把完脉，才颤抖着问："云大夫，怎么样？"

云采真说："有我在，不用担心。帮我把他搬到烟雨虚岚。"

烟雨虚岚是云采真的住处，柳冰岩急忙小心翼翼地抱起柳风巢。二人顾不得理会蓝小翅，匆忙离开。

方壶拥翠。

木香衣在蓝翡住处之前长跪不起。蓝翡一直让他跪足了两个时辰，才准他入内。木香衣跪在地上，重重磕了个头："弟子无能，以致大小姐落入微生歧之手，恳请师父搭救。"

蓝翡说："你是挺无能的。"

木香衣垂下头，蓝翡又问："柳风巢死了？你亲眼所见？"

木香衣说："弟子亲眼所见，绝不会有假。"

蓝翡说："所以怎么说你笨呢？你应该斩下他的头颅，这样为师就不必忧虑云采真的医术是不是跟木冰砚一样变态了。"

木香衣急道："师父，大小姐现在情况危急！"

蓝翡说："危急什么呢？她在太极垂光出事，如果人在微生老呆手上，微生老呆看在小呆的面子上不会杀她。如果人在仙心阁，呵，那就更安全了。"

木香衣小心翼翼地道："师父是说，人在仙心阁之手，容易搭救？"

蓝翡看了他一眼，哈地笑了一声。团扇轻摇，神情快慰。

此时，九微山。

微生歧赶到的时候，步寒蝉已经过来："主人，少主已经归来，如今正在石牢练功。”

微生歧松了一口气，那小妖精，倒真是没有骗他。他走到石牢，说：“竟然敢擅自离开九微山，越来越不懂规矩。”

微生瓷没有理他——蓝小翅说是他爹不许他们来往的话，他可记着呢。呵，跟小时候一样，什么喜欢的东西都不能得到。

他刚出生，微生歧就对他寄予厚望。四岁启蒙，从此天天练武。小小的孩童，总不专心。他喜欢花、喜欢草、喜欢阳光，喜欢除了练功以外所有的东西。

微生歧拔掉他种的花、杀死他养的鸟，隔绝一切会影响他心志的东西。然后在他走神的时候，把他抽成破布。教育的方式粗鲁却有效，小小的孩童为了少挨揍，很快展露出武学上的天赋。

呵，多么久远的事。久到忘记了父子之间是否有过温情的时候。那就如你所愿吧，我终生练武，到我死掉为止。

于是微生歧得到的反应，只有漠然。他说：“小瓷，你相信爹，爹是为了你好！那丫头之狠辣，不是你能应付的。你要为了她，与天下人为敌吗？”

可依然没有回应，如同这十二年来相对无言的绝望。

微生歧走出石牢，连眼神都写满疲惫。失去了慕容绣，再也没有人告诉他应该怎么办了。

太极垂光，仙心阁。蓝小翅坐在地上，原以为的毒刑拷打、凌虐逼供都没有发生。她有点好奇，突然外面有弟子送来一碗白饭、一碟咸菜。虽然是十分简单的饭食，但蓝小翅是真的震惊了——我杀了你们大师兄哎！你们不报仇吗？

可是没有人报仇，只有送饭的弟子怒瞪她，不甘地骂了句——妖女！可是饭和水还是放在牢外她可以拿得到的地方。蓝小翅端起水碗，一脸犹疑——不会是想直接毒死我吧？可是那水和饭都没有异样。

她却不知道，仙心阁跟羽族的不同。仙心阁柳冰岩虽然恨不得剥了她的皮，但是他是长老，也是长辈，当然放不下架子对一个晚辈出手。仙心阁的弟子虽然也恨极了她，但是没有上面的命令，谁也不敢凌虐囚犯。名门正派，纵然对待有罪之人，也不会擅动私刑。

温谜命仙心阁发出公示，称捕获羽族妖女蓝小翅，令各门派、势力呈上她以往的罪状。各方查证之下，再依罪处刑。

柳冰岩怒道："她敢到太极垂光杀人，还不够处以极刑？"

温谜说："冰岩，先前风巢也几乎杀死蓝翡的亲传弟子。她此来是为寻仇。事出有因，因此一事处以极刑，并不公正。"

柳冰岩说："我也知道因私废公有违仙心阁宗旨，只是事关爱子，难免关心则乱。请阁主责罚。"他是长老，在弟子面前，当然要以身作则。否则仙心阁的规矩，如何服众？

温谜说："法理不外乎人情。风巢、雨苔之伤，我也焦急。长老不必自责。等到江湖同道呈上此女作恶的证据，查实之后，我自会依法行事。"

柳冰岩躬身道："是。"

仙心阁的公示文书很快传遍江湖，各门派随即响应。不少案件传报而来。温谜交给专人查证，三日之后，却只有暗杀柳风巢、打伤贺雨苔和挑断连镜脚筋三件事可以坐实。

温谜也有点为难了，想不到这妖女在江湖上劣迹斑斑，然而竟然还找不到杀她的证据。最终经仙心阁四位长老公议，判决结果是押到丹崖青壁，钉入四颗绝脉钉。经七日风吹日晒，如不死，则刑毕。

绝脉钉一共七颗，若七颗齐出，则人必死。四颗或有生机。但绝脉钉入体，任是绝世高手，也休想动用半点内力。钉上有异毒，可令人神志清醒，也痛若剜心。

施刑之后，疯癫者不在少数。但也真有人因为恐惧此酷刑而弃恶从善，改头换面。判决下达，虽然有人觉得不公，但也确实列不出罪证，只得如此。

蓝小翅听说了，问："绝脉钉我倒是听说过，真的这么厉害？"送饭的弟子哼了一声，丢下水和饭就离开。虽然不曾凌虐，但想要一个好脸色也是不可能的。

这一日，江湖正道齐聚丹崖青壁。温谜高居上座，仙心阁四大长老各居左右。弟子均仗剑而立。各门各派来的俱是有头有脸的人，所以现场还算是安静。刑罚长老丁绝阴宣读了蓝小翅的罪状，列出证人、证物。再三核对无误之后，宣布行刑。

蓝小翅也不是很怕，到底是没试过——这绝脉钉，一听就不太厉害的样子。几个钉子嘛，能有多痛？她被架到丹崖青壁，壁高百丈有余。行刑之时，绝脉钉会将人穿钉于青壁之上。血如长线，缓缓流淌。

丁绝阴挥手，有弟子捧上绝脉钉。蓝小翅定睛一看，立刻就㞞了！这谁取的名叫绝脉钉？你家绝脉钉这么大一根啊？突然就有些想念微生瓷了，他要在这儿，没准能救她出去。唉，也不知道他找到回九微山的路没有。

丁绝阴举起绝脉钉，问："蓝小翅，你认罪吗？"

蓝小翅没好气："我认罪你就不钉我了吗？简直混账。"

丁绝阴说："你不认也没关系，绝脉钉会帮你想明白的。"他一挥手，左右弟子上前架起蓝小翅，正准备行刑，突然外面有人扬声道："哪位是温阁主？"

众人一静，随即转身。却见一农夫打扮的人高声道："温阁主，有个叫蓝翡的长翅膀的男人让我跟您传句话，说蓝小翅是您的女儿！"

说完，奉上一封信。诸人大哗！！柳冰岩接过信，转呈温谜。温谜拆开，只见蓝翡的字迹华丽纤美——昔日明珠，今朝奉还。珍而重之，莫再遗弃。

那一年的事，突然如刀锋划过瞳孔。温谜拆信的手，剧烈抖动起来。

丹崖青壁一片寂静。丁绝阴怒斥传话的农夫："噤声！"

那农夫吓得脑袋一缩，是再也不敢说话了。但是那又有什么用？他方才大声嚷嚷，大家可都听见了。

短暂的沉默之后，有点尴尬。可是最擅于掌控大局的温谜说不出一句话。那一年，温谜结识了羽族第一美人青琐。青琐为他叛出羽族，然而二人的亲事却遭遇当时的仙心阁阁主大力反对，甚至要跟他断绝师徒关系。

少年的温谜，毅然脱离仙心阁。前阁主气得差点爆了血管。仙心阁是名门正派，当然也干不出追杀二人的事来，只是师徒、父子尽皆反目。知交故友不相来往。

温谜带着青琐游走江湖，俊男美女，过了很长一段无忧无虑的时光。然后青琐有孕，生下一个女儿。温谜爱若至宝，光是起名就想破了脑壳。然而在女儿满月这一天，羽族偷袭柳氏一族，柳冰岩发信求救。

柳氏一族是仙心阁的主要宗系之一，与温谜师徒也一向亲近。柳冰岩更是温谜的知交好友。

温谜不顾青琐劝阻，再度提剑，驰援柳冰岩。他刚一离开，蓝翡进入他的居处。青琐当然不是蓝翡的对手，尽管疯狂反抗，仍然为他所制，母女二人都落到他手中。

随后蓝翡以女婴要挟，尽管仙心阁门人弟子全部赶来相助，却碍于青琐母女投鼠忌器，一时之间，死伤惨重。

以至于最后，连柳冰岩七岁的儿子柳风巢也落在蓝翡手中。温谜与丁家、柳家联手，几乎围杀了森罗和郁罗等羽族精锐。蓝翡在旁观战，微笑着轻摇团扇，说："温少侠真是义薄云天，现在这里，一个是兄弟的儿子，一个是自己的女儿。我真想知道，你会怎么选呢？"

温谜回过头，蓝翡将两个孩子抛出，手中团扇机关启动，蓝色针雨漫天而发。温谜下意识抱住了柳风巢，手中宝剑为他挡下了绵绵毒针。

柳冰岩和丁绝阴同时抢出，却终究迟了一步，女婴身中毒针十几支。蓝翡将那孩子接在手里，摇头叹气："唉，还是兄弟的儿子重要。"

青琐泪流满面，温谜拼了命同他争夺女婴，蓝翡说："噫，这时候才这么急切，早干吗去了？你看，她还哭呢，不知道还救不救得活。木冰砚早就说想做药人，我看她不错。"

温谜崩溃，眼看郁罗、森罗等人俱已脱出，纯血羽人背生双翅，可以离地飞行。他要抓住蓝翡非常不容易。

于是在逼得蓝翡抛出女婴、双手接招的时候，他一掌拍在女婴背上。不，不要这么生不如死地活着。蓝翡的蓝血之翼逼近，或许当时他那一掌偏移，但孩子立刻就声息全无。青琐惨叫一声，不顾一切穿透了蓝翡的蓝血之翼，身上被划出深有三寸的伤痕。蓝翡却及时收起兵器，说："哈，不让你死，留着你伤心。"

青琐拖着血肉模糊的身体冲上来，抢夺女婴尸体。蓝翡一掌迫开她，双翼一扬，飞离地面，扬长而去。

青琐跪地痛哭，温谜走过去扶她，她回手一巴掌，那么用力，像是打破了一场执子之手、死生契阔的人间美梦。

后来，仙心阁与羽族多次交战，却再也没有发现过温谜之女的下落。九微山慕容绣与青琐有过几面之缘。彼时她也已为人母，深感同情，又不齿蓝翡行事，嘱托自己丈夫微生歧下山帮忙找寻孩子下落。

微生歧单人一剑杀入方壶拥翠，一半羽人丧生于其剑下。关于温谜的女儿，微生歧问遍了所有羽人，答案唯一："死了。"

可是现在，蓝翡又派人前来传话。眼前的蓝小翅，真的是他的女儿吗?

温谜心头绞痛，这边丁绝阴道："阁主，蓝翡故意此时派人送信，而且如此高声宣扬，乃有意乱你心智。不可上当。"

师尊面前，仙心阁弟子不敢开口。柳冰岩说："此事无论真相如何，只怕事已至此，不可转圜。"仙心阁阁主的女儿，可不是赦免罪行的理由。柳冰岩迟疑，毕竟当初，如果温谜不是当先救走柳风巢，不至于妻离子散，十五年孤单。

旁边贺雨苔拄着拐杖过来，她是专门为了观刑而来。此时也有点懵，问柳冰岩："柳长老，这是怎么回事？"

柳冰岩示意她不要开口，旁边云采真一脸诚实，说："这有什么可为难的，四根绝脉钉，顶多四个窟窿，又不一定会死。"

柳冰岩瞪了他一眼，丁绝阴说："云大夫！您还是赶紧确认一下这小……蓝小翅是不是阁主爱女吧！"

云采真说："你们是想确认她是不是当初被蓝翡抢走的女婴，还是想确认她是不是温谜的女儿？"

柳冰岩说："这有什么区别吗？"

云采真说："就算她是当年被蓝翡抢走的女婴，也不一定就是温谜的女儿啊。要是不小心查出来她老婆跟蓝翡有一腿，岂不是更伤他心？"

柳、丁二人气得——怪不得你终生赖在太极垂光行医，你这张嘴！要在别处，真的很难不被揍死。

温谜苦笑，慢慢收起信，知道兄弟们担心了。他扫视场内诸人，轻声说：“十五年前，温某曾痛失爱女。如今蓝翡旧事重提，让诸位见笑了。请诸位给温某一点时间，跟这位蓝姑娘说几句话。”

他走到蓝小翅面前，蓝小翅也在看他，嘎？这是发生了啥？

温谜伸出手，搭在她的脉门上。十五年前他的一掌，是有心要取女儿性命，她纵然活着，也势必伤重。虽然时间甚久，但脉象之中，总不至无迹可寻。

诸人倒是没有不耐烦——仙心阁阁主的狗血八点档啊，谁不爱看？哪在乎耽误的这么一丁点时间！连载两千集才好呢！

柳冰岩碰了碰云采真：“云大夫，蓝翡诡计多端，你过去查看一下。莫让阁主中了他的圈套。”

云采真说：“这是你们让查的，要是查出温谜的老婆跟蓝翡有一腿，我可……”

柳、丁二人一并将他捶了出去。

云采真来到蓝小翅面前，发觉温谜神情异常，说：“我来。”

温谜也没拒绝，说：“有劳好友。”

云采真先为蓝小翅把脉，随后又从医箱里取出两粒药丸，喂给蓝小翅。蓝小翅瞪眼：“干吗？仙心阁不是不准动私刑吗？你们还想把我毒死灭口啊！”

云采真怒目，柳冰岩说：“终于有一个说话比云大夫更气人的了。”

丁绝阴苦笑：“若经证实，只怕阁主……下不去手。”柳冰岩到底心中有愧，沉默。丁绝阴说：“可仙心阁自建立至今，向来公正无私。此事可如何是好！”

两个人说着话，云采真已经捏住蓝小翅的下巴，把药丸喂下去。不一会儿，再次把脉，他说：“是受过内伤，十几年的陈年旧伤，仙心阁心法。身上的毒经过奇特的治疗，唔，是拿她试过不少毒和药，以致她体质异于常人。因为时隔太久，一时不能查证是否为蓝血银毫。”

温谜手抖，说：“是她。”

云采真于是对蓝小翅说：“喂，叫爹。”

“什么啊！”蓝小翅只觉荒谬无比。看看他，又看看温谜，歪着小脑袋想了一下，突然问：“叫你爹有什么好处啊？”

云采真认真地思考了一下，说：“还是有的吧，他毕竟是仙心阁阁主啊。”

温谜深深吸气，失而复得的狂喜与妻离子散的疼痛一并袭来，他甚至不知道应该给予一个什么表情。

微笑还是哭泣？

他说：“我知道你暂时不能接受，但是小翅，我真的很抱歉。我……”

话没说完，蓝小翅说：“我能接受啊。我就是问，我叫你一声爹，有没有什么好处。”

温谜说：“你要什么好处？”

蓝小翅用商量的口吻说：“呐，起码我刚认了你这个爹，你总不好意思立刻就钉我吧？那我要死了，叫你这个爹叫得多冤。”

呵，狡猾又现实的小东西。十五岁，羽族，蓝翡到底把你养成了什么样子？

温谜说：“你叫我一声，不白叫的。”

蓝小翅立刻叫了一声：“爹！”又快又干脆。

欠缺诚意，温谜的眼里却泛着泪。他站起身来，面向武林同道，说：“诸位，经云采真大夫确认，这位蓝小翅姑娘，确实是温某爱女。十五年前被蓝翡所夺，抚养至今。”

人群有些许骚动，虽然消息劲爆，但前来丹崖青壁观刑的也不是乌合之众。诸人左右看了看，一脸惊呀的表情。毕竟当初羽族跟仙心阁一场大战，可是历历在目。

终于有人站出来，问：“温阁主，那接下来……还行刑吗？”这才是大家关心的重点。仙心阁多年以来一直是武林的公平秤。现在这杆秤涉及自己首脑成员的直接利益了，是否还能够一如既往地公平公正？

温谜说：“小女之刑，乃经仙心阁执法长老丁长老亲自查证，一应证据确凿，证人亦全部核对过口供。四根绝脉钉之刑，并无错漏。但现在，温某有一个不情之请。”

诸人不说话了，数百双眼睛盯着他看。

温谜说：“正所谓子不教父之过，温某十五年来身为人父，却未尽丝毫养育、教导之责，她的过错，其实是温某之过。今日，温某以己之身，代她受绝脉钉之刑。此后定会严加督促，令其改邪归正、弃暗投明。”

此话一出，顿时诸人再顾不得身份，议论纷纷。柳冰岩说：“阁主，不可！”

丁绝阴也道：“四根绝脉钉虽然不致丧命，却也非同小可，你何苦非要……”

温谜摇头制止他，微笑，说：“我……我只当了一个月父亲，其实并不知道怎么当一个父亲。可我也知道，绝脉钉钉在我身上，至少不至于心痛。”

丁绝阴沉默。

柳冰岩说：“他不是个会轻易改变主意的人，去吧。”

丁绝阴说：“开什么玩笑？你还真打算对他施刑？”

柳冰岩说：“去吧。”

丁绝阴渐渐明白过来，这是真的。他瞪了一眼蓝小翅：“记住你爹为你做的事！”

蓝小翅回瞪他：“我逼他了？”

丁绝阴气急，有心一耳光下去，到底也不忍心。当初的温谜与青琐，多么天造地设的一对璧人。想来想去，只能恶狠狠地骂——该死的蓝翡。

温谜除去外衣，丁绝阴戴上白色手套，拿起一根绝脉钉，手有点抖。温谜苦笑，说：“好不容易大家肯给这个面子，你手稳一点，留条命给我。”突然发现还有好多话想对她说，好多事没有做。

丁绝阴怒道：“我这是第一次对仙心阁阁主行刑，心里激动！”

温谜说：“别难过。”丁绝阴顿住，温谜说，“能以身代之，是上天对我的仁慈。”

丁绝阴稳了稳心神，第一支绝脉钉入体，鲜血飞溅。温谜闷哼一声，别过脸，看见蓝小翅就在旁边，歪着小脑袋盯着他看，一双眼珠滴溜溜地乱转。

那眼中眸光，似乎可以止痛疗伤。

温谜的血，顺着丹崖青壁流淌，染红了半边衣衫。终于有武林同道看不过眼，说："温阁主，我等知道仙心阁言出必行、守正无私，但是这次的事，就算了吧。令千金也是受了羽族妖人的蛊惑，若真论罪过，也是蓝翡等人的罪过，与你无关，不应由你受刑。"

此言一出，其他人也纷纷应和。

温谜看了一眼，认出带头说话的是来自蜀雨青枫的化成雨，他说："化掌门好意，温某心领。但是仙心阁门规如山，不敢枉纵。还请化掌门不要多言了。"

化成雨也不好再多说什么，丁绝阴太了解温谜的个性了，知道这次行刑是无法挽回了。他并没有手下留情，却也稳住心神，不伤及他筋脉骨骼。鲜血如泉，在白衣上化开。蓝小翅抬起头，看见温谜正盯着她看，目光里不觉疼痛，竟然是带着笑意的。

行刑完毕之后，尚有七日风吹日晒。蓝小翅被押回太极垂光，执法长老丁绝阴和传功掌老柳冰岩都有些为难。这个货是要怎么办？绑着吧，不是对待自己孩子的道理。放开吧，可别转头就跑了。这要是再跑回羽族，阁主受这四根绝脉钉是图啥啊！

最终，蓝小翅被关在温谜的房间里。门外，贺雨苔声音急切："丁长老，蓝小翅把大师兄伤成那样，就这么算了？"

丁绝阴说："丹崖青壁的事，你都看到了。怎么，嫌你师父受四根绝脉钉之刑太少？"

贺雨苔说："可是罪行是她所犯，师父他……难道半点惩罚也不给吗？"

丁绝阴说："我只是执法长老，如今刑罚已毕，剩下的事，你问你师父去。"

贺雨苔咬了咬嘴唇，旁边柳冰岩说："别在这时候添乱了。"说罢，也不再理她，转头对丁绝阴说："阁主还在丹崖青壁，我们送水过去，也不肯喝。"

丁绝阴说："让那个小……"想想，还是觉得"小妖女"这个称呼不好，改了下："小翅膀给她爹送过去。我就不信阁主不喝。"

柳冰岩说："嗯！让云大夫加点药在水里。"

不一会儿，几个人都进到房间里。蓝小翅还被捆着，柳冰岩把她的绳索解开，说："给你爹送点水过去。"

蓝小翅翻了个白眼，说："凭什么啊！"

柳冰岩怒："你爹为你受刑，你有没有良心！"

蓝小翅说："首先，他一开始就承诺了，我叫他爹，他给我好处。现在好处他是给了，爹我也叫了啊！钱货两清，明白？第二，刑是你们判的，也是你们执行的。和我有半根毛的关系？再说了，就算他是为我受刑，也是为了让他自己心安，维护他师门的名誉。我就该感激涕零？虽然我现在是不知道发生了什么事，但我也能猜到肯定是当初他干了什么亏心事。是也不是？所以啊，他还应该感谢我呢，要不是我，他哪来这么个机会抚慰自己受伤的心灵？"

丁绝阴说："说的什么屁……"在男弟子面前粗鲁惯了，他改口说："你到底要怎样才肯去？"

蓝小翅说："你们现在是在求人，有没有一点求人的态度？"

柳、丁二人都愣住："什么？"

蓝小翅说："求人呢，起码应该低声下气、和颜悦色。再送点礼物、给点好处，拉点关系。看看你俩，好像我家二大爷似的！"

柳、丁二人气结，柳冰岩喝："我俩怎么着也算是你叔……"

蓝小翅说："叔又怎么了，我吃你们家大米了？"

柳、丁二人摔门而去。

九微山。鉴于没有人招惹，微生世家不屑于探听各处消息，所以他们的消息来源比其他门派会略为迟缓。微生歧问步寒蝉："你说什么？"

步寒蝉说："回主人，听山下的农夫说，蓝小翅是仙心阁阁主温谜的亲生女儿。这次仙心阁判处她四根绝脉钉之刑，温谜替她受刑了。"

微生歧说："这怎么可能呢？虽然仙心阁也不是好东西，可是温谜也不能跟蓝翡的姬妾通奸吧……"

步寒蝉无语："主人，您难道忘了，当初蓝翡从温谜手中抢走温谜爱女，您还亲自去过方壶拥翠。”

微生歧说：“我当然记得，可是那个女婴，身中蓝血银毫，又受了温谜一掌，真有存活的可能吗？”

步寒蝉说：“温谜外表谦和，内里精明，不会上这种当。他若以身代刑，这事肯定假不了。”

微生歧站起来，面向窗户，久久无语。步寒蝉说：“主人是在想什么？”

微生歧没说话，心里却暗暗打着小算盘。如果蓝小翅真是温谜的女儿，那跟九微山可真是门当户对啊！虽然他没有门第之念，但是整个江湖还能找出哪一个比仙心阁阁主爱女更配得上自己儿子的姑娘呢？更重要的是自己儿子喜欢！这可不就是天作之合吗？

只是独步武林久了，要拉下老脸去跟温谜那个伪君子客套，真是不容易。而且那丫头有点记仇，不知道对自己擒住她的事是不是还耿耿于怀，去了难免要被冷嘲热讽几句。心下有些犹豫，但是往石牢的方向看了看，就算天上下刀子也得去啊！

丹崖青壁。温谜还在壁上钉着，血染月光。仙心阁四大长老守护在侧。阁主行刑，他们当然也唯恐心怀鬼胎之徒钻了空子。

耳边突然一阵风声，四人定睛一看，眼前不知何时立了一道白影。四个人寒毛都奓了起来，临至眼前才发现，这要是敌人，早死了不知多少回！

四种兵器同时出鞘，四声厉喝也同时响起：“谁？！”

太可怕了，太危险了！四位高手俱是冷汗直流。

只有温谜声音虚弱却清晰：“微生家主，远道而来，有何贵干？”

四位长老同时收起兵器——为什么老天让我们练武，又生出微生家这种怪胎来气死天下武者？不过知道并不是又出现了其他怪胎，大家心里总算是安稳了一点。

微生歧干咳了一声，走到温谜面前，四位长老直接被无视。但没有人心存不满——不会有人想引起微生家的人注意。所以微生歧顺利走到温谜面前，当时温谜四根绝脉钉入体，毫无还手之力。四大长老也没有保护的意思——破罐子破摔了，保护啥？

微生歧伸手按了按伤处，温谜一声痛哼，苦笑：“歧兄此来，可是有何要事？”

天啊，最近微生世家的人下山频率真是太高了。你不知道你一下山，整个江湖都会接到预警吗？

微生歧一张脸如钢似铁，许久之后，堆出奇异的笑来。浅淡月光之下，温谜毛骨悚然：“歧……歧兄？”你要干什么？

微生歧放低声音，说：“温阁主，别来无恙？”

九微剑在月光下反射出九色光芒，温谜觉得自己一定是太痛了，以至于出现了幻觉。是的，这一定是幻觉！不然那就真的太恐怖了。微生歧继续说：“听闻阁主为爱女受刑，微生世家十分担心，特地前来探望。”

我一定是疯了！

温谜表面镇定，内心崩溃。可是这一切都是真的！

所以他深呼吸，说：“承蒙微生家主挂怀，温某实不敢当。”连歧兄都不敢叫了。

微生歧表情和善，问：“听说蓝小翅是阁主爱女，此事属实否？”

温谜说：“已经查实。那孩子确实是温某十五年前被蓝翡夺走的女儿。”天啊，大神，你不要这么和颜悦色，你要什么你说！你不会是来屠灭仙心阁的吧？

带了多少人？你的一等弟子来了几个？

微生歧眼神更善良了，他说：“原来如此，恭喜温阁主父女团聚。”

温谜说：“受宠若惊，受宠若惊。”不不不，不是我疯了，是微生歧疯了！难道微生瓷的狂疾真的是遗传？

微生歧说：“绝脉钉之刑极伤元气，温阁主事务繁忙，只怕更无暇疗伤。”他伸出手，在温谜胸口略微停留，一道内力瞬间在温谜体内游走，片刻之后，即行离体。

胆魄如温谜者，也是毛发倒竖。可是那道真气瞬间护住了他的经脉，令绝脉钉之毒不能渗透。

温谜说：“微生家主，此刑虽为温某代女所受，但不敢徇私。依照规定，不可如此。”微生歧心下不悦——虚伪小人，不识抬举！想了想，只哼了一声。温谜知道他不高兴了，但是竟然没表示出来，不对，今天真是太反常了！

微生歧倒也知道事情不急在一时，但是人情已尽，以后总是好说话。他说：“阁主好生保重，如有需要，可往九微山求助。”

说罢，拱手一礼，转身而去。仙心阁的守卫全然没有被惊动。一直等他走得没影了，柳冰岩拍着小心肝问：“这、这是……微生歧？”

丁绝阴说：“微生歧一向眼高于顶，今天这是吃错药了？”

旁边三长老谈追说：“礼下于人，必有所求，他此次来意蹊跷。微生世家会有什么事需要求助于仙心阁呢？”

四长老古鹤影说：“此人武功深不可测，若是居心不良，可真是让人心忧。”

温谜终于说：“微生世家的人一向单纯，他们的心思不必往深里猜测。”

柳冰岩问：“这可真是令人费解。会不会是云大夫答应医治微生公子的事？”

温谜说：“采真并无把握治好微生公子，而且在当时，微生歧也并未有太大转变。今日神色，确实迥异。”

仙心阁阁主外带四位长老绞尽脑汁想了几天几夜，没想出答案。

第五章 弄假成真

烟雨虚岚。柳风巢睁开眼睛，只动了动手指，就觉得全身剧痛。他没出声，只打量了一下左右，已经知道自己在云采真的住处。柳冰岩站在床边，说：“阁主首徒、长老独子，在仙心泉遇伏，哼，你可真给我们长脸！”

柳风巢挣扎着想要下床：“父亲，是风巢大意，令父亲担心了。”

他一动，伤口又开始流血。柳冰岩到底不忍，按住他不让他乱动：“我担心倒是没有什么，你若真有什么好歹，难道还指望敌人原谅你的一时大意？”

柳风巢忍着痛，说：“父亲教诲得是。”

柳冰岩说：“另外还有一件事，蓝小翅经查实，是你师父失散十五年的亲生女儿。”

柳风巢吃了一惊，许久反应过来：“蓝小翅？她不是蓝翡的女儿吗？”

柳冰岩说：“蓝翡那个人，一向心思叵测，难以揣测其用意。但是现在你师父已经当众认回女儿。所以以后，你要视她为师妹。这次的事，你虽受伤，却总算无性命之忧。就此揭过，以后也不得再提。”

柳风巢说：“我……我的伤不要紧，我是说，爹，我不会因为她偷袭我而记恨。可是她毕竟在羽族生长十几年，真的能够再回到仙心阁吗？如果日后，她仇家追至，也由仙心阁一力承担？”

柳冰岩叹了一口气，人在江湖，并不是是非黑白那么简单。柳风巢的担心也不是没有道理。虽然今时今日没有查出蓝小翅其他确切罪行，但不代表没有。

四根绝脉钉，今日温谜受了，他日呢？

他说：“事到如今，也是没有办法。爹想，我们也只有看住她，日后不为非作歹就好。以前的事……听阁主的吩咐吧。”

柳风巢说：“是。”

柳冰岩说：“雨苔那边，你也多劝着一点。仙心阁向来团结，自己人之间不可再生嫌隙。”

柳风巢说：“雨苔师妹的伤……”

柳冰岩说：“外伤，已经处理好。这些天她多半在烟雨虚岚照顾你，也是有心。”

柳风巢心中一跳，果然柳冰岩问：“你们二人为何会同时在仙心泉中伏？”毕竟事关女儿名节，他也不好人前问。但是贺雨苔父母双亡，师父温谜又刚受完绝脉钉之刑，他当然只有问问自己儿子。

柳风巢有些尴尬，说：“当时……蓝小翅修书分别约我和雨苔师妹在仙心泉会面。”

柳冰岩点点头，突然说：“你觉得雨苔如何？”

柳风巢有点没反应过来：“什么？”

柳冰岩说：“你也不小了，以前只担心你因旁事分神，影响练武。但如今，也已长大成人。男大当婚，也是时候考虑了。”

柳风巢不由红了脸：“爹。”

柳冰岩说：“这是好事，有什么不好意思的？爹觉得雨苔不错，性子好，懂得照顾人。你与她一起投师学艺，也相处了不少日子，想来也十分了解。”

柳冰岩注意着儿子的神色，他承认自己有一点私心。毕竟蓝小翅那个小妖精，长得真是太祸水了。而且歪道理一套一套的，实在是难以管束。老天保佑自己儿子别栽她坑里，身上这几个窟窿已经够惊心动魄的了。儿媳妇嘛，还是品貌端庄、温柔体贴的好。娶个白骨精回家太折腾。

柳风巢说：“风巢也觉得，师妹不错。”神色平静，没有欣喜，也并不为难。

柳冰岩松了一口气，说："如此甚好，爹会找时间跟阁主说说。此事当不会有人反对。"

柳风巢说："有劳父亲。"

柳冰岩点头，这个儿子从小就听话懂事，学武什么的也极少让他操心。他说："父子之间，何言辛劳。爹知道你是懂事的，依阁主的性子，不久之后会带蓝小翅过来向你赔罪。那丫头性子野，你身为师兄，当知忍让、帮衬，不能同她计较。"

柳风巢说："风巢明白。"

柳冰岩放了心，这才起身出门。见贺雨苔在跟云采真说话，他略略点头，说："这些天以来，风巢的伤有劳你了。"

旁边云采真说："难道不是有劳我吗？"

柳冰岩无语，你这时候跳出来干啥，你要嫁给我儿子啊？无视云采真，他继续对贺雨苔说："你自己的腿也还伤着，注意身体。"

贺雨苔听出他言中关切之意，脸色微红，低下头，行礼："谢谢长老关心，雨苔的伤已经没事了。"

柳冰岩心下满意，看，这样子的女孩才好嘛。温婉有礼，宜家宜室。虽然有点婴儿肥，但女儿家也正要如此才好生养。他不再多说，点头离开。

温谜的房间里，圆桌瓷壶清茶，另外摆了一盆还带着露水的红果果。温谜端坐在蓝小翅对面，虽然受了绝脉钉之刑，但他仍然衣着整齐，不见病容。蓝小翅眼睛盯着红果果，问："你想干吗？"

温谜说："上次你与木香衣偷袭风巢，令他身受重伤。无论如何，你应该向他道歉。"

蓝小翅说："我凭本事偷袭得手，凭什么要向他道歉？"

温谜说："以前你以羽人身份行事，但是从现在开始，你是我的女儿。风巢是我大弟子，也是你的师兄。你必须向他道歉。"

蓝小翅说："不要。"

温谜说："呐，这是覆盆子。"他把那盆红果果推到蓝小翅面前，"这个季节没有的。如果你去跟师兄道个歉呢，这就是你的晚饭了。”

蓝小翅惊奇：“你这招哪学的？”

温谜微笑，说：“我思考了一下蓝翡可能会用的教育方法。”

蓝小翅说：“他才不会这么教育呢，哼，他一般说，‘宝贝儿你当然可以不用去，那家伙什么东西，配我女儿前去道歉？不过爹觉得你应该再考虑一下。’哼，然后就让我去外面跪着考虑，到我答应为止！”

她提到蓝翡，虽然不满，却是很亲密很亲密的口吻。温谜羡慕到哀伤，说：“我知道啊。”蓝小翅看他，他说，“可是如果舍不得惩罚，当然只有给点奖励了。”

蓝小翅说：“那你把我内力解开。”温谜说：“这个不行。你会欺负人。”

蓝小翅说：“那要是有人欺负我呢？”

温谜说：“爹会帮你。”蓝小翅哼了一声，看了看那盆覆盆子，说，“真是我的啊？”

温谜说：“当然了，不过你要有点诚意才行。”

蓝小翅抓了一把果子，说：“别的没有，诚意很多。”

温谜笑，比如对我吗？

正说着话，柳冰岩推门进来。温谜说：“你来得正好，风巢伤势如何？”

柳冰岩说：“云大夫说已无性命之忧。只是伤口还须将养，短时间之内不能动用内力。”

温谜点头：“这事都因小翅而起，我带她去见见她大师兄，免得同门不睦。”

柳冰岩当然明白他的心思，先前已然嘱咐过儿子，他也不担心，说：“他是后生晚辈，阁主本不必如此。但是小师妹见见师兄也是常理。我就不阻拦了。”

温谜拍拍他的肩，这么多年知交好友，默契已不必言语。他示意蓝小翅起身：“走，跟爹过去。”

柳冰岩视线转移，见蓝小翅换了一身仙心阁的衣服，长发用丝带扎起。白色的弟子服十分合身，虽然仍是漂亮得过了分，但总算是端庄多了。

只是那双眼睛太亮太清澈，盈盈顾盼，勾魂一样。美貌近妖，不是吉兆。

他说：“我跟你们一块去。”

温谜当然没什么说的，蓝小翅盯着他，问：“你的眼神很警惕，咦，你在防备我什么？”

柳冰岩意外，立刻板着脸：“不许胡说。”

蓝小翅兴味更浓了：“噫，被我戳中心事，恼羞成怒了。”

柳冰岩气结，温谜轻声责备：“小翅！”蓝小翅一脸不以为然，温谜指了指那盆果子。好吧，她撇撇嘴，站起身来，跟二人一并出门。

烟雨虚岚。

柳风巢知道师父要过来，重新梳洗更衣。贺雨苔说：“大师兄，你还伤着，这样一动，伤口又要裂开了。小心些。”

柳风巢说：“我没那么娇弱，倒是你，几天没好好休息，要累坏了。”

贺雨苔得了这一声关心，顿时脸色绯红，说：“只是闲时帮云大夫打打下手，哪就如师兄说的那么严重了？”

柳风巢说：“父亲方才对我说，师父和小师妹大约会过来。既然师父都认了她这个女儿，以前的事，就不要再提了。”

贺雨苔说：“可是你的伤……”

柳风巢说：“雨苔，师父亲自带她过来，定就是为了此事。不要让他老人家为难。”

贺雨苔说：“反正我不喜欢她！”

柳风巢说：“嘘，他们来了。”

果然，片刻之后，温谜、柳冰岩、蓝小翅走进来。柳风巢第一眼看清蓝小翅，是在仙心泉。彼时有一瞬惊艳。而这一次，蓝小翅穿着仙心阁的弟子服，衣服非常合身，衬得纤腰细弱。丝带束发，珠玉相缀，行走之间，正是弱风扶柳，又似娇花照水。

柳风巢倒也没什么邪恶想法，只是人见到美丽的东西多看一眼，是本性。

柳冰岩当即轻咳一声，说：“风巢、雨苔，还不快过来见见小师妹？”

温谜也说："小翅，快给大师兄、雨苔师姐赔不是。"

蓝小翅没听见温谜的话，她在看柳冰岩："哟，怪不得你一脸戒备，原来是怕你儿子看上我？"

柳冰岩瞪她，温谜轻声说："小翅！"柳风巢心下也随即了然，怪不得父亲突然要他定下和雨苔师妹的亲事。原来……是担心……心下也觉得有些好笑，但仍是说："小师妹，既然以前的事都是误会，此后大家就是自己人了。"

蓝小翅盯着他看，一双眼睛闪啊闪的，最后她说："原来大师兄这么英俊，简直是颜如冠玉、金质玉相。"

一行人呆住，什么？

蓝小翅上前，握着柳风巢的手。柳风巢一愣，蓝小翅说："我错了，早知道当初肯定不下这么重的手了。大师兄，你的伤怎么样呀？"说着话一手捶在柳风巢伤处，"还疼不疼？"

柳风巢又痛又气——这天下怎么会有这么讨厌的人！！柳冰岩也气——这丫头这么讨厌，偏偏是温谜的女儿。不行，我得快点把风巢和雨苔的亲事定下来。嗯，出了这里就说！

所以他说："小翅，风巢有伤在身，既然误会冰释，我们就先出去，让他静养吧。"

温谜自然也看出蓝小翅捣乱，说："嗯，先行离开吧。"

一行人刚刚走出烟雨虚岚，柳冰岩就说："阁主，风巢年纪也不小了，我想……"

蓝小翅转过头，对温谜说："爹，看来柳长老是想给大师兄定一门亲事。"柳冰岩一惊——你想干啥？蓝小翅挽着温谜的胳膊，说："爹你最疼我的是不是？"

温谜说："嗯。"

蓝小翅说："那我喜欢大师兄，你把我许配给他啊。"

柳冰岩一脸不敢相信——这话是一个女孩家家说得出口的吗？混账啊，你以为我儿子是小猫小狗呢！

温谜说："别捣乱。"

蓝小翅说："我就知道你只是随口说说，哼！"

温谜说："儿女亲事，岂可随口胡言？不许胡闹。"

蓝小翅说："我就要嫁给大师兄，就要！"

柳冰岩简直是心惊肉跳，温谜说："给我回房！"察觉语气重了，又放轻，提醒说，"你的果子。"

蓝小翅想起自己的晚饭，终于一溜烟跑了。柳冰岩真是不知道说什么才好了，无妄之灾啊！他说："阁主……"

温谜反倒宽慰他："她小孩性情，随口胡言，不必当真。"当初知道蓝小翅身世之后，他其实就有了一点这么个意思。柳风巢的为人他最清楚，女儿交给他，没什么不放心的。以他跟柳冰岩的交情，再加上十五年前的事，如果他开口，无论是柳冰岩还是柳风巢都不会拒绝。

可挟恩图报，终究不是做人的道理。

他那样玲珑心肝的人，只要一看柳冰岩的神色，也知道老柳家是不太乐意。他说："你是不是有话要对我说？"

柳冰岩反倒哽住，这时候要是提风巢跟雨苔的亲事，明摆着就是急于摆脱蓝小翅。那自己成什么人了？当初温谜要不是因为自己、因为风巢，怎么会父女分离十五年？

他手搭在温谜臂上，说："如果她确有此意，我们……"

温谜打断他的话，说："她就是想捣乱吓你来着，不必当真。你是想替风巢向雨苔提亲吗？"柳冰岩有一瞬间的尴尬，温谜说："我会问问雨苔，只要孩子同意，我没意见。"

柳冰岩说："阁主。"莫名红了眼眶，多年兄弟，肝胆相照，可是自己竟然是存了这些龌龊的心思。

温谜说："雨苔父母双亡，我与她虽名为师徒，实则也如父女。你不必如此。"

柳冰岩说："我……我无地自容。"

房间里，蓝小翅正吃着覆盆子，温谜开门进来，仍然在她对面坐下。目光相对，他说：“挑拨父辈之间的关系，是不对的。”

蓝小翅说：“可你的兄弟确实也不怎么样嘛。如果我真的喜欢柳风巢呢？”

温谜说：“你应该叫他大师兄，不可以没大没小。如果你真的喜欢他，而他却已经跟另一个女孩订下终身，那你就应该忍住、忘记，寻找真正的良人。”

蓝小翅歪了歪脑袋，蓝翡可不是这么教的。温谜说：“好人与坏人有一个根本的区别，善良的人在满足自己欲望的时候有一个不能动摇的前提，就是不影响其他人的幸福。”

蓝小翅说：“可那样不会很累吗？”

温谜摸摸她的头，说：“累一点的人生，会踏实一点。”

而此时，柳冰岩也正在跟儿子商量。

柳风巢听说蓝小翅对他“一见钟情”，简直是惊得说不出话。柳冰岩说：“当初羽族袭击柳家，如果不是阁主及时驰援，我已经死在郁罗手上。如果不是他，被蓝翡夺走的，不一定是蓝小翅。风巢，爹想了很久，还是觉得人无论如何，不能忘恩负义。”

柳风巢听明白他的意思了，说：“爹是说……”

柳冰岩说：“蓝小翅如果真的对你有意，爹希望……你娶她为妻，从一而终，好生相待。”

柳风巢说：“可是雨苔……”

柳冰岩说：“雨苔是个好孩子，可这不是没有办法吗？好在这事也未挑明，不影响雨苔名节。”

柳风巢说：“风巢愿听父亲安排。”

所以当温谜从蓝小翅房里出来的时候，就见柳冰岩和柳风巢都站在门外，谈追、古鹤影站在一边。温谜意外：“发生何事？风巢，你伤势未愈，如何也在这里？”

柳冰岩说：“阁主，我父子二人已经商量过了，风巢……想向小翅提亲。

现请谈追、古鹤影二位长老保媒。”

房里，蓝小翅手里的覆盆子全掉桌上，门口温谜也愣住，第一次有点想把自家宝贝女儿狠抽一顿的冲动。

第六章 化敌为友

谈追和古鹤影是很乐意保这桩媒的。仙心阁四大家族柳、丁、谈、古，辅佐阁主，共同撑起仙心阁。柳冰岩和温谜又相交莫逆，按理，这桩亲事当是喜闻乐见，不可能会出现问题。但是现在温谜这啼笑皆非的表情……好像有点不对啊。

而温谜也是心里发苦，拒绝肯定是不能直接拒绝的，否则就太不给长老面子了。传出去要是有人觉得阁主与长老不睦，柳氏一族不知道会怎么想。

温谜只好说："冰岩，我知道你的好意，只是此事不能凭一时意气。"

话刚出口，就被柳冰岩打断："我知道我一时糊涂不对，但是你要我剖腹谢罪啊？"

温谜说："我明白你的诚意，我也心存感激。不过你看，小翅我也是刚找回来。这才几天日子，实在是舍不得这么许给别人。也是你我多年交情，可怜可怜我这个失败的父亲，且让我再留些日子。等她性子好些，不再如此冒失了，两个孩子也熟了，再议不迟。"

柳冰岩听他这话，倒也十分体谅。此事没有再提，但是毕竟已经尽人皆知了。柳风巢与蓝小翅的亲事，也算是家长默认了。

消息传出去，九微山，微生歧怒道："温谜到底是什么意思？为了躲避我们小瓷，竟然急匆匆将女儿给许了出去！简直是不把我们微生世家放在眼里！”

步寒蝉说：“主人，上次您去丹崖青壁，没有向温阁主提亲吗？”

微生歧说：“我是想再等一阵，毕竟他们父女刚刚相认，那丫头肯不肯就此安分还是两码事。再说了，小瓷单纯，如果她心存歹意，蛊惑着小瓷做出什么为非作歹的恶事来，如何是好？虽然我没有明言，但是意图难道还不够明显吗？除了这姑娘，他仙心阁有什么值得我示好的？难道我还能垂涎他温谜的美色不成？”

步寒蝉赶紧平息自己主人的愤怒，说：“听说是柳冰岩带着儿子主动提的亲，温阁主也没一口答应。”

微生歧说：“话虽如此，可是那温谜跟柳冰岩一向狼狈为奸，他们两家若是联姻，恐怕会成定局。”

步寒蝉也为难了，主仆二人考虑了一阵，微生歧说：“我带小瓷前往太极垂光一趟。”

步寒蝉说：“可……主人，这样会不会太冒失了？温谜刚刚找理由拖延柳家的提亲，估计也不能立刻就答应微生世家。”

微生歧说：“顾不得这么多了，先带小瓷过去走动走动。我们提及在先，无论成与不成，温谜那斯必须给我一个说法！这个虚伪小人，把我们微生世家当什么！”

步寒蝉说：“莫非他是觉得我们少主的身体……”

微生歧一把抓起九微剑：“他敢！”剁了他的狗头！

而此时，方壶拥翠。蓝翡团扇掩面，似在沉思，如花侍女俏生生地侍立左右。木香衣跪候于下首，一个字也不敢吭。

许久，蓝翡说：“温谜受了四根绝脉钉之刑，你估计他还剩多少战力？”

木香衣说：“弟子未曾见识绝脉钉，不敢猜想。”

蓝翡说：“如今太极垂光，柳、丁、谈、古四大长老都在，羽族前往救人并不容易。”

木香衣说：“师父是真的想救她回来吗？”

蓝翡团扇轻敲美人榻旁边矮几，上面堆着几大摞账本，他说：“依你看呢？”为什么一个羽族会有这么多乱七八糟的收支，能够写成十几本账？还有，为什么这个月收支又不平衡了？能不能天降个雷把白翳给劈了，别让他再到我面前哭穷了？

所以他接着说：“为师当然很想她啊。”

木香衣说：“如果师父当真有意，弟子愿为前锋，当先攻入太极垂光！”

蓝翡盯着他，目不转睛地看了很久，说：“看见你，我更想她了。你说要是你是温谜亲生的，多好啊。为师就可以把你一刀两断，剁成馅，分批分期送给温谜。不用为师攻上太极垂光，他就能气死。”

木香衣：“……”

烟峦捧了茶水上来，蓝翡说：“如果师父是你呢，就想想别的法子。比如小翊的母亲如果听说爱女找回了，肯定要接她过去住上几日。如果她愿意过去，温谜找不到理由拒绝。你看，出了太极垂光，你要带她回来是不是容易很多？当然了，前提是她还愿意回来的话。”

木香衣恍然大悟：“弟子这就去办！”

仙心泉下，贺雨苔临水而立。柳风巢看见她，略微为难，终于还是走过去：“雨苔师妹，你怎么在这里？”

贺雨苔转过脸来，看见是他，勉强笑了一下，说：“师兄，我在这里等山下药农。云大夫收了些药材，他们答应今天送来。”其实，药农已经来过了。只是她突然想起那天蓝小翊假冒柳风巢诱她出来那封书信。如果那是真的，多好。

柳风巢有点歉意，又有点尴尬，说：“你腿还伤着，这些事，你大可交给别的弟子去做。”

贺雨苔低着头，说：“我……不妨事的。”

柳风巢也不好再说什么，只有道：“那……我先走了。”为什么莫名有点尴尬？

贺雨苔微微欠身，说：“师兄慢走。”

一直等到柳风巢走了，她脸上的笑意终于黯淡。身后有人温和地道：“雨苔师姐。”

贺雨苔吃了一惊，转过头，发现身后是谈追的弟子谈谦华。仙心阁的等级除了阁主之外，下设四长老，代表仙心阁四大家族辅助阁主。家族中又有族长，处理族内大小事务。

门中弟子，以阁主亲传弟子地位最高，四大长老弟子其次。而其他家族送到仙心阁的弟子，算是最末。

这个谈谦华，就是谈追宗族中送到太极垂光的弟子。贺雨苔和他有点亲戚关系，先前师父不太有名，后来他巴着谈追认了师父，但到底是半路改投谈追，不算嫡传，地位也不高。

贺雨苔平时与他极少来往——就算是再磊落的名门正派，阁主爱徒和这样八竿子打不着的末等弟子，距离也是很遥远的。

贺雨苔有点尴尬，眼里湿润，她流泪了。她转过脸，说："谦华师弟。"

谈谦华说："几面之缘，想不到师姐竟记得我的名字。"他从袖中掏出雪白的丝绢递过去，"师姐若是不快乐，哭出来是好事，不用顾虑我在。"

到底是不熟，贺雨苔没有接他的手帕，说："我没事。师弟有事就先忙去吧。"

谈谦华说："其实也没什么事，我可以不说话，师姐就当我是块石头吧。"

贺雨苔问："为什么？"

谈谦华说："师姐一个人站在这里的身影，让我难过。"

贺雨苔怔住，心里多日以来的委屈如同溃烂的伤口。她的父母都是仙心阁弟子，双亲战死之后，她成了孤儿。温谜把她接到自己身边，这些年养育、教导她。时间久了，真的有一种父亲的错觉。

直到蓝小翅出现，惊醒了她的美梦。

她蹲在仙心泉旁边，眼泪流个不停。身后谈谦华就像块石头，果然是不语不动。贺雨苔发现自己竟然也不讨厌他，在这样的时刻，她心里竟然隐隐希望自己是有人陪伴的。

人天生就是希望被宠爱的，可是现在，她成了被人视而不见的那一个。无论是师父，还是大师兄……她轻声啜泣，身后，轻柔的丝绢抚上她的脸颊。谈谦华没有说话，就这么擦着她的眼泪。

贺雨苔伸手想接过他的手绢，五指与他的手相触，谈谦华终于说：“师姐冷了。”说罢，脱下披风，为她披上。

年轻男子的体温略高，贺雨苔感觉到那种温暖，毕竟是年轻女子，当然不好意思。想要脱下来还给他，谈谦华轻轻按住她的手背，说：“同门之间，不必客气。”

这些日子被冷落的人，突然感觉到一丝慰藉。贺雨苔抬眼打量这个平时并没有注意过的师弟，发觉他长得其实也还可以。浓眉大眼，笑起来的时候脸上有个小酒窝，很温暖。

她抽泣，突然不想这么孤苦无依。有一瞬想嫁人，嫁给一个知冷知热、会和自己生死相依的人，从此有自己的丈夫、孩子，有自己的家庭。

不管是谁，只要能给自己一个温暖的怀抱，忘记这孤冷寒凉就好。

她在谈谦华面前低下头，略有些婴儿肥的脸颊鲜嫩如苹果。谈谦华说：“师姐如果累了，就先回去吧。”

贺雨苔问：“你呢？”

谈谦华说：“我随后回去，免得旁人看见我俩一起，有损师姐声誉。”

贺雨苔心中感激，对他的好感也提升了不少。正要离开，谈谦华突然用手沾了仙心泉的水。彼时正是初春，天可也还冷。

他将手指冻得冰冷，擦干之后，慢慢敷在贺雨苔眼睑上，轻声说：“眼睛都哭肿了，敷一敷会好点。”

贺雨苔慢慢红了脸。谈谦华又轻声说：“这里风冷，又哭了大半天，回去要记得喝碗热姜汤，免得生病。”

贺雨苔走的时候像在逃。

蓝小翅跟在贺雨苔身后，等她快要回到房间了，才说：“哎，无事献殷勤，非奸即盗啊。”

贺雨苔蓦地转身，看见她，又气又怒：“你跟踪我？！”

蓝小翅耸耸肩：“没有啊，你到仙心泉之前我就在树上了！不是我说你，你和柳风巢真是不会聊天儿！”

贺雨苔简直要哭的样子：“你！无耻！”一转身，摔上了门。

蓝小翅隔着窗户，说：“我提醒过你了啊，你别脑子发热啊。”里面没声音，她又说，“喂，这次提醒过了，上次打断你腿的事就抵消了啊。”

里面终于传来一声——“滚！”

蓝小翅就滚了，贺雨苔想起自己在仙心泉边哭了那么久，全都被她看了去，顿时越想越恼，趴在床上眼泪不停地掉。直到半夜，外面有人说：“雨苔师姐。”

贺雨苔吃了一惊，这时候了，是谁？但是不用怎么想，她就猜到了外面是谁。果然，那个人说：“我是谦华。回去之后一直担心师姐，睡不着，过来看看。”

贺雨苔自小家教传统，当然知道深夜孤男寡女来往是不好的。她说：“我没事，你回去吧。”

谈谦华说：“回去也睡不着，我就在外面站一会儿，师姐有话就对我说。如果没事就睡吧。”

贺雨苔不再说话，谈谦华也再没声息了。直到天色发白了，贺雨苔悄悄打开一丝窗棂缝儿，看见谈谦华还守在院外。露水打湿了他的衣衫，他站立不语，安静沉默，如同院里花草。

贺雨苔心乱了。她开门出去，说：“这样冷的天，你……你这是何苦？”

谈谦华说：“只是心里担忧，站在这里离师姐近一点，反而安心。不觉得苦。”

贺雨苔捏了捏他的衣角，说：“你衣衫都湿了。”

谈谦华慢慢握住她的手，说：“自从两年前上山时，第一眼见到师姐，我……”他笑了笑，说，“不说了，你已经够烦恼的了。天亮了，让人看见不好，我先回去了。”

说罢，转身离开。

贺雨苔在院门口站了很久，久到蓝小翅坐在墙头，慢悠悠地说：“快别感动了，你眼光真的很差唉！”

贺雨苔转过头，顿时恼羞成怒：“蓝小翅！你到底想怎么样？你喜欢大师兄，大师兄已经向师父提亲了。”我最尊敬爱戴的师父已经成了你的亲生父亲，我爱慕的人也已经成了你的未婚夫婿，你还想怎么样？她鼻子一酸，又要流下泪来。

蓝小翅说：“讲讲道理，行了，你别哭啊。我只是说，那男的一看就不安好心，你自己小心点。”

贺雨苔哭着说：“我不要你管！”

蓝小翅高举双手：“好好好，我不管。”

贺雨苔怎么也止不住自己的眼泪，虽然知道这样很丢脸很失败，可她还是越哭越厉害，她只有喊：“你给我下去！”

蓝小翅说：“好好好，我下去。”翻身下了院墙。然后又上来，说：“我跟你说啊，如果那男的真的对你有心，他就会去向我爹提亲。如果他……”

贺雨苔一个石子扔过去，蓝小翅后面的话就变成了“哎哟”，后面接了一句：“我靠！”

温谜过来的时候，就看见蓝小翅在揉头上的包。他几步赶过去看了一眼，只是皮外伤，倒是放下心来，笑问：“这是去哪儿调皮了？”

蓝小翅没好气：“什么啊，你那宝贝徒弟打的！”

温谜揉揉她头上的包，说：“雨苔？雨苔一向稳重，定是你又招猫惹狗了。”

蓝小翅说：“哼！她就是狗咬吕洞宾！”

温谜伸手，拍开她身上一处被制住的穴道，说：“解禁两成功力，不许惹是生非。”到底还是心疼了。

蓝小翅说：“说的什么话？我这么天真可爱、善良纯洁，怎么可能惹是生非呢？”

温谜拍了拍她头上的包，说：“过两天，你娘可能会来看你。”

蓝小翅傻了：“我娘？我娘还活着啊？”

温谜有些惭愧，这些天尽顾着高兴了，竟也没想过通知青琐。但是如果真的通知青琐……他神情忧虑。青琐会同意女儿留在他身边吗？

青琐性格外柔内刚，如果她要带走女儿……可如何是好？

他摸着蓝小翅的头，青琐已有新欢在侧，所爱隔山海。他想留下女儿。

柳冰岩对儿子柳风巢说：“既然你已经向小翅提亲，平时就要多关心走动。她毕竟是女儿家，总不能让人家觉得我们不甘不愿。”

柳风巢有点头皮发麻，怎么向女孩子表达关心，不在他这些年所学的范围内。但既然父亲已经说了，而且也确实有理，他说：“我会的。”

所以他决定找蓝小翅谈谈心。

蓝小翅坐在院子里的合欢树上，天气微寒，她披着白色的披风，领口镶了一圈柔软的狐毛，衬得玉颊生辉。

柳风巢也跃到枝丫上，坐在她旁边。蓝小翅说：“你伤好了？”我冤啊，早知道木冰砚跟云采真这种变态这么厉害，我就该把你脑袋剁了啊！

柳风巢却很自觉地把这句话理解成了关心，所以他说：“已无大碍，劳师妹挂心。”

蓝小翅噎住，仔细去看他的表情，过了一阵，终于发现他不是在嘲讽，他是认真的。可她一双水汪汪的眼睛就这么盯着柳风巢看，柳风巢却有点不好意思，微微侧过脸去，说：“小师妹，虽然我并不知你为何会对我一见钟情，并且非嫁不可，但是既然我向你提亲，就必会对你一心一意、敬之爱之。”

蓝小翅的表情，就好像看着从一个鸡蛋中孵化出了一头驴，然后这头驴冲她笑了一下，再一蹄子踢中了她的头壳。敬之爱之？你要认我当干娘啊？

她说：“不是，大师兄……”忘了它吧，毕竟这就是一个悲剧啊！

柳风巢说：“你不必羞涩，我说这些，是希望你明白，我既然娶你，就会始终如一地对你，生死不弃。”

蓝小翅吸了吸气，觉得有点牙疼，她说：“不管你娶的是不是你爱的人，你都会这样吗？”

柳风巢愣住——爱的人？

蓝小翅说：“你不爱我，也不爱贺雨苔，如果你随便娶了一个人之后，你再遇到深爱的人，那时候怎么办呢？”

柳风巢说：“我娶了谁，谁就会是我深爱的人。”父母之命、媒妁之言，难道不应该是这样吗？

蓝小翅有点苦恼，问："你从来没有遇到过心动的女孩吗？呐呐，就是你一看见她，就会耳热心跳、手足无措。一离开她，就会牵肠挂肚，朝思暮想。有过吗？"

柳风巢摇头，反问："你有过吗？"怎么知道得这么清楚。

蓝小翅忧愁："我也没有。"

柳风巢说："那你怎么知道，爱一个人是这种感觉？"

蓝小翅说："以前我抓住过一个大侠，叫醉刀的。他和他夫人就是这么恩爱的。"

柳风巢说："醉刀金方义！你把他怎么了？！"为什么各门各派收集她的罪状的时候没有提到这一条？

蓝小翅说："没怎么啊，他说只要我让木冰砚救他夫人，他愿意做任何事。我就派他出了半年差，然后让他夫人帮忙照顾一下郁罗。"

柳风巢心里暗惊，醉刀金方义在江湖上可是有名的刀客，居然也曾落到她手中。但是这听起来好像没什么。他问："那又如何？"

蓝小翅摊手："没如何啊，他一回来，他老婆就下堂求去了。"柳风巢愣住："什么？"

蓝小翅说："郁罗啊，羽族的忧郁王子，武器是凤首箜篌。一年说话不超过三句。我爹命他少出来走动，就是因为他太招蜂引蝶。"

柳风巢有点明白了，上上下下地打量她。蓝小翅又纯洁又无辜："干吗？"

柳风巢问："你明知郁罗如此，为何还要安排醉刀的夫人前去照顾他？"

蓝小翅说："我鉴定一下他们是不是真爱啊。"

柳风巢不说话了，醉刀怎么没把你大卸八块、五马分尸！

蓝小翅靠近他，说："你说，这世上会不会真的有感天动地的爱情啊？"

柳风巢说："不知道。"

蓝小翅于是靠得更近一点："那你看看，我怎么样？"淡香袭来，柳风巢身子略微后倾，说："什……什么怎么样？"

蓝小翅说："你都二十二了，能不能开点窍啊！来来，看着我的眼睛，有没有心跳加速的感觉？”

柳风巢在她大大的瞳孔里，清清楚楚地看见自己。他说：“没有。”

蓝小翅说：“不可能吧？一点没有？我摸摸……”伸手就要去摸，柳风巢赶紧推开她：“你我虽然定亲，但到底并未成亲。不要拉拉扯扯，惹人闲话！”

蓝小翅说：“你这么严肃干吗？我又没把你怎么着。难道你喜欢贺雨苔？你觉得雨苔怎么样？”

柳风巢想了想，说：“雨苔师妹温柔善良、端庄大方。”

蓝小翅说：“没了？”柳风巢说：“还应该有什么？”声音坦荡，确实不像有私情遮掩的样子。蓝小翅问：“那我呢？你觉得我怎么样？”

柳风巢想了想，问：“真话吗？”蓝小翅说：“当然啊。”

柳风巢说：“极其阴损缺德讨厌。”

蓝小翅微笑，站在树杈上，甜甜地说：“大师兄你把手背到背后。”柳风巢背起双手，问：“什么事？”

蓝小翅撩起裙摆，飞起一脚把他从合欢树上踹了下去。摔死你个朽木疙瘩！想娶我，下下下下辈子吧！！！

柳风巢从地上爬起来，仙心阁大师兄这一跤也是摔得十分不雅。心中气苦——我怎么这么倒霉，非要娶这丫头为妻！！

贺雨苔刚出院子，就见柳风巢正低头掸着衣摆尘泥。他素来就是个爱洁净的，如今衣上却有一大片泥污。贺雨苔忙上前：“大师兄，你这是怎么了？”

柳风巢倒也知道家丑不可外扬，说：“无事。师妹最近好吗？”

贺雨苔见他不愿多说，忙低头，说：“我很好。”

柳风巢说：“今日练武场上未见你，如果伤势有变要跟云大夫说，不可逞强。”

一如以往的关心，不温不火，也并无暧昧不可对外人言之处。贺雨苔心中酸楚，面上仍是微笑着，说：“谢谢师兄关心。我知道的。”

柳风巢点头，无论如何，毕竟是有婚约在身了，要避嫌的。他说：“我先走了。”

贺雨苔说：“师兄慢走。”

一直等她走了，身后谈谦华说：“雨苔师姐如果还是不能忘记他，为什么不追上去告诉他呢？”

贺雨苔猛然转过头，有点心虚，说：“谦华师弟。”

谈谦华说：“我真想替师姐向大师兄表明心迹。看着师姐这样……我……我心如刀割。”

贺雨苔急道：“大师兄已经跟蓝小翅定亲了，你……你不许胡说！”

一个转头，回了院子。谈谦华跟进去，站在她门口，想了一阵，说：“我也知道这样不过给师姐徒增困扰罢了，不然我早就这样做了。”话落，出门而去。

贺雨苔打开门，见他真的走了，有点失落。

温谜跟柳冰岩、丁绝阴、谈追、古鹤影议事，但他有点心不在焉。

丁绝阴说：“阁主有心事？”

谈追说：“昨天接到慕相书信，说是要陪青琐夫人过来太极垂光一趟。”

古鹤影眉头微皱：“我们与朝堂一向少于来往，慕相此来不是为公事。信中特意提到青琐夫人……是小翅膀的事走漏风声了？”

柳冰岩立刻明白过来：“青琐夫人不会是想带走小翅吧？”

温谜说：“以她的性情，大有可能。”

丁绝阴说：“青琐夫人已然再嫁，如今又育有一子。她要带走女儿，恐怕也抚养不便吧？”

谈追说：“孩子都十五了，要什么抚养？她带回相府，让慕相爷找个高官之子一嫁。我们远离庙堂，到时候阁主要见女儿一面，呵，千难万难。”

柳冰岩立刻说：“这怎么行？小翅已经许了我们家风巢，岂有一女二嫁的道理？！”

温谜说：“当初是我对不住她们母女，她想要带走小翅，我本不该有异议。可是一则，我实在……”他苦笑，实在不愿割舍，唯一的血脉就此远离不复相见。他没有说下去，转而道：“当然，这并不是我忧虑的主要原因。小翅膀在仙心阁，青琐远在相府，怎么会这么快得到消息？”

丁绝阴说："你是说……有人故意透露消息给青琐夫人？"

温谜说："正是，而且居心不良。"

柳冰岩也明白了："蓝翡是想趁小翅离开太极垂光，挟她重返羽族？"

温谜不语，古鹤影说："只怕不是胁迫，她在羽族十五年，哪用胁迫？所以，我们无论如何不能答应青琐夫人的要求，但是又不好阻隔她们母女团聚。真是为难。"

旁边云采真过来，给温谜身上绝脉钉造成的伤口换药，一边换一边说："那有什么可为难的？你们可以把青琐夫人留在太极垂光啊。既能令母女团聚，又能让阁主加把劲，来个破镜……"

温谜和四大长老一齐盯着他看——好好的一件事，从你嘴里说出来，怎么就这么猥琐呢？你倒是想，当人家慕流苏那个老狐狸是死的啊！

到底怎么替阁主留住女儿，成了难题。

入了夜，外面竟然隐约有月光。贺雨苔站在窗前发呆，窗外樱花凋零，落英飘飞。她心中怅然，外面有声音说："雨苔师姐，你应该喝一点酒。"

贺雨苔一惊，不由道："谦华……师弟。"

谈谦华果然抱了两坛酒，坛子不大，上面封着泥封。他拍开一坛，扔给贺雨苔。贺雨苔接住，酒香四溢。

贺雨苔说："我不太喝酒。"

谈谦华说："家藏的，师姐抿一口尝尝。"

贺雨苔于是抿了一口，是很香，没有想象中的烈。她于是又喝了一口，月光悠悠，花树摇影，风却是冷的。有酒入腹，确实心生暖意。她隔窗对谈谦华笑笑："谢谢。"

谈谦华说："师姐明知我心……何必跟我客气？"

贺雨苔低下头，也不知该如何回答。她十来岁的时候，父母双双故去。一心恋慕的大师兄已有婚约，视之如父的师父也找到了亲生女儿。

有个人跟她表白心迹，她也不知该如何是好，只好再喝了一口酒。身躯被酒烧得暖洋洋的，很舒适，连带月影之中若隐若现的人也有些亲切起来。她说："夜深露重，师弟还是回去吧。"

谈谦华慢慢走近她，说："师姐心情不好，我陪师姐喝一点再走。"

隔着窗户，他与贺雨苔碰了碰酒坛，酒坛轻轻一响，醇酒微漾。贺雨苔觉得自己的心也轻轻地动了一下。

心慌意乱，不知不觉，饮了半坛。

面前的世界像是倒映在水里，有些摇晃不清。贺雨苔身子一斜，谈谦华跳窗进去，扶住她："师姐，你没事吧？"

贺雨苔说："我……我没事，我可能有点醉了。"

谈谦华说："我扶你休息。"

贺雨苔也知道这样不好，可是谈谦华已经扶住了她。贺雨苔觉得身上软，倚着他来到绣榻边。谈谦华扶她躺下，说："我给师姐倒杯热茶解解酒。"

说罢，谈谦华真的去倒了杯茶，贺雨苔就着他的手喝了，说："天晚了，你走吧。让人看见不好。"

谈谦华说："嗯。"说着却伸手去脱她的绣鞋。贺雨苔虽然酒醉，意识却还是清醒的，她忙伸手去挡："师弟！不可！"

谈谦华说："嘘，师姐，别让人听见。我帮您脱了鞋子。"

说罢，伸手将贺雨苔的鞋子脱下来，里面只有白色的罗袜。他一伸手，把罗袜也扯了，露出一双秀美的女儿脚来。

贺雨苔已经知道不对了，但她不敢大声嚷。这事若是让其他人听见，以后她可怎么活？她只有用力推拒，低声道："谈谦华！你走开！"

谈谦华却借着酒气亲吻她的脚："师姐，师姐你真美……"

贺雨苔想提内力，但是浑身无力，顿时急得面红耳赤。谈谦华醉眼迷离的模样，整个人压在她身上。

贺雨苔又急又气，又羞又恼。谈谦华一手拉开她的腰带，然后尴尬地发现自己无论如何也没反应。这……这……怎么会没反应？

他急怒，不由道："怎么会这样？"

窗外露出一个小脑袋，蓝小翅说："师兄带了两坛酒过来，却不给我，只给雨苔师姐，哼，我生气了，加了点东西惩罚你。"

谈谦华一腔酒意都化了凉气。蓝小翅！

他右手握拳，有心聚气，却发现竟然无法提气。这小贱人在酒里下了什么？

蓝小翅跳窗进来，笑嘻嘻的："怎么样，下次有好酒还敢不敢不给我啦？"

她一脸天真，谈谦华心下微定，急道："我……我醉了！"一扇自己脸，万分痛悔，"竟做出此等禽兽行径！我……我对不住师姐！"

跳窗出去。

蓝小翅走到榻边，看着满面通红的贺雨苔，说："你看，我就说他不是好人吧。"

贺雨苔泪如泉涌："他……他只是喝醉了。"

蓝小翅说："我早就跟你说过了，他如果对你是真心的，就应该向你师父提亲。如果他别有所图，就会先跟你生米煮成熟饭。"

贺雨苔气急："你什么时候说过！"

蓝小翅说："我上次没说完你就扔了我一石头啊！你看，包现在还没好呢！"

她伸了脑袋让贺雨苔看，贺雨苔哪有心思，气得直流眼泪，却问："他为什么不向师父提亲？"自己说不定会同意这门亲事啊！

蓝小翅说："因为你师父不会答应啊。"

贺雨苔问："为什么？"

蓝小翅说："这不很简单嘛，你师父想让你嫁给柳风巢那样的人。这个谈啥啥，三流武功，还不是纯正的仙心阁心法，他不是谈追的嫡传弟子吧？谈追不一定支持他，你师父看不上他，提亲一定会失败。但是如果他和你做成好事，你师父别无选择，只有同意，但又不会忍心毁了你，只得想法栽培他。"

贺雨苔惊住："所以我不是酒醉？"

蓝小翅说："不全是，不过这酒很烈，你不觉得烈是因为加了遮盖酒性的药，名叫酒中蜜。"

贺雨苔气急："我找师父去！"想要起身，却终究起不来。

蓝小翅说："说什么啊？说他非礼你啊？你师父是阁主，要处置谈追的弟子，说什么也要有理由。你愿意他公告仙心阁，说谈谦华非礼你，亲你的脚、脱你衣服？万一到时候他一口咬定是酒醉，向你示爱，谈家提出让他负责，娶你为妻呢？你深更半夜，孤男寡女，陪他饮酒致醉，脱得开干系去？”

贺雨苔当然不愿意，她泪眼蒙眬：“难道就这样算了不成？”

蓝小翅说：“看你愿意怎么办了，反正告诉你师父他只能这么办。”

贺雨苔沉默了一会儿，轻声问：“你有别的办法？”

蓝小翅眼珠滴溜溜地转：“你求我啊。”

贺雨苔别过脸，不理她。想一想又悲从心来，真是太背了，最丢脸的事偏偏都让她看到！连谈谦华都是别有所图。她抽泣，蓝小翅说：“喂，好歹救了你，说声谢谢啊！”

贺雨苔悲怒交加：“谁让你救我了？你明知道他……你还看着他脱我鞋袜，你……”气到痛哭。

蓝小翅说：“大姐，你讲不讲理！我已经保护了你的贞操，你倒怨我没保护好你脚的贞操啊？！”

贺雨苔怒吼：“谁让你保护了，你拿去啊！！”

吼完之后，两人愣住，蓝小翅退了一步，一脸警觉地说：“这个，我……我不要。”

贺雨苔想拿枕头砸她，扯了半天，抛不动。

“哇”的一声，哭死。

第七章 行善留名

九微山。

微生歧来到石牢，微生瓷还在练功。微生歧在旁边看了一阵，等他停下来，才说："跟我去一趟太极垂光。"微生瓷没反应，微生歧只好解释，"蓝姑娘在那儿，爹要去看看她，你去不去？"微生瓷终于转过头，看谁？小翅膀？微生歧叹气，说："走吧。"

微生瓷迟疑，小翅膀说不能去，会给她惹麻烦。微生歧问："你不想去？"微生瓷站起来，他想去。

父子二人一并下山，微生瓷不喜欢山下嘈杂陌生的环境。树上的花与新绿的草都不能让他感觉半点快乐。微生歧叹息，这样的他，独自赶去方壶拥翠，他对那丫头是有怎样的不舍？

太极垂光。温谜跟蓝小翅一起吃早饭。

温谜的早饭素来简单，清粥小菜。现在是怕蓝小翅吃不惯，特地加了不少水果点心。羽族的饮食习惯略有不同，他们更喜欢甜食和水果。

蓝小翅不是很给面子，挑挑拣拣吃了两块，突然外面有两个人走进来。温谜抬起头，当先看见那把在晨曦里闪烁着红、橙、黄、绿、青、蓝、紫、粉和银九种颜色的剑。

九微剑。

温谜吃不下饭了，微生兄，你一定不知道进入别的宗门，正常程序应该是先着人通禀，然后被请入正厅奉茶，等候主人前来相见吧？

哦，你当然不知道，毕竟谁也不敢提醒你。可是光天化日，你这样大摇大摆地直接走到我房里，看我和我女儿吃早餐，这习惯真的太差了——而且也太吓人了。我会吃不下饭的。

温谜站起身，面上笑意盈盈的：“歧兄，好久不见。”眼神一扫，看见微生歧身边的少年。微生瓷一身红衣，没有佩剑。少年的肌肤苍白，身形单薄，呼吸吐纳像是个不懂武功的普通孩子。

真正的高手，藏巧于拙，大锋无刃。温谜一眼将二人实力全部估算出来，也不禁寻思——微生歧竟然把他儿子也带来太极垂光，是有何事？

微生歧对他的客气没有好脸色，只是哼了一声。微生世家的人，情绪都在脸上。今天看来是有点不爽，但不像挑事的样子。

温谜问：“歧兄携爱子赶来仙心阁，是有何事？可是小瓷的病情还需要采真诊治吗？”

微生歧怒道：“温谜，你到底是什么意思？”我前脚想跟你结儿女亲家，后脚你就把女儿许人，你这个虚伪小人！

温谜这样八面玲珑的人，也顿时一头雾水了。他只好苦笑：“歧兄远道而来，这里不是说话的地方。请随我来。”

转头看了眼蓝小翅，说：“你自己吃。”

蓝小翅敲了敲碗，问：“小瓷，你吃饭了没有？”

微生瓷说：“没有。”跟他爹赶路，两个都是高手，七八天不吃不喝也饿不死的。吃什么？

蓝小翅说：“过来吃饭。”

温谜愣住——微生瓷跟自己女儿认识？看这口吻，还不只是认识。

然后他就听微生瓷说：“哦。”然后走到蓝小翅身边，坐下。蓝小翅给他挪了个碟子，舀了几个水果汤圆。微生瓷也不客气，低下头默默吃饭。

温谜转头看了一眼微生歧，这些天百思不得其解的疑惑，突然解开。他深吸了一口气，想明白了微生歧最近古怪的态度。是因为小翅膀？

想明白了也要装作不明白！他不管两个孩子，自己头前带路，说：“歧兄的话，恕温某不太明白。可是仙心阁哪里不周到，怠慢了歧兄吗？”

微生歧怒道：“你明知我想替小瓷求娶蓝小翅，还匆匆将她许给柳风巢，是何意？！难道我家小瓷配不上你女儿不成？”

温谜真是连头都大了，我哪里明知了啊！！他说：“歧兄此意，温某着实不知。如今乍听此言，真是十分震惊，十分震惊。”

微生歧说：“那你现在知道了，又如何答复？”

这还真是直接，好在已到正厅。温谜说：“歧兄，先请入内用茶。”

微生歧冷哼一声，举步入内。不多时，四大长老纷纷赶来——天，微生家的人又来了！！而且这次还来了俩！四个人都是同样的心思——微生大侠，你真的不能事先找人入内通禀吗？！

温谜与微生歧上首落座，四大长老陪坐于下首。微生歧说：“蓝小翅与我家小瓷，早已经私订终身。怎么可以再许他人？”

此话一出，四大长老都大吃一惊，什么啊？！然后同时明白，好吧，抢亲的来了。温谜说：“歧兄，事关小女名节，请慎言。”

微生歧是不管了，为了儿子，也是没办法了。他说：“当初你不是问我为何私下前往方壶拥翠吗？因为蓝小翅与我儿在当时就已同食同宿，我受她所托前往。如今，我不管她是蓝翡的女儿，还是你温谜的女儿，这亲事总是不能变的吧？”

温谜脸色也有点不好看起来，他心思如电，立刻想明白事情来龙去脉。自己宝贝女儿跟微生瓷认识，而且很熟。所以微生歧的话至少有一部分是真的，那就是小翅膀上过九微山，而且当时，微生歧也特意向自己询问过蓝小翅的品性。

如今看来，他在之前至少是考虑过让蓝小翅成为自己儿媳的。以微生世家的能力，要留住一个蓝小翅，无论如何总是可以的。为什么他当时没留，而是放小翅膀下山？而现在又态度强势地要结亲？

因为当时，小翅膀是蓝翡的女儿。微生歧不想跟羽族扯上关系。

一个眼神的时间，温谜拿住了问题的重点。他立刻说：“能得微生家主看重，是小女之幸。但是微生家主也知道，小女刚刚找回，心性不定。对温某这个爹，也尚未认同。撇下儿女亲事暂时不提，微生家主且想一想，小女本就顽劣，心性未定。令公子却是心思单纯，又武艺超群，若此时结亲，只怕后果难测。”

微生歧皱眉，温谜一语中的，这也正是他忧虑的地方。

温谜说：“我虽为人父，然毕竟未尽父责。所以孩子的亲事，我不想这么快做主。也请微生家主体谅温某的难处。”柳冰岩没有说话，虽然微生歧“同食同宿”的话让他很是震惊，但是他不能出言说什么。毕竟如果温谜并不想把蓝小翅许给微生瓷，他就必须顶住。

微生歧说：“也就是说，如今蓝小翅并未许给任何人？”

温谜说：“并未。”

微生歧点头，他也认为温谜的考虑很有道理。现在把小瓷交到蓝小翅手里，就是给她一把神兵利器。如果她还向着羽人，可如何是好？

他心思是单纯，可执拗也是一绝。当下说：“如此甚好，温兄，此事暂时按下不提。我有一个不情之请。”

一声温兄，叫得温谜一身寒毛爹起。他说：“歧……歧兄请讲。”

微生歧说：“如今小瓷身体不好，云大夫又正好在太极垂光。还请温兄准许吾儿在太极垂光调养，微生世家感激不尽。”

一句话出，柳、丁、谈、古四大长老都汗了——你这是要把儿子留下？云采真可不是在太极垂光啊，他在烟雨虚岚，离着咱们这儿也是好几里地呢！

微生歧才不管呢，越想越觉得此计甚妙，又可以让儿子养身体，又可以让他近水楼台。唯一不放心的是自己不在，他会不会干出什么蠢事？

温谜重提方才的事：“可是歧兄，小瓷的武功……留在太极垂光，如果到时候小女要他助她逃走，恐怕很难在不伤及他的情况之下阻挡。”

微生歧立刻想到解决的办法，他说：“如果我留下，不就可以阻止了吗？”

四大长老就地石化——你……你这鳏夫是要改嫁到我们仙心阁吗？还带上你儿子！！

温谜说："歧兄，九微山不可无主……"

微生歧说："九微山有寒蝉打理，无事。微生世家在这里谢过仙心阁了，今日恩惠，铭记在心。"不管了，反正我要在这里住到我儿子娶了媳妇为止。不娶不回去了！！

温谜啼笑皆非，你、你这是要耍无赖啊！但是他赖着不走，也不能给轰出去啊！温谜只好道："来人，给微生家主、少主准备房间。"

柳冰岩心情复杂，等到微生歧前去客房住下，他对温谜说："你不会真的同意这门亲事吧？"那我们家风巢如何是好？

温谜轻轻拍拍他的肩，说："冰岩，风巢确实也到了年纪，雨苔很适合他。这与我同不同意微生世家的提亲没有关系。"

柳冰岩说："阁主，风巢是个可以让人放心的孩子。"

温谜说："我知道，我是他师父。"

蓝小翅跟微生瓷吃完饭，温谜已经通知了全体仙心阁弟子，称微生家主与微生少主会在仙心阁暂住一段时间，理由是养病。

蓝小翅领着微生瓷去温谜为他父子二人暂时安排的住处。微生瓷离开熟悉的环境会紧张不安，得尽快让他有一小块熟悉的地方，安定他的情绪，免得发病。

两个人进到房间里，蓝小翅说："你暂时住在这里，你爹的房间在隔壁。没事可以到我那儿玩，但是要动静小点，温阁主住我旁边那屋。"

微生瓷点头，蓝小翅说："说话。"

微生瓷开口："好。"

蓝小翅说："给你点一支七日薰，你先洗个澡。看你爹什么时候带你去找云采真……"正说着话，外面温谜的声音响起："小翅，"略带犹豫，但他终于还是说，"跟爹一起去接你娘。"

蓝小翅揉了揉微生瓷的头，微生瓷皱皱眉，他不喜欢别人揉他的头。蓝小翅嘻嘻笑："我先出去一下，你有事找你爹啊。"

微生瓷说："嗯。"

蓝小翅蝴蝶一样跑出去，微生瓷看着她的背影，直到她跑得不见影了，才慢慢回头，看香炉里她燃的七日薰。不喜欢赶路，也不喜欢这里，但是如果住在这里可以经常看到她……可以。

太极垂光之外，仪仗三里。

蓝小翅跟温谜出来，只见路边仆从如云，但只是第一眼，蓝小翅就看见了那个女人。并无锦缎加身，她着了一身淡青色的衣裙，像是春天给远山扫画的那浅浅一笔，动人以无形。

那当然就是青琐夫人了，蓝小翅发觉自己竟然有点脚步迟疑。十五年前，就是她十月怀胎，生下自己吗？那时候在她怀抱之中，想必也是温暖而幸福的吧？

青琐也看见了她，是记忆描摹不出的模样。人未至，泪已疯涌。

蓝小翅慢慢走过去，青琐旁边，站着当朝丞相慕流苏。他年正三十六，没有穿朝服，却仍风仪威重，是个博雅权臣的模样。蓝小翅看看他，又看看青琐，一声“娘亲”竟也叫不出口。

慕流苏说：“小翅吧？”笑容特别平易近人，“我是你慕爹爹。”

蓝小翅特别实诚地问：“你是不是特别怕我娘啊？”下人一阵喷笑。

慕流苏脸有点黑，这孩子真是不给面子，当着这么多下人。他说：“为什么这么问？”

蓝小翅说：“你应该特别不喜欢我才对啊，可是你看你这一脸假笑。”

旁边青琐带泪含笑，慕流苏磨牙，这小东西一定是青琐生的！如假包换！对付这种熊孩子不能按常理出牌，慕流苏把她抓过来，在她耳边说：“你给我听话点，小心我揍你啊！没看见你娘都哭了吗，快过去哄哄！”熊孩子，给点面子啊！

蓝小翅一脸感动地抬起头，大声道：“你说什么？你要给我十万两黄金当作见面礼？”

慕流苏愣住——什、什么啊！！

蓝小翅抱住他的胳膊，一张俏脸写满了兴奋和亲近：“慕爹爹，你真是太好了！我最喜欢你了！”

慕流苏这才明白过来，混账啊，这个小东西要敲他竹杠！可你也太黑了！

他摸着蓝小翅的头，一品重臣，当朝宰辅，千年老狐狸能上这种当？他正要说“可惜啊，我不吃这套”，话未出口，听见蓝小翅说：“你比我那亲爹可大方多了，我娘真是没选错人！”

慕流苏一咬牙，出口的话就变成了：“是吗？”小东西算你会说话，好吧，你这饵我吃了。

嘶，十万两黄金，真贵啊。

旁边四大长老一齐磨牙——混账啊，我们阁主少你吃了还是少你喝了？你在你娘面前这么损他？

阁主啊，你这心肝宝贝儿我看是养不熟啊……

温谜没有注意这边的动静，他在看青琐，明知道直视无礼，可终究还是……他移开视线，上前行礼道：“慕丞相、青琐……夫人。远来是客，上山再叙吧。”

慕流苏把蓝小翅交到青琐手上，两个男人视线交锋，有一种刀剑相击、火光迸溅之感。青琐没理他们，握着蓝小翅的手，她五指颤抖。身边的孩子已经跟她差不多高了，偏纤瘦，却很健康。五官是她想了千遍万遍也没有想出来的模样。

她伸出手，想把这孩子搂进怀里，可是她不敢，怕被拒绝，怕听到一切会让她伤心欲绝的话。相思穿了肠，于是患得患失，生怕相见又只是美梦一场。

蓝小翅看着她的眼睛，那双一模一样的大眼睛里清澈地倒映出她自己，她明白这真的是她的母亲。她轻声说：“娘。”

温谜脚步微顿，这声可比叫他有诚意多了。青琐捂着嘴，不让自己哭出声音。许久，她说：“再叫娘一声。”蓝小翅乖乖地又叫了一声：“娘。”

青琐蓦地抱住她，十五年的穿肠相思，崩溃在一刹那。蓝小翅伸手回抱她，说：“小时候爹有个侍妾，叫浮翠。”

青琐说：“爹？”一瞬反应过来，明白她说的蓝翡。蓝小翅说：“她对我很好，有什么好吃的好玩的都想着我。我觉得她就是我母亲。后来她生了个弟弟，有一天她不在，我到她房里玩，看见弟弟在睡觉。我趴在摇篮边逗弟弟玩。然后她回来，吓得尖叫一声，一脸惊恐。那时候她看我的眼神……让我知道她不是我母亲。永远都不会是。”

青琐心如刀割，蓝小翅说：“刚才，我看见你的眼睛。我想，这才是从小到大，我一直渴望、希冀的吧。”

青琐想说话，几度泣不成声。慕流苏脚步微顿，跟温谜互相看了一眼——这小东西，很会打感情牌啊。得知蓝小翅是青琐的女儿之后，他就派人去过羽族收集消息。这小东西在羽族混得可不惨啊。羽人提起大小姐，那神情可不是提起一个惨兮兮的小姑娘。蓝翡的爱妾在她面前跟孙子似的。

温谜说：“孩子在我这里最好，你应该知道。”

慕流苏说：“是不是最好，十五年前已经验证过。我虽然是继父，不过我养孩子还是比你走心。何况还有她母亲会帮忙。”

温谜面色微沉，说：“羽族并不死心，相府足以防御吗？”慕流苏心里也正是担心此事，相府护卫再森严，也不能跟这些江湖门派相比。如果羽族有心截人，那可是拦不住。

温谜说：“留她在我这里。”

慕流苏笑，说：“我说了不算，你知道的。”

好吧，当朝丞相慕流苏，不贪财不恋色，唯一缺点，惧内耳。温谜只得说点实际的：“微生歧你知道吧？他到太极垂光，向小翅提亲了。”

慕流苏有点头疼了，说：“微生歧？三十老几了吧？年纪会不会太大了？”

温谜无语：“替他儿子。而且他们现在还待在太极垂光，不愿离开。”

慕流苏虽然极少涉江湖事，但并不等于他不了解江湖。幼帝还小，他辅政，总是什么都要知道的。当下说：“如果你能说服青琐，孩子留在哪里，我没意见。”微生世家的人最好还是不要招惹了。不服管束，偏偏又武功高强——那是真的高强。

温谜说：“我明白，只要你不是为了讨好青琐，百般设计带走小翅就好。”

慕流苏说：“讨好两个字太难听了，我对她一片真心日月可鉴。不过身为男人，讨好自己夫人是天性。”你看你没这种天性，可不就没了夫人？当然这话也只是想想，没说出口——有妇之夫呢，最好不要激怒光棍。

一行人进入仙心阁，蓝小翅带青琐回房梳洗，母女俩说不完的旧事闲话。蓝小翅将当年的事问了个七七八八，问：“我爹当时把我和柳风巢一起扔出去，是把柳风巢扔到温……呃，”怎么好像有点不对，她说，“扔到温阁主面前了吧？”

“温阁主？”好称呼，青琐哭笑不得，说，“嗯。”

蓝小翅说：“他故意的。”他明知道，以温谜的个性，不可能无视眼前的柳风巢，而径直去抢夺自己的女儿。他也故意将还是婴儿的她抛出，说出最刺激温谜的话，令温谜抢夺不能，最后狠心下手。

青琐说：“所以，小翅，听到你叫他爹，娘心如刀割。”

蓝小翅说：“我知道。我知道这老家伙坏，没想到他这么坏……”难受，想哭。她问：“他为什么要干这种缺德事？他是不是喜欢你啊？”

青琐苦笑，说：“哪有的事？羽族……羽族特征，男儿背生双翼，可以飞翔。女儿却是明眸善睐，清丽动人。羽族男儿在普通人看来是妖怪、是异类，但是女人却正好符合普通人对美人的定义。”

蓝小翅歪了歪头，青琐轻抚她的长发，说：“羽族一向以女儿外嫁为耻。当年娘本来就反对蓝翡承继羽尊之位，后来又嫁给温谜，身为羽尊的蓝翡当然会破坏、反对。”

蓝小翅说：“那他纯粹就是为了捣乱啊！”更伤心了。

青琐揽住她，说：“小翅，他真的不是好人，你答应娘，以后陪在娘身边，不要再回羽族了。”

蓝小翅迟疑，然后轻轻点头。太极垂光戒备森严，温谜更是小心谨慎。如果留在这里，自己永远也回不去羽族。但是如果离开这里，相府可留不住她。

青琐却明显信了她的话，坚持要带走她。慕流苏当然是无条件坚持。温谜最后只得勉强同意。微生歧找到温谜，怒道：“你这是什么意思？”蓝小翅若是住到相府，他们可没理由跟去，而且也不会想去那种深宅大院。

温谜说：“歧兄来得正好，温某正有一事，想请歧兄帮忙。”微生歧怒哼，没了蓝小翅，你温谜有什么可帮的！哼！他心思写在脸上，温谜苦笑，说："小女答应同她母亲前往相府，恐怕是想重返羽族。"

微生歧说："她明知道蓝翡是个坏人，害得你们夫妻分离、骨肉失散，为何还要回到羽族去？"

温谜说："十五年抚育之情，并非几句话可以动摇。但是现在，有一个办法可以留住她。只是需要歧兄帮助。"

微生歧倒也不推辞，为了儿子能娶上媳妇儿嘛，有什么办法？他说："讲。"温谜附到他耳边，一阵轻语，微生歧说："那有何难？几个羽族杂碎而已。"

温谜拱手："那就拜托歧兄了。"

青琐在太极垂光歇了一宿，慕流苏当然是寸步不离，鞍前马后，直将她当作女王一样，无微不至。

蓝小翅问："他这是平时都这样，还是做给温阁主看啊？"

青琐失笑，嗔道："看你，惹孩子嘲笑了。"

慕流苏丝毫不以为耻，说："你以后若能找个爹这样的丈夫，再偷着乐吧。"

正说着话，外面有人道："小翅膀。"是微生瓷。

蓝小翅忙打开门，微生瓷站在门外，凉风透衣，更显消瘦。蓝小翅把他放进来，说："过来怎么也不加件衣服？看着就冷。"房里没有男人的衣服，随手找了件自己的裘衣递给他。

微生瓷乖乖地披上，慕流苏和青琐都已经站了起来。微生少主前来，他们当然是标准的外交礼仪。

蓝小翅却只是说："叫慕叔叔、青琐阿姨。"

微生瓷乖乖地叫了。慕流苏受宠若惊，微生世家的人什么时候这么听话了？

青琐却若有所思地看看蓝小翅，又看看微生瓷。虽然点头回应，然则当着微生少主的面，却是不好再聊私话。

场面一时有点冷，蓝小翅却似乎并不觉得，捂着微生瓷的手搓了搓，见他确实并不冷的样子，才指着一个座位，说："那边坐着，我跟我爹、娘聊会儿天。”

微生瓷于是乖乖坐好，青琐说：“少主跟小女很熟？”

微生瓷皱眉，蓝小翅接话：“娘，他不喜欢跟人聊天。不用理他，我们说我们的。”说着话，却是给微生瓷倒了一盏热热的甜茶。微生瓷喝着茶，竟然是真的坐在她身边，一声不吭了。

好在慕流苏跟青琐也素来听说过微生家的人性情古怪，这时候倒是没有太惊异。可是说话却终究是觉得不方便了。慕流苏看看微生瓷——小子，你不觉得你打扰到我们谈话了吗？

微生瓷低头喝着甜茶，根本就没有朝任何地方看，也似乎没有注意任何人。他就是来看看小翅膀，管谁在这儿，跟她说什么呢！打扰，怎么会打扰？你们想说什么，就说啊，又没有封住你们的嘴！

慕流苏和青琐无奈，只好说：“天已不早，我儿先歇下吧。明日娘去向温阁主辞行，我儿跟娘返回相府。”

蓝小翅说：“好呀。”

青琐摸摸她的头，转头又看了一眼微生瓷——小子，你虽然是微生家的少主，也不能深更半夜赖在我女儿这里不走啊！

可惜，小瓷没有丝毫这样的觉悟。

青琐只好说：“天晚了，微生少主也跟我们一起离开吗？”

她是小翅膀的母亲，不好不答的。所以微生瓷终于勉强说：“我不。”

慕流苏与青琐互相看了一眼，都清晰地在对方眼里看到了一个靠字。你深更半夜赖我闺女房里，是要干吗？蓝小翅说：“爹、娘，你们先走吧。小瓷一会儿我送出去。”

青琐说：“小翅，这孤男寡女的，传出去对你不好。”

蓝小翅说：“娘——”有点不喜欢听这一套。青琐只得说：“那我们再坐坐。”

慕流苏当然是贴身陪同，能够陪伴夫人，哪怕只是听她跟蓝小翅闲聊，也是一件乐事。他转过头，看见微生瓷也无所事事，只是偶尔蓝小翅说话，他会看上一眼。呵，小子，你也觉得陪伴美人是件乐事吗？慕流苏反正闲着，开始盯着微生家的少主看。

四人一坐就是一宿，青琐是真的累了。但是微生瓷不走，她总不能留女儿与他独处一室。微生瓷倒是神采奕奕——他坐着还可以行功呢，内力运行一个周天，睁开眼睛看看蓝小翅。

拿她下饭似的。

慕流苏心疼坏了，给青琐捏了捏肩。青琐轻轻打了一下他的手，示意别在孩子面前肉麻。笑容却是无奈中带着一点甜蜜的。

蓝小翅被恶狠狠地塞了一把狗粮，当即白了一眼慕流苏。慕流苏发觉了，说："见面礼。"

青琐终于笑起来，声若乳燕黄莺。蓝小翅终于给了一点面子，说："爹你真的很喜欢我娘吗？"

慕流苏说："还不够明显吗？"

蓝小翅问："这么多年了，还是和当初一样喜欢吗？"上次她问柳风巢是否世间真有爱情这东西，可以感天动地。柳风巢说不明白，不知道慕流苏能不能说明白。

真爱一个人是什么感觉？

是否第一次见面就惊为天人，从此生多少年，爱多少年？

她正打算问，微生瓷将手搭在她肩上，一股温暖瞬间包裹了她。蓝小翅觉得很舒服，索性一歪身子，靠在了他身上。

青琐嗔道："小翅！"伸手去拨，瞬间就连正为她捶肩的慕流苏都感觉到那种暖流，从内而外地，驱走了春与夜的轻寒。

慕流苏翻了翻白眼——呵，小子，会武功了不起哈？

第二天，青琐带着蓝小翅向温谜辞行。

温谜叹息，说："我派人送你们。"

蓝小翅好奇："派谁呀？"

温谜说："一个很合适的人选。"小丫头你架子真大，真的。蓝小翅得知这个人选是谁的时候，也是这么觉得的。

微生歧一直把他们送出太极垂光，蓝小翅崩溃："微生叔叔！你老实说，温谜是不是有什么阴谋？”连温阁主都不叫了！

微生歧说：“哼！”让你跟着我儿子，你居然想跑回羽族？老子断了你的后路！

蓝小翅无语，也知道他说不通。她当然知道，青琐夫人能够这么快得到消息，肯定是羽族在中间通风报信。至于为什么，那还不简单吗？离开太极垂光，相府的人能留住她？

但是蓝翡一定不知道微生歧在这里。微生家的人搁哪里都是意外，当初自己暗袭柳风巢的时候如果知道他会来，也不至于被逮住了。蓝翡不会亲自来，现在监视这边动静的一定是木香衣。以他那冲动的性子，不用想都知道后果。

蓝小翅说：“我不出去了，我就留在太极垂光！留在仙心阁！”

青琐微怔，果然，她是想回羽族去。我的宝贝，该如何让你真正回到我身边？

微生歧的反应，就是拎起她就走！相府的车驾开始起行，很快离开太极垂光。蓝小翅一路连聊天的兴致都没有了。木香衣，虽然微生歧收起了九微剑，但是你能不能有点眼色？

外面打斗声起，瞬间又平息。好吧，你当然没有。

慕流苏站在青琐身边，说：“你现在相信，她更需要仙心阁的帮助了吗？”

青琐沉默，是的，她已经知道了。慕流苏轻轻拥住她，说：“不要难过，任何时候，只要你想见她，我都陪同。”

青琐握住他的手，说：“我……”多想久住太极垂光，可是她终究没有提这样的要求。那是慕流苏最不愿的事。他与温谜是后天的冤家，不愿青琐在他身边多待一刻。

慕流苏微笑，说：“我们回去，想必温阁主也是不好赶人的。”

青琐笑笑：“你朝中事忙，这样耽搁，没事吗？”

慕流苏以额头贴了贴她的脸颊：“为了夫人，赴汤蹈火尚且在所不辞，何况耽误几天无聊杂事。”

青琐低下头，说：“我们还是先回去吧。我相信，温谜会好好照顾她的。”

慕流苏拧起眉毛，青琐笑，说：“昨日临走时，他让我留下小翅膀。语气很真诚。”

花期将尽的樱花下，昔日恩爱璧人并肩而立，他说：“青琐，把小翅留在我身边。”她问：“凭什么？”

他沉默片刻，轻声说：“求你。”

呵，哀求。平生未有。

外面侍卫禀报：“相爷，抓住羽人一名！”

慕流苏不悦：“一人？！”你们就抓住了一个？哦，不，你们只抓住一个，是因为微生歧只抓住了一个——微生歧只抓住一个，是因为微生家主是有身份的人，不是随便抓鸟的。那如果他不在，你们岂不是一个都抓不住？

外面侍卫也很无辜，这些个羽人，他们会飞啊！！

微生歧根本没有制住木香衣，没有点穴，也没有捆绑——他在这里，木香衣跑得掉？！

木香衣灰溜溜地看了一眼蓝小翅，蓝小翅一脸真诚：“微生叔叔，你能不能替我把他打死？”

微生歧说：“不能。有失身份。”

蓝小翅和木香衣一脸衰样，微生歧赶着两条狗进了太极垂光。温谜微笑，说：“回来了？”一点儿也不意外。

蓝小翅说：“你抓木香衣干什么啊？”

温谜说：“让你听话啊。爹对你是下不了狠手，但对有些人还是可以的。”说着话看了一眼木香衣，木香衣顿时有一种不祥的预感：“你要干吗？”

温谜从袖中掏出一粒朱红的药丸，说：“这是云采真特地配的空心丸，服后十二个时辰内如果没有解药就会毒发而死。”

木香衣怒——老子何辜！蓝小翅说：“老套！”

温谜捏开木香衣的嘴，把空心丸喂下去，说：“老套的法子，往往都很有效。”

蓝小翅眼珠转来转去，还在打着小算盘。温谜说：“对了，你不要指望木冰砚能救他，毒药一共九九八十一种，云采真每日会随意抽取二十八种制成空心丸。他每日服下的毒药都不会相同。以木冰砚之能为，一颗空心丸的解药肯定能配出来，但是毒物随机的话，十二个时辰是不够的。”

蓝小翅这才怒了：“卑鄙！”

温谜苦笑，说：“无奈之举。所以你要乖乖地听话，你要明白爹这次不是开玩笑的。”

蓝小翅说：“谁认你作爹了？难怪微生叔叔天天叫你虚伪小人！你果然就是！”

旁边微生歧抽了抽嘴角，你非要在这时候卖我吗？

温谜倒是不以为意，向微生歧欠欠身：“这次擒获木香衣，有劳微生家主。但此人作恶甚多，手上人命不计其数。还请微生家主暂时保密，留其性命。”如果江湖其他势力得知，恐怕会要求公议判决木香衣。要留他活命就难了。

微生歧冷哼，只要你把女儿许给我儿子，我才不管你的那些个破事。一转身走了。

蓝小翅说：“我虽然落到仙心阁手上，但是你们所谓的罪行，判也判过了，执行也执行过了。我有权离开。”

温谜说：“当然。你现在就可以走。”

蓝小翅说：“木香衣呢？”

温谜说：“木香衣的罪行并没有判，也没有执行过。”

蓝小翅知道他要耍无赖了。

她说：“温阁主，我觉得我们应该谈一谈。你现在这种方式，太有失名门正派的气度了。”

温谜说：“我只是管制了一个杀人如麻的羽族妖人，让他暂时不能出手伤人而已。嗯，说不定还能跟着仙心阁做点利国利民的事。惩恶扬善，并无气度可失。”

蓝小翅说：“好好好，那你把他杀了吧，我走了。”

走了几步，见温谜没有阻拦，她又回过头：“我可告诉你，他是木冰砚的儿子。木冰砚你听说过吧？他上个儿子死了，他可屠了一个城！”

温谜微笑，说：“你觉得威胁对我有用？”

当然没用。蓝小翅只得站住。温谜说：“明天开始，带上木香衣，跟着大师兄。”

蓝小翅问：“做什么？”

温谜嘴角微扬：“改邪归正。”

蓝小翅一脸问候某人祖宗的表情，温谜又说：“让木香衣跟柳风巢住一屋，你跟雨苔住一屋。”

蓝小翅怒道：“为什么？！我要自己住！”木香衣弱弱地说：“我也要自己住。”因为知道自己是阶下囚又在仙心阁没有爹，声音很没底气。

温谜终于笑出声：“因为我是阁主，仙心阁我说了算。”

蓝小翅怒吼：“我要跟娘走！”相府起码有单间啊！！

温谜摇头：“晚了，她和慕流苏已经回去了。嗯，慕流苏忙，恐怕这几天是不会再来了。”

蓝小翅气昏，眼睛真是又大又圆又可爱。温谜觉得自己最近一个月的笑容，比以前十五年都多，也比之前十五年都真实。

单间住不成了，同时得到这个噩耗的，当然还有柳风巢和贺雨苔！仙心阁的下人做事效率快，只用了两个时辰，就帮柳、贺二人完成了搬家之举。四个人皆如丧考妣。柳风巢这个悔——我当初为什么要杀木香衣？看见他作恶，我赶紧跑就是了！这是何苦！

贺雨苔也是怒，从小到大，还没跟人同屋住过呢！同住也罢了，起码给两张床啊！对于这个要求，温谜也给驳回了。理由是让他们看紧蓝小翅和木香衣，免得二人干坏事。

夜幕渐渐降临了，柳风巢和木香衣还在盯着对方看——现在砍死对方，是不是还能住回单间？

木香衣右手五指张开，邪钩阴藤出！柳风巢闪身避开，问：“你不想要空心丸的解药了？”

木香衣冷笑："小爷岂是惧死之辈！"一钩斜来！柳风巢师命在身，当然也不能真跟他打起来。但避过几招之后，也动了心火，手中名剑天下归仁出鞘！

这边，贺雨苔和蓝小翅也盯着一张床，蓝小翅跟她商量："不如我们石头剪子布，输了的睡地上，怎么样？"

贺雨苔说："不要。"你那么阴险，我才不要再上你的当！一歪身子就钻进了被子里。蓝小翅切了一声——怎么突然变聪明了？

她无奈地钻进被子里，贺雨苔捅捅她，说："熄灯啊！"

蓝小翅拿脚踹她："熄什么灯！"

贺雨苔说："我们都要睡了，当然要熄灯啊！不然这样点着多浪费啊！"

蓝小翅傻了："什么？我说你们仙心阁也太抠门了吧！"

贺雨苔偷着乐，蓝小翅熄了蜡烛，两个人的被窝特别温暖，但真是不习惯，耳边是别人的呼吸，让她很难入睡。

贺雨苔又何尝不是？长夜漫漫，既然睡不着，就不如说说话。贺雨苔对羽族还是好奇的，问："你们羽人为什么男人会长翅膀啊？"

蓝小翅说："不知道啊，生下来就这样了啊。"

贺雨苔不甘心："你身为羽族大小姐，难道从来没有了解过羽人的历史吗？"

蓝小翅说："了解历史？有病吧！万一历史是我们祖宗对鸟干了什么不可描述的事，然后有了我们这个种族，尴不尴尬？"贺雨苔厥倒，蓝小翅说："你怎么一个人在仙心阁？你父母呢？"

贺雨苔沉默，然后说："他们死了。"

蓝小翅可不是个有同情心的人，当下就问："怎么死的？"

贺雨苔说："方壶拥翠的毒荆棘三年疯长一次，需要大量工人割除。可是割除的工人无不全身浮肿，多的是人死于非命。那一年毒荆棘特别茂盛，蓝翡到处抓普通人当奴隶运到方壶拥翠，我爹我娘跟同门师兄弟一起解救奴隶，被郁罗杀了。"

蓝小翅说："喔。"

这天是聊不下去了。

沉默，贺雨苔却突然又问："你为什么要帮我？"

蓝小翅说："嘎？"

贺雨苔说："谈谦华的事，你为什么要帮我？"

蓝小翅一提就生气，说："因为他带了两坛好酒，却不给我啊！"

贺雨苔说："不会是真的吧？"亏我还以为你人性未泯！怒了，不聊了，一翻身把蓝小翅晾在背后。

蓝小翅说："难道不对吗？嗯？论美貌，论智慧，论武功，我哪点比你差？他居然对你下功夫，无视我！身为好色之徒，有眼无珠！死去！"

贺雨苔气得："你……你简直……"

正想不出措辞，突然面前的墙"轰"的一声，穿了个洞。然后一剑斜来，"嘶"的一声，帷帐破碎。一个人收势不及，从洞里扑出来，猛地压在贺雨苔身上。

贺雨苔的脑子完全罢工了，呆若木鸡。她身上，木香衣也有点发愣——这是什么东西？咦，香喷喷的、软绵绵的。伸手进去一摸，肉嘟嘟的，又暖又滑。

等到蓝小翅把蜡烛点燃，而贺雨苔也反应过来的时候，她就用实际行动破解了木香衣的疑惑——她一个耳光似有千钧之力，"啪"的一声将木香衣扇回了隔壁。

隔壁，柳风巢开门进来也愣住——蓝小翅身上仅着月白色的小衣，上面绣了几个小莲蓬，系带都是碧色的。

受惊而起，她发丝略显凌乱，然而却衬得那脸越发小了，腮边红霞艳压桃花，鲜嫩的肌肤晶莹剔透犹胜美玉。

柳风巢只觉得一瞬间心脏狂跳，然后转身，"啪"的一声摔上了门。

再回到房里，两个人也无心打架了。柳风巢看了一眼木香衣高肿的右脸，冷哂："该！"

木香衣"呸"了一声，一口血水和着半颗碎牙吐他脸上。柳风巢大怒，天下归仁又对上了邪钩阴藤。那边打着，蓝小翅穿好衣服，从洞里探出头去，问：“你俩干吗啊！还睡不睡了！”

柳风巢怒道：“恶贼胆敢轻薄我师妹，不给你点厉害，你就不知道仙心阁的规矩！”

木香衣说：“要打就来啊，仙心阁算什么东西！”

蓝小翅说：“柳风巢，你刚刚是不是也算轻薄我啊？你们仙心阁的规矩，夜半三更擅闯师妹房间，欲行非礼，该当何罪？”

柳风巢手中天下归仁一顿，差点被木香衣的邪钩阴藤扫中。他说：“我……我并非有意！”手中的剑却慢了。

木香衣怒道：“你扰他心神！”

蓝小翅说：“木香衣你是不是想死！”

木香衣把兵器一收，柳风巢战意全失，他不想打了。

贺雨苔裹着被子，方才被木香衣那么一摸，真是越想越气——这些登徒子，怎么一个两个尽占她的便宜！

本来都要哭了，想起方才蓝小翅那句“他身为好色之徒，有眼无珠”，不知道为什么，又哭不出来了。四个人一齐望着这个大洞，沉默。半晌，柳风巢问：“这个……是要砌上吗？”

蓝小翅瞪他——你问我？

一群天皇贵胄，谁知道这个！

温谜刚回到院里，沐浴之中就听见这边闹腾得厉害。知道几个孩子小，打打闹闹也是有的。但他相信柳风巢和贺雨苔都是稳重的孩子，出不了什么事，是以一直没有理会。

直到最后声响确实太大了，他终于过来了：“风巢、雨苔！”

屋子里四个家伙通过一个破墙洞互相打量，不知所措。柳风巢和贺雨苔都慌了，这要是让师父看见，肯定要责骂的！最后只好以迅雷不及掩耳之速放下床帷，掩去两床碎石尘灰。

柳风巢和木香衣开门快，蓝小翅跟贺雨苔随后也把房门打开。温谜见四个人都无恙，只是木香衣捂着右脸。

温谜语气倒是缓和下来：“深更半夜，好生睡觉，不得胡闹！”

柳风巢说："是，师父。"

温谜又叮嘱他："你是大师兄，四人之中也以你最为年长，当行教导之责，不得妄为。"

柳风巢说："是。"

温谜转身离开，四个人各回房间。

贺雨苔已经要疯了："你们！这还让人怎么睡！"怕温谜听见，压低了声音。柳风巢和木香衣看了对方一眼，有啥办法，默默地扫灰呗。

动静太大怕温谜听见，只得轻手轻脚地把床上的被褥卷起来，包裹着碎石灰尘拿出去倒掉。床帷被褥也是不能用了。贺雨苔找了新的过来换上，又丢了一套通过破墙洞扔在柳风巢、木香衣二人的床上。

柳风巢和木香衣哪里会换这个？两个少爷面对着花里胡哨的床单被褥、床帷，整个傻掉了。

蓝小翅在旁边笑，虽然她也不会，但雨苔会啊！不一会儿，已经把床理得整整齐齐了。再喷点花露香水，二人重新躺进了香喷喷的被窝。

柳风巢看了一眼木香衣——你会弄，对不对？你从小没娘，不可能不会做这种事，是不是？木香衣也在看柳风巢——你是仙心阁阁主首徒，一定会铺床叠被，对不对？你们仙心阁不是一向博闻广识吗？

相对而望，默默无言。终于两个人认命了。木香衣拿起一块床帷，左右比画："这个是套在床上的。"但是从哪下手呢？

被窝里，贺雨苔和蓝小翅捂着嘴偷乐。一直到后半夜，终于那边二人也睡下了。经这么一折腾，再顾不上别的，沾枕就着。

贺雨苔闭着眼睛，但是哪有睡意？她和两个大男人正隔着一个破墙洞睡觉呢！两个男人倒是鼾声均匀，模糊的光亮中，破墙洞里隐约可见一截胳膊。贺雨苔伸出手去，用力一拧。大仇已报，顿觉神清气爽！

破墙洞里，木香衣默默地收回胳膊，没叫出声。怨恨？不，没有怨恨。庆幸睡在这边的是贺雨苔吧，要是蓝小翅，他敢睡？

唉，不过女孩摸起来的手感原来是这样的，真是……真是……他搜索自己对于女孩所有的词汇量，勉强找出两个字形容。真是美好啊。破墙洞另一边，被子里的丫头在笑呢。

他转过身，捅捅身边的柳风巢，传音入密："你说我再让她打一巴掌，她能让我再摸一下不？"

柳风巢平生第一次听到如此不要脸的要求，伸手就是一拳。木香衣当即还击，二人在皱巴巴的床上扭打成团，你来我往，打到天亮。

第二天，四个人老早就起了床，睡不惯。

柳风巢和贺雨苔去向温谜请安，柳风巢会亲自服侍师父起床，端点净面水、拿点漱口青盐什么的。

木香衣青了一只眼睛，恨恨道："你说他老干这些侍候人的活，怎么能不会铺床叠被呢？"蓝小翅说："他就是做做样子，你还真以为温谜身边没人侍候啊？"看了一眼木香衣，嘶了一声，"我说不就同床共枕吗，你怎么被打得猪头一样？"

木香衣恼怒："你以为他比我好？哼！"

所以温谜就见自己的大弟子嘴角肿着、下巴紫着。柳风巢心虚地低下头，不敢看他。他叹了一口气，说："今天别去练功场了，有其他任务给你。"

柳风巢不用想就知道不是什么好事，但他还是顺从地道："是。"

温谜招招手，把另外三个小家伙也叫过来，说："吃过早饭，你们跟大师兄一起出去，一切事宜，听从大师兄吩咐。"

蓝小翅把头歪来歪去，东张西望："大师兄？谁？"

温谜摸摸她的头，温和地说："小翅，尤其是你，一定要乖乖听话。爹要根据你的表现，决定什么时候给木香衣服用解药的。"

蓝小翅瞪他："卑鄙！"

木香衣接了句："无耻！"

柳风巢和贺雨苔都对他怒目而视，温谜倒是不介意，说："好了，先吃饭吧。"

几个人坐下，柳风巢等人习惯等温谜先动筷子才跟着吃东西。蓝小翅没那么多顾忌，拿起筷子就夹了一个红枣奶香饼，放到木香衣碟子里。

贺雨苔对木香衣没有好脸色，如今见二人不等温谜就开吃，更是恼怒，问："你没长手吗？"吃饭都要别人夹到碗里，哼！木香衣却出乎意料，没有对她杀气腾腾，只是冲她举了举双手，说："长了。"这么大一双，你看不见？

贺雨苔气炸，温谜说："好了，多大的人了，还跟小孩子一样。"

贺雨苔有些委屈，倒是蓝小翅盯着木香衣看："咦，你今天心情很好呀。"居然没有喊打喊杀。

木香衣说："是啊，想到一会儿要吃你亲爹特别为我而制的独门剧毒，我真是心情不错。"

蓝小翅安慰："别这样，如果这样想难受的话，你就想想温阁主特别为你而制的独门解药吧。是不是更为有心啊？"

温谜喷笑。

饭桌上有了几个孩子，突然就热闹起来。虽然东呛一句西呛一句，但是食物却消失得很快。不大一会儿，一桌早饭就被抢食一空。蓝小翅被柳风巢抢走了最后一个奶香饼，怒道："喂！这哪里像是吃早饭，根本就是个猪食槽！"

温谜用筷子敲了敲她的头，然后拿出一本暗黄色的册子，递给柳风巢，说："今天的任务。完成再回来。"看了蓝小翅一眼，说，"云采真今天的空心丸配得有点仓促，木香衣距离毒发身亡只有十二个时辰，但是从第十个时辰开始，会出现一点异状。要快点赶回来，不然爹会想你的。"

蓝小翅很想问候他娘，但想想自己那素未谋面的祖母，还是算了。

柳风巢翻开册子，里面第一件事，是要求四个人联手救一个人性命，并留下名号。

蓝小翅简直是头大如斗："什么啊！这青天白日的，我们去哪里救谁的性命？"

柳风巢说："师父的意思，是要我们路见不平，随意救一个身处危险之中的人。"

蓝小翅说："鬼知道哪里有这种人！"

柳风巢说："师父的命令，我只能照实执行。你有时间在这里抱怨，还不如赶紧寻找。过了时辰，毒发的可不是我们。"

蓝小翅看了一眼木香衣，说："急什么，毒发的也不是我啊！"话虽如此，却还是赶紧找人了。

太极垂光之外就是连州城，城里一如往常。蓝小翅找得发火，随意从小摊上拿了一个糖葫芦。小贩赶紧道："哎，姑娘，您还没给钱呢！"

身后木香衣手伸向腰间兵器，目光有些凶狠，小贩登时一声不敢吭了。

蓝小翅啃了一粒山楂在嘴里，柳风巢气极："你们俩！一个羽族大小姐，一个蓝翡的嫡传弟子，你们还要不要点脸！抢个糖葫芦！！"

蓝小翅说："别生气嘛，我这不是钱都让温阁主给搜去了嘛。再说了，勿以恶小而不为啊！"

柳风巢从腰里掏出五个钱，付给身后卖糖葫芦的小贩。小贩一见他腰中仙心阁的玉佩，立刻道："少侠，一个糖葫芦，算了算了。"

柳风巢说："小本营生，本就不易，应该的，收下吧。"

小贩还要再推，木香衣不耐烦了，说："收下！"

小贩手一抖，立刻收下了。

柳风巢说："不告而取乃为贼！若苦主告到仙心阁，你是要被罚的！"

蓝小翅说："哦？"一回头问那小贩，"你会告到仙心阁？"

小贩一抖，连连说："不不不不……不敢。"

蓝小翅耸了耸肩，柳风巢真是怒极："蓝小翅，你们学武难道就是为了仗势欺人吗？"

蓝小翅与木香衣互相看了一眼，理所当然地说："是啊。"

柳风巢青筋暴跳，贺雨苔说："你们再说下去，天都要黑了！"

蓝小翅左右看看，问："这街上，怎么连快要饿死病死的乞丐都没有一个？"

柳风巢说："仙心阁在此处设有救济处，乞丐可以在该处领取白粥和药物。平时也有弟子巡视。"

蓝小翅问："那你师父还让我们出来救人？"

柳风巢说："我师父是你爹。另外，师父的话不可违背。"

蓝小翅哀号一声，又转了一圈，还是没有发现需要救助的人。蓝小翅灵光一闪，说：“我有办法了！”

三人都看向她——办法？蓝小翅说：“你们看，那边有个人。”柳风巢“嗯”了一声：“所以呢？”

蓝小翅说：“我过去杀他，他不就有性命之忧了吗？然后你们再过去救他，不就救人一命了吗？”

柳风巢和贺雨苔一齐用最浅白的方式鄙视了她：“无耻。”

只有木香衣看看柳风巢和贺雨苔——为什么就我一个人觉得这是个绝妙无双的好主意？

又转了一圈，可就到中午了。

事虽然没干，饭却还是要吃的。柳风巢找了个酒楼，点菜的时候倒也知道照顾羽人的饮食习惯，点了一条清蒸鱼。鸟嘛，爱吃红果果，爱吃鱼。

果然蓝小翅就跟木香衣抢那条鱼，柳风巢和贺雨苔毕竟在外，要顾忌仙心阁的形象，吃相十分斯文。饶是如此，也被他二人花样百出的抢食技巧逗乐了。

木香衣不知道蓝小翅为什么要跟他抢食，平时二人不这样。但是两个人从小一起长大，默契无双。这时候他只是配合表演，蓝小翅趁柳、贺二人边看边吃，没怎么注意，手上调羹飞出，击中了两桌之外一个正以花生米佐酒的客人。

那客人一颗花生米呛进气管，顿时噎得直翻白眼。最后呼吸困难，手握着喉咙，挣扎倒地。

顿时堂中食客都慌了神，柳风巢站起来，几步赶过去。蓝小翅低声对木香衣说：“去。”

木香衣这才跟过去，二人很快看出原因。柳风巢将他扶起来，木香衣自其身后拍出一掌，运功恰到好处。

花生米噗地喷出来，飞出几桌远。那食客这才回过气来，嗓子还是疼得厉害，酒和花生米进到嗓子眼，那滋味真是销魂。

他眼泪涟涟，冲柳风巢和木香衣连声道谢：“感……咳，感谢两位小哥。我一条老命……呼呼，差点交代在这里。敢问少侠姓名、住址？他日一定登门道谢。”

柳风巢说：“不必客气。”想想师父交代要留下名号，他说：“这位是木香衣，这位是蓝小翅。你要谢就谢他们吧。”留了两个人的名号。

那人又要道谢，木香衣和蓝小翅却是不耐烦了，回到桌前继续吃饭。

不多时，柳风巢和贺雨苔也过来。蓝小翅说：“我们这算是救人一命了哈？”

柳风巢虽然觉得蹊跷，却奈何没有证据，也只得罢了。

待出了酒楼，蓝小翅伸了个懒腰，问：“我们是不是可以回去交差了？”

柳风巢翻开册子第二页，说：“第二件事，搭救一个身处困境的人。”

蓝小翅说：“我……”想骂人，但想想那个人的祖宗跟自己的祖宗还有点关系，没骂出口。木香衣龇了龇牙：“要不让你们阁主把我毒死得了。”

贺雨苔说：“这个简单些，快找吧，别浪费时间。”

一行人只得四下找身处困境的人。及至行到一口古井边，见一妇人大着肚子打水。水桶很沉，当然不方便。

蓝小翅说：“木香衣。”

木香衣不用她招呼，已经上前去，接过妇女的水桶，打了两桶水。

妇女连连道谢，蓝小翅说：“下一个。”

柳风巢说：“还没有留下名号。”

旁边连贺雨苔都尴尬了：“这……这点小事就不用留名了吧？”

柳风巢说：“那就不算。”

蓝小翅只得道：“帮他挑回家去啊，没见人家大着肚子吗？”

木香衣只好挑起两桶水，问妇人：“住哪儿？”

妇人一脸感动：“谢谢少侠，谢谢少侠。”他腰间佩着兵器，当然是少侠了。木香衣一脸不耐烦，能不能不要这么多废话啊？

妇人在前面领路，孩子月份大了，她用手撑着腰，走得慢。但大家要她带路，只好等着。蓝小翅问：“你家男人呢？怎么你肚子这么大了还出来挑水啊？”

妇人说：“他……沉迷斗鸡，一天到晚也不着家的。”

蓝小翅说："那你怎么还肯嫁他啊？"

妇人苦笑："我家欠他家五百文钱，我不嫁他……又能怎么办呢？"

蓝小翅沉默了，这五百文钱，真是太贵了。

旁边贺雨苔怒道："岂有此理，你丈夫人在哪里？我们帮你教训他！"

妇人忙说："使不得，可使不得！他……他若恼了，回家又要打人的。你们纵然劝得了今日，明日、后日……我和孩子也还要过日子啊。"

贺雨苔不说话了，"过日子"三个字，有时候让人绝望。

往前行不多远，就到妇人家中了。木香衣把桶搁地上，妇人连声道谢："你们真是好人，请问恩人叫什么名字？我无以为报，但念经拜佛的时候也会乞求菩萨保佑你们。"

柳风巢走过去，准备把两桶水给她拎进去。妇人赶紧拦道："别别，我一个妇道人家，独自在家，有男子入内毕竟不便。若是让家里的知道了，只怕日后又是一顿好打……"

柳风巢只好把水桶放在院门口，说："他叫木香衣，她叫蓝小翅。你记得，日后若有难处，可以到仙心阁找他们。"

妇人恍然大悟："是仙心阁的小菩萨们！"跪地就拜，蓝小翅说："喂，我有说过以后有事可以找我吗？"

柳风巢瞪了她一眼，贺雨苔怒问："你有没有一点同情心？"

蓝小翅说："哈，你们有同情心。柳风巢，那你把她娶走啊。不就可以解决她所有的问题了吗？还能保其一生幸福无忧。"

妇人不知他们为何争执，柳风巢怒道："蓝小翅！"

蓝小翅转身走，说："做不到吧？呵，小善顺手留名而已，大善就独善其身了。"

柳风巢跟着她："你小小年纪，满嘴歪道理！"

蓝小翅说："歪道理？难道不是吗？木香衣，记住这个地方。"

木香衣问："干吗？"

蓝小翅说："温阁主是要我们洗心革面了，以后再有这样的任务，我们到这里一趟准能交差。柳风巢，下一个。”

柳风巢翻看小册子：“行一件微末小善事，不必留名。”

蓝小翅说：“呵。”左右一看，见旁边卖橙子的小贩有个橙子滚落到地上，于是走过去，捡起交回。

小贩是个中年大叔，很和善地冲她笑了笑：“谢谢你，小姑娘。”

蓝小翅随意“嗯”了一声，回头冲柳风巢一扬螓首：“是不是可以收工了？”

柳风巢说：“嗯。时候也不早了，回去吧。”

四个人正准备返回太极垂光，突然贺雨苔脸色一变，只见前面，谈谦华正从一家医馆出来。柳风巢察觉她面上神色，问：“怎么了？”

贺雨苔支吾着道：“没什么。”

旁边蓝小翅说：“他占你小师妹的便宜。”

贺雨苔顿时粉颊绯红：“蓝小翅！”

柳风巢眉头顿时皱起：“什么时候的事？”

蓝小翅把事情添油加醋地好一通说，柳风巢还没说话，旁边木香衣说：“我去把他杀了！”

柳风巢说：“木香衣！不要冲动！”

蓝小翅跟着道：“就是，冲动什么！一点小事值得你喊打喊杀？你去把他阉了不就完了？”

柳风巢顿时哭笑不得，这种卑鄙小人，他当然也想教训。但是若因此引起阁主和长老之间的矛盾，那代价就太大了。贺雨苔也生怕二人惹事，忙说：“他毕竟是谈长老的徒弟，不要乱来！”

蓝小翅眨眨眼睛，说：“真想出气，也不是没有办法。”

谈谦华出了医馆，进了一条小巷，正心烦着，也没怎么看路。突然一条布袋兜头而下，将他罩了个严严实实。

木香衣也不出声，闷头闷脑一顿老拳，直打得谈谦华状如死鱼。柳风巢没有动手——别把人打死。

贺雨苔都忍不住上前狠狠踢了几脚。蓝小翅打爽了，捂着嘴偷偷乐。那小脸红扑扑的，额头上出了些汗，如树上尚青的果实，娇美无比。

柳风巢有一刻不想移开眼睛。

第八章 失踪村民

回到太极垂光，柳风巢带木香衣去见温谜交差，替他取空心丸的解药，顺便汇报一下三人今日普度众生的成果。

蓝小翅跟贺雨苔回到房里，累了一天，蓝小翅先去洗澡。贺雨苔坐在榻上，眼角突然瞟见一抹红色，一闪而逝，贺雨苔差点惨叫——鬼！有鬼！

但是她还没叫，就听见屏风后面，蓝小翅说："你娘没教过你女孩子洗澡不能看吗？"里面一个声音答："没有啊。"

是个男人的声音！

贺雨苔跑进去，一眼看见一身红衣的微生瓷。她怒目："你这么可以就这么闯进女孩子房间？！"

微生瓷没理她，问蓝小翅："女孩子洗澡不能看吗？"

蓝小翅已经裹了件外袍，想想他和他娘出事的时候，他才七岁，估计他娘也来不及教。她只好说："你先出去，一会儿我跟你说。"

微生瓷"哦"了一声，乖乖出来，坐在桌边。贺雨苔惊魂未定，都说微生世家的人乃不世高手，可是这一只……看起来……有点呆啊！

她说："微生少主要不要喝点茶？"茶是个好东西，无话可说的时候既可以用来寒暄，又显得有礼貌，是外交必备之物。

贺雨苔已经烫了一个杯子，微生瓷说："不要，我不渴。"

贺雨苔顿住——大神，我哪里得罪你了吗？

微生瓷就那么坐着，面无表情，既不看她，也不说话，更没有走的意思。

贺雨苔无奈，问屏风后面的蓝小翅：“你什么时候洗好啊？”快点啊，我坐这儿跟他聊点什么啊！这样冷场简直难受啊！

蓝小翅说：“你当他不存在就行。”

贺雨苔都要哭了，微生家的少主，你当他不存在？

蓝小翅沐浴奇慢无比，东擦擦西搓搓，再急的事没有半个时辰也出不来。然而微生瓷却并没有半分不耐烦，蓝小翅让他在外面等，他就坐在桌边等。

贺雨苔突然迫切盼望柳风巢和木香衣回来，一男一女这样相对而坐，互相无视、沉默不语，实在是太尴尬了。

蓝小翅洗好澡出来时，头发还湿淋淋地滴着水。她把大棉毛巾递给微生瓷：“帮擦擦。”

微生瓷就接过毛巾，帮她擦头发。擦着擦着，他问：“你今天哪儿去了？”

蓝小翅说：“温阁主派我出去普度众生了。”

微生瓷说：“哦。”

蓝小翅说：“你今天呢，都干了些什么？”

于是微生瓷开始细数：“起床，过来找你，你不在。回去吃早饭，练功，找云采真看病。吃饭、喝药、练功，过来找你，你不在，等你，没等到。回去，练功，过来找你。等你洗澡。”

贺雨苔张大眼睛盯着微生瓷——微生家这少主是不是脑子有问题？

蓝小翅倒是觉得没什么，条理很清晰啊。所以她很快抓住了重点：“一起吃晚饭吧。”

微生瓷点头：“嗯。”然后他问：“为什么你的房间里会有个洞？”向破墙洞的方向指了指。

贺雨苔一脸惊诧，蓝小翅也不明白：“你怎么知道？”

微生瓷说：“风。”

没别的话了，贺雨苔问：“什么意思啊？”

蓝小翅说："大神的世界，我们凡人不懂。"

贺雨苔点头，深以为然。

晚上，温谜的饭桌上又多了一个小客人。

温谜无奈，最近太极垂光真是热闹了很多。他说："慕流苏给你送了几箱东西过来。"

蓝小翅说："他不会真的直接抬了黄金过来吧？"

温谜笑，蓝小翅的心思，他并不是不懂。如果这十万两黄金给她兑成银票，她说不准转头就带回羽族了。慕流苏当然有考虑到，作为继父，位置有点尴尬，承诺是一定要兑现的，但是也不代表他愿意出十万两黄金资助羽族啊，所以直接命人用马车运了过来。

蓝小翅问："放哪儿啦？"

温谜说："由为父代为保管。"

蓝小翅瞪眼："那是我的！"

温谜嘴角微扬："当然，以后你真有用的时候，爹不会少了一文的。"

蓝小翅嚷："我现在就有用！"

温谜终于笑出声来："你现在需要银子，如是正当理由，可以向大师兄支领。"

蓝小翅气哼哼的，木香衣顺手夹了一大块鱼腹肉，剔了刺，放在她碗里。微生瓷问："你需要多少银子？"

蓝小翅说："你要干吗？"

微生瓷挺豪气地说："我给你。"

蓝小翅说："你有钱吗？"

微生瓷沉默了一下，说："我爹有。"

蓝小翅乐了，问："你爹肯给我吗？"

微生瓷很认真地想了一下，说："我可以先给你，再告诉我爹。"

一阵沉默，没有人敢当面嘲笑微生大神。所以饭桌前的人都低下头，做捡勺子状，连温谜也没能保持住他的严肃——微生歧生的这……这孩子。

吃过晚饭，木香衣先服了一颗空心丸，温谜才给他上一颗的解药。蓝小翅当然不满，但知道抗议无效，也不开口了。

诸人回到房间，贺雨苔一捅蓝小翅，蓝小翅莫名其妙，问：“干什么？”

贺雨苔指了指后面，蓝小翅回过头，才发现微生瓷默默地跟在她身后。她说：“小瓷，你该回房间睡觉了。”

微生瓷说：“我不。我要在这里。”

贺雨苔无语，蓝小翅说：“可……你看到了，我这儿有贺雨苔一起，不太方便。”

微生瓷说：“那让她走。”

贺雨苔不知道是该气还是该笑，轻声问蓝小翅：“这个……他不会是……”知道微生瓷听得见，她指了指脑子——这个微生家的是不是脑子有点问题啊？

蓝小翅说：“不是，他只是……嗯，很单纯。”当然单纯，他从七岁开始，就再也没有人教过他待人接物、基本礼貌。

微生瓷不动，也没走。他还在等蓝小翅的回答。蓝小翅说：“你让你爹去跟温谜说，说你要跟柳风巢一起住。”

微生瓷皱眉，说：“我不跟他住。”

蓝小翅说：“乖，去吧去吧。”

微生瓷不乐意，但还是转头去找自己爹了。

微生歧在房里，整个江湖都知道微生家的人脾气不好，所以他们这个院子，也格外偏僻。不会有等闲人来，即使有人来，院子门口也有提示——微生少主在此调养，闲人勿扰！

效果等同于“内有恶犬，闲人免进”。

微生歧正在练功，听见脚步声接近。他当然知道儿子出去，不过也没管——管着怎么能娶到儿媳妇？当然要多出去走动才好了。

但是这会儿，脚步声是向他房间而来。他就不得不起身了，正收功，外面微生瓷的声音响起：“你去跟温谜说，我要跟柳风巢一起住。”

微生歧打开门，确认了三次，问：“你……是在跟爹说话？”

微生瓷说：“嗯。”

微生歧感动得几近落泪，这小子，虽然极其没有礼貌，但是他跟我说话了，主动说话了！！

他说："好。"然后突然想起来，不对啊，儿子，你跟柳风巢住什么啊！他是公的啊！你喜欢蓝小翅也就罢了，可别染上什么奇怪的癖好啊！！但是微生瓷已经走了。

微生歧左思右想，算了。他先去找温谜。温谜听到这个要求，当然为难，微生瓷情绪不稳定，万一他突然发病，四个孩子能够应付吗？

他说："歧兄，现在风巢是跟木香衣一起住，令郎若去，只怕多有不便……"

微生歧说："加一张床的事，何来不便？"

温谜说："可是……实不相瞒，歧兄，我只是让风巢监视木香衣，顺便管束小女。小瓷既然是以调养为目的，还是不要劳心劳力了。"

不说还好，一说，微生歧就怒了——你居然让柳风巢去管束蓝小翅，还偷瞒着不让我知道！

他说："小瓷的身体已无大碍，既然柳风巢能够管束蓝小翅和木香衣，那就让小瓷也跟着他学习些为人处事的道理吧。"

温谜厥倒，他倒是想学，也得有人敢教啊！

微生歧却已经不再准备多说："就这么决定了，犬子从今日起交给阁主，有劳阁主费心。"哼，怪不得小瓷要跟柳风巢一起住，原来他早就看透了你的奸计。我儿子好样的啊……微生歧一脸自豪地走了。

温谜无奈，只得令人在柳风巢、木香衣二人的房间里再添一张床。

柳风巢和木香衣刚刚回到房里，看见搬来的床，对望一眼，都在对方眼中看到不安。这是……又有啥不幸的事情要发生了？然而他们也并没能猜测多久，所有想象的事都没发生，因为最坏的事情出现了。他们看见微生瓷走了进来。

柳风巢问："你……不会……"已经失语了，不，告诉我不是你要搬进来，不是你！

微生瓷在新搬进来的床上坐下，柳风巢崩溃。木香衣说："想不到我这一生，还有缘跟微生家的少主住一个屋。”他虽然不认识微生瓷，但是身为武者，听见微生世家的人在太极垂光，多少总是要看上几眼的。

柳风巢喃喃地说：“我、我要回家……”我想娘了，师父你欺负我！

温谜没有来，但他的担心明显胜过柳风巢。他去了烟雨虚岚。云采真问：“什么事？”

温谜苦笑：“好友，我来这里只能是因为有事吗？就不能只是单纯想来看看你吗？”

云采真说：“是吗？可是从我认识你开始，你一直就是个无事不登三宝殿的人啊。”

温谜摸摸鼻子，好吧，真是诚实。他只好问：“微生瓷的病，你认为如何？”

云采真说：“他？还好吧，只要不受伤，不会流血不止。只要情绪没有波动，就不会失控。”

温谜说：“没有波动是指什么程度？”

云采真说：“不要激怒。”

温谜终于说：“微生歧让他跟风巢同住，我很担心。”

云采真说：“你女儿身上有一种七日薰的香，对抑制他的过激情绪很有效。你可以让风巢点上一支。”

温谜说：“这是最有效的办法？”

云采真诚实地说：“当然不是，最有效的办法，是杀了他。或者我这里有一种药，可以让人变成活死人，微生家的人服下肯定也活不过来……”

温谜真的真的很想上前捂住他的嘴——好友，每次微生歧到你这儿来，我都好害怕……

木香衣和柳风巢一句话也没说，默默地脱衣上床，上床也不敢睡，眼睛半睁半闭，看微生瓷。微生瓷看了看自己的床，又看了看他俩的床，说：“我要睡这里。”

柳风巢和木香衣一个鲤鱼打挺坐起来，说：“诺！”

不敢说不，天知道如果死在这白痴手里有多冤！

微生瓷成功地跟他们换了床，然后贺雨苔就再也不肯靠墙睡了，理由很充分：“你把他招来，当然就应该你挨着他睡了！”

蓝小翅说：“你们不要这样嘛，他又不吃人。对吧，小瓷？”

破墙洞那边，微生瓷问：“没吃过，应该吃吗？”好像不应该吧。

蓝小翅说：“算了，当我没说。”

熄了蜡烛，房间里就暗下来了。微生瓷不习惯睡床，何况是陌生的床。他在床上打坐练功，柳风巢和木香衣紧紧挨在一起，天下归仁和邪钩阴藤搁在枕头下面。柳风巢说：“你说他会不会突然发疯？”

用的传音入密，木香衣说：“不、不知道。你说如果他突然发疯，我们应该往哪个方向跑？”

柳风巢说：“无聊！”

木香衣说：“反正我不跑，你睡在床边，离他近，他要杀也是先杀你。”

柳风巢气：“我临死之前一定求他杀了你！”

木香衣说：“那我趁你求他的时间跑。”

两个人一人一句，传音传得热闹，突然微生瓷说：“如果从这里出剑，一下可以杀两个的。”

柳风巢和木香衣怒瞪——就算你们微生家确实剑法高明，但你说这句话，也太侮辱仙心阁和羽族了吧？可是微生瓷根本没有看他们，柳风巢突然反应过来，再度向木香衣传音：“他能听见我们说话？”

木香衣说：“日！”好想偷袭他，杀了这狂妄自大、目中无人的狗东西！

他跨过柳风巢，装作起身，手握上邪钩阴藤，这东西看起来比他爹更呆，又没有兵器，说不定能得手。初生牛犊不怕虎，哪管后果如何，大不了你把我剁了。

他视死如归，一钩过去，微生瓷伸手一挡，真气激荡，融去邪钩阴藤锋刃三寸。

木香衣的冷汗湿透了内衫。微生瓷没有动，只是一脸被打扰的不悦。木香衣摸了一把鼻子，转手将兵器入鞘，撩被上床，从柳风巢身上爬过去，在靠墙一边躺好。

若无其事一般，睡觉。

蓝小翅和贺雨苔根本没听见这边的动静，二人这一攻一守几乎毫无声息。只有柳风巢一脸震惊，先前被侮辱的不悦，被抽了一记响亮的耳光——弱者在绝对的强者面前，没有尊严。

蓝小翅都快要睡着了，突然被子一阵拱起。她以为是贺雨苔，伸手拍了一下。那人却伸手抱住了她，熟悉的温暖的感觉。蓝小翅被吓醒，就见微生瓷不知道什么时候爬了过来，抱着她睡觉。老子就穿了一件小衣啊！蓝小翅手脚并用，又踢又踹。

贺雨苔不高兴了：“干什么！”

蓝小翅只得再度传音入密：“小瓷，不可以！爬回去，快爬回去！”

微生瓷不明白，为什么要爬回去，这样很舒服啊！但是小翅膀说不可以，就是不可以的。他问：“我可以抱一会儿再爬回去吗？”

蓝小翅想了想，说：“好吧。”

该死的，他身上可真暖和。

微生瓷跟蓝小翅又抱了一会儿，他的手在这样的天气也是火热的，抱着她的时候却很规矩，没到处乱摸。蓝小翅用传音入密，说：“快回去啦，我都没穿衣服！”

微生瓷同样传音入密：“你穿了。”还用手指拉了拉她小衣的系带。

蓝小翅怒了，要不是对微生瓷有点了解，她几乎要以为这家伙是个装傻的流氓了。她说：“这个衣服不算的。你为什么喜欢抱着我啊？”

微生瓷想了想，认真地说：“你身上的味道，像我娘。”

蓝小翅连连用脚踹他：“滚滚滚，你给我滚！”混账，再爬过来打断你的腿！

第二天，柳风巢跟木香衣起床，他们本来已经算早了，但微生瓷已经在外面练剑了。说是练剑，他手上根本没剑。微生世家弟子惯用九微剑，但是剑鞘以九微神铁所铸，二等弟子只有三色，一等弟子七色。微生歧的剑才算是真正的九微剑，在阳光之下会有九色浮彩。

以前连镜的剑是七色九微剑，目前微生瓷还没有自己的兵器。但大家也都知道，看来微生歧是想把自己的佩剑传给他了。

现在他拿了个树枝跟玩似的。柳风巢惊骇：“他什么时候起床的？”

“你问我？”我像是知道的样子吗？木香衣瞟了他一眼，已经不惊讶了。

柳风巢把蓝小翅和贺雨苔叫起来，本来仙心阁是规定了弟子去练功场练功的时辰的，但是他们这样的弟子，师父会单独培养的。自己院子里练练就完了。如果不是正式考核，不用跟普通弟子挤一个练功场。而且现在，蓝小翅和木香衣都是羽族的武功，在仙心阁的练功场训练，也有些怪怪的。

柳风巢跟贺雨苔对练，蓝小翅伸了个懒腰，跟木香衣打着玩。但是院子毕竟不大，四个人都要躲着微生瓷，就更小了。

蓝小翅一藤条抽在柳风巢手上。

贺雨苔生气了，一剑过来，蓝小翅还没出手，木香衣先亮出兵器挡住。柳风巢一见，怕木香衣伤及贺雨苔，当然也跟着出剑了。

他两人围攻木香衣，蓝小翅不能在一边看，当然也出手了。蓝小翅一出手，微生瓷就过来了，然后四个人就消停了。蓝小翅用汗巾擦了擦脸上的汗，顺便一转身，替微生瓷也擦擦。微生瓷也不拒绝，乖乖让她擦了。

温谜过来，看见，顿时皱眉：“小翅！”男女授受不亲，何况还是当着人前，这看在别人眼里，成什么样子。

蓝小翅耸耸肩，问：“今天又是什么拯救苍生的任务啊，温阁主？”

柳风巢说：“蓝小翅，阁主是你爹！”

蓝小翅说：“他脸上写了吗？”

温谜也不打算在这个问题上争论，他说：“葬星湖附近有人失踪，你们前往查查。另外，善事三件，事后留名，不拘大小。”柳风巢说：“是，师父。我们先走了。”

查失踪人口最耗时间，一行人也不打算吃早饭了。正要出门，微生瓷说：“我也要去。”柳风巢说：“不许，你找你爹去。”

微生瓷看了看他，又看看蓝小翅，说：“我不。”

然后柳风巢走一步，他就走一步。柳风巢没办法了，也不能打回去啊。他说：“小翅！”

蓝小翅说："这不挺好的嘛，还多个帮手，是吧，雨苔？"

贺雨苔说："你是不是喜欢微生少主啊？"

柳风巢脚步一顿，蓝小翅说："我是挺喜欢他的啊。小瓷，过来。"微生瓷立刻就到了她面前，蓝小翅握了他的手，问他："以前你逛过街吗？"

微生瓷问："逛街？"微生世家的人，一年不出山门几次的，逛什么街？

蓝小翅说："走走，我们今天去逛街。"

贺雨苔看了一眼柳风巢，柳风巢没有说话。于是她又说："蓝小翅，你跟我大师兄可是有婚约的，如果你不准备嫁给微生少主，就不要太过分了。"

蓝小翅转头看了一眼柳风巢，说："你大师兄也不准备娶我啊。"

贺雨苔立刻朝柳风巢挤眼睛，柳风巢低着头，过了一会儿，说了一句："我不是提亲了吗？"

蓝小翅说："你提亲我就得嫁？呵，木香衣他爹还跟我爹提过亲呢！"

贺雨苔说："不是吧，木香衣他爹还想嫁给羽尊？"木香衣和蓝小翅一齐看她，她顿时面红耳赤："哦哦，那木香衣是你未婚夫啊？"女人，就算再正直，也八卦。

蓝小翅还没说话，木香衣说："羽尊并不同意。"蓝翡的拒绝，那可真的是拒绝，简单明了，从头发丝鄙视到脚底板。

蓝小翅倒是感兴趣了，问："你干吗这么急着撇清？我没说不嫁你啊，说不定咱们以后发展发展，真的会有感情也不一定嘛。"

木香衣一脸警惕地看着她，宁死不屈："不！"

蓝小翅说："切。"

柳风巢突然问："那……除了提亲，还应该做点什么？"

贺雨苔愣了一下，蓝小翅说："你起码应该拍拍我的马屁，投其所好，送我一点我喜欢的东西，再在我面前表现一下你的男子气概呀。雄鸟求偶还知道在雌鸟面前花样百出呢！"

她往前走，街两边都是叫卖的小贩。前面有卖糖苹果的，木香衣随手给她拿了一个，蓝小翅接过来就啃。木香衣看了一眼柳风巢——呐，给你做个示范。

再一顺手，给贺雨苔也拿了一个。贺雨苔一愣，多少年没有吃过这些小零食了。上一次是什么时候？啊，那时候爹娘还在，爹拉着她的手，娘买了一个递给她。

她知道自己眼圈红了，顺手接过来，侧过头去啃。

柳风巢默默地掏出荷包，把钱付了。旁边微生瓷说："我也要一个。"

木香衣和柳风巢都愣住："你……你不是认真的吧？"

但是微生少主是不开玩笑的，他一脸认真。柳风巢问："你有钱吗？"

微生瓷说："有。"从腰间掏出一张银票，递给小贩，拿了一个糖苹果。柳风巢将信将疑，从小贩手里拿过银票一看——面值五千两，各大钱庄通兑。

木香衣很想吐血，柳风巢默默地把银票塞腰里，又掏出几个铜钱递给小贩。

蓝小翅和贺雨苔啃着糖苹果往前走，微生瓷跟在她身后，像条小尾巴。柳风巢和木香衣默默地离他远点——丢人。

微生瓷左右看看，问："这就是逛街？"

蓝小翅说："对啊，好玩吗？"

微生瓷摇头，不喜欢，想回去。

贺雨苔都忍不住笑出声来，柳风巢一脸希冀地学着蓝小翅的口气哄他："这里是不好玩，那你下次待在家里，别跟我们出来了，啊？"随身携带这个不稳定的危险武器，太没有安全感了。

微生瓷皱眉，说："我跟小翅膀，不跟你。"压根没有掩饰话里的嫌弃。

几个人大笑。柳风巢抹了抹一鼻子的灰，唉，他才七岁，不能跟小孩子计较。

春日里的阳光照得人暖洋洋的，蓝小翅百灵鸟似的到处蹿，想着诸人出门时没有吃早饭，柳风巢带他们到一处茶园子，点了些包子、花卷什么的。蓝小翅说："我要吃粢饭团。"柳风巢也给她点了，吃吧，反正瓷少爷请客。

茶园子里有人说书，说某地某村有人生来好色，喜淫人妻女，某日其妻黄昏过山梁，夜栖破庙，遇地痞者众，亦被人污了清白的故事，以此教育诸人不可犯淫。

蓝小翅听得心头火起，猛地拍桌：“混账！”话音刚落，木香衣的邪钩阴藤已经抵在说书人脖子上。说书人吓得脸都白了：“这、这位姑娘……小的不知何处得罪姑娘？”

木香衣也转头看蓝小翅，是啊，哪里得罪你了？

蓝小翅说：“你这说的什么破故事，给姑奶奶重说！凭什么男人犯淫，就要妻子被污辱？！”

说书人抖抖索索的：“可、可是姑娘，书里它就是这么说的啊！”

蓝小翅说：“不管！！要脑袋的给我重说！”

说书人说：“姑、姑娘是要小的怎么说？”

蓝小翅想了想，乐了：“你就给我说一段，妻子花心犯淫，丈夫黄昏过山梁、夜栖破庙，遇地痞者众的故事好了。嗯嗯，这个好，比你那破故事好多了。”

说书人苦胆都要挤出来，却是一拍醒木，开始说：“话说某地有妇人张李氏，水性杨花、风流成性……”

蓝小翅听得津津有味，木香衣默默地收了兵器，坐下吃饭。过一会儿，他对柳风巢说：“你真的想娶她，就赶紧娶过去吧。”

贺雨苔说：“你不喜欢她吗？你们可是青梅竹马呢。”

木香衣摇摇头，摆手道：“我怕黄昏过山梁，夜栖破庙。”

柳风巢一口包子全喷桌上。微生瓷默默地放下包子，吃饭就吃饭，你喷什么？瓷少爷生气了。

葬星湖已经发生好几起失踪事件了。

仙心阁的资料给得还挺齐全，基本每个失踪的人都有记录，包括画像、身份、习惯等等。蓝小翅边走边翻，说：“所有失踪的人，都很年轻。你们看，从十六岁到二十五岁。”

柳风巢当然早已看过，说：“男性居多。”

蓝小翅说：“既然是在葬星湖附近出事，你们为什么不找一下鳍族人呢？”

柳风巢说：“鳍族？”

蓝小翅说："你不会不知道吧？"

柳风巢说："虽然听说过，但是仙心阁对外事宜一向是谈长老负责。其他弟子从来不与其他势力接触。如果需要联系鳍族，就必须通知谈长老。"邦交事宜，是非常严肃的。

蓝小翅说："切。"

柳风巢倒有些好奇了，问："你们羽族难道不是如此吗？"

蓝小翅说："我爹没这么说啊，他只是说'宝贝儿，鳍族跟我们羽族一直不睦，没什么值得好奇的，只是肉质鲜美。你若是想去逮几条吃，记得在湖边捕捞就行了。没有别的事儿别下水啊。'"

柳风巢说："你们……"词穷了。果然不是自己的孩子，就随便瞎养啊！

木香衣说："不见了几个人，也未必跟鳍族有关系。我们在附近找找线索。"

蓝小翅说："这么大的地方，我们就几个人，怎么找线索？再说了，真要有线索，仙心阁能给出这么详细的资料，能查不到？"

贺雨苔说："那你有什么办法？"

蓝小翅说："制造一点线索，看有没有人上钩。"

柳风巢倒是感兴趣了："制造线索？"闻所未闻。

蓝小翅冲他钩钩手指头："你看这个人，年龄身材跟木香衣差不多。如果再稍稍装扮一下，乍看一眼，说不定也分不太出来。"

柳风巢说："什么意思？你让他装成失踪的人？"

蓝小翅说："不是装人，是要装尸体。试试呗，比瞎找强。"

木香衣能怎么办？蓝小翅从小到大尽坑他了。他倒也习惯了，于是装成了一具尸体，趴在葬星湖不远处的八宝台。贺雨苔问："接下来呢？"

蓝小翅说："你去秘密联络仙心阁的弟子，扮成乞丐、村民，奔走相告，就说这个名叫……名叫……"她看了一眼册子，"名叫陆天成的失踪村民找到了。要做得煞有其事，有人报官，有人通知家里。"

贺雨苔说："行不行啊……我去试试。"

她走之后，柳风巢问："我们呢？"

蓝小翅说："我们蹲这儿等啊，看有没有鱼儿上钩。"他们三人蹲在八宝台不远处的祭坑里。这里废弃已久，周围草木茂盛。柳风巢说："这有用吗？"

蓝小翅说："这册子记录，昨天还有人失踪。如果犯事的是同一批人，那么他们说不定还在附近。能够一下子绑走这么多人，行事的凶徒肯定不少，互相之间不一定能及时联络。如果听到绑走的人重新回来，当然会抢先过来查看。"

柳风巢沉吟，这倒也确实是有可能，于是索性蹲在坑里等着了。微生瓷倒是更喜欢这里，安静，没人打扰。他闭上眼睛，开始修炼内功。

蓝小翅一边盯着场中的木香衣，一边注意四周动静。一改平时嬉笑，神色竟然十分专注。柳风巢说："你干吗突然这么认真？"她看起来可不是会关心失踪人口的人。

蓝小翅说："废话，如果来的人很厉害，木香衣会有危险。"

旁边微生瓷认真地说："我会听着。"

蓝小翅摸摸他的头："乖。"

微生瓷特别讨厌别人摸他头，但还是皱着眉头让她摸了。

柳风巢微笑，说："你是真关心木香衣。"

蓝小翅谦虚："是啊，你把他打伤了的那段日子，我是真不习惯啊。森罗要顶嘴，凤翥要哭穷，白翳就是个坑。郁罗吧，十天半个月见不着一面……"

柳风巢也开始同情她了，说："是啊，那你欺负谁去？"

蓝小翅瞪他："什么啊！我这么天真可爱、纯良无辜，怎么会欺负人呢！"

柳风巢说："羽族的人，似乎对你很好。"

蓝小翅说："是啊，所以如果温阁主不说，我还真不知道原来我不是我爹亲生的。"又开始颓了。

柳风巢说："你为什么不认我师父？他是一个很好的人。"

蓝小翅说："我知道他是一个很好的人，但是他的女儿，在十五年前就死了，死在他手上。那是他为他所固守的信仰、情义所付出的代价。于是这么多年，他得到仙心阁阁主的位置，得到你们的爱戴敬仰。现在，如果连当初那点代价也想收回去，是不是太贪心了呢？”

柳风巢说：“他当初是为了救我，他痛苦了这么多年，小翅，你真的就不能原谅他吗？”

蓝小翅说：“我不恨他，哪来的原谅？”

柳风巢愣住，蓝小翅说：“我若是他，就该再娶个妻子，生几个孩子，忘记之前的旧事。他的那点心伤，只会造成我和青琐夫人的困扰。”

她说这话的时候，冷静得近乎无情。柳风巢突然意识到，这才是真正的蓝小翅，羽族的大小姐。她人在仙心阁，笑嘻嘻地同他们说话玩闹，但她从未回来过。

气氛冷场了，蓝小翅说：“不说这些了，来来，我们掷五木，戏樗蒲。”

柳风巢说：“家父严令不得赌博。”

蓝小翅说：“切。”掏出几个樗蒲骰子，转身对微生瓷说：“小瓷你要玩吗？”

微生瓷睁开眼睛，看见她手里的东西，问：“这是什么？”

蓝小翅说：“骰子呀，来来，我教你玩。”

又一个良好少年被带沟里了。

二人玩了一会儿，突然微生瓷说：“有人来了。”

蓝小翅和柳风巢都站起身来，目不转睛地盯着八宝台中。不一会儿，果然有人接近，是两个失踪村民。柳风巢翻小册子：“仙心阁的资料上，他们失踪有一个月了。”

蓝小翅说：“这身法可不像是不懂武功的村民啊。”

柳风巢说：“抓住他们？”

眼看二人快接近木香衣了，蓝小翅的无色翼出鞘，柳风巢也立刻飞身上前。两个村民见他们过来，立刻转身要跑。

柳风巢抓住一个，然后皱眉——这村民体温好高！

蓝小翅也很快抓住了另一个，说：“这些人身上怎么这么烫？”

微生瓷侧耳听了一阵，说：“心跳，快。”

柳风巢用手一摸村民胸膛，果然心跳也很快。旁边木香衣说：“我还要不要再装下去啊？”

蓝小翅说：“逮到两条鱼，你功不可没。快起来。”

柳风巢说：“我们得立刻返回仙心阁。”

蓝小翅点头：“今天的善事还没做呢，温阁主要是不满意你兜着啊。”还是记挂着空心丸的解药。

柳风巢说：“我们走！”

四个人刚刚下了八宝台，突然微生瓷止住脚步。蓝小翅问：“怎么了？”

微生瓷说：“人，八百多。”

柳风巢面色大变：“在哪里？”话音刚落，就见人影自四面八方包围过来。木香衣说：“全是失踪的村民。”

柳风巢也看出来了，当即道：“走！”

可就在此时，被他们擒住的两个村民疯了似的反抗。其他村民也瞬间一拥而上。

木香衣邪钩阴藤出鞘，柳风巢说：“木香衣！其中有古怪，不得杀人！”

木香衣说：“他们可不会对我们手下留情。”

柳风巢说：“他们失踪之前都是普通人、无辜百姓，不得屠戮。否则你休想得到空心丸解药。”

木香衣说：“你还真以为自己算个东西了，居然敢命令我！”

他左手拭过邪钩阴藤，上面锋刃被微生瓷上次融去三寸，有点碍眼，但不影响使用。手下留情？一辈子不知道这四个字怎么写。

他一钩过去，准备直取一个村民的人头。蓝小翅说：“你就那么想死？”木香衣手中兵器顿了顿，蓝小翅说，“你要死跑别处去死，别在我眼皮底下，看着心烦。”

木香衣邪钩阴藤偏离村民脖子，改去削他兵器。

柳风巢看了蓝小翅一眼，也上前帮忙。他们一心只想制住村民，但是穴道点不住，这些村民悍不畏死，而且战力不低，一时之间当然麻烦。

眼看着天色将晚，几个人都开始体力不支。蓝小翅一身香汗，刘海都已经贴在额头上。柳风巢和木香衣背后汗湿了又干，结成大片盐花。

木香衣说：“再这样下去，我们会被耗死在这里。”

柳风巢怒道：“那也不能滥杀无辜！”

木香衣不说话了，柳风巢回手挡过一个村民。这些村民没什么内力，只是力气大。是以他出手也就两成功力，却不料此一挡，这个村民却力有千钧！

柳风巢后退几步，“哇”的一声喷出一口血来。蓝小翅看过来，他说：“小心！他们之中有潜藏的高手！”

蓝小翅也是一惊，谁能记得住哪些是失踪的村民？如果人藏在他们之中，还真是防不胜防。

木香衣冷哼：“还是不伤人吗？”

柳风巢说：“木香衣，我们来此是为了解救失踪的人。杀死他们是很容易，但若只图容易，我们何必前来？”

木香衣说：“哼，你高风亮节。”不再理会了。

柳风巢刚要说话，突然人群中又有人出一掌，正中他背上。他顿时一个趔趄，差点栽倒在地。

微生瓷在旁边看，突然身形如电，一掌击向一个村民。柳风巢说：“微生少主！”

然而这个村民却在瞬间出掌抵挡，哪怕天色渐暗，柳风巢也看出来，正是袭击他的高手！他想要过去，但是村民太多了，混乱中身影转瞬即逝，实在是无法辨认。

微生瓷一掌将冒充村民的高手击倒在地，但柳风巢说不要杀人。他有点犹豫，蓝小翅说：“小瓷，废他武功！”

微生瓷再不犹豫，一掌过去，那高手顿时惨叫一声，被击破气海。微生瓷略略一停顿，很快掠向第二个人。他能分辨出混在村民中的高手！！

其他高手也很快发现了，瞬间开始围攻他。微生瓷两手夹住四五支兵器，划圈一甩，几个人飞将出去。

木香风喃喃道：“他是怎么辨认的？”

柳风巢说：“上去帮忙。”

可是八百余人，排成一排也是人墙了。

蓝小翅说："必须想办法先制住他们！"

柳风巢当然也知道，人群中又是一个高手偷袭，蓝小翅手背受伤。她哼了一声，木香衣立刻一剑削落一颗人头，再不管什么村民、高手了。

柳风巢说："木香衣！"

木香衣向蓝小翅的方向杀过去，十几颗人头落地，血溅一身。他与蓝小翅背抵背，问："你没事吧？"

蓝小翅说："他们兵器有毒。"

木香衣急了："很严重？"

蓝小翅说："不严重。你不要杀人，否则温谜真的不会给你解药的！"

木香衣说："到了这种时候，谁管得了那么多？"

蓝小翅说："木香衣！"

木香衣说："让我看看你的手。"

蓝小翅用脑袋撞撞他的脑袋："我没事，你听我的话，别再杀人了。你要活着，如果温谜把你杀了，你总不想我一个弱女子去为你报仇吧！"

木香衣说："嗯。"邪钩阴藤的杀意终于减弱了。

柳风巢也觉得内力运行不畅，长此下去，确实不是办法。到底要怎么制住这些村民？为什么点穴会没有效果？

微生瓷被几十个高手围攻，虽然武功高强，但是几乎从未真正对敌。这些高手都是刀头舔血的人物，惯擅搏命，他们看出来了。

这时候要战胜他，不能硬敌，只能耍诡计、拼技巧，欺他没有兵器，不够心狠手辣、临战经验不足。

他们围成一个剑阵，必要时以村民为盾。时而逃跑、时而施暗器、时而偷袭、时而放毒，果然微生瓷开始有点困扰。他皱着眉头，一边拒敌，一边很认真地观察那个剑阵。牵一发而动全身，很精妙的剑式。

蓝小翅不敢喊他，生怕使他分心。柳风巢想要过去帮忙，但他一动，村民立刻紧紧包围住他。

柳风巢焦急，突然手中宝剑天下归仁飞出，直掷向微生瓷："接剑！"

微生瓷伸手接住他的剑，天下归仁在他手上，剑气萧萧。几十个高手连连后退——有生之年，他们竟然感觉到一把剑的凛冽战意！

蓝小翅再顾不得其他，说：“小瓷，杀了他们！”

微生瓷持剑，内力灌入剑身，剑光如雪。几十个高手被剑光一击，兵器脱手飞出。不知谁的血溅到他手上，微生瓷愣住。

温热的血，带着铁锈的腥气。久违的感觉。他突然很想吐。就是这一瞬间的走神，他背上一凉，有人一剑刺入了他的腰间。柳风巢看到了，但是怕蓝小翅担心，没说话，只是拼命向微生瓷杀过去。

蓝小翅道：“小瓷！”见微生瓷发呆，她喊，“小瓷，救我！”

微生瓷瞬间回头，一剑斩断身后偷袭者的手臂。一声惨叫，他不管不顾，身形一掠，向蓝小翅而来。蓝小翅与木香衣接应，很快与他会合。

木香衣问：“你没事吧？”他难得关心一个人，微生瓷说：“没有。”手摸了一下后背，他虽走神，但反应很快，伤口并不深，可是手上沾血的感觉，好讨厌，好恶心。

蓝小翅说：“把剑还给柳风巢，他快死了。”

微生瓷“哦”了一声，随手把天下归仁掷还柳风巢。柳风巢握剑在手，突然有一种辜负名剑的遗憾。蓝小翅却是没想这么多，天色越来越晚了。

不能再拖延下去了，明日清晨之前，必须要赶回太极垂光，否则木香衣就危险了。

她说：“要不……我们先走吧。脱身要紧。”

柳风巢也伤得不轻，先前蓝小翅也说自己手受伤了。他说：“只有如此了。”

几个人飞身脱出村民包围，隐在其中的高手竟然不敢追击——所谓吓破胆，也不过如此了。

等到逃离八宝台，木香衣忙去看蓝小翅的手：“怎么样了？”

柳风巢面带愧色，师父交代他的任务没完成，还连带师妹受伤。如果不是微生少主跟来，几个人今天恐怕会有大麻烦。他说：“都是师兄不好。”

蓝小翅说：“你知道就好。今天这里的事，都怪你。你可不许回去告木香衣的状啊。”

柳风巢说：“不会。”

一行人匆忙赶回太极垂光，微生瓷有点落后，柳风巢当时看见似乎有人刺中他了，当即过去，问：“你没事吧？”微生瓷摇头，并不说话。

柳风巢也习惯了，等到回到太极垂光，已经很晚了。温谜出门未归，贺雨苔还焦急不安地等着。见他们回来，忙上前：“你们没事吧？”

柳风巢说：“小翅的手受伤了，你去找云大夫拿点药。”

贺雨苔慌了：“都是我不好，我找完人应该过来找你们的！”

柳风巢温和道：“别说傻话了，不关你的事，快去吧。”

贺雨苔去拿药，蓝小翅几乎虚脱了。她小时候中了蓝血银毫之毒，木冰砚把她当玩具似的，各种试药，以导致现在中一星半点的毒身体也没什么反应了。是以这点伤她就不想管了，倒头就睡。

柳风巢和木香衣也好不到哪儿去。晚饭不吃，连澡也不想洗了，往床上一倒，蒙头大睡。

睡到半夜，柳风巢觉得肺腑疼痛，想要调息一下内伤。突然，他闻到一股强烈的血腥味！血？哪来的？！他看了一眼床上，微生瓷还在睡。他在，没理由有人能偷摸进来。柳风巢点起蜡烛，然后倒吸一口凉气——只见微生瓷的床上，被褥皆被血染。

柳风巢有一瞬间只觉得全身血都凉透——如果微生瓷死了，微生歧不跟仙心阁拼命才怪！

他几乎是扑到床边，喊：“微生瓷！”声音都是抖的。

木香衣也睁开眼睛：“怎……”后面的话没说出口，他也惊住，“这是怎么回事？”印象中，微生瓷没受什么伤啊！微生瓷觉得光线晃眼，他俩吵。但这时候也只得睁开眼睛。

他还活着！柳风巢略略松了一口气，谢天谢地！他问：“你怎么了？伤到哪里？怎么流了这么多血？”

微生瓷摸了摸背上，柳风巢把他翻过来，一看那伤口——伤口仅二寸左右，并不太深，只是现在还一直流血。

他说："伤口有毒吗？"

微生瓷皱眉："毒被我逼出来了。"

柳风巢说："跟我走！"必须带他去烟雨虚岚看大夫。

微生瓷说："不走！"

柳风巢说："起来啊！快！"

微生瓷偏头："不要！"

柳风巢气得，当即把他背起来。微生瓷当然不干，但不知道为什么，他并没有剧烈挣扎。木香衣说："你怕小翅知道？"

微生瓷沉默，终于说："不要说。"

柳风巢说："干吗啊你，还讳疾忌医！"

他背着微生瓷往外走，微生瓷不干，木香衣只好在背后扶着，还威胁："再动，再动我让蓝小翅来背你！"

微生瓷不动了。

二人一并将他带到烟雨虚岚，云采真倒是不惊讶，当即为他止血。柳风巢问："云大夫，他伤得很重吗？怎么会流这么多血？"

云采真说："伤口无碍，他这是积毒所致，止住血就好了。"说着话打了个哈欠，"这么晚把我叫醒，大夫不用睡觉的啊！"

柳风巢低下头："对不住。"

云采真说："算了吧，你也受了伤，也顺便开帖药给你。"

柳风巢说："谢谢云大夫。"

云采真说："免了，得你一句谢，我得短寿一个月。"一指木香衣，"你过来，替他按住伤口。"

木香衣只得过去，替微生瓷按住伤口，伤口上贴了一片薄薄的药纱，他也打着哈欠，问："不能缠住吗？"

云采真瞪他："血浸透就要换！好了，带着他滚吧。"

柳风巢和木香衣都傻了："这……"就一直按着啊？

云采真说："这什么这？你们几个小崽子，没一个省心。带他回去吧，一直按到他伤口止血为止。不要松开啊，不然人死了别来找我。"

柳风巢只好又背起微生瓷，木香衣跟在他身后，按住微生瓷伤口的药纱。一路回到房间，蓝小翅和贺雨苔已经睡熟了。

柳风巢把微生瓷放在他和木香衣的榻上——那一床血真是触目惊心。

所以木香衣按着伤口的手一刻也不敢松懈——流了这么多血，可别真的死了。他不太喜欢微生世家的人，也不惧微生歧。可是八宝台上，微生瓷接到天下归仁的那一刻，堪称惊艳。

所以，按着就按着吧。

两个时辰之后，两个人不知道换了几次手，微生瓷伤口的血止住了。

柳风巢和木香衣看着一床的血，头大如斗。该死的，又要换床褥了。妈妈，到底谁会啊！

柳风巢厚起脸皮，去央贺雨苔。贺雨苔看见一床血，也是吓了一大跳，一看三个男人，她了然。

啊，男人的癸水这么多啊！贺雨苔惊叹。

第九章 鳍族太子

次日一早，温谜回到太极垂光。

刚一进来，柳风巢就低着头，只差没有负荆请罪了："师父，徒儿无能，小师妹受伤了。"

温谜心里一颤，身形一晃，人就不见了。柳风巢后面还想说——虽然只是小伤，但是弟子失职不可原谅。这时候他张着嘴，看着面前师父的残影。再忠厚耿直的徒弟，也忍不住醋了——亲生的果然不一样！

旁边柳冰岩瞪他一眼，孽子，你师父最宝贝啥你就把啥带沟里，你要吓死你师父？

温谜旋风似的冲进蓝小翅房里，蓝小翅睡得迷迷糊糊，含糊道："爹，人家要再睡会儿！"一翻身又重新睡了。

这么亲昵的语气，当然不是叫他了。温谜却也顾不得这些，一把将被子揭开，看见四肢完好，先松了一口气，然后替她把脉，没有内伤。他问："伤哪儿了？"

语气难得焦急，蓝小翅眼睛睁开一条缝，过了好一会儿，才意识到自己不在羽族。她说："什么啊？"把被子捂捂，还是不想起床。

温谜说："风巢说你受伤了？"

蓝小翅说："哦。"把手递过去，温谜看见手背上一条划伤，心里一块大石头终于落了地。谢天谢地，只是小伤。

伤口有些发青，他说："有毒吗？"伸出两指按在伤处，慢慢将毒血逼出来，问："到底出了什么事？"

蓝小翅奇怪："咦，你的宝贝徒弟没有告诉你吗？"

温谜气："尚未来得及。"混账东西，你这懒洋洋的语气。

蓝小翅说："话说昨天下午，我们到达葬星湖……"她两眼一睁，突然就精神百倍了，当即坐将起来，学茶园的说书先生，拿起床头贺雨苔帮她倒的水，啪地一拍，把昨天的事夸张到了极致。不顾自己衣裳不整，就开始手舞足蹈。

温谜把衣袍给她披上，蓝小翅已经说道："危急危急！八百村民提枪拎棍、眼露杀机，只见周围风声鹤唳、鬼影幢幢……"

温谜敲了敲她的头，只觉得心中温情无限。唉，这宝贝。如果没有那年的事，陪着她长大是一件多么幸福的事。

柳风巢走到门口，想起上次撞见蓝小翅只着小衣，不敢进去。温谜一直听到蓝小翅把昨天的事说完了，才说："你就说被失踪人口围攻不就得了，话多。"

柳风巢也听得想笑，只好说："师妹妙计，果然引得贼人出动。可惜弟子无能，未能带回失踪的村民。"

温谜起身，说："能从虎口脱险，已是万幸。微生少主何在？"

柳风巢心里一紧——这才是师父你应该关心的问题好不好！他说："在……在隔壁。"

温谜盯着他看："还在睡觉？"微生瓷自从来到太极垂光，一向早起，他若睡到现在，恐怕才是真的出事了。

温谜突然很头痛，举步进入隔壁房里。

他一走，蓝小翅就倒下重睡了，沾枕即着。

温谜进到房里，只见微生瓷在打坐，脸色惨白，不用走近，都能感觉到他的虚弱。温谜心里叫苦，上前几步，说："小瓷？"

微生瓷当然知道他进来，皱了皱眉头，不想理他，一转身面朝墙壁了。温谜无奈，轻声说：“我帮你把把脉。”

微生瓷不伸手，拒绝。

温谜说：“要伤好了才可以跟小翅膀出去玩哦。”精明如他，当然能抓住重点。

果然微生瓷伸手过来，温谜为他把脉，是失血过多、气虚血弱。外伤倒是不严重。温谜说：“我会让云采真开药给你，记得按时服用。”

微生瓷不喜欢喝药，眉头都皱一块儿了。但没拒绝。

温谜叹了一口气，这才问柳风巢：“江湖上能伤微生瓷的人不多，你可有看出武功路数？”

柳风巢说：“路数很杂，不像是一个门派的功夫。当时村民体温非常高，心跳也快，徒儿悔恨没有留下什么线索。”

温谜伸手，握住他右手脉门，果然柳风巢也受了伤，看来昨天孩子们确实经历了一场苦战。他拍拍柳风巢的肩，说：“也是师父轻率，不知此事如此严重。不怪你们。”随后立刻吩咐仙心阁弟子赶往八宝台，看看是否留下什么线索。

而此时，离八宝台十里之遥的地方。

四十几个黑衣蒙面高手跪在一个金衣少年面前：“公子恕罪！”

金衣少年气极：“混账！你们是要告诉我，我的天下无敌唯我独尊傲视群雄百战百胜四十四战鹰混在八百余人之中，被一个人吊打了吗？！”

四十四个黑衣蒙面高手低着头，金衣少年气道：“滚滚滚，都给我滚！本公子现在明确告诉你们，你们这群废物被解散了！每人只准从青灰那里领一千两金子的遣散费，滚！”

四十四个黑衣蒙面高手顿时鬼哭狼嚎：“公子！”冲上来抱腿的抱腿、搂腰的搂腰，“公子，我们错了——”一个个哭得哽气倒咽，惨绝人寰。

金衣少年仰面望天，最后哀叹：“罢了罢了，自己训练的手下，哪怕是一坨屎也只好闭上眼睛咽了……”再一看眼前，又悲声道，“可我为什么要咽四十四坨……”难受，想哭。

仙心阁的弟子在八宝台搜索，当然没有发现什么有用的线索，连血迹都被清理得干干净净。温谜与柳冰岩赶到的时候，只看见杂乱的山草。柳冰岩说：“看这足迹，孩子们说得不错。”

温谜点头，蓝小翅等人也在旁边，柳风巢、木香衣在重复昨日的战斗情形。蓝小翅在旁边玩，微生瓷默默地跟着她转悠。

蓝小翅问：“小瓷，你脸色好差，昨天没有睡好吗？”

微生瓷低下头，说：“嗯。”其实很头晕，失血过多，加上没吃早饭。本来是可以吃的，但是温谜急着出门，要带上小翅膀。万一再遇上坏人怎么办？他当然跟来了。

蓝小翅双手拍了拍他的脸，说：“怎么都瘦了一圈？饿不饿？给你找点东西吃啊。”

微生瓷乖乖的：“嗯。”

蓝小翅去到八宝台下的葬星湖边，无色翼出，叉了一条大鱼上来。

葬星湖的鱼又肥又鲜，她飞快地把鳞去了，剖去内脏，洗洗干净，又抹上盐，摘了两片大叶子包好，递给小瓷：“来来。烤熟。”

小瓷接过来，双掌运起内力，不一会儿，香气四溢。一条烤鱼新鲜出炉！蓝小翅把叶子打开，热气蒸腾而出。她撕了一块最嫩的鱼腹肉，呼呼吹了两口：“张嘴。”

微生瓷张开嘴，叼住鱼肉。其实他不喜欢鱼的腥味，可是蓝小翅笑嘻嘻地问：“好吃吗？”

袅袅轻烟之中，她的眸子清亮无比。微生瓷慢慢地吃鱼，只觉口中鱼肉竟真的香甜无比，他点点头。旁边贺雨苔被馋得直流口水，木香衣看见了，也去湖里叉了一条，如法炮制。

完后扔给贺雨苔，贺雨苔脸红了：“谁、谁要了？”木香衣也没理她，随意擦了一把汗，又去帮柳风巢推演现场了。贺雨苔捧着那条鱼，手中滚烫，心里也是滚烫的。她小小地撕了一片烤得焦脆的鱼肉，放进嘴里。

葬星湖的鱼，真是鲜嫩，想来天下之间，当再无更可口之物。

微生歧赶到八宝台之时，本是怒气冲冲的——他去到烟雨虚岚，听云采真说他儿子昨夜“血洗太极垂光”了。

然而竟然没有半个人前来通知他，微生家主暴怒了！他几步过来，本欲兴师问罪，然而刚刚踏上八宝台，只见一根斜倒的枯木上，他的儿子和蓝小翅并肩而坐。

微生瓷手里捧着香脆的烤鱼，蓝小翅把肉中鱼刺剔了，一块一块地喂他。微生瓷一点一点地吃，看那神情，恐怕即使牡丹花下死，也是甘之如饴了。微生家主停住脚步，其实如果可以……多想鲜血流尽，换绣儿还在。

他叹了一口气，怒火如被暴雨浇淋，化作满腔无奈，转过身，默默离开。仙心阁弟子，竟无一人察觉他曾到来。

一条鱼吃了一半，微生瓷说："我饱了。"蓝小翅顺手接过他手里的鱼，自己胡乱嚼，与旁边贺雨苔斯文的吃相相映成趣。

可贺雨苔并没有看她，她不时瞄一眼场中，只见木香衣和柳风巢不时交手，模拟昨夜的场景。明明并没有正眼看，视线里只有一个背影甚至一片衣角，可就是忍不住心跳如狂。

等到场景演练完毕，温谜说："是否找到此八百人从何而来？"

柳冰岩手下大弟子柳乘龙回禀道："回阁主，八百余人脚印凭空出现，又凭空消失了。"

温谜说："真是怪事。八百余人，无论再如何掩藏，总有痕迹才对。"

旁边蓝小翅说："只有两样东西是没有痕迹的，"温谜和柳冰岩都看过去，她耸耸肩，"飞和水啊。"

温谜从腰间掏出一块白色的鱼骨佩，说："乘风，执此佩，前往鳍族。此事发生在葬星湖附近，请他们协助查找。"

柳乘龙接过鱼骨佩："是。"

蓝小翅说："如果真是鳍族干的，他们能帮忙找出什么呀？"

温谜说："事实未清，不可胡言。"

蓝小翅说："好吧，那我爹说鳍族个个肉质鲜美，烹汤清蒸俱是一绝，是不是真的？"

温谜一巴掌拍在她头上。

鳍族和羽族是死对头，但是仙心阁阁主亲临，他们还是重视的。所以接到鱼骨佩，鳍族的人来得也快。三个人不一会儿已经到了眼前，当先一个少年过来的时候，连温谜都不由伸手遮了遮眼。

只见来人金冠、金衣、金靴，连裤子都掺了金丝。腰间玉带、靴上宝珠，一身上下恐不下万两黄金。

蓝小翅、柳风巢等人都呆住，微生瓷皱眉——这谁，好晃眼睛！

金衣少年打量了一下温谜等人，还没说话，他身后一个气质超凡的男子先行开口："温阁主，别来无恙。"

温谜忙上前："是三王爷。"能让鳍族三王爷甘居于身后的少年人，当然就是鳍族太子了。他说："那这位想必就是鳍族的枕流太子了吧？"

柳风巢低声问："什么情况？"

蓝小翅负责解释："那个装逼到刺眼的就是鳍族太子金枕流，说话的那个是鳍族三王爷金芷兰汀。"

柳风巢吃惊："你认识鳍族人？"

蓝小翅说："认识啊，他们跟仙心阁联手偷袭过羽族。"

这边几个小家伙说话，鳍族三王爷金芷汀兰已经看过来。温谜只得道："这是小女蓝小翅。"

金芷汀兰目光微凛，说："蓝——小翅？"

温谜说："正是小女，十五年前被羽族蓝翡所夺，近日才刚刚寻回。"

金芷汀兰微笑，说："难怪。"

温谜说："三王爷认识小女？"

金芷汀兰指了指蓝小翅头上的花铃："羽族定风铃。"

温谜与柳冰岩都是一惊，同时转头看向蓝小翅。她头上的花铃，看上去只是精美，似乎平平无奇，而平时也并不见她如何珍爱，以至于大家都以为只是普通头花。

这竟然是羽族至宝定风铃？！

蓝翡就这样随随便便给她当了发饰？

金芷汀兰说："不知温阁主召唤鳍族，是有何要事？"

温谜这才回过神来，将昨日柳风巢等人遇袭的事说了。金芷汀兰面色凝重，温谜说："八宝台邻近葬星湖，八百余人来去不可能全无声息。三王爷可接到鳍族通报，或者听见过什么异响吗？"

金芷汀兰说："竟有此事？还请温阁主详述。"

这边金芷汀兰与温谜说着话，那边金枕流四下一打量，径直到了蓝小翅面前。他上下打量了微生瓷一遍，问："看见你身边这美人儿，我就知道你这朋友我是交定了！"

旁边柳风巢和木香衣俱一脸黑线，微生瓷根本不理他——这人好刺眼，好讨厌！金枕流从怀里摸出一粒珍珠，好家伙，硕大圆润，一看就是非王公贵族不能有。金枕流把他递给微生瓷："来来，好兄弟，见面礼！"

旁边木香衣咳嗽一声，说："这美人儿是我们的好朋友。"

金枕流说："嗯？不是他妻子啊？"一指微生瓷，柳风巢面色扭曲："不是。"

金枕流说："那本太子就交你们这群朋友了。"贺雨苔怒道："谁愿和你交朋友啊！"

金枕流又从怀里摸出几粒珍珠，一人给了一颗，说："来来，见面礼，人人有份啊。"

贺雨苔当然不想要，但是那珍珠真是漂亮，入手温润，半点瑕疵没有。任何女人见到它都不会忍心撒手。贺雨苔纠结了。几个少年也都纠结了。只有微生瓷丢了。

金枕流走到蓝小翅身边，笑得跟朵花儿一样："美人，你愿不愿意跟我回家，做我第三十六房爱妾啊？"

蓝小翅笑得甜甜的，冲他钩钩手指："枕流太子，你过来。"

温谜脸色一沉，刚要说话，蓝小翅一个撩阴脚，金枕流"嗷"的一声，双手抱住要害，化身青蛙。

他身后，一身青灰色的仆人冷哼了一声，无动于衷，只差没有在脸上写上"活该"二字。

金枕流怒道："青灰！本太子花十万两黄金请你当保镖，你就这样保护本太子？快给本太子把美人儿抢回去！"

微生瓷上前一步，金枕流身边的仆人青灰迅速躲到了他身后。

金枕流气得——如此手下，怎一个废物了得。

眼见金枕流在这边闹得不像话了，鳍族三王爷金芷汀兰沉下脸：“太子！”金枕流看见眼前木香衣神色阴狠，微生瓷和柳风巢目光都不善良，而自己的手下又这么㞞，他说：“好了好了，本太子开个玩笑而已。我像是这么没素质的人吗？”

几个人看着他这一身金光闪闪，沉默——你看起来像是个有素质的人吗？

金芷汀兰欠欠身：“枕流太子性喜玩笑，还请温阁主及各位小友不要见怪。”

温谜倒也清楚这个金枕流的性情，说：“八百村民应该不可能走远，按风巢他们所言，木香衣在这里假作伏尸，消息传出一个半时辰，他们就能赶到，说明他们就在附近。”

金芷汀兰说：“本王也派出鳍族人，四下搜寻。”

温谜点头，双方分头行动。

金枕流没有走的意思，蓝小翅说：“喂，你们三王爷都走了，你怎么还不走啊？”

金枕流说：“我们不是朋友吗？中午了，走走，请你们吃饭去。”

柳风巢说：“枕流太子，我等还有要事，就不叨扰了。”

金枕流却置若罔闻，只是左右手将他与木香衣一挽：“走走走。”

金枕流请客，当然不会去一般的地方。他一直以来的行事准则就是不求最好，但求最贵，所以他带着蓝小翅一行人来到瑶池山庄。

仙心阁虽然是名门正派，但是这种地方，柳风巢等人却是不敢前来的。

一行人刚刚进去，就有美婢捧了衣服出来，男女款式都有，俱是宽松大方、舒适为主。蓝小翅等人都换了，就有侍从拿来菜谱，几个少年一看菜谱上的价格，立刻就对金枕流好感飙升了。蓝小翅问：“枕流太子，听说葬星湖的鳍族肉质鲜美，清蒸红烧油焖皆是美味无比。是不是真的啊？”

金枕流搭着她的肩膀，微生瓷把他的手指一根一根拨拉下去。他也不生气，亲热地说：“算你是行家。哼，咱们既然是朋友了，哪天逮一只给你尝尝鲜！不过要躲着点，让父王和皇叔知道要骂的。”

柳风巢崩溃，这样也可以啊！！等到菜上齐，金枕流站起身来，说：“来来，本太子敬我的兄弟们一杯。”

被强行兄弟，又吃人嘴软，众人只得起身，与他碰杯。金枕流高兴了，一饮而尽，酒是好酒。柳风巢、贺雨苔、木香衣，论起出身那也是江湖上了不得的人物。然而这时候也有些见识短浅了，好些菜也叫不出菜名儿。

微生瓷就算了——他见识本来就不多。

贺雨苔夹了一块白色的东西，只觉入口即化，香甜无比，顿时胃口大开。拿了菜谱要记下菜名，然而看了一眼菜谱上的价格，心如刀戳，菜名也没记住。

金枕流一边劝着他们吃东西，一边各种菜色流水似的端上来。

蓝小翅吃得不是很专心，金枕流发现了，说：“做的什么菜？本太子的三十六房爱妾都不爱吃。青灰，你悄悄去逮一只鳍族人来。羽族爱吃甜食，嗯，一半糖醋，一半清蒸。”

青灰一脸黑线，柳风巢等人也是无语，不知这枕流太子是天生豪爽还是后天傻缺。蓝小翅是个看热闹不嫌事大的：“太好了，快去快去！”

柳风巢怕金枕流真的干出这些事来，伤了鳍族跟仙心阁的和气，忙说：“枕流太子，万万不可。小师妹生性顽劣，请不要当真。”

金枕流说：“都说了我们是好兄弟了，叫什么枕流太子？我姓枕叫流太子吗？现去捉是麻烦了一点。”一看身后侍立的青灰，他又提议，“青灰啊，你看本太子待你一向不薄。如今为了取悦本太子的第三十六房爱妾，你就小小地牺牲一下如何？”

青灰一脚把他的椅子腿踹成了八段。

微生瓷一直没有说话，蓝小翅给他夹了菜。他吃相非常安静斯文，看得出以前慕容绣让他养成了良好的习惯。金枕流说什么、做什么，他都不关心。金枕流看见自己的“第三十六房爱妾”对这小子格外照顾一些，觉得这小子有必要亲近。他倒了一杯酒：“这位……我们喝一杯。”名字给忘了，没想起来。

微生瓷根本没理他，默默吃饭。

金枕流说："岂有此理，敢驳本太子的面子。青灰，把他拿下！"

青灰往后面缩了缩，金枕流伸了头过去，仔细打量青灰："我说，你这么怕他作什么？"

青灰说："八宝台。"金枕流不明白，青灰大声说，"你的四十四战鹰，就是被这个家伙吊打的！"

柳风巢神色一凛，金枕流走到微生瓷面前，一脸严肃地盯着他看。

柳风巢和木香衣立刻手握剑柄，气氛顿时凝重。片刻之下，金枕流双膝一屈，跪在地上，猛地抱住微生瓷的腿："高人啊，包你一年多少钱，你开个价啊！！"声泪俱下。

微生瓷双腿被抱住，当下给嫌弃得，手里有兵器早剁他手了。蓝小翅一脸黑线，青灰以手掩面，不忍直视。柳风巢倒是把握了重点："什么？昨夜村民之中，围攻我们的是枕流太子的人？"

"一百万两黄金？一年？一个月？一晚也行啊！另外包吃包住，你答应我吧，我包你吃山珍海味、住琼楼玉宇……"那边金枕流还在哭号出价，抱着微生瓷的腿往上爬。

微生瓷气得，瞳孔都变红了。蓝小翅看了眼金枕流的仆从青灰，说："再不上前，你家金主就要不够齐全了啊。"

青灰这才上前，一把将金枕流拎起来。金枕流手脚犹自乱划，青灰把他拎到座前坐好。柳风巢再问："枕流太子，昨夜我们已经寻到失踪村民，你却为何派人暗伏其中，行偷袭之事？"

没有得到偶像回应，枕流太子很伤心。抽泣了半天，才说："我看见你们四个打八百个，真正的以一敌二百，想着一定是高手中的高手。而本太子的天下无敌唯我独尊傲视群雄百战百胜四十四战鹰自建立以来，未逢敌手。所谓高手见面，分外眼红。本太子当然想要以我之矛攻你们的盾，试试威力了！"

柳风巢说："八百村民之所以来去无踪，皆因这批蒙面人从中作梗。枕流太子如此说，只怕很难令人信服。"

金枕流说："巢巢，你幸不幸福，我确实是很难帮助啦。不过我说的话真的是比金子还真啊！微微不理我我已经很伤心了，你不要再怀疑我啊……

呜呜……”

众：“……”

柳风巢额头青筋乱跳，却还是说：“你必须跟我去见家师与三王爷，并传唤你的天……”好吧，这名字一般人还真是叫不出口，柳风巢说：“传唤昨日参战的蒙面人、将昨日之事重新交代！”

金枕流说：“这有何难？只要微微同意让我包上一晚，别说传唤本太子的天……”

众人一齐怒喝：“打住！”

金枕流说：“别说传唤他们了，就是把他们做成全鱼宴也没问题啊！”

木香衣说：“事不宜迟，吃完赶紧走吧。”他不想同枕流太子说话了，一心只想尽早脱身——别一会儿叫他衣衣，恶不恶心？

但是他还是太天真了，枕流太子给他夹了一筷子菜，劝说：“香香，不要急，正所谓细嚼慢咽，多活一千……”

木香衣一巴掌把他的脸拍进了汤碗里。

一行人吃完饭，本来瑶池山庄还有汤泉沐浴、美人陪侍、歌舞助兴，但是此时大家都记挂着失踪村民的事，也都不再耽搁。金枕流根本不必结账，他在这儿常年有别苑。这时候对侍者说：“看见没有，这些都是我兄弟，以后他们来玩，统统算我账上。”侍者连连应是，金枕流大手一挥：“走。”

温谜跟金芷汀兰追随村民踪迹，眼见远离了葬星湖，金芷汀兰说：“温阁主，此地已非我葬星湖地界，鳍族恐怕不便过问了。”

温谜也知道鳍族不喜欢管闲事，如今帮忙查找已经是看在仙心阁的面子上了。他说：“如此，三王爷就请回吧。请代为向鳍王致谢。”

金芷汀兰欠身回礼，正要离开，身后有人道：“师父。”正是柳风巢等人赶至。

柳风巢将金枕流的天……呃，四十四战鹰参与偷袭的事说了。温谜皱着眉头，说：“三王爷，此事鳍族不知吗？”

金芷汀兰脸色也有点难看，当即道：“太子，怎会发生此事？”

金枕流说：“呃，我只是试试他们几个的身手！而且你猜我认识了谁！！”

金芷汀兰气得，想骂，又要顾及鳍族太子的身份，说：“天……四十四战鹰何在？”好嘛，这名字原来鳍族自己人也叫不出口。

不一会儿，四十四战鹰被传唤而至，纷纷跪倒在金芷汀兰跟前。金芷汀兰说：“昨夜的事，你等从实招来。若有半句虚言，莫怪本王手下无情。”

四十四战鹰之首金鹰道：“三王爷，昨日我们保护太子出湖游玩，见四人围殴八百人。太子惊为天人，直叹四人武功高强，然后令我等与四人交手，若是败……就……就在我们脸上刺‘咸鱼’二字。我等惊惶，见四人武艺确实不凡，遂混在八百余人之中，准备偷袭。”

然后一五一十，将昨日的事都说了。

听到四十四战鹰对微生瓷的描述，金芷汀兰不由得抬眼看了一眼微生瓷。微生世家的名头，他当然知道。当下问：“微生世家一向不涉江湖事，想不到与仙心阁却是相交莫逆。”

温谜苦笑，却说：“微生少主身体不适，在烟雨虚岚调养。”

金芷汀兰点头，说：“久闻微生世家威名，鳍族也一向景仰，今日一事，也算是不打不相识，还望微生少主不要见怪。”

客套之言，没有任何势力愿意得罪微生世家。然而微生瓷根本没有说话，连看也没有朝这边看。金芷汀兰心中存疑——如果鳍族与微生世家结了梁子，可真是不好。

他眼神一动，温谜已经明白其心意，说：“微生少主素来寡言，但并无敌意，三王爷请勿见怪。”

金芷汀兰这才稍微放心，微生家的人性格古怪也不奇怪。他说：“此事纯属意外，非鳍族本意，还请温阁主代为向微生家主解释一二。”

温谜说：“自然。”

那边蓝小翅说：“意外？要不是这个金枕流，我们昨天就把村民抓住了，说不定还能找出背后主使呢！”

金芷汀兰说：“小翅姑娘说得是，既然是鳍族的过失，我们就协同仙心阁，查到村民下落为止吧。”

温谜拱手："有劳三王爷。"

金芷汀兰回礼："理所应当。"

双方分头找寻线索，等温谜一众走远了，金芷汀兰才问："四十四战鹰昨夜战损如何？"

金鹰犹豫，最后躬身答："三王爷，四十四战鹰六人武功被废，一人断臂，七人重伤。其他皆轻伤。"

金芷汀兰惊住，半天，问："他们呢？"

金鹰说："柳风巢被村民缠斗，内息损耗过度，肺腑有一定损伤，木香衣无事，蓝小翅轻微伤，但是我们的毒对她几乎毫无影响。微生瓷轻伤。"

金芷汀兰说："微生瓷的武功，如何？"

金鹰说："回三王爷，如果不是他突然走神，我等绝无可乘之机。"

金芷汀兰顿了顿，转头对金枕流说："仙心阁的几个小友与太子正当同龄，太子无事可多与他们亲近走动。不要再起纷争。"

金枕流说："巢巢和香香是我的好兄弟，只可惜我的第三十六房爱妾，不知何时才肯正眼看我。还有我的平生至爱微微，不知何时才肯让我包养……"

金芷汀兰："……"

金鹰眼看自家主子要挨揍了，赶紧说："三王爷，昨日柳风巢等人走后，我等亦离开，确实不知那八百余人去向。"好吧，其实是战完之后，金枕流带他们去泡温泉了。

谁还顾得上什么破村民啊？

金芷汀兰一脸无奈，说："退下吧。"

次日，温谜与金芷汀兰终于追查到村民的线索——距离八宝台三十里开外的融天河边，发现了被野狗刨出的尸体。

温谜等人赶至，只见死去的村民尸首分离，看颈上伤口，一眼可以认出是木香衣的邪钩阴藤。温谜看了一眼木香衣，蓝小翅立刻说："当时情况危急，我们也不想伤人的啊！就怪金枕流，谁让他捣乱来着！"

温谜叹了口气，没说什么，继续查看。旁边金芷汀兰说："这些村民好像服用了什么大补之物。"

温谜也倾身查看，说：“像是服用了昊天根。”昊天根是一种会将人潜力全部激发的植物根系，有江湖门派以此入药。

金芷汀兰说：“是无意中服用吗？”

温谜说：“若真是无意中服用，此物不会令人迷失神智。他们为何不归家，又为何围攻风巢等人？”

金芷汀兰点点头，说：“尸身在这里，其他人定然不远。再找。”

仙心阁和鲭族人都不少，有了明确的范围之后，四散搜索也很快。

不多时，就有人来报：“阁主，前面深山发现一个山洞，里面有活人的迹象。但因洞内地形复杂，不敢细探。弟子已令人守住洞口。”

温谜和金芷汀兰互看一眼，说：“带路。”

蓝小翅也跑得欢，经过温谜身边时，被温谜一把抓住，说：“退至我身后。”蓝小翅不高兴了，金芷汀兰却是看了这位阁主一眼——他对他的女儿，真是关心呐。

一路行至山洞口，温谜命人点燃火把，里面果然有多人活动的痕迹。蓝小翅左顾右看，微生瓷跟在她身后，几乎寸步不离。

金枕流跟着微生瓷，哈巴狗一样讨好：“微微，你开个价嘛，要多少钱都是可以商量的啊……”

金芷汀兰叹了一口气，跟温谜往里走。但越往前走，越有一股奇怪的味道。温谜眉头微皱，金芷汀兰也是诧异——几乎成年男女都能分辨出这种暧昧交欢的味道。

温谜转过头，刚要让蓝小翅、贺雨苔以及其他女弟子回避，但是已经来不及了。蓝小翅遇事冲得比狗还快，这时候已经探了头进去。

只见里面男子皆衣衫不整，一个似男非男的人正在吸食他们的精元。

淫声浪语让人脸红。

蓝小翅只看了一眼，就被温谜一把逮了出来。她嘀咕：“我还没看清楚呢！”

温谜与金芷汀兰同步入内，一见里面情景，脸上也都有些挂不住。见不少村民已经精尽人亡，温谜腰中宝剑上善若水出鞘。金芷汀兰亦抽出兰花刺，二人合力，一并攻向洞中作恶之人。

“打起来了！”蓝小翅兴奋，“里面那人是谁？”

柳风巢伸头看了一眼，也是面红耳赤，说：“看样子，恐怕是江湖上最擅采补之术的童颜鬼姥。”

金枕流探头过去，口水都要滴下来：“采、采补之术？”

木香衣白了她一眼，看见贺雨苔也过来，一脸好奇地想往里看。他说：“还是不要看为好。”

贺雨苔居然没有拿白眼翻他，只是说：“为什么啊？”处于好奇之中的女人哪里拦得住，她也看了一眼。只见白花花一片肉色，贺雨苔“呀”地叫了一声，一个回身钻到人群中去了。温谜气得——叫你们别看，一个两个，没一个听话的！

蓝小翅说：“这个童颜鬼姥，到底是男是女呀？怎么听声音好像男的。”

柳风巢有点尴尬，但还知道以身挡着，说：“听说他是阴阳人，可男可女的。”

蓝小翅眼睛亮晶晶的：“真的？”

柳风巢一脸警觉：“你要干吗？”

蓝小翅趁他不备，一个矮身就往里面钻，柳风巢赶紧挡住。几个回合之后，里面战斗已经结束，毕竟是温谜与金芷汀兰一起出手。老将出马，一个顶俩。

童颜鬼姥也要认栽。

所以蓝小翅冲进去的时候，童颜鬼姥的尸身已经被温谜包裹住了。蓝小翅想去掀开看看，温谜上善若水的剑鞘一下子敲在她手上。

蓝小翅小嘴儿嘟起老高，旁边微生瓷上来，一脸询问。

蓝小翅说：“我要看这个，他不让我看！”

微生瓷说：“这个是什么？”

金枕流一见偶像提问，赶紧讨好般回答：“亲爱的微微，这是童颜鬼姥的尸体。”

微生瓷问：“为什么不让看？”是问温谜。

温谜头大，但还是好好解释：“尸体赤裸不雅，女孩子不应该看这些秽物。”

微生瓷问：“我看了给她画出来也不可以？”

温谜无语——那就成春宫图了！知道这少爷说不通，只得答：“不可以。”

微生瓷只好问蓝小翅：“为什么要看？”尸体不好看啊。

蓝小翅说：“你没听他们说吗？据说这个童颜鬼姥是个阴阳人。我长这么大，还没见过阴阳人长什么样呢！”

微生瓷问：“什么是阴阳人？”

木香衣正准备说话，金枕流抢答：“微微，阴阳人就是同时长着男人和女人器官的人。”

微生瓷“哦”了一声，金枕流就捂着心口乐开了花——他回答我了，啊！他回答我了！

微生瓷转而对蓝小翅说：“那我让你看看我的器官，你再看看你自己的器官，能想象出阴阳人是什么样吗？”

众人一齐看向他。

小子，你其实是装傻的吧？你一定是装傻的，对不对？！

第十章 生死紧握

山洞里的村民，大多被解救出来。温谜让云采真检查他们的身体状况，金芷汀兰说：“既然真凶已经伏法，余事相信仙心阁自会妥善处理，鳍族先行返回葬星湖了。”

温谜欠身：“有劳三王爷。”

金芷汀兰点头，吩咐鳍族返回。太子金枕流没回，还跟着微生瓷和蓝小翅转悠呢。金芷汀兰也没理他——这几个少年，无论出身来历还是武学造诣都可谓是江湖后起新秀。鳍族太子跟他们打好关系，百利无害。而且……反正这太子回不回去也都没什么区别。

等到金芷汀兰带其他鳍族离开，温谜跟柳冰岩、云采真在山洞里检查村民和童颜鬼姥的尸身。

蓝小翅在旁边看，因为尸身都被覆盖，温谜也没有赶她。她看了一阵，突然问：“你为什么不留个活口问问？不用弄到丹崖青壁审判吗？这样直接杀了，不是你们的风格啊。”

柳冰岩瞪她一眼：“什么你们你们的，是我们！”

蓝小翅不理他，温谜眉头紧皱，说：“我本有意生擒。”

就连柳冰岩也瞬间理解了这句话的意思，他说：“你的意思是……金芷汀兰杀人灭口？”

温谜说：“如今死无对证，而我们进来之时，也确实亲眼见到童颜鬼姥正在行凶，只怕说别的也没用了。”

蓝小翅在山洞里四处转悠，说：“这童颜鬼姥并没有在这里留下居住痕迹，似乎只是临时到此。”

温谜说：“嗯。而且他虽然擅长采补之术，但一次掳八百余村民，未免还是太胆大妄为了些。采真，可有其他线索？”

一直低头研究童颜鬼姥尸身的云采真说：“所有人都服用了昊天根，要说是童颜鬼姥为了最大限度地吸食他们的精元，也是可能的。不过一次抓这么多村民……我也想不通。难道这老怪物又练成了什么新的邪功？”

温谜说：“既然暂时没有其他线索，就先回去吧。”

蓝小翅突然说：“怎么没有线索？”

温谜、柳冰岩都看向她，她说：“昊天根虽然不算特别稀有，但也是贵重药材。一点半点也就罢了，一次性采买供八百人服用的量，不可能没有一点痕迹。”

温谜和柳冰岩互相看了一眼，柳冰岩立刻吩咐弟子柳乘龙：“速速去查，最近有谁大量采买过昊天根。”

柳乘龙应了声是，带人前去调查。

温谜还是顾忌柳风巢和微生瓷的伤，先同他们回到太极垂光。鳍族太子金枕流死活不走，厚着脸皮带着仆人一并来到太极垂光。温谜身为一方之主，不好赶人。无奈之下，只得吩咐柳风巢好生照应。

而金枕流在发现了柳风巢、木香衣、微生瓷居然是住同一个屋之后，就赖定这里了。他躺在微生瓷的床上，像一条死鱼。微生瓷把他拎起来丢出去，他又爬进来。仆人青灰恨不得戳瞎自己的眼睛，以证明跟他毫无关系。

柳风巢说：“枕流太子，你带着仆人，就算小瓷的床也睡不下三个大男人啊！”

金枕流毫不在意：“青灰跟我住一向是睡床下的，给他一个小垫子就好了。微微，求求你了，我晚上不踢被子，不打呼……”

屋那边，蓝小翅听见这边的动静，说：“我说，你们鳍族不是待水里的吗？”

声音很清晰，金枕流狐疑地打量左右，最后迅速找到了墙上的破洞。他探头过去，见蓝小翅和贺雨苔正在梳头，顿时口水差点没流出来：“三十六姨太！天啊，我看见了什么！”

很快他就明白他看见了什么，蓝小翅伸手就是几记老拳。金枕流青着眼眶缩回脑袋，还一脸陶醉状。木香衣怒道：“流氓！”

柳风巢在他们床榻下扔了一床席子、被褥——青灰是真的只有打地铺了。

等到熄了烛火，微生瓷打坐练功，柳风巢也要调息内力。少年们第一次碰到今天这样限制级的案子，多少还是有些兴奋。木香衣说：“你们说，那个童颜鬼姥采补的时候，是采阳补阳啊，还是采阳补阴啊？”

金枕流说：“那当然是采阳补阴了，你没见当时他正和一个男人……”

柳风巢说：“枕流太子！”

金枕流“哦哦”了一下，知道女孩子们听得见，倒也不深入聊了，只是说：“不知道这门武学是不是真的这么神奇。如果是，那本太子真应该练练。”

木香衣说：“我对这种邪功毫无兴趣，不过……”他看了一眼那面墙上的破洞，说：“我觉得我们是应该学习一下砌墙了。”

金枕流说：“别呀，我你们还信不过吗？”说完又对微生瓷道：“微微，你还不睡觉吗？来，本太子服侍你更衣。”

语气之谄媚，把柳风巢和木香衣恶心得，晚饭差点没吐出来。

夜深，人也渐渐安静了。少年们虽然四人同处一室，但正是瞌睡的年纪，又在安全的地方，警觉松散，睡得很沉。

蓝小翅也睡得迷迷糊糊，突然一双手把她抱起来。蓝小翅睁开眼睛，眼前正是微生瓷。她悄声说：“你怎么又过来了？”微生瓷指了指温谜的房间，示意她不要说话。蓝小翅看了一眼贺雨苔，又听了听隔壁房的动静——不对呀，怎么一个人也没有醒？

微生瓷指了指门，蓝小翅不知道他要干什么，却还是披了衣服起来。经过贺雨苔的时候，贺雨苔睡得很沉。有点异常，蓝小翅小声问：“你把他们点昏了啊？”

微生瓷把她背在背上，几个起落出了院子，连温谜也没有惊动。

外面夜色正好，太极垂光巡守弟子正一拨一拨地巡夜。但是微生瓷要避过他们是轻而易举的。

蓝小翅在他背上，双手搂住他的脖子，问：“小瓷，你要带我去哪儿？”

微生瓷说：“童颜鬼姥的尸体，在烟雨虚岚。”

蓝小翅说：“啊？”他一路往烟雨虚岚赶，蓝小翅明白了，说，“呃，你要带我去看呀？”

微生瓷说：“嗯。”小翅膀要看，他就带她去。至于温谜说的不可以，哼，谁理他！蓝小翅把头埋在他肩膀上，说：“小瓷，你怎么这么好呢？”

微生瓷没回答，蓝小翅说：“你看今晚月光这么好，去看尸体多差劲呀。我们去外面玩好不好？”

微生瓷无所谓，问：“去哪里？”

蓝小翅说：“我们去仙心泉好不好？”

他说：“嗯。”

仙心泉瀑布轰鸣如旧，水花四溅如珠玉，在月光之下自有一番奇景。

仙心泉上游就是烟雨虚岚的药田，里面种满了各式各样的药草。月光悠悠，泉水经药田而来，连水气里都带着药香。

蓝小翅回身看他，说：“漂亮吗？”

微生瓷摇头，蓝小翅上前拉住他的双手，说：“你看，今晚月光很美，泉水里都有药香，你闻闻？你不喜欢吗？”

她双手掬水，捧到微生瓷面前，微生瓷还是摇头，如果可以，更希望回到石牢里。

蓝小翅帮他理好被风抚乱的头发，有点泄气，说：“难道外面就没有一点你喜欢的事吗？”

微生瓷沉默，除了可以看到你，可以听见你的声音，可以知道你在哪里、在做什么以外，没有。

蓝小翅双手搂着他的脖子，踮起脚尖伸了个懒腰，说：“你们微生家的人，真是最无趣的人了。你爹也是，来太极垂光这么多天，天天关在房里练功。真不知道当初你娘怎么受得了他。”

微生瓷很认真地说：“他每天陪我娘一个时辰。”慕容绣还在的时候，微生歧无论再如何练功，每天总会花一个时辰陪慕容绣。赏月看花，或者单纯只是看她做点女红，无论他感不感兴趣，雷打不动。

直到……微生瓷不再想了。

蓝小翅看他的表情，就知道他又想到了那些不开心，甚至有些可怕的事。她转移话题，说：“好了好了，都是我不对。我跳舞给你看，好不好？”

微生瓷说：“好。”

蓝小翅轻盈跃到泉下白石之上，手握无色翼，翩翩而舞。微生瓷坐在泉边，月光无垠，离乱银光之中，只见蓝小翅身影旋转，衣袂当风、裙裾飞扬，手中无色翼亦镀着光，如同蝶翅舒展。

月与泉虚化了她，像清泉中升起的莲花，近乎圣洁的无瑕。仙心泉都沉默在刹那。

等一舞终了，蓝小翅向他钩钩手指。微生瓷不由自主便跃上了白石，蓝小翅说：“怎么目光还是这么呆滞？好看吗？”

微生瓷点头，蓝小翅拿指头戳他：“就这反应啊？”不怎么样嘛。难道这招失灵了？没理由啊！

微生瓷说：“好看。”

蓝小翅气馁了：“瓷少爷，你这反应不对啊。你至少应该找几个赞美的词狠狠地夸我一番啊！”

微生瓷皱着眉头，要这样吗？为难了。

蓝小翅笑得不行，逗他说：“那这样吧，夸奖就免了，你亲我一个抵了，好不好？”

微生瓷觉得这个容易些，点头同意了。蓝小翅把脸伸过去，微生瓷说：“能不伸舌头吗？”还记得上次赤薇斋他发病之后，蓝小翅亲吻他，以舌尖喂了药给他。

蓝小翅愣住：“什么？”你是不是男人啊！

微生瓷说："有口水。"有点嫌弃了。蓝小翅差点一脚把他踹泉水里："你这个……你这个……"气昏头了，好半天说，"你这个不开窍的呆瓜！！"

一转身跳下岩石，微生瓷跟下来，一把拉住她的手，蓝小翅挣扎。他一把将她拉回怀里，猛地吻住了她。唇齿微张，让她将舌头伸进来。妥协了。

蓝小翅当然不配合，正在气头上呢。微生瓷只好伸舌头过去，湿乎乎的，很不好。他皱着眉头，却还是忍了。要亲多久啊？

蓝小翅半天挣扎不开，好不容易脱身，气急败坏，"啪"一耳光过去："流氓！"

骂完，一边擦嘴，一边走了。

微生瓷跟在她身后，轻声道："小翅膀。"

蓝小翅没回头，径直进了太极垂光。微生瓷一路紧随，直到她进了院子，关上房门。他犹豫了一阵，终于回到自己房间。

温谜打开窗户，见两个孩子一前一后，吵了嘴的样子，不由皱眉。这大半夜，孤男寡女地出去玩。

他叹了一口气，女儿大了，真是不好管。

蓝小翅回到房里，刚刚躺下，微生瓷就探头过来。蓝小翅用力踢他，贺雨苔等人一直没醒。微生瓷忍着让她踢了几脚，她没穿鞋子，踢不痛。他爬过来，慢慢把上衣脱了。

蓝小翅惊住，小声问："你要干吗？"

微生瓷趴下来，说："你舔吧。"我错了，不该嫌弃口水。你舔我一身吧。

第二天，温谜很早就起床，但见微生瓷已经在院子里练功了。他说："小瓷，你应该回你住的院子里练功。毕竟是不同门派，若让旁人看见，怕会有偷师之嫌。"

微生瓷难得回应了一次，问："小翅膀去吗？"

温谜说："她是我的女儿，仙心阁的武学于她而言不应是秘密。她自然可以在这里。"

微生瓷就听懂了一个"她自然在这里"，当下说："我不走。"

温谜无奈，这父子俩啊！

柳风巢等人开门出来，就见师父已经等在院子里了，木香衣和金枕流倒是没什么，柳风巢就有些慌了：“弟子迟到，请师父恕罪。”

说着话已然跪下，温谜说：“起来吧，不怪你。”昨夜微生瓷跟他的宝贝女儿出去，恐怕对他的弟子动了什么手脚。贺雨苔也迟到了。果然，不多时，贺雨苔过来的时候也是一脸惊慌。

蓝小翅伸个懒腰，昨晚她是没睡好，这时候也没什么精神。温谜说：“你们先练功，小翅，跟我过来。”

蓝小翅跟他一路出了院子，来到温谜自己的书房。她一脸没睡醒的模样，温谜却神色凝重，问：“昨夜，你跟微生少主去哪里了？”

蓝小翅说：“要你管！”

温谜沉下脸来：“不管你承不承认，我是你父亲，我必须要管。”

蓝小翅说：“好吧，我们出去玩了。”

温谜说：“微生歧久住太极垂光，是有意让你嫁入微生世家的。但是小翅，微生瓷的病恐怕是久积之顽疾，虽然爹也知道因为这些外在因素而考虑伴侣的想法不好，但是爹还是希望你慎重考虑一下。”

蓝小翅说：“什么？”

温谜说：“你觉得，微生瓷这个人怎么样？我的意思是，如果要你嫁给他的话。”

蓝小翅明白了，说：“你想把我嫁出去。”

温谜说：“我只是想知道你的想法，利害关系或者你有犹疑的地方都可以提出来。如果你真的觉得你可以照顾他一辈子，可以忍耐他的疾病与缺点，我们再考虑接下来的事。”

蓝小翅笑，说：“温阁主，我觉得你需要摆正自己的位置。”

温谜说：“小翅！”

蓝小翅说：“虽然你一直以我的父亲自居，但是我并不觉得你有替我考虑婚嫁问题的资格。如果你觉得当年的事让你良心不安，那么我可以告诉你，我从来没有觉得你欠我什么，或者应该为我做什么。同样的，我也不觉得我欠你什么，或者应该顺从你什么。”

温谜眼中的温度，渐渐被哀痛笼罩。蓝小翅说：“其实你这个人挺矛盾的，我觉得你就当自己义薄云天，儿女私情皆是微末小事，也许会快乐得多。人嘛，谁活一世还没有辜负过几个人呢？养的小猫小狗跑了、丢了、死了，就重新再养一只好了，何必执拗呢？”

温谜说：“你不是小猫小狗，你是我的女儿。”

蓝小翅说：“那又怎么样呢？你只要不这么较真，谁都可以当你的女儿。很多女人都愿意为你生一堆儿子、女儿。就当是当年我死了，不好吗？”

温谜说：“不，小翅，不是你想的那样。你这样的想法，很像……”

蓝小翅说：“像蓝翡，对吗？”

温谜沉默了，蓝小翅说：“其实我并不想顶撞你，有时候你让我觉得挺可怜的。”

她话音刚落，柳冰岩开门进来，几步上前，扬手就准备给她一巴掌。蓝小翅握住他的手腕，柳冰岩怒道：“混账，他是你爹，你这是什么态度！”

蓝小翅说：“开诚布公的态度啊。温阁主不如柳长老。柳长老当年明知他已携娇妻退隐，仍然发书求救。明知他妻儿落入羽族之手，谁想过办法营救？十五年之后，他女儿寻回，柳长老第一个想法是赶紧为自己儿子定下亲事，免得他的麻烦变成你的麻烦。而现在，柳长老居然还有脸冲进来打我，这是多么义正词严的嘴脸。”

柳冰岩顿时满脸通红，这个丫头这双眼睛、这张嘴……

温谜厉声道：“小翅，不许胡说！”

蓝小翅说：“阁主教训得是，毕竟撕长辈的遮羞布是很失礼的。”冲柳冰岩一鞠躬，说：“柳长老见谅。”

温谜说：“不管你怎么想，我不能放手。”

蓝小翅说：“我先出去练功了，对了，木香衣的解药，不要忘了。”

话落，径直出去，还顺手带上了门。

温谜右手紧握，许久，说：“孩子不懂事，不要跟她计较。”

柳冰岩苦笑，说：“她说得对，太久没人来扯身上的遮羞布，我都快忘了羞耻的感觉了。”

温谜说：“冰岩，你非要跟一个孩子计较吗？”

柳冰岩说：“对不起。”一直把你当兄弟，所以总是理所当然地拖累你。

温谜说：“你也看到了，拎她回来给你赔罪我是拎不回来了。如果你再这么说，我只好替我的宝贝女儿跪下来向你请罪了。”

柳冰岩说：“阁主。”

温谜拍拍他的肩，说：“蓝翡算错了，他不过就是想让我痛苦。但我不会认输的。”失去了青琐，我只剩下这唯一的星火，生死紧握，绝不放手。

温谜从书房出来，柳风巢等人已经在练功。柳冰岩脸色不佳，但是温谜神情已然平静。他指导柳风巢和贺雨苔的剑法，蓝小翅拉着微生瓷：“来来，跟我对练几招。”

温谜立刻说：“小翅，微生世家的武学不能外传。”

蓝小翅说：“我偏要学两招，你把我手砍了啊？”

温谜无奈，只得对柳冰岩道：“去请微生家主过来。”

柳冰岩也知道非同小可，现在这丫头已经这么驴，万一真的从微生瓷身上学到几成微生家族的功法，到时候如何控制？

他转身出去，蓝小翅说：“好了，你担心的问题解决了。”

温谜一愣，说：“你……”

蓝小翅说：“都说了和平相处，不要涉及个人问题。破坏人心情，不练功了，我吃早饭去。”

她转身走了，金枕流看了看温谜，又看了看微生瓷。温谜说：“枕流太子，是仙心阁待客不周。请至厅中用饭吧。”

金枕流说：“不不，我在这里住得很好，仙心阁很周到。青灰，走走，吃饭去。”

正厅里，诸人刚刚坐下，正要吃饭，微生歧就进来，面色不善。微生瓷坐在蓝小翅身边，微生歧说：“小瓷，你出来，我有话跟你说。”

微生瓷看了一眼蓝小翅，终于还是起身出去。微生歧面色严肃：“微生世家的武学不能外传，日后练功需要回到你的住处，也不能跟仙心阁的人对练，否则，你就跟我回九微山去。”

微生瓷低下头，微生歧说：“爹已经尽量迁就你，但是原则问题不能妥协。你要保证，就算是蓝小翅，也必须拒绝。”

微生瓷不说话，微生歧说：“回答我！”

微生瓷低下头，微生歧说：“那么，你跟我回去吧。在你学会拒绝她之前，你不能再见她。”

微生瓷说：“我……”

微生歧加重了语气：“你听不懂我的话？！”

他一发怒，微生瓷就不敢顶嘴。从小到大，微生歧是他的父亲，也是他的严师。可是即使是这个时候，他还是说不出他可以拒绝蓝小翅的话。

微生歧说：“收拾一下，回九微山。”

微生瓷说：“我会拒绝她。”

微生歧略微松了一口气：“你保证？”

微生瓷说：“嗯。”

微生歧拍拍他的肩，说：“她现在立场不明，事关重大，你不可被儿女私情冲昏头脑。”

微生瓷说：“嗯。”

微生歧放缓了语气，说：“去吃饭吧。”

微生瓷转身又到了桌前，温谜和柳冰岩都是一阵诧异——微生歧被他的儿子说服了？

微生瓷坐到蓝小翅旁边，蓝小翅也不解，按老歧的性子，应该直接把他儿子带回去才对啊。她问：“你爹跟你说什么了？”

微生瓷说：“不许我泄露微生世家的武学。”

蓝小翅说：“哼，有什么了不起的，宝贝一样。”说完想了想，好吧，微生世家的武学还真是宝贝。她问：“你答应他了？”

微生瓷说：“嗯。”

蓝小翅说：“吃饭吧。”随手给他拿了个水煮蛋，剥壳。微生瓷突然问：“你真的想学吗？”

蓝小翅逗他，说：“想啊，学不到真传，学点皮毛也好啊。”

微生瓷想了想，小声说：“那晚上你出来，我教你。”

蓝小翅愣住：“你不是答应你爹不外传了吗？”

微生瓷说：“你不要当着他的面使。”

蓝小翅笑出声来，这少爷。她说：“你不怕你爹削你啊？”

微生瓷沉默了一下，说：“如果遇到危险，你用得着的。”

蓝小翅说：“可是你有没有想过，我总有一天会再回羽族去。到时候我们会站在不同的立场，会有不同的行事作风，甚至，可能会互相伤害对方想要保护的人。那时候怎么办呢？”

微生瓷用了一段时间来理解这样的长句子，然后他问：“你回羽族不能带上我吗？”

蓝小翅败给他了，说：“那这么说吧，如果有一天，你爹要杀我爹，我肯定只能杀了你爹，那时候你帮谁？”

微生瓷说：“我不让我爹杀你爹，你是不是就可以不杀我爹了？”

多么简单粗暴的解决方法。蓝小翅把水煮蛋塞到他嘴里，说：“吃饭！”

一群人正吃着早饭，突然柳乘龙进来禀道：“阁主，弟子们查到最近确实有神秘人大量购买昊天根。虽然交易的人并未见到买主本人，但是我们通过蛛丝马迹，找到了付款的钱庄，查到了银票的来历。”

温谜见他言语中多有保留，脸色微沉，说：“你言语吞吐，是在避讳何人？”

旁边蓝小翅笑：“这里除了我、木香衣和枕流太子，也没别的外人了。”

她把“外人”二字咬得很重，柳乘龙慌了，忙跪下：“阁主恕罪。我们查到银票与羽族有关。”说着话，递过一个羊皮纸袋。

温谜打开，见里面林林总总，各种字据、收条，汇合起来，各笔款项的源头都查探得清楚。温谜把纸袋递给蓝小翅：“你看一下，是否有误。”

蓝小翅将那些字据都查看了一番，仙心阁的资料收集是非常详细齐全的，她说：“无误，银票确实是出自羽族。”

温谜说：“童颜鬼姥是蓝翡的旧交，购买昊天根的银票出自羽族。事到如今，你是否承认，此事与羽族有关？”

蓝小翅说：“七十万两白银，羽族去年和今年的账目里面，都没有这笔开支。”

温谜说：“你如何知道？”话一出口，又是微凛，“你看过羽族的账目？”

旁边木香衣说：“羽尊已经两年不管账了。”

温谜心中一跳，蓝翡将羽族的账目交给她打理了。

蓝小翅说：“给我几天时间。”

温谜说：“你觉得尚有疑点？”

蓝小翅说：“我觉得全是疑点。”

温谜无奈：“你需要多久？”

蓝小翅说：“事情有点麻烦，给我五天吧。”

桌上诸人都有些惊愕，只有金枕流拍着胸脯说：“三十六姨太你需要什么尽管开口，本太子的天下无敌唯我独尊傲视群雄百战百胜四十四战鹰全部听你吩咐。”

蓝小翅这时候倒是有点感激他了，说：“谢谢。”

金枕流满不在乎：“自家人，谈什么谢！”

旁边柳冰岩说：“小翅，你确定五天能给出结果？如果不能的话……”知道这丫头厉害，他又放软了语气，说，“你爹到时候应该如何向仙心阁交代？”他是想让蓝小翅别把话说死，免得到时候温谜又为难。

蓝小翅笑，说：“原来在仙心阁，阁主需要向弟子交代。这我倒真是不知道，要不到时候你们让他自杀谢罪吧。”

诸人一脸黑线。

蓝小翅要五天时间，但是木香衣的解药却每日都需要服用。每日往返太极垂光不便，温谜又不放心将解药和毒药交给柳风巢管理——蓝小翅要坑他可真是容易。

是以，他决定跟孩子们走这一遭。阁主要表示对自己心肝宝贝儿的支持，四大长老也不能显示出不支持，所以四大长老决定跟她一道玩儿。

蓝小翅的办法很简单，她命人把童颜鬼姥的尸体脱得赤条条的，吊在八宝台，又命金枕流的四十四战鹰将温谜与金芒汀兰联手杀死童颜鬼姥、为民除害的事迹到处传扬，并且极度弱化童颜鬼姥，一致鼓吹温谜与金芒汀兰。版本听得温谜都尴尬。

但是既然答应跟着孩子们，他倒也命仙心阁弟子协助。金枕流也命鳍族帮忙。有了这两大势力相助，消息很快传遍江湖。

她本意当然是想激童颜鬼姥现身江湖，但这童颜鬼姥也忍得，就是不现身。眼看两天时间过去了，四大长老挨个在蓝小翅面前晃悠。蓝小翅也发了狠，写了一封信交给金枕流和柳冰岩，让他们再度宣扬。这次消息更为劲爆，温谜看过之后都不忍直视了。

这是一封童颜鬼姥写给蓝翡的情书！！

连最冷厉的丁绝阴长老都忍不住问蓝小翅："这……不会是真的吧？"

蓝小翅说："不知道是不是真的，不过当年我爹接到这封信之后，只看了一眼就撕成了渣渣。我在旁边，顺便瞟了一眼。"蓝翡人生之中唯一的一次惊愕，真是精彩至极。也正因为太精彩，所以一日之间江湖哗然。丁绝阴说："我觉得仙心阁要做好应战准备。"

终于第四天，温谜等人正在八宝台准备取下童颜鬼姥的尸身时，一个人由远及近，沉声问："谁是温谜？"

温谜与四大长老正用白布包裹住童颜鬼姥的尸体，闻言不由回头。那人一身黑衣，上面莲瓣纹金，长发披垂，只在鬓边编了两条辫子，五官柔和，看上去倒很是稳重从容。

四大长老都看了一眼温谜，面色凝重。温谜上前，说："在下温谜，敢问何方英雄？"

对方森然道："童颜鬼姥，请阁下赐教！"话音一落，手中钢鞭亮出。

温谜顿时手握腰中宝剑上善若水剑柄，四大长老亦准备应战，但同时心中亦是吃惊——童颜鬼姥竟是真的活着！

气氛剑拔弩张，眼看交战在所难免。蓝小翅突然上前，问："你就是童颜鬼姥吗？"

那黑衣人怒哼，一鞭将出，突又止住——注意到她头上的定风铃了。他问：“你是何人？”

蓝小翅立刻亲热道：“鬼姥，我是蓝小翅呀，你记得吗？我爹说行走江湖，如果遇到棘手的事，就来找您。可是我怎么也找不着您，你看他们给我限定五天时间，这都过去四天了！”

童颜鬼姥说：“蓝小翅，你是蓝翡的女儿？”说着话，杀气却是弱了。

蓝小翅感觉到了，立刻顺着杆子就往上爬了。她过去挽住童颜鬼姥的胳膊：“是呀，原来姥姥您是如此风华绝代，难怪我爹一直对您念念不忘。”

童颜鬼姥面色缓和了，问：“蓝翡真是这么说的？让你遇到难事来找我？”

蓝小翅说：“当然了，我是小孩子怎么会说谎呢，姥姥！”

童颜鬼姥收起钢鞭，说：“算他还有点良心。你是他的女儿，便如同我的女儿一般，不要叫我姥姥。”这辈分可就错了！

蓝小翅赶紧道：“是，鬼姨！”

童颜鬼姥没有反对，蓝小翅就自动将他定义为“她”了。她问蓝小翅：“乖孩子，你遇到什么难事？可是仙心阁的人为难于你？”

温谜等人这时候倒是不好动手了，毕竟宣扬别人情书，确实是无礼。但这童颜鬼姥亦是邪派中人，似乎也不能两相言好。温谜问：“敢问英雄，可有凭证证明你的身份？”童颜鬼姥隐迹已久，见过的人非常少，确实难以证明。

童颜鬼姥说：“哼，你们不是传言，温谜与金芷汀兰三招杀我吗？若你不信，可以一战。”

温谜汗，说：“这……情势所迫，实在汗颜。”

蓝小翅说：“鬼姨，我们遇到一点难事儿，有人说这里一宗恶事是我爹干的。还说当场抓住您是同谋。您得证明一下您是我鬼姨，不然还不了我爹清白。”

童颜鬼姥摸摸她的头，说：“乖孩子，何必呢？你爹本来也不清白。”

蓝小翅扯着她的胳膊一通扭，撒娇说：“鬼姨！”

童颜鬼姥说：“好吧好吧。”从腰间掏出一枚通体碧绿的玉蝉扔给温谜。

温谜接过，只觉触手生温。他反复打量，说：“碧蝉寒津？”童颜鬼姥体质特殊，修习的功法也特殊。据说就是靠这枚碧蝉寒津稳定体内阴阳之气，避免走火入魔。

童颜鬼姥说：“小翅宝贝儿，以后少和仙心阁这帮人打交道。他们个个面善心恶，虚伪得很。”

蓝小翅捂着嘴乐，温谜苦笑，最后将碧蝉寒津归还给她，说：“今日本是请鬼姥前来做证，不咎前事。鬼姥请离开吧。下次见面，就是正邪之会了。”

童颜鬼姥说：“我也一直想会会你，不过今日当着小翅的面，不和你计较。”说完，拉着蓝小翅问：“跟这群虚伪小人有什么可玩的？小心他们害你。来，跟鬼姨玩去。”

蓝小翅说：“鬼姨大老远过来一趟，我得请客。”一转头，说：“金枕流，走走，我们吃饭去了。”正好，有人付账。

金枕流赶紧出来，他早就在盯着童颜鬼姥看了——这鬼姥真的是阴阳人？真的哇？恨不得当场就扒开看。童颜鬼姥牵着蓝小翅，准备离开。柳冰岩说：“阁主？”

温谜说：“小瓷，你也跟小翅膀去吧。”

有微生瓷在，也不担心童颜鬼姥能如何。

微生瓷当然要去，他跟在蓝小翅身后，童颜鬼姥上下打量他，说：“你也是仙心阁弟子？”温谜这老狐狸派个小子来跟着我们干吗？有点想试试微生瓷能耐的意思。

蓝小翅说：“鬼姨，他是我的朋友，微生瓷。”

童颜鬼姥迅速地“哦”了一声，然后一个旋身，站到蓝小翅右手边，正好让她隔开微生瓷。微生世家的人！

幸好今天没有出手！宝贝儿啊，这顿饭鬼姨可不可以不去？

第十一章 童颜鬼姥

金枕流找吃饭的地方，简直是易如反掌。何况这次是带着他的偶像和“爱妾”，他选得更是用心。

蓝小翅挽着童颜鬼姥进到仙来居的时候，一股炖肉的味道就直往鼻子里钻，香得人口水三千尺。蓝小翅一脸感叹：“金枕流，我怎么不知道外面还有这么多可以吃饭的地方？”

金枕流得意：“术业有专攻嘛。”说着话带诸人来到一座吊脚小竹楼，下面是盈盈碧水，水上几只水鸟，一片睡莲。一行人落了座，小二很快端了一锅煮得咕噜响的小鹿肉过来。里面不知道加了什么菌子，鲜美无比。

蓝小翅拿了筷子，先夹给童颜鬼姥：“鬼姨吃饭。”童颜鬼姥大悦：“乖孩子。”

蓝小翅转而给微生瓷也夹了一块，说：“尝尝喜欢吗？”

微生瓷“嗯”了一声，旁边金枕流吃醋了：“岂有此理，本太子呢，本太子呢？”

蓝小翅说：“你付过账就可以走了。”

金枕流就差没哭了。童颜鬼姥哈哈一笑，说：“好孩子，你怎么会在仙心阁？你爹可好？”

蓝小翅说：“好着呢，他……”话音刚落，脸色就变了，“这肉有问题！”

身边几个人都是神色一凛，金枕流说：“怎么了？”

看了一眼身边，童颜鬼姥忙着说话，没吃。微生瓷已经吃下去了，没什么问题啊。青灰手握双刺，警惕四顾。童颜鬼姥拿银针一试，说：“肉里有毒！”

此时，一群人迅速包围了竹楼四周，有个人扬声道：“童颜鬼姥，哼，这次看你往哪儿跑！”

童颜鬼姥站起身来，说：“乖孩子，你先一边去，鬼姨收拾了他们，我们换个地方再吃东西。”

金枕流说：“肉里真有毒啊，微微，你没事吧？”

微生瓷右手手背渐呈青紫色，不多时，如出汗一般，渐渐聚成一颗紫色水滴。他拿湿毛巾一擦，说：“没事。”

外面的人又道：“蓝小翅侄女，我知道你爹是仙心阁阁主温谜。我乃广云山门主岳子帆，童颜鬼姥杀我父亲、妻儿，我今日誓报此仇。但江湖恩怨与你无关，我只要他一人头颅，你们放下兵器，可以自去。”

旁边另一个人也道：“小翅侄女，此魔头淫邪凶残，速速过来，万不可与他为伍。”

蓝小翅说：“子帆叔叔，既然是江湖恩怨，也不关我事。那侄女就先走啦。”

岳子帆等人听了，说：“嗯，乖，你去吧。”

童颜鬼姥说：“不愧是蓝翡的女儿，唉。”

蓝小翅说：“他们人多，我怕嘛。鬼姨，我们后会有期啊。”说完，拉着微生瓷，说：“我们先走。”

金枕流说：“真走啊？”

蓝小翅说：“走啦。”

一行人出了仙来居，里面打斗声渐渐密集。不一会儿，火光四起。

蓝小翅说：“噫，打得很激烈呢！”

金枕流说：“三十六姨太，我们这么走太不仗义了。”

蓝小翅说：“废话，不过我鬼姨一看就是个干坏事的主儿。你没听说吗？她杀了那个什么岳门主的父亲妻儿，人家要报仇也是理所当然的。到时候帮起来我们没理，我家木香衣还押在仙心阁呢！”

金枕流说：“那怎么办？”

蓝小翅说：“跟我来！”

仙来居。童颜鬼姥跟广云山的人打斗正激烈，突然外面一个一身绿绸、头巾覆脸的人走进来。岳子帆一惊，怒问：“来者何人？！”

那人沉声道：“你姑奶奶我是童颜仙姥，贼子竟敢围攻我姐姐，吃我一刀！”手拿饭桌上的银刀，冲将过去。

岳子帆惊了，此番他们从八宝台就跟踪童颜鬼姥，到这里也算是准备齐全，没想到又来一个什么仙姥。

刚一交手，就知道这仙姥实力不低，他心中焦急，然而突然，外面又有一人飞身入竹楼，一身白绸衣裳，同样头巾覆脸：“童颜玉姥在此，谁敢伤我两位姐姐！”

岳子帆心下一惊，同时生疑，而所谓的童颜玉姥身后，又一个人飘然而入，一身紫绸衣服，同样打扮。不过他左右一看，说：“我、我是童颜石姥。”

父亲说过不许说谎，所以声音有点弱弱的。

岳子帆气得——你们几个小兔崽子，把老子当傻瓜呢？

来的当然是蓝小翅等人，此时他们一加入，岳子帆等人立刻连连败退。岳子帆怒道：“蓝小翅，你就不怕我回去告诉你爹！”

蓝小翅哪里管他，告诉我爹？哪个爹？相府那个，他才不理江湖事。仙心阁那个，你有证据吗？方壶拥翠那个，呵，他倒是会管，他一定说——宝贝儿，你杀几个人居然斩草不除根，让他们跑到爹这儿来乱吠……

几个少年围着广云山的人就是一通乱打，有微生瓷在，这些人怎么会是对手？蓝小翅也不杀人，一筷子将岳子帆的脸抽出一条血痕。

她不想杀人，说：“走！”

几个人正要离开，突然竹楼下，碧水一阵翻滚。一对青色分水猛地刺破竹楼地板！蓝小翅一跃而起，童颜鬼姥说："他们还有帮手？"

无数分水刺如尖刀冒出地面，蓝小翅一掌劈向竹屋，发现竹屋墙壁硬如铜铁。有人想算计他们！她当先看了一眼金枕流，几个人里，金枕流武功最弱！此时他倒是无恙，但那是有青灰一直贴身保护。青灰自己的脚上也已经是血流如注。

微生瓷手上没有武器，本来是想着对付广云山的人用不着，他只拿了一把筷子。蓝小翅等人也不用使用自己的兵器，此时手上也只有切肉的银刀和筷子。

四周一声尖啸，微生瓷拿起炖肉的锅，飞快拦住了近百枚牛毛细针！

而此时，四面墙壁渐渐合拢，上面的尖刀也渐渐刺破墙面的掩饰，寒光森然。金枕流说："这……这是怎么回事？"

童颜鬼姥说："有人要对付你们，岳子帆只怕也是受了他们利用。"

果然，岳子帆的门人弟子已经死伤无数。那牛毛细针可没顾忌他们。

可此时竹屋门已不见，只有墙以万钧不挡之势合拢。这一贴合，非成肉饼不可。蓝小翅一掌拍向地面，只见尖刀尽拍，但是地面并未出现裂口。

这竟然是个精制的坚牢，也是死牢。

微生瓷右手蓄力，一掌拍向之前门所在的方向，但闻一声巨响，青灰和金枕流都头晕目眩。门的方向果然破开一个洞，但立刻，洞里就散出一片灰白粉末！

童颜鬼姥惊道："小心！"几个人迅速捂住口鼻，岳子帆也已经惊呆了，如果这时候还意识不到上当，那他这个门主真是白当了。他愣愣地道："怎、怎么回事？"

脚下弟子的血染红了他的鞋袜，蓝小翅说："鬼姥行踪是谁告诉你的？！"

岳子帆说："是……"身后"噗"的一声，一把尖刀从他胸口冒出头来。蓝小翅大骂一声："果然我不该问这句话，回答这句话的人都要死！"

金枕流捂着青灰身上的伤口，说："青灰啊！我可爱的灰灰啊！你千万不要有事啊！"

青灰白了他一眼，咬着牙，仍然挡在他前面。童颜鬼姥说："好孩子，墙上怕有机关，你们都过来。"

几个人过去，童颜鬼姥自己一甩钢鞭，那鞭竟然就成了棍。她以钢鞭撑住不断合拢的墙，说："微生公子，看看屋顶。"

微生瓷一掌打向屋顶，又是一声巨响，青灰双手捂住金枕流的耳朵，自己耳朵已经冒出血珠来。然而屋顶也并没有被疏忽，灰白色的粉末飘扬而下，已经开始影响视线了。

金枕流说："哎呀，这是谁？要是让本太子逮住，非剥了他的皮，给他缝一身狗皮不可！"

蓝小翅没有说话，但是心里已经盘算过不知道多少回。来人在这里布置，不是一时半刻可以办得到的。除非他知道金枕流一定会在这里请客。

所以这个人要不就是金枕流，要不就非常了解金枕流。

看这墙体的布置，明显不是为了防范他们几个人，甚至就算是鬼姥的功力，也犯不着如此布置。这样费心，明显是考虑到微生瓷有可能同行。

所以这个人很了解他们几个的关系，至少他清楚微生瓷的实力。

同样的，金枕流最可疑，但是金枕流在此，他有办法出去吗？

只是这样一想，两边墙就很接近了。墙上都是尖刀，根本无法以手支撑。如果再打出一片空洞，撒下药粉来，即使捂住口鼻，大家也不一定受得住。

微生瓷皱眉，他需要一把宝剑，天下归仁那种级别的就行——他一直没有称手的兵器，上次柳风巢借剑给他，他就觉得很好用。

墙体四合，人要站立已经很困难。微生瓷伸出手，把蓝小翅抱在怀里。

突然整个屋子似乎摇晃了一下，几个人都感觉到这种震动。童颜鬼姥说："这里在下沉。"

话音刚落，水从四面八方漫进来。而方才撒在空气中的药粉，渐渐开始溶化在水中。蓝小翅说："真的是想置我们于死地啊！"

说话间看了一眼金枕流，他是鳍族人，应该淹不死吧？

金枕流捂着青灰的伤口，说："青灰？青灰，你不要死啊！"

蓝小翅说："你还要装到什么时候？"

金枕流抬起头，睫毛上有细密的水珠。蓝小翅不说话了，他身上，原本贴着肌肤生长的鳍在遇水之后开始鼓起。

金色的鱼鳍在手臂、腰间飘动，有一种奇异的美感。

童颜鬼姥一把掐住他的脖子："小子，你还敢装蒜？！你要是害死了我的小翅，你也休想活命！"

蓝小翅说："鬼姨，你先放开他。"

童颜鬼姥说："小翅，都是鬼姨害了你。这……这要我如何向蓝翡交代啊！"

蓝小翅说："鬼姨，你们都到小瓷这里来。"

童颜鬼姥一愣，水已经快要漫过小腿了。童颜鬼姥站到微生瓷身边，蓝小翅把青灰也拎过来，金枕流寸步不离地守着青灰。

蓝小翅摘下头上花铃，童颜鬼姥目光一凛。蓝小翅把花铃递给微生瓷，说："小瓷，将全身内力凝成一点，震动里面的铃心。"

微生瓷说："会碎。"

蓝小翅说："不会，你试试。"然后转过头，对童颜鬼姥说："我们开护身真气，护住自身。"

童颜鬼姥将信将疑，但是羽族定风铃的功用一直众说纷纭，她还是决定相信一次："好。"

蓝小翅将金枕流推到她身边，把青灰护到自己身后。两个人集全身内力，凝聚真气护体。微生瓷还是有些担心，蓝小翅鼓励他："没事的，你试试。"

微生瓷这才将花铃置于掌心，全身内力凝成米粒大小，骤然撞击铃心！

没有声音，但那花铃竟然毫无损伤！蓝小翅说："向前扔出去！"微生瓷闻声而动，定风铃刚一出，一股旋风猛然旋转，微生瓷一个回身，真气再聚，猛地护住屋里数人。

正在此时，只听一声轰然巨响，小屋被狂风绞成碎铜！而狂风随定风铃被扔出的方向而去，卷起巨浪滔天！

微生瓷被这股风力反击，整个人往前一扑，护体真气被震破。蓝小翅和童颜鬼姥在水中喷出一口血箭。金枕流整个呆住，一片碎铜削向他的头壳，蓝小翅无色翼出，锋刃贴着他的脸过去，将碎铜击飞！整个湖都在高速旋转，如同滚沸！

蓝小翅只觉得肺腑剧痛，整个人被湖水撑得想吐。没有空气，肺里火辣辣的难受。

脑子里像是要爆炸开来一样，她还想向微生瓷竖一根中指——让你用尽全力，你还真是用尽全力！这幸好在水里，要是在地面，后果不堪设想。

风力实在过于强劲，几个人在湖中如同身在锅里，全然无法自主。蓝小翅衣衫被风势水流撕开了好几道口子，眼看就要冲走的样子。她急了，双手护衣衫就要被怪石、碎铜、横木撞头，护住身体吧，衣衫就要不保！

其他几个人状况也差不多，风力实在是太强劲了。正当诸人手忙脚乱之时，突然惊涛拍击，湖堤轰然而溃。

水流向山下急急奔腾，蓝小翅被大水冲到一个迂回的小水洼里，衣衫全部被水冲走了。胳膊不知道被什么撞了，剧痛。这青天白日的，出来也不是，不出来也不是。尴尬了。

太极垂光。木香衣在院子里独自练功，柳风巢在旁边看了一阵，说："小师妹和你的武功相比，高下如何？"

木香衣哼了一声，没说话。贺雨苔端了两碗甜茶过来，说："过来喝点水吧。"

柳风巢走过去，贺雨苔给他盛了一碗，又端了一碗，想了想，终于还是向木香衣走过去。木香衣一剑回刺，见她桃腮微赤，不由也是心中微动，像风抚花铃，回音轻颤。

贺雨苔说："你……"感觉舌头有点硬，连话也不会说了，她脸更红了，说，"你也喝点吧。"

木香衣接过来，鼻端有一种少女的馨香，与蓝小翅身上的七日薰迥然相异。那样一钱千金的香料，他嗅了十几年。然而鼻子却被这种天然的香气吸引了。

他从贺雨苔手里接过碗，十指相触，两个人都被烫了一般，指尖一缩，碗差点掉地上。木香衣手疾眼快地接住，埋头牛饮。

贺雨苔见他这般，心里又别扭又有些说不出的温软。

木香衣说：“小翅他们出去了这么久，还没回来。不会遇上什么麻烦吧？”

贺雨苔见他又提起蓝小翅，心里哼了一声，面上已经有些气恼了。柳风巢说：“有小瓷在，不会有事。”

木香衣也是这般想，所以也不太担心，说：“她古灵精怪，希望不要出什么幺蛾子。”

贺雨苔见他张口闭嘴都是蓝小翅，终于将碗一搁，转身走了。

柳风巢看了一眼贺雨苔的背影，说：“你倒是关心小师妹。”

木香衣说：“我只是一时之间不知道说什么。”

柳风巢愕然，然后失笑，说：“你觉得，是雨苔好，还是小师妹好？”

木香衣说：“你真的有过小师妹吗？”

柳风巢说：“师父没有认回小师妹之前，雨苔是他最小的弟子，也是我们的小师妹。”

木香衣一脸痛苦地说：“不，你根本没有过。真正的小师妹，一定是师父宠坏了的丫头，宠到最后师父都受不了了，又不放心别人，就丢给大弟子了。然后你就要替她背锅、挨骂、擦屁股。走累了你要背，胃口不好了你要哄，随时一只眼睛放在她身上，不然她就要闯祸。然后她还要一天到晚地鄙视你、奴役你、打骂你。”说着就想起以前蓝小翅从木冰砚那里偷来各种药，最后搞混了分不清了，就拌在他的午饭里试试药性。

柳风巢听得简直忍不住要笑出来，木香衣说：“所以大师兄们，有的被虐待出了奴性，作蚀自缚，一世为奴。我呢，现在就盼着哪个傻瓜把她娶了，我功德圆满、刑满释放。”想了想，又说，“还得选个罩得住的、品貌家世好的，免得罩不住她、嫌弃她、欺负她。”

柳风巢说：“你们感情很深。”

木香衣说：“反正我被毒害了十几年都一声不吭，肯定也是看不得谁给她一丝委屈受的。”否则，以命相搏。

唉，小师妹真是坑大师兄的神器。

柳风巢说：“那你觉得，雨苔如何？”

木香衣说：“不知道，不过摸起来手感很好的。”软软暖暖的，有一种让人想保护照顾的感觉。又不任性，因为没有爹娘，所以总是近乎自卑的懂事。

柳风巢说：“无耻。”

木香衣说：“话说，你愿不愿意当那个傻瓜？”

“嗯？”柳风巢不解，但立刻反应过来，他是指接手蓝小翅的傻瓜。他有些脸红了，说：“我……”

木香衣说：“你身为一个男人，就不能果断一点？”

柳风巢说：“我自己当然是没什么问题的，我是说我包括我家人。只是小师妹她……”

木香衣说：“单是‘没问题’怎么够？我说你不是有什么病吧，怎么这么大年纪还是不开窍？”

柳风巢一个碗过去：“你才有病！”

木香衣说：“我说，下一届阁主人选，应该是你吧？”

柳风巢愣住：“师父正当盛年，为何问起此事？再说此等大事，自有阁主做主，四大长老公议，我不敢觊觎。”

木香衣说：“如果你娶了她，最好还是当阁主。不然我怕你兜不住。”

正说着话，外面突然有弟子奔进温谜书房：“阁主，阁主！仙来山不知何故突起大风，湖堤崩溃，水淹良田无数！”

木香衣脸色一变，说：“定风铃？”

话落，人已疾掠而去。柳风巢愕然，然后苦笑，他方才说的，还真是肺腑之言呐。

温谜闻言也是大惊，与柳风巢一前一后，出了太极垂光。

及至诸人赶到，皆是不敢相信，只见仙来居已经面目全非，地上处处是水流风迹，再无一处完整。木香衣只看了一眼，就确定是定风铃——当年蓝小翅曾拿来玩了一次，把方壶拥翠的毒荆棘种子吹得到处都是。蓝翡命所有人捡拾，但是第二年，方壶拥翠还是长了遍地的毒荆棘。为此，蓝翡罚他在毒荆棘上跪了七天七夜，一直到双腿溃烂流脓为止。

罪名是管教不力。从此，蓝小翅就再没乱玩过定风铃了。这回换了地方，立马又疯了。

温谜早已经看见地上横七竖八的广云山弟子，当即面色一沉，说："救人！"

仙心阁弟子立刻开始从废墟泥流里面抬人，温谜强行压抑眼中焦急之色，四下寻找蓝小翅等人。不多时，有弟子回禀："阁主，我们找到童颜鬼姥的销魂鞭！"

温谜接过来，心下更是忧急如焚，再顾不得其他，说："你等在此搜救，无论是谁，一律先行救治，包括童颜鬼姥。"

弟子立刻道："是。"

木香衣早已一路搜远了，柳风巢向另一个方向而行。温谜也自行向山下洪流方向搜去。

呼声隐隐在耳，蓝小翅只觉得身上痒，抓搔了一阵之后，已经知道不对——方才被困竹屋之时，里面曾撒下毒粉。当时并无太大异状，只道是吸入极少的缘故。难道这时候发作了？是沾水发作？

她低下头，看见抓搔的地方渐渐泛起青紫，然后开始肿紫。看来如果再等下去，估计就要全身溃烂了。到底是谁下的手，真是狠毒。

她左右看看，正想找找有没有大叶子可以遮身，突然耳边听见有人喊："蓝小翅！"

是木香衣。

蓝小翅乐了："这边这边，抛件衣服过来，我衣服被水流卷走了。"

木香衣一听，说："嗯？"

蓝小翅说："干吗？你过来啊！"

木香衣说："等等。"一转身，脚步声反而远了。蓝小翅以为他拿衣服去了，倒是安心下来，就蹲在原地等了。

柳风巢正在四下找寻，就见木香衣走过来。他问："可有线索？"

木香衣说："这边我已经查看过，你往西行。"说完拿手一指。

柳风巢应了一声，本就焦急，立刻飞身掠出。行不多时，就见前方绿树浑流中，隐隐可见一头乌黑的长发。他加快脚步，一眼过去，顿时面红耳赤，转过身去。

蓝小翅也吓了一跳："怎么是你？木香衣呢？"

柳风巢只觉得呼吸紧促，背对着她解了外衣，丢过去，说："怎么搞成这样？先把衣服穿上。"

蓝小翅裹住他的外袍，说："有没有看见小瓷他们？"

柳风巢说："还在找。你没事吧？有没有受伤？"

蓝小翅说："水里有毒，必须赶紧找到！"

她一身水，那袍子往身上一裹，整个贴在身上。柳风巢一眼都不敢多看："你先下山换衣服，若让人看见，只怕不知如何闲话！"

蓝小翅说："少废话，快找！这毒在我身上都发作得这般快，他们只会更严重。"

柳风巢一听，也不敢耽搁，只是说："那你先回烟雨虚岚，我们去找。"

蓝小翅回忆了一下失散之时几个人的方位，说："跟我来！"

两个人快步前行，木香衣在身后看了看二人身影——柳风巢，加把劲啊。

蓝小翅一路下去，柳风巢说："咦，前面！"加快几步上前，说，"是童颜鬼姥！"

蓝小翅奔过去，柳风巢赶紧又脱了一件衣服给鬼姥。鬼姥也是面临跟蓝小翅差不多的尴尬，这时候见蓝小翅没事，也是松了一口气："幸好你没事。"

蓝小翅看了看她身上，说："鬼姨也中毒了。"童颜鬼姥身上果然比她严重得多，皮肤已经开始爆裂，流出紫黑色的血。她说："此毒怪异，沾在肌肤，遇水更烈，内力无法逼出。"

蓝小翅脸上也觉得痒了，她说："柳风巢，先送她回烟雨虚岚。"

柳风巢打了个信号，很快有弟子向这边赶来，他交代了几句，见蓝小翅急急向前，不由也快步跟上。蓝小翅又搜索了很久，却再也没有找到微生瓷和金枕流的踪影，连青灰也不见了。

眼见时间越拖越久，他说："小翅，你身上的毒……你必须赶紧回去了。"蓝小翅脸上都开始出现青紫色的瘀斑了。

蓝小翅说："必须找到小瓷。"

柳风巢一把将她拉过来，说："这里有很多仙心阁的弟子，每个人都会尽力找寻。你先回去，经云大夫看过之后再来也可以。而且小瓷武功高强，你和鬼姥都没事，他一定也没事的。"

蓝小翅还要说什么，木香衣径直过来，二话不说，抱起她就走。

蓝小翅气急败坏："木香衣！"

木香衣说："你要是有意见，把我一掌打死，自己去找他吧！"该死的柳风巢，球用没有！！

蓝小翅说："木香衣！他什么都不懂的，一个人留在这里，真的非常危险。如果我把他丢了，我会很难过的。"木香衣愣住，蓝小翅说："就像你把我弄丢了一样。你能先回去治伤，再出去继续找吗？"

木香衣默默地放下她，说："走吧，附近再看看。也许被人救走了也说不定。"

几个人一起在周边寻找，可是没有找到，倒是在路边，发现了金枕流和青灰。两个人都昏迷未醒。柳风巢查看了一下，说："他没有中毒。"

蓝小翅说："也许是这种毒对鳍族人并无效果？"柳风巢有心唤醒金枕流，但是他一直没反应。他只好将人扛起来，说："木香衣，带上青灰。"

几个人一路前行，周围农田都被毁得不成样子。好在湖里水量毕竟不多，房屋冲毁得不算严重。蓝小翅一路问过去，可是没有人看见微生瓷。

微生瓷丢了。

微生歧得知这个消息的时候，连脸都是铁青的："什么意思？我儿子那么大一个人，什么叫丢了？！"

温谜都有些抬不起头："歧兄，实在是事出突然。但是仙心阁上下已经全员在找了。"

微生歧走到蓝小翅旁边，见她身上竟然只裹着一袭柳风巢的外袍，顿时更是气不打一处来："你这个妖女，小瓷怎么会认识了你！"手一扬，就准备一个耳光，但是对着女孩的脸，绝世高人盛怒之下也终是下不了手，于是他手一斜，"啪"的一声，一巴掌扇在木香衣脸上。

木香衣嘴角一下子就现了血迹，但是他一点儿也不意外，也不太生气——习惯令人麻木。

微生歧却并未因此而息怒，他指着蓝小翅："你看看你，一天到晚就知道闯祸，还……还穿成这样！全身上下哪里像个良家女子！"

蓝小翅也有点灰溜溜的，但是她也是嘴硬惯了的，当下怒道："你们微生世家不是号称天下第一吗？我怎么知道你儿子会遇到几个无名小卒一偷袭就丢了啊！你有空这么理直气壮地骂我，不如回去把天下第一的名号摘了吧！"

微生歧气极，但也知道找回儿子要紧，一转身继续前往仙来居寻人。

温谜说："小翅，怎可如此对长辈说话？"

蓝小翅说："要你管！"

温谜说："你脸上……"她脸一片青紫，温谜赶紧将她拉过来，说，"这是中毒了？"再不多说，背起她就往烟雨虚岚赶。

一般毒物，在云采真面前也不过小儿科。温谜也没有留心，径直将人交给云采真。出来之后，他看向柳风巢："她身上衣服，怎么回事？"

语气中带了一点严厉的意思，蓝小翅身上湿淋淋的，就裹着一件柳风巢的衣服，仙心阁上下可是许多人都看见了。

柳风巢低下头，将蓝小翅衣服被水卷走的事说了，温谜说："师父也不是不信你们，但是风巢，女儿名节何等重要，你如何让她这样出现在人前？"

柳风巢不会说是蓝小翅执意要寻微生瓷，只是说："都是弟子设想不周。"

温谜说："这事以后再议，微生少主绝不能落到别人手里。联络其他门派，合力去找。"

柳风巢说："是。"

微生瓷睁开眼睛，身上被全部包扎过，不能被内力驱除的毒，沾在皮肤上。他本就敏感的皮肤几乎全部溃烂。可是他手里仍然紧握着蓝小翅的定风铃，为了回去找这东西，真是费了不少周折。

身上特别痒，他想蹭一蹭，然而立时就是钻心地痛。他刚哼了一声，外面便有人端了水进来。是个五十有余的老汉，一见他醒来，赶紧说："小哥，千万别乱动。”

微生瓷皱着眉头，讨厌的药味、陌生的环境、没有见过的人。他不说话，那老汉就说：“小哥，这药水可以止你身上的痒，来，赶紧热敷。”

他手伸过来，微生瓷避开，想了想，说：“我来。”

老汉说：“那怎么方便呢？还是老汉帮你吧。”

微生瓷一脸嫌弃：“不要！”

老汉见状，也不怪少年无礼，说：“那好，一定要好好热敷，否则余毒不清，对你有害。”

说完，他出了房间，关上房门。外面一个女孩道：“爹，他醒了？”

老汉姓薛，名天素，是个赤脚大夫。四十五才得了这么一个女儿，从小夫妻二人爱若至宝。这时候见到她，说：“可心，你在这里干什么？”

薛可心说：“爹，你看这是什么？”说着话，拿出一块通体翠绿的玉佩来。薛天素看了一眼，说：“这不是那位小哥的玉佩吗？你拿出来干什么？”

薛可心说：“人家好奇嘛！爹，你知道吗？这个玉佩我拿到当铺找人问了问，你猜猜，人家开价多少银子？”

薛天素说：“不管开价多少，也是人家的东西。你赶紧放下，不要乱动！”

薛可心说：“爹！人家开价三千两银子啊！三千两，够我们一家三口宽宽裕裕地过一辈子了。他一定是个有钱人家的公子。”

薛天素责备道：“可心！你到底想说什么？！”

薛可心说：“爹，以后就让女儿来照顾他，好不好？”

薛天素说：“你！你女儿家家的，能不能知点廉耻……”正说着话，他的妻子林环出来，说：“又在骂女儿！”

薛天素不说话了，薛可心说：“娘，人家就是喜欢那位小公子嘛。人家也已经及笄，这有什么不可能的啦！”

林环说：“那你就去吧，问清楚人家是什么人。”

薛可心悄悄在她娘耳边，将那玉佩的事情说了，林环顿时也两眼冒光，说：“吾儿真是机敏，去吧去吧。”

微生瓷正在热敷身上的伤处，就听见外面响起脚步声。声音轻盈活泼，可见是年轻女子。果然不多时，门一打开，薛可心袅袅婷婷地走进来：“公子，你可有好些？”

她身上抹了很多香粉，微生瓷眉头紧皱，低下头继续以药布热敷伤处。薛可心说：“不知道公子姓甚名谁，家住何方？”再次走近，坐在微生瓷床上，放柔了声音，说，“可有婚配呢？”

微生瓷根本没听她说话，等身上敷得差不多了，他就盯着薛可心——你怎么还不走？

薛可心说：“公子自己怎么能敷得到所有的伤处嘛，小女子帮您。”一双手就要摸上微生瓷的背肌，微生瓷侧身避开，已经很生气了。这家人怎么这样？！

而门外，已经有人进来问：“这位老丈，请问是否见过一位十九岁左右、身着红衣、性格孤僻少语的少年？”

是温谜！早在薛可心拿着微生瓷的玉佩去当铺问价的时候，已经被仙心阁的人留意。微生瓷在里间已经听到声音，要站起身来，薛可心说：“哎，你可别乱动！”伸手就按住他，然后弱不禁风般倒入他怀里。

温谜跟柳冰岩、微生歧等人听得声响，立刻入内。但推门一看，只见微生瓷衣衫不整，怀里还软倒着一个妙龄女子。

温谜是松了一口气，幸好，看来微生少主是没事。

微生歧面目有一点难看，随即就释然——我儿子这难道是又移情别恋了？这样也好，喜欢谁也比喜欢蓝小翅省事。

他上前打量了一通微生瓷，只见其身中剧毒，并无其他伤口。正要说话，薛可心已经脆生生地道：“这位大侠，你们是他的朋友吗？”

微生歧“嗯”了一声，问：“他怎会在此？”

薛可心立刻道：“当时他倒在路边，我见他身上像是中了毒，就带他回家。我爹是个游方大夫，会一点医术，已经为他治好不少了。”

薛天素听了，眉头不由一皱——微生瓷只是他顺手救回，这女儿，唉。

微生歧上下打量她，小户人家的女儿，衣着可谓朴素。他说：“如此说来，是你救了吾儿？”

薛可心一听，眼睛上下就打量微生歧。微生世家自慕容绣去世之后，就没有女主人。父子二人身上都没有什么精细绣品。但一身衣着佩饰，绝对是大家风范。

薛可心眼睛落在他九微剑华美的剑鞘上，说：“原来是叔叔。救命之恩不敢当，不过确实是我将他带回家中的。”

微生歧说：“姑娘救命之恩，微生世家定然铭记在心。”说罢，伸手为微生瓷号脉。虽不为医，但习武之人，多少能查看内伤。

微生瓷抽回手，终于问：“小翅膀？”

微生歧说：“她已经回去了。”一想到蓝小翅身上只裹了一件柳风巢的外衣，他就怒气冲冲，当下瞪了温谜一眼。

温谜无奈，说：“微生少主无恙真是大幸，既然人已找到，先回太极垂光再说吧。”

薛可心不是江湖人，微生世家她并不知道。但是太极垂光，可是如雷贯耳。她说：“太极垂光？你们是仙心阁的人？”

柳冰岩说：“这位就是仙心阁阁主温谜。”

薛可心连眼睛都透着光，说：“他的伤药最近一直是我在配，不如我也跟你们过去，也许有用得着的地方。”

温谜说：“如此，姑娘请。”

外面，薛天素说：“可心！”这女儿从小到大，一心想嫁个富家子弟，哪里学过什么配药？

可是薛可心只是娇弱一笑：“爹，您放心吧，我会尽快回来的。”

说完，衣服也不收拾，伸手就想扶起微生瓷。微生瓷避开她的手，她丝毫不以为意，紧紧跟随他，一路去到太极垂光。

烟雨虚岚。蓝小翅躺着，云采真为她开的药已经外敷了，但他现在表情有点凝重。

蓝小翅问：“怎么了？”

一向嘴欠的云采真居然没有说话，只是含糊地道：“没、没事，你先睡一觉。”

他一脸有事的表情当然瞒不过蓝小翅，但是蓝小翅还要再问，他就急慌慌地扎了她一针。蓝小翅就跪了。正好温谜等人带着微生瓷过来，云采真吞吞吐吐，说：“好友。”

温谜打了个冷战，云采真这么称呼他，可不是什么好事。他说：“什么事？”

旁边微生歧怒道：“你们有话能不能过会儿说？没见还有病人吗？”说话间一指微生瓷。

云采真根本不理他，只是对温谜说：“我……我有点话想对你说。”

他一向少于这么磨叽，温谜脸色顿时严肃：“这毒很奇怪？”你不是要告诉我你解不了吧？

云采真赶紧摇头，说：“毒没有什么，但是……”一咬牙，还是直说了，“但是蓝小翅的体质非常特殊，对药物的反应也很奇怪。我的解药，对她有些影响。”

温谜说：“什么影响？”

云采真终于有了些愧色，说：“她皮肤上的毒素是控制住了，但是……”等到温谜都急了，他终于说，“但是沉淀在皮肤中的颜色，一时半会儿恐怕是消不掉了。”

温谜终于明白他的意思，再一看蓝小翅脸上深紫色的淤斑，他说话都抖了：“采真，一时半会儿是多久？”

云采真低下头，说：“这个……暂时不能确定。也许很快，也许……但是我会尽力的，我……”

温谜俯身去看蓝小翅，当时人在竹屋里，药粉掀撒的时候，她及时蒙住了口鼻，所以现在脸上比较严重的是额头至鼻翼。温谜伸手轻触她的脸，天啊，难道我真的不该把她找回来吗？

旁边微生歧也愣住，这是什么意思？蓝小翅以后就这样了？这是毁容了啊。

他回身看了一眼微生瓷，微生瓷根本没有在意云采真的话，他站得离蓝小翅远远的——身上的毒痒得难受，怕沾给小翅膀。但看在微生歧眼里，这自然与嫌弃无异。

他拍了拍自己儿子的肩，说："云采真，先看看我儿子。"

薛可心隐藏在诸人中间，先看了一眼蓝小翅——这个丑女是谁？然后她赶紧上前，说："云大夫，小瓷的病之前是我在治，我来帮你。"

云采真看了她一眼，说："你来吧。"

温谜握着蓝小翅的手，这个年纪的女孩儿，哪有不视容貌为性命的？云采真不能断定什么时候能治好，那真是要费一番功夫了。待她醒后，应该如何跟她说？

云采真也不放心温谜，说："好友。"

温谜挥挥手，说："有劳了，你先看看小瓷，我陪她一会儿。"

云采真点头，一脸心虚无可掩藏。他对温谜一向敬服，如今到了紧要关头却出这种差错，实在令他不安。温谜看出来了，拍了拍他的肩。对不住，我没有心思安慰你。

蓝小翅醒过来的时候，天已经黑了。被子很暖和，手更暖和。她定睛一看，吓了一跳。只见温谜守在榻边，一脸不安。蓝小翅坐起来，说："你怎么在这里？温阁主平时不像这么有空的人啊。"

温谜说："我……小翅，我要告诉你一件事，你先不要激动。"

蓝小翅深吸了一口气，说："看你表情就知道不是好消息，你说吧。"

温谜犹豫，半天说："要不你先吃点东西吧？饿不饿，想吃什么？"

蓝小翅说："你还怕我听到这个消息之后吃不下东西啊？"

温谜犹豫了，蓝小翅说："不会是小瓷出了什么事吧？"这样一问，神情已经紧张起来。温谜说："不，并没有。"

蓝小翅说："好吧，童颜鬼姥要是出事，你也不会这样。不用说，那一定是我出事了。"

温谜更加不知道如何开口了，蓝小翅躺回床上，双手从自己的脸开始摸起，一直到脚，说，"我并不觉得身上异样，可见云采真是配出解药了。"再看一眼身上、手上的淤斑，说："你不会要告诉我，这些紫斑消不掉了吧？"

温谜心中一跳，这个七窍玲珑的孩子。

蓝小翅看着他的眼睛，说：“我猜对了。永远消不了？”

温谜紧张地注意她的神情，说：“不，云采真还在想办法，只是目前可能……”

蓝小翅恨恨地道：“我的花容月貌！”

温谜生怕她做出什么事来，说：“只是暂时，你相信爹，爹一定会想办法。”

蓝小翅说：“嗯，给我来点吃的，甜的，我饿了。”

温谜愣住，说：“什么？”

蓝小翅说：“算了，我自己去吃。”

说着话就要下床，温谜赶紧拦住她：“你真的想吃东西？”一般女孩不是先要一面镜子吗？

蓝小翅翻了个白眼，说：“我饿了肯定先吃东西啊。”

温谜倒是不敢相信了，这不会是趁自己离开之后再去照镜子吧？他犹豫着不走，蓝小翅已经爬起来，穿好鞋袜。她走出去，温谜赶紧跟上。

外面仙心阁弟子众多，看见她这样一张脸，当然忍不住多看几眼。温谜跟在身后，见诸人眼神，不由心如针刺。蓝小翅先去厨房，拿了几块枣糕。

温谜陪在她身边，见她几口一个，说：“小翅……”语气很是犹疑，你真的没事吗？不要吓爹。

蓝小翅说：“你不要用这种眼神看我好吗？我觉得很肉麻。”

温谜只好等她吃完，不多时，木香衣过来，温谜说：“你寸步不离地陪着她。”

木香衣根本不答话，转头看了一眼蓝小翅，眉头顿时皱起：“你的脸怎么了？”

蓝小翅说：“好像暂时只能这样了。”

木香衣声音里顿时溢出显而易见的杀气：“到底是谁干的？”

蓝小翅歪着脑袋想了想，说：“我们几个人里，只有金枕流和青灰没有中毒。”

木香衣说：“我剥了他的皮！”转身就要走，蓝小翅说：“你回来！”

温谜见两个孩子已经成功将目标从蓝小翅脸上扯到报仇上面去了，不由说：“木香衣，没有证据，不能只凭臆测。”

木香衣说：“我去找他解释，为什么只有他没有中毒！”

温谜说：“我会先跟鳍族交涉，扣留枕流太子。”

蓝小翅说：“鳍族会同意吗？”她语气似乎如常，并没有受脸上紫斑的影响。温谜叹气，如果她看到自己的脸，她还会如此淡然吗？

他不知道，但再如何心痛，也只有强行压抑，他说：“不同意也必须同意。”第一次有一种愤怒自心而生，谁把我女儿伤成这样，都不可以善了！

蓝小翅说：“你不会现在就审判他吧？”

温谜说：“我总觉得，是有人想阻止我们继续查证上次失踪村民的事。”

蓝小翅说：“因为我们扯出了一个线头。鬼姥既然是假的，说明这件事是有人有意想栽赃给我爹。这个人，偷袭我们，所有设计都针对小瓷。他非常清楚微生世家的实力。他能预先在仙来居设伏，如果不是金枕流，一定非常了解金枕流。他认定金枕流会带我们去仙来居吃饭。”

温谜说：“你是说，鳍族人？”

蓝小翅说：“所以现在，金枕流有最大嫌疑。但是因为在明处，反而一定有隐情。你着重查一下其他鳍族人。”

温谜说：“上次与假童颜鬼姥交手之时，金芷汀兰一直痛下杀手。他的嫌疑非常大。”

蓝小翅说：“那就查他。再查查鳍族内部的关系。鳍王怎么样，他的王妃如何，除了金枕流，其他的鳍族皇子如何？”

温谜说：“嗯，为父已经派人暗查了。”

蓝小翅打了个哈欠，说：“你找人看着点鬼姥，邪派中人在仙心阁这样的地方，肯定不安。她要是闯出去，跟仙心阁的弟子交上手，就不好收拾了。”

温谜惊异于她的细心，说：“这个时候，你还有心思关心别人。”

蓝小翅说：“好吧好吧，看着你这表情，我都不好意思嘲讽你了。走走，我去看看镜子。”

木香衣一直阴沉着脸没有说话，直到她这么说，才开口道：“他也许会有办法。”

温谜很快就反应过来他嘴里这个“他”是谁，他说：“木冰砚？”

木香衣说：“他更了解小翅的体质。”

温谜沉默了。这时候，要请出木冰砚不可能，只有放她回去。木冰砚在蓝翡的控制之下……如果此时小翅回去，蓝翡会不会伤害她？

蓝小翅把脸凑到温谜面前：“你肯放我回去吗？”

温谜犹豫，说：“我……小翅，蓝翡对你别有用心，你现在重回羽族非常危险。”

蓝小翅说：“哈，我在他身边待了十五年。如果你们说的是真的，那我满月之后就养在他身边了。危险？”

温谜咬牙：“我可以设法找出木冰砚。”

蓝小翅说：“算了，我暂时不打算离开。我倒要看看是谁对付我们，到底想干什么。”想想，又叹气，“好奇心真是害人不浅。”

一路回到自己房间，她凑到镜子面前。温谜留意她脸上的表情，许久之后，蓝小翅问：“仙心阁有打制饰品的工匠吧？手艺精湛的。”

温谜不知道她为什么突然这么问，却还是答：“神手巧灵通在仙心阁。”

蓝小翅说：“那太好了。”她找来纸笔，在上面写写画画。温谜凑过去，发现那竟然是一张面具的图纸。

蓝小翅一边思考一边落笔，时不时抬眼看看镜中的自己。她聚精会神，木香衣和温谜也没有打扰。时间不知不觉过去，很久之后，蓝小翅终于道：“替我把这个交给巧灵通。如果他能帮忙，不胜感激。”

温谜接过来，只见图纸上的面具品相奇怪，却是极有灵气的。他说：“你是打算……”

蓝小翅理所当然地说：“戴个面具啊，不然你要我天天这样出门，让你的弟子参观啊？”

温谜说：“我让他试试。”

蓝小翅说：“让他可以自己想想有没有更完美的设计。”那口吻，像在问一件衣服的设计一样。温谜有些心酸，又感动。这孩子啊，是有多坚强。

烟雨虚岚。微生歧守在微生瓷身边。同他一起守的，还有薛可心。云采真给微生瓷上完药，已经在皱眉头了——这丫头说什么微生瓷的病一直是她在治，她哪懂半点医术啊？

薛可心丝毫没有将他的嫌弃看在眼里，她的眼睛有时候瞟瞟微生瓷，有时候瞟瞟微生歧。微生瓷年少，而且英俊秀气。微生歧嘛，年纪大一些，但是看上去威严冷厉，自然有一股少年人没有的风度魅力。

她心里一会儿左一会儿右，也不知道到底该选这父子俩中的谁。一会儿看见温谜，又觉得温谜也不错，位高权重，而且相貌性情无可挑剔。就连木香衣也是十分可人，天啊，这仙心阁的男子，怎是凡间俗夫可比的？

她盘算来盘算去，微生歧根本没看她，只是问："小瓷，你看见蓝小翅的脸了吗？"

微生瓷皱皱眉头，当然看见了啊，他又不瞎。微生歧说："如果她的脸一直这样了，你还喜欢她吗？"

旁边薛可心瞬间明白过来，这个微生少爷，居然喜欢那个丑女？

微生瓷没说话，微生歧说："小瓷，婚姻大事并非儿戏，你也好好想想。自从认识他之后，你还剩下多少时间练功？又多少次置身危险之中？值得吗？"

微生瓷不说话，微生歧索性问："那好，爹问你，如果她的脸一直这样，你愿意跟她过一辈子吗？"

微生瓷说："嗯。"这回没犹豫。

微生歧心中怒骂。

第二天，蓝小翅过来看微生瓷。微生瓷身上敷了药，肿胀都消退了，还有淡青色的斑痕依稀可见。蓝小翅坐在他床边，他一歪身子，把头靠在她肩上，竟有一种好久不见的感觉。

蓝小翅说："有没有好好喝药啊？"微生瓷点点头，想起什么，从怀里掏出定风铃。蓝小翅一愣："你……怎么找到的？"那种情况之下，他居然还记得。

微生瓷把定风铃重新别到她发间，食指轻轻碰了碰，风铃又开始叮当作响。

蓝小翅终于明白他为什么会受伤，说：“傻子。”

微生瓷伸手抱住她，依旧是馨香满怀的感觉。木香衣习惯的香气，对他而言是绝世孤品，人间难遇。蓝小翅说：“我以为你出事了，担心死我了！你爹还跑来骂我，他就是个人渣！！”

微生瓷嘴角微扬，居然笑了一下。蓝小翅说：“你还有脸笑呢！没见他当时多凶，简直要吃人一样。”

微生歧一进来，就听见蓝小翅在说他坏话。他冷哼了一声，板起脸。蓝小翅脸上的紫斑很明显，他目光一扫，终于还是觉得，一个漂亮女孩变成这样，心里肯定是不好受的吧？于是终于也没再说什么。但是微生家主心中还是非常不平且愤慨的。

不一会儿，薛可心端了药过来，一见蓝小翅在，她笑得温婉：“小翅姐姐，我来喂微生公子喝药吧。”

蓝小翅一个激灵——这谁啊？

微生歧一见二人相见，立刻心中大悦——哼，不要以为我儿子就只能巴着你。天下姑娘哪个还不由得他挑拣？他有意气蓝小翅，立刻一脸温和地对薛可心道：“这几天真是辛苦你了。”

薛可心得了这么一句暖心话，顿时眼睛都放出光来，赶紧一脸贤淑状道：“微生叔叔这是说的哪里话？照顾微生公子，我……我心甘情愿的。”

微生歧心中一顿——这、这也太主动了吧？什么叫心甘情愿啊？想是这么想，没有表现出来。为了恶心兼刺激蓝小翅，他也不管不顾了，说：“小瓷有你照顾，我很放心。”

薛可心脸上的笑容藏也藏不住，当下冲蓝小翅道：“小翅姐姐，你让一让吧。”

蓝小翅明白了，看微生瓷——你带回来的？她说：“哦哦，让让让。”

说着话就坐到一边，薛可心就坐到床沿上，舀了药汁喂微生瓷。微生瓷说：“走开！”为什么让小翅膀让开？讨厌！

薛可心说：“微生公子，你在我们家的时候，一直是我喂你喝药的。我还帮你热敷伤口呢，你忘了？”

微生瓷自小受的家教，还是不应该在女孩子面前失礼，可是这个人靠得这么近，他实在是坐不住了，便翻身下床，将蓝小翅一拉，两个人纸片一般，瞬间闪出了房间。

薛可心心中一惊，如同见鬼一般。然后反应过来——这、这就是传说中的轻功吗？她睁大眼睛，看了一阵，然后突然明白，微生瓷拉着蓝小翅走了！开始咬牙切齿了。

微生歧心头叹了一口气，其实他也明白不会有什么效果。微生家的血脉里似乎就是这样，认定一个人，不撞南墙不回头，撞了也不回头。微生瓷和蓝小翅都离开了，他自然也没必要跟薛可心多说了，当下转身也出了房间。

微生瓷抱着蓝小翅，来到一片药田边。这里是仙心泉上游，空气里溢满了清新的药香。蓝小翅说：“那个薛可心，是不是你招回来的？”

要兴师问罪了。微生瓷弱弱地说：“她自己跟过来的。”

蓝小翅一手扭住他腰上皮肤，用力一拧。微生瓷疼得吸了一口气，但又不敢挣开，瞬间连眸子都湿了。蓝小翅缩回手，然后发觉自己是挺酸溜溜的。

哈，因为微生瓷带回来另一个女人，所以她吃醋了？

完全没道理。

她收回手，觉得这事有些怪异。微生瓷埋下头打量她，见她眸子里阴晴不定。他歪着头——拧也拧过了，还要怎样？

蓝小翅说：“太可怕了，我要去找个男人调剂一下！”

旁边木香衣走过来，问：“找个什么样的？我帮你。”

蓝小翅转过脸来，木香衣看着她脸上紫斑，说：“呃，以你现在的状态，实现这想法有点困难。”

蓝小翅叹了一口气，一脸可怜巴巴地说：“大师兄，我变成这样，恐怕只有你肯要我了……”眸子里水光闪闪的，木香衣几乎是退避三舍，最后说：“别这样，我……我回去找他，说不定他能治好的。”

蓝小翅飞起一脚踹过去。

等回到太极垂光，几乎所有人都知道阁主的宝贝女儿被毁容了。而且四大长老也对自己的弟子下了严令，看见蓝小翅时不许注视，不许目露异色。

要是哪个不长眼的刺激了阁主的心肝肉儿，一定会死得很难看！所以蓝小翅发觉，自己好像透明了。整个仙心阁没有一个人的视线落到她身上。人人皆一副若无其事的表情。

她心中有些好笑，这些个名门正派弟子，其实挺好玩的。这要是在羽族，肯定人人幸灾乐祸，不堪设想。难道……这就是跟着亲爹的感觉吗？

发自内心的，被疼爱和关怀。

她回到房里，突然想起一事，当即问贺雨苔："那个薛可心，被安置在哪里？"

贺雨苔说："她啊！先时说自己会配药，本来是要住在云大夫那儿的。到烟雨虚岚才一个时辰，就被云大夫扔出来了。现在住在客房。"

蓝小翅"哦"了一声，贺雨苔问："你要干吗？"已经看见她脸上的斑痕，长老们当然早有叮嘱过，可是她发觉自己是真的难过，还是问了一句，"你没事吧？"

是很真心的问候，带着担忧。蓝小翅笑笑，说："嗨，不要这样。我很好。"

然后她就来到客房，薛可心正恼恨不已，见她进来，立刻换了一脸甜甜的笑容："小翅姐姐。"

蓝小翅上前，亲热地拉着她的手，说："可心，听说小瓷受伤的时候，一直是你在照顾，姐姐我真是感激不尽。"

薛可心立刻就话里带刺了，说："微生公子受伤，我也很关心呢。照顾他的日子，我们都很开心。姐姐不用感激。"

蓝小翅说："你解决了我的一个大麻烦，我怎么能不感激呢？"

薛可心说："大麻烦？"有点好奇了，问，"什么大麻烦？"

蓝小翅说："原来你不知道？那个微生少爷烦得很，老是缠着我。如果有了可心妹妹这样的女子相伴，我肯定就解脱了。"

薛可心将信将疑："姐姐不喜欢他？"

蓝小翅神秘地道："实不相瞒，我最开始是想跟他在一起的，因为他家里挺有钱的。"

薛可心立刻就感兴趣了："什么？"

蓝小翅说："可是吧，跟他接触深了我才知道，他们家虽然有钱，可是钱都掌握在他爹手里。而且这个微生少爷呆呆傻傻的，他爹以后根本就不想他继承家业。"

薛可心大吃一惊，蓝小翅说："你说，如果这样的话，我嫁给他爹不是比嫁给他好得多啊？我这么年轻，他爹也才三十几岁，几个孩子不能生呀？到时候微生世家还不是手到擒来？可他这样缠着我，微生家主也拉不下脸来跟儿子争女人是不？"

薛可心目瞪口呆——这、这真是，英雄所见略同啊！

蓝小翅揽过她的肩，亲热地道："听说妹妹是小户人家出身，想必嫁给小瓷也行吧，算是高攀。以后姐姐我执掌了微生世家，给你一个丰衣足食还是不成问题的。你放心大胆地去吧！"

薛可心皱着眉头，说："这……"哼，丰衣足食，谁稀罕！

蓝小翅说："我们就这么说定了，微生瓷好糊弄，回头我把他的喜好都给你整理一份。你照单办事，错不了。"亲热地拍拍薛可心的肩膀，"好妹妹，看你的了！"

她一出去，薛可心就想了半天，不多时，从箱子里取了一袭红色衣衫，去厨房端了点吃的，袅袅婷婷地，向微生歧的房间走去。微生歧听见有人敲门时就觉得奇怪，这里院子偏远，除了微生瓷，几乎不会有人来。可是微生瓷当然不是这脚步声，也不会敲门。

他起身开门，只见薛可心一脸甜甜的笑容："微生大哥，我见你没有去吃晚饭，特地给你送了点过来。"微生歧当然不会去吃晚饭——谁敢让微生家主跟大家挤一块儿吃饭啊？当然是下人单独送过来了。

但是微生歧几十年的老寒毛都竖了起来——不对啊这！！先前还是叔叔啊，怎么一个时辰不见就变大哥了呢？

蓝小翅让微生瓷抱着，坐在院子外不远处的合欢树上，听微生瓷一句一句地转述屋子里两个人的话。

微生瓷一板一眼地说："时间仓促，也不知道歧哥哥你爱吃什么。你可以先告诉我，我明天做好了给你送来。喏，你先尝尝这个蒸糕味道如何？"

他转述到末尾，话语里还带了那么一点媚音，蓝小翅笑倒在他怀里。

第十二章 父女默契

四月的合欢树上，春风和暖，飞絮如烟。

蓝小翅笑完了，仰躺着向上而望，微生瓷的脸被镀上一层柔光，下巴半透明一样。她说："小瓷，我难看吗？"

微生瓷低头看她，指腹轻轻抚摸她脸上被毒液影响的肌肤，眼里全是愧疚。蓝小翅说："说话。"

于是微生瓷老实地说："没有以前好看。"

蓝小翅一拳捶在他胸口，树丫一阵摇晃，两个人差点掉下去。微生瓷忙稳住她，蓝小翅说："你是不是人啊？这时候了还不说两句好听的话！"

微生瓷不太懂，那这是事实嘛，当然是没中毒之前好看了！他不知所措，蓝小翅有些好笑，问："那你会嫌弃我吗？"

微生瓷愣住："为什么要嫌弃？"

蓝小翅说："我变得丑了，不好看了啊。"

微生瓷说："可是你还是你啊。"

蓝小翅语塞了，很久，说："呆也是有呆的好处的。"

微生瓷别过脸，"呆"字还是懂的，不高兴了。

蓝小翅轻声说："来，你亲我一个。"

微生瓷俯身，双唇慢慢贴近她，呼吸抚面，居然很有点悸动的意思。蓝小翅就这么安静地注视他，他的呼吸和心跳、唇边的温度都清冽而干净，在暖融融的春阳照耀之下，很有点温暖舒适的感觉。

就在双唇将要落下的时候，蓝小翅偏过头，避开了他。微生瓷不明所以，蓝小翅说："该死的，我居然真的对你有了一点感觉。这就是爱情吗？"

微生瓷歪了歪头——什么？

蓝小翅伸手触摸他的脸，他的脸格外白净，因为少见阳光，也并不粗糙。阳光透体，有一种美玉生辉的错觉。微生瓷留恋于她的指尖，她指尖是微凉的，如同她永远偏低的体温。可是被她抚过的地方，却是柔软滑腻的，触感经久不散，像是暖风经此而停，花香微醺。

他将脸颊贴过去，想离她的手更近一点，最后终于贴近了她整个手掌。以前他说，她像他母亲，因为只有在那个短暂而稚嫩的年月，微生瓷才真的安稳幸福过。

蓝小翅很喜欢这样的微生瓷，干净明澈，任何情绪都写在脸上。任她摸摸揉揉，不喜欢也不会反抗。她正想得寸进尺地拧一拧微生瓷的脸，微生瓷说："我爹生气了。"

蓝小翅还没开口，就听见小院里，微生歧暴怒，几乎是吼道："你干什么？混账东西！你一个女孩难道就不知道礼义廉耻吗？你给我出去！滚！"

蓝小翅说："啧，真没风度。怎么这么生气？你不去看看啊？他不会把那个叫啥啥的杀了吧？"

微生瓷说："她……她摸我爹了。"

蓝小翅竖了个大拇哥——英雄！

薛可心几乎是连滚带爬地从小院里逃出来的，微生歧给气得脸色铁青，当即叫来下人一顿训："你们仙心阁就是这样待客？我的院子，随便什么人都能进来？"

蓝小翅捂着嘴，果然就听见城门之火烧到了鱼头上，微生歧怒骂："温谜那个奸贼是不是又想施什么诡计？你转告他，若是再有下次，别怪我翻脸无情！"哼，到时候我抢了你的女儿就走，我看仙心阁谁能拦得住！

微生瓷缩了缩头，一脸被自己老爹余威所慑的表情。蓝小翅笑得打滚。

薛可心被赶出来的时候，衣裳有点乱，纵然是仙心阁这样的名门正派，当然也是八卦的啊。当下就有人猜测她在里面干了什么。联系微生歧的反应一想，立刻就有了答案——微生家主被调戏了！

温谜听到这件事的时候，整个人的反应都迟钝了："什么？"

弟子重复了一遍："阁主，薛姑娘不知道为什么，前往了微生家主的院子，惹得微生家主勃然大怒。她被赶出来的时候，衣衫不整……"

温谜和四大长老听闻此事，表情都是木的。半晌，古鹤影说："这……这简直是……"找不到形容词了。

丁绝阴立刻说："她是谁请来的客人？"

温谜沉默——还不是微生歧自己招来的？柳冰岩说："此女实在是胆大包天，仙心阁断不可再留她。"

温谜说："嗯。谈追，你去处理此事。不过她毕竟救了小瓷，你看看赠薛家一点银两，打发她回去吧。"

谈追摇头："阁主，这事你还是亲自处理吧。"

温谜挑眉，谈追宁死不从——这丫头连微生家主都敢调戏，那是什么胆子？万一到时候他看上我，我家那母老虎能饶了我？

不干，死也不干。

其他几个人也想起他家里那位悍妾——因为过于凶悍，老谈连妻都不敢娶。温谜忍着笑，说："我自己去吧。"

柳冰岩想了想，说："还是我们一块儿跟着吧。"别到时候连累了阁主清白！

温谜失笑，倒也没有拒绝。毕竟和一个小姑娘，尤其是这样的小姑娘讲道理，不是件容易的事。他好歹也是仙心阁的面门，真要拉扯起来不好看。几位长老到达客房，见薛可心满面通红，虽然出身小户人家，但其父薛天素一直行医救人，她一个闺中女子，遭人如此"羞辱"，也是头一遭。

如今见仙心阁阁主及长老亲至，她终于也有点害怕了。温谜倒是语气温和："薛姑娘，微生少主的事，感谢你的救助。但是如今他余毒已解，姑娘单身在外多有不便，明日我便派人送姑娘回家去。"

薛可心埋着头，知道这是要赶人了，也没说话。温谜说："另外，微生家主为表谢意，也奉上千两白银，明日一并送达薛家。今夜姑娘且安心歇息吧。"

话说得很委婉，也并无责备的意思。薛可心一直咬着唇，不说话。

等到温谜等人离开了，外面有专门在客房侍候的小丫头轻声聊天："你们知不知道，那个可心居然勾引微生家主，逼得阁主和几位长老亲自前来赶人了。"

另一个也偷笑道："听说被微生家主赶出来的时候，她衣衫不整的，不知道是不是投怀送抱……"

八卦人人都爱，所以又有人接话："那还能假？你们不知道微生阁主把侍候那边的谈管事都骂了一通呢！"

几个人说得热闹，薛可心眼泪一颗一颗地掉。就这样拿着千两白银回去？

她打开门，院子里低声说话的下人们顿时有点尴尬，一时之间各自散了。薛可心慢慢往前走，客房外有一片小树林，林里种满珍奇之木。

薛可心显然无意欣赏，微生歧几乎是丝毫不顾颜面地将她轰了出来，就连温阁主也亲自来赶她走了。现在整个太极垂光的弟子都知道了吧？

这让她以后怎么见人？想想回到家里，爹肯定又会怒骂不止，她哭得更凶。思来想去，她抽下腰间衣带，环绕过树，脚下垫了几块石头。眼看着要把头放进去，树上，一个声音说："你非要在这里上吊吗？"

薛可心哭了这么久，林子里本来是没有半点动静的，这时候反倒吓了一跳。抬头向上一望，发现树上居然是蓝小翅。她立刻擦了擦眼睛，说："是你！"

蓝小翅说："好好的干吗寻死啊？不回去看你爹娘了？"

薛可心说："关你什么事！"

蓝小翅从树上跳下来，说："那倒确实不关我的事，不过我觉得你也没什么错，为了这点鸡毛蒜皮的事去死，太不值得了。"

厅中，温谜接到鳍族的书信，鳍族对于仙心阁扣押他们太子的事非常不满，鳍王与三王爷已经在路上，准备亲自前来太极垂光交涉。

温谜将信转给谈追，知道这是在所难免的，说："看好金枕流，如果他不是真凶，恐怕有人会对他不利。"

丁绝阴说："阁主放心，已经加强戒备。他的住所特地靠近了微生家主的院落。"

几个人心有灵犀一般，都是一笑。如此一来，有人想暗害金枕流可不容易。正说着话，突然有丫头急匆匆地跑进来，禀道："阁主，各位长老，薛可心姑娘不见了。"

几个人都是一皱眉——深更半夜的，这又是出了什么幺蛾子？

柳冰岩说："她一个姑娘家，能去哪儿呢？"

古鹤影说："方才过来时，听见不少阁中弟子在议论此事，她莫不是想不开吧？"

温谜容色一肃，说："找！"

客房，温谜跟柳冰岩查看了一番，不见有人入侵的痕迹。柳冰岩说："是自己出去？"

温谜来到院子，彼时月上中天，这个时候，能够去哪儿又没有被阁中弟子发现呢？他出门，快速前行，柳冰岩自然跟上，约摸过了一刻钟，前面一片树林。这里少有人来，因为温谜的师父就葬在这里。

没有立碑，以身养林。

温谜缓步往里走，旧时往事纷沓而来，柳冰岩见他脸色不佳，说："我进去看看？"

温谜摇头，说："不至如此。"

二人往里走了不久，就听见有人说话。二人同时顿住脚步，只听见薛可心带着哭音："我知道你们都看不起我，我出身差，我家里穷，我连想要一支素银的发簪，也要跟我爹要很久。你觉得好笑，就笑吧。你们都一样，都一样！"

然后是蓝小翅的声音，她说："因为这个就要死啊，那么多比你更穷的不也还活着吗？其实你是对的，想找一个有钱的公子嫁掉，不止是你的梦想，基本是所有女孩的梦想。"

薛可心的哭声小了，说："可是从小，就连我爹也看不起我。"

蓝小翅说："这并不是你被人看不起的原因。你唯一不对的地方，就在于你也要站在富家公子的立场想想。富家公子为什么就那么倒霉，非要看上你呢？"

薛可心说："我……我年轻，长得不错，我可以为他们传宗接代啊。"

蓝小翅说："年轻和好看，都不是永久的。何况比你年轻、比你好看的，海了去了。再说传宗接代，这还不容易？随便找个女人也不比你差啊。"

薛可心说："可是、可是我身在这样的人家，又有什么办法？"

蓝小翅说："你不是没有办法，你只是不想辛辛苦苦地去想办法。嫁个有钱公子，最好还要长得英俊的，温柔体贴的，位高权重的，还要对你巴心巴肝的。你只要不劳而获就好，是不是？"

薛可心沉默了，蓝小翅说："我小时候的梦想还是嫁给玉皇大帝呢，这样我就是王母娘娘，掌管蟠桃园，爱吃多少吃多少，长生不老。你这愿望好歹比我实际啊。呐，想法没错，只是太过于美好。这种运气太难了，想想就得了。你有一个不错的目标，现在应该朝着这个方向去努力。"

薛可心说："我、我努力过了啊！"一想到微生歧的态度，又泪光盈盈了。

蓝小翅无奈，说："努力是指，学习衣饰搭配穿着，让自己变得更漂亮。学学琴棋书画，让自己有点才艺。多看看书，让自己有点内涵。或者说近一点，你爹是大夫，你可以跟着他学医啊。你变得越来越好，离富家公子也就越来越近。嘲讽你的人，就会越来越少。"

薛可心说："道理我都懂啊，可我就是……就是吃不了苦嘛！"又哭出声来。

蓝小翅说："我去你的，那你一索子吊死吧！"

薛可心破涕为笑，突然问："我可不可以和你做朋友？"

蓝小翅一脸警惕地问："为什么？"

薛可心说："她们说，你是阁主的女儿。你是第一个身份这么高贵，却肯跟我这么说话的人。"

蓝小翅说："哦，那抱歉，我并不打算跟你做朋友。"

薛可心声音低弱，问："你嫌弃我？"

蓝小翅说："你虽然能衬托我的美貌，却会拉低我的智商。"

薛可心气道："你！"

蓝小翅一笑，又说："不过现在医者不多，我还挺想多认识几个精通医理的朋友的。你看，你想和我做朋友，也得努力才行啊。"薛可心不说话了，她似乎真的在认真思考一些事情。

暗处，温谜与柳冰岩站了一阵，如有默契一般，转身离开。出了小树林，柳冰岩说："你女儿不错。"

温谜笑得温柔："呵，跟我一样，爱管闲事。"

太极垂光。仙心泉之下，月色如霜，水如溅珠。七日薰的香气在水气之间浮沉，蓝翡轻摇手中蓝羽团扇，孔雀蓝的双翼在无边夜色之中飞扬张合，如夜之精魅，华美而妖异。

郁森跟在他身后，苍白俊美的脸庞如死亡般颓废而绝丽。二人并肩，羽翼轻展，美到窒息。

"太极垂光，我多年未至了。"蓝翡的声音很轻，如雨滴拨琴。郁森说："羽尊是否先见过大小姐？"

蓝翡摇头："在亲生父亲的羽翼之下，一定平安快乐，有什么好见的呢？"团扇被风吹抚，香气隐隐。郁罗说："据查实，金枕流被关在西边的流霞小筑里。守卫不是问题，唯一不便的是，靠近微生歧的住处。"

蓝翡说："微生老呆也在，是挺不方便的。"他的声线清丽，即使是提到微生家主，也无损那一抹云淡风轻，"不过也幸好是他在。"

二人展翼，一并飞入太极垂光，一路向西，落在流霞小筑外的合欢树上。两个人都没有再说话，挑战微生歧的听力，可是十分不智的行为。

蓝翡右手五指微旋，从衣袖里滚出一枚小纸团。二人屏息，然后往院里一弹。纸团如有灵气，飞射入院。微生歧正在练功，当然一手夹住。是七日薰的香气，他微微皱眉——现在太极垂光里，用这种昂贵香料的，只有蓝小翅。这香是真贵，提神醒脑，而且可以解一般迷毒烟障，平时用以薰衣，根本就是一种浪费。

微生歧哼了一声，那丫头又想干什么？他将纸条展开，上面是蓝小翅的字迹——仙心泉下，有事相商。微生歧将纸条揉碎，那丫头留字，是无论如何要去的。她不会又闯了什么祸吧？他回屋换衣服，身上只穿着练功的短打见未来儿媳妇，可不算礼数。

蓝翡与郁罗栖在树上，一动不动，连呼吸都已停止。一直到他离开，郁罗说："大小姐的字条还真是有效。"

蓝翡轻笑，说："当然了，她暗自出入九微山三年，岂是白费功夫？"旁边就是流霞小筑，蓝翡轻轻展翅，低空掠过，郁罗紧跟其后。

不过片刻，已经可以看见院子里巡逻的仙心阁弟子。他团扇一挥，蓝血银毫入体无声，中者却瞬间毙命。

屋子里金枕流的仆从青灰立刻听见响动，问："谁？"

蓝翡与郁罗相继落地，门一打开，青灰后退一步："你们……羽人！"

金枕流躲在青灰后面，只露出一个头，一眼看见蓝翡，惨叫："是蓝翡！你怎么会在这里？"

蓝翡含笑："听说鳍族太子被扣押在仙心阁，我当然是前来探望了。"

金枕流说："呸，你就是来杀我的！只要杀了我，鳍族就会跟仙心阁开战！"

青灰翻了个白眼，蓝翡说："太子英明。"

金枕流都要哭了："三十六姨太，快救命啊！你爹要杀我啊啊啊——"叫得跟杀猪一样。

青灰手握一双分水刺，手心里全是汗——别说他旧伤未愈，就算他伤已痊愈，又岂是蓝翡和郁罗的对手？别看金枕流给了十万两黄金，这钱可真是不好挣！

郁罗可没打算跟他多说，修长的右手向背后轻轻一拨，箜篌弦出！青灰一闪身，手中双刺直击他背上箜篌——如果用尽内力拨弄琴弦，说不定可以惊动仙心阁的人。

蓝翡眉头微皱，说："女儿和弟子被擒，真是太不方便了，干什么都得亲自动手。”

郁罗没理他，十招之内，已经将青灰逼至绝境。青灰的手触到了箜篌琴弦，然而就在那一瞬间，箜篌被内力灌透，琴弦锋利如刀，将他的手掌切落一半。

他闷哼一声，金枕流哭喊：“灰灰！”

断掌落地，鲜血喷涌。

金枕流再顾不得其他，手中一片白色粉末撒落，郁罗皱眉，下意识挡在蓝翡身前。内力一推，药粉被绞散。

房间里，蓝小翅都快睡了，微生瓷把她叫醒。两个人出了房间，蓝小翅问：“怎么啦？”

微生瓷牵起她的手，说：“你不是要练功吗？去仙心泉，我教你。”仙心泉瀑布的声音可以掩盖其他声响，当然最方便。

蓝小翅被他带着往前走，心情居然是雀跃的——他居然不是随口说说。终于明白微生世家的人为什么要练就这样高深的武功。如果不是武艺高强，这样天真单纯的人，早就绝种了吧？

两个人一路来到仙心泉下，微生瓷找了两根树枝，正准备教蓝小翅一点剑法，突然看见阴影里站着一个人！他吃了一惊，纵然水声震耳欲聋，但是这样近的距离，谁能瞒过他？他定睛一看，只见微生歧神色不善——原本应该质问的，两个人这么晚了出来干吗？

但是微生歧又一想，谈恋爱可不真是需要月黑风高之时嘛。只是蓝小翅约自己出来是干吗？还让自己来参观啊？

他一时之间不知道是不是应该出来，这才避到石后。

蓝小翅顺着微生瓷的目光看过去，看见微生歧，她心中一惊——这么晚了，微生歧为什么会在这里？！他可不像是个有闲情逸致出来欣赏瀑布月光的人。

然后心里就是一凉——有人约他出来！现在仙心阁，唯一可以约他出来的人，除了小瓷，就是自己。小瓷如果约他，他不可能看不出来真假。如今小瓷没有，那一定是自己了。

自己没有，肯定是有人冒充了。仙心阁里，谁会冒充自己引开微生歧？目的何在？啊，微生歧的住处，靠近关押金枕流的流霞小筑。

蓝小翅笑意盈盈的："微生叔叔。"

微生歧脸色阴沉："你约我出来所为何事？"

蓝小翅说："呃，天清月朗，空气怡人，想着微生叔叔一个人待在屋子里，怪闷的。我一片好意啊，想让微生叔叔出来走走……呃，陶冶一下情操，锻炼一下身体什么的。"

微生歧瞪她："无聊！"说完，一转身就要回去，蓝小翅说："哎，来都来了，先别走嘛。你还是再教小瓷一点武功吧。免得再遇到哪个姑娘搭救什么的，丢微生世家的脸啊。"

微生歧一想到那个糟心的薛可心，立刻就怒目而视了。蓝小翅捂嘴偷笑，说："多教点啊，教得好的话我说不定会看上他的。"一边说一边跑。微生歧最近也难得看见微生瓷，如今蓝小翅跑了，他回过身，问："毒伤如何？"

微生瓷在他面前，还是当年七岁时候的孩子。低着头，微生歧一说话，他连背脊都是僵直的，有点怕。微生歧过去，握住他的手腕，察觉伤势已无大碍，正好此处水声轰鸣，不会引来旁人，他随手抽了一根树枝，说："来！"

微生瓷只好以树枝代剑，与他对练。

蓝小翅一路跑到流霞小筑，一眼看见里面躺倒的仙心阁弟子，她放慢了脚步。应该离开，或者晚一点进去，如果金枕流真的死了，也不必纠结。但是她听见里面金枕流的声音："灰灰，你不要死啊！"

蓝小翅走到院门口，看见门外放着食盒，里面是金枕流吃剩的剩菜剩汤。她把菜、汤、饭全部倒进一个碗里，猛地打开门，扬手一泼！

郁罗和蓝翡当然听见外面有人，此时她一开门，郁罗的箜篌琴弦直指她咽喉，但在看清是她的瞬间，又及时收招。

蓝翡见一片不明物扑面而来，第一反应是以团扇一挡，然后油、菜、汤和饭就泼了一身。蓝小翅眨巴着无辜的大眼睛："爹，您怎么在这里呀？这三更半夜的。"

一边说话一边上去就帮蓝翡拍身上的油汤，那爪子把汤水拍得蓝翡全身都是。蓝翡一脸恶心想吐，蓝小翅转过头，看见郁罗，一脸亲热："郁罗！我好想你啊！"

不顾郁罗躲闪挣扎，蓝小翅用油乎乎的双手一下子将他抱了个满怀！然后双手使劲揉着他翅膀上柔软的细羽，把手都擦干净了，才感动道："你们好没良心啊，都不来找我！让我被困在仙心阁，简直是叫天天不应，叫地地不灵啊！"

郁罗没有作声，只是默默地揩着翅膀上的油污，还有被揉碎的饭粒，天啊！

蓝翡说："乖宝贝儿，几日不见，你这脸倒是跟爹一个色了。"

蓝小翅说："爹，我这是想您想的。"

"哈。"蓝翡笑了一声，说，"既然你来了，那应该不用爹亲自动手了吧？"

蓝小翅一脸沮丧："爹既然吩咐，我当然只有从命。不过金枕流对我有两饭之恩，我实在是下不了手。"她蹲在金枕流面前，说，"金兄啊金兄，我这也是不得已，黄泉路上你不要怪我。"

金枕流说："三十六姨太，你要是杀了我，鳍族饶不了仙心阁。"

蓝小翅伸手在地上画圈圈，说："那也是没办法的事。不过临死之前，你有什么没有实现的愿望吗？"

金枕流哭着说："有！我还没有娶够八十一房爱妾，还没有包微微一夜，还没有带你回鳍族玩……"

他一一细数，蓝翡一身油汤菜水，鼻中充斥着一股剩菜味，一向很有耐性的他终于催促："你到底要磨蹭到什么时候？"

蓝小翅说："爹，你好歹让他交代完遗言啊！"

金枕流的遗言，那是交代得完的吗？

蓝翡听了一阵，终于看一眼身后的郁罗，郁罗也好不到哪儿去，正在择翅膀里的饭粒呢！再待下去，只怕微生歧要回来了。蓝翡手中团扇轻转，右手拇指已经扣住机关。蓝小翅蹲在金枕流面前，听见身后机括轻响，没有回头，也没有让开。

半晌，蓝翡沉声说：“走。”

他和郁罗走到门口，突又回身，说：“回到亲爹身边，很开心吧？”

蓝小翅转过头，两个人四目相对，蓝小翅说：“我在外面玩一会儿，过几天就回去。温阁主为人不错，爹不用担心。”

蓝翡转过身，步出房门。蓝小翅转过头，门口空无一人。

蓝翡不希望仙心阁与鳍族过从甚密。其实这很容易理解，仙心阁这样的组织，最好孤立无援。一旦它的势力过于强大，就会容不下任何阴影。而羽族目前的羽尊就是阴影之一。

蓝小翅看了一眼金枕流，如果金枕流死在仙心阁，当然也会引起鳍族和仙心阁的不睦。但是蓝翡的蓝血银毫、郁罗的凤首箜篌，这样独一无二的凶器造成的伤口，也会使羽族的阴谋无所遁形。

到时候，就算仙心阁和鳍族对立，羽族也始终是他们的头号公敌。蓝翡当然也已想到，但是要来去太极垂光，甚至想办法避开微生歧，当然还是他和郁罗同来万无一失。

蓝小翅沉吟，金枕流哭得惨兮兮的：“三十六姨太，灰灰流了好多血，他不会死吧？”

蓝小翅看了一眼青灰，他整个右手掌都被削了下来，旧伤之上又添新伤，简直是奄奄一息的模样。她说：“扶他去找云采真啊，你在这里哭有什么用！”

金枕流这才想起来，赶紧去扶青灰。可是他用了半天劲，才发现自己根本就扶不起青灰。蓝小翅气道：“你没那体格，能不能少娶点妃子！看你虚得！！”

金枕流脸红了，说：“胡说！这是我们金家的家族传统，我父王的妃子比我还多呢！”

蓝小翅懒得理他，往下一蹲，说：“把他扶过来！”

金枕流不明所以，但还是使出吃奶的劲儿，把青灰半扶半拖过去。蓝小翅背上青灰，赶往烟雨虚岚。金枕流跟在身后，看着青灰的血一点一点滴落在蓝小翅的衣服上，一向脸厚如城墙的他，终于脸红了。

过了一阵，他小声问：“三十六姨太，你累了吗？”

蓝小翅斜睨他：“干吗？”

金枕流说：“你要是累了……”犹豫了半天，蓝小翅以为他想要换他来背，一声“算了”都到嘴边了，金枕流终于下定决心，说，“你要是累了，就歇一下吧。”

蓝小翅深深吸了几口气，才忍住没打他。

等到了烟雨虚岚，云采真一看青灰的伤口，就皱眉：“怎么伤成这样？”

金枕流看了一眼蓝小翅，不知道该不该说。蓝小翅倒是爽快：“我爹来过了，想杀金枕流来着，没成功。郁罗的琴弦伤了青灰的手。”

云采真“唔”了一声，他这样的大夫，当然第一眼已经看出那是什么兵器造成的伤口。如今听蓝小翅这般痛快，倒是替好友温谜松了一口气——好歹他的心肝宝贝儿没打算瞒着他。

蓝小翅看他的表情也知他所想，只是也不在意——院子里还摆着几具死于蓝血银毫的尸首呢。就算是想瞒，能瞒得住？瞒不住的事，何必消耗自己的信用额度？

不过仙心阁现在跟微生世家、鳍族和朝廷的关系都太密切了。其他江湖门派，更是以仙心阁马首是瞻。是有点危险了。

蓝小翅心里想着事，然而手头并不停。云采真在配止血药的时候，她已经拿起桌上的药水，帮青灰清理干净伤口，连那半截断掌也已经擦洗干净。

云采真回来，非常满意，再一看哭兮兮的金枕流，更满意了——看看我们家的孩子，哼哼。

他替青灰止血、缝合伤口，做到一半，微生歧跟微生瓷从外面进来。两个人从仙心泉一回去，就已经发现了流霞小筑里面仙心阁弟子的尸体。

微生歧查看过里面的打斗痕迹，很快就四处寻找蓝翡——以他狡诈的性子，若未得手，很容易潜伏下来，继续寻找时机。

但是他错估了一件事——一身菜汤剩饭的蓝翡，是绝不可能在外久留的。

所以当然扑了个空。

如今赶到这里，看见金枕流无恙，他板起脸：“蓝小翅，你约我出去，竟然是想调虎离山，伺机杀死金枕流？！”

蓝小翅无奈，金枕流说：“这位大哥，是蓝翡要杀我，三十六姨太想救我。”

蓝小翅瞪他一眼：“什么大哥，他是小瓷的爹。”你叫他大哥，你还想当我们叔叔啊！

金枕流一惊，这才上下打量微生歧。微生歧怒哼一声，一个纸团扔过去：“难道这不是你的字迹？！”

蓝小翅根本没有打开看：“微生叔叔，我觉得人哪怕武功再高强，也至少还是应该长二两脑子。你知不知道从小教我写字的是谁？”

微生歧愣住了，蓝小翅说：“他学我的字迹写得比我自己还像。而且你难道就不想想，我为什么要给你留字约你单独见面？难道我和你还有什么不可告人的事需要到没人的地方谈不成？”

微生瓷怀疑地看了微生歧一眼，微生歧恼羞成怒：“混账东西，你说什么？！”

蓝小翅说：“你当时只要稍微思考一丁点儿，就不会上当。你不上当，我爹就不会动手，青灰就不会重伤，仙心阁那几个巡守弟子也不会惨死。所以这一切都怪你，明不明白？”

微生歧呆住——是这样？！都怪我？

微生瓷看见自己爹哑口无言，顿时觉得还是不应该让他老人家难堪。所以他很孝顺地说：“我……我爹一向不思考的。”

微生歧立刻怒瞪了他一眼，蓝小翅终于笑出声来，这对父子。

温谜当然也很快赶来了，看见蓝小翅身上的血，他心中一紧，云采真立刻说：“蓝翡偷偷进来杀金枕流，青灰受伤了，蓝小翅身上的血是青灰的。”

温谜这才松了一口气，蓝小翅站起身来，说：“好了好了，我不想再接受你的感动了，我去睡觉了。”

温谜笑笑，这孩子。

蓝小翅回到房间里，天已经快亮了。

贺雨苔听见她回来，睡意蒙胧却还是问了一句：“大半夜，你出去作贼啊？”

蓝小翅爬到她身边，说：“谁说的？我这是顺便抓了两个贼。”想想蓝翡那一身油汤，她乐了，一倒在枕上，发现枕头边放着一个雕纹精致的檀木盒子。

“这是什么？”蓝小翅拿起来，贺雨苔说：“谁知道，神手巧灵通送过来的。”

蓝小翅打开盒子，只见里面黑色的绸缎上，放着一个面具！她拿起来，面具是珍珠贝壳磨制而成，色泽温润而饱满。从左脸颊斜过鼻翼，刚好遮住她面上紫斑。眼睛周围，有细碎的蓝色宝石点缀，额中位置嵌了一粒露珠形的花钿。

蓝小翅戴在脸上，将贺雨苔摇醒：“喂喂，好看吗？”

贺雨苔困得都不行了，眯着眼睛看了一眼，勉强可见眼前是一个人形，点了点头，重又睡下了。

蓝小翅哈了一声，终于也躺倒下去。手里的面具，比金属温柔，比木石精致。她指尖轻抚，不一会儿，竟也入了梦。

第二天早上，鳍王金霈泽和三王爷金芷汀兰一同来到烟雨虚岚。金霈泽与金芷汀兰气质迥异，甚至不太像是亲兄弟。金芷汀兰优雅斯文，金霈泽却粗犷豪爽，连嗓门也比金芷汀兰大得多。

温谜与他互相见礼，金霈泽不耐烦：“温阁主，枕流如今身在何处？”

金芷汀兰微微皱眉，温谜倒是不以为意，说：“鳍王放心，已经派人去请了。”

金霈泽道：“鳍族与仙心阁素来交好，但是仙心阁无故扣押鳍族太子，未免也太过分了吧？”

温谜笑笑，说：“鳍王少安毋躁，请先入座用茶。等孩子们都来了，再解释不迟。”

金霈泽哼了一声，在椅子上坐下，金芷汀兰没有入座，只是站在他身后。

等温谜稍远落座，金芷汀兰才用鳍族人特有的无声渺音向金霈泽道：“温谜行事素来还算公正，王不该如此得罪于他。”

金霈泽同样以无声渺音回应：“你难道不知道我会如何跟他说话？”

金芷汀兰说：“你身为鳍王，为了族人，应该克制。”

金霈泽哼了一声，却是真的不再开口了。

等到金枕流和微生瓷都到场，温谜才说：“枕流太子，请将八宝台之后的事细讲一番吧。”

金枕流早已看见金霈泽，当下就想扑过去抱他的腿。但见金芷汀兰在他身后，又不敢。他虽然是太子，人却生性风流贪玩，不务正业。谁也不知道金霈泽为什么会这么宠爱他，竟不顾鳍族部分族人反对，将他立为太子。每次他跟兄长们玩闹，金霈泽总是呵斥兄长。

时间久了，金枕流也不怎么怕他，在他面前最是无赖，撒泼打滚样样都敢。反而是金芷汀兰对金枕流异常严厉，整个鳍族，枕流太子也就怕这么一个人。后来他当太子了，金芷汀兰也不怎么收拾他了，但这老鼠见了猫的习惯却是改不过来了。

温谜只是扫一眼，已经看出在鳍王面前，金芷汀兰的话很有分量。奇怪，别人家的兄弟都是利益当先，哪怕争个你死我活。鳍族的金霈泽和金芷汀兰，似乎是真的兄友弟恭。

他察言观色中，金枕流已经将在八宝台看见村民袭击柳风巢等人，自己一时好奇令四十四战鹰试探他们功力，随后假的童颜鬼姥吸取失踪村民的精元，被杀之后引出真童颜鬼姥，他带蓝小翅和童颜鬼姥吃饭时被偷袭等事情一一道来。

金霈泽听得眉头直皱，温谜说：“如果说事情都是巧合的话，孩子们在偷袭时皆被毒粉所伤，偏偏毒粉对鳍族人并无影响，也很难解释。”

金霈泽面露愤慨之色：“温谜，我儿乃鳍族太子，你毫无真凭实据，只凭臆测，就敢关押吗？！”他话音刚落，身后的金芷汀兰就轻咳了一声。金霈泽瞪他：“我说不来，你偏让我来！让我来又不许我说话！鳍族到底你是王还是我是王？！”

金芷汀兰一脸无奈，却屈膝跪下："微臣无礼，请王降罪。"

温谜本已有点不悦，如今一见，心下也是好笑。那金霈泽被金芷汀兰一跪，如被将一军，一甩袖袍："罢了，你要说话就说吧！"

金芷汀兰哭笑不得，却还是站起身来，对温谜说："阁主所言确实有理，但是温阁主似乎忽视了，有嫌疑的不只是枕流。"

温谜挑眉："哦？"

金芷汀兰说："枕流出现虽然过于巧合，但令爱全程都在，她虽是你的骨肉，但如果羽族参与其中，说她有嫌疑，也不算毫无理由的吧？"

温谜沉下脸来，说："仙心阁还原了仙来居的机关布置图，三王爷可以一观。她一个小女孩，哪来布置这种机关的时间与能力？而且她面上毒伤，至今未愈，三王爷怎可说出这种话？"

旁边金枕流说："父王，皇叔，三十六姨太没有偷袭我们，她昨天还救了孩儿。"

金芷汀兰轻喝："枕流！"

金枕流脑袋一缩，金霈泽说："你吼他作甚！"

金芷汀兰那样的脾性，也恼了，不理这父子二人，转而对温谜道："为何不见令爱？"

温谜知道为什么——那丫头八成还在睡觉呢。他说："派人去请大小姐。"

有弟子应了一声，自去找蓝小翅。

蓝小翅进来时，所有人都是一愣。她乌发斜绾，用一条蓝宝石碎珠发带缠绕装饰，垂鬓两分，脸上戴了一张磨制精细的珍珠色贝壳面具，面具精巧，刚好露出娇小挺拔的鼻尖。红唇如樱花，下巴尖尖的一点，配上耳边蓝色羽毛的耳坠，活泼娇美。

然而蓝色，呵，还是温谜觉得刺眼的孔雀蓝。

蓝小翅是不会把温谜的感受放在心上的，她走到诸人中间，左右看看："谁叫我？"

温谜说："不得无礼，见过鳍王和三王爷。"

蓝小翅“哦”了一声，走到金霈泽和金芷汀兰跟前：“蓝小翅见过鳍王、三王爷。”

金霈泽还没有回过神来，金芷汀兰哭笑不得——好色真是金霈泽的绝症。他只好又轻咳了一声，金霈泽嗅见那一缕香气，满目只见这一抹丽色，鬼使神差地伸手去扶。眼看一双手将要搭上蓝小翅的小手，突然人影一晃，一直沉默不吭声的微生瓷不知道何时突然闪过来！红衣如火却快如鬼魅，温谜和金芷汀兰都是一惊，金枕流喊了一声：“微微，莫伤我父王！”

幸好微生瓷也没打算伤他，只是“啪”的一声，打偏了金霈泽的手。金霈泽只觉得一双手被铁钳夹了一下，又被铁锤锤了一下，然后才看清眼前的少年。

微生瓷当然是跟金枕流同时过来的，但一直坐在角落里没说话，温谜也没让他跟诸人见礼，是以金霈泽也没留意。但是温谜也是有自己的原因的——他敢让这少爷出来见礼吗！

微生瓷把蓝小翅拉起来，不知道为什么，就是非常生气，很讨厌金霈泽看蓝小翅的目光。温谜虽然站起来，心里居然还有点快意——打得好！这么大的人了，对着小辈，你看看你这是什么德行！

金芷汀兰心中一惊，赶紧去看金霈泽的手，发现并无大碍，这才放下心来，却只能沉声道：“微生少主，你怎可对鳍王无礼！”

金霈泽倒是满不在乎，甩了甩手，说：“算了。这孩子是谁，好快的速度。”

温谜微笑，说：“这位是微生世家少主微生瓷。”

金霈泽“哦”了一声，重又打量微生瓷，呵，微生世家的人。懒得追究了。

蓝小翅拉着微生瓷，见他满面怒色，不由好笑：“小瓷，你怎么可以打人呢？快向鳍王道歉。”

微生瓷说：“我不！”拉着蓝小翅去到他身边坐下。

温谜心中叹气，这孩子对小翅，真的是太维护了。这样下去，以后早晚不可收拾。平心而论，他并不想闺女嫁进微生世家。微生瓷的病，再加上这样不通人情世故的性子，确实不是良配。

金芷汀兰说："小翅姑娘，听说你们在仙来居遇袭，是小翅姑娘放出定风铃，方才使众人脱险。"

蓝小翅说："是啊，哦，对，我可是连你们鳍族太子也救了。金枕流的性命，怎么也值个几百万两黄金吧？我们朋友一场，三王爷也不用谢我了，送我一二百万两黄金我就很满足很感动了。"

金芷汀兰哭笑不得，只好说："姑娘救了鳍族太子，鳍族自当感谢。不过也就是说，在遇袭之初，姑娘就知道定风铃可以令诸人脱险，那么为何要等到最后才使用呢？"

蓝小翅说："三王爷头一句还在说要感谢我，第二句就开始质问了。好吧，朋友一词收回，鳍族要给我五百万两黄金，感谢我救了枕流太子性命啊。"

温谜轻斥："小翅！"这孩子，怎么逮谁敲谁竹杠啊。

金芷汀兰无语，说："只是好奇，并非质问，姑娘不要动怒。"

蓝小翅说："因为我想知道，对方在最后关头，成功在即，会不会一时得意，出来说说自己的阴谋计划啊，一般反派不都这样嘛？"

金芷汀兰语塞，金霈泽说："可是凶手并没有？"好家伙，连声音都柔和了。

蓝小翅说："是啊，这样就只有一种解释，对方知道我们之中一定有人死不了。"众人都看向金枕流。蓝小翅说："鳍族在水里，毒药对他无害，他一定有逃走的办法吧？"

金枕流吞吞吐吐地说："我……"

温谜说："传闻鳍族有化鱼之法，当时那种机关，铁齿之间的距离，应该伤不到鳍族人吧？"

金芷汀兰和金霈泽也沉默了。半晌，金芷汀兰说："可是小翅姑娘有定风铃在身，也一定能逃出生天。这并不能说明什么。"

蓝小翅说："可是鳍族的毒药，却是可以沾水之后，让我们皮肉俱腐、化成白骨的。这不像是在为我留生路吧。我觉得，我们在这里争论也不会有结果，不管是八百失踪村民，还是偷袭我们的机关，都会是一笔不小的投入。鳍王何不查一查，鳍族有没有大笔可疑资金流向？光是昊天根就有七十几万两的出账，就算鳍族家大业大，也不可能全无痕迹吧？”

金需泽对美人的建议，总是特别容易服从，所以他立刻点头：“可以。”可是鳍族在查账之后，发现唯一有大量资金去向不明的，只有金枕流。

十几笔银子，共计一百八十多万两。铁证如山，金需泽声音里都不由带了些厉色：“小混蛋！你马上给我想，这样一百多万两银子，岂会不知去处？”

金枕流看着账本，扒了扒头发，说：“确实是想不起来了，或许是给美人采买了首饰，还是赏给谁了？父王，这我哪知道啊！”

金芷汀兰也开始神情严肃，然而更坏的消息也接着来了。仙心阁弟子顺着这些银票追查，发现当初有人以这些银票换了羽族的部分银票，而且兑换比例是十万两鳍族银票，换九万五千两羽族银票，毫无条件。

温谜说：“事到如今，鳍王与三王爷可还有话说？”

金需泽说：“这不可能，一定是有人蓄意陷害！”

温谜说：“鳍王，广云山门主被杀，数百名弟子被屠！八百无辜村民无端受害！就算你执意认为是有人陷害，也总要说出一个可以服众的理由！”

金需泽说：“枕流！”

金枕流一脸茫然：“父王，我真的没有做过！那些钱大多数是四十四战鹰中的红鹰支取的。有时候是买兵器战甲什么的，还有一次他跟我说过昊天根可以补元气，那我就想，四十四个人的东西，肯定要花很多钱的嘛！其他时候我真不知道，我不太过问他们用钱，你知道的！！我怎么知道他会去买羽族的银票啊！现在他死了，我真的不知道他干了什么啊！”

红鹰确实在八宝台偷袭蓝小翅一行人的时候，被微生瓷所杀。

金芷汀兰神色冰冷：“来人，严刑拷打四十四战鹰，一定要问出结果。”

金枕流双目含泪：“皇叔……”

金芷汀兰怒道：“闭嘴！”

然而四十四战鹰受尽酷刑，无一人招供。金枕流在旁边看得泪水长流：“别打了，别打了！我招了，是我，是我指使红鹰干的。皇叔，你别再打他们了！”

四十四战鹰已经不成人形，金芷汀兰怒道：“金枕流！”

金鹰说：“殿下不可啊！！三王爷，是我和红鹰共谋，有人高价买羽族的银票，我和红鹰一时财迷心窍，所以偷偷从殿下那里支取了大笔银两去换。”

温谜问：“那么，这一百多万两银子到底用在什么地方？还剩下多少？藏在哪里？”

金鹰不说话了，满眼都是绝望。他救不了金枕流，因为以仙心阁查案的细致程度，一定会精细到每一项花销。他毕竟只是一个侍卫，哪怕金枕流待他们宽厚，但是到哪里去凑一百万两银子的去向？

所以温谜一眼就看出来：“他在说谎。”

金芷汀兰额上的汗也开始粒粒滚动，金霈泽一拍桌子：“温谜，你这样处处针对鳍族，到底是何用意？”

温谜知道他性子急躁，不答话。金芷汀兰沉默了一阵，问：“如果罪名落实，会如何？”

温谜说：“丹崖青壁的规矩，三王爷不陌生。”涉及这么多条人命，不可能有活路。金芷汀兰沉默了。

金枕流哭着把四十四战鹰都解下来，在那儿挨个哭：“银鹰，天啊，你的脸破相了！呜呜呜，天鹰，你的鼻子流血了……”

许久，诸人几乎齐声道：“殿下！”

金枕流替他们擦血，说：“你们每一个都是本太子亲手养大的啊，本太子怎么会怀疑你们呢？”这群遇事就抱他大腿哭的高手，带着一身伤，突然都沉默了。

温谜说：“如果没有新的证据补充，目前的证据，可以定金枕流之罪了。”

金芷汀兰说：“鳍族会再追查，给我一点时间。”

温谜说：“多久？”

金芷汀兰顿了顿，说：“三天。”

温谜说：“可以。”

身后金霈泽说："三哥！"

金芷汀兰说："五弟。"

金霈泽愣了一下，眼里慢慢涌起泪花："三哥，你好久不叫我五弟了。"

金芷汀兰笑笑，说："我们先回鳍族。"然后转头，突然对蓝小翅微笑了一下，说："蓝姑娘，枕流和你还是朋友吧？这三天，我给你自由出入鳍族任何地方的权限，请你再帮帮他。"

蓝小翅一脸警惕："我现在就和他划地绝交。"

金芷汀兰从腰间掏出一块鱼骨佩："此佩是鳍王信物，见它如见鳍王，请蓝姑娘收下。"

蓝小翅说："不要！我上次救他一命，你连一百万两黄金都不出！"

金芷汀兰温和地道："这次很赚的，相信我。"

蓝小翅没有去接："你的目光，有一点伤感，为什么？"

金芷汀兰说："我膝下无子，枕流……是我看着长大的子侄。我从小教他武艺、学识……"

蓝小翅说："那你教得可真差啊。"

温谜差点栽倒，金芷汀兰也只有苦笑，最后说："是啊，教不严，师之惰。"

蓝小翅回头又看了一眼金枕流，金枕流还在恋恋不舍地跟他的四十四战鹰话别呢！她说："你为什么找我呀？"

金芷汀兰说："你看起来最聪明。"

旁边温谜都是脸色一变，金芷汀兰几时这么夸过人？

蓝小翅接过鱼骨佩，说："我就是想找出真正的凶手。"

金芷汀兰郑重拱手："鳍族永感恩德。"

金芷汀兰和鳍王一并离开，先行返回鳍族。

金枕流跟四十四战鹰还在那儿抱头痛哭呢，蓝小翅去挨个踢起来："走，带我去看看红鹰的尸体。"

四十四战鹰一同看金枕流，金枕流泪光闪闪的："你们都跟本太子的三十六姨太过去，要好好保护她，听她的话。三十六姨太，他们还伤着，你要记得给他们治治，不要急着赶路……”

蓝小翅气乐了：“你只有三天时间！”

金枕流想了想，说：“哦，那你们早去早回啊……”

蓝小翅带着四十四战鹰就准备离开太极垂光，温谜在她身后，说：“让风巢、雨苔跟你一块儿过去。小瓷，你也跟去，注意安全，早点回来。”

突然外面木香衣说：“我也去。”

温谜看了他一眼，说：“空心丸需要十二个时辰服一次解药。”

木香衣说：“我会回来。”温谜不语，木香衣走到他面前，郑重道：“我保证。”

温谜说：“我并不觉得，蓝翡的弟子会信守诺言。”

蓝小翅说：“温阁主当然不会相信我们的话，香衣，你留下吧。”

木香衣说：“不，我会与你同去。”

温谜沉默，许久，递出一枚解药，说：“三十六个时辰，你的信用。”

木香衣接过：“我会记住。”

柳风巢只好又带着师妹们出发了，此时已经是五月天，清风渐暖，桐花如雪。少年们鲜衣怒马，四十四战鹰亦策马跟随。贺雨苔偷眼看木香衣，终于忍不住说：“就那么担心吗？拼着毒发身亡也要跟出来。”

木香衣说：“这是我的责任。”是毫不犹豫的语气，贺雨苔不想再问下去，待转过身，发觉自己心里竟然有一丝酸楚。少女情怀，一低头一回眸，已是愁绪千行。木香衣看着她的背影，不知道为什么，有点难过。

柳风巢正在询问四十四战鹰：“我记得当初八宝台遇袭，小瓷并没有杀人。为什么红鹰会死？”

金鹰一脸警惕：“太子殿下令我等听从蓝姑娘吩咐，我们不会回答你任何问题！”

柳风巢气结，蓝小翅哈哈大笑，问：“红鹰是伤重不治？”

金鹰这才说：“回蓝姑娘的话，正是。当时红鹰断了一臂，又被微生少主废了武功，回去之后就高烧不退。两天后就死了。”

蓝小翅说：“当时是谁为他治伤？谁陪在他身边？他死之前，就没有什么异状？”

金鹰说：“当时为他治伤的是鳍族的大夫金鲶，我和银鹰一直照料，他死之前没有任何异状。”

蓝小翅说：“当时，我是说金鲶大夫在第一次看见他的伤势的时候，是怎么说的？”

旁边银鹰说：“当时金鲶大夫说他的断臂伤口奇怪，肯定是不能接回了。接着就开了药，我和金鹰帮他外敷，当时他还清醒。后来第二天鲶大夫说他伤势恶化，又用了其他的药，然后他就一直高烧。长时间高烧对鳍族是最致命的。”

蓝小翅说：“这个金鲶大夫倒是有意思。他平时医术如何？”

金鹰说：“他是专门为鳍王看病的。”

蓝小翅说：“红鹰武功被废，又断了一条手臂，太子还让金鲶帮他看病，看来他对你们真是不错。”

金鹰说：“整个鳍族，几乎所有人都想入太子府做事。”

蓝小翅点头，这个二世祖一样的人物，在鳍族居然颇得人心。

柳风巢说：“看来，这个红鹰并不是死在小瓷手里。”

微生瓷跟在蓝小翅身边，闻言说：“我没有杀人。”因为拥有过于强大的实力，微生世家对以武杀人的事其实惩戒得颇为严厉。微生瓷从小就被教育不能随便伤人，长这么大，手里除了慕容绣和碧鸳死因未明以外，没有过人命。

蓝小翅说：“红鹰的坟地还有多远？”

金鹰赶紧道：“就在前面了。”

一行人加快速度，很快赶到红鹰的埋尸之处，一个侍卫，居然也有墓碑。蓝小翅下了马，金鹰等人也不用她开口，上前就要挖坟。蓝小翅说：“慢着。”

她在坟墓四周转了一圈，见墓地确实没人动过，这才说：“挖吧。”

金鹰等人打去坟头土封，很快就挖到棺材。蓝小翅以丝巾捂住鼻子，示意金鹰开棺。柳风巢赶紧上前：“师妹退后，我来吧。”

蓝小翅说：“没事，小时候我爹把我关在棺材里，和尸体睡了一夜呢。”

柳风巢怒："蓝翡枉为羽尊，竟然能做出这等禽兽之事！"

蓝小翅说："就是，他就是条疯狗！"

旁边木香衣说："那是因为羽尊抱着她睡觉，她用墨汁把羽尊的双翼染成了黑色。"柳风巢沉默了，木香衣说："还有一阵子，羽尊从她的小窝里搜出了十几个羽毛毽子。"

柳风巢无语——你揪他的毛做毽子！他居然没把你揍死！然后一抬眼，看见蓝小翅耳边的一对耳环，耳针处是珍珠，下面流苏是蓝色的羽毛，孔雀蓝的，很漂亮。

蓝小翅摸了摸耳垂，说："干吗？我想我爹了，好不容易见到他，揪根毛作纪念也不行？"

柳风巢不说话了——这家伙，打死都不多！

几个人说着话，金鹰把棺木撬开，里面红鹰的尸体已经腐烂。蓝小翅站在棺前，一脸凝重。

柳风巢问："怎么了？"

蓝小翅说："搜搜他身上。"金鹰和银鹰跳下去，不一会儿已经搜遍了红鹰身上。他也没什么亲人，入殓还是金鹰给办的，当然也比较草率。

这时候一阵搜查，只找出几两碎银和一个荷包。

蓝小翅看着那荷包，腐尸身上的东西，味道不好闻。她捂了鼻子，说："这像是姑娘的绣工。"

金鹰说："哪个荷包不是姑娘的绣工？"

蓝小翅摇头，就着金鹰的手仔细看了一阵，说："这个针脚跟卖的不一样。"

金鹰埋头看了一阵，说："是吗？"

蓝小翅说："你们四十四个人，经常一起行动吗？"

金鹰说："我们从小由太子殿下收留长大，平时同食同宿，很少单独行动。红鹰也是一样，并无特别之处。"

蓝小翅说："走，去外面找个老练的绣娘，我们一起去鳍族。"

一行人带着绣娘一起赶到鳍族，有金芷汀兰给的鱼骨佩，一路都非常受礼遇。然后柳风巢等人都是一阵感叹——鳍族是真有钱啊！也许因为能够经常下水，外面视为珍宝的珍珠、珊瑚什么的，在鳍族都是常见之物。路边小摊上摆的都是水晶、天河石、海纹石等等，品质上乘，制作精美。

蓝小翅拉着木香衣的手："大师兄，我要这个！"

木香衣身上没钱，想了一下，说："你是要我抢呢，还是用鳍族的鱼骨佩试试能不能赊账？"

柳风巢上前，刚想掏银子——上次收了瓷少爷的五千两银票，可一直放着呢。可微生瓷又从怀里掏出了一张银票。柳风巢吐血："你身上怎么会带这么多银子？"

微生瓷说："我爹给的。"微生歧的意思就很容易理解了——追媳妇哪有不花钱的！

蓝小翅开心了，一路狂扫两边货物。贺雨苔看得两眼冒光，蓝小翅把她拉过来，比一个女人购物更有意思的就是两个女人购物。贺雨苔低着头，有点为难："我……我身上只有十几两银子。"仙心阁对门人弟子管束严格，他们出门在外，正常开销都可以向古长老报销。

但是贺雨苔的例银只有十三两，柳风巢也只有二十几两。这手笔在外其实已经非常不错了，但是跟金枕流、微生瓷这群天皇贵胄一比，自然就弱爆了。

蓝小翅挥挥手，大方地道："我付了我付了，来来，随便挑！"

贺雨苔毕竟也只有十七八岁，哪里忍得住？当下就小心翼翼地挑了一条珍珠项链，一串红珊瑚手链。蓝小翅看见了，说："这个海纹石的坠子也不错，适合你哎！"一股脑往她脖子上挂。最后甚至连半路请来的绣娘都加入战局。微生瓷对钱没什么概念，蓝小翅花了两万多两银子，四十四战鹰跟在后面拎东西。

一路浩浩荡荡杀到鳍王宫，金芷汀兰和金霈泽看着拎着大包小包的四十四战鹰，傻了。

蓝小翅说："这就到了啊！"还有点意犹未尽的失望。木香衣说："要是还不到，估计微生歧也不会打你的什么主意了。"这败家媳妇真要娶回家，谁养得起啊！哦，除了金枕流。

金霈泽也是真焦急了，但见到蓝小翅，他还是很温和地问：“累不累？本王让人安排了房间，要先歇一会儿吗？”

蓝小翅摇头，对金鹰说：“你去将四十四战鹰平时可以接触到的姑娘，都找过来。我有话问她们。”

金芷汀兰坐在旁边，鳍王与三王爷共同听一个姑娘的话，有点好笑。但他还是命人去了。

第十三章 鳍族旧事

四十四战鹰，很快将平时接触的年轻女孩都找了过来。蓝小翅让绣娘拿着红鹰尸体上的荷包，一个一个比对。

但是一无所获，这些姑娘里，居然没有一个与荷包的绣工相符。

蓝小翅很有些奇怪，难道这真的只是一个普通的荷包？

旁边金芷汀兰说："蓝姑娘，你们中的毒，名叫水中影，确实是鳍族皇室中用以护身的毒。因为毒性沾水后十分剧烈，所以每份支领都有记录。是否查看一下？"

蓝小翅说："你已经看过了吧？"

金芷汀兰说："不止看过，而且搜查过持有的王族，并无人动用过。"

蓝小翅说："如果带着这种药去找有名的药师，随意配制一份，也是有可能的。如果是木冰砚这种药师，有样品在手，再复杂的毒药也花不了三天时间。"

金芷汀兰说："我也这样想。"

蓝小翅看了眼金霈泽，问："你们鳍族，真的没有什么可疑的人，对金枕流怀有敌意什么的吗？"

金霈泽还没有说话，金芷汀兰说："没有。枕流虽然荒唐，但是在鳍族很得人心。"

金霈泽犹豫，说：“漱石……”

刚说了两个字，金芷汀兰立刻怒道：“漱石不会！”

金霈泽说：“三哥！”

金芷汀兰说：“漱石是我看着长大的孩子，他不会！”

蓝小翅看了一眼二人，说：“漱石，是金枕流的哥哥？”

金芷汀兰的神情，终于有一点变化，他像是非常不情愿蓝小翅提到这个名字。金霈泽说：“嗯。漱石是本王鲽妃所生。”

蓝小翅说：“怎么不见他呀？”

金芷汀兰说：“漱石品行端方，行事稳重，此事绝不会同他有关。蓝姑娘不见也罢。”

蓝小翅“哦”了一声，金霈泽说：“你们一路赶来，都辛苦了。先去休息，我备好晚宴，为你们接风。”

蓝小翅“嗯”了一声，刚走出门去，就听见里面传来金霈泽和金芷汀兰的争执声。金霈泽的意思是传金漱石过来一趟。金芷汀兰则极力反对。

柳风巢说：“金芷汀兰很维护这个金漱石。”

蓝小翅说：“你说，除了姑娘，谁会送一个男子荷包呢？”

柳风巢皱眉，旁边微生瓷说：“娘亲。”

蓝小翅意外，转过头，微生瓷歪了歪头，很认真——慕容绣就给他绣荷包啊。蓝小翅抢过绣娘手里那个红鹰保管得很好的荷包，仔细看了看，说：“金鹰，你把四十四战鹰平时有机会接触到的女人，不管老幼都找来。重新比对！”

金鹰犹豫了一下，说：“这里是宫中，要请示鳍王。”

蓝小翅说：“你不想救你们太子了？”

他转身就去了。

不一会儿，所有女子被重新找来，再次比对绣工。绣娘一个一个看过去，从衣裳、到绣鞋，甚至发带都没有放过。

金霈泽准备好晚宴，跟金芷汀兰一并来请——毕竟这几个少年身份都特殊，他们也不拿长辈的架子。然而看到这情形，二人面色都有些凝重。

过了约莫一个时辰，绣娘揉了揉眼睛，突然说：“小翅姑娘！”蓝小翅一直让微生瓷守在她身边，防止有人杀人灭口。此时听她说话，连忙几步上前。

绣娘指着一个年过五十的女人，说：“这个荷包定然出自她手，绝不会出错。”那个女人退后一步，眼里有清晰可见的惧色。

金霈泽不明所以：“这能代表什么？”

蓝小翅让绣娘退下，问那个女人：“你是什么人？”

那个女人步步后退：“我……我是御膳房的徐妈，负责鳍王平时的饮食。”

蓝小翅说：“你和红鹰是什么关系？”

徐妈双手互搓，显得十分紧张，蓝小翅说：“母子？”

金鹰、银鹰都目露奇怪之色，金鹰说：“我们和红鹰共事十几年，从未听他提起过有个母亲。”

蓝小翅盯着徐妈的眼睛，说：“我刚去红鹰墓前看过，他死得真是很惨。我们挖出了他的尸体，嗯，已经腐烂得认不出脸来……”

那徐妈起先还强作镇定，最后终于忍不住，双肩轻抖，眼里冒出泪花。蓝小翅说：“你真的是他的母亲。”徐妈蓦地痛哭出声，蓝小翅说，“对他的事，你知道多少？”

徐妈说：“是我不争气，我连累了我儿子！”蓝小翅观察了一下金芷汀兰和金霈泽的脸色，徐妈接着说：“他……是我跟宫里的扫洒下人的私生子，鳍王宫里不允许出现这样的事。我百般无奈，只好将他偷偷养在废弃的宫苑之中。每日送点残羹冷饭，让他活命。他六岁的时候，太子收留了一批孤儿，我心中窃喜，就将他丢弃在宫门口，佯装与太子偶遇。但那时候他已经开始记事，平时经常暗暗接济我。”

蓝小翅看了一眼金鹰，金鹰是最早跟着金枕流的，当下微微点头，证明金枕流捡到红鹰的地点无误。

徐妈说：“后来，红鹰他爹因为饮酒至醉，得罪了漱石皇子，被打得奄奄一息，赶出宫去。我只得凑钱为他医治，可是他伤得太重，没有大夫肯收治。后来……后来……”她说着话，看了一眼三王爷金芷汀兰。

金霈泽突然有了一种不祥的预感，果然徐妈接着说：“后来，三王爷找到我，说……说如果我能帮他做一点事，他可以找人医治红鹰他爹的伤。否则……我与宫人私通，本就是死罪，连红鹰也将入贱籍。”

室中顿时一片寂静，蓝小翅看向金芷汀兰，金芷汀兰沉默。

金霈泽怒道：“徐妈！你在说什么？！”

徐妈低下头，眼中滴下泪来，说：“三王爷说……他需要一笔银子，要求红鹰从太子的账上支出。太子对账目一向不太放在心上，对手下也格外信任宽厚，所以……”

柳风巢说：“所以，你就让红鹰从太子账上陆续支出了一百八十几万两银子？”

徐妈泪水涟涟。

金霈泽不明所以，转过头看金芷汀兰：“三哥？”

金芷汀兰说：“蓝姑娘真是冰雪聪明啊，看来我从仙心阁找你来查这件事，真是大错特错了。”

蓝小翅说：“三王爷。”

金芷汀兰微笑，突然兰花刺出，猝不及防地横在金霈泽颈项之上。诸人皆是一惊，金芷汀兰说：“都让开，否则鳍王今日就要血溅当场了。”

金霈泽根本没有反应过来，只是呆呆地问：“三哥，你要干什么？！”

金芷汀兰说：“五弟，三哥富贵半生，总不能去太极垂光接受七根绝脉钉之刑。所以就请你护三哥一程，送我到安全之地吧。”

金霈泽说：“三哥！微生家的人在，你走不了的！”

金芷汀兰手一用力，兰花刺入肉一分，他说：“微生家的人就算是无敌的，我也总得试试。”

宫人被惊动，侍卫纷纷涌入。柳风巢看了一眼蓝小翅——这是……什么情况？

蓝小翅说：“金芷汀兰，八百村民，你用来干什么了？”

金芷汀兰说：“你看不出来吗？我想造反，需要力量。我在测试昊天根可以多大程度激发人的潜能。”

蓝小翅说："这么说来，红鹰是你杀的？！"

金芷汀兰笑说："当然，毕竟留他活口，是一件很危险的事。"

蓝小翅说："那你为什么不杀徐妈呢？"

金芷汀兰笑容更加温柔："百密一疏啊，我怎么可能想到，你单凭一个荷包，能够找到徐妈？！"

蓝小翅说："你既然想要夺位，为什么当初偷袭我们的时候，有意留金枕流一条性命？"

金芷汀兰说："因为金枕流就是个废物，他对我根本不足为惧。而有微生瓷在，偷袭不一定能成功。如果失败，你们第一时间当然会怀疑他。"

蓝小翅说："你知不知道，说出这些话之后，你会被仙心阁处以七根绝脉钉之刑，悬在丹崖青壁，疼痛流血而死？"

金芷汀兰用力一扣金霈泽："前提是，我若落到仙心阁的手上的话。"

柳风巢急道："小瓷，救下鳍王！"微生瓷在一边，没动——那个金霈泽，总用很讨厌的眼神看小翅膀。谁要救他，哼！柳风巢急了："小瓷！"

蓝小翅说："我不相信你会杀死金霈泽。"她一步一步向金芷汀兰走过去，金芷汀兰说："呵，不信吗？"兰花刺渐渐入肉，蓝小翅每走一步，就加深一分。

血浸湿了金霈泽金色的衣袍，蓝小翅不敢前行了。

最后她只有说："小瓷，拿下金芷汀兰。"

站在一边的金鹰只觉得手中一轻，低头看去，只见腰下兵器已经不知所终。而微生瓷光影一闪，金芷汀兰根本看不清他的身形，只能举兰花刺一挡！

"叮"的一声脆响，兰花刺花叶四散！他手上鲜血淋漓。

金霈泽扑过去："三哥！"柳风巢上前，控制住金芷汀兰，金霈泽怒吼："你们想干什么？！放开他！"

柳风巢说："鳍王，抱歉，我必须将他带回仙心阁。"

金霈泽说："我是鳍王，只要我活着，谁也不能在鳍王宫里将他带走。"他声音嘶哑，喉间的伤口血流不止。金芷汀兰说："真是可惜，早知道你对我的维护是真心实意，真应该直接让你让位给我。"

金霈泽说："三哥！你这是为什么啊！"

金芷汀兰说："上位者，怎会理解下位者感受？你真是不适合这个位置。"

柳风巢说："三王爷，请吧。"

金芷汀兰似乎是知道无从反抗，看了一眼微生瓷，终于还是跟柳风巢一并离开。作为证人，徐妈与大夫金鲶也一并同行。微生瓷把剑丢还给金鹰，金鹰抚摸着那几乎还未来得及沾染微生瓷体温的剑柄，心中激动难言——这是神用过的兵器啊！！！

太极垂光。温谜看见柳风巢一行人赶回，先是一喜，然后就看见蓝小翅不在列中。他问："小翅人呢？"

柳风巢低着头："小师妹说突然想起另有要事，让我等先行回来，我让小瓷陪着她了。"温谜叹了一口气，以这丫头闯祸的能力来看，小瓷也不保险啊。但是金芷汀兰在眼前，他说："你们找到证据证明此事系三王爷所为吗？"

柳风巢说："证人都已经带到。"温谜点点头，与四大长老共同确认证人供词，金芷汀兰供认不讳。

金枕流被释放，他倒是一脸好奇，问金鹰："出了什么事？该不会真是三十六姨太救了本太子吧？"

金鹰说："回殿下，正是。"

金枕流说："啊啊，三十六姨太，本太子要对你以身相许！"跑出流霞小筑，又左右看了一圈，问："她没回来？对了，她如何替本太子洗清罪名的？"

金鹰犹豫，然后说："他们查到红鹰的亲生母亲是徐妈，有人威胁徐妈，让红鹰从太子这里支领了大笔银子。"

金枕流说："谁这么可恶？看本太子打他一个生活不能自理！"

金鹰说："是……是三王爷。"

金枕流愣住："什么？"

金鹰说："他自己都承认了，还试图挟持鳍王逃跑，被微生少主当场拿下。”

金枕流猛地推开他：“不可能！皇叔在哪里？”

金鹰说：“已经被押到丹崖青壁了。”

金枕流几乎是飞奔到丹崖青壁，听说事情与鳍族有关，这里已经围满了人。金枕流挤进去，丹崖青壁的公议长老，由江湖各派推荐，选最有名望的人任职。

仙心阁提交证据、证词，公议长老裁定罪名。温谜身为仙心阁阁主，有暂缓行刑、延期再议的权力。

金枕流挤进去，只见金芷汀兰被绑在青壁之前，长发披散，神情却淡然。他颤抖着叫了一声：“皇叔！”

金芷汀兰看他一眼，眼神淡漠。金枕流想闯入，被拦住。仙心阁开始一项一项公布证据，徐妈和金鲶也公开重述证词。金枕流越听越迷茫：“皇叔，你为什么要这么做？”金芷汀兰并没有回答他，金枕流说，“自我懂事以来，父王事事顺从您，我受您教养之恩，从不敢忘。可你为什么要这么做？”

他的失望与伤痛溢于言表，金芷汀兰终于看了他一眼，终于，眼神有些悲哀。长老们公议完毕，议定其所犯之罪恶劣至极，处以七根绝脉钉之刑。金枕流浑身颤抖。

金芷汀兰被吊起来，丁绝阴走到他跟前，身后跟着手捧绝脉钉的弟子。金芷汀兰一直就是优雅尊贵的，今日也同样气质如兰。丁绝阴问：“你真的认罪吗？”

金芷汀兰微笑：“敢做敢当，有什么不能认的？”

丁绝阴戴上手套，右手一扬，第一根绝脉钉入体！金芷汀兰轻哼一声，血顺着白衣淌出一尾鲜红。

金芷汀兰的血越流越多，第三根绝脉钉入体，有人高喊一声：“住手！”

诸人一并看过去，却是金霈泽赶到了。温谜说：“鳍王。”

金霈泽几步赶到金芷汀兰身边，说：“温谜，金芷汀兰是我鳍族皇族，就算他有过错，也应该由我鳍族处置。丹崖青壁算是什么东西？凭什么定他之罪，处以极刑？！”

围观的江湖人士都站起来，温谜皱眉，说：“鳍王，三王爷自己已经认罪。他所犯的并非小错，而关乎几百条人命！丹崖青壁的规矩，乃武林门派共立，鳍王不可造次。”

金霈泽拦在金芷汀兰面前，说：“温谜，我不听你讲的这些狗屁道理，金芷汀兰我现在就要带走。你若执意阻拦，来跟鳍族一较高下吧。”

鳍族军队纷纷赶到，前来观刑的武林人士也纷纷聚集到仙心阁的人身边。一场大战一触即发。温谜眉头紧皱，若论实力，仙心阁定胜鳍族一筹。何况现在还有这么多武林人士在，鳍族没有胜算。

但是如果真的交上手，以金霈泽的性子，那可是真的要拼个鱼死网破的。可是众目睽睽之下，总不能真的放了金芷汀兰。

当初丹崖青壁的规矩，是江湖同道共同订立的。只要是涉及族派之外的伤亡，就要经过丹崖青壁的公议。金芷汀兰的事关乎八百多无辜村民的性命，如果贸然放他离开，丹崖青壁威严何存？

人群后面，蓝小翅跟微生瓷站在一起，微生瓷手里拿着根烤鱼串。蓝小翅转过头看他，问：“很难吃吗？”

微生瓷点点头，鳍族的鱼做得可真是难吃，好像是要告诉全人类鱼不宜食用一样。他苦着脸，一根烤鱼串从鳍族回来，吃了一路。蓝小翅笑得不行，从他手里接过鱼串，三两下咽进肚子里。

木香衣已经看见人群中的蓝小翅，当下挤过来，问：“不理他们？”

蓝小翅小声说：“爹会很高兴看见他们打起来的。”

木香衣不说话了。

事情僵持不下，丹崖青壁之上，已经受了三根绝脉钉的金芷汀兰声音虚弱：“五弟。”

金霈泽赶紧回头：“三哥！你怎么样？！”他以手中鹣鲽双刺去斩金芷汀兰手足上的铁链，但是一阵火花四溅，那链子竟然无法被撼动分毫。

温谜知道不能再忍下去，说：“金霈泽！私劫丹崖青壁罪人，视为同谋。”

金霈泽说：“我既然敢来，岂会在乎你的恫吓！”

旁边，童颜鬼姥跟微生歧在一边看，微生歧本来是不想凑这热闹的，不过听说这是他未来儿媳妇的劳动成果，他还是很给面子地过来了。

童颜鬼姥和他一样不想惹人注意，所以两个人站的角落居然不约而同。她倒是认识微生歧，问："仙心阁跟鳍族看样子是要打起来，你不帮忙？"

微生歧看了她一眼，男不男女不女，不过不认识，所以他理也不理。童颜鬼姥倒也不生气——跟微生歧站一块儿啊，都不知道怎么表示自己的激动了。

不一会儿，柳冰岩过来，问："微生家主，金霈泽情绪激动，可否请您出手先将他制住？"

微生歧冷哼："微生世家向来不涉江湖事。"想了想，补充一句，"不过如果温谜把他女儿许配给我儿子，我和他成了亲家，他的事倒是算家事。"

柳冰岩瞪了他一眼，他连回瞪也懒得，竞争对手，哼！

柳冰岩于是也不解了，问："其实以微生世家的地位家世，令公子要娶何方女子没有？微生世家既然不涉江湖事，又何必非要娶蓝小翅呢？她毕竟身世复杂，又是羽人。"

微生歧心说，老子要有选择用你说？当下没好气，说："你不用谦虚，以你老柳家的家世声望，娶谁家姑娘不好？为什么非要让你儿子跟我家小瓷争蓝小翅？"

柳冰岩说："我与阁主乃是至交，家世渊源深厚，我儿子娶她女儿无可厚非。而且蓝小翅既然是他的女儿，就跟我自己的女儿也没两样。我能确保以后柳家会始终如一地待她。"

微生歧说："说得真是好听，我微生世家难道还会虐待自己儿媳妇不成？"你看我儿子跟在她身边那狗腿的模样，以后谁虐待谁还不一定呢。

童颜鬼姥在一边可算是听明白了，她一头雾水："等等，蓝小翅不是蓝翡的女儿吗？怎么又变成温谜的女儿了？"

这下几个人都注意到她了，正道人士都顾着温谜的面子，没人会提蓝翡。微生歧问："你是什么人？！"混账，哪壶不开你就跑来拎哪壶来了！

童颜鬼姥脖子一缩，但好不容易能跟微生歧站一块儿，她也不舍得走，就是死也不说话了。

而丹崖青壁前，金霈泽三斩铁链，温谜手中上善若水终于出鞘。金霈泽与他交手数十招，住这一刻钟不到，已经落了下风。他二人动了手，下面江湖人士跟鳍族也开始混战。

金芷汀兰怒喝：“住手！”他在鳍族积威已久，这一声怒喝还是有些分量，鳍族兵士立刻停手。

金芷汀兰说：“金霈泽，如果你还叫我一声三哥，你就听我的话！”金霈泽一怔，不由也上了手，说：“三哥，我从小荒唐，是你一直教导我、管束我。我母妃谋夺王位，可那不是我的本意……你顾念兄弟情谊，处处忍让，我都知道！现在无论如何，我不能眼睁睁地看着你在此受刑！”

金芷汀兰方才动怒，身上血流更甚，他说：“五弟，其实这么多年以来，有一事，我一直对不起你……”

金霈泽说：“三哥。”

金芷汀兰说：“其实我……枕流……五弟，总之我死不足惜，你好好回鳍族去。枕流才薄智疏，你还是立漱石为太子吧。”

金霈泽沉默，问：“三哥，你是因为枕流之事，所以一心求死吗？”

金芷汀兰说：“五弟，总之是我对不住你！不必多言，回去吧。”

金霈泽说：“三哥，枕流的事不怪你。”

金芷汀兰说：“你根本就不知道，枕流他……他……”

金霈泽说：“枕流是你的孩子。我知道。”

金芷汀兰呆了，在场诸人都呆了——哇，原来水产也有狗血八点档啊！金枕流在人群之中，本来就够为难了，父王要劫皇叔，他无论如何只好帮忙。这时候听见这话，他一脸茫然——什么？

金芷汀兰许久才问：“你都知道了？”他脸上的痛苦之色终于明显了，“当初我和弟妹……是我喝醉了！我……”

金霈泽说：“三哥，不关你的事，那一晚，是我在丝薇的酒里下了药，枕流是你的孩子，我一直就知道。我……都是我的错！该死的是我！！”

金芷汀兰觉得自己一定是流血过多，出现幻觉了。金霈泽说：“当初三皇嫂有孕，父王非常欣喜，向母妃透露，如果是男孩，就是皇长孙。母妃嫉恨之下，趁你出门在外，毒死皇嫂，我那未能见面的侄儿，也因此胎死腹中。我悔恨我知道太晚，既不能救下嫂嫂，也不能向母妃寻仇。从此你再不娶妻，孤身一人。三哥，我……我心如刀割。所以，我……我就让丝薇……怀上你的孩子，到头来始终还是还位于你。”

金芷汀兰说：“你……金霈泽，你从小就荒唐，可你怎么能荒唐至此！”一生气，伤口流血更甚！

金霈泽满面通红，却仍一梗脖子，说：“反正事到如今，都是我的错。如果仙心阁一定要定你的罪，我愿用一命换你一命！”

金芷汀兰说：“霈泽闭嘴。”

金霈泽转头，看向犹自呆立的金枕流，伸出手去，说：“枕流，你过来。”

金枕流木木呆呆地走过去，金霈泽说：“叫爹。”

金枕流看着金芷汀兰，哪怕是这么熟悉的人，却愣是叫不出一声爹。怪不得，怪不得从小皇叔对他就特别严厉，而父王却一直百般宠爱他。他挥金如土、风流成性，金霈泽却从未苛责。

他跪倒在地上，心中千思百想，仍是失措。金霈泽眼中热泪盈眶：“三哥，你也说我荒唐了，鳍族不能没有你啊。枕流也不能失去你啊！”金芷汀兰看了金枕流一眼，心中痛不可当，却只是摇头。不，不能让仙心阁真的去查。

突然人群中，有人娇声道：“哎，看来是打不起来了。”

金枕流等人转过头去，看见蓝小翅从人群中转出来。温谜说：“小翅，大人说话，小孩子不要插嘴。”

蓝小翅说：“这个金芷汀兰真的坏呀，他口口声声托我去查真相，原来就是担心仙心阁查出真正的真相。而且他还设套阴我，不可原谅。”

金芷汀兰流了不少血，而且疼痛加剧，他有些虚弱：“蓝姑娘……”

蓝小翅说：“我重新回红鹰的坟地仔细查探了一下，发现有人从二百米开外的地方挖了个洞，直达墓里。最后又回填了。”金芷汀兰呼吸急促了，蓝小翅心头暗爽，“所以，是有人偷入红鹰的坟墓。动机嘛，要么盗走什么，要么放进去什么。对吧，三王爷？”

金芷汀兰说："你说什么我不懂！"

蓝小翅说："三王爷前一刻请我前往鳍族，回头就赶回去派人挖了个洞，往红鹰的棺木里放了个荷包。然后我果然顺着这个荷包，找到了红鹰的娘，查到了所谓的真相。哼，你敢阴我！所以我就真的感兴趣了，重新回去了一趟鳍族。"

金芷汀兰喘息着道："蓝姑娘……"

蓝小翅说："一天之内，要挖一条二百米的通道不难，但是要在那样狭小的空间打开棺木，并且完美复原不留痕迹，还是不容易的。所以我查找了一下鳍族有名的老河工，可以被三王爷派遣、又正好在一天之内能够赶到红鹰坟墓挖洞开棺的，不太多。幸好三王爷素来没有杀人灭口的习惯，所以我正好遇上了，于是就请他过来做个证。"

她一拍手，一个老河工颤颤巍巍地过来，跪下："三王爷，我也是受人胁迫，我……"

蓝小翅说："嗯？"

老河工赶紧说："我自愿前来做证，当天确实是三王爷派我挖个洞，将一个荷包放进一具棺木之中。并且叮嘱将棺木恢复原状，为此我还找了我侄儿帮忙，他是个木匠……"

蓝小翅从公议长老那里取了留作物证的荷包，又顺手摘了温谜、柳冰岩、古鹤阴、丁绝阴的，再加上自己的，随便一把拍乱，拿到河工面前："当日三王爷交给你的荷包，挑出来。"

老河工一眼就从里面挑出了一个，正是从红鹰棺中所得。

金芷汀兰双唇颤抖，蓝小翅说："好了，现在重新审问一下证人。"

她没有问徐妈，却走到鳍族大夫金鲶面前，说："金大夫，你知道我当天为什么不找你问话吗？"

金鲶低着头，说："老朽不知。"

蓝小翅说："因为我知道三王爷肯定早就跟你对过口供，问也白问。不过现在你要搞清楚，我让人重新勘验了红鹰的尸体，他是死于一种名叫血热散的剧毒。你是唯一帮他诊治的大夫。"

金鲶双肩抖动了一下，蓝小翅说：“所以，他是你杀的吗？”

金鲶说：“我……”

蓝小翅说：“依照丹崖青壁的规矩，杀一人和杀百人没什么不同，你想清楚，这可是要抵命的。”

金鲶说：“我……确实是受三王爷指使，以血热散杀死红鹰。我无话可说。”

蓝小翅点头，然后去看金芷汀兰：“三王爷，这个大夫我虽然不认识，但是他对你很忠心。看你的作风，也是个仁慈的人，没理由为了自己的恩义，让别人替你送死。”

金芷汀兰沉默，片刻，说：“金鲶，你……”

金鲶双目含泪：“三王爷，金鲶自己做的事，无怨无悔。”

蓝小翅说：“好一个无怨无悔。不过可惜，红鹰死于血热散的事，只是我听说他死前曾高热不退，随口说的。”金鲶愣住，蓝小翅说，“我想，三王爷既然不想追究真凶，应该也不会让你查验尸首吧。”

金鲶果然慌了：“这……”

蓝小翅说：“你既然承认是你杀死了红鹰，却连他的死因都不知道？不过如果你也好奇的话，温阁主应该可以让云采真重新勘验尸首。”

小小的人儿在场中谈笑若定，很有点不知天高地厚的轻狂。温谜微笑，说：“当然。”声音有一点骄傲，也有一点温柔。

云采真上前，重新验尸，半个时辰之后，他说：“红鹰的伤口有感染，会导致他死前高热。但他真正的死因，是之前有内伤，功力被废之后，内伤复发。而有人似乎深知这一点，以恰到好处的功力，使他内伤加剧，直至死亡。”

温谜问：“是否需要开膛？”

云采真说：“可以，不过事实可以肯定。”

蓝小翅说：“如此一来，事实就很清楚了，凶手一定是四十四战鹰之一。而且金鹰、银鹰因为一直照顾受伤的红鹰，嫌疑最大。”

金鹰说：“蓝姑娘！”

银鹰已经跪下："蓝姑娘，你可不能信口胡言啊！我不想再挨打啊……"一边说一边爬到金枕流身边。

蓝小翅说："该打还是要打的。不过我一向看不得这样血腥的场面，而我又不够时间查你们四十四个人的底细。所以我去了一趟钱庄，查了一下鳍族皇子金漱石的钱账明细。我想他如果让人做这么大的事，应该也无外乎就是利诱、威逼吧。"

金鹰的脸色慢慢变了。

蓝小翅说："结果我觉得很奇怪，金漱石每个月会定期以一个叫'空蜓'的名字存一笔钱。然后我又花了好多时间去找这个空蜓。唉，你们鳍族的效率可真差。"

金鹰慢慢说："你找到她了？"

蓝小翅说："费了牛劲，终于找到了。是个长得挺好看的姑娘。"

金鹰双手颤抖，终于问："你把她怎么样了？"

蓝小翅说："没怎么样啊，就问了她一点事。哦，她不肯说，后来我一生气，就把她怀里的婴儿掷地上了。啊，那血溅在她脸上……"

金鹰突然身影一闪，冲过来，微生瓷和微生歧同时抢出，瞬间将他压得跪倒在地上。金鹰说："你居然敢这样对她！"

蓝小翅说："就是为了她吗？连主人也可以毫不犹豫地背叛。"

金鹰双目赤红，在看了一眼金枕流后，默默地低下了头。

蓝小翅捂着嘴偷乐，说："我骗你的，她眼睛看不见，又生得那么漂亮。我怎么会干这种事呢？我只是说我是她相公的朋友，最近她相公的主子遇到一点难事，没空回家，托我去看看她，还给了她一点银子。哦，对了，鳍王你要记得给我报销。"

金鹰整个身体都瘫软下去。蓝小翅说："现在，我觉得你可以说出真相了。毕竟如果别的人去，可能没有我这么懂礼貌。"

金鹰说："太子殿下，我……我对不住您！"一挺身就准备咬舌自尽，微生歧手疾眼快，一下子将他的下颚拎脱了臼。

金枕流问："你是我大哥的人？"

金鹰不说话，蓝小翅说：“说吧，我把她们母子送到丝薇王后那里去了，嗯，王后很喜欢那个小婴儿。他们很安全。”

金鹰终于挣开微生歧和微生瓷，说：“我……我从小就是漱石皇子的人，是他将我送到殿下身边。”

金芷汀兰呼吸急促，惨然道：“不！”

金鹰却还是接着说：“因为太子殿下待人宽厚，漱石皇子并不放心我，所以控制了红鹰的爹娘。是他命我和红鹰从殿下账目中做手脚，将一百八十七万两白银分批转出去，但是做什么，我们并不知道。”

金枕流问：“红鹰是你杀的？”

金鹰说：“是的。但，这是他的请求。那天，殿下找了金大夫为他诊治。他武功尽失，又失一臂，无用之人还劳殿下这般关心。我们这样的人，也是有心有情的。夜里，他托我将太子给他的银子转交给徐妈，然后求我动手了结他的性命。我知道他以前受过伤，只一掌，引发了他的旧伤。他不肯喝药，到第二天夜里就死了。”

金枕流说：“你有妻儿了？为什么从来也没听你提过？”

金鹰说：“空蜓……是羽族人。我并不想将她暴露在危险之中。可是……可是漱石太子发现了。”

金枕流“哦”了一声，说：“我还以为我们是朋友呢。”声音很失望。他当然发现不了，因为他从来没有监视过他的部下。

金鹰跪下，额头用力磕在地上：“金鹰这样的卑微小人，怎配与殿下为友？”

金枕流转头，看向金芷汀兰。金芷汀兰也在看他，许久，他终于上前：“爹。”

金霈泽说：“三哥，你一直就知道是漱石？”

金芷汀兰说：“五弟，漱石毕竟是你的儿子。鳍王之位本应该传给他。这么多年，你一直偏宠枕流，是我与枕流亏欠他。”

金霈泽说：“放屁！那个逆子竟然敢干出这种事来，他就是……就是……”突然发现，如果金漱石罪名坐实，一样难逃一死。他沉默了。

蓝小翅说："怎么？舍不得了？"

金霈泽说："来人，去抓漱石皇子前来丹崖青壁。"话很决绝，然说完，却慢慢咬紧牙关，状若万箭穿心。

金芷汀兰说："五弟！"

金霈泽说："三哥，我们永远是兄弟。"

鳍族皇子金漱石被抓到丹崖青壁的时候，金芷汀兰执意不肯离开。金霈泽牙关都在抖："你购买那么多昊天根，到底用来干什么？"

金漱石只是笑："原来你还会关心我想干什么吗？你的眼睛还能看见我吗，父王？"

金霈泽说："漱石，你是我的儿子。"

金漱石说："原来你知道。那为什么这么多年，你从来没有夸奖过我一句？为什么我那么努力，最后你却要把王位传给一个不能见光的杂种？！他真的配为鳍王吗？"

金霈泽说："闭嘴！"

金漱石狂笑："嫌我说得难听吗？你让自己的王后和自己的哥哥通奸！你让鳍族成为所有人眼中的笑柄。难道你觉得这好听吗？"

金霈泽说："漱石，这是我们欠他们父子的！当初王位本来就是你三皇叔的！"

金漱石说："成王败寇，何来欠谁？！"

金枕流总算是明白了，他说："我从来没有打算跟你争什么，皇兄。以前我总是奇怪，为什么三皇叔总是督促你的学业，却对我不加管束。我很困惑，为什么他可以整日教你骑射，却任由我牵猫遛狗，惹是生非。"

金漱石说："那只是因为他虚伪！若非如此，父王怎会受他蒙骗？！"

金霈泽说："够了！你现在告诉我，你购买如此之多的昊天根，绑架八百余村民，到底是想干什么？！"

金漱石说："我……"话音刚起，突然嘴里涌出一股血泉。金霈泽等人一惊，云采真同时抢身上前，然而只来得及施了一针，金漱石已然气绝。

云采真一把脉，说："他服药至少有两个时辰了，毒入肺腑，五脏六腑都已经烂穿了。”

蓝小翅站在旁边看，呵，有意思，是木冰砚的看家毒药，名字叫“天无绝人之路”。名字是蓝翡起的，当时他轻摇着华丽的羽毛扇，笑着说：“天无绝人之路，至少你还可以死嘛。”所以起了这个名字。药初服时无色无味，也无痛苦。两个时辰内全无异样，但是一旦发作，五脏俱穿，神仙难救。

可是这就很有意思了，用这种毒，自杀当然干脆。但是若是下毒害人，也是妙极。如果有人对金漱石下毒，那么他此刻应该是急着离开鳍族了。抄近道直接赶往葬星岭，或许能截到。

可是她站着没动——这货本来就该死，害老子跑得差点断了腿。他杀自杀，关我屁事？

金霈泽抱着金漱石的尸体，悲痛难言。金枕流和金芷汀兰站在一边，同无言以对。

微生歧这时候当然也不用站到角落了——全场都在打量他。死宅的大神啊，见上一面以后可以吹上一辈子的牛了。微生歧怒瞪了蓝小翅一眼：“你一个女儿家家的，不思嫁人生子，天天东跑西跑！抛头露面，不怕败坏了温谜家风？！”

蓝小翅嘚瑟，摇晃着小蛮腰：“我就不嫁人，我气死你！”

微生歧确实是快要气死了，养个儿子真是什么用也没有！好想打昏扛走啊！！

第十四章 暗族迦隐

金漱石虽然死了，但是鳍族还是要给出一个交代的。金霈泽悲痛过度，金芷汀兰与仙心阁一并通报江湖。因此事而死伤的村民也需要赔偿。当然，这些自有大人们操心，和几个孩子是无关的。仙心泉下，蓝小翅把一套衣服递给童颜鬼姥："鬼姨，你要走的话记得把这衣服换上。"

童颜鬼姥一眼认出来，是微生瓷的衣服。她惊愕："你把微生瓷扒了？！"

蓝小翅说："什么啊！你和他身量差不多，换了这衣服下山，指不定别人把你认成小瓷，没人找你麻烦。"

童颜鬼姥这才将衣服接过来，她在仙心阁确实住得不习惯。老鼠待在猫窝里，感觉有点刺激。她拍拍蓝小翅的头："你这丫头，倒是想得周到。"说着话脱下黑色外袍，换上小瓷的衣服。

她身材居然很不错，蓝小翅在旁边一脸八卦："鬼姨，据说你非常擅长采补之术，是不是真的啊？"

只有两个人，童颜鬼姥也不害臊，问："臭丫头，你问这个干什么？你想学啊？"

蓝小翅来劲了："来来，给本秘籍我看看。"毕竟小，哪有对这些事不好奇的？

童颜鬼姥笑得不行，摸摸她的头，说："练这些不好，你看鬼姨，曾经为千夫所指的时候也不觉得，如今名声坏了，遇到想珍惜的人也晚了。"

蓝小翅在翻她衣服："你是不是藏身上了？珍惜的人？你说我爹啊？那你不能珍惜是好事儿，你只是名声坏了，他是从皮到芯儿都坏了。"

童颜鬼姥敲了一下她的头，说："不许这么说你爹。好了，别翻了，鬼姨虽然是让你叫鬼姨，好歹也做过老长一段时间的男人啊。你这么漂亮的小丫头，要是让我早些年遇见，啧啧。"

蓝小翅在她身上乱扒，说："快把秘籍给我看看！"

童颜鬼姥笑得不行，说："早就不用了，哪还有带在身上的？回去就给你。"蓝小翅这才"唔"了一声，然后说："你要记得啊。"

童颜鬼姥说："奇了怪了，如果你真是温谜和青琐的女儿，怎么对坏人反而这么亲近呢？"

蓝小翅说："唉，别提了，温阁主一脸铁面无私，我看早晚要给我们父女来个天降正义。鬼姨你到时候记得来救我啊。"

她还是觉得和蓝翡是父女，童颜鬼姥很满意，却还是说："其实你有没有想过，你可以嫁个好人家，安安稳稳地生活。以后相夫教子，没有人会来为难你。"

蓝小翅说："哈。"

童颜鬼姥拍拍她的头："好丫头，你听鬼姨的话。上次丹崖青壁，鬼姨就看出来了，微生世家父子对你非常维护。微生世家一向视江湖为浊流，傲然独立。只要嫁进去，江湖上的纷扰从此不会影响你。"

蓝小翅说："不要。"

童颜鬼姥说："傻子！遇到好男孩不抓住，你以后就等着来飘云谷跟你鬼姨做伴吧！"

蓝小翅说："好呀，我有空就过来。"

童颜鬼姥笑弯了腰，说："本想给你一个信物，但是鬼姨也不是太光彩的人，遇到正道人士反而麻烦，就算了。"

话语里都透着真心实意，蓝小翅问："以前选的路，你后悔了吗？"

童颜鬼姥说：“傻丫头，我们这样的人到了这一步，无从后悔的。但是鬼姨还是觉得，你应该朝一条正确的路走。不用担心你爹，如果他以后成孤寡老人了，鬼姨还可以去陪他嘛。”

蓝小翅捂着嘴，哧哧偷笑，童颜鬼姥说：“好了，我走了。”

蓝小翅一直将她送出太极垂光，童颜鬼姥回身，向她挥挥手。言行举止，潇洒不羁。

鳍族事了，童颜鬼姥离开，金枕流却没有回去。

蓝小翅回到房间里，听见隔壁房里有人声。她撩起床帷，从墙上的破洞里看过去，就见到金枕流坐在床上，抱着个枕头，一声不吭地发呆。

她问：“你在干吗？”

金枕流看见她，勉强笑了一下：“三十六姨太。”

蓝小翅从破洞爬过去：“你没跟你父王回去？”

金枕流笑得自嘲：“你没听我父王说吗？我不是他的儿子。”

蓝小翅说：“是啊，你父王可真是够不靠谱的。”金枕流不是很想说话，又低下头去。蓝小翅说：“我觉得你现在应该回到丝薇王后身边，她应该也挺不好受的。”

金枕流说：“在这之前，我每次看见我皇兄，都喜欢刺激他玩。呵，课业好又怎么样，武艺精又怎么样，父王还不是不喜欢。而他性子又躁，只要我一激，必然大怒，然后就会又被父王一顿狠训。”

他提起旧事，像是提起儿时的玩伴：“可是我真的以为我们是亲兄弟，我讨厌他，只是因为他是优秀的那一个。现在才知道，原来是我抢了属于他的一切。”

蓝小翅说：“所以呢？你打算以死赎罪吗？”

金枕流终于无奈了：“三十六姨太，你能不能有点同情心？”

蓝小翅说：“你父王、母后还有你亲爹，每个人的伤痛都比你深。你身为鳍族太子——至少现在还是——应该负起责任，替他们分担一些事。至于事后如何，容他们再议。”

金枕流说：“可……可我不知道应该怎么面对父王，怎么面对三……呃，我爹，还有我母后。”

蓝小翅说：“要不你学我，戴个面具？”

金枕流苦笑，然后看着她脸上的面具，说：“小翅，你脸变成这样，你难过吗？”

蓝小翅说：“我好久不照镜子了。”她一向乐观，突然这么说，金枕流愣住了。蓝小翅拍拍他的肩，说：“如果比惨有用的话，我俩就在这里比惨吧。可我还是觉得，你现在应该想想有什么是能为他们做的，说不定你父王他们也正不知道怎么面对你呢。”

金枕流站起来，说：“我……我回鳍族去。”

蓝小翅点头，说：“要不你中午再请我们吃一顿饭吧？万一你以后不是鳍族太子了，说不定就请不起了。”

金枕流：“……”

于是中午，金枕流带着蓝小翅、微生瓷、柳风巢、贺雨苔、木香衣等人，再次来到瑶池山庄。金枕流说：“我们是好朋友，但是我现在……突然觉得自己这个太子这样名不正言不顺、这么大手大脚地花鳍族的钱实在是太不应该了。”

少年们都表示理解，随便吃点什么就是了。金枕流一脸感激，说：“那我们今天就吃简单点，点个八九千两的菜就行了。”

就连柳风巢都想按着他打。

酒菜一一上来，金枕流给几个人都满上：“来，陪我喝一杯。”经历了金鹰和红鹰背叛的事，他却似乎并不怀疑友谊。蓝小翅等人也都举了杯，只有微生瓷狐疑地闻了闻杯子里琥珀色的液体，还挺香的。

众人互相遥敬，一饮而尽了。酒是多年醇酿，真是香。后劲也不大，蓝小翅又斟了一杯，说：“来，太子爷一醉解千愁。”

金枕流与她饮了，说：“三十六姨太，我回去就遍访名医，来为你治脸。”

蓝小翅说：“呵，那为了诊金，我先敬你一杯。”

一群人又喝了一阵，金枕流说：“来，微微……”话刚出口，所有人都惊住了——微生瓷不见了！贺雨苔都傻了："这……刚刚还在的呀！"

众人一顿狂找，连桌子底下都看了，微生瓷丝毫不见踪影。

半晌，只听外面有人大喊："少爷！哎哟，我的少爷！您快把我们掌柜放下……"

蓝小翅等人几乎是冲将出去，只见外面，一身红衣的微生瓷举着年过半百的掌柜的，旋转如风，在练一套旋风掌。而掌柜的正在旋风中间，忽上忽下，忽左忽右，狂风席卷，树叶和落红交织，如果中间是个美女，定是奇景。

可是掌柜的明显不觉得，因为他在奇景中间裤子一湿——汤都洒了。

几个少年默默地互看了一眼，贺雨苔问："瓷少爷长这么大，第一次喝酒吗？"

柳风巢说："他要酒疯不知道会不会伤人。"

金枕流说："不愧是我家微微，连醉酒也醉得如此个性。"

蓝小翅说："这个人我不认识……"

微生瓷的酒疯，一直发到下午。金枕流说："他还不累啊？我要走了，再不走天要黑了。三十六姨太，你好好照顾我家微微，等他醒了替我跟他说一声，我对他是真心的。"

蓝小翅说："我去你的。快滚。"

金枕流嘿嘿笑了一声，跟小伙伴们喝了一下午的酒，感觉心事都拨云见日了一样。他深吸一口气，仿佛那是他的勇气，然后再不犹豫，转身赶回鳍族。

微生瓷的酒醒得奇怪无比，好在体力消耗得很快。等他招式慢下来，柳风巢赶紧上前接住他。他抬眼看了一眼柳风巢，呢喃道："不要你，要小翅膀抱。"

柳风巢怕他发疯，不敢逆他，说："诺！"

回头就把他扔给蓝小翅了。蓝小翅用丝绢替他擦了擦脸，他脸颊红红的，双唇若涂丹。这时候见到蓝小翅，却是很放心地闭上眼睛，沉沉睡去。

柳风巢没有办法，只得蹲下，将他背在背上，一行人悄悄返回太极垂光。怕温谜和微生歧发现，偷偷摸摸地把微生瓷背进了房间里。

第二天，蓝小翅刚穿好衣服起床，就看见温谜站在门口。她歪了歪头，温谜说："今天是你十六岁生日。"

蓝小翅有点奇怪："我以前生日不是今天。"

温谜说："真正的生日是今天。你娘过来了，走吧，跟爹过去见她。"

蓝小翅"哦"了一声，想想也正常。蓝翡既然收养她，又不想让人知道，当然不会在温谜女儿生日那一天为她庆生。她跟着温谜往正厅走，就见许多人抬着大箱小箱过来。

蓝小翅哇了一声，她是个好奇心强的，当下就忍不住打开一箱，里面满满当当的衣服、首饰。温谜有点惭愧，蓝小翅回到他身边之后，他几乎没给她买过什么。

衣裳是仙心阁的弟子服，首饰一些是她之前戴的，一些是她自己找材料做的——比如蓝翡的羽毛。蓝小翅随手捡了一条蓝宝石手串，温谜说："我真不是一个称职的父亲。"

蓝小翅点头附和："对。"

直到进了大厅，青琐看见她手上的蓝宝石手串，嘴角不由露了一丝温柔笑意，说："宝贝，过来。"

慕流苏坐在她旁边，他是朝中重臣，虽不会武功，却自有一番威仪博雅。蓝小翅歪了歪头，跑到青琐身边坐下。青琐说："今天小翅生日呢，十六岁的大姑娘了。"

蓝小翅拿脑袋拱拱她："谁说的？我还小呢。"

青琐笑笑，转头看温谜，说："鳍族派了人过来，提及小翅的亲事。"温谜一怔，旁边慕流苏也说："十六岁，是该嫁人的年纪了。"

青琐摸摸蓝小翅的头，说："我的宝贝女儿有意中人了吗？"

蓝小翅一脸警觉："鳍族说了什么？"

青琐说："鳍族……想替他们的太子金枕流向你提亲。"

温谜心里叹了一口气，想多留女儿一阵，真是不容易。他说："你们远道而来，一路辛苦。先行歇息，此事容后再议吧。"

青琐点头，说："我也只是想问问小翅的意见。"

慕流苏跟温谜说话，青琐带着蓝小翅，没有去已经安排好的客房，反而去了蓝小翅的房间。里面已经摆下了八口大箱子。

青琐打开其中一个，说：“这一箱全是娘和绣娘赶制的，你看看合不合身。”

说着话拿起一条莲青色的曳地长裙抖开，式样都有点偏宫廷，很是华美。蓝小翅看了一眼，捂嘴笑。青琐瞋了她一眼：“笑什么？”

蓝小翅说：“娘，您是不是觉得我跟着我爹长大，品味也会跟他一样啊？”

青琐也笑了，说：“都说知女莫过母，可是我女儿离开我这么久，我确实不知道你喜欢什么了，所以都做了一点。如果不喜欢，来看看这件……”

她把箱子里的衣裙都拿出来，确实十来件都是不同风格的衣服。有的繁复华美，有的简洁婉约。有的淑女，有的俏皮。蓝小翅终于也有点感动了，青琐回相府的时间并不久，却做了这么多衣服。她拿起一条，说：“我试试。”

青琐含笑点头，看自己的女儿，真是怎么看怎么漂亮，直恨不得把世上最美好的都给她。

蓝小翅把衣裙穿上，青琐立刻为她整理褶皱，系上裙带。蓝小翅说：“娘手艺这么好，爹当初为什么要抢走我啊？他不会是因为喜欢你，所以因爱生恨吧？”

青琐哭笑不得，啪地一巴掌拍在她脑袋上：“说的什么胡话！”

蓝小翅说：“不是吗？”

青琐说：“小翅，蓝翡谁也不爱。只是他小时候，并不受蓝老爷和蓝夫人喜爱，蓝夫人对他们母子非常刻薄。当时娘身为养女，很多事也说不上话。”

蓝小翅有点懂了，说：“娘是不是整个蓝家唯一没有欺凌过他们母子的人啊？”

青琐说：“蓝家人……确实对不住他。”然后看蓝小翅，“你知道他的身世？”

蓝小翅说：“知道啊，我问爹，爹就说了嘛，爷爷跟奴婢生的嘛。”

青琐苦笑，说：“他对你倒是诚实。”

蓝小翅说：“是啊，当时我还问他，我是不是也是他跟奴婢生的呢。”当时在蓝老爷子的墓碑前，小小的孩童仰起大眼睛，这么问。蓝翡笑意满满，说："爹是不会跟奴婢生孩子的。"

蓝小翅歪着头："可是往前十年，羽人都是奴隶啊。爷爷为什么觉得爹是奴婢生的孩子呢？"

蓝翡笑了一声，把她抱起来，说："很高兴你这么想，宝贝儿。"

蓝小翅想起旧事，嘴角一点笑意。青琐说："我很庆幸，这些年他对你很好。如果他像当初娘的养父养母对他那样对你，我或许会想将他千刀万剐的。"

蓝小翅说："当初爷爷、奶奶对他很坏吗？"

青琐愣住："爷爷、奶奶？"蓝小翅歪了歪头——不是吗？青琐问："他让你这么叫的？"

蓝小翅说："是啊。"

青琐笑了一下，说："他这是非要气死蓝家人吧。当初羽族一共十三个家族，蓝家是最大的，可以说是羽族仅剩的贵族。蓝夫人对蓝老爷居然与奴婢生子异常愤怒，所以经常虐待他们母子。而当初蓝翡的母亲其实并不愿意，是……是蓝老爷色迷心窍，强迫她。所以得逞之后，蓝老爷也并不眷顾他们母子。"

蓝小翅说："这个爷爷很不是个东西啊。"

青琐沉默了一下，居然没有反驳，蓝小翅对以前的事情感兴趣，她就多说一些。总是想跟自己女儿多说一会子话，她说："娘记得有一年风雪很大，天很冷。蓝翡被罚在后院做活，身上只有一件单衣。他比娘大一点，但却很瘦弱。娘让丫头取了饭食，不敢明着给他，就放在檐下。可是后来发现，根本没有人动过。"

蓝小翅说："嗯，像他的个性。"

青琐说："那时候的他，跟后来的他，真的有很大不同。"

蓝小翅有些奇怪："您好像并不恨他。"

青琐说："最初在蓝家的他，是个很坚毅的人。娘对他只有怜悯，可是这是他引以为耻的东西。他不需要别人怜悯。后来他被卖到驯鸟场当奴隶，娘想过去看他，场主却并不让我见他。再后来，就是羽族起事，有一天，娘回到家里，发现他屠尽了蓝家老幼。他与蓝家的恩怨，娘算是最清楚的人了。因为清楚，反而说不清对错。但是死的人里，有对娘如亲生父母的老爷、夫人，有上午还在跟娘讨论绣工的嫂嫂，还有刚生产两天的二嫂。她旁边的小床上，还有出生两天的婴儿。娘其实没有资格愤怒，但是却不得不震惊于他的凶残。”

蓝小翅说：“他母亲呢？生他的那个。”

青琐帮她重新梳头，说：“蓝翡被卖之后，他母亲假意向蓝老爷示好，扎了蓝老爷一剪子。蓝老爷一怒之下，将她打成重伤。蓝老夫人……趁机生生将她折磨死了。”

蓝小翅说：“哈，确实没什么可同情的。”

青琐沉默，半晌说：“我也不懂，为什么她会如此仇恨一个女人。”

蓝小翅说：“因为她要靠丈夫养家，要傍着丈夫富贵荣华，她不能恨她的丈夫。”

青琐轻嗔，说：“你又懂了。”

蓝小翅说：“我当然懂了！我爹的那个侍妾，明争暗斗多了去了，但是没有一个恨他的。”

青琐说：“是娘不好，让你在那种环境下长大。”

蓝小翅说：“其实也还好。哎，娘，你拉痛我头发了……”

青琐一阵手忙脚乱，不一会儿，终于说：“你也不小了，是到了该找个婆家的时候了。心里有合意的人选吗？”

蓝小翅头大了，说：“为什么要嫁人啊？”

青琐说：“女孩子，还是应该有个依靠的。”

蓝小翅说：“难道我就不能靠自己，成为一方霸主吗？”

青琐扑哧一声笑了，说：“你这孩子。”然后又正色道，“现在鳍族有意立你为太子妃，但是娘听闻金枕流风流多情，鳍族虽然富饶，却终不是好人选。你爹的弟子柳风巢倒是可靠的，有他和柳家这层关系，你要是真的跟了柳风巢，柳家也绝不会欺负你。”

蓝小翅说：“才不要。”

青琐说："微生世家的小瓷对你也还不错，只是你慕爹爹查了一下，说是他身患痼疾。娘只是觉得啊，男人若是身体不好，你会很辛苦。"

蓝小翅说："我还挺喜欢他的。可是又觉得他太闷了。"

青琐也有些兴趣了，说："微生世家的人，个个都闷。"

蓝小翅想起微生歧，乐了，说："那倒是。"

青琐说："所以，你心里有主意吗？至少可以先把亲事定下来，过两年完婚也是可以。"

蓝小翅说："他们都不是我想嫁的那种人。"

青琐说："那么你想要嫁给什么样的人呢？"

蓝小翅想了想，立刻眉飞色舞了："我想嫁的人，最好跟我爹一样精致，从衣衫配饰到香料指甲油，从头华美到脚。然后跟小瓷一样武功高强，最好不逢敌手的那种。然后要跟柳风巢对温阁主一样，狗一样温顺听话。嗯……然后还要跟金枕流一样有钱，可以对我挥金如土。再然后还要跟慕爹爹一样位高权重……"

青琐已经笑得直不起腰了："你这孩子，全天下的人给你挑也挑不出几个这样的。"

蓝小翅也跟着笑，笑完之后，说："只是不喜欢，一眼就可以看到底的生活。为什么就没有一个人，可以让我爱得死去活来呢？"

青琐沉默了，说："等你上了一点年纪，就会觉得轰轰烈烈的爱，不如平静安稳的生活。"

蓝小翅说："可是我现在没有上年纪啊，我就想有轰轰烈烈的爱。"

青琐摸摸她的头，问："不能将就吗？"

蓝小翅说："可以将就吗？"

青琐叹了一口气，说："在你这个年纪，确实是不能，傻孩子。"

青琐想在仙心阁多陪蓝小翅几天，慕流苏也一直陪同。温谜索性广宴宾朋，一则是公告江湖自己找回了女儿，二则也为蓝小翅庆生——他也希望，蓝小翅能从中挑个不错的夫婿。

温谜发帖，江湖当然是应者如云。

蓝小翅是觉得挺无聊的，不过青琐亲自下厨，为她做了几个新鲜的菜，很合她的口味。她等不及开席，先偷了一个菠萝咕噜肉。做法很新鲜，就是将菠萝掏空，里面用菠萝和肉做的酒醋咕噜肉。做完后将菠萝合好，又保温又有趣。

蓝小翅捧着这个大菠萝往外跑，青琐追了几步，又含笑停住——这孩子。慕流苏站在她身后，说："慢点，别扭着脚。"青琐回头顾他一眼，两个人都在对方眼中看见无尽温柔。

蓝小翅捧着菠萝往前跑，突然眼前一暗，不知道撞倒了谁，她一个菠萝飞出去，好家伙，咕噜肉漫天而下。而此时，眼前人手中油纸伞一挡，油汤泼了一伞。然而那伞却是绝品，油汤虽扬，却滴滴滑落，丝毫不沾伞面。

蓝小翅歪了歪头，只见纸伞上移，一张英俊得令人有一瞬惊疑的面孔出现在眼前。九月初的天还很热，他却戴着手套。蓝小翅与他四目相对，两个人眼里都是清晰可见的惊艳。

半晌，蓝小翅问："天没下雨，你为什么打着伞？"居然没有问姓名。

伞下的男人唇角微扬，说："我不能见阳光，四季晴雨都撑伞。"

蓝小翅"哦"了一声，问："你能不能把伞抬高一点？"

男人问："嗯？"

蓝小翅说："它遮住你的脸了。"男人果然将伞抬高三寸，蓝小翅说，"你长得真英俊。"

男人失笑，说："得小姐称赞，万分荣幸。"

话没说两句，已经有人跑过来："三十六姨太！"

蓝小翅转过头："金枕流，你也来啦！"待再一回头，那个男人已经不见踪影。金枕流说："当然了，看我给你带了什么！"一边说一边挥手，有人抬了一株红珊瑚树过来。

蓝小翅"哇"了一声，长这么大，还是第一次见到这么高的珊瑚树。

金枕流很是得意："漂亮吧？本太子放了好久都没舍得送人的。"

蓝小翅拍拍他的肩膀："够兄弟，走，请你吃饭！哎，刚才那个人是谁，去哪儿了……"

金枕流说："谁啊？不过你爹发了请帖，今天太极垂光来的人肯定很多。我们先上去。"

蓝小翅跟他一起来到大厅，见金霈泽、金芷汀兰等人已经入了座。见到她和金枕流一起过来，周围有很多人打招呼，蓝小翅也不怎么认识。在羽族，她不认识就不理了，这会儿，温谜却一一为她介绍。全是各大宗主、掌门什么的。

蓝小翅转了一圈，等介绍完毕，被安排坐在青琐身边。温谜当然是对各方来客都表达了一番谢意，蓝小翅在跟青琐说话："他们都是来给我过生日的？"

青琐说："是啊。"

蓝小翅想了想，问："那他们有没有送我礼物啊？"

旁边慕流苏终于笑出声来。青琐也止不住笑意，说："有，你爹都收了，回头找他要去。"

蓝小翅这才埋下头，然后外面，微生瓷父子进来。诸人看见他们，都是一静。温谜赶紧上前，领着父子二人去慕流苏这一桌入座。等全部安排妥当，外面突然又有一人进来。他刚入内，所有人都觉得眼前一暗。慕流苏脸色微沉，说："暗族也有人来？"

微生歧闻言，不由朝门口看去，果然见大门口，油纸伞收，室内光影复明，一个身材修长的男子缓缓入内。温谜上前，拱手施礼："小女生辰，竟惊动暗族迦隐公子前来，温某惊愧。"

迦隐回礼，说："暗族走动不便，只我一人前来，还请阁主不要见怪。"

温谜连道不敢，将他让进座中。蓝小翅低声说："这个迦隐长得真帅啊！"

旁边微生歧立刻瞪了她一眼，蓝小翅不甘示弱，回瞪。

微生瓷倒是觉得没什么，在微生歧和蓝小翅之间乖乖坐着。不一会儿，金枕流也过来，他是觉得仙心阁饮食不咋的，所以特地给蓝小翅和微生瓷带了不少好吃的。

这时候自己在桌上摆开，满满一桌，也不怕损了仙心阁的面子，看得慕流苏等人都是暗笑不已。蓝小翅拿了一个鱼干正在吃，突然听见鳍王金霈泽说："温阁主，令爱性情活泼开朗，深得我与丝薇王后喜欢。"温谜脸上一僵，就听他接着道，"如今鳍族太子枕流与令爱正好适龄，鳍族有意求娶令爱为太子妃，不知温阁主意下如何？"

温谜叹了一口气，他还是说出来了。金芷汀兰也很无奈——我这王兄一向如此坦诚。温谜知道蓝小翅不会同意，但是明着拒绝，难免让鳍王脸上不好看。他只好说："鳍王，小翅以前流落在外，我刚刚找回，还想让她多陪我一段时间……"

金霈泽说："先定下亲事，过两年再嫁不就行了？"

温谜无奈，正要再想说辞，蓝小翅说："我不同意。"

一众人等都看过去，金霈泽问："为什么？我们枕流不好吗？"

蓝小翅认真地说："听闻鳍王一向好色，我怕你爬灰。"

金霈泽旁边，金芷汀兰一口酒全喷他脸上。

让你平时庄重一点，你看你给孩子留的这印象！！！

蓝小翅的生日宴有点尴尬，慕流苏略微皱眉——他所见多是官宦之家的大家闺秀，哪有敢这样说话的？蓝小翅看见他的表情，凑过去，讨好着笑："慕爹爹。"

慕流苏叹了一口气，说："乖女儿，不管你用什么方法，这次爹是再拿不出十万两黄金了。毕竟爹是个清正廉明的好官。"旁边青琐以袖掩唇，只是偷笑。

蓝小翅一脸委屈："慕爹爹你怎么可以这么对我呢？再说了，你上次送来的金子我毛都没有摸到一根啊！"

慕流苏说："是吗？那爹心里好受多了。"

满桌皆笑，蓝小翅不干了："你这个人怎么可以这样？就这样还为人父呢！"

慕流苏说："毕竟当你的爹还没几天，为父也正在学。"

蓝小翅眨了眨眼睛，突然问："你们什么时候来的？"

慕流苏愣了一下，说："知道你生日在即，你娘上次回去就开始准备了。

我们来得很早。”

蓝小翅奇怪地看了他一眼，心里突然闪过一个念头——如果是前几天就到了，那么给鳍族皇子金漱石下毒，也是来得及的吧？

她眼神有异，旁边青琐问：“怎么了？”

蓝小翅说：“没。小瓷，你怎么不夹菜？”说着话给微生瓷夹了烤羊肉。微生瓷习以为常，微生父子吃饭的时候都不喜欢说话，想来小时候家教都严，所以微生歧已经瞪了蓝小翅好几眼——官宦之家设宴，女眷都是单开酒席。江湖之家也就罢了，没那么多规矩。可你在饭桌上就不能消停一会儿？

蓝小翅看了他一眼，叹了口气：“微生叔叔，你再瞪我眼珠就要鼓出来了。来，吃完这块烤肉，回去给小瓷找个三从四德的媳妇儿，啊？”说着话给微生歧也夹了一块肉。

微生歧怒目：“你要是不来勾引我儿子，我还用你说？！”

这话不太妥，慕流苏说：“微生家主，难得一见，我敬你一杯吧。”他也知道微生家的人直来直去，所以并不生气，但是却不想他再继续说下去了。

那边蓝小翅说：“你这话就不对了，小瓷是狗哇？我给块肉就跟我跑？”微生歧气极，她却又笑嘻嘻地说：“说起来微生叔叔也不过三十几岁，自己找个媳妇也能传宗接代嘛。对了，我看那个薛可心就很不错，听说微生叔叔也十分有意，要不要温阁主找人做媒啊？”

微生歧瞪着一双眼睛，默默地拿起酒盏，瞪慕流苏——愣着干什么，你不是让喝酒来着？！慕流苏是真愣住，然后赶紧拿起酒盏，二人对饮。

蓝小翅笑得不行，别看微生歧平时端着个绝世大神的架子，一提女人就㞞。

青琐失笑，转头轻声道：“小翅，不许调皮。”

不一会儿，温谜过来，说：“跟爹过去，向叔叔伯伯们敬酒。他们大老远过来，你身为晚辈，不可怠慢。”

蓝小翅叹了一口气，拿了个杯子过去，这次她生辰，温谜帖子发得迟，而且只发了近处。但是一场宴席，来的也有数百人，而且都是江湖名流。慕流苏心里也是暗惊——仙心阁的势力、温谜的影响力，真是不可小视。

蓝小翅倒了酒，温谜说：“茶！”混账孩子，你这一轮喝下来，不得醉死啊？

蓝小翅却不理他，径直过去，先到蜀雨青枫化成雨化掌门这一桌，一脸甜甜笑意：“化伯伯，侄女敬您一杯。”

化成雨赶紧站起来，连声道：“贤侄女不必多礼。好不容易回到你爹身边，可要听他的话啊。”

蓝小翅说：“那是当然的，侄女不懂事，日后还承蒙化伯伯多多指点照看。”

二人相谈甚欢，然后她跟桌上另外十几个人打招呼，一桌共十六人，她能清楚叫出对方姓名，辨别身份，无一错漏。

温谜跟柳冰岩、丁绝阴、谈追、古鹤影四大长老互相看了一眼，眼里都是掩饰不住的惊诧。丁绝阴说：“不愧是阁主的女儿啊。”温谜的记忆力便是超高，拥有过目不忘之能。

温谜笑笑，说：“就是有些淘气。”话语间却还是有些骄傲，比自己人夸奖更暖心。

慕流苏也正看着，半晌说：“她记忆力很好。”

微生歧怒哼一声——记忆力不好能一刻钟记下一整本《奇经谱》吗？他说：“女子无才便是德。”

青琐看了他一眼，一句“老古板”忍着没说。慕流苏轻笑，说：“微生家主，当着母亲说女儿坏话，会被嫌弃的。”

微生歧这才想起，桌上坐着蓝小翅的亲生母亲。他立刻问：“蓝小翅的亲事，到底是你做主还是温谜做主？”

青琐苦笑，知道这个微生家主格外耿直，她只好说：“这个……要看孩子自己的意思。”

微生歧不悦：“自古父母之命、媒妁之言，哪有成亲还要看孩子意愿的事情？”

慕流苏和青琐都看了一眼微生瓷，心想你不看孩子的意思，还父子二人一齐赖在仙心阁，狗皮膏药似的撕都撕不下来……怕他恼羞成怒，没敢说。

蓝小翅到了迦隐这一桌，见只有他一人，似乎无人愿意跟暗族同席。她坐下来，问："为什么没有人愿意跟你坐一起啊？"迦隐还没说话，她又眨眨眼睛，说，"一定是因为你太英俊了，毕竟货比货得扔啊。"

"哈哈。"迦隐笑出声来，说，"我敬温小姐一杯。"

蓝小翅摆摆手："蓝。"

迦隐说："看来小翅姑娘还是更喜欢羽族大小姐的身份。"

蓝小翅说："毕竟我爹很小气。"

迦隐取来茶盏，给她倒了茶水，说："小姐通透，请。"

蓝小翅正喝着茶水，微生歧目光可是一刻不离地盯着呢。当下就瞪微生瓷："混账东西，你还坐在这里干什么？"微生瓷莫名其妙——我不坐在这里，应该坐在哪里？地上吗？微生歧简直是恨铁不成钢，怒道："去跟着蓝小翅！"

慕流苏和青琐简直是一脸哭笑不得，但是微生瓷还是乐意的，当下起身，左右看了一下，来到蓝小翅身边。

蓝小翅说："咦，小瓷，你怎么过来了？来，坐。"

微生瓷在蓝小翅身边坐下来，蓝小翅看了一眼微生歧，不用想也知道是他把儿子赶过来的。微生歧当然察觉到她的目光，冷哼了一声。蓝小翅给微生瓷找来碗碟，说："来，吃点东西，不理你爹。"

迦隐饶有兴趣地看着微生瓷，说："微生世家的人？"

蓝小翅说："是啊，微生少主微生瓷。原来迦隐公子不曾见过吗？"

迦隐说："曾与微生镜有过一面之缘，其他并不识得。微生世家的人极少离开九微山。"

蓝小翅说："是啊，这只确实更少出来。"

迦隐说："小姐跟他关系倒是亲密。"

蓝小翅给微生瓷倒了茶水，把酒盏拿开些许，说："他比他爹个性好。"

迦隐看着微生瓷，若有所思。

及至宴罢之后，温谜与四大长老忙着送客。有些客人路途不便，在太极垂光住上一晚也是常事。他们需要安排住宿。蓝小翅是不管这些的，宴席一结束，就回到自己房间。

青琐与慕流苏一起离席，这时候说：“今晚，我想陪陪女儿，恐怕要怠慢慕相了。”

慕流苏笑意渐深，说：“罢了，本相被冷落也不是一回两回了，晚上让温阁主上几只蟹送到我房里，蘸心中一碟醋。”

青琐也跟着笑，说：“一把年纪了，还这么贫。”

慕流苏说：“本不觉得老，看见孩子，才觉得年纪是不小了。”说罢，紧了紧与青琐交握的手，说，“你去吧。”

蓝小翅倒在床上，贺雨苔正看着房间里的八个大箱子惊叹：“慕夫人给你带了这么多衣服！你这是要穿几辈子啊！”弯腰打开另一个箱子，说，“天啊，还有这么多首饰。”

她父母在时，贺家也算是大家，但是也没有给女儿准备这么多衣物的。她拿了一个钗环，正要试试，青琐从外面进来。

贺雨苔一张脸顿时红透了：“青、青琐夫人。”

青琐笑笑，拉着她道：“雨苔吧？听闻小翅跟你住一起，她调皮，这些日子，承蒙你照顾。”

贺雨苔看了一眼蓝小翅，终于有些不好意思，小声说：“其实她也很照顾我。”

大字型摊在床上的蓝小翅说：“呵，算你还有点良心。”

贺雨苔白了她一眼，青琐笑意温柔，说：“好孩子，我给你也做了几件衣服，来，你试试合不合身。”说罢，打开另一个箱子，拿出几件浅色的衣裙。看大小款式，确实是专门为贺雨苔做的。

贺雨苔眼圈红了，直到这时候，才真正觉得羡慕——如果自己的娘亲还在，知道自己跟阁主的女儿住一起，一定也会为她备下许多礼物，免得自己女儿受委屈吧？

她低头试着衣衫，蓝小翅没有说话，如果当年，她不乱玩定风铃，羽族毒荆棘的种子不会被刮得到处都是。第二年蓝翡也不需要抓奴隶前来收割荆棘。仙心阁也就不会派贺雨苔的父母等人前来解救奴隶，那么也许贺雨苔的父母现在还好好活着。

衣衫上身一试，居然非常合适。贺雨苔咬着唇，脸上勉强笑着，眼眶却是红的。青琐说：“真的合身呀，年纪轻就是好，穿什么都好看。”

贺雨苔勉强笑笑，说：“夫人跟小翅一定有很多话说，今晚我跟阁主禀报一声，去客房住下了。”说完，起身出去。

青琐回过头，看了一下床上的蓝小翅，说：“她很难过，娘做错了什么吗？”

蓝小翅说：“没有，她只是嫉妒了。”

青琐说：“傻孩子，快起来，我们试试这件衣服。娘觉得你穿上这件一定最好看。”

蓝小翅坐起来，青琐看了一眼她脸上的面具，自从到了太极垂光，就见她一直戴着。只以为是她长在蓝翡身边，喜好这些奇怪的佩饰也很正常。何况这面具制作精巧，一看就不是普通人的手艺。这时候她只是说：“在房里还戴着面具干什么？来，拿下来。”

蓝小翅说：“呃，还是戴着吧。”

青琐说：“小翅，这些饰物好看是好看，在羽族，或许也没什么。但是在正道看来，无端戴着面具，还是会有些奇怪。”

蓝小翅说：“不戴就更奇怪了。”

青琐问：“怎么了？”

蓝小翅含糊道：“呃，脸上出了一点问题。”

青琐表情凝固了，半晌问：“什么问题？”上前几步，把蓝小翅脸上的面具摘下来。离得近，蓝小翅清晰地看见她美眸中的怒火。她几乎是吼出声来：“这是怎么回事？”

蓝小翅说：“被人偷袭，中了毒，一时半会儿还解不了。”

青琐连淑女形象都不要了：“温谜，哈，他就这样照顾女儿？！”一转身，像头发怒的雌狮，冲出了房间。那时候温谜刚送广云山的新门主出去，回头就见青琐过来，一脸震怒。

温谜还没说话，脸上“啪”的一声，挨了一记脆响清亮的耳光。四大长老都惊住，青琐指着他的鼻子：“你让我把女儿留在仙心阁，就这样照顾她？！”

温谜捂着脸，看了一下柳、丁、谈、古四大长老，问：“你们能不能先回避一下？”

四大长老不知道该上前劝架还是为有人殴打仙心阁阁主而愤怒，所以他们只好低下头偷着乐了。这时候见温谜出声了，柳冰岩说：“是。”

丁绝阴说：“青琐夫人，你看这光天化日的，你在仙心阁山门之下扇他耳光，仙心阁实在面上无光。要不那边有个小树林……”

古鹤影说：“还是别了，那个小树林里葬着前阁主，别把他老人家气活了。”

谈追说：“小树林边儿上有个山洞，山洞出去还有条小路，夫人打完他，他还可以悄悄摸回仙心阁，是个掩人耳目的好地方。”

温谜一脸无奈，说：“谢谢你们提醒，你们可以走了吗？”

四大长老继续回去送客，温谜真的往小树林里走，毕竟让人看见确实是太不妥了。等附近不会有人经过了，他终于说：“你如果还没消气，可以再来几下。但是青琐，那只是个意外。我也不知道会这样。”小东西真的太能闯祸了，仙心阁赔了多少良田？

青琐说：“你如果不会教养，我带她走。”

温谜说：“青琐，我只有她了。这次我广宴宾朋，也是希望里面有擅岐黄之术的朋友，跟采真一起再研究一下，看看能不能找出解药。”

青琐说：“我曾经相信过你。不止一次。”

往事历历在目，两个人都沉默了。

客房，慕流苏真的要了一只肥美的螃蟹，煮得通红通红的。他在桌前坐下来，外面有人轻叩房门，声音非常低。慕流苏说：“进来。”

门推开，一瞬间，烛台熄灭。慕流苏说：“呵，这样一点光也讨厌吗？”

来人到他对面坐下，说：“相爷相邀，是有何事？”听声音，竟是迦隐。

慕流苏食指轻抚桌上的螃蟹，说：“仙心阁丹崖青壁这威严，犹胜朝廷公堂了。”

迦隐说：“仙心阁，本来就是江湖首领，无冕之王，莫过于此。”

慕流苏说："所以，陛下对此有点小意见。"

迦隐欠了欠身："愿听慕相差遣。"

慕流苏说："暗族是如今江湖最懂事的人，不枉本相一力扶持。"

迦隐说："慕相也很有眼光。"

慕流苏轻笑，说："羽族蓝翡最近也越来越不听话了。"

迦隐说："羽族只有一个大小姐，蓝翡若死，会乱。"

慕流苏说："谁说羽族只有一个大小姐？"

迦隐不解，慕流苏缓缓说："羽族还有一个非常优秀的人，可以做他们的领袖。"

迦隐说："谁？"

慕流苏不说话，迦隐突然想起来，说："听说慕相有一子，也是羽人。"青琐所生，当然也是羽人。

慕流苏说："他会有朝廷支持，温谜也不会反对青琐的儿子，所以他不仅是羽人，而且会是最优秀最能干的羽族首领。"

外面晚风轻送，吹来夜来香的气息。迦隐裹紧了黑色的斗篷，如同一团夜雾，离开房间。守卫根本不能发现。他行出不远，突然身边有人说："迦隐公子。"

迦隐愣住，夜雾化为人形，他手中伞收，月光照在他身上，如同暗夜鬼魅。蓝小翅一张笑脸灿烂无比："大晚上的，公子竟有兴夜游。"

迦隐说："小姐怎在此地？"

蓝小翅说："公子在此呀，我有没有这等荣幸跟公子同游呀？"

迦隐向她伸出手，蓝小翅搭手上去，只觉身影一轻，斗篷将她裹住，身轻如雾。在无边月色之中，雾若乘光，两旁皆是倒退的草木。

第十五章 香衣雨苔

夜晚的风有一点凉，然而斗篷里却很温暖，蓝小翅说：“这就是暗族的夜行术吗？”

迦隐说：“嗯，鳍族能化鱼，暗族能夜行。”

蓝小翅对暗族还是很好奇的，说：“女人也可以？”

迦隐说：“可以。不过速度快慢不一样，要看天赋。”

蓝小翅啧啧地叹：“你这样的天赋，在暗族算是很好了吧？”

迦隐说：“可以排到第三。”不得意，也不自贬。

蓝小翅说：“很厉害啦，那你为什么要听我慕爹爹的命令行事？暗族公然支持自己的公子勾结外族吗？”

迦隐停下来，身边正是烟雨虚岚的药田。黑色的斗篷显得他整个人很高很修长，他说：“你都听见了？”

蓝小翅吐了吐舌头，说：“你们聊天的地方并不隐秘。我慕爹爹的护卫又不怎么厉害。”

迦隐前行几步，来到药田边上，抬头看了一眼月亮，说：“暗族不能见日光，本不应该参与到这些势力纷争中去。但是羽人可以飞翔，鳍人可以化鱼，落日城要自保并不容易。”

蓝小翅说：“仙心阁不能保护你们吗？”

迦隐看了她一眼，微笑，说：“外人对暗族有所偏见，仙心阁也是。”

蓝小翅惊诧，说：“温阁主居然会对暗族有偏见吗？我以为他早就天下大同了呢。”迦隐唇角一扬，蓝小翅说，“他如果对暗族真的有偏见，那么暗族一定是有仙心阁不能相容的事情吧？”

迦隐轻笑了一声，说：“这么晚了，大小姐还不休息吗？我记得羽人也是夜里安眠的。”

蓝小翅说：“暗族总是夜里出没，看见外面夜深人静，会不会特别寂寞？”

迦隐低下头，看脚边安静开放的野花，良久，说：“会啊。所以暗族不常出落日城。”

蓝小翅说：“落日城是不是没有白天，只有黑夜啊？”

迦隐说：“有一个时辰，落日的余晖会照亮落日城。其余时候全是黑夜。暗族只有这一刻，可以窥见光明。”

蓝小翅说：“好想去看一看。我从来没有见过这么奇怪的地方。”

天居然开始下雨，小雨先是一丝一丝，后来渐渐密集。迦隐慢慢撑开伞，为蓝小翅遮挡雨丝，说：“小姐千金之躯，怎能前往黑暗国度？还是方壶拥翠、太极垂光这样的地方适合栖美。”

蓝小翅说：“那怎么相同？方壶拥翠我看了十几年，太极垂光我也已经了如指掌。我喜欢不曾见过的风景，喜欢期待未知的迷途。”

迦隐微笑，说：“兰花入椒房，不是更好吗？”

蓝小翅说：“兰花愿意吗？”

迦隐终于是笑了，笑意到达眼底，他说：“小姐是个别致的人。”

蓝小翅说：“公子也是啊，不过大概我问你我慕爹爹想干什么，你也不会说了。”

迦隐说：“小姐今年十六，正是应该找个可靠夫婿的时候，旁的事，确实不该劳心。”

他的伞只遮住了她，蓝小翅看了一眼他的肩膀，说：“你衣衫湿了。”

迦隐不以为意，说：“能与小姐雨中漫步，是件乐事，一点细雨，微不足道。”

蓝小翅摘下头上定风铃，内力轻注，那风一丝一丝，吹去迦隐衣上水痕。力道不轻不重，迦隐的目光在她与紫色花铃之间寸寸游离。等到雨水被吹尽，蓝小翅仰面微笑：“好了。”

迦隐垂下眼睫，避开了她的目光，说：“谢谢。”

余路无话，他一直把蓝小翅送到院门外。蓝小翅说：“你今晚就要离开吗？”

迦隐说：“我……暂时还不会。”不知道为什么，居然这么说，他补了一句，“会住在瑶池山庄。”

蓝小翅低下头，嘴角含笑，又显得有些羞涩。两人相对无言，有点尴尬，迦隐说：“我先走了。”

蓝小翅说：“回去不用再淋雨了吧？”

迦隐轻笑，说：“当然。”

伞撑开，他身影如雾，瞬间消失在雨夜之中。檐下空无一人，只闻滴水声。

一直等到他走远了，黑暗里，木香衣突然说：“怎么这么恋恋不舍？”

蓝小翅转过头，脸上哪里还有含羞之意？她说：“你怎么在这里？”

木香衣说：“练功呢，下雨就回来了。”蓝小翅问：“小瓷也回来了？”

木香衣说：“我看见你跟那个暗族公子卿卿我我呢，就让他去找他爹了。”

蓝小翅拍拍他的肩膀：“聪明。”

木香衣说：“你在干什么？不会真是对那个暗族公子动心了吧？暗族昼伏夜出的，你能适应？”

蓝小翅说：“你什么时候变得这么婆婆妈妈起来了？”

木香衣说：“我是你大师兄！长兄为父！”

蓝小翅说：“你要不要这样啊，我爹可是不少了！你偷偷联络一下风翥，要他调查迦隐公子，越详细越好，尽快给我资料。”

木香衣说：“小翅，我觉得风巢很忠厚，小瓷对你也挺认真的。”

蓝小翅一脸深情地说："大师兄，我觉得他们都没有你对我专情。"

木香衣摸了摸鼻子，默默地转头联络凤翥去了。

蓝小翅回到房里，青琐已经等了很久。这时候赶紧过来，问："你去哪儿了，这么晚又下着雨！"

蓝小翅眨眨眼睛，说："我去监视慕爹爹了啊，看看娘不在，他有没有不老实。"

青琐笑出声来，说："坏东西！来，跟娘说说话。"

蓝小翅问："你和慕爹爹为什么不带弟弟过来啊？"

青琐说："带他来太极垂光，始终不太方便。"

蓝小翅自以为是地点头："也是，看见温阁主可怎么叫啊！"青琐一巴掌拍在她头上，她哈哈大笑，然后问："我弟弟叫什么名字？乖吗？"

青琐说："叫裁翎。一直是你慕爹爹在教养，倒是很听话。"

蓝小翅说："慕裁翎，呵，听这拗口的名字就不怎么的。"

青琐笑得不行："你这孩子。"笑完，又正色道，"娘这么多年来一直亏欠你，也就不指望你能忍让他一二了。娘只有把他教导得很懂事很听话，让他让着姐姐。"

话语里全是真诚，蓝小翅说："呐，他以后要是和我吵架，可都是他的不对啊！"

青琐摸摸她的头，说："好。"

母女俩说了一夜话，第二天，金霈泽等人也要离开了。鳍族不能远离水源，鳍若长时间不沾水，是会硬化的。所以他把蓝小翅再次叫过来，问："你真的对我儿无意吗？"

蓝小翅翻了个白眼："拜托，他有三十六个爱妾，我烤着吃也得吃一个多月啊！"

金霈泽说："好吧，日后葬星湖，你可以常来。"

蓝小翅说："放心吧，我没事不会来的。"又看了一眼金芷汀兰，说："你没事别在弟妹房里乱喝酒啦。"

金芷汀兰那样从容的人，也是一张脸通红。温谜怒斥："小翅！！"蓝小翅一缩头，跟个乌龟一样躲了。金芷汀兰看了一眼金霈泽——这样牙尖嘴利的家伙，还是别娶回鳍族了。

金枕流走在后面，也有点失望，说："三十六姨太，我很舍不得你们。"

蓝小翅说："你可以经常过来玩嘛，让温阁主给你准备个池子。"金枕流一想，也是，于是他又开心了。蓝小翅一手搭着他的肩膀，问："你以前那个金鹰啊，你是不是不准备要了？"

金枕流说："我已经派人给了他一点遣散费，不要他了。"

蓝小翅说："那我能不能拿走啊？"

金枕流说："你有用啊？"

蓝小翅说："我手里缺人。"

金枕流一脸怀疑："缺男人？他可是有个老婆了……听说连孩子也有了。"

蓝小翅绕到他身后，一脚踹过去："去你的吧！"

金枕流捂着被她踹了个脚印的屁股，说："好了好了，你要就去找他吧，本太子反正不想再见到他了。你要是缺人办事的话，我把四十四战鹰借给你。咱俩谁跟谁啊！"

蓝小翅说："好兄弟！！"

金枕流于是又一脸满足了，说："你有空跟微微说说，我包他一天，做我的保镖。"

蓝小翅敷衍他："行行，你快走吧。"

一行人刚刚出来，就听见有人说："哪位是蓝大小姐？"

守门的仙心阁弟子倒是很有礼貌的："你是何人？找我们大小姐什么事？"

那人说："我有东西需要当面交给大小姐。"

仙心阁弟子说："请问兄台高姓大名，我们也好通禀。"

蓝小翅说："咦，仙心阁的弟子很有礼貌啊。"这要搁羽族，不通名姓还想见她，早被羽人打出去了。

温谜说："是吗？爹很高兴你这么觉得。"

蓝小翅哼了一声，小跑过去："我在这里。"

那人打量了她一眼，跪下，说："大小姐，姥姥让小的将这盒东西交给您。"

"姥姥？"蓝小翅说，"混账啊，我成谁外孙了？"话落，突然想起来，"哦哦，鬼姨！拿过来我看看。"

那人将一个黑色镶金边的盒子递上来。蓝小翅接过来，刚要打开，一看金枕流好奇的目光，又算了——可别有什么见不得人的东西。

等送走金枕流，云采真又让她过去烟雨虚岚，重新采集了血样。蓝小翅这才蹦跳着回到自己房间。柳风巢和贺雨苔都不在，只有木香衣在院子里练功。蓝小翅进到房里，悄悄打开盒子，掩饰不住地兴奋。

里面果然是两本秘籍，一本采阳补阴的，一本采阴补阳的。旁边还有童颜鬼姥自己总结的一些"经验技巧"。除了这些，还塞了好多药和香粉。

蓝小翅正看得津津有味，外面木香衣进来，说："看什么呢，这么入神？"

蓝小翅说："嘿嘿，要过来一起学习吗？"

木香衣于是过去，探头看了一阵，默默地红了脸。不一会儿，贺雨苔过来叫两个人吃午饭，看见两个人在房间里聚精会神地看一本小册子，自然也要过来瞄两眼的。柳风巢久等师妹们不到，这时候过来，也参加了队伍。

结果是一行人都忘记了吃饭，一直看到月上柳梢。

蓝小翅赞叹："哇哇，我在羽族从来没有看过这么好看的秘籍！"

几个人相互看了一眼，都是面红耳赤的模样。好嘛，拿着这秘籍当小黄书了。柳风巢为自己也沉迷其中感到羞耻，他跟贺雨苔都是好孩子，从小跟着温谜长大，笔直笔直的，哪见过这些东西？

蓝小翅和木香衣虽然经历不同，但是在羽族，谁敢对蓝翡的女儿提及这些？大家都是面红心跳，直到外面青琐进来，说："几个孩子，在干什么呢？快来吃饭了。小翅，看看娘给你做了什么。"

大家像是受惊的雀鸟，一哄而散了。蓝小翅一把将册子塞在枕头下。

等吃完了晚饭，青琐去慕流苏那儿了，柳风巢不好意思回来，贺雨苔在镜前梳妆，看着铜镜里的自己发呆。蓝小翅突然问：“哎，你觉得木香衣怎么样？”

“啊！”贺雨苔手里玉梳差点掉地上，光是听见木香衣这个名字，就够她脸红的了。蓝小翅把小脑袋凑过去，问：“你喜不喜欢他啊？”

贺雨苔一梳子敲她头上，蓝小翅“哎哟”一声：“大师兄，你过来。”

木香衣不知道发生了什么事，但还是很快过来了：“干吗？”

以为要搬搬抬抬呢，只穿着短衣。蓝小翅说：“都过来，闻闻这个香粉好闻不？”

金色的盒子里，亮紫色的粉。她轻轻一吹，满屋子都是暗香。木香衣还没说话，贺雨苔说：“好香啊！这是什么东西？”

木香衣一把捂住她的鼻子，说：“别呼吸！”

贺雨苔被他五指捂着唇，心里小鹿乱撞一般，想要说话，却只是呜呜了几声。蓝小翅一脸天真无邪，说：“大师兄，是什么呀？”

木香衣一把抱起贺雨苔，冲出房间去。蓝小翅说：“哎哎，你怎么不管我呢？”

木香衣哪里管她——要是贺雨苔给温谜告状，你等着吧，有你的好果子吃！

蓝小翅不管他俩了，转身去盒子里翻了一粒解药吞下肚去，可是这屋子里是待不得了，香气这般重，七日薰都驱不散。木香衣抱着贺雨苔行入后山，贺雨苔说：“怎、怎么了？”舌头已经不太灵活了。

木香衣说：“粉是童颜鬼姥的。”

贺雨苔明白过来了，粉面早已通红。木香衣低头看她，问：“你怎么样？出来吹吹风，药性会过去得快些。”

贺雨苔说：“那你不管小翅啦？”

木香衣说：“她就是故意使坏，她的体质，这点药影响不了。何况她身上的七日薰本来就是驱毒的。”

贺雨苔说：“哦。”凉风真的能吹散药性吗？为什么我还是感觉脸上火辣辣的？她粉面低垂。

木香衣说：“你脸还是很红，我运功替你驱毒。”说罢，右手按在她背心处，贺雨苔只觉得那手掌温暖异常，脑子里有点乱，她只是想往他身上靠。好像是真的中毒了，她心中慌乱地想。

木香衣闭上眼睛，为她驱毒，但是她身上还是越来越热。月色如霜，她慢慢转过头，看见木香衣的脸。不知道为什么，一仰头，红唇触到他的下巴。木香衣如被针扎，睁开眼睛，整个人都坠入了那一双盛满月光的深潭之中。

药性并不强烈，如油助火的是少年抑制不住的悸动。他亦低下头，以下巴再度擦过她的唇。贺雨苔闭上眼睛，心思狂乱。

此时，微生歧跟微生瓷在练武，青琐亲自下厨，给蓝小翅做好吃的。慕流苏来到院外，微生父子二人都停下来。微生歧当然听见了，但是慕流苏又不会武功，他不像对温谜等人那样排斥，所以当下只是问：“什么事？”

慕流苏说：“微生家主，这次前来太极垂光时，经过九微山，看见有人被殴打戏辱。我有护卫曾经混迹江湖，认出其乃家主爱徒义子，所以将其带过来，交给家主。”

微生歧眉毛微挑：“连镜？”

慕流苏说：“一路同行时，他跟慕某提及当年一些旧事，慕某觉得有疑问，所以仔细盘问了他。”

微生歧终于意识到他是有话要说了：“什么疑问？”

慕流苏说：“他自认是对令郎下了幻绮罗之毒。可是家主难道不觉得奇怪吗？微生夫人出事那年，微生少主七岁，连镜也只有十二岁。一支幻绮罗千金难求。连镜，哪里来的钱去求购幻绮罗？”

微生歧愣住，半晌，已是咬牙切齿：“你是说，他背后还有人主使？”

慕流苏说：“家主难道从来没有想过吗？”微生歧双眼一瞪，就要发怒，慕流苏赶紧说，“当然，家主一时悲痛，想不到也是理所当然的。”忘了微生世家的人都是单细胞动物了。他说：“幻绮罗是木冰砚的得意之作，对外出售本就不多。木冰砚深居不老坑，要向他求药，光凭当时十二岁的连镜，不太可能吧？”

微生歧明白了，说：“不老坑在方壶拥翠。”他只是思维简单，可并不是傻。

慕流苏说："当年温阁主爱女被夺，微生家主单人一剑，独闯方壶拥翠，是何等气势如虹。但是蓝翡那样的小人，岂会容许你杀他族人？恐怕他因此而怀恨，也是很正常的事。而且听闻，当年让家主下山替温阁主寻女，也是微生夫人之意吧？所以恶徒挑中夫人下手，也可知其心思狠毒。只可惜了夫人一片善心。"

微生歧右手紧握九微剑，慕流苏说："如今羽人已成规模，而蓝翡所为之恶，已不止微生家主一人之仇恨。如果微生家主愿意，还望家主与我等联手，共同对抗羽族。"

微生歧说："连镜何在？！"

慕流苏一挥手，有人将连镜拖了上来。他无法站立，整个人跪在地上。衣衫脏破，看样子是吃了不少苦头。微生歧问："慕流苏说的话，可是确有其事？"

连镜向他磕了一个头："义父……"

微生歧说："我养而未教，义父二字再不敢当。连镜，我就问你，慕流苏说的话，可是字字属实？"

连镜道："当初，是有一个背生双翼的男人，给我一支红蜡，告诉我此乃幻绮罗，服之能令人发狂。而当时，杀死义母的，也正是此人。小瓷发狂之前，义母就已经死了。他从空中来去，所以您未曾发觉。我只是想让小瓷发病，这样您和义母就会全心对我了。我并没有想过杀死义母，义父……"

微生歧说："好了，你离开吧。"此话出口，他眼珠已经通红。连镜还要再说什么，慕流苏派人将他架了出去。微生歧提剑就往外走，慕流苏说："微生家主！你不可一人独往方壶拥翠！"

微生歧说："我的仇，我自己会报。"

慕流苏说："可你不止有妻仇，你还有儿子！"

微生歧脚步终于停下，回头看了一眼微生瓷。父子二人四目相对，微生歧说："爹去找蓝翡，那丫头不是他亲生女儿，你若还是要跟她在一起，爹没意见。"

他往外走，微生瓷跟上去。慕流苏说：“微生家主，现如今，九微山还需要你啊。”

微生歧右手紧扣剑鞘，五指忍得发白，可是慕流苏说得对！九微山还需要他，微生瓷撑不起一个微生世家。他说：“你有办法？”

慕流苏说：“把小翅娶回微生世家，九微山消息闭塞，她永远不会知道羽族发生了什么事。”

微生歧说：“你为什么要帮我？”

慕流苏说：“小翅是我的继女，我夫人很爱她。我不希望任何事影响到她的幸福。但是铲奸除恶，不只是仙心阁的宗旨，也是朝廷的。”

微生歧说：“蓝小翅什么时候能够嫁给小瓷？”

慕流苏说：“我会尽快说服温阁主。”

微生歧说：“那么，我就等相爷消息了。”

慕流苏笑笑，说：“歧兄请静候佳音。”

温谜在看柳风巢练功，柳风巢是他的大弟子，他没有儿子，将来很有可能便是这个大弟子执掌门户，所以他对柳风巢，无论武学还是人品都教导严格，以至于这个大弟子似乎有点不太开窍，眼看着二十二岁了，亲事还没有着落。

温谜叹了一口气，身后蓝小翅蹦蹦跳跳着过来，亲热地拉住他的手臂：“爹。”

温谜上上下下打量她，说：“虽然你这么叫我我受宠若惊，但是难免也会有点忐忑不安、毛骨悚然。”

蓝小翅一脸受伤：“温阁主，你怎么可以这么怀疑我？”

温谜说：“好吧，告诉我，你想说什么？”

蓝小翅说：“带您去看一场好戏呀。”一回头，看向柳风巢，说：“柳师兄，您也来啊。”柳风巢意外——还有我的份？蓝小翅一手拉着温谜，一手拉着柳风巢，直接往太极垂光后山走。还没走近，温谜已经听到声音——看样子，像是男女欢好的样子。他脸色一变，已经听出女声正是贺雨苔。

柳风巢还没意识到，只是问：“是雨苔师妹？发生了什么事？！”

温谜侧耳一听，已经听出男声像是木香衣，他止住柳风巢，不敢上前了。

纵然温和，此刻温谜眼里也尽是浓烈的杀机——木香衣竟然敢染指雨苔！

柳风巢急道：“师父？”

温谜是经了人事的，知道此时上去也晚了。他摇头，示意柳风巢离开——听声音，雨苔是愿意的。姑娘脸皮薄，真要这时候上去，她想不开如何是好？

他示意三个人离开后山，却瞪了蓝小翅一眼。蓝小翅说：“喂，犯不上这么不友好吧？”

温谜说：“我就不应该相信蓝翡的弟子！”

蓝小翅说：“我也是蓝翡的弟子。”温谜盯着她，蓝小翅回以微笑，说：“看样子仙心阁要办喜事了呢。”

柳风巢这时候也才微微有些明白了，说：“师父！难道就任那贼子欺辱师妹不成？”

温谜说：“你先离开，此事保密。”柳风巢还想说什么，却终于还是应了声是，转身离开了。

直到只剩下父女二人了，温谜说：“雨苔一向稳重，不会做出这样出格的事。是你动了手脚？”

蓝小翅说：“嘿，我试试童颜鬼姥的药嘛，谁知道他们就干柴烈火了！”

温谜一个耳光扇过来，“啪”的一声脆响。他愣住，蓝小翅没有躲。蓝小翅也没有捂脸，说：“从小到大，那么多想打我耳光的，只有你成功了。”

温谜说：“你十六岁了，行事难道丝毫不知道分寸尺度？”

蓝小翅说：“我不知道啊，没有爹娘教嘛。”

温谜无言，半晌，看见她脸上指印浮现，又有些懊悔，说：“过来。”伸手想替她揉一揉脸，蓝小翅说：“不用，你还是赶紧去找你的宝贝弟子聊聊天吧。”

温谜转头，走了几步，又回头看她。蓝小翅歪着小脑袋，眼里丝毫不觉得屈辱，也不觉心伤。他突然想，如果是蓝翡给她一个耳光，或许她才会真的难过吧？她从不认为自己是她的父亲，在没有希冀的情况之下，一个耳光的伤害，微不足道。

木香衣过来的时候，蓝小翅还站在原地。他看见蓝小翅，脚步微微一顿，最后像是没有看见，与她擦肩而过。蓝小翅说："唉，什么师兄师妹，真是只闻新人笑，不闻旧人哭啊。"

木香衣脸红了，方才贺雨苔不觉，他却是听见三人到来的。他只得停下脚步，问："什么事？"

蓝小翅说："一想到陪了我十五年的大师兄，从此跟另一个女人恩恩爱爱，我心里好酸啊好酸啊。"

木香衣说："你为什么这么做？"

蓝小翅说："助你们一臂之力嘛。你们两个明明互相有好感，就这么拖着，想要开花结果还不等到猴年马月啊？"

木香衣说："我要听真话！"

蓝小翅说："因为温谜对雨苔很好，你如果跟雨苔木已成舟，他纵然不愿，也只有重新考虑你。"

木香衣说："你利用雨苔？"

蓝小翅说："是啊，你难道还要判我一个罪该万死吗？"

木香衣沉默了，蓝小翅说："我答应木冰砚，带你出来，就会好好地带你回去。可你毕竟不是羽人，就算不能回去，也总要好好的吧。"

木香衣说："不要提他！我和他毫无关系！你是要我留在仙心阁？"

蓝小翅笑，说："温阁主的女婿，不好吗？"

木香衣说："那你呢？"

蓝小翅说："谢天谢地，原来我的师兄还想着我。"

木香衣说："是不是发生了什么事？"

蓝小翅说："让我再靠一靠你的肩膀吧！"

木香衣站定，蓝小翅上前几步，慢慢把下巴靠在他肩头。十五年的玩伴兄长，她右手按在他肩头，说："唉，我真的有些吃醋了。"木香衣慢慢抱住她，轻轻摸了摸她的头。蓝小翅抱完了，推开他，说："好了，去看看你的岳父吧。他肯定正在教训雨苔呢。"

木香衣说："嗯。"

一转身走出几步，复又回头，看蓝小翅一眼。略微犹豫，终于还是离开。

蓝小翅站在原地，唉，红颜知己都是预备粮啊，怎能不失落？许久，身后有人走过来。蓝小翅回头：“木……”以为是木香衣又回转了，正要训他，却看见微生瓷。她心中一暖，突然发现看见这个人，自己可以不那么难过。

她张开双臂，扑过去抱住微生瓷的脖子。微生瓷没有动，安静地让她抱着。她说：“小瓷，我大师兄不再是光棍一条了，我好吃醋啊！”也只有在这个人面前，可以这样肆无忌惮地表现自己的无耻。

微生瓷思考了一下，说：“我能做什么？”

蓝小翅乐了，说：“你抱紧我。”

微生瓷默默地抱紧她，她身上的香气飘飘浮浮，令人身心皆静。过了一阵，蓝小翅气：“你还真的是只抱紧我啊！”微生瓷一脸无辜——你自己说的啊。蓝小翅气极：“你就不能安慰我两句吗？！”

微生瓷问：“说什么？”

蓝小翅飞起一脚，被他避开。她指着他骂：“呆瓜！”

微生瓷也有些不高兴了，瓷少爷也不是惯受闲气的。气也不知道怎么办，站在那里不动。蓝小翅踢飞了一颗小石子，转身下山，微生瓷默默跟在她身后。蓝小翅问：“你生气吗？”

微生瓷点头，想起自己在她身后，点头她也看不见，于是答：“嗯。”

蓝小翅说：“那你讨厌我吗？”

微生瓷说：“不。”

蓝小翅转过身，说：“那你在气什么？”

微生瓷顿了顿，说：“气我不知道怎么按你说的做。”

蓝小翅说：“小瓷，你好得让我不忍心骗你。”

微生瓷说：“那你为什么还要生我的气？我这么好。”

蓝小翅气笑了，伸手拣去他发际的一片落叶，说：“走吧，我们回去了。”

温谜来到贺雨苔房间的时候，贺雨苔已经回来了。看见温谜，她显得惊慌失措：“师、师父……您怎么过来了？”

温谜在桌前坐下，示意她也坐，说：“这些日子我忙着小翅的事情，倒是忽略了你。”

贺雨苔不敢坐，站在他对面，面上桃红未褪，她说：“小翅是师父的亲生女儿，师父好不容易才找回来，关心是应该的。”

温谜说：“雨苔，你也年纪不小了，前些时候，冰岩还曾说想替风巢向你提亲呢。”

贺雨苔慌了，说：“师父，我和大师兄……只有兄妹之谊。”话一出口，想起那一段时日，自己也觉得有些不可思议。原本那些酸楚的期盼呢？为什么现在想来，嫁给大师兄竟然是那么不可接受的事？

温谜说：“当然，咱们江湖儿女，亲事主要还是看你们自己怎么想。雨苔，你心里有合适的人选吗？”

贺雨苔低着头，说：“师、师父……我……”

温谜说：“你对木香衣怎么看？”贺雨苔更慌了，抬头看了温谜一眼，随即又飞快地低下头，手足无措。温谜叹了一口气，不忍为难孩子，说：“木香衣无论相貌还是武功，都是上上之选。只是雨苔，他对你是什么心思？”

贺雨苔于是明白，温谜是真的知道了。他不说，只是给她留脸。她眼中顿时含泪，温谜说：“你很小就留在我身边，我与你的父亲也并没有太大区别。现在为师只是在和你商量。”

贺雨苔咬了咬唇，终于说：“我、我不知道。”

温谜说：“那么我问你，如果我告诉你，你和木香衣不合适，那么，你可以停止与他来往吗？”

贺雨苔眼睛里全是泪，她一贯是很听温谜的话的，当即答：“我知道这会让师父很为难，我……我可以。”

温谜点头，说：“师父要杀他，你也不会过问，对吗？”

贺雨苔一脸惊愕：“师父要杀他，为什么？”

温谜心中叹气，知道她对木香衣是有真心了，说：“师父会找他谈谈。接下来的事我们一起商量，好吗？”贺雨苔眼中全是感激，含泪点头。

正值此时，木香衣匆匆赶回来，温谜见到他，神色可就不那么友好了。木香衣倒也无惧，看了一眼屋子里，见贺雨苔好端端的，他总算是松了一口气。

温谜出来，又进到他的房间。木香衣当然只有跟着他进去。温谜问：“你可知你在仙心阁是什么身份？”

木香衣当然明白，俘虏呗。如果不是蓝小翅，他早就没命了。

温谜说：“木香衣，现在我只想问你一句，你打算如何安置雨苔？”木香衣有一瞬间的茫然，他不知道。温谜说：“难道你从来没有想过？”

木香衣沉默，当然也想过，从后山回来，想了一路。可是他能怎么办？他现在根本连性命都掌握在温谜手上。温谜说：“你应该知道，我不可能让你带着雨苔回羽族去。”

木香衣发现自己竟然有一点绝望，是的，他带不走贺雨苔。可是他的声音还是冷静到近乎木然：“如果有机会，我会尽一切努力离开仙心阁，回到羽族去。”

温谜说：“所以，连雨苔也可以舍弃？”

木香衣说：“与阁主当年的选择一样。纵然痛心，无法两全。若干年后，有憾无悔。”

温谜没有说话，他突然以别样的眼光，重新打量眼前的少年。原以为蓝翡的弟子，必然是嗜血的、性情阴狠无常的。可是这个少年让他很意外。

他问：“蓝翡对你有恩？”

木香衣说：“他是我师父。”

隔壁房间，贺雨苔可以听见他的每一句话。在他心里，最重要的始终还是羽族。不论什么时候，如果蓝小翅一声召唤，他便只能义无反顾，哪怕赴汤蹈火，回身无路。确实是温谜曾经走过的路。她捂着脸，泪水慢慢浸透指缝。

蓝小翅把微生瓷送回去，知道温谜和木香衣有话要说，把他送回微生歧的院子里。微生瓷问：“你去哪里？”

蓝小翅说：“我要去一趟瑶池山庄。”

微生瓷说：“我也去。”

蓝小翅轻轻替他理了理衣衫，说：“小瓷，你有没有想过，其实你觉得我很好，是因为你这十几年来，只有我一个玩伴。”微生瓷歪了歪头——什么意思？蓝小翅说：“如果你认识了很多人，结识了不少朋友，说不定就会有更合意的人出现。”

微生瓷问：“为什么这么说？”

蓝小翅说：“乖，好好听你爹的话，回九微山去吧。”

微生瓷说：“我不。”

蓝小翅摸摸他的头，他躲了一下，想想又觉得今天蓝小翅好像不太喜欢他，于是又把头凑过去，让她摸了。蓝小翅笑笑，说：“我走啦。”

微生瓷问：“我明天可以过来找你吗？”

蓝小翅说：“晚安。”

一转身，离开。

客房里，慕流苏对青琐说：“目前几方势力，鳍族金枕流风流，暗族生活习性太差，嫁入落日城的女子，一辈子也未必见上一回家人。柳风巢吧，小翅不太喜欢。我觉得，还是微生瓷最适合她。”

青琐说：“可是她似乎并没有嫁人的意思。”

慕流苏说：“女儿大了，不嫁人难道真的要一直留在我们身边吗？而且她和蓝翡毕竟恩义未断。青琐，九微山是个远离是非的地方。”

青琐终于也有点动摇了，说：“我会再探探她的口风。”

慕流苏说：“嗯，我去找温阁主聊聊，毕竟他也是小翅的父亲。”

青琐点头，然而她去到房间里，却没有找到蓝小翅。温谜听闻，立刻命令弟子们去找，大半夜下来，一无所获——蓝小翅离开了。温谜突然明白过来——蓝小翅设计木香衣和贺雨苔，可不是胡闹。如今木香衣和贺雨苔已有肌肤之亲，他总不能就这么把木香衣弄死吧？

他心中气急，青琐眼中泪光闪闪：“她……她又回羽族去了。”

旁边慕流苏拥住她的肩头，说：“别难过。”

青琐回身，靠在他肩头，终于忍不住哭泣。慕流苏慢慢抱紧她，说：“别哭，我会找回她的，我保证。”

温谜站在二人旁边，看见慕流苏直达眼底的心痛。

第十六章 假计就计

瑶池山庄。蓝小翅走到里间，掌柜立刻迎上来："大小姐。"

蓝小翅解下披风，掌柜殷勤地接住，她问："这些天，没有别人来过？"

掌柜说："凤爷送来一个盒子，命我亲自交给您。迦隐公子已经安排住下，另外有一个叫金鹰的，枕流太子送过来，说是有事等您。"

蓝小翅点头，一伸手，掌柜已经把凤翥送来的盒子奉上。蓝小翅打开盒子，取了里面的册子，径直入内——哪里有对瑶池山庄有任何不熟悉的样子？

掌柜的跟在身后，蓝小翅边翻册子边说："带金鹰来见我。"

掌柜的点头："是，大小姐。"

瑶池山庄开在葬星湖和太极垂光之间，仙心阁认为他的幕后老板是鳍族，鳍族认为是仙心阁。金鹰被掌柜的领到密室里，看见蓝小翅，他倒吸了一口凉气："瑶池山庄，是羽族开的？"

蓝小翅坐在金色盘龙的太师椅上，说："投资并不大，只是找厨子花了点心思。"

金鹰说："是蓝翡指使？目的是什么？监视鳍族，还是监视仙心阁？"蓝小翅轻笑，皓腕轻抬，倒了两盏酒。然后端起一盏，递给金鹰。金鹰后退一步，说："你不是要告诉我，蓝翡也不知道吧？"

蓝小翅微一示意，他接过她递来的酒。她靠回雕纹华丽的座椅上，说：

“一个山庄而已，玩乐之地，小买卖，我爹很少过问的。”

金鹰暗自心惊，说：“你要干什么？”

蓝小翅说：“现在你不帮枕流做事了，金漱石也已身死，有没有兴趣过来帮我？”

金鹰吃惊，金枕流把他赶到蓝小翅这里来，他以为是帮羽族做事。但是如今看蓝小翅的意思，却不是帮蓝翡，更大程度上，是帮她。他犹豫了，跟着蓝翡还好说，跟着她一个小丫头？

蓝小翅说：“你确实是应该好好想想。如果你想明白了，把妻儿接过来，交给金方义。记住我说的话，如果你交给了别人，安危自负。”

金鹰更惊诧了：“金方义？醉刀？他在哪里？”

旁边掌柜的说：“跑堂那么大一个人，并没有透明吧？”

金鹰瞪他：“跑……跑堂？你们居然让醉刀金方义在这里当一个跑堂？不可能，他的刀呢？”

掌柜的说：“他老婆偷汉子之后，他就不用刀了。你最好不要当着他的面问。”

金鹰转头看了蓝小翅一眼，蓝小翅已经翻完了册子，说：“我还要去见别的朋友，就先失陪了。对了，枕流说他愿意把四十四战鹰借我用用。你毕竟曾是他们统领，有空联络一下他们，我可能用得着。”

金鹰试探说：“你和蓝翡……”

蓝小翅说：“我和我爹都很好，感谢问候。”

金鹰不说话了，蓝小翅终于伸了个懒腰，起身，说：“迦隐公子可能也休息好了，如果你能请他到一趟莲心水榭，就最好了。”

掌柜欠身，说：“是。”

迦隐白天是不怎么出来的，傍晚时分，他刚刚醒来，突然听到一声琴音。琴是古琴，余音渺渺。他信步而出，外面已是暮色四合。前方不知是什么地方，八月下旬，荷叶田田。琴声忽远忽近，道路曲折。

月色如诗，他突然站住脚步，只见前方湖堤蜿蜒无尽，堤上三角小亭中，有琴师抚琴。辽阔无垠的荷叶上，有人月下起舞。

没有灯，迷离暮色虚化了整个世界，皓月早悬，洒落伊人一身奶白。伊人长袖轻抛，双足在荷叶上轻点，盈盈如燕。身边是万顷湖水、千瓣莲，她是千莲孕育的仙。迦隐呼吸都放得很轻，只怕扰了这天人交融的一幕。暮色之中只余琴音，有伊人身上清悦的花铃声。

她轻轻旋转，丝绦垂水、裙裾飞扬，世界无声，仿佛亦倾倒其中。

迦隐不知道自己看了多久，一曲将终，莲上美人空中轻旋，向后抛袖，落地后足踩莲花，曲未完，琴音却停了。莲上女子“呀”的一声，整个跌落水中。迦隐猛地站起来，以身化雾，飞掠出去，一把将人抱在怀里。一股淡雅却沁人心脾的香气，就那么包裹了他。他说：“小翅姑娘？”

可不是蓝小翅吗？她一身湿透，说：“琴忌偷听啊。”

迦隐将她带到堤边，看了一眼琴师。琴师却已经抱琴而去了。他说：“你衣裳湿了。”

蓝小翅说：“我早就来了啊，但是听说暗族白天都是要休息的，所以就没来找你。”

迦隐迟疑，说：“先换件衣服？”

蓝小翅说：“好呀。”

可是也没别处可去，迦隐带着她，来到自己房间，当然只好穿他的衣服了。迦隐在门外，等蓝小翅换好衣服出来，他有一种很奇怪的感觉——看着一个女孩穿自己的衣服，有自己熟悉的味道。

蓝小翅问：“你吃过东西了吗？”

迦隐说：“没有。”暗族对落日城以外的世界，还是不太适应。天光正盛的时候，他睡着了。

蓝小翅说：“那我们走吧，你想吃点什么？对了，暗族没有什么饮食禁忌吧？”她瞪着圆圆的大眼睛，“你们喝不喝血啊？”

迦隐终于笑出声来，说：“当然不会。和普通人一样就可以。”

蓝小翅说：“那暗族怎么谋生呢？”迦隐沉默了，蓝小翅说，“我问错了什么吗？”

迦隐说：“不，并没有。”却不愿再多说了。

于是蓝小翅也不问了，两个人一起去莲心水榭吃饭。蓝小翅说："你应该还要在这里住几天吧？"

迦隐说："什么？"

蓝小翅说："不是吗？"

迦隐有点感兴趣了，他确实还要在这里住几天。毕竟他此来，只是为了见慕流苏，并不是真的单纯上太极垂光赴蓝小翅的生日宴——仙心阁也根本没有发请帖给暗族。

蓝小翅说："或者我这么问吧，我慕爹爹是要暗族相助，一起对付羽族吗？"

迦隐说："小翅姑娘对此似乎很担心。"他当然知道蓝小翅是在羽族长大的，现在也不知道该跟她说多少。

蓝小翅说："迦隐公子，我慕爹爹是朝廷的丞相，他的立场，你知道吧？"迦隐愣住，蓝小翅说，"难道你觉得，他会真心为了暗族着想吗？"

迦隐虽然震惊于她的美貌，但一直还是把她当作千金大小姐、不懂事的小女孩。如今听了这话，却有些暗惊了。蓝小翅说："你别看他现在要你相助对付羽族，以后如果我弟弟成了羽尊，羽族会是谁的势力？难道那个时候，暗族还想跟他们父子二人论亲疏吗？"

迦隐脸上的笑容消失了，温柔变成晦暗不明的凝重。蓝小翅说："如果羽人对暗族心生仇恨，为了平息这种仇恨，让我弟弟成功掌权，你猜慕爹爹会怎么做呢？"迦隐站起来，蓝小翅说，"坐下吧，你一天没有吃东西了。"殷勤为他夹菜。

迦隐说："大小姐说这些，是什么意思？"

蓝小翅说："我只是觉得，现在你最好的盟友，不应该是我慕爹爹。你想一想，如果暗族跟家父联手，岂不是风险小得多吗？而且羽族肯定会当你们是盟友，而非走狗啊。"

迦隐第一次正视她提出的问题，说："可是仙心阁与朝廷的势力，岂是蓝翡可以对抗的？"

蓝小翅轻笑，给他倒了一盏酒，她身上是迦隐的衣衫，广袖轻抚，暗香盈盈："迦隐公子，仙心阁和朝廷一直就在，彼时羽族为奴，家父依然带领他们，迁往方壶拥翠。仙心阁和朝廷一直就反对，他还不是成了羽尊？"

迦隐沉默了，蓝小翅说："当然了，你现在不用给我答案。我慕爹爹既然找你们过来，想必立刻就会有所行动。羽族有信心接他的招，或许可以给你一点信心。不过如果慕爹爹命令暗族动手的时候，我还是希望你能审时度势。毕竟一旦双方族人有所死伤的时候，再握手言和就太难了。"

迦隐意外："就这样？"

蓝小翅说："暂时就这样。等你听见事实将要说的话之后，我们再谈合作吧。"

迦隐说："你……要离开太极垂光吗？"

蓝小翅甜甜一笑，说："温阁主和我慕爹爹也不傻，肯定是在路上等着堵我呢。你要送我回去吗？"

迦隐说："你不怕我把你送回慕相身边去？"

蓝小翅歪了歪头，说："迦隐哥哥不会这样吧？我很有诚意的。"

迦隐沉默，半晌，说："若慕相怪罪，不要牵连我。"

蓝小翅笑靥如花："一字不提。"

漫漫夜色之中，迦隐以斗篷拥住她，化雾而行，很快穿过了太极垂光的关卡。夜风习习，他突然放慢了速度，问："羽族的人也可以过来接你，为什么要让我护送？"

蓝小翅说："我说过了呀，如果羽族和暗族结盟的话，我们一定会比慕爹爹更有诚意。"

迦隐说："比如？"蓝小翅轻笑，她笑起来的时候，纯真中带了一种妩媚，如同水中白莲，灵魂沁香。迦隐拥住她的手慢慢添了一点力道，最后又缓缓松开。

迦隐带着蓝小翅一路疾行，眼看天色快亮了，蓝小翅说："天快亮了，我叫个羽人送我回去吧。"

迦隐说："不用。"随手撑了一把伞，蓝小翅只觉得眼前都是暗的，一把伞竟然真的就这样遮蔽了天光。迦隐一直将她送到方壶拥翠之外，方才放她下来。

油纸伞下，他眉目俊美无匹。蓝小翅随手采了一支羽藤递给他，说："今天没有带什么东西可以致谢，羽藤在羽族意味着吉祥如意。就以此物，聊表寸心吧。"

迦隐接过来，问："羽族的吉祥之藤，在落日城也可以存活吗？"

蓝小翅微笑，说："没有试过，也许呢？"

迦隐将藤纳入斗篷，说："我收下了。"

蓝小翅转过身，长衣萧萧，走入方壶拥翠。临去时，复又回头，迦隐与她四目相对，许久，她终于转身离开，身形隐入无边花海之中。

蓝小翅一路前行，眼前花树交织、阡陌纵横，但是她闭着眼睛也不会走错。身边偶有经过的羽人，见到她，忙欠身："大小姐。"

蓝小翅微微点头，一路不停，径直来到蓝翡的居所。她直接往里冲是习惯了的，守卫都来不及禀报。蓝翡倚卧在美人榻上，右手轻扣着羽毛扇，正在小憩。蓝小翅哪管那么许多，往上一扑，直接扑到他身上。蓝翡虽然睡着，手中蓝色的羽毛扇却一下子将她格住，说："宝贝儿，爹还活着，如此大礼留着上坟时用也不迟。"

蓝小翅哇哇大叫："爹你好无情啊！居然也不派人来看看我！我离开这么多天，你问也没有问一声。为了金枕流你还知道跑一趟太极垂光呢！"

一边说一边去揪蓝翡的翅膀，蓝翡把翅膀收收，说："宝贝儿，你有点太过激动了。让爹想想，冥巢好久没见你，肯定很想你。"

蓝小翅瞪他："你怎么不说外面那片荆棘会想我呢！"

蓝翡说："哈，那片荆棘留着明天想你。"

蓝小翅将脑袋往他怀里拱："爹。"声音软软柔柔的，蓝翡不由伸手，摸了摸那颗茸茸的小脑袋，呵，还是认我这个爹吗？温谜会这么轻易地放你回来吗？

蓝小翅是不管那么多的，伸手就去揪蓝翡的羽毛。蓝翡正在思考是不是温谜有什么不可告人的阴谋，身后翅膀尖儿晃了一下，他立刻怒喝："来人！把大小姐拖出去！拖出去！！"

蓝小翅哪管他，手上的就够串个项链啦！两个羽人上前，也不敢真拖她，只把她请了出来。里面蓝翡的声音传来：“宝贝儿，你这习惯真是太坏了，虽然十几年可能已经改不过来了，但你还是再去冥巢纠正一下吧。万一能改掉呢？”

两个羽人只好送蓝小翅去冥巢。刚下了树冠，蓝小翅就瞪眼：“你们干吗？！”

两个羽人吓得一哆嗦，其中一个说：“大、大、大小姐，羽尊让您去冥巢思过。”

蓝小翅说：“废话，我又不是聋子！”她扬了扬手里从蓝翡翅膀上拔下来的羽毛，说，“没见我还差个手链吗？！我得先去瞧瞧我师父！”说罢，一溜烟往雪藤崖跑。路上先是看见了森罗，她扑过去，森罗后退一步，一把挡住她，一脸“拔毛翻脸啊”的表情。

蓝小翅说：“切，谁要你的毛了？又干又丑的。来，我抱抱。”

森罗哼了一声，却站定没动。蓝小翅上前，给了他一个热烈的拥抱。她在他耳边，轻轻说：“森罗叔叔，我又回来了，好开心啊。”

森罗一怔，右手不期然地，轻轻拍了拍她的后背。是啊，我们都以为你不回来了呢。他说：“去找你师父吧。”

蓝小翅在他脸上“啪叽”一声亲了一口，一转身跑了，手里已经揪了五根毛。森罗摸了摸翅膀，只是摇了摇头。

郁罗倚着雪藤，雪藤的叶如细羽，柔柔地包裹了他。凤首箜篌就立在他身边。蓝小翅走过去，像模像样地拨弄箜篌。郁罗醒了，只是睁开眼睛看了她一眼，并没有说话。

蓝小翅倚着他，羽藤软柔，她静静地弹一首《荒城月夜》。经常听郁罗弹，她记住了曲子。郁罗闭上眼睛，双手枕头，眠在羽藤之中。呵，那个总是很聒噪的小东西，学会了安静陪伴呢。

蓝小翅在这里玩够了，也凑齐了一条手链之后，终于下了崖。想了想，又喝了点水，找了两个果子，这才悻悻地爬到了冥巢。冥巢仍然一片漆黑，蓝小翅缩在角落里，突然想起，不知道微生瓷会不会再去找她。如果找不到，大抵会很失望吧。想了想，又觉得好笑，他早晚要失望。她闭上眼睛，慢慢睡着了。

刚刚入了梦，突然外面传来声音，蓝小翅睁开眼睛，还没坐起来，就见冥巢的小门打开了。

她探头出去：“爹？咦，这次时间这么短呀？”看看月亮，估计不到两个时辰。

蓝翡说：“今时不同往日，不好罚太久了。”

蓝小翅脸上本来愉快的笑容，顿时凝住了：“你为什么要这么说？”

蓝翡轻摇羽毛扇，说：“宝贝儿，这是事实。”

蓝小翅扑过去，一把揪住他：“你为什么这么说？”眼里含着水气，都要哭了。蓝翡说：“好吧，爹也想你了。走，陪爹看月亮去吧。”

蓝小翅跟着他走出冥巢，两个人披月踏花而行。蓝翡说：“可惜现在长大了，不好抱着飞了。”

蓝小翅认真地说：“如果爹不介意，我还是可以坐你背上。”

蓝翡一口回绝：“不，宝贝儿，那样的话，爹看起来会很像坐骑的。”

蓝小翅笑弯了腰。

太极垂光。慕流苏脸色很不好看，问温谜：“太极垂光是仙心阁的地界，居然阻挡不住一个十六岁的小女孩，让她来去自如？”

温谜说：“她是我女儿，我留她在此，是希望她回家。她不是仙心阁的囚犯。”

慕流苏说：“那现在你打算怎么办？”

温谜问：“你有计划？”

旁边微生歧走过来，说：“看来你们也并没有商量好。”

慕流苏和温谜都看过去，温谜说：“让微生家主见笑了。”

微生歧表情冷凝，目光中却迸出仇恨的冷光：“不，我根本笑不出来。”

温谜看出来了，问：“微生家主可是有事？”

微生歧没说话，慕流苏解释：“微生家主查出，当年以幻绮罗毒害微生少主的，是他义子连镜。”温谜点头，此事他已知道。慕流苏却又接着道，“指使连镜这么做的，正是蓝翡。”

温谜这才吃了一惊：“竟有此事？”

慕流苏说：“幻绮罗本来就是木冰砚的得意之作，何况当初微生家主为了温阁主的事独上方壶拥翠，杀伤羽人众多，蓝翡这么做，有什么可意外的？”

温谜心下内疚，也知道事情是因己而起，说：“微生家主，连镜在何处？当初是谁跟他接触，可有其他人证？”

微生歧哼了一声，慕流苏说：“连镜，微生家主问完经过之后，我已经命人送他下山了。不过此事，我觉得不会有假。除了蓝翡，谁敢招惹微生世家？”

温谜说：“那么，微生家主下一步打算如何？”

微生歧这才说：“那丫头既然回到方壶拥翠，小瓷也应该死了这条心。但是如果真的和那丫头遇上，他恐怕不能下手。我打算先将他送回九微山。至于方壶拥翠，我能杀入一次，就能杀入第二次。”

温谜说：“微生家主，不可冲动！”

慕流苏冷笑：“温阁主，当初微生家主结此仇怨，可全是因为你。如今你倒是真知道感恩，口口声声，只劝受害人不要冲动。杀妻害子之仇，不冲动，还要从长计议不成？”

温谜说：“我只是说，哪怕蓝翡真的作恶，至少也应该有真凭实据。请微生家主给予时间，让仙心阁再查再问。”

慕流苏说：“给仙心阁时间？当初微生夫人听闻你的事，才央了微生家主下山相助。结果呢？结果是仙心阁严密监视九微山！”

温谜说：“仙心阁监视九微山，很大原因正是为了防止羽人复仇！”

慕流苏说：“防住了吗？”

温谜哑口无言，许久，转头看向微生歧说：“微生家主，正因为这些年仙心阁一直严密注意九微山往来人士，所以我才对此事是否蓝翡所为存疑。如果……”

慕流苏不待他说完，转头对微生歧道：“当初微生家主行事，是为了温谜和青琐。如今青琐是我的夫人，我与夫人同感微生家主恩德。如果家主需要，我愿意竭尽全力，助微生家主一雪前仇。”

微生歧对温谜恶感已生，此时听他之言，倒是回了一句：“多谢。”

温谜没有办法，只得说：“微生家主……”叹了一口气，说，“仙心阁，也愿全力相助。”

微生歧冷哼：“不用了，对付一个蓝翡，用不了这么些人。只是小瓷，让我为难。”

慕流苏说：“微生少主身体不佳，每日都会前往烟雨虚岚诊治。相信以云采真的能为，让他昏睡一些时日，却又绝不损其身体，是没有问题的。”

微生歧沉吟，给儿子下药这回事，好像不太地道。再说了，仙心阁也不是绝对安全，如果到时候有危险，他如何自保？

慕流苏当然看出他的犹豫，转头看向温谜，说：“温阁主是蓝小翅的生身之父，我虽然与她也才相识，但好歹也是继父。微生家主，我有一个不情之请。”

微生歧问：“什么？”

慕流苏说：“此行前往方壶拥翠，我们仅仅只擒杀蓝翡，当然了，他的余党，如有凶顽搏命之辈，也是不能留的。但是万不可伤及小翅。如此，等蓝翡一死，家主大仇得报，羽族事态平息，我们自然会带回小翅，到时候微生少主若是醒来，岂不是万般无事吗？”

微生歧想了想，觉得这样确实有道理，说：“可以。”

慕流苏转头看了一眼温谜，温谜还在皱眉，说：“蓝翡在羽人中声望极高，如果擒杀他，恐怕整个羽族都会反击。”

慕流苏说：“总有想求活路的。”

温谜说：“慕相为何极力促成此事？”

慕流苏说：“人情债啊。青琐现在是我夫人。”

温谜不再说话了。

微生瓷上午去找过一次蓝小翅，她不在。他以为她出去了，也没说什么，中午又去了一次，还是没见到人。微生歧过来，说：“小瓷，你愿意先回九微山一段时间吗？”

微生瓷立刻一脸戒备，不用说话，就知道答案。微生歧叹了一口气，果然放回九微山也不安全，他要醒过味来，没准自己找蓝小翅去。那时候更麻烦。

他只得说："好吧，那你先去云大夫那里，他在找你。"

微生瓷还是很听自己爹的话的，转身就去烟雨虚岚。微生歧不放心，当然一路跟着。

云采真听到温谜的要求，觉得任务艰巨啊。要迷倒微生瓷，还要不损伤他的身体。他不声不响地配着药，微生瓷在小桌旁边坐下来，也同样不声不响。微生歧都觉得这屋子里压抑。不一会儿，云采真配了药过来，微生瓷看看他，又看看自己爹。微生歧有点心虚，说："看什么看？还不快喝？"

云采真说："就是，喝了这药……"

连微生歧都受不了他了，说："闭嘴！"

——他可算是见识过云采真治病，人家来太极垂光求医，他一诊脉，直接说："要死！"他手下药童每天都搭死尸。

微生瓷看看二人，还是一埋头，把药喝了。微生歧说："云大夫说，这药服下后会有点犯困，你先睡会儿。"

微生瓷点点头，正要起身，突然觉得头晕。他趴在桌上，不一会儿，真的睡着了。微生歧不放心，又看看云采真："真的没事吧？"

云采真说："不知道。"微生歧差点跳起来，云采真才说，"你不信我，干吗找我？"

微生歧这才平息了一点愤怒，又看了自己儿子一眼，到底担心，又问："他在你这儿安全吗？你不会对我儿子怎么样吧？"不会拿他试药吧？

云采真很诚实地说："放心吧，我没那爱好。"

微生歧："……"什么爱好啊！！微生家主更担心了。

微生世家独来独往惯了，配合度是纯粹为零的。所以看见云采真把微生瓷扶到床上之后，微生歧就打算走了。慕流苏知道他的性格，这时候过来，问："不送小瓷回九微山？"

微生歧想了想，说："就让他留在这里吧。"虽然他一直骂温谜卑鄙虚伪什么的，但是如果说整个江湖，还有一个人可以让他托付爱子的话，那么……

只有温谜了。

慕流苏说："既然如此，我陪微生家主去一趟。"

微生歧看了他一眼，说："如果你跟得上的话，就来吧。"

话落，人就不见了。

慕流苏气得！他当然跟不上，术业有专攻啊！所以他只有去找温谜。温谜闻听，第一件事就是吩咐丁绝阴和谈追："一定要派人看护好微生少主，绝不可以出任何意外。"

谈追和丁绝阴当然也知道事情严重性，谈追说："我会亲自过去看守。"

丁绝阴说："放心。"

温谜点点头，转头看柳冰岩："走吧，微生歧已经前往，我们没有时间了。"

柳冰岩说："蓝翡绝不会束手就擒，我们这次前往……是要定生死的。"

温谜说："我知道。"

柳冰岩说："其实……如果派人通知青琐……她跟蓝翡毕竟是兄妹，如果她开口阻止，慕相一定会有所顾忌。"

温谜说："可是现在，微生歧先行一步，我们没有人追得上他。如果他在羽族出了事……"

柳冰岩叹了一口气，回头吩咐柳风巢和柳乘龙："令柳、古两派弟子准备，与我们同行。"

方壶拥翠，天空湛蓝。蓝小翅正在练功，头顶有羽人正带着自己的幼崽练习飞翔。突然有信号腾空而起。

蓝小翅转头看过去，皱眉——森罗示警？！

她飞快奔过去，只见地上已经躺了好几具羽人的尸体。蓝小翅低头一看伤口，心头就是一惊，人已经气绝多时，但是直到现在，伤口都没有流血。是微生世家！

谁来了？小瓷不会杀人。她飞身掠过碧湖，踏着花枝而行。片刻之后，已经来到蓝翡的住所，与她一起赶来的，还有郁罗。蓝翡的住所是在一片茂盛的树冠之上，此时脚下全是累累花枝。

微生歧与蓝翡战成一团，郁罗手中凤首箜篌已出。但是两个人即使合力，也不是微生歧的对手。蓝翡脸色难得凝重——没有谁比他更清楚微生老呆的实力了。

蓝小翅站在旁边，不敢出声，生怕惊扰了蓝翡。可是微生歧的九微剑光影缭绕，片刻之后，郁罗身上就见了血。郁罗看了蓝翡一眼，意思很明显——微生世家的人，不是人力可以战胜的。

正在此时，森罗也已经赶至。三英战吕布。然而并没有什么用，落败只是时间问题。

凤翥、白翳、银雕都赶了过来。凤翥瞪了银雕一眼："还不快上去帮忙！"

银雕说："我进不去。"微生歧的剑网，现在能冲进去的，恐怕只有温谜了。金芷汀兰在场能不能搭把手都不一定。

他都这样说，凤翥和白翳更派不上用场了，三人一起干着急。白翳说："大小姐，你快想想办法啊！"

蓝小翅已经在旁边看半天了，这时候突然一猫腰，将一株草拔在手里，问："你认识这个吗？"白翳不敢催了，小心翼翼地问："大小姐，你急疯了？"

蓝小翅摘了那草的嫩叶，说："这是子母草，木冰砚说女子若是吃了它，脉象看起来会很像怀孕。"

白翳、凤翥、银雕俱都莫名其妙。凤翥不管她了，说："银雕，你快去看看孩子们，让他们飞起来避避祸。千万别往这边来！"

银雕深以为然，这时候凤遥、白鸥他们来了管什么用啊！用脖子给微生歧拭剑啊？他正要走，就见蓝小翅在吃草。蓝小翅把子母草的嫩叶嚼了，好半天才干咽下去，然后运功催化药性。

此时，森罗和郁罗都已经带伤，蓝翡抵挡吃力。他们其实可以飞到空中，但是很明显，微生歧突然袭击，就是为了不给他们这样的机会。

蓝小翅说："微生叔叔！我有话跟你说！"微生歧根本不理她，他这次来，是下定决心，非取蓝翡性命不可了。蓝小翅说："微生叔叔，我腹中已经有了小瓷的骨肉。”

微生歧手中九微剑一顿，蓝翡的蓝血之翼差点伤到他。他退后一步，脱出战团，疾言厉色，问：“什么？！”

蓝小翅说：“我有了小瓷的孩子，这几天，我一直在考虑，到底要不要生下他。”

微生歧哪会受她蒙骗，当下上前，一把握住她的手腕，指腹扣在脉门。他虽不是大夫，但毕竟习武，基本脉象都是懂的。听了一阵脉，他顿时面色大变，怒问：“真是小瓷的？”

蓝小翅在旁边看了一阵，知道微生瓷没来，当下说：“微生叔叔问这话，可真是伤人。除了小瓷，还会有谁？”

微生歧心想那可难说，你作风一直很有问题。但是想想自己儿子跟她确实一直亲密，以前在九微山石牢里就被自己捉住相拥而眠来着。他心下犹豫，转头看一眼蓝翡，又不甘心。

蓝小翅说：“已经一个多月了，如果你现在停手，明年三四月，会有一个孙儿。”

微生歧说：“如果我非要取蓝翡性命呢？”

蓝小翅说：“你杀我父，小瓷也是我的仇人，我不能为仇人诞下血脉。”

微生歧说：“你！”

蓝小翅右手为掌，暗暗蓄力，横在自己小腹：“我知道若论武力，并不能阻止微生叔叔，所以也不勉强。微生叔叔自己选择吧。”

微生歧气急败坏：“竟然敢威胁我！你腹中难道就不是你自己的骨肉吗？”

蓝小翅说：“他姓微生的，又不姓蓝。”

微生歧说：“混账，你爹是温谜！你认贼作父，还拿自己的孩子来威胁我？”

蓝小翅说：“我爹是谁，我心中清楚明白。我只问微生叔叔一声，你是要孙儿，还是要杀我爹？”

微生歧为难了，能令他为难，真是不容易。他恨恨地看了蓝翡一眼，又把了把蓝小翅的脉象，看着她右手还在运功，也真怕她刚烈——如果孩子真是小瓷的，自己逼死了她，以后可怎么跟儿子交代！

他思来想去，蓝小翅当时站得离他很近很近。他右手在替她把脉，心里在考虑孙儿的事，根本没有意识到其他。蓝小翅左手笼入袖中。她袖中有蓝血银毫——蓝翡的独门暗器，如果隔袖给他一记满天星，定能得手。

蓝翡笑吟吟地看着蓝小翅的手，呵，微生老呆真是单纯得可爱。

不过瞬间，微生歧怒道："蓝翡！我暂时留你一条狗命！"再看一眼蓝小翅，见她并未收功，顿时怒骂："你没听见我的话？孕妇没有孕妇的样子！"

蓝小翅一怔——他居然以为，她运功真的是想打掉腹中胎儿。微生歧满肚子火，可是蓝小翅肯定是打不得的。他一掌拍得旁边山岩粉碎，怒哼一声，说："我不管你跟蓝翡关系如何，孩子出生之后，我一定要带回九微山抚养！"

蓝小翅说："不行，我的孩子，只能你有空来看。"

微生歧大怒，说："休想！"

蓝小翅一边跟他说话，一边将他往方壶拥翠的出口引，说："干吗发这么大脾气？反正孩子还在我肚子里，你有本事现在来剖了去啊！"

微生歧给气得："你说的这是人话吗？"

蓝小翅一边跟他斗嘴，一边将他送出了方壶拥翠。微生歧还不放心："蓝小翅，我微生家的血脉不可儿戏！你怀孕了就给我好好养胎，若敢惹东惹西，伤了孩子我跟你没完！"

蓝小翅说："快回去吧，明年过来当爷爷，啊？"

笑眯眯地就把暴跳如雷的微生歧给送走了。蓝翡笑得打跌："宝贝儿，你不会是真的跟微生小呆有了什么吧？"说着上前，也把了把蓝小翅的脉，然后他的笑容凝固了。

蓝小翅呸出嘴里带了点腥气的子母草碎叶，说："干吗啊？子母草。"

蓝翡拍了拍心口，说："爹心肝都要被你吓出来了。"想了想，又说，"不过你要是真的有了微生小呆的孩子，哈，那就太好玩了。"

好玩？蓝小翅白了他一眼，唉，怪不得有人说她认贼作父。天底下真有这样的爹啊！

江湖小香风

中

一度君华——著

百花洲文艺出版社
BAIHUAZHOU LITERATURE AND ART PRESS

第十七章 后生可畏

方壶拥翠之外，微生歧往回赶，正好遇到匆匆赶来的温谜、慕流苏。看见他在这里，温谜和慕流苏都是一阵惊愕。慕流苏狐疑道："微生家主，你欲返回，难道已经得手？"

微生歧被堵了一句，神色有些不好看。但是想到不久之后微生家即将有后，他心情还是不错的。所以他说："因为一些事，我决定暂时放过蓝翡。"

慕流苏是真的意外了："哦？何事能比杀妻之恨？"

温谜闻言松了一口气，只要微生歧不那么冲动，仙心阁就不用进去跟羽人拼命。这倒不是他惧战，实在是对蓝翡授意连镜下毒的事存疑。仙心阁这么多年严密监视九微山，不仅是监视，更是怕微生世家的人遭人利用。但他真的没有发现过羽人与连镜母子接触，而且以蓝翡的心计，会用羽族的独门毒药暗害微生歧？他说："既然如此，就先回太极垂光吧。"

慕流苏说："我们大批人马集结不易，难道就此空手而回？"

温谜开始起疑了，问："慕相执意要对付羽族，私心倒是让人费解了。毕竟你妻儿皆是羽人，羽族与你也谈不上深仇大恨吧？"

慕流苏说："我对付羽族，当然有我的理由。"

温谜说："愿闻其详。"

慕流苏神情慢慢严肃起来："当年蓝翡屠灭蓝氏满门之后，温兄曾经率领仙心阁与之一战，温兄可还记得？”

温谜脸色微沉：“当然记得。当初我以为蓝翡手下只有郁罗和森罗，不料错估其实力，被蓝翡的师父彀梁断梦带人阻拦。交手之下，我方落败。幸得家师前来相救。”他声音渐低，掩饰不住地恼悔，“若非我估计错误，家师不至于惨死。”

慕流苏说：“彀梁断梦当年虽然算是高手，但是论实力，与令师温靖相比如何？”

温谜面向斜阳，说：“彀梁断梦不应该是我师父的对手，可是我与师父都错估了他的实力。”

慕流苏说：“其实，温阁主与老阁主都没有错估彀梁断梦的实力。”

温谜面色微变，问：“什么意思？”

慕流苏说：“对于当初仙心阁的战败，我一直百思不得其解。直到我也听说了葬星湖村民失踪的案件。”

温谜问：“二者之间有何关联？”

慕流苏说：“昊天根，当时彀梁断梦和温老阁主一战，异常惨烈。但是彀梁断梦却不是温老阁主所杀，而是他大胜之后，突然爆体而亡。蓝翡离开时仓促，只带走彀梁断梦的躯体，我找到了彀梁断梦的头颅。”

温谜神情渐渐凝重：“你有何发现？”

慕流苏说：“经过几十位太医轮流验尸，我们在彀梁断梦体内也发现了昊天根。”

温谜说：“昊天根虽然是提升潜力之物，但是效用绝不可能如此惊人。”

慕流苏说：“当然，所以我也一直不敢确定。不过后来，我发现了另一件事。”温谜盯着他的眼睛，慕流苏笑笑，说：“彀梁断梦死后，他手下的人全部都给了蓝翡。可是在羽族，没有人见过这批人。而郁罗的弟子，也是这样。一旦拜师，从此连父母亲人都不得再见上一面。”

温谜说：“你到底想说什么？”

慕流苏说：“别急。我听说此事之后，查到郁罗的弟子全部待在一个叫羽藤崖的地方。万丈山崖，羽族的禁地。蓝小翅有一次曾经想要爬下去，还被蓝翡罚跪了毒荆棘。”

温谜眉毛微扬，慕流苏说：“蓝翡对她比你对她都好，她胡玩定风铃，将毒荆棘吹得整个方壶拥翠遍地都是，你猜当时蓝翡怎么表示？蓝翡罚她在冥巢思过两天，就再没提及。”

温谜说：“看来羽藤崖下，当真藏着羽族的秘密。”

慕流苏一伸手，有侍从递来一本名册，他说：“当然。这是蓝翡成为羽尊之后，买入孩童的名册。”

温谜接过来，只翻了一遍，眉头立刻紧皱：“你是说，彀梁断梦很有可能发现了一种可以大力提升人体潜能的药，而这种药不成熟，导致彀梁断梦死状惨烈。所以蓝翡正在用孩童试药？”

慕流苏说：“我只是猜测。”

温谜细翻了那本册子，说：“若是如此，我们必须前往雪藤崖看个究竟。”

微生歧一拂袍袖，说：“你们去不去我不管，不过谁也不许伤害蓝小翅一根汗毛。否则别怪微生世家翻脸无情。”

慕流苏和温谜互相看了一眼，不对啊这，什么时候你跟那丫头这么好了？

方壶拥翠，蓝小翅正在给郁罗包扎伤口，木冰砚处理森罗的伤口。蓝翡说：“微生老呆为什么会突然再闯羽族？”

蓝小翅说：“微生父子单纯，极易受人利用。”

蓝翡说：“谁利用他们？慕流苏？”

蓝小翅目光玩味：“爹，你是不是哪里得罪他了？不然不至于一下子就猜到是他呀。”

蓝翡笑了一下，说：“如果是他的话，有点儿麻烦。”

郁罗说：“慕流苏不会就此罢休，定有后招儿。”

风翥毕竟是负责情报消息的，立刻说：“仙心阁为大小姐庆生那一日，暗族迦隐也有出面。仙心阁不会发请帖给暗族，他到太极垂光，恐怕不是为了见温谜。”

蓝翡说：“暗族一直想找一个靠山，他们会受慕流苏驱使倒也不奇怪。”

风翥说：“另外，仙心阁也集结了大批人马，向方壶拥翠奔来。飞鸟查探，里面不乏慕流苏的人。”

蓝翡说：“呵，阵势不小。”

他语带沉思，郁罗等人便都没有说话。只有木冰砚问：“此次从太极垂光，就你一个人回来？”他是想问木香衣呢。蓝小翅说：“是啊，怎么了？”就不说，气死你。

木冰砚说：“哼，不觉得少了谁吗？”

蓝翡似笑非笑，蓝小翅环顾四周，说：“没有啊。哪里有啊？”木冰砚怒瞪着她，她终于笑道：“你儿子在仙心阁，要娶媳妇了。好着呢！”

木冰砚这些年一直对木香衣不闻不问，但是此时却还是忍不住追问了一句：“谁？”

蓝小翅说：“温谜的爱徒啊，身份高着呢。”

木冰砚“唔”了一声，不问了。旁边的蓝翡幽幽地道：“你把爹的爱徒送给温谜了，宝贝儿，你可真大方。”

蓝小翅赶紧说：“不能这样说呀爹，我是看您天天嫌他碍眼。他又没有别的亲人，干脆赶出去算了。”

话音刚落，木冰砚就瞪了她一眼，没有别的亲人？！想了想，发现自己也算不得什么亲人，也就不说话了。

蓝小翅逗着木冰砚玩，旁边的凤翥说：“再斗嘴仙心阁就要杀来了。”

蓝翡用指腹绕着羽毛扇柔软的细羽画圈儿，说：“小翅，你去看看兵械，点一点可以一战的族人，开始备战吧。”

蓝小翅说：“这事应该交给银雕去做。”

蓝翡说：“乖宝贝儿，银雕没有你聪明。”

蓝小翅怀疑：“你不是想支开我吧？”

蓝翡轻笑，这个玲珑心肝一样的宝贝儿。他一脸受伤，说：“你居然这样看待爹，难道真是对爹有了异心吗？”

蓝小翅怀疑地看他，最终还是不情不愿地说：“好吧。”

等她离开了，蓝翡看向郁罗，说：“慕流苏这次为何而来，相信你们都很清楚。”

木冰砚说：“血奴还不够成熟。”

蓝翡说：“他不会把血奴的消息出卖给温谜。这些年他干的坏事也不少，温谜可不是一个会因为前妻而给他留情面的人。不过仙心阁的实力不可小视。”说罢，斜睨了一眼郁罗，说：“如果给郁罗体内注入一支昊天赤血，他能不能打得过微生歧？”

郁罗没理他——什么时候了还拿我开涮。

蓝翡“啧”了一声，觉得没意思，说：“好了，慕流苏敢这样明目张胆，是觉得这些年我修身养性，脾气太好了。森罗，你带两个得力弟子去一趟皇宫，问候一下我们的小陛下。”

森罗说：“请羽尊吩咐。”

蓝翡说：“见小陛下当然不能空手，带点儿幻绮罗，融在火油里吧。记得，要热情。”

森罗说：“是。”

蓝小翅已经集结了羽人，看见森罗跟他的两个弟子鸠吻、银鸾出来，手里都提着包裹。蓝小翅好奇：“咦，你们要去哪里？”

森罗说：“羽尊有任务。”

蓝小翅说：“你们要去皇宫。”她用很确定的语气，森罗说：“你知道？”

蓝小翅说：“如果扰乱皇宫的话，就算我们这次成功逼退慕流苏，朝廷也一定会将羽族视为心腹大患。如果朝廷大军来攻，方壶拥翠毕竟是小，我们可能只有再行迁徙，以避战祸。”

森罗说：“羽尊的吩咐，我不得不从。”

蓝小翅说：“我爹从来就不惧战，或者说，他喜欢争斗。可是森罗叔叔，我想其他羽人未必喜欢。”森罗沉默了。蓝小翅说：“你让鸠吻和银鸾过去，先按兵不动，必要的时候，用来吓一吓慕流苏。我觉得这样就可以。”

森罗说：“如果羽尊问起……”

蓝小翅说：“我会解释。另外，如果只是吓唬，攻击性的东西都不要带了。”

森罗说：“那带儿什么？”总不能两手空空地去吧？

蓝小翅说：“带点金银珠宝、羽族特产什么的。啊，拎只鸟去吧。”一转头，对丫鬟说："把我的雪背锦毛鹰拎过来。"森罗皱眉，驯鸟是羽族的看家本领，蓝小翅当然有一只灵气十足的鸟。平时打猎看家、侦察地形什么的，跟小大人一样，机灵得很。

他说："需要这样吗？"蓝小翅也是很爱鸟的。

蓝小翅说："一只鸟而已，再训就是了。再说跟着小皇帝，也苦不了它。"丫鬟将雪背锦毛鹰带了过来，蓝小翅轻抚了抚它的羽毛，说："去吧。对了，听我一言，后面我有用……"她凑到森罗耳边，低声说话。森罗点头，终于叫过鸠吻、银鸾，重新安排。

太极垂光，木香衣被温谜囚禁。知道仙心阁要跟羽族交战，他不杀木香衣，却也不能放了木香衣。

木香衣心中忧虑，但是出不去也是没办法的事。夜里，仙心阁弟子送了饭过来，他没胃口，也没怎么动。外面突然有人进来，他抬起头，看见贺雨苔。

贺雨苔在囚门前蹲下来，木香衣将目光从她脸庞移开，她的眼泪滚烫，像能熔金化石一般。他低声说："对不起。"

贺雨苔说："没有什么对不起的，我自己愿意的。"

木香衣轻声说："不要哭。"

贺雨苔说："我过来找你，是希望跟你说，我会当那天的事没有发生过。我们之间什么事也没有。儿女私情，纵然令人肝肠寸断，但是我不能忘记我的恩师和师门，抚养我长大、教我武艺的亲人。所以，因为是同样的人，我也不能恨你。"

木香衣说："雨苔。"

贺雨苔擦干眼泪，说："谢谢你，直到现在，我依然认为遇到你是一件很幸运很幸运的事。"

木香衣侧过脸，不让她看见自己脸上的表情，说："我也是。"

贺雨苔微笑道："我走了，你……好好保重。"

木香衣说："嗯。"

她起身离开，眼角的余光仍然忍不住留恋那抹身影，但是脚步未停。当年温谜的师父和父亲，都死在羽族手上。现在温谜在与蓝翡交战，她不能因为个人私情，再向温谜递过一把刀去。她一直就是个懂事的让人心疼的孩子，年纪很轻，却有一副很坚毅的表情。

木香衣坐在囚牢里，如果说之前对贺雨苔只是一种情窦初开的悸动的话，那么现在，他真的开始爱她了。那是他一直向往的伴侣，温柔体贴，却永远不失自己的立场。要有多幸运，才能够携她之手直到白头？

他靠在牢门上，身后一个声音，问："他们为什么把你关起来？"

木香衣吓了一跳，一转头，看见牢门外，站着一身红衣的微生瓷。他说："你怎么在这里？"

微生瓷歪了歪头："我爹让云采真给我喂药，想让我睡觉。"

木香衣说："你没喝？"

微生瓷说："我喝了，后来发觉不对，又吐了。"

木香衣急切道："小瓷，你听我说，小翅膀现在在方壶拥翠，很危险。"

微生瓷说："喔。"一转身要走，木香衣说："你先把我放出来行不行！"

微生瓷这才转身，那铜锁厚重，他身无神兵利器，但是五指捏住锁头，微一用力，铜环皆熔。木香衣震惊地看了一眼，想想面前站的什么人，又淡定了。

微生瓷把他弄出来，说："走。"

木香衣说："你出来没人知道吧？小心避过守卫。"

微生瓷说："我醒来时一个姓谈的就坐在我床边。"

木香衣吃惊："谈追？！你把他杀了？！"

微生瓷皱眉，说："没有，我吐药的时候喷在他脸上。他睡着了。"

木香衣不说话了，喷一下能把谈追迷晕了？这是多么大的药量啊！云采真你当喂大象呢！有微生瓷开道，当然没有守卫能发现。二人一并出了太极垂光，星夜赶往方壶拥翠。

方壶拥翠之外，已经聚集了仙心阁和朝廷的大批人马，微生瓷看见了——他爹还在呢！

木香衣说："我们得绕过他们，直接进去。"

微生瓷看了眼人群中的他爹，说："难。"微生歧在，谁能从他眼皮子底下过去，不被他发觉？

木香衣说："有羽人，可以带我们飞过去。跟我来。"

两个人绕开仙心阁的人，找了两个羽人。成年羽人羽翼宽大，健壮一点儿的可以带一个成年男子。二人一人骑了一只，从云端飞翔而过，直接进入了方壶拥翠。

蓝小翅倚在花枝上，看着外面杀气腾腾的兵马。突然有羽人降落，两个人跳下来。蓝小翅一眼看见木香衣，然后微生瓷已经到了她面前。蓝小翅简直不敢相信自己的眼睛："小瓷？你怎么会在这里？"

微生瓷皱着眉，问："你回这里，为什么不告诉我？"

蓝小翅觉得有点儿好笑，见他跟木香衣都是风尘仆仆的模样，说："告诉了你，你爹要骂我的。"她是毫不客气，净让微生歧背黑锅了，"我说过了，他并不喜欢我们在一起。"

微生瓷有点儿明白了，说："他不让我找你，所以给我喝药。"

蓝小翅觉得有点儿好笑，说："傻子。"

微生瓷一脸认真，说："可我想和你在一起。"他眼神纯澈近乎透明，蓝小翅说："我也想和你在一起。"

微生瓷说："那我们就在一起啊。"

蓝小翅问："你不要你爹啦？"

微生瓷又有点儿苦恼了。

外面，蓝翡在和温谜交涉，温谜说："我只想问你，这本名册是不是真的？"

蓝翡懒洋洋地草草一翻，说："真的又如何？我真金白银购买，他们父母自愿售卖。公平交易，你有意见？"

温谜说："这些孩子现在在哪里？"

蓝翡说："呵，你在质问我？"

温谜说："蓝翡，我只问你一句，你是不是拿他们试药了？！"

蓝小翅愣住，这事她倒是没有听说过。蓝翡说："羽族机密，恕难奉告。"

温谜说："我今天一定要见到他们不可。"

蓝翡说："那你只有重蹈温靖和温墨的覆辙了。"

他不提这两个人还好，一提到温靖和温墨，温谜怒从心起，手中的宝剑上善若水出鞘。蓝翡也把蓝血之翼握在手中。二人一交手，仙心阁众弟子和羽人顿时战成一团。慕流苏在旁边观战，说：“微生家主，如今蓝翡近在眼前，你莫非真的不思报仇吗？”

微生歧脸色阴沉：“我自有主张！”他一路跟来，不过是为了蓝小翅的安危。如果到时候羽族不是仙心阁和慕流苏的对手，她要拼命，他还可以拦着。

只是这事到底不光彩，两个人又没成亲，算什么事啊！他也不解释，慕流苏是真的猜不到发生了什么事。

蓝小翅坐在累累花枝之上，身上换了羽族的服饰，裙裾华美。微生瓷站在她身边，有点儿怕他爹，也不敢就这么出去。眼见蓝翡和温谜即将交手，蓝小翅足尖一点，跃过繁花碧叶，盈盈落地。

微生歧气得——有了身孕不能好好走路吗！你还乱跳！！

温谜看了蓝小翅一眼，她身穿一身孔雀蓝的衣裙，鬓边斜插着一支步摇，流苏华美垂落。脖子上戴着制作精巧的羽毛项链，人刚至，暗香已盈袖。连香也是蓝翡惯用的七日薰。

他发了一下呆，蓝小翅左手一扬，蓝血银毫自袖中激射而出，温谜吃了一惊，一般人用暗器，都是右手居多。蓝小翅这一下子，角度令他为难。他如若闪避蓝血银毫，就要中蓝翡一刀。否则，就要吃上十几根蓝血银毫。

他略一犹豫，突然觉得面前劲风一扫，是微生歧冲了过来！

几乎同时，一道红影也加入战局，自然是微生瓷，父子二人顷刻之间过了十几招。但劲气罡风正好挡去蓝小翅发的蓝血银毫。

温谜被微生歧解了危机，松了一口气，而微生歧先是怒视蓝小翅——混账东西，你可真是果断啊！那是你亲爹，你抬手就射！然后一转头，朝微生瓷怒吼：“逆子，你干什么？！”

微生瓷被骂得脑袋一缩，但是他没有退。微生歧手里有九微剑，如果真的交手，实力相差不大，兵器当然就非常重要，他更有胜算。可是他当然不会跟自己儿子算计这些，所以他怒道：“你还不快给我滚过来！”微生瓷回头看了一眼蓝小翅，又看看自己爹。微生歧大怒：“要我说第二遍？！”

蓝小翅咯咯直笑，仿佛刚才那又狠又准的一记蓝血银毫与她无关。她说：“过去吧，你爹快要炸了。”

微生瓷脸上浮现一种思索的神情，许久后，说：“爹，其实有我这样的儿子，是很痛苦的事吧？”

微生歧莫名其妙：“你胡说八道什么？”

微生瓷说：“我长这么大，从来没有帮到过你什么。反而害死了母亲，累得你东奔西跑。”微生歧沉默了，微生瓷说，“你可不可以，当作没有我这个儿子啊？”

微生歧惊怒道：“你疯了？”

微生瓷说：“我想帮帮小翅膀，可是我觉得很对不起你。我不想再拖累你，你当作没有生我养我，没有这十几年的事好不好？”

微生歧说：“小瓷，”有些吓着了，声音也虚了，“不要胡说，你过来。”

蓝小翅也吓到了：“小瓷，你在说什么？”

微生瓷转头看她，漆黑却明亮的眸子里，满满的都是认真。他说：“我想帮你，跟你在一起。”倾其所有的帮助，最朴实无华，却坚定不移的誓言。

蓝小翅觉得鼻间发酸，却微笑着，说：“嗯，我知道了。但是你不可以这样跟你爹说话。乖，你先过去。”

微生歧只以为微生瓷这样说是经蓝小翅教唆，心里正又震怒又担忧，如今听她这般说，倒是惊住了。微生世家，江湖上谁不想得到这样的帮手？

别看今天仙心阁和慕流苏来势汹汹，如果微生歧父子二人倒戈，赢面立刻就要重新估算。

蓝小翅说：“你先跟你爹认个错，然后回九微山去。等这里事了了，我就去找你，好不好？”

微生瓷说：“我……”

蓝小翅推推他，说：“乖，去。”

微生瓷走到微生歧面前，微生歧钢铁一样的汉子，眼眶通红。微生瓷说：“爹。”

微生歧啪的一耳光，扇得他右颊立刻起了红色的指印。微生瓷偏了偏脸，微生歧突然伸手抱住他：“其实有你这个儿子，爹和你娘都欣喜若狂。这么多年来，爹虽然痛苦，却从未希望你不存在过。哪有父亲会觉得孩子是自己的拖累呢。”

微生瓷低下头，微生歧放开他，转头看蓝小翅，说：“如果有小瓷相助，你的赢面会大很多。”

蓝小翅说：“是啊。”眨眨眼睛，“可惜我和我爹都不稀罕。”说罢看了一眼蓝翡，蓝翡只是笑，并不在意的模样。

微生歧说：“谢谢你。”一直以来，有无数机会，却没有利用。

他道谢时态度真诚，蓝小翅不好意思了，毕竟上回是真的差点儿对这位大神来了一记满天星。她说：“咳，我知道微生叔叔的感谢绝不是口上说说的。所以说不用谢也是驳您的面子。”

微生歧微微一笑，突然发现自己也不是很讨厌这丫头的套路了。他说：“你说吧。”

蓝小翅眨眨眼睛，说：“温阁主一向宅心仁厚，也并不想血流成河。今天就由微生叔叔做主，我们换一种方式决胜负，如何？”

微生歧转头看了一眼温谜，说：“温阁主，慕相，意下如何？”尾音加重，意味明显。

小丫头，我要让你看看微生世家并不是一点儿分量没有。

眼见微生歧态度转变，慕流苏和温谜当然都不愿跟他对抗。慕流苏问蓝小翅：“换一种方式决胜负？什么方式？”

蓝小翅说：“双方各派出三个人，三局两胜者赢。”

慕流苏和温谜互相看了一眼，三个人？慕流苏挑眉，意思很明显——你仙心阁找出三个战胜羽族的人，不难吧？温谜回瞪他，意思也清楚明白——废话，如果微生父子帮她，一下子就能赢两局。

所以慕流苏说：“只是羽族人吗？”当然还是要考虑一个公平公正且己方有胜算的方式了。

蓝小翅笑，说：“我知道慕爹爹担心微生叔叔和小瓷，你放心吧，他们不是羽人。”

慕流苏心里放下了一半，与温谜互相看了一眼，问：“你的话，可以代表蓝翡吗？”他还是不太相信，如果微生歧父子不参战，明显还是仙心阁赢面更大。蓝翡没意见？

蓝小翅耸耸肩，蓝翡轻摇羽扇，说：“我一般不驳我女儿的面子。”

温谜眼神复杂，如果是他，是不可能让仙心阁的事由自己十六岁的女儿决定的。事出突然，蓝翡应该并不知道蓝小翅的计划，可是他却能一口应承。

方才蓝小翅抬手那一记蓝血银毫，真的毫不犹豫、亲疏分明，他心疼欲裂，错过的十六年，鸿沟如海，如何弥补？可到底是江湖霸主，众人面前，他只有忍住。

慕流苏看了一眼温谜，见他不说话，不由轻咳一声——这时候不要走神好不好？

温谜回过神来，终于说：“如果仙心阁胜，我要求查看雪藤崖。还有，蓝翡买入的这批孩童，我要见到他们安然无恙。如果蓝翡真的拿他们试药，此事不能善了。”

蓝翡说：“啧，语气真是强硬。”

温谜沉声问：“你同不同意？”

他难得这样步步紧逼，但这也说明，如果此事属实，那就是触到了仙心阁的底线。仙心阁是不会退让的。蓝小翅说：“既然要定输赢，失败者的代价，应该支付。”温谜看了她一眼，十六岁的半大丫头，站在他们面前的时候，冷静得异常。她出语全然没有跟蓝翡商量的意思，然二人似乎只用一个眼神，就能彼此信任。他点头，蓝小翅问：“如果羽族赢了呢？”

温谜说：“我们离开。”

蓝小翅说：“那仙心阁和慕爹爹这个代价有点儿低啊。”

慕流苏笑了，小丫头，你真是不知天高地厚。但是如果你们敢用血奴出战，温谜是不会管什么输赢的。他说：“当父亲真难。好吧，你想怎么办？”

蓝小翅说：“至少也要赔偿损失吧？”

慕流苏终于笑出声来，说：“可以。”

温谜看了一眼蓝翡，对于羽族如何出战，心中当然清楚。羽族最强的战力，当然就是蓝翡、郁罗、森罗。如果单论武功，他可以稳胜蓝翡，柳冰岩对付森罗不成问题。

两场胜券在握，用柳风巢对付郁罗，胜败皆无所谓。

所以他说：“好。”

蓝小翅说：“休整一下，明日再战。当然了，请温阁主选几位德高望重的前辈作为见证。”她办这些事，倒是细致缜密。温谜说：“好。”

双方暂时休战，等回到方壶拥翠，森罗终于说：“如果就这样单论武功，我们赢面不大。”

蓝小翅眨眨眼睛，说：“所以温阁主和慕爹爹会答应啊。”

蓝翡说：“宝贝儿，爹不是温谜的对手。”话语里有点儿委屈，“小时候温谜在学武，爹在蓝家受虐待。后来爹被卖去驯鸟，他还是在练武。要不爹跟他比驯鸟吧？”

蓝小翅哭笑不得，只得煞有介事地安慰：“没事，爹输了就输了吧。”

说完，看了郁罗一眼，说：“不过要委屈一下师父。”

郁罗安静地看她，她附到他耳边，嘀咕了几句。郁罗微一犹豫，点了一下头。

太极垂光之外，连镜在地上爬。慕流苏几乎是当垃圾一样把他扔了出来，他弄丢了拐杖，根本无法行走。秋日小雨淅沥，他衣衫上全是泥水，比乞丐更肮脏狼狈。

他不知道自己爬行了多久，也不知道眼前的方向，昔日的贵公子心里涌出刻骨的仇恨——为什么微生歧不杀了我？是啊，总要留下这条命，让自己尝一尝生不如死的滋味。他衣衫湿透，饿再加上冷，手也不再有力气。旁边就是葬星湖，他现在唯一比较容易做到的事，就是死。

他将手伸出去，昔日修长洁净的手，此时却是污黑的。泥垢在水中散开，像是自己的人生。他哈哈一笑，双手插入水底淤泥，继续向前爬。

被水淹没的滋味，无法言喻的恐怖。他笑出了眼泪，但眼泪在水里，看不清。

他只是拼命向前爬，突然后脊一紧，他离开湖水，口鼻感觉到了空气，不受控制地大口呼吸。身后有人说：“昔日连镜公子，啧啧，真是可怜。”

连镜只觉得眼前昏暗，回过头，看见一个阴影。他喘息了好半天，问：“暗族的人？”

那个人说："暗族迦夜。"

连镜当然听过这个名字，毕竟以前他在九微山，是微生歧的义子。九微山的大多数事务，都是他和步寒蝉在打理。他咳了很久，才说："迦夜？暗族教父？"

迦夜说："难得你还记得我。堂堂微生世家大少爷，沦落到这种地步，真是令人惋惜。"

连镜笑了一下，嘴里呕出一口湖水，问："如果你是专门来嘲笑我的，那未免太无聊了。"

迦夜失笑，说："当然不是。我只是想问连公子一句，如果我有办法恢复你的武功，你愿意效忠我吗？"

连镜一怔："什么？"然后他很快明白了这句话的意思，顿时连呼吸也急促起来，"我从来没有听说过，被废掉的功力可以恢复。"

迦夜一笑，说："那是因为，你根本不明白何为力量。"

连镜全身都在颤抖，不是因为寒冷，而是因为激动。他说："你真的可以？"迦夜把他丢在地上，慢慢俯身，连镜终于看清他的脸。他吃惊道："你……你真的是迦夜？为什么如此年轻？！"如果没有记错，他的儿子迦隐，也跟自己一般大的年纪了。可是这个迦夜看起来，不过二十五岁左右。

迦夜说："我说过了，你根本不明白何为力量。"

连镜将信将疑，但是只思考了一下，立刻挣扎着跪倒在地："教父，请帮助我！"

迦夜轻笑，说："我既然出面，当然是惜才。不过帮你，总不能全无理由。"

连镜用力磕头："我愿意听从教父驱使，永远忠于教父。赴汤蹈火，在所不辞。"

迦夜说："很好，不过你这样的身份，为奴为仆难免可惜。微生歧有眼无珠，既然我赋予你新生，你就认我为父吧。"

连镜哪还犹豫："义父在上，请受孩儿一拜。"

他连磕了三记响头，迦夜从袖中取出一个小瓶，递给连镜。连镜打开瓶塞，闻到一股奇怪的芳香，像酒，又像奶。他说："这……"

迦夜说："仙露琼浆，你当然不曾见过。"连镜再不犹豫，仰头饮尽——

落到这种地步，还有什么情况会比现在更坏呢？那琼浆是甘甜的，一入喉，全身立刻有一种火烧的感觉。连镜惨叫一声，满地打滚。

迦夜站在一边，安静沉默地看他，眼神里有一点儿怜悯。连镜什么话都说不出来，伸出手想去拉迦夜的袍角，迦夜避开。他撑着伞，黑色的斗篷下，像一团夜的影子。

连镜不知道过了多久，身上每一寸血肉都如同成了焦炭。不远处又有人走近，他根本没办法去想是谁。那人却走到迦夜身后，恭敬地道："父亲。"

是迦隐。

迦夜说："人聚集得如何了？"

迦隐说："已经集结完毕，但是慕相并未联络我们。"

迦夜说："嗯。过来认识一下，你的义兄……嗯，姓连始终还是外人。以后你改姓迦，迦之镜。"

迦隐眉头微皱，看了看正在地上打滚的连镜——该叫他迦之镜了。迦隐说："父亲让他服用了长生泉？"

迦夜说："你有意见？"

迦隐低头："孩儿不敢。"

迦夜一笑，他与迦隐站在一起，更像是兄弟，哪像父子？迦隐没有抬头看他，他说："带上你的义兄，回去吧。"

迦隐只得上前，看见迦之镜的衣服，不由皱眉。那真是太脏了，他无处下手。只得一扬下巴，示意旁边的暗族过来搀扶。

连镜被人扶起来，然后他惊诧地发现，他的双脚可以走路了！！那火烧一样的仙泉，治愈了他的旧伤！他心中暗惊——暗族有这样的宝物？为何从未听人提及？！如此说来，自己真的有望恢复功力吗？

他看了一眼迦夜，用欣喜若狂也不足以形容当时的心情，这应该是绝路逢生吧？他立刻跟上迦夜，迦隐将他的神情看在眼里，目光有点儿轻蔑。

连镜——不，现在他已经自觉地决定适应自己的新姓氏，迦之镜。他向迦隐回以微笑，呵，我可以忍受世间最无情的践踏，一点儿轻蔑算什么？

方壶拥翠，一日过去。第一战开始。温谜与蓝翡是首领，第一战不好立刻亲自上场。仙心阁等门派要来到比武约定的场所，这里是方壶拥翠之外的一片平地。时有飞鸟经过，可称鸟语花香。有机灵一点儿的鸟儿站在树枝上，歪着脑袋，瞪着绿豆大小的眼睛看，仿佛它们也能看懂似的。

场中已经站了一个人，郁罗和森罗是同父异母的兄弟，长相有点儿相似。但是森罗是白翼，郁罗是黑翼。郁罗的兵器是凤首箜篌，森罗的兵器是双色翼。

此时场中人是白翼，当然就是森罗了。温谜派柳冰岩出战。

柳冰岩的武力值是高于森罗的，他不担心。

周围到场的有五名老者，皆是江湖名宿。温谜请五人见证，五人当然应允，此时分列四方，一人于场上宣布：“今日羽族与仙心阁比武，三场两胜。我等为证，将忠于事实，绝不偏私。”

温谜点头，那人方道：“开始。”

可是场中二人一交手，大家立刻看出不对来——该死的，场中不是森罗，是郁罗！！可是怎么回事，郁罗不是黑翼吗？！这场中是白翅膀啊！！

温谜与慕流苏互相看了一眼，蓝小翅坐在蓝翡身边，慕流苏说：“这是怎么回事？！”

蓝小翅说：“喔，昨晚睡前，郁罗觉得木冰砚的染料不错，一时兴起，给自己染了个毛。好看吗？”

温谜和慕流苏气得无言以答。

第一场，柳冰岩对郁罗，当然是输了。柳冰岩的脸色很不好看，温谜拍拍他的肩膀，说：“是我的错，不怪你。”

柳冰岩说：“我技不如人，如何是你的错？我只恨自己学艺不精。”

温谜说：“不要这样，你已经做得很好了。”

柳冰岩说：“你永远都是这样，从小到大，从来没有责备过我。”

温谜替他擦去手上的血珠，说：“你从小就很努力，我们都知道。”柳冰岩的母亲早逝，继母进到柳家之后，偏宠自己的儿子。天之骄子，忍不得气。他经常跟继母的儿子发生冲突。因此也更为父亲所不喜。

柳家大多数都是父亲先行传艺，父亲的漠视，让他的底子很差。他满腹怨气，只觉得是父亲和继母不对，直到遇到温谜。人沉于渊，如不自救，怨恨旁人又有何用？

此后他开始刻苦练武，最终成了柳氏一族中举足轻重的人物，最后被推上太极垂光，成为仙心阁四大长老之一。等到他有了合适的继承人，就会退回家族出任族长。

他垂下头，又想起那些年温谜偷偷过来纠正他的基本功法。

温谜看见他的眼神，已经知道他难受。他笑着说：“别让孩子看见你这垂头丧气的样子。”柳冰岩看了一眼柳风巢，终于振作了一些。旁边的慕流苏说：“现在不是说这些的时候，还是想想对策要紧。”

温谜想了想，说：“下一场明天再比。”

慕流苏过去，跟五位证人说了。五个人均点头，蓝翡看了蓝小翅一眼，蓝小翅说：“温阁主打算搬救兵了。”

蓝翡脸色难得凝重了一下，说：“仙心阁根基深厚，多年来不世高手比比皆是，温谜如果真要找出另一个可以战胜森罗的高手，恐怕不难。”

蓝小翅说：“下一场应该仙心阁先出比武人选。我们先看看情况。”蓝翡没有表示，蓝小翅说：“爹，温阁主说你用孩童试药，真的假的？试什么药？”

蓝翡说：“宝贝儿，你怎么可以听信他的话？他还说爹杀自己父母是禽兽不如呢。”

蓝小翅说：“那我这么问吧，如果我们输了，你会不会同意仙心阁盘问名册上的那些孩子？爹，那些孩子还活着吗？”

蓝翡轻叹了一口气，说：“这个是大人应该关心的事，宝贝儿。”

蓝小翅吓唬道：“小瓷在这儿啊，你不说我要让他陪我去羽藤崖下自己看啦！”

蓝翡啼笑皆非，过了一阵，终于说：“走吧，路上跟你说。”

几个人原路返回，微生歧在仙心阁，却对自己儿子说：“你不是要去找蓝小翅吗？”

微生瓷看了看他，目光犹疑，微生歧是认命了——孩子都有了，有啥好说的。自己儿子养成这样，要是孙子再养不好，真的要死不瞑目了。所以他说：“去吧，一家人在一起总是最重要的。”

微生瓷没有听出这话里的言外之意，其实也是，微生世家的人，听得出什么言外之意？他问：“你呢？”爹也是一家人。微生歧心中一暖，说：“爹先在这边，看看情况。”

微生瓷这才道：“嗯。”

他疾行几步，跟上蓝小翅，蓝翡斜睨了这小子一眼。岳父泰山看女婿，真是怎么看怎么不顺眼。他说：“微生小呆为什么会在这儿？”

蓝小翅说：“爹，人家刚帮了你的忙，你不要这样翻脸无情吧。”

蓝翡说：“哼。”算了，反正也赶不走。蓝小翅牵着微生瓷的手，说：“说吧说吧爹，我想听。”

蓝翡与她同行，说：“当年羽族根基薄弱，而且一直以驯鸟为生，并没有多少战力。财力，更是归集于蓝氏为首的十三家族。最初起事反抗的，都是驯鸟奴隶，非常艰难。后来，爹遇到爹的恩师縠梁断梦。”

他提到縠梁断梦的时候，声音很是凝重，蓝小翅歪着头：“喔，埋在墓地里的师公。”

蓝翡点头：“縠梁断梦也是羽人，但是他祖上曾是羽族的药师。他给了爹一个药方，于是我们共同研制出了一种血，人血。注入人体之后，可以让人修为大增。”

蓝小翅说：“这种血，是不是需要昊天根？”

蓝翡看了她一眼，目光毫不掩饰欣赏之意：“这血的名字，叫昊天赤血。我们的前锋，有许多驯鸟奴隶，都注入了昊天赤血。”

蓝小翅说：“如果真有这么强大的药物，爹不应该瞒着我。药有副作用？”

蓝翡举步往前走，香风徐徐：“是啊。注入昊天赤血的人，寿命都活不过一年。这一年寿命是指，在正常使用自己功力的前提下。内力使用次数越多，寿命越短。而且如果将修为提到极限，人会爆体而亡。当初爹杀死蓝家人之后，温谜复返，被我们击退。温靖前来搭救温谜，你师公往自己体内注入了一支昊天赤血。”

后面的事，蓝小翅就知道了。温靖重伤，被送回太极垂光之后，没有多久就死了。縠梁断梦则是爆体而亡，蓝翡撤退匆忙，只找到了他的残躯。

蓝小翅说：“这么多年，爹一直在改进这种药？”

蓝翡说：“羽族需要更强大的力量，可是我们的少年弟子成长得太慢了。”

蓝小翅说：“羽族迁至方壶拥翠之后，爹虽然收缴了原来蓝氏家族的不少财产，但是用到整个族人身上，就真的是太少了。羽族少年八岁之前，都由族内出钱供养。生育较多的还有奖励。爹，你哪里来的钱研究昊天赤血？”

蓝翡愣住——呵，这孩子，总是一针见血。

蓝小翅盯着他的眼睛，问：“谁在支持羽族？”

蓝翡说：“小翅，知道这些事情对你并无益处。”

蓝小翅说：“鳍族领地在葬星湖，他们没有向外扩张的野心。虽然有钱，但不会干这样的事情。暗族没有这个实力，仙心阁不可能。朝廷？或者慕流苏？”

蓝翡说：“好吧宝贝儿，你赢了。以前朝廷经常对外征战，慕流苏发现了昊天赤血，与朝廷重金交易，悄悄将其使用在军队之中。”

蓝小翅语气凝重，说：“这样一来，他要挑起事端针对羽族，意图就很明显了。他想要得到昊天赤血的药方？”

蓝翡说：“嗯。但是这件事不能泄露出去，否则仙心阁一定会反对，暗族和其他江湖门派，也一定会打昊天赤血的主意。到时候我们就怀璧其罪了。”说完，看了一眼微生瓷。微生瓷根本没看他。

蓝小翅说：“那我就明白了，葬星湖村民失踪，是因为金漱石不得鳍王欢心，只得另求助力，而慕爹爹想要自己研究出昊天赤血的配方。所以他与金漱石一拍即合，由他主导，金漱石找人研究。谁知道最后事情暴露，他杀金漱石灭口。”

蓝翡说：“当时，爹撤退仓促，慕流苏的人捡走了你师公的头。他从里面发现了一丝蛛丝马迹，然后找了过来。我们答应合作，或者是互相利用。他给羽族资金，我为他改造一批士兵，用以给当时的朝廷平乱。昊天赤血威力巨大，当时的皇上当然尝到了甜头。从此羽族跟朝廷每年都有交易。后来皇上去世，小皇帝登基，朝堂政权几乎全部落在了慕流苏手上。他开始试图自己研究昊天赤血的药方，爹发现了，自然就停止为他改造兵士了。至于他要找谁合作，那就不是爹关心的事了，宝贝儿。”

蓝小翅反复打量他，说：“爹不像这么善良的人。他想找别人合作，是因为这么多年，爹还是给了他旧的药方，所有改造过的兵士仍然只能存活一年。

然而他发现真正的昊天赤血药方已经改进了许多，对不对？”

蓝翡轻摇蓝色的羽毛扇，哈了一声，不说话了。当然啊，木冰砚是吃白饭的？现在昊天赤血兵士已经可以存活五到十年了。可是如果用新的药方，岂不是五到十年才有一次交易？

蓝小翅仰起头看他，十六年父女之情，一个表情一个眼神已经足够明白彼此。她也不再纠缠此事，再一次郑重问：“那些孩子还活着吗？”

蓝翡说：“如果爹说都死了呢？”呵，你要像你爹一样，审判我吗？

蓝小翅说：“如果都死了，就要赶紧把这本名册写下来，然后我们找年纪相当的奴隶来扮演一下，以免有什么变故，措手不及。”蓝翡愣住，蓝小翅看懂了他的眼神，说，“虽然我很想说这样是不对的，但是谁让你是我爹呢。”

蓝翡说：“现在就对爹失望的话，外面还站着一个可以备用。”

蓝小翅笑得不行，笑完，说：“你答应我，以后不要再这样了。”蓝翡什么也没有说，只是摸了摸她的头，转身向前走。蓝小翅追着他，喊：“听见没有？以后不许这样了！”

蓝翡不说话，蓝小翅从后面跳起来抱紧他的脖子，在他耳边大声吼：“听见没有？”

蓝翡被声音震得直皱眉头，终于说：“听见了，聒噪。”

蓝翡走了，蓝小翅回头看微生瓷，一个虎跳，扑到微生瓷身上。微生瓷把她抱住，蓝小翅说：“你爹肯放你过来啊？”

微生瓷说：“嗯。”

蓝小翅说：“你可以在这里玩，但是如果我爹有什么事让你做，你一定要先来问我。知不知道？”

微生瓷说：“好。”

蓝小翅在他脸颊上亲了一口，说：“乖，走，我们进去。”

羽族的当务之急，是下一场比斗。好在这场轮到仙心阁先出人选，不至于这般被动。蓝翡坐在贵妃榻上，他的侍妾烟峦很快就沏了茶上来。当然，除了他和蓝小翅，其他人是没这等待遇的。

烟峦把茶送到蓝小翅身边，才看见她旁边的微生瓷。她以眼神示意，蓝小翅点头，她忙又再斟一盏，送到微生瓷身边。蓝翡轻摇羽扇，问："下一场比斗，你有什么打算？"

是问的蓝小翅，蓝小翅说："下一场如果出战的不是温谜，那么爹就自己上场。我们赢面还是很大的。"

蓝翡失笑，说："不过江湖规矩，历来是首领对首领，这样显得不太体面。"

蓝小翅哀叹了一声，说："知道，爹的面子最重要。"

蓝翡看了微生瓷一眼，他还是第一次跟微生世家的人这样相对而坐，宾主般说话。他说："如果微生小呆嫁进方壶拥翠，是不是就不算外人了？宝贝儿，今晚为你们成婚可好？"

蓝小翅无力："爹！"

蓝翡哈了一声，问微生瓷："好不好？"

微生瓷说："好。"

其他人俱大笑。

蓝小翅不理这群不正经的，继续说："下一场，慕流苏肯定会以仙心阁比斗者正在赶来为由，让温谜先赢第二场。"

蓝翡说："爹也想到了。"

蓝小翅说："这场我们赢了，族人都沉浸在喜悦之中，如果爹输了，恐怕会有点儿灰溜溜。"

蓝翡说："谢谢，你真坦白，宝贝儿。"

蓝小翅说："我替你出手好吗？"

蓝翡愣住："什么？"

蓝小翅说："反正都是要输的，爹输和我输，效果不同。"

蓝翡说："不，宝贝儿，他们会说爹惧战的。"

蓝小翅说："爹，我担心慕爹爹，如果他施什么阴谋，温阁主说不定会趁机杀你。"蓝翡目光阴沉如海，这正是他不能让蓝小翅出战的原因。他不说话，蓝小翅说："不用担心我。"

旁边的郁罗看了一眼蓝小翅，说："温谜不会杀她的。"

蓝翡终于一挥手："好吧。"说完，看了一眼微生瓷，说："小翅明天跟温谜比武，会有危险。你能教她一点儿武功，就最好了。”他可是个物尽其用的人，哪怕明知道微生歧会反对得跳起几丈高，但为了自己的利益，别人的态度无足轻重。

所以从蓝翡的住所出来，微生瓷就问：“是真的吗？”

蓝小翅说：“是比武，不过没什么危险。别说我是他女儿了，就算我跟他半点儿关系没有，他也不会杀一个不相干的人。”

微生瓷说：“我教你两套剑法，你练熟了，可以自保。”

蓝小翅精神一振，说：“行啊，走走，我们去玩。”

方壶拥翠之外，慕流苏说：“下场比武无论如何我们一定要赢。”温谜当然也知道，这一场太出乎意料了。慕流苏说：“现在只有你出面，能扳回一局。”

温谜说：“事到如今，也只有如此了。”

慕流苏说：“我担心的倒不是这个，温谜，如果蓝翡真的使用孩童试药，你真的要因为一场胜负而放任他为所欲为吗？”

温谜说：“既然订下规则，当然就必须遵守。”

慕流苏说：“那这些孩子，你就让他们白白流血，甚至死亡不成？”温谜沉默了，慕流苏说：“蓝翡这个人，我说他漠视人命，你不反对吧？”当然不反对了，蓝翡的为人，再没有谁比温谜清楚。

温谜说：“慕相言下之意为何？”

慕流苏说：“这一场，如果你出战，蓝翡为了自己的颜面，肯定也会出战。比武中约定胜负，但是是以一方认输告终，也没有说是否定生死。如果你趁机杀死蓝翡，相信也不会受人非议。”

温谜明白了：“除掉蓝翡？”

慕流苏说：“这难道不是最好的结果吗？我乃大凉宰辅，而羽人也是凉人。我本来就不是想要残杀羽人。我也只是想要留出一个空间，让羽人安稳平静地生活，不受压迫，也不作恶。”确实是这个道理。温谜沉吟，慕流苏说：“何况蓝翡一死，我们要解救这些孩子，也是易如反掌之事。”

温谜说：“也有道理。”

慕流苏说：“如此，就一言为定了。”

蓝小翅跟微生瓷练功，微生瓷对这个徒弟还算是很满意。至少他练一遍，蓝小翅就能有模有样地跟着学了。虽然明天比武之后他爹肯定会揍他一个万紫千红，但是有什么比小翅膀的安危更重要呢？两个人练了两个时辰，眼见蓝小翅对招式也熟悉了，微生瓷说：“小翅膀应该休息了。明天出战，要保持体力。”

蓝小翅说：“你要去我的小窝里作客吗？”

微生瓷立刻说：“嗯。”

两个人手拉着手，一起去了蓝小翅的小窝。蓝小翅的住处也在树上，偶尔风大一点儿，还会左右摇摆。她在太极垂光待了一段日子，但是住处却每日都有仆从打扫，此次回来，似乎只是短暂出门一趟，并无不同。

她把微生瓷领到里面，小屋外面是小桌，两个软藤编织的蒲团。两个人相对而坐，她又从一个罐子里取出茶叶，说：“这是我爹最喜欢的茶叶，名字叫三月尖，你尝尝喔。”

像是小朋友招待自己喜欢的小客人，恨不得把最爱的东西全部拿出来献宝。微生瓷跟她喝茶，外面风过，带起一点儿花香。有一只鸟从外面探进小小的脑袋，叽叽喳喳地叫。蓝小翅一伸手，它就飞进来，落在她腕上。然后歪着脑袋，一脸狐疑地打量微生瓷。

蓝小翅说：“是呀是呀，他是我们新来的客人。你要跟他玩吗？”声音很轻很轻，那鸟却一振翅膀，扑噜噜地飞到微生瓷肩膀上，扇了扇翅膀，对着他叫了几声。

蓝小翅说：“它跟你问好呢。”

微生瓷说：“我听不懂。”

那鸟又叫了一阵，蓝小翅笑得花枝乱颤，说：“它说你看起来好呆好傻啊。”

微生瓷不高兴了，屈指一弹，那鸟脑袋一缩飞跑了。不一会儿，又回来，给他衔了一颗红得鲜亮的小石子。蓝小翅说：“它是方壶拥翠的碧翎鸟，看家的。”

微生瓷接过小石子，摸了摸鸟羽，方壶拥翠如同它的名字，有一种天外人间的宁静祥和。蓝小翅说：“小瓷，你喜欢这里吗？”

微生瓷犹豫了一下，终于还是点点头。这里真的很美，就算是有毒的荆棘，也红得那般璀璨艳烈。蓝小翅说：“我也喜欢，我不希望任何人打扰这里的安宁。”

她歪坐在地上，衣绦垂散，天外阳光如碎金，温柔晕染。

第二天，温谜果然以仙心阁比斗者尚在赶来途中为由，自行出战。看见站在场中的是他，蓝翡与蓝小翅相视一眼，交换了一个眼神。五位证人再次到场，仍然分列四方。其中一人道："第二场比斗，仙心阁温谜。"然后看向羽族，在众人注目之下，蓝小翅站起身来，挥了挥手。

温谜和慕流苏都变了脸色，慕流苏说："想不到羽尊蓝翡如此胆小如鼠，竟然让一个十六岁的女孩代自己出战。"

蓝小翅瞪了他一眼，说："古有花木兰代父从军，你们就夸她英勇。现如今我代父出战，你为什么不夸我？"

慕流苏也瞪她："因为古时候花木兰没有提刀去砍她亲爹！"真是恨死这丫头了，十处打锣她九处都在！

蓝小翅白眼一翻："切。"

温谜握紧了手中的上善若水，虽然没有杀意，但是不能忍让。对不起，孩子，仙心阁的胜负，并不能因你出战而改变。蓝小翅倒是无所谓，懒洋洋地抽出无色翼，说："温阁主，请赐教。"

温谜看了蓝翡一眼，说："卑鄙！"

蓝翡轻摇羽毛扇，微笑道："阁主过奖过奖，不敢当。"

慕流苏犹不甘心，扫视了一圈羽人，说："其实你若惧战，大可认输，何必拿小辈挡枪，引人耻笑？"

原以为此语必令蓝翡暴怒，没想到蓝翡只是把玩着羽扇的骨柄，微笑道："何必歧视小辈？后生晚辈，可是一个种族的未来。"

他提到未来，慕流苏暗自心惊，再看一眼蓝翡身后的羽人，发现他们并没有因为出战的是蓝小翅而有什么耻辱或不满。慕流苏有些惊异，似乎在这些人眼里，羽族大小姐的含义并不是一个十六岁的黄毛丫头。

——在他们眼里，她有代表蓝翡出战的分量。种族的未来？

第十八章 慈父心肠

蓝小翅的无色翼，形同半翼，在阳光之下，闪烁着绮丽的光华。温谜有一种想要走近她的冲动，他们流着相同的血。他说："你不该出战。"

蓝小翅说："我玩玩呗，反正要是输了也是温阁主您以大欺小。我想没人会笑我吧？"

温谜说："小翅……"眼神里有深可见骨的悲哀。蓝小翅说："不用这样，你又不是要杀我，对吧？"

温谜当然不会杀她，他说："你在帮助你的仇人。你的爷爷、师公都死在他手上。仙心阁与他有不共戴天之仇。"

慕流苏站起身来，说："温谜，此时不是顾忌儿女私情的时候！"他是担心蓝小翅拿住温谜的七寸，如果这一局蓝小翅赢了，不止寻找昊天赤血药方的事情会受阻，蓝小翅在羽族的威望一定会更上一层楼。

而在诸人注视的场中，蓝小翅说："我知道啊。"嘴角有一抹笑，没有杀气，也没有仇恨，她语气平静，"虽然我流几滴眼泪，可能更能博得一些你的同情，但是我还是觉得没这必要。温阁主，我大约知道一些旧事，但是我没能见到我的师公和爷爷。我没有你们的任何记忆与情感，我也不想负担这些。我有自己的决定，于是就照着自己的路往前走，别人的恨不能成为我的负累，爱也不能。"

温谜突然发觉，这个孩子跟自己印象中的女孩，真的很不一样。他所认识的女孩，也有舞刀弄枪，也有乖顺温柔。而蓝小翅，是一种罕见的独立与冷静。

如她所言，仇恨影响不了她，爱也不能。温谜开始相信，她是真的不恨他，那些年的旧事，对她而言，只是旧事。别人的还是自己的，没有区别。

他苦笑，自己统领仙心阁多年，竟然没有一个丫头冷静。他宝剑出鞘，说："以前，一直没有教过你什么，也不知道你的实力，今天就当我们父女二人切磋武艺吧。"

蓝小翅立刻追着问："那输了能算我赢吗？"

她这一张嘴，向来不饶人，温谜哭笑不得，但终于还是稳定心神，说："不能。"

蓝小翅说："那你说那么多到底有什么用！"

温谜真的就不再多说了，是啊，有什么用。每次都是口上言爱，然后该放弃的时候还是会放弃。突然有那么一刻，觉得自己矛盾得虚伪。慕流苏发现了，说："温谜！小心她动摇你心神！"

温谜横剑于前，说："来吧。"

蓝小翅手中的无色翼光芒乍起，锋刃破风而来。温谜挡过几招，起初都是以守为攻，但是慢慢地，蓝小翅的无色翼越来越透明。

他脸色慢慢凝重——这个丫头功力居然不弱！

水一般透明的锋刃、纸一般轻薄的剑身，干净利落的招式竟然让他闪避狼狈，他只有出招！周围，除了五位证人神情专注，其他人都慢慢变了脸色。原本还有的低声谈话都轻了下去，连慕流苏也一脸严肃地注视场中。

温谜渐渐发现，眼前不是一个可以轻视的小女孩儿，她的武功招式宛如行云流水。身为仙心阁阁主，其实他对羽族的功法招式都有所涉猎，但是蓝小翅在基本招式中的变化，令人始料未及。

他突然有些心惊，蓝小翅却是一剑快似一剑，内力催到极致，无色翼只见光影。

温谜也渐渐催加了内力，实力由原来的五成提及六成，但是蓝小翅步步紧逼，他不得不将功力催至七成。七成，勉强跟蓝小翅打个平手。

他心中惊异难以言喻，旁边微生歧的脸色已经很难看了，他瞪了一眼微生瓷："你怎么搞的？！"不知道她怀着身孕吗，还出战，这是作死啊！

微生瓷小声说："我教了她一套幻色凌虚。"

微生歧大怒，然后又放下心来，难怪这丫头敢出战，哼，竟然还是从自己儿子这里讨好去。心里有点儿愤愤不平，但是想想，好歹也是一家人了，帮一下就帮一下吧。

温谜与蓝小翅已经交手近百招了，先前他是有意相让，但是后来，所有人都能看出来，这个丫头会是一匹黑马！温谜用了七成功力，蓝小翅终于觉得有点儿吃力了，她咦了一声，几招之后，又换了一种进攻方式。

温谜突然发现，无法在不伤到她的情况下赢她。但是如今再与她纠缠下去，要给仙心阁丢脸了。

他咬咬牙，全力以赴。正值盛年的江湖霸主，论实力，真不是一个丫头能够碾压的。蓝小翅混乱之中，受剑伤三处，而温谜肩头竟然也有一处见红。围观人群就连柳风巢都倒吸了一口凉气。

温谜没有管自己的伤，第一时间去扶蓝小翅，但是他指尖还没触到她的衣袖，微生歧已经闪身过去。他将蓝小翅扶起来，脸色青黑："小瓷不是教了你幻色凌虚？你为什么不用？！"

蓝小翅脸上带着灿烂的笑，说："我堂堂羽族大小姐，用微生世家的武功比武，胜之不武。"

微生歧想抽她，但是那一刻，又有一股别样的敬意。他这一生，也没有想过有朝一日，会对一个女子心生敬意。温谜站在身边，也是暗惊，如果蓝小翅在刚一出手、他有意相让时出其不意，使出一套幻色凌虚，他很难想象后果。

蓝小翅站稳了，身上三处伤口还在流血，但是温谜对她毕竟手下留情，血虽然浸出来，伤势却并不严重。微生歧为她止了血，温谜说："你是个很了不起的孩子。"

称赞发自内心，蓝小翅说："谢谢，能得温阁主一声称赞，晚辈荣幸。"说完，欠了欠身，转身下场，回到蓝翡身边。

五位证人宣布她战败，但是比胜利更令人意外，十六岁的她，能敌温谜七成功力。这几乎是能匹敌森罗的实力。

温谜回到座中，慕流苏说："这丫头……谁教出来的？"

温谜笑了一下，发现自己是真的老了，他说："慕相一直以来，对羽族似乎了解得就比我多。"

慕流苏惊了一下，说："她小时候应该是郁罗在教，但是功法招式又和郁罗有极大不同。"他回头看了一眼微生歧——不是你们九微山教出来的吧？

微生歧目光中有一抹得色，傲然道："她虽然是个女娃，但是其风骨品性，更胜男儿。"

慕流苏说："看样子，微生家主是对她很有好感啊。"

微生歧说："亲君子而远小人，微生世家的天性。"

慕流苏气得——全天下找不出一个这么不会说话的！！但是生气之余，他心里还是有点儿堵，这丫头实力如斯，可真是让人担心。他突然有一种奇怪的想法——羽人……到最后不会同意让一个女人来出任羽尊吧？

但他很快打消了这种顾虑——女孩终究是要嫁人的。只要她嫁了人，不管是嫁给谁，都是别家的人。再说了，嫁人之后就会怀孕生子，然后带孩子，哪来那么多时间和精力管江湖上的事？

想到蓝小翅最终也会跟其他女孩子一样，有一天抱着自己的孩子柔声低哄，唱一些温柔却幼稚的童谣，他有点儿放心，又有点儿惋惜。

这丫头啊，可惜错生了女儿身。也幸好是生了个女儿身，这样起码不至于影响他的一家幸福。毕竟蓝小翅是青琐的女儿，他还是希望她有个好归宿，然后像别的女孩一样安安分分地生活。如果这样的话，有任何人敢欺负她，他都不介意为她出头。

蓝小翅的失败，因为在意料之中，并没有打击羽人的士气。相反地，因为她败得非常漂亮，羽人反而觉得面上有光。蓝翡轻摇羽毛扇，说："宝贝儿，你开始让爹觉得害怕了。"

蓝小翅说："那你让我去羽藤崖下看看。"

蓝翡说："这两者之间有什么关系吗，宝贝儿？"

蓝小翅歪了歪头，理所当然地说："你怕我，难道不该听我的话吗？"

蓝翡笑出声来，他笑的时候，也是声如珠玉，风华绝代。笑完之后，他说：

“让郁罗陪着你去吧。”

蓝小翅反而不敢相信自己的耳朵了，迟疑着说：“真的啊？”

蓝翡说：“嗯。”

蓝小翅说：“下一场，不知道来的是什么人，爹有把握吗？”

蓝翡说：“怎么，宝贝儿你有什么好的建议吗？”

蓝小翅从怀里掏出几页纸，递过去，蓝翡接过来，发现竟然是几页剑谱。他有些莫名其妙：“这是什么？”

蓝小翅说：“以前在九微山，我看见过小瓷和微生歧练功，这三式是我从他们的剑招中化用而来的，如果来人用的仙心阁的招数，这三式一定可以破掉仙心阁的五行仙心剑。我看仙心阁很多人的招式空隙，都喜欢用五行仙心剑过渡。老天保佑，希望来的这位高人，也保持这种良好的习惯。”

蓝翡伸手接过来，说：“那爹就跟你一起祈祷了。”

说罢，两个人都笑了。

蓝小翅跟着他一起离开，微生歧瞪了自己儿子一眼，说：“还不快跟过去！”

微生瓷看了一眼他爹，觉得爹现在挺支持自己，所以他问：“你还反不反对我和小翅膀在一起？”

微生歧嘴硬，说：“都到了这个地步了，我还反对什么？”

微生瓷“哦”了一声，知道爹这是不反对了，于是一转身，跟蓝小翅去了。微生歧轻叹了一口气，突然就对自己这个儿媳妇儿很满意了。然后想想马上就要有孙子了，不由心情愉悦。

而他旁边，慕流苏的心情就差多了。柳冰岩上前查看温谜的伤势，温谜挡开他，说：“一点儿皮外伤，微不足道。”

柳冰岩说：“那丫头真的那么厉害？”说罢，瞪了一眼柳风巢。柳风巢低下头，知道自己又被爹鄙视了，不由苦笑。

温谜说：“是很有悟性，天资聪颖。”

柳冰岩说：“这丫头，唉。”又瞪了一眼柳风巢，突然用商量的口气对温谜说：“她这样的武力，留在羽族真是令人担心。阁主，风巢和她的婚约，还算数吧？”

温谜立刻愣住，旁边微生歧黑了脸，这里还有一个打着如意算盘的呢！他说："蓝小翅与吾儿早就有了夫妻之实，你还说这些是什么意思？"

此话一出，温谜、柳冰岩、慕流苏都愣了。温谜说："微生家主，事关女儿名节，不可胡言！"

微生歧脖子一梗："胡言？！如今她腹中已有我儿骨肉。事实俱在，有甚可辩？！"

"骨肉？！"温谜简直是要受不住惊吓了，"什么时候的事？"

旁边的慕流苏气道："微生家主，你看看方才她活蹦乱跳的样子！哪里像是有了身孕的？"再看看你儿子，哪里像是占得了她的便宜的样子？后面这句没敢说。

温谜到底理智一些，问："这消息，微生家主是何处得来的？"

微生歧立刻将自己赶到方壶拥翠想要杀死蓝翡等事都说了，旁边慕流苏气极："微生家主，拜托你想一想，真的，你想一想。就算你想不明白，你也应该先问一下你的儿子！"

微生歧说："你们是说，蓝小翅在说谎？！可是我把过她的脉，她的脉确实就是喜脉！"

慕流苏深吸了一口气，才保持住自己的冷静。他说："方壶拥翠住着木冰砚，他有起码一百种方法，可以让蓝小翅的脉象看起来像喜脉，蒙住不是大夫的你。"

微生歧怒道："岂有此理！我要亲自问她！"说罢，起身就往方壶拥翠走，慕流苏在背后又叹了两口气——唉，你儿子要是真的那么有本事，让她怀孕了就好了啊！继女真是一个让人喜欢不起来的物种啊！

慕流苏转头对自己的贴身侍卫丁强打了个手势，丁强瞬间明白，转身离开。慕流苏对着夕阳，真心是觉得心累——暗族，还是需要暗族动手啊。再这样下去我会老得很快的啊，他无语向天。

蓝小翅带着微生瓷，跟郁罗一起下雪藤崖。郁罗看了一眼微生瓷，问："他也去？"

蓝小翅说："你当他不存在就行。"

郁罗想了想——反正也赶不走，死就死吧。一转身，带着两个人沿着藤梯攀下羽藤崖。周围都是雪一般洁白的羽藤，蓝小翅折了一段，随手编了个环，一时调皮，给微生瓷戴在头上。

微生瓷皮肤白，这羽藤戴在头上，只衬得粉雕玉琢一样。呵，居然不娘。

蓝小翅做好了各种准备，她觉得自己几乎可以从容面对羽藤崖下白骨支离、人不如鬼的惨状了。但是下到崖底之后，状况有点儿奇怪，崖下很干净。

郁罗的弟子见到师父下来，纷纷行礼。郁罗只是点点头，指了指蓝小翅："大小姐。"

他们中很多人很早就在羽藤崖下，没见过蓝小翅，但是很明显，他们知道这位大小姐的存在。所以当下，他们躬身道："大小姐。"

蓝小翅点点头，说："不是说，以前注入了昊天赤血的人只能活一年吗？为什么这里这么多人我不认识？"

郁罗说："正因为寿命有限，在没有战事的时候，不会使用昊天赤血。"

蓝小翅明白了，问："那现在有多少人注入过？"

郁罗领着她和微生瓷往前走，说："试验的十六人。"

蓝小翅问："羽人？"

郁罗说："当然不是。羽尊不会用族人做试验。"

蓝小翅说："他们在哪儿？"

郁罗继续往前走，前面是一排竹舍，打扫得很干净。院子里还有一棵老梅树，虬枝盘曲，还结着硕大的梅子。院子外面是一个专门开拓出来的练武场。再过去，就是一排铜铸的屋子，有个可以活动的推拉式窗户。

木冰砚正领着两个羽人记录每个铜屋里住客的情况。蓝小翅走过去，他回头看了一眼："你爹准你下来了？"呵，这是准许她接触羽族的核心秘密了。

蓝小翅眨眨眼睛："我偷偷下来的。"

木冰砚看了一眼郁罗，哼了一声，不理她。

蓝小翅走进铜屋里，看见里面粗重的铁链囚禁着一个人，也许是为了药效，人擦得还算是洁净，剃了个光头，胡须也刮得干干净净。他旁边的铁架上，放着小竹筒装的血。

木冰砚说："这是关押试验者的地方，由于注射了昊天赤血，他们力大无穷，必须锁住，以免伤人。"

蓝小翅看了一眼那个人，他的眼睛里，已经没有多少人的情感。她问：“昊天赤血会摧毁人的神智？”

木冰砚说：“当然不会。”

蓝小翅就明白了，关押太久，正常人也是会疯的。这样的铜室一共十六间，每间里面都有一个人。再往后，就是解剖台了。里面更是摆满了各种各样的血样。墙上挂着放血工具，有的还在滴血。如同修罗场。

蓝小翅一一看过去，解剖台右边，是一个隔间，里面摆满了各种内脏，泡在药酒里，没有腐坏。蓝小翅进来，看了一眼，回身挡住微生瓷，说：“乖，这里太恐怖了，你不要进来喔。”

微生瓷走进这里就一直皱着眉，死亡的味道，血与腐朽交织。他几乎不能呼吸。蓝小翅见他皱着眉，转身领着他出去，问：“很难受吗？”微生瓷一手捂住嘴，有点儿想吐。蓝小翅指指树下：“要吐就吐吧，瓷少爷。”

微生瓷摇摇头，问：“你还要看吗？”

蓝小翅说：“我想了解这里。”

微生瓷说：“那走吧。”

蓝小翅说：“你在这里等我，好不好？”

微生瓷摇头：“不好。”

纵然不喜欢，他还是想要跟她去。那些丑恶的、腐败的东西，纵然畏惧，我们也在一起，经过、观看、忍耐或者共同记忆。

蓝小翅微笑，说：“好吧。”

离这里稍远一点儿，就是圈养的奴隶了。木冰砚定时来此处抽血，所以奴隶们都很消瘦。见到有生人来，他们每个人都露出恐惧的目光。蓝小翅一个一个看过去，说：“有名册吗？”

郁罗说：“经常死，没有。”

蓝小翅说：“现在开始，做好名册。让木冰砚合理采血，不许再有死亡事件。”

郁罗说：“嗯。”

将整个羽藤崖都逛了一遍，蓝小翅上来，去找蓝翡。蓝翡在写字，他写得一手漂亮的行草，蓝小翅扑上去，哈的一声，手在他手背上猛地一拍，毁了他半个时辰的心血。

蓝翡搁了笔，随手扯过丝帛擦手，说："宝贝儿，爹好像听到外面那片荆棘在召唤你了。"

蓝小翅立刻老实了，说："我刚去羽藤崖看过了。"蓝翡没说话——所以呢？蓝小翅接着说，"以我对慕爹爹的了解，他可能不会等到第三次比武。现在趁羽人松懈，攻入方壶拥翠，夺取昊天赤血的配方比较容易。"

蓝翡心中一顿，说："他的人进不了方壶拥翠。"

蓝小翅说："如果是夜晚，暗族呢？"

蓝翡说："呵，有意思。"

郁罗说："羽尊，暗族若化雾潜入，我们很难发现。"

蓝翡说："问我干什么，问大小姐啊。"

蓝小翅说："暗族的化雾虽然厉害，但是气味总是瞒不过的。要发现他们，只要搞几条狗就行了。"

蓝翡立刻说："不，宝贝儿，爹讨厌狗。"全世界的狗都喜欢追鸟。

蓝小翅说："爹，你忍一忍。"

旁边郁罗也不理蓝翡，说："可是我们并不知道暗族会来多少人，如果他们倾巢而出，只怕就算发现……也是两败俱伤。"

蓝小翅说："可是我们有帮手。"郁罗不明所以，蓝小翅说，"来人，给温阁主发帖子，就说今天他手下留情，羽尊和我十分感激。请他过来饮宴，以表答谢。对了，为了表明我们的诚意，柳冰岩和柳风巢也可以一起赴宴。"

烟峦答应一声，立刻命人拟帖，郁罗说："他会来吗？"

蓝小翅说："他要是不来，我们就只有宴请微生叔叔了。"

古语云说曹操曹操就到，诚不欺人。她话音刚落，外面微生歧已经进来，怒道："蓝小翅，你怀孕一事到底是真是假？！"

蓝小翅说："呃，微生叔叔，何出此言啊？"

微生歧再度为她把脉，她哪有喜脉之兆？他怒吼："你居然敢骗我！"

蓝小翅说："天地良心，微生叔叔，我没有骗你啊！"

微生歧气得冒烟："那我孙子呢？！"

蓝小翅一脸哀怨地道："糟糕，一定是跟温阁主比武的时候掉了。"

微生歧气昏。

事到如今，微生歧也知道是上当了。可是知道又怎么样？蓝小翅笑得甜甜的："哎呀，微生叔叔不要这样嘛，孙子是小事，早晚会有的。"微生歧瞪了她一眼，蓝小翅说，"正好您来了，我和我爹还准备发帖请您呢。留下来晚上一起吃饭吧？"

微生歧怒视蓝翡，虽然他暂时没有向蓝翡出手，但是对蓝翡造成的慕容绣之死，他绝不可能忘怀。这也是蓝小翅优先考虑宴请温谜解决暗族偷袭问题的原因。如今见他这样，她笑着道："微生叔叔，来来，喝口茶降降火气。"

微生歧不理她，说："上次我饶蓝翡一命，只是因为顾及我微生家的血脉。蓝小翅，今天的事你不要掺和。"

蓝翡轻摇羽毛扇，说："微生家主既然如此看得起我，蓝某也非惧死之辈。不过此地非打斗之所，你敢随我来吗？"

微生歧怒哼："奸险之徒，纵你有千般诡计，我又有何不敢？！"

蓝翡一展翅准备飞出去，蓝小翅挡住他，轻声说："爹，晚上还要防备暗族。"

蓝翡想了想，终于是没有动手。他毕竟是羽尊，在族人安危面前，不是逞个人意气的时候。微生歧还一脸怒容，蓝小翅的话他当然听见了，但是他不关心。蓝小翅说："微生叔叔，你与温阁主、慕爹爹他们可是说好了，我们双方比武，三场两胜。微生世家不参与其中。如今你来杀我爹，明显是言而无信啊。"

微生歧一愣，说："我与他有不共戴天之仇，难道杀他还要选日子不成？"

蓝小翅说："可是我们比武，双方都是看您的面子决定的嘛。你就不能等我们第三战比武之后吗？"

微生歧一想，明天就第三场比武了。他冷哼，杀气到底是收敛了。蓝翡上次被他偷袭过一次，这次其实早有准备。只是此地毕竟羽人众多，威力太大的毒药暗器也不好施放。

微生歧那个老鳏夫，以为武功高强就了不起。但是如果自己飞到空中，往下面投一点儿焦油烈火，里面再加点料，就不信他还能翻了天去。至于卑鄙？呵，活着的人才有资格评判高尚和卑鄙。嗯，不过还是太危险了，最好有什么护身宝甲先来一件……

蓝小翅拉着微生歧，示意微生瓷过来看着他爹，然后说："没见微生家主光临方壶拥翠吗？还不准备酒宴！"

凤翥都要哭了——还准备酒宴呢，微生歧哪次进方壶拥翠是为了和平而来的啊！

但是蓝小翅说话了，他还是躬了躬身："是，大小姐。"

酒宴摆好，不多时，温谜也带着柳冰岩、柳风巢过来。温谜本来只想只身前来，但是柳冰岩怕蓝小翅有什么诡计，终不放心，父子二人都跟了过来。

蓝小翅把微生歧安排在温谜身边，这样易爆易炸的危险物品，还是交给温谜去处理吧。她举了举酒壶，外面传来犬吠声和羽人的惊叫声——果然全世界的狗都喜欢追鸟。

温谜觉得有些奇怪："我记得羽人不喜欢狗。"他敏感地意识到这次蓝小翅发帖子请他来，一定是另外有事。但是他还是来了，无论如何，蓝小翅的邀约，他是不会拒绝的。

蓝小翅给他斟了酒，说："多少年了，爱好总是会变的嘛。"外面又是一声尖叫，然后一声碗碟落地的声音，一个羽人几乎是逃窜进来，身后又跟过来一条满嘴鸟毛的狗。

蓝翡跳起来，站到蓝小翅身后。又有人赶进来把狗弄出去。蓝小翅捂着嘴乐，蓝翡摇了摇羽毛扇，确定那狗不会再冲进来了，方才坐下。

温谜觉得有点儿好笑，羽人的气味本来就独特，狗初到这里，当然会不适应。奇怪，他们弄这么多狗是要干什么？

他没想出答案，蓝小翅却举杯："温阁主，我先敬您一杯，感谢今天比武场上您手下留情，饶我一命。"

她的神色语态，仿佛这里坐着的是仙心阁阁主，她可以坦然地平辈论交，毫无上下之分。柳冰岩看不过去了，顿时怒道："混账东西，什么叫手下留情？他是你爹！你懂不懂一点儿长幼尊卑？！"

在他眼里，始终是父大于天的观念。女孩子更是在家从父，出嫁从夫。蓝小翅这种不卑不亢的态度，让他很是恼火。

蓝小翅说："冰岩叔叔，温阁主毕竟饶了我一条性命，你这么说他，不太好吧？"

柳冰岩愣了，我怎么说他了？我是说你啊！他瞪了蓝小翅一眼，知道这丫头牙尖嘴利，还是忍不住问："你没有听懂我的话？"

蓝小翅说："我懂啊，正所谓养不教，父之过。冰岩叔叔说我混账，又直指温阁主是我爹，岂不是说都是他的错吗？就算他真的有错，你身为仙心阁长老，也应该维护阁主才是嘛。"

柳冰岩被噎得，简直是要拍案而起了。他在家里也是一家之主，柳风巢敢对他的话说个"不"字吗？！可是这丫头真是气死个人，他说："口舌之争，多说无益。"

我不跟你计较，哼！

柳风巢看见自己爹被气得脸红脖子粗，想笑又不敢。蓝小翅说："这就对了，就算你对阁主不满，也不要在外人面前表现得这么明显嘛。"

柳冰岩说："蓝翡，羽族是要改由一个丫头出头了吗？你堂堂羽尊，酒席宴前一声不吭，让一个女娃在这里搬弄是非？！"

蓝翡摇了摇羽毛扇，唉，小时候是想养得刁钻一点儿气死她爹，没想到是自己深受其害啊。现在终于从中占了一点儿便宜，为什么我要开口阻止啊？

他说："你既然知道我是羽尊，就应该知道温谜是阁主。温谜都一言不发，轮得到你在这里吆五喝六？！"

他不仅不阻止，还跟着一唱一和！柳冰岩是真的要炸了，温谜说："既然是邀我饮宴，目的当不至于是让我难堪吧？"说话间，示意柳冰岩坐下。

柳冰岩余怒未消，狠狠喝了一口酒。蓝小翅说："当然不是，我和我爹是真心感激阁主的。"

温谜苦笑，能不能不要这样说？你可真是会伤人啊，小家伙。蓝小翅却接着正色道："我们都知道阁主乃正人君子，比武约定，是一定会遵守的。如果在此期间，有人违背约定，温阁主也一定不会坐视吧？"

温谜明白了——果然有事。他问："违背约定？谁？"

蓝小翅说："此事现在说，还言之过早。阁主没有到过方壶拥翠，尝尝这里的鱼。”说着话，她用公筷给温谜夹了菜。回头又用一个碟子，盛了菜给微生瓷。微生瓷的座次，在蓝翡身边。这分明是怕微生歧突然偷袭，留他儿子当保镖呢。

微生歧怒哼了一声，虽然不忿，但他答应不动手，当然就不会动手了——明天第三场比武之后，我看你还有什么借口。

温谜尝了一下鱼，羽族做鱼的手艺是真的好，好像有某种天赋一样，简直可以做个全鱼宴出来待客。而桌上不见飞禽，以牛、羊、鹿肉等菜色居多。

他心里有一种复杂的情绪，呵，蓝小翅成长的世界。曾经他认为与其让她落到蓝翡手上，活在地狱之中，不如死去，免受痛苦。可是蓝翡好像就为了让他百倍伤痛，他偏偏让蓝小翅好好地活着。在飞鸟云集，繁花万重的方壶拥翠，锦衣玉食、活泼机灵地活着。他尝尽了桌上的每道菜，突然问：“这都是羽族的特色菜吗？你最喜欢哪一道呢？”

他在跟她聊家常，蓝小翅说：“烤鱼，最好带点儿甜味，羽人都爱鱼的。”

温谜点点头，目光里有一种深切的慈爱：“最讨厌什么呢？”

蓝小翅说：“烤小鸟。”刚答了一句，准备背一篇菜谱呢，看见旁边蓝翡的目光。唉，果然还是亲爹贴心哈。

蓝小翅无语——我还不能说话了呀？一眼瞪过去。蓝翡挑眉——说啊，反正你也不是我亲生的，养不教父之过，哼，没我什么事哈。

蓝小翅发现只用眉毛和眼睛，两个人就可以毫无障碍地交流，她乐了——是是是，都是你的错。我们错怪温谜了。蓝翡拨弄着指间的蓝宝石戒指，哼了一声，懒得说话。

温谜看见两个人的眼神，那种亲昵与默契，远比语言动人。

一桌人各有心思，只有柳风巢记得正事：“小师妹，我看见木香衣已经逃回方壶拥翠。小瓷和他都是谈师伯在看守，如今他们逃出，谈师伯可还安全？！”

蓝小翅说：“小瓷，姓谈的还好吗？”

柳冰岩又瞪了她一眼——姓谈的？他跟你父亲称兄道弟！天啊，我早晚要被这丫头气死。

微生瓷在跟鱼搏斗，他以前不喜欢鱼，现在越来越觉得有意思，闻言说：“我没杀他。”

温谜等人都松了一口气，但已经过去了几天，仙心阁还没有人送消息过来。想来也没有什么伤亡，消息没有加急。所以这倒也是在意料之中。

几个人正说着话，外面突然传来一阵激烈的犬吠，这次声音明显又不一样。温谜侧耳一听，立刻站起身来，微生歧也不由自主握紧了剑。没有羽人的声音，是有其他人袭击方壶拥翠！

一行人冲到门外，只见黑暗之中，一群狗正追咬着什么东西。好家伙，那些狗是条条毛短腿粗，壮实无比。一口牙跟獠牙似的。

微生歧有些奇怪，它们在咬什么，黑乎乎的，不像是人啊。温谜却眉头紧皱:“暗族？！暗族怎么会在这里？！”

暗族也是倒了八辈子的霉，迦夜接到慕流苏的命令，正是傍晚时分，第二场比武刚刚完结。仙心阁和慕流苏虽然是同一阵营，但是江湖与朝堂到底泾渭分明。两股势力住在不同的帐篷里。所以蓝小翅请温谜去赴宴，慕流苏还真是不知情。

原以为暗族夜里行动，当是天衣无缝，谁知道迦夜等人一进入方壶拥翠，就像是落入了狗嘴！这些狗是真讨厌啊，一嘴热乎乎的骚气。

而他们还没有摆脱狗嘴，已经有人冲了上来。原以为，羽族的高手也就那么三四个，蓝翡、郁森、森罗，木香衣勉强算一个，然而这几个人却个个武功惊人。

迦隐定睛一看，立刻认出当头的是温谜。怎么回事？他眉头紧皱——温谜不是慕流苏同一阵营的吗？为什么会出现在这里阻截自己？！然后他就看见了微生歧！

迦夜脸色阴沉：“慕流苏出卖我们？”

迦夜说：“爹，我们先撤退吧，微生父子在此。”

迦夜说：“嗯！”一转头对女儿迦月说，“你带他们撤退。”

迦月是迦隐的妹妹，此时也是一身黑色斗篷，闻言不由道：“爹，那你呢？！”

迦夜冷哼一声：“隐、之镜，跟我来。”三道黑雾直接往羽藤崖方向而去。

温谜等人杀了不少暗族人，但暗族的化雾确实是很快，黑夜是他们的天堂，很快黑雾越来越少。蓝小翅看了一眼羽藤崖的方向，旁边森罗已经说：“有人往羽藤崖去了。”

说着就要安排人追，蓝小翅说：“不必，让他们去。”

旁边蓝翡和郁罗也没什么反应，温谜不由道：“你另有安排？”呵，多可笑，他居然在问自己十六岁的女儿是否有什么安排。雨苔在她这个年纪，还只会跟在师父和大师兄身后，听吩咐做事呢。

蓝小翅倒是很兴奋，说：“是啊，有点儿小礼物给他们，我们慢点儿去。”

羽藤崖那边果然传来声响，又过了一阵，蓝小翅拿出一个盒子，从里面摸出几粒白色药丸，递给温谜等人：“含着，好了我们过去看看吧。”

不一会儿，几个人来到羽藤崖边，只见三个黑雾如今都变成了白雾——有羽人飞在上空，一见羽藤崖狗叫，立刻往下抛了大量石灰。

迦夜等人不仅眼睛被迷，整个人都变得雪白雪白的。这些羽人更损，石灰里不知道添了什么，一沾人体，立刻开始沸腾，腐蚀皮肉。迦夜三人皆被烫伤。

此时三人已无再探羽藤崖之心，一心只想离开。但是身上染满了白色的石灰，化雾也看得出来啊，眼睛又睁不开，想跑可不容易。

几个羽人从天上撒网，很快就将三个人网住。然后有人开始冲洗地上的石灰。那水不知加了什么药物，一遇白色的石水，立刻融成清水，渗入地下去了。雪藤如新，全无影响。

温谜等人走近，看见迦夜等人的惨状，连微生歧也不由得打了一个寒战——这些羽人可真够阴损的！

蓝小翅在那里捂着嘴笑呢，这本是蓝翡准备用来对付微生歧的招数，如今迦夜倒是先尝了。她走过去，一眼看见迦隐，惊讶道：“啊，迦隐公子！天啊，你怎么会在此？我还以为何方贼人擅闯！来人，把迦隐公子放出来。”

迦隐身上几处被腐蚀，他不敢张口说话——那石灰遇见普通的水，似乎腐蚀性更强。如果进了嘴里，不堪设想。蓝小翅命人拿加了药的水先给他冲洗干净，也不怕他跑——网子里还剩了俩呢。

她递上毛巾，迦隐被药水一冲，只觉得脸上的痒和痛都渐渐消失了，只是烫伤一时之间是好不了了。他这才说：“大小姐，我们又见面了。”

蓝小翅说："是啊，"她在看网里的另一个人——迦之镜，"咦，这个人怎么这么眼熟？！"迦之镜在发抖，如今目不能视，全身剧痛，还被困在网子里，可是他又听见了她的声音！那个小魔女！

蓝小翅仔细端详了一番，说："咦，这不是连镜哥哥吗？"

一听这话，微生歧和温谜都不由上前，微生歧到底是熟悉的，一眼看过去，就道："连镜，你怎么在这里？！"

温谜也是一惊——据传报，连镜的双脚废了，方才见到他，可不像是不能行走的样子啊，还有……武功……他沉声说："他的武功，好像恢复了。"

微生歧上前，一把脉，语气终于也十分稀奇："暗族恢复了他的武功？！"

旁边的迦隐终于道："大小姐，可不可以请你暂时释放我爹？！"

大家都是一惊，这才明白，网子里的另一个人居然是暗族教父迦夜！温谜沉声问："教父一向极少出落日城，今夜为何会出现在羽族？！"

旁边的蓝小翅拱过去一个小小的脑袋，附和道："对啊对啊，你来干什么呀？"迦夜冷哼了一声，蓝小翅说，"咦……你的伤势在好转。"诸人都是一愣，只见迦夜身上的皮肉，果然以肉眼可见的速度在恢复。而奇怪的是，他旁边的迦之镜也是！

温谜与微生歧等人都是一脸惊异——传闻中的暗族可没有这种体质。这是……

正说着话，突然外面一阵喧哗，又有人冲过来。为首的竟是一个女子，黑色斗篷下是一身鲜红的铠甲，十分英武。蓝翡说："咦，是暗族的迦月。"

温谜转头问迦隐："你们夜袭方壶拥翠，到底意欲何为？"

迦隐看了一眼蓝小翅，欲言又止。说话间迦月却冲过来了，一心只想救走父亲和兄长。温谜等人当然不允许，立刻上前交手。

蓝翡在旁边看，问："宝贝儿，我们不上前帮忙吗？"

蓝小翅说："爹上前做做样子，我跟迦隐公子说几句话。"

蓝翡说："好吧，看来只有劳烦爹这把老骨头了。"

蓝小翅踮起脚尖，在他脸颊上亲了一下，说："爹，哪里话，您还年轻英俊着呢！"

蓝翡哈地轻笑一声，转身加入战局，当然不是尽力那种，打得有点儿划水。

迦隐已经很着急了："大小姐！"

蓝小翅说："你看，说了让你跟我合作嘛，你还是选择了我慕爹爹。"

迦隐说："这……是父亲的意思。我做不了主。"

蓝小翅说："这次之后呢，你能做主吗？"迦隐有些为难，蓝小翅说，"好吧，我不为难你。不过连镜的双脚和武功，是如何恢复的？"

迦隐咬了咬唇，蓝小翅说："我跟你说过，羽族是很有合作诚意的。今天的结果你也看见了，慕爹爹明知你等中伏，但你认为他会前来营救吗？"

迦隐终于说："迦之镜被我父亲收为义子，他服用了长生泉。"

"长生泉？"蓝小翅说，"没有听过。"

迦隐看看场中，有些焦急："长生泉是暗族的宝物，服用之后可以长生不老，而且药力储存在身体之中，受伤之后也可以快速恢复。"

蓝小翅说："你们就是因为服用了长生泉，所以不能见阳光？！"

迦隐说："不，这是我父亲发现的东西。你能不能先放他们离开？"

蓝小翅说："不能白放。"

迦隐从怀里掏出一枚血红的宝石，说："这是落日城的信物，我暂押在此处。你放他们离开，等我安顿好父亲，我会回来找你。"

蓝小翅说："你承诺，如果此后慕流苏与暗族再有异动，你发消息给我。嗯，你们三个人，就以三次为限吧。"

迦隐说："我答应。"

蓝小翅向羽人一示意，两个羽人将药水往迦夜、迦之镜身上一泼，网子像是没抓紧，瞬间落地。

迦夜和迦之镜立刻化雾，几乎是逃窜而去。迦月、迦隐也随即遁走。微生歧本来还想抓住连镜，蓝小翅说："算了，这传说中的'三姓家奴'，你还要他做甚。"

微生歧瞪了她一眼，温谜说："奇怪，迦夜年纪应该已有四旬，为何如此年轻？！"

蓝小翅在他身后，跟着感叹："是啊是啊，真是神奇啊。"

微生歧居然也脸色凝重：“连镜的武功竟然恢复了。这是不可能的事。”

温谜与柳冰岩对望一眼——暗族的实力，是否需要重新估计？蓝翡倒是考虑得不一样：“到底是谁派他们袭击方壶拥翠？”

蓝小翅说：“我倒是有一个怀疑对象，但是没有证据。”

温谜问：“谁？”

蓝小翅说：“来人，带温阁主和微生家主跟我来。”

说完，转头看向蓝翡。蓝翡说：“不，宝贝儿，爹这样高贵的羽人，是不能……”

话音刚落，蓝小翅已经爬到他背上。温谜看了一眼——唉，这成何体统！但是转眼又过来几个健壮的羽人，温谜、柳冰岩、微生歧、微生瓷都分别骑了一只。一行人飞飞停停，不一会儿，来到一处地方。下面就是慕流苏的营帐。

温谜终于明白蓝小翅的意思：“你是说，跟暗族勾结的是慕流苏？”

蓝小翅说：“我什么都没说，但是如果背后指使是慕流苏，暗族吃了这样的大亏，肯定是会来质问他的。”

几个人在高处，羽人展翅盘旋。蓝翡说：“宝贝儿，你再揪毛，爹要扔你下去了。”蓝小翅咯咯直笑，将脸贴在他背部的羽翼上：“爹！你好久没有带我飞啦，再飞一圈。”

蓝翡说：“不！”拒绝得干脆利落。蓝小翅在他背上扭了扭：“爹——”叫得甜甜的。蓝翡只好展翅再飞了一圈，唉，还真是，少壮不努力，老大当坐骑啊！

蓝翡在空中盘旋了几圈，蓝小翅头上的定风铃发出清脆悦耳的声响。温谜看了一眼，知道蓝翡是有心膈应他，心里却难免还不是滋味。柳冰岩从鼻子里哼了一声，说：“你们带我们到这里来，就是看你们玩耍的吗？”

蓝翡轻笑，说：“你不看可以走啊，整个方壶拥翠从来也没有欢迎过你。”

“你！”柳冰岩气恼。突然微生歧说：“有人来了！”他侧耳细听风声，说，“真的是暗族的人！”

温谜等人都飞得高，此时也看到几团影子往慕流苏的营帐中去了。

温谜沉声说：“慕流苏派暗族潜入羽族，凭暗族的实力，并不能剿灭羽族。所以他一定只是派暗族打探消息，或者是想盗取什么东西。羽族有什么东西是他无法向仙心阁明言的？”蓝翡静了一下，温谜不是傻子。但是昊天赤血的事，他不想说。温谜说：“慕流苏曾说，你在偷偷试验一种提升人体潜能的药剂，你成功了？慕流苏派暗族夜袭，是为了偷取药方？”

蓝翡说：“我要真成功了，用得着跟你比武？”

温谜无言。蓝翡就是这么样一个人，他从不认为他的行为是错的。或者说，他漠视世间的一切规则。所以温谜说：“你带领羽族脱出困境，也不过是为了改变你自己的境遇，满足自己的欲望而已。”

蓝翡哈了一声：“否则呢？你想要做一个清白君子、江湖圣人，让诸人记住。而我只依从本心，无视旁人好恶。不同的路而已，谁也不比谁高尚。”

温谜说：“可是当时蓝氏家中，你初为人母的嫂嫂，你几天大的侄儿，你竟也能下得去手？！”

蓝翡说：“我并不喜欢他们，为何留情？”

温谜说：“不喜欢的东西就要毁掉吗？”

蓝翡说：“哈，不然呢？把喜欢的毁掉？！”温谜沉默了。蓝翡总有他自己的歪理。

蓝小翅说：“唉，这么大的人了，正事不做，在这里吵嘴。真是一个坏榜样啊。”说完，看了一眼温谜，“温阁主，现在已知慕爹爹跟暗族勾结，仙心阁有何对策呢？”

温谜说：“明日，我会要求慕流苏返回侠都。”

蓝小翅说：“也好。那么第三场比武呢？”

温谜说：“我必须要看到被羽族买走的孩子，仙心阁到了这里，就绝不允许他们在此受苦。”

蓝小翅说：“看来，明日一战还是不可避免。”

温谜说：“回去吧。”

温谜等人返回营帐，羽人也已经清理了战场。有几十具暗族尸体，已经抬到不老坑，由木冰砚研究处理。血迹也已经清理干净。

血腥味散去，方壶拥翠的风带着丝丝羽藤的甜香，干净得令人迷醉。蓝翡等人也倦了，各自歇下。

蓝小翅睡在小窝里，在羽族，有地位的羽人可以在树冠上建造单独的住所。只有普通羽人才睡这种小窝，地方小，桌椅床都固定在窝里，偶尔风大一点儿，小窝就会摇来荡去。因为通常是建在二树中间，摇摆幅度不会很大。蓝小翅也有自己的居所，可是她更喜欢睡在这个以前她的“幼崽房”里。地方小一点儿，反而更容易入睡。

可是这会儿，她刚刚换好衣服，钻进被窝里，小窝的门就被打开了。蓝小翅睁开眼睛，看见微生瓷进来，站在床边。她说：“你不睡觉啊？”

微生瓷说：“不知道暗族会不会再来，我看着你睡。”

蓝小翅喔了一声，他就真的在她床边盘腿坐下来，开始打坐练功。月光从小窗上照进来，他鲜红的衣袂变成了浓紫色。蓝小翅睁着眼睛看他，许久，往墙边靠了靠，说：“来。”

微生瓷也不客气，直接就脱鞋上榻。那榻很小，周围都缀满了羽毛装饰，还挂了一串月牙状的贝壳风铃。微生瓷看了看，榻上都是布老虎、不知道什么皮毛做成的大狗娃娃。他只好坐到床尾。蓝小翅的脚伸过来，正好搁在他大腿上。

蓝小翅觉得好玩，用脚尖去搔他的手。他躲了几次，发现她是故意使坏，伸手就去搔她脚底板。蓝小翅最是怕痒的，立刻乱躲乱缩，双脚乱踢。微生瓷抱住她的脚，拍了拍，示意她安静睡觉。

蓝小翅长叹了一口气，微生世家的人真是奇葩，花前月下、美人在榻，别人感叹良宵一刻值千金，只有他们搔人脚底板。

……但是双脚在微生瓷怀里，倒是十分暖和，她闭上眼睛，不一会儿，悄然入梦。

微生瓷知道她睡着了，这样夜深人静，没有什么打扰。他应该可以心无杂念的。可是他不想练功。他摸摸蓝小翅的脚，然后是足踝。她的呼吸声听来如在耳边，恬静安稳。有风过，小巢轻轻地摇晃，他就觉得很宁静很满足。

第二天，第三场比武。温谜从仙心阁召来一个人，是他师叔，算是前辈。仙心阁隐退的高手不少，但是阁主有命，还是会奉命而来的。二人见面，温谜拱手，别看是阁主，见了长辈照样还是得礼数周全：“陆师叔。”

他师叔陆铅也赶紧回礼：“阁主。”

温谜说：“此次比武，出了一点儿变故，只得有劳师叔了。”

陆铅说：“听说了，我身为仙心阁弟子，自当尽力而为。”

二人再行礼，陆铅走到场中。

蓝翡终于也下了场，五位证人列席，蓝小翅在思考另一个问题——如果这场比武终了，微生歧一定会找蓝翡报仇。她转头对凤翥说：“通知银雕，备战。”

凤翥有些吃惊，但见蓝小翅神色凝重，还是道：“是。”

羽人的备战，当然是充分利用自己的飞行优势了。一时间，毒箭、毒药、毒网什么的，都开始备下。

蓝翡不是第一次跟仙心阁的高手交手，他这样老辣圆滑的高手，经验之丰富，无形之间就能为自己添加不少战力。陆铅当然也知道对手难缠，二人起初都有保留，互相试探。

温谜对蓝翡的实力很清楚，这位师叔并不是随意请来的。羽人的武功以轻灵飘逸为主，而陆铅则招式刚猛。蓝翡和他对敌，是有些吃亏的。再说羽人羽翼宽大，平时不觉得，高手对决之时，就会成为巨大的目标。

所有人都注视着场中，这场比武将决定最终的胜负。如果仙心阁输了，毫无疑问，会很没面子。如果羽人输了，那么被搜查羽藤崖，同样没面子。

慕流苏在旁边看，也是心思频转。再看看旁边席间的蓝小翅，见她也凝神注意场中，时而对身边的羽人吩咐什么，看起来哪有豆蔻少女的样子？

慕流苏更愁了。

场中，陆铅和蓝翡试探完对手的实力，交手渐渐激烈。蓝翡招招狠辣，不留余地，陆铅也是老成稳重之人，一招一式之间，只想稳中求胜。

但毕竟两个人都是不可多得的高手，一时之间，胜负难分。

比武之中规定不能用暗器，蓝翡叹了一口气，看来还真的只有沾一沾女儿的光了。他的临敌经验，比蓝小翅丰富得多。蓝小翅是让他等待对方使出五行仙心剑，而蓝翡则是一阵猛攻，迫使对方快速换招。

五行仙心剑，并不是什么高明的剑法，但是四平八稳，正宗的仙心阁弟子几乎人人都会。之所以大多数人用它作为招式之间的过渡，乃是因为它变化灵活，攻防皆善。

也正因为如此，很多时候使用五行仙心剑都不过是其中一招半式，然后就会快速变化为其他招式。这在招式变化迅速的时候，使用五行仙心剑是仙心阁弟子的一种习惯。但也就在瞬间。果然陆铅被他反复猛攻，十几次变招之后，终于下意识使用了五行仙心剑过渡！

机会就在眨眼之间，如果不是早有企图，根本把握不住。但是蓝翡确实就是早有企图。他有破招的剑谱，有足够的应变能力，还有与之相差无几的内力。

瞬时之间，他蓝血之翼斜挑，准确抓住陆铅这刹那之间的变招！然后只觉兵器微微一沉，是非常熟悉的入肉之感。中了！他心中全无喜悦，自羽族崛起之后，他就以杀伐为生。这样小小的胜利，不值得他欣喜。而他当下最紧要的事，就是扩大自己的胜机！所以他下一招立刻接鹰击长空。

陆铅只觉得变招之中，被蓝翡以巧力击中手腕，他心中一惊，蓝血之翼已经刺穿他的手腕。他立刻想要变招自救，却已经来不及，蓝翡以鹰击长空猛然削断他的右手。

鲜血飞溅，然而锋刃却未停，直逼他的咽喉！

温谜见到陆铅流血，已经抢出，一剑逼退蓝翡。心中也是惊讶不已——蓝翡对仙心阁弟子的招数了解得可真是细致入微！

而旁边，微生歧就觉得这两招来历古怪，他无意救陆铅，只是瞪着蓝小翅——这是从九微六意之中化解而来的招式。而且改得可称精妙。能得微生歧一声精妙，那真是有点儿惊人了。

场中，温谜怒道："你已得胜，难道非要取人性命不可？"

蓝翡吹了吹蓝血之翼的锋刃，说："呵，败于剑下，和死于剑下，有何区别？"

温谜顾不上跟他争执，俯身查看自己师叔的伤势。右手断腕，不知道云采真能不能接上。他转头，吩咐自己弟子立刻送陆铅回太极垂光。

陆铅说："阁主，我真是无颜见你。"

温谜为他止血，说："师叔是为仙心阁断腕流血，不得作此想。"

他处理伤者，旁边的微生歧站起来，说："蓝翡，既然比武之事已了，如今我取你性命，便不算违约。微生世家向来守诺，当年你害我妻儿，如今就拿命来吧！"

他说话之间，蓝小翅已经示意羽人飞翔于头顶，蓝翡轻笑：“呵，你放马过来，蓝某何惧！”

微生歧握紧九微剑，一步一步向他行来。蓝小翅几步上前，站到蓝翡身边。微生瓷也跟过去，有点儿不明所以。蓝小翅向他微笑，说：“小瓷，你走吧，到你爹那里去。”

微生瓷问：“为什么？”

蓝小翅说：“因为你爹要杀我爹，我们不可能在一起，你明白吗？”

微生瓷问：“我爹为什么要杀你爹？”

蓝小翅说：“因为，你爹怀疑我爹害死了你娘。”

微生瓷皱眉，看了一眼蓝翡，问：“是你吗？”

蓝翡也愣住，怎么，微生歧要杀他，是因为怀疑他杀死了慕容绣？他眉头一皱，但也无意解释。蓝翡手上血债累累，在乎这一项罪名？

他哼了一声，蓝小翅说：“小瓷，到你爹那边去！”

微生瓷执着地问：“是你吗？”蓝翡还是不答，微生歧厉声道：“小瓷，你先过来！！”

慕流苏心中暗喜，呵，总算这微生家主不是全无用处。他若出手，羽人很难全身而退。温谜则是担心地道：“小翅，大人之间的事，你不要掺和。退开！”他是怕微生歧误伤到她。

旁边的慕流苏也道：“小翅，绣夫人是微生家主毕生至爱，杀妻之仇不是几句玩笑可以化解的。你让开。”这倒是真心话，毕竟如果蓝小翅伤了、死了，青琐恐怕终身不能释怀。

蓝小翅站在蓝翡前面，蓝翡手中的蓝血之翼未曾归鞘，犹自滴血。他面对的，是微生世家的微生歧和微生瓷，可是他依然面带笑意，十分从容。头顶羽人手里所持的是五雷珠。五雷珠落地爆炸，里面又有剧毒。他说：“微生歧，十六年前，你独闯方壶拥翠，杀我族人无数。今日，也是到了该付出代价的时候了。”纵然你微生世家有上天入地之能，我又何惧一战？

他一语讲罢，一回身拉起蓝小翅，温谜面色一变：“小翅！”

微生瓷咬着唇，就算是困于石牢不能成长，他也没有办法原谅一个害他手染母亲鲜血的凶手。他爱蓝小翅，可是如果为了儿女之爱，可以无视母仇，阻止父亲杀死仇人，他就算不太明白世事，也知道这样的自己，恐怕没有资格快乐。

可是小翅膀需要帮助，这世上的事太复杂，并不是我们各自拦住自己的爹就可以解决的。蓝小翅看见他眼里的犹豫与挣扎，面上带笑。谢谢，即使是到了这个时候，他还是顾虑着她。这一眼犹豫，已经足够。

她说："不能跟微生歧硬拼。"

蓝翡说："微生歧若动手，仙心阁不会袖手旁观，慕流苏也一定会浑水摸鱼。 我们无论是战还是逃，都必将损失惨重。"蓝小翅意外，以往蓝翡可不这样分析利弊。蓝翡微笑着说，"其实你大可以离开，温谜是你亲爹，微生歧看在小瓷的分上，不会为难你。慕流苏虽然只是继父，但他对青琐还算有点儿真心，也会保护你。"

蓝小翅说："爹，你在说什么？"

蓝翡说："爹只是在说，你是最不应该跟羽族共存亡的人。"

蓝小翅说："呸，你是想抓我做人质，又下不了手。然后就诱我逃走，如果我要逃，你说不定就能下得去手了！"

蓝翡几乎笑出声来，说："是啊。以前我曾经想过，如果真有这么一天，我就抓你挡在面前，当着温谜的面，一刀一刀，定能伤他一个痛彻心扉。然后看他为了虚伪的大义，再次泪流满面。"

蓝小翅叹气："妈的，你可真坏啊！"

蓝翡双肩轻抖，羽毛扇半掩面，笑声清悦。微生歧已经走到两个人身边，蓝小翅挡在蓝翡面前，说："你的计策，说不定是可行的。"

蓝翡说："可是你不走啊，你这样通透，爹如果这么做，就显得太卑鄙了，宝贝儿。"

蓝小翅说："那不是你的座右铭吗？"

蓝翡说："不，我的原则是，自己不觉得自己卑鄙就行。"

微生歧怒哼："死到临头，你还有这么多话说！"

蓝翡正在估量他与天上羽人之间的角度，右手正要示意羽人投掷五雷珠，蓝小翅拦住他，说："微生叔叔，我还是觉得，当年的事情存疑。如果凶手是我爹，他不可能用幻绮罗。而且幻绮罗的毒性，只是引发人的幻觉，令人状若疯狂。到底最后会产生什么后果，并不可知。我想求您，给我一点儿时间，让我们查清楚此事。”

微生歧说：“事实俱在，连蓝翡自己也不否认，还有什么需要查问！”

蓝小翅叹了一口气，缓慢抽出无色翼。微生歧怒哼：“你以为偷学了几招微生世家的招式，就可以螳臂当车了吗？”

蓝小翅说：“我当然知道不能，不过能或不能，有些事也必须应该尽力一试。”

温谜说：“小翅，你知不知道你在做什么？！蓝翡杀人如麻、罪大恶极，甚至连他养育你也是别有居心！你为什么始终要站在他那边呢？”说着话，他眼眶通红。不能流泪，可是还是忍不住。失去了十几年的珍宝，彻底地变成了仇人之物。

蓝小翅说：“因为在我不会走路的时候，是他扶着我走路；在我不会说话的时候，是他教会我说话；在我自己不会吃饭的时候，是他一口一口喂养的。对不起，我不能为了求取你们的认同，做出大义灭亲的事。我不惧一死，但每个人都有自己的正义。如果他错了，我有机会，就极力帮他纠正。如果确实没有机会，那我只能以我手中兵刃，流最后一滴血，尽我忠义。”

她话语中的淡然与坚决，令人震惊。微生歧停下脚步，突然很喜爱这孩子。不明是非也好，全无礼数也好，但是她值得任何高手尊敬。

他突然问：“如果我给你时间，你查出当年之事确实是他所为呢？”

蓝小翅说：“我会感激你，为了这份感激，不使其他诡计，不伤微生世家任何人。但我会护他到最后。”

微生歧沉默。蓝翡也沉默。

许久之后，蓝翡说：“不是我。”

所有人都惊住。温谜甚至怀疑自己的耳朵——蓝翡什么时候，为了任何事跟谁解释过？！他问：“什么？”

蓝翡微笑着，淡淡地说：“我没有杀害慕容绣。”

他回头，看了蓝小翅一眼。人老了，本是最要面子的时候。不过如果为了女儿，一点儿尊严又算什么。

第十九章 造访相府

温谜等人不信任蓝翡，都知道他是个凶残狡诈之徒。可是不知道为什么，这句话，大家都信了。他除了凶残，也是个骄傲的人。谁都明白他为什么突然退让解释。

微生歧说："不是你，那会是谁？"

温谜看了一眼慕流苏，慕流苏立刻给了他一记凌厉的眼神——没有证据你可不要乱说！温谜当然也没有开口，他清楚这一开口的后果是什么，而且确实没有证据。

蓝小翅说："可惜连镜跑了。"

微生歧说："这个畜生，我放他一条生路，他竟然还有所保留。他既然跟迦夜在一起，我去一趟暗族。"

慕流苏几乎跟蓝小翅同时道："不可！"

微生歧看看二人，慕流苏说："微生家主，如今事实未明，如果他再随口胡说，难道你又要找另一个被牵连的人报仇吗？"

蓝小翅则这样说："微生叔叔，落日城多年以来，少有外族进入过。暗族化雾之后行进速度很快，而且迦夜不知道服用了什么东西，伤口恢复得非常快。"

微生歧说："难道我就放任不管不成？"

蓝小翅说："怎么可能？！你身边不是站着仙心阁阁主和慕丞相吗？他们

本就是为了追查当年的真凶而来，如今既然真凶不是羽族，而知情人在暗族，当然也应该到暗族去啊。”

温谜细想，也是这个道理。慕流苏就是心里都苦出了汁——谁来把这小丫头娶回家去，让她生一堆孩子，天天奶娃，没有时间出来作妖啊！！

而偏偏温谜回头对他道：“看来，我们应该去一趟落日城。迦夜必须为袭击羽族的事作解释。而连镜现在在暗族，他是当年之事的唯一知情人，还是必须抓来一问。”

慕流苏说：“可是连镜毕竟出自九薇山门下，武功高强。我们前去，伤亡会很大。恐怕还是离不开微生家主的帮助。”

微生歧怒道：“我当然也会一起前往！”

温谜说：“如此，我们就去一趟落日城吧。”说完，转头看了一眼蓝小翅，“但是羽族买入的孩童之事，不能就此善了。我们可以不搜查羽藤崖，但必须见到这些孩子。并且羽族需要做出承诺，不得以活人试验药物。”

蓝小翅说：“我们会出新的解决方案，容后再谈。”

温谜点头，总算这也是个交代。他不再多说，带着一众弟子，与微生歧、慕流苏等人赶往落日城。人刚起行，蓝小翅说：“小瓷，你去帮你爹。”

微生瓷就打算跟着他爹，微生歧说：“对付一个连镜，还用不着你。你给我留在羽族。”其他几个人都是一愣，微生歧一向仇视蓝翡，连带的对羽族也没有什么好感。要不怎么老称羽人为羽族妖人呢！

可是今天，他却公然这么说。一则肯定是担心微生瓷的病不利于打斗；二则他对蓝小翅是真的放心了。微生瓷是听自己爹的话的，说了声哦，又回到蓝小翅身边。蓝翡斜睨了一眼微生歧，心说你这是要把儿子倒插门啊！

等方壶拥翠之外的人都走了个干净，蓝翡才说：“你为什么支走他们，宝贝儿。”

蓝小翅意外：“爹，什么叫支走，我这是为了微生叔叔好啊。”

蓝翡说：“宝贝儿，如果不是支走，你早就自己跟着去了。”

蓝小翅惊愕：“你怎么知道？”蓝翡轻笑了一声，这还需要知道？你这哪热闹往哪凑的性子，比狗都好奇。

蓝小翅终于说："好吧，我去一趟侠都。"

蓝翡挑眉："朝廷与江湖势力，向来井水不犯河水，既然慕流苏已经离开，我们再去宫中寻衅，不好吧？"

蓝小翅说："慕爹爹既然是寻衅而来，我们当然也应该有所回礼啊。"

蓝翡说："娄子不要捅太大。"

蓝小翅说："嗯，我只拿根绣花针小小地捅一下。"只是针尖抹点儿毒而已。

侠都，皇宫。

小皇帝宇文超今年十三岁，还未亲政，但如同已经长了爪牙的老虎，已经有些跃跃欲试。

今日他正在琉璃水榭看奏折，突然一阵恍惚，脑子就不那么清醒了。将睡未睡之间，见到月亮之中，出现一个骑着一只巨大仙鹤的神人。

宇文超大吃一惊，再定睛一看，却终究是脑子昏沉，只看见仙人站在仙鹤背上，背对着他。宇文超问："你、你是谁？"

仙人距离他很远，声音却如在耳畔，说："丞相慕流苏以权谋私，有谋逆之心。"

宇文超莫名其妙，正要再问，突然凉风一吹，他头脑猛地清醒，再一定睛观瞧，哪里还见得到仙人的丝毫影子？他叫身边侍候的太监："郑亭！"

那郑亭却也昏昏沉沉，等他一叫，方才清醒过来，说："陛下？！"

宇文超说："你可有听见什么？"

郑亭四下观望，心中为自己方才打瞌睡一事惊慌不安，说："奴才一直在这里侍候陛下，并没有听见什么。"

宇文超狐疑四顾，确实也不见旁人。但想起方才"月中仙人"说的那句话，他心里不免打了个疙瘩。慕相有谋逆之心？不可能啊。

郑亭是他的贴身内侍，此时见他神色，忙问："陛下可是看见了什么？"

宇文超说："奇怪。"只将方才梦中所见仙人乘鹤的事略微一提，倒是没说慕流苏如何。

宫外，鸠吻驮着蓝小翅缓缓落地，蓝小翅把身上的白衣脱了，鸠吻也把身上的"大仙鹤装"脱了，说："大小姐，听说宇文超对慕流苏一向信任，这样小小的离间之计，有用吗？”

蓝小翅说：“试试呗。反正我十三岁的时候就觉得自己天下无敌，谁也没有我聪明。”

旁边的银鸾说：“接下来怎么办？”

蓝小翅说：“慕流苏听说宇文超夜见仙人，肯定会返回。你们让他抓住就行了。记住我的话。”

慕流苏本来就不愿随温谜赶往落日城，这时候听人传报，说小皇帝夜间偶尔一梦，得见仙人乘鹤。随后就命人询问他的去向。

他一是心中打了个突，二是也正好以此为借口脱身，忙对温谜道：“朝中陛下传诏，我要先行返回侠都。”

温谜说：“你去吧。”知道他跟暗族有勾连，已经对他的话存有三分疑虑。温谜此时也并不挽留。

慕流苏赶回皇城，正要去见驾，却在宫外发现了几根鸟羽，这样大的鸟羽，一定是羽人！他心中吃惊，怒道：“搜查宫内外，若见羽人，立刻抓捕。”

于是宫内宫外都开始查找，动静太大，自然惊动了宇文超。他问：“丞相几日未归，是去了哪里？”

慕流苏说：“回陛下，只因羽人作乱，仙心阁又与暗族发生纠纷。这些江湖势力，素来不安分，微臣特地前去查探情况。”

宇文超点点头，看着御林军里外搜索宫闱。慕流苏说：“微臣在外，听闻陛下偶得一梦，梦中有仙人指点？”

宇文超说：“也没什么，一个梦罢了。”

慕流苏见他不想说，也觉怪异，宇文超跟他名为君臣，私下里还是十分亲近的。这样隐瞒不言，让人生疑。他只好说：“陛下，江湖中奇人无数，能使各种手段，陛下还需小心提防，不要中了贼人奸计。”

宇文超说：“奇怪，朕并未派人转告丞相，也未向丞相提及梦中之事，为何丞相连朕做了一个梦这样的小事都知晓得一清二楚？甚至还能断定是贼人的奸计呢？”

慕流苏说：“这……微臣只是担心陛下。”

宇文超说："倒是劳丞相挂心了。"

君臣二人正说着话，突然有御林军道："陛下，我等擒获两个贼人，在宫外探头探脑，形迹可疑！"

慕流苏说："谁？带上来！"

御林军将两个人推到宇文超和慕流苏面前，正是鸠吻和银鸾。两个人手里都抱着一个大包裹，宇文超看着他们宽大的羽翼，只觉惊奇。

慕流苏却道："是羽族妖人！陛下小心！"然后厉声道："你二人报上名来，出现在皇城，有何目的？！"

宇文超说："这就是传说中的羽人？倒是长相奇特。"

慕流苏说："陛下请远离，羽族贼人此来一定是有意行刺陛下！"

宇文超还没说话，银鸾抬头看了看，结结巴巴地说："陛、陛下，我……我等确实是羽人，来自方壶拥翠，但我等此来，是向陛下求助……没、没有异心呀！"每个字都说得费力无比。

宇文超一听他说话结结巴巴的，就觉得羽人很老实嘛，你看他看到朕吓得。他毕竟十三岁，有人对他害怕，他不觉中声音就温和了，说："求助？何事求助？"

银鸾心里骂——他本来就有点儿结巴，真不懂蓝小翅为什么要让他开口说话！他说："羽、羽人莫名受到朝廷攻、攻击，大、大家都吓坏了。羽……"他每说一小句话就停顿一阵，又急又气，看起来真是老实巴交。

宇文超觉得可乐，说："你别急，慢慢说。"

银鸾说："羽尊派我们前来向陛下求助，羽族素来遵纪守法，但不知、不、不知、何事惹怒朝廷……"

慕流苏大怒——好啊，蓝翡这个小人，居然敢派人到皇帝面前告他恶状！他死也不信蓝翡会向皇帝讨什么公道，他说："陛下不要被他巧言迷惑，微臣看他二人定是为了刺驾而来！你二人手中包裹里所装何物？！"

银鸾和鸠吻都做出惊慌之色，慕流苏说："定是暗器！来人，打开搜查！"

御林军立刻上前，抢过二人手中的包裹，慕流苏说："拿远一点儿打开，小心有诈！"

御林军忙离得远远的，用刀枪挑开。刚一挑开，所有人都倒吸了一口凉气，只见里面全是金银珠宝。慕流苏暗疑，宇文超问："你们身上怎会带着这么多黄白之物？可是偷盗而得吗？"

银鸾只得再开口——蓝小翅临走时可吩咐了，只能让他开口答话。他说："回、回陛下……"有一种咬到舌头的感觉，更气了——蓝小翅就爱欺负人！他说："羽、羽尊说，来见陛下，是需要、需要各种打点的。所以……让我们带上珠宝。可是我们在宫外，见皇宫威严，徘徊不、不敢进入。"

一副乡下进城，没见过世面的样子。老实得让人觉得可爱。

宇文超失笑，笑完之后，看向慕流苏："这就是丞相所说的妖人？！"

慕流苏急道："陛下，羽人狡猾，陛下不可受他们蒙骗！"

宇文超本是随口问问，此时却心生不悦——狡猾，你看他们俩这样，能狡猾到哪里去？再一想梦中乘鹤仙人的指示，他看了慕流苏一眼，心中是真的不悦了。转而对银鸾和鸠吻说："你们羽尊的意思，朕明白了。你们回去，让羽尊亲自前来见朕，言明发生何事。若是朝廷官员的过失，朕绝不坐视。"

两个人都连忙磕头，银鸾又说："我、我们羽尊还有一只奇鸟，献、献给陛下。"说完，将蓝小翅那只鹰送上来。那鸟确实颇有灵性，宇文超左逗右玩，又看了慕流苏一眼——这样的羽人，哪里像是心怀不轨的？！

慕流苏心中着急，但是却无法辩解。小皇帝十三岁，正是毛都不懂又偏偏自命不凡的年纪。他一脸郁闷地回到相府，青琐已经归来，正坐在慕裁翎身边，看他读书。见慕流苏回来，青琐站起身来，慕裁翎也赶紧起身，叫了声："爹。"

看见娇妻爱子，慕流苏的脸色终于好了一点儿，说："回来了？"当然是问青琐，青琐点点头，欲言又止。

慕流苏明白她的意思，柔声说："我和温谜一起去了方壶拥翠，小翅她很好。你不必担心。"

青琐终于稍微放了心，正说着话，外面突然有人传报："相爷、夫人，外面有位姑娘求见相爷。"

慕流苏气极——你们可真够大胆啊，当着夫人的面，什么叫一个姑娘想见我？！今天你们一个二个，都要给本相添堵是不是？！他脸色不好看，沉着脸问："什么姑娘？"

下人答："她说她姓蓝，是咱们……咱们府上的大小姐……"答得很疑惑——可咱们府上没有过大小姐啊！

青琐变了脸色，一声不吭就追了出去。慕流苏气极——好啊你，你还敢进入我的堂室了！混账东西，还是相府的大小姐……再一想，更郁闷了，还真是大小姐！

他轻声叹气，转头对慕裁翎说："走吧，出去见见你姐姐。"

蓝小翅等在相府门口，满脸笑容。最先奔出来的是青琐，蓝小翅甜甜地叫了声："娘！"青琐双手握紧她的手，说："好孩子，你慕爹爹不是说你在方壶拥翠吗？怎么来侠都了？"

话音刚落，慕流苏已经领着慕裁翎出来。蓝小翅笑得那叫一个温柔乖顺："爹！"

慕流苏被她叫得打了个哆嗦，但青琐在，他可不敢摆什么脸色。所以他也堆起笑容："好孩子，难为你路过侠都还想着来看看你娘。"

蓝小翅说："不只是看我娘，也是来看看你和弟弟。这就是裁翎吧？"

慕裁翎时年八岁，到年底才满九岁。穿着白色文生公子衫，身量虽然小，还是处处透着一股官宦公子的温文得体。他上前，叫了一声："姐姐。"

蓝小翅说："好弟弟，走，我们不要站在门口说话。"

青琐连连称是，命下人前去预备应用之物。蓝小翅被青琐牵着，很快入了相府。慕裁翎看看母亲——平时家里只有他一个，突然来了一个姐姐，而且母亲还这么热情，他感觉怪怪的。

等到诸人一起进门落座，下人沏了茶又上了点心，慕流苏这才问："这次你到这里来，是有什么事吗？"他当然知道是什么事——羽人那老实巴交的样子，难道不是这丫头授意的？！别看蓝翡卑鄙，这么有失格调的事，他这个羽尊还真是做不出来。

蓝小翅说："上次我接到娘送来的衣衫首饰，真是感激涕零。这次想着有羽人要来侠都，就让他们给爹、娘、弟弟都带了些东西。谁知道啊，他们经过宫外的时候被人扣下啦！"

青琐一听，立刻问："怎么会被扣下的？人现在救出来了吗？"

蓝小翅看了一眼慕流苏，说：“我本来也是着急啊，就亲自过来看看，路上遇见他们，他们说幸亏爹向陛下求情，所以他们被释放了。我当然要来登门向爹道谢了。”

青琐看了慕流苏一眼，眸子里满满都是温情：“他既是你爹，又是朝廷重臣，维护朝廷和羽族的关系，是应该的。倒是你这孩子，这么客气。”

慕流苏气极——这是你早有准备要坑我好吧！可是当着青琐和裁翎的面，他只有笑着说：“于公于私，都应如此。不必客气。”客气两个字，咬了咬牙。

蓝小翅的笑容更真诚了：“但是我听鸠吻说，陛下想要见见羽尊。我那个羽尊爹爹，大老远要赶来也是麻烦。所以我就打算自己进宫去见陛下算了。”

慕流苏终于连装也装不出笑脸来了：“你要干什么？！”天啊，为什么我突然这么害怕！

蓝小翅说：“去见皇上啊。鸠吻说他很平易近人的，让我不要害怕。”

慕流苏气极——跟你说话的时候就是鸠吻了，跟陛下说话的时候你派个结巴！！他说：“不可胡闹，陛下要接见羽尊，你岂能替代？”

蓝小翅说：“爹帮我问一下陛下嘛，万一他乐意见我呢？”

慕流苏含糊道：“明日上朝，爹替你表奏陛下。”

蓝小翅说：“好呀，爹您真好！”

旁边的青琐却听得脸都白了：“什么？蓝翡竟然让你一个人从方壶拥翠到侠都？这几百里路程，匪患众多，你一个大姑娘家，他也放心？！”

慕流苏心里想他就算是不放心，也是替路上的匪患们担心吧？！

蓝小翅说：“娘，我经常在外行走，路都熟的。”

慕流苏和蔼地说：“你大老远赶来，也累了吧？爹安排房间先让你梳洗歇息。”你快给老子滚吧，晚饭之前不要让老子再看见你！唉，想想晚饭的时候还要见到她，简直是连食欲都没有了。

蓝小翅说：“不要，我好不容易才见到爹、娘和弟弟，我要跟你们多说会子话。”

青琐眸子湿润得如同隔了一层水光：“是母亲对不起你，难为你却这么懂事。”

慕流苏在心里把温谜的十八代祖宗都骂遍了，脸上却还保持笑容。那能怎么着，聊吧。慕流苏参加国宴的时候都没有这么累和憋屈过！

蓝小翅一直折腾到晚上，吃过了晚饭，青琐又把府里的下人都叫来，给她都介绍了一下，她这才心满意足地回房睡觉了。

青琐当然陪她，慕裁翎看看自己的爹，就算从小被教育得知书达礼，还是有点儿吃醋了。怎么感觉姐姐来了我就没娘了呢？

慕流苏也看了一眼他，说：“念书练功之后，自己睡觉。”

慕裁翎答应一声，他是官宦人家的公子，平时的生活就是跟着先生念书，练点儿武艺。没事的时候几个公子哥儿约出去看看花灯。年纪小，别的还什么都不会呢。

慕流苏是想让他从小接受大凉国的教育，然后给他铺一条路，让他统领羽族。这样他虽然是羽人，却始终也是大凉朝廷的人。所以他十分注重对慕裁翎品行、学识的培养。可不敢让他跟着其他人胡混。

慕裁翎倒也懂事，没有母亲陪着，自己一个人就去念书了。

蓝小翅跟青琐在房间里，青琐看着她的脸，心疼道：“你脸还没有好？”

蓝小翅的脸拉得跟苦瓜一样长，说：“是啊娘，我本来还想让爹带我进宫，看看宫里御医能不能给看看的。可是方才听爹的话，我还不知道能不能进得宫呢。”

青琐说：“这有什么不能的？他是丞相，要带自己女儿进宫找御医治病，总不会没有办法的。”

蓝小翅说：“娘说得有道理。”

青琐摸摸她的头，说：“江湖终究是凶险，小翅，你一个姑娘家，为什么要置身漩涡洪流之中呢？娘是想啊，你年纪也不小了，若是好好地成个家，安定下来，娘也算是了了一件心事。说起来，朝中青年俊秀也不少，你若有意，也可以让你慕爹爹留意一下。”

蓝小翅说：“娘，你现在，觉得幸福吗？”

青琐说：“傻孩子，问的什么话。”

蓝小翅说："是因为你觉得自己很幸福，所以才想让我过你这样的生活，是不是？"

青琐说："是的。小翅，蓝翡不是你的亲人，我与温谜，虽然是你的血亲，然而又未曾养育。或者你从来不知道真正的亲人是什么感觉。但是丈夫和子女，会是你的亲人。是你在世间的根系。"

蓝小翅说："娘，谁也不会是我的根系，因为我从来只是我，无枝无叶无花无果，我不需要根系。如果我成亲，一定是因为我找到了一个让我想要相伴一生的人。而不是为了什么现世安稳。我首先会让自己一个人就足以现世安稳。"

青琐有些惊讶，蓝小翅说："我这么说，是因为我还不知道天高地厚吗？"

青琐微笑，说："不。只是娘从小受蓝老爷和蓝夫人教育，他们说的话，都是女儿家，当在家从父、出嫁从夫。只要嫁了一个好丈夫，就是一个女人一生最大的幸运。所以你的话让娘觉得很新奇。"

蓝小翅说："对不起，我不大有礼貌。虽然我爹从小就这样讲，但没怎么改。"

青琐轻笑，说："别这么说，你是个好孩子。只是你现在这样想，是因为你还没有找到一个可以让你依靠的男人。"

蓝小翅知道一些想法是根深蒂固，很难说服的。所以她说："也许吧。"

青琐为她摘下头上的发饰，两个人更衣上榻，青琐说："能够这样陪着你，真好。"

蓝小翅说："是吗？"慢慢将头一歪，靠在她肩头，许久，说，"可惜，没有了人之初那种赖以为生的感觉。原来这么多年，也不是不遗憾的。"

青琐眼泪洇湿了枕巾。

第二天，青琐早早地就起床了。蓝小翅当然知道她起来，不过她还想睡，就睡了。她可没有那种在长辈面前应该如何如何的觉悟。

青琐当然也不会见怪，倒是做了好多好吃的。慕裁翎见到一桌子菜，惊了一下，慕流苏虽然贵为丞相，但是家风还是很好的。平时一家三口也不过五六个菜。

如今这一桌，可真是算得上丰盛了。但是一想起那个姐姐来了，他顿时有些了然了。

他坐在桌前，等了很久，看了看自己娘亲。青琐微笑，说：“姐姐还在睡觉，我们要等等她。”

慕裁翎点点头，可是这姐姐睡得未免太久了。他说：“为什么爹娘要求我五更起床，姐姐就可以睡这么久？而且娘不但不责怪她，还等她吃饭？”

青琐微笑，小小的人儿，会吃味呢。她说：“因为姐姐从小没有在娘身边长大，娘没有尽过一天教导之责，当然没办法让她按娘的教导去做。”

慕裁翎说：“那她这些年过得可真好。”

青琐哭笑不得。

蓝小翅起床的时候，就看见这母子二人已经衣冠整洁地坐在桌边等她了。她说：“咦，为什么干坐着啊？”

慕裁翎说：“等你吃早饭。”说着还看了看外面的天，呵，都到午饭时间了。

青琐嗔道：“才让你等了多久。”转而对蓝小翅轻声说：“点心凉了，娘去热热。”

蓝小翅说：“自己吃了就行了，别等我呀。”她以前在羽族，一般就是什么时候饿了就什么时候吃。蓝翡自己吃饭都不规律。

青琐说：“别听他胡说。”说着跟下人端着点心走了下去。

蓝小翅坐在桌边，看慕裁翎。慕裁翎有些不高兴，慕公子不太习惯等人。蓝小翅凑过去，说：“干吗啊，臭着脸。”

慕裁翎小大人似的，说：“你不知道让母亲等你吃饭是很失礼的行为吗？”

“哎哟！”蓝小翅乐了，“我不懂啊，我小时候又没有母亲！”

慕裁翎想了想，还是有点儿可怜她了，说：“那你以后不要这样了。”

蓝小翅说：“我是你姐姐，你怎么可以教训我！”

慕裁翎说：“因为你做错了啊。”

蓝小翅笑弯了腰，说：“好吧，慕大公子，一会儿带我出去玩啊。”

慕裁翎瞪了她一眼，说：“女子不能随便出门，要买什么让下人去好了。你都这么大了，抛头露面，成何体统！”

蓝小翅惊愕，然后大笑：“你还真是你爹教出来的啊！”

慕裁翎虽然小，但也知道她是在笑话自己，慕公子有点儿不高兴了：“我说得不对吗？”

蓝小翅说：“为什么女子不能随便出门？女子也有两条腿。”

慕裁翎说：“可是……大家闺秀沾衣裸袖便为失节，如果出门让别的男子撞见碰到，多么失礼！”

蓝小翅说笑得上气不接下气，外面青琐跟下人端了菜上来，说：“聊什么笑得这么开心。”声音里满是温柔。

蓝小翅说：“没什么，我喜欢这个弟弟。哈哈哈哈。”慕裁翎怒目而视，心里倒是有点儿忐忑了——我说错了什么吗？蓝小翅笑完了，说：“娘，弟弟不许我一个人出门呢。一会儿让他陪我出去逛逛啊。”

青琐说：“嗯，找几个下人跟着。”

蓝小翅说：“小瓷来了的。”说罢，拿起一块糕点，慕裁翎看了看她的吃相，又看看母亲。见母亲一脸盈盈笑意，他皱眉——为什么我就不能这样吃？

青琐听说了，问：“微生少主来了？你怎么也不带他过来？他住在哪里？”那少爷可不像是个哪里都住得惯的人啊。

蓝小翅说：“我怕这里他住不惯。”

青琐想了想，觉得也是，微生世家向来随性惯了，相府恐怕反倒拘束。但有小瓷在，她就放心多了，转头对慕裁翎说：“你带姐姐和小瓷哥哥四下转转，小瓷哥哥脾气不好，你不可以跟他争执。知道吗？”

慕裁翎心里有点儿不满，却不敢违逆母亲，规规矩矩地咽下嘴里的点心，答：“是。”虽然很郁闷，却还是斯文守礼的模样。

蓝小翅拍拍他的肩膀，说：“你别不满了，有娘在身边，还有人提醒你什么事不能做呢。我小时候跟一条狗打架，”她露出胳膊上已经浅淡的伤痕，说，“正纳闷这一条狗为什么这么凶呢，后来才知道这世上不仅有狗，还有狼……”

青琐听得面色发白，慕裁翎却有些同情她了，登时对带姐姐出去玩这个提议也没什么意见了，说：“我们走吧。”

蓝小翅跟着他走了出去，青琐一直将二人送到门口，也觉得慕流苏把这个儿子教得特别乖，相比之下，倒是不如小翅活泼调皮。虽然省心，终究也是少了许多乐趣。

蓝小翅跟他一出了相府，立刻就说：“走，去东油街。”

慕裁翎有些奇怪：“你对这里很熟啊。”

蓝小翅说：“羽族有生意在这里，我每年要过来几次。”

慕裁翎稀奇：“羽族的生意？不是有羽尊吗，你过来干什么？”

蓝小翅说：“小弟弟，我这是为父分忧。”

慕裁翎说：“你爹……”刚想说你爹不是我爹吗？突然想起还真不是。

蓝小翅说：“你平时出来都干什么？”

慕裁翎说：“游园、游河，听戏，吃饭。”

蓝小翅说：“靠！没意思。”

慕裁翎说：“女孩子不能说粗话！那你出来一般都干什么？”他官宦公子一个，不做这些还能干吗啊？

两个人边走边说话，突然一个人迎面走来，一不留神就从他二人中间经过，撞了两个人一下。慕裁翎急了：“你有没有长眼睛？！”自己倒是没关系，但是父亲说，女孩子被人这样撞一下，可是很吃亏的！万一回去叫父亲知道可如何是好！

那人却连声道：“不好意思，急事急事。”说完，急急往前走了。

蓝小翅倒是没说什么，等那人走远了，蓝小翅才摸出一块玉佩，递给慕裁翎。慕裁翎惊奇：“这……我也有一块，你哪里来的？”说完一摸腰间，发现自己那块竟然不见了！

他吃了一惊，蓝小翅低头把玉佩给他系好，又摸出他的钱袋，装进他怀里。然后又摸出一个荷包。慕裁翎都要哭了：“我的东西怎么在你那里？”

蓝小翅说：“刚才那个是小偷啊，哎，看看他荷包里有啥。”一打开，发现里面只有几两碎银子，几十个铜钱。蓝小翅很失望：“带这点儿钱也好意思出来当小偷。”

慕裁翎哪里见过，他虽然经常出来玩，但都是家仆前呼后拥的。一只狗路过看他一眼也要被呵斥一顿。他说：“那就是小偷？可我怎么没看见他偷我东西？”

蓝小翅说：“唉，你这童年过得，真是贫瘠啊。”

慕裁翎又不满了，蓝小翅说：“今天姐姐心情好，带你玩一点儿以前没玩过的东西吧。”

慕裁翎说：“什么？我家里什么好玩的都有。”

蓝小翅眨眨眼睛：“你试过不带银子去吃饭吗？”

慕裁翎说：“试过啊。”

蓝小翅点头：“不错啊，孺子可教。”

慕裁翎说：“挂我爹账上。”

蓝小翅抚额：“去你的，白夸你了。”

两个人一边斗嘴，一边穿过锦带河，河边有一家酒楼，名叫五湖肴。看楼门就知道档次很高。门口小二正在赶乞丐，一边赶一边怒骂：“滚，你们几个臭要饭的，再让我看见你们，打断你们的腿！”

蓝小翅说：“啧啧，走，吃饭去。”

慕裁翎说：“你在家里不是刚吃过嘛！”

蓝小翅说：“闭嘴，带你长长见识。”

两个人进了酒楼，虽然年纪小，但一看就气质不凡。小二很快迎上来，满脸笑容，将他们带到靠窗的位置。然后问：“小姐、小公子要吃点儿什么？”

蓝小翅说：“有什么好酒好菜尽管上来。”一副不差钱的样子。

她看起来本来也不差钱，小二赶紧答应一声，招呼下去。不一会儿，菜如流水，摆了满满一桌。蓝小翅扬扬下巴：“吃吧。”

慕裁翎看了她一眼，在家里确实也没怎么吃饱——喝醋就喝得够多了。这时候拿起筷子，倒是吃了一些。等到酒足饭饱，又休息了一会儿，小二已经看了这边好几眼了。蓝小翅终于说：“呐，我数一、二、三，向着大门跑啊！”

慕裁翎莫名其妙："什么？"

蓝小翅已经开始数了，等数到三，她拉起慕裁翎，两个人朝着大门就冲。慕裁翎一声干吗还没说出口，那边小二已经大声喊："哎，你们还没付钱呢！"说话间已经明白过来，大声喊，"有人吃霸王餐！"

这样的酒楼，打手是有几个的。这时候小二和护院都冲了出来，慕裁翎甚至听到身后狗叫的声音！他头也没敢回，跟着蓝小翅跑得飞快——真的是连吃奶的劲儿都用上了。可是那狗跑得更快，他都感觉到狗嘴杵到腿肚子上了，惊叫一声，整个人被蓝小翅往前一带，这才没被咬着。

两个人奔过锦带桥，又甩掉了三条狗，身后大声喝骂的声音终于听不到了。

蓝小翅靠在绸缎庄的门牌，一个劲儿地笑。慕裁翎累得想翻白眼，喘了好久，终于顺过气来。蓝小翅问："怎么样，好玩吗？"

慕裁翎瞪了她一眼，说："这是不对的！吃饭就应该付钱！"嘴上这样说但是心里偷偷地觉得——还挺刺激的。

前面就是东油街了。蓝小翅来到鸟市，往最气派的那家店走。鸟市，慕裁翎虽然也来过，但是慕流苏管得严，他来的次数还是少。他有些不放心，问蓝小翅："你不是要买霸王鸟吧？"

蓝小翅笑啧："去去去，买什么霸王鸟。"

她带着慕裁翎一进去，掌柜立刻容色一肃，将手里的客人交给小二，快步上来，说："大小姐。"

蓝小翅指了指慕裁翎："我弟弟。"

掌柜从善如流："公子。"连慕裁翎是谁都没有问。慕裁翎点点头，虽然小，但是即使是在下人面前，他也是很有礼貌的。

蓝小翅说："瓷少爷呢？"

掌柜也正发愁，说："大小姐，那位瓷少爷打从到了这里就没吃过东西。一直待在房间里，我们听您的吩咐，也不敢打扰。"

蓝小翅挥挥手，也不理他，带着慕裁翎进去。外面虽然是鸟市，里面却种了许多花。蓝小翅走进去，推开房门，微生瓷刚好收功，转头看看她，又看看慕裁翎。

蓝小翅说："我弟弟慕裁翎。来，叫小瓷哥哥。"

慕裁翎是很懂礼貌的，当下叫："小瓷哥哥。"

微生瓷点头，蓝小翅一脸亲热地揽住他的手臂："住得习惯吗？"

微生瓷说："鸟，好吵。"

蓝小翅轻笑，说："不好意思啊，这些坏鸟吵到瓷少爷了。走，我们出去玩哦。"

三人一起出了鸟市，慕裁翎说："还去哪里玩？"

蓝小翅说："刚才咱们不是遇上小偷了吗？走，教你偷鸡摸狗！"

慕裁翎一听，就马上摇头："不。爹说这些是市井小人所为。"

蓝小翅说："可是很好玩哦。我走了你说不定这辈子都玩不到了。"

慕裁翎就很犹豫，蓝小翅说："走了走了，没人会告诉爹的！"

三个人一起来到东油街后面，有一户养鸡的人家，好家伙，整个院里几百只鸡。蓝小翅蹑手蹑脚来到围栏旁边，嘴里咯咯咯咯地发出几声叫声，不太像鸡叫。但是那一群鸡却似乎听到什么，都开始安静下来。一只威风凛凛的大公鸡开始往这边走过来，蓝小翅托住鸡肚子，把它弄出围栏。递给微生瓷。

微生瓷皱皱眉，还是接住了。慕裁翎好奇："你在说什么？"

蓝小翅说："羽族的密语啊，来，你跟我学。"

慕裁翎歪着头，跟着她咯咯咯咯地学。好一阵子，终于也有鸡被他吸引过来。他开心坏了，偷了一只又一只，微生瓷都拎不住了。蓝小翅几次想叫他去偷狗都叫不走了。

相府，慕流苏下了朝，回到家里。见只有青琐在，他有些意外，问："小翅呢？"

青琐说："小翅想出去逛逛，我让裁翎陪着她去了。"

慕流苏心中一惊，说："裁翎和她一起出去了？"

青琐看出他神色不对，不由担心："怎么了？"

慕流苏赶紧微笑，说："没有，两个孩子单独出门，我有些担心。有没有让下人跟着？"

青琐说："小瓷也在侠都，我就没让人跟着。"

慕流苏心里七上八下，终于忍不住说："我还是不放心，我出去找找。"

青琐问："流苏，你是不是有什么事瞒着我？"

慕流苏说："我哪敢啊！青琐，我只是心疼两个孩子。而且裁翎小小年纪，能带小翅去哪玩？我带他们去玩吧。"

青琐这才放了心，说："那我等你们回来。"

慕流苏点头，又握了握她的手，说："我很快就带孩子们回来。"

然而慕流苏直到天黑才找到玩得一身是泥的慕裁翎，慕裁翎本来很高兴的，看见父亲铁青着脸，一下子从仙境又跌回现实了。慕流苏指着慕裁翎身上的泥："你、你……"一眼看见笑吟吟的蓝小翅，他更是气不打一处来："蓝小翅！"

蓝小翅说："呀，看来慕爹爹是有话想跟我说。小瓷你带裁翎一边玩会儿。"

慕裁翎又看了父亲一眼，眼里满是忐忑。慕流苏没有再管他，跟蓝小翅来到锦带河边的栏杆旁。他说："你这是什么意思？"

蓝小翅说："带弟弟出来玩玩，没什么意思啊。"

慕流苏说："蓝小翅，看在你母亲的份上，不要骚扰他们母子。"

蓝小翅说："慕爹爹这是什么话，我跟弟弟玩玩也不行？"

慕流苏终于承认，自己还是有软肋，他说："这次对付羽族，是我考虑欠周。"

蓝小翅说："很高兴慕爹爹能这样想。那么接下来，朝廷对羽族，应该不会有什么敌意咯？"

慕流苏咬了咬牙，说："当然。"

蓝小翅笑容甜美，说："其实慕爹爹不用紧张，我是抱着和平友好的意愿而来的。母亲对我很好，我并不想做出什么伤害她的事。"

慕流苏发现自己是在跟一个小女孩谈判，真是又气又怒，还只有忍着。他说："那就最好。"

蓝小翅说："当然了，我母亲改嫁过一次，如果有必要，再改嫁一次也无妨。”慕流苏的脸色顿时十分难看，目光如利剑。他乃一朝丞相，这样的表情可称威怒并重，可是蓝小翅仍是笑嘻嘻的，她说：“毕竟和平是相互的。”

慕流苏气极——他竟然被一个小丫头威胁了！！他说：“这里是侠都，大凉皇城。你不怕我现在就杀了你吗？”哦，她当然不怕，微生瓷还在看着他儿子呢！

他以为蓝小翅要以此威胁，然而蓝小翅说：“杀人或者被杀，是羽人这几十年来一直在经历的事。剑锋刀口，流别人的血不惊，流自己的血也无惧。”

慕流苏彻底被惊住。他第一次意识到，站在面前的不只是一个小姑娘，而是一个年轻的、优秀的领袖。十六岁的她，有着过人的智计，与令人动容的胆魄。

金麟岂是池中物，风云际会浅水游。

第二十章 风云际会

一行人回到相府，青琐已经等得有点儿着急了。不知道为什么，她总觉得慕流苏似乎有什么事瞒着他。此时见到大家一起回来，她终于松了一口气，说："去哪儿了，玩到这么晚？"再一看，自己一双儿女都脏脏的，就连一向整洁的微生瓷身上都黏着几根鸡毛。青琐一脸诧异："这是怎么了？天啊，这是什么味道！"

还能有什么味道，鸡呗！慕裁翎偷眼看了一眼蓝小翅，玩了大半天是高兴坏了，这会儿心虚了。

蓝小翅说："我带弟弟去长见识了。"一手搭在慕裁翎身上，说，"对吧？今天好玩吗？"

慕裁翎不敢答应，低着头说："娘，父亲，孩儿知错了。"

蓝小翅啧了一声，青琐说："是我让他陪着她姐姐出去玩，你责备孩子做什么？"是问慕流苏。慕流苏说："你……"你就不问问那丫头带他去干了些什么。但是他可不敢说，只是道："我也没责备他。还不快去洗洗，换身衣服！"唉，到底还是自己儿子好，想吼就吼。

然后他又看了蓝小翅和微生瓷一眼，不得已嘴角上扬，用十分温和的声音说："你们也去洗洗吧。"这哪里是继女，分明是祖宗！

蓝小翅答应了一声，她是不客气的，当下就拉着微生瓷跟仆人下去。青琐赶紧追："分开！分开！"你俩可别一起洗啊！！

蓝小翅咯咯笑，蹦跳着跑了。慕流苏心疼夫人，拉住青琐说："她知道的，要担心也应该是微生歧担心才对。"

青琐笑了一下，说："流苏，小翅是不是惹你不高兴了？"

慕流苏说："哪有的事？青琐，我希望你明白，她是你的女儿，就是我的女儿。不管发生什么事，我绝不会伤害她一根头发。"

青琐低声说："我一直相信的。"慕流苏慢慢揽住她的肩，夫妻之间，一时说不尽的柔情蜜意。蓝小翅回头看了一眼，青琐急急推开慕流苏，慕流苏伸手替她理了理鬓边碎发，说："等了这么久，你肯定也饿了。先吃点儿东西吧。"

两个人一起来到桌边坐下，有仆人开始上菜，孩子们回来晚了，菜已经热了好几遍了。但是好在大家都平安回来，等待也就是无所谓的事情了。

青琐洗净双手，用小银勺给孩子们剥螃蟹。

等到三人洗完澡，换好衣服回来的时候，桌上的三个碟子里已经搁了好多蟹肉。慕裁翎很乖地道："谢谢母亲。"心里却也知道是因为姐姐在，以前在家里，父亲一直非常注意培养他的独立，哪能让母亲给他剥螃蟹？蓝小翅倒是伸手拿过碟子，又给微生瓷倒了醋。

青琐说："流苏，小翅的脸，毒伤一直不愈。要不明天你带她进宫，找御医看看吧。"

慕流苏不忍拒绝自己夫人，又看了一眼蓝小翅，怕青琐看出不对，说："嗯。小翅，明天你收拾一下，跟我入宫。"

蓝小翅说："喔。谢谢爹，来，爹吃个鸡腿。"说完就夹了个大大的鸡腿过去。慕流苏只得又和她将父慈女孝表演了一回。

到了夜里，慕裁翎照例还是要读书到子时。微生瓷是习惯回房练功，蓝小翅当然就去睡觉了。青琐本来还想陪她，她把青琐推出去："我这么大啦，哪里还需要娘陪着睡觉啊。娘还是陪爹去吧。"

"你这孩子！"青琐笑着说，"娘多想把以前的十六年都补回来啊。算了，女儿大了，娘等你睡着再走，好吗？"

蓝小翅点头，说："那容易。"倒在床上，一沾枕头，就呼声四起。青琐笑得不行，终于给她掖了掖被子，推门出去。

微生瓷换了新住处，本来就不习惯，而且这里总有下人、护院来来去去，他听觉本来就十分灵敏，这时候根本睡不着。相府的侍卫在外面行走，即使没有进这个院子，跟在他耳边也差不多。在鸟市虽然鸟叫声吵，但是不像这种声音这么嘈杂。

他翻来覆去一阵，终于还是推门出来。慕流苏单独给他安排了一个院子，知道他爱清静，里面也没有安排下人守夜。微生瓷径直出来，走了不多远，听到一阵奇怪的声音。

他歪了歪头，走到一处好像是厨房的墙根下，只见里面有一男一女，正搂抱在一起，互相亲吻着对方的脸。

他有点儿好奇，小翅膀也经常会亲亲他的脸，但那种亲吻跟这种好像有很大不同。这种无论力度还是急切程度都很奇怪，像是恨不得把对方吞吃入腹一样。

他就站在墙下，看见里面男女衣衫扔了一地，人影纠缠在一起，滚到柴垛里。不知道为什么，他莫名地就有些脸红了。知道应该走，却还是偷偷地多看了两眼。

两个人的呼吸声都有一点儿变味了，微生瓷突然觉得有一种莫名的感觉，好像是多年来一种本能苏醒了一样。

这种感觉令他的情绪波动异常，所以他开口问："你们在干什么？"

厨房里的两个人骤然停下动作，一脸惊惧地看向屋外。微生瓷推门进去，门当然上了闩，但是能难得倒他？他内力轻轻一送，门闩就开了。里面偷情的两个人，男的是相府的厨子，女的是帮厨的丫头。

见到他进来，两个人简直面无人色，丫头已经腿一软跪倒在地。她上菜时见过微生瓷，此时哭道："微生少爷，饶命啊，少爷！"

厨子一听，也知道是相爷的客人，他也跪地道："少爷，我二人男未婚女未嫁，是真心相爱的。少爷您给我们一条生路，求求你！"

微生瓷不高兴了，我就是问你们在做什么，你们东拉西扯什么？他皱着眉，又问了一遍："你们在做什么？"为什么感觉这么奇怪？

丫头看了他一眼，大户人家，尤其是慕府这样的官宦人家，最是讲究体面的。厨子和丫头偷情虽然不是大事，但也是绝不允许的。若是被大管家知道，厨子是肯定得赶走的，丫头恐怕就要另卖了。

是以两个人越发惊恐，但见这位微生少爷不像是兴师问罪的模样，厨子结结巴巴地说："少、少爷，我们在做……在做夫妻间才能做的事。"

微生瓷点点头，原来夫妻之间应该做这种事。他转身出了厨房，房里两个人一身汗湿，见他走了，二人均不明所以——这是……放了他们了？

微生瓷没有再理会房里的男女，红着脸来到蓝小翅的小院。直到晚风又吹了一阵，才勉强不那么尴尬。他推开蓝小翅的门，蓝小翅当然听到他进来了，懒洋洋地说："我这里更吵，不过你再不习惯，今晚也只能先凑合一晚了。明天带你去别处住。"

微生瓷说："哦。"说着话来到床榻边，看见蓝小翅颈项修长雪白的，他竟然又开始脸红了。奇怪，他以前不太会注意到这些。

蓝小翅说："你怎么了？热吗？"

微生瓷这才醒过神来，赶紧摇头："不，我只是……只是……"

蓝小翅说："只是什么啊！先睡吧。"

微生瓷答应一声，在她床边和衣躺下，突然说："小翅膀你嫁给我好不好？"

蓝小翅觉得很稀奇，说："不要，你就这么两手空空的，就想我嫁给你啊。"

微生瓷说："那我要带什么？"

蓝小翅想睡了，敷衍他："我想到了告诉你啊。"

微生瓷倒是乖乖的："好。"

蓝小翅在睡觉，他一动也不敢动，闭上眼睛，不知不觉，竟然慢慢也睡着了。梦里光怪陆离，他梦见蓝小翅坐在方壶拥翠累累的花枝上，一双小脚穿着蓝色的丝鞋，晃啊晃的。他走过去，她突然如往常一般亲吻他，只是吻得更深一些……

然后他醒来的时候，就有一点儿尴尬——裤子里湿漉漉的，又粘乎乎的。他也不睡了，赶紧起身，又离开了蓝小翅的房间。

第二天，慕流苏带蓝小翅进宫，虽然名义上说是治脸，但是蓝小翅肯定是要见皇上的。慕流苏只得向小皇上禀奏，称羽族大小姐前来拜见。

小皇上倒是对羽人印象不错，让他直接将蓝小翅带到焕春园见驾。慕流苏于是跟蓝小翅一起准备前往焕春园，走到半路，蓝小翅说：“爹，等等啊。”

慕流苏说：“进去之后，不要叫我爹。还有，你要做什么？”他现在对蓝小翅可谓是十分警觉。

蓝小翅笑嘻嘻的：“女儿知道啦。见陛下嘛，当然要捯饬捯饬了。”

慕流苏听见这话，简直心惊胆战：“蓝小翅！你到底又想干什么？”

蓝小翅拍拍他的肩，说：“爹不要紧张嘛，我只是换件衣服去见驾而已。”

慕流苏没好气：“废话，我没有办法不紧张！”

蓝小翅哈哈一乐，自去换衣服。不一会儿，等她出来的时候，慕流苏脸上的表情简直是五颜六色，精彩至极。只见蓝小翅把面具摘了，露出中毒的脸来。头上包了一条村妇用的蓝色头巾，身上穿了一件料子还算不错，款式却非常老旧的小袄。

耳朵上戴着银耳环，头上别着两支素银钗，脚上穿着绣花鞋，整个人看起来就像个乡底下某个土财主的小媳妇一样。

慕流苏说：“你、你这是……”你又装！！

蓝小翅笑嘻嘻的：“咱们走吧，爹。”

慕流苏简直是头上都要冒出火来了，却只有带着她继续前往焕春园。小皇帝还等着呢，这时候见慕流苏带了一个女孩走过来。女孩看得出年纪很轻，一身打扮看起来异常纯朴素净。

小皇帝宇文超有些狐疑：“你就是蓝小翅？！”

慕流苏轻咳了一声，说：“还不参见陛下。”

蓝小翅这时候神情变得诚惶诚恐，搓了搓手，双膝一屈，给宇文超磕了个头。是乡下拜神的样子。

宇文超就有些可怜羽族了，这是老实人啊！

他说：“起来吧，你脸怎么了？”

蓝小翅看看慕流苏，不敢答话。宇文超就觉得，一定是慕流苏吓唬她了。所以他说：“不用害怕，你直管跟朕说。”虽然年纪小，却突然有一种君临天下、伸张正义的感觉了。

蓝小翅小声说："民女的脸中了毒，羽族的大夫说治不了了。俺爹说，侠都是个大地方，让俺进来拜见皇上，顺便看看有没有好大夫能治脸。"

宇文超看了慕流苏一眼，慕流苏气极！宇文超倒是豪气地说："不要紧，你留在宫内，朕派最好的御医为你诊治。"

蓝小翅感动得两眼泪花滚动，说："陛下您太好了！"

慕流苏咳嗽了一声，蓝小翅赶紧又不说话了，宇文超不高兴了——你老吓唬她干什么？话说这两年慕丞相可是没少在朕面前谈及羽族野心勃勃、不服管束。可是现在看来，他们就是普通的驯鸟乡民嘛。

不过是长相与普通人相比有点儿不同而已。他自认为目光敏锐，内心早已将方壶拥翠想成了一块农田鸟舍，羽人在其间耕种养鸟，有点儿穷，又很淳朴坦诚。

所以他说："行了，羽人也是大凉的子民，朕身为大凉皇帝，总不会让你们受人欺压。以后若是遇到什么事，可以找朕为你们做主。"

蓝小翅高兴地说："谢谢陛下。俺回去一定要告诉羽人，我们的皇帝是个爱民如子的好皇帝哩！"

宇文超心情大悦，一挥手："下去吧，慕大夫，找御医为她诊治一下。"

慕流苏心里叹息，知道宇文超已经认定羽族又穷又老实了。十三岁的孩子，太过相信自己的眼睛，真是不容易劝说啊。但是他当着蓝小翅的面，也不便多说，总不好让人看出他跟小皇帝这段正处在尴尬期的关系，只好躬身道："微臣领旨。"

一路带着蓝小翅出了焕春园，慕流苏都阴沉着脸。蓝小翅说："爹，您等等啊，我把衣服换回来。这衣服是谁洗的，浆得这么硬！"

慕流苏气苦，哪里理她。不一会儿，蓝小翅换了衣服出来，脸上又戴了面具，看上去又是国色天香、俏皮活泼的美少女一枚了。

她心情不错，蹦蹦跳跳地去看御医。但是她脸上的毒，就连木冰砚和云采真都还在想办法，宫里的太医哪里敢开药？说是看太医，也不过就是走个过场罢了。太医开的药她根本没喝。

等回到相府，青琐见她神情愉悦，问："太医怎么说？"

慕流苏说：“太医治病，向来是四平八稳的。她的毒伤，恐怕一时无人能解。”见青琐神情失望，他赶紧又说，“不过木冰砚和云采真向来身怀奇术，早晚会解决的，你不必担心。”

青琐点点头，也只好如此了。蓝小翅说：“娘，既然太医没有办法，我就先回方壶拥翠去了。”

青琐说：“你好不容易过来一趟，如何就急匆匆地要走？”

蓝小翅说：“小瓷住不惯。”

青琐叹了一口气，知道这倒是真的，说：“原本还想你多留些日子，我们母女也能多团圆一些时日。小翅，蓝翡险恶，方壶拥翠不是个好地方。你若真是不愿留在相府，哪怕是前往太极垂光找温谜也是好的。”

蓝小翅说:“我知道啦娘,方壶拥翠待腻了我就去仙心阁玩。你不要担心了。”

慕流苏暗道，别往蓝翡脸上贴金了，蓝翡还没她险恶呢！

蓝小翅想了想，突然问：“裁翎的羽翼，娘剪掉了？”

她跟慕裁翎一起玩，可没见他的翅膀。青琐犹豫了一下，说：“只是缠起来了。”小时候是想给他剪掉的，她不希望儿子跟羽族再有什么关联了。从羽族被迫害，到后来羽族滥杀普通人，双方的争斗一直没有停止。也就是这两年，羽人杀人的事才慢慢少些听闻了。

本来慕裁翎出生的时候，青琐就想剪掉他的羽翼。可是到底舍不得，生生从身上剪下骨肉去，那是怎样的痛啊？好在羽人的羽翼，未成形之前是很柔软的，尤其是刚出生的婴儿，那翅膀嫩嫩薄薄的。用棉布缠起来，就跟女孩束胸一样，是可以掩人耳目的。

青琐只好先为他缠起来。不过随着孩子慢慢长大，也越来越难了。一旦成年之后，羽翼丰满，骨节也开始有力，是没办法完全缠住的。所以她总日夜悬心，带着翅膀的羽人，真的可以在侠都立足吗？

慕流苏明白自己夫人的忧虑，所以这些年来总是一直安抚，一边为朝廷设想，一边想方设法为自己儿子铺路。谁知道蓝翡并不是好啃的骨头，中途又冒出一个蓝小翅，他真是操不完的心。

蓝小翅说：“娘，我知道羽族给你留下了不太好的回忆，但是人不应该逃避自己的血统，毕竟这是无法选择的事。何况，现在羽人都在努力，让羽人的血统不再蒙羞。”

青琐低下头，说：“娘知道。”

蓝小翅点点头，说：“我和小瓷先走啦，你们就别送了，让裁翎送送我们好了。我和这弟弟还挺投缘的。”

慕流苏还是有点儿不放心，但是当着青琐的面，他不好拒绝。青琐只是说：“小翅……你别带他回羽族，让娘再想一想。”

蓝小翅说：“当然。”然后乐呵呵地回头对银鸾道：“来，给我慕爹爹说声再见。”

银鸾于是走到慕流苏面前，恭敬地道：“相……相……相爷……再……”

慕流苏气得肝都差点儿爆了，怒喝一声：“滚！”

蓝小翅哈哈笑着跑出去，慕裁翎跟在后面，奉命送蓝小翅和微生瓷出城，鸠吻和银鸾自然一并同行。蓝小翅说：“你的翅膀这样裹着，难受吗？”

慕裁翎摇摇头，眼神里略略有点儿犹豫。蓝小翅哈哈笑了一声，说：“鸠吻，带我弟弟飞一圈！”

鸠吻说：“是，大小姐。”慕裁翎看看鸠吻和银鸾的翅膀，又惊奇又忐忑——啊，自己的翅膀以后也会长到如此宽大吗？跟正常人真是太不一样了，但其实……很漂亮啊。

他爬到鸠吻背上，鸠吻双翅一扇，慕裁翎感觉整个人都离地而起！他惊叫了一声，只觉得大地渐远，身边皆是飞鸟浮云，整个人都这么徜徉在无尽长空之中。

他开始还发愣，然后就开始大声尖叫！飞翔的感觉，真是说不出的美妙。整个人都在风里，自由自在。

蓝小翅转头看了一眼微生瓷，发现瓷少爷也在盯着空中的人看。蓝小翅说：“太不公平了，为什么羽族女子就没有翅膀啊！”

微生瓷托起她的手，突然二人凌空而起，当然不是羽人那种飞翔，但是速度之快，如同化作了万里长风一样。蓝小翅被风抚乱了头发，微生瓷就这么跟随着羽人的路线，带着她飞速前行。她把脸埋在微生瓷怀里，以避狂风。那长发就这么贴在他下巴上。怀里是一股描绘不出的馨香。

他带着她翻山越岭，有一种千山飞纵的感觉，他觉得奇怪，然后又想，小翅膀好久没有吻过他了。

微生瓷突然很想吻她，很想再尝尝她唇际那种柔柔暖暖的触感。咦，以前他并不喜欢的，为什么会突然想念呢？

鸠吻驮着慕裁翎，也不知道飞了多远，蓝小翅终于朝他喊："好了，我弟弟还得回去呢！"

鸠吻盘旋降落，慕裁翎的心还怦怦直跳，穿梭在云层里的感觉，令人血液都沸腾了。蓝小翅说："我们要走了，你敢回去吗？"

慕裁翎左右看了看，虽然想逞英雄，但是毕竟只有八岁啊，还是问："这里是哪儿？"

蓝小翅笑得不行，说："离侠都恐怕已经四五十里地了。"

慕裁翎哭丧着脸："我怎么回去啊？"

蓝小翅笑得喘不过气，半晌说："走吧，姐姐送你去官府。"

慕裁翎很惊讶："官府？"

蓝小翅说："是啊，你是慕相的儿子，别说四五十里地了，四五千里也要把你护送回侠都啊。"

慕裁翎说："可是……"有点儿不好意思，但他还是问，"你就不怕我出什么意外吗？以前别人送我，都是送到家里的。你把我交给别人。"

蓝小翅说："你是个男子汉嘛，这么一点儿路程有什么需要担心的。我第一次来侠都的时候，也正好八岁呢。"

慕裁翎惊呆："你爹带你来的？"

蓝小翅摸了摸头，说："那倒没有，不过我爹找到我之后狠狠地修理了我一顿。"

可不是，八岁的时候，她自命不凡地要去九微山学艺。蓝翡哪里把一个奶娃娃的话放心上？结果她就自己整理了一个包裹，带着这些年从蓝翡等人那里偷的、骗的、坑的银子和药，一个人出了方壶拥翠。

结果人算不如天算，地图看反了……

蓝翡派人在方壶拥翠前往九微山的路上疯狂找寻，而她误打误撞到了侠都。好家伙，她如脱了缰的疯狗似的，天天偷鸡宰鹅，早把家忘了。还是鸟市的掌柜发现了，觉得很像方壶拥翠发来的画像，这才逮住。

在外面两个多月，不仅赚了点儿小钱，人还吃胖了！蓝翡差点儿没气死过去。

慕裁翎一双眼睛里全是亮闪闪的羡慕，他从小身边就成群的下人跟着。就连去找别的公子玩，也是众星拱月一样。车马轿子，哪样需要他操心的？

安逸当然是安逸，却也如同没有童年一样。

蓝小翅把他带到附近的官衙，先前县大老爷也不信，但蓝小翅那嘴，死人也能说活了。几大通胡话一吹，县大老爷也有些举棋不定，心想送去就送去吧，万一要真是慕相爷的公子，可不得了。

蓝小翅大手一挥，就把慕裁翎留在县衙了。她跟微生瓷等人出去，慕裁翎还有些恋恋不舍："姐姐。"

蓝小翅说："方壶拥翠也是你的家，住着你的族人，如果你想回来，随时欢迎。"

慕裁翎抿唇，终于点了点头。

等慕裁翎被人一路送回侠都相府，青琐和慕流苏都要急疯了。慕流苏当然有派下人跟着少爷，可是鸠吻是驮着他走的呀，下人哪里跟得上？蓝小翅和微生瓷就更不用说了。

夫妻二人急得不行，正好这时候外面有差役护送着慕少爷回来。两个人心头的一块大石头这才落了地。慕流苏打赏差人自是不提，慕裁翎经过这一事，心中所受触动不少。

等到晚上，父亲和母亲都睡了，他站在大铜镜前，脱了衣袍，又慢慢解了缠在身上的棉布。

羽族幼童的羽翼，还很柔软。但是细羽已经在开始逐渐丰满了。翅膀一扇一扇的，还不能飞。他用手摸了摸翅膀尖儿，黑翼中掺着一些白羽。那触感如缎子一样，很光滑，很细腻。

他端详着镜子里的自己，眼里有一种莫名的向往。方壶拥翠，族人，好奇怪的名字，却很亲切。

外面，青琐本来是想进来，但是门刚推开一条缝，看见正专注地打量着自己翅膀的慕裁翎，她又没有进去。小翅说得没有错，裁翎是羽人，他不得不正视自己的血统。

她轻轻关上房门，心里叹了一口气。

蓝小翅跟着微生瓷，直接骑着鸠吻和银鸾，赶回方壶拥翠。而此时，方壶拥翠却有两位客人不请自来。

蓝翡在书房里，面前摆着一盏清茶。暗族教父迦夜带着新收不久的义子迦之镜一并前来。蓝翡眼神玩味："教父真是有意思，几日前才袭击我羽族，今日竟又前来做客。"

迦夜说："上次贵部并无伤亡，与其说是袭击，不如说是试探。而我这次来，也只是想跟羽尊做个交易。"

蓝翡说："哦？"

迦夜说："这几日，温谜围住了落日城，要求暗族交出迦之镜。但他是我义子，我身为暗族教父，若是真的将人交出，岂不贻笑大方？"

蓝翡轻摇羽毛扇，沉思："嗯？"

迦夜说："我知道，羽族一直以来也受江湖各门派排挤。如果羽族和暗族合作，量温谜也不敢这般嚣张。"

蓝翡说："这场交易的内容，到此为止并没有我感兴趣的地方。"

迦夜说："我既然来，当然就有羽尊感兴趣的东西。听慕流苏曾经提起，羽尊研制出一种昊天赤血，服用之后可以大大提高战力。但是唯一的缺点是，服用者寿命十分短暂。"

蓝翡说："你倒是了解得清楚。教父，羽族事务繁忙，如果再没有重点，我恐怕要送客了。"

迦夜说："羽尊何必着急。"他从怀里摸出一个乳白色的小瓶，打开瓶塞。一股清甜的香气就这么弥漫开来。迦夜说："实不相瞒，上次袭击羽族，是慕流苏的意思。原因是，我手中的这瓶水，名叫长生泉。长生泉可以令人的身体迅速恢复到最鼎盛的时期。治愈外来的各种伤痕。而且，人不老不死。"

蓝翡的瞳孔终于缩了缩，迦夜微笑，说：“我在想，如果长生泉配上昊天赤血，岂不就是天衣无缝吗？”

蓝翡眼中的戏谑消失了，问：“你看上去如此年轻，竟是长生泉的功效？”

迦夜说：“不仅如此。我的义子以前双脚残废，不能行走。武功也被微生歧废去。如今他饮下长生泉之后，不仅双脚伤势痊愈，就连武功也已经完全恢复。”

蓝翡心中一跳，迦之镜以前是微生歧的大弟子，虽然武功不如微生瓷，但是也不是他能硬碰硬的。毕竟是千年狐狸，他心里已经警觉，权衡了一番利弊，面上却是不动声色，只是看着玉瓶里的长生泉。许久，缓缓说：“是个不错的建议。”

迦夜说：“羽尊果然是个识货之人。不枉我们父子二人来此一趟。”

蓝翡说：“只是昊天赤血，毕竟是我羽族的心血。威力，想必慕流苏已经证实过。可是长生泉，我却只是听你说说。”

迦夜心中冷笑，这个蓝翡果然是个狡诈的家伙。他说：“知道羽尊会有疑虑，所以我带了长生泉过来。羽尊可以亲身一试。”

现在他有迦之镜在旁，而微生歧在落日城，微生瓷又跟蓝小翅去了侠都。他完全可以拿下蓝翡，夺取昊天赤血。但是毕竟药方不是其他，蓝翡是不可能受人威胁的，而他又在羽人心中分量极重。万一闹个玉石俱焚，可就不太好了。

所以他倒是一直以引诱为主。

蓝翡坐着没动，椅子上有机关，他也不知道迦之镜的功力如何，机关也需要时间反应。如果迦之镜有微生歧六成的功力，机关恐怕是奈何不了他。所以蓝翡只是盯着那瓶长生泉。迦夜把玉瓶推到他面前，说：“羽尊尽管一试。”

蓝翡心下沉吟，迦夜这么痛快拿出长生泉，是因为料定迦之镜在，他跑不了，还是因为长生泉还有什么他不知道的秘密？他若饮下，明显有陷阱。可是若不饮，只怕立刻就要翻脸。

蓝翡拿过玉瓶，迦夜父子都含笑看着他。蓝翡突然发现拥有一个绝世高手的好处了——你说什么都会更有底气一些。他当然可以逃走，只要按动机关，自己破窗，就能趁着迦夜二人躲避毒液的间隙腾空展翅而去。

但是如果这样的话，迦夜一定会带着迦之镜去找木冰砚，甚至闯进羽藤崖。把不太好对付的敌人留给医者，似乎有失格调。

他想了想，仰头将玉瓶中的长生泉饮下。迦夜看着他咽下去，赞道：“羽尊好气魄。”

蓝翡说：“多久能看到效果？”

迦夜说：“很快。”声音里满是轻快。

蓝翡说：“立即见效？”心中也是暗惊，如果立即见效，这长生泉未免也太霸道了。迦夜说：“可以坐等。”

二人正说着话，外面突然有声音道：“爹——”

蓝翡一惊，立刻就要出声提醒，迦之镜已经一剑横来，想要先挟持住他。迦夜也随即一掌拍出，想要阻拦推门而入的蓝小翅。谁知道他掌风一滞，只觉得迎面一股大力，砰的一声将他击飞出去，撞在墙上。

推门的是微生瓷！他早听见里面不止蓝翡一个人，而他对迦之镜的吐纳气息非常熟悉。迦之镜本来是想挟持蓝翡，但是蓝翡也是老狐狸一只，就算不是他的对手，也不是他一时半会儿可以擒下的。

蓝翡听见蓝小翅的声音的时候，就已经按动了机关，剧毒激射，他身形一转，避开了迦之镜的剑。不待迦之镜再攻击，微生瓷已经迎了上去。

蓝翡是真的松了一口气，蓝小翅一眼看见桌上的药瓶，面色大变：“爹！他们给你喝了什么？！”

蓝翡运功想阻止那泉水，然而完全没有效果。他来不及说话，蓝小翅说：“小瓷，你帮我爹把毒逼出来！”

她以为迦夜给蓝翡喂了毒，这下子是真的生气了。迦夜冷笑了一声，迦之镜故意放微生瓷进来，微生瓷回手一掌抵在蓝翡背心。蓝翡只觉得陌生的内力在体内游走，霸道无比。他当然知道这不是好事，立刻说：“小瓷，不要管我，小心迦之镜！”

微生瓷不理他，凝神运功。

迦之镜一剑刺来，蓝小翅手中无色翼出，两个人都是一套九微剑法！三十六招，蕴藏七百多种变化。迦之镜冷笑：“你竟然偷师？”

蓝小翅难得没出声，她对付迦之镜，太吃力了。毕竟人家是专门练的剑，她只是有一搭没一搭看过几招。如果不是微生瓷教了她那套幻色凌虚，她恐怕真的够呛。

好在微生瓷也知道时间紧迫，很快聚力，一掌轻拍。蓝翡只觉得胃里一股热流上涌，噗的一声，将那长生泉吐了出来。他以茶漱口，看向蓝小翅，心里叹息——这孩子，她竟然在迦之镜手下支撑了这么长的时间。

微生瓷过去，蓝小翅立刻就轻松了。迦之镜双目血红，这个人，这个人手上明明没有兵器，可是竟然还是胜过他！

蓝翡抽出蓝血之翼，扔将过去，说："接住。"

微生瓷接了兵器在手，那兵器不是很合手，但却更添了神勇。迦之镜只有跟着迦夜且战且退，迦夜说："羽尊，你这是怀疑我们的诚意了？我一早已经说过，我们这次来，是为了合作。"

蓝翡说："你的诚意，我已经见过。多谢。"

哈，带着迦之镜到我方壶拥翠来表示诚意？他一抬手，蓝血银毫破风而出。迦夜一声闷哼，蓝翡轻笑："回赠教父，我的诚意。"

迦夜气极，却是无奈，只得带着迦之镜仓皇逃出方壶拥翠。

微生瓷拼命追，他想抓住迦之镜，问出当年暗害自己和母亲的凶手。蓝小翅说："小瓷，别追了！"微生瓷转头看她，蓝小翅说："我爹的蓝血银毫是剧毒，可是你看他们，全然没有毒发的迹象。"

蓝翡说："看来长生泉，确实有奇异的力量。"

蓝小翅歪了歪头："长生泉？"

蓝翡把迦夜的来意说了，蓝小翅顺着他的目光，也看了一眼方才蓝翡吐出的泉水，说："暗族什么时候有了这么可怕的东西？"

蓝翡说："我也觉得奇怪，爹六年前见过迦夜一面，那时候他还很正常。现在快要比他儿子年轻了。"

蓝小翅说："这东西，迦隐也服用了？"

蓝翡摇头："那就不知道了。"

蓝小翅说："世上真有这么神奇的东西吗？不老不病不伤？"

蓝翡说:“物极必反,这样的药物,哪有不付出代价的?世间凶险之事甚多,不可轻易尝试。”

他很少这样严肃地叮嘱,蓝小翅说:“知道啦,我对长生不老又没兴趣。”

蓝翡这才看看小瓷,说:“迦之镜的事,微生世家会清理门户吗?”微生世家的人随便一只放出来,果然都是心腹大患啊。

微生瓷说:“会。”

蓝翡这才略微放心一些,现在倒是很欢迎微生瓷作客方壶拥翠了,说:“那就好,方壶拥翠有很多不错的景致,有空让小翅带你到处走走。”

微生瓷说:“嗯。”

蓝翡这才转头问蓝小翅:“交易的事,你有何看法?”

蓝小翅说:“多年以来,羽族一直饱受各方势力仇视。我的意见是,我们先帮助暗族渡过难关。”

蓝翡说:“你跟迦夜去谈吧,爹不喜欢他们造访的方式。”

蓝小翅说:“嗯,还是按先前爹提供给慕爹爹的条件,为暗族的人注入昊天赤血。收取一定黄金。”

蓝翡说:“会不会太便宜他们了?毕竟长生泉如果真的能令注入了昊天赤血的人永生,他们可就是拥有了一批实力惊人的战士啊。”

蓝小翅说:“以目前羽族的情况来看,昊天赤血我们只有给。否则其他势力的灾祸尚不可见,而我们的难关,却近在眼前。我们可以要求他们先服用长生泉,以方便我们保证昊天赤血的分量和药性。”

蓝翡眼前一亮,对,这确实是个试验长生泉的好时机。他挥挥手:“你去安排吧。”

蓝小翅说:“我想先等等迦隐的消息,他答应会联络我,但愿不会失信。”

蓝翡说:“呵,他比他爹厚道一点儿吗?”

蓝小翅眨了眨眼睛:“他比他爹英俊一点儿。更重要的是,如果他与他父亲的想法不一样,就会对我们更有利。”

蓝翡哈了一声,说:“你们一路赶回来,也辛苦了,歇息去吧。”

蓝小翅应了一声,去拉微生瓷的手,微生瓷犹豫了一下,问:“迦隐真的很英俊吗？”

蓝小翅意外道：“干吗？你不是一直不太喜欢听别人说话嘛！”

微生瓷别过脸去，竟然不高兴了。蓝翡也觉得甚为惊奇，这少爷闹小脾气呢，哈哈。蓝小翅说：“走啦。”

微生瓷说：“你是不是很喜欢他？”

蓝小翅说：“喂！你当着我爹的面，有点儿风度好不好？！”好家伙，还吃醋呢！

微生瓷说：“不许你夸他英俊！”

蓝翡表面维持着优雅，内里已经快要笑破肚皮，蓝小翅瞪了他一眼，转头轻声哄瓷少爷：“你是微生世家的少主嘛，怎么可以这么小气呢？再说了，我说的是事实，对不对？走走，我们出去说。”一会儿我爹要笑死了！

微生瓷说：“以后不许你看他！”

蓝小翅只好说：“我夸他英俊，是因为我们要跟他做生意。”

微生瓷问：“真的？为什么做生意就要夸他英俊？”

蓝小翅说：“因为想要从人家那里赚得好处，当然要先恭维一番嘛。你看我也经常夸我爹英俊啊。”

蓝翡笑不出来了，微生瓷说：“哦。”蓝小翅说：“走吧，我们出去找点儿吃的。”

微生瓷这才跟着她一路出来，蓝翡难得起身，送到门口。无论如何，微生世家这瓷少爷倒是不错，内力是真的精湛。

他刚刚这样想，就听见微生瓷问：“你说不能空手向你提亲，那我到底要带什么？”

蓝翡一怔——已经到这一步了？蓝小翅说：“我还没想到呢！”

微生瓷说：“你什么时候才能想到？”

蓝小翅说：“嗯……那可不一定。再说我要你带的东西，你也不一定拿得到啊。比如我要是想要长生泉，你还能闯进落日城拿给我啊？乖，不要想这种问题了，先吃东西，好不好？”

两个人走远了，蓝翡心里叹了一口气，青青少年，肆意风流，真好啊。

当天夜里，天气转凉，蓝小翅想起微生瓷的小巢里只有薄被，就抱了被子过去。虽然他武功高，并不怕冷，但暖和一点儿总是好的啊。

可是推开门，她发现微生瓷竟然不在！不可能啊！蓝小翅大吃一惊，微生瓷从不乱走，要么就在自己的房里，要么就会来找她。她四下找了一圈，又派了羽人四处寻找，却不见踪影。

蓝翡半夜被吵醒，开门出来，就见所有的羽人都在四处找人。他问："怎么了？"

有羽人恭敬地跪下："羽尊，大小姐命我们寻找微生少爷。"

蓝翡也是一个激灵："微生瓷不见了？"这可是大事，他一般自己不乱走。天，不是中了迦夜和迦之镜的圈套吧？他有些头疼了，那微生歧回来非拆了这里不可！

蓝小翅也很担心这个，但是不可能啊，微生瓷虽然单纯，却很警觉。就算迦之镜偷袭，总也会有打斗，怎么可能全无声息就不见了？

羽人把方壶拥翠掘地三尺，然而并没有找到微生瓷。

落日城，温谜跟微生歧已经到了许多天。可是一行人却并没有见到迦夜，就连公子迦隐也不在。温谜等候了三天，微生歧已经非常不耐烦，说："我自己进去就可以！"

温谜毕竟是仙心阁的阁主，这样的名门正派，做什么都有无数双眼睛盯着。他说："微生家主，我与你一起进去，但是你答应我，如果迦夜等人不在，你不可伤害无辜。"

微生歧问："什么？迦夜不在？他乃暗族教父，不在落日城会在哪里？"

温谜叹了一口气，说："如果他在，就不会拖延不见。因为他也知道，你一定会进到落日城，拖延无用。"

微生歧阴沉着脸，说："那他定然也已经想到，你会和我一起进入落日城，而你更是一定会阻止我杀暗族人！"

温谜说："歧兄，我们先进去再说吧。"

微生歧脸色有点儿嫌弃，问："你一定要跟我一起进去吗？"

温谜哭笑不得，却还是说："一定。"以微生歧冲动的性格，落日城他非同去不可。

微生歧也不再阻拦，二人一起走进落日城。

暗族习性古怪，历来可谓孤僻。落日城也从来没有外族进入过。此时两人入内，只见四面皆山，山势环抱，几乎笼住了整座城，只有一条小道出入。所以城池终日黑暗，只有在落日时分，会有一个时辰的夕照。

温谜与微生歧，就选在这一个时辰进入。金色的阳光洒落在城池各处，城头只有一个守卫，躲在阴影下，看见他二人进来，也没有喝问。微生歧九微剑出鞘，他缩了缩脖子。温谜赶紧拦住微生歧，问："落日城只有你一人防守吗？"

那个守卫道："温阁主？教父临走时吩咐，落日城只有暗族平民，他们不是仙心阁的对手，更不是微生世家的对手。所以如果二位要闯入，我们只管放人就是。"

温谜与微生歧互相看了一眼，都愣住了。微生歧说："他倒是对你有信心！"迦夜是料定温谜不会伤害无辜了。

温谜说："歧兄，无论如何，暗族平民没有害过绣夫人，对不对？"

微生歧哼了一声，温谜对那个暗族人说："我们想在落日城四下走走，可以吧？"

那暗族人道："当然，两位贵客自便，请恕暗族招待不周，不能奉陪。"

温谜点点头，两人进到城中，也许是因为阳光，街上空无一人。风格奇怪的建筑，在傍晚时分有一种奢华奇异的风情。所有的窗户都关得严严实实，落日城如同空城。

而再往前行，却可见一大片开垦整齐的土地，里面种着各种颜色的蘑菇。这里夜晚时间很长，土地温暖湿润，天生就适合菌类生长。这些菌类功效各异，有的美味，有的剧毒。羽族的幻绮罗，主要材料就来源于这里的绮梦菇。

微生歧跟温谜四下行走，他原本不相信这里真的只剩下平民，但是他没有搜。单凭过人的耳力，他也能听出那些房屋里面的暗族人确实是不懂武功。他说："我原以为，蓝翡就已经最卑鄙，没想到较他而言，迦夜也不遑多让。"

温谜苦笑，说："蓝翡虽然卑劣，但他有他的骄傲。而迦夜没有。"

微生歧哼了一声，但这确实是对付温谜最好的办法！他问："当初指使连镜对小瓷下毒的，不会是迦夜吧？”

温谜微顿，说：“暂时无法定论。”

微生歧怒瞪他一眼，突然自言自语：“要是蓝小翅在，说不定可以问问。”

温谜有些诧异，微生歧说出这话之后，也同样觉得不可思议，呵，他居然觉得那个小丫头在，可能会有其他的法子。不过仔细想想，说不定那丫头真的有法子也不一定。

他突然有些后悔没有让那个丫头一起跟来了，心中很有些愤怒，可是也没有办法，总不能真的提剑去杀手无寸铁之人。

他与温谜在城中行走，没过多久，阳光渐渐敛去。天色骤暗。微生歧有些惊异：“天黑得非常快。”

温谜说：“这里的树有古怪，会吸收光亮。”

微生歧抬起头，果然也看到那些阔叶树，叶底漆黑，他点头，说：“入了夜，适合暗族行动。迦夜会不会偷袭我们？”如果他肯现身，就再好不过了。

温谜说：“不会。因为他即使杀了你我二人，还有仙心阁，还有江湖其他门派，还有小瓷。落日城有一个时辰的光照，这几乎是他的死穴，除非他真的肯舍弃所有的暗族平民。但那是不可能的。”

随着天光隐去，暗族人开始苏醒。有人已经开始出门劳作。这里气候温暖湿润，连棚都不需要搭就能培育出最好的菌类。土地里随处可见发出奇光的蘑菇。在漆黑夜色里，如同星星一样。莫名地美丽。

微生歧也没办法了：“我们不能在这里等他一辈子，难道就这样离开不成？”

温谜说：“仙心阁可以派弟子常驻于此。只要他出现，立刻通传。”

微生歧气道：“可是太极垂光和九微山离此多少距离？我等赶到之时，他又会不会再避而不见？”温谜也沉默了，小人对付君子的办法，总是比君子对付小人的多得多。

微生歧烦躁地走来走去，说：“我先杀几个暗族人试试！如果他就躲在附近，也许会出来！”

温谜赶紧拦住他：“歧兄，不可！”

微生歧咬牙切齿，却又无可奈何。二人继续搜查落日城，结果当然是一无所获。迦夜已经打定了这个无赖主意，怎么可能让他们搜出什么有用的东西？何况偌大的落日城只有蘑菇那点儿微弱的光，两个人视物尚且不便，要搜查更不容易了。

二人在城中搜寻的时候，微生瓷也来到落日城外。柳冰岩和柳风巢最先看见他。柳风巢倒是有几分喜悦："小瓷！你怎么来了？"问完左右看看，"小翅也来了吗？"

微生瓷摇头，柳风巢说："你一个人来的？可是担心微生家主？"

微生瓷这才问："我爹呢？"

柳风巢说："他和我师父进到落日城中了，不过不久前发过报平安的信号，你放心。"

微生瓷说："哦。"一转头就往落日城里走。柳风巢赶紧拦住他："小瓷，你去哪？"

微生瓷说："去取长生泉。"

柳冰岩这时候才问："什么长生泉？"

微生瓷皱皱眉，他只见过蓝翡吐出来的，当下说："一种水。"

柳冰岩说："什么水？"

微生瓷不耐烦了："长生泉！"

柳冰岩哭笑不得，说："蓝小翅让你来取？"

微生瓷说："嗯。"

柳冰岩说："也罢，我陪你一起进去，我们先跟阁主和微生家主会合，好吗？"

微生瓷皱眉："不。"话落，人已经飞身掠向落日城。柳冰岩追之不及，忙回头对柳风巢说："在此苦守不是办法，我们跟上他。"

柳风巢点头，父子二人一并入到落日城中。

此时落日城还在夜间，三人进到城中，守城的暗族人有点儿吃惊。微生瓷走过去，问："长生泉在哪里？"

暗族人上下打量他，他没有九微剑，也没有仙心阁的玉佩，显然暗族并不知道他的身份。但是再一看柳冰岩和柳风巢，他又心中有数了，说："什么长生泉？我从小在落日城长大，没有听说过这种东西。"

微生瓷伸手把他拎起来，说：“你们教父就知道。”

这个暗族人顿时吓坏了：“少侠，少侠饶命啊！我们只是暗族平民百姓，怎么会知道教父的事情啊！”

微生瓷问：“那谁知道？”

暗族人被提在空中，双手乱抓，双脚乱蹬：“少侠，暗族的战士都和教父离开了。我们都是种蘑菇的，真的不知道什么长生泉，也不知道教父的下落啊！”

微生瓷有点儿不高兴了，怎么这么大一个落日城，一个人都不知道？旁边柳冰岩说：“微生少主，这个人确实不会武功。迦夜既然不在，恐怕他们是真的不知道其下落。”

微生瓷说：“可是我要长生泉。小翅膀说，拿到长生泉就可以向她提亲。”

柳冰岩一愣，然后哭笑不得：“我们先跟阁主和微生家主会合再说，好不好？”

微生瓷说：“我自己找。”

话音一落，人已经离开。柳冰岩待要追，但是又怎么追得上？他回头看了一眼柳风巢，父子二人眼里都是无奈。没办法，只好先去找温谜了。柳冰岩说：“你看人家，对蓝小翅的事何等上心？再看看你！”

柳风巢的神情更无奈了，柳冰岩说：“不是爹说你，你也老大不小了，怎么就木头一样！好女孩你不主动去追，还等着天上给你掉一个下来？”

柳风巢说：“爹。这是没有办法的事，比如仙心阁扣住木香衣，小瓷可以放，我不可以。因为关押木香衣是师父的命令。比如仙心阁和羽族比武，小瓷可以帮她，我不可以。因为我是仙心阁的弟子。如果比武之中与她相遇，我甚至不能手下留情，因为那不是我个人的胜负。”柳冰岩也沉默了，柳风巢说，“其实我很羡慕，当年能够放弃一切，跟青琐夫人退隐的师父。”

柳冰岩终于也叹了一口气，柳风巢说：“这世上终究不是每个人都可以肆意潇洒。为了一段情爱，或者一段仇怨，便可以抛家舍业，放弃一切。这是你教我的道理。”他低下头，苦涩地笑笑，“我纵然渴望，但这些道理，也一直铭记。”

虽然落日城光线幽暗，柳冰岩还是从他眼中看见一丝眷恋。这傻孩子啊！

他说："去看着微生少主，我去找微生歧过来。长生泉……你也可以找找，爹也会留意。"

柳风巢心中一暖，说："嗯。落日城情况不明，爹你多加小心。"

柳冰岩沿着温谜留下的记号行出几步，突然说："你也要小心。"

柳风巢一笑，再无旁的话，但父子之间心意相通，关怀挂心，不言自明。

温谜跟微生歧正在城中四下找寻线索，就见柳风巢向这边行来。温谜问："你如何来了？"

柳冰岩说："微生少主刚刚也进了落日城。"

微生歧皱了皱眉头，问："他不是在方壶拥翠吗，怎么到了这里？"

柳冰岩说："他说……蓝小翅让他来寻找长生泉，谁找到长生泉谁就可以向她提亲。"

微生歧眯了眯眼睛，温谜皱眉："这孩子，越发不像话了，怎么可以这样？！"

柳冰岩问："阁主可有长生泉的消息？"这话一问出，旁边的微生歧也竖起了耳朵。温谜说："长生泉，我曾在云采真的一卷医书残卷上看过见一点儿记载。据说是能治百病，可以快速恢复身上伤痕。传说有商人出海，曾在一处岛屿上无意中饮下此泉，色奶白、味清甜，饮之如牛乳。但是仅此一例记载，再无其他了。"

柳冰岩说："上次在方壶拥翠，迦夜受伤之后，身上的烧伤、毒伤也好得特别快。"

温谜神色一肃："难道真有这种东西？"

柳冰岩说："迦夜变得如此年轻，如果是因为得到了长生泉，就说得通了。"

温谜说："冰岩，长生泉这样的消息，一旦流传出去，恐怕会引起一场腥风血雨，更会给整个暗族带来灭顶之灾！万不可妄言！"

柳冰岩说："我知道事关重大，不过……阁主……"他神色间有点儿为难，温谜问："何事？"

柳冰岩这样的汉子，也有些吞吞吐吐了，半天说："蓝小翅既然说……可以以长生泉为聘，风巢也很想试试。"

温谜说："胡闹，婚姻大事，岂可如此儿戏？！"

柳冰岩心说这还叫儿戏？绝世珍品啊，哪找去。旁边的微生歧不乐意了，板着脸："蓝小翅这话是对小瓷说的吧？中途听来的也算？"

柳冰岩平时一直还是敬畏微生歧几分，但这时候为了儿子，说不得也要挺身而出了。他说："条件既出，当然人人可以争取。怎么，微生家主没信心吗？"

微生歧说："哼！"

温谜啼笑皆非："冰岩！"

柳冰岩暗说我也是没有办法，我儿子木头一样。想想那个木头一样的孩子一脸失落无奈，他心里真是针扎一样。微生歧不再理他们，转身去找微生瓷——傻小子，这样的事你自己知道就行了啊，还告诉竞争对手！

等他走远了，柳冰岩终于问："阁主，长生泉的下落，你是否有线索？"

温谜说："冰岩，长生泉目前还只是捕风捉影的事，不可妄言。"

柳冰岩说："我知道，但是如果阁主有任何线索，请……请一定告诉我。"

温谜愣住，柳冰岩说："风巢这孩子，二十几年来也没喜欢过什么。小翅是个难得的好姑娘，如果有可能，我……我……还是想尽力为他试一试。"说完，笑笑，"所以只好求助于大哥了。"

温谜叹了一口气："冰岩，不管长生泉是不是真的存在，迦夜手上应该都有一种灵药。否则以微生歧的修为，连镜的武功不可能恢复。迦夜现在避而不见，但是他曾经跟慕流苏有合作，慕流苏身为大凉丞相，有什么必要跟区区一个不能见光的暗族合作？"

柳冰岩说："阁主是说，慕流苏知道长生泉的事？"

温谜说："知道肯定是知道，但是迦夜的下落，他知道多少就难说了。我现在能想到的，也仅仅只有这一点儿线索。"

柳冰岩说："我现在就去侠都找慕流苏！"

温谜说："慕流苏身在朝堂，跟我们不是一路人。你此去可以仙心阁的名义拜会。而且将小翅要求以长生泉为聘的事告诉他。他有可能会帮你。"

柳冰岩倒是奇怪了："为什么？就算他是蓝小翅的继父，也不会对继女的亲事如此上心吧？"

温谜说："因为慕流苏有一个儿子是羽人。"柳冰岩更不明所以了，温谜叹了口气，说：“羽人长大了，留在朝廷是很难的。前些日子，我一直在想他为什么要对付羽族，后来我明白了。因为他儿子需要一个位置立足。”

柳冰岩终于明白了：“他想让他儿子继承羽尊之位？”

温谜说：“嗯。最好的出路，不是吗？”

柳冰岩说：“那关蓝小翅什么事？”话一问完，他突然明白了，“蓝小翅在羽人之中声望极高，而且又维护蓝翡。所以他盼着蓝小翅赶紧成亲，离开方壶拥翠？”

温谜说：“去吧。”

柳冰岩再不耽搁，匆忙赶往侠都。

微生歧一向耿直，但是事关儿子终身幸福，他也开始变得谨慎起来，竟然留了一个心眼——看柳冰岩跟温谜二人嘀嘀咕咕，难道温谜真的知道长生泉的下落？！所以已经离开的他又去而复返，偷听二人说话。

温谜纵然多智，却又怎么想得到，堂堂微生世家的家主，会做出这样有失格调的事？

等他说完了，微生歧心中得意，哼，果然如此！他匆忙找寻微生瓷，毕竟大神轻功高，很快就找到正抓着暗族平民挨个询问的微生瓷。

看见父亲过来，微生瓷皱了皱眉。微生歧解下腰中九微剑，说：“拿着防身。”微生瓷接过来，微生歧又说，“爹要去一趟侠都，看看慕流苏那个老王八蛋知不知道长生泉的下落。你在这里多加小心。”

微生瓷说：“哦。”

微生歧想了想，又补充：“如果有什么事，去找蓝小翅。如果蓝小翅太远，你要记得，这些人里只有温谜不会暗害你。”

微生瓷说：“嗯。”

微生歧嘱咐完，转身奔出落日城，至于连镜嘛，反正早晚能抓住，当务之急，还是儿子的终身大事要紧！

侠都。慕流苏刚刚下朝回府，外面就有下人来报：“相爷，外面有一个自称柳冰岩的人求见。”说罢，还递上来一枚仙心阁的玉佩。

慕流苏意外——这个人怎么会来？不是温谜还要邀自己围攻落日城吧？旁

边青琐问："怎么了？"

慕流苏温柔地道："柳冰岩前来，可能有什么事，我先去见见。"

青琐点点头，慕流苏来到正厅，命人将柳冰岩请进来。他其实不太喜欢江湖人士到相府来，这会打扰他的妻儿。

柳冰岩落了座，茶也没顾上喝一口，就问："慕相，请问你是否知道关于长生泉的事？"他是想早些知道，生怕微生歧得了先手。

慕流苏一愣，说："长生泉？柳长老为何这样问？"

柳冰岩说："蓝小翅放出话来，谁能取得长生泉，就能以此为聘，娶她过门。"

慕流苏大吃一惊："什么时候的事？！"

柳冰岩说："就在几天前。"

慕流苏心下沉吟，突然又有几分喜悦，蓝小翅要嫁人，太好了。于是他神情也恳切了几分，说："是风巢有求娶小翅之意吗？"睨了一眼柳冰岩，你这么老，可不要来凑合啊！

柳冰岩说："当然。小犬对小翅一片真心，否则我也不会匆匆赶来恳求慕相。"

话说得很客气，慕流苏说："长生泉在迦夜手上，想必你们已经知道了。"

柳冰岩说："可是迦夜现在不知所终。"

慕流苏说："暗族不能见光，他带着暗族的战士，隐藏并不容易。而且落日城是他的老巢，他不会舍弃这么个好地方。所以藏身之地，一定离落日城不远。其实要引他出来很容易，只是温谜要顾及他的君子名声，下不去这个手而已。"

柳冰岩说："阁主不是顾及自身名声，而是为了仙心阁的清名。"

慕流苏说："当然。如果柳长老真的感兴趣，地上没有，可以往地下找找嘛。"

柳冰岩心中一动——呵，落日城不远，地下。他说："感谢慕相，今日之恩，柳家铭记。"知道再问他也不会多说了，自己告辞而去。

慕流苏看着离开，正暗自奇怪，突然梁上又有一个人飘然而下。慕流苏还没说话，他的贴身侍卫丁强已经抽刀挡在他面前，喝了一声："什么人？！"

慕流苏不看也知道是谁，他推开丁强，说："微生家主，梁上偷听可不是君子所为啊！"

微生歧说："哼！"他为了儿子的亲事，连脑子都用上了，说，"不听听你跟柳风巢说什么，怎么知道你跟我说的是不是真话？”

慕流苏无奈：“现在家主知道了？”那你怎么还不走啊。

微生歧说：“迦夜的藏身之地！你一定知道！”

慕流苏叹了一口气：“东南方，暗族的藏身之地让人觉得压抑，所以我没有进去过。这是真话。”

微生歧这才说：“信你一次。”转头出了相府。

丁强还没回过神，慕流苏自言自语：“微生歧也来了，看来这事竟然是真的。以长生泉为聘？那丫头可真说得出来。不过柳风巢也不是什么良婿。”他转头对自己的侍卫丁强说：“你去鳍族，给金芷汀兰送个信。就说蓝小翅放出话来，谁要是得到长生泉，就可以用其向她提亲。然后把迦夜藏身的地方，也向他透露一二。”

丁强躬身道：“是。”

慕流苏说：“不知道鳍族对这个消息感不感兴趣，不过长生泉听起来是挺诱人，希望他们好奇。”他转身回到后宅，边走边想，微生瓷、柳风巢、金枕流，三个人都还不错。

那丫头又狡猾，嫁给他们中的谁也吃不了亏。最好几大势力再顺势消耗一番，免了朝廷烦恼。

不过长生泉这样的东西，蓝小翅该不会想来一瓶试试吧？他想了想，还是对大管家慕忠说：“你让夫人给大小姐准备一些礼物送到方壶拥翠，另外带我一句话——物极必反，长生泉绝不能碰。”

大管事答应了一声，转身去办。慕流苏想着心腹大患即将去除……哦不，是即将出嫁，心情顿时十分愉悦。

女孩就是女孩，回家相夫教子去吧，混什么江湖。

第二十一章 大婚在即

蓝小翅在方壶拥翠没有找到微生瓷，第一时间当然就得去落日城看看，她是压根儿把自己提过长生泉的事给忘了。但是不管怎么样，微生歧在落日城，如果说微生瓷还有其他的去处，肯定也是这里了。

如果这里也不在，至少也可以通知微生歧一声。

她正要出门，外面突然有羽人来报：“大小姐，外面有个暗族人求见。”

蓝小翅歪了歪头，问：“是长得特别帅的暗族，还是长得很帅的暗族？”

羽人很实诚地点头：“特别帅。”

哦，那是迦隐。蓝小翅说：“请他进来吧。”知道事先通传，总是没有恶意。

羽人将迦隐领进来，蓝小翅在湖边的饮碧亭相候，说：“你比你爹可是有礼貌多了。”

迦隐说：“上次家父和迦之镜夜闯方壶拥翠的事，我很抱歉。”

蓝小翅说：“无事发生，当然一声抱歉可以了事。不过你至少应该知会我一声，你知道的，我爹不太欢迎微生世家的人。不管是现在的，还是曾经的。”

迦隐说：“我对此事，也只是事后得知。”

蓝小翅立刻就发现了问题的所在，她说：“所以，袭击方壶拥翠，夺取昊天赤血这么重要的事，你爹跟迦之镜商量，却没有知会你？你们父子之间起了争执？”

迦隐叹了一口气，蓝小翅年纪虽然小，但是问的问题总是一针见血。他说：“请原谅，我不能透露暗族机密给你。我来只是因为，家父还是很想跟羽族达成昊天赤血的交易。”

蓝小翅说：“可以，一支昊天赤血五万两黄金。你们既然拥有长生泉，那么也许可以永久地得到一个战力大幅提升的战士，很划算。不过为了保证药效，你们提供的战士最好先服用长生泉，否则昊天赤血是否有效、是否会与长生泉冲突，我们都不作保证。”

迦隐意外：“你可以做主？是不是还是让我面见羽尊，与他亲自商谈？”

蓝小翅说：“可以啊，你去吧。不过我爹火大着呢，你最好小心一些。”

迦隐当然还是不放心她，毕竟她才十六岁啊，又是个小女孩儿。这时候蓝小翅一扬下巴，还真的来了个羽人，带着他往蓝翡的住所行去。迦隐回头看了一眼蓝小翅，蓝小翅没有跟上——她还要去找微生瓷呢，哪有时间耗在这里。

羽人将迦隐带到蓝翡的书房，躬身下去。蓝翡兴致不错，正在抚琴。两个美人手持宝剑，翩翩起舞，蝴蝶一样轻盈柔美。见迦隐进来，他眉头微皱——蓝小翅说得对，他对暗族正火大着呢！

迦隐见了，无视他眼中的不悦，欠了欠身：“羽尊。”

蓝翡继续抚琴，说：“原来是迦隐公子，来此何事？”

迦隐说：“不敢相瞒羽尊，是家父令我前来，商谈昊天赤血一事。”

蓝翡说：“哈。令尊生得一张好厚的面皮。”

迦隐尴尬，却还是说：“羽尊说笑了。”

蓝翡说：“你见过小翅了？”这倒是不难猜，迦隐跟蓝小翅本来就认识，来这里先见过蓝小翅也是意料之中的事。

迦隐说：“已经见过。”

蓝翡点点头，问：“她怎么说？”

迦隐说：“小翅说，一支昊天赤血五万两黄金，要求暗族战士先服下长生泉，否则不保证药效。”

蓝翡说：“既然如此，你还来找我干什么？”

迦隐意外——什么啊，这么大的事，你就由你女儿说了算啊？蓝翡抚琴观舞，说：“按她说的办好了。”

迦隐说：“既然如此，不日我们会送两名战士过来。到时候就有劳羽尊了。”

蓝翡说：“不必客气，我一向很给黄金面子。”

迦隐哭笑不得。

蓝小翅没管迦隐，她叫了森罗：“走走，带我去一趟落日城。”

森罗把手上的事情交给凤遥，驮着蓝小翅向落日城飞去，路上问：“我看见迦隐向羽尊的住所去了。”

蓝小翅说：“嗯，他爹想用昊天赤血改造一批战士。”

森罗说：“长生泉的功效，只是听说已经很可怕了。再加上昊天赤血，恐怕威力更加惊人。我们真的要合作吗？”

蓝小翅说：“有钱干吗不赚？不过长生泉确实是个威胁，我们先弄清楚它的药性。不威胁到我们就行。”

森罗说：“若是迦夜用这批战士对付其他势力，恐怕会天下大乱的。”

蓝小翅翻了个白眼：“先赚一笔钱再说，我管那些个屁事。羽族要死要活的时候谁管过了？”

森罗住嘴了，突然有点在跟另一个蓝翡说话的感觉。

等到了落日城，柳冰岩还没回来。蓝小翅可是不管的，直接就骑着森罗飞进了城中。守城的暗族平民看见了，问都懒得问了。蓝小翅最先找到温谜，有点儿奇怪：“温阁主，你在城中乱转什么？对了你没有看见小瓷？”

温谜气极，那样温文博雅的人，一时之间也有点儿火冒三丈的感觉了。他说：“还敢提小瓷！你这个混账丫头！”

蓝小翅莫名其妙：“干吗啊，一见面就骂我。这是仙心阁的待客之道吗？”

温谜说：“我问你，小瓷说，你放出话来，谁要是得到长生泉，就能以此向你提亲，是不是真的？”

蓝小翅这次是真的呆住了：“什么啊？！”

温谜一见她表情，总算是松了一口气：“不是就好。你怎么就这么能惹事呢！”

蓝小翅说：“小瓷呢？”

温谜没好气："在找长生泉呢！落日城每个暗族人都被他抓住问遍了！就快打洞找地下暗河了！"

蓝小翅这才想起来，好像是提过这么一嘴，心里顿时又好笑又好气。听说小瓷没事，她也放心了，所以有心情看温谜的笑话了："温阁主，你到了落日城这么多天，都干了些什么？采蘑菇啊？"

温谜也是气苦，这个迦夜太卑鄙了，太不要脸了。这样的人到底是怎么成为暗族教父的！偏偏他还没有办法！他说："迦夜躲起来了，暗族平民并不知道他的去处。"

蓝小翅也有点儿被迦夜的节操震住了："城里就剩下暗族平民了？"

温谜说："嗯，这几天我们找遍了全城上下，没有一个战士。"

蓝小翅说："那你打算怎么办呢，温阁主？"

温谜叹了一口气，能怎么办？他是正人君子，仙心阁是名门正派。他只有说："仙心阁的人不能一直守在城外，如果再过两天还是没有消息，就必须先行返回太极垂光。再派人监视这里。等有了迦夜的消息，再行前来。"

蓝小翅说："那要是再来的时候，他又跑了呢？"

于是温谜也有点儿头大了，毕竟这样厚颜无耻的首领还真是不多见。

蓝小翅说："如果温阁主不能解决问题，那么能不能让我来解决问题呢？"

温谜抬头看她："什么？"

蓝小翅抓住地里一个正在种蘑菇的暗族平民，说："马上通知落日城所有平民到此处集合。一个时辰之内，我要见到所有人。"

那平民战战兢兢的："姑、姑、姑娘……"

蓝小翅从袖中机栝中取出一根蓝色的银针，在他掌心一扎，说："蓝血银毫，一个时辰之内发作。毒发无救。乖，赶紧去，一个时辰之后到我这里来拿解药。如果少了一个人，你就别回来了。"

那平民被吓坏了，再一看手掌心都黑了，赶紧就惨叫着跑了。温谜皱眉："小翅，你在干什么？不可以伤害平民！"

蓝小翅说："我没伤害啊，只要一个时辰内他回来，我保证他安然无恙，长命百岁。"

说完，又逮住一个暗族人扎了一下，还是原话。就这么扎了不知道多少个，一个时辰之后，这里就聚集了黑压压的一片暗族平民。蓝小翅站在一根木桩上，把解药发给被针扎伤的平民，说：“这么远叫大家跑来一趟不好意思啊，不过我们是好意。大家也看到了，现在你们教父跑了。落日城无人守防，简直跟鸡蛋壳一样脆弱不堪啊。仙心阁温阁主，千里奔袭，前来保护你们。这种精神是不是很让你们感动呢？”

暗族平民没有说话——你拿我们当白痴呢？仙心阁温阁主要不来，我们教父还不跑呢！所以没人说话。

蓝小翅说：“但是呢，感动归感动，仙心阁这么多人，人吃马嚼的，也是耗钱耗粮的事。反正你们也要交税供养你们教父的嘛，对吧？现在就把这份钱用来供养仙心阁吧。算起来你们得到了同样的保护，却没有多出一分钱，也不亏嘛，是吧？”

旁边温谜臊得啊！老脸通红啊！这叫什么事啊！

蓝小翅说：“来来，现在我把钱收一下哈，没有带的赶紧回家准备。不合作的别怪仙心阁不提供保护啊。”

暗族平民气极，我们从来也没求仙心阁来保护啊！

可是蓝小翅哪管，反正就是要收钱。这时候开始，从城头挨家挨户地收。温谜实在是站不住，问：“这、这样不好吧？”

蓝小翅说：“那我换个名目？”

温谜一想，还是别了，这个名目已经够不要脸的了……

蓝小翅将仙心阁的弟子带进来，吩咐他们挨家收税，把不交的都记下来。然后自己带了弟子，进到不肯交税的人家，抢里面的各种蘑菇。落日城的蘑菇值钱，好多解药毒药的材料啊！

森罗在旁边都看得不好意思了，终于明白她为啥不让她爹和她师父来了——蓝翡来了估计脸上也挂不住。

蓝小翅把值钱的蘑菇都抢了，落日里顿时一片哭天喊地。最后平民们一想，反正她说得也对，交了税就不被抢了——她抢走的可比税多！所以大家一户两户你也交我也交，最后就都给交了。

迦夜起先还为自己的智计得意扬扬，最后当他听到蓝小翅在落日里干了什么的时候，气得差点儿爆了血管。

蓝小翅管那么多，整座落日城半年的税，她换成银票，温谜也没好意思向她要。所以她全部收进自己口袋里了。呵，迦夜，这是你赔偿老子爹的精神损失费，哼，跟老子比不要脸……

温谜看着口袋鼓鼓、脸上幸福满满的蓝小翅，问："如果迦夜还是不肯出现呢？"

蓝小翅说："你现在收了保护费，当然就要保护落日城啊！"

温谜盯着她，说："虽然我们是亲父女，但是有些事还是不一样的。比如好像是你收了保护费。"

蓝小翅说："呃……那温阁主的意思是，让羽族来保护落日城？那我可就马上发信派人过来驻守了啊。"

温谜真是无语了——这哪跟哪啊，你收了人家的税，还要占人家的城？！这是逼得迦夜拼命不可啊！

他赶紧说："别，还是我派人入内吧，毕竟仙心阁弟子也已经到了。"

蓝小翅说："就是嘛。"

温谜说："那要是迦夜还是不现身呢？"

蓝小翅说："长驻啊，他要是不现身，谁来赶你们？没人赶你们，半年一过，继续收税。不比你派弟子在外面喝风强？"

温谜暗说当然比喝风强多了，只是太不要脸了，回头江湖同道问起，怎么解释啊……

温谜派仙心阁弟子直接进城，以保护落日城为由，占据了整座城池。这下子，迦夜是真的坐不住了。但是蓝小翅还没空管他——到底小瓷哪去了！！

微生瓷在找长生泉，他问遍了所有的暗族人，没有一个提供消息。但是他有他的办法——一寸一寸地找，翻遍整个落日城，没有下落再说。

所以每个暗族人他都见过了，落日城的每寸土地，他也都查探过了。地上的地窖、暗河也找到了不少。所以探到这个地方地下可能有空洞的时候，他并没有太兴奋。

他尝试过太多次了。

有空洞但是找不到入口，微生瓷的办法也很简单——拿个铲子刨嘛。他早就从种蘑菇的暗族人那里拿了铲子、锄头等，这时候已经积累了好多经验，是个刨坑小能手了，所以刨得也快。

没过多久，铲子“当”的一声，触到坚硬的石头，刨不动了。微生瓷在乎这个？九微剑出鞘，一剑划下去，石头两分，嘭的一声掉下去。微生瓷探头一看，下面居然是一条人工挖就的地道。石头堆砌得十分整齐。

他提剑下去，地道并不宽，没有任何照明之物，明显是暗族人自己用的。

微生瓷也有办法——跳上来采了一堆会发光的蘑菇，撕了衣裳一角包好，虽然光线非常暗，但对于他这样内力的高手来说，足够了。

他沿着地道往前走，虽然是两边都可以通行，但他已经找过落日城，现在当然是向落日城之外的方向走了。一路曲折行进，终于到了头，他停下，只听头上有人发出轻微的鼾声，显然正在睡觉。

微生瓷不知道上去的机关，但是虽然他上不去，他可以让上面的人下来啊！所以他确定了上面睡觉人的具体位置之后，宝剑一划拉，整张床的床板被齐整划断。

床上的人连同他睡觉的床板砰的一声，掉了下来。

黑暗之中，蘑菇的绿光照着那张脸都是绿的，是迦夜！迦夜是真的吓到了——半夜三更，睡得正香，突然床板笔直落下。

更可怕的是，眼前一个人一身红衣、手里一团绿光。那绿光照在红衣人的脸上，惨绿惨绿的。迦夜真的以为自己见鬼了！

直到九微剑架在脖子上，他才反应过来：“微生瓷？你怎么找到这里来的？！”

微生瓷哪会回答他，只是问了一句：“长生泉在哪里？”

迦夜一愣：“你找长生泉做什么？你们微生世家也想得到长生泉？”

微生瓷真是气，这些人都哪来那么多废话！他问：“长生泉在哪里？”说着话，手上加了一分力，迦夜脖子可就出血了，他不敢嘴硬了，九微剑有多锋利，他不想知道。

微生瓷却又收了一下力道，说：“你脖子流血了？对不起，这剑是我爹的，我刚拿到，力道掌握不好。”

如果说先前迦夜只是有点儿怕的话，那么现在他真的是非常害怕了。人终归难逃一死，所以死并不可怕。但是如果死在这样的理由之下，那真是死不瞑目。他说：“好，我明白了。不要激动，我可以给你长生泉。”

微生瓷说：“带我去。”

迦夜左右看看，他听迦之镜说过微生瓷的事，知道这个家伙有点儿呆。如果算计一下，说不定能得手。他说：“这里有机关，我带你上去。”说着话就想按动机关，微生瓷不等他话音落地，一托他手，二人往上一纵，已经落到他睡觉的房间里。迦夜终于体会到了蓝翡的愤恨之意。微生世家这群变态都该死！

他正想改用袖中暗器，然而伸手一摸，竟然不见了！他有些意外——掉在地道里了？

旁边的微生瓷问：“你是不是在找这个？”

迦夜一看他手里的东西，不想说话了——这小子什么时候偷的？

微生瓷翻转一下，打量几眼，说：“这个暗器做得没有小翅的好。”蓝小翅袖里一直有蓝血银毫的机栝，他知道。本来想看看这个是不是更好，好的话拿一个送给她，可是看了一眼，觉得蓝小翅那个无论射程距离还是准确度都比这个高。他就没有兴趣了。

他把机栝递给迦夜，说：“还你。”

迦夜摆连连摆手：“不、不要了。”他以为微生瓷是说的反话，哪里敢接？

可他实在是太高看微生瓷了，微生瓷哪里会说什么反话？所以听他说不要了，微生瓷只是哦了一声，随手丢地上，说：“走吧。”

微生瓷没有挟持过人质，也不知道低调一点儿。迦夜在前面走，他手里的九微剑就一直抵着他背心，好家伙，夜里九微剑发出九色异彩，简直跟遛狗绳一样。但凡有眼睛的人都看见迦夜被挟持了。

所以刚一出门，立刻就有暗族战士怒喝：“什么人，放开教父！”话音一落，已经攻了上来。微生瓷手里遛狗绳，哦不，九微剑一动，爆出几朵剑花，快到迦夜甚至来不及逃走，几个暗族战士已经闷哼一声，显然受伤不轻——微生瓷果然是不太习惯九微剑的威力。

迦夜心中暗惊，但见这些人还活着，不免有些意外——他可知道微生歧闯羽族的事，难道微生瓷的剑法不及他爹狠辣？心里正打着小算盘，微生瓷说："要杀了你们才会住手吗？"

暗族战士受伤不退，仍然围在四周。听见这话，大家互相看了看，微生瓷问："我不想杀人，砍掉手可以吗？"

迦夜再不犹豫，立刻说："退下！"

——这里全是暗族的战士，整个暗族的中坚力量。当初微生歧闯进羽族，杀了多少羽人？他可不想再犯如此低级的错误，不就是要长生泉吗？可以给。

暗族战士顿时散开一些，外面有人道："爹？"女人的声音，是迦月。

迦夜沉声道："别过来！"

迦月哪听，手中红伞快若闪电，迅速点至微生瓷身前，轻身跃起，足踏伞尖。迦夜刚想逃走，却只见九微剑一道剑气直刺迦月胸口！他不得不抢身上前，一把抓过迦月。但是微生瓷招式太快，他心中一凉，但定睛一看，却见那只是一道小小的伤口。微生瓷没有杀她。

迦夜一颗心落了地，旁边突然有人道："微生瓷！"是迦之镜！

迦夜突然心生一点儿希望，如果迦之镜的武功跟微生瓷相差不是很大，那么自己等人尽力，是否可以拿下微生瓷？

迦之镜抽剑在手，虽然不是九微剑，但也是一把神兵。微生瓷看见他，说："我爹正在找你。"

迦之镜说："我早晚也会找他！今天就先让你我做个了断！"

说完，长剑如惊虹，向微生瓷扑去。微生瓷与他战成一团，迦夜从迦月手中接过暗器，想趁乱给微生瓷来这么一下，但是场中二人身影腾挪，实在是看不清楚。

微生瓷的剑几度在迦之镜身上留下伤口，但很神奇的是，那些伤口很快就止了血，以肉眼可见的速度愈合。

他眼里很有些惊异——这就是长生泉的力量吗？迦之镜得意道："惊讶吗？"

微生瓷不理他，周围有暗族人想要相助，他九微剑一挥，带起一串血雨。但始终没有杀人。迦之镜大笑：“怎么？你还是不敢杀人吗？微生瓷，你除了是他的亲生儿子以外，到底有什么用？”

微生瓷上齿咬住下唇，又是几个回合的交手，迦之镜只觉手腕一轻，然后他的剑和手都飞了出去！竟然不觉得痛，只是凉。微生瓷本可趁机削掉他的头颅，但是迦之镜腕间的血飞溅在他脸上。他后退一步，心跳如狂。

瞳孔又开始充血，他大口大口地呼吸。身后暗族人想要趁机偷袭，他回手一掌，砰的一声，那人在他身边爆开，残肢的热血撒了他一脸。微生瓷只觉得心跳更快了，呼吸都不能控制。他瞳仁充血，迦夜惊住了。

不，不能用整个暗族的力量去跟他拼命！他说：“微生瓷，你来只是要长生泉，我给你！”

微生瓷紧紧咬着牙，对，他只是要长生泉，他不想杀人。要拿到长生泉回去找小翅膀。想到小翅膀，他神智略微恢复，伸手到怀里，摸出以前蓝小翅送给他的七日薰，打开闻了闻。熟悉的香味，让他终于慢慢平静。

一直等到心跳渐缓，他才声音嘶哑地道：“长生泉在哪里？”

迦夜这回很配合了，带着他来到一处密室，也不再搞鬼了，说：“里面就是长生泉，我拿给你。”

微生瓷说：“哦。你别跑。”

迦夜哭笑不得，说：“我不跑。”你小心着点儿手里的九微剑，它戳破我背心了！！

两个人一前一后地进了密室，里面充满一股奇异的甜香。旁边有一个木架，上面摆满了小玉瓶。迦夜拿起一瓶，说：“这就是长生泉。你可以带走。”

微生瓷拔开瓶塞闻了闻，迦夜眼里有一种奇异的辉光，他说：“要尝尝吗？绝对稀世珍宝。”

微生瓷没有理他，只是问：“这些都是？”

迦夜说：“当然。”

微生瓷的呼吸已经平静下来，他歪了歪头，小翅膀只是说要长生泉，可没说要多少长生泉。一瓶行不行？他想了想，说：“我都要。”多点儿总是没错的。

迦夜脸色变了："你未免太贪心了吧？"

微生瓷根本不理他，上前就开始抱那些瓶子。但是玉瓶特别小，这么多，不好拿。他左右找了一阵，终于找到一个木盆，拔开瓶塞，把所有的长生泉都倒进盆里。

迦夜在旁边看，第一次，他真是完全不理解敌人在想什么。

最后微生瓷端起半盆长生泉，说："我走了。"

迦夜的表情还是木然的，所以他只说了一句："走好……别摔跤……"

一直等到微生瓷离开很久了，迦夜才出了密室。迦之镜已经捡起断腕，此刻按在伤口上。迦夜从袖里摸出长生泉，给他一瓶。他如获至宝一般饮下。那已经被切断的腕骨，竟然慢慢开始生长。

迦之镜说："孩儿无能，未能保护义父。"

迦夜看他一眼，说："不怪你，我真是很讨厌微生世家的人。"

迦之镜倒也不奇怪："整个江湖，没人喜欢他们。"

蓝小翅先找到柳风巢，柳风巢还在落日城里瞎转呢。见到蓝小翅，他莫名地竟然有点儿脸红，问："你……你怎么也来了？"

蓝小翅说："我怎么不能来啊？你看见小瓷了吗？"

柳风巢说："一起进城来着，后来就再也没看见过。"

蓝小翅说："算了，我抓个暗族人问问。"

柳风巢说："还是别了，每个暗族人都见过他。"

蓝小翅终于也看见了异常——落日城好多被翻起来的新土。坑都被刨过了，暗沟地窖什么的，全部外露。她顿时觉得好笑，然后又觉得一种莫名的感动。那呆子啊，他是真的在很努力很努力地找啊。

突然很想见到他，蓝小翅不再跟柳风巢说话，飞掠出去，喊："小瓷——"

身后传来一个声音，说："小翅膀。"

蓝小翅回过头，胸先撞上一个盆！木盆！她气得差点儿就七窍生烟了："你这是干吗？"

微生瓷还端着那个盆，说："长生泉。"

蓝小翅一愣，这才低下头，看见盆里那种浓香四溢的泉水，牛乳一样的白。

她呆呆地说：“你……”

微生瓷说：“够吗？”

蓝小翅说：“你是不是傻？！”微生瓷不明白，蓝小翅大声吼，“呆瓜你快把盆放下！”

微生瓷把木盆放在地上，刚刚站起来，蓝小翅猛地扑上去，抱住了他。十一月的风，有一点凉意。可是她却是暖暖软软的，发间的馨香引人迷醉。微生瓷问：“还缺什么？”

蓝小翅捶了一下他的背，然后看见手上的血，是别人的血喷溅上去的，在他的红衣上，不是特别显眼。她将脸贴在他肩头，说：“不缺什么了。”

微生瓷于是很认真地问：“那我们是不是可以成亲了？”

蓝小翅说：“你去方壶拥翠，先找我大师兄，让他陪你去向我爹提亲。”

微生瓷说：“好！”一转头就要走，蓝小翅说：“等等。”左右看看，捡起一个瓦罐，不由分说地舀了些长生泉，然后道：“把盆也抱回去，聘礼别弄丢了。”

微生瓷说：“好。”抱起木盆，径直离开。

柳风巢在旁边，心绪复杂，但他脸上还是带着笑：“恭喜小师妹。”

蓝小翅说：“同喜同喜。咦，对了，小瓷在这里是找长生泉，你在这里干什么？”

柳风巢愣了一下，轻声说：“闲着无事，帮他找找。”

蓝小翅说：“喔。”扬了扬手中的瓦罐，“把这个给温阁主。让他拿给云采真看看。”

柳风巢问：“你不去见他？”

蓝小翅说：“大哥，迦夜一定会去找他，长生泉我也给了，我仁至义尽啊。还见什么见。”

柳风巢说：“小翅，他毕竟是你父亲！”

蓝小翅说：“你看这蘑菇，毕竟是落日城的蘑菇。”

柳风巢不明白：“所以呢？”

蓝小翅笑了：“对啊，所以呢？”

她轻声一笑，转身离开。柳风巢站在原地，许久，看看手里的半瓦罐长生泉，眼里的失落一闪而过。

方壶拥翠，木香衣几乎不相信自己的耳朵："小翅……让你回来向羽尊提亲？"

微生瓷不高兴了，纠正："是向小翅膀提亲！"

木香衣说："我知道！要你说！我是说小翅同意了？"

微生瓷嗯了一声，举了举手里的木盆："聘礼。"

木香衣说："兄弟，你这是下定决心要往火坑里跳了啊。我跟你说，柳风巢拿她或许还有点儿办法，人家有原则，知道吗？你可是什么也没有，为她一句话节操都可以不要。你爹就别提了，四肢发达，那啥啥简单。她如果进了你们微生家的门，你们可没一个人收拾得了她。你想好了，真要娶她？"

微生瓷白了他一眼，说："嗯。"很坚决。

木香衣双手一摊："好吧，好言劝不住该死的鬼。"说完，带着他去找蓝翡。蓝翡刚吃完饭，正在檐下逗鸟，木香衣带着微生瓷、抱着盆过来，跪下请安："师父。"

蓝翡说："何事？"

木香衣说："小翅让微生瓷前来向师父提亲。"

蓝翡手微微一顿，唉，还是选择嫁人吗？眼里有一点儿失望。然后看见一个粗陋的木盆，问："这是什么？"这东西明显跟他的画风不符啊！谁搬来的？

木香衣说："里面是长生泉，微生瓷给小翅的聘礼。"

蓝翡看了一眼，问自己弟子："爱徒，你能不能先尝一口？"

木香衣莫名其妙："为什么？"

蓝翡嫌恶地看了一眼那盆："那盆看起来有点像某个没有品位的人的脚盆……"

木香衣差点儿吐了，蓝翡示意他们把木盆搬远些，这才对微生瓷道："你想娶我女儿？"

微生瓷说："嗯。"

蓝翡说："娶完之后呢？"

微生瓷茫然，说："娶完之后就好好照顾她，陪着她。"

呵，呆头呆脑的，倒是说了一个不错的回答。蓝翡说："行啊，让你爹来跟我谈吧。"目光轻移，又看向檐下的鸟儿，为什么女孩还没有长大，就要急匆匆地嫁人呢。

这真是……让人失落啊。

木香衣把木盆抱到不老坑，交给木冰砚。微生瓷去找他爹。蓝小翅就回来了，现在长生泉到手，暗族的事和她有半毛钱关系？她是再也不管了，留给温谜操心去吧。

蓝翡见到她，说："宝贝儿，看见你回来爹真高兴。"

蓝小翅冲上去，一把抱住他，蹭啊蹭的："看见爹全须全尾的，我也很高兴！"

蓝翡轻笑一声："哈，听人说，我家宝贝儿想嫁人了。"

蓝小翅将整张脸都贴到他脖子里："是啊，遇到可心的就嫁了呗。"

蓝翡说："不想尝试一下别的路吗？"

蓝小翅说："比如呢？"

蓝翡说："宝贝儿，爹对你的期望，可不是多年以后，一个牵着娃绣着花的妇人啊。你这样爹会失望的。"

蓝小翅说："我有两只手呢，爹，能抓住不少东西的。"

蓝翡轻声叹气，说："大抵所有人最初都是这样想的吧。"

蓝小翅眨眨眼睛："我也舍不得你，爹。"

蓝翡手指一顿，呵了一声，轻轻拍拍她的脸。任由她这样拥抱，檐下鸟鸣清脆，阳光和美。她头上的定风铃嘤咛一声，其声清悦。他于是没有推开她，这样安静的时光，是否不多了呢？

嫁到九微山，微生歧可是需要你深居简出，做个贤惠妇人呢，宝贝儿。

落日城，蓝小翅刚刚离开，迦夜就前来。温谜见到他，心下也是好笑——仙心阁好好地请你你不出来，非要蓝小翅过来胡闹一通，才肯现身。

迦夜看见温谜，神色不悦："温阁主，我不过有事出一趟门，你这样兴兵入我落日城，是什么意思？"

温谜有什么办法，只好摸摸鼻子，说："实不相瞒，我本是有事想见教父，但见落日城竟不剩一个战士。这样的城池，一旦有匪类前来，暗族百姓岂不危险吗？万般无奈之下，只好代为防守。仙心阁向来急公好义，感谢之言，教父也不必多说了。”

旁边仙心阁的弟子们都觉得有点儿不好意思，迦夜也被噎住——别看温谜平时一副谦谦君子的样子，他不要脸起来也是足以刷新别人下限的人物。

迦夜更火大了，说：“既然如此，如今我已归来，温阁主是否可以带领弟子撤退离开了？”

温谜说：“当然可以。不过我来此是为了连镜，还请教父将人交出来。有一桩旧事尚有隐情，我们需要找他再度查证。”

迦夜来这里就知道温谜的目的，所以他当然想过对策，他说：“连镜我虽然收为义子，但是他一听闻仙心阁和微生家主都在找他，就逃跑了。现在我也不知道他人在何处。”

温谜脸色略沉，旁边的柳风巢说：“教父这是有意要包庇恶徒了？”

迦夜看了他一眼，说：“温阁主的大弟子，看来太过勤于练武，反倒是礼仪疏忽啊。”

柳风巢脸色一红，温谜示意他不要说话，转而问迦夜：“你说连镜逃了，有何证据？”

迦夜冷笑：“证据？他不在落日城，难道不是证据？”

温谜也有点儿为难了，这天大地大的，连镜又武功高强。如果迦夜说他跑了，要找他还真不容易。迦夜说：“现在事情已经言明，既然人不在我处，我爱莫能助。温阁主请离开吧，恕不远送了。”

温谜只得令弟子退出落日城，柳风巢说：“师父，难道我们就这么无功而返不成？”

温谜说：“事到如今，也没有更好的办法，且先退出去吧。”

正在此时，有弟子来报：“阁主，鳍族三王爷金芷汀兰和太子金枕流过来了。”

温谜叹了一口气，不用多问，也知道是慕流苏搞的鬼。蓝流苏是恨不得江湖大乱才好，所以他没事就在中间使劲搅浑水。他只好迎上去，果然见金芷汀兰与金枕流并肩而来。

温谜上前与二人见礼，金芷汀兰说：“温阁主也在此处？可是为蓝小翅的聘礼一事作见证吗？”

金枕流更是左右看了一眼，问：“三十六姨太也在？”

温谜说：“三王爷，枕流太子，实不相瞒，长生泉一事只是误会。小女并没有提出以此物为聘礼，江湖传言，万莫当真。”

金芷汀兰目光有点严肃，说：“如此说来，还真有长生泉？”

温谜说：“这……”

金枕流说：“温阁主，江湖上把长生泉的事都传遍了，现在恐怕不是向不向我三十六姨太提亲的事了。大家恐怕都会来盗宝啊。”

温谜说：“那么鳍族这次前来落日城，也是为了长生泉而来？”

金芷汀兰说：“只是听说有这样神奇的宝物，心下不安，想见识见识而已。温阁主是否见过长生泉？功效如何？”

温谜有点犹豫，柳风巢还真是端来一个瓦罐，里面盛了好些长生泉。他说：“三王爷、枕流太子，长生泉……现在看来，是确有其事。迦夜年纪应长于你我，但是如今看来，与迦隐一般无二。”

金芷汀兰也吃了一惊，温谜说：“如今我有幸得了一点儿，正准备送回太极垂光，让采真好友辨别一二。”

金芷汀兰说：“如果长生泉真有这样的效用，只怕暗族战力会极为恐怖。而且其他人若前来盗宝，只怕江湖再无宁日。”

温谜叹了一口气，江湖上这么快传开长生泉的事，当然是因为蓝小翅提出以长生泉为聘礼。而蓝小翅是他的女儿，此事就更有可信度了。

长生不老，不病不伤啊，多么巨大的诱惑。温谜终于也发愁了。

而此时，蓝小翅在方壶拥翠，微生歧去过一趟落日城，听闻微生瓷已经带着长生泉赶过来了，他当然也就跟着过来了。

蓝翡以前是很讨厌微生世家的人踏足方壶拥翠的，但自从连镜投靠了暗族之后，他真的就恨不得这父子二人住在这里。

所以此时见到微生歧，他也还算是热情：“微生家主，好久不见，别来无恙？”

微生歧哪理会这些寒暄，连儿子面都没见着，他就问：“小瓷向你提亲了？”

蓝翡轻摇羽毛扇，微笑："正是。"

微生歧从鼻子里哼了一声——一个大男人，整天摇着把这么华丽的羽毛扇子，娘们儿一样！但是想到蓝小翅，他还是很有耐性的，问："你同意了？"

蓝翡把他眼里的嫌弃看在眼里，心下轻笑，说："当然。以后要改称亲家了。"

微生歧睨了他一眼——那你能不能别打扮得跟亲家母似的！好在心情不错，就不计较这么许多了，他说："很好，何时下聘，几时过门？"

蓝翡哭笑不得，这微生家的人还真是着急。他说："微生家主是否应该找个媒人来，顺便看看日子？"

微生歧深觉有理，担心夜长梦多，他立刻发信回九微山，令管家步寒蝉准备聘礼，然后自己去找媒人。蓝翡在原地站了一阵，身后木香衣过来，说："师父，各路江湖人士纷纷赶往落日城，想要夺取长生泉。暗族这次恐怕要乱了。"

蓝翡说："不乱怎么会高价向我们求取昊天赤血呢？"

木香衣说："可是昊天赤血威力巨大，暗族拥有长生泉仍然潜伏，就是因为他们战力偏弱。现在有一个迦之镜已经十分棘手。如果再加上昊天赤血……"

蓝翡说："是呵，所以你是说，五万两黄金一支，要价太低了？"

木香衣不说话了——你怎么一点儿危机感也没有啊！蓝翡轻笑，说："如果小翅膀在，一定不用我多作解释了。"说完，竟然叹了一口气。

木香衣说："徒儿愚钝。"

蓝翡说："迦夜现在急需昊天赤血提升自己族人的战力，而我们现在手上拥有昊天赤血，必然是他的首要目标。如果我们拒绝合作，羽族和暗族第一时间就会交锋。暗族战力不弱，如今又有长生泉这样的神物，真要打起来，我们占不了便宜。但是如果我们合作，他能够取得一些昊天赤血，那么我们就会是他最后的对手。明白吗？"

木香衣心中一惊，说："可是如果最后，暗族太过强大……"

蓝翡说："你是替仙心阁担心呢，还是替慕流苏担心呢？或者，是牵挂有钱不知道怎么花的鳍族？"这可不是好话，再说下去，恐怕那片荆棘要亲吻他的膝盖了。

木香衣赶紧说："徒儿不敢。"其实他是想问，如果这样的话，其他势力岂不是会死很多人？

可是他最终也没敢问，蓝翡才不会管其他势力死多少人呢。蓝翡是个尊重生命的人吗？就算是问了，他也只会说：“人嘛，生生不息的，不死绝就成。”

木香衣从蓝翡的居所出来，看见蓝小翅跟微生瓷肩并肩地坐在湖边，耳朵贴着耳朵，正轻声说话。听见他的脚步声，蓝小翅回过头，笑盈盈的：“咦，爹居然没有罚你跪荆棘，看来他心情不错呀。”

木香衣说：“哼，你又知道了？”乖乖，你怎么知道我差点儿惹他不高兴？他的表情出卖了他，蓝小翅站起来，说：“算了吧，他的性情，你还不知道吗？”

木香衣说：“我只是担心暗族壮大。”

蓝小翅说：“暗族壮大是将来可能发生的事，可如果我们不合作，羽族的危机与损失却近在眼前。”

木香衣吃惊地看了她一眼，她竟然完全知道他跟蓝翡说了什么。蓝小翅笑嘻嘻的：“怎么？担心贺雨苔啦？”

木香衣心中一跳，终于觉出不对来，他以前确实是不会想这些的。但是现在，似乎并不希望仙心阁遇上麻烦。呵，原来不知不觉，一直想着她吗？

他低头不语，蓝小翅说：“傻师兄。”

说完，不理他了，牵起微生瓷：“走，我们去喂鸟呀！”微生瓷嗯了一声，跟上蹦蹦跳跳的蓝小翅，两个人很快离开了。

木香衣看着空空的湖边，突然有一丝不是滋味，那个烦死人的小团子，就这么长成大姑娘，然后从此改姓微生了啊？

十几年的兄妹、伙伴，也曾朝夕相伴，也曾形影不离，到后来就这么跟另一个男人去了。心里突然怎么也不是滋味，不是被人挖了心头肉的疼，只是空空的失落。

唉，人为什么要急匆匆地长大呢？

微生歧很快就找了媒人过来正式提亲，九微山的步寒蝉接到家主的消息，更是飞快地回信并准备了可称丰厚的聘礼。微生歧还是想得周到的，蓝小翅毕竟是温谜和青琐的女儿，这两个人还是要通知的。

所以江湖人非常惊恐地发现——微生世家的人下山了！好多人都在各个地

方看到佩戴九微剑的人！尽管剑上的颜色大多是三色、五色，但是那可是微生世家的人啊！

比熊猫还稀罕呢！

温谜刚刚准备返回太极垂光，就接到微生歧派人送的信。蓝翡同意蓝小翅的亲事了？他心里一沉，当下改道方壶拥翠。

侠都相府，青琐当然也接到消息，心想不知是喜还是悲。慕流苏看见倒真是喜悦："这是好事，女孩子无论如何，都及不上一个好的归宿重要。"

青琐点点头，其实这也是她希望蓝小翅去过的生活。微生世家会护她平静安稳，而小瓷那孩子，对她确实也不错。思来想去，也没什么可挑的。

慕流苏揽住她，说："女儿要出嫁，我们也要好好准备一下。"

青琐说："我现在为她绣嫁衣，怎么来得及？"都要急出眼泪来，"微生歧这就要急着挑选黄道吉日了。"

慕流苏当然知道微生歧为什么要急着挑日子了——蓝小翅猴精猴精的，身世又这么复杂，他肯定是担心夜长梦多。慕流苏心下好笑，却是劝道："小翅也十六了，搁哪家都算是大姑娘了，日子早些或者晚些，并没有什么区别。你要是想她了，以后我陪你经常到九微山去坐坐。"

青琐靠在他怀里，说不感动也是不可能的。这些年慕流苏朝事繁忙，如果说还有什么事会令他暂时抛开朝政的话，那么一定是与她有关的事了。

她说："流苏……谢谢你。"

慕流苏轻拍她的背："傻瓜，我去一趟宫里，找手艺最好的绣娘过来，给咱们女儿绣嫁衣。无论如何，总不会叫微生世家看轻女儿了。"

青琐仰起脸，红唇在他下巴上轻轻啄了啄，慕流苏苦笑，说："夫人再这样，我可舍不得走了。"

青琐羞红了脸，老夫老妻，竟然还如同新婚燕尔一样。

方壶拥翠就这么热闹了起来。

微生歧是真的高兴，这个儿媳妇虽然身世复杂了一点，虽然性情顽劣了一点，虽然嘴损了一点，虽然没有礼貌了一点……呃……还是不要细想了，再想下去就真不知道自己为什么高兴了！

温谜赶到的时候，见方壶拥翠难得张灯结彩，可是羽人脸上没有半点喜色。大小姐要嫁人了，唉。风翥、银雕、白翳都是愁眉苦脸的。就连木香衣也是一副心不平气不顺的样子。

温谜进来的时候觉得好笑，问风翥：“蓝小翅喜事临近，凤主管却似乎并不满意这桩亲事？”

凤翥叹了一口气，难得也不把温谜当外人了：“以前吧，虽然大小姐抠是抠，但无论如何，她总有办法弄出钱来。现在她要嫁人走了，以后这日子可怎么过……”

温谜哭笑不得，直到被领进方壶拥翠，蓝翡也没时间理他。温谜只好去找蓝小翅。蓝小翅正埋头看账本。温谜走进去，蓝小翅也只是抬了抬头，随口吩咐羽人：“茶。”

自有羽人上了清茶，温谜说：“我接到消息，听说你答应了小瓷的求亲。”

蓝小翅说：“嗯。”说着话却并没有耽误手上的事儿。温谜说：“小翅，你了解小瓷吗？”

蓝小翅说：“哪方面？”

温谜说：“小瓷的身体……”

蓝小翅终于惊讶了——咦，温阁主什么时候这么开放了？她说：“那倒是不太了解。不过我们还没成亲呢，我现在就了解了……会不会太主动啦？”

温谜一愣，然后反应过来，气得脸都红了——这熊孩子想什么呢！他说：“我是说，小瓷身中幻绮罗，多年未得医治。幻绮罗的余毒，让他得了一种怪病，而且经云采真诊断，无法根除。”

蓝小翅皱眉：“没有人跟我说过。”

温谜说：“他的血液无法自凝，一旦流血，很难止住。”

蓝小翅说：“听起来好像不是什么大病嘛。”

温谜说：“小翅，夫妻最重要的是相扶相持，你不嫁给他，爹当然不会要求什么。甚至会考虑这些对你不利的因素。但是如果你嫁给了他，你要知道这是一生一世的选择，以后除非他对不住你，否则你不能再因为这些而离弃他。所以作为你的亲生父亲，爹还是希望你能考虑清楚。”

蓝小翅说："我清楚了，很清楚。"

温谜顿了顿，突然问："你真的是因为喜欢微生瓷，而不是因为迦之镜在暗族，你不放心蓝翡，所以才这么快答应微生瓷的提亲吗？"

蓝小翅持了笔，在账目下方写一方批注，闻言轻笑，说："那温阁主也太看得起我了，我除了……"她用手在自己胸前比比，继续说，"以外，还有别的什么地方看起来像是这么伟大的人吗？"

温谜给气得头上都要冒青烟了。蓝小翅哈哈大笑。

既然蓝小翅应下亲事，温谜自然也得准备嫁妆，相府也在忙碌中，暂时没空搞事。鳍族金芷汀兰听说了这件事，虽然有点儿郁闷，但也不能没有一点儿表示。

几方势力都在忙碌的时候，迦夜偷偷进了方壶拥翠。蓝翡自然有别人发现不了的地方接待他。

迦夜掏出一张钱庄的存款字据，放到桌上推到蓝翡面前，蓝翡低头看了一眼，五十万两黄金。十支昊天赤血。他说："人呢？"

迦夜没有带连镜过来，一则是温谜和微生歧本来就在找他，二则是他是真的想先跟羽族交易。蓝翡的设想是正确的——既然用钱可以先换到昊天赤血，他当然暂时没有必要跟羽族起冲突。

所以他说："明天送过来。"

蓝翡说："可以，教父是要先行离开，还是留下来喝杯喜酒？"

迦夜没有好脸色，蓝小翅收了落日城半年的税啊！他现在回去之后，当然就为难了。若是重新再收，族人肯定不满。若是不收，呵，暗族那么多的战士要养活。

他心里已经不知道把蓝小翅骂了多少遍了，这时候还能留下来喝杯喜酒？恨不得灌蓝翡一杯毒酒才好呢。

蓝翡看他提到蓝小翅就一脸阴沉，不免好笑。也不理会，由着他离开。

次日，迦夜果然秘密送了十个暗族战士过来。蓝翡去到不老坑，木冰砚还在研究长生泉，面前药架上十几个白玉碗里盛满了长生泉，里面不知道加了什么，原本乳白色的液体，显现出不同的颜色。

蓝翡问：“还是没有结果？”

木冰砚说：“有点儿困难，成分非常古怪。古往今来，天材地宝，很难以药理分析。”

蓝翡皱眉：“没有破解之道？”

木冰砚说：“要慢慢尝试，但是我试过十几种毒药，都被它化解了。此物药性之强劲，令人吃惊。也不知迦夜从何处得来此物。”

蓝翡说：“这个问题，恐怕他死都不会说的了。”

木冰砚点头，这是当然的。他说：“如果暂时无法克制长生泉，昊天赤血，还是要给暗族？”

蓝翡说：“我看了一下迦夜送过来的人，虽然是暗族的精英武士，但是实力还不算恐怖。就算昊天赤血完全生效，也不过是多出十个类似森罗这样的高手。有点儿棘手，但仙心阁还不至于对付不了。”

木冰砚说：“加上长生泉，恐怕温谜有得头痛了。”

蓝翡笑了一声：“那就不是我应该关心的事了。”

眼见蓝小翅婚期渐渐临近了，慕流苏和青琐也赶至方壶拥翠，蓝翡简直是晚上连觉都睡不着了，他看着蓝小翅，一脸苦恼：“宝贝儿，爹怎么觉得现在家里这么危险呢？”

蓝小翅哭笑不得，想想对于蓝翡来说，还真是挺危险的。不由捂着嘴偷乐，最后说：“让你女婿贴身保护你？”

蓝翡说：“还是算了，让小辈保护，爹脸上无光。”

微生瓷看了他一眼，很认真地说：“你武功不高，保护你是应该的。”

蓝翡轻摇羽扇，说：“哦不，女婿，你不能再‘你你’的称呼我了，来，叫爹。”

微生瓷看了一眼蓝小翅，蓝小翅摊手，这还真是没办法。微生瓷只好过去，一躬到底：“爹。”

蓝翡满脸笑意，哈，想不到有生之年，还能得微生少主叫一声爹。蓝小翅见哄得他开心了，这才出来，刚一出门，就遇到慕流苏。她一脸无奈，只得带着微生瓷过去：“爹。”

慕流苏点点头，又看了一眼微生瓷，蓝小翅无力：“小瓷，叫爹。”

微生瓷一头雾水，但是微生少主是很有家教的。所以他再次一躬到底："爹。"

慕流苏心头大悦，乖乖，被微生家的少爷叫了一声爹。他点点头："乖。以后好好对我女儿。"

蓝小翅不想多说了，然而往前再一走，又遇上温谜和微生歧。微生歧还是担心温谜反对，毕竟温谜是知道微生瓷的病的。所以他倒是在跟温谜私下沟通。此时见微生瓷和蓝小翅过来，他说："以后都是自己人了，小瓷，过来，"一指温谜，"他是小翅的父亲，以后也就是你的父亲了，叫爹。"

微生瓷："……"

我不过就是娶个媳妇儿，哪里来的这么多的爹！瓷少爷凌乱了。

第二十二章 嫁作人妇

因为微生瓷成亲在即，微生歧倒是暂时把迦之镜给搁下了。蓝小翅亲自操持自己的亲事，写多少请帖，订什么样的酒席等等。她一个人直接跟凤翥商量，办得井井有条。所以温谜、慕流苏等人发现，自己在这里竟然也没什么好忙的。

微生歧更满意了，这丫头只要不犯浑的时候，真是不错。

微生瓷也没什么事，他不知道接下来要干什么了。好在微生世家的人，在不知道干什么的时候通常就是练功。他大多数时候待在自己的鸟窝里。等蓝小翅忙完了就会来找他。

入了夜，方壶拥翠的羽藤散发出一种特别清凉的气息。微生瓷在床上练功，外面一阵脚步声响。他收了功，金枕流正好推门进来："微微！"

他冲过来给了微生瓷一个热情的拥抱，微生瓷皱眉，明显不喜欢这样的礼仪。金枕流才不管这些呢："你真的要跟我三十六姨太成亲啦？你俩太过分了，什么时候背着我好上的？！"

微生瓷终于问："什么是三十六姨太？"老听他这样叫小翅膀，瓷少爷不太明白意思。

金枕流说："就是……呃……"

想到二人就要成亲了，不敢说了。微生瓷要是发起疯来可不好收拾。所以他改口道："对了，我给你们带了一份你绝对想不到的大礼。"

刚一说完，就吩咐外面的人："快快，抬进来抬进来。"

外面的人于是抬了进来，好家伙，一共三十六个箱子。屋子小，根本就摆不下，所以他只好打开其中一个："看看，这是什么？"

蓝小翅正好从外面进来，就看见青灰举着一尊足有半人高的玉像。玉像是一个老汉，正吃力地推着炭车。她不由脱口道："咦，哪里来的老汉推车？"

话音刚落，金枕流就放声大笑。微生瓷不明所以，蓝小翅反应过来："金枕流你给我滚啊！！"一脚将他踹了出去。青灰飞身过去接住，好歹没摔个狗啃泥。

他也不进来了，说："三十六姨太，一共三十六尊，是本太子压箱底的宝贝。你别忘了看啊！"

说完，带着青灰把箱子抬到蓝小翅的住所去了。

蓝小翅走到微生瓷面前，说："你就看着他胡闹。"

微生瓷觉得很郁闷，问："你们的话我为什么听不懂？"

蓝小翅说："瓷少爷是好孩子，不需要懂。别跟金枕流那个淫棍学坏了。"

微生瓷哦了一声，蓝小翅坐在床上，整个人窝进他怀里，说："你爹定好了日子，下个月初六我们就成亲啦。"

微生瓷把脸贴在她脸颊，轻声说："嗯。"

蓝小翅说："小瓷，你为什么想娶我呀？"

微生瓷说："我……我想和你做，夫妻之间才可以做的事。"不知道为什么，他还是脸红了。

蓝小翅长长地哦了一声，有点儿奇怪——谁把我们家小瓷教坏了？她把微生瓷推倒在榻上，说："什么事？我们现在就可以做呀。"

微生瓷说："成亲之后才可以。"

蓝小翅使坏，俯身下去吻他的唇："反正下个月就成亲了，有什么关系啦。"

微生瓷与她唇齿相接，慢慢地呼吸也有些急促起来。蓝小翅一双手乱摸，他抓住她的手，说："成亲之后才行。"

哟，还挺能忍。蓝小翅在他身上扭来扭去："为什么啊！反正也没有多少日子了……"

微生瓷只觉得体内热血如沸，当下拿被子将她一卷，再用丝带捆好，说："他们说，这些事是夫妻之间才可以做的。不是夫妻的时候做，不知道会不会对你不好。"

他说这话的时候很认真，蓝小翅在被窝里动了动，挣不开，她索性滚到微生瓷身边："那你抱着我睡。"

微生瓷嗯了一声，伸手抱着被裹成卷饼一样的她，两个人脸贴着脸，都睡不着。

过了一会儿，蓝小翅说："你先把我放开。"

微生瓷说："不，你要使坏。"

蓝小翅多作啊，说："我渴了。"

微生瓷于是起床，给她倒了水，慢慢地喂她。蓝小翅喝了，一会儿又说："我背上痒痒。"微生瓷于是隔着衣服给她挠挠。蓝小翅不满意，没过一会儿，又说："我脚麻了。"

微生瓷于是又替她揉脚。蓝小翅用脚趾夹了夹他的手："我无聊，我要听故事，你给我讲个故事！"

微生瓷这回是真的为难了："我……我不会。"

蓝小翅翻来滚去："我要听故事！"

微生瓷左右看看，说："我找本书念给你听吧？"说完起身，来到书架前。他住的是客房，房里的书不多，他翻来找去，终于找到一本《列子》。

"子列子居郑圃，四十年人无识者……"他躺在蓝小翅身边，轻声念着。瓷少爷七岁之后就没读过多少书，再说微生世家也没有读书的传统，勉强能读懂秘籍就行。所以念到"夫子尝语伯昏……"，他就不太认识字了。

蓝小翅闭着眼睛，说："夫子尝语伯昏瞀人。吾侧闻之，试以告女……"

她慢慢往下念，微生瓷没有打断她，躺到她身边。偶尔听到不懂的地方，他轻声问，她也会答。不知道过了多久，她的声音小了下去，呼吸渐沉，慢慢地入了梦。

微生瓷轻轻地把她的面具摘下来，放到一边。蓝小翅脸上的紫斑还是没能消除，但是他并不觉得美或丑。他只是喜欢她整个人，只要听到她的声音，他就觉得安稳。他俯身，在她鼻尖上轻轻吻了一下，看着她鲜亮饱满的唇，终于还是默默地躺回去。

湖边，木香衣在练剑，金枕流坐在石头上，旁边放着酒菜，说："三十六姨太和微微是不是不出来啦？我还专程给他们带了好吃的呢，讨厌啊！"

木香衣哼了一声，神情像是想吃人。金枕流说："你干吗？"

木香衣恨恨地道："微生瓷这头猪！"

金枕流瞪他："不许骂我家微微！人家武功高强、感情专一，哪里是猪啦！"

木香衣愤愤不平，哼，不管是谁，拱了我养大的白菜都是猪！

金枕流凑近了看他，问："你难过了？"

木香衣愣了一下，居然没有否认。当然难过啊，时间多残忍，相识相知相伴，却只是相背而行的过程。他坐到石头上，拿起酒，喝了一口。金枕流叹气，问："你既然喜欢她，为什么不干脆娶了她呢？"

木香衣又喝了一口酒，说："你懂什么？我这叫长痛不如短痛……"

两个人在月下喝了大半夜的酒。

柳风巢也难得没有睡，比起金枕流等人，他的生活作息一向规律。往常这个时辰早该上床睡觉了，可是他还在练功。柳冰岩过来，在外面看了一阵，终于说："事已至此，风巢，你也应该好好找个姑娘了。"

柳风巢停下来，身上的衣衫已经全部被汗湿。他低下头，应道："一切听从爹爹安排。"

柳冰岩叹了一口气，实在不忍心儿子这样。可是有什么办法呢？他知道不需要劝什么，柳风巢一直以来就很听话，不管他最后娶了谁，他一定也会尽心尽力地对待。

只是心里的遗憾，恐怕也会伴随一生吧？

他抽出剑，说："我们父子二人也很久没有比试过了。今日让为父考较一下你的剑法。"

柳风巢知道父亲的担心，当下一剑过去。父子二人在院中你来我往，打了个不亦乐乎。

如此良宵，蓝翡也没有闲着。月黑风高，正是干坏事的好时候。羽藤崖下，暗族的十个战士被装进十口大缸里，正在进行药浴。木冰砚不知道下了什么药，他们此时昏迷未醒。

木冰砚在旁边观察，蓝翡问："如何？"

木冰砚趁着他们昏迷的时候取了他们的血样，然而还是摇头，说："我破坏了他们的大脑，你猜怎么着？他们自行修复了。而且速度很快，我估计不用等到天亮，他们就会苏醒。所以目前全无头绪，一时半刻，我们不可能破解长生泉。"

蓝翡说："跟昊天赤血也没有冲突？"

木冰砚说："可以让昊天赤血威力倍增。"

蓝翡顿了顿，终于说："如果这样的话，暗族会不会太强大了？"

木冰砚不说话，反正他也是按蓝翡的意思行事，利弊当然就让蓝翡自己分析了。蓝翡想了一阵，说："每个人注入半支昊天赤血，怎么样？"

木冰砚说："可以。"

而此时，落日城也并不太平。

前来寻找长生泉的江湖人士，搅得这里永无宁日一般。迦夜已经是第六次被吵醒了。迦隐和迦月跟在他身后，迦之镜披着黑色的斗篷，伪装成暗族的模样。

有他在，这些江湖人士倒是还足以对付。

迦夜说："把这些人带到秘室，严加看守，以后我有用。"

迦之镜答应一声，转身离开。迦隐说："父亲，这些天我们已经抓了不少江湖高手。不知父亲有何计划？"

迦夜说："这些你暂时就不用管了。"

迦隐还没说话，迦月说："爹，你在干什么？那个连镜，以前认微生歧做义父，可结果呢？害得微生歧家破人亡。这样的小人，你还要收他为义子？"

迦夜沉下脸来，说："住嘴！"

迦月不服气，平时迦夜是最宠他们兄妹的，尤其是她这个小女儿。所以她说："爹！现在你不管什么事都跟他商量，甚至很多事连哥哥都不许插手过问。哥哥是你的亲生儿子，难道还比不上一个鄙劣小人可靠……"

话未说完，突然啪的一声，迦夜一耳光扇过去。迦月惊住，迦隐赶紧上前一把拉过妹妹护到身后："父亲！"

迦月惊得一句话说不出来，双手捂着脸，许久之后，哇的一声哭出来。她虽然喜欢舞刀弄枪，可是从小却是受尽宠爱，迦夜几时对她动过手？

迦夜沉声说："迦之镜是你们的兄长，以后再让我听见这话，休怪我不顾念父子之情！"

说完，转身离开。迦月哭着道："哥哥！"

迦隐抱住她，轻声说："不要哭了。"

迦月说："爹自从找到那个什么长生泉之后就变了，他不疼我们了！"

迦隐心中也是烦乱，以前迦夜对他虽然也严厉，但父子关系一直以来还算不错。这几年，迦夜越来越年轻，眼看着似乎变成他兄长的样子。他对迦隐、迦月兄妹俩也越来越冷淡，是那种渐渐疏远的冷淡。

如迦月所说，他想做的事，已经从来不会向迦隐二人解释。比如现在，他经常与迦之镜密谈，却很少再过问迦隐。今天甚至为了迦之镜打了迦月。

迦月拍拍妹妹的背，轻声安慰她，心里却同样没底。

密室里，迦之镜将新捕获的江湖人士锁好，他们血穴未解，倒也说不出什么废话。迦夜在旁边看，迦之镜说："义父，这些小事孩儿自会好好处理，义父大可放心歇息。"

迦夜嗯了一声，从袖中取出一只小玉瓶，说："这是今天的长生泉。"

迦之镜撩衣跪下："感谢义父恩赐。"

迦夜说："你倒是乖觉。"

迦之镜一脸诚恳："我是义父所救，我如今的一切都是义父所赐，我当然要效忠义父。"迦夜说："饮下长生泉，你也早点休息吧。"

迦之镜拔开瓶塞，将瓶中的长生泉一饮而尽。身体里有一股说不出的甘美滋润之意。他心里却寒冷如冰——长生泉需要至少三日服用一次。

在这之前，他以为自己完全可以脱离迦夜的掌控，本想杀他以夺落日城。但是幸而留了一个心眼儿——长生泉这样的至宝，他能给自己服用，迦隐和迦月却没有饮用。不是很奇怪吗？

所以他选择先行离开落日城，第四天醒来的时候，他看见镜子里的自己一头白发。身上皮肤松弛，而血液黏稠得不成样子。最后实在忍受不住痛苦，他切出一道伤口，发现血液里可以滤出白沙！

他蒙头盖脸赶回迦夜身边，迦夜什么也没说，只是重新给了他一瓶长生泉。他饮下之后，很快又恢复了原样。事后他曾再次放血，血里的白沙却没有了。

自此，他知道迦夜是不会害怕他逃走的。

次日夜间，羽族将注入了昊天赤血的暗族人送回。

迦夜很高兴，忙着测试这十名暗族战士的实力。蓝翡也很高兴，五十万两黄金，赚得可真容易。双方都满意，自然此事也就告一段落。对于羽族、仙心阁和慕流苏而言，眼下当务之急，自然还是蓝小翅的亲事。

青琐带着十几名手艺精湛的绣娘连夜赶工，总算是将蓝小翅的嫁衣、微生瓷的喜服都做好了。她离开相府的时候，慕裁翎跟到府门口："娘，姐姐成亲，我……我也想去。"

青琐一顿，许久才说："裁翎，你不要去，好吗？"

慕裁翎看着她的眼睛，良久低下头，说："是，母亲。"

青琐心中一软，把他拥进怀里，说："孩子，母亲不想让你在蓝翡身边成长。那样的话，我会日夜悬心，不得安眠。"

慕裁翎虽然年纪小，却是十分懂事的，当下点头道："我知道了，母亲。"

于是青琐在侍卫的护送下独自来到方壶拥翠，再次见到蓝翡，她仍然会想到当年蓝家的尸山血海。蓝翡倒是一脸懒洋洋的微笑："方壶拥翠欢迎贵客。"

他把贵客两个字咬得极重，慕流苏也没理他，护着自己妻子，轻声说："路上辛苦了，要先歇歇吗？"

青琐说："我先去看看小翅和小瓷，让他们试试衣服。如果不合身，还来得及改改。"

慕流苏点头，也不理蓝翡了，带着自己夫人去找蓝小翅。

蓝翡哈了一声，食指轻轻逗弄碧翎鸟。身后森罗说："美人就是美人，果然与众不同。"蓝翡斜眼看他，他接着说："羽尊不能容忍别人的轻慢，却总是对这个女人无比宽容。"

蓝翡轻笑，羽扇一伸，抬起他的下巴："我对你也很宽容，你美吗？"

森罗哼了一声，他们这些人，终究还是看不惯别人给蓝翡脸色。

时间飞速过去，十一月初六很快就近在眼前了。方壶拥翠以温谜、羽族、慕流苏的名义，发出去了三拨喜帖。所以喜宴就热闹了，一会儿这边来个杀人越货的江洋大盗，一会儿那边来个行侠仗义的白道大侠。更悲惨的是，偶尔还来个六省总捕头。

每到一个人，大伙都是一个激灵。

因为事先已经说好新仇旧恨皆不能选在今日动手，所以大伙都在拼命地克制。微生歧就担心出事，老早就已经守在席间。微生世家在这种场合总是很镇得住场子的，所以大家最多是各自分桌而坐，泾渭分明。倒还没有人故意挑事。

蓝翡倒是不担心这些——从蓝小翅开始理事之后，他就不操心这些事了。直到听到司仪喊："童颜鬼姥到！"

蓝翡终于是坐不住了："宝贝儿，谁让你给她发的请帖！"就算是大婚之日，你也不能坑爹啊！

蓝小翅说："爹，鬼姨很好的，我成亲怎么能不通知她呢……"

话音刚落，童颜鬼姥已经进来。蓝翡跑都不好意思跑了，童颜鬼姥笑吟吟地走到蓝小翅面前，很自然地跟蓝翡站在一起，俨然长辈之态："今日你成亲，鬼姨把压箱底的宝贝送你啦。"

蓝小翅不由想到金枕流那套压箱底的宝贝，立刻摆手："鬼姨，回到房里再拿出来吧，这大庭广众的……"

童颜鬼姥白她一眼："你鬼姨是那么不靠谱的人？"一伸手，有下人捧来一件金丝宝甲，她说，"这是来自西域的宝甲，据称神兵利器不能伤其分毫……"

正说着话，旁边微生瓷过来，用九微剑一戳，宝甲上一个透明窟窿。

众人："……"

蓝小翅崩溃："鬼姨你能不能靠点儿谱！！"

蓝翡倒是不意外："认识她几十年，何曾靠过谱。"

童颜鬼姥居然脸不红心不跳，说："小瓷，你这孩子！事到如今，鬼姨也不能再藏私了。来来。"她把微生瓷拉到一边，拿出一本秘籍，"这东西你收好，有空好好看看，包你一夜七次，一次七夜，金刀不倒，雄风永振……"

二人说话声音低，蓝小翅倒是没听见，问蓝翡：“鬼姨对你很好的，你为什么总是躲着她？”

蓝翡一脸语重心长，说：“宝贝儿，以前你年纪小，智商也低。如果爹跟她在一起，你就分不清该叫谁做爹了……”

蓝小翅大笑。

微生歧听见，立刻不满意了，过来道：“混账，今天你是新娘子，哪有新娘子出来待客的？！还不快换衣服准备拜堂！”

蓝小翅说：“羽族一向都是我待客啊。我爹肯站在这里当吉祥兽就是很给我们面子了好吗！”

微生歧怒道：“放肆，快给我换衣服！你既然入了我微生世家的家门，就当三从四德、谨守妇道，不得抛头露面！”

蓝翡似笑非笑，蓝小翅不跟他吵，说：“好好好，我去换衣服。”

她刚回房，那边微生瓷就过来，皱眉道：“我想先回房。”

今天来了好多陌生人，他并不喜欢这种场合。微生歧怒道：“回什么房，今天你成亲，给我好好去敬酒！”

温谜领着自己的女婿，准备一桌一桌地敬酒。他是蓝小翅的亲爹，在江湖上又确实是德高望重，先敬他的客人，大家也没意见。于是微生瓷就跟他去了，只敬了一位，就倒了。他那酒量……

蓝小翅刚换好一身漂亮的嫁衣，出来的时候正好看见微生瓷仰面倒地。微生歧也傻了，还是蓝小翅快步上前扶住微生瓷，回头吩咐下人：“给瓷少爷准备点儿醒酒茶。扶他先回房休息。”

微生歧头上青筋暴跳，蓝小翅叹了一口气，扯了盖头，接过酒盏，自己去敬酒。离上次她生日宴过去了很久，但是宾朋满座，她仍然能清楚地辨认对方身份。

完全不用温谜操心。

微生歧看见儿媳妇在酒桌上和宾朋谈笑风生，不由摸了摸鼻子——怎么突然有一种不祥的预感……

等到将宾客皆招呼入座，就应该新郎新娘拜天地了。微生瓷是有些醉了，不过木冰砚和云采真都在呢，一碗醒酒汤下去，给灌起来了。蓝小翅嫁衣如火，青琐为她重新盖好盖头。外面鞭炮声不断，微生瓷牵着她，来到正厅。

蓝翡、温谜、微生歧、慕流苏，四个爹坐成一排，青琐坐在慕流苏旁边。有人高声道："一拜天地——"

蓝小翅眼前看不见，由喜娘搀着，跟微生瓷拜天地，转而过来，拜见高堂。蓝翡轻摇羽毛扇，似笑非笑，温谜心下叹息，好好的女儿，才找回来多久。

只有微生歧和慕流苏是真的高兴，微生歧是好不容易儿子终于娶上媳妇啦。不久之后就会开枝散叶，儿孙满堂了。慕流苏是心下得意，一则继女有了个不错的归宿，二则裁翎要入主方壶拥翠，可是少了一个强敌啊。

四个爹各怀心思，青琐却是眼中含泪，几时想到还有这样的一天。可以看着自己心心念念了十五年的女儿披上自己为她绣的嫁衣，嫁给一个真心爱她的男人。

拜完高堂之后，夫妻对拜，微生瓷的目光似乎穿透了这华美的红纱。从此以后，她就是他的妻子。那一瞬间心中溢满了柔软的温情，微生瓷伸出手，去握她的指尖。旁边喜娘道："哎呀！新郎官不可以这么着急的啦。"

众人皆是一阵哄笑。

等到蓝小翅被送入洞房，微生瓷就不想在外面待了。唉，反正他留在外面也没什么用，微生歧就大手一挥："滚吧滚吧，陪你媳妇去！"

微生瓷本来就不喜欢这样的酒席，闻言当然就径直往房里去了。微生歧叹了一口气，语气嫌弃，心里却是发自肺腑的高兴。

蓝翡和温谜互相看了一眼，多年仇怨，也无从化解，却又都不愿意在这个日子挑事，自然是相对无话。慕流苏陪着自己夫人，偶尔有前来赴宴的官员过来祝贺。会来这里的大多是六扇门这样跟江湖有所牵扯的公差，他用不着起身，却也会应付几句。

微生瓷回到洞房里，蓝小翅端坐在床边，他走到她面前，把盖头揭了。蓝小翅抬眼看他，脸上仍戴着面具，目光却是盈盈含笑的。微生瓷伸手去摘她的面具，蓝小翅侧过脸："别摘了吧？"

微生瓷皱皱眉，说："戴着面具不好睡的。"

蓝小翅说："你不觉得我脸上的斑难看吗？"

微生瓷说："是没有原来好看，"蓝小翅气鼓鼓的，微生瓷接着说，"但你又不是用来看的。"

蓝小翅乐了，微生瓷把她的面具摘了，又去摘她头上的凤冠。蓝小翅说："等等。"转身将龙凤呈祥的托盘拿过来，"要先喝交杯酒的。"

微生瓷一看见酒，就皱眉头，蓝小翅哈哈大笑，提壶斟了两杯。

微生瓷端起来，别看智商不高，却也知道这一杯下去是没法做接下来的事了。蓝小翅幸灾乐祸："来来，干杯。"

二人手臂相交，微生瓷喝了这杯酒，蓝小翅起身将笨重繁复的头饰全都摘了。本来以为一回身会看见醉倒在床的微生瓷的，结果回过身来，看见微生瓷将酒气逼出体外。头上都是白雾状的水汽。

这时候倒是变聪明了！她笑得不行，微生瓷已经扑上来，一弯腰将她打横抱起，放到榻上。红烛成双，帐中光线影影绰绰。微生瓷的鼻尖就在眼前，蓝小翅脸上的笑意渐渐淡了。粉颊飞起两团桃红色的云霞，终于也羞涩了。

微生瓷贴上去，从额头开始，细细地亲吻她。她伸手环住他的脖子，呵，以后这个人是她的夫君了。虽然呆了一点儿，但想到以后会是他陪在自己身边，心头就有一种说不出的舒适和喜悦。

温谜曾经问，她跟微生瓷在一起，是不是因为连镜投靠了暗族，方壶拥翠需要微生世家保护。蓝小翅心中淡淡一笑，肯定是有这方面的原因，不过最重要的是，眼前的人也值得她交付真心。

她一直知道自己想要什么，男人还是其他，机会一旦出现了，当然也应该好好珍惜把握。

微生瓷严格说来，不算是个能托付终身的良人。但是好好的一个人，为什么一定要将终身托付给别人呢？如果人的幸福只能依靠自己的伴侣，那么这个世上根本不会有良人。

瓷少爷不是一个疯狂的人，所以蓝小翅的每件衣裳被他脱下来之后都好好地叠起来放在床头。蓝小翅发觉在他面前，自己更色！她说："小瓷，你好了没有啦！"虽然有点儿不好意思，但为什么感觉被撩的是自己呢？

微生瓷把她的罗袜也脱了，平平整整地放好，然后整个人依偎过去，说：“好了。”

他的身体是火热的，深吻热情而绵长。蓝小翅满面含羞，唔唔了两声，终于不说话了。微生瓷轻抚过她身上每一处轮廓，呼吸急促，但他努力克制。幻绮罗多年沉积的毒性，会随着他情绪的波动而发作。蓝小翅也知道，所以还是很小心的。

微生瓷身上还穿着裤子，蓝小翅想问他为什么不脱呀。到底是姑娘家，还是没好意思问。

所以微生瓷就穿着裤子，一边亲吻她，一边在她身上轻轻摩擦，没过多久，就丢盔弃甲了。

微生瓷自起身去沐浴，不一会儿过来，用热毛巾将蓝小翅也擦了一遍。蓝小翅看看床上垫的那块洁白如新的丝绢，整个人都不好了。微生瓷上得榻来，将她搂在怀里，轻轻拍拍她的背，示意——睡觉。

看着那双垂泪的红烛，蓝小翅心里真是奔过一万头骆驼。

第二天一早，小夫妻俩起床给长辈敬茶。看见微生歧，蓝小翅不由怒瞪了一眼。微生歧登时也怒目而视，混账啊，才刚成亲一天，你就敢瞪你公爹！

蓝翡、温谜和慕流苏当然看见两个人的眼神，温谜咳了一声：“小翅！不懂礼貌！”

蓝小翅哼了一声——搞什么啊，你养个儿子，自己不教，还要我来教！哼，我凭啥教？！让他笨死算了！所以当然对微生瓷也没有好脸色了！

微生瓷也很无辜，毕竟当时在慕府的厨房外面就看到那么一丁点儿呀！

眼看着蓝小翅连跪下敬茶都气鼓鼓的，青琐终于觉得好笑，将她拉到一边，轻声问：“怎么了？”

蓝小翅哼了一声：“没事！”我还就跟这呆瓜怼上了！唉，想想这呆瓜现在是自己丈夫了，突然觉得好无奈啊。

青琐看着她的表情，是不太对的样子，又问不出来，也没别的办法。微生歧说：“既然已经成亲了，今日就起程回九微山吧。你也应该去见见小瓷她母亲。”

这倒确实是应该，蓝小翅说：“哼。”

当天下午，蓝小翅还是跟微生歧父子二人一起返回九微山了。回去祭拜一下婆婆还是很有必要的。路上，微生歧将自己儿子拉到一边，问：“昨天夜里，你二人……怎么样？”到底是不好问，但看蓝小翅脸色，他也疑心自己儿子是不是哪里不明白。

微生瓷说：“很好啊。”反正他是觉得滋味很美妙的，所以他莫名其妙地看着他爹——你有什么问题？

微生歧说：“呃，儿子，当时你们床上，除了桂圆花生什么的以外，还有一方白绢子，你看见了吧？”

微生瓷说：“嗯。”

微生歧叹了一口气，终于还是问：“早上起来的时候，那绢子上……有血吗？”

微生瓷更莫名其妙了：“为什么会有血？”

微生歧急了：“其他地方呢？”

微生瓷说：“没有。你担心有人闯入？”

微生歧几乎要跳将起来——闯入个屁！他说：“你们以前，做过这样的事吗？”

微生瓷说：“没有啊，这样的事不是只有夫妻才能做吗？”

微生歧更气了——好啊你，你给我儿子戴绿帽子，还敢给老子摆脸色！他冲到蓝小翅面前，又犹豫了，不知道该怎么爆发。很明显他不能凭借武功高强就把儿媳妇拖出来打一顿。要说骂吧，这一嚷嚷开，丢脸的可还是微生世家。

再说了，蓝小翅牙尖嘴利的，他能不能骂得过也还是两说。让小瓷把她给休了？屁！这一路花了多少心思才娶到？所以思来想去，微生家主发现自己竟然是拿这个家伙没有办法！

心里恨得牙痒痒，但是想到此去九微山，她以后也不会再有见到那个……或许还是那些个“奸夫”的机会了。微生家主心里总算是好受了一点点。

微生歧不许蓝小翅抛头露面，所以他父子二人骑马，蓝小翅坐的马车。微生瓷不一会儿又给蓝小翅拿点水喝，微生歧看他鞍前马后的，心里也是叹气——唉，儿子啊，你怎么就这么天真好欺负啊，你看看你头上那祖母绿……

方壶拥翠，蓝小翅一离开，气氛立刻紧张起来。温谜说：“上次花名册上，被羽族买走的奴隶在哪里？”

蓝翡羽毛扇轻摇，说：“这么着急兴师问罪吗？温谜，羽族不是仙心阁的下属，内务，似乎不在仙心阁过问的范围。”

温谜说：“蓝翡，今天我非见到他们不可！”

慕流苏在旁边看热闹，青琐知道仙心阁与蓝翡之间的恩怨，这时候也不想掺和，对慕流苏说：“既然小翅已经回九微山了，我也想先回去了。”

慕流苏温柔地道：“我留在这里看看，你先回府照顾裁翎。”青琐点点头，他转头吩咐丁强送夫人回侠都。

蓝翡根本没把温谜的恼怒看在眼里，但是他旁边，凤翥赶紧上前，说：“温阁主，大小姐离开之时，已经将名册交给我等。奴隶也已经清点完毕，请这边来。”

蓝翡有点儿意外，呵，那丫头大婚之时也没有忘记这件事。温谜带着柳冰岩、柳风巢等人跟着凤翥过去，果然见到了一批奴隶。经查实，口供与名册上都对，甚至温谜问及他们的方言，他们也能对答。

一路对比下来，居然只少了十二个奴隶。死亡原因分别是疾病、毒荆棘刺伤感染、坠亡等。连尸体也可以寻得。温谜终于无话可说，凤翥说：“温阁主，大小姐走时留下话来，说这次是看在温阁主的面子上，羽族作此让步。但羽族并非仙心阁下属，没有配合查证的义务。为了两相安宁，还请仙心阁自重。”

温谜还没说话，旁边的慕流苏说：“羽尊尚在，大小姐却已经出嫁。你身为羽族主管，倒是把她的话奉为圣旨。”

凤翥说：“出不出嫁，她都是羽族的大小姐。”

慕流苏皱眉，温谜将名册收好，这以后要留给仙心阁备案。他说：“死亡的这十二人，希望羽族能抚恤。”

凤翥说：“奴隶都是我们按价钱买来的，签的生死契。仙心阁没有奴隶，但是慕相爷想必是知道的。大户人家签了死契的下人，生死都是主人说了算，没有赔偿的道理。”

慕流苏笑笑：“这也是你们大小姐的意思？”

凤翥说：“大小姐说，如果阁主要求羽族抚恤奴隶，那么请阁主拿出赔偿依据。我们手上有奴隶的死契证明。”

慕流苏说：“啧，真是一点情面也不讲啊。”

温谜说：“凤翥，我记得当初蓝翡抓来大批奴隶修剪毒荆棘的时候，可没有和他们签过死契。”

凤翥顿了顿，旁边慕流苏幸灾乐祸：“怎么，这个你们大小姐没有交代了？”

凤翥说：“这个，大小姐说如果温阁主提及这件事，就说当时仙心阁已经派人侵入方壶拥翠，制裁过这种错误的行为。羽族也已经知错改错，丹崖青壁有罚罪同无的原则。已经制裁过的罪责，不得再行追究。”

温谜是真的哭笑不得了，这丫头！

慕流苏说：“看来她治她爹倒是一套一套的。”心里想，幸好这家伙出嫁了，谢天谢地。然后他缓缓地说：“不过凤翥，羽尊以五十万两黄金卖给暗族十支昊天赤血，这项罪过，没有惩罚过吧？”

“什么？”凤翥惊住。

温谜也愣住：“十支昊天赤血？！”

慕流苏一拍手，有人推了一个羽人上来，正是凤翥的下属紫鸩。慕流苏说：“紫鸩到达钱庄，意图取走这五十万两黄金。凤翥，你身为羽族总管，总不会不知情吧？”

温谜看了一眼紫鸩，说：“蓝翡当真出卖了十支昊天赤血给暗族？！”

慕流苏说：“你若觉得有假，可以亲查亲审。温阁主，暗族拥有长生泉，又容留连镜，本来实力就已十分强大。蓝翡这十支昊天赤血，恐怕是火上浇油。”

温谜说：“岂有此理！”

凤翥何等机敏，知道此事难以向仙心阁解释，当即抓起紫鸩，双翅一扇，离地而去。

温谜也没有管他，这不是凤翥或者紫鸩哪一只鸟的事。他正要去找蓝翡，突然外面有参加喜宴之后离开的江湖同道去而复返。一见到温谜，对方立刻上来：“温阁主！暗族拥有长生泉的消息已经在江湖上传开，最近许多江湖高手夜探落日城，但均下落不明！”

温谜心中一跳，慕流苏心中暗笑，趁温谜跟此人了解详情，回头对另一个侍从朱宇道："让这些失踪之人的师门、家眷联合起来，找仙心阁讨还公道，顺便把火烧到羽族头上。"

朱宇躬身道："是。"

所以第二天，方壶拥翠之外就开始陆续又聚集了许多人。这些人倒不是什么武林高手，相反的，大多都是老弱妇孺。温谜眉头皱得要起褶子了，他刚一出去，这些人就扑上来："温阁主，你可要为我们当家的做主啊！"

温谜叹了一口气，认出眼前的是关东剑侠洛正廷之妻。他扶她起来，说："洛大嫂，有话请讲，不必如此。"

洛妻道："温阁主，我们当家的不知从何处听说了长生泉的事，回到家里就说要去落日城求见暗族教父，看能不能得见一眼这稀世珍宝。不想一去到现在也没回来，信也没送一封。留下老病高堂和年幼稚子，这日子可怎么过……"

她一哭，剩下的人也哭出声来。慕流苏走过来，看着一片哭泣的妇女幼儿，说："以暗族的实力，哪怕加上连镜，也不足以对付如此之多的武林高手。羽族用昊天赤血为暗族改造了十位高手，看起来真是战力非凡。"

温谜眉头一皱，人群里顿时更加哭闹不休。一个劲儿地求温谜做主。

温谜知道慕流苏是有意搅水，真是想说人口失踪之事应该朝廷处理啊。可惜他毕竟没有蓝小翅那么厚的脸皮，只好说："大家请起，仙心阁不会坐视此事，定会为大家寻回家人。"

慕流苏看了一眼人群，又看向方壶拥翠一片碧色，心中若有所思。

当天下午，温谜就要再起程前往落日城。但刚走不久，方壶拥翠就出了事——在外哭闹不休的妇孺老人跟羽人发生冲突。羽族同普通人的仇恨，几十年来不仅未曾消弭，甚至一直有增无减。

如今听闻是羽人暗助暗族，这些人哪里按捺得住？而羽人对这些人又何来半点怜悯之心？所以在他们哭哭啼啼时，有羽人便道："若不是你们贪图暗族至宝，哪来今日之祸？狡诈贪婪之辈，死有余辜，还找仙心阁主持什么公道……"

这些人本在悲伤之中，一听此言，当然激动起来。

其中又有七老八十的老人，当下就要揪住羽人痛打。羽人又岂是好惹的，双方撕厮打在一起，几个老人一口气没上来，死在当场。于是有人大声喊：“羽人杀人了！羽人杀人了！”

老弱妇孺们开始反抗，也打伤了不少羽族平民。蓝翡岂容别人欺压上门？他听到回禀，皱眉：“呵，到我门口挑衅，看来江湖中人的亲眷，胆子也大得很。我们羽族战士就羸弱至此，几个老人妇女都对付不了？”

凤翥还是有些犹豫，问：“羽尊，把这些人赶开即可，使用战士，是否……”

蓝翡说：“嗯？”

凤翥不敢说话了，躬身下去。羽族战士持弓箭而出，外面还有人哭喊：“你们杀了我们吧，反正我们手无寸铁。”他们是料定仙心阁的人在此，羽族不敢乱来。有恃无恐，仍然殴打羽人，撒泼闹事。

然而凤翥让开，羽人放箭。

一片妇孺顿时尖叫奔逃，中箭者有三十余人。蓝翡拒不医治，等温谜赶回之时，地上十几个人还在苦痛呻吟，剩下尸体二十四具。

温谜气得发抖：“蓝翡！！”

慕流苏听到回报，转头对温谜说：“我说过，蓝翡不适合领导羽人，今日你应该相信了吧？”

温谜说：“慕流苏！此事是否是你从中挑拨？！”

慕流苏将手搭在他肩上：“这不关我的事，他就是这么一个人，好战、嗜血、冷漠。有他在一天，羽人永远是妖人。你我联手，蓝翡不是我们的对手。我知道你一直很同情羽人曾经的遭遇，我答应你，只要裁翎出任羽尊，朝廷会出资支持羽人。你可以让方壶拥翠成为正道势力，羽人会过得比现在更好。”

温谜沉默，慕流苏说：“我是一朝宰辅，纵有私心，却始终心系百姓。相信我。”

九微山，蓝小翅刚跟微生歧和微生瓷祭拜完慕容绣，就听见羽族传报方壶拥翠的骚乱一事。微生歧不悦：“你已经嫁入我微生世家，羽族的事已经与你无关，不要再理会。”

蓝小翅是真的没理会，不过是没理会他。她对来报的羽人说：“再说一遍。”

于是羽人将事情又原原本本地重复了一遍，蓝小翅说：“慕爹爹，我才刚走，你就当我死了啊！”

微生歧倒是好奇了："不是蓝翡杀人吗？关慕流苏什么事？"

蓝小翅看了他一眼——你只用小脑想事情，怎么跟你解释？哼。

微生歧虽然不明白事情真相，可是这一眼满满的轻蔑他可是看懂了："蓝小翅！混账，你知不知道什么是尊敬长辈？"

蓝小翅说："我这就回去，'尊敬'一下长辈！"

微生歧几乎是怒吼："你敢！你今天踏出我九微山一步，就别想再回来！！"

蓝小翅说："哦，再见。"

头也没回就走了。

第二十三章 邪魔外道

蓝小翅出了九微山，微生歧真是气得七窍生烟。自己不好出手管儿媳妇，他对微生瓷道：“蓝小翅回方壶拥翠了，你这媳妇也应该好好管管，已经嫁人了，说跑就跑，太不像话了！”

微生瓷站起来就跟着往外走，微生歧怒道：“把她追回来好好教育一番。老是这样，坏我微生世家门风！”

微生瓷也没理他，一个闪身已经没影了。

蓝小翅来到山下，随手牵了一匹马，身后有人道：“哎！小偷！有人偷马啊！”

蓝小翅心安理得，反正是微生世家的东西，怎么能叫偷呢。牧马人找步寒蝉告状。步寒蝉吓了一大跳——九微山可是从来没有发现过偷盗之事，这光天化日的，谁敢来抢马？

他赶紧报到微生歧那里，微生歧一听，怒道：“她还敢偷马，她……”想了想，无力摆手，“罢了。也不算是偷……”

蓝小翅策马行出三十里地，就有羽人的联络驿站。骑一只羽人回去就快多了。她刚刚下了马，身后有人说：“小翅膀？”

蓝小翅回过头，看见微生瓷一路奔过来。她说：“你爹让你来的？呀，看看你这一身土！”一边说话一边替微生瓷掸去衣上的灰尘。微生瓷说：“我跟你一起回羽族。”

蓝小翅说：“干吗呀，你留在九微山等我回来不行吗？”

微生瓷很认真地说：“暗族有连镜，你不安全。”

他不管她回羽族干什么，也没问她什么时候回来。他急匆匆追过来，也只是觉得她会有危险。蓝小翅亲了亲他的脸：“嗯，走吧。”一挥手，叫来两个成年羽族男子。微生瓷皱眉，说：“一定要骑羽人赶路吗？”

蓝小翅说：“嗯啊，喂，你不是学你爹那套吧？你不要跟我说女人应该怎么怎么样啊！”

微生瓷皱着眉头，说：“我不喜欢骑男人。”

蓝小翅惊呆：“怎么成亲之后你变得这么污啊！！”

方壶拥翠，蓝翡射杀妇孺老幼的事引起了公愤，再加上仙心阁在此，便有许多人赶来助阵。但是蓝翡之前的“温馨提示”明显很有效，没有人敢在方壶拥翠外聚集。大多数妇人老幼只是在仙心阁弟子面前哭闹不休。

温谜也被吵得耳根疼，但是没有办法——公道不是那么好主持的。他只好让柳风巢一一登记这些人的来意。

蓝小翅让羽人在空中盘旋了一圈，最后落在方壶拥翠里。羽人战士火雀和青鹏迎上来：“大小姐！”

蓝小翅点点头，说：“凤翥呢？我才离开几天，怎么就发生了这样的事？”

火雀手里还拿着弓箭，闻言说：“是有人鼓动，而且仙心阁这次也参与其中。”

蓝小翅说：“带我去事发地点看看。”

青鹏说：“大小姐不先见羽尊？”

蓝小翅说：“我又不是没见过羽尊！”

情况紧急，她却还有心情开玩笑。青鹏和火雀终于也少了一点儿紧张，说：“大小姐请跟我来。”

事发地点还有仙心阁弟子在镇守，尸体无人收。死者家属非要讨个公道，不愿意就这么收尸。蓝小翅走过去，仙心阁的弟子就是一愣——这位大小姐不是出嫁了吗？他犹豫着道：“大……大小姐，阁主吩咐，这里不许闲人入内。”

蓝小翅斜眼看他：“我是闲人？”

仙心阁弟子有点㞞，但还是寸步不让，说：“没有阁主吩咐，您不能进去。”

蓝小翅说：“我就进去看看现场，你可以跟我一块入内。作个见证。你应该知道，我要进去，你不可能拦得住。”

仙心阁弟子咬唇，毕竟是名门正派的弟子，没有蓝小翅那么多歪心思。他说：“这……”

蓝小翅拍拍他的肩，说：“走吧，我真的就看看而已。绝不移动尸体。”

那两名仙心阁弟子也知道拦不住她，这时候犹豫着道：“大小姐，你说话算数啊。”

蓝小翅微笑：“当然。”

几个人一起进到仙心阁划好的现场，里面尸体还在，很多是中箭身亡，脚印倒是很乱。蓝小翅倒是真的没有移动尸体，左右看了一圈。

这里是方壶拥翠外面的一片空地，往前走约三十丈就是方壶拥翠的门楼。蓝小翅转了一圈，很客气地对两名仙心阁弟子道：“两位师兄，辛苦啦。我走了。”

这一声师兄，叫得二人毛骨悚然，但蓝小翅却是真的走了。

离开现场之后，蓝小翅不开口，青鹏和火雀跟在她身后，一直不敢说话。蓝小翅突然说：“青鹏，你去把方壶拥翠的界碑，悄悄往前挪一百步。”

青鹏愣住，方壶拥翠当然有界碑，但是立在门楼之外。他说：“就这么往前移？”

蓝小翅说：“我看现场脚步凌乱，想必来人甚多。你只要将界碑搬出，扔在百步开外脚步最密集混乱之地就可以。”

青鹏说：“是。”

蓝小翅想了想，转头对火雀说：“当日与人冲突时，哪些羽人受伤？”

火雀精神一振，大小姐回来，她感觉像是有了主心骨一样。蓝小翅跟蓝翡是不一样的。蓝翡好战，他是不择手段也不计死伤的。这在羽族初期，有一位如此好战强势的首领，对羽族而言相当于一把巨斧，可以裂石开山。

但是现在，羽人已经安定下来，他们更需要休养生息。没有人愿意当奴隶，也没有人愿意终日战争，居无定所。

羽人当然支持蓝翡，甚至说，他们不介意为蓝翡而战。毕竟没有蓝翡这拨人，就不会有现在的方壶拥翠。但是如果能够避免不必要的战争，他们当然也不愿舍妻弃子，让羽族重陷战火。

而蓝小翅更乐于平息战火。

火雀说："我这就去找他们来。"

不一会儿，就有几十个羽人过来，蓝小翅挨个看过去，见他们身上都带着伤，但是伤势不太重。毕竟方壶拥翠是羽人的地方，羽族在经过奴隶时期之后，又异常团结。一个羽人被打，其他的当然就扑上来帮忙了。

蓝小翅说："我听说了事情的经过。"所有的羽人都低下头，其中一个道："大小姐，都是我们不对，闯下大祸。您惩罚我们吧！"几十个羽人先前是激愤，此时知道事情闹大了，心下难免不安。此时听了这话，也纷纷道："大小姐，您惩罚我们吧！"

蓝小翅说："不必如此，其实你们也没什么大错。不过你们应该知道，羽尊放箭，是因为他真的在保护羽人，在保护方壶拥翠。"

几十个羽人都跪下来，蓝小翅说："羽族并不惧战，羽尊更是战无不胜。但是我还是觉得，羽人好不容易才拥有自己的家园，不到万不得已，最好不战。你们认为呢？"

几十个羽人互相看看，终于齐声说："祸事由我等而起，我等愿听从大小姐之令，肝脑涂地，无怨无悔。"

蓝小翅点点头，说："倒也没那么严重，不过要受点儿苦，都给我咬牙忍一忍。"

羽人们不明所以，却仍是磕头道："是。"

蓝小翅于是把这几十个羽人带到不老坑，对木冰砚说："在他们身上搞出一些打斗才会有的外伤，要看起来很严重，最好你可以治好。"

木冰砚看了一下这几十个人，这倒是没问题。他挽了挽袖子："刀伤剑伤？"

蓝小翅说："前几天方壶拥翠之外斗殴，他们都被打伤了，啧啧，真可怜。"

木冰砚就心中有数了，上次斗殴，对方都是老弱妇孺，抓扯在所难免。就打断胳膊腿什么的吧。

蓝小翅由着他弄，转头对火雀说："你去看看，这几天族里谁家死了人，三五天内的通通刨出来。虽然有侮先人，但是我有用。就算他们为羽族也做了贡献吧。”

火雀答应一声，赶紧去办。

羽族对逝者遗体一向尊重，但是蓝小翅说有用，大家还是二话不说，纷纷拉过来。方壶拥翠虽然只有几万人，不过三五日内因各种原因死亡的还是有些个。

蓝小翅从中摘出十六具，有自然老死的，也有突发疾病而亡的。还有就是羽人从小要训练孩子飞行，有不小心摔死的孩子尸体。

蓝小翅把这些尸体捡出来，对木冰砚说：“你看看我挑的有没有问题，天亮之前全部弄好。”

木冰砚说：“知道了。”

蓝小翅笑嘻嘻的：“乖，回头给你娶个媳妇奖励你。”

把木冰砚膈应得……一身鸡皮疙瘩。他现在是一想到女人，就想起杀千刀的蓝翡凌辱他的日子。

蓝小翅大笑，笑完一转身，蹦蹦跳跳着跑了。微生瓷紧紧跟着她，小尾巴一样。木冰砚叹了口气，心里却又觉得有点儿莫名的暖意。呵，小家伙没有离开呢。

蓝小翅跑到蓝翡住所的时候，蓝翡正在跟森罗、郁罗商量进攻路线。他的意思,既然仙心阁有意插手,慕流苏又存了心想搅水,便索性大战一场,谁怕谁?

蓝小翅推门进去，几个人都看向她。蓝小翅倒是不客气，当先扑向蓝翡：“爹！”

蓝翡拉过森罗挡在自己面前，说：“打住！”

森罗也护着自己的羽翼，说：“好好说话，不要拔毛！”

蓝小翅一脸受伤：“爹，你这样对我，我太难过了！”

蓝翡说：“宝贝儿，爹这样美貌的羽人，如果秃了的话，会更难过的。”

蓝小翅又嘻嘻哈哈了，说：“我走了你们也不想我，反倒是窝在这里干吗呢？”说着话凑了脑袋过去看，蓝翡说：“不好好地回九微山，怎么反倒又跑回来了？”

蓝小翅满不在乎，说：“我带小瓷回门。”几个人都瞪她，你去九微山才待了多久啊？到底是谁回门啊？！

蓝小翅却不管那么多了，说：“爹，明天我先跟温阁主谈一谈。如果失败了，你再打呀。”

蓝翡微笑，呵，果然还是为了这事匆匆返回吗？他仰靠在椅背上，蓝小翅说：“你答应我呀！”

蓝翡说：“为什么呢？你知道的，仙心阁和所谓的江湖正道，永远不会认同羽人。”

蓝小翅说：“可是爹，羽人需要一个地方生存。我们如果真的全力备战，此战也许能胜仙心阁。但是战后呢？仙心阁不会流离失所，仙心阁不会背井离乡。仙心阁的弟子死了，他们振臂一呼，有的是人送自家子弟过去。可我们的族人呢？”

森罗和郁罗都沉默了，蓝翡说：“可是宝贝儿，如果羽人只能依靠哀求而生存，爹宁愿这个种族未曾存在过。”

蓝小翅说：“我知道，爹。”她俯身跪在蓝翡面前，将脸贴在他膝盖上，说，“我明白。其实在你心里，这几十年来，那些因为族人软弱而受的伤害，其实从未痊愈。你希望他们勇敢、刚烈，悍不畏死。可是说到底，终归也只是为了保护他们而已。不是吗？人保护自己的方式有很多种，应该放在不同的场合。逞一时意气，有害无益。”

蓝翡轻摇羽毛扇，说：“宝贝儿，你说得有道理。”

蓝小翅高兴：“爹你同意啦？”

蓝翡说：“爹还要再想想。你先出去，爹想好了再叫你，好不好？”

蓝小翅就觉得大事不好，她撒娇道：“爹。”

蓝翡说：“乖，外面那片荆棘这次是真的想你了。”

蓝小翅气得掉毛，最终还是转身出去了。蓝翡用手中羽毛扇半遮面容，说：“哈，被女儿教训的滋味真不好受。”

郁罗说：“她说得对。”

蓝翡转头看他，说：“我女儿一向对我百依百顺，长成现在这样，一定是受你教唆。你也出去跪着。”

郁罗跪下，蓝翡不再说话，室内灯火如昼，却安静得落针可闻。

蓝小翅跪在外面，微生瓷站在她面前，问：“为什么要跪着？地上有刺。”

蓝小翅说：“大哥，我又不瞎，怎么会看不见地上有刺？”

微生瓷说：“会痛。”

蓝小翅说：“可是我爹罚我跪啊。小时候你爹怎么罚你的？”

微生瓷很努力地想，那真是很遥远的记忆了。他说：“不罚，就打。”

蓝小翅笑了一声，膝盖上被刺扎了，又嘶了一声。微生瓷站起来，大步离开。蓝小翅说：“你早点儿回房休息，别乱走啊！”

屋子里，蓝翡正在闭目养神呢，门突然被推开，风灌进来，吹得几个人都是一激灵。蓝翡拿开覆在脸上的羽毛扇，说：“微生小呆，虽然你们微生世家的人一向不懂礼貌，但是你现在是我的女婿，你进我门之前，可不可以先敲一下门？”

微生瓷哦了一声，伸手敲敲门。蓝翡叹了一口气，问：“什么事？”

微生瓷说：“我去跪，让小翅膀睡觉。”

哟，还知道疼媳妇儿。蓝翡觉得有点儿意思，说：“如果我不同意呢？”小子你还想造反？

微生瓷很认真地说：“那我去找童颜鬼姥过来求情。”上次他和小翅的喜宴上，他就看出蓝翡怕童颜鬼姥。

森罗噗的一声笑了，赶紧捂住嘴。蓝翡一脸震惊，这小子是装呆的吗？脑子很好使啊！！他无力地挥挥手：“告诉小翅，她可以去睡了。”小子，你会后悔挑战我的权威的。

微生瓷哦了一声，转身去找蓝小翅，说：“你爹让你去睡觉。”

蓝小翅惊奇道：“你对我爹干了什么？”

微生瓷说：“去睡吧。”说完，自己在荆棘上跪下来。小刺扎进肉里，他皱了一下眉头，但很快就适应了。小刺里有毒，他运功护住血脉，蓝小翅在旁边看了一阵，慢慢起身。彼时正是深夜，已经开始降霜，风颇有一点儿寒冷。她亲了亲微生瓷的脸，呵，这是她的丈夫。一个不怎么说话，却很傻很耿直的呆子。

蓝小翅回房睡了。蓝翡却睡不着，推门出来，看见微生瓷还跪着，周围荆棘密布，他却跪得很端正。呵，真是一点儿也不像蓝小翅，蓝小翅跪着跪着还经常偷奸耍滑。

他轻声叹气，说："好了，回去睡吧。"呆子真是没意思，捉弄他都没有快感。

微生瓷哦了一声，站起来，二话不说话回房去了。

床上，蓝小翅睡得正香。这一路从九微山赶回来，几乎一刻没歇着，她有些累了。微生瓷用内力把伤口的小刺逼出来。伤口微小，却一直在流血。他怕蓝小翅看见，自己去了她以前的幼崽房，在小床上窝着睡了。

第二天，蓝小翅醒过来，先去蓝翡的住所。看见外面微生瓷已经不在了，她终于松了一口气，推门进去，蓝翡正睡着。蓝小翅拱进他帷帐里："爹！"

蓝翡难得没有侍妾陪宿，此时只是说："别捣乱，被你吵得没睡好，爹再睡会儿。"

蓝小翅便明白他是允许她跟温谜去谈了，顿时开心了，一埋头在蓝翡脸上狠狠亲了一口："谢谢爹！"

蓝翡啧了一声，嫌弃地抽了丝绢擦脸。蓝小翅却已经欢快地跑走了。他看了一眼窗外，今天日头不错，阳光如金纱，懒洋洋地披在芳草碧树之上。是不是，旧枝已枯，新芽当发了？

早上，温谜正在整理进攻方壶拥翠的罪状，蓝小翅就带着一拨老弱病残，还拖着尸体，浩浩荡荡地来了！

温谜和慕流苏见到她，都吃了一惊。慕流苏当先问："小翅？！你……你不是出嫁了吗？不好好待在九微山，怎么会在这里？！"姑奶奶，你怎么又回来了！

蓝小翅还没说话，一群羽人已经扑上去，二话不说抱住温谜和慕流苏的大腿。温谜吓得差点儿跳了起来，就听几十个羽人哭声震天。这边羽人甲喊："温阁主，你要为我们做主啊！"那边羽人乙喊："惨无人道啊！六岁小娃被摔打至死啊！"

还有羽人丙在喊："八十老爹被活活气死啊……"

温谜和慕流苏都惊呆了——这、这是干啥了？

蓝小翅义正词严地说：“温阁主，慕丞相，上次有歹人入侵方壶拥翠，打死、打伤我族人无数！幸而驻守侍卫发现，放箭驱逐，方才避免了更大的伤亡！仙心阁是江湖正道，更有丹崖青壁为武林同道主持公道。如今您二位在此，方壶拥翠却发生如此惨事，实在令人震惊！还请温阁主和慕丞相早日查出真凶，为羽人报仇，让伤者不至含恨，亡者可安九泉。”

温谜的表情简直是精彩至极，就连慕流苏也是无语了——这都可以啊！

慕流苏说：“蓝小翅！休得胡说，明明是江湖同道被落日城所擒，其亲眷来找温阁主求助，蓝翡放箭射杀。你岂能信口雌黄？！”

蓝小翅大吃一惊，说：“什么？怎么可能有这样的事？如此说来，慕爹爹知道凶徒下落？！”

慕流苏没好气：“什么凶徒！”你手下这拨才是凶徒好不好！！

蓝小翅说：“若非凶徒，我羽人岂能死伤至此？！”

她一脸的无辜，加上地上抱腿的羽人个个哭得凄惨无比，不知道的还以为这里发生了千古奇冤呢！

温谜说：“不要闹了！小翅，蓝翡滥杀无辜，乃是事实。狡辩无益。”

蓝小翅说：“温阁主，话不能这么说，外人闯入方壶拥翠，难道羽人不当自卫？！”

温谜说：“他们并未进入方壶拥翠！死者尸首全部在门楼之外。”

慕流苏也趁机道：“正是！小翅，未入地界，何来擅闯？难道说方壶拥翠在此，所以外面的土地，也走不得了吗？”

蓝小翅说：“这就怪了，我能否前往一看？”

温谜说：“事实俱在，你要去看也可以。”

蓝小翅一伸手，示意他带路。几个人一起来到事发现场，只见尸体仍然倒伏，蓝小翅说：“这么多天了，居然无人收尸。单凭这一点，这些凶徒就不及羽人。”

慕流苏瞪了她一眼——你们那叫收尸？哪里凑来的尸体！！真当我们傻啊！

一行人重新又查看了一番现场，温谜说：“你还有何话说？”

蓝小翅咦了一声，手往前一指："看！"

温谜和慕流苏一齐看过去，只见地面凌乱，打斗的痕迹、百余人的脚印，里面好像踩着什么东西。温谜和慕流苏走过去一看，两个人都变了脸色——那被踩进土里的不是旁物，正是方壶拥翠的界碑！

蓝小翅说："温阁主，界碑在此，尸体在界碑之内。岂能说他们死在方壶拥翠之外？！慕爹爹，来来，你赶紧做个见证！免得温阁主要偏袒他的江湖同道啊！"

慕流苏气极——我还做个见证，我抽死你行不行！！他说："这界碑一直以来便立在门楼之外，怎么会到了此处？"

蓝小翅说："羽人不敢妄动方壶拥翠的界碑，定是凶徒搬起来砸人来着。但不管是什么原因，界碑在此，界碑以内便是方壶拥翠的土地。任何人擅闯，羽人有权自保。"

慕流苏说："蓝小翅，二十几条人命，全是手无寸铁的老弱妇孺，难道就这么算了不成？亡者血迹未干，你竟然就在此颠倒黑白，你可有半点儿良心？"

蓝小翅直视他，说："亡者若真的在天有灵，也当诛真正的恶徒。温阁主，请为羽人主持公道！如今仙心阁阁主在此，羽人却在自己的家园之中受到残害，丹崖青壁上，总要有个说法。"

这一口反咬的！温谜无力地道："小翅！"

旁边的慕流苏说："你以为蓝翡值得你维护吗？这次就算你巧舌如簧，可以替他颠倒是非。但是蓝翡与郁罗、森罗杀了多少人？你认为这些罪孽，你都可以一一为他填补吗？那些死在他兵刃之下的冤魂，每一条，你都可以理直气壮地为他遮掩解释吗？"

蓝小翅愣住，她也终于知道，为什么蓝翡不能把羽人领入正途。因为一路行来，手染太多鲜血，或许有不得已而为之，也或许有随兴所杀。如果想要走入正途，就要接受整个白道的拷问。

蓝翡手上的鲜血洗不干净，但是如果想得到整个江湖与朝廷的认同，却需要给出一个交代。

蓝小翅沉默了，慕流苏说："只要他还有一天是羽尊，羽人就永远是邪魔外道。”

温谜在看自己的女儿，呵，很失望吧？可是事实如此，做坏人没人敢指指点点，因为大家知道你是坏人，你凶狠你记仇，你会不择手段地报复。可如果有一天你想做好人，你就会明白事道多艰难了。也正因为如此，才有那么多人选择做坏人。多好，拳头就是正义。

温谜说：“蓝翡剖过孕妇的肚子，取出她腹中胎儿。你没见过吧？只是因为她丈夫出卖了蓝翡的一个朋友。”蓝小翅浑身轻颤，温谜说，“他杀的人里，有人该死，但同样有很多人非常无辜。”

蓝小翅抬起头，突然问：“你杀的每一个人，都该死吗？”

温谜短暂停顿，说：“我不知道会不会有错杀，但是死在我剑下的人，都有该死的理由。如果可以，我更希望经过丹崖青壁。起码，那是一条生命。”

蓝小翅说：“很不容易吧？正道领袖，邪道鄙薄，同道敬畏，只在需要时才会被人想起。做对时无人称颂，做错时千夫所指。值得吗？”

温谜说：“很难，但是俯仰无愧。”只是……有些遗憾吧。

蓝小翅说：“我懂了。”她转身带着羽人们离开，温谜说：“小翅！离开蓝翡，跟小瓷回九微山去。爹求你。”

蓝小翅说：“对不起，如果这次的事，你还要追究的话，我们会保留尸体，欢迎对质。另外，我挺敬佩你的。我是很想让羽人成为和普通人一样平等的种族，但是我还是认为，如果羽人真的要牺牲一直护佑他们的人才能跻身正道之列的话，那么……永远做个邪魔外道也罢。”

她说这话的时候一直笑嘻嘻的，在战与和的选择之间，谈笑自如。一如当初她保护蓝翡时一样，坚决而从容。

温谜一直看着她走远。好吧，爹也敬佩你呢，小家伙。

蓝小翅命受伤的羽人前往不老坑找木冰砚医治，并记录伤势以供仙心阁对质。等处理完这些事，回头看见蓝翡站在麦田旁边。她紧走几步扑过去：“爹！你这么早就起来啦？走，我们去找你女婿吃早饭。”

蓝翡点点头，说：“有女婿的感觉真不怎么样，尤其是一个笨女婿。”

蓝小翅笑得不行：“爹，小瓷很好的。”

两个人说着话，一起往回走。微生瓷不在客房，他也不会去别的地方，蓝小翅当然就往自己以前的房间去找了。微生瓷已经醒了，见蓝小翅进来，皱皱眉，有点儿不乐意。

蓝小翅扑上去抱住他的脖子："瓷少爷今天不想见到我？"

微生瓷说："没有。"

蓝小翅说："那是怎么……"话没说完，她就看见微生瓷膝盖处的裤腿鲜红一片。蓝小翅心中一惊："你受伤啦？"她俯身要去看，微生瓷赶紧避开她："没有。"

蓝小翅怒道："爹！你昨晚对你女婿干了什么？总不能趁我睡着，你还上了十大酷刑吧！"

蓝翡是站不住了，推门进来，微生瓷说："没有。"

蓝小翅不顾他挣扎，将他的裤腿卷上去，就看见膝盖上极细微的伤口一直在流血。蓝翡也看见了，心下讶异，这是什么时候受的伤？蓝小翅仔细看了一遍，说："这是……"

蓝翡说："是荆棘？"不是吧，就昨晚跪了一小下，现在还流血？

蓝小翅说："昨晚跪的吗？怎么还流血呢？"

微生瓷说："我……"低下头去，不说话了。蓝小翅突然想起温谜曾经说过，微生瓷的血不能自凝。她皱皱眉，心里也是惊了一下——这么严重？

微生瓷偷眼看了一眼她的表情，说："只是没上药，上药就会好了。"

蓝小翅说："我带你去看大夫。"回头对蓝翡说："爹你先等等我们啊，我跟小瓷马上就回来。"

说完，拉着微生瓷出来，走到鸟窝门口，还问："疼不疼，要不要我背你啊？"

微生瓷说："不要。"

蓝小翅也不勉强，毕竟是伤口小，不影响行走。蓝翡站在门口，心下叹息，唉，什么叫嫁了老公忘了爹，可算是见识了。

蓝小翅带着微生瓷一路来到不老坑，木冰砚正在替羽人医治昨夜他弄出来的伤。他可算是终日繁忙，儿子也不肯继承其衣钵。正叹着气，又看见蓝小翅，他顿时皱眉："净给我找事做。"

蓝小翅笑嘻嘻的："谁让你是神医呢。"木冰砚哼了一声，蓝小翅说，"快，帮我看看小瓷的膝盖。怎么昨天的小伤，今天还流血呢？"

木冰砚走过去，先看了看伤口，也是皱眉。他为微生瓷把脉，微生瓷又看了蓝小翅一眼，有点儿紧张。

蓝小翅说："你是不是有事瞒着我？"

微生瓷垂下目光，说："哪、哪有。"

蓝小翅正要再说话，木冰砚说："是幻绮罗的余毒，这是积了多久啊，这么严重？"

蓝小翅说："十二三年了，小时候没能及时医治。老木，毒可是你的，你也能解对不对？"

木冰砚眉头紧皱，半晌说："我先替他止血。"

蓝小翅就听出这话不对了，问："你不是要告诉我你也没办法吧？"

木冰砚不说话，只写了个药方，让药童抓药为微生瓷外敷。

蓝小翅也不让药童帮忙，自己拿了药方，把药抓齐，碾碎，放在药炉里蒸一蒸，然后用布包好，为微生瓷敷在膝盖上。微生瓷说："我自己来。"

蓝小翅说："我的瓷少爷，你爹可真是没给你取错名字。唉。"

微生瓷不说话了，蓝小翅抬起头，看见他的目光里很有点儿难过的意思。她仰起脸笑笑，说："好了好了，我不说了，有病就吃药啊。"等敷了一会儿，血依然在流，蓝小翅说："老木，你这到底有没有效啊！"

木冰砚哼了一声，将另一个药瓶扔过来，说："加碎冰调匀，涂抹伤口。"

蓝小翅依言而行，过了不多久，伤口的血总算是止住了。她长吁了一口气，木冰砚可没空侍候，当即说："没事了就走。"外面还有好多病人等着呢。

蓝小翅能这么轻易就走？

她自己照着木冰砚方才的药方，又自己包了好几个药包。止血的药粉也拿了几瓶。木冰砚懒得理会，小时候也理过，效果不过是换成她趁他不在的时候来。现在眼看着在羽族是一人之下万人之上了，拦也拦不住了。

蓝小翅把药拿好，跟微生瓷一起出了不老坑。

"来，这两份给你，要随身带着。"她把药包和药粉塞进微生瓷袖里，微生瓷嗯了一声，药粉还好说，药包就携带不便了。蓝小翅比画了一下，说：“算了，明天缝个荷包给你。”

微生瓷说：“我……我很少受伤的。昨天我只是不小心。”

蓝小翅说：“那你以后就给我小心一点，知不知道？”

微生瓷点点头，过了一会儿，又偷眼看她。

两个人一路前行，去到蓝翡的住所。早饭已经摆好，蓝小翅坐在蓝翡旁边，先帮他盛粥。蓝翡看了一眼微生瓷，问：“没事了？”

蓝小翅说：“看木冰砚的神情，问题恐怕不小。”

蓝翡颇有些意外，蓝小翅说：“好了，先吃饭。记着你女婿不能受伤，以后不要随便罚他啦。”

蓝翡哼了一声，心里也有些震惊——微生歧的儿子，竟然病弱至此。他幽幽地说：“成亲之前微生歧未向你交代吧？现在和离爹也支持你。”

微生瓷一僵，猛地站起身来。蓝翡吓了一跳，微生瓷急道：“我没事！我又不常受伤的！”微生瓷是真急了，语速很快，面色泛红，呼吸也有些急促。

蓝翡看了蓝小翅一眼，不敢再刺激这少爷了。他于是问：“我要再说话，他会不会弑父啊？”

蓝小翅说：“小瓷，我爹说笑的。坐下。”

微生瓷这才坐下，蓝小翅给他也盛了粥，说：“来，吃饭。”

微生瓷看看蓝翡，呼吸还是有点急，他不想吃东西了。蓝小翅说：“小瓷，你要控制你的情绪，不然会吓到别人的。”

微生瓷咬咬唇，蓝小翅将银勺递给他，说：“乖，快吃饭。”

桌上再没有人说话，一直到吃过早餐，蓝小翅说：“好了，小瓷真乖。你先回房练功，我忙完了过去找你，好不好？”

微生瓷这才说：“我去你房间。”

蓝小翅说：“嗯。”

等到他离开了，蓝翡才说：“他情绪有问题。”

蓝小翅说：“幻绮罗在人情绪波动的时候会加重毒性。所以他情绪越大，自己就越难控制。”

蓝翡说："宝贝儿，他很危险。"

蓝小翅说："是啊，所以爹以后最好不要在他面前开玩笑。他会当真的。"

蓝翡说："跟这样的人在一起，后半生会很累。"

蓝小翅起身替他揉揉肩，说："嫁给他之前，我都想过了。爹，我挺喜欢他的。"

蓝翡拍拍她的手，也不再说话了。蓝小翅倒是说："爹上次不是在备战吗，我们把战术再研究一下。"

蓝翡意外——怎么，你同意开战了？

蓝小翅没有纠结这个问题，说："爹先去书房，我把森罗、郁罗和香衣他们叫来。"

蓝翡嗯了一声，看着她离开。她本来是不主张交战的，如今突然改变主意，是终于意识到，他一直强势的原因了吗？

他当然必须强势，必须有一个令等闲人不敢招惹的恶名。否则曾经欠下的血债，就会有无数人来讨。身边跟随他的人，已经只剩下这么几个，岂能妥协？

温谜在犹豫，慕流苏想要让他儿子继承羽尊之位，统领羽族。如果那样的话，除非蓝翡战死，羽族战士被全歼，羽人剩下十之三四。这样，八岁的慕裁翎才有可能在朝廷的扶持下成为新的羽族领袖。

或者是继续现在的状况，普通人提及羽族就谈虎色变。而羽人也终日不安，为了快速壮大自己的种族，不断买入奴隶耕种、试药。

蓝翡不会相信江湖正道，正如正道人士也不会接受这个凶残暴戾之徒一样。

交不交战都为难。温谜靠在椅背上，神色疲倦。柳风巢侍立一边，见状道："师父可是为了是否攻打羽族一事烦恼？"

温谜说："羽族不易，几十年来一直受尽迫害。如今好不容易安定在此，如果再行攻打，必然又将伤亡惨重。"

柳风巢说："既然师父并不愿意攻打羽族，直接拒绝慕流苏便是，为何如此烦恼？"

温谜说："慕流苏执意要攻打羽族，就算这次为师找理由推托，他也一定会兴风作浪。他跟暗族本就有所勾连，如果他说动陛下发兵前来征讨，再联合暗族相助，羽人只怕伤亡更甚。而到时候，仙心阁是袖手旁观，还是跟朝廷作对？”

旁边的柳冰岩说：“这还不是最坏的结果，只怕如果慕裁翎真的做了羽尊，慕流苏必然会一力扶持。慕裁翎毕竟年幼，羽族实力大减，仇家又多。到时候慕流苏难免还要再帮他清理一拨。仙心阁早晚不能坐视，到时候恐怕就会直接对上朝廷了。”

温谜没有说话，是啊，无论于公于私，慕裁翎继任羽尊，都是仙心阁乃至整个江湖不愿意看到的事。

可是羽族名声极坏，平素确实也没有少干坏事。仙心阁出手相助，也总需要理由。更何况，小翅还在羽族。温谜更头痛了。

蓝小翅跟蓝翡等人商量作战计划，一直到天色擦黑。等她端了吃的回到房里，她心情还是不错的：“瓷少爷，过来吃东西了。”

微生瓷说：“我不饿。”

蓝小翅把晚饭放桌上，上前卷起他的裤腿，问：“伤口怎么样了？”微生瓷不让她看，她笑着说：“干吗啊？”

微生瓷握着她的手，说：“我以后会很小心的。不要和离。”

蓝小翅怔住，许久说：“说的什么傻话，谁要跟你和离了。我爹胡说的。”

微生瓷盯着她的眼睛：“真的？”

蓝小翅把脸贴在他腿上，说：“小瓷，我们成亲了，我是你的妻子。你要相信我，不可以老是疑神疑鬼的。”

微生瓷说：“我……”有点心虚了，但还是说，“嗯。”

蓝小翅说：“还有啊，你以后不可以随便发脾气，如果生气了，就深呼吸。”

微生瓷说：“我没有发脾气。”

蓝小翅轻声说：“傻子。”仍是低头去看他的伤口，这次他没拒绝。伤口止了血，上面的药粉已经化开，变成了透明的薄片。蓝小翅说：“嗯，好得差不多了。”

微生瓷轻轻抚摸她的头发，蓝小翅又把今天从不老坑带回来的药磨成细粉。然后穿针引线，想缝个荷包。可惜啊，蓝翡的侍妾们，能歌善舞的不少，会做针线活的却少之又少。她就没学会女红这方面的本事。

正发愁呢，微生瓷问：“你在干什么？”

蓝小翅说：“本来想给你缝个荷包装药，可是我好像没这方面的手艺。算了，明天找个绣娘缝吧。”

微生瓷拿过她手中的针线，找了绷架把布绷好，问：“要什么花样的？”

蓝小翅惊愕：“你会啊？”

微生瓷说：“微生世家的暗器有七十二篇，针是很重要的一篇。刺绣主要是训练手的灵巧程度。”他随手下针，绣了最基础的飞鸟衔鱼。

蓝小翅坐在旁边看，惊叹：“哇，想不到你还会这个，很厉害啊！”

微生瓷说：“我爹绣得更好。”

蓝小翅一想到微生歧坐在屋里绣花的模样，笑炸。

微生瓷下针快得令人眼花缭乱，是真的以暗器的手法来绣的飞鸟。眨眼之间就是十几针，落针精准，绝无偏差。蓝小翅倚在他怀里，看这荷包像是自己生长一样。

约莫半个时辰，微生瓷把荷包缝好。针脚扎实得不像话。

蓝小翅在他脸颊上亲了一口：“我的夫君，你好厉害！！”

微生瓷有点儿害羞，白净的脸颊略略泛红。蓝小翅心头痒痒，在他怀里扭动身子蹭了蹭，说：“夫君——”声音娇滴滴的，转了几个花腔。

微生瓷的呼吸略有些急促，随手将荷包搁在桌上，抱起蓝小翅往榻边走去。蓝小翅搂着他的脖子，轻声说：“小心伤口，不会又流血吧？”

微生瓷说：“已经好了。”

蓝小翅喔了一声，微生瓷把她放在榻上，仍然没脱裤子，直接覆身上来。蓝小翅说：“靠！”

好感瞬间归零！

第二十四章 出任羽尊

第二天，蓝翡召集郁罗、森罗、木香衣，和凤、白、银等人，再次商量抵御仙心阁和慕流苏的事。

蓝翡说：“目前我们的布置，已尽全力。但是仙心阁实力强大，不算万无一失。”

郁罗说：“慕流苏手下战力虽然不强，但是人多。仙心阁弟子战力更是胜我们羽人子弟一筹。如果确实要战，我建议……”他顿了顿，还是说，“使用昊天赤血。”

凤翥看了一眼白翳和银雕，凤、白、银三家都有子弟在郁罗手下。郁罗的弟子个个武功高强，只有他们注入昊天赤血，能使昊天赤血药力最大化。

可是这也意味着，这些年轻的羽族弟子，将会只剩下不到五年的寿命。

蓝翡羽扇半掩面，没有说话。凤翥咬牙：“到了这时候，也顾不得这么多。如果仙心阁一定要跟我们拼一个鱼死网破，我也愿意注入一支昊天赤血。保卫族人安全撤离。”

蓝翡终于幽幽道：“其他羽人，也这样想？”

毕竟郁罗手底下全是历年来羽族非常优秀的孩子。谁的父母不曾对自己孩子寄予厚望？

银雕说：“我去找他们父母商量一下。这是为了整个羽族，也是没有办法的事。我想他们会理解。”

蓝翡轻笑：“理解？可能理解吗？”

郁罗和森罗都没有说话，正在此时，外面仙心阁开始有人大声道：“方壶拥翠的羽人听着，羽人从奴隶一路走到至今，家园来之不易。仙心阁对羽族从无敌意，朝廷更对羽人抱以最大善意。但是羽人之中，蓝翡、森罗、郁罗、木冰砚等人，杀人如麻、恶事做尽，实在罪大当诛。现如今，只要你们放弃抵抗，仙心阁与朝廷保证，只诛杀凶徒，绝不伤羽人一毫一厘。”

凤翥等人都愣住，蓝翡说：“呵，开始分化了。”

郁罗说：“情势紧急，羽尊不应再犹豫。”

银雕站起身，说：“我去找孩子们的父母。”

蓝翡说：“去吧。”话音刚落，门被推开，微生瓷进来。蓝翡跟他大眼瞪小眼，见他似乎是没话说的样子，只好问：“你怎么来了？”

微生瓷才答：“小翅让我来保护你。”

蓝翡说：“她也不怕我受不起。她人呢？”

微生瓷说：“出去了。”

蓝翡斜睨他，你就这么回答我的话？不打算具体说说去哪儿了？

可是微生瓷是真不打算说了，蓝小翅让他保护蓝翡，他就盯着蓝翡，哪也不打算去的样子。蓝翡叹了一口气，说：“你不一定非要堵在门口才能保护我吧？过来坐下。”

微生瓷这才说：“哦。”走过去坐到蓝翡身边。蓝翡一脸无奈，只得无视这个女婿，转头对郁罗说：“你真的觉得，注入昊天赤血，是最好的办法吗？”

郁罗说：“我不明白羽尊的意思。”

蓝翡说：“我只是在考虑，别人的利益，和我的利益。”

郁罗看了一眼他，没说话。旁边的森罗说：“羽尊的利益，就是羽人的利益。”

凤翥、白翳也说：“羽尊，那只是慕流苏分裂我们的诡计！难道羽尊还要相信他的话不成？”

蓝翡轻呵了一声，再没说话。

仙心阁等在外面，还在不停地重复先前的喊话。所有的羽人都听见了。方壶拥翠有一种说不出的压抑之感，银雕将所有羽人聚集在蓝翡的住所之外。

蓝翡走出来，看着下面沉默却并未骚乱的人群。他说："仙心阁的喊话，你们听见了。慕流苏和仙心阁的人马，以羽族现在的实力，无法一力抗衡。如果要保证绝对的胜利，只有一个办法。"

下面没人出声，他扫视人群，说："羽族有一种可以瞬间增强人体质的药剂，名为昊天赤血。此药注入人体内之后，可令人功力提升数倍乃至十数倍。"

下面羽人终于有一阵骚动，蓝翡说："但是它有缺点，注入此药的人，只能活三到五年。现在郁罗手下弟子，是我们羽族战力最为强大的优秀子弟。他们注入，当然昊天赤血的功效会得以充分发挥。你们中，有他们的父母兄弟，现在我想问一问，你们的意见。"

人群沉默。

蓝翡说："或者，你们也可以接受仙心阁的条件。"旁边森罗说："羽尊！"

蓝翡竖起手制止他，说："当初起事，原也只是为了让羽人安身立命，不再受人欺压迫害。如今你们投降仙心阁，也不违吾之初衷。"

人群中有人说："羽尊，羽人能有这些年的安宁，全是您与诸位大人之功。如今羽族到了存亡之时，年轻后辈的牺牲固然可惜，但也同样可敬。郁罗大人手下，有我两个儿子，可……可如果羽尊真有用得着他们的地方，是他们的荣幸！"

他一开口，立刻有其他羽人附和："羽尊，方壶拥翠不是您一个人的，是所有羽人的。现在面临战事，当然也应该由所有羽人一起保卫。我们跟着羽尊，绝不投降！"

群情激愤，呼声一片。

郁罗说："这样犹豫，不像你了。"

蓝翡微笑，说："这样犹豫，当然是因为我有更好的办法。"郁罗望定他，他以扇掩面，说，"好吧，他们让我有点儿感动了。"

郁罗说："请你相信，无论何时，羽人从不惧战。"

蓝翡说："当然。"

外面，仙心阁已经喊话很久了。要让声音传遍方壶拥翠，是极耗内力的事。

所以喊话的高手已经换了几个。温谜看看慕流苏，已经过去了如此之久，整个方壶拥翠，没有一个羽人投降。

慕流苏面沉如水，这些早在意料之中，他说："知道温阁主心有不忍，我的人打前锋吧。"他也知道这是为了自己儿子，当然也不能吝啬。而且温谜这个人，素来君子作风，行事难免会顾前顾后，拖泥带水。羽族的事拖了这么多年，指着他先行抢攻，也不可能。

温谜说："不要伤及平民。"

慕流苏说："当然。我并不打算血洗方壶拥翠。"但是如果平民抵抗呢？

方壶拥翠之中，羽人全都带上了武器，正热血激荡。连蓝翡这样的人都感动了，那视死如归的场面还是很壮烈的。人人眼眶通红，只是微生瓷觉得——怎么这么吵？你们打架就打啊，嚷嚷什么？

蓝小翅赶回来，看了一眼，说："都干什么？不会武功的平民和孩子全部出列。"

所有平民和孩子都站出来，蓝小翅扫视他们，说："不要携带兵器，你们那点儿战力，也做不了什么。仙心阁是名门正派，不会屠杀不抵抗的平民和孩子。"

蓝翡含笑看了她一眼，问："去哪了？"

蓝小翅说："去外面看了看，仙心阁这次来的人不少，慕流苏更是压上老本了。"

蓝翡说："如果抓到慕裁翎，慕流苏会不会听话一点？"

蓝小翅说："第一，慕流苏没那么笨，会给出我们往返侠都的时间。第二，除非你把他儿子弄死，绝了慕流苏这份心思。但是如果真的弄死了他，还是难免一战。这并不能解决问题。"

蓝翡说："是啊，真是难题呢。"

蓝小翅转头面向花枝之下的羽人，说："所有羽人，除了羽尊和森罗、郁罗需要指挥战斗以外，其他人按战力高低排名。若有需要，功力高者当先注入昊天赤血。依次往下。"

羽人俱静，有人说："大小姐……您……"如果按战力，蓝小翅恐怕是头一个了。

蓝小翅说："我第一个。我知道，羽族精英里面有你们的儿女至亲，但是到了这关头就别计较那么多了，有力出力。也不能太悲观，一支昊天赤血能活三年五载，指不定到时候木神医能研制出什么解药来。"

蓝翡说："小翅！"

蓝小翅低声说："暗族不知道会不会相助慕流苏，现在仙心阁实力最强。我们只有一开始就将仙心阁打残，慕流苏才会害怕，暗族也会观望。这样损耗最小！所以只有立刻赌上全部实力，才有胜算。"

她的神色难得的认真，每一个字出口，都下定决心。蓝翡微笑，突然说："诸位。"他一说话，所有人都安静下来。他的声音很轻，入耳却有一种说不出的舒适感："蓝某出任羽尊十八载，感谢大家支持拥戴。方壶拥翠是羽人的栖居之地，我们千辛万苦才迁移至此。十七年建造耕耘，以血汗滋养，将荒草枯树浇成沃土良田。如今战火蔓延，我们的心血又将重化焦土。我心不忍。"

蓝小翅歪着头看他，蓝翡向她微笑，说："大家都知道，我的女儿，羽族大小姐蓝小翅，今年已经十六岁。她从小就生长在方壶拥翠，和你们每个人一样，流着羽人的血。比起我，她更平和，更冷静，更多智计。当然，也更适合领导已经有家有业的你们。"

蓝小翅愣住："爹！！"

蓝翡竖起手制止她说话，继续道："现在，仙心阁只是冲着我与郁罗等人而来，与诸位无关。只要我们离开，他们也没有别的借口宣战。"

所有羽人都愣住了，蓝小翅第一次怒吼："我绝对不会允许仙心阁将你们赶出方壶拥翠！"

蓝翡将手按在她肩上，说："宝贝儿，爹才刚刚夸过你冷静，你就要让爹难堪。"

蓝小翅说："你休想撂挑子走人！"

蓝翡轻笑，说："这是最好的办法，宝贝儿，你知道的。"

蓝小翅当然知道，如果羽尊是她，而蓝翡等人不在，首先，温谜就不会进攻方壶拥翠。他总不能带着弟子攻打自己亲生女儿的领地吧？何况蓝小翅本身并没有什么污点。

仙心阁只要拒绝出战，慕流苏想要挑起战火，第一是实力差距。他虽然人多，但是朝廷不发兵，仅凭他自己的人，要战胜羽族很困难。第二就是，蓝小翅毕竟是他继女，他想战，传到青琐耳朵里，他这夫人还要不要了？

这是一着妙棋。唯一不妙的就是，还是得蓝翡等人离开。一如蓝翡所言，别人的利益，或者他自己的利益。

蓝小翅不知道为什么，只要一想到蓝翡和郁罗、森罗等人会因此而离开，就止不住地流泪。她紧紧抓住蓝翡的手："不许你走！"

眼泪流下来，穿过面具，滴落。于是微生瓷一脸严肃地看着蓝翡，说："那你不准走！"

蓝翡气得瞪了他一眼，转头低声对蓝小翅道："你长大了，宝贝儿，要学会取舍。"

蓝小翅扑到他怀里，终于哇的一声哭出来："不许走！"

蓝翡拍拍她的背，说："所有的妥协，都是因为还不够强大。你要明白这个道理。爹把羽族交给你，这个担子不轻松。但是爹知道你可以胜任。"

他把蓝色的羽毛扇交到蓝小翅手里，说："这把扇子的扇柄，是爹仇人的白骨所制。当初将它作为羽尊的信物，并不是想要族人记住仇恨，而是更想提醒自己弱肉强食的道理。现在爹把它给你，你也要牢记。"

蓝小翅哇哇大哭："我不听不听！不许你走，就不许你走！我让小瓷去杀了慕流苏，杀了温谜！"

微生瓷说："好！"只要你别哭，什么都好。他一转身就要走，蓝翡赶紧怒道："小瓷，站住！"若他真的这样干了，微生歧是真的会翻脸的，那才是天下大乱了。

微生瓷狐疑地看看蓝翡，终于还是决定去哄蓝小翅。他把蓝小翅抱进怀里，抚摸小狗一样轻轻抚摸她的头发。蓝小翅挣脱他的怀抱，扑过去抱住蓝翡的腿。蓝翡扫视羽人，说："我的话，你们都听见了？"

羽人跪地，出乎意料的反应不大。毕竟这几年，羽族内部的事一直是蓝小翅在管。而且看看人家父女情深的样儿，说不定现在羽尊就是出去避一避。回头风头过了，羽尊就飞回来了。

所以所有羽人齐声道："参见新任羽尊。"

蓝翡看看大家，再看看正抱着他的腿号啕大哭的蓝小翅，说："好了，你们羽尊接受了。起来吧。"

羽人纷纷起身，蓝翡理了理蓝小翅的头发，说："宝贝儿，你真是太给爹丢脸了。"他向微生瓷扬扬下巴，说，"抱住她。"

蓝小翅说："不要！爹！"

微生瓷上前抱住蓝小翅，蓝翡看看郁罗和森罗，微笑道："走吧。方壶拥翠待久了，去外面看看也不错。"

三个人振翅而起，按照仙心阁的名单，将过往杀人过多的羽人战士，连同木冰砚、木香衣父子二人一起，全部带离。蓝小翅向空中伸出手："爹！"

蓝翡低头看了一眼，决然而去。

蓝小翅眼泪流个不停，风翥说："大……羽尊，现在我们是怎么办？"看样子，好像是决定不打了。

蓝小翅一边哭，一边道："跟我去见温谜和慕流苏。"边说话边抽泣，特别可爱。风翥埋怨道："我说你好歹已经是羽尊了，别这么给羽族丢人行不行？"

蓝小翅哭得根本就停不下来，闻言也不理他，径直出去。

外面，慕流苏已经点好人马，准备杀进方壶拥翠了，突然看见蓝小翅出来，她身边还跟着微生瓷、风翥等人。慕流苏皱了皱眉头，这丫头又想出来使什么计策了？

蓝小翅哭得一抽一抽的，走到慕流苏和温谜面前。温谜到底是父亲，见状立刻问："发生了什么事？"

慕流苏直嘬牙花子——干吗啊哭成这样？嗯，难道是蓝翡死了？！那可就真是太好了！

蓝小翅哭得上气不接下气："我爹把羽尊之位传给我，自己带着郁罗他们离开了。"

温谜简直不敢相信自己的耳朵："把羽尊之位传给你？"可……可毕竟蓝小翅还只是个刚满十六岁的小姑娘啊！这蓝翡可真是心大！

然后他突然反应过来——蓝小翅成了羽尊，太好了！她的行事风格，比蓝翡可好多了！

慕流苏也不相信自己的耳朵，问：“你？羽尊？！”

旁边凤翥看见蓝小翅哭成这样，是真的脸红了，为了羽族的尊严，只好一本正经地道：“前任羽尊已经当众传位给我们大小姐，也就是现任羽尊蓝小翅。”

慕流苏气得掉毛——该死的蓝翡，你敢给我玩这手！

然后他就为难了，现在是打还是不打啊？打吧，蓝小翅成了羽尊，仙心阁是肯定不会动手了。他若动手，回头让青琐知道……青琐那性子，别看平时温柔体贴，真要发了火，看看她怎么对温谜的吧！！

老实说，想到夫人的怒火，他有点儿怕。可是不打吧，裁翎以后可如何是好？

温谜经过这一缓冲，已经恢复了冷静，然后越想越觉得不错。看着眼前哭得一把鼻涕一把泪的蓝小翅，他温柔得都快泛出母性的光辉了，柔声说：“别哭了。蓝翡离开羽族，对羽人而言是好事。”

蓝小翅哭着道：“都怪你们，你们这两个坏人！”

温谜无奈一笑，这样的孩子，他怎么可能跟她交战呢？他拉起蓝小翅的手，一副想手把手教女儿做事的模样，说：“乖，我们先进去谈，好不好？”

蓝小翅甩开他，说：“不要理你，讨厌！”

温谜苦笑，说：“好了孩子，走，爹有其他事想跟你说。”说罢，回头看一眼仙心阁的弟子，声音温和却有几分威严，“退后十里驻扎。”

蓝小翅由他拉着，往方壶拥翠走。她玲珑心肝一样的人，当然知道现在只有示弱才是最好的办法。只有表现出天真软弱，温谜才会心软，认定她是可以“教化”的。

而只要温谜能给她撑腰，慕流苏就暂时不敢打方壶拥翠的主意。

慕流苏气得干瞪眼，却也没有办法。他是为了儿子有一个栖身之地，总不能因为这个赔上夫人。最后想一想，说：“温阁主，小心这只是蓝翡的诡计！”

温谜说：“进去看看便知。”

二人只带了几个得力的侍从，跟着蓝小翅进到方壶拥翠，果然不见蓝翡、郁罗等人。但连慕流苏都觉得奇怪的是，蓝翡等人离开了，羽族却并没有乱。

羽人们都很安静，战士们并未解除武装，平民和孩子都各自在家。

蓝小翅见诸人还聚集未散，抽泣着道："看什么，还不回家去！"

羽人们应了一声"是"，很快各自散开，各司其职了。羽人对她出任羽尊的事，全无反抗情绪。慕流苏真是不明白了，问一个羽人："你们难道不觉得被一个女人统领，是件很羞耻的事吗？"

那羽人看了他一眼，一脸莫名其妙："什么女人，那是我们大小姐。"

很理所当然的话，温谜心中惊讶，蓝小翅说："温爹爹，我爹走了，我该怎么办啊！"

慕流苏心想我倒是想教你怎么办，你怎么不问我啊？

温谜哭笑不得，这丫头啊！这声爹估计又不会白叫的。他说："你想怎么办啊？"

蓝小翅说："我也是刚刚出任这个羽尊，什么都不懂的，以后温爹爹你多教教我。"

温谜明知道这是有所求，心里还是像喝了一杯热茶，说不出的舒适："当然。"

慕流苏哼了一声，这丫头，从来都是擅长打感情牌的，瞧这会儿把温谜哄得，五迷三道的！他说："蓝翡可是有翅膀，说飞走就飞走，指不定晚上就飞回来了！你就不怕这只是他的缓兵之计？"

温谜转头问："你待如何？"

慕流苏说："我们各派一部分人手，在方壶拥翠帮忙。一边帮忙，一边也算是防止蓝翡再回来。你意下如何？"

温谜沉吟："这倒是可行。"

慕流苏说："小翅，你觉得呢？"

蓝小翅说："可以是可以，不过既然是进入方壶拥翠，可就得听我的命令。不然不好管束的。"

她说得在理，慕流苏说："可以。"心里还是有点儿高兴，等我的人站稳了脚跟，以后也好办事。温谜倒也同意，蓝小翅说："口说无凭，还是得立个字据。"

说完，让风翥拟了文书，慕流苏和温谜各派二百人，一共四百人帮忙驻守方壶拥翠。四百人在羽族期间，完全遵从羽人习俗，服从蓝小翅调配，违令可斩。

文书立好之后，温谜还要赶着去暗族——那里还有好些个被擒获的武林同道呢。

慕流苏虽然心有不甘，却也要返回侠都了，他出来得可够久了。

等二人走了，蓝小翅看看这留下来的四百人，转头对凤翥说：“今年不用买奴隶啦！”

凤翥莫名其妙：“啥？”

蓝小翅说：“我看了看，这四百个人武功不弱，也很强壮，以后羽族有什么脏活累活，割荆棘、铲鸟粪什么的，交给他们好了。”

凤翥一愣，登时眉开眼笑，妙啊！

从此，这四百人在方壶拥翠，过上了猪狗不如的生活……

这个不提，当天夜里，凤翥说：“大小姐，既然现在您是羽尊了，就请迁入羽尊的居所吧。”

蓝小翅说：“我爹的住所全部原样保留，除了定期打扫，不得乱动。”

凤翥愣住，突然发觉，蓝小翅对蓝翡，是真的父女情深啊。他深鞠一躬：“属下遵命。”

蓝小翅说：“你给九微山送信过去，我家老太爷，知道怎么写的吧？”

凤翥说：“属下明白。”

蓝小翅说：“那没别的事了，反正一切也是照旧，你下去吧。”

等到凤翥离开了，她终于一头扎进微生瓷怀里。微生瓷抱住她，馨香满怀。他心情不错，说：“睡觉吗？”

蓝小翅说：“小瓷，我想我爹了。”

微生瓷拍拍她的背，很久，说：“我也很想我娘。”

蓝小翅将他的腰搂得更紧一些，说：“那我好一点，我爹我应该还能再见着。”

微生瓷说：“嗯。”

沉默许久，蓝小翅说：“可我还是不敢想，他不在方壶拥翠了。”

微生瓷说：“我去把他逮回来？”然后瓷少爷眉头皱起，有点儿烦恼，蓝翡要是飞在空中不下来，还真是有点儿难逮。拿箭射？呃，好像不太好……

蓝小翅窝在他怀里，说："小瓷，我好想知道他去了哪里。"

所以晚上，蓝小翅半夜醒来，发现微生瓷又不见了。

那时候天色将明未明，蓝翡带着郁罗、森罗、木冰砚等人来到一处僻静的小宅。蓝翡说："这里是以前蓝家的一处宅子，我母亲刚有了我时，老爷子就命她在这里待产。"他一吹，桌上全是灰，然后微笑，说，"因为过于偏僻，所以蓝家人自己也不常过来。简陋是简陋了一点，胜在安全。现在蓝家人，除了我，没有人知道这个地方了。"

话音刚落，外面一个脑袋探进来。蓝翡摸了摸鼻子——小子，你就非要这时候出现，来打你岳父大人的脸？郁罗说："微生瓷？！你怎么找来的？！"

微生瓷看了看屋子里的人，又看看屋子里的灰，没踩进门，说："小翅膀很想你。"

当然是跟蓝翡说话，蓝翡微笑，不要小看瓷少爷的毅力，当初他挖落日城的事迹，到现在还有人四处传扬呢。

他说："我知道了。"

微生瓷于是理所当然地说："哦。"一转身，回去了。

木冰砚都要笑出声来——这少爷呆得，这是找了一晚上吧，还跑来吓我们一跳，就为了说这一句？

是不是傻啊！！

一直到正午时分，蓝小翅都急了，终于见微生瓷匆匆赶回来。他身上全是汗，蓝小翅赶紧拿丝绢替他擦擦："你这是去哪儿啦？看看这一身的汗和土！"

微生瓷说："你爹他们在北边一个山下的小宅子里。"

蓝小翅心中一喜："他们怎么样？"

怎么样？微生瓷当时只看了一眼，不能确定怎么样，他皱眉，半天终于想了一个恰当的词来表述："都还活着。"

蓝小翅气笑了，粉拳捶了一下他的胸口："你讨厌啦！"

微生瓷不明白，是都活着嘛！

蓝小翅依偎在他心口，听见他心跳得厉害，知道这一路肯定是全力赶路了。她发现自己心疼了，像蓝翡等人的离开一样。她轻声说："小瓷，你可不可以不要对我这么好啊？”

微生瓷说：“为什么？”

蓝小翅紧紧拥抱他，我怕你太好，从此别的人都代替不了。

九微山。微生歧正等着儿子把儿媳妇带回来呢，左等右等，只等到羽族前来的一封拜帖。微生歧拆开，就看了一眼，就惊住——什么啊！他重新看了一遍，终于明白过来——蓝小翅成了羽尊？

不对啊，微生家主觉得自己都快不识字了。蓝小翅不是自己儿媳妇吗？什么意思？她现在是方壶拥翠之主了？

一瞬间，心头怒火简直是熊熊燃烧！她成了羽尊，怎么给微生世家传宗接代，怎么相夫教子，怎么安守妇道？

微生歧坐不住了，只得再下九微山，天啊，为了这个小妖女，自己最近外出的频率比之前三五年加一起都多！

蓝小翅先去了羽藤崖，蓝翡带走的那批人，都是最初领着羽族一步一步拔出泥潭、得以自立的人。他们手上虽然沾满鲜血，但同样地，也是羽族最精锐的力量。

现在郁罗和森罗虽然也留下了凤遥、白鸥这些弟子，但是毕竟年轻，比蓝小翅也大不了多少。而且生活在安逸的方壶拥翠，没有经历过什么血腥之事，他们的战力始终还是过于薄弱。

羽藤崖下，凤遥见到蓝小翅过来，立刻过来行礼：“大……羽尊。”

蓝小翅说：“之前用来试药的奴隶，虽然已经蒙混过了仙心阁，但毕竟不是长久之计。凤遥，把神志正常的奴隶放出来。神志已经无法恢复的，暂时留在羽藤崖下。原来供采血的奴隶，全部释放。”

凤遥说：“可是羽尊，如此一来，日后若是木神医他们回来……”

蓝小翅说：“我会找到合适的人给他的。现在先这么办。”

凤遥躬身道：“是。”

微生歧杀气腾腾地闯入方壶拥翠的时候，羽人第一时间示了警。现在森罗不在了，负责方壶拥翠安全的变成了银雕的儿子银猢。微生歧怒目一翻，银猢的腿都软了：“微、微……”

微生歧怒道："蓝小翅呢？！"

银貅战战兢兢地道："我……我死也不说！"

哟呵，还挺有骨气。微生歧一把抓住他的咽喉，银貅那也是公子哥出身啊，当即都要哭了。身后银雕赶来，真是羽毛都炸起来了。一看微生歧抓住自己儿子的喉咙，他也要哭了："微生家主！！手下留情！"

微生歧问："蓝小翅呢？！"

银雕又快又干脆地说："在羽藤崖！"

微生歧这才放下银貅，袍袖一拂，如若长风，消失在众人眼前。银雕急忙上前扶起儿子："貅儿？你怎么样？"

银貅用手抚了抚咽喉，等气顺了，才说："我……我好像没事。爹，你把羽尊的下落告诉他了，会不会太没骨气了？"

银雕气道："骨气个屁！羽尊是他儿媳妇，他一个公爹，就算找过去，能怎么的？！"

此时所有的羽人都聚集过来，听了这话，突然一阵狐疑，然后反应过来——嘿，谁说羽族现在没有高手！我们羽尊的夫君，那是谁？！那可是微生世家的少主哇！！

怕个球哦！突然一下子，所有的羽人都张开翅膀儿，大摇大摆起来。

羽藤崖下，蓝小翅将所有的奴隶聚在一起，这些奴隶中，有的被圈养采血多年，早已瘦骨嶙峋；有的则是被反复试药，身体表现得跟常人多少有点不同。

这样的奴隶，一共约有二百人。蓝小翅站在他们中间，他们看向她的眼神，充满敌意。

微生歧赶到羽藤崖下，就见蓝小翅身后跟着两个清秀少年——凤遥和青鹏。他大怒，立刻快步走近："蓝小翅！"

蓝小翅转过头，看见是他，不仅不慌，反而笑盈盈的："呀，是公爹。儿媳见过爹爹。"

微生歧被她咽了下，也意识到自己总不能上前打她。他说："小瓷呢？！"说着话，就瞪了一眼蓝小翅身后的青鹏和凤遥。微生家主眼神都能杀人，凤、青二人不由退了一步。

蓝小翅说：“小瓷在房间里练功，爹找他有什么事吗？”

微生歧说：“什么事？谁准你接任羽尊的？！”

蓝小翅一脸奇怪，说：“爹，我接任羽尊，需要谁同意吗？”

微生歧大怒：“你已经嫁入我们微生世家，就是我们微生家的人！何况你一个女子，出来抛头露面，成何体统！”

蓝小翅说：“爹，我这里还有一点儿事，您大老远赶来也累了，不如先歇一歇。晚点我们再好好谈一谈。好吗？”

她声音柔柔软软的，微生歧说：“哼！”这时候他也看到蓝小翅面前站的这二百来人神情不对，她似乎真的有事，于是他不说话了。

蓝小翅转头对这二百多奴隶说：“我看了一下你们的资料，你们都是被卖入方壶拥翠的奴隶。虽然当初签了死契，但是我爹他们不该拿你们试药。我为这种行为表示歉意。”微生歧听见这话，心头又是大怒——蓝翡果然不是个东西！看看他干出来的这些事！

他还没说话，人群里面一个被采血的奴隶声音干涩地道：“道歉？我们被囚禁采血这么多年，你一句道歉，就能抵消吗？”

蓝小翅说：“当然不能，因为在此的各位，是有幸活下来的人，还能听到我一声抱歉。如果各位死在羽人试药的过程中，我能给予的，也只有一句抱歉。这解决不了任何事，所以我今天来，是希望能够实质地解决问题。”

她这样一说，二百多个奴隶顿时都激动起来：“我们过着猪狗不如的日子，你打算怎么解决？”

蓝小翅说：“最好的方案是，我放你们出羽藤崖，先替你们调养身体。等恢复正常之后，你们跟普通奴隶一样劳作，如有伤病，会得到及时医治。”

奴隶们大怒：“这就是你的补偿？如果我们不能接受呢？”

蓝小翅说：“现在，能接受的站到左边，不能接受的站到右边。”她不过是个小女孩，生得又娇小，戴着面具，大家也看不清她的表情。这时候说话又柔软，一副软弱可欺的模样。所以大多数奴隶都站了右边，表示不同意，只有十几个奴隶站在左边。

蓝小翅看了看这十几个奴隶，说：“青鹏，把他们带出去，养好身体再派活计。”

青鹏答应一声，蓝小翅转头看看这一百多号奴隶，说：“你们都不同意吗？”

这一百多号奴隶面目带煞：“羽族食我们的血肉，休想如此善罢甘休。”

另一个人怒骂：“现在蓝翡跑了，你惧怕仙心阁，以为凭几句话就能收买人心？告诉你，这件事不可能就这么算了！对不对兄弟们？”顿时，其他人七嘴八舌，都说开来。有的提条件，有的辱骂蓝翡，还有的骂蓝小翅惺惺作态。微生歧在旁边冷眼观瞧，难免有些幸灾乐祸。呵，小丫头，你以为人心是那么容易说服的？

蓝小翅倒是也没什么情绪波动，仍然平静地说：“好吧。”然后她退开，说，“凤遥，我刚任羽尊，温阁主又看得紧，不好出手杀人的。”

凤遥看着她——所以？

蓝小翅继续说：“你想办法把他们弄死……嗯，就报个斗殴身亡吧。”

凤遥吃惊：“羽尊？”微生歧也愣住了，蓝小翅回头：“怎么？你听不懂我的话？”

凤遥说：“是。”一挥手，火雀、白鸥等人都围了上来。蓝小翅说：“不要使用自己的兵器啊，说不定仙心阁会查验尸体的。回头谁被查出来，自己负责。”

于是羽人们放下兵器，但他们毕竟是森罗和郁罗教出来的弟子，就算没有趁手的兵刃，要杀这百来号奴隶还是容易的啊！

一百来号奴隶都惊呆了——怎么，不是来补偿我们的吗？怎么一言不合就杀人啊？！

蓝小翅笑嘻嘻地挽起微生歧的手，亲热地道：“爹，您一路赶来辛苦了。我决定亲自下厨，做几个小菜，我们一家三口好好地喝几杯。”微生歧觉得有点儿害怕了——她的笑容那么纯澈，好像一个不谙世事的漂亮孩子。

身后的羽人开始围攻奴隶了，顿时惨叫声一片。有人头被开了瓢，血呼地流下来。他慌了，立刻惨叫：“羽尊！羽尊！我不反对您了，我愿意出去干活！饶命，饶命啊！”

蓝小翅说：“现在才求饶，我好好跟你们说话的时候你们干吗去了？”

越来越多的人受伤，但好在凤遥他们这拨羽人，毕竟是没杀过人。而且这时候又不能使用自己的兵刃，所以只是殴打这拨奴隶，倒是还没弄出人命。

只是因为接到命令是杀，所以下手当然也不轻。奴隶们本来就虚弱，此时被打得更是招架不住。顿时一个两个全部跪倒：“羽尊，我们知错了！求羽尊饶命！”

蓝小翅说：“你们既然有能力反抗，想来也没多少伤病。凤遥，正常安排活计给他们。”

凤遥答是，其他人等俱长吁一口气，对于一直生活在安定中的他们来说，杀人的感觉，真的太糟糕了。

等到奴隶们将被带出羽藤崖的时候，蓝小翅说：“诸位。”一百多号奴隶都回过头，生怕她又变卦。蓝小翅声音不再是之前的柔软，变得冰冷而威严：“羽藤崖下，埋葬了三千余具奴隶尸体。我不希望再添新的血肉。但是如果真有必要，尸首是三千还是三万，也不过是滋养此间沃土，并无不同。生命得来不易，望各位好生珍惜。”

话落，挥挥手，凤遥这才说：“走吧。”

一百多奴隶跟随他爬上藤梯，离开羽藤崖。再没有人敢回头。蓝小翅这才对火雀说：“这些人，由你看守。平时要注意动向，以防他们私下报复羽人。如果确实有体质虚弱，不堪劳作者，也不要凌虐逼迫。按正常程序治病养伤，但不能给予特殊照顾。先前的十八个人，你也要密切观察。”

火雀躬身道：“是。”

蓝小翅看看崖下，终于说：“把这里清理一下，以后就用作羽人练功静修之所。”

紫鸩答了一声是。蓝小翅说：“爹，我们走！”

微生歧这才想起自己应该还在生气，他说：“哼，蓝翡关押奴隶采血试药，你的补偿方法，就是让他们继续做奴隶？”

蓝小翅说：“爹，你是想听善良一点的说辞呢，还是冷静一点的呢？”

微生歧跟着她往崖上爬，其实他完全可以飞速离开，只是跟儿媳妇说着话，不好这样的。而他总也不能把蓝小翅抱上去，当然只有跟着她慢慢爬了。

他说："哼！"

蓝小翅说："往善良一点说，他们知道昊天赤血的秘密，我只要放他们离开方壶拥翠，他们立刻就会被别的势力抓去，或者严刑逼供，或者百般试验。我可以给他们金钱上的补偿，但他们有命花吗？羽族的钱也不是大风刮来的，和他们的性命一起孝敬别人，我觉得没必要。"

微生歧说："你打算拿这些话糊弄温谜？"

蓝小翅很耐心地解释："这不是糊弄，如果温阁主在这里，他就会知道这是事实。"

微生歧说："冷静的说法呢？"奇怪，他发现自己还挺喜欢跟这丫头说话的。

蓝小翅说："冷静的说法是，这些人本来就是方壶拥翠花钱买来的奴隶，不管是三两二两，总之真金白银，没错吧？当时契约上就说好了是死契，我爹就算是把他们拿来煮了，也只是有些残忍而已。"

她说这话的时候，是真的非常冷静。微生歧说："蓝小翅，九微山虽然不像仙心阁一样自诩正义，但是也知道人命关天的道理。你不能真的作此想。"

蓝小翅说："爹当初杀入方壶拥翠，死了多少羽人？为什么当初爹没有想过这些人命关天的道理？"

微生歧怒道："那时候他们想要杀我！"

蓝小翅说："爹，方壶拥翠是羽人的家园，您持剑闯入，还怨别人反抗？"微生歧愣住了，蓝小翅说，"那么好吧，就算你的想法是成立的，别人要杀你，所以你杀了他们。我爹使用奴隶，是为了试验昊天赤血。他为什么试验昊天赤血？因为有人要杀他，要杀他的族人。你看见了试药而死的奴隶，骂他凶残狠毒，而那些如今安居乐业的羽人，则会拍手称赞他的功德。"

微生歧突然混乱了，他说："可是当时，我闯进方壶拥翠，是受绣儿所托，寻找你的下落。"

蓝小翅说："我知道，所以从始至终，我并不觉得我们之间有什么仇怨。毕竟你也不能站在原地让羽人砍不是。"

微生歧说："如果，我是说如果蓝翡对你很差，非常差，你现在活得很惨，你还会这样维护蓝翡吗？"

说话间，二人已经爬上羽藤崖，蓝小翅拍拍双手，说：“如果我爹小时候，在蓝家，在蓝老夫人和蓝老爷膝下，活得还不错的话，他会杀尽蓝氏一家老幼吗？”

微生歧沉默了，蓝小翅说：“这就是答案，我过得还不错，所以我不恨，我维护。他过得很差，所以他仇恨，他报复。”

一路来到微生瓷的房间，微生瓷已经听见外面的脚步声，此时过来开门。蓝小翅一把冲进他怀里：“小瓷！”

微生歧又怒了：“什么小瓷，要叫夫君！一点儿规矩都不懂，小瓷是你叫的？他是你儿子啊？”

蓝小翅笑得不行，回头一指微生歧：“小瓷，你看你爹又骂我！”

微生瓷满脸不悦，自己这个爹，好几天不见，怎么一来就骂小翅膀呢？！微生歧气得简直肺都要炸了，他说：“混账东西！我是你公爹，还教训不得你了！”你还敢告状！

蓝小翅朝他吐了吐舌头，做了个鬼脸，然后说：“你们先坐，我去亲自下厨，炒两个菜，款待爹爹。”

微生歧哼了一声，这还差不多，媳妇没有个媳妇的样子。

蓝翡的侍妾里，有会做菜的，所以蓝小翅还是会做几个菜的。这时候亲自下厨，烟峦看见了，笑着说：“哟，今天太阳打西边出来了。我们大小姐居然跑到厨房来了。”

蓝小翅挥挥手，蓝翡走的时候，没有把侍妾们带走。现在这拨美人还住在后园里。烟峦过去帮忙，说：“羽尊他……没说过让谁跟着过去侍候吗？”

蓝小翅看了她一眼，说：“虽然我不愿意这么说，但是烟峦，他是在逃亡。”呵，我爹被迫逃亡了。蓝小翅看着厨子将鱼去鳞，心里突然又开始难过。

烟峦说：“其实在他眼里，我们这些姐妹，谁又有资格，跟他患难与共呢？”话到了末尾，终于有些哀伤起来。蓝小翅说：“你要离开吗？”

烟峦愣住：“什么？”

蓝小翅说：“烟峦，他这样的人，经历了太多黑暗，心都腐坏了，不会真心喜欢一个人的。这么多年，你还不知道吗？”

烟峦急切道："大小姐，我只是想待在他身边。我不拖累他，我在这里等他，不要赶我走。"

蓝小翅不说话了。

她做菜，跟所有世家小姐一样，是等厨子把所有食材都备好，然后帮厨再烧起灶火，她只要随便炒炒就好了。毕竟一个人欣赏另一个人的厨艺，只是喜欢看到她或者他衣着精致、举止优雅地在厨间忙碌而已。

谁会喜欢看一个满身油污、一身臭汗的人一会儿撅着屁股抱柴添火，一会儿手忙脚乱地剖鱼宰羊啊！

等到饭菜做好，端到房间里。蓝小翅烫了一壶酒，起身给微生歧斟上，说："爹，我敬您一杯。"

微生歧端起酒杯，跟她碰了一下杯，说："算你懂事。"

两个人对饮了一杯，微生瓷在皱眉头，蓝小翅给他倒了茶水，说："这酒很烈，你不要喝了。回头我让烟峦酿一点儿果酒。"

微生瓷嗯了一声，蓝小翅给他倒了茶水，又往他碟子里夹菜。微生瓷挑食，但她夹到他碟子里的，他会吃完。蓝小翅给他将菜蔬、鱼肉都夹了一些，说："尝尝这个山药泥，喜欢的话下次我多做点儿。"

微生瓷默默吃饭，微生歧说："你到底什么时候回九微山？"

蓝小翅说："如果爹有什么事的话，我把方壶拥翠的事情处理一下就可以回去。"

微生歧说："我是说，真正嫁到九微山！"

蓝小翅说："爹，我首先是一个人，然后才是一个女人。小瓷是我丈夫，我乐于照顾他。但是照顾他不可能成为我的全部。您明白吗？"

微生歧瞪大眼睛："你说的这是什么话！你作为一个女人，难道不应该为夫家绵延子嗣？！女人不侍候丈夫，不生孩子，你还想称霸江湖不成？！"

蓝小翅说："爹，一味地繁殖后代、照顾幼崽，是智商低下的动物干的事。我四岁开始读书习武，我有自己的爱好和理想。我不可能回九微山，过那种大门不出二门不迈的生活。"

微生歧啪的一声，将酒盏拍桌上："蓝小翅！"

酒盏碎裂，声音有点儿大，蓝小翅仍然微笑：“一把年纪了，不要老是动不动就发火。盛怒伤肝啊爹。”一转头，对外面的羽人道，“去，让厨房做个川贝雪梨汤，给我公爹降降肝火。”

羽人答应一声，躬身下去了。微生歧说：“不论如何，你今天必须跟我回九微山去！羽族的事交给温谜。慕流苏也会管！”

蓝小翅温婉道：“如果爹一定就要今天赶回九微山的话，我可以让小瓷陪你回去。不过九微山寒冷，方壶拥翠景致不错，我还是希望爹能多住几天的。”

声音平静，甚至很恭顺，却没有商量的余地。

微生歧一伸手，想要点她穴道，蓝小翅一闪身，微生瓷的筷子正好挡住了微生歧的手。微生歧怒道：“混账，你干什么？！”

微生瓷被他爹吼得脑袋一缩，半天说：“让小翅膀待在方壶拥翠。”

微生歧说：“小瓷！你知不知道我们在说什么！”

微生瓷很认真地说：“我听到了。让她做她喜欢做的事，不好吗？”

微生歧说：“她是你妻子，你知道吗？！微生世家祖训是不过问江湖事，如今她嫁入微生世家，却出任羽尊，算怎么一回事？！”

蓝小翅说：“我说过，如果你觉得有必要，可以带小瓷回九微山住一段时间。我答应你，羽族的任何事，绝不求助于微生世家，包括小瓷。”

微生歧愣住，蓝小翅说：“我保证。”

她的保证，就是承诺。微生歧气呼呼地道：“反正我不同意！我的儿媳妇不可以当任羽尊！”

蓝小翅说：“我既然嫁给小瓷，当然是真心想跟他相爱相守。我明白什么东西对我最重要，我绝不会因为任何公事让他涉险。我也保证会在我力所能及的范围内，最大限度地顾及我的家庭。但是爹，如果实在不能妥协，那你只能换一个儿媳妇了。当然了，我会觉得很遗憾。”

微生歧说：“你！！”

微生瓷站起身来，说：“我不换媳妇。”

蓝小翅回过头，对他笑了一下，拉他坐下，在他耳边小声说：“好，我也不换我们瓷少爷，如果你爹不同意，我们就悄悄来往，做情人好不好？”

微生歧的耳力能听不见？他气得掉毛，却听微生瓷说：“不做情人，做夫妻。”然后他看向微生歧，说，“爹，你可不可以，让我们自己生活？”

微生歧诧异：“什么？”

微生瓷说：“过完年，我就二十岁了。爹，你让我和我的妻子，自己生活，好不好？”

微生歧说：“小瓷！你知不知道……”

微生瓷说：“很多事情我还不知道，我只是觉得，我娶了小翅膀，我能一辈子陪着她，保护她，而她还是她，可以很快乐，很自由。”

蓝小翅慢慢靠在微生瓷肩头，我的夫君，你这么好，我都要嫉妒我自己了。

微生歧叹了一口气：“你……你这傻小子！”

蓝小翅的红唇在微生瓷脸颊上碰了碰，说：“我错了，我以后不说和你分开的话了。”

微生瓷点点头，蓝小翅说：“爹，其实每个人的一生，都是独一无二的，我觉得，不应该活成千篇一律的样子。”说完，重新为微生歧换了一个酒盏，再次斟上酒，双手奉到他面前。

微生歧叹了一口气，接过酒盏，默默地饮了。

第二十五章 除夕之夜

微生歧喝着闷酒，毕竟是从来没有遇到过这样的姑娘。九微山选媳妇儿，贤良淑德是首要条件。毕竟微生世家的男丁都专注练武，平时家里基本都是女眷在打理。女子一旦嫁入微生世家，母家自然是无人敢招惹了，却也没什么往来了。

微生世家也没什么朋友，他们不擅交际，没有时间，也没有耐性交际。所以提到微生世家，江湖中人多是觉得神秘，也没有门派愿意亲近。武学跟地位一样，一旦过于高深了，也就孤独了。所以微生世家几乎不需要外交，就连微生歧的寿辰，也只是自己的下人仆从拜拜寿便完事。

这些年仙心阁温谜经常会前往探望，但通常也上不得九微山，经常被拒之门外。也正因为如此，微生歧才更觉得，微生瓷也必须找一个类似于他母亲、奶奶这样的贤淑妻子。

蓝小翅的言语，让他觉得困惑，但他知道自己无力改变了。在家中一言九鼎的家主，难免有点儿郁闷。

正好下人上了川贝雪梨汤，蓝小翅给他盛了一碗，说："爹，我知道你不想让微生世家踏足江湖。"

微生歧说："这是微生世家的祖训，不理江湖朝堂之事。"

蓝小翅说："我答应你，羽族的事，绝不牵连微生世家。"

微生歧叹了一口气，说：“既然你这么说了，那么我们就约法三章。小翅，微生世家的功力并不是说说笑笑就可以傲视群雄。要真正问鼎武学巅峰，我说需要穷尽毕生之力，也绝不夸张。小瓷这样跟着你，能否专心练功？我只有这么一个独子，微生世家的武学，不能断在他这一代。”

蓝小翅说：“羽族会单独提供庭院供他练功，保证让他练功的时辰达到您的要求。”

微生歧点头，说：“这是第一，第二是微生世家的武学绝不外传。小瓷身在羽族，但是如果我发现任何羽人修习了微生世家的武学，哪怕一招半式，别怪我剑下无情。”

蓝小翅说：“可以。我会约束族人，如发现偷习者，无论多少，均交由爹您处理。”

微生歧说：“第三，小瓷身在方壶拥翠，如果有人前来行刺或者对你不利，他定会出手相助。我觉得夫妻之间，丈夫保护妻子，也是情理之中。但是我希望，这是他能做的极限，除了你个人的生命受到威胁，我不希望他因为其他原因出手伤人。同时，微生世家也绝不会因为羽族的任何事而站队表态。”

蓝小翅说：“谢谢您，爹。”

微生歧愣住，她居然言谢。蓝小翅微笑，说：“我会照顾好小瓷，不会让您操心的。”

微生歧有点儿不自在，微生世家能够给予的所有保护，仅仅是不让人刺杀她而已。而她的感激却如此真诚。他说：“吃饭吧。”

蓝小翅答应一声，又为他添了饭，烛火满室，菜香四溢。在慕容绣去世之后的第十三个年头，微生歧竟隐隐又有了一点儿家的感觉。

等一餐饭罢，微生歧歇下，蓝小翅带着微生瓷出得门来。微生瓷说：“如果有事，我可以悄悄去做的。”

蓝小翅牵着他的手，笑得东倒西歪：“不怕你爹揍你？”

微生瓷说：“不怕。”反正又不会被揍死。

蓝小翅依着他，说：“我给我们瓷少爷单独划一个庭院，你想住在哪里？”

微生瓷说：“你房里。”

蓝小翅捶了一下他的肩膀，说："我的住所经常有羽人来往，你不太方便。单独给一个院子让你练功。"

微生瓷说："哦。"

第二天，蓝小翅就在自己住所后面划出一大片地方，命羽人给微生瓷建一个庭院。她自己画了一个大概的图纸，庭院简单但是很宽敞，正好可以让微生瓷练功。庭院只有一道门，就连接着她的住所，这样也避免有孩童顽皮误入。

当然了，天上是没办法了，谁让羽人会飞呢。

羽人还是很开心的，专门给姑爷建个院子，说明姑爷准备在方壶拥翠长住了。如有猛犬看门，真是让人心安呐！

蓝小翅将这片院子划为羽族禁地，严令任何羽人禁止入内。微生歧看着在建的庭院，心里还是有点儿满意的。蓝小翅的住所虽然偶有羽人过来，但是远离平民、鸟场和耕地，左边是蓝翡的居所，现在无人居住。右边临着湖，无论怎么看都很清静。

他说："我要去一趟落日城，看看温谜有没有连镜的下落。你和小瓷也要小心防范，不可大意。"

蓝小翅躬了躬身，说："爹放心。"

微生歧点点头，又看了一眼微生瓷，转身出了方壶拥翠。蓝小翅一直将他送到出口，礼数可谓周到。微生歧叹了一口气，终于醒过味来，小瓷在方壶拥翠居然有了自己的庭院……这怎么不像是娶了媳妇，更像是嫁了姑娘呢……

等微生歧离开，蓝小翅才对微生瓷说："小瓷，你可不可以再悄悄去看看我爹？"

微生瓷说："好。"一起身就要走，蓝小翅拉住他，拿出一个盒子，说："把这个交给他们。现在他们出门在外，肯定多的是花钱的地方，用得着。"

微生瓷接过来盒子，刚要走，蓝小翅又说："路上注意安全，不用急着赶路，也不要被人发现。"微生瓷哦了一声，蓝小翅发现自己居然还挺舍不得他的，当下搂住他的脖子，踮起脚尖，吻上了他的唇。

微生瓷抱住她的腰，唇齿微张，伸了舌头过去。以前他不太喜欢这样的，但是现在只觉得她贝齿香舌之间甜津津的。舌尖交缠追逐，他的呼吸有些加重了，这样下去，不想走了。所以他问：“我能不能一个时辰之后再去？”

蓝小翅又好气又好笑，满面绯红如染烟霞，却捶了捶他的胸口，说：“不许，现在就去。”

微生瓷有点儿失望，蓝小翅把他推出去，说：“你那一个时辰，自己找地儿蹭蹭吧，呆子！”

微生瓷也不明白什么意思，拿了盒子出了门。看着那抹红衣消失在视线里，蓝小翅心里有点甜蜜，又有点思念。呵，未曾离别已相思。

蓝小翅没有去找蓝翡是对的，她没有绝对不会被跟踪的把握。而蓝翡的智计，不是她应该担心的事。

蓝翡确实不需要她担心，他找的这处宅子背靠大山，地势复杂。不要说一般情况下没人会发现，就算是发现了，对于羽人来说，一旦入了山林，别想逮住他们。

这些人中，只有木冰砚父子二人没有翅膀，要带着他们离开也方便。

羽人将宅子打扫干净，院子里却还尽是荒草。微生瓷站在门口，见蓝翡坐在厅中黑色的太师椅上，冷硬的椅子，还没有垫子，当然没有他方壶拥翠的贵妃榻舒适。所以他正襟危坐，手里一盏热茶冒着袅袅青烟。茶盏当然也不够精致，但他看见微生瓷，还是含笑的。

他说：“外面木冰砚的毒阵，似乎挡不住你。小翅让你过来的？”

微生瓷把蓝小翅交给他的木盒递过去：“小翅膀给你的。”

蓝翡接过来，打开，呵，是银票和伤药。他将盒子盖上，放在桌上，说：“告诉她，羽人的领袖，不能是一个感情用事的人。”

微生瓷说：“哦。”一转身走了。

蓝翡看着他的背影，然那背影却也如一缕轻风，转瞬即逝，再无踪影。他轻啜一口清茶，木冰砚和森罗冲进去，一见他安然无恙，方才松了一口气。森罗说：“微生瓷来过？”

除了微生瓷，没有人会如此轻易地冲过外面的毒阵，而蓝翡又毫发无伤。

蓝翡说：“嗯，不必慌张。”

森罗看着他手里的茶盏，终于还是跪下：“羽族……委屈羽尊了。”

蓝翡说：“怎么？你要跟我抱头痛哭吗？”

森罗说：“羽尊……”这里偏僻，而且为了隐藏行踪，他们也不敢大肆采买。所以用的还是旧宅里的器具。蓝翡这一套，已经极力清洗，但陈年的东西，再如何也是旧物了。方壶拥翠的羽尊，多么精致讲究的人啊！

蓝翡说：“好了，好在我的女儿还是很孝顺的。这……”他随手翻了翻银票，哈的一声轻笑，“是落日城的银票。”

木冰砚跟森罗互相看了看，蓝翡说：“我估计，现在最想擒获我们的，就是迦夜了。香衣？”

木香衣在门外，方才微生瓷走的时候他就来了，但是蓝翡没有吩咐，他不敢进来。此时蓝翡叫他，他方才进来，跪倒：“师父。”

蓝翡说：“这些银票，想必不会引起暗族人的怀疑。看看你爹需要什么药材，你尽量采买。”

木香衣说：“是。”

现在其他羽人都有翅膀，确实只有他出入方便。木冰砚在旁边，看了自己儿子一眼，不由心中叹气。木香衣作为蓝翡的亲传弟子，手上人命当然不少。这下子上了仙心阁的诛杀名单，只怕是很难再恢复清名。

他身为人父，如何不担心？木香衣接了蓝翡递过来的银票，出得门来，他倒是不担心眼前的状况，相反，能跟着蓝翡，反倒放心。

木冰砚等森罗离开了，才说：“香衣。”

木香衣停住脚步，这些年来，父子二人少有对话。他问：“什么事？”

木冰砚说：“我倒也罢了，反正这辈子，也就这样了。但是你还年轻，难道你想就这么跟着我们，被追杀一辈子吗？”

木香衣皱眉，说：“你在为我着想吗？”

木冰砚说：“蓝小翅是温谜的亲生女儿，如果他出言恳求，温谜说不定会网开一面。”

木香衣转过身，直视他，说：“在我需要有人替我安排打算的时候，你一直袖手旁观。现在我不需要，也请你闭嘴好吗？”

木冰砚气极：“混账，我是你亲爹！！”

木香衣说："视我为耻辱的爹，我不需要。"话落，一转头走了。木冰砚气得头上青筋直跳。

在落日城，温谜要求迦夜交出被他擒获的江湖同道。这次态度十分强硬，迦夜居然也出乎意料地配合。很快被擒获的武林人士都被全部释放。看见温谜，他们面色通红，明显还是有些不好意思。

温谜叹了一口气，说："诸位，长生泉一事无论是真是假，强夺始终理亏。武林这些年来，为好奇和贪婪而流的血，难道还不够多吗？我希望仅此一次，下不为例。倘若再有因任何原因而擅闯其他势力夺宝者，丹崖青壁绝不轻饶！"

这些武林人士臊得满面通红，闻言低着头，说："我们一时鬼迷心窍，感谢仙心阁援手。"

温谜又能说什么，只得让他们各自返回了。

迦夜冷眼观望，温谜拱手道："这一次，是教父大人大量，温某在此谢过了。"

迦夜回礼，说："温阁主言重了，只是长生泉之事传出，落日城只怕永无宁日。若再有宵小擅闯，只怕温阁主也要体谅我身为暗族教父的身不由己了。"

温谜说："教父现在，仍然没有连镜的消息吗？"

迦夜说："连镜既然已经逃离，当然不会再返回。如果我有他的下落，定当通知仙心阁和九微山。"

温谜点点头，说不怀疑也是不可能的，这些武林同道功夫不弱，全部加在一起，战力也不可轻视。暗族如此轻易就将他们抓住，如果说不是连镜出手，谁有这样的把握？

迦夜却再不理他，转头自己回了落日城。

温谜正在沉思，恰逢微生歧赶来，他略微意外："微生家主？"

微生歧哼了一声，想着现在毕竟是亲家了，也不好太冷淡，他说："我自方壶拥翠而来。"

温谜对微生世家的人还是有些了解，尤其是对微生歧。所以他说："小女出任羽尊，实属无奈。还请歧兄不要介怀。"

出乎他意料的是，微生歧居然没有在这件事情上纠结。他只是问："落日城有没有连镜的下落？"

温谜终于有些奇怪了，似乎微生歧不反对蓝小翅出任羽尊了？但他也没问，知道微生歧冲动，如果说出自己的猜测，他必要闯落日城。微生歧的剑可不会留情，想想当初方壶拥翠战死的羽人吧！所以他说："不在。连镜仍然下落不明。"

微生歧怒哼一声："我早晚擒得这恶贼，扒了他的皮！"

温谜说："仙心阁定会留意。"

微生歧也不跟他多说，一个转身，离开了落日城，往九微山而去。

方壶拥翠。蓝小翅靠在椅背上，把玩蓝翡留下的羽毛扇。凤翥、白翳、银雕三人站在她面前，面色都有些凝重。白翳说："羽尊的意思是，将方壶拥翠所有的奴隶都改成活契，每月支付报酬？"

蓝小翅说："对呀。"

白翳说："可是如此一来，可是一笔巨大的开销啊。这些奴隶，当初买入的时候就是按死契买断的，这笔钱有必要支出吗？"

蓝小翅懒洋洋的，说："有必要。"没有解释。

白翳说："我会通知族人。不过羽尊，如此一来，每月收支恐怕……"

蓝小翅说："你先照做，我有打算。"

白翳躬身道："是。"

几个人正说着话，微生瓷从外面回来。凤、白、银三个人识趣地退下，蓝小翅跳起来，扑过去抱住他："小瓷！"

微生瓷摸摸她的头发，说："盒子给你爹了。"

蓝小翅闻到他身上淡淡的香味，没由来的就觉得安心。她埋在他怀里不想离开，随口问："我爹说什么了？"

微生瓷想了想，说："你爹说'外面木冰砚的毒阵，似乎挡不住你。小翅让你过来的？'我说'小翅膀给你的。'他说'告诉她，羽人的领袖，不能是一个感情用事的人。'"

居然就这么将对话原样重复了一遍，不仅有蓝翡的话，还有他离开之后，木冰砚等人的对话。

"一个白翅膀的对你爹说'羽族委屈羽尊了'……"一路重复下来。

蓝小翅听得哭笑不得："你偷听他们说话啊？"

微生瓷说：“你那么想他们，说不定想知道他们平时都说什么话。”

蓝小翅将他抱得更紧一些：“那他们还说了什么？”

微生瓷又将木冰砚父子二人的话都重复了一遍。蓝小翅说：“我知道了，累不累？先洗澡啊。”

微生瓷嗯了一声，他来回跑，确实已经一身汗了。

蓝小翅命下人送上来热水，又给他拿好换洗衣服。微生瓷默默洗澡，冷不防蓝小翅走进来。他还是有点儿害羞，不太习惯在别人面前沐浴。

蓝小翅也有点儿脸红，轻声说：“要不要我帮你洗啊？”说着话，在他背后站定，手里拿了澡巾，轻轻替他搓洗。她的心思当然不在这里，指尖不时轻轻划过微生瓷的背，问：“感觉怎么样？”

微生瓷觉得有点儿痒，躲了一下，认真地说：“感觉你洗得没有我自己洗得干净。”

蓝小翅心里柔情化灰，为什么突然好想一巴掌把他扇倒在浴桶里……

第二天，蓝小翅召集所有羽人，宣布废除奴隶制度。以后使用的所有奴隶，改成活契，不可随意打骂欺侮，每个月按月领取工钱。羽人们反应倒是不大，毕竟以前奴隶的钱就不是他们自己出，现在也不是他们出。

只是不准凌虐而已，这个做起来也不难。

有人问：“羽尊，那要是他们懒惰懈怠，也不能打骂吗？”

蓝小翅眨眨眼睛：“谁活干得不好，我们可以不再雇用他。”

羽人们一听，这也不错啊。以前的奴隶因为多有仇恨情绪，一直不逼迫就不主动干活。经常动不动就干坏事。现在似乎还好一点儿，那还有什么说的，当下都同意了。

蓝小翅命白翳重造花名册，将奴隶的死契全部改了。然后看看火雀，说：“上次那拨奴隶，反应如何？”

火雀说：“他们商量着想离开方壶拥翠。”

蓝小翅说：“全部？”

火雀说：“不，二十几个人。”

蓝小翅说：“按他们留在方壶拥翠的时日，计算他们的工钱。他们比较辛苦，当初买入时花的钱，就不再另算了。”

火雀说：“真的放他们离开？”

蓝小翅说：“当然。然后让凤翥想办法让暗族听说一下，我们用来试验昊天赤血的奴隶离开方壶拥翠了。”

火雀躬身道：“是。”

第二天，白翳召集方壶拥翠所有的奴隶，按每个人在方壶拥翠待的时间长短，计算他们的工钱，再减去最初购买他们的费用，将剩下的工钱全部发放到奴隶们手里。

奴隶们明显很吃惊，好半天才相信这是真的。白翳最后拿出新的契约，愿意签的就签，不愿签的自行离开。

大部分奴隶是被亲人卖出来的，如今也不知道该往哪里去。再说现在干活又有钱赚，羽尊又明令不得打骂他们了，便选择留下。另一部分则是仇视羽族，此时纷纷要求离开。

还有大部分则是在观望，不知道羽尊玩这一手到底有何用意。

等到换完契约，当天晚上，离开方壶拥翠的奴隶就失踪了。

观望的奴隶们再不敢提走的事，赶紧跟羽族换了活契。那些人去了哪里，蓝小翅没有过问——离开羽族，总不能要求羽族再提供保护吧？

她倒是心安理得。

温谜自落日城返回，刚刚回到太极垂光，外面就有人来报：“阁主，羽尊蓝小翅求见。”

温谜微怔，这么久以来，还是第一次，羽尊正大光明地递上拜帖，求见仙心阁阁主。温谜接过那帖子，也是苦笑——多荒诞，他的亲生女儿投了拜帖，来见他。

他说：“请。”

蓝小翅一身孔雀蓝的衣裙，大荷叶领，高高绾起的长发上插着两支步摇，流苏华美。凤遥和青鹏跟在她身后，亦是英俊挺拔。

见到温谜，她上前两步，缓缓欠身行礼：“温阁主。”面上精美的面具，衬得人有点儿冷酷。

温谜当着门人弟子的面，也只好回礼：“羽尊不必多礼。此次前来，可是有事？”

蓝小翅说：“不瞒阁主，确有一事相商。”

温谜苦笑，知道她亲自上门，事情肯定不小。所以他说：“如果是正当诉求，仙心阁会支持。但是你既然是以羽尊身份前来，那么依照程序，就应该由谈追长老作陪接待了。”

蓝小翅说：“当然。”

温谜将她领到正厅，谈追已经赶来，见到蓝小翅，欠了欠身：“羽尊。”

蓝小翅笑嘻嘻的：“谈长老。”

谈追心头叹气，这小妖女，这次主动来仙心阁准没好事。他说：“按照规定，羽尊和温阁主的谈话会被记录成册。如果是蓝姑娘的身份，可以私下谈。”

蓝小翅说：“那我就直说了，温阁主，我想取消方壶拥翠的奴隶制度。”

温谜一怔，显然对于自己宝贝女儿突然的弃恶从善还不习惯。他说：“奴隶制度，朝廷早已明文废除，现在除了羽族和暗族以外，其他势力均是已无死契。你能作此想，仙心阁当然全力支持。”

谈追轻咳一声，阁主啊，你先等你女儿把话说完啊。

然后蓝小翅就说：“我来此，也正是有些难事，希望阁主支持。”

温谜心里有点儿后怕了，赶紧补充一句：“只要在合理范围之内，请讲。”

蓝小翅说：“废除奴隶制度之后，羽族会正常向从前的奴隶发放工钱，并帮助他们安家落户。这是一笔不小的开销。”

温谜有点为难了——你不会是想来借钱吧？蓝小翅声音里都带着笑，说：“我想请阁主协助方壶拥翠，正式开放羽人经商资格。”

温谜一凛，从二十几年前羽人起义之后，羽族与普通人族就一直厮杀不断。羽族迁到方壶拥翠，自然没有人敢杀入。但是羽人在外面行走，却也是受尽排斥报复。

这些年羽族在外面当然有点儿生意，但是经营者几乎全是以前被剪去了羽翼的驯鸟奴隶。长着一双巨大羽翼还敢公然在外行走露面的羽人，只有蓝翡、郁罗、森罗这样的高手了。

是以，就连慕流苏的独子，也从小缠翅。

现在羽人想要正式经商，多年矛盾，真的能就此化解吗?

温谜说：“此事，我会召集各大门派商议。朝廷那边，我不作保证。”

蓝小翅说：“朝廷并未明文禁止羽族经商，何况我此来本就是化解矛盾，其他武林同道若有为难的地方，大可一起商议。”

温谜点头，说：“半个月之内，我会给你答复。”

蓝小翅起身，说：“如此，我先谢过阁主。”

温谜说：“这是好事，羽尊不必客气。”

蓝小翅拍拍手，说：“好了，公事完毕。过完年后，阁主若是允许，请风巢和雨苔到方壶拥翠作客，让他们看看羽族是否还有需要改进的地方。”

温谜说：“可以。”

忙完了这些，可就临近年关了。温谜向各大门派发送了信函，言明羽族想要通商的事。各大门派都有些沉默——温谜的女儿，微生歧的儿媳妇儿，慕流苏的继女。她要通商，谁敢反对啊?

然而信函发出之后，九微山微生世家第一个表示不参与。江湖门派一看，好像微生世家并不支持羽族啊。

微生歧也就在此时，正式申明羽族与微生世家毫无关联。

消息传回时，蓝小翅在收拾东西，她对微生瓷说：“今年是我们成亲的第一年，我们回九微山过年。”

微生瓷说：“哦。”

蓝小翅带了许多羽族特产，一路赶回九微山。

九微山的冬天，格外严寒。满山冰雪，银装素裹。

微生歧站在九薇树下，想起当年慕容绣跟微生瓷在树下堆雪人。那个雪人堆得真是难看啊，可是多年之后，只有他一个人在树下念想。

他低下头，看见积雪覆盖了落叶，连记忆都只剩下一片茫茫的白。

正在此时，突然步寒蝉过来，道：“家主，少主和少夫人回来了。”

微生歧意外——就算他在她需要帮助的时候，明确表示了拒绝，她还是带着他的儿子回来吗?

他脚步未动，已经听到远处传来蓝小翅的叫声：“好冷啊！我快要冻死了！寒蝉叔叔，火炉呢？天啊，你这名字就起得不好，一叫你我更冷了……”

她直嚷冷，微生歧心里却升起一点儿暖意。啊，过年了呢。

九微山往年过年，最多就是贴上桃符，发给下人们一些赏钱。甚至还有不少下人会请假返回家中过年，所以山上年味儿并不浓。慕容绣死后，微生歧父子多年不睦，步寒蝉也不敢大肆操办。

蓝小翅回来之后，冷得待不住，就搓着手指挥下人采买了许多红绫绢花，大红的灯笼更是高高挂起来。整个九微山张灯结彩。微生歧不管这些，蓝小翅却觉得还不够热闹，又找了戏班子轮番过来搭台唱戏。

等到除夕日，蓝小翅从上午开始就在厨房里忙忙碌碌，步寒蝉偶尔过来看看，见厨子、帮工被她指挥得团团转，心里居然说不出的热络。

等到菜摆满桌，蓝小翅问步寒蝉：“寒蝉叔叔，把山上没回家的人都叫过来吧，好不容易过年，大家一起吃饭。”

步寒蝉看了微生歧一眼，说：“少夫人，下人不懂礼数，只会扫了主人雅兴，不如……”他没明说，其实是微生歧父子二人好像都不喜欢人多的样子。

蓝小翅说：“分桌就是，无妨。”

步寒蝉又看了一眼微生歧，微生歧终于说：“没听见少夫人的话？还不赶快去。”

步寒蝉心中雀跃，答应一声，赶紧去叫人。

蓝小翅说：“爹你真给我面子，来，请爹爹上坐。”

微生歧哼了一声，在主位坐下来，蓝小翅说：“小瓷你也坐，哎，你把我封好的银子拿过来。”回头叫丫鬟，然后她瞪了瞪眼睛：“咦，我认识你！”

那丫鬟立刻就涨红了脸，正是以前侍候微生瓷的红昙。她跪下：“少夫人。”以前她对蓝小翅多有不满，现在是不敢了，毕竟人家现在是女主人了。

蓝小翅防备地说：“起来吧，你以后别侍候小瓷啊。”眼珠一转，说，“对，你以后就侍候爹爹就行。”

微生歧怒目——说的什么混账话！

红昙答不答应都不是，只得去将蓝小翅早先封好的银子取来。

不一会儿，下人们全部过来，一共百来号人。而蓝小翅安排的菜，刚好足够。显然她早就知道山上有多少人了。微生歧和微生瓷都不喜欢人多，所以他父子二人和蓝小翅、步寒蝉单独一桌。其他下人们分坐八桌。

蓝小翅跟着步寒蝉，先把下人们的赏钱发了，顺便认认人。步寒蝉极尽详细地给她介绍，谁叫什么，在九微山多少年了，有什么手艺。一一介绍完毕，赏钱也都发下去。下人们脸上都洋溢着喜色。

步寒蝉说：“少夫人，开席吗？”

蓝小翅说：“都过来，给家主拜个年，然后吃饭。吃完饭爱看戏的都看戏去。”

下人们排列整齐，给微生歧磕了个头，微生歧点点头，说：“都起来吧。”

蓝小翅这才吩咐：“好了，开席。”

微生歧的耐性也刚好到此，他是最不喜繁复礼节的，若再耽搁下去，要不耐烦了。此时蓝小翅回到席上，说：“爹，我和小瓷敬您一杯，祝爹爹老当益壮，再活五百年！”

步寒蝉低头偷着乐，微生歧瞪了她一眼，却还是跟她喝了一杯。

微生瓷没有喝酒，微生歧当然也不会跟他计较。父子二人埋头吃饭，只有蓝小翅在叽叽喳喳：“寒蝉叔叔，九薇树为什么还不开花啊？！”

步寒蝉暗笑，说：“少夫人在冬天回来，当然看不见九薇花。”

蓝小翅转头，问外面的花匠：“老胡，九薇树移一株到方壶拥翠能活吗？”

花匠胡昆惊呆了，大总管就介绍了一遍啊，少夫人居然能记住他。他赶紧起身，说：“回头我包上一些种子，少夫人带去方壶拥翠试试。”

蓝小翅高兴了，微生歧说：“食不言，寝不语！”

话虽这样说，却没有多少责备的意思。不像教训儿媳妇，更像是亲爹说教被宠坏了的闺女。

所以蓝小翅根本也不管他，外面的下人们开始还不敢怎么说话，这时候蓝小翅大声问了一句，大家见家主也没有生气的意思，倒也自在了一些，推杯换盏地喝起酒来。

太过闹腾也是不敢的，不过总算是有了点儿酒席宴间的气氛。

微生歧不知不觉，年夜饭竟然吃得挺饱。他练武之人，一直以来也是六七分饱。这时候察觉胃里满满的，不由有些惊奇。刚放下碗筷，蓝小翅就将热腾腾的湿毛巾夹过来，放在他和微生瓷手边。

微生歧擦了擦嘴和手，蓝小翅对微生瓷说："小瓷，蔬菜必须吃完啊。"

微生瓷皱着眉头，他不喜欢芥蓝菜，蓝小翅威胁说："那可是我亲手炒的，你不给面子试试？"

微生瓷只好夹起来，虽然不情愿，好歹是吃完了。

等到酒足饭饱，戏班已经在敲锣，准备唱戏了。蓝小翅拉着微生歧和微生瓷："走走，我们看戏去。"

微生歧不好拒绝这么热情的儿媳妇儿，只是说："拉拉扯扯，成何体统。"但人还是跟着去了。

戏台上灯火通明，戏子们已经上好妆，是一出武戏，名为《铁笼山》。微生歧在前排正中的位置坐下来，身后已经聚集了好些个看戏的下人。耳边鼓点如雨，身边坐着儿子和儿媳妇。他突然发觉，这竟然是十三年来，他过得最热闹的一个春节。

吵吗？当然是很吵的。可其实……也不是那么讨厌的。

等到戏唱了一大半，蓝小翅就领着丫鬟们放爆竹去了。第一根烟花冲天而起的时候，仙心阁最先震惊了，然后整个江湖都震惊了——十三年了，九微山突然放烟花，是什么意思？

信号吗？！

扯淡，九微山会向谁发信号？

温谜都忍不住过问："谈追，九微山方向，是发生了什么事？"紧接着，第二支烟花又冲天而起，映得天空都是一片绮丽之色。谈追说："蓝小翅带微生少主回九微山过年了。"

再没有人觉得奇怪了。

爆竹声声，九微山积雪都震颤不已。戏已唱罢，天也已经很晚了。烟花沉浸下来，微生歧也回房休息了，蓝小翅拉着微生瓷的手，说："瓷少爷，这个年过得开心吗？"

微生瓷皱皱眉，他是真不喜欢这么吵的地方。能待在这儿，真是为了陪蓝小翅。蓝小翅看见他的眼神，笑得不行，说："看来我们瓷少爷不是很喜欢过年。"

微生瓷使劲儿地想，小时候，或许是喜欢过的吧？过年有一天，他可以不用练功。慕容绣也不会很早就叫他起床，他可以睡很久很久。后来，母亲死了。再没有人叫他起床了，他在石洞里，可以想睡多久睡多久了，却再也睡不着了。

无数次在黑暗幽深的石牢里独自清醒，时间像是凝固在烛火里，天不会暗，也不再明。

他握紧蓝小翅的手，说："我……很开心。"在你身边的时候，我知道自己已经离开修罗地狱。

两个人一路返回赤薇斋，蓝小翅整个人没有骨头一样倚在微生瓷身上，红唇贴近他耳际，轻声说："那我们更开心一点儿，好不好？"

微生瓷不明白，他只是将蓝小翅的手握得很紧，天上下着小雪，他怕她冷。

回到房里，下人兑好热水。蓝小翅摘了头上的发饰，将一头瀑布似的长发放下来。微生瓷去沐浴了，她脱了衣服，换上一件白色的衣裙。衣裙轻薄，幸而屋子里暖炉烧得旺，也不觉寒冷。

她撩帘进来，微生瓷抬头看了一眼她，黑发如墨，白衣如云。他说："我很快就洗好了。"

蓝小翅决定今天晚上无论如何都不能因为跟这个呆瓜生气而误了大事。所以她很有耐性，她说："我们一起洗好不好？"

微生瓷说："水不够烫了。"

蓝小翅抬腿跨进浴桶里，水湿了轻柔的衣袍，半透明般紧贴在身上，勾勒出少女玲珑有致的腰身。微生瓷目光有点儿发直了，但他还是问："为什么要穿着衣服洗澡？"

蓝小翅说："为了好看。"

微生瓷哦了一声，是很好看。他的目光粘在她身上，连滴落的水珠也变得风情无限。蓝小翅慢慢埋入水中，从水下游到他身边。澡盆里只能看见深色的花瓣，和她如海藻一般的长发。

微生瓷伸出手，捞起一缕青丝，于是指尖也是柔滑的，七日薰的香气被热气蒸腾而出。水下蓝小翅使坏，他猛地按住她的头，从来没有承受过这样强烈的刺激，他甚至有些慌乱，轻声喊："小翅膀。"

蓝小翅握住他的手，他更加用力地回握。外面落雪簌簌，他呼吸渐渐急促。

蓝小翅从水里冒出头来时，水滴滚落如珍珠。微生瓷只觉得心头狂跳，他扑过去，蓝小翅红唇饱满如火，她没有摘下面具，微生瓷只能看见她一双眸子，温润如明珠。

他将她打横抱出来，用自己的外袍裹了，抱到榻上。蓝小翅轻轻咬他的耳垂，说："傻小瓷。"

微生瓷用尽全力地深吻她，他身上的气息很干净，像是清晨那一滴清露。蓝小翅热烈地回应他，只觉得神魂都要被他吸干一样。她指引着他，微生瓷的呼吸彻底紊乱了。

蓝小翅被他狂吻得几乎喘不过气，但听见这样的呼吸声，她还是很警觉地看了微生瓷一眼。然后她心中一惊，微生瓷的双眸，慢慢变红，最后连瞳孔也如被血丝缠绕一般。

他喉间发出野兽进食时那种含混不清的声音，动作几乎是不受控制的粗暴。蓝小翅有点儿害怕了，她伸手推了推他的肩膀，微生瓷回以她的力道，是压倒性的。

她轻声喊："小瓷？小瓷你冷静一点儿。"

微生瓷似乎根本没有听见，他眼里像是要滴血。蓝小翅只觉得痛，她勉力轻抚他的背脊，想要安抚他。微生瓷被她指尖轻划，牙关一紧，咬破了她的舌尖。血的味道，带了一点儿腥气，在唇齿之间漫延开来。

蓝小翅轻哼一声，眼里满满的都是疼痛。微生瓷努力想要控制自己，但是他控制不住，血的味道，让他想要撕咬她，揉碎她。这种冲动令他惊恐，所以他更控制不住自己。意识混乱，他喉间发出沉闷的声音，蓝小翅只觉得肩头都要被他捏碎一般。

她极力挣扎，微生瓷如山岳一般纹丝不动，反而啃咬她的咽喉。有那么一刻，几乎要咬穿她的咽咙一样。蓝小翅终于哭出声来："小瓷！你弄疼我了，你放开我！！"

微生瓷不想放，快感令人狂乱。耳边传来低泣的声音，他睁开眼睛，看见蓝小翅眼里的恐惧和疼痛。她唇边还沾着血……微生瓷突然用力地推开她，他的瞳孔似要滴血，蓝小翅缩到床角，不敢过去。微生瓷与她对视一刻，低嚎一声，裹紧衣袍，仓皇而逃。

蓝小翅坐在床头喘息，身上连骨头都在痛。这家伙，平时看着瘦弱，发起疯来手劲是真的大。舌尖也很痛，蓝小翅又气又委屈，摸摸喉咙，又觉得自己真是命大。

她在榻上坐了一会儿，缓过劲来，起来换了衣服，翻箱倒柜，找了一瓶七日薰的香膏。当初为了上九微山，她的准备工作真是做得不少。东西这时候还能找到。

微生歧本来就没有睡，夜里的九微山，除了落雪，再没有其他声响。他第一时间听见赤薇斋微生瓷的低嚎，顿时站起身来，几个起落，看见微生瓷如同负伤的野兽，几乎是逃离了赤薇斋。

微生歧的心都要跳出来，不，儿子，你千万不能伤害她！如果那样的话，爹真的不知道从今往后，还能为你做什么了。

他几乎是扑进赤薇斋，却许久不敢去推门。九微山下着雪，他连血液都被冻结。钢铁一样的汉子，那一刻竟然祈求上天，求求你，蓝小翅一定要活着。

他伸出手，刚想推门，门自己开了。

蓝小翅迎面差点儿撞上微生歧，她啊地尖叫了一声。微生歧心头的千斤大石落地，说话时连声音都是虚弱的："发生了什么事？"

蓝小翅说："嗯……这个……那个……哎呀爹你就不要管了。"话落，推开微生歧，自己去追微生瓷。

微生歧看她似有难言之隐的样子，也不好再过问。蓝小翅想也没想也知道微生瓷去了哪里，她径直去了石牢。石牢机关未改，她打开机关，里面的铜门却紧闭着。

里面传来狂乱的怒吼，有掌力劈及，山石四溅的声音。蓝小翅在门口坐下来，这里可就有些冷了，她出来得急，穿薄了，只得双手抱肩，勉强运功驱寒。

里面动静很大，她靠在铜门上，铜门冰冷。微生歧追过来，见此情景，不由停下脚步。一直听到里面声音小了，蓝小翅"啊啾"一声，打了个喷嚏。铜门吱呀一声，被打开。蓝小翅抬起头，看见他眼中血色淡了，方张开双臂，是个要抱抱的模样。

微生瓷没有抱她，过了许久，他声音沙哑：“小翅膀。”声音里，有惊恐疲倦之后，难以言喻的无助。怎么办？他慢慢走到她面前，问：“小翅膀，我该怎么办？”眼中茫然到绝望。

蓝小翅站起身来，主动拥抱他：“什么怎么办？快抱抱我，我好冷的。”

微生瓷说：“小翅膀，你离开九微山吧。”

蓝小翅把下巴杵在他肩上，说：“傻瓜，你说什么啊。”

微生瓷说：“我是个疯子……小翅膀，我是个疯子……”一直不愿意承认的事，就这么血淋淋地被撕去表皮，呈现在眼前。他死死地抱住她，说：“我一直装作自己是个正常的人，可我根本就不是。我不是啊，小翅膀。”

蓝小翅说：“你这样说，我心如刀割。但是小瓷，你不是疯子。你是一个很好很好的丈夫，遇到你，是我这辈子最幸运的事。你再坚强一点儿，让我继续幸运下去，好吗？”

微生瓷看着她的眼睛，她眸子里满满的全是柔情：“我们先好好医治，如果以后实在治不好了，我也去服幻绮罗，到时候我们一个疯子，一个疯婆子，也是很般配的嘛，对不对？”

微生瓷轻声喊：“小翅膀……”

蓝小翅把他推进石牢里，说：“我们在这里再试试？呀，你怎么把这里打成这样，好乱的。”

微生瓷说：“你先回房睡，我今晚在这里练功，好不好？”

蓝小翅说：“不好。今晚是除夕夜哎，我要洞房。”

微生瓷说：“刚才那样吗？那很危险。你哪里受伤了，我替你疗伤。”

蓝小翅说：“我没事，我一定是天底下最色胆包天的人了！”说完，从怀里掏出几个小药瓶，“这个有镇定安神的效果，你先服两粒。你能不能先封住内力啊？啊，不能，你会冲开的，要受伤。那我一动不动呢？”

她兴致勃勃的，微生瓷说：“小翅膀，我……”

蓝小翅和他相拥一吻，把镇定安神的药丸喂给他，左右看看，说：“呀，没有水。你等等啊。”拿了桌上的茶壶出来，准备装点干净的雪。她刚一出铜门，就看见微生歧站在门口，蓝小翅摸了摸鼻子，斜眼睨他：“爹，听壁角的行为，太有失格调了吧？”

微生歧一张老脸通红，瞪了她一眼，终究什么都没有说。

蓝小翅出去找雪了，微生歧缓步走进去，微生瓷抬眼看他，父子二人目光交融。良久，他蹲下来，将手搭在微生瓷肩上。微生瓷声音哽咽：“爹。”

微生歧说：“虽然这很难，但你要知道，有些人此生你只能遇见一个，唯一的一个。你娘的死，是爹毕生最痛。但是如果再重来一次，爹与她只能一人在世，那么爹还是希望，留下的是我，离开的是她。”微生瓷看着他，他说，“因为只有我知道，一个人孤独地留存于世，是一件多么生不如死的事。”

微生瓷低下头，微生歧说：“如果你实在没有把握的话，爹先封住你的穴道，好吗？”

微生瓷点点头，微生歧出手如电，连点他身上几处大穴。他和微生瓷实力相近，他封住的穴道，微生瓷要逼开不太容易。微生瓷不能动弹了，微生歧终于抱了他一下，说：“小瓷，你为人子，也为人夫，男子汉难免遇到难关，别无良方，只能坚强。”

蓝小翅找了干净的雪，还摘了几瓣梅花，提壶回来的时候，微生歧已经离开了。蓝小翅推开铜门，看见微生瓷站在碎石之间，火把还在燃烧，只是墙壁被他的掌风拍得不成样子。她说：“你站着干什么？”

她用内力将雪融化加热，见微生瓷没有反应，走过去说：“你爹走了？”

微生瓷还是没说话，蓝小翅凑过去一看，说：“靠！你爹点了你的穴道？！”微生瓷没法做别的表示，他爹这穴道封得，可真是死啊！哑穴你也点！！瓷少爷心里也气，你怎么不把我手脚砍了啊！

他什么也不能表示，蓝小翅生气道：“他可真是心大，这荒郊野外的，就不怕来个色狼！！”

微生瓷没法理她，她只好将雪水倒进杯子里：“来，先喝点水。”微生瓷连吞咽都不能了。

蓝小翅无奈，只好将他半拖半抱到石桌上。石桌上被褥还是经常换的，此时还算干净。蓝小翅说："你真的一点儿都动不了了吗？"微生瓷没有动，她慢慢解衣，说，"天啊，这实在是太罪恶了。我好好的一良家小媳妇儿啊……"

说着话，慢慢地俯身过去。

石牢中，烛火跳动燃烧，光线晦暗不明。蓝小翅轻声问："这样喜欢吗？"

喜欢，发了狂的喜欢。微生瓷慢慢闭上眼睛，不让她看见自己充血的瞳孔。

第二十六章 不解风情

蓝小翅睡在微生瓷身边，头发都被汗湿，腰酸腿软也不过如此了。微生瓷也没好到哪里去，影影绰绰中，他面若桃花，呼吸粗重。

蓝小翅摸摸他的额头，也有些为难了——那现在要不要去找他爹把他的穴道解开啊？

可是怎么说啊？难道说："行了，我把你儿子糟蹋完了，你把他穴道解了吧。"

呀！羞死人了。她捂住脸，这叫什么事啊！可是如果不找他，这里冷啊。总不能让瓷少爷就在这里躺一夜吧？

好在蓝小翅毕竟是蓝小翅，别的地方单薄，唯独脸皮厚啊。所以她收拾完了，就大大咧咧地去拍微生歧的房门："爹，您睡了没有？"

微生歧当然没睡，虽然这里听不到石牢的动静，但他还是心下不安。始终挂心着两个孩子的。此时蓝小翅一拍门，他立刻坐起来："什么事？"

蓝小翅说："那个，呃……小瓷的穴道你给他解了吧，天寒，别冻坏了。"

微生歧心下觉得酸楚，却又着实有些好笑，他只好绷着脸，一本正经地答："知道了，你回房歇下吧。"

蓝小翅当然也不好意思在场，说完话就飞快地跑了。心跳得很快，脸也红扑扑的。虽然第一次显然没什么经验，又有点痛，说不上有多销魂吧，但能跟自己心爱的人这样亲近，还是让人觉得甘美的。

微生歧等她跑没影了，这才披衣坐起，去了石牢。微生瓷还躺在床上，但衣衫整齐，床上也收拾得干干净净。微生歧把他的穴道解开，一张老脸真是快要挂不住了，但父辈威严不能失，所以他严肃地道："你没事吧？"

微生瓷脸色红得如同描了一层胭脂一般，起来活动了一下手脚，说："嗯。"

微生歧也坐不住，这真是，微生世家祖宗十八代若是听说了都要笑破肚皮。他面无表情，说："这里乱，你今晚还是回赤薇斋睡。"心里却是觉得，这样的夜晚，无论如何还是应该陪陪媳妇儿的。有意将他赶回去。

微生瓷答应一声，很利落地出了石牢。微生歧走在后面，看见儿子的背影，有点儿想笑，然而终究是一抹苦笑。这孩子啊。

蓝小翅已经歇下了，身上的酸疼倒是不算什么，只是脚冷。九微山的冬天真是最冷的了，说是滴水成冰也不为过。可能也正是因为这种气候，让微生世家的传人都石头一样冷硬。

她正在被窝里搓着手，房间门开了，微生瓷走进来。蓝小翅立刻用被子蒙住头，如同刚刚被揭了盖头的新娘子，又甜蜜又娇羞。

微生瓷脱了衣服上榻，下意识将她的脚抱在怀里暖着。他是真的很适应九微山的严寒气候，身上火炉一样暖和。蓝小翅将脸埋在被窝里，两个人都没有说话，过了一会儿，微生瓷轻轻握住她的脚，轻声喊："小翅膀。"

蓝小翅莫名地就觉得心跳得更快了："我睡着了。"

微生瓷从脚那头钻进被子里，一路爬过来，蓝小翅拿脚踢他："讨厌啦，你爹一定笑话死了！"

微生瓷说："没有，我爹表情可严肃了！"

蓝小翅更羞臊了："快别说了！"

微生瓷从背后抱住她，说："小翅膀。"声音软软地搔过耳际，有一种深入骨髓的瘙痒。蓝小翅莫名地全身都酥软了，呢喃着道："小瓷。"

微生瓷心如火烫，就这么亲吻她细嫩的后脖，蓝小翅转过身来，说："睡觉了。"

微生瓷很犹豫，说："我想再去找一下我爹。"

蓝小翅问："什么事？有事不能明天说吗，这大半夜的了……他可是被我们吵起来两次了。”

微生瓷似乎也觉得这样不好，但忍了忍还是说：“能让他再把我点住吗？”

蓝小翅瞬间面如棠：“你！流氓！”

最终两个人也没好意思再去找微生歧，第二天早上，一家人一起吃早饭。

微生歧一脸严肃，蓝小翅起身给他和微生瓷都盛了粥，三个人一起默默地埋头吃饭。两个小辈都是面红耳赤的模样，微生歧心中叹气，以前都是他让别人冷场，现在终于报应来了，轮到他没话找话说了。

所以他说：“温谜要求武林同道共同商议羽人通商的事。”

蓝小翅说：“恐怕只有鳍族会支持。其他江湖门派都跟羽人交恶，不会那么容易。”

微生歧说：“如果他们反对，你又当如何？”

蓝小翅眨眨眼睛，说：“羽族机密。”微生歧哼了一声，经这么一说，尴尬倒是淡了些。蓝小翅说：“你真的不对我表示一下支持啊？”

在这些事情上，她脸皮倒是厚。微生歧说：“我们早有约定，微生世家不参与羽族的任何事。公是公，私是私，不能混为一谈。”

蓝小翅说：“好吧。反正这是九微山的损失。”

微生歧哼了一声，蓝小翅说：“爹，您别不服气，您也就是儿子少。您要是跟我爹一样，养一拨小妾，再跟慕爹爹一样，养上一屋子家奴院工，再跟皇上老子一样生上一大窝儿女，你就知道通商真的是互惠互利了。”

微生歧瞪她一眼，说：“一大窝儿女？你有吗？”

蓝小翅说：“唉，我虽然没有儿女，但是却有一大窝羽人指着我吃饭啊。”

微生歧说：“只要你不管，温谜和慕流苏自己就会去管。”他还是想说服蓝小翅放弃羽尊之位。

蓝小翅说：“可是如果他们去管的话，我爹就永远回不到方壶拥翠了。”

微生歧一怔，对于她的坚持，也终于有了那么一丝松动，但他还是说：“蓝翡作恶多端，如果羽人真想得到所有人认同，他就不能回来。”

蓝小翅一笑：“事在人为嘛，不试试怎么知道不行？”

微生歧倒也不再浪费唇舌了，只是说：“你一心为蓝翡着想，虽然是非不分，到底也算是孝心可嘉。”

蓝小翅失笑，说：“倒也不全是为了我爹，除了因为他老人家以外，我还喜欢那种让一方土地在我手上，变得更加强大富饶的感觉。”

微生歧差点儿跳起来揍她：“这是姑娘家该有的感觉吗！！”

蓝小翅抱起粥碗就躲，嘻嘻哈哈的：“干吗，女人就不能喜好权力、追求财富、四海扬名啊？”

微生歧怒道：“就凭你那点儿三脚猫的功夫，还四海扬名？早点儿生个孩子给微生世家传宗接代才是正事！”

蓝小翅喔喔地答应两声，坐回来继续吃饭。微生瓷看了他二人一眼——自从娶了媳妇，爹在饭桌上话都多了好多。

吃过早饭，微生歧父子都回房练功了。蓝小翅跟着步寒蝉四下走走，步寒蝉是真把她当女主人，一路介绍：“家主不入世，但是九微山方圆三十里，都不在官府和江湖管辖之内。这里气候寒冷，在这里长大的牲口皮毛也更厚实，身体更强壮，所以有不少牧民在这里放牧。”

蓝小翅说：“微生世家主要的经济来源，就是这些牧民？”

步寒蝉说：“还有一些种地的农民，不过只能种点儿荞麦等耐寒的庄稼。”

蓝小翅说：“那微生世家没多少产业嘛。”

步寒蝉说：“微生世家人少，这里官府不收税，也没人敢来捣乱，很多牧民愿意在此处安家，所以也算是衣食丰足。”

蓝小翅了然：“关键还是开销少了，所以不思进取。”

步寒蝉偷着乐：“少夫人说笑了。”

可是这也是实情，几千牧民、农民，养着微生世家三口人。后来还没了一口，只剩下微生歧父子二人。这能不宽裕吗？

她说：“说起来，我有一件为难事，想要求助寒蝉叔叔。但不知如何开口。”

步寒蝉赶紧说：“少夫人请讲。”

蓝小翅说：“我爹带着一拨羽人，一直东躲西藏。我很担心。”步寒蝉突然明白她的言下之意，是真的有点儿为难了，说：“少夫人的意思……是想让蓝……先生等人前来九微山避难？”

蓝小翅说：“不瞒寒蝉叔叔，我是实属无奈，暗族和江湖各派正四处搜捕他们。而他们离开方壶拥翠，四处流亡。万一被人发现行踪，只怕后果不堪设想。”

步寒蝉说：“少夫人，此事您应该跟家主商量，我毕竟只是一个家奴，实在不敢这样擅作主张啊。”

蓝小翅说：“这次，公爹会跟我下山，前往方壶拥翠住上一段时间。这段时间可长可短，足以让您安排妥当。我公爹不太出门，我相信您肯定有办法不让他发现。寒蝉叔叔，拜托了。”

步寒蝉说：“少夫人，这……这实在是使不得啊！”

蓝小翅说：“寒蝉叔叔，您虽没有家室，但是也是有过高堂的。请原谅我真的没有办法让我爹这样朝不保夕地流亡在外。我知道小瓷是您看着长大的，您待他最好了，寒蝉叔叔，我求您看在他的面子上，帮我这一次。”

步寒蝉说：“少夫人，恕老奴直言，蓝翡先生也曾是一方霸主，即使行至穷途，也未必肯躲藏在九微山以偷生。”

蓝小翅说：“我会说服他的。而且正是因为大家都认为他不可能躲藏到此，这里才最安全的。”

步寒蝉叹了一口气，蓝小翅眼里全是希冀，他终于说：“好吧，少夫人，老奴尽力而为。”毕竟，九微山连肖景柔、连镜母子这样的人都容留了十几年，为什么不能庇护一下自己女主人的至亲呢？他叹气。

蓝小翅说：“寒蝉叔叔，您真是太好了！我刚才看见山北有一处竹林精舍，那里僻静，环境也清幽，我觉得挺合适的。”

步寒蝉哭笑不得——你倒是连地方都看好了。但那确实是个不错的地方，他说：“就依少夫人。”

蓝小翅还不忘叮嘱：“我这次回来，带了几箱东西，都是我爹和老木的常用之物，到时候麻烦步总管帮忙布置……”

当天晚上，一行人吃过晚饭，蓝小翅跟微生瓷腻腻歪歪，她是不敢像昨天那样使坏了。微生瓷也很为难，少年血气方刚，又夫妻情深，到底是把持不住。但他是真的害怕，像是恐高的人行走在万丈悬崖边缘。

他抱着蓝小翅，亲吻了一阵，终于还是说：“还是找我爹吧。”

蓝小翅双手捂脸，说："不要，丢死人了！"

微生瓷说："那……我去找他。"呜呜，我也觉得丢人。

蓝小翅背过身去，说："讨厌，等我走了你再去！"

她转身要跑，微生瓷拉住她，说："外面冷。"他说不出别的甜言蜜语，但他永远总是先想到她，倾尽全力地关心、爱护她。蓝小翅慢慢拥抱他，轻声说："我在这里等你。"

微生瓷点点头，将要出去，蓝小翅红着脸，问："那我们离开九微山之后……怎么办嘛。"

微生瓷也烦恼了，点穴手法是可以教的，但是功力不够的话也没有力。本身的护体真气会抵消力道，要冲开很容易。他问："你有办法？"

蓝小翅说："你……你让你爹跟我们去方壶拥翠住几天嘛。反正你们的宅子应该完工了。"

微生瓷说："好。"

蓝小翅在他脸上亲了一口，他转身去找他爹了。

不一会儿，微生歧过来，蓝小翅泥鳅一样，一个侧身就钻到屏风后面去了。微生歧也没叫她，避开也好，确实是尴尬。他出手如风，把自己儿子穴道点上。微生瓷还不忘道："别点哑穴。"

微生歧瞪了他一眼，倒也真的没封哑穴。所以微生瓷还能继续说话："爹，您跟我们去方壶拥翠住一段时间吧。"

微生歧说："何事？"

微生瓷很不好意思，但是为了自己的福利，又为了小翅膀的安全，他是必须要说的。所以他很诚实地说："我们……离开不你啊。"

微生歧明白过来，气极——谁家爹用来干这个的啊！可是一想，还真是，他是真的怕，万一微生瓷情绪失控，后果就太严重了。

儿子传宗接代是大事，他知道蓝小翅在屏风后面，他说："反正九微山也没事，正好爹过去指导你练功。"

微生瓷说："哦。"

微生歧心头又好气又好笑，也不要儿媳妇儿送了，自己出门而去。

一直等他走得连脚步声也听不见了，蓝小翅才从屏风后面跳出来：“小瓷——”一边软语呢喃，一边轻轻蹭微生瓷的脸颊。

微生瓷说：“小翅膀，我……”瓷少爷如白瓷染红釉，说，“我很想。”

蓝小翅将脸贴在他胸口，轻声说：“我也想，夫君。”

夜浓如墨，落雪无声。两个人你侬我侬，化不开的柔情蜜意。等到红蜡燃过三分之一，两个人的喘息声渐渐平静，蓝小翅说：“我去找你爹给你解穴啊。”穴道什么的，老是封着对身体也不好。

微生瓷说：“等等，晚点儿再去。”

蓝小翅很累，但还是爬起来，说：“晚点儿你爹该睡下了。”

微生瓷小声说：“我……我还可以再来一次……”

蓝小翅一粉拳捶过去：“我去你的！”

少年贪欢，恩爱一晌。

正月初六，蓝小翅就打算返回方壶拥翠了。微生歧叹了一口气，有什么办法，只得跟着儿子、儿媳妇一起离山了。步寒蝉一直将他们送到山下，心里也觉得这少夫人是真的有办法——她怎么就把家主哄走了？

一路返回方壶拥翠，羽人们知道微生家主来了，也没有以前那样惊怕了——毕竟也见惯了。

微生瓷的宅子已经盖好了，用材结实，隔音效果好。里面陈设竟然跟九微山风格差不多，很迁就他父子二人的生活习惯。

微生歧这有什么可说的，也就跟儿子一人挑了一个房间，住了下来。

蓝小翅在自己书房，凤翥、白翳、银雕三个人分别汇报了这些天族内的情况。蓝小翅问：“羽族通商的事，仙心阁那边，约定什么时候表决？”

凤翥说：“正月二十九。”

蓝小翅点头：“都有哪些门派？”

凤翥早有准备，取出一本册子，说：“都在此处了。”

蓝小翅接过来，翻看了一下，说：“详查这些门派的掌门，尤其是兴趣爱好、花边野史，你明白吧？”

凤翥说：“是。”

白翳和银雕都斜眼看她——你想干啥。蓝小翅仰身靠在椅背上，说："不能化解的仇怨，结深一点儿也无所谓了。"

下午，蓝小翅把微生瓷叫出来，说："小瓷，你能不能帮我个忙？"

微生瓷歪了歪头："说。"

蓝小翅说："我爹现在的情况，我很担心。我想让他去九微山避一避，好不好？"

微生瓷说："哦。"没有一点儿犹豫。蓝小翅说："那你带我去找他们吧。"

微生瓷带着蓝小翅，倒是轻车熟路，很快找到了那片旧宅。

二人穿过毒阵，木冰砚听到声响，连看都懒得来看了。蓝小翅走进去，只见宅门陈旧，院里的枯草虽然已经被铲尽，却没有种什么花草，新土外露，十分荒凉。

天有些阴冷，大门半掩。蓝小翅推开门，看见蓝翡坐在太师椅上，没有暖炉，腿上搭着一条薄毯，正在看书。桌上没有水果点心，只有清茶一盏。

茶也不是什么好茶，香气有点儿杂。

蓝小翅眼泪都要下来了："爹。"

蓝翡早就听见她进来了，这时候只是说："你不该过来宝贝儿。"

蓝小翅说："我来给爹拜年。"说完，跪下，结结实实地磕了一个头。微生瓷在旁边看见了，也跪下，跟着磕了一个。蓝翡微笑，说："起来吧，野宅简陋，无物待客，微生少主自便。"

微生瓷说："哦。"你本来也没招待过我啊！

蓝小翅膝行两步，将脸枕在蓝翡膝盖上，仰起脸看他，说："爹。"

蓝翡很警觉："宝贝儿，你每次露出这个表情，要么是闯了祸，要么是有所求。"

蓝小翅一脸受伤："讨厌，爹你怎么可以这么看我，人家是很有诚意来给您拜年的。"

蓝翡伸手，摸摸她的小脑袋，说："说吧，什么事？"

蓝小翅说："爹，这里虽然偏僻，但到底简陋，也不安全。我和小瓷商量过了，想请您去九微山住一段时间。"

蓝翡微笑，说：“宝贝儿，微生歧不会同意，爹也不会去。毕竟一把年纪看他人眼色，不是爹的风格。”

蓝小翅说：“爹，公爹他现在住在方壶拥翠，您去九微山，也没什么啊。”

蓝翡说：“如果你来是为了说这件事，那么你可以回去了宝贝儿。羽族想必还有许多事，你不应该把时间浪费在这种地方。”

蓝小翅说：“爹，您在这里会打乱我的计划。”

蓝翡终于正色道：“哦？”

蓝小翅说：“我修改了羽族的奴隶制度，想让羽族得到江湖各大门派的承认，开始通商。”

蓝翡说：“通商就意味着羽族成为白道势力之一，这太天真了，他们不会同意的宝贝儿。”

蓝小翅说：“我会想办法，但是这需要时间。现在的问题是，如果爹在这里，我就没有时间。因为暗族一定会先找到这里。如果那样的话，我会跟暗族拼一个鱼死网破的，爹。”

蓝翡说：“宝贝儿，你应该对爹有起码的信任。迦夜要是能奈何得了我，何必投靠慕流苏来谋夺昊天赤血？再者，我们与微生世家不同道，九微山非久居之地。”

蓝小翅说：“但我会分心的爹。您就当是再可怜可怜我，好不好？您去住一年。一年之后，您再去哪里，我不再过问。”

蓝翡说：“不。”

蓝小翅说：“那好吧。”不说话了。

微生瓷皱眉头——什么意思？你让小翅膀起来啊！

二人一直沉默，天色越来越晚，木冰砚、森罗、郁罗、木香衣都相继过来看了好几次。微生瓷看看父女二人，也不说话，过来跟蓝小翅跪在一起。

及至半夜，蓝翡终于忍受不了了：“你这是要无赖宝贝儿。”

蓝小翅说：“你要是不肯听我的话，我就听你的话，跟着你，不回去了。”

蓝翡气笑了：“到底是跟谁学得这样没脸没皮。”

蓝小翅不理他，但眼里的坚决，可不是说着玩的。蓝翡没办法——这小东西有多执拗，他可是见识过。他说："好吧，宝贝儿，你确定微生歧不会将我们扫地出门吗？"

蓝小翅说："爹爹不会遇见他。"

蓝翡摸摸她的头，这孩子，是觉得他在外面清苦呢。多傻啊，明明是害她骨肉分离的仇家。

当天夜里，微生瓷就由羽人驮着，随蓝翡等人一起赶往九微山。步寒蝉早就安排好了，九微山地方大，山间更是清静，要安置蓝翡等人非常容易。

微生瓷带着蓝翡连夜上山，步寒蝉将他们领到山北一处的竹林里，说："经少夫人吩咐，特安排下这所院落，供蓝先生等人暂时落脚。不知先生是否满意？"

蓝翡走进去，看见里面摆的酒具、茶盏，都是他在方壶拥翠用惯了的——蓝小翅回九微山过年，居然将这些东西也带了过来。

他叹了一口气，纵然是不愿低头，此刻也道："此地甚好，有劳步总管。"

步寒蝉欠了欠身："如此，就请蓝先生等人先在这里住下，附近山民不会来此，更不会多嘴。但因羽人羽翼明显……还是请几位小心掩藏行踪。蓝先生等人一应采买之物，也请列出清单交由我，我自会安排下人分开购买，以免引人起疑。"

蓝翡点头："请了。"

步寒蝉这才转身，问："不知少主是否还有什么吩咐？"

微生瓷说："小翅膀对我爹很好，你也要好好对我岳父。"

步寒蝉哭笑不得，说："是，少主。"

方壶拥翠，微生歧在练功，隔壁房间里微生瓷不在。他有些奇怪——怎么没回来也没让我过去点穴呢？

待反应过来，心里也是哭笑不得，我这都在想些什么！！

蓝小翅在榻上翻来覆去，白天很累了，却总是睡不着。好不容易打了个盹，居然还做了一场小小的春梦。她推开窗，方壶拥翠的四季并不分明，窗外明月高悬，如诗如画。

蓝小翅双手撑着下巴，古往今来，那么多的情诗，竟也描不尽相思。她叹了一口气，微生瓷，只是念着这个名字，就是人间乐事。

第二天，微生歧起床练功，没有见到微生瓷和蓝小翅。直到吃早饭的时候，他终于问了前来送饭的羽人一句：“蓝小翅呢？”

那羽人又是惊恐又是敬畏，夹着翅膀儿小心翼翼地道：“回家主，羽尊出门了。”

微生歧有些意外，那家伙看上去很懒散，起得倒是早。羽人把饭菜送到桌上，是千层饼包肉，里面还夹了鸡蛋和青菜。微生歧皱眉：“你们早餐吃这个？”

羽人说：“回微生家主，羽尊说微生家的人吃饭讲究抵饿，让厨子做了这个。”

微生歧哼了一声，心里还是有点儿美——这个儿媳妇儿还是挺孝顺他的。

于是终于也没再追问蓝小翅的去向了。

蓝小翅带着紫鸩和青鹏，天还没亮就已经出了方壶拥翠。按照风翥提供的名单，她先找了青云山的掌门陆化涛。陆化涛刚刚起床，正在练拳，突然一抬头，看见两个男羽人从天而降。他吃了一惊，怒喝：“羽族妖人？！”

蓝小翅从紫鸩背上下来，说：“啧，陆伯伯，别来无恙啊？”

陆化涛这才看清楚来的是她，说：“蓝小翅？”他当然见过蓝小翅，在太极垂光她的生日宴上。所以这时候陆化涛反而松了一口气：“你现在是羽尊，这种拜访方式不觉得失礼吗？”

蓝小翅笑嘻嘻的：“我是晚辈嘛，就算失礼，陆伯伯也不会跟我计较的啦。”

陆化涛心里有点狐疑，问：“你来此何事？”

蓝小翅说：“不敢瞒陆伯伯，我跟我爹提了一下羽族通商的事，他答应正月二十九让各位武林同道表决一下。我就想，先来跟陆伯伯通个气嘛。”

陆化涛说：“你爹？你爹不是蓝翡吗？什么时候又变成温阁主了？”

蓝小翅说：“唉，血缘至亲，不是我不认就可以的，对吧？”

陆化涛说：“温阁主是大信大义之人，你不要以为是他的女儿，就能漠视规则！”

蓝小翅叹了一口气：“这么说来，陆伯伯不准备同意羽族通商吗？”

陆化涛说：“当年蓝翡与郁罗等人，杀害了多少武林同道？鲜血未干，你仅凭几句话就想抹杀吗？”

蓝小翅说：“陆伯伯，当年羽人的血也没有少流。我觉得个人恩怨，没必要非上升到种族仇恨不可，对不对？”

陆化涛说：“你说得好听，死的不是你的亲人！如今你的夫家是九微山，即使是九微山，也不觉得此事你占理。我劝你一句，你最好早日离开方壶拥翠，回九微山或者太极垂光去。”

蓝小翅叹了一口气：“陆伯伯这样说，真是让人为难。”

陆化涛哼了一声，蓝小翅说：“好吧，公事真是令人不太愉快。陆伯伯，我们谈点儿私事吧？”

陆化涛说：“你一天不离开羽族，就是青云山的敌人，你我之间，有何私事可谈？”

蓝小翅叹气，说：“唉，就算陆伯伯如此不念旧情，但是您和您嫂嫂偷情的事，我也是不会乱说的。”

陆化涛一愣，脸色变了，蓝小翅从怀里掏出两封信，说：“这两封信上的笔记，陆伯伯不知道是不是还记得呢。”

陆化涛伸手欲夺信，蓝小翅侧身闪过，他怒问：“这两封信怎么会在你手上？”

蓝小翅说：“意外嘛，有一年这位名叫张草儿的姑娘和陆掌门鸿雁传情，我在侠都，不小心看见了传信的鸽子。”她双手各拿一封信，画了一个心，“然后拆开看了看，哎哟，简直打开了新世界的大门。然后我就留意了一下青云山的信鸽。”

这该死的羽族！陆化涛眼神都要冒出火来，蓝小翅说：“别这样嘛，陆伯伯，你看那时候我虽然只有八岁，但是这些事我可从来没有对人提过。不然我爹的性子，您是知道的，早就贴到太极垂光仙心阁山门之上供武林同道瞻仰了。”

陆化涛沉声道：“你威胁我？”

蓝小翅正色说：“陆伯伯，我是来表达善意的。”

陆化涛看着她手上的两封信，咬牙道：“蓝小翅，陆某敢做敢当，你休想以此事要挟！”

蓝小翅说：“陆伯伯是敢做敢当，不知道这位张家婶婶，是不是也同样有担当。”

陆化涛说："你……"

蓝小翅说："我数到三，就走了。我走之后，不会再回来。一、二……"

陆化涛终于无力地道："正月二十九，太极垂光，我……我不会反对羽族通商。"

蓝小翅说："羽族通商之后，这两封信会回到你手上。"

她走向青鹏，乘着羽人离开。

一直到飞离青云山，青鹏终于说："大小姐，咱们这样做，太小人了吧？"如果蓝翡在，怎么也拉不下脸干这些事啊。

蓝小翅拍拍他的头，说："谢谢夸奖。接下来我们去找密云宗李宗主。"

紫鸩问："他不会也和嫂嫂有染吧？"

蓝小翅摇头："密云宗不许接近女色，他却和一个妓女有一个私生子。"

微生瓷赶回方壶拥翠的时候，蓝小翅不在。他把方壶拥翠都找了个遍，终于凤翥看见了，忙说："姑爷，羽尊出门了，临走时留下话，让您先好好练功。她过五天就回来。"

微生瓷这才回到自己房间，早有下人为他准备热水。微生歧是知道自己儿子回来了，看样子这些天他没跟蓝小翅在一起。他板着脸，问："这几天你去了何处？"

微生瓷愣了一下，说："我不说。"

微生歧生气道："蓝小翅是不是指使你干了什么坏事？"

微生瓷闭紧嘴，回了自己房间。外面，微生歧咆哮——我这养的什么儿子！

而太极垂光，温谜最近也发现了一点儿不对——之前被落日城释放的武林同道，居然不约而同地，又返回了落日城。仙心阁再次发函过问，想不到这些武林同道同时回信，称仰慕落日城的风光与教父迦夜的品格，自愿叛出师门，归顺落日城。

温谜当然觉得蹊跷，立刻和柳冰岩前往落日城查看。但是这些人神志清醒，武功如初，行为正常。他们自愿投靠迦夜，那是他们的自由，仙心阁当然也不能说什么。

所以从落日城返回后，温谜的神情就一直非常严肃。四大长老齐聚一处，丁绝阴说："这理由可笑，什么仰慕教父品格，那当初何必逃离？"

温谜说："我跟他们每个人都交谈过，他们谈吐如常。我觉得，可能是迦夜释放他们之前，给他们服用了长生泉。"

丁绝阴说："可就算服用了长生泉……"他突然反应过来，"难道长生泉有什么玄机吗？"

温谜说："有可能是需要长期服用，或者需要什么解药搭配服用。除此之外，我想不到其他理由。"

四大长老都变了脸色："也就是说，这些人是受迦夜控制了？"

温谜说："可这些都是我们的猜测，这些年暗族并未主动生事，我们不能因为自己猜测的事而向落日城讨要说法。"他转过头，说，"鹤影，你带上几个得力弟子，埋伏在落日城外，密切注意城里动静。"

古鹤影说："是。"

温谜想了想，又说："记住，平常饮食皆需多加注意，且不可中人暗算。"

古鹤影说："阁主放心。"

正月二十日，蓝小翅还是没有返回方壶拥翠。夜里，微生瓷练完功，第一次发现自己坐不住，忍不住出来走走。外面就是蓝小翅的居所，书房里她用过的笔墨纸砚整齐地摆放在书桌上。

微生瓷很想拿起来看看，然后突然意识到——这就是想一个人的感觉吗？总是忍不住四处寻找她的痕迹。可是她的每一处痕迹，都只能让思念越来越浓。

微生瓷一路走过蓝小翅的院子，终于出了方壶拥翠——他要去找她。

月夜幽静，他踏月而行，也没有方向——羽人自己也不知道蓝小翅去了哪里。微生瓷沿着一个方向找寻，黑暗之中他身若乘风，冷不丁地，撞上一团雾色。那团雾色呀地叫了一声。

微生瓷停下来，看见雾色落地，化为一个女人。一个穿着轻甲的女人。是暗族人。

他不想理会，正要走，那个女人却认出了他："微生瓷！"

微生瓷有些意外，那个女人说："你不认识我了？我是迦月！上次你挟持我爹，我们交过手！"

微生瓷说："哦。"答应一声就要走，显然他并不想因为这件事耽误自己找小翅膀。

迦月生气道："你伤了我爹，休想离开！"说着话，手里红罗伞撑开，瞬间攻向微生瓷。微生瓷皱皱眉，回身一掌，砰的一声，迦月被击飞丈余，哇的一声，喷出一口血来。

微生瓷看见血，脚步顿了顿，没杀她。迦月只觉得被一股大气冲击，五脏六腑都移了位一般。见微生瓷居然头也没回就打算离开，她简直忍不住快要哭出来："微生瓷，我早晚杀了你！"

微生瓷压根儿没理她，红影一晃，人已经消失在夜雾之中。他居然真的就这么走了！迦月心里突然觉得极度屈辱，她可是暗族的大小姐，虽然被迦夜宠得有些刁蛮，但是暗族追求她的少年可不在少数。

如今这个微生瓷，居然真的连多看她一眼都没有，就这样破布一样把她丢弃在这里。

叫她如何咽得下这口气！她擦擦嘴角的血，站起来想要化雾，刚一运内力，猛地又吐出一口血来。她有些害怕了——微生瓷那一掌到底伤到了自己哪里？怎么会这样？

她坐倒在地上，心里油煎火灼一样痛。不能化雾，她就不能在天亮之前赶回落日城。她眼中含泪，是真的焦急了。好不容易沉下心来运功想要疗伤，然而只是一动内力，就又开始吐血。

迦月时年不过十四，一生都在父兄的庇护之下成长，几时遇到过这等凶险之事？

突然身后有人问："谁？"

迦月转回头，看见月光下站立着一个青年侠士。迦月眼珠一转，也算是急中生智，哭着道："我、我遇上歹人，被打伤了。少侠救命。"

那青年上前几步，腰间宝剑天下归仁熠熠生耀，是柳风巢。他正好跟丁绝阴一直奉命前来监视落日城。此时看见迦月，他是觉得有点儿面熟。但是他也只是在方壶拥翠被迦夜袭击时见过迦月一面，看得不甚清楚。

再说现在又是黑夜，暗族在夜色之下，更加难以分辨。他上得前来，看见地上的血迹，也吓了一跳，伸手替迦月把脉。迦月目中泪光盈盈："少侠，我好像……"她嘴角又流出一线血泉，心里恨死了微生瓷，却也不由心惊——他的武功真的是一个人能达到的境界吗？

柳风巢赶紧从包袱里掏出两粒专治内伤的丹药，说："姑娘先服下。"

迦月颤声问："我不会要死了吧？"

柳风巢说："不会，姑娘只是被极为高深的功力震伤了内脏，但对方似乎并无杀心，姑娘暂无性命之忧。只是也万万不可妄动真气，否则加重伤势，也是麻烦之事。"

迦月心中一动，啊，原来那个姓微生的也并没有打算杀她，只是吓吓她罢了。不知道为什么，心里的恼怒有点儿变了味。

柳风巢哪知道少女心不可测的心思，说："姑娘家在何处？我先送你回去，以后天黑路险，姑娘还是少在深夜独行吧。"

迦月有些嫌他烦，说："我家就在前面二里之外的庄子里。"那是落日城的别苑，但因为外面日升月亮，白昼对于暗族来说十分漫长，暗族人并不经常过来。

柳风巢说："我送姑娘回去。"

迦月站起来，有一点儿头晕，柳风巢扶住她，眼见她实在行走无力，只好说了声："失礼。"一弯腰将她背起来。

迦月趴在他背上，觉得这个大个子真是耿直。心里被微生瓷无视的恼怒终于也减小了一点点。

柳风巢一直将她背到前面的庄子里，迦月说："我自己进去就好了，谢谢你。你叫什么名字？"说着话，从怀里掏出一锭银子，"拿着吧，感谢少侠。"

柳风巢哭笑不得，说："姑娘不必客气，回去吧，记得找大夫再开副药。"说着话，一转身走了。

迦月将银子收进怀里，哼了一声，只顾得记恨微生瓷。她倒是没认出柳风巢，毕竟是受着伤，关心的东西不在他身上。

微生瓷在附近转了个圈，去到落日城附近转了转，天就亮了。他一晚没睡，这时候也有些困了。他决定先找个地方睡上一觉，然后换个方向继续找。

刚好返回的时候，就看见那个庄子。庄子里静悄悄的，他没有听到别人的呼吸声——他却不知道，暗族人在白昼时分，呼吸是十分微弱的，如同小猫小狗一样。

他走进去，看见一架子常青藤，藤下有竹椅。他坐在竹椅上，正好打个盹。迦月本来就没睡着，这时候只见一抹红影。她探头仔细观瞧，只见微生瓷和衣而睡，侧脸在阳光的映照下，竟然十分清秀。

她咬牙切齿，誓要一报昨夜之仇。于是找了挂在墙上的弓，挽弓搭箭，唰的一箭过去。

微生瓷挥手打飞箭矢，一转头，看见了窗里的迦月！

迦月呀地一声惊叫，还想放第二箭，微生瓷红影如光，已经到她面前。她呀地惊叫一声，被微生瓷抓在手里。微生瓷皱眉：“又是你！”讨厌！

迦月有些害怕了，但还是嘴硬：“是我又怎么样！你放开我！”

微生瓷确实不知道应该把她怎么办，除了蓝小翅，他没有接触过别的女孩子。他想了想，说：“你射我一箭，我也射你一箭。”很公平啊。

迦月却惊呆：“什、什么？”

微生瓷将弓和箭都拉过来，挽弓，也没用内力，迦月被他的逻辑惊呆了：“你……不，不要！”

微生瓷一箭过去，迦月本是一箭直接射向他咽喉，他却无杀人之意，只是一箭射在她腿上。迦月想躲，但是那么近的距离，她能躲得开微生瓷的箭？

箭矢扑哧一声，正扎在她腿上。微生瓷是没打算杀她，可也没留情。箭尖如尖刀，一下子进去了一半。迦月哇的一声，这下子是真的哭出声来。微生瓷把弓扔了，转身要走，迦月哭道：“微生瓷，你真是这个世界上最讨厌的人！”

微生瓷不理她，这里是不能睡了，他将要离开，身后的迦月捡了石子，啪的一声向他掷过去。当然没中，然后她哭得撕心裂肺。

微生瓷接住那颗小石子，回头一扔，啪的一声正好打她头上。迦月头上立刻肿起一个包，她用手捂住，哭得惊天动地。微生瓷头也没回——好吵。

他出了庄子，换个方向继续找，小翅膀到底去了哪里。

第二十七章 羽族通商

蓝小翅在外面已经很久了，要拿人小辫子不是件容易的事，人赃俱获真是太难了。

眼看着已经正月二十六了，她翻了翻名单，上面的江湖门派还是不能过半数。青鹏说：“羽尊，接下来的这些门派掌门，都还算干净了。恐怕这招儿不管用了。”

蓝小翅说：“这个云屿九连寨的寨主，看上去很贪财的样子，送点儿钱过去看看行不行。”

青鹏说：“是。可是羽尊，时间马上就到二十九了，就算是云屿九连寨同意，也过不了半数。”

蓝小翅说：“是啊。争取一家是一家，后面的再想办法。”

如此，她在外面跑了两天，终于又说服了三个江湖势力。可是正月二十九终于还是到了。蓝小翅没办法，只得赶往太极垂光。各路江湖门派也早派了人过来，不能来的也发了书信。

丹崖青壁，温谜与一众武林门派首领分别列席。蓝小翅坐在单独的座位上，身后站着白翳和凤翥。江湖中近些年已经极少见到羽人，白翳和凤翥的羽翼十分显眼，大家还是不由自主地多看了几眼。

温谜说：“诸位，劳烦大家从大老远赶来，主要还是因为羽族提及的通商一事。近些年来，羽人从驯鸟奴隶到如今独占方壶拥翠，也算是江湖的一方势力。前羽尊蓝翡嗜杀，手染鲜血无数。仙心阁与朝廷本欲趁机剿除，但被他逃脱。同时他也传位于蓝小翅。新任羽尊，破除方壶拥翠的奴隶制度，对于之前的事，也给出了一些交代。”他挥手，“仙心阁长老谈追，会将我们的一些调查结果公开。希望大家对羽族的请求，有一个理智的判断。”

他看了蓝小翅一眼，这也是爹唯一能做的了，孩子。但是蓝翡与其他门派的仇怨，恐怕真的不是这一番话能感动得了的。也不是你释放几个奴隶，就能一笔勾销的。

谈追开始公布仙心阁查到的羽族之前所犯之事，第一件是之前蓝翡射杀老弱妇孺的事，谈追一板一眼地宣读：“经查，此事由双方斗殴而起，有人越过了方壶拥翠的界碑，从而产生冲突……”

他一件一件公布开来，丹崖青壁只有他的声音。等他念完，温谜又看了一眼蓝小翅，说：“投票开始。”

下面有人站起来，说：“温阁主。”

温谜抬眼一看，说话的人是鹰愁涧的洞主冯蛟。他拱手道：“洞主请讲。”

冯蛟说：“众所周知，温阁主与蓝小翅是亲生父女，为了避嫌，阁主是否不会投票？”

蓝小翅幸灾乐祸——看看，你们仙心阁也没有什么威严嘛，呵呵。本以为一向温和的温谜会选择退让避嫌，但是温谜说：“洞主知道温某是蓝小翅的生父，那么请问洞主知不知道温某是仙心阁的阁主？”

“这……”冯蛟一愣，毕竟温谜性情一向宽厚，很少这样尖锐。他说：“这么说来，温阁主是要徇私袒护了？”

温谜说：“不，既然说好是由江湖同道共同表决，那么洞主就必须明白，仙心阁也是江湖同道中不可或缺的一分子。而我作为仙心阁阁主，不会放弃行使自己的正当权利。”语气仍然温和，态度却是不容置疑。

冯蛟说：“可是温阁主若是支持羽族通商，就不怕江湖同道质疑您以权谋私吗？”

其他掌门也有出声问询的：“温阁主，您是准备同意羽族通商吗？”

周遭的声音开始多起来，仙心阁四大长老都面带愠色，温谜还没有说话，旁边的蓝小翅忽然说："冯洞主。"

冯蛟说："我在和你父亲说话，你身为小辈，又是女子，这里哪有你插嘴的余地？"

蓝小翅笑嘻嘻的，说："不要这样嘛，其实我很认同你的话。我也觉得，温阁主为人向来大公无私，有时候到了令人无法相信的地步。所以我同样觉得，温阁主会为了避嫌，而有失偏颇，从而使仙心阁不顾既定的事实而反对羽族通商。"

冯蛟说："什么？"

蓝小翅说："原来不止我一个人这么想，"她扫视人群，说，"崆雨岛、水月宫……这么多同道都这样认为。所以我觉得，仙心阁根本就不能公正主持这场表决。"

四下里都安静下来，蓝小翅说："既然大家都认为仙心阁并不可信，那么我们就不要让仙心阁主持了吧。现在我问一下，哪些门派是同意羽族通商的？"

现场诸人一怔，还是有人开始零零碎碎地举手。蓝小翅说："白翳，把这些门派记下来。"白翳很快将门派都记录下来，蓝小翅说："好了，现在我宣布，羽族将会和举手的门派通商，至于其他门派嘛，羽族保证在未征得同意之前，绝不在其派内行商。表决结束，我先离开了。"

大家一听，这不对啊，一般是不允许在自己门派范围内经商。比如仙心阁，不是进了仙心阁，而是整个太极垂光甚至周边都是仙心阁的地界。什么叫门派内？总不能你跑到我们掌门客厅、卧室行商才叫违规吧？

蓝小翅是不管这么多，转身就要走。大家慌了，冯蛟立刻说："你站住！谁告诉你我们不信任仙心阁了？！"混账啊，你这手挑拨离间使的！！

其他方才附和冯蛟的人也立刻意识到——蓝小翅巴不得不理睬仙心阁，如果不是仙心阁压着，江湖势力各自为政，羽族怕谁？需要求着谁同意他们行商？

正如蓝小翅所言，她先跟同意她通商的门派行商，然后再慢慢修理不同她通商的门派。真要打起来，羽人打不过可是能飞。看到时候吃亏的是谁！

大家立刻慌了："温阁主，我们绝不是这个意思，我们对仙心阁一向敬仰，对您的为人更是坚信不疑。还请阁主不要受奸人离间……”有人一边说话一边瞪蓝小翅。

在场的仙心阁三大长老面色这才好看了些，仙心阁虽然门徒弟子甚多，却非常团结。被人这样质疑自己的阁主，显然他们都有些动怒。温谜说：“诸位，蓝小翅确实是我的爱女。这些年来，我一直亏欠她。诸位疑心，我也能理解。作为一个未能尽职的父亲，我是非常希望支持我的女儿。但是如果此事真的会危害武林，我也绝不会单纯因为个人私情而支持她。”

蜀雨青枫的掌门化成雨说：“阁主，您先表态吧。”

温谜说：“自蓝翡离开之后，羽人一直表现良好，经仙心阁观察，我觉得可以开放通商，让他们如同正常江湖势力一样在外行走。”

其他诸人互相看了看，温谜说：“仙心阁支持羽族通商。”

谈追在旁边记录，蜀雨青枫的化成雨是温阁的忠实拥护者，当即说：“既然如此，蜀雨青枫也表示支持。”

其他门派也不再多说，纷纷表示同意或反对。蓝小翅并不轻松——她虽然尽了全力，但是目前看来，支持的门派达不到半数。果然过了不久，票数就开始有差异。六十七票赞成，七十二票反对。

这个成绩，温谜已经很是惊异。他看了一眼蓝小翅——羽人能得这么多支持票?

蓝小翅左右看看，实在不行，就还是先跟投赞成票的门派通商。反正这一趟不能空跑。

她心里正谋算着小九九，突然外面又人有进来，竟然是鳍族金芷汀兰带着太子金枕流。诸人都是一静，鳍族平时少来太极垂光，他们因为能下水，平时主要以经商为主。今天怎么来了?

金芷汀兰团团作了一揖，微笑：“温阁主，别来无恙?”

温谜回礼：“三王爷，枕流太子。”

金芷汀兰说：“听闻仙心阁表决羽族是否通商一事，我特地与枕流太子过来一趟。鳍族平时虽然不打打杀杀，但总也不能因此就不算江湖势力吧?”

温谜说：“当然。鳍族意下如何?”

金枕流说：“那还用说？我当然是支持我们家三十六姨太了。”

谈追又记了一笔，金芷汀兰看了一眼，呵，六十八对七十二。他心中也是惊诧——支持羽族的票数这么高？本来是听说蓝小翅任了羽尊，他跟金霈泽商量，早晚鳍族也是枕流当家，应该让两个孩子互帮互助。他们对蓝小翅印象不错，表示一下支持也只是举手之劳。

可是还是差四票才能平局。

温谜对这个结果，已经非常满意，他也不指望一次就让诸人接受羽族。这样下去，再有个一两年，羽族一定能通过表决。他说：“既然所有江湖同道都已经投票，现在我宣布，票数是……”

话音未落，外面有声音道：“小翅膀。”

只是声音先到，人还未到，但大多数人都听出了是谁——微生瓷来了？！

温谜和金芷汀兰都有些诧异——微生世家来了？不一会儿，微生瓷就走进来：“小翅膀。”蓝小翅微笑，两个人可是很有些时日不见了，她伸出手：“你怎么来了？过来。”

微生瓷站到她身边，说：“我在找你。”

蓝小翅柔声说：“我不是说过了让你在家练功吗？我这就要回去了。”

微生瓷左右看看，也看见了谈追的记数板，问：“你们在做什么？”

蓝小翅说：“我想要通商，得看看他们同不同意。”

微生瓷哦了一声，看了一眼记数板，第一个表示反对的就是鹰愁涧的冯洞主。所以他走到冯蛟身边，问：“你为什么不同意小翅膀通商？”

冯蛟汗毛都立起来了：“温、温阁主……”

温谜说：“小瓷，表决是为了公平公正，不得威逼！”

微生瓷莫名其妙：“我又没有威逼他。”说完，他向冯蛟又走了一步，再次问冯蛟，“你为什么反对？”

冯蛟被吓到，但当着武林同道，还是结结巴巴地说：“鹰……鹰愁涧无数同门死于蓝翡之手，我们跟羽族是死敌！”

微生瓷一听，手中九微剑出鞘，一脸警觉，目光也开始有了敌意：“你是小翅膀的敌人！！”

冯蛟嘴里发苦，他深深地怀疑自己苦胆破了：“温阁主！！”

温谜说：“小瓷，不得胡闹！！”

蓝小翅终于也笑着道：“小瓷，过来。”

微生瓷走到蓝小翅身边，诸人这才把目光从这少爷身上重新转移到温谜身上。温谜当然知道这些目光所代表的含义。羽族今日得到的票数，大出所有人意料。这令人不安，他们当然希望温谜尽早宣布投票结果。

温谜只得宣布：“如此，结果是……”六十八票对七十二票，还差四票。他正要宣布结果，突然金芷汀兰说：“温阁主，请再等一等。”

他走到蓝小翅身边，说：“羽尊，借一步谈话。”

蓝小翅跟着他走到一边，他轻声在她耳边说：“羽人速度快，你且向这三个地方送信，让他们赶紧过来一趟。”

蓝小翅一怔，拱手：“三王爷之恩，羽族牢记。”

金芷汀兰点头，写了四封书信，蓝小翅命羽人下山送信。诸人互相看看，有人说：“温阁主，武林同道好像已经齐了吧？还要等谁？”

金芷汀兰说：“既然是江湖同道，那么当然是江湖帮派都有资格表态了，关键是为了所有门派的真实意愿，仁兄何必如此着急？”

过了不久，羽人驮了四个人上来，竟然是盐帮、葬星湖的两个渔帮，还有一个是码头卸货的野鹞帮。

金芷汀兰将投票内容说了，四个人互相看看，他们可都是仰仗鳍族为生的，那有什么说的，当然是跟着鳍族走了。当下投了四票赞成。七十二对七十二。

所有人都愣住了，冯蛟怒道：“温阁主，难道任何一个阿猫阿狗组成的帮派也有资格投票不成？”

温谜沉下脸来，道：“依洞主所言，只有大派才能表达自己的意愿不成？如果那样的话，仙心阁何必要求同道表决？”

冯蛟不说话了，毕竟比起仙心阁，鹰愁涧只能算个小门小派。

旁边有人说：“温阁主，票数持平如何是好？”

温谜有些犹豫，旁边的金枕流问：“微微，微生世家没有投票啊！为什么？”

微生瓷说：“因为我爹没来。”他转头看温谜，问，“我能投吗？”

温谜说："需要经过家主授意，才能表达一个门派的本意。"

微生瓷说："我爹没反对，不信你们去问他。"然后向谈追说，"微生世家同意小翅膀经商。"

谈追是无所谓，反正阁主支持，他们就希望提议能通过。他准备记一笔。大家干瞪眼，没人敢反驳他——这少爷看起来有点儿不正常。凶器还是不要招惹得好，看看冯蛟那面如土色的样子。

眼看谈追一笔将落，蓝小翅突然说："慢着。"

所有人都看过来，谁也没想到，这时候竟然是她有话说。蓝小翅淡淡地道："羽族通商之前，微生家主就已经表过态，他不会赞成的。"

此言一出，所有人都一脸狐疑——这不像是蓝小翅的画风啊！她不是出了名的不要脸吗?

微生瓷说："小翅膀，我……"

蓝小翅微笑着打断他的话："你还没有继承九微剑，不是九微山的家主。"微生瓷急道："我回去跟我爹说，他会同意的。"

蓝小翅摇头，说："九微山不涉江湖事，我答应过他。"

微生瓷也沉默了，金芷汀兰微微叹息，如此一来，可是就连鳍族也帮不上什么忙了。一诺千金是好事，但是就这么放弃这样大好的机会，会不会太可惜呢?

温谜也在看蓝小翅，他突然有点儿不忍心宣布最后的结果。然而他并没有感动多久，就听蓝小翅说："既然是江湖势力表决，羽族也应该有一票吧?"

在场所有人都炸了，蓝小翅说："我投赞成票。"

有人怒道："这算什么?"

蓝小翅说："这算公平公正啊。"

有人说:"温阁主,你这是包庇,如果这样的话,恕我们不能接受投票结果。"

温谜说："你们先静一静。"

诸人还是各抒己见，蓝小翅微笑，说："起先我以为，仙心阁必然是能主持公道的，所以要求各位到场。现在看来，各位不是要表决，只是要一个自己想要的结果罢了。我还是那句话，如果各位不承认本次表决的结果，那么羽族只与表示同意的门派先行通商，绝不到各位派内行商。”

大家都是一静，然后广云山的少门主岳奇喊：“当年羽族杀我们同道无数，凭什么你现在坐在这里，要求和我们通商？”

蓝小翅看了他一眼，说：“呵，是广云山的少门主啊。既然岳少门主这样问了，那么我请问一下，当年岳子帆岳老门主手下的四个驯鸟奴隶，可为广云山训练出了可心的鸟儿吗？”

岳奇一听，顿时哑了，蓝小翅说：“怎么，那四个驯鸟奴隶，可都是被修剪了舌头的，连一只可心的鸟儿也没有训练出来吗？”

诸人都沉默了，蓝小翅说：“在座各位的门派里，有使用过驯鸟奴隶吗？”

当然是有的，毕竟羽族训练出来的鸟儿，送信可真是好使啊。知道自己背水带食，平常人要逮它们根本不可能。

蓝小翅说：“大家总是说，当初羽人杀了多少江湖同道，但是各位好像忘了，当初羽人的处境，不正是拜各位所赐吗？是，当时羽人就是奴隶，所以应该受到迫害。后来他们不想当奴隶了，他们团结、反抗，最后解救族人。而有人不同意，于是互相厮杀，这样的血债，完全算到羽人头上，这就是你们所谓的公平与公正？如果大家觉得羽人没有资格表决，那么我希望，凡是使用过驯鸟奴隶的门派，凡是有门人弟子以驯鸟奴隶为玩物的势力，表决全部失效。甚至，使用过驯鸟奴隶所训练出来的鸟儿的势力，也有着不可推卸的责任。因为造成羽人今日局面的，造成那么多武林同道流血牺牲的，正是你们。”

没有人说话了，蓝小翅说：“对于这些记载，仙心阁有资料吗？”温谜没有说话，如果是这样的话，大部分武林门派都要退出。蓝小翅说：“怎么？如果仙心阁没有记录，羽族可以提供。”

温谜沉声说：“七十三票赞成，七十二票反对。今天开始，允许羽族通商。任何江湖势力，不得因为种族原因而制造事端。”

蓝小翅站起身来，心里雀跃，这个比她预想的结果好太多了。金枕流说：“厉害啊！临走时我父王还说羽族不可能通商的。”

蓝小翅一手勾着他的肩膀：“走走，我请客！”

金枕流还没说话呢，一只手已经将他提了起来。金枕流正想选吃饭的地方，突然发现自己双脚离地了！他双手乱划："啊啊啊啊，灰灰，灰灰救我！"一转头，看见提着自己的是微生瓷，忙道："微微！你干什么，快放我下来！"

微生瓷把他放到离蓝小翅一丈开外，看在认识的面子上，没把他怎么样，只是说："男女授受不亲！"

金枕流倒塌："你哪里学来的这一句！"说完，又问，"我跟三十六姨太是兄弟，才这样嘛，又不是占她便宜。那难道以后我们都不是兄弟了吗？"

微生瓷认真地道："你帮了小翅膀，是她的兄弟。"

金枕流立刻说："那我和她勾肩搭背有什么关系？"

微生瓷想了想，说："我准你和我勾肩搭背。"

金枕流立刻开心了，上前来就将手搭在他肩上，然后感觉无比舒适："哎呀微微，太好了，我想这一天想了很久了。"

微生瓷皱皱眉，压根儿也不喜欢被人如此靠近的感觉，但为了不让他跟小翅膀这样，忍了。

蓝小翅幽幽地说："我说，你不要趁机占我夫君的便宜好不好？"

金枕流整个人都要挂在微生瓷身上，满脸幸福的笑容："别这么小气嘛，微微，你比三十六姨太暖和多了。"

微生瓷一脸嫌弃，却没有推开他，就任由他挂着，跟蓝小翅一路走出去。蓝小翅走到门口，回过头，向温谜一笑。温谜只觉得眼前如同阳光普照，温暖渗入全身的每一个毛孔。

呵，她表示感谢呢。

金芷汀兰看着孩子们离开，心里倒是满意，看来这次的事，能让鳍族与羽族交好。以后更新换代，少年们彼此也能互助。羽族还是很有潜力的，只要他们改掉爱吃鱼的坏毛病……

九微山，蓝翡在竹舍里看书。山上气候是真的寒冷，他披着轻裘，身边点着暖炉。山上的雪景也好，从门前望出去，仿佛入了画一般。外面一阵鸟叫，一只碧翎鸟飞进来，冻得瑟瑟发抖。蓝翡伸出手，鸟儿落在他手背上，叽叽喳喳，如同说话一般。

蓝翡听了一阵，眼里的讶色一闪而过——羽族通商的事，居然表决通过了？！

这意味着，羽族可以在外开设店铺，拥有自己的商队，也可以开放商队进入方壶拥翠，而不受外力侵扰了。

他轻笑，心里有点儿欣慰，又有点儿失落。不得不承认，羽族腥风血雨的时代已经过去。哈，一代新人换旧人啊。

蓝小翅带着金枕流到瑶池山庄吃饭，顺便把贺雨苔也带上。两个人好久不见，也是十分亲昵。但是金枕流对微生瓷更亲昵，饭桌上，他不停地为微生瓷夹菜，又给他倒水，嘘寒问暖，体贴无比。

蓝小翅看了一眼青灰，问："你们太子最近没有染上什么怪癖吧？"青灰没说话，蓝小翅连跟贺雨苔聊天的兴致都没有了，喃喃道，"啧，金枕流，看着你对我家小瓷这样，我怎么这么担心呢……"

金枕流对微生瓷献殷勤，蓝小翅叹了一口气，贺雨苔捂着嘴偷乐。蓝小翅回过头，突然问："这些日子，你过得好吗？"

贺雨苔愣住，眼中的笑意也黯淡下来。蓝小翅说："为什么不说话？雨苔，你对我大师兄，到底是怎么个想法？"

贺雨苔低头扒饭，好半天，说："他不可能为了我放弃师门，我也不能。小翅，我对他……还能有什么想法？"

蓝小翅说："他不是羽族人，羽族的事跟他原本也没什么关联。雨苔，我想知道，你喜欢他吗？"

贺雨苔的眼眶慢慢地红了，为了掩饰，她喝了一口热茶。如果每天晚上都梦见他，思念他，就连他一个微小的动作都反复回味的话，那肯定是入心入肺地喜欢了吧？

她说："光是我喜欢他有什么用呢？"声音里透着难以掩饰的失落。她爱上的并不是一个可以为了爱抛弃一切的人。当然她并不怪他，相反，她更觉得他是个有担当的人。但这让人更看不到希望。

蓝小翅说："你想见见他吗？"

贺雨苔的眼中如有光芒一闪，但很快又归于黯淡："我……我就算是见了他，也没有用。小翅，我和他……这辈子是注定没有缘分的。"

蓝小翅说："雨苔，人和人之间的缘分，不是注定的。那是两个人一起努力争取的。"

贺雨苔说："可……可我不能背叛师父。"

蓝小翅说："当然，事实上，你师父很好，你确实不应该背叛他。"

贺雨苔说："他……他好吗？"终于还是忍不住问及木香衣。她笑笑，说："我以为，我可以忍住不提他的。"

蓝小翅说："他很好，我让你们见一面，好吗？"

贺雨苔想了想，终于还是说："如果……他愿意的话。"

蓝小翅点点头，说："羽族最近都会忙通商的事，你跟我回方壶拥翠帮帮我吧。我跟温阁主说，他会同意的。"

温谜当然会同意，事实上，羽族通商表决通过，他比蓝小翅更高兴。贺雨苔说："嗯。"

蓝小翅拍拍她的肩，想想突然又笑，说："如果小时候，我爹没有犯浑，我跟在温阁主和青琐夫人身边长大，会不会也长成你这样啊？"乖巧懂事，隐忍退让。呵，都是她不具备的品格。

贺雨苔说："其实长成我这样，又有什么好呢？"我也好想像你一样，无拘无束，无法无天的。

蓝小翅拍拍她的肩："别这样啦，开心一点儿。来来，笑一个。"

贺雨苔终于仰起脸，勉强笑了一个。她有点儿婴儿肥，但其实很可爱，属于比较耐看型的女孩。蓝小翅被她逗乐了，说："真可爱，我大师兄一定希望你重投柳风巢怀抱，所以故作冷淡。"

贺雨苔的脸跟红布似的，气得跺脚："蓝小翅！你胡说什么呀！"

蓝小翅笑弯了腰。

晚上，蓝小翅安排风翥、白翳等人先行返回方壶拥翠。她自己倒是跟微生瓷留在仙心阁里，毕竟金芷汀兰这次帮了大忙，没道理人家还在，她自己先走的。温谜跟金芷汀兰又传授了一些行商的经验给蓝小翅。金芷汀兰是好人做到底了，把鳍族的产业都列给她看，让她自己分析哪些能合作。蓝小翅说："我觉得羽人可以去葬星湖烤鱼！"

金芒汀兰哭笑不得，还是温谜喝了一声："小翅！混账东西！"

蓝小翅笑得不行，但最后很认真地说："金叔叔，谢谢啦。"金芒汀兰拍拍她的肩，说："你做得很好，其实我一直对羽族能有这么多票数而深感好奇。"

"呃……"蓝小翅的眼珠四下转了转，说，"我认为，人与人之间，保留一点神秘感会显得更美好。"

金芒汀兰一口热茶差点儿喷在她脸上。温谜都懒得教育了，这熊孩子。

晚上当然是住在太极垂光，温谜突然发觉，这是自己女儿和女婿成亲之后第一次来到太极垂光，所以给他们专门安排了住处。贺雨苔和金枕流反正是跟他们玩惯了的，就当陪客了，也没有特殊安排。

蓝小翅在床上大字形躺倒，这些天她是真的累坏了。东奔西跑，绞尽脑汁，双重疲倦。如今事情已了，且结果大好，她一放松，就更累了。

微生瓷自己洗了个澡，又用热毛巾将她上下擦洗了一遍。蓝小翅一动不动，任由他擦拭。

微生瓷规规矩矩地把她擦干净，蓝小翅正要感叹自己夫君惊人的自制力，一睁眼，就看见他双目赤红。微生瓷忍得鼻血都要流出来，他可不愿意让鼻子流血不止，而且这里又没有微生歧可以点穴。是以他迅速站起身来，说："我去隔壁睡。"

蓝小翅说："哎……"刚说了一个字，微生瓷已经出了门，还顺手把门带好。

隔壁，金枕流跟青灰仍然是一个睡床上，一个睡床下。太子爷睡不着，正在命令青灰讲故事。青灰哪里理他，沾枕就着，金枕流踹都踹不醒，气得直骂娘。

微生瓷也不知道该去哪里，但是他之前在太极垂光就是跟金枕流、柳风巢、木香衣等人一起睡的。

现在木香衣和柳风巢都不在，他当然就过来跟金枕流一起睡了。

金枕流简直是受宠若惊啊，好半天才确定自己没看错。他说："微微？！天啊你终于想我了吗？我感动得泪如雨下啊，微微。"

微生瓷嫌弃地避开他伸来的爪爪，自己上床，和衣而卧。金枕流赶紧睡在他身边，然后终于忍不住问："奇怪，你不是跟三十六姨太成亲了嘛，为什么大晚上还要来这边睡啊？”

微生瓷不理他，他就自己猜想：“难道你被她赶出来了？那她也太凶悍了吧！”

微生瓷终于说：“小翅膀才不凶！”

金枕流更好奇了，半撑起身子，一脸八卦：“那你为什么不跟她睡啊？”

微生瓷说：“我……我有病。”

金枕流瞪大眼睛，然后瞬间懂了，所以他一脸同情：“可怜的微微，真是没有艳福啊。唉，不过我说真的啊，你既然身体有病，就不应该跟三十六姨太成亲嘛。你这不是耽误她吗？”

瓷少爷听不惯了，说：“等回去我爹就能帮我了。”

“……”这句话一出，别说金枕流了，连青灰都坐起来，一脸震惊地打量微生瓷。金枕流无语了老半天，最后拍拍心口，说：“我的天啊。”然后想了想，觉得这还是不能表达自己的震惊，他说：“靠！这实在是……可是微微，三十六姨太她同意啊？”你爹看起来不像是跟我父王一样不靠谱的人啊！

微生瓷说：“小翅膀同意啊。”

金枕流说：“我的三十六姨太啊！微微，我决定再也不崇拜你了！我不能崇拜一个头顶绿油油的男人，哪怕是一个头顶绿油油的绝世高手也不行！”

微生瓷没理他，金枕流的崇拜，他才不稀罕呢！

眼看他要睡着了，金枕流瞪着大大的眼睛盯着床帷顶，可是毫无睡意。所以他用手肘又碰了碰微生瓷：“我还是觉得，你们这样实在是太对不起我的三十六姨太了。这是逆伦啊！你的身体到底出了什么问题？东西还是好的不？微微，我去遍访名医，一定能治好你的。对了，云采真不是在嘛，你为什么不让他看看？”

微生瓷不明白什么是逆伦，闻言只是说：“他看过，开了药，但是没有用。”

金枕流真的开始同情他了，将脸贴在他肩头，说：“微微……”

正要泪光盈盈地开始煽情，门砰的一声被踹开，金枕流惊恐地坐起来，青灰百年不变的冷脸也有些扭曲。蓝小翅双手叉腰，怒吼：“你们别当我死了好吧！！”

本来是想睡了，结果隔着一堵墙听见这对话，别说是睡了，死了也能气活了。她说：“小瓷，你给我过来睡！！”

微生瓷莫名其妙，但蓝小翅的话是要听的。他起身下榻，穿了鞋子过来。蓝小翅回过头，说：“金枕流，他的病只是不能控制情绪，你再敢乱想，我挖了你的黄鱼脑子！”

金枕流一把捂住自己的头壳，蓝小翅也不理他，拉着微生瓷回了房间。微生瓷见她有些生气了，问：“你为什么生气？”

蓝小翅心里真是奔过了一万头骆驼，也不知道是该气还是该笑。她只好说：“睡觉了。”

微生瓷哦了一声，上了榻，蓝小翅伸手，替他把外袍解了。微生瓷眉心微微跳动，人倒是忍着没动。蓝小翅说：“睡。”

他闭上眼睛，蓝小翅依进他怀里，二人好久不见，本是小别胜新婚，但都不敢乱动。这里是在太极垂光啊，如果再把瓷少爷刺激疯了，她怎么跟温谜解释啊。

微生瓷也如木头人一样，只是这么安静地拥抱她。微生歧的话他一直记得，他知道怀里的人对自己有多重要。

他闭上眼睛，听见蓝小翅呼吸渐沉，慢慢地又恢复恬静——她睡着了。他指尖卷起她的发丝，轻轻打着卷儿。呵，她在他身边，即使什么都不做，也令人觉得无比美好。

落日城外。

迦月拖着一条伤腿，一步一挪，血已经染红了衣衫，可是她不敢拔箭——她下不去那个手。

柳风巢带着仙心阁弟子，本就是在监视落日城。此时看见她，柳风巢明显吃了一惊：“是你？你怎么在这里？你的腿……是谁射伤了你？”

迦月正又痛又伤心，看见他，整个人都燃起了一股邪火：“走开！都怪你！”

柳风巢说：“难道我走之后，欺负姑娘的恶徒又追来行凶了？”

迦月眼泪如珍珠，一串一串地落。柳风巢终于有些过意不去了，说：“不要哭了，我看看你的伤。”说着话就想去查看她的伤势。但是她伤在大腿上，柳风巢明显还是觉得不便。

只是这次来落日城的，都是男弟子。落日城靠着山，城外多蚊虫，监视又不知道哪日是个头。温谜不会派女弟子来吃这种苦。

他想了想，背起迦月，说："我带你去找大夫。"

迦月想挣扎，可她实在是太痛了。而且血也流得太多，有些虚弱，她没有力气。

柳风巢背着她到处打听哪里有女大夫，这不容易找。一直到天都快亮了，他终于在二十里地外找到一个年过半百的女大夫。他把迦月放下，又搁了诊金，给大夫道了辛苦，就准备离开了。

迦月说："你就这样扔下我？！"这个男人从最初认识，到现在，居然连正眼也没有看过她一眼。她又痛又气，拿他当出气筒了。

柳风巢说："这里是医馆，大夫口碑甚好。我留足了银子，你可以在这里养伤。你的家人呢？我可以帮你通知他们。"

他说这话的时候，无比正直，简直是一点儿私心也没有的样子。迦月气极，平时她一点儿擦伤，其他暗族少年也要大惊失色的。这个人为什么跟木头一样？！

还有那个石头一样的微生瓷！

自己怎么这么倒霉，一出来遇到的全是这种人？她眼里的泪水又开始打转，柳风巢说："很痛？"他从腰中掏出一个指甲盖大小的玉盒递过去，"这是仙心阁的培元丹。可以在短时间内愈合外伤，恢复体力。你如果实在痛得受不了，就先服下吧。"

迦月接过那个玉盒，心情这才平复了一些——哼，他表面上看去木木呆呆的，其实还是很想讨好自己的嘛。

她把药服了，正要说话，却发现柳风巢已经走了。

那个女大夫医术不错，迦月休息了一天，第二天晚上，就觉得伤口好得差不多了。她终于再次赶回落日城，这次学乖了，让女大夫给雇了马车回去。

刚一进到城中，就有暗族人迎上来："大小姐。"一眼看见她腿上包扎的药纱，暗族人大惊失色，"您受伤了？"

迦月不想跟他多说，问：“我爹呢？！”

暗族人还没答话，迦隐走过来。看见迦月的腿，他也吃了一惊，忙上前将她抱起来：“你受伤了？是谁如此大胆？！”

迦月扑到自己哥哥怀里，委屈突然就汹涌而来：“哥，微生瓷他欺负我！！”

迦隐一愣：“微生瓷？你在何处遇见他？怎么会跟他交上手了？”

迦月越想越委屈，将自己遇上微生瓷的事都说了。迦隐叹了一口气，说：“微生世家连父亲都十分忌惮，又岂是你能对付的？以后遇见他绕道而行，不可乱来。”

迦月说：“人家都受伤了！你还骂人家！”

迦隐说：“我这是为了你好。”说着话，一路抱着迦月来到屋子里，然后解开她腿上的药纱。看见她腿上的伤口，他皱了眉头：“如此严重的外伤，你还能走回来？”再一给迦月把脉，他眉头皱起，“咦，是仙心阁的培元丹。”

迦月说：“我遇上仙心阁的柳风巢了。培元丹是什么东西，很了不起吗？”

迦隐重新替她上药，说：“是仙心阁最厉害的伤药，仙心阁的重要人物带在身边防身的。柳风巢倒是大方。”

迦月说：“什么大方，他就是一个呆瓜。”

迦隐说：“阿月，最近爹很反常，你就不要再让哥哥担心了。”

迦月终于有点儿内疚了，说：“哥哥……”

迦隐说：“乖，以后无论去哪里，你告诉哥哥一声。明白吗？”迦月不服气：“爹说以前羽族的蓝小翅，八岁就自己去侠都玩了。我都十四岁了，为什么还不能自己出去玩？”

迦隐说：“阿月，你跟蓝小翅怎么相同呢？她的爹不是亲爹，她的大师兄也不是亲哥，没人会担心她。但是我们会担心你。”

迦月说：“我只是出去走走，我的武功在暗族里是很好的了，一般的事我应付得了。你有什么可担心的？”再一看自己的腿，赶紧又补充，“我这个只是不小心，这不算的。”

迦隐无奈：“坐好，我替你疗伤。”

等到迦隐离开之后，迦月终于觉得肺腑好受多了。她坐在床边，从这里向窗外看去，落日城的蘑菇发出奇异的光辉。本是奇异的美景，她却有些走神。不知道为什么，会想起微生瓷，恨得咬牙切齿，却总又有那么一点儿不甘心。

他怎么就能对自己下这样的毒手呢？

难道男人看见漂亮可爱的女孩子，不应该心软一点儿吗？再说了，虽然是自己先动手，但是自己并没有伤到他啊！

她想不明白，却就是不能忍住不想。反反复复地琢磨，一会儿气急败坏，一会儿又困惑不已。这个男人难道没长眼睛吗？！还是，他觉得自己不够漂亮？

可能是当时天色暗，自己赶了太久的路，没有注意仪容……

她就这么一边气恼，一边胡思乱想地睡着了。然而梦里，居然看见微生瓷，一身红衣，就那么和衣躺在竹椅之上。阳光照在他脸上，有一种说不出的干净俊秀。

等醒来时，迦月的心跳得很厉害，自己怎么会梦见他啊！！

仙心阁，蓝小翅跟微生瓷住了一夜，等第二天，送走金芷汀兰和金枕流之后，她也就返回方壶拥翠了。

一回到这里，微生瓷就有点儿心虚了——他代表微生世家同意羽族通商了。虽然蓝小翅拒绝了他的帮助，但是他显然是违背了微生歧的意愿。蓝小翅看见微生瓷的眼神，不由笑出声来，笑完之后，却又心生温暖。天知道微生瓷其实有多怕他爹啊。

本来微生歧应该是不会知道这件事的，但是温谜是极不希望微生世家被羽族拉下水的，所以他一定会将事情的原委通报给微生歧。

微生瓷很认真地说："我去跟我爹解释。不关你的事。"

蓝小翅说："能说清楚吗？"

微生瓷说："我可以。"

蓝小翅只得点头："去吧，如果他要骂人，你就受着。但是他要打人的话，你就让他来打我。你受伤了不容易好，我比较皮实。"

微生瓷嘴角一扬，他居然露了一个笑。

贺雨苔一脸惊奇，这瓷少爷会笑啊？

等微生瓷进到微生歧房里，贺雨苔终于问："你为什么要选择嫁给微生少主呢？其实我觉得……师兄好很多……”

蓝小翅眨眨眼睛，说：“小瓷怀里比柳风巢的暖和。”

贺雨苔一下子面红耳赤，蓝小翅捂着嘴偷乐。她不由瞪了蓝小翅一眼，问：“我们站在这里干什么？”

微生歧的房间里传来怒吼声，他当然是生气，自己的话这是被当了耳边风啊！

微生歧咆哮起来那气势，不用说，微生瓷肯定被吼得跟孙子一样。蓝小翅说：“嘘，我看他爹会不会揍他。”听了一阵，见微生歧并没有动手的意思，她放了心，说，“走吧。”

方壶拥翠马上会允许别的商人入内了，她要做的事情可还多着呢。

贺雨苔跟着她离开，没走几步，听见微生歧房里，微生瓷在面对他爹暴风骤雨般的狂怒，还哆嗦着分辩：“是……是我自己要说的，小翅膀没这么教我。她是我妻子，我凭什么不能支持她？”

微生歧本来没准备动粗，但是一听这话，迎面就是一巴掌。在房外，看不见微生瓷的表情，但是他显然并没有知错，说：“以后我还支持她。”

微生歧的声音都可以点火了：“混账！”又是啪的一声。

蓝小翅站住，叹了口气，返身回去。贺雨苔都要发抖了：“你真要去啊？他好凶，不会杀了你吧？”

蓝小翅苦笑，推开房门。微生歧见她进来，更没有好脸色：“你还好意思前来见我，我们约法三章的时候，你是怎么承诺的？！”虽然这票数并没有生效，但是你是怎么管着我儿子的？！

蓝小翅走到他面前，微生歧双目怒瞪，目如喷火。蓝小翅双膝一屈，跪在他面前：“爹！”她叫了一声，眼泪在眼睛里打转转，“都是我不好，我对不起微生世家列祖列宗，我错了爹……”

微生歧好像一拳打在棉花上，横眉竖目，却再也说不出别的话来了。蓝小翅拉住他的袍角，说：“爹。早知道会有这样的事，我真不应该嫁给微生世家。我拖累了您啊爹……我现在想想，真觉得自己不是人啊！我肠子都悔青了啊爹，您打死我吧，我不活了……”哭得声泪俱下。

微生歧不是蓝翡，他是真收拾不了这种无赖。他站了一阵，有点尴尬了，先把袍角从蓝小翅手里抽了回来。看见蓝小翅哭得悔不当初，他终于站不住了，这……这哪里像个羽尊啊！蓝翡的鸟眼是不是瞎了！！他劝也不是，吼也不是，气得一转身，出了房间。

蓝小翅擦了擦眼睛站起来，神色瞬间如常，像是刚才什么事都没发生过一样。贺雨苔目瞪口呆——你这是玩变脸呢！

蓝小翅走到微生瓷面前，伸手去摸他的脸，微生歧那两下子可真是不轻，瓷少爷白净的脸颊一边一个巴掌印。

蓝小翅开始还忍着笑，但看见那印子越来越清晰，最后开始发紫——瓷少爷皮下出血也是很麻烦的。她眼神里终于带了些心疼，说："傻子，你跟他倔什么？有理没理他还不是你老子？"

微生瓷说："我又没错！"

蓝小翅轻轻在他脸上扇了一下，赶蚊子一样，说："还说。"

微生瓷不说话了，蓝小翅说："走，给你上药去。"

微生瓷说："你没错，为什么要道歉？"

蓝小翅说："因为道歉又不疼，以后他要是骂你，你就跪下，放声痛哭，大声喊'娘'，知不知道？"

微生瓷说："不。"虽然瓷少爷有点儿呆，也知道这是很没骨气，很丢脸的啊！

蓝小翅摸了摸他脸上的伤，说："可是你这样，我会很心疼的啊。"

微生瓷握住她的手，很认真地说："不是很痛的。"

蓝小翅亲了亲他脸上的巴掌印，说："傻子，走，上药去。"

微生瓷点点头，任由她拉着，就这么走了。

贺雨苔站在门口，忽然有一点明白蓝小翅的话。很多时候，并不是不知道对方有缺点，也并不是不知道会很辛苦。可是如果真的喜欢的话，哪计较得了那么多呢。

第二十八章 似梦非梦

蓝小翅替微生瓷上药，微生瓷的药麻烦无比，尤其是这种皮下出血的，一共四种外用药，有不停喷的，有一直抹的，还有每隔一段时间就要内服的。没有一个半时辰弄不好。

她叹了一口气，转头对外面的羽人说："去告诉凤爷一声，今天我没空过去，设立市场的事，他自己看着办吧。"

微生瓷说："你去吧，我自己可以。"

蓝小翅说："你？算了吧！"受了伤可以自己在床上窝一夜的人，唉。

她将药水装在一个小喷壶里，一点一点地喷到微生瓷脸上。

贺雨苔在旁边看了一会儿，说："反正我也没什么事，你先去，我来替微生少主上药吧。"

蓝小翅想了想，其实设立市场这事儿，还挺重要的。她起身，说："也行。"贺雨苔办事她还是放心的，她说，"这个喷半个时辰，然后用这个抹，然后再用这个喷，最后这个要冰镇了再涂抹，有羽人已经去拿冰了。还有内服的，羽人待会儿会送来。你要看着他服下，免得他偷懒。"

贺雨苔说："嗯，我知道了，你走吧。"

蓝小翅出门，又回过身来，说："你不要调戏我夫君啊，好姐妹别的都没关系，这个我挺介意的。"

贺雨苔笑出声来："我去你的。"

蓝小翅于是出了门，白翳、凤翥跟着他勘察市场，要划出一部分让外族进来行商。游商也需要好好管理。

贺雨苔给微生瓷上药，微生瓷一动不动，贺雨苔知道这少爷是最话少的，也不跟他说话，老老实实地上药。

微生歧在院子外练了一会儿功，一直等到蓝小翅走了，他才进来。一眼看见贺雨苔在给微生瓷上药，他就怒了："蓝小翅真是太不像话了！竟然扔下她的夫君，出去管那些乌七八糟的闲事！这哪里像是为人妻子应该做的事！"

贺雨苔想为蓝小翅说话，但她真的是怕得要命——微生歧发起火来真的是好凶啊！

微生瓷看了一眼自己爹，想要为自己妻子说话，又着实有点儿怕。想了半天，小声顶嘴："我又没事！"

微生歧看着他脸上越来越明显的痕迹，怒道："你还没事！"一想到这是自己打的，也觉得有些没理，只得怒道："你就护着她吧！"一转身回房去了。

贺雨苔忍着笑，别看这少爷不太说话，对小翅膀倒是真的好。然后又想起木香衣，呵，木香衣……

蓝小翅将方壶拥翠的肉市、花鸟市、布庄、茶庄、打铁铺什么的全部规划出来，草草地画了地图，交给白翳。然后吹了一声口哨，一只碧翎鸟飞过来。蓝小翅学着琴翎鸟的叫声，下命令："去九微山，找木香衣，让他在红泥岩等我。"

碧翎鸟振翅飞走了，蓝小翅转头问青鹏："落日城最近有什么动静？"

青鹏说："回羽尊，落日城自从上次接收了大批江湖高手以外，最近都深居简出，并没有异常举动。仙心阁派了长老古鹤影在落日城外监视。我们的鸟还发现了柳风巢也出现在落日城附近。"

蓝小翅点点头，说："仙心阁真是，妇人之仁。老虎瘦的时候不打，偏要等它吃人了，才开始收拾。"

青鹏不明白，蓝小翅也没解释，说："天不早了，你们也都回去吧。我也要回家看看我们家瓷少爷了。"

凤翥和青鹏等人躬身退下。

九微山。已经是二月了，气候却寒冷依旧。

蓝翡饮了半盏酒，木香衣赶紧为他添上。师徒二人一向无话，这时候也只是沉默。山中积雪皑皑，压断枯枝。步寒蝉送了些炭火过来，知道羽族畏寒，他倒是小心注意。

蓝翡伸手，说："总管辛苦，请饮一杯。"

说着话为他斟了一杯酒，步寒蝉看了一眼这个男人，他孔雀蓝的羽翼，在竹林精舍之中，更衬得光彩灿然。修长的手托起纯银的酒壶，衣袂轻旋，两片梅花在酒盏中追逐沉浮，酒香四溢。那种优雅与慵懒，与微生世家粗糙与务实真是迥然而异。

步寒蝉也不推辞，上前道："多谢羽尊。"

酒是木冰砚自己酿的，入口香醇，因为时间不长，没有那种浓烈的口感，却更显得清甜。他说："好酒。"

蓝翡含笑注视，眼里绽放的光华仿佛可以直达人心，令人不敢对视。步寒蝉说："感谢蓝先生赐酒，我还有事，就不多叨扰了。"

蓝翡说："我等住在此地，给总管添了不少麻烦。"他如玉般温润的指尖轻轻划过玉盏的杯口，声音清澈如冰晶："作为回礼，告知总管一个小秘密吧。"

步寒蝉意外："蓝先生请讲。"

蓝翡说："微生世家有朝廷的人。"

步寒蝉大吃一惊："谁？"然后反应过来，问，"蓝先生如何得知？！"

蓝翡扬扬下巴："此处山下，一对牧羊的父子。"

步寒蝉虽然是总管，但这些年十分尽心，对九微山下的牧民也非常了解。他立刻说："骆清、骆玉父子？！先生可是发现了什么？"

蓝翡说："他们不是父子，骆玉是骆清的下属。他们在九微山下放牧多少年了？"

步寒蝉说："这……十几年了。"

蓝翡说："十几年的牧民，他们却根本不会剪羊毛。他们难道没发现，二刀毛的价格非常低吗？"二刀毛，就是第一次剪羊毛没剪好，重新补刀剪第二次。蓝翡微笑："稍微有一点儿经验的牧民都不会这么做。如果他们不知道，说明他们根本不在意自己的羊毛是不是能够卖个好价钱。”

步寒蝉暗自心惊——蓝翡因为羽翼明显，可是从来没有跟这些牧民打过交道啊！他说：“那，先生又如何肯定他们是朝廷的人呢？”

蓝翡又饮了一盏酒，姿态悠闲：“骆清每次跟骆玉说话的时候，骆玉会下意识站直，亲儿子没有这么听话的。如果我猜得没错，二人来自军营，或者皇家侍卫出身。前者可能性更大，因为皇家侍卫的武功，可能瞒不过微生世家。”

步寒蝉手心里全是冷汗：“蓝先生……”

蓝翡微笑，说：“查证不难，你只需要派人留意他们把羊毛送去了哪里。”

步寒蝉拱拱手，匆匆离开。蓝翡继续饮酒，木香衣说：“师父什么时候喜欢管别人家的闲事了？”

蓝翡说：“受人滴水之恩，自当涌泉相报嘛。”

木香衣撇了一下嘴，什么报恩，你就是发现能捅慕流苏一刀，所以这般愉悦吧？

想是这么想，可不敢说。他替蓝翡温着酒，外面突然又飞入一只碧翎鸟。鸟背上的羽毛还扎了一个可爱的花苞——整个方壶拥翠，只有蓝小翅这么无聊。蓝翡伸出手，碧翎鸟落在他手背，叽叽喳喳地叫。

蓝翡说：“她让你回一趟红泥岩。”

木香衣有些为难：“可是师父这边……”

蓝翡说：“去吧，大好少年，不应该跟我一个老头子在山中空耗时日。”

木香衣不以为然——三十几岁的老头子？呵，可真老啊！

但是蓝小翅不会无缘无故找他回去，他只好说：“弟子很快回来。”

蓝翡挥手，像赶走一只苍蝇一样。

步寒蝉亲自跟踪骆清和骆玉，结果发现二人剪羊毛的手法，虽然熟练，却是真的不在意羊毛的质量。而骆玉更是随手将羊毛拿到城中变卖，价格多少，根本也不讲。

步寒蝉心里如同装了一块大石头，这两个人潜伏在九微山下十几年，到底有何目的？他们真的是朝廷的人吗？

他不敢打草惊蛇，但知道自己家主的性子，又实在不敢胡说。思来想去，心中只是叹息——这个蓝翡，他只是站在山上远远地看了几眼，就察觉内中端倪，真是不可小视。

再想想自己家主，唉，老天还真是公平。给了这样，就收回那样。

蓝小翅回来的时候，正是晚饭时分。微生瓷让下人送饭到房间里，蓝小翅听见了，说："爹在这里，你怎么可以在房间里吃呢？"

微生瓷说："他打我！"

蓝小翅乐了，说："我们瓷少爷还记仇呢？"

微生瓷说："上药麻烦。"

蓝小翅揽了他的手臂，说："但是他是你爹，你总要给他一个台阶下，如果等他来向你道歉，你会难过的。"

微生瓷想了想，说："我没等他道歉。"

蓝小翅说："那走吧，出去吃晚饭。"

两个人一起来到桌前，微生歧和贺雨苔已经在吃饭了。贺雨苔跟微生歧能有什么话，这时候正尴尬着，沉默吃饭。见到他们，贺雨苔一喜，微生歧就有些意外。蓝小翅反倒是亲亲热热地叫了声"爹"，然后问："晚饭还合胃口吗？方壶拥翠就是喜欢口味偏甜，您要是不习惯，我把九微山的厨子接过来。"

微生歧的脸色终于好看了些，他们父子之间，已经十几年没有谁不给谁台阶这回事了。他说："我没那么娇气。"

蓝小翅说："那您尝尝这个泥鳅豆腐。"说着话，起身拿勺子替他盛了半碗，"这个是方壶拥翠的拿手菜，一点儿也不腥的。"

她转头给微生瓷也盛好，说："来来，我们瓷少爷也吃一点儿。"然后回过头，对贺雨苔使了个眼色，意思很明白——当微生父子不存在吧。贺雨苔同样回以微笑——明白。

微生歧叹了一口气，终于说："你自己吃吧，忙了一整天了。"

蓝小翅立刻就开始诉苦了："可不是，累死我了！那个什么肉市，白翳非要设在鸟市旁边。你说那味道要是合一起，方壶拥翠的人还活不活了……"她叽叽喳喳地说着市场设立的事，贺雨苔偶尔搭话，微生歧跟微生瓷沉默吃饭。

一直等到晚饭吃完了，微生歧才发现自己忘了让她闭嘴。真是一点儿规矩都没有啊！但……吵得整个饭桌上都有了一丝人气，让人一时之间，忘了孤单。

夜里，蓝小翅跟微生瓷缩在房里，小夫妻二人都红着脸。二十几天没有亲近，此时帐中互相凝视，真是心头都沁出蜜来。蓝小翅伸手摸摸微生瓷的脸，说："巴掌印终于消了呢。"她对贺雨苔是很放心的，那姑娘比她耐心细致。

微生瓷说："本来就没事。"

蓝小翅将脸贴过去，所谓耳鬓厮磨，也不过如此了。微生瓷慢慢抱住她，轻声说："我……去找我爹？"

蓝小翅说："今晚……我们自己试试嘛。"

微生瓷说："不，小翅膀，我害怕。"

他下床而去，蓝小翅起身，对月哀叹，然而在听见微生歧的脚步声之后，立刻一猫腰躲进了衣橱里！

木香衣一路赶回。红泥岩，离方壶拥翠很近。里面埋葬着蓝家人，整个蓝氏家族，三四百口人，老弱妇孺，全部葬在这里。蓝翡杀了他们，可笑的是，偏偏又厚葬他们。

这里每个人都有墓碑，包括刚出生的婴儿——蓝翡的侄子。

木香衣在墓碑之中等候，没有看见蓝小翅，却发现一个人影慢慢走来。木香衣几乎不相信自己的眼睛——是贺雨苔？

怎么可能是她？自己在做梦吗？

但是不是梦，贺雨苔慢慢走过来，看见他的时候，停下脚步。两个人隔着月色对望，互相都只能看见模糊却熟悉的轮廓。片刻之后，木香衣飞奔上前，一把抱住了她。呵，真的是她，午夜时分会偷偷出现在梦里的身影，如今温暖而真实。

"雨苔！"木香衣努力让自己声音平静，"你怎么来了？"

贺雨苔慢慢伸出手，回抱他的腰，其实这怀抱应该是陌生的，然而偏偏如此眷恋。她吸了吸鼻子，知道不应该哭，可眼眶还是红了，半晌才说："小翅让我来方壶拥翠作客。"

木香衣深吸一口气，她发间的馨香，令他微醺："我……"纵然万般不舍，他却还是松了手，"我现在逃亡在外，你来见我，对你不好。"

贺雨苔低下头，好半天，才说："我知道。"

木香衣说："雨苔……回到太极垂光去，好好找个人嫁了吧。"对不起三个字，始终是说不出口。就算说出来，又有什么用呢？

贺雨苔想微笑，却忍不住泪落如珠。她没有抬头，语带抽泣："我会的。"

木香衣缓缓后退，原来这世上真有一种感觉，叫作心如刀割。他说："我走了。"如果再不走，恐怕又要忍不住拥抱了。那样的话，恐怕就不忍放手了。

贺雨苔强作平静，说："你在外面……要多加小心。"

木香衣转过身，想要飞奔，却只觉得双腿重若千斤，举步难行。身后，贺雨苔右手捂着嘴，不让自己哭出声音。月光下渐行渐远的背影，在无尽的碑林之中，有种难言的悲凉与孤寂。

她终于忍不住喊："木香衣！"

木香衣停下脚步，贺雨苔冲上前，紧紧抱住他："你别走！我等了好久才能再见你一面，你别走！"

木香衣想要挣脱她的手，却融化在她的泪水之中。

远处，微生瓷拥着蓝小翅，问："你不过去吗？"

蓝小翅说："不去了，人家两个人花前月下的，我去干什么。"话里话外，很有点儿吃醋的意思。哼，什么大师兄，一看到贺雨苔，还能想得起我一根翎啊？

哼，真是重色轻友！

微生瓷看看她的脸色，说："我陪着你的。"

蓝小翅失笑，瓷少爷看出来她郁闷呢。她依靠在微生瓷怀里，说："嗯。"

爱情是排他的，友谊在它面前，只能是一场得体的退让。

碑林之中，两个人影开始激烈拥吻。蓝小翅双手捂脸，半晌又从指缝里偷偷看了一眼，终于忍不住说："大师兄，冥巢。"这里离冥巢最近，木香衣和贺雨苔都回过头来，看见蓝小翅和微生瓷，贺雨苔"呀"地叫了一声，双手捂脸。木香衣抱起她，几个起落，离开了碑林。

蓝小翅耸耸肩，说："我们也走吧。"

微生瓷说："我也抱你。"

蓝小翅伸出双手，说："公主抱哇？"

微生瓷说："嗯。"说罢，双手揽住她一用力，将她打横抱起。蓝小翅搂着他的脖子，满天星光就在眼前，月亮像是缠了金枝的玉盘，辉光朦胧而皎洁。微生瓷一身红衣，踏着澹荡的月光，缓步前行。足下偶尔可以听见踏踩枯枝的声音。

蓝小翅没有催促，那真是……温暖到火热的怀抱，安稳到令人想要时间暂停。她头上的定风铃叮咚作响，声音微小却动听。她闭上眼睛，扑面而来的凉风都变得温柔而多情。

九微山。步寒蝉思来想去，家主性情暴躁，少主就不要提了。他能与之商量的人，竟然只有少夫人！焦急之下，他亲自赶到方壶拥翠，明着是为微生歧父子送些日常衣物、器具，私下里找到蓝小翅，说："少夫人，我们发现九微山下的牧民中，有两个可疑之人。看样子，很像是朝廷的探子。"说着将二人的事都详细讲了一遍。

蓝小翅靠在椅背上，说："我爹指给你看的？"

步寒蝉一愣，一脸吃惊："少夫人如何得知？"

蓝小翅叹了一口气——微生世家上上下下谁有这智力。她说："眼下江湖各方势力，不敢招惹微生世家，仙心阁虽然监视，但不会派自己的弟子乔装十几年。其实不用去查，也能想到有如此耐心的，一定是朝廷的人。"

步寒蝉说："可是朝廷的人为什么要监视微生世家呢？"

蓝小翅说："这很奇怪吗？如果我是皇帝，我也这么干啊。这种危险人物，如果哪天一时兴起，想来皇宫一日游怎么办？"

步寒蝉说："那现在我们如何应对？"

蓝小翅说："寒蝉叔叔，不要心急嘛。我问你，九微山要刺王杀驾吗？"

步寒蝉一脸茫然："不、不会啊，怎么可能？"

蓝小翅点头，问："或者是我爹和小瓷要谋朝篡位吗？"

步寒蝉赶紧道："少夫人快别胡说了，家主和少主您还不了解吗？"

蓝小翅耸肩："是啊。那九微山有什么是怕朝廷知道的？"

步寒蝉明白过来："少夫人的意思是，放任他们监视，让朝廷对微生世家放心？"

蓝小翅说："嗯。他们只是一双眼睛，你把能让眼睛看见的摆在他们面前就行了。非要戳瞎它干什么。不过我担心的不是这个，你千万不要跟我公爹提这件事啊。"

步寒蝉说："家主性情耿直，我知道的。"

蓝小翅苦笑："如果单是耿直就好了。寒蝉叔叔，我爹一肚子坏水的，你别太听他的话。"

步寒蝉更吃惊了："什么？"

蓝小翅只好说："我婆婆的死，一直是我公爹的心头大恨。如今在九微山下发现朝廷的奸细，又潜伏了这么多年，如果我公爹把这两件事联系到一起……小皇帝年纪小，当年才刚刚出生。老皇帝又死了，你说他会把这笔账算到谁头上？"

步寒蝉说："慕流苏？！蓝先生是想借家主之手除掉慕流苏？"

蓝小翅说："所以这件事，千万不能提。我慕爹爹府上侍卫护院全是渣渣。万一公爹真的把他杀了，事情可就闹大了。"

步寒蝉一想这后果，就不由浑身发凉："可是少夫人，如果……我是说如果，凶手真的是……"

蓝小翅说："但愿不是，否则的话，我会用更恰当的方法，让他明白什么叫悔不当初的。"

步寒蝉心里莫名其妙地就有点底了，他说："少夫人，您真的会为绣夫人报仇吗？"

蓝小翅说："寒蝉叔叔，我知道现在在你们眼里，我还是一个外人。但是我嫁入了微生世家，不管是九微山，还是方壶拥翠，我都会同等对待。但是慕爹爹毕竟不是别人，他是我娘的丈夫，虽然爱搞事，但我总不能让他死在别人一时激愤之下。"

步寒蝉说："我明白了。"

蓝小翅说："公爹在方壶拥翠待得挺习惯的，寒蝉叔叔先回去吧，让他多住些日子。"

步寒蝉也正有此意——他也怕哪天微生歧突然发现蓝翡，说："家主在此，我没有什么不放心的。少夫人如果没有别的吩咐，我先回去了。”

蓝小翅点头，看着他走出去，才叹了一口气。如果微生歧认定慕流苏是凶手，不知道会不会以其人之道还治其人之身。她揉揉太阳穴，爹多了，真是……麻烦啊。

事实上，微生歧在方壶拥翠住得真的还挺习惯的。平时没有什么人会来打扰他，他就自己练功，再教自己儿子练练功。到饭点，蓝小翅在就会过来陪他父子二人吃饭，若是不在，也有羽人赔着小心殷勤侍候。除了给儿子点穴、解穴有点尴尬以外，再找不出不顺心的地方了。

九微山他不关心——反正他在也不打理。

蓝小翅只好把不老坑那些耐寒的药材种子，什么红景天、冰山雪菊、天山雪莲等都送到九微山去，然后派了以前帮木冰砚种草药的羽人过去帮着步寒蝉搞创收。

九微山的寒冷气候，倒是很适合这些药材生长的。她倒是不客气，把利润和地租都算得清清楚楚。步寒蝉当然也不拒绝，但凡蓝小翅派过去的羽人，都好好安置下来。

如此，蓝翡等人反而容易掩藏一些，若是不小心被放牧人看到一眼半眼什么的，说是药农也能忽悠过去。

羽族允许通商之后，产业几乎是遍地开花。但最主要的，还是飞鸟传信。羽族的传信速度快，又安全可靠，比保镖和驿站可强多了。

时间一长，别的门派也开始乐意让羽人送信。别人十五天才能来回的，羽人三五天就能一个来回。后来，蓝小翅索性也成立了镖局，可以护送一些不太笨重的物品。

这些生意都不错，偏偏她还每每突发奇想，比如把整个方壶拥翠的鸟毛都收集起来，织衣服、做首饰。羽人的羽毛漂亮，又每到春秋都要换毛，这简直就是无本的买卖。

创意虽然夸张，羽缎却也成为羽族的一个特产。

所有羽人也都感觉到了这种便利，以前羽族被视为邪魔外道，羽翼又不好隐藏，他们要买东西，都只有族里统一采买。现在只要待在方壶拥翠，就有大拨商人涌进来，有人摆摊设点，有人沿街叫卖。

而以前只能偷偷摸摸低价批量卖出的东西，现在也能光明正大地摆个摊，卖上一个不错的价钱。

这让大量只能依靠耕种为生的羽人心思都活络了起来，方壶拥翠只剩下奴隶进行耕种之事。

方壶拥翠，微生歧和微生瓷都没感觉到有什么区别，蓝小翅是经常在外跑，但是还是经常抽时间陪他们吃饭的。有时候离家久了，微生瓷就会找她去。小夫妻两个人过得还不错。

微生歧慢慢也就懒得干涉蓝小翅了，反正说了她也不听。

蓝小翅把木香衣留在羽族冥巢，让贺雨苔照顾。眼看着二人感情升温，她也不说。等到四月间，终于有一天，贺雨苔正跟他们一起吃早饭，突然一阵烦恶，捂着嘴，哇的一声，呕吐起来。

微生歧看了她一眼，蓝小翅已经上前："雨苔？"

贺雨苔摇摇头，捂着嘴跑了。微生歧又看一眼蓝小翅，蓝小翅不吃饭了，说："爹，你和小瓷先吃啊，我跟去看看。"

微生歧哼了一声，说："你把姓木那小子留在方壶拥翠，就是为了方便他二人私通？"

蓝小翅惊住："爹！你怎么知道的？"

微生歧说："就凭他那两下子三脚猫的功夫，能瞒过我？！"

蓝小翅一脸讨好："那倒是，爹您神功盖世，这里什么事瞒得了您呐！"

微生歧说："我看姓贺的小姑娘不错，你为什么要这么害她？"

蓝小翅说："爹，我哪有？！我这是在帮他们，这是积德行善。"

微生歧说："她一个姑娘家，未婚先孕，你让她以后如何见人？！她还是温谜的弟子，传扬出去，岂不丢尽温谜的脸？"

蓝小翅眨眨眼睛，说："这就不是我应该关心的问题了，有人肯定会比我更头痛的。"

微生歧默默地拿起一个包子——他开始有点儿同情温谜了。

蓝小翅跑到贺雨苔身边时，贺雨苔脸色有点儿苍白。蓝小翅扶住她，顺便替她把了把脉，问："很难受吗？我找个大夫给你看看。"

贺雨苔说："小翅！我……我现在怎么办？"说着话已经要急哭了，蓝小翅将双手搭在她肩上，说："雨苔，你是真心喜欢我大师兄的对不对？"

贺雨苔咬着唇，许久，还是点了点头。蓝小翅说："我师兄这个人，很死心眼的。他对你好，就是真的好。虽然现在的行为不完全正确，但是你们都是成年人了，有权利选择自己的人生。你能勇敢一点儿吗？"

贺雨苔犹豫道："我……我应该怎么做？"

蓝小翅说："我去找我师兄，让他去仙心阁，向温阁主提亲。"

贺雨苔一惊："不，师父他不会答应的。他会将香衣送到丹崖青壁，到时候……"

蓝小翅阻止她继续说下去，说："我会想办法。相信我，嗯？"

贺雨苔看着她的眼睛，最后还是轻轻点头。蓝小翅说："乖，我先去找师兄，很快就回来。你等着我，不要胡思乱想。"

贺雨苔伸手摸了摸小腹，什么都感觉不到，可是心里却总觉得有点儿异样。她终于点点头："我等你回来。"

蓝小翅去了冥巢，这里是羽人面壁的地方，所以平时基本上没什么人会来。木香衣看见蓝小翅，有点儿意外，平时蓝小翅从不在大白天找他。他问："你找我回来几个月了，没有别的事？"

蓝小翅说："哈，你可真是没良心。我就算是有别的事，你顾得上吗？"

木香衣脸红了，然后终于有点儿愧疚了，说："你现在说，我马上去办。"

蓝小翅说："雨苔怀孕了。"

木香衣后退一步，惊住："什么？"

蓝小翅说："这有什么可意外的？你们天天腻歪在一起。"

木香衣面红耳赤，一脸懊悔愧疚。蓝小翅说："雨苔是个好姑娘，跟你挺般配的。"

木香衣说："我……是我误她。我真是……百死难赎！"

蓝小翅说："既然如此，师兄，去向温阁主提亲吧，正式迎娶她。"

木香衣低下头，说："我当然可以去。但是就算温阁主想要原谅我，我……

我也过不了丹崖青壁的审判。”

蓝小翅说：“你可以。”木香衣抬头看她，满是不解。蓝小翅说：“大师兄，把事情都推给我爹吧。”

木香衣猛地后退：“你说什么？！”声音里已经是掩饰不住的惊怒。

蓝小翅重复：“把事情推给我爹吧。所有的人命、过错，都推给他。”

木香衣怒道：“你在说什么？他是你爹，是我师父！”说着话，神色已经充满怀疑，“小翅，你不想他再回来了吗？我不想以这样的恶意揣度你，但是你现在是方壶拥翠之主，连你也要背叛他了吗？”

蓝小翅说：“我真想给你一巴掌，但是算了，现在要欺负你也轮不到我了。大师兄，我爹手上人命无数，不在乎这几条罪名。何况现在仙心阁也抓不住他，就算想审判他，哪逮他去？可你不一样，你需要一个清清白白的身份，来娶妻生子，谋求一个立足之地。”

木香衣说：“绝不可能！我木香衣敢做敢当，岂会为了儿女私情，就将自己做的事推给师父？”

蓝小翅也不意外，说：“好啊，那你现在去找雨苔，你告诉他你要回我爹身边去了。让她怀着孩子自己想办法！”

木香衣说：“我……”说不下去了。

蓝小翅将手搭在他肩上，说：“师兄，我爹的事，我会想办法。你相信我，我是他的女儿。现在羽族事情很多，你跟羽苔在一起之后，可以回来帮我。我不可能让他一直住在九微山，你能回来，才能真正对他以后有所帮助。”

木香衣说：“可是小翅，他……”

蓝小翅说：“我会跟他解释的。而且，他会理解的。”

木香衣说：“就是因为他能理解，所以我更不能这么做。我……小翅，我从懂事开始，就跟着他了。虽然他养我教我只是为了留住我爹，但是我一直视他如父。我不能这样对他。”

蓝小翅说：“大师兄，想想雨苔和你未出世的孩子，还有你亲爹。木冰砚为了自己的妻儿，可以干出屠城这样的事。他看着你就这么跟着我爹，会有多担心？我向九微山派了药农过去，他们会好好照顾我爹。现在你跟在他身边，也只是端茶递水，这不是你这个年纪应该做的事。”

木香衣沉默，蓝小翅说：“听我一句劝吧。女人的心是不能一伤再伤的，如果这一次你拒绝。我是不会让雨苔生下这个孩子的。”木香衣抬起头，蓝小翅仍然带着笑，但眼神却冰冷，“因为如果那样的话，我觉得……她值得拥有更珍惜她的男人。”

木香衣不说话了，蓝小翅说：“就这么定了。你把所有做过的事，可能会引起丹崖青壁审判的，都列出来。我看看有没有什么漏洞。”

木香衣杀的人不少，大多数是因为解救羽人奴隶。羽族迁至方壶拥翠之后，就开始四处解救族人。木香衣跟着森罗、郁罗一起，确实是没少杀人。

蓝小翅一条一条地核对，反正是全部让蓝翡、森罗、郁罗等人背锅了。

等把存疑的证据都消灭了，证人也都买通了，她就带着木香衣和贺雨苔，杀回太极垂光了。

温谜一看见她，就摸了摸鼻子，苦笑：“为什么我见到你会有一种不祥的预感？”蓝小翅笑眯眯的：“爹。”一声爹，喊得温谜毛骨悚然。所以他只有一脸无奈地道：“你先提条件。”

蓝小翅说：“真没趣。好吧，我是代表我大师兄来向雨苔提亲的。”

温谜脸色变了：“什么？！”

蓝小翅说：“我大师兄啊，你见过的，木香衣。”

温谜怒而站起：“不行！雨苔人呢？！”

蓝小翅说：“在后面呢，我一并带回来了。”

温谜说：“小翅，你平时胡闹，我管不了你。但是你听着，雨苔的父母是爹的好友，雨苔从九岁起就在爹身边，既是爹的弟子，也是爹的女儿，她绝不能嫁给木香衣！”

蓝小翅说：“她喜欢木香衣，你明知道。”

温谜说：“可是木香衣手上染了那么多人命，我不杀他已经是看在雨苔的面子上。他休想得寸进尺！”

蓝小翅说：“我让他进来跟你说。”

温谜怒道：“他也来了？来人！”他向外道，“将木香衣绑起来！”

自有仙心阁的弟子上前，把木香衣五花大绑。木香衣倒也没有挣扎，直接进来，看了一眼蓝小翅，双膝一屈，跪在温谜面前。温谜一看见他就脸色铁青，而此时，贺雨苔也慢慢走进来。

温谜看见她，说：“雨苔，你先回房去。”

贺雨苔咬了咬唇，看一眼蓝小翅，蓝小翅向她点点头。她跪在木香衣身边，说：“师父，我知道从小您就最疼我的，我一直把您当我父亲。从小到大，我没有求过您什么事，现在，我求您允了我和香衣的亲事吧。”

她又羞又急，眼泪流下来，脸色通红。

温谜厉声道：“雨苔！”

贺雨苔跪伏在地，向他磕了个头：“师父，我和香衣是真心相爱的。我……我腹中，已经有了他的骨肉。”

温谜如被雷击，好半晌，上前替贺雨苔把脉，然后顿时心乱如麻，回头就给了蓝小翅一个耳光：“你师姐跟着你，你就这样照顾她？！”几乎是怒喝。

外面柳冰岩等人进来，见状都是一愣。

蓝小翅摸了摸脸，说：“事不过三啊。”温谜看着她脸颊的红痕，心里又气又悔。蓝小翅说：“我师兄品行端正，行事磊落，他哪里配不上雨苔了？两个人正好是天生一对啊。”

温谜背过身去，不理她。方才出手有些快，这时候不想跟她置气。明明是想要爱若掌上明珠的啊，为什么父女之间总如隔山海呢？

蓝小翅笑笑，说：“好啦，你打了我，还要我哄你啊？哪有这样的道理。呐，看在你又打了我一巴掌的分上，同意这桩亲事吧？”

温谜说：“木香衣杀了那么多人，我……我不能同意这门亲事。”

蓝小翅说:“谁说我师兄杀人啊？我师兄禀性敦厚纯良，平时更是心慈手软，连鸡都不杀的。”

温谜没好气：“住嘴！他杀大通钱庄的掌柜的，杀牧云茶庄的老板，这些事岂是你三言两语就能抹杀的？”

蓝小翅不以为然：“哦，你说这些事啊？这些都是我爹干的。跟我师兄没关系。”

温谜惊呆："什么？"

蓝小翅说："他们使用驯鸟奴隶啊，我爹去解救，就把他们杀了。跟我师兄有什么干系？"

温谜上下打量她，突然心里涌起一个很可怕的想法——她想把这些罪名全部推给蓝翡。为什么？她以前不是最在意蓝翡的吗？突然之间，他全身冰凉——难道是因为她出任了羽尊，害怕蓝翡再回来，重新掌权吗？

他后退一步，蓝小翅看见他眼中的猜疑，微笑道："看，我师兄是清白的。同意这桩亲事吧。要不你先让丹崖青壁审判也行，反正清者自清。"

温谜说："小翅。你告诉爹，你为什么要这样做？是爹想多了，对不对？"

蓝小翅说："事实上，我根本也不在意你怎么想。你去准备吧，丹崖青壁之后，我希望你同意香衣和雨苔的亲事。"她转身要走，温谜叫住她："小翅。"

蓝小翅脚步微顿，温谜说："我……"

犹豫了半天，竟是无言。蓝小翅说："你是那种，如果自家孩子跟别家孩子起争执，一定先扇自家孩子的父亲。我爹正好相反。温阁主，我很佩服你的为人，但是如果可以选的话，我还是希望我在你眼里，是……别人家的孩子。"

贺雨苔低泣，几乎是哀求地道："小翅，你别伤他的心……都是我不好，求你……"

温谜如被刀片切割，很痛。她永远知道什么话最伤人。

蓝小翅见状，又微笑，对贺雨苔说："别难过，你并没有不好。"然后对温谜笑笑，"强作亲密是件让人为难的事，我说过我并不觉得你欠我。我们都自在一点儿，好吗？"

温谜说："我会让丹崖青壁审理，如果确定木香衣无罪，我同意这门亲事。"他已经明白，呵，她又打感情牌，故意激他这一巴掌。这小东西太狡猾了。

蓝小翅眼里亮晶晶的，说不出的好看："谢谢。"

数日后。九微山。天气已经转暖，蓝翡在竹林之间散步，木香衣一去不回，身边只有木冰砚跟着他四下走走。突然，一只鸟落在他手背上，爪爪上还带了一封信。

蓝翡将信取下来，展开看了一眼内容，木冰砚在他身后，正好也看见，顿时脸色一变:“木香衣在丹崖青壁公然推脱,将杀人之过全部推到羽尊头上?!”

蓝翡倒是淡然，五指一揉，书信化灰。他说：“他清白了，不日将要迎娶温谜的弟子为妻。你不高兴吗？”

木冰砚说：“本来应该高兴，可是他这样做，让我觉得耻辱。”

蓝翡轻笑：“哈，他一直就是你的耻辱。”

木冰砚狐疑：“你为什么不生气？”

蓝翡说：“你儿子做不出这样的事。”

木冰砚明白过来：“你是说，这是蓝小翅的主意？”蓝翡没有说话，木冰砚说，“她为什么要这么做？难道她……她……”难道她为了羽尊之位，已经不愿你再回羽族了吗？后面的话，木冰砚没有问，哪怕是一直就知道蓝小翅是温谜的亲生女儿，他也不愿以这样的恶意去揣度她。

蓝翡说：“可怜你一片怜子之心吧。”

木冰砚顿住，那小家伙啊，当初在不老坑爬来爬去的，比狗都讨嫌的。他心里有点儿软，却问：“你不害怕吗？现在她是羽尊，主宰方壶拥翠，你不怕她是别有用心吗？”

蓝翡轻笑：“爹可不就这么用吗？养育、教导、背锅。”他一边说话，一边前行，轻袍缓带，慵懒风流。

太极垂光，蓝小翅亲自代木香衣向贺雨苔下聘，温谜和四大长老的脸色都有些不好看。但木已成舟，也是没办法的事。温谜把木香衣叫到书房里，木香衣也知道是自己的过错，低着头，没说话。

温谜说：“你对雨苔做出这样不知轻重的事，让我对你始终心存怀疑。但是事已至此，我也只能认下你这个女婿。对于未来，你有什么打算？”

木香衣说：“我会留在羽族，帮助小翅。”

温谜叹了一口气，突然发现，现在的羽族，有了通商的资格之后，也算是正道势力之一了。他说：“这倒也没什么不好，不过你既然要娶雨苔，你就要明白，她是我的弟子，是仙心阁的人。以前，你将师父、种族看得很重，这无可厚非。但是娶她之后，你就要明白她是你的妻子。仙心阁乃至整个武林同道，跟蓝翡都是势不两立的。如果有一天真的出现这些事，你是否还会选择放弃雨苔？”

木香衣双手微握，说：“不会。她是我的妻子，我会一生一世护她、爱她。”

温谜说：“那就最好。成家立业之后，你以往的行事作风也要改正。如果再犯错，可没有蓝翡来替你脱罪了。”木香衣脸色微变，却仍未反驳。这是他永远的污点，他无可辩驳。

温谜看着木香衣的神情，揣测他的心意。他慢慢确定木香衣是真的喜欢贺雨苔，否则他不会以这样的方式脱罪。他略感安慰，然而心中突然又有一种淡淡的悲哀，他是真的站在一个父亲的立场关心贺雨苔。而蓝小翅，他真正的女儿，无论成亲还是成长，他都缺席。他没有这样交代过微生瓷，蓝小翅也不会跟他分享自己的苦乐。

突如其来的心疼，让他沉默。

蓝小翅跟贺雨苔在外面散步，贺雨苔说：“师父真的会同意我和香衣吗？”

蓝小翅说：“会的。他虽然不喜欢我师兄，但是真的喜欢你。”

贺雨苔闻言一怔，说：“小翅……对不起，我知道他是你的父亲。我……我总觉得，是在偷你的东西。”

蓝小翅笑了：“得了吧，我跟他，注定没什么父女之缘。好好地叫一声温阁主，还和平一些。”

贺雨苔急急地说：“小翅，他是真心想要好好疼爱你的。他只是已经不了解你，也不知道怎么来了解你。你就不能给他一个机会吗？”

她说得很认真，蓝小翅摸摸她的头：“傻雨苔，我长大了，不再是一个什么都不懂的婴儿。谁想要了解，跟我玩一会儿，喂我两颗糖，就能将我了若指掌，我有过这样的时候，可是跟我玩、喂我糖的不是他，那时候他不在。有些东西错过了就是错过了，硬要去捡拾，只会让人尴尬。”

贺雨苔说：“可是小翅，他真的是个很好的长者，你不知道我多么羡慕你。我爹娘没了之后，一直在他身边。我多希望他真是我爹，可是我知道他不是的。”

蓝小翅笑得不行：“相信我，他要真是你爹，刚才挨一耳光的肯定是你。”

贺雨苔低下头，眼中又有些湿润了：“我……我确实是给他丢脸了。我……我对不起他多年的栽培教养……”蓝小翅捧起她的脸，揉了揉，说：“那倒也不是。毕竟喜欢谁、跟谁在一起，是你的自由。你又不是小孩子了。你仔细想一想，要嫁给我大师兄了，你高兴吗？”

贺雨苔于是真的仔细想了想，然后她点了点头。蓝小翅捏了捏她的脸：“这就说明，你是对的。无论如何，比他随便给你指一个他认为不错的青年才俊要好得多。”

贺雨苔皓齿轻咬红唇，说：“嗯。”

蓝小翅正跟她说话，转过头看见温谜和木香衣出来，温谜说：“雨苔，你先带香衣去客房歇息。”

贺雨苔答应一声，有点儿羞涩，但见师父似乎真的不介意木香衣的事了，她心里还是喜悦的，当下领着木香衣下去。温谜转过身，看蓝小翅。蓝小翅眨眨眼睛：“温阁主，有何吩咐？”

温谜沉默半晌，突然问：“和小瓷成亲之后，你过得好吗？”

蓝小翅哀叹一声，说：“过去半年了你才来问这个，晚不晚？你还是去关心你的女儿外加弟子吧。”

温谜说：“我……我不是一个好父亲。”

蓝小翅点头：“对，差劲极了。”

温谜苦笑，这小东西，跟她说话还真考验涵养，他说：“小瓷对你怎么样？”

蓝小翅说：“干吗，你要为我主持公道啊？”温谜有些尴尬，蓝小翅叹了一口气，说，“我很好。其实到了现在，我也知道你是一个什么样的人。我说过，我对你并无恶意，虽然当年的事很遗憾，但是过去的已经过去。不要总想着弥补什么，你就正常地跟我说说话，聊聊天，这样我们都自在一点儿，行不行？”

温谜说：“嗯。”

蓝小翅这就很热络了，说：“快问问我，羽族在外的产业都怎么样了。”

温谜微笑，说：“最近羽族产业发展得不错，你有什么不明白的吗？或者有遇到过什么不能解决的问题吗？”

蓝小翅立刻说：“有啊！可多了！上次我们羽人还被鹰愁涧的人打了！我让他们是打不还手，骂不还口啊。表现好吧？但是这事不能就这么算了，鹰愁涧必须赔偿我们的损失，还有羽人受到了惊吓，你知道的，羽人胆小，受惊过度，后果可是非常严重的。说不定哪天就吓死了。我要告他们故意杀人。”

温谜哭笑不得，事情他当然知道，鹰愁涧哪里敢公然跟羽人交手？若是蓝翡时期，立刻就会引来杀身灭族之祸。现在蓝翡是不在了，但余威还在啊！所以鹰愁涧的人就是推搡了行商的羽人几下。还故意杀人，你可真敢说！温谜气笑，说：“无理要求，不予主张。”

蓝小翅大叫：“什么啊，凭什么我们受了欺负要讨回公道就是无理要求？种族歧视，不讲道理！”

温谜轻声笑道：“少来，我查过了，羽人就是携带的羽缎被踩脏了。你洗洗还卖了，哪来什么经济损失。”

蓝小翅说：“那好吧，回头我把他东西踩了，你也要这么说啊。”

温谜一巴掌拍在她头上：“你敢！”混账啊，人家是卖珍珠的，你一脚踩碎了，不赔才怪！

蓝小翅说：“看吧，人家是帮理不帮亲，你是有理没理都帮外人。还说是我爹，我去。”

温谜简直无语了，半晌说：“我会警告他们，以后只要羽人不犯错，不会再有这样的事。”

蓝小翅说：“不行，做错了事就要受惩罚，警告算什么回事？当初丹崖青壁，你们可是还判了我绝脉钉之刑的。怎么没人想到先警告我一声呢？”

温谜无力，说：“你……那你想怎么样？”

蓝小翅说：“唉，其实吧，我也不是小肚鸡肠的人。你让他们赔个十万八万两黄金，这事就此揭过吧，也不好逼人太甚的。”

温谜一脚踹过去，蓝小翅跳起来躲开，哈哈大笑。

第二天，温谜发函，严厉训斥了鹰愁涧。鹰愁涧洞主冯蛟知道自己不占理，倒也认了，而且温谜很少这样训人，他要是发火，还是不惹他为妙。是以冯蛟小心翼翼地回了一封信函，替涉事门人道歉。

因为贺雨苔有了身孕，温谜也不敢耽搁，怕传扬出去对贺雨苔名声不好，他同意了蓝小翅定下的成亲日子。

当时正是四月下旬，方壶拥翠张灯结彩，蓝小翅备下了丰厚的聘礼，木香衣终于一乘花轿将贺雨苔抬回了羽族。温谜一直将她送到太极垂光之外。贺雨苔坐上花轿，回头看了一眼仙心泉，莫名地湿了眼角。

我出嫁了。她低头抚摸手上母亲送的镯子，喜悦混杂着悲伤。

方壶拥翠，蓝小翅可谓是大操大办。羽人和奴隶都过来吃酒。

贺雨苔跟木香衣拜过天地，被送入洞房。她很有些羞涩，揪住蓝小翅的衣角，说："小翅，你也要出去吗？"

蓝小翅说："拜托，我好赖是羽尊，要出去待客的。"

贺雨苔说："可是我一个人在这里，我……"

蓝小翅说："以后这里就是你的家啦，有什么不自在的。"

贺雨苔说："不是，我这几天总觉得有点儿不对，小翅，我好像又不想吐了……"

蓝小翅说："哦。"

贺雨苔看着她，说："哦是什么意思？"

蓝小翅左右四顾："就是哦的意思啊。"

贺雨苔说："我到底有没有怀孕啊？"

蓝小翅笑得不行："傻子，当然没有啊。"

贺雨苔一脸惊诧："你……你怎么知道？"

蓝小翅说："我让羽人在你的饭菜里添了点避免怀孕的药啊，你又没成亲，怀什么孕。"

贺雨苔更困惑了："那我怎么会……"

蓝小翅说："木冰砚留下的药，吃了之后有一段时间看起来会像怀孕。他试验子母草的时候留下的。我喂了你一点儿。"

贺雨苔急了："你怎么可以这样，你吓死我了！"

蓝小翅说："如果不是这样，我师兄不会明白什么对他最重要的。他犟起来跟驴一样。而温阁主也不会这么轻易地同意你们的亲事。但是如果你真的怀上了，而这件事不成，总不能打掉吧？好歹也是一条命啊，何况对你身体也不好。"

贺雨苔说："小翅。"她伸出双臂，温柔地拥抱蓝小翅。蓝小翅拍拍她的背："乖乖等在这里，不要怕哦。一会儿我师兄就回来了。"

贺雨苔说："谢谢你。"声音里带了些哽咽。

蓝小翅说："傻子。谢什么啊，以后你是我嫂子了哎。好好管教我师兄。不要哭啊，大好的日子。"

贺雨苔面色绯红，说："都不知道要怎么跟他说……"

蓝小翅轻笑："那我就不管了哈哈。"刚要接着说话，突然觉得一阵烦恶，捂着嘴，干呕了几声，想吐，却终究是没吐出来。

贺雨苔一脸狐疑地盯着她，蓝小翅哀叫："我不会是遭报应了吧！！！"

贺雨苔也整个人都凌乱了："你赶紧找大夫看看啊。要不要我陪你去啊？"

蓝小翅赶紧说："别了别了，你好好等着洞房吧。"她风风火火，一脸凌乱地走了。贺雨苔追出去，喊："哎，慢点走，别跑！"

蓝小翅哪里听得进去，心里乱糟糟的，也没看路，迎面撞上微生瓷。她摸了摸头，问："瓷少爷，你怎么在这里？没去吃东西啊？"

微生瓷说："不去。我想你。"这些天蓝小翅都在太极垂光和方壶拥翠之间来回跑，两个人相聚的时候少。他也不顾这里是廊下，伸手将她抱在怀里。蓝小翅把脸贴在他胸口，过了一会儿，问："小瓷，你……你想不想当爹啊？"

微生瓷歪了歪头："当爹？"想想自己的爹，他很诚实地说，"我不够凶，当不了爹的。"

蓝小翅推了他一下，说："我是问，你想要个孩子吗？"

微生瓷说："啊？"

蓝小翅纵然脸皮很厚，这时候也已经面红耳赤了："小瓷……我……我好像怀孕了。"

微生瓷整个人都惊住，过了一会儿，小声问："在……肚子里？"

蓝小翅气笑道："不在肚子里能在哪里？"

微生瓷连忙放开她，怕自己抱得太紧了。他小心翼翼地看了眼蓝小翅的肚子，轻声问："我……能摸摸吗？"

蓝小翅羞得整个人都别过脸去："这才多久，哪摸得到啊。"

微生瓷问：“可以摸吗？”

蓝小翅说：“讨厌，你摸嘛。”

他于是伸出手去，在她小腹处轻轻抚摸，很轻很轻的，像微风轻拂。蓝小翅抬起头，问：“小瓷，你开心吗？”

微生瓷说：“我……我不知道，小翅膀，我好害怕。”

蓝小翅推开他，真有些生气了：“你怕什么！”

微生瓷说：“我怕是我疯了，这一切都是幻觉。我怕我根本就没有遇见你……我会不会还在石牢里，等夜半醒来，发现其实仍然只是我一个人，石桌石床，寒室孤灯……小翅膀，你是真的吗？”

蓝小翅慢慢靠在他怀里，轻声说：“我是啊，你摸摸，我是暖的，呐，我可以咬你耳朵。是不是？”

华筵过半，宾客酒性正酣。二人在回廊的尽头相拥，喧嚣浮华不扰情浓。

既是梦，也不是梦。

第二十九章 夫妻情深

等到喜宴结束，蓝小翅把木香衣赶进了洞房，自己领着白翳和凤翥送客。这次的来客多了许多江湖势力，蓝小翅把上次对羽族通商投了赞成票的江湖势力都请到了。

这些人也已经开始感觉到羽人送信的快捷便利，这时候已经有一点儿合作的心思——每个门派都有外设的分堂，消息迟缓是一件致命的事。这也是当初驯鸟奴隶会如此盛行的重要原因之一。

他们有了合作的心思，蓝小翅当然也不会拒绝，她给这些人开出的条件还算优厚——每个门派有自己专用的封漆，羽族承诺绝不私拆信件。费用方面，可以单次收费，也可以按月、年收费。当然后者会便宜得多，而且不限次数。

这些江湖势力一听，价格确实是合理，当然也就早早地立下了契书。蓝小翅让他们十日内将银两划到羽族的账上，很热情地将人送出方壶拥翠。这些门派得了便宜，倒也是心情不错，一时之间，宾主尽欢。

白翳说：“如此一来，我们今年进账颇丰啊。”

凤翥也高兴：“这样大伙的薪俸是不是可以涨点儿了？”

蓝小翅说：“先干好活吧，真正赚钱的时候在后面。”

凤翥说：“羽尊，我手下的族人确实是最辛苦的。你也知道，这天天风餐露宿的……”他又要开始老一套，蓝小翅说：“老凤，我现在是孕妇，你就不能体谅一下我吗？”

“啥？”凤翥和白翳都傻了。过了半天，白翳才急急问：“羽尊，您怀孕了？天啊，这是真的？”

蓝小翅说：“这有什么可作假的？”

凤翥哀号：“你怎么可以怀孕呢？”

蓝小翅白他一眼：“我是女人，我成了亲，我怎么不能怀孕？”

凤翥说：“可是你怀孕了，那以后羽族的事情怎么办？眼看着我们通商才刚刚几个月！”

蓝小翅说：“拜托我只是怀孕了，又不是痴呆了。好了不说了，我累了，先回去休息了。剩下不肯跟我们合作的，你们去送吧。还是客气点儿，毕竟是未来的小金库。”

白翳还是不能接受：“小翅！羽尊！你怎么可以在这个节骨眼上怀孕呢？那你以后打算怎么办？回家奶娃？那谁来管理羽族？你不会真的让慕流苏那个八九岁的儿子前来领导我们吧？”

蓝小翅倒是奇怪了，问：“你怎么会这么想？”

白翳说：“他是你弟弟啊。慕流苏和温阁主又都支持他。”

蓝小翅说：“哈。不说了，我回去了。”

她要回房歇着，这下子是没人敢拦了。一直到人都走了，凤翥才想起来：“哎，涨薪俸的事，你还没答应呢！”

蓝小翅都走了，谁理他。

蓝小翅回到房里，微生瓷已经等待多时了。此时见她回来，赶紧迎上来：“你怎么这么晚才回来？”

蓝小翅说：“我要先吸引一拨江湖门派使用羽人传信，谈契书耽误了时辰。你怎么还不睡？”

微生瓷说：“我在等你。”

蓝小翅依偎过去：“夫君，我脖子酸，帮我捏捏。”

微生瓷于是站在她身后，帮她捏脖子。他力道正好，又熟知穴位，手法竟然很是在行。蓝小翅舒服得直哼哼，微生瓷于是更卖力了。

一直到她睡着了，微生瓷才把她抱到床上，打来热水，用毛巾替她擦干净脸和手。在他身边，蓝小翅睡得像个孩子，这样大的动作也没有将她惊醒。

微生瓷伸出手，小心翼翼地抚摸她的小腹，这里真的孕育着自己的孩子吗？他觉得有些不可思议，然而心中却充满柔情。呵，他的妻子，他的孩子。

第二天，蓝小翅起得很早。但微生父子无疑更早，微生歧正在跟自己儿子过招，转眼看见蓝小翅起来，问："你怎么不练功？"他这样的武学世家，当然是最看不起懒惰之辈了。

蓝小翅虽然天资聪明，但其实这样的人不容易达到武学巅峰。就跟温谜一样，机敏却太容易分神。微生歧对蓝小翅的武功就没看得太紧，但是松散也是不行的。是以每天早上也会督促着她练上一个时辰。

当然，对于他来说，一个时辰的练功时间根本就不算什么。

蓝小翅回头看了他一眼，说："爹，从今天开始，我有十个月都不能练功啦。"

微生歧怒道："放……"一想到是在儿媳妇面前，还是改口道，"你敢！虽然不指望你继承微生世家的武学，但你好歹也要练点儿功夫自保吧？！给我过来！小心我打断你的腿！"

旁边的微生瓷说："爹，小翅膀怀孕了。"

微生歧说："怀孕了就可以不用练功了吗？！"然后突然反应过来，不是生病了，是怀孕了。他一脸震惊："怀孕了？"

蓝小翅笑盈盈的："是呀，恭喜爹爹，您要当爷爷啦。"

微生歧一脸不解："真的？"蓝小翅把手伸过去，微生歧怒哼，"你别是又吃了什么草来蒙我吧？"话是这么说，却还是伸手替她把脉。过了一会儿，他说："你赶紧回去歇着，我去找个大夫来看看。"

蓝小翅说："我好着呢，找大夫干什么？"

微生瓷怒道："就你那性子，身边没有人照顾怎么行？"然后也不练功了，急急地出门而去。蓝小翅说："爹，找大夫这种事，让羽人去就好了。"

微生歧根本没理她——羽人哪里知道找最好的大夫？他一边走一边想，啊，最好的大夫在太极垂光。不知道温谜肯不肯让云采真过来出诊。不对，我儿媳妇是他女儿，他凭什么不准？！

哼，云采真不来也得来，管他准不准！微生家主下定决心，向太极垂光飞掠而去。

贺雨苔和木香衣这时候才起床，进来看见蓝小翅和微生瓷，两个人都有些羞赧。蓝小翅倒是热情：“哎呀，你俩，走，我们吃早饭去。”

四个人一起来到饭桌边，羽人已经摆好饭菜。微生瓷扫了一眼桌上，认真地问：“有什么是孕妇不能吃的？”

木香衣昨晚已经听贺雨苔说过蓝小翅怀孕的事，这时候倒也不惊讶，只是这个问题太深奥了，把四个人都难住了。蓝小翅咬着筷子：“估计都可以吧……”

微生瓷认真地说：“不行，等爹找大夫回来，大夫说能吃什么，才准吃。”

贺雨苔笑出声来，木香衣也弯了嘴角。蓝小翅不干了：“可是我饿啊！谁知道你爹跑哪里找大夫了！”

微生瓷说：“哦，你能忍一刻钟吗？”

蓝小翅说：“鬼才相信你爹一刻钟之内能回来呢。”

微生瓷说：“你等等。”

他起身出去，然后整个方壶拥翠生过孩子的女人都被瓷少爷问遍了，问题只有两个——孕妇能吃什么和孕妇不能吃什么。

一刻钟之后，他回来后把桌上的腌肉、蒜、辣椒、韭菜什么的，都端开。蓝小翅看着被抽去了中间夹羊肉的馒头，问：“瓷少爷，请问这块馒头里夹的羊肉犯了什么错？”

微生瓷很认真地说：“羊肉调料很重的，不知道能不能吃。”

蓝小翅简直要掀桌了：“我不吃馒头！！快点把羊肉给我！”

微生瓷说：“你先吃点儿馒头，等爹找大夫回来。”

蓝小翅说：“你不给我就不吃，饿死算了！”

微生瓷急了：“那你先喝一点儿粥，他们说可以吃煮鹅蛋，我去找。”

蓝小翅说：“我去你的，我也不吃煮鹅蛋！！”

微生瓷还真去找了鹅蛋，然后放水里，内功加热，不一会儿，一颗巨大的鹅蛋就煮好了。他给她剥了蛋壳，小心翼翼地递过去。蓝小翅说：“瓷少爷，我知道你很关心孩子，可是你这样我真的很想死……”

贺雨苔捂着嘴，偷乐。

微生歧赶到太极垂光，直接去烟雨虚岚，找云采真。云采真看见他，倒是意外："微生家主，有何要事？"

微生歧说："拿上你的东西，跟我走。"

云采真莫名其妙："家主，去哪里？谁生病还是受伤了？"

微生歧说："蓝小翅怀孕了。你去方壶拥翠照顾她几天。"

云采真愣住，半天说："蓝小翅怀孕了？"心里还是有点高兴，"温谜知道吗？"

微生歧说："反正你跟我走就行了。"

云采真哭笑不得，说："家主稍候，我准备一些东西。温谜毕竟是小翅的亲生父亲，这件事无论如何应该告诉他一声。家主先去知会，我稍后就到，如何？"

微生歧这才说："好吧。需要什么东西，你可以先告诉我，我派人前去采买。"

云采真说："我明白，家主不用着急。"

当天下午，方壶拥翠和太极垂光都传遍了——蓝小翅怀孕了。最近羽族在江湖中可谓是大出风头，这个新任羽尊小小年纪，又是个漂亮的小姑娘，当然也更受人瞩目。

所以没过多久，江湖中也都传开了。

慕流苏当然也很快得到消息，青琐倒是开心得不行。立刻就赶做了一批小孩子的衣物，又说："流苏，小翅年纪小，又是头胎，没有经验。木冰砚现在又不在方壶拥翠，我想过去照顾她一些日子。"

慕流苏倒是很痛快："这是应该的，现在蓝翡不在方壶拥翠了，让裁翎也跟你过去吧。"

青琐点点头，说："我走之后，你要好好照顾自己。平时不要忙得太晚，晚上不要饮茶。"

慕流苏心底温软，说："我知道，等我忙完就过去看你们。"

夫妻二人依依不舍，但青琐终于还是带着慕裁翎，由相府的侍卫一路护送，离开了侠都。

蓝小翅这几天可真是气坏了，微生歧带着云采真和温谜一起过来。云采真给她开了安胎药，又列出了一系列禁食的单子，禁了她饮食里许多调料。她每天就在白煮鸡、白煮鱼汤、胡萝卜、花菜、海带等食物中间过活了。

蓝小翅吃得想死，而更无语的是，羽族暗暗传出，要更换羽尊的流言了。毕竟一直以来，女人要是有了孩子，就需要照顾家里。照顾一个孩子不是那么容易的事，从小喂奶，长大一点儿又要学武念书，吃喝拉撒每一点都要顾全，多少年才得空闲？

蓝小翅听到这些传闻，把白翳、风翥等现在羽族中有地位的族人都聚集起来，说："我听说，你们想撤换我啊？"

她开门见山，白翳等人都是大吃一惊，银雕说："羽尊，我等怎么敢有这样的想法？只是……"想说又不敢说。

还是白翳说："羽尊，我们想知道，您怀孕、产子甚至哺乳的这段时间，羽族由谁领导？"

蓝小翅说："我啊。"

风翥意外："可是只怕您太劳心劳力，有损身体。"

蓝小翅说："得了吧，你什么时候学会为我着想了？"她仍然是谈笑风生的模样，"事到如今，我实话说了吧，其实我还挺喜欢羽尊这个位置的。我对族人一直以来也算是尽心尽力。别人怎么说我不会听，也不在意。但是如果羽人之中有异动，那是我不能容忍的事。"她目光扫过眼前的羽人贵族，微笑道，"我现在所站的位置，是我爹在整个族人面前传给我的。如果他要回来，我当然可以归还。但是除了他，任何人想要来戳一下，恐怕都会破坏我们之间牢固而深厚的感情。"

这样暗含威胁的话，她笑嘻嘻地说出来，凤、白、银等家族主事者都听得心惊胆战。相比蓝翡而言，蓝小翅还算温和。毕竟是从小在方壶拥翠长大，在场的许多人都是她的长辈。所以听说她怀孕之后，大家第一件想到的事，也是羽尊之位由何人来继承。

虽然并不敢说出口，但那点儿小心思被她就这么戳破，还是有些心虚的。有人问："羽尊，您真的不会将羽尊之位传给慕裁翎吗？"

蓝小翅靠在椅背上，懒懒道："我这个人呢，其实还蛮贪恋权势的，也喜欢用手中的权势干点儿有益于大家的事。所以你们可以放心，我怀孕或者产子，对羽人不会有其他影响。慕裁翎是我弟弟，他要来羽族玩玩，我还是很欢迎的，希望你们也一样。"

白翳说："听羽尊这样说，我们就放心了。"

银雕说："请羽尊恕罪，我等并不是对羽尊存有任何不良心思，实在是慕流苏逼走前羽尊，我等不能接受他的儿子统领羽族。"

凤翥等人也难得严肃起来，一众人起身，同时跪下："请羽尊恕罪。"

蓝小翅说："起来吧，你们对我，总还是不如对我爹有信心。唉，我有喜了，你们不说恭喜也就算了，还给我添堵。恕罪什么的就免了，回头记得每人备上一份厚礼，不然我真是会记仇的。"

白翳等人哭笑不得，青鹏说："属下觉得，现在羽族才刚刚起步，羽尊身为我们的领袖，确实不应该这么早怀孕生子。您才不过十六岁，何不……晚一点儿再考虑此事？"

蓝小翅说："嗯？"

声音里已经有点警告的意味了，青鹏说："羽尊，您定然也知道，这个孩子来得并不是时候。"

蓝小翅说："来人，将他衣服扒了，鞭五十。"

堂中安静无声，蓝小翅说："听不懂我的话？！"立刻有羽人上来，按住青鹏，扯掉他的衣服，拿了水泡的牛皮鞭，看了一眼蓝小翅，啪啪地鞭打起来。

牛皮鞭泡了水，重量不轻，打在青鹏身上，很快就皮开肉绽，鸟毛乱飞。

蓝小翅说："这五十鞭，只是让你小小地明白一下，我才是羽尊。你想要替羽族做决定，可以，站到我这个位子来。你想要替我做决定，那你就该死。"

血肉四溅，青鹏咬着牙，不认错，反而说："您明知道我说的是对的！羽人为什么质疑您？因为大家都知道怀孕生子对您而言意味着什么！您身为羽尊，难道不应该站得高一点儿，看得更长远一点儿？为了羽族的将来，您现在牺牲一个孩子。只要找个好大夫，尽量减少对您身体的影响。以后您要多少都可以再生。现在您为了他而动摇羽族人心，慕流苏也会再生出别的心思，难道不是因小失大吗？”

蓝小翅说：“放你娘的屁。我应该为羽族而牺牲？我爹当了这个羽尊，一路走来解救了多少羽人？他给予你们这片土地容身，结局是自己离开家园，流亡天涯！你们为他做了什么？我当这个羽尊，你们给了我什么好处？还要我搭上我自己的孩子？真他妈当我圣母啊？”

青鹏傻了——什么？羽尊不是理所应当为了族人设想吗？他说：“可……可您是羽族的领袖啊，我们无不对您寄予厚望，您……您难道不应该让我们放心吗？”

蓝小翅气乐了：“再打五十。我告诉你，我首先是我自己，然后是羽人，最后才是羽尊。我会和族人共患难，甚至不介意同生死。但是，别一提牺牲的时候就想到我。我和你们平等，谁也没义务为别人牺牲自己的任何东西。少数人应该为了多数人牺牲的话就是放屁。我愿意，你们应该感激涕零，我不愿意，你们也应该明白这是理所当然的事情。别妄想使用你们的信任来绑架我，我爹真是惯坏了你们。”

青鹏茫然——啊，要求羽尊为了羽族着想，暂时不要孩子，这是错的吗？

蓝小翅才不管他明不明白，反正是打了一百鞭，这真是全身上下血肉模糊，没一块好肉了。

青鹏的下场在此，谁还敢多言？

会议就这么散了。羽人还是很担心，但蓝小翅的态度，好歹还是让他们有了一点儿信心，他们倒不是反对蓝小翅，主要还是担心她回家奶娃，当贤妻良母去了。

蓝小翅从书房走出来，意外地看见微生歧站在门口。她说：“咦，爹，你怎么在这里？”

微生歧当然听见方才房里的争论，这些天羽族的动静瞒不过他，以他的听力，要听这些羽人私下说话简直太容易了。所以他意外地发现羽人竟然是很想留住蓝小翅的。他们每每提及蓝小翅怀孕，总是充满担忧。这真是太可笑了，她不过是个十六岁的女娃啊。

方才，听见屋子里的对话，他其实是愤慨的，正要冲进来的时候，听见蓝小翅的话。他突然有点儿羡慕蓝小翅，这样的孩子，她眷恋世俗，却不为世俗所累。耽于名利，却又自由自在。小小年纪身居高位而不失本心。

就在来时，他还想着怎么让蓝小翅放弃羽尊之位，好好地待在家里相夫教子。可是现在，他觉得自己动摇了。他叹了一口气，说："你有孕在身，不要太操劳了。"

蓝小翅乍听这样一句话，是真意外了："爹，您没别的事吗？"

微生歧说："羽人的动静，我会和小瓷替你留意。你少在这方面操心。平时的杂事，多交给白翳和风翥他们处理。你现在虽然精神尚可，但事事亲力亲为，总不是办法。"

蓝小翅上下打量他，突然明白，啊，他真的是在支持她呢。她说："爹……我能处理好自己的事。"

微生歧点了点头，突然真的相信了。她能处理好她的事，她很冷静，很清醒。也很坚定。

微生歧说："嗯。之前我虽然说过，微生世家不插手江湖中事，但是现在毕竟是非常时期，如果你确实是有正事……还是可以商量的。"

蓝小翅开心了："爹，您真是太好了！我就知道您是天底下最和气讲理的爹了！"

微生歧哼了一声，那当然了。

蓝小翅也知道自己的身体状况，她比微生歧还小心呢——就算是一腔热血，也没理由累死自己啊。她把工作分得很细，让火雀、白鸥、紫鸩等少年纷纷参与处理。

自己基本就是看看账，动嘴的时候更多。

当然，平素谈谈生意还是少不了的。这没办法避免，她倒也限定了时间。过于冗长的议事，她就让银鸾发言。银鸾那结巴的风格……一句话嗑上一炷香的时间。大家一看，等他说完都过年了。

没办法，人人长话短说，不敢劳他尊口。

这天晚上，蓝小翅看完各地收支账目，回到房间里。微生瓷倒了热水给她烫脚。蓝小翅撒娇："小瓷，我好想吃香脆菇啊！"

香脆菇是落日城的一种蘑菇，特别香脆，洗净后可以直接生吃。有生津止渴、滋阴润肺的功效。但缺点是采下来之后只能保鲜三个时辰。过了三个时辰再吃，就色香味大减了。

微生瓷说："我去找。"

蓝小翅说："算了，这么大老远的，还是睡吧。"

微生瓷嗯了一声，等哄她睡着了，自己离开方壶拥翠，径直赶往落日城。刚走出来，碰见微生歧，微生歧皱眉："这么晚了，你去哪里？"

微生瓷很老实："小翅膀想吃香脆菇。"

微生歧皱眉，说："这大半晚的，暗族都醒着，你陪着她。我先去。"微生瓷说："哦。"

于是微生歧就去了一趟暗族，他也不客气，拿着个布袋，就装了一大袋香脆菇。暗族所有族人都不好了——微生家主来抢香脆菇了！！这算什么事啊！！

第二天，迦夜就气急败坏地就此事向仙心阁告状，要求索赔！

温谜没办法，自己把钱给垫上了。迦夜气还没消呢，当天傍晚时分，正逢落日城夕阳斜照的时候，微生瓷又来了。

瓷少爷也拿了个大袋子，不由分说，装了一大袋香脆菇，担心香脆菇过期，他跑得比他爹还快。

暗族："……"

蓝小翅觉得挺美的，虽然香脆菇要趁鲜食用，但是她基本上就没断过，随时想吃都有新鲜的。微生歧和微生瓷父子轮流打劫，暗族不堪其扰，最后温谜没办法，存了一笔钱进落日城，专门用以支付微生父子抢走的香脆菇的钱。

迦夜简直恨不得在所有的香脆菇里都拌上鹤顶红。

九微山。蓝翡同样接到飞鸟传信，森罗说："她在这时候怀孕，只怕对羽族而言，不是好事。"

蓝翡说："嗯？"

郁罗到底心疼徒弟，说："会辛苦很多。"

森罗说："据说女子怀孕，都会性情大变，但愿她不会回家相夫教子。"

蓝翡轻笑："哈，我做了外祖父了，你们就这样恭喜我？"

森罗和郁罗这才说："恭喜羽尊。"

蓝翡说："其实感觉也不怎么好，一想起她小时候，我就头大如斗。"

森罗忍笑，说，"好在现在也不需要羽尊头痛。"

蓝翡微笑："是啊，我一想到微生老呆会经历我当年的惨事，就心情愉悦。"

正在这时候，外面有羽人进来："羽尊。"蓝翡说："什么事？"

羽人跪下，呈上一个装银票的匣子："九微山药农这个月收入五万两银子，大小姐吩咐我等交给羽尊。"

森罗、郁罗等都惊住，蓝翡说："哈，有女儿喂养，感觉真是不错。"他伸手接过来，随手递给森罗，问："除了你，还有谁知道我在这里？"

那羽人道："大小姐这次派来的，都是昔日木神医手下的心腹。羽尊请放心。"

蓝翡点点头，蓝小翅的安排，他还是信得过的，当下说："既然是木冰砚的人，就还是交由他带吧。"

羽人又磕了一个头，方才退下。森罗把银匣子打开，上面是一本很薄的账目，下面是银票。整的零的都有。他说："想不到流亡在外，我们反倒比在方壶拥翠富裕许多。"

蓝翡斜睨他，幽幽道："你是说以前我对你刻薄？"

森罗说："不不，属下是说，我们都跟着羽尊沾光了。羽尊真是英明神武，盖世无比。"

蓝翡轻笑，就连郁罗也弯了弯嘴角。

方壶拥翠，蓝小翅命人给木香衣单独建了住所，就在不老坑里，木香衣的隔壁。贺雨苔倒是喜欢那一大片一大片的药田，木冰砚不在了，她居然把里面的草药侍弄得很好。

这一日，蓝小翅跟九曲宫签了契书，贺雨苔在一旁将她和九曲宫的谈话内容都记录下来。凤翥拟好契书，白翳则负责记账、入库。等到九曲宫交了钱，蓝小翅亲自将人送出去，贺雨苔有些心疼了，问："累不累？你都坐了大半天了。"

蓝小翅伸伸懒腰，说："有什么办法，还好月份小，不是太辛苦。"话音刚落，又是一阵呕吐。

贺雨苔赶紧端了热水给她，蓝小翅漱了口，说：“唉，要是男人可以怀孕生孩子就好了，瞧我们家瓷少爷一天到晚多有空。”

贺雨苔偷笑，蓝小翅说：“现在羽族高手不多，大师兄天天在外面跑，你要不要跟去啊？”

贺雨苔耳朵都红了，现在木香衣和金鹰、金方义等人算是羽族硕果仅存的高手了。再剩下就是凤遥、银猢这些子弟。眼下羽族产业非常多，当然就需要高手坐镇。江湖上许多纠纷，都是看拳头说话的。

如果派出去的人镇不住场面，羽人自己也会觉得没有安全感啊。所以木香衣最近很忙，他知道蓝小翅怀有身孕，于是尽量不拿这些小事去烦她。

长期在外面跑，陪着贺雨苔的时间当然就少了。

贺雨苔说：“我都嫁给他了，还怕这一时半刻呀？再说他也不是一出去就一年半载什么的，也老回来的。”

蓝小翅拍拍她的手，说：“两个人如果真是互相喜欢，天天腻在一起都不够呢。你看我家瓷少爷，一天不见都要出来找的。你若是想他了，就跟他一起出去走走。到底是温阁主的弟子，又不是温室的小花。”

贺雨苔心里是真的感动，她嫁过来的这些日子，蓝小翅是真的拿她当自己姐妹在看待。她说：“你不用担心我，我留在方壶拥翠，替你处理一点儿文书杂事也是好的。”

蓝小翅叹了一口气，贺雨苔就是这么一个姑娘，事事先为别人着想。她说：“雨苔，这里是方壶拥翠，你是木香衣的妻子。不再是失去双亲，只能讨好别人的人，为他人而活的小朋友了。适当地克制自己的欲望当然是好事，但是如果过了度，就没有什么快乐可言了。”

贺雨苔如被一针戳中软肋，蓝小翅拍拍她的肩：“文书你和火雀轮流处理吧。没事的时候陪着大师兄一起，你的武功可以帮助他。他的性子，你也可以劝阻安抚他。夫唱妇随去吧。”

贺雨苔眼眶通红：“小翅……”

蓝小翅微笑，摸摸她的头：“乖啊，不哭。”

贺雨苔低下头，突然意识到，自己是真的嫁到方壶拥翠了。方壶拥翠里，不老坑中，有她的家。

到了月底，丹崖青壁要处置几个为祸江湖的恶徒，各派势力都必须有堂主以上身份的人到场。温谜特别要求白翳、凤翥至少一人到场。最近仙心阁接到关于羽人的投诉太多了，需要处理。

但他也知道蓝小翅怀着身孕，是以就命白翳、凤翥过来。

蓝小翅接到仙心阁的信函，白翳说：“羽尊，这事是凤翥管理的，让他去！”

凤翥瞪了白翳一眼，谁都知道这是要去装孙子赔礼道歉来着。谁乐意去啊！他说：“什么啊，我才不去呢。谁有空听这些江湖人士叽叽歪歪！”

蓝小翅沉吟了一下，说：“既然你们都不愿意去，那就别去吧。”

凤翥和白翳互相看了一眼，还是有点儿过意不去，白翳说：“算了，你怀有身孕，去听他们的屁话，对胎教不好。还是让凤翥去吧。”

凤翥没好气：“羽尊，别听他瞎说，他一向最鸡贼了，他去我们能少赔偿一点儿。”

白翳瞪他一眼——就你还好意思说我鸡贼？

蓝小翅说：“好了，你们都不用去了，让我家瓷少爷去。”

“啥？”白翳和凤翥都惊呆了——瓷少爷去？

蓝小翅眨眨眼睛，我看你们谁敢让他赔礼道歉……

微生瓷听到蓝小翅让他去太极垂光的话，倒是没有推托，只是问：“我去了之后说什么？”

蓝小翅说：“你就把他们提出的赔偿数额减一个零，再打一个对折就行。”

微生瓷说：“哦。”这个他会。

太极垂光，各大门派到得很齐。而且来的都还不是小人物，许多门派都是掌门亲自来了。最近方壶拥翠扩张得有点儿可怕了，到处都是送信的鸟人。而且羽族训练出来的鸟儿，送信真的是又快又准。不时还能送点儿轻巧的物件。

这让大凉国内的保镖生意简直是门可罗雀。

而蓝小翅迅速将鸟场分散设立到大凉各处，不同的距离可以由不同的鸟儿送信。好家伙，这些年方壶拥翠养的鸟儿全部派上用场了。

不同的距离之间有不同的鸟儿送信，有些鸟耐力好，有些鸟则是短距离飞行速度快。

开始这些在羽族通商之时投了反对票的门派还不为所动，到了这时候也都坐不住了。但是当他们试图找羽族商谈合作的时候，发现蓝小翅开给他们的价格是先前合作门派的五倍！

几个门派愤而离开，气不过，找温谜主持公道。温谜能有什么办法，鸟是人家养的。羽人也是人家的。鸟场、驿站更不用说了。

他们一直拿捏不了羽族，只好各种使坏。有时候向朝廷举报羽族私自占用耕地修建鸟场，有时候逮到鸟儿偷吃百姓粮食什么的，也能揪出来大声疾呼一番。

所以这一天，诸人齐聚太极垂光，各人手里都握着各式各样的证据，就等着羽族上门了。现在蓝小翅怀孕，她肯定不会来。来的不是白翳，就是凤翥。他们要是来，咱们这么多门派，还修理不了区区一个鸟人？！

正当他们摩拳擦掌的时候，羽族的代表人物来了。

诸人先是看见一抹红色的身影，然后眼前一花，人已经到了面前。微生瓷皱着眉头——他不喜欢跟这么多陌生人坐在一起。但是小翅膀让他来，不喜欢也要来的。

他走到位子上坐下来，看了看温谜，又看了看这些目瞪口呆的江湖人士，皱眉——干吗？你们为什么都不说话？

诸人都是一副被狗亲了嘴的表情，温谜表面温雅，然而即使是这样的武林领袖，内心里也已然笑破了肚皮。他轻咳一声，努力让自己保持严肃，说："人已到齐，近日收到大家对羽族的诸多意见。相信各位定是查有实据，不致空口无凭。现在就请诸位呈上证据吧。"

诸人都看微生瓷，有人壮着胆子，说："这次说好来的必须是羽族人，而且身份是堂主以上的人物……微生少主前来，不符合规定吧？"

温谜还没有说话，微生瓷说："为什么？"

他一说话，那人就吓得面色如土。温谜说："咳，小瓷，羽尊让你来的吗？她有告诉你，参会需要羽族人前来吗？"

微生瓷说："没有。"众人都惊住，微生瓷不耐烦了，"你们没有话说，我走了。”

说着话就要走，温谜哭笑不得，赶紧说：“不行，快坐下。”那有什么办法？他来都来了，如果这就走了，蓝小翅正好有理由什么都别赔了。

大家只好把收集的证据都交出来，只是有微生瓷在，原本义愤填膺、理直气壮的声讨并没有出现，反而大家都有些畏畏缩缩。

温谜让柳冰岩核对，再将仙心阁查实的证据都比对一番。然后问：“小瓷，对于这些你怎么看？”

微生瓷说：“我……我要回去问问小翅膀。”

各派掌门默然，温谜咳嗽一声，说：“对于赔偿数额，你有什么意见？”那丫头不会让你坐在这里当个吉祥物吧？

微生瓷拿过温谜递来的资料，上面全部数额算下来，有四百万两之巨。他做了一下算术，很快说：“二十万两。”

大家都傻了：“什……什么？！”

微生瓷说：“赔偿二十万两。”

终于有人忍不住问：“微……微生少主，敢问这是您自己的意见吗？”

微生瓷横眉冷对：“有什么区别？反正就是这个数！”

那人说：“可是微生少主，这数太少了。”

微生瓷说：“一两也不准加！”

大家沉默，不敢说话了——这少爷情绪可不稳定。真要把他刺激得发疯了，杀了人算谁的？可是原以为能敲羽族一笔，给蓝小翅一点儿厉害瞧瞧呢？！

大家沉默四顾，没人说话，瓷少爷有些生气了——微生家的人都没耐性。他说：“听见没有？！”你们怎么都不说话？

有人小声地应：“听、听见了……”谁来把这疯子赶走啊！！

“咳，既然各位都没有异议，就以二十万两为准了。仙心阁会督促赔偿金落实到位。”温谜声音严肃，却以拳轻轻擦了擦鼻尖，掩饰心中的狂喜。

微生瓷回到方壶拥翠，当然是把仙心阁的赔偿文书也带了回去。蓝小翅挨张查看，微生瓷有些不安，问：“可以吗？”自己妻子在孕中，他很希望能为她做点什么。

蓝小翅搂住他的脖子，在他脸颊亲了一个：“当然可以，我的夫君最棒了。”

微生瓷很犹豫，认真地说：“二十万会不会太多？如果多的话我去让他们减少一点。要不你干脆就别赔了吧，他们敢来要，我帮你打他们。”

蓝小翅笑得不行：“不可以，瓷少爷，做生意不能只讲拳头的。尤其是现在羽族的产业铺得太广，我们照顾不了方方面面，所以能用钱解决的事，最好不要用其他方法解决。你做得很好，为我省下了很大一笔钱呢。”

微生瓷哦了一声，听见蓝小翅这么说，他终于松了一口气，说：“我……我能摸摸孩子吗？”

蓝小翅握住他的手，放在自己小腹上，两个人靠在一起，耳鬓厮磨，柔情无限。

当天下午，蓝小翅就命羽人将二十万两白银送到太极垂光。然后所有人都惊恐地发现，她似乎尝到了甜头，只要有门派提出对羽人不利的证据，就派微生瓷前去核实。

大家当然不满，抱团找到温谜，要跟温谜讲道理。但是到了太极垂光，大家互相一琢磨——我们没道理啊。人家怀孕了，让自己夫君出面，怎么了？！

最后大伙摸着脑袋，又回去了。

回去之后，又忍不住生气——原本打算指着蓝小翅怀孕，打压一下羽族，现在反而都指望她赶紧先生完孩子。这要真是生了孩子，总不好意思再让微生瓷出面了吧？天啊，万一她要奶孩子怎么办？！

然而这不是最可怕的，最可怕的是，这一天，蓝小翅列了一份索赔文书。里面详细记录了江湖部分门派为了阻碍羽人，对各地鸟场造成的破坏。更有刻意捕杀羽族鸟儿的事情发生。

问题是这些事，她前几个月根本只字未提。而现在提出来，破坏鸟场造成的鸟儿死亡、生病等，还有捕杀羽族传信鸟造成的损失等等。这笔赔偿金的数额可是相当惊人的。

温谜接到这份赔偿文书，没有办法，只得再召集搞破坏的门派。大家都惊呆了，而这一次，蓝小翅由微生瓷陪同着，一直到了仙心阁。

温谜亲自到山下接女儿，轻声叹气：“你这……”怀着孕还不忘搞事情。

蓝小翅倒是热情：“温阁主，上次你为其他门派主持公道之事，我看了赔偿清单，十分合理，全无异议。”

温谜气极——你当然没异议了，你问问他们有没有！他说：“调皮！你这次的单子，也太吓人了，一只碧翎鸟赔四万八千九百六十二两黄金？！你这金子打的？”不对，金子打的也没这么贵的道理。

蓝小翅说：“我说你好歹是我亲爹，怎么看起来这么像他们的亲爹呢？”

温谜是真的哭笑不得了：“不管我是谁的爹，如果没有合理依据，仙心阁不会支持。别胡闹。”

蓝小翅说：“我当然有合理依据，不过现在不告诉你。”

温谜无奈，倒也体谅她的身体，没有站在外面跟她多说。

到了议事厅，其他门派的掌门可都已经到齐了。蓝小翅满面微笑，团团作了个揖：“诸位叔伯，好久不见，别来无恙啊。”

其他人都面色铁青，也没人理她。蓝小翅全然不以为意，在温谜特地给她准备的垫着软垫的椅子上坐下来。然后广云山的岳少门主说话了：“蓝小翅，你列出这份清单是什么意思？难不成真要仗着温阁主是你亲爹，你就要一手遮天不成？！”

蓝小翅说：“呀，岳少门主，哪有这样的事。”

岳少门主哼了一声，温谜让柳冰岩宣读了蓝小翅的索赔文书，然后将证据一一呈上来。蓝小翅声音充满了母性光辉，温柔得不行：“请问诸位叔伯，对羽族列出的证据，可有疑义？！”

在场的人都没有说话，废话，蓝小翅沉默了几个月，就为了拿他们的小辫子，证据当然是很充分的，能有什么疑义？！

蓝小翅的声音更温柔了：“既然大家没有疑义，那么我来解释一下赔偿数额。第一条，碧翎鸟现在市场售价是从三十到八千两银子不等。羽族的碧翎鸟，都是万里挑一的。我说幼鸟八千，诸位应该没意见吧？然后呢，幼鸟到成鸟，需要一年时间，一年的精饲料……”她挥挥手，有羽人递上来鸟饲料的价目清单。

蓝小翅说：“这鸟吃得倒是不多，一年也不过十二两银子。不过为了防止生病，它喝的水里面加了清瘟粉。这个有点儿贵，一年下来四五百两银子……”

话没说完，河风寨的寨主已经怒道：“清瘟粉是木冰砚自己研制的，你们羽族难道也要按市面上的卖价算吗？！”

蓝小翅说：“本来不用的，但是木冰砚被你们赶走了啊！现在羽族也要从外面买入嘛，当然要算市场价了。”

众人气结。

蓝小翅又接着往下算：“饲料和水的问题解决了，然后是人工费。羽人驯鸟师要驯出这样一只碧翎鸟，最起码需要三年。三年时间说长不长，说短也不短。大家打算怎么赔偿这位驯鸟师三年的光阴和心血呢？然后是接下来，碧翎鸟寿命一般在四十年左右。前三年培育，后面可以为我们送信约三十年不成问题。现在羽族生意不错，一只碧翎鸟一个月接七八单生意很正常。一单生意按羽族开给各位的价格来算，一二百两总是有的吧，我也不好意思算得太高，就按一百两算吧。一年一千二百两，三十年……”

所有人都怒了，鹰愁涧的洞主冯蛟喊：“你就能保证一只碧翎鸟能活到四十岁吗？难道它们就不会病死？”

蓝小翅说：“哼，冯伯伯这么说就不对了。那冯伯伯反正也不能保证自己能活到一百，我能把您掐死吗？”

诸人气结。

旁边河风寨的寨主口吐白沫，昏倒在地——他门人猎杀的可是多只锦毛鹰，锦毛鹰能活七十年……

温谜哭笑不得。最后没办法，众人眼看这笔赔偿款数额实在是惊人，只得向温谜求救。温谜给打了个对折，蓝小翅喝着云采真开的养神茶，说：“既然温阁主都这么说了，我还能怎么样呢？虽然羽族真是遭受了重大损失，但看在各位都是武林同道的分上，唉，也没办法。我回去劝劝族人，就这么接受了吧。”

冯蛟等人被气得吐血。

但自此之后，蓄意破坏羽族鸟场、猎杀传信鸟的事，其他门派是真不敢轻易干了——赔……赔……赔不起……

等到赔偿数额商定，蓝小翅就要回去了。现在前来跟羽族谈生意的人很多，她还挺忙的。温谜送她下山，路上有微生瓷陪同，方壶拥翠又有云采真照看，他倒是不太担心，只是说：“怀着孕就少动点儿歪心思，你这孩子。”

蓝小翅说：“是他们先欺负人哎！你看，他们明知道我是你女儿，还这么欺负我，简直就是不把你放在眼里嘛！”

温谜失笑：“他们是想跟你合作的，小翅，得饶人处且饶人。”

蓝小翅说：“凭什么……”正要说话，她突然嗅到一股血腥味。微生瓷身影一闪，不一会儿，抓回一个全身是血的人。

一看见此人衣着，温谜和蓝小翅都皱了眉头——是官府的人！蓝小翅说：“你是谁？！”

那人身中三刀，已经说不出话来，微生瓷内力注进去，他终于喘息着张开眼睛，一眼看见温谜，他挣扎着道：“温……温阁主，夫人和公子，在前往方壶……拥翠的路上，被人劫持……下落不明……”话刚说完，猛地喷出一口血来，又昏了过去。

温谜惊道：“青琐！”

然而再要叫那人，却是叫不醒了。云采真不在，温谜急令人去找大夫。可大夫还没到，人已气绝！

蓝小翅说：“小瓷，扒开他的衣服，检查他的伤口，看看是否能找到兵器或者对方武学的来历。”微生瓷立刻照办，蓝小翅转头对仙心阁弟子道：“马上让羽族传消息去侠都，告诉慕相，说青琐夫人和裁翎公子失踪了。并要求他反馈二人的出发日期，方便我们寻找出事地段。”

她的语调平和，遇到这样的事，却仍沉着冷静。仙心阁弟子顿时应了一声是，转身去传信，连阁主的意见都忘了问。

温谜说：“现在江湖中，不会有人敢轻易动青琐和慕裁翎。”这是当然的，虽然青琐另嫁，但谁都知道温谜对她的感情，而慕流苏也不是好啃的骨头。动这两个人，真是冒着同时得罪江湖朝廷的风险。

蓝小翅说：“暗族？”

温谜说：“我现在就前往落日城。”

蓝小翅说：“你打算怎么办？”

温谜皱眉——就算落日城确实非常可疑，可是没有证据。而且青琐如果真的在迦夜手上，自己若是上门逼迫，她母子二人会不会有危险？他沉默不语，蓝小翅说：“我真是好奇，迦夜这时候掳走我娘和裁翎，到底有什么目的。”

温谜说：“如果真的是他的话，那一定是为了控制慕流苏。”

蓝小翅转头看他，说：“说不定还能控制你。”

温谜又沉默了，如果对方真的以青琐相要挟，他是不是会就范？多年前犯过的错，现在如何选择？

蓝小翅说：“其实也不用太着急，既然对方意图明显，就说明他们母子并没有性命之忧。不过我有个不太好的消息要告诉你。”

温谜抬眼，问：“什么？”

蓝小翅说：“长生泉的副作用……上次我用它喂了几只老鼠，三天之后，老鼠死掉了。血液凝固成黑色的细沙。啊，三天内继续饮用长生泉的没事。你们不应该赶走木冰砚，如果他在，跟云采真联手，说不定已经破解了长生泉。”

温谜说：“迦夜如果喂青琐和慕裁翎饮下长生泉……”

蓝小翅说：“这种可能性很小，我不能跟你多说了，长生泉的事你明白就好。慕爹爹接到消息肯定会赶来找你，希望他路上不要出事。”

温谜说：“我去找他。”

蓝小翅说：“当年的事，你不要太自责。其实我更希望你现在冷静一点儿，哪怕你明白我娘已经是慕爹爹的妻子，起码我们也能少一个人被威胁。”

温谜低下头，许久，终于说：“我不能。哪怕她曾有一天是我的妻子，我都不能置她于不顾。”

蓝小翅说：“我想也是，保持联系吧。”

温谜说：“你有孕在身，还是先顾虑自己。我和慕流苏会想办法。”

蓝小翅点点头，温谜也着实是顾不上再多说，命人备马，急寻慕流苏去了。

等他离开了，微生瓷才说：“我去帮你找人？”

蓝小翅说：“不，你不能去。”

微生瓷歪了歪头：“为什么？你娘不见了，你不担心吗？”

蓝小翅由他扶着，说：“我担心，但是事情已经不妙了，我们不能让它变得更糟糕。”微生瓷不明白，蓝小翅说，“对方既然敢对我娘下手，就表示实力很强大。如果你离开了，我怀着孕，肯定不是他们的对手。如果我被擒了，那岂不是更糟糕了？”

微生瓷说：“回家让我爹去找！”

蓝小翅说：“嗯，我们先回方壶拥翠。”然后转头，对跟来侍候的羽人道：“马上送信给我爹，把情况告诉他，让他有所防备。”

羽人领命而去，蓝小翅若有所思，问微生瓷：“你说，如果真是暗族抓了我娘，慕爹爹真的会束手就擒吗？”

微生瓷很诚实地说：“我不知道。”

蓝小翅轻笑，然后问：“那如果是我被人抓了，用来威胁你，你会听他们的话吗？”

微生瓷说：“我会努力去救，如果救不了，就听。”

他说得毫不犹豫，蓝小翅扶着他的胳膊上马车，说：“其实我娘说得挺对的，女人如果嫁对了人，真是一件很幸福很幸福的事。”

微生瓷问：“那你嫁对了吗？”

蓝小翅说：“赶车啦，傻子。”

九微山，蓝翡接到羽族的加急传信，眉头微皱。木冰砚正要为羽族的鸟儿配清瘟粉，现在羽族的鸟多，这粉需求量还挺大的。看见蓝翡的神情，他问：“出了什么事？”

蓝翡说：“来人，叫步寒蝉过来一趟。”

步寒蝉倒是来得很快，蓝翡没事一般不找他。他欠了欠身：“蓝先生。”

蓝翡说：“九微山上有多少高手，战力如何？”

步寒蝉说：“蓝先生为何问起此事？”

蓝翡说：“青琐失踪了，定是有人抓了她用来威胁慕流苏。”步寒蝉莫名其妙，说：“蓝先生，微生世家一向不涉江湖事，没有家主的命令，我们不能过问此事。”

蓝翡叹了一口气，微生世家的人这智商，突然就让他很想念自己的宝贝女儿了。他说：“步总管，你速速派最得力的弟子前往慕容绣的墓前，严防有人盗墓。若有人以慕容绣的尸骨威胁微生老……呃，微生歧，只怕你们家主也会受其胁迫。”

步寒蝉吃了一惊："竟有如此胆大狂妄之徒？"

蓝翡说："速去！"

步寒蝉赶紧召集九微山弟子，蓝翡对郁罗等人道："好了，我们也跟去！"

郁罗皱眉，说："让人看见会不会不好？"

蓝翡轻笑，说："平常人没人敢对青琐母子下手，这次的事很可能是暗族所为。抓了青琐要挟慕流苏和温谜，抓蓝小翅威胁微生世家。很可能是整套的计划，但是小翅没那么容易上当，可如果抓住我们，却可以迫使她受制于人。现在微生世家所有人都会去守慕容绣之墓。我们跟过去，再帮助步寒蝉布置一番，这样所有人都会很安全。就算来的是迦之镜，也没那么容易得手。"

木冰砚看了蓝翡一眼，眼前这个人，明明是他自己的危机，他却在得到消息的一瞬间，就将整件事情串联在一起，并且精确无比地找到了解决问题的办法。这个人虽然心狠手辣，但同样也智计无双。

侠都，慕流苏一直忙于朝政，他正低头查阅一宗涉及皇室宗亲殴杀平民的案卷时，突然窗棂一响，有人进来。慕流苏抬起头，只觉眼前一暗，他脸色一沉："迦夜！"

迦夜收了伞，说："慕丞相，好久不见了。"

慕流苏说："你来这里干什么？"他一向不喜欢江湖人士入他府邸。

迦夜微笑，说："不请自来，虽然有失礼貌，却终究是好意。"他从袖中取出一件物件，递到慕流苏手上。慕流苏只看了一眼，就面色大变，那是一方香帕。香帕一角，清晰地绣着一个青字！

他说："迦夜！"声音里已经多了杀气。

迦夜说："慕相不用着急，我只是请青琐夫人和令公子去暗夜城住几天。他们母子目前还好好的。"他加重了"目前"两个字的语气。

慕流苏已经冷静下来，沉声问："总有原因吧？"

迦夜说："当然。"说着话，自己在慕流苏的太师椅上坐下来，"实不相瞒，我来是想给慕相带来一份厚礼的。"

慕流苏目光微动，不用他多说，已经知道他的目的："你想威胁我饮下长生泉！"

迦夜大笑："跟聪明人说话，就是这么省心。"

慕流苏说："上次偷入落日城盗取长生泉的武林人士，最后全部投入你麾下。是因为你给他们都服用了长生泉的缘故吧？"

迦夜说："他们本来就是求取长生而来，我当然会满足他们的愿望。"

慕流苏说："这东西要是真的如此神效，你岂会如此大方？说吧，坏处是什么？"

迦夜轻笑，笑声古怪，在光线偏暗的书房里，这样的声音令人毛骨悚然。慕流苏后退两步，突然按下书架上一个机关。迦夜所坐的太师椅周围，突然上下飞出两层铁网，将他牢牢困在网中。

同时外面铃声大作，所有侍卫护院都冲了进来。迦夜仍然大笑不止，慕流苏说："剁去他双手双足！"

侍卫答应一声，正要上前，突然迦夜一声暴喝，两层布满倒刺的铁网寸寸粉碎，弹出的倒刺如暗器，一时之间惨叫声四起。迦夜慢慢站起身来，身上被铁网所伤的地方血很快止住，伤口以肉眼可见的速度消失。

慕流苏不由后退一步——迦夜的功力，怎么会突然进步了这么多？！

迦叶慢慢从袖中掏出一小瓶长生泉，说："慕丞相还是跟以前一样，狡诈狠毒。既然慕相那么喜欢剁人四肢，那么回头，我就先把尊夫人的四肢送回来吧。"

慕流苏几乎是咬着牙道："迦夜，你敢！"

迦夜说："我敢不敢，慕相收到礼物的时候就知道了。不知道失去四肢的青琐夫人，还能不能讨得慕相欢心呢？"

慕流苏面容平静，心已是狂跳不止。迦夜当然敢，他既然已经对青琐下手，就是跟自己撕破脸了。无论用什么手段，他一定会逼自己饮下长生泉。他心思飞转，迦夜说："最后再问慕相一次，长生泉你喝不喝？这个问题，我不会再问第二次。如果以后慕相愿意了，亲自前来落日城，三拜九叩，虔诚求取吧。哈哈哈哈。"

话音一落，他人已经越窗而去。

慕流苏站在原地，又过了一会儿，外面有人送信进来："相爷，羽族送来急信。”

慕流苏叹了一口气，对信中内容已经知道大概。他接过信，一边看一边道：“慕忠，准备一下，我有急事要去一趟仙心阁。”

相府总管慕忠应了一声“是”，赶紧前去准备。

慕流苏风风火火地出了侠都，正准备赶往太极垂光，就遇到同时赶来的温谜。二人见面，单是一对视，就能看见对方眼中的忧虑。慕流苏说：“迦夜来找我了。”

温谜怒道：“果然是他！”

慕流苏说：“我就问你一句，现在仙心阁能不能去落日城救人？”

温谜说：“能，我已经派人去找微生歧，到时候我们跟他一起，掘地三尺，也一定要抓住他，救出青琐母子。”

慕流苏说：“我已经命人调集弓箭手，事不宜迟，马上出发吧。”

温谜答应一声，二人第一次同仇敌忾，各自集结人马，赶往落日城。

然而来到城门之下，二人却惊住。只见城头之上，吊着被绑住手脚的青琐。慕流苏肝胆俱裂：“夫人！”青琐的嘴被堵住，只能唔唔摇头。慕流苏血往上涌：“迦夜！我非将你碎尸万段不可！”

迦夜站在城头，手中的乾坤伞轻轻转动，他说：“是吗？”一边说话，一边示意暗族将青琐拉上来，“看来慕相已经忘记了上次我说过的话。”

慕流苏脸色发白，温谜问：“他说过什么？！”

迦夜听见了，手中的刀在夜与光的交织之中，寒意凛然：“我说过，下次如果慕相想要饮下长生泉，就得三拜九叩，前来哀求了。”

慕流苏说：“迦夜，我们可以商量一下别的条件。”

迦夜哈哈大笑：“别的条件？”他手中刀举起，慢慢按在青琐肩头，青琐没有出声，血涌出来，沾湿了她的白衣。温谜怒道：“迦夜！！”

慕流苏的声音都变了：“住手！迦夜你住手！！”

迦夜说：“住手两个字，真是太没礼貌了。”

他手下再用力，眼前青琐的手臂就要被齐根切断，慕流苏突然双腿一屈，跪下。

周围骤然无声，慕流苏仰望城头，许久，一咬牙，重重地以额触地："教父，慕流苏……前来……求取长生泉。"字字艰难，却还是说出口。他起身行走三步，跪下，再磕头。

身后是落日城的万丈霞光，青琐站在浅灰色的城头，拼命摇头，泪如泉涌。

第三十章 各显神通

九微山，迦之镜奉迦夜之命，前来盗取慕容绣的骨灰。另外据暗族查证，蓝翡藏身于山中，迦夜命他将蓝翡一并带回。原以为这是件很简单的事，毕竟现在微生歧父子二人都不在山上，九微山的下人大多携带两色、三色九微剑，只有步寒蝉棘手一点儿，五色九微剑。

但是迦之镜上山之后，就发现山中空无一人。

他是真的很奇怪，现在这时候，人都到哪里去了？怎么感觉这里跟空山一样？

他来到慕容绣的墓前，此时已是夏天，九微山山巅还有积雪，山腰九薇树已经开花，花瓣如彩雾。他来到碑前，看着上面慕容绣三个字，心里涌起刻骨的恨意。

这里是在他幼年就给予他保护的地方，微生歧授他武艺，让以前杀死他父亲、追杀他与他母亲的仇人望而生畏。让他从一个食不果腹的普通人，变成人人敬仰的“微生大公子”。

而转瞬之间，又被弃于地，猪狗不如。

他腰间的剑出鞘，剑气森森，猛地划过慕容绣的墓碑。石刻的碑如豆腐一般，一分为二，悄然无声。迦之镜一声冷笑还未出口，只见那石碑断口处喷出一股浓浆。那浓浆几乎随他剑气而气，他躲避不及，猛地被喷了一头一脸。

什么东西？！

他大吃一惊，只觉得被浓浆喷到的皮肤火烧火燎一般。皮肤被腐蚀出黑黄色的洞，墓后，有个人缓缓站了起来：“连镜，你这个恩将仇报的畜生！你居然还有脸来见夫人，毁她墓碑！”

是步寒蝉！

连镜捂着脸，脸上的表皮已经焦脆。那浓浆差点儿伤到他的眼睛，长生泉的恢复效果显著，但那浓浆一直紧贴着皮肤。长生泉恢复，它烧灼。痛得令人发疯！

他怒喝：“步寒蝉，你这个阴险小人！”

步寒蝉往坟墓后面看了一眼，心说阴险小人可不是我。但是这时候也不用跟连镜客气，他一挥手：“杀了这个忘恩负义的东西！”

九微山下人一涌而出，连镜吃了一惊，想不到他们早有防备。他心头大恨，一心想要擒杀步寒蝉，然而毕竟对方人数众多，这些以前口口声声叫他大公子的人，如今招招狠辣，毫不留情。

连镜不想缠斗，知道此时再取慕容绣的尸骨已是不易，只得回身杀下九微山。步寒蝉也不敢跟他硬拼。长生泉的效果非常明显，诸人造成的剑伤对他而言根本不算什么。

可是被他所伤，却是实打实的伤筋动骨。如今微生歧不在，他虽然是大管家，却不能拼掉微生世家的家底。

等到诸人打跑到了连镜，蓝翡等人终于从墓碑后出来。步寒蝉对于他们的袖手旁观倒是没什么意见——如果不是蓝翡提前知会，又布下毒药陷阱，恐怕夫人的遗体已经被这贼子盗走。那时候自己以何面目去见家主？

他对蓝翡拱手道：“感谢先生献计，我先派人前往方壶拥翠，通知少夫人。”

蓝翡对这一声“通知少夫人”颇感意外，微笑着道：“总管请便。”

等到步寒蝉去找羽族传信，其他下人重新为慕容绣立碑，蓝翡才跟郁罗、森罗等人一并回到竹舍。木冰砚说：“连镜竟然敢招惹九微山，看来迦夜是有什么新发现了。”

蓝翡说：“其实如果依我之意，将毒下在慕容绣尸身之上，连镜盗取之后，总要携带。几日时间，相信可以让他腐烂到长生泉也来不及挽救的地步。”

森罗说：“步寒蝉等人对绣夫人十分尊敬，他们不会同意。”

蓝翡说：“所以我并未提及。感情用事，实在不是好事。”

木冰砚说：“羽尊倒也不必遗憾，连镜逃下山去，必会找清水清洗伤口。只怕还有他受的。”

蓝翡微笑，说：“此法当可以阻他一阵。森罗，你传信给小翅，让她小心。迦夜得到长生泉已经数年，一直低调沉寂，这次突然如此，恐怕事情并不简单。”

森罗答应一声，前去传信。木冰砚说：“顺便让羽人把清瘟粉带回去。”他一边收拾配好的清瘟粉，一边将几大包养胎药单独放在一个盒子里，对前来搬药的羽人道：“这个交给你们小羽尊，红色的给她的小夫婿，若有流血可以应急。”

羽人答应一声，小心地将药收好。蓝翡眸中光芒流转，木香衣的事，木冰砚表面不说，心里却真的是对蓝小翅充满感激。哈，现在的羽族，很适应她的领导吧？

方壶拥翠，羽人是挺喜欢现在的生活的。不仅比以前便利，而且收入大幅提高。成为正道势力之后，安全也得到保障，打打杀杀的日子，似乎真的远离了这个种族。

以前与外族产生纠纷，唯一的解决办法就是杀戮，谁的刀快，谁就有理。好处是快意恩仇，坏处嘛……也不是每一次自己的刀都比别人快的。以至于羽族死了谁大家都不意外。

而现在，他们更喜欢找蓝小翅替他们讲道理——蓝小翅总有讲不完的道理，胜率比以前拼快刀高多了。讲理如果输了，最多也就是赔点儿钱了事。脑袋至少还在脖子上。

所以最近这半年来，羽族还算是秩序良好。因为以杀止杀那拨人被蓝翡带走后，羽族反而消减了不少戾气。

蓝小翅翻着木冰砚给她带回来的药，拣出止血的药包，给微生瓷装在荷包里。微生瓷站在一边，说：“连镜去盗我母亲的墓，为什么？”

他倒是看到羽族传回的消息了，蓝小翅说：“他想威胁你和你爹。”

微生瓷说："我让我爹去抓他。"

蓝小翅说："不，他四处流窜，你爹很难找到他。而且爹虽然武功高强，但性情暴躁，万一暗族设了圈套等他，反而不妙。"

微生瓷皱眉，说："可是他欺负我娘！"

蓝小翅说："暗族为什么突然如此胆大，不像迦夜的作风啊。"正说着话，外面又有碧翎鸟飞进来。蓝小翅听了一会儿，说："小瓷，叫上爹，咱们去一趟落日城。"

微生瓷犹豫，说："可是你……"

蓝小翅说："我没事，快点儿。"

微生瓷答应一声，很快去找来微生歧，微生歧还不知道九微山的事，蓝小翅也没说——依照他的性子，还是不知道为好。反正现在蓝翡坐镇九微山，连镜虽然比他武功高，但是他毫无疑问比连镜卑鄙。姜还是老的辣，所以蓝小翅也不太担心。

蓝翡确实是比连镜卑鄙，连镜逃下九微山之后，只觉得脸上、身上钻心地疼痛。衣衫都被那种浓浆腐蚀成了黑色的碎末。他忍着这种皮肉焦脆的痛楚，找了一处泉水，蹲下来，以水清洗。

然而一捧水泼到脸上，整个皮肉都泛起白烟，一种可怕的滋滋声响在耳边。连镜惨嚎一声，原本浓浆烧灼之处距离他右眼就很近，此时清水相助，他右眼眼皮整个被融去。

他开始疯狂打滚，恨不得掏出自己的眼睛。可是他不能这么做，如果真的掏出眼睛，恐怕即使是长生泉，也未必能恢复。担心步寒蝉派人追击，他捂着右眼逃入一处山洞，像只受伤的老鼠一样躺在洞穴深处，又掏出两瓶长生泉，颤抖着服下。

生不如死，莫过于此。

落日城，蓝小翅来到城下时，只有仙心阁弟子还守在外面。蓝小翅问："你们阁主呢？"

柳风巢一脸焦急地赶过来："小翅，你终于来了！"

蓝小翅说："他人呢？"

柳风巢说："迦夜抓了青琐夫人，威胁慕相和师父。慕相已经入了城，师父已经回太极垂光召集江湖同道前来相助。慕相到现在还没消息，此时……恐怕已经饮下长生泉了。"微生歧皱眉，说："想不到这个慕流苏虽然身居高位，对夫人倒还有几分真情。我进去救他。"

蓝小翅说："不！爹，你不能进去！"

微生歧说："他毕竟是你继父，青琐又是你生母，总不能任由他们落入迦夜手中。"

蓝小翅说："城中情况不明，迦夜敢这么做，一定有应对之策，不要冲动。"

微生歧说："那你叫我来，是有什么事？"

蓝小翅说："迦夜不要去抓，有两个人，你们却一定可以抓住。"微生歧不明白，蓝小翅说，"连镜现在不在落日城，借他之名，引诱迦隐出城。然后抓住他。"

微生歧大义凛然："抓这个小辈，有失我微生世家的……"不待他说完，蓝小翅推他："爹！去啦去啦！"

蓝小翅派人往落日城送了个信，称连镜已取得慕容绣的尸骨，但被蓝翡暗算，身中剧毒。请迦隐带上长生泉前来相助。

连镜中毒本来就是真的，与迦夜所获的情报相符。是以他毫不起疑，命迦隐带了长生泉，到连镜藏身之处，前去救助。

蓝小翅派微生歧和微生瓷在约定地点等候，谁知来的不仅是迦隐，还有迦月——迦月这些天在落日城闷坏了，听说兄长要出来，哪里还待得住？

眼见二人一出面，微生父子出手如电，迦隐只觉得眼前一花，人已经到了微生歧手里。微生瓷略一犹豫，终于还是将迦月逮住。迦月一抬头看见微生瓷，双目简直像要喷出火来："微生瓷！是你！"

微生歧看了儿子一眼——怎么听这丫头的话，你俩好像有什么似的啊？

微生瓷眉头皱成一团，微生歧说："带上她，我们走。"

微生瓷嫌弃地道："我带迦隐。"

微生歧说："谁抓的谁带！！"他才不要扛着一个小丫头呢，万一被人看见，误以为微生世家改行采花了，丢不丢人？！

微生瓷上下打量迦月，迦月简直要哭出来：“你这个浑蛋，你快放开我和哥哥！”

微生瓷伸手想要将她扛起来，迦月终于哭出来：“我讨厌你！”这些天莫名其妙出现在梦里的人，每次出手都施加伤害。她止不住自己的伤心。

她这一哭，微生歧的表情严肃起来：“你对她做过什么？”

微生瓷看了看迦月的腿，射过一箭来着，好像还打过一掌？他说：“没、没有。”没有你心虚什么！！微生歧的表情更严肃了——平时怎么就没看出来你小子还这么能招蜂引蝶呢？

不怕蓝小翅打断你一条腿啊？！

蓝小翅在落日城下，等了不多久，迦夜又把青琐押出来。城头上，他居高临下俯视蓝小翅：“小丫头，我倒是等你多时了。”

蓝小翅翻了个白眼：“你等我干什么？”

迦夜说：“想要救你母亲，就自己乖乖地走过来。否则不要怪我下手无情。”

蓝小翅看了一眼青琐，青琐衣衫上血迹明显。她说：“你有病啊，关我屁事。”

迦夜倒是有些意外，问：“难道你不管你母亲死活吗？”

蓝小翅说：“能管的时候当然管啊，但是我不在你手上尚且管不了我母亲的死活，难道被你抓住反而能管得了？”

迦夜眉头一皱，这小丫头还真是难缠。他冷笑：“那你来干什么？”

蓝小翅说：“我来尽人事啊。羽族现在是白道势力，母亲被抓了我不来救，身为羽尊，说不过去。现在我来了，发现救不了，人事已尽，各安天命。再见。”

说罢，一转身，走掉了。迦夜逮着青琐站在城头，有那么一点儿尴尬。

等到离开城下，柳风巢急道：“小翅，难道你真的不管青琐夫人了？迦夜毫无人性，慕相不知道怎么样了！”

蓝小翅说：“就是因为他毫无人性，我才不能在城下久待。否则他为了逼迫我，肯定又要折磨我娘。现在我都看不见，他折磨给谁看？”

柳风巢这才松了一口气，问：“现在我们如何是好？”

蓝小翅说：“他到底为什么突然发疯了？”

柳风巢说：“这……我等并不知晓。”

蓝小翅终于生气了：“你们在落日城外监视暗族这么久，对城内事情一无所知？那你们这活也太轻松了吧！”

柳风巢顿时面红耳赤，古鹤影、丁绝阴、柳冰岩等人赶到的时候，就听见她在训柳风巢，几个大长老脸上都不太好看，却又找不出话来反驳。柳风巢说：“是……是我不好。”

蓝小翅说：“唉，认错你倒是天下第一快。”想了想，说：“算了，我怀孕了，脾气不好。”看见迦夜这样折磨青琐，到底还是生气了。

古鹤影说：“如果留在这里于事无补，你可以先回方壶拥翠。阁主已经在召集江湖同道，很快我们可以闯进落日城。任那迦夜三头六臂，也休想逃出我们的手心。”

蓝小翅说：“那我娘怎么办？他要是像今天这样，将我娘绑上城头，温阁主是不是能不管不顾，下令攻入城中？他离开城下，不完全是为了召集人马，很大程度上跟我顾虑一样，也是不在迦夜面前，省得他折磨我娘的意思。”

古鹤影等人眉头紧锁，这确实也是个问题。

丁绝阴说：“你是不是有什么办法？”

蓝小翅说：“再等一等吧，我也不知道灵不灵。”

及至入了夜，微生歧扛着迦隐进来。蓝小翅正要说话，突然看见微生瓷还提着迦月，她说：“咦，收获不小。”

微生歧说：“嗯。”目光威严地扫了儿子一眼——你可别在这时候出什么漏子，你这媳妇不是个省油的灯。

微生瓷飞快地把迦月放下，父子二人点了他兄妹的哑穴，二人这时候也不能出声。蓝小翅走到二人面前，上下打量，微生歧问：“把他穴道解开？”反正他父子二人在，也不怕迦隐、迦月跑掉。就是迦月的穴道最好还是留着。可别让她随口胡言，说出什么影响内部团结的话来。

呃，儿子的事，自己跟着心虚什么！

蓝小翅却说：“不用了，不能说话也好，省得交谈几句我又心软。”

微生歧不明白：“什么？”

蓝小翅说：“没什么。”

等到次日，蓝小翅等人再度来到城市，迦夜仍然把青琐绑出来。那时候正是傍晚，落日城的夕照时分。城头上的阴影里，迦夜目光冷凝："怎么，小丫头，你想好了？"

蓝小翅说："迦夜，我再问你一次，你放不放我娘？"

迦夜一手握住青琐肩头的伤处，缓缓用力。青琐咬着牙，一声不吭，但血却又浸了出来。他说："放如何？不放又如何？"

蓝小翅心头火起，一挥手。微生父子将迦隐、迦月绑上来。因为夕阳正浓，二人身后还有仙心阁弟子为他们撑着伞。蓝小翅一抬下巴，说："把伞收了。"

迦隐英俊的面孔有些变色，半天，终于说："小翅姑娘，放了我妹妹。不关她的事。"

蓝小翅说："先看看你爹是疼你多一些还是疼你妹妹多一些吧。"说完，一挥手，迦隐身后的仙心阁弟子真的收了伞，阳光落在迦隐身上，他如被火烫，面上现出痛苦之色。

迦夜看见了，怒喝一声："蓝小翅，你找死！"

蓝小翅说："如果必死，我一定先带你这一双儿女陪葬，金童玉女，还是很不错的嘛。"

迦隐身上冒出白烟，迦月瞪大眼睛，眼角迸裂，想说话却被封着哑穴，什么也说不出来。蓝小翅说："我还是第一次看见阳光下的暗族，原来不是一晒就死啊。"

迦隐身上烟雾渐重，皮肤下开始沁出血来。迦夜怒道："蓝小翅，你混账！"

蓝小翅说："彼此彼此啊。娘，如果我救不了你，你也别怪我。反正我尽量替你报仇。"

城头之上，青琐双唇微颤，好半天说："孩子，不要管我。"

蓝小翅倒是不客气，说："嗯。"

迦夜脸色变了，青琐受的是外伤，而且考虑到她一直以来养尊处优，他下手并不重。可是迦隐却是完全暴露在阳光之下。他咬牙切齿："蓝小翅！"

蓝小翅说："我在啊，有话趁早说，我并不知道暗族能晒多久，死了别怪我。哦对，他死了还有你女儿。咦，难道你看见儿子晒死并不心疼？"她一转头，说，

“把迦月的伞也收了。”

迦隐抬起头，脸上的血珠已经清晰可见，他目露哀求之色：“小翅姑娘，不要，求你……”

蓝小翅说：“迦夜，我再问你一句，你放不放我娘？”

迦夜冷哼，心中暗恨，温谜怎么还不回来？要是温谜在此，定然不会任由这丫头胡来。他突然很想念那个伪君子了！他一犹豫，蓝小翅一扬下巴，迦月头顶的伞也被收了去。

蓝小翅解开迦月的穴道，迦月惨嚎，要不是微生瓷抓住她，她简直忍不住要在地上打滚。蓝小翅说：“对了，这才是我要的效果。”

迦夜怒火三丈：“臭丫头，我非将你碎尸万段不可！”

蓝小翅说：“你威胁我？！我生气了，咦，不知道暗族烤不烤火，如果烤的话，那是什么效果？”

迦隐虚弱道：“小翅，你放了我妹妹，她什么都不知道。”

蓝小翅说：“废话，难道我娘什么都知道？”

迦隐说：“我……我爹他疯了。我求你，不要伤害我妹妹。”

蓝小翅说：“哈，这么说来，你们兄妹两个是真的无辜哈？”迦隐不说话了，蓝小翅说，“迦夜，我最后再问你一次，你放不放我娘？如果你答一声不放，我再不会跟你交易。用你的一双儿女来抵她性命，虽然也亏，起码不算血本无归。”

迦夜犹豫，蓝小翅说：“来人，在迦隐公子和迦月小姐身边点一个火堆。”

仙心阁的弟子不敢动，羽人可不管那么多，立刻四下寻找柴火。迦夜万万没想到这丫头狠毒至此，他怒道：“等一等！”

蓝小翅说：“有话快说！我都等不及要烧烤暗族了。不知道应不应该配点儿蘑菇。”

迦月哭着喊：“哥哥，哥哥！”几番挣脱不开，她转过头，哭着对微生瓷道：“你放了我哥哥，求求你，你们会杀死他的！”

蓝小翅歪了歪头——为什么迦月找微生瓷哭诉？不过事态紧急，也顾不了这么多，她留意城头迦夜的动静。许久，迦夜说：“我可以放了青琐……”

正要提条件，蓝小翅说：“别这么快下决定啊，火堆还没点好呢。”

迦夜目光阴沉，见蓝小翅是真的不将青琐的性命放在心上，他说：“你先放了他们兄妹俩。”

蓝小翅笑道：“你一把年纪了，怎么还这么天真呢？我实话跟你说吧，温阁主没有这么快回来，你当然可以尽可能拖延时间。但是我不会入城，也不会让我爹和夫君入城。不管是救人还是杀人，我唯一的对策，只能是站在这里，等他们兄妹二人一命归西，然后我娘的大仇得报，我带着我爹和夫君返回方壶拥翠。剩下的事，由温阁主前来处理。”

迦夜目光闪烁，似乎在考虑这话的真实性，但是没等他多想，火堆升起来。一直隐忍的迦隐，也开始忍不住地惨哼。

迦夜终于怒道：“住手！”

蓝小翅说：“你既然下定决心想要当个坏人了，就不如直接舍弃儿女算了。何必这么拖泥带水，一点儿都不干脆。”

她是真的一点儿不急，迦夜看了看手里的青琐——温谜不受他威胁，蓝小翅也并不入套。留着这个女人似乎也没有多大意义。他说：“我同意放人，你先灭了火堆。”

蓝小翅说：“我说过要跟你讲条件了吗？”

迦夜愣住，突然发觉得这丫头是真的难缠。他磨牙，问：“你想怎么样？”

蓝小翅说：“放了我娘。”

迦夜说：“那你呢？你不放开他们兄妹俩？！”

蓝小翅说：“我怎么知道你是不是有什么诡计？你那么狡猾，万一到时候我放了人，却救不回我娘。就不如让他们俩给我娘陪葬，万无一失。”

迦夜气极——我狡猾？！可是他不能再等了，蓝小翅明显是要置迦隐、迦月于死地，温谜来不及救场。他说：“好，我先释放你娘！你先灭了火堆。”

蓝小翅说：“不，我说过，我并不打算跟你谈条件。”

迦夜一刀将青琐身上的绳索切断，转头对暗族说了什么，暗族押着青琐从阴影里下了城头，落日城城门被打开。不一会儿，青琐慢慢走出来。迦夜说：“这下你可以放人了吧？”

青琐步履蹒跚，微生歧想要上前搀扶，蓝小翅说："不要过去。"反而一转头，看向一个普通的仙心阁弟子："你过去搀扶。"

那个仙心阁弟子上前，刚要扶住青琐，青琐说："不，别碰我。他在我身上撒了菌粉，不知道是什么毒计！"

蓝小翅说："大家都离我娘远一点。"

所有人都散开，迦夜一见计谋未得逞，心中暗恨，却道："你可以放人了吧？！"

蓝小翅说："灭火。"自有仙心阁弟子上前，灭了火堆。青琐泪光盈盈，蓝小翅找了伤药放在她面前："恐怕娘要自己上药了。"

青琐说："小翅，你怀着身孕，这里危险，你还是赶紧回去吧。"

她是真的在一心为自己着想，而不是一开口就让自己救救弟弟。蓝小翅终于也柔声说："我不要紧，你先歇一歇。慕爹爹和裁翎怎么样了？"

青琐强忍着眼中泪水，说："迦夜喂他们喝下了长生泉，我已经很久没有见到他们了。"

蓝小翅心中暗惊，说："我知道了，我会尽力营救，不要担心。"

旁边的仙心阁弟子道："大小姐，迦月昏过去了。"

蓝小翅回头看了一眼迦月，她浑身是血，迦隐也好不到哪里去。她终于说："遮着点他们。"然后一回头，问城头上的迦夜："有没有什么药可以治晒伤啊？"

迦夜心中难免也万分焦急，闻言示意暗族将药扔出来。

蓝小翅命人用衣裳裹了那药，扔到迦隐面前。迦隐抬头看了蓝小翅一眼，以前一直觉得她只是个世家小姐，今日突然有一种不一样的感觉。当初发现父亲情况不对的时候，是不是真的应该跟她合作呢？

蓝小翅倒是不容他多想，说："先把他们带回帐中，好好养着，别死了。明天再提出来换我弟弟。"城头之上，迦夜气得头发都竖了起来。

羽人把迦隐和迦月姐妹二人拖入帐中，迦隐受伤严重，毛孔出血不止。迦月要稍好一点儿，但她体质比迦隐弱，这时候还没醒过来。

蓝小翅看了一会儿，说："先不要碰迦夜给的药瓶，大家都离远一点。这个房间里不要点灯，遮上门窗，让他们兄妹二人静养。"

柳风巢皱眉："他们……似乎伤势很严重，不会死吧？"

蓝小翅说："他们死总好过我们死强。"说完，转头说："爹，您能不能帮我一个忙？"这时候叫爹，当然是叫微生歧了。微生歧问："什么事？"

蓝小翅说："我娘说，迦夜在她身上撒了菌粉，我们也都不知道是什么东西。我想请爹回一趟方壶拥翠，尽快将云采真带来此地。"

微生歧说："嗯。"刚要走，又不放心，问，"这里真的这么危险？"

蓝小翅说："小心一点儿总是没错的。"

微生歧说："小瓷，你要看着你媳妇，知道吗？"

微生瓷莫名其妙，我当然看着小翅膀啊。不然还干什么？他一脸不解，微生歧瞪了他一眼——我管你跟那个迦月有什么不清不楚的关系，你敢分不清里外轻重，看看我会不会揍死你！

一想到这里，他就怒哼了一声，但终究还是不放心，又补了一句："你也注意安全。"说完看了一眼蓝小翅，意外地发现自己儿子跟着自己媳妇，自己还蛮放心的。

微生歧离开后不久，温谜就带着一众江湖人来到落日城下。

看见青琐，他有些意外，眼见就要上前，青琐退后一步，说："温阁主，请止步。"

温谜站住，说："我失态了，你……你没事吧？"

青琐这时候才说："我无恙，但是迦夜放我出来时，曾在我身上撒了一种菌粉，我担心他有诈。另外，我夫君和儿子都被迦夜所掳，这是江湖事，也只能请温阁主做主了。"

她在蓝小翅面前，未曾表露过对夫与子的担忧。皆因担心危及蓝小翅的安全，如今见到温谜，倒是坦言相告了。

蓝小翅也发现，虽然青琐跟温谜已经不再是夫妻，但是青琐看见他，还是会觉得有了主心骨。这是温谜给予他周围所有人的印象，也许不是每件事他都能圆满解决，但起码你知道，只要他在，他就会真心、全力相助。仙心阁温谜，一直以来就是一个可靠如山岳一般的男人。

温谜温和地道："放心，我一定以救人为先。"然后他转过头，看见蓝小翅，不由叹了一口气："是你救出了青琐？"

蓝小翅说："没啊，是迦夜觉得用我娘威胁不了你，也威胁不了我，就干脆把她放了。"

温谜说："胡说。"

蓝小翅笑嘻嘻的，旁边的柳风巢将蓝小翅用迦隐兄妹威胁迦夜的事情说了一遍。当然将迦隐兄妹的惨状淡化了一些，温谜仍然是忍不住道："小翅，此举虽然有效，但毕竟非正道所为。"

蓝小翅双眼望天："什么非正道所为啊，我对他们两个可客气了，没打没骂。只是请他们烤了一下火。行了行了，你放着迦夜不管，这是要来审判我啊？"

温谜只得问："可有派人去接云采真？"

蓝小翅说："有啊，应该已经快来了。"

温谜说："那就好。我再跟大家分析一下落日城的地势，你先歇着吧。"

说罢就要回身布置计划，蓝小翅说："迦夜不会突然如此，落日城可能情况有变，你小心啊。"

只是轻描淡写的一句话，温谜整个人眼中都流露出一种温暖的光辉，女儿担心他呢。他微笑道："我会。让小瓷陪着你，注意安全。"

蓝小翅转过头又看了一眼青琐，耸耸肩，本来准备用迦隐和迦月换慕裁翎，现在温谜来了，肯定不会同意了。只能看他的意思了。

青琐看见她的目光，如同心有灵犀，说："流苏在城中，虽然在迦夜手上，但我相信他能保护裁翎，你先歇一歇。"她伸出手，最后还是收了回去，说："娘本来是想来看看你，反而给你添麻烦了。"

蓝小翅说："迦夜如果真的想动手，你在不在府里没什么区别。你也先歇下吧，等云采真过来再说。"

青琐点点头，蓝小翅从屋子里出来，微生瓷跟在她身后，一起进了临时搭好的营帐。

蓝小翅坐在榻上，微生瓷突然意识到没有下人照顾他们了。他左右看了看，问："要不要喝水？"

难得瓷少爷主动侍候人，蓝小翅伸了个懒腰，说："要。"

微生瓷给她倒了水端到她面前，蓝小翅说："我要你喂。"

微生瓷丝毫没意识到这是撒娇，只是说："哦。"小心地吹凉了，喂到她嘴边。蓝小翅喝了一口，就直咂嘴，说："好烫，你是不是想烫死我！"

微生瓷一脸狐疑："不烫啊。"

蓝小翅说："胡说，你看我嘴唇到现在还是烫的呢！"

微生瓷不明白，问："怎么会？"

蓝小翅说："怎么不会，你摸摸……"

微生瓷真的伸手来摸，蓝小翅生气道："你手那么粗，怎么能感觉到我的唇烫不烫呢？用你的嘴唇试试。"

微生瓷于是与她唇瓣相贴，他发现她的唇真的是很烫的，不由伸出舌尖轻轻舔了舔。蓝小翅整个人都酥了，软倒在他怀里。微生瓷小心翼翼地抱着她，心里猫抓一般，说不出的痒痒。

蓝小翅轻声道："夫君——"

微生瓷把她抱起来放到榻上，弯腰替她脱了鞋，说："她们说不可以的，你乖乖睡觉，我守着你。"

蓝小翅意外："不可以什么，谁说的啊？"

微生瓷认真地道："羽族生过孩子的女人说的。"

蓝小翅喷了："你怎么知道？"

微生瓷说："我问的。"好家伙，自从她怀孕之后，瓷少爷把方壶拥翠凡是生养过孩子的妇人都问了个遍。能吃什么、要忌什么，人家说得满脸通红，他听得一本正经。只差没拿个小本本记下来了。

然后他就一条一条地遵守，这么多天，跟蓝小翅连一点亲密的行为都不曾有过。

蓝小翅说："傻子。"

瓷少爷不高兴了："我才不傻！"

蓝小翅把头枕在他腿上，说："那我先睡一会儿，你不要出去，好不好？"她还是怕江湖人士怂恿微生瓷打头阵，迦夜知道微生父子在此还如此胆大，很难说没有防备，当然还是小心为好。

微生瓷倒是不觉得有什么，说：“嗯。我守着你，不走。”

蓝小翅握住他的手，闭上眼睛，不一会儿，酣声渐起。她是真的疲倦，来这里也没睡过一个好觉。微生瓷把她的袜子也脱了，拿被子给她盖好，她的呼吸声就在耳边，莫名地让他心安。

微生歧带了云采真过来，云采真跟温谜打过招呼，便戴上手套，查看青琐身上的菌粉。微生歧来到蓝小翅营帐里，一掀帘子，看见她已睡着，忙又放轻了脚步，只以眼神询问自己儿子——情况如何？微生瓷说：“她睡了。”

微生歧这才安心，放下帘子出去，心中也是无奈。九微山多年不涉武林事，偏偏娶个儿媳妇这么不省心，哪里水浑她往哪里游。

温谜与各大门派的掌门商议了半夜，详细研究过落日城的地图之后，来到关押迦隐、迦月兄妹二人的房间，本想找迦隐谈谈，但是一眼看见迦隐身上的伤，他心中也是吃了一惊。

蓝小翅是真的豁出了二人的命去，温谜皱了皱眉头，伸手轻轻按了一下迦隐的手背，沾了一指鲜血。

迦隐睁开眼睛，看见温谜，他挣扎着道：“温阁主……”

温谜说：“没有伤药吗？”

迦隐说：“蓝小翅担心我父亲使诈，不许旁人接触药粉。”

温谜点头，说：“我会让人检查，确定没有问题，会有人前来给你兄妹二人治伤。”

迦隐说：“谢谢阁主。”

温谜说：“暗族教父，多年以来一直深居简出，为什么突然之间会挟持青琐等人？我想不通此举目的。”

迦隐垂下视线，许久之后，说：“他是我父亲，我身为人子，不能背叛他……”

温谜说：“这不是背叛，你要明白，我们只是想在他滑入深渊之前抓住他。暗族不能见阳光，就算他找到了什么实力大进的方法，也不是天下人之敌。”

迦隐犹豫，温谜说：“你也知道他这样做是错的，对不对？”

迦隐说：“我……温阁主，如果我帮你，你是不是能答应我，以后……放我父亲一条生路？”

温谜说:“我现在还不知道他做了什么事,迦隐,如果他手上沾了多条人命,我放过他，对别的人不公平。但是我答应你，我会尽力。”

迦隐说：“父亲最近不知道因为什么，突然功力大增，内力提升较之前已十数倍不止。我曾因此询问过他，他不仅不说，反而对我十分警惕。他似乎……他似乎连我也不再相信了。”

温谜说：“迦隐，我需要你带我们进入一次落日城。”

迦隐低头，许久之后，说：“如果阁主不能保证留我父亲一条性命，我不能这么做。”

温谜说：“我会跟其他掌门商量，你先好好养伤。”

迦隐点点头，这时候云采真从外面拿了暗族用的伤药进来。迦隐想起身来接，但刚刚撑起一半身子，毛孔又开始渗出血来。云采真只好亲自为他敷药。

夜越来越深了，蓝小翅醒来的时候，外面已经十分安静。她这一觉睡得极好，这时候醒来，肚子又有点饿了。微生瓷睡在她身边，还握着她的手。蓝小翅用脑袋蹭了蹭他，微生瓷醒了，但是没睁开眼睛。

两个人默默地抱了一阵，微生瓷起了点歹心，不由自主地放开她，自己往床边靠靠。蓝小翅侧身而卧，罗衫半解，长发纷乱，她把青葱般的指尖含在嘴里，轻轻吮吸，两颊桃红，媚眼如丝。

“嗯……”她低吟一声，声音似水又似火，烫得人热血沸腾。

微生瓷躺不住了，翻身坐起来，说：“我给你拿点吃的。”话落，逃也似的，出门而去了。

蓝小翅嘻嘻地笑，别看瓷少爷平时软面一坨，他意志力强大着呢。说不许，就是不许，百般勾引也还是不许。

微生瓷出了营帐，外面夜色正浓。他四下寻找厨房的位置，不一会儿看见一个黯淡的影子立在墙角。微生瓷眉头紧皱——哪里来的暗族人?

那影子看见他，有些慌了，一个转身想跑，那能跑得掉?微生瓷身影一掠，上前抓住，然后只觉得手里微湿。鼻子里一股强烈的血腥气。微生瓷不由自主地就松了手，而被他抓住的正是迦月。

她受伤比她哥哥轻，这时候睡了一觉，听见哥哥跟温谜说话，心里已经偷偷存了逃跑的心思。而云采真为了缓解迦隐的疼痛，给他开了安神药，迦隐睡着了。

迦月当然带不走哥哥，她偷偷从房里出来，暗族人的化雾之术让他们在夜里不容易被人发现，哪料到遇见微生瓷。

她被微生瓷抓在手里，一时惊慌，扬手就是一下子。微生瓷被她身上的血腥气所惊，一时没有反应，被她指尖划在脖子上。瓷少爷心中厌烦，他熊孩子心思，直接得很，反正你打我一耳光，我就打你一耳光。我不打死你，可也不能吃亏。

至于对方是不是女孩，他是不管的。迦月穿的是竖领的衣裙，脖子被护得严严实实的。瓷少爷伸手就去撕她的衣领。迦月心中狂跳，她长这么大，暗族虽然也不乏追求者，但是真正接触的男人却少之又少。几时有人敢对她动手动脚？

她心中羞臊恼怒，说："你干什么，你这个流氓！"

然而微生瓷只是撕开她的领子，然后在她脖子上狠狠地挠了一道！

又过了很久，迦月才反应过来他做了什么。她摸着脖子上的伤痕，整个人这些天受的委屈都发泄出来："微、生、瓷！我跟你拼了！"说完也不要命了，往微生瓷身上一扑，就是一顿乱抓乱咬。那是真的用力，一口下去就见血了。

微生瓷想把她撕下来，她跟疯了似的，乱抓乱挠。夏日里衣裳单薄，她指甲又长，牙齿还尖，当然是抓咬了他一身的伤口。瓷少爷气得杀了她的心都有了。但是微生世家祖训是不得欺凌弱小。

迦月在他面前可真是算弱小，他强忍着杀人的冲动，飞快地出手，封住了迦月的穴道。

迦月身子动不了了，但是她嘴还能动，她说："微生瓷，我总有一天要杀了你，吃你的肉、喝你的血，剥了你的皮！！"真是全身所有的力气都变成了恨，扑上去咬死微生瓷的心思都有了。

微生瓷摸了摸背上，血已经沁透了薄衫。他伸手把迦月的哑穴也封住，然后二话不说，隔着衣服就对她一通狂挠。迦月痛却叫不出声，一时之间，真是惊呆了——我是女孩啊，你真要这么计较，你是不是男人啊！！眼泪顺着脸颊流下来。

微生瓷把她也挠得一身血印子，连脸上也没放过。

他正挠着，身后温谜怒道："小瓷！！你在干什么？！"

微生瓷回过头来，见温谜眼中怒火熊熊——废话了，当时他衣衫不整，"抱"着迦月，一通乱"摸"。温谜在他身后的角度，能看到什么？！

微生瓷不理他，也不想挠了——小翅膀还饿着呢。他转身要走，但是温谜这一声吼，已经把其他人都召了过来，大家还以为暗族趁夜前来偷袭了呢。

此时一见这场景，顿时鸦雀无声。

温谜几步上前，解开迦月的穴道。迦月那叫一个惨，一身"伤痕"，连脸上都有一长道血痕。她哭得声嘶力竭，温谜沉下脸来："小瓷！你做了什么？！"

微生瓷还没说话，身后的微生歧已经过来，看见迦月，又看看微生瓷，他怒道："温谜！你怎么不问那个妖女对我儿子做了什么？！岂有此理！"

微生瓷皱着眉头，看了一眼蓝小翅的营帐，明显不想吵着她。

迦月手捂着脸上的伤痕，眼泪浸过，每一个被晒伤的毛孔都剧痛起来。她心中愤恨难言，正好此时，看见蓝小翅朝这边走来。

明明是深夜，她却穿着一件紫绡翠纹裙，外面随意披了件孔雀蓝的羽缎披风。凉风习习，她神色慵懒，步态如柳，说不出的万种风情。

迦月咬咬牙，大声喊："温阁主，微生瓷意图强暴我！你要为我做主啊！"

此时，迦隐也被外面的动静吵醒，睁眼看见迦月不在，他赶紧出来，这时候听到这句话，顿时大怒，不顾身上伤势，一招披荆斩棘，向微生瓷攻来。

但他到底受了伤，行动不便，温谜轻易将他隔开。迦隐双目通红："温阁主，我相信你乃仁义领袖，在场诸位也都是白道大侠，我妹妹并未做过什么恶事，岂能遭此凌辱！"

微生歧看见蓝小翅过来，知道不好，赶紧怒道："胡言乱语！小瓷岂会做出这样的事？"他还真是不敢质问微生瓷，微生瓷跟这个丫头，好像真是有什么不清不楚的关系！他心里气愤，又忍不住叹气，逆子，你这是干的什么事！

蓝小翅闲庭信步地踱过来，先是看见微生瓷身上的血痕。她皱了皱眉头："这是怎么啦？才出来一小会儿，怎么就弄成这样。"

微生瓷低下头，还是把蓝小翅吵起来了，他说："我去给你拿吃的。"

旁边的迦月眼睛都红了，那个在她面前总是面无表情的男人，在蓝小翅面前，就连眼睛里的光都是柔软的！她不知道为什么衔恨，说："微生瓷，你休想就这么离开！你还我清白！"

微生歧干咳了一声，第一次觉得心虚了，毕竟这个世道，女子还是大多视贞洁如性命的。人家女儿家家的这么说，要说自己儿子丝毫没有过错，那可真是说不过去。

蓝小翅这才仔细打量迦月，说："哟，你们俩这是干什么呢？挠得跟花猫似的。"

微生瓷不说话，虽然生气，但是他也知道自己是男人。在他爹的教育中，男人是不应该跟自己妻子诉苦的。他不说话，旁边的温谜只好说："小瓷，迦月身上的伤是不是你造成的？你为什么要封住她的穴道？我来之时，你在做什么？"

微生瓷不理他，蓝小翅伸手抬起微生瓷的下巴，看见他脖子上的伤口，血都流进衣领里去了。她说："怎么伤成这样？"

微生瓷别开脸，轻声说："我没事。"

蓝小翅说："那我问你话，你照实回答我，好不好？"

微生瓷点点头，蓝小翅说："你说出来帮我拿吃的，是不是出来之后就看见迦月了？"

微生瓷点头，蓝小翅问话的方式，总是让他舒适。他不喜欢需要长篇累牍去表达的问题。蓝小翅问："当时她想逃跑吗？"

微生瓷说："她躲在墙角，我抓她，她挠我，出血了，我就挠她。"

蓝小翅说："嗯。"一转头对微生歧说："爹，你先帮小瓷上药。"

微生歧答应一声，觉得自己儿子表述得真是清楚啊，就是有点儿不长脸。你跟一丫头挠来挠去，不丢人？所以这时候已经狠狠地瞪了自己儿子一眼。

旁边有人道："羽尊，您的夫君会不会是妻子怀孕，一时见到小姑娘，顿时生色心啊？微生世家的武功，能让一个暗族小姑娘挠到？太令人不解了吧？"

蓝小翅还没说话，微生歧一眼扫过去，那人瞬间住嘴，往后退到墙根里去。

微生歧咬牙切齿，蓝小翅倒是平静，问：“迦月，你深更半夜，为什么离开房间？”

迦月怒道：“我……我内急，不行吗？！难道我从房间里出来，就应该受他凌辱吗？”

蓝小翅说：“你现在身份是囚犯，门外有仙心阁弟子把守。而他们对你的离开毫不知情，还说不是逃走？”

迦月气急，说：“我逃走又怎么样？微生瓷非礼我，你口口声声偏帮他，难道我身上的伤痕，是作假的吗？你只要查看我身上的伤是不是跟他的指甲相符，真相不就大白了吗？”

身后诸门派的掌门，早有那些个看不顺眼羽族的，当下道：“对啊，如果她身上的伤真是微生瓷造成的，不就可以证明微生瓷真的对她欲行不轨了吗？”

温谜脸上有些不好看，这女婿可真是给他露脸啊！他一直不开口，正是因为这些伤肯定是微生瓷所为啊。如果真要一验，到时候可怎么说？

处理女婿吧，伤女儿的心——蓝小翅可还怀着孕呢。万一气出个好歹来，可怎么是好？不处置吧，这众目睽睽之下，迦月又一口咬定微生瓷欲行奸淫之事。这可真是左右为难。

蓝小翅抬头看了一眼说话的人，见是崆雨岛岛主，她微笑道：“崆雨岛主说得是，是应该验验伤口。迦月，我这就派人去找云采真，验我夫君身上的伤口，如果确定他身上的伤确实系你所为，你身为囚犯，私自逃跑也就罢了，居然还敢对我的夫君欲行不轨，别怪我手下无情！”

诸人全部惊呆——你这是打算验谁的伤口啊！！

蓝小翅也不管这些人了，丢下他们回到营帐，微生瓷脱了衣衫坐在床上，身上全是血道子，有深有浅，但是对他来说，只要见了血就是麻烦事。

蓝小翅走过去，啪的一下子拍在微生瓷头上。微生瓷吃了这一记打，顿时一脸郁闷。蓝小翅说：“长能耐了你，大晚上你去挠一个姑娘？！还封住穴道挠人家，你就不能要点儿脸？！”

瓷少爷气道：“她先挠我！”

蓝小翅啪的一声又打了一记：“那我打你，你怎么不跳起来打我呢？！”

微生瓷说：“我……我不会打你的。我不应该这样做吗？你不要生气，我以后不挠她了。”

微生歧生气道:“够了,他是你丈夫,你这是训孙子呢！”这真是,夫纲何存!

蓝小翅说：“我能不气吗？！我一想到你的手居然碰过别的女人，我就恨不得把它给剁了！然后再把那个女人也剁成渣渣！”

微生歧无语——敢情你这是吃醋呢？！蓝小翅在屋子里转来转去，他不由得道：“肚子里还有小的呢，转什么转，坐下！”

蓝小翅说：“我坐得住吗！我在屋子里坐一小会儿，头上就差点儿绿了！”

微生歧气得好半天说不出话，只得瞪了她一眼。然后又有些好笑，见她真是生气，说：“那你方才何必替小瓷说话，直接交给你亲爹给他来个天降正义不就行了？”

蓝小翅说：“呸！我的夫君，要训也只能是我自己训。谁敢来帮我教训，我弄死他！”

微生歧有些好笑，心里却特别满意，就是，这才是我儿媳妇儿，好样的。再看一眼儿子，真是鼻子不是鼻子，眼睛不是眼睛。这一嫌弃，下手可就重了。微生瓷嘶了一声，蓝小翅赶紧过去：“很痛吗？这个迦月，简直不是个东西。我看是烤得还不够，明天我就点香脆菇就把她生吃了！”说着话呼呼地吹了几下伤口，看见微生歧动作粗暴，伸手把他赶开：“让开让开，粗手粗脚的。”

微生歧哼了一声，把药搁下，给她腾出地儿来。

蓝小翅小心地把伤口清理干净，然后拿了药一层一层地涂抹，血珠不停地沁出来，伤口又多又长，她倒是不厌其烦，不停地换药。微生瓷去接她手里的药瓶，说：“我来，小翅膀会累的。”

微生歧愤愤不平地想——怎么没见你心疼过老子?

蓝小翅柔声说：“不会的，有瓷少爷陪在身边，我怎么会累呢。”

微生歧一身鸡皮疙瘩全部掉下来，转头要出去，关上门的时候，看见里面小夫妻两个你瞧我、我瞧你，面如苹果，简直蜜里调油一样。于是少年成名、独步武林的绝世高手，心中也涌起一丝复杂的情愫温柔到伤感。

第二天，天还没亮，温谜就来到蓝小翅的房间里。微生瓷的伤在白净的肌肤上显得格外刺目。蓝小翅正忙着上药，一条伤口要热薰冰敷折腾半个时辰。

她可真是累得够呛。

微生瓷几次要自己来，都被她拒绝了——别人上药都这么吃力，自己来就更辛苦了。而且微生瓷处理自己的伤口是最不靠谱的，别草草薰敷一下，回头还流血。

此时温谜看见了，坐在床边，说："我来。"

蓝小翅喔了一声，随手就把药瓶递过去。微生瓷皱皱眉，不太乐意，但是他也叫温谜"爹"，基于微生歧这个爹的影响，他对所有的爹都不太敢叫板。所以他忍住了不适。

温谜一边给他上药，一边说："迦月的事，我已经让迦隐劝慰，她不会再找你麻烦了。"

微生瓷说："我不怕她。"

温谜无语——你当然不怕她，你把人家挠的！他语重心长地说："小瓷，他是女孩，你要让着她一些。男人应该胸怀大度，些许小事，不要计较。"

微生瓷有些困惑，问蓝小翅："是吗？"

蓝小翅说："就是，你挠她干什么，就不能干脆利落地一掌打死吗？"

温谜终于忍不住瞪了自己宝贝女儿一眼，看看女婿的伤势，对那迦月也终于开始有了一丝恶感。他说："别听她胡说，小瓷，下次再有这样的事，你躲开她就行了。"

微生瓷说："哦。"

蓝小翅说："少来，以后她要再敢欺负你，你就把她手脚打断，反正云采真也能接上。我跟你说，男人是不该欺负女人，但谁也没义务无条件忍让谁。仗着性别行凶逞恶的，不论男女都是垃圾。别学那些自命清高的仁义大侠，一辈子在女人手里吃亏。"

温谜终于哭笑不得了，半天说："本来是想来给你换换手，看来你也不累。"他安抚住胡搅蛮缠的迦月，知道微生瓷的伤处理起来麻烦，始终还是担心蓝小翅太过劳累，这才过来看看。

蓝小翅闻言立刻说："谁说我不累？我这就睡下了。"说完一掀被子躺进去。

温谜无奈地摇摇头，这宝贝。

蓝小翅人是躺下了，心还没歇着，问："我娘怎么样了？"

温谜温和地说："我去看过，云采真已经为她包扎了伤口。青琐外柔内刚，你不用担心。"

蓝小翅裹着被子侧身过来，一脸好奇："你还喜不喜欢我娘？"

温谜被一句无头无脑的话这么一堵，脸色也有些尴尬起来，说："别胡说。"

蓝小翅说："其实你有没有想过，慕流苏现在被困落日城，很可能已经服下长生泉，不得不听命于迦夜。他要是出了什么意外，谁也怪不了你，到时候……"

话没说完，温谜沉下脸来："小翅！你以往说这话，我可以当你年幼无知、童言无忌！但是现在你已经是羽尊，方壶拥翠之主。你是一个种族的领袖。说话还可以这般口无遮拦，没轻没重吗？"

他很少这样疾言厉色，蓝小翅还没说话，瓷少爷先不高兴了，他说："你干吗吼我家小翅膀？！"

哟，还知道护妻。温谜又气又乐，深吸一口气，语声缓和，态度却非常坚决："小翅，我和你娘分开，确实是我的不是。慕流苏这个人，虽然身在朝堂，难免有他的立场。但是他对青琐一往情深，我若此时因为一己之私而置他于死地，那我温谜岂不成了大奸大恶之徒？"

蓝小翅说："明明想要追回的东西，或者说有办法追回的东西，还要拼命送到别人手上，不会很憋屈吗？"

即使出着这样邪恶的主意，她目光还是纯真无比，像个纯洁的天使宝宝。温谜耐心地道："人这一世，想要求取的东西很多，亲情、友情、爱情、权力、财富、威望，但是小翅，一个人行事总要有自己的原则。并不是所有人一出生就是坏人，只是在追求己身欲望的途中，一点一点丧失了本心而已。"

蓝小翅说："好吧。"想了想，还是问，"对付落日城，你们有对策了吗？"

温谜说："我绘制了落日城的地图，但是如果迦隐不肯帮忙，恐怕还是没有多大把握。"

蓝小翅说："我觉得吧，迦夜似乎已经不再信任迦隐。他知道的还不如连镜知道的多。但是如果你真的要管这件事，就真的要抓紧时间了。连镜现在受伤了，一旦他恢复过来，更加困难重重。”

温谜意外：“我听闻九微山下的弟子传报，说连镜攻上九微山，被步寒蝉率领所有弟子齐力反击，下山时似乎中了毒。”

蓝小翅说：“中毒吗？哈哈，应该是受伤吧？”

温谜看着她的神色，说：“九微山从来不用毒。”言下之意已经很清楚——九微山不用毒，连镜却偏偏又中了毒，那么这时候，是谁在九微山上伏击了他？微生父子都在这里，此时又还有谁有这个本事，能够伏击到连镜？

蓝小翅打了个哈欠，说：“我困了，我先睡了啊。”

温谜沉默。过了一会儿，蓝小翅发出轻微的鼾声——还真是睡了。微生瓷跟温谜大眼瞪小眼，翁婿二人相对无言。

江湖小香风

下

一度君华 著

百花洲文艺出版社
BAIHUAZHOU LITERATURE AND ART PRESS

第三十一章 暗族作乱

次日傍晚，温谜也觉得事不宜迟，带领所有江湖同道攻入落日城。

蓝小翅在城外观瞧，微生歧问：“我们不进去？”

蓝小翅斜睨了他一眼，说：“微生世家不是不涉江湖事吗？”

微生歧迟疑了一下，说：“话虽如此，但是温谜此人，毕竟还算公正，如果他死在落日城中，是江湖一大损失。”看看仙心阁门下，个个跟他一样，三观笔直。他想了想，终究还是说：“江湖不是次次都有这样的运气……”能碰到一个因公忘私的傻子来当首领。后面的这句话没说。

蓝小翅说：“温阁主没那么傻的，他搞得这么声势浩大，只是想试探一下迦夜现在到底是什么实力。否则他是不会忘记向你求助的。”

微生歧问：“真的？”

蓝小翅说：“当然是真的啊，你看这个阵势，根本就很保守很有利于撤退的。”

微生歧顿时一脸怒色：“这个虚伪小人！”

蓝小翅：“……”

温谜确实只是试探，如果人不找多一点，声势不浩大一点，怎么能让迦夜拿出他的真正实力？

他与柳冰岩、化成雨、冯蛟等人行走在前，浩浩荡荡一拨人冲进落日城。

可是这时候的落日城，跟上次所见，已经有很大不同。柳冰岩吃惊地指了指地里种植的蘑菇，说："我记得上次来，这些蘑菇没有这么高啊！"

可不是，上次他们进入落日城时，这里的蘑菇才多大一个？现在却足有半人高，而且颜色白得过了分。阳光照在上面，它们比太阳还刺目。

温谜抽出宝剑上善若水，一刀砍过去，只见蘑菇折断，喷出一股子奶白的浓浆，然后四周都充满甜香。温谜神色严肃："迦夜用长生泉培育了这里的蘑菇，大家小心！"

诸人都躲着那蘑菇走，然而越走越觉得头上光线渐暗。有人轻声说："我记得落日城有一个时辰的日照，这么快就一个时辰了？"

温谜一直在注意周围的动静，闻言抬头看了一眼头顶，然后面色一沉，说："这里的树，比以前更茂盛了。"

大家抬起头，果然看见头顶几乎已经被树叶遮蔽，那树吸收阳光有奇效，日光穿过它们，只剩下一层淡淡的微光。诸人如同行走在长满蘑菇的森林之中。不一会儿，有人闷哼一声，温谜立刻回头："什么事？"

青云山掌门陆化涛说："阁主，青云山有一名弟子被拉到这蘑菇中去了！"

大家都大吃一惊，温谜说："噤声。"

他的话大伙儿还是听的，这时候所有人立刻都屏住呼吸。温谜手中剑出如风，片刻之后，剖开一株根茎肥大的蘑菇。他出剑快而准，诸人都是心中一凛。那被扯进蘑菇中的青云山弟子从奶白色的黏液中爬出来，一脸惊魂未定："掌门、阁主，这蘑菇有些古怪，它们会伸出长长的根须！"

柳冰岩说："难道最近迦夜如此猖狂！"

温谜说："不要乱砍蘑菇，上次迦夜撒在青琐夫人身上的菌粉，恐怕还有玄机。"诸人这时候已经有些害怕了，但毕竟是江湖人士，生来便颇有胆魄，仍然跟着温谜前行。

而此时，阳光已经彻底隐去，落日城如同一片死城，只有那种奇异的甜香充斥在鼻端。诸人都抽了兵刃在手，一脸防备。耳边突然有人轻笑一声，温谜等人抬起头，只见前方一只巨大的蘑菇上站着一身黑袍的迦夜。这么暗的天，他仍然撑着伞，神情悠闲，说：“原来是温阁主到了，还带了这么多的江湖同道，落日城得你相助，我身为暗族教父，真应该倒屣相迎才是！”

温谜说：“迦夜，暗族其他的人呢？”

迦夜哈哈大笑，说：“温阁主不愧是侠义仁心，都这时候了还在关心我暗族子民。不过你很快就可以见到他们了。”

温谜说：“你把慕流苏和慕裁翎怎么样了？”

迦夜说：“慕丞相？慕丞相很听话，我怎么会惩罚这么听话的手下呢？”他说着话，一挥手，慕流苏和慕裁翎已经出现在身后。温谜等人俱是一愣，慕流苏向温谜摇了摇头。

温谜说：“迦夜，你诱我等入城，意欲何为？”

迦夜说：“为了让各位看看落日城真正的实力啊！看完之后，各位就会意识到，如今，已经到了江湖一统的时候。我们会摒弃所有的种族、门派观念，因为到时候，我们都会是同宗同派，不分彼此。”

温谜容色一肃，再不犹豫，与柳冰岩、化成雨、丁绝阴等人联手冲出，迦夜轻轻一跃，直接与温谜对了一掌。掌风一出，温谜就是一惊——迦夜的功力提升了恐怕不止十倍！

他往后退了一步，就算是迦夜未起杀心，也一时之间血气翻涌。

而化成雨就没那么好运了，被迦夜一掌打出两丈有余，一口血喷在身边的蘑菇上。迦夜瞬息之间击退数十名高手的围攻，居然气定神闲。他说：“温阁主何必着急呢？只需再等一刻，你就会知道，跟我作对是极其愚蠢的！”

然而并没有等到一刻，这时候人群中一声惊叫，只见方才被扯到巨型蘑菇中的青云山弟子脸上、手上、所有裸露的皮肤上都开始生长出一条一条的根须状物！

他惊声狂呼，在场所有人都惊出一身冷汗！

迦夜说：“不瞒各位，他的体内已经长满了菌丝，这种菌丝平时无害，甚至可以说对他极为有益。只要……他按时服用长生泉。”

冯蛟怒道：“如果没有长生泉呢？！”

迦夜说：“那么……这些菌丝只好以他的血肉为食了。”

人群中一阵骚动，柳冰岩轻声说："阁主，此地作战对我们不利，不如先退出去吧？"

温谜已经将化成雨扶了起来，说："现在看来，没有这么容易了。"

迦夜说："还是温阁主明白事理，如今落日城中全是菌粉。菌粉细微如尘，呼吸入肺，人也不会察觉。我看诸位，是来得去不得了。"

诸人中不乏血性汉子，闻言立刻怒道："迦夜，我先要了你的狗命！"说罢就准备拼一个你死我活，但是他们很快发现，只要一动内力，肺里立刻如有丝线牵引。很快丝线疯长，竟然从嘴里冒出来。

大家何曾见过这种恐怖之景，铁打的汉子也顿时腿软了。迦夜说："现在对我俯首称臣还来得及。"

落日城之外，蓝小翅跟微生歧父子二人在城下观望。青琐也过来，一脸忧色。蓝小翅说："这么长时间没动静，真是奇怪。"

微生歧说："温谜带了这么多武林人士进去，交手动静肯定不会小，为何如此安静？"

正说着话，云采真过来，说："上次青琐夫人身上的菌粉发芽了。"

蓝小翅回过头："什么？！"

云采真说："丫头你来看！"他是温谜的好友，一直便以父执身份跟蓝小翅说话。蓝小翅倒也适应，说："哦。小瓷，我们走。"

微生歧仍然在城下守着，蓝小翅跟微生瓷来到云采真的帐中。到底是药师，临时住在这里，也不忘养一下蘑菇。他说："你看，这是从青琐夫人衣衫下扫下来的菌粉。"

蓝小翅吃惊："这么大一丛？"她凑近闻了闻，说，"是长生泉的味道。"

云采真说："所以，迦夜用长生泉培育了这些菌类，它们长得非常快，而且粗壮惊人。"

蓝小翅说："我知道惊人，我已经受惊了。更糟糕的是，你现在才说！"

云采真也抱怨："到方壶拥翠带的人手就不够，药材器具也不多。到了这里就更少了，药童都没有一个，又要给迦隐兄妹治伤，我一晚睡一个时辰，耽误了事情怪谁？”

蓝小翅立刻说：“我知道有一个人，正好可以帮你。而且你俩联手，一定天下无敌、举世无双！”

云采真还能不知道她那点小心思：“木冰砚？”蓝小翅嘿嘿笑，云采真说，“他要是在这里，我倒确实能轻松一些。”

蓝小翅说：“那你同意吗，我找他来帮你，你负责保证他的人身安全？”

云采真一脸诚恳：“我知道你想帮他，但是这事你应该去求你亲爹。”

蓝小翅撇了撇嘴：“我亲爹恐怕顾不过来我了。你看这菌粉这么细，如果飘在空中，人会不会不小心吸进肺里啊？”

云采真终于也意识到了什么：“你是说迦夜想把这些菌丝种到人的肺里？”

蓝小翅说：“不然呢？炒一盘用以待客啊？”

云采真不说话了，事到如今，他也明白过来——最开始迦夜放青琐回来，原来就是想将这种菌粉种到诸人体内。幸而蓝小翅谨慎，而他又来得及时，一时之间并未得逞。

这次温谜等人贸然进入落日城，只怕真是糟糕了。

他看向蓝小翅，目光里终于有了一丝凝重，一向耿直的医者也开始担忧了。

蓝小翅拍拍他的肩，说：“我知道你担心，我也正在想办法。吉人天相的事我并不想说，当务之急是赶紧找到扼制这种菌粉传播的办法。”

云采真说：“不可能那么快的。”他的声音里已经有点绝望了，蓝小翅说：“不需要非常快，尽量就可以，起码他们现在都还活着。现在这里不安全，我们要尽快离开。”

云采真说：“小翅，温谜是你的亲生父亲，虽然他不说，但他真的非常关心你。当年的事，罪魁祸首是蓝翡，并不完全是他的错。”

蓝小翅叹了一口气，说：“我知道，就算他不是我的父亲，我也很仰慕他的为人。请放心，我明白我在做什么。”

云采真盯着她的眼睛，问：“菌粉的事，你真的不知道吗？那你为什么会第一时间隔离青琐，并浇湿她身上的衣服？为什么所有的江湖人都入了落日城，而羽族没有？”

蓝小翅说：“采真叔叔，菌粉的事我是真的不知道，我浇湿我娘的衣服，是因为她告诉我迦夜在她身上撒了菌粉。而我觉得如果是粉尘，沾湿之后应该会增加重量，防止它们散播。我没有进入落日城，是因为我根本不同意温阁主的处理方式。然而他也不会同意的我处理方式。你知道的，我争不过他。另外，这时候互相生疑或者争论是非，除了影响做事效率以外，毫无用处。”

云采真有些心惊，她只有十六岁，还是个孩子。但是站在他面前的蓝小翅已经完全是个大人，哪怕亲生父亲生死不明，哪怕落日城出了这么可怕的东西，哪怕她被人质疑，她依然头脑清醒。她不恐惧，也不愤怒。

很有些处变不惊的意思。

云采真说：“接下来我要怎么做？”

蓝小翅说：“回方壶拥翠，我会传信给所有没有入城的势力，通报落日城的情况，提醒大家留意。”

云采真说：“迦夜现在武功高强，再加上连镜相助，他们如何留意？”

蓝小翅说：“我倒是有个主意，不过他们现在是不会听的。采真叔叔，现在我说话没有用。”

云采真沉默了，片刻之后，说：“我先回去，这种菌粉，我会很快找出办法克制。”

蓝小翅说：“有劳了。”然后叮嘱微生歧：“爹，你护送采真叔叔先回方壶拥翠，好好保护他，不要大意。”

微生歧嗯了一声，也不觉得儿媳妇命令自己有什么不对，带着云采真就走了。

蓝小翅找来羽族几大主事，说：“风翥，你去传信给各大势力，将落日城的情况通报一遍。”风翥应了一声是，蓝小翅又说，“重点通知一下入城这拨人的家属，我相信他们会很着急的。”

风翥说：“是。”

白翳说：“何止他们着急，我们更着急。羽尊，迦夜这是想要控制所有人啊？”

蓝小翅说：“你去通知小皇帝，务必要将落日城说得要多可怕有多可怕！这些菌粉也要说得要多神奇有多神奇。最好是让他觉得他的皇位快要不保了，江山马上就要易主了。”

白翳说：“是。”忽悠一个十三四岁的孩子，他还做不到？当下就收拾一番直往侠都去了。

蓝小翅这才对微生瓷说：“我去见见迦隐，你守在外面一下，不要打扰我们说话，好不好？”

瓷少爷有点不高兴，说：“我要跟进去。”

蓝小翅伸手摸了摸他的脸，说：“呆瓜，我就跟他说几句话，不方便有外人在场的。”

微生瓷说：“那你们开着门？”

蓝小翅无奈，只好说：“行，我们开着门。你不要偷听，好不好？”

微生瓷不情不愿，但还是说：“好吧。”

蓝小翅进到迦隐的帐中，果然将帐帘钩好。迦隐见她进来，说：“温阁主入城了？”

蓝小翅在他床边坐下，旁边迦月气恼道：“你想对我哥哥做什么？！”

蓝小翅摘下耳垂上的珍珠耳环，随手弹过去，封住了她的穴道。迦隐一脸无奈：“小翅姑娘！”

蓝小翅说：“我想安静地说几句话。迦隐公子，你应该知道，你爹现在已经犯了众怒。”

迦隐说：“他……他已经听不进去劝告了。”

蓝小翅说：“我们做个交易怎么样？”

迦隐意外：“我现在……不过是阶下囚，还能与你交易吗？”

蓝小翅说：“上次我就提过这件事，可你失约了，以至于我只能跟你爹交易。这次，你要是再拒绝，估计就真的没机会了。”

迦隐大吃一惊：“你和我爹交易了什么？”想了想，问，“昊天赤血吗？”这件事他是知道的。

蓝小翅说："昊天赤血我交不交易他都会来拿，而当时羽族四面竖敌，跟他交手没有丝毫好处。所以与其说是卖，不如说是送，谈不上交易。"

迦隐脸色顿时变了："你们还有我不知道的私下交易？"

蓝小翅说："对啊，我告诉他了，我用长生泉喂了几只老鼠，剩下的种了一点花，效果超好。而且要养花，直接用长生泉稀释浇灌就可以，一瓶长生泉可以兑很多水，非常节省，不是吗？"

迦隐只觉得浑身发冷："蓝小翅！！落日城如今形同鬼域，都是拜你所赐！"

蓝小翅说："是拜你爹的野心所赐，他拥有长生泉，早晚会想要称霸江湖，乃至天下。我只是助他一臂之力而已。而这条路，注定血腥。可是你看我给他出的主意多好，又不用杀人，控制他们就行了。"

迦隐说："你……我真是看错了你！"

蓝小翅说："别啊，跟我交易一向是很赚的。这次，你是同意还是拒绝呢？"

迦隐终于忍不住，问："你想干什么？"

蓝小翅说："我的目的很简单，我爹那一拨人，当初杀了许多人，如今被人赶跑了，流亡在外。但是这不是长久之计，我想让他们回来。不是偷偷摸摸地回来，而是经所有人同意之后光明正大地回来。"

迦隐说："这件事我能做什么？"

蓝小翅说："你可以表示支持啊！事成之后，暗族教父给你，我可以让木冰砚帮你爹假死。然后将他交给你，活着交给你。交易到此结束。你要藏好他，否则我不保证以后。"

迦隐说："我……"

蓝小翅说："想清楚再回答。"

迦隐的面孔隐在阴影之中，确实是难画难描的俊美。蓝小翅欣赏了一阵，他终于说："我答应。"

蓝小翅说："祝合作愉快。"

她从帐里出来，微生瓷立刻放下堵住耳朵的手指，走上前来，问："你们说了什么？”

蓝小翅说：“我说迦隐长得很英俊啊！”

微生瓷气得说：“他哪里英俊了！！还不是两只眼睛，一个鼻子一张嘴？！”

蓝小翅说：“是啊是啊，他再英俊，也不及我们瓷少爷漂亮。”

微生瓷还是气呼呼的，蓝小翅凑到他耳边，说：“我们回帐子里，我好好侍候我们瓷少爷，好不好？”

微生瓷说：“不好，你怀孕了。”

蓝小翅低低地笑，说：“侍候的方法有很多种的。走，我给瓷少爷普及一下。”

后来，瓷少爷打开了新世界的大门，连生气都忘了。

蓝小翅回到方壶拥翠的时候，羽族已经将温谜等人进入落日城中伏的消息扩散开来。温谜这次带入城中的，全是江湖中的颇有名望的大派主力，这样的消息一经传开，当然所有人都紧张起来。

但是大家忽然发现了一个问题——温谜不在了，他们能找谁拿主意？此时仙心阁四大长老也在城中，太极垂光也没有一个能做主的人。

所有门派都陷入混乱的时候，方壶拥翠还是一切照旧。

蓝小翅坐在湖心的亭子里，石桌上摆放着瓜果点心，面前一杯白水。青琐坐在她旁边，木香衣和贺雨苔从侠都赶回来，一脸风尘。贺雨苔连水都没顾得上喝一口，急急地说：“小翅，听说师父和大师兄他们都被困在落日城了，是真的吗？”

蓝小翅说：“不假。”

贺雨苔急了：“这可如何是好？师父会有危险吗？”

蓝小翅示意她和木香衣坐下，伸手为他们也倒了水——桌上只有这个。她说：“目前看来应该不会，以温阁主和慕爹爹的智慧，他们二人在一起，遇到危险的可能性不大。”

贺雨苔看她的神情，呆呆地问：“为什么你看起来一点也不担心的样子？”

蓝小翅还没说话，青琐说：“雨苔，小翅有孕在身，忧思无益。”

贺雨苔赶紧说：“我、我不是责备你，我是说，你是不是知道什么没告诉我们？”

青琐闻言，不由得也看向蓝小翅，她的夫君和儿子都在城中，说不担忧是不可能的。

蓝小翅说：“那倒没有，不过我对温阁主和慕爹爹都很有信心。实在不行……咱们故技重施一回，再拿迦隐、迦月去换嘛。”

几个人都是哭笑不得。这边正说着话，有羽人过来，躬身道：“羽尊，外面有一拨江湖人士前来求见。”

蓝小翅问：“为首的是谁？”

羽人恭敬地道：“回羽尊，为首的自称是崆雨岛岛主的大弟子。”

蓝小翅哦了一声，说：“你去回他，就说我有孕在身，实在不便相见。不过礼数要周到，如果他们不走，好酒好菜送过去好好招待。”

羽人应了一声是，躬身离开。

就这么陆陆续续，又有几拨江湖人前来相见，蓝小翅都挡了回去，然后说：“我有点累了，先去歇着了啊。娘、大师兄，要是还有人来，除了鳍族以外，其他的都挡下吧。”

她说累了，青琐等人当然不会勉强。木香衣说：“这里有我，不会让任何人骚扰方壶拥翠。你放心休息。”

蓝小翅微笑：“现在各门各派也没什么高手了，方壶拥翠都能制霸江湖了。我倒是真的不担心。”说完，由微生瓷扶着，离开了湖心亭。

木香衣和贺雨苔互相对望一眼，忽然发现，真的哎！现在江湖势力中有点实力的都被困在落日城，反而是方壶拥翠里面，别提微生歧父子了，单是木香衣、银雕等人也算是高手了，何况蓝小翅自己也足抵上大半个温谜呢！

突然一下子安心了。

蓝小翅由微生瓷扶着，走到半路，她仰起脸，说：“小瓷，我想去我爹的住处看看，好吗？”

微生瓷皱眉：“累了就先休息，明天再去。”

蓝小翅说：“我就去看一眼。”

微生瓷这才不情愿地道：“好吧。”

两个人来到蓝翡的住处，蓝小翅从正厅一直走到卧室，然后停在一盆开得特别鲜艳的牡丹旁边。这牡丹长得格外高大，而且花期久长无比。蓝翡离开这么多日子，它居然一直常开不谢。

蓝小翅想蹲下来，微生瓷立刻拦住她，一脸紧张：“做什么？”

蓝小翅心里暖暖的，说：“只是想看一下盆里有什么，你别老这么紧张嘛，在你身边，我都娇气了。”

微生瓷说：“我替你看。”说完蹲下来，盆里当然都是土，瓷少爷挽起袖子，虽然嫌脏，但既然说了帮蓝小翅看，当然就要看个仔细了。

他把土全部刨出来，每一点都捻碎了仔细看。蓝小翅哭笑不得：“不用这么看，如果有东西，应该不小。”

微生瓷这才接着往下刨，在花盆的中间部位，有一个碧玉瓶。微生瓷把瓶子拿出来，这瓶子酒壶大小，刚一刨出来，立刻连空气中都充斥着一股甜香。

微生瓷仔细看了一下，说：“里面是长生泉，瓶子上被扎了非常小的孔，所以泉水会一直渗出来。”

蓝小翅点点头——果然如此。除了那个人，谁会想到用长生泉来浇花？这花仆人每日浇水打理，却不知道开得如此茂盛的原因，原来是花盆里面另有玄机。

她说：“小瓷，我很喜欢这花，帮我搬到我书房去好吗？”

微生瓷还有什么说的，当下把瓶子埋进去，擦干净手，把花盆抱了起来。

那花已经长得非常巨大，幸好瓷少爷武功高强，搬动起来并不吃力。他抱着花盆往前走，看不见蓝小翅，所以很不放心：“你慢点走，要不你在这里等我吧？”

蓝小翅笑得不行，却软软地说：“好呀，那你快点回来接我啊！”

微生瓷立刻说了声哦，飞快地走了。蓝小翅还真就在原地等他了——娇气就娇气吧，反正如果遇到瓷少爷这样的，不作也得给养作了。

她回到蓝翡的书房，查看里面的暗格。她从小就在这里乱玩，暗格摸得比蓝翡自己都熟悉，蓝翡知道，以前还曾经挣扎过，换了好多地方，后来就麻木了。

蓝小翅把这些暗格全部打开，翻来找去，发现了一个盒子。盒子里是菌丝，细如发丝，纤长软柔。正是云采真在落日城外的营帐里培养出来的那种。

旁边的暗格里还有许多菌粉，跟迦夜撒在青琐衣衫上的相符。

蓝小翅叹了一口气——这几个老家伙，一定是研究出了什么东西，还一直瞒着我！她愤愤不平，觉得自己一片真心待他真是如同喂狗。但是却忍不住将那菌丝和菌粉都包起来，放到身上。

微生瓷回来的时候，就见这书房里跟遭了贼一样。他皱眉，蓝小翅眨眨眼睛，说："我太想我爹了，找找童年时的感觉。"

微生瓷终于忍不住，问："你童年的时候，就把你爹的书房搞成这样？他没打死你啊？"

蓝小翅说："哪能啊。我童年时他的书房哪能这么完整啊……"

九微山。

蓝翡正在跟郁罗下棋，森罗进来，说："温谜等人被困落日城，江湖已经乱了。"

蓝翡微笑，说："连镜还是没有下落？"

森罗说："没有。九微山并不擅长找人，我们也不方便出去。"

蓝翡拈着白玉棋子，轻笑："他倒是躲得隐秘。"

郁罗说："羽尊真的要跟迦夜合作？"

蓝翡说："我带着你们走到今天，总不能让你们跟我一样东躲西藏。只要温谜等人受制于迦夜，迦夜就不会管羽族的是非。我们还需要听其他门派的小猫小狗发表意见吗？"

森罗说："如今迦夜控制了温谜等人，只有微生歧父子能跟他一战了。如果大小姐让他们二人前往营救……羽尊的计谋岂不是要落空了吗？"

蓝翡说："微生世家的人一向不理江湖事，就算他们有心，蓝小翅也会阻止。"森罗不明白，蓝翡又落一子，轻声说，"她比你聪明，这个时候，想必已经发现端倪了。"

郁罗问："羽尊给她留了线索？"

蓝翡说："走得仓促，总有些来不及收拾的东西。"

郁罗沉默，半晌终于还是说："温谜毕竟是她的亲生父亲，她是不是真的会……"站在我们这边？

剩下的话没有问出口，蓝翡注视着棋盘，含笑道："当初我从青琐怀里抢下那个女婴的时候，难道想过十六年后我会将羽尊的位置传给她？"

郁罗也不说话了，是啊，未来的事，谁又说得准呢？但蓝小翅毕竟是他的弟子，他说："只是如今迦夜手中握着这样强大的力量，但愿她不要初生牛犊不怕虎，非要去招惹落日城才好。"

蓝翡还没说话，外面碧翎鸟扑棱着翅膀飞进来，仍然是背上扎着一个小花苞。没有别的话，只是扎着那个花苞的，是一根长长的菌丝。

蓝翡微笑，说："她来问我们了。"

郁罗说："羽尊……不管温谜如何，或者说江湖恩怨如何，小翅始终是在方壶拥翠长大的。我还是觉得，她对我们来说，不是外人。"

蓝翡不说话，只是解下菌丝，随手将那只鸟儿又放了回去。什么也没做，沉默，或者默认。

蓝小翅收到这只鸟，简直是气不打一处来。怪不得得到长生泉这么久以来，木冰砚从来没有跟她汇报过进展，平时也没有人提及过药效。唯一知道离开长生泉三天之后会有异状，还是她自己喂老鼠得出来的。

这几只老狐狸啊！她本来就怀着孕，事情又多，还被人坑，当下心头火起。左右一看，也没有其他东西可以泄恨，只有瓷少爷正坐在床边看一本剑谱。那还有什么说的，一脚踹过去。

瓷少爷冷不丁被踹了一脚，顿时站起来，一脸不悦地跟她对视。蓝小翅正准备跟他大吵一架消消气，当然一梗脖子跟他对视了。

过了好一阵，瓷少爷问："你还踹吗？不踹我坐下了？"

蓝小翅扑哧一声，又乐了。看她真的笑了，瓷少爷这才又坐下，蓝小翅整个人依偎过去，靠在他背上，说："小瓷，我爹真是个王八蛋！怪不得温阁主讨厌他，哦不，今天开始我决定叫温阁主爹了。"

微生瓷说："你哪个爹？"

蓝小翅气："还能哪个？姓蓝的那个呗！"

微生瓷说："哦，要我把他赶出去吗？他现在还在九微山呢。"

蓝小翅连忙说："还是算了，唉，气死我了。"

微生瓷伸手到她胸口，轻轻揉，说："那你再踹我几脚，是不是就能不这么生气了？"

蓝小翅噎了一下，慢慢地伸手抱住了他。微生瓷一动不动，等着她回答呢，她咬了咬他的耳垂，轻声说："我就这么抱着你，就不那么生气了。"

第二天，蓝小翅早早就去了不老坑。

里面木冰砚的屋子有专人把守，是不许外人入内的。她走进去，只见里面堆满了瓶瓶罐罐。有几只透明的瓶子里装着昊天赤血。

蓝小翅拿过来，将云采真培育的菌丝也抽了几根过来。她将菌丝探进昊天赤血里，过了不多久，就见昊天赤血的颜色慢慢变淡，而菌丝却慢慢变成了鲜艳的红色，足有手指粗细。

蓝小翅将菌丝抽出来时，瓶中的昊天赤血已经只剩下淡粉色的水。她随手抓了只鸟儿，将水喂过去，那鸟却似乎并无异状，如普通的水一样。

蓝小翅叹了一口气，迦隐说他爹武力大增，恐怕是蓝翡不仅发现了长生泉对这种菌丝的影响，更发现了这种菌丝可以从人体内提取昊天赤血。

而这种菌丝明显是暗族的东西，蓝翡怎么会凑巧得到，又凑巧发现其中的秘密？

羽族研究昊天赤血，本是极秘密的事，暗族怎么会知道得这么清楚？

看来是早在慕流苏跟暗族合作之前，蓝翡跟迦夜之间就有交易来往了。不过想想也正常，迦夜投靠慕流苏只是为了自保，可不是为了当走狗，所以他在慕流苏和蓝翡之间当双面人。一边拿朝廷的好处，一边跟蓝翡私下勾连。

一旦发觉蓝翡手上的东西更有用处，他当然就临阵倒戈了。看来如果不是迦夜得了连镜这样的高手，觉得自己可以威胁蓝翡了，恐怕二人还不会闹翻。

这些个见风使舵的老家伙！！

蓝小翅叹了一口气，现在事情闹成这样，温谜和慕流苏肯定已经怀疑迦夜背后还有人在搞鬼。希望不要造成大面积伤亡，不然可怎么收场。

她正发愁，外面白翳过来，回禀道："羽尊，鳍族三王爷金芷汀兰到了。"

蓝小翅有什么办法，鳍族对她有恩，她只能迎出去了。

金芷汀兰一身浅金色的衣袍，手持兰花棘，身上也带着幽幽花香，谦谦君子模样。蓝小翅上前，行了个晚辈礼："三王爷，里面请。"

金芷汀兰看了一眼方壶拥翠之外，江湖人士已经快把这里围起来了。毕竟当时温谜等人入落日城，只有蓝小翅等人在场。这些人还是不敢贸然入内，想找她问问具体情况。

此时见她出来，诸人立刻围上来，七嘴八舌地问："羽尊，我们家掌门与阁主进城之时，到底是何情况？你这么多天避而不见，难道是有意替暗族隐瞒吗？"

蓝小翅嘴角一丝冷笑，虽然现在羽族得以通商，但在这些名门正派的眼里，羽人的污点还是存在的，一直未能洗清。所以一有风吹草动，他们总是疑心羽族是敌非友。

蓝小翅还没说话，金芷汀兰已经开口："诸位，如今温阁主等人下落不明，我们还是先听听看羽尊对落日城知道多少吧。"

诸人这才安静下来，蓝小翅说："落日城我并没有进去过，不过听说暗族教父迦夜功力大增。而且落日城有一种奇怪的菌粉，非常轻，一阵小风就能让它们飘浮在空中。如果被人吸入肺腑，会在人体内长出菌丝。至于会不会置人于死地，目前并不清楚。"

所有人闻听此言，都面露惊惧之色。金芷汀兰说："如此说来，只怕温阁主等人已经落入了迦夜的掌控之中。"

蓝小翅说："这么多天还没有消息，想来应该是了。"

九曲宫的人立刻大声道："既然当时你与温阁主等人同在落日城之下，为何你不入城？如今事情过去这么多天了，你除了避而不见外，无一作为！你说，羽族是不是和暗族勾连一气，图谋不轨？！"

一时之间，诸人应和。蓝小翅看了那人一眼，微笑，说："我没有作为？

我起码当时在落日城外，战场之上。敢问这位仁兄，你有何作为啊？”

此话一出，诸人都炸开了锅：“我们掌门带了三十余名弟子进入落日城，你敢说我们没有作为？”

蓝小翅哈哈大笑：“我没有进落日城，却抓住了迦夜的一双儿女，救回了我的娘亲。难道这还不算作为？反而带着门人子弟深陷城中，生死不明，倒算是有所作为了吗？你们怀疑我和迦夜勾结，我还怀疑你们跟他勾结呢！”

诸人气炸，金芷汀兰叹了口气，眼见场面跟小孩子吵架一样，他沉下脸来，说：“够了！既然知道事态严重，何必还要在此浪费唇舌，讨论什么对错？”

等大家都安静下来，他终于问蓝小翅：“事已至此，我们能不能见见迦隐公子？”

蓝小翅到这时，也觉得这位三王爷气度沉稳，于是说：“迦隐公子就在方壶拥翠，但是诸位，他现在有伤在身。你们可以见他，但我丑话说在前面，我爹在时，曾立下规矩，方壶拥翠界碑之内，乃羽人栖居之地。外族人胆敢在此伤人，当处以采生折割之刑。如今家父不在，但刑罚未废。大家可不要因此而伤了和气。”

她说这话的时候，眼睛里有一种阴冷的光。诸人都觉得心头一寒，金芷汀兰说：“我们既入方壶拥翠，定当遵守羽族规定，羽尊放心。”

两个人对视一眼，蓝小翅也知道这是金芷汀兰有意说给大家听的，当即点头道：“诸位，请。”

一行人入了方壶拥翠，其时乃白昼，迦隐并没有出来，只是待在湖边的屋子里，窗户、门缝都被封得严严实实。蓝小翅说：“暗族不能见光，大家还是就在外间发问吧。”

外面诸人顿时群情激愤，有人怒道：“迦夜挟持了如此众多的武林同道，他是迦夜的儿子，理当同罪。何必管他死活？”

蓝小翅看了一眼金芷汀兰，金芷汀兰叹了一口气，蓝小翅的担心是对的。对有能力者尚可以讲理，可是对这些人，真是说什么他们质疑什么。他说：“诸位少安毋躁，先听听他怎么说。”

人群中又有人喊："他说的话几分真几分假，我们怎么知道？依我之见，直接将他拖到阳光下，晒他个半死，谅他也不敢说谎！"

此言得到其他众人的支持，有人附和道："他不是还有个妹妹吗？先把那丫头拉出来扔到太阳底下，不信他不说真话！"

屋子里，迦月听到外面人声鼎沸，连心都要跳出来——上次被蓝小翅拖到阳光下的情景，她一辈子也忘不了。迦隐将她护在怀里，轻拍她的背，说："别怕。"

迦月瑟瑟发抖，声音已经带了哭腔："哥，爹爹为什么还不来救我们？我们会不会死啊？"

迦隐把她抱得更紧一些，外面的声音却止住了。

因为蓝小翅看了一眼说话的人，扬声说："我道是谁，说出这样无知的话来，原来是峪雨岛的大弟子王成玉啊！你们岛主刚刚被困，你就想要害死他。看来你想要谋夺这岛主之位，真不是一日两日了。"

先前说话的确实是王成玉，闻言他立刻急了，在场的都是名门正派的弟子，这个罪名可真是担不起！他怒道："你胡说什么？"

蓝小翅说："我说得不对吗？你师父在迦夜手上，你却要在这里杀害迦夜的女儿。难道你是怕你师父不能早死？"

王成玉顿时面红耳赤："蓝小翅！你少信口雌黄！我……我只是过于挂心家师安危……"

蓝小翅说："所以你在这里拖延时间，并且伤害人质？"

王成玉张口结舌，其他人也不敢说话了，这一口黑锅扣下来，传回门派里，还真是跳进黄河也洗不清。金芷汀兰对结果很满意，给了蓝小翅一个赞赏的眼神。

蓝小翅这才说："请三王爷问话。"

金芷汀兰这才询问里面迦隐和迦月落日城的情况。迦隐只得将菌丝的事都说了，跟蓝小翅所知相差无几。他只是补充道："因为长生泉的灌溉，落日城树木参天，蘑菇也已经根株异变，一个时辰的夕照已经不复存在。"

诸人听见这话，心头难免惴惴不安。金芷汀兰问："如果戴上面罩，可以防止吸入这些菌粉吗？或者说，现在暗族自己人，是如何预防的？总不能连暗族自己也被种上菌丝了吧？”

迦隐心头也对他有些敬服了，事到临头，还是这些老狐狸沉着。他说：“两层棉布沾水，蒙住口鼻，可以防止吸入。这些菌粉一旦被水沾湿，很快就会膨胀，重量增加，立刻就会落地，不可能再被吸入。”

金芷汀兰点头，说：“除此之外，暗族现在有多少高手？”

迦隐说：“实不相瞒，如果温阁主等人已经被制，凭诸位现在的实力……只怕不能与家父抗衡。”

大家都沉默了，确实，他们现在跟迦隐比起来都算是弱鸡。金芷汀兰回头看蓝小翅，终于还是说：“羽尊，微生家主和少主如今都在方壶拥翠之内，能否请羽尊说服他们，出手相助？江湖同道必永感恩德。”

蓝小翅说：“三王爷，微生世家的事，你需要当面去问我公爹。我不能做主。现在嘛……羽族倒是可以出手相助，但是我也有为难的地方。”

她这话一出，其他人还是非常不悦。但因为之前被她扣了一口大黑锅，这时候大家不太敢冒头说话。金芷汀兰觉得有点好笑，说：“羽尊请讲。”

蓝小翅说：“无论是长生泉，还是菌粉或者菌丝，我相信总有解决的办法。如今云采真一个人忙碌，实在是过于辛劳。而羽族因为之前的事，我的父亲被驱逐在外，方壶拥翠以内再无高手。我倒是可以倾尽心力，帮助大家救回亲人，但是现在，我连自己的父亲、师父都不能相助，实在没有心情提及其他。”

她这话一出，所有人都明白过来。青云山弟子怒道：“依羽尊的意思，是如果想要羽人相助，就要赦免蓝翡、木冰砚等人了？！”

蓝小翅还没说话，鹰愁涧的人也说：“羽尊这算盘打得真是精妙，前阵子羽族通商，可是因为蓝翡等人已经不在。太极垂光，木香衣脱罪，也正是因为将杀人之过都推在他头上，如今蓝翡才逃亡几个月？羽尊竟然就想着让他光明正大地回归方壶拥翠了。”

蓝小翅倒是有心理准备——他们能一口同意才怪了。所以她说：“既然诸位如此说，方壶拥翠也不便再留客，请离开吧。”

王成玉这时候才敢开口："你方壶拥翠也是江湖一分子，如今出了这样的事，凭什么袖手旁观，而且还将我们赶离此地？！"

蓝小翅说："就凭方壶拥翠是家父蓝翡领着羽人开垦建设而成的呀！这里的每一寸土地，都是他们的心血。你们口口声声指责他所犯下的罪过，又怎么好意思站在他苦心经营二十年才有今日的土地上呢？"

诸人气极，金芷汀兰暗笑，却没有说话。

他算是明白了。蓝小翅是要借此机会，为蓝翡等人求一个宽恕。

这不是三言两语可以说服的，他只好说："羽尊，此事恐怕没有人能够代作决定。请容我们再商量一下。"

蓝小翅点头，对他倒是很客气，说："羽族深受三王爷大恩，自然不敢有异议。"

等一路将金芷汀兰送出去，微生歧这才出现，问："你真的决定袖手旁观？"

蓝小翅说："爹怎么看？"

微生歧神色严肃："你对蓝翡的孝心，我十分感动。但是让迦夜坐大，早晚也会危及羽族。我认为不可取。"

蓝小翅说："爹，如果迦夜的功力高上十五到二十倍……你能对付吗？"

微生歧一愣："什么？"然后明白过来，"不可能！迦夜的功力，只是略逊温谜一筹，短时间之内，怎么可能提升至此？"

蓝小翅有点头疼："我之前也觉得不可能，但是现在看来，恐怕很有可能了。"我那个不省心的爹啊！！他一定是把菌丝能提取昊天赤血的秘密也交易给迦夜了。

否则迦夜为何一直不来骚扰方壶拥翠？就连他的儿子、女儿也不来救了？！

你把老虎喂这么肥，也不跟我通个气！你干脆气死我算了！！

九微山，蓝翡觉得耳根发热，哈，是谁在说我坏话？

他摸了摸耳朵，新做的白色羽扇横在胸前，修长的五指握着玉质的扇柄，轻扇两下，香气袭人。九微山的夏季也十分清凉，外面风过竹林，更添了宁静。他闭上眼睛，侧身而卧，悠然午睡。如同身在桃源，耳边仿佛还能听见那些赶得他四处流离的人正在哭天喊地。

一想到这里，他扇了扇翅膀儿，这盛夏午后，真是说不出的惬意。

第三十二章 世家风采

落日城中，温谜等人虽然没有哭天喊地，却也是头大如斗了。温谜挥手，示意化成雨和冯蛟：“你们逃走，去方壶拥翠，找云采真。”

化成雨已经被迦夜打伤，冯蛟虽然没有受伤，但眼看着菌粉从肺里长出来，布满皮下的感觉，真是太酸爽了。他说：“温阁主，那您呢？”

温谜说：“我怀疑此事另有主谋，你们先走。”

冯蛟虽是不满方壶拥翠，可是他对温谜还是挺服气的，鹰愁涧门派并不大，但是温谜从来没有因为他是小门小派之主而有所轻慢。以至于他还时常敢出言顶撞，直抒胸臆。

如今听温谜这样说，他眼睛红了：“温阁主，我们挡住迦夜，你离开！”

化成雨也说：“阁主，外面的人不知城中情况，定已群龙无首。应该逃出去的人是你！”

温谜说：“不要多说了，走！”一声“走”字声音刚落，他一掌拍向二人。这一掌的力道拿捏得分毫不差，化成雨和冯蛟本也算是高手，如今借此掌力，飞身一退，再轻轻一跃，已经离开了落日城。

迦夜看了这手功夫，心下也有些诧异——这个温谜，别看平时温暾随和，如果不是昊天赤血，要对付他还真是不易。

他倒也不去追，冷笑：“体内种着菌丝，跑得掉吗？”

温谜问："教父，你将菌丝种入我等体内，是待如何？"

迦夜说："意图还不够明显吗？温谜，你等有两个选择，一个是顺服于我，听我号令。第二么，你们也可以选择坚贞不屈，我也成全你们，让你们被菌丝噬肉而亡。"

大家面色都变了，温谜说："这么说来，教父是想一统江湖了？"

迦夜说："难道我的力量，不足以统领你们吗？"

温谜说："既然如此，我等归顺教父就是。倒不知教父让我等归顺之后，又当意欲何为呢？"

他说这话的时候，也是不卑不亢，身后诸人有些惊异，温谜无论如何，总不像是个能够随意降敌的人。但是好在此时为落日城声势所惊，没有说话。

迦夜说："你倒识趣。既然你愿意归顺于我，总得有点表示，让我相信你的诚意吧？"

温谜说："如果体内种着菌丝，还不够诚意的话，那么只好请教父示下了。"

迦夜说："你入了我落日城，认我为主，就这么说话？"温谜微微侧头，在慕流苏脸上看见一脸幸灾乐祸。慕流苏跟他的儿子站在一起，眼睛里的促狭再明白不过——我当初好歹是一个人入城，你倒好，跑是跑得快，带了一城人来投。

温谜还没说话，旁边仙心阁的四大长老已经怒喝："迦夜！你放肆！"

迦夜目光里黑气一凝，一掌挥出，隔着约莫三十步的距离，直接将丁绝阴击飞数丈。

诸人都是一凛，温谜笑得一脸谦和："教父何必如此，既然温某说了归顺教父，跪拜当然无妨。"说完，竟然当真双膝一屈，跪在地上，说，"如此可好？"

迦夜哈哈大笑，说："甚好甚好。"

温谜说："那么现在，我等是要住在落日城中吗？如果是，还请教父安排住处。"

迦夜说："落日城地方大，你们可以住下，以后这里将是江湖圣地，能够住在这里，也是你们的福气。每五天记得前来领取一次长生泉。”

温谜神情凝重——迦夜肯这般，只怕有不可接受的条件。

果然，迦夜说：“你们听好，每五天，我要十个人做一点小事情，三女七男，而且这十个人，必须会基本内功。”

温谜一怔，看了慕流苏一眼，慕流苏做了一个水流的手势，温谜心下一怔——跟长生泉有关？

他有些无奈，事已至此，不得不答应，于是说：“教父所说的小事情，是指何事？”

迦夜说：“每人献出一点点鲜血。”他扫视人群，说，“今天是第一天，谁来献血呢？”他目光扫过人群，温谜终于还是问：“敢问教父，每人一次需要献多少血液？”

迦夜微笑，说：“放心，会让你们活着的。”

诸人心里都是一沉，这么说来，他的用血量非常多。

温谜脸色不好看，慕流苏倒是一脸轻松——我又不会武功，哼！

这么大一群人，从里面要找出十人抽取鲜血，还是比较容易的。柳冰岩说：“阁主，我们去吧。”

温谜说：“嗯。”他需要知道被迦夜抽过血之后，是不是还有什么副作用。于是随口点了仙心阁十名弟子，连同他自己在内。九曲宫宫主终于忍不住说：“温阁主，我们武力弱，让我们去吧。”

九曲宫的弟子多是女子，温谜说：“先由仙心阁弟子过去，你们以后再说。”

迦夜冷哼：“正是，慢慢来，不必急于一时。温谜，你领着他们九个跟我来。”

温谜看了慕流苏一眼，慕流苏耸耸肩，倒是做了一个口型，问：“青琐？”

温谜点头示意安好，跟着迦夜进去。暗族的教父住在黑色的城堡之中，天空本是深蓝的，这时候被一种红色的菌粉笼罩，月光透过，天空如浸血。

迦夜将他们带到一个房间，温谜目光一凝——只见房间里别无他物，只有一个白玉砌成的水池，池中咕噜咕噜地往上冒着水柱。温谜很意外，上次迦夜避而不见的时候，他们也曾搜索过整个落日城，并没有见到这处泉眼。

迦夜轻笑，说：“这就是长生泉，惊讶吗？”

温谜说：“难怪教父对长生泉一向慷慨，原来长生泉真的是涌流不息。”

迦夜说：“所以你们虽然需要长生泉保命，却也不用太担心。”他示意温谜过来，温谜行过去，迦夜也不用兵器，伸手在他手臂上一划，温谜手腕顿时血如泉涌。

鲜血源源不绝地流入长生泉，泉水顿时翻滚变色。温谜明白了，说：“长生泉会干涸，需要用鲜血让它不至于凝结？”

迦夜哈哈大笑，说：“让聪明人做事，就是这么轻松。”

柳冰岩怒道：“那你一直在喝的，岂不就是人血？！”

迦夜回头望他，问：“人血还是兽血，有什么区别？血肠、血豆腐你没吃过吗？”

柳冰岩还要再说话，迦夜同样在他手臂上一划，鲜血同样滴落。剩下的八个人也依样施为，长生泉慢慢开始变粉，不一会儿，被浸染得鲜血一片。但很快，那血色又慢慢淡了。

泉水明显清亮了许多，没有方才黏稠。

温谜等人失血过多，慢慢连脸色都变了。迦夜站在旁边，等到长生泉恢复成奶白色，方说：“可以了。”说完，他转过头，对候在门外的一个下人说：“鸦奴，取长生泉兑清水，交给温阁主。”

下人声音低哑，答了一声：“是。”

等他进来的时候，温谜才看见，这个人只有一只手，另一只手齐肘而断，伤口扭曲狰狞。他虽残疾，但做事倒还利落，提着一只木桶，很快以一份长生泉、九十九份水的比例将水兑好，然后拿了一个小勺，说：“一人一勺。”

柳冰岩过来接过水桶，看了温谜一眼——真的要分给大家喝吗？长生泉的副作用，大家也不是不知道。

温谜说：“先出去吧。”

几个人跟着他一齐出了城堡，鸦奴居然也跟了出来，对等在外面的人说：

“请饮下长生泉跟我来。”

诸人没有动，都看温谜。温谜说：“先等等。”

鸦奴也没有理他，带着他们前往迦夜安排好的住处。

方壶拥翠，蓝小翅窝在自己的椅子里，身边的牡丹开得真是鲜艳欲滴。她轻抚那色泽浓烈的花瓣，正在沉思，外面有人道：“羽尊，方壶拥翠之外，两个人自称蜀雨青枫掌门化成雨、鹰愁涧洞主冯蛟求见！”

蓝小翅说：“让他们进来吧。”

旁边微生瓷不高兴：“药！”蓝小翅面前的药才喝了一半。

“我又没病，为什么总是要喝药啊？”蓝小翅哀号，“云采真是不是想死，保个胎而已，都快把我灌成药罐子了。”

微生瓷说：“乖，喝。”学着蓝小翅平时哄他的语气，蓝小翅说：“可是真的很苦啊。就知道让我喝，你自己怎么不喝？”

微生瓷说不过她，半天拿起药碗，一仰头，咕噜咕噜，把剩下的半碗药喝了个干净。蓝小翅目瞪口呆，半天说：“你干什么？！那是我的药！”

微生瓷说：“我陪着你喝，好吗？”

蓝小翅又气又感动：“你是不是傻啊！我就是抱怨一下，一会儿就喝了。”

微生瓷说：“那我再给你盛。”说着话端起药碗，出去了。

蓝小翅摸摸小腹，四个多月，已经微微有点隆起了。

化成雨和冯蛟进来的时候，就看见她窝在椅子里，一脸母爱的光辉。冯蛟有些尴尬，毕竟鹰愁涧跟羽族素来不睦，如果不是遇到这样的大事，他是死也不会踏足方壶拥翠的。

还是化成雨好开口一些，毕竟他跟温谜一直交好，以前对蓝小翅也还算不错。所以化成雨说：“羽尊，我等有急事，需要见一见云采真大夫。”

蓝小翅说：“化伯伯受伤了？”

化成雨嘴角还带着血，连日来接连赶路，也没空疗伤，他说：“我不打紧。”

蓝小翅站起身来，走到二人面前。二人只觉一阵香风扑面，还没反应过来，她出手如电，连点化成雨三处大穴，然后掌力一冲，化成雨当即喷出一口血来。

这口瘀血一吐，整个人倒是气息顺畅了许多。蓝小翅说："是迦夜伤了化伯伯？啧，他的功力真的这么高了呀？"

化成雨本来没打算跟她多说，毕竟是个女孩子，又怀着孕，面对如今迦夜这样的强敌，她能做什么呢？

但是蓝小翅露的这一手，还是有些惊到了他。这功力，在江湖中若说是一流高手，还真不是夸张。他说："小翅，迦夜如今功力突飞猛进，落日城更是布满了奇怪的菌粉……"

他将城中发生的事都说了一遍，冯蛟还是有些不耐烦——跟一个丫头片子说这些有什么用？只是如今毕竟身在方壶拥翠，他不好直说。蓝小翅那张嘴，可是不饶人的。这时候让她损一顿，犯不上。

蓝小翅安静地听完化成雨的话，说："我爹还好吧？"

化成雨一愣，突然反应过来她是问温谜，顿时喜出望外："温阁主暂时没有性命之忧。但是迦夜将他们留在城中，且身上又被种入菌粉，只怕并不乐观。"

蓝小翅说："噢，他是个识时务的人，会以其他人的性命为重，有他在城中，还略好一点。"

冯蛟终于不耐烦了："让我们先见云采真再说吧。"

蓝小翅说："哟，我当是谁，原来是冯洞主。"她笑嘻嘻的，"冯洞主贵足临贱地，我这方壶拥翠简直是蓬荜生辉呀！"

冯蛟紧紧地闭上嘴，蓝小翅绕着他走了一圈，说："冯洞主不是跟羽族有深仇大恨嘛，如今居然上门求助，真是让人……啧啧……"

冯蛟暴怒："混账，我是来找云采真，何为向羽族求助？！"

蓝小翅说："是吗？那您可想好了，为了保护采真叔叔的安全，我将他安置在了不老坑。那地方毒物烟瘴重重，没有我带路，你们可是进不去的。冯洞主，您确定你此行不是来向羽族求助？"

冯蛟一个劲在心里问候蓝小翅的祖宗，但却是再不说话了。化成雨见他气得脸都成了猪肝色，只得说："贤侄女，不要开玩笑了。"

蓝小翅这才说："化伯伯、冯洞主，请跟我来。"

微生瓷端了药回来，一看屋子里，顿时气炸了，小翅膀又哪去了！说好的喝药呢！！

蓝小翅带着冯蛟和化成雨，一路穿过不老坑的石林毒阵，火中莲还在，石上花仍开，可里面住的却不是木冰砚了。

冯蛟和化成雨看着石林中的奇景，心中对木冰砚难免还是有几分敬畏。只是忧心温谜等人，也不多说，急急行路。

云采真还在试验那些菌丝，化、冯二人一走近，眼中都是一喜："云大夫！你已经知道菌粉的事了？"

云采真眼睛都熬红了，说："嗯。这些菌粉不耐高寒与高温。"他转过头，对蓝小翅说："在落日城外烧起大火，烧上数日，相信这些菌粉都不会再发芽。"

蓝小翅说："嗯，这事我会找人去干。"

冯蛟说："云大夫，那我们体内的菌丝可有办法去除？"

云采真说："手。"冯蛟伸手过去，云采真给他把了脉，过了一会儿，说，"菌丝已经生根？"

冯蛟撩起衣袖："云大夫请看。"他手臂皮下，确实现出一条一条突起的纹路。云采真皱眉，冯蛟二话不说，拿刀顺着一条纹路一划，只见皮下紧紧依附着血肉的，果真是一条菌丝。血流出来，他眼也不眨，说："迦夜曾说，这些菌丝五日之内就要吸收一次长生泉，否则将吸食宿主血肉为生。"

云采真说："我用老鼠做过实验，这是真的。"

化成雨也急了："云大夫，难道没有办法对付这些菌丝了吗？"

云采真说："我还在想办法，古书中也不乏一些种子在人体内生根发芽的异象，一定会有办法，但需要一点时间。"

化成雨一脸忧虑："只怕温阁主他们，不一定有时间等。"

大家都沉默了，只有蓝小翅在吩咐给云采真打下手的青鹏："你去看看白翳跟小皇帝谈得怎么样了，然后让小皇帝出桐油，在落日城外设一火圈，将城与外界隔离，免得菌粉传播出来。”

青鹏应了一声是，化成雨和冯蛟都是一脸无语——一点桐油你都要去打朝廷的秋风……

蓝小翅不以为然——富由俭来嘛。她耸耸肩，说：“化伯伯，采真叔叔现在有多忙，你是看到了。木冰砚的能力可以帮他，你们也是知道的。事到如今，你们还要固守以前的一点旧怨，宁愿让迦夜为恶，也不肯让可以出力的人前来相助吗？”

冯蛟立刻明白了她的意思，说：“你是说，让我们原谅木冰砚等人以前犯下的罪行？”

蓝小翅说：“干吗？我又没问你！”

冯蛟气得呼哧呼哧直喘气：“不可能！”

化成雨也说：“小翅，江湖中有许多人，是不愿意接受蓝翡等人的恩惠的。他们中许多人的亲人朋友都死在蓝翡等人手上。而且死状惨烈的不在少数。”这是当然的，如果不是因为蓝翡凶残，方壶拥翠何以得到这二十年的安宁？

蓝小翅说：“所以他们宁愿还活着的亲人朋友也一一惨死吗？”

化成雨说：“这……”

蓝小翅说：“化伯伯，您能跟我过来一趟吗？”

化成雨说：“好。”

蓝小翅斜眼看冯蛟，冯蛟双手抱胸，他手臂上还在流血，却似乎感觉不到痛一样，倒也是一条好汉。蓝小翅说：“我就不叫你了，反正你也肯定不敢来。”

冯蛟说：“你以为激将法对我有用？”

蓝小翅说：“当然没用，你根本没有勇气面对现实。”

冯蛟说：“我没有勇气？你可知道，我的三个哥哥都为了阻止羽人滥杀无辜而丧生？！我的师父也是为了阻止蓝翡剖出孕妇腹中的胎儿，被他刺瞎双眼？！我与他血海深仇，不共戴天！”

蓝小翅说：“那你跟我来！”

她带着两个人，穿过不老坑，来到旁边一个不起眼的山谷之中。谷中，有近百人正安静地编着鸟笼。羽族的鸟儿只有小时候需要笼子，以免蛇鼠加害。

化成雨不明白："你带我们到这里干什么？"

蓝小翅说："何伯！"一个正在编笼子的男人抬起头，看见蓝小翅，他站起来，说了几句话，却是含混不清，细听之下，不似人声，更像鸟儿鸣叫的声音。

化成雨和冯蛟心里都是一惊，知道这是被修剪过舌头的羽人了。

蓝小翅说："何伯，麻烦您张一张嘴。"

那个男人闻听之后，果然张开嘴，嘴里一条舌头，被修剪得非常细，像鸟舌头一样。见者惊心！

蓝小翅说："请您脱下衣服。"

男人犹豫了一下，还是解下衣袍，露出身上无数的鞭伤。已经过了这么多年，那些伤痕也已经结痂，但仔细看去，还可见当初的惨状。蓝小翅示意他转过身去，化成雨和冯蛟都吃了一惊——他背上被掏出两个洞。过了这么多年，里面的血肉还古怪地扭曲着。

化成雨不禁道："怎么会这样？"

蓝小翅说："成年羽人翅膀骨头坚硬，很难剪除。要挖开他背上的皮肉，从根上折断，再剔除。当年侠都，有人专门干这活计。"

在完全清醒的情况下，这简直是掏心挖肺的酷刑。蓝小翅说："他其实可以驯鸟，碧翎鸟几乎可以完全听懂他的话，但是现在，他已经不愿多看鸟一眼了。"

化成雨说："这……可以理解。"

蓝小翅点点头，示意何伯穿上衣服，然后领着化、冯二人去看其他人。两个人这才发现，这个山谷里住的几乎全是被解救回来的驯鸟奴隶。蓝小翅指着一个看起来只有小孩身高的男子，说："他的腿是木冰砚用牛骨做的。当时我和大师兄去救他的时候，羽人在外的名声已经非常凶悍。他的主人怕被羽人发现报复，于是把他关在地窖里。大师兄把他背上来的时候，他的双腿全是蛆虫。回来的时候，木冰砚锯掉了他的两条腿。"

冯蛟也沉默了，蓝小翅说："还有这个，我们也不知道她的名字了，我找到她的时候，她被拴在羊圈里，已经疯了。她说不出她遭遇了什么。你觉得你的兄弟死得惨，对吗？可我觉得如果是她的话，她肯定会希望自己从来没有在这个世上生存过。"

冯蛟低下头，蓝小翅说："这里有三百多人，被单独安置在这里，是因为他们已经不能像正常人一样生活，哪怕羽人已经拥有自己的家园。除了这些，还有很多没有救回来的，埋在红泥谷。我从小就看着我爹和我师父他们从不同的地方把这些羽人带回来。我见过千奇百怪的伤痛。你觉得你的兄弟、师长很令人同情吗？冯洞主，如果我爹罪该万死，那造成这些事的人又该当如何呢？"

冯蛟说："可……可我的师父、我的兄长们从来没有残害过羽人，没有使用过驯鸟奴隶。"

蓝小翅说："对，可是这本来就不是个人恩怨。如果每一个死去的人，都要找到冤头债主，那么羽族或者你们鹰愁涧没有一个人无辜。当时侠都的驯鸟场，是正当营生，连朝廷都没有干涉过。现在我是羽尊，我代表羽人说，我们可以不追究历史遗留的对错，我只是希望能化解双方的仇恨，至少维持表面的和平。这过分吗？"

过了许久，冯蛟虚弱地说："可……可我不能在我的兄弟们坟前这么对他们说，那样的话，我会觉得死后无颜面对他们。"

蓝小翅说："冯叔叔，如果真的做不到谅解，您能保持沉默吗？"

冯蛟愣住了，蓝小翅说："我只是想给他们一个安稳的地方，让他们不至于临老还流离失所。我答应，只要不受到侵犯，以前羽族滥杀无辜的事不会再发生。而羽族会跟各位一样，为了江湖的安定出钱出力。可以吗？"

冯蛟还没有说话，身后突然有人鼓掌。几个人看过去，只见微生瓷带着金芷汀兰过来。金芷汀兰说："羽尊的话，确实有其道理。"他走到冯蛟身边，说："冯老弟，你就应了吧。想想当初，羽人解救自己族人，如果不是罪及家族，只怕驯鸟奴隶之风也不可能这样刹住。各有各的无奈，现在既然蓝翡已经将羽尊之位交出，也代表羽族会有一个新的开始。能和平解决的事，何必一定要打打杀杀呢？”

冯蛟叹了一口气，说：“如果我保持沉默，你真的可以救温阁主等人吗？”

蓝小翅说：“虽然我不提，但是温谜是我爹。”

冯蛟点点头，转身离开了。

金芷汀兰说：“冯洞主性情直，人倒是个直爽的汉子。他既然应下了，你就不必再担心日后生变。”

蓝小翅说：“三王爷，您这么好，我真是感动。可惜我嫁人了。”

微生瓷立刻问：“为什么是可惜？！”

金芷汀兰赶紧说：“羽尊不可玩笑！”你可别给我招祸！

蓝小翅笑嘻嘻的，金芷汀兰又说：“不过，我已经没有再纳王妃之念，枕流毕竟是太子，也会养在王兄膝下。如果再添一个女儿，倒真是不错！”

蓝小翅笑不出来了，退后一步，一脸警觉：“你想干什么？”

化成雨大笑：“贤侄女，这还听不出来？他是想要添你这个干女儿！”

蓝小翅寒毛都竖起来了：“三王爷，从古至今，是有过滴水之恩当涌泉相报，也有过无以为报以身相许这样的话，但是那也没有要求别人认爹的道理，对不对？”

金芷汀兰说：“那只能说明古人还是有考虑不周的地方。”

蓝小翅说：“不不，我觉得古人考虑得很周到！反正我是不会认你做爹的！”

金芷汀兰轻捻着手中的兰花刺，说：“现在温谜没有回来，外面全是二流的江湖人士，在他们面前，鳍族说话还是有点分量的。”

蓝小翅一脸郁闷，金芷汀兰忍着笑，说：“你要想清楚啊，反正你已经有那么多爹了，多一个又有什么关系？再说了，羽族现在生意做得不错，你要是做了我的干女儿，就是鳍族的郡主。嗯，好处还是挺多的！”

蓝小翅气得说：“可是人家行走江湖，都是到处认小弟！我行走江湖，认一堆爹算怎么回事？！”

化成雨捂着肚皮，笑炸了。

蓝小翅是真不想再认爹了，可是有求于人，又有什么办法？

她想了一阵，终于跪下，不情不愿地磕了个头：“爹。”

金芷汀兰赶紧将她扶起来，他是真的欣赏这个小丫头，又觉得金枕流有点没谱，一心想给鳍族打好羽族这层关系，也算是费尽心思了。蓝小翅一是觉得金芷汀兰本来就对羽族帮助不小，二来鳍族确实富裕，以后少不了会有诸多来往。

再加上蓝翡的事，鳍族如果能出来说话，确实能减少一些阻力。再说了，金枕流也是个豪爽可交的人。两个人也算是各方面都考虑了一番，这个爹也就这么认下了。金芷汀兰说：“如今事态紧急，改天爹摆宴，正式收下你这个义女。”

蓝小翅叹了一口气，正所谓虱子多了不咬，就这么着吧！

金芷汀兰倒也不白收这个女儿，立刻就为她的事考虑：“如今接受蓝翡等人重回方壶拥翠，对其他人来说，没有这么容易。你是否真的有把握，能够解除长生泉之患？”

蓝小翅说：“三……”

金芷汀兰说：“嗯？”

蓝小翅只好不情不愿地改口：“爹，落日城始终只是一个小地方，羽人要制服迦夜，不需要费太大功夫。长生泉的事，我已经有了眉目，但毕竟是要注入人体的，总不能抓几个人随便试试吧？只要木冰砚回来，我自然会告诉他方法，让他和云采真往这方面尝试。”

金芷汀兰点头，道：“我出去跟他们说说。”

蓝小翅终于也存了些感激的意思：“爹，辛苦你啦！对了，枕流怎么没来？他不是一向最喜欢凑热闹的吗？”

金芷汀兰毫不犹豫地说：“这里情况不明，他身为鳍族太子，我怎么敢让他亲身涉险？”

蓝小翅怒：“那我为什么就可以亲身涉险？”

金芷汀兰微笑：“能者多劳嘛。你要是真有把握，我让枕流过来蹭点功劳了？以后真要说起来，他这个太子也算是干了点人事儿。”

蓝小翅哭笑不得："你要不要这么跟我开诚布公啊？"

金芷汀兰笑说："自己人嘛，何必遮遮掩掩。"

蓝小翅无力地挥挥手，这个老狐狸，刚认了个女儿，就急着过来揩油！

蓝小翅这边刚送走了义父，那边白翳就匆匆赶回来。蓝小翅意外："何事惊慌？"

白翳气息未平，说："羽尊，我好像把牛吹过了。小皇帝决定御驾亲征，已经快到方壶拥翠了！"

蓝小翅气得就差破口大骂了："他亲征什么，我看就是平时被慕流苏关怕了，这时候狗绳掉了，立刻就出来撒欢了！"

白翳说："可无论如何，他是陛下，羽族只怕还是得准备接驾啊！"

蓝小翅只好说："来人，召集所有羽人，立刻将值钱的摆设全部收下去。所有人都给我拣破旧、朴素的衣服穿。谁要是敢出来炫富，我揪光他的毛！"

羽尊说话，羽人的反应速度还是快的。

立时之间，所有的金、银、珠、玉都被撤下，换上了石头、木头、铁器，连蓝小翅的汉白玉镇纸都变成了黄铜镇纸。蓝小翅四下巡视了一遍，见所有羽人都穿着破衣烂裳，心下也有点诧异："你们哪来的这么多破衣裳？天啊，青鹏你这衣服怎么这么臭，快给我洗洗。让你们穿朴素，不是让你们又脏又臭！记住，回头小皇帝过来，除了我指定开口的几个人以外，其他人不得乱说话。"

羽人素来是最听羽尊话的，闻言立刻全部夹紧翅膀儿："是！"

蓝小翅将整个方壶拥翠都查看了一遍，眼见没有任何破绽了，方对白翳道："走吧，准备接驾！"

白翳等人都不知道她在搞什么鬼，但是不知道从什么时候开始，他们就不再怀疑蓝小翅的决策。所以这时候也什么都不问，跟着她到方壶拥翠外接驾。

蓝小翅让人用鲜花铺路，除此之外，是真的没有别的陈设。

小皇帝宇文超，今年夏天刚满十四岁，身量修长，五官还是少年的稚嫩。这时候他带了朝廷十五万大军，从侠都一路赶来。本来是要直接前往落日城，还是总管大太监郑亭实在是担心，方跟白翳一起力劝，让他先到方壶拥翠再做打算。

宇文超特别喜欢蓝小翅送他的那只雪背锦毛鹰，那鸟是真的通人性。连带着的，他对方壶拥翠也有了几分好奇。是以听郑亭和白翳都这样劝，倒也没反对，径直来到方壶拥翠。

方壶拥翠的楼门外，蓝小翅命所有羽人全部前来相迎。宇文超过来一见，嗬，好家伙！只见数万羽人，个个身着破衣烂裳，却带着一脸幸福的笑意，在楼门处蹲守——当初人人洋溢着幸福的笑意，蓝小翅说谁笑得最甜奖励白银五百两！

宇文超走到楼门前，生生停住脚步，没敢往里走！这些人……真的是正常人吗？他们不会咬人吧？

蓝小翅迎上来，她也穿了一身布裳，脸上连面具也不戴了，头发梳下来，只别了一根银簪。宇文超倒是对她印象深刻，说：“蓝爱卿，你的脸还没治好啊？”

蓝小翅一脸实诚地说：“不敢相瞒陛下，在侠都看了好几位名医……”

宇文超有些惊奇，不等她说完，就问：“到底是如何中的毒，连朕的太医都束手无策吗？”

蓝小翅领着他往里走，说：“那倒不是，只是他们开的药都太贵了！”

宇文超给雷得外焦里嫩：“你可是羽族的大小姐啊！至于吗？回头你再来宫里，朕免费给你提供药材。”

蓝小翅拱手道：“谢陛下，陛下皇恩浩荡，德被万民！”

所有的羽人也都笑得跟花儿似的，一齐喊：“陛下皇恩浩荡，德被万民！”

宇文超到底是小，被这么一恭维，心里还是舒坦的，说：“朕以前从来也没到过方壶拥翠，听名字倒是颇有诗意。爱卿不如带朕四下走走，也让朕看一看这异族风光。”

蓝小翅说：“当然，陛下跟俺来！”

说完，就带着宇文超去逛鸟场，鸟场以前全部养着鸟，如今里面却全部是鸡。蓝小翅说：“陛下您看，这就是羽族最重要的财产，也是我们主要的经济来源。”

宇文超目瞪口呆：“鸡……鸡？！”

蓝小翅说：“哦不，羽族的主要经济来源是鸟，您看，这是麻雀，这是翠鸟……这些鸡呢，主要是大家用来贴补家用的……”

她正介绍呢，这时候屋子里有一个羽族妇人出来，同样穿着粗布麻衣，手里提着几只老母鸡，扑通一声跪倒在地：“陛下，您能来到俺们这儿，俺们简直是受宠若惊啊！这几只老母鸡是俺娘在时就养下的，请您拿去炖了补补身子吧！”

宇文超后退一步，说：“这……这还是算了吧！”你妈在时就养的，那这几只鸡得是我奶奶辈儿啊！

蓝小翅说：“陛下请不要嫌弃，这几只鸡已经是她们最宝贵的财富了。能够献给陛下，也是我们这些做小民的毕生的荣幸啊！”

宇文超感动了，对郑亭说：“把那几只鸡奶奶接过来。”

郑亭跟着一群大内侍卫，提着老母鸡，跟在蓝小翅和宇文超身边。一路看过去，羽人无不以鸡、鸭、鹅等相赠。宇文超还没觉得怎么，郑亭是吃不消了：“陛下……咱们还是回去吧。”

宇文超不悦，他在朝中，多还是听慕流苏的。平时朝议的时候，大臣们也多是看慕流苏的脸色行事，几时又受过这样的拥护？他问：“怎么了？”

郑亭小心翼翼地说：“陛下，这鸡、鸭、鱼的……侍卫们实在扛不下了……”

宇文超一回头，果然看见自己英武笔挺的大内侍卫都累成狗了。这才说：“蓝爱卿，如此我等就不再继续巡视了。”

蓝小翅说：“陛下不去，她们一定很失望。回头我让她们将备给陛下的礼物全部送到郑公公手上。”

郑亭瞪了她一眼——我也没得罪你啊，你至于这样吗？！

宇文超却是连声道好，蓝小翅又给他备下了“丰盛”的酒宴，吃食全部用农家大海碗装，什么炒野菜、拌地瓜的。宇文超吃着这些，眼泪都要流下来：“真想不到，在大凉盛世之下，还有如此清苦的百姓。”

蓝小翅趁机说："二十年前羽族过得艰辛，如今在陛下的英明领导之下，已经过得很好哩！陛下尝尝这棒子面蒸苕叶……这在以前，哪家敢放这么多棒子面哦……"

宇文超吃得泪流满面。

蓝小翅不敢喝酒，只得说："请陛下恕我有孕在身，不能饮酒，不过白总管可以陪陛下喝几杯。"

白翳闻言，只好亲自为宇文超斟酒。郑亭在旁边，心下真是忐忑无比。但那酒却是高粱酿的，宇文超喝得红光满面，第一次没有慕流苏在身边，他跟脱了绳子的野狗似的，真是舒爽啊！

几杯酒下肚，他就红光满面了。蓝小翅趁机说："陛下，羽人以前一直没机会识字。想要报效朝廷，也不知道从何做起。如今有几个娃娃，资质都是很不错的，陛下能不能让他们进侠都读书？若是识得几个字，回来教教羽族的娃娃也好。若是能去侠都考个功名，将来做个大官儿，那岂不是俺们整个羽族的荣耀吗？"

宇文超觉得好笑，就这样的乡下地方，还有人想着读书呢。但他现在在这些人眼里是圣明天子啊，何况人家只是想要读书，又不是干什么坏事。他说："这有何不可？在朕治下，我大凉国所有子民都应该识文断字。你们也是朕的子民，当然也可以读书识字。"

旁边郑亭一脸担忧："陛下……这些事，还是回去跟百官们商量一下吧。"

宇文超顿时不悦——怎么着，慕流苏在的时候，你们就管着朕。如今他不在，你们还管着朕？他沉声问："难道这点小事，朕还做不得主吗？"

小小年纪，却颇有些威严，真的一摆脸色，还是挺吓人的。郑亭赶紧躬身道："奴才不敢！"

宇文超冷哼一声，对蓝小翅说："朕允了，羽人可以读书识字。"

蓝小翅简直是感动得热泪盈眶，说："这真是天大的喜事啊！俺们这地儿也能出读书人哩！陛下，俺要为陛下立一块长生碑，此后羽人日日上香，让羽族子孙后代都知道陛下的无量功德！"

宇文超有些喝大了，慕流苏平时管得严，他可不敢这么喝酒。何况这酒虽然甜，却是相当烈。所以他大着舌头，袍袖一挥：“准！”

蓝小翅当即命人在方壶拥翠的界碑旁边刻了一块高大的石碑，她亲手刻上宇文超的功迹。只是不着痕迹地将“读书识字”刻成了“读书入仕”。虽然只有两字之差，但其中意义何止天差地别？

读书入仕，就代表羽人可以入朝为官。蓝小翅笑得一脸憨厚：“陛下，如果上面能有您的御字，那就真是太完美哩！”

宇文超自小受慕流苏管束，字也是得了他的真传，当即挽起袖子，决定露上一手。于是在碑上大手一挥，写下了“海晏河清，时和岁丰”八个字，然后留下自己的落款。

最后一个字刚刚落笔，蓝小翅就跪下：“陛下万岁万岁万万岁！”她一跪，当然羽族百姓也就跟着下跪了。宇文超突然觉得当皇帝真是特别有成就感，说：“平身，都平身！”

蓝小翅起来，一边拥着他入内喝茶，一边命人将石碑好好打磨，涂上防雨的涂料，立在方壶拥翠门楼之外。上面除了歌颂宇文超的功德之外，还记录了宇文超亲口应允，羽人可以读书入仕。

等喝过茶，宇文超终于决定要前往落日城了，一想到能够把慕流苏救出来，他还是挺兴奋的。

蓝小翅这才说：“来人，去请我夫君，让他保护陛下，先行前往落日城。”

宇文超一听，唉，看羽族这个没见过世面的样儿，蓝小翅的公爹和夫君能有多厉害啊！他说：“爱卿不必麻烦了，朕有大内侍卫，可以护朕安全无虞。”

蓝小翅说：“要的要的，毕竟是俺们的心意嘛。”

宇文超终于不再说什么了，等到微生瓷出来，他眼前却是一亮——好一个丰神如玉的人物！

微生瓷知道今天方壶拥翠有客人来，他和他爹都是懒得应酬的人，自然也就没过来。这时候蓝小翅为他引见：“小瓷，这位是大凉皇帝陛下。”

微生瓷站在那没动，说："哦。"

宇文超居然也没生气——好吧，蓝小翅的夫君果然也没见过什么世面，肯定是不知道要行大礼。唉，大男人穿红衣服，这也罢了，反正他皮肤白，穿红的也干净好看。只是……天啊，腰间这把花里胡哨的剑！

蓝小翅没理会正在崩溃的宇文超，只是对微生瓷说："陛下要前往落日城，你跟去保护他的安全，好吗？"

微生瓷这才说："嗯。"

下午，宇文超起驾，带着他的侍卫、军队，还有无数鸡、鸭、鹅等羽族"特产"，一路离开方壶拥翠，前往落日城。

微生瓷跟在他身边，不言不语，也不离开。宇文超从羽族出来，上了轿，郑亭对一品带刀侍卫秦飞说："秦侍卫，这是羽尊派来保护陛下的，你看随便把他塞哪，不要碍事就好。"

秦飞脸色发白，指着微生瓷腰间的九微剑，一个劲儿地哆嗦。郑亭莫名其妙："秦侍卫？"

秦飞两腿一软，好半天才扶着郑亭站定，结结巴巴地说："九、九……"天啊，江湖中传言的九微剑！九色的！真的存在！！

郑亭无奈地叹了一口气："什么时候了你还要喝酒，好好保护好陛下，别误了正事！"

说着话，转身就走了，他一走，秦飞就颤抖着道："请、请问……您……您是微生世家的什么人？"

微生瓷皱眉："微生瓷。"

秦飞心里咚咚乱跳，老天做证，当初见到侠都第一美人的时候他的心跳都没这么快过。他说："微、微生公子，这、这边请……"

宇文超坐在轿子里，第一次离开皇宫，而且走了这么远的路，他心里的兴奋惬意简直无法言喻。外面景色不错，只是他的一品带刀侍卫正在跑来跑去，宇文超好奇——秦飞这个人，一向铁面寡言，见谁都是冷着一副脸。今天这是怎么啦？

轿外，秦飞一会儿捧来一个水囊，双手奉给微生瓷："公、公子，来，您喝水！”

微生瓷皱眉，秦飞立刻说：“您不渴？”一个转身，又拿来一壶酒，“那您喝点酒。这可是我多年珍藏的好酒……”

宇文超看了一眼郑亭，郑亭也在看他，过了一会儿，大太监向小陛下小声解释：“听说这世上有一种人，不喜欢女人，反而对男人……”

宇文超恍然大悟：“朕知道，龙阳之好嘛。小时候朕读这一篇，还被丞相打了屁股。”

郑亭说：“难怪秦侍卫年过三十，还没有妻室……”

主仆二人对视一眼，同时摇头感叹：“世风日下，人心不古啊！！”

方壶拥翠，蓝小翅送走宇文超，金芷汀兰进来，说：“听闻你让微生瓷跟小皇帝去了？”

蓝小翅说：“他的身边侍卫虽然武功还过得去，但是如果遇到高手还是够呛。小瓷在可以沿途保护。”

金芷汀兰说：“我可是听说……小瓷身体不太好。为什么不让微生家主前往？”

蓝小翅说：“我公爹性子冲动，爱管闲事。小瓷死心眼，反倒安全。”

金芷汀兰说：“我已经通知枕流，让他……”话没说完，他就看见了方壶拥翠门楼旁边高高竖立的那块石碑！金芷汀兰是只老狐狸，自然一眼就会看到重点。他脸色变了：“羽人可以读书入仕？！”

蓝小翅说：“是啊，陛下皇恩浩荡，亲口允许了！”

金芷汀兰哭笑不得——你就趁慕流苏不在，逮着朝廷使劲地坑吧。

蓝小翅问：“我蓝爹的事，他们怎么说？”

金芷汀兰说：“我说通了三家。其余的大多跟羽人有血仇，很难。”

蓝小翅说：“无妨，我手里还有一点各家掌门的兴趣爱好，我拿过去跟他们再探讨一下。”

金芷汀兰突然明白过来，笑骂：“混账东西，难怪上次羽族通商的事有那么多门派表示赞成呢！你用这法，不怕温谜知道了剥了你的皮！”

蓝小翅嘿嘿笑：“干爹会护着我的嘛，不怕。”

金芷汀兰大笑，蓝小翅回过头，命白翳再次将各派来人的信息都登记清楚，然后带领诸人前往安置残疾羽人的山谷之中，动之以情，晓之以理。

因为主力骨干都被困在了落日城中，这时候来的人明显武力低下了许多。而且因为不主事，讲理也变得很困难。

蓝小翅跟他们在山谷中从下午一直理论到夜晚。金芷汀兰站在旁边，看见她神情之间明显的倦色，但是她没有放弃。白翳整理给她的名单，她只看了两遍，却对来人都了如指掌。

这次来的有妇女老人，这些人总的来说心肠还是很软的。看着山谷中羽人的惨状，再念及二十年前的旧事，终于还是有人动摇了。

蓝小翅趁热打铁，这时才提出营救落日城的人需要木冰砚等人的鼎力相助。甚至提出，当初羽族对落日城的菌粉，其实是有一点研究的。

这些话，让这些江湖人又看到了一丝让亲人活着回来的希望。于是，陆陆续续，也有些人同意了。

蓝小翅一直跟他们商讨了三天，到底不同意的还是占了多数。

她将同意的人送走，再重新跟不同意的人谈条件。

开始的时候一起约谈，后来分化约谈，再放出虚假消息，称有些反对党已经同意。一些不太团结的门派之间，就开始生了嫌隙。金芷汀兰一直陪着她，先前是怕她与这些人之间发生流血冲突，这时候他突然相信，这个孩子并不会意气用事。

她很明白她在做什么，目的是什么。

又过了两天，蓝小翅又用挑拨离间的办法，开出了一些高低不等的条件，说服了一拨不太坚定的人。剩下的这些，就是难以搞定的门派了。她将白翳和凤翥叫到面前："你二人去看看，这几个门派，有没有什么见不得人的事，可以供我们利用。"

白翳说："我们会去做，你还是歇一下吧，好几天没好好休息了。"

蓝小翅伸了个懒腰，想要站起来，却突然一个趔趄，扶住了白翳。白翳吓了一跳，凤翥二话没说，掉头就往外跑——直接去找云采真。

金芷汀兰有些惊诧，羽族的人对她倒是真的贴心。他赶紧握住蓝小翅的手，输了真气进去。蓝小翅说："我没事，只是腿有点麻。"

白翳松开她："你要吓死我！快去睡觉！"

蓝小翅点头，书房后面就有休息的美人榻，她进到里间，躺到床上。白翳把小被子拉过来给她盖好。金芷汀兰跟他一起出了书房，白翳吩咐门外的羽人："今天下午到明天早上，除了云大夫外，任何人都不准打扰羽尊。"

羽人躬身应："是。"

落日城，小皇帝宇文超带着兵马来到城下。人刚到，蓝小翅的书信也随之到了。郑亭打开，宇文超看了一阵，说："蓝爱卿说，城里有一种飘浮在半空中的菌粉，人吸入肺中，会在体内长出菌丝。"

郑亭顿时大惊失色："陛下，那我们还是退后扎营吧，您龙体要紧啊！"

宇文超接着看信，说："她还说，这种菌粉不耐高温，让我们在城外铺上桐油，绕成一圈点起大火，则菌粉燃烧成灰，不会传播。"

郑亭赶紧说："白翳总管过来时也曾说过，老奴已经命人准备了桐油，这就泼洒吗？"

宇文超说："嗯。"

郑亭转头说："来人！"

人还没来，微生瓷皱眉，问："干什么？"蓝小翅的信不给他看，瓷少爷已经很不高兴了。

郑亭说："陛下有令，将落日城周围泼上桐油，点起大火，以防菌粉传播伤人。"

微生瓷问："小翅膀的信上说的？"

郑亭莫名其妙："正是。"小子，你问这个干什么？

微生瓷问："桐油在哪里？"

郑亭更不明白了："在那边堆着啊！"

全是铁封的桶，估计有成千上万桶。微生瓷左手一抬，只见油桶飞天，郑亭抬起头，看着天上，张大了嘴巴。宇文超不悦——让你叫人，你干什么呢？他问："郑亭！你听不见朕……"话没说完，他也看向了空中。

只见几千个油桶，如被一种无法名状的力量控制，密密麻麻地升到空中，很快又排成一个圆形，这个油桶形成的圆圈慢慢扩散，很快将整个落日城围绕起来。

宇文超寒毛都竖了起来："有、有鬼！！"少帝终于显出了两分惊慌之色，"慕相！慕相有鬼！"

他父皇死得早，小时候就是慕流苏在教养，虽然有时候恨他管束太严，但出了事第一个想到的却还是慕流苏。如师如父，不过如此。

郑亭赶紧说："陛、陛陛下……您看那边……"

宇文超转过头，看见了他毕生难忘的一幕——只见湛蓝晴空，朱阳千顷，一个一身红衣的少年踏风而起，最后停伫于虚空，仿佛脚踏流云。

在他周围，奇怪的气流卷起他红色的衣袂，黑发飘飞，如仙如魔。

黑色的油桶如同听话的玩具，在无形的气流中分散或聚合，片刻之间，砰的一声，铁皮全部爆裂开来，声浪惊天。宇文超忘了躲，只觉得耳边如有惊雷。而少年不言不动，风起于他足下，流转于他指尖，他绮丽如梦如烟。

桐油均匀地泼洒于地，不偏不倚，正好将整个落日城团团包围。微生瓷指尖掌力凝聚，击于一处城砖。一声轻响，火花擦出，点燃了油圈，瞬间火势熊熊。

而他站在无边火焰之上，热浪破不开他的护体真气，他如傲立云端的神祇。

宇文超一直痴傻地站立着，浓烟与烈火将他的脸烤得通红，他甚至忘了躲避。

后来终其一生，他都没有找到语言来形容当时的场景与自己内心的震撼。

美，美艳到了极致，傲，傲慢得世界倾倒。

第三十三章 陈年旧事

方壶拥翠，蓝小翅将这些武林人士都说服得差不多了，还剩下一小部分人不同意。金芷汀兰真是止不住自己的好奇心：“威逼利诱，你可是全都用了。剩下的这些人，你打算怎么办？”

蓝小翅说：“实在不行……对付落日城的时候让他们冲在最前面吧？”

金芷汀兰的笑容凝固了。

蓝小翅哈哈大笑，说：“行了，如果我爹他们回来，这一小点人构不成威胁。”

金芷汀兰这才放下心来，说：“虽然温谜现在不在，但我还是提醒你一句，如果你真的因为这事儿闹出人命，他要大义灭亲，可没人能保你！”

蓝小翅说：“唉，有时候想想，这个爹到底有什么用！”

金芷汀兰暗笑，说：“既然你如此有信心，我让枕流过来了？”

蓝小翅说：“好。”

金芷汀兰去传信，蓝小翅自己发信给蓝翡，将这些日子的战果都向他汇报了一通。

九微山，蓝翡跟木冰砚相对而坐，说：“温谜和慕流苏如此轻易就被迦夜困在落日城，实在是令人起疑。”

木冰砚说：“体内种着菌丝，正常人都会恐惧。”

蓝翡轻摇着白色的羽毛扇，说：“鸦奴有没有别的消息传来？”

旁边森罗说：“没有。倒是迦夜发信，还是希望能邀羽尊‘共享’长生泉。”

蓝翡轻笑一声：“我对长生不老并无兴趣，告诉他，长生泉他留着自己慢慢享用吧。”

森罗应了一声是，木冰砚说：“羽尊真的想要跟落日城合作吗？如今迦夜武功高强，只怕连微生世家……也未必是他的对手。我们与他合作，只怕是与虎谋皮。”

蓝翡说：“暗族不能见天光，长生泉也未能改变他们的体质。其他人或许得看他脸色，唯独羽族，要杀他的办法却有千百种。”

正说着话，突然外面有碧翎鸟飞进来，蓝翡伸出手，碧翎鸟扇着小翅膀，落在他的手背上。仍然是蓝小翅的传信鸟，不过这次带的东西有点多。

蓝翡从它的爪子上取下信件，展开来，只见上面写着洋洋洒洒的名单。后面都有备注。蓝翡越看越觉得惊讶，木冰砚从他的脸上看到这样的神色，凑过来一看，也吃惊道：“这些门派同意羽尊返回羽族了？！”

森罗也凑过来，说：“鹰愁涧的冯蛟也同意了，这……这怎么可能？”

蓝翡说：“上次羽族通商一事，也是所有人都认为不可能。”

木冰砚眼里有一点希望的光芒：“羽尊同意吗？”

蓝翡沉吟不语，他是不愿意接受这种近乎哀求得来的妥协的。从杀戮中走过来的人，更喜欢用手中的兵刃说话。郁罗等人都懂他，所以并未开口。木冰砚倒是偏向于这样的安稳——他又不是变态，何况木香衣如今娶了贺雨苔，他连儿媳妇都没有见过。

不过他既然跟随蓝翡，当然还是听蓝翡的。

九微山没有回复，金芷汀兰颇为意外：“怎么，蓝翡竟然对你的安排并不满意？”他跟蓝翡不太熟，鳍族因为也是异族，当初羽族受到迫害的时候，葬星湖也正在经历变故——鳍王金霈泽的母亲可不是个省油的灯，当时为了让儿子继承王位，施了不少手段。鳍族内部自己也正混乱着，哪有空管羽族发生了什么事？

所以他对蓝翡的想法，还真是不太懂。按理说，一般人若是得到这样一个机会，恐怕求之不得吧？那他在犹豫什么？

他问蓝小翅：“尊严？”放不下脸面？

蓝小翅说：“也不全是，习性如此吧。”他嗜战、嗜杀，搅风搅雨还真是一半恩怨一半习惯使然。

金芷汀兰稀奇：“我第一次听见还有这种习性的。如果他不接受，你可有对策？”

蓝小翅说：“老狐狸狡猾着呢，他现在觉得迦夜赢面大，正等着看江湖乱成一锅粥，当然不肯接受这样的条件。等到他发现迦夜不堪一击的时候，自然会改变想法。”

金芷汀兰眼神之中带了一丝思考之色：“我很好奇，你打算如何对付迦夜？如果单是凭迦隐和迦月，恐怕分量不够。人质并不是时时都有效的。”

蓝小翅眨了眨眼睛，说：“当然。我们先去落日城吧。”

落日城外，微生瓷站在小皇帝宇文超身边，蓝小翅让他保护宇文超，他就寸步不离地保护。

宇文超一直以谜一样的目光看着他，他是没怎么理会，郑亭就心惊肉跳：“陛下……天晚了，去帐中坐坐吧？”

宇文超问：“那个……”突然想起自己还不知道微生瓷的名字，但是自己问他，他会不会不耐烦啊？他好像特别不喜欢跟人说话的样子。宇文超忐忑不安，想了半天，突然想起侍卫秦飞这么殷勤，肯定是知道什么！

他说：“来人，传秦飞到朕帐中！”

郑亭松了一口气——你怎么都好，只要别老盯着一个男人看就行！您要是染上什么怪癖，慕相出来非剥了我们的皮不可！

然而他侍候在侧，却听宇文超问秦飞：“外面那个……那位红衣的少侠，姓谁名谁？”

秦飞答得小心翼翼：“回陛下，他是否有什么失礼之处？陛下，他乃江湖人，素来不踏足朝堂，无拘无束惯了，但微生世家历来不染俗世纷争。如果他做错了什么，属下代他向陛下请罪，还请陛下万万不要与他计较。”

宇文超一听，眉头都皱了起来，少帝不高兴了——他生活在大凉，就是大凉子民。朕是大凉国君，他当然就是朕的！你算什么东西，也配代他请罪？！

他脸色一变，不悦都写在脸上，郑亭叫苦不迭——陛下您千万不要弯啊……

他正说着话，突然外面一阵骚乱，宇文超赶紧出来，只见火光冲天的落日城，突然一个人出现在半空中。

宇文超说："那是谁？"

微生瓷将他护在身后，宇文超莫名就有一种安全感，问秦飞："他就是落日城城主吗？"

秦飞是大内侍卫，对江湖知道得还是挺多的，当即说："陛下小心，他就是暗族教父迦夜！"

宇文超到底是初生牛犊不怕虎，也不怎么担心，反而问微生瓷："你能打得过他吗？"

微生瓷皱着眉头，说："打不过。"

宇文超倒塌："什么啊！秦飞不是说你们微生世家是江湖上最厉害的高手高手高高手吗？怎么随便出来一个人你就打不过啊？"不能忍受，居然有人比自己的偶像更厉害！他说："朕派十五万大军围歼他！"

微生瓷说："他服了昊天赤血，很厉害。你的十五万人也不是对手。"

宇文超愣住："什、什么？"

微生瓷还没说话，落日城上空，迦夜已经微笑着道："听说城外来了贵客，日间阳光正盛，现在才出来迎接，真是失礼！"

宇文超见他看向自己，竟然有一种毛骨悚然的感觉。他说："微、微……"

瓷少爷生气，怎么一个两个都叫他微微！他说："我是不会让他抓走你的。"

宇文超结结巴巴地说："可、可你不是打不过他吗？"

微生瓷很认真地说："小翅膀让我保护你，我是不会让他抓走你的。"

迦夜听见了，声音带笑："微生少主也在，真是免了我来回奔波。"他本来是站在城头，但是火光中残影一闪，人已经到了火圈之外。宇文超大声喊："放箭！快……"后面的字还没说出来，整个人已经腾空而起！

就在他方才立足的地方，已经变成了一个深坑。兵士开始放箭，但是几乎一瞬间，他们发现自己失去了目标。迦夜不见了。

郑亭叫苦不迭，正在此时，城中慕流苏第一个赶出来，一眼看见郑亭，怒喝："你在这里干什么？陛下呢？！"

郑亭简直是如同见了救星："慕相！陛下不见了！"

慕流苏脸色都变了，啪的一声，扬手给了郑亭一记大耳光，打得郑亭后槽牙都喷了出来。郑亭两耳嗡嗡作响，却一声也不敢出。慕流苏这才问："谁在保护陛下？"

当然是有别人在保护，如果是秦飞等人，只怕这时候迦夜已经带着少帝回到落日城喝茶去了。这时候他还没回来，少帝也不知所踪，显然不可能是迦夜带着他游山玩水去了，当然说明他身边另有高手保护。

郑亭捂着脸，结结巴巴地说："羽尊派了一个叫微生瓷的保护陛下。"

慕流苏闻言，眉目间忧色更重。以现在迦夜的实力，只怕微生瓷也无能为力。他转过头，看随后出来的温谜。温谜也有些惊诧——慕流苏对宇文超可真是关心之至，他丝毫不会武功，但听见宇文超在城外，却是第一个赶出了城门。

他只得说："我们先找到暗族平民，把平民疏散出去。这样要对付里面的菌丝，就容易得多。实在不行，一把火烧了落日城也是个解决的办法。"

慕流苏冷笑："到时候，长生泉也会毁于一旦，我们身上的菌丝怎么办？"

温谜说："你待如何？"

慕流苏说："很简单，迦夜功力变得如此，我等是无法对付了。但是如果微生歧也服下长生泉，那迦夜肯定不是他的对手！"

温谜脸色变了："慕流苏，微生世家历来不涉江湖事！你觉得他凭什么同意这样的要求？"

慕流苏说："很简单啊，你没听见郑亭说的话？微生瓷来了，如果迦夜杀了微生瓷，你猜微生歧会不会愿意服下长生泉，为他儿子报仇？”

温谜说：“我现在真的开始怀疑，事情发展到这一步，幕后主使是不是你！”

慕流苏冷笑：“我？迦夜胆敢伤我妻儿，我恨不得将他千刀万剐！何况现在少帝下落不明，你竟然怀疑我是幕后主使？！”

温谜说：“当初给连镜幻绮罗，害死慕容绣，差点杀死微生瓷的人，是不是你？”

慕流苏气极：“我知道我是跳进黄河也洗不清了，但是温谜，我没这么干！”

温谜说：“可是到了这种地步，幕后主使还是不肯露面。难道凭迦夜一个人，凭暗族这不能见光的实力，能得到长生泉，又能得到昊天赤血，随后又发现菌粉的秘密？这不可疑吗？”

慕流苏说：“你怎么不怀疑蓝翡？！昊天赤血如果不是他给了迦夜，迦夜从何得来？木冰砚医术高超，熟知药理，能够培育出这种菌粉毫不奇怪。”

温谜说：“蓝翡也有可能，但我始终怀疑，这里面有更大的阴谋。”

慕流苏说：“别说废话了，我就问你，现在除了让微生歧服下昊天赤血以外，你还有没有别的办法？”

温谜说：“我服下昊天赤血，也可以与迦夜一战。”

慕流苏一顿，随后从头到脚打量他，最后说：“温谜，你这个人……我真是不知道说什么好了。”但到底感动只是一瞬，他问，“你有昊天赤血吗？”

温谜说：“云采真的医术并不亚于木冰砚。这些年他在太极垂光，也并没有闲着。”

慕流苏悚然而惊：“你们破解了昊天赤血的秘方？”

温谜从袖中拿出一只尖嘴的小瓶，说：“当时谷梁断梦的头颅被你拾获，我们也曾先一步找到他的尸体。”

慕流苏浑身发凉：“你居然一直隐而不发，直到现在？”

温谜说：“慕流苏，我只是想告诉你，仙心阁虽然成立丹崖青壁，自断功罪，但是从来没有想过危及朝廷。我知道这些年，你一直有所忌惮，隔阂难以消除，不知道此举是否可明我心迹。”

他将尖嘴小瓶刺入腕间动脉，功力一催，昊天赤血尽数注入。慕流苏站住，许久说：“温谜，我答应，只要你救回少帝，我在朝一天，朝廷与江湖，就和平一日。”

温谜说：“我信你。”说完，忍着昊天赤血扩充血脉的痛楚，向前而行，寻找微生瓷和少帝的下落。

他离开了很久，慕流苏还站在原地。一股久违的热血，沸腾在已被蝇营狗苟熬得冷硬如铁的身躯里。曾经有人说，江湖中第一幸事，是得温谜为友。以前他冷笑，今日方知此言的真义。

蓝小翅跟金芷汀兰一路赶往落日城，隔着老远，已经看见城外一片混乱。蓝小翅眉头一皱，已经看见慕流苏。她走过去，问：“慕爹爹，你好像没缺胳膊少腿嘛？”

慕流苏上下打量她，终于说：“迦夜想要挟持陛下，温谜去追了。”

蓝小翅盯着他的眼睛，说：“依你对陛下的关心程度，不应该这么淡定。除非我温爹有可以对战迦夜的实力。迦夜服用了昊天赤血，咦……难道我温爹也有吗？”

慕流苏吃惊，这丫头，真是玲珑心肝啊！

蓝小翅只是看他眼中细微的表情，就说：“这么看来，我猜对了？所以我温爹进到落日城，是因为他有把握对付迦夜。但是既然如此，他为什么还要带上这么多人，搞这么大阵仗？咦，他怀疑迦夜背后有人主使，想让这个人以为自己大获全胜，得意扬扬之下，露出破绽？”

慕流苏上下打量蓝小翅，说：“你不入朝为官，可惜了。”

蓝小翅说：“我们家小瓷怎么样了？”

慕流苏说：“不知道，我出来时就没看见他。”

蓝小翅叹了一口气，说：“你也真是狠心，明知道昊天赤血的副作用，还眼睁睁看着我温爹喝下去。”

慕流苏说：“那是他的选择，他的大义，你我都难以企及。”

蓝小翅说：“可是他根本没必要这么做。”

慕流苏目光一凝："你有办法？"

蓝小翅不想说话，即使现在有办法也晚了。可是微生歧还在方壶拥翠保护云采真，她只得回过头，对金芷汀兰说："义父，我想去找小瓷他们。"

金芷汀兰说："这里我会处理。"

蓝小翅点头，也不再说话，由白翳驮着，寻找微生瓷、宇文超等人的踪迹。

微生瓷知道他不是迦夜的对手，所以一味只是狂奔不战。但是迦夜的功力如今毕竟在他之上，再加上暗族的化雾，速度之快，常人更是难以想象。

宇文超被微生瓷单手挟住，耳边只听见风声呼啸。他简直张不开眼睛，所谓腾云驾雾，也不过如此。迦夜原以为可以轻易战胜微生瓷，但是很明显，昊天赤血的药性太强，他的经脉暂时不能容纳这样疯狂的内力。

为了不让自己爆体而亡，他必须有所保留。

可是微生瓷的功力是多年积累，并非一夕所得。他的经脉，当然能够完全承载内力的冲击。他全力施为，迦夜就算功力大增，一时之间想要胜他，却也不是易事。

二人几番交手，微生瓷很快察觉了——迦夜不敢全力拼命。他自出生到现在，除了自己爹以外，没遇到过什么对手。所以当时知道自己内力不敌迦夜，第一反应就是跑。

可是跑也会被追上，小翅膀交代保护的人，就必须以命相护。

他一挥手，宇文超只觉得自己像一片纸片，随风飘荡，转瞬之间，落在一块巨石之上。巨石很高，他落地却很轻，羽毛一样。他说："微生瓷！你千万要赢啊！"听说这个怪东西是喝了什么药才变得这么厉害的，宇文超又有些担心了，接着喊，"就算不能赢，你也不要死啊！"

微生瓷没有看他，他在看迦夜。迦夜收了伞，说："怎么，终于明白什么叫走投无路了吧？"

微生瓷右手拇指轻顶，九微剑出鞘。迦夜的目光顺着剑身寸移，那九色奇光，曾是多少年来武林人人仰望的神话！他眼里有一种奇怪的光："微生世家的不败神话，即将破灭在我之手。"

微生瓷根本不说话，一剑出，快若无痕，空气中却没有一丝风声。迦夜赞叹一声：“好剑法！”九微剑在他的手里，光芒融成了一团异彩，再难分辨颜色。

迦夜手中的伞撑开，黑雾与红影战成一团。

宇文超站在巨石上，他也会一点武功，但相比这些高手而言，实在是不提也罢。他甚至根本看不清场中的人影，也不知道到底是谁占了上风。心突然跳得厉害，微生瓷能胜吗？

如果微生瓷不能胜，那么自己真的会被迦夜抓走吗？

迦夜已经疯了，如果被他抓去，到时候会被喂入长生泉吗？

他忐忑不安，突然砰的一声响，山石俱裂，火花四溅，却是迦夜与微生瓷对了一掌。一掌之后，迦夜连退三步，微生瓷皱眉，伸手一擦唇角，鲜血如珠如线。

他受伤了。肺腑的痛尚能忍受，可是内伤对于他来说，可以说是致命的。如果就这么死了，就见不到小翅膀和未出世的孩子了。

还有眼前这个人，这么可怕。他咬牙，绝不可以把这么厉害的敌人留给小翅膀。迦夜并不知道微生瓷的病，见他唇边一丝血，心里更多的是惊异，微生世家的武学，果然不可小视！

然后他就觉得，微生瓷的掌力又增强了！

他不得不提及真气应对，然后经脉被真气强行扩张的痛楚，让他几乎痛哼出声。微生瓷的九微剑光影迷乱，迦夜怒吼一声，又与他拼了一回内力。

又是地动山摇的一声响，迦夜终于忍不住退后一步，噗的一声，喷出一口血泉。微生瓷只觉得五内欲焚，他再调息，双目赤红如血。九微剑上，只有惊天杀意！

迦夜后退一步，怎么可能，这个人明明已经重伤，为什么功力却越来越强？！

他与微生瓷再度交手，却觉出他招式之间，已经毫无余地，全是拼命的打法。而且他的眼睛……迦夜几次想要看清，那双血红的瞳孔到底是怎么回事，却终究不得机会。

他收拢心神，想不到，就算是昊天赤血，居然在微生世家的武学之下，也如此狼狈。

眼看着百余招过去，他终于得到一个时机，一掌将微生瓷逼出十余丈。这个人太难对付，要不直接带着宇文超离开吧？他萌生此意，却见微生瓷吐血的时间越来越多——他伤得很重！

迦夜如同嗜血的野兽，杀意顿生。双方又是几十回合的交手，微生瓷战意不减，脸色却苍白如纸。迦夜眼看已经胜券在握，突然身后响起衣袂摩擦之声！

迦夜回过头，手中伞飞旋，正抵住一柄剑——是上善若水！温谜？！

他抬起头，温谜掌力一催，砰的一声，将他击退丈余！迦夜心惊——温谜的功力，为何也突然大进？！然后他才反应过来，是昊天赤血！身后微生瓷又是夹攻，他眼看讨不了好，避开微生瓷，以身化雾，瞬间飞逃而去。

温谜正要追，回头看见大口吐血的微生瓷，顿时惊住："小瓷！！"

宇文超这时候才敢跑下来，然后他看见微生瓷的血浸透了他的衣衫。红色的衣衫，连血色也难以显现。温谜拼命运功，意图扼制他的伤势，但是微生瓷根本不配合。他的双眼中尽是缠绕的血丝，连瞳孔都不复见。

宇文超连连后退，温谜怒喝："小瓷，快停下！"

微生瓷还想追迦夜，温谜上前阻拦，他回身就是一掌！温谜只得与他纠缠，说："小瓷！我是温谜，你还记得吗？！你受了内伤，必须马上找大夫！"

微生瓷长嚎一声，一掌似有千钧之力，温谜不敢硬接，生怕再震伤他，只得以掌力化解，顿时经脉之间一阵灼痛。微生瓷执意要追迦夜，他顾不得其他，只得再行阻拦。

蓝小翅过来的时候，就见半山飞沙走石，温谜正和微生瓷缠斗。一眼看见微生瓷的瞳孔，她就是一惊："小瓷！"

微生瓷癫狂之中，听见她的声音，整个人一怔，突然飞奔，红影如电，瞬间消失在山梁深处！温谜急道："小翅！他受了内伤，必须赶快送他去找云采真！！"

蓝小翅说："我去找他，你去接采真叔叔。"

温谜说："可是你怀有身孕，他情绪又不稳定。小翅……"

蓝小翅说："你去方壶拥翠更快。他认得我。放心吧。"

温谜说："那我去了。"

蓝小翅说："爹，谢谢啊！"

温谜一愣，点点头，转身离开。其实他又何必这么急着饮下昊天赤血呢？还不是为了她吗？不能让女儿失去所爱，不能让未出世的外孙失去父亲。

在不触及他的原则的时候，他的爱就是这样，沉默无声，却又毫无保留。

蓝小翅没管旁边的宇文超，她前行不远，说："小瓷，你先出来。这深草乱树的，我找你很吃力，要是绊倒了就不好了。"里面没有声音，蓝小翅说，"乖呀，你先出来，我看看你的伤。我带了药，说不定能治得好呢？"

还是没有回答，蓝小翅说："坏东西，我怀着你的孩子呢，你要我担心死呀？你快出来，不然我要哭了哦！"

山林寂静，只余风声。宇文超小声说："他会不会……已经走了？"

蓝小翅说："我有办法对付迦夜，你们根本不必跟他交手的，你也不用去杀他。小瓷，你出来啊！"

四周漆黑一片，连月亮也隐到了云层中。蓝小翅眼里温热，白翳在旁边看了一阵，说："我进去找吧。"

蓝小翅说："别！你在这里陪着陛下，我自己进去。"微生瓷犯病，若是严重了，可是不会分敌我的。她慢慢往前走，说："你不出来，我就进来找你了哦。"山林无声，好像他真的离开了，里面再无生人一样。

蓝小翅深一脚浅一脚地行走在凌乱山石之间，有荆棘勾挂住她的衣裙，她走了一阵，被横倒的枯枝绊了一下，终于忍不住，坐在地上，痛哭。

她哭了不知道多久，面前有枯枝被踩踏的声音，一角红衣，慢慢出现在眼前。蓝小翅仰起头，看见月下红衣、伊人长发垂腰，如同夜半妖灵。

她抽泣着向他伸出手去，他的血从唇角一滴一滴，打落在她手心。他的眼神也是直直的，像是失去了焦距一样。

蓝小翅第一次明白何为魂飞魄散，恐惧到了极致，脑子里只剩下一片茫茫的白。她轻声喊："小瓷。"微生瓷整个人一斜，倒落在她身边的枯叶荆棘之间。

蓝小翅听见一声闷响，像是灵魂都被敲出缺口一样。

白翳听见林子里的响动，这时候也顾不得危险，冲上前来。一见蓝小翅坐在地上，他急忙上去搀扶："大小姐？！"着急之下，总觉得她是那个骄娇淘气的大小姐。

蓝小翅指了指地上的微生瓷，白翳这才赶紧将微生瓷也扶起来。然而微生瓷衣服上全是血，里面似乎还有小块的内脏。白翳心里一凉，听闻这少爷有病，别说有病了，就算是正常人伤成这样，也不知道还有没有生机。

他说："我们先带他出去！"

蓝小翅说："别！将他口鼻里的血块掏干净，快！"

她的声音很虚弱。白翳也顾不得了，伸手将微生瓷嘴里和鼻腔里的血块都清理干净，他随身带了水，这时候全部用来为他清洗。微生瓷气若游丝，蓝小翅似乎这时候才镇定下来，伸手想要运动为他护住心脉，但是他的内力磅礴如海。

蓝小翅那点功力，根本不够用。她试了试，很快放弃。

白翳很有些焦急，能想到的唯一办法，就是带着微生瓷去找云采真。蓝小翅让他扶住微生瓷，旁边宇文超说："长生泉，不知道能不能治他的伤？"

蓝小翅眉毛一挑，心里突然有了一个奇怪的想法——宇文超知道长生泉。而且他这时候提及，明显是知道自己这里有这个东西。这个小皇帝……

她没有抬头，只是从袖中拿出一个盒子，里面满满的全是水培的菌丝。白翳吃了一惊："羽尊？"

蓝小翅将微生瓷腰间装止血药的荷包扯下来，将里面的药倒进水里，取下发间银钗，搅散。等到菌丝将药剂吸附得差不多了，她挑起一缕菌丝，向微生瓷嘴里喂下去。白翳一脸惊诧，蓝小翅说："搬动他会加重他的伤势，而且他也没那么多血可以流。这些菌丝，我用云采真开给他的止血药泡过，如果来得及，它们会循血而至，吸食血液之后，也会堵住伤口。"

说话间，她已经喂了微生瓷好几条菌丝，那些菌丝因为有长生泉的培育，长得非常快，此刻迅速找到微生瓷体内流血的伤口，吸食之后开始膨胀。

白翳说："你早有准备？"

蓝小翅声音很虚弱："没有，我只是正在想止血的法子。"

白翳还想再问以后怎么办，但见她脸色发白，终于忍不住问："羽尊，你没事吧？"山风吹过，蓝小翅连嘴唇的颜色都变了。白翳脱下衣服，披在她身上："羽尊？"

蓝小翅说："我没事，白翳，他还活着吗？"

她一直不敢去探微生瓷的鼻息。白翳伸手试了试，说："还活着。"

蓝小翅说："你能去点个火堆吗？"

白翳赶紧说："好！"二话不说，他立刻去捡柴。蓝小翅让微生瓷靠在她肩头，轻声问："你能听见我说话吗？"

微生瓷没有动，但是长长的睫毛轻轻抖动，似乎极力想要睁开眼睛。蓝小翅说："你不要死好吗？我也是好害怕的。我错了，我以后再也不让你冒险了。你原谅我好吗？"

微生瓷的呼吸有一点急促，鼻翼间又飞散出细微的血珠，蓝小翅帮他清理，说："你不要激动，微生世家那么多武学秘籍，你想一想，有没有什么可以用来疗伤的？如果没有，你试一下羽族的《灵枢妙法》好不好？"

说完，她开始轻声念口诀，微生瓷的呼吸慢慢平缓，她的声音如孩提时九微山那一捧月光，令人觉得安宁。白翳点燃了柴火，微生瓷感觉到那种柔意，还有蓝小翅的体温和声音。

他觉得很累，但却强撑着没有睡。不愿意就这样冰冷地沉睡，他开始专心地自救。他曾经一直觉得，自己对于这个世界不过是多余的，也曾无数次质疑自己为什么还活着。临到这一刻，他才突然发现不知何时，自己已经生根长叶于这人间，只要想一想会让心爱的人孤独留存于世，就令人心如刀割、肝肠俱碎。

我要活下去。他慢慢咬紧牙关，内力冲击着受损的经脉，那些伤与痛都微不足道，求生的意志盖过所有。

白翳将火堆烧得足够旺，一回头想要再说什么，不期然，看到蓝小翅满面泪痕，无法述说的心痛和绝望。

他默默地走到她身边，轻轻地拍拍她的肩。

温谜带着云采真，已经竭尽全力地在赶路。但是来到这里的时候，也已经是后半夜了。温谜连心都是冰冷的，微生瓷吐了那么多血，而且血里有内脏的碎片……

天啊，他真的能撑到这个时候吗？

等到了山林里，二人第一眼看到林中的火堆，倒也没绕弯路，第一时间赶来。当时火光中，微生瓷面色苍白如纸，温谜简直不敢过去。云采真到底是医者，第一时间为他把脉，然后咦了一声："他还活着。"

温谜长舒一口气，问："如何救治？"

云采真又轻轻按了按他的胸、腹，护体真气反弹，他收回手，说："你喂他吃了什么？"不像是长生泉。

蓝小翅全身已经被汗湿透，一半是吓的，一半是热的。她说："我把你上次培育出来的菌丝喂给他了，上面有你开给他的止血药。"

云采真说："这可真是侥幸！"

蓝小翅问："怎么样？"

云采真说："今天的命算是保住了，以后的以后再说吧。"

蓝小翅点头，温谜见她一身都被冷汗湿透，不由说："既然云采真说暂时不会有事，你也不要担心了。看看你这一身汗。"蓝小翅看了他一眼，身子一歪，倒在了温谜怀里。

温谜只觉得脑子里轰然一声，吓得声音都变了："小翅？！"云采真朝这边看了一眼，蓝小翅说："我没事，只是有点累。"

云采真就低下头，继续将带来的药材磨粉，那些菌丝上的止血药原来是有冰敷、热敷的，并不完全对症。他还需要增减几味药。

温谜是真担心："你没事吧？"

蓝小翅小声说："我吓坏了。"

温谜拍拍她的背，说："傻孩子，没事就好。小瓷为什么会跟陛下一起过来？"

也是这个时候，大家才想起旁边还有一个陛下，白翳都有些尴尬，说："陛下，我送您去找慕丞相吧。"

宇文超摸摸鼻子，这还是他第一次被人忽视得这么彻底。他说："好。"一转头，又看了微生瓷一眼，终于还是问，"他……看起来好像有别的病？"

白翳倒是不便多说，微生瓷的病，越少人知道越好，他只是说："迦夜服下昊天赤血之后，功力倍增，棘手也是难免的。"末了不忘恭维一句，"陛下无恙便是大幸！想不到陛下小小年纪，面对强敌竟然如此镇定，真不愧是一国之君，大凉龙首！"

他二人并肩离开，温谜让蓝小翅靠在自己怀里，问："先喝点水？"

蓝小翅点点头，那边云采真说："我给她带了药，你喂她。"

温谜找到那个还温热的药囊，打开瓶塞，想要喂蓝小翅，却有些笨拙。唉，小时候没照顾过，一下子长成大姑娘了，真不知如何下手。蓝小翅自己拿过药囊，勉强喝了几口。

她衣服湿得几乎能滴下水来，温谜说："走，先回去换衣服。"

蓝小翅看了微生瓷一眼，许久，终于点点头。

等温谜跟她回到营帐里，就发现微生歧已经在等候了。看见只有这二人回来，他站起来，终于还是问了一句："小瓷呢？"

蓝小翅腿都是软的，走路有些轻飘，还是温谜说："你先别急，小瓷遇上迦夜，受了点伤，云采真已经在为他医治了。"

微生歧哪里能不急？！他立刻问："在哪里？伤势如何？"

温谜说："向北三十里的树林里，你……"

本来还想再解释，微生歧说："我先过去看看，你照顾好小翅！"

温谜一愣，微生歧已经不见踪影。他心下有些感慨，微生歧终于是真的拿蓝小翅当自己家人了。知道儿子遇险，他第一时间并不是责问她，而是仍然担心着她的安危。

蓝小翅进到帐子里，换了衣服。温谜始终还是放心不下，守在外间。等她出来了，方问："小瓷为什么会跟宇文超一起过来？你明知道落日城危险。"

蓝小翅说："我觉得，迦夜背后一定有人主使。"

温谜一怔，这倒是与他的想法不谋而合，他说：“我也这样想，原以为进到落日城，山穷水尽之后，幕后主使会现身，但是居然没有。这关小瓷什么事？”

蓝小翅无力地道：“我以为是我爹，如果是他，看见小瓷在，无论如何不会对他下手。小瓷死心眼，一定能保护少帝。”

温谜说：“你对他倒是有信心。”

蓝小翅没说话，温谜说：“蓝翡素来狡猾，如果幕后主使真的是他，倒是棘手。”

蓝小翅说：“但是现在看来，肯定不是他。小瓷差点死了。”

她大大的眼睛里沁出盈盈水光，还有些惊魂未定。温谜说：“好了，这次的事你也受到不少惊吓，以后不要如此莽撞。”

他的手轻拍她的背，蓝小翅说：“你服用了昊天赤血？”

温谜说：“本来想，如果幕后主使出现，我们可以出其不意，一起对付的。现在看来，不仅他没有出现，大家还被种下了菌丝，是我考虑不周。”

蓝小翅说：“不，他出现了。”

温谜说：“什么？”

蓝小翅望定他的眼睛，轻声说：“宇文超。”

温谜大吃一惊：“怎么可能！少帝才十四岁！”

蓝小翅说：“我也这么想，所以差点害死小瓷。但是现在看来，他最可疑。”

温谜面色凝重，许久，坐下来，说：“有证据吗？”

蓝小翅说：“迦夜这个人，素来两面三刀，他跟慕爹勾结，又跟蓝爹私下有交易，但他最有可能真正合作的人一定是宇文超。宇文超年纪小，又正是自命不凡的年纪，他最容易受人操控。再者，他是少帝，他能许给迦夜最大的利益。最后，慕爹、我蓝爹，还有您，都不是好啃的骨头，倘若事成，他最能拿捏的也是宇文超。”

温谜身上冷汗下来，蓝小翅接着说：“而且他第一个要对付的人，是我娘和我弟弟。这明显是针对慕爹而去。原因呢？因为朝中没有了慕爹爹，就是宇文超做主。这是宇文超一直渴望的，也是他需要的。而且慕爹对我娘和裁翎一向爱护有加，他对江湖朝堂的动向都了如指掌，如果说谁能让他不加防备，一定是宇文超。”

温谜心中如受重击：“这么说来，宇文超有意除掉慕流苏？”

蓝小翅说：“那倒没那么严重，如果真是有意除去，那么迦夜不可能将他父子二人困在城中，却丝毫不予加害。而且我看宇文超，只是有点脑残，倒并没有心狠手辣到这种地步。”

温谜真是苦笑了：“一场江湖浩劫，居然只是因为一个熊孩子觉得自己翅膀硬了能上天了！”

蓝小翅说：“都是慕爹的错，回头你跟他说，他肯定羞愧死。”

温谜哭笑不得，蓝小翅突然说：“爹，你看这事儿跟我蓝爹没关系，你能不能……让他回方壶拥翠，让我尽点孝，把他养到老死算了啊？”

温谜站起身来，说：“迦夜一定已经回城了，我要去找慕流苏等人，先擒下他。这件事改天再说。”

蓝小翅说：“不用，你去找他，难免又要交手。昊天赤血是增加功力不错，但是强行扩张经脉，对身体的损耗非常大。这也是为什么服用昊天赤血的人，寿命都不长久的原因。强摧功力，对你不利。”

温谜心下温暖，说：“哪怕如此，总不能放任迦夜祸害武林。”

蓝小翅说：“我派人找到了肖景柔。她住在落日城外二十余里的一个小镇上，穿金戴银、仆从成群，日子过得非常不错。”

温谜不明白：“肖景柔？”略想了一下，明白过来，“连镜的母亲？你找她干什么？用来威胁连镜？你想让连镜去杀迦夜？”

蓝小翅说：“连镜如今下落不明，但是不论如何，他母亲总有办法联络到他。”

温谜说：“他也不是迦夜的对手，你如果想以此要挟他去杀迦夜，我觉得不可能成功。”

蓝小翅说：“我派人把迦夜的菌粉，到肖景柔的房间里吹散了一些。依现在时间看来，她应该已经发现异状了。”

温谜突然明白过来："你……"

蓝小翅说："她发觉不对，一定会想办法联络自己的儿子。连镜回去，发现母亲也被迦夜用来控制所有人的法宝所累，他会怎么想呢？他本来就是个逐利忘义之徒，对迦夜会有多少真心？"

温谜说："他第一时间就会想，一定是迦夜为了控制他，给他母亲也种下了菌丝。"

蓝小翅说："对，但是迦夜并不会设防，连镜要杀他非常容易。微生爹爹现在也过来了，到时候你们对付区区一个连镜，难道不比对付迦夜更简单吗？"

温谜说："你啊小翅，如此行径……"

蓝小翅替他补充："非君子所为，我知道。让木冰砚过来好吗？不管是小瓷还是其他被菌丝控制的人，现在需要的都是强大的医者。"

温谜终于说："我会交代所有人，保证木冰砚的安全。"

蓝小翅点点头，脸上居然也没有多少喜色。微生瓷真是吓到她了，温谜有些心疼："不要多想了，先睡一觉，好不好？"

蓝小翅坐到床上，温谜替她把被子盖好。等他离开了，蓝小翅整个人软倒在榻上，一丝力气也没有了。很累，却偏偏毫无睡意。心跳得杂乱无章，她从初识微生瓷开始，一路回忆。

其实人的一生，生并不可喜，死也并不可悲。之所以有悲喜，不过都是因为人心所眷恋的东西。

十六岁的她双手环抱自己，双腿微屈，蜷缩在榻上。脑海里无数次，总重复着微生瓷目光空洞、浑身浴血，直直地倒向她的那一幕。原来真的有一天，自己会觉得失去另一个人，就不能再活下去。

她双手捂住脸，无法驱散的惊惧。

主帐里，宇文超坐在上首，慕流苏跪在下方。郑亭觉得气氛怪异，慕流苏脸色阴郁，宇文超表面镇定，只有双手的手指不自觉地绞在一起。郑亭太了解这位少帝了，只要他一紧张忐忑，就难免会有这些小动作。

过了一阵，宇文超说："慕相请起吧。这些日子，你在落日城实在是受苦了！”

慕流苏没有说话，却抽出腰间的短刀。郑亭吓了一跳，宇文超脸色也变了：“丞……丞相？！”

慕流苏将短刀一横，双手奉上：“陛下，臣受先主所托，自幼看顾陛下。虽为臣子，却难免有越俎代庖之处。多年以来，臣心不安。但又恐负先主所托，不敢懈怠。如今陛下逐渐成年，处事渐有主张。微臣深知应该臣顺君意，但微臣却不能苟同陛下诸多看法。主上有失，是臣之过。如今就请陛下以此刀，切下微臣头颅，以释君臣主仆之嫌隙，也令微臣九泉之下有颜面见先主。”

郑亭惊呆了，宇文超也是大惊失色：“丞……丞相，你在说什么啊？”

慕流苏说：“陛下不懂？那么微臣请问陛下，迦夜与陛下合作，陛下为何不先与微臣商量？”

宇文超惊呆：“这，朕……”想要辩解，却不知如何辩解。

慕流苏说：“微臣为官二十年，不敢称刚直无私，但此生所爱，说到底不过‘家国’二字。陛下令迦夜劫我爱妻，令她血染落日城，微臣心知君要臣死，臣不得不死。但此举实在令臣寒心之至，也惊恐万状。臣食君之禄，不吝啬一腔热血，一条性命。但是臣妻何辜？如今话已至此，微臣妻儿会有他人安置，就请陛下剖我心肝，令我血染凉地，明我心志。”

宇文超吓坏了，慕流苏是不是惊恐万状，他不知道，但是他是真的惊恐万状了：“丞……丞相，这是误会！我、我明明命令迦夜不得伤害青姨和裁翎了……我只是让他把你安置在落日城住上一阵。”宇文超吓得连“朕”的自称都忘了，一时之间，仿佛又回到了那个刚刚丧父的孩童，什么也不懂，一脸惊恐地坐在龙椅上。

慕流苏把短刀呈上，郑亭哪里敢去接？宇文超看着那雪亮的刀锋，哇的一声就哭了：“我并未疑你！只是父王临终时嘱托，微生世家绝不可留，可你又一直坚持与他们井水不犯河水。后来迦夜找来，我才……我才……”越哭越凶，话都说不全了。

慕流苏叹了一口气，如果说世间真有前世债今生偿的道理，那他上辈子一定欠了宇文超父子很多钱。他说："陛下是一国之主，涕泪横流，成何体统？"

宇文超连靠近他都不敢，说："你把刀扔了！扔了！"

慕流苏真是哭笑不得，只得示意郑亭，郑亭这时候才过来，几乎是夺过慕流苏手里的刀，拿出去扔掉。宇文超见状，这才安心了一些。慕流苏说："所以，陛下对微臣并无杀心吗？"

宇文超说："我……我当然没有啊！我只是……只是……"只是被人管着太久了，觉得羽翼已丰，想要有一番自己的作为。

慕流苏说："陛下可知道，先王为什么执意除去微生世家吗？"

宇文超说："我……我不知道……"其实看见微生瓷，他出乎意料地竟然觉得他真的跟自己想象的很不一样，居然是自己一直渴望成为的那种人——鲜衣宝剑，武功盖世，无拘无束。

慕流苏说："那让臣来替陛下解释吧。曾经大凉与北漠蛮族交兵之时，先王被困水笼泽。七千蛮族，想要置他于死地，最后突然散去，原因不明。"

宇文超一脸惊讶，北漠蛮族个个凶悍，战死不退的，为什么会如此？

慕流苏说："先王脱身之后，命人去查原因。发现当时，是仙心阁阁主给蛮族带了一句话。"

宇文超惊奇："两族交战，什么话能让蛮族罢兵而去？"

慕流苏说："当时仙心阁阁主只是说了一句——勿伤吾王。"

宇文超说："就……就这么简单？"

慕流苏说："是的。先王当时也是心存感激，有意要招仙心阁阁主入仕，却被其婉拒。连有意想招降其弟子入朝为官为将，也被拒绝。先王极其不悦，也在此时，对武林产生了好奇心。然后他知道，当时江湖上的名门正派，包括仙心阁，武功都不能封神。真正的武林神话，是微生世家。"

宇文超说："这……这很好啊，父王为什么要叮嘱朕，必须铲除微生世家？"

慕流苏说："先王再次向微生世家传递橄榄枝，许以高官厚禄，然而传召的内侍被微生世家拒之门外。"

宇文超有些明白了："父王……恼羞成怒了？"

慕流苏说："然后先王一时好奇，就派自己的贴身侍卫挑战微生歧。结果，这个侍卫被微生歧一剑封喉。然后仙心阁阁主连夜前来调停，先王只好不欢而去。但从此也日夜不安，因为在这些人面前，宫里所谓的戒备森严，其实不值一哂。"

宇文超说："可……可我看微生瓷，并没有什么心计的样子。"

慕流苏看了他一眼，说："终于有一天，先王研究透了江湖势力之间庞杂的关系。他在九微山下布了眼线，后来七岁的微生瓷，因为身中幻绮罗剧毒，而迷失神志，杀死了自己的亲生母亲。微生歧痛失爱妻，惊痛震怒之下，将他关在石牢，囚禁了十二年。"

宇文超非常震惊，慕流苏盯着他的眼睛，说："此事发生不久，先王就去世了。再后来，陈年旧事被蓝小翅查出是微生歧的义子连镜所为。连镜也认了这个罪，被微生歧废去武功，逐出了九微山。可是幻绮罗是羽族奇毒，千金难求。当年的连镜，衣食住行皆是微生世家供应，他哪来的钱去购买这样昂贵的剧毒？仙心阁在九微山下布防，严防羽族报复，羽族又有谁，会用自己族内的奇毒，去谋害微生世家？"

宇文超说："丞相是说……这……这是我父王所为？"

慕流苏说："所以，陛下现在明白为什么先王会嘱托你铲除微生世家了吗？"

宇文超后退一步，慕流苏说："他不肯跟我说，但是我与他自幼一起长大，他的性情，我还算了解。他是自己理亏，却恐事情败露，大凉王室招来微生世家报复，只有一错到底。可是陛下啊，微生世家何其无辜！"

宇文超说："我……我不知道有这样的事……父王确实是在九微山设有耳目，可我真的不知道……丞相，你说如果那个微生歧他们知道了这件事……"

慕流苏缓和了语气，说："以前，我也一直担心此事。微生世家的人一向冲动耿直，若是事情真的传扬出去，确实会是一大祸患。但是现在此事并非不能化解。"

宇文超看向他，慕流苏说："微生瓷的妻子，蓝小翅，她是包容微生世家的剑鞘。”

宇文超说：“我见过她……挺、挺单纯朴素的啊！又中了毒，没什么见识，挺可怜的！”

慕流苏叹了一口气，说：“陛下啊，真正的聪明人，只在适当的时候才展露自己的智慧。”

宇文超说：“那现在……如何是好？”

慕流苏说：“此事不要再提，剩下的事，微臣会去处理。”

宇文超有点不安，说：“他们，不会知道吧？”

慕流苏苦笑，掩耳盗铃的孩子啊，自以为手法高明，没有见过真正的千年狐狸。他说：“微臣会为陛下处理好此事，只要迦夜不能再开口，没有人会提及。”他像往常任何一次那样，为少帝干下的所有蠢事善后。

宇文超说：“丞相。”

慕流苏回过头，宇文超突然鼻子有点酸酸的，说：“你……你还好吗？”

慕流苏说：“臣尚可，只是陛下也要快些长大啊！”

他还是疲倦了，温谜等人功力高强，菌丝入体尚不觉得如何。他却只是一个毫无内力的文官，纵然一人之下万人之上，身体却不受权势加持。宇文超蓦地红了眼眶。

第三十四章 落日城主

落日城外，连镜在外面躲了很多时日。蓝翡下的毒，真是狠毒至极，他咬牙切齿，恨不得将那只老狐狸抽筋扒皮。但是他还有更重要的事要做——他母亲突然以急信联络。

肖景柔这些年，可谓是一心为自己儿子打算。被赶出九微山之后，母子境况可谓凄惨。她将这一切都算在蓝小翅头上，专门在家里扎了许多小人，以诅咒这个妖女不得好死。

可惜都不太灵，蓝小翅还活蹦乱跳着。

连镜以幻绮罗剧毒害死慕容绣，她也是事后才知情。但身为母亲，她不但没有责备连镜，反而觉得儿子是个干大事的人。正所谓无毒不丈夫，人若是连自己都不帮自己，难道还真指着神明护佑不成?

所以慕容绣死后，她几乎每天都到九微山上，帮着步寒蝉料理一些微生世家的家务事。她有意讨好，当然是事无巨细，都十分妥帖。再加上微生歧伤痛悲愤，无暇他顾，竟也让她在九微山站稳了脚跟。

夫人身死，微生瓷被囚禁，连镜这个义子的地位突然就重要了起来。肖景柔更觉得儿子这一步做得对。

她十四岁就嫁给了剑客连逊，十六岁生下连镜。这时候还算风华正茂。有时候看着伟岸强壮的微生歧，无论样貌还是武功，都比自己的亡夫连逊不知道强了多少倍。她的心里自然也难免生了其他心思，每每在微生歧面前总是温柔似水，一心想要爬到慕容绣的女主人位子上去坐坐。

可惜当时的微生歧，整个人都像死了一样，只剩了一副躯壳，每天不是在爱妻坟前发呆，就是去石牢教微生瓷武功。

她一腔柔情自然是落花有意，流水无情。她倒是也不气馁，每每打扮得精巧细致，只望盼这个男人一个回顾。

微生歧的痴情，是真的打动了她。可惜这一场美梦，最终还是因为蓝小翅的到来而破碎一地。

那些日子，她随连镜流浪，却无数次在梦里都忍不住把蓝小翅切成一片一片。如今，连镜认了迦夜做义父，武功也恢复过来。她也瞬间又从无家可归的乞婆变成了贵夫人。

家里仆妇成群，她过得也还不错。只是每每想起微生歧的身影，总是将蓝小翅诅咒千遍万遍，那些小人身上扎满了银针，如同她刻骨的仇恨。

这一天，她醒来之后，突然发现自己鼻子里有点异样。她伸手一摸，摸到一段细如发丝的东西，不像是鼻毛。她对镜照了照，用手扯着那细丝，最后惊恐地扯出了长如头发的白色细丝——这是什么？

然后她就发现这种细丝越来越多——天啊，这像是从她身体里长出来的！

没过多久，她的几个贴身侍候的婢女也发生了这种异状！肖景柔惊恐之下，忙以秘信联络连镜。

连镜身上的毒也养得差不多了——这种毒会腐蚀皮肉，被它腐蚀的皮肉又会变成新的毒浆。一层一层，长生泉治愈了一层，另一层又继续发作。

他只得将中毒的腐肉全部剜除，那种痛苦非常人所能忍受，但比起这种一日一日被毒浆腐蚀，还是好受多了。

得到肖景柔的传信，连镜就是一愣——肖景柔信上所说的情况，他再清楚不过了。

那正是暗族教父迦夜的菌粉，以长生泉培育，需要隔几日便服用长生泉，以令菌丝吸引，否则菌丝必然以人的血肉为养分。现在这种东西在自己母亲体内，这是怎么回事，不用多说了吧？

当然是迦夜见他长时间未归，派人找到他的母亲，以此要挟了。

他心中冷笑，什么义父义子，也不过嘴上说说罢了。微生歧是，迦夜更是！

他顾不得再对付蓝翡，当先赶回肖景柔的住处。肖景柔见到他回来，立刻哭天抢地："镜儿，娘这到底是中了什么邪！怎么会这样……"

连镜查看了一番她的症状，跟料想的一样。他从腰间掏出一瓶长生泉，取一碗水，滴了几滴，说："娘先喝下吧。"

肖景柔只得喝下去，还想问什么，连镜把剩下的长生泉都给她："如觉不适，服用此泉，一碗两滴，不必多服。"

肖景柔颤抖着道："镜儿，到底是发生什么事了？你的脸……是谁把你伤成这样？！"

连镜身上的伤口，长生泉愈合，毒浆又腐蚀，这些日子下来，确实是狰狞恐怖。他说："已经好多了，我要回一趟落日城。母亲保重。"

肖景柔还想问什么，他却一转身，离开了。

落日城，迦夜返回之后，心中终于也开始不安。看起来，温谜也服用了昊天赤血。一个微生瓷已经如此棘手，如果再加上他和微生歧，只怕自己难有胜算。

他饮下一瓶长生泉，身后传来响动，他转过身，看见门外站着多日不见的连镜。迦夜目光微凝："镜儿，为父命你前去九微山盗取慕容绣尸骨，这些天你都去了哪里？"

连镜跪下，说："义父，孩儿无能，误中蓝翡埋伏，身受毒伤，耽误至今，还请义父责罚。"

迦夜也看见他脸上的伤势，说："怎会如此大意？起来吧。"

连镜站起来，迦夜以长生泉浇淋他的伤口，那毒浆经长生泉一洗，慢慢地凝固。等长生泉一干，他指尖蓄力轻弹，顷刻之间，那些浓浆化为细沙。

连镜顿时觉得困扰多日的剧痛，慢慢平息。他低下头："孩儿有负义父。"

迦夜说："不要紧，不过如今温谜也服用了昊天赤血，只怕落日城，不是他的对手。”

他说“也”，连镜眼中光芒一闪——这么说来，迦夜武功大进，是因为服用了昊天赤血？不对，他哪里来的昊天赤血？落日城曾经费尽心机，想要得到羽族昊天赤血的配方。但是蓝翡那老东西奸诈无比，多年来他虽然为朝廷培养死士，却始终不肯透露配方。

为此迦夜甚至不惜投靠慕流苏，想联合慕流苏一起夺取。就连这样，羽族都没有交出来。如今迦夜从哪里获得？

嗯？蓝翡曾经为十名暗族战士注入过昊天赤血。这十个人，如今何在？

连镜心念数转，说：“可惜孩儿功力不济，真恨不得现在就有昊天赤血，孩儿拼着一死，也必提升功力，保护义父！”

迦夜听了，却只是淡淡一笑，说：“可惜蓝翡，却未必肯交出昊天赤血，让义父提升你的功力。”他可不蠢，现在连镜已经服下长生泉，只因不知泉眼所在，才会受他所制。一旦连镜也服下昊天赤血，功力必定高过他。

温谜虽然与他为敌，但是毕竟是个君子，还不算可怕。如果连镜实力大增，还是太难控制了。他还需要再考虑一下。

连镜看出来了，也不动声色，说：“义父说得是。”

二人各怀心思，连镜说：“听闻迦隐和月妹还在羽族手上，义父是否需要孩儿前往，将他们救出？”如果我你信不过，那么你自己的儿子，服下长生泉，又注入昊天赤血，你总应该信得过吧？

迦夜沉吟不语，迦隐当然更能信得过。他说：“也好，趁着如今微生瓷重伤，微生歧等人在此保护云采真和宇文超等人，我们去一趟方壶拥翠。”

连镜心中冷笑，果然我在你眼中确实不可信！

落日城外，温谜等人确实是顾不上其他。微生瓷伤着，其他人被种下菌丝，蓝小翅身怀有孕。温谜又服下了昊天赤血。宇文超一点用没有，慕流苏和慕裁翎都被喂下了长生泉。

一团乱糟糟的局面。

蓝小翅让温谜去接木冰砚——她只相信温谜可以保护木冰砚的安全。温谜只能赶往九微山，还只能偷偷地去，以免迦夜知道他不在，前来行凶——没有温谜，现在可没人能治得住他。

此举有些冒险，但是微生瓷一直昏迷不醒，也没有办法。

微生歧日日守着微生瓷和云采真——这个当口，云采真可是真的不能再出事了。

落日城外仍然是大火冲天，映得整个夜空都成了金红色。蓝小翅坐在远处的一根横木上，呆呆地看着远处冲天的火光。不时有官兵前去添上柴火或者桐油。

暗族不喜欢光，是以也没有人露面。身后响起脚步声，蓝小翅回过头，看见木香衣。他本来应该主持羽族其他商铺的事务，但实在是放心不下这边，还是赶过来看看。

蓝小翅说：“你怎么来了？雨苔呢？”

木香衣在她身边坐下，说：“现在江湖高手都在这边了，鸟场和驿站倒是无人寻衅，有她在就足够了。”

蓝小翅说：“你这样老是把媳妇丢下，是不好的。”

木香衣不答，反而问：“你在这里发什么呆？”

蓝小翅说：“心里乱，出来吹吹风。”

她小腹已经微隆，五个月的身孕，身子慢慢就有些笨重了。木香衣说：“小瓷还伤着，你怎么不进去陪他？”

蓝小翅不说话了，木香衣难得微笑了一下，说：“这样显得很没有人情味。”

蓝小翅迟疑，终于说：“我不想进去。”

木香衣将她揽过来，让她靠在自己肩头，说：“小时候你每次哭闹的时候，都吵着要我背，最后背着背着，就在我背上睡着了。”蓝小翅说：“现在也想要你背。”

木香衣轻轻敲敲她的头，说：“可你长大了。你要的不再是糖果、玩具，你需要自己去抉择取舍了。”

他一直就是最懂她的，蓝小翅眼睛湿润了，过了许久，问：“我为什么就长大了了呢？”

木香衣没有动，就这么让她靠着，过了一会儿，她传来轻微的鼾声——这些天一直没有好好睡觉，这时候居然睡着了。好在远处火焰燃烧，也不冷，木香衣坐着没有动，让她静静依靠。

方壶拥翠，迦隐和迦月被关在湖边的小黑屋里，蓝小翅离开以后，并没有限制他们的行动。她把利害关系已经讲得很清楚，明显没有再防备他们逃跑——毕竟交情还没到那个地步，非要干涉别人的选择，就显得多管闲事了。

迦夜很快就找到了他兄妹二人，迦隐看见自己父亲，真是欲言又止。迦月倒是扑过去："爹！"

迦夜看了一下爱女身上的伤势，这些天在羽族休息得当，二人身上的晒伤已经开始痊愈。他说："跟爹来，我们离开这里。"

迦隐说："爹，我觉得……"明知道迦夜的个性，他却还是把话说完，"我觉得，暗族不能见天光，能够好好地在落日城生息繁衍，才是对暗族最好的，不是吗？"

迦夜回过头看他："你说什么？"

迦隐说："爹，您找到了长生泉，足以长生不老。可是那又怎么样呢？称霸江湖？或者统治天下？这些真的重要吗？"

迦夜一个耳光扇过去："你是信了蓝小翅那个妖女的鬼话，既然如此，你就留在方壶拥翠，我只当没有你这个儿子！"

迦隐说："我只是不明白，爹，您到底想要干什么？"

迦夜说："闭嘴！我就问你一句，你跟不跟我走？你要是不愿意走，就好好留在这里。"心里一个角落突然觉得，其实他留在这里也好。长生泉如果真的那么好，为什么长久以来，自己从来没有让他兄妹二人服食呢？

迦夜突然之间，有一点茫然。

他转身要走，连镜回头看了一眼迦隐，说："如今温谜服下了昊天赤血，实力大增。我们必须要团结，教父是我们的父亲，总不能让他孤身应敌。"

迦隐心中一顿，迦夜袍袖一挥："罢了，你们就留下吧。明天，我会离开落日城。自此以后……"突然不想再说了，自此以后，恐怕不复相见。自己保重吧。

他走出去后，连镜不甘心，回头又看了迦隐一眼。哈哈，这时候还是想维护自己的亲生儿女吗？他说：“你真的要眼睁睁地看着所谓的正道人士围杀你的亲生父亲吗？到时候他们的手上沾染着义父的血，然后与你把酒论交？”

说完，转身出去。迦月眼泪盈盈：“爹，我跟你走！”

她冲出去，迦隐说：“月儿！”

迦月泪落如雨：“我知道，你就是看上了蓝小翅那个妖女！你连咱们爹都不管了吗？他是你亲生父亲啊！”

迦隐说：“我没有！我只是觉得，温谜是个好人，蓝小翅的话值得我们相信！”半大的孩子，说话真是伤人。迦月说：“你敢说，你对那个妖女没有一点动心吗？你怎么想的，你自己心里清楚！”

她冲出去，迦隐犹豫，最后只有出去。那是他的父亲和妹妹，母亲去世之后，他只有他们两个亲人。

交易再次失效了吧，他又违反了承诺。

他走出房门，跪在迦夜面前，迦夜心下烦乱，连镜却从腰间掏出一瓶长生泉，递过去：“先服下长生泉，以免昊天赤血伤及筋脉。”

迦隐接过那玉瓶，迦夜一直背对着他，他心下叹息，最后仰头，一饮而尽。迦夜缓缓说：“离开这里，返回落日城吧。”

落日城外，他们从地道潜回城中，还是怕被温谜发现。如今的温谜，可是非常可怕的存在，还是不要直接对决的好。

落日城中，暗族平民早已是人心惶惶，幸好来的是武林正道，并没有大开杀戒，他们损伤不大。但是这些天朝廷与武林人士的围剿，足够让他们提心吊胆了。

迦夜等人回到城堡中，他对连镜说：“你大老远赶回来，也累了，先歇下吧。”

连镜明白，这是要赶他离开了。他应了一声，退出城堡。门口，鸦奴面无表情地送他出去。他回望这座冰冷的城堡，心中冷笑。

迦夜让鸦奴守在门外，鸦奴是他十二年前收养的一个孤儿，那时候他才八岁，断了一只手，明明是个残废，却有着坚毅的目光。落日城全是暗族，迦夜需要一些能在日光下行走的正常人。几番试探之下，他将这个孩子带回城中。

十二年来，鸦奴一直谨慎少言，学武也异常勤勉，深得迦夜信任。

果然这时候，他也只是沉默地守在门外，连目光也不向屋里看。

房间里，长生泉在跳动喷涌，迦夜找来一个之前由羽族注入过昊天赤血的暗族战士，吩咐他关上门。暗族战士刚刚回身关门，迦夜突然一掌过去，他如今的功力，早已非当初可比，瞬间一掌将其打昏在地。

迦隐一惊："爹！"

迦夜上前，将人提起来，封住其穴道，然后将人提到房间中央，长生泉下，长了许多菌丝。他以功力去除菌丝，将其喂入这个战士体内。迦隐看得心惊肉跳："爹，您这是干什么？！"

迦夜没有回答，等所有菌丝都入了体，他摧动掌力，一掌接着一掌，将面前的整个人震得筋骨俱碎，但是人表皮却完好。

迦隐全身发冷，没过多久，迦夜将人剖开，他体内的血脉全部破碎，却没有血。迦夜将已经饱饮鲜血的菌丝取出来，用玉碗盛了长生泉，将菌丝浸入碗中。

那些菌丝如同有生命，在接触到长生泉后，像是闻到了更美味的东西，纷纷"吐"出体内的鲜血，转而吸入长生泉。

迦夜等它们"吐"出了深红色的昊天赤血之后，就将其取出，转而浸入其他。没过多久，碗里就只剩下碗底的一抹深红。迦夜轻声说："这就是昊天赤血。"

迦隐猛地转过身，呕吐。

迦夜说："我会将它注入你的体内，会有经脉扩张的痛苦，但并不是不能忍受。"

迦隐说："爹，这到底是为什么？他们是我们的族人啊！"

迦夜说："过来吧。"

温谜到九微山去接木冰砚，正好遇见蓝翡。昔日好友，今日却有一点狭路相逢的意味。蓝翡轻摇手中羽扇，微笑："温阁主如此行色匆匆，是有何事？"

温谜说："木冰砚何在？"陈年旧怨，仇深如海，无法化解，也没有别的话说。

蓝翡说："阁主神情之间并无杀意……咦……"他看见风过，撩动竹叶，温谜的衣衫却丝毫不动。到了这个年纪，武功不可能突然之间一日千里。蓝翡的目光里带了玩味之色，温谜说："你听着，微生瓷命在旦夕，需要木冰砚去救命。"

蓝翡转头进到竹舍，木冰砚说："什么事？"看见他身后跟着温谜，也是一愣——你们俩什么时候搅和到一起了？

温谜还没开口，蓝翡说："微生瓷伤重。"

木冰砚再不多说话，低头收拾自己的药箱，说："在哪里？"

温谜心里突然有一种异样的感觉——一向狡诈多疑的蓝翡，甚至不怀疑这是一场阴谋。木冰砚也根本没有想过，可能是仙心阁骗他离开此地。他们这样紧张，当然不是为了微生瓷。

这么多年，他们真的已经成为了蓝小翅的亲人。

他说："跟我来。"

木冰砚随即同他下山，惊异于他的速度，说："你……昊天赤血？"温谜没有说话，木冰砚说："何必呢？"声音里说不出的惋惜。

温谜说："当初你也曾行医救人，初心为何？"

木冰砚说："初心？哼！我救过成千上万的人，治好过不计其数的疑难杂症。可是我治不好一颗人心。"

温谜带着他赶路，说："所有人的心都无药可救了吗？"

木冰砚沉默了。也不是的吧，也曾收到过感激，也曾有人念着他的恩义。走投无路的时候，也有人暗地相助，或者放他一条生路。这世上，最令人绝望的是人心。最动人以无形的，还是人心。

人因仇恨而激愤，这愤怒又将催化仇恨，从此看什么，都觉得阴暗丑恶，面目可憎。

或许世间从来没有变，只是仇恨障目，我迷失了这么多年。他沉默。

温谜带着他，一路来到落日城外。木冰砚疾步走进微生瓷所在的营帐，蓝小翅不在，他有些意外。温谜也意外，看着一直守在榻边的微生歧，他也没好问。

直到出去了，才问白翳："你们羽尊呢？"

白翳说："应该在帐子里吧，最近她不常出来。"

温谜想了想，还是问："这么多天，她一直没有到微生瓷房里去过？"

白翳眼睛左看右看，说："最近方壶拥翠无人主事，杂务全部都要传到这边来处理。她挺忙的。"

温谜心里明白了，他来到蓝小翅的营帐里。蓝小翅坐在矮几旁边，面前堆着许多账本书信，但是她在发呆，神游物外，连温谜进来都没有察觉。

温谜看了一眼，问："在想什么？"

蓝小翅猛地回过神来，说："啊，爹！木冰砚过来了？"

温谜说："嗯。他很关心小瓷。"

蓝小翅笑容有一点勉强，说："他来了就好。"

温谜看出她情愫异样，说："有他和云采真在，小瓷应该不会有事，你可以放心。"

蓝小翅说："啊……嗯。"

温谜说："小瓷是你夫君，他伤着，就算有别人在，你总还是应该过去看看的。他肯定很希望见到你。"

蓝小翅说："白翳说……他还没醒。"

温谜说："没有醒，总也应该关心一下，对不对？爹知道你现在怀着身孕，也不需要做什么，就是看一眼，也是个心意，是不是？"

蓝小翅说："我……"

温谜说："出了什么事？"

蓝小翅说："过几天再说吧。"

温谜终于问："小翅，有什么事，你可以直接跟我说。"

蓝小翅沉默半晌，突然说："爹，等小瓷伤好以后，我……我想跟他分开。"

温谜有一阵没有明白："分开？什么意思？"

蓝小翅说：“和离，到时候他回九微山去。孩子我会生下来，如果到时候需要送回九微山学武，就送过去。”

温谜神情慢慢严肃：“原因呢？”蓝小翅不说话了，温谜说，“因为他的病？”

蓝小翅也觉得心里有些乱：“我也不知道，反正我就是不想跟他过了。”

温谜说：“可是小翅，他的病一开始爹就告诉过你。当时你同意了，现在你已经是他的妻子，他并没有什么对不住你的地方。而且他这次受伤，也是因为你交代他不能放弃宇文超。小翅，这孩子不错，他值得你甘苦与共。”

蓝小翅说：“我知道！爹，您先出去行吗？我不想再谈这件事了。”

她情绪有些糟糕，温谜说：“好了，我们现在先不提。你先跟爹过去看看他，好吗？”蓝小翅不说话，温谜叹了一口气，好言好语地劝：“无论如何，总要等他伤好了再说，对不对？”

蓝小翅终于说：“嗯。”

温谜带着她，来到微生瓷的帐子里。云采真照顾了多日，微生瓷出血已经止住，但是伤口非常难以愈合，云采真怕他乱动，索性直接给他扎了几针，让他昏迷不醒。

微生歧在床头守了多日，心里也犯嘀咕——自己这儿媳妇是怎么啦？好歹也该过来看自己丈夫一眼啊。

他没有什么心思，而且对蓝小翅也是真满意，所以这时候见她过来了，也就不计较了。粗糙的汉子，倒也识趣，起身把床边的位置让出来给她。

蓝小翅走过去，床上的微生瓷惨白而虚弱，她只看了一眼，就用手捂住嘴。眼泪一串一串地滚落，微生歧反而手足无措了——干吗？我又没骂你！

蓝小翅抽泣着去握微生瓷的手，他的手也是微凉的，木冰砚看见了，说：“怀着孕呢，哭多了不好。”

微生歧就赶紧说：“行了，出去吧。这里有我们照顾着。他男子汉大丈夫，受点伤不算什么。”

蓝小翅将微生瓷的手贴在自己脸上，眼泪越流越多，双肩轻颤，却没有声音。微生歧怒瞪了温谜一眼——人家在外面待得好好的，你非要把她带进来干什么！！

温谜叹了一口气，说："都是爹不好，来，我们先出去。"

蓝小翅摇头，只看一眼，就舍不得走了。

温谜抱都抱不起来她，也不敢用力拉扯她。云采真说："这是怎么了？以前也没这么爱哭啊。"

木冰砚一针过去，直接将微生瓷扎醒——到底不是自己的孩子，也没那么心疼。云采真怒瞪了他一眼，木冰砚看见他充满怒火的目光，哼了一声："他自己的老婆，让他自己哄！"

微生瓷睫毛轻颤，好半天，终于张开眼睛，看见眼前的蓝小翅，他轻声说："小翅膀。"只是很轻微的三个字，却肺腑撕裂一般地痛。冷空气入体，让他想咳嗽，云采真赶紧按住他，他忍了片刻，终于缓过来，说："别哭嘛，我过两天就会好的。"

木冰砚迅速用双手捂住耳朵，大家还没反应过来，蓝小翅哇的一声痛哭失声。声音尖利刺耳，一屋子的人都惊呆了——蓝翡，这就是你培养出来的羽族的希望啊！！

只有木冰砚很淡定——从小就这样。

蓝小翅哭了一阵，双手捂着脸跑了出去。微生瓷刚要挣扎，木冰砚就说："你要是想死呢，你就动一动。"

微生瓷不动了，他不想死，他想活。

自此以后，蓝小翅再没过来过。这回大家都觉得挺好的，还是不要来了。微生瓷在两位大神医的调养下，倒是慢慢好转，只是还是不太敢动，他问微生歧："小翅膀？"

微生歧说："没来，别让她来了，孕妇哭多了不好。"

微生瓷点点头，可是没来的时候，她在干什么呢？

营帐外，温谜将方壶拥翠和太极垂光现有的长生泉全部调过来，兑水给大家服用，暂时稳住众人身上的菌丝。朝廷的十五万大军没事干，但是慕流苏也没让他们撤走，就让他们负责做一些造饭、加柴的杂活。

蓝小翅命人把矮几搬到帐外，一边看账本，一边晒晒太阳。慕裁翎从营帐里探出一个小小的脑袋，小声叫：“姐！”

蓝小翅说：“过来吧，干吗跟老鼠似的。”

慕裁翎这才跑过来，说：“爹让我回侠都，我不想回去。”

蓝小翅说：“那就不回去啊，留在这里好了。”

慕裁翎很是犹豫：“可……可是爹要骂人的。”

蓝小翅说：“骂几句你又不会死，担心什么。”

慕裁翎第一次听见这样的论调，顿时目瞪口呆。蓝小翅指了指桌上的点心：“先吃一点。”

慕裁翎拿了一个糕饼，说：“落日城好恐怖，你为什么不害怕？”

蓝小翅说：“废话，怕有什么用？我们得比他们更可怕！”

慕裁翎说：“我突然觉得你好帅的。”

蓝小翅说：“帅这个词是用来形容我的吗？”慕裁翎正想改口，蓝小翅说，“我难道不是霹雳雷霆宇宙无敌第一帅吗？！”

慕裁翎说：“你真不要脸！”话音刚落，那边已经有人过来，说：“谁在用我的外号？”

蓝小翅不用抬头就知道金枕流来了。慕裁翎转眼看过去，好家伙，只见一团金光缓缓向他靠近，他赶紧捂了捂眼睛——这是金条成精了？

金枕流倒是很亲热，过来一拍蓝小翅的肩膀：“哎呀三十六姨太，我想死你和微微了。父王和皇叔都不让我过来，闷死我了！”

蓝小翅失笑，说：“落日城现在全是菌粉，染上了就只有依靠长生泉为生。你要小心些。”

金枕流说：“皇叔说过了。咦，这个小孩就是你弟弟吗？”

慕裁翎正一脸震惊地打量金枕流——这、这个把黄金美玉披在身上的家伙是谁啊！蓝小翅说：“裁翎，这是我义兄，叫枕流哥哥。”

慕裁翎退后几步，一脸惊恐——我不要叫这个人做哥哥，这让我以后怎么有脸见人！！

金枕流一看就不乐意了：“怎么？叫我一声哥哥还委屈你了？小屁孩，过来，给你见面礼。”

他说着话从腰间掏出一个黄金的海螺，做得是真好，螺纹都纤毫毕现。但是慕少爷可是出身自高门贵府，那也是见过世面的啊，岂能这么容易被收买？

他说："不要。"

金枕流说："啧，小家伙还挺难哄。"说着话把金海螺放到地上，那海螺居然伸出足，在地上爬行起来。居然是活的！

慕裁翎终于有些心动了，金枕流说："叫声哥哥，怎么样？"

他还是有些不好意思，但好歹是把海螺拿在手上了，翻来覆去，爱不释手。金枕流正哄着小朋友，突然有羽人羽翼一收，降落在蓝小翅面前。他明显有事要向蓝小翅回禀，此时见金枕流和慕裁翎在，有些犹豫。

蓝小翅倒是无所谓，主要还是因为现在羽族暂时没有什么不可告人的事，所以她说："说。"

羽人这才道："回禀羽尊，迦隐和迦月逃走了，我们观察足迹，发现夜里有两个人前来，带走了他们。门窗没有被破坏的痕迹，也没有打斗的迹象。"

蓝小翅说："他还是走了啊，唉，好言劝不住该死的鬼。"

金枕流问："迦隐？你怎么还把他关起来了？"他似乎想到了什么，神情顿时严肃起来，"我说你这样可不对啊，你现在是有夫之妇。我家微微虽然有点愣，但是还是上天入地最优秀的高手。你可不能让他头上长草啊！"

蓝小翅说："金枕流！"

二人在逗乐，慕裁翎却在看送信的羽人，那只是一个普通的羽人，会一点武功，但不多——羽族高手不会来送信。

但是他的羽翼非常漂亮，光泽鲜亮，在背后轻轻舒展，几近华美。蓝小翅看见他的眼神，说："去找青鹏和凤遥教你飞。"

慕裁翎惊讶："我……我也可以吗？"

蓝小翅说："你不也有羽翼吗？为什么不可以啊？你都九岁了，羽族三四岁的幼崽就已经学会了。"

慕裁翎发现自己心中居然还有点小激动，蓝小翅看出来了，命人收了账本，带他过来。

青鹏等人因为没有家族势力的支持，对蓝小翅可谓言听计从。寒门之子，对于地位的珍惜，一般人是难以想象的。此时听说蓝小翅让他带慕裁翎飞，他觉得很简单嘛——羽人有这么宽大有力的羽翼，飞几乎是本能啊。

慕裁翎还有些不好意思，说：“我……我去换衣服。”

青鹏给他找了一套羽族的衣服。似乎是为了搭配羽翼，羽族的服饰都十分华美，上面喜欢缀银铃珠玉，不仅注重穿着效果，飞行效果也十分抢眼。

慕裁翎到底是公子哥，不习惯在人前更衣。他自己进到帐子里，半天穿戴不好。外面帘子一掀，却见蓝小翅走了起来。他脸红了：“姐。”

蓝小翅说：“我又不偷看你，来，帮你系衣带。”

她把慕裁翎背上的衣带绕过来，是个棉质的绑带，在腰上缠绕几圈，既束紧了衣服，又令羽翼得到放松。但是系完之后，她看见慕裁翎的翅膀，就有点皱眉头——这……怎么这么小啊?

两个人从帐里出来，慕裁翎已经九岁，换了这身衣裳，可谓是气质卓绝。但是青鹏看见了也有些狐疑——这翅膀儿……咋这么小啊?

我记得我这么大的时候，翅膀也已经很大了啊!

他也不敢说，只得将慕裁翎领到高处，说：“用力扇动羽翼就行，我会托着你，放心。”

慕裁翎心里还是很激动的——长这么大，第一次可以舒展自己的羽翼。他拼命扇动翅膀，但是身体却一动不动。青鹏在旁边鼓励了一阵，看他满头大汗，不由也有些狐疑了。

金枕流跟蓝小翅在下面看，过了一会儿，金枕流说：“嘿，我看你弟弟那个东西还是太小了，不太行啊!”

蓝小翅一脚将他踹了个狗啃泥。

白翳站得远远的，看见这场景，心中一沉。等到蓝小翅和金枕流带着慕裁翎去吃东西了，他才把青鹏叫过来：“羽尊让你教慕裁翎飞翔?”

青鹏见他神情严肃，不由站直了身子：“是。白爷，有什么不妥吗?”

白翳叹了一口气，却问：“青鹏，你觉得大小姐任羽尊，对羽族而已，是好是坏?”

青鹏莫名其妙：“当然好啊，以前羽族是邪魔歪道，现在大家也不用打打杀杀，还衣食有余，户有余粮。”

白翳说：“那你觉得，如果羽尊之位，换慕裁翎来做，又如何呢？”青鹏愣住了，白翳说，“我知道你天真单纯，但你真要好好想一想这个问题。”

后来没多久，整个方壶拥翠就传开了——慕裁翎那个东西太小了，不行啊……

一时之间，羽族人人传为笑柄，把蓝小翅给气得。后来虽然明令禁止诸人议论此事，但慕裁翎也被糟践透了。

慕裁翎很认真地想学飞，但却一直避着慕流苏。慕流苏看在眼里，也没有说破，心里也不是不愧疚的。这么多年来，因为羽人恶劣的名声，他不得不缠缚儿子的羽翼，让他看起来如同普通人。这也导致他无法像其他羽人一样正常生长。

现在，羽族对蓝小翅十分拥护，何况上面还有蓝翡。哪里有他的一席之地？

慕裁翎倒是没想这么多，他跟在蓝小翅身边，总感觉这种日子比闷在书房里读书好玩多了。蓝小翅倒也不烦他，偶尔查看暗族动向的时候也带上他。

落日城里，迦夜命暗族战士收拾了细软，又带上长生泉，准备离开落日城。

连镜心中有数——果然，长生泉另有泉眼。城堡里的泉眼是假的，正因为虚假，所以需要人血滋润，否则就会干涸凝结。

迦夜带上了二百余战士，从落日城的地道出来，避开外面武林人士的耳目，很快来到了无情海。无情海边细浪层层，海岸迂回处停着一艘大船。

看来迦夜是早有准备，这些天一直没有动静，只是为了造这艘大船。

迦夜不动声色，心中却一直在留意。迦隐武功的提升，他当然有所察觉，现在江湖中，除了羽族的昊天赤血，没有其他神物能将功力催生到这种地步。而且功力对经脉的损失，会导致短寿，也正与昊天赤血的特性相符。

他跟着迦夜等人一起上了船，而此行，还有另一批人——一些身患重疾或者失去武功的江湖人，反正活着也是生不如死，如果拥有长生泉，能让自己像以前一样，依赖它为生又怕什么？

迦夜没有拒绝，将这些人也通通带上了船。连镜扫了一眼，看见被羽族注入昊天赤血的十个暗族战士，只到了八个，少了两个。

两个……他心中思索，迦夜与迦隐的功力，难道说，迦夜找到了什么办法，能将昊天赤血从人体内提取出来吗？

大船乘风破浪，很快驶离了海岸。温谜、蓝小翅等人跟到岸边，说：“这大海之上，我们无法暗暗跟踪，真的就这么放他们离开吗？”

蓝小翅说：“我们也有人需要长生泉以续命，泉眼的事，迦夜是不会轻易告诉旁人的。只能让他自己带我们去。”说完，她转过身，对青鹏和火雀道：“大海之上，无边无际，我不知道中间有没有岛屿，如果失去方向，我也帮不了你们。你们愿意前往跟踪吗？”

青鹏和火雀互相看了看，同声道：“谨遵羽尊之命！”

蓝小翅转过身，看了看身后另一个人——正是很久不见的原四十四战鹰首领金鹰。这些日子蓝小翅一直没用上他，他在瑶池山庄当跑堂的。这次被蓝小翅调过来，他还是很激动的。

蓝小翅说：“之前一直没有带你回羽族，是因为毕竟你不是羽人，如果没有半点功劳，很难给你职务而不被其他人敌视。而你原来的身份又不低，若是随便任用，也是埋没。现在，我想请你跟踪这艘船。你是鳍族人，在水里的方向感，想必会好很多。必要之时，为青鹏、火雀指路。如果此事成功，我自然不会亏待你。”

金鹰站得笔直，说：“是。”

蓝小翅点点头，转头对金枕流说：“金鹰一个人势单力薄，反正你也来了，多派两个人呗？”

金枕流说：“好，看我的天下无敌唯我独尊傲视群雄百战百胜四十四战鹰大显威灵！！”

旁边慕裁翎看了他一眼，默默地离他远了好些……

鳍族在水里想要追踪一艘大船，就太容易了。等四十四战鹰也尾随大船而去，蓝小翅才说：“走，我们回去吧。”

宇文超、慕流苏都很纳闷：“就这样了？”

蓝小翅说："还请陛下和丞相派人于海边造船，等到消息传回，我们就可以乘船而去，将他们一网打尽了。"

宇文超心下有些佩服，说："好，朕这就命人造船。"

慕流苏看了他一眼，他立马就萎了——怎么？我说得不对？他赶紧说："丞相你怎么看？"

慕流苏扫了一圈蓝小翅和温谜等人，目光威严："自古以来，陛下仁泽天下，对江湖门派更是百般纵容！哪怕仙心阁自立丹崖青壁，藐视王法，也未曾追究。可是落日城之事，仙心阁失察，羽族昊天赤血流入其中，更有推波助澜之嫌！此次追击嫌犯，一应开销均由各门派分摊！此事解决之后，再论功罪！"

蓝小翅白了他一眼，唉，姜还是老的辣，不服没办法。温谜也摸了摸鼻子，慕流苏说："军中主簿何在？"

后面有一人应声，慕流苏说："核算大军前来的开销与造船费用，向仙心阁、羽族、鳍族、蜀雨青枫等各涉事门派收取！"

主簿应了一声是。慕流苏哼了一声，对宇文超说："陛下，此地不宜久留，还是回帐中去吧。"

宇文超这才挥挥袖子，返回落日城下。

等他们走了，蓝小翅才说："唉，继父就是继父，半点不疼人。"

温谜说："嗯？"

蓝小翅转过头，双眼亮晶晶地看了看他，很是温柔地喊："爹！"

温谜又摸了摸鼻子，一脸慈爱地道："有时候亲爹也不太疼人。"

蓝小翅气得哼了一声，一眼看见金枕流在人群中散发着万丈光芒，她赶紧走过去，一把揽住他的肩膀，亲热地招呼："义兄！"金芷汀兰与温谜对视一眼，简直是哭笑不得——蓝翡和温谜也都不是这么不要脸的人，这无赖性子到底像谁啊！

落日城下，慕流苏在给宇文超上课："大凉虽然家大业大，但每一文钱皆是民脂民膏，陛下是一家之主，钱粮什么的，平时不觉得，真要急需时，就明白缺衣少粮有多难了。如今大凉边关安宁，国少战事，陛下更需要精打细算，一毫一厘也不能乱花。”

宇文超其实心里也是服气的，说：“朕知道了。”

慕流苏咳嗽了几声，他立刻关切地道：“丞相，是不是菌丝又发作了？来人，取长生泉……”

慕流苏说：“臣无恙，陛下不用担心。”

他二人在这边君臣情深，蓝小翅没过来。她带着慕裁翎进到落日城中，城中居然已经有大量羽人，此时大家有的飞在空中泼水，令菌粉湿透沉淀，不再飘浮在空中，有的则在锯砍下面生长过于繁茂的蘑菇，忙得热火朝天。

慕裁翎不明白：“暗族教父做下了这样丧心病狂的事，羽族为什么还要帮落日城？”

蓝小翅微笑，也不说话，只是督促其他羽人尽力帮助。迦隐啊迦隐，看在你那张帅脸的分上，我本来准备将这大好的落日城留给你，可你自己的选择，一错再错，也怪不得谁。如今既然你和你爹跑了，而且看样子也不可能活着回来了，这里我就笑纳啦！

在外面江湖人和朝廷兵士都在等待鳍族、羽族传回消息的时候，蓝小翅派人送了棉衣、棉被、干粮、净水等物进城。

温谜和慕流苏、金芷汀兰都站在落日城下，看了许久，慕流苏纳闷：“蓝小翅有点不对劲啊！”

温谜故作无知：“怎么了？”

慕流苏说：“你这女儿，打从我认识她以来，她什么时候干过只赔不赚的买卖？”

温谜咳嗽了一声，说：“是你这女儿！”

慕流苏瞪他：“你的！”老子要有这样的亲生女儿，早把她腿都打断了！

温谜一脸谦虚，说：“你的！”

旁边的金芷汀兰说：“咱们的女儿！”

温谜和慕流苏都转头看他——什么时候这里面又有你的事了？！

金芷汀兰摆弄着手里的兰花刺，微笑：“前一阵子，她已经认我做了义父。”

温谜和慕流苏没再说话，但两个人脸上都有一个明显的“靠”字。

蓝小翅的苦心没有白费，等到了十月底，天气转凉，落日城中变异的蘑菇已经被全部铲除，暗族平民又种上了香甜可口的香脆菇。除了教父远离之外，其他的好像并没有什么变化。

温谜等人这时候才突然意识到——落日城，如今没有战士，可谓是一片空城了。

咦，无主之地了。

大家突然意识到这一点，顿时所有人都起了心思——落日城虽然不能见光，但里面产出的蘑菇，可是一笔不菲的收入。江湖上一大半无解的剧毒，原料都来自这里。

而香脆菇哪怕是保鲜期短，也是大人小孩十分喜爱的零食。

其他的染料菇更不用说了，染出来的颜色，只有高档绸庄才可以使用。其中每年进贡给宫里的蜀锦，主要染料就来自落日城。颜色亮丽，经久不褪，而且更有奇异的芬芳。是寻常人家根本见也见不着的佳品！

这时候，大家心思都活络开来了，失去了武力保护的一块肥肉，就这么鲜嫩嫩地放到嘴边，哪有不吃的道理？！

大家瞬间开始各找缘由，进入城中。但都是各大门派的掌门，能不知道对方的心思？一时之间，生怕别人抢了先，纷纷赶到落日城下，然后他们就看到蓝小翅笑得温婉得体的脸！

见到诸人前来，蓝小翅很是热情：“诸位掌门这些日子受惊了，我命人准备了水酒佳肴，给各位压压惊，还请诸位不要嫌弃。”

大家一听，这话不对啊，你在落日城摆酒给我们压惊？！怎么，落日城是你的啊？！

但是她又没明说落日城的归属问题，大家没办法，只得一并入内。

蓝小翅将诸人都请到原教父居住的城堡之中，里面居然被重新装潢过！如今里外一新，连下人都是羽人，房间早被他们分配满了。诸人一见，顿时不满了：“羽尊，落日城是暗族地界。你们羽人跑到城中住下不走，是何道理？！”

有人这么一开头，其他人压抑的不满当然就爆发出来了："就是，你莫非是另有居心吗？"

蓝小翅说："诸位说什么呢，前些日子暗族为菌粉所扰，他们没有战士，平民除之十分不易。我便派人前来帮忙。又要重整菇园，事情烦琐。诸位总不能要求羽人干活时进来，干完活就回方壶拥翠歇息吧？古往今来，也没有这样的道理啊！"

诸人一听，还真是找不到理由反驳。蓝小翅将他们领到席间，金芷汀兰和温谜、慕流苏、宇文超也一并前来赴宴。

这是有机灵的临时通风报信，想让温谜给个说法。

温谜也是苦笑，看，之前还怀疑她不做赔本的买卖呢，现在狐狸尾巴就露出来了。不过暗族还真是不行，毕竟人家有族人，要选教父也是从人家族内选不是！

所以这时候，大家相继落座，暗族几个平时管理蘑菇田的平民也被推选列席。

这顿饭倒真是丰盛，蓝小翅起身，说："这些天大家都受迦夜所扰，苦不堪言。我敬诸位叔叔伯伯一杯。"

诸人中只有平时倾向温谜的几位掌门起身，其他人还是不想搭理——这要是一敬，她就是以主人自居了。蓝小翅也不在乎，与诸人喝了这一杯。然后青云山的陆化涛站起来，质问："既然羽尊说，羽人住在这里，是帮助暗族人。如今暗族已经回归平静，请问羽人何时撤离呢？"

蓝小翅左右看看，微笑，说："陆伯伯问得是，不过羽人暂时还不能撤离。"

这话一出，所有人都愣住了。金芷汀兰都不出声，这时候大家群情激愤——这么大一块肥肉，羽族想要独吞，有这么好的牙口，就必须要有这么大的能力才行。不管别人说什么，可是帮不上忙。

蓝小翅一脸谦卑的笑意，说："诸位叔伯不要心急啊，当初暗族教父迦夜收留连镜，并认为义子。仙心阁派人包围落日城。迦夜被温阁主威势所慑，避而不见。以至于落日城无人看顾，暗族平民陷入险境。"

诸人都安静下来，确实倒也是有这么一回事，不过这和你赖着不走有什么关系？！

蓝小翅接着道：“当时羽族出于对暗族平民的保护，在仙心阁同意的情况下，收取了落日城为期半年的护城费用。”酒席宴间一片安静，各大掌门呆若木鸡。蓝小翅说：“费用收取之后，教父迦夜回归，羽族未尽保护之责，一直内心不安。现在，迦夜私逃，再次弃下暗族平民，令落日城再度无人守护。我虽然是一介女流，但是身为方壶拥翠之主，也深知何为人无信不立。羽人一诺千金，既然收取了暗族的雇佣金，得到暗族平民信任托付，就断无对落日城置之不理的道理。”

好家伙，这一番话说得真是大义凛然，把一众江湖大佬给气得！

温谜简直是哭笑不得——搞了半天你在这里等着呢？！

有人忍不住喊：“温阁主，仙心阁素来无私，你给大家一个说法！她这样跟无赖有什么区别？！”

慕流苏摸了摸鼻子——没区别啊，我跟她第一次见面，她就从我这里敲了十万两黄金。这根本就是一个无赖啊！宇文超也目瞪口呆——以前看着蓝小翅，朕觉得她挺老实巴交的啊！

慕裁翎眼睛里的星星闪啊闪的——走一步算十步，步步为营，好喜欢这样的姐姐，跟着她比读书好玩多了！

全场人中，只有金芷汀兰最淡定，鳍族有钱，不缺这么个地儿。何况他们又不能长期离水的，落日城肯定是顾及不上的。不过谁主宰这里，对跟他们的生意来往影响还是很大的。

所以他倒是一直在留心关注——如果蓝小翅得了这里，这丫头还挺重义气的，跟枕流关系也好。嗯，自己以后想要拿最上等的染料原料，估计也就没有那么难了。

他回头看了一眼金枕流，还没说话，金枕流立刻就站起来，身冒金光，鼓掌：“羽尊果然是大信大义之人！鳍族佩服！”

金芷汀兰一口酒差点喷出来，别看这太子平时吊儿郎当的，但在大事上他心里还是拎得清的。

其他人都沸腾了，眼看要闹起来，慕流苏说：“落日城是大凉国土，岂是可任由旁人随意瓜分的无主之地？！”

他一说话，其他人顿时都安静了，民不犯官，是自古以来的道理。江湖也必须遵从。

慕流苏看了蓝小翅一眼，说：“落日城几经劫难，皆因教父无所作为。待陛下回朝之后，朝廷会派官员前来落日城上任！”

蓝小翅第一个拥护支持：“陛下英明，有您看顾实乃落日城之幸！”

慕流苏有点狐疑——不对啊，你怎么还支持上了呢？蓝小翅说：“有朝廷管理，羽族护城，落日城百姓定能安居乐业，不再为狼子野心之徒所扰。”

慕流苏气极——说来说去，你还是想霸着落日城不放啊！

蓝小翅坐下，对身边暗族的代表低声说：“你看见了，我已经尽力。朝廷赋税是五五。我若进来，只有二八。而且羽族的产业遍布各地，如果由朝廷掌控，你们再找我合作，需要另收费用。你们自己考虑。”

几个暗族代表一直在犹豫不决，蓝小翅说：“你们现在没有战士，换谁来条件都不会比我开得更好。”

几个暗族代表私下一直在商量，其实按意愿，他们更想跟仙心阁合作。毕竟温谜铁面无私，是个值得信任的人，而且仙心阁力量也足够。但是蓝小翅开出的条件还是挺诱人的——前半年他们不付任何费用。当然了，这是因为先前蓝小翅抢了他们半年的赋税。

然后羽族用自己的商铺帮暗族代销蘑菇，这个诱惑很大，毕竟暗族人不能见光，没法自己营业。以前的蘑菇都是批量卖给前来城中的商人，而这样一来，价格当然是很低的。

蓝小翅自己销售，他们能得到的利润非常可观。

再来，蓝小翅能够为他们护城。现在羽族的高手还是很多的。仙心阁阁主是她亲爹，不会让她为难。其他门派想为难也未必干得过她——看看前些日子找她索赔之后，反而被讹诈的人吧！

落日城十几个代表私下里一商量，最后推举一个名叫迦雾的人出来。迦雾还算是跟迦夜沾点亲戚，不过以前在族里也没什么地位。这时候看看宇文超，还有点紧张，半天说："陛下、丞相，各位掌门，落日城是暗族的家园，也是大凉国土。丞相所言不错，但是暗族自古以来都是由教父统领，我们还是希望维护传统。"

慕流苏意外，说："你们待如何？"

迦雾说："我……我们族里商量了一下，这些天以来，羽尊对我们颇多帮助，我们还是想由羽尊暂代教父一职。"好歹也把这半年的免费期赚回来啊！

慕流苏脸色一沉，蓝小翅说："当然了，陛下、丞相，落日城百姓也是大凉百姓。陛下要派官吏前来，也是无可厚非之事。不过如果朝中用人之地颇多，暂时无暇派人前来的话，我也会按五五赋税，让落日城按时向朝廷缴税。"

宇文超说："是否每月落日城的钱粮收支，都可以由朝廷粮官核实？"

蓝小翅躬了躬身："当然，陛下。"

慕流苏看了宇文超一眼，心下叹气。但是暗族如今就看到那半年的免费期了，民心所向，没有办法。他没有开口，宇文超说："如此，朕就依照暗族民愿，封你为落日城城主，由你暂时代管落日城。"

蓝小翅跪下，她有身孕没法磕头，但还是做了个样子："谢陛下，我主万岁万岁万万岁！"

宇文超觉得这样很好啊，很圆满。慕流苏叹气——她是可以给你上交账目，你的粮官也可以查，但是这中间岂止千万种掩饰作假的方法？唉，也好吧，收一点是一点。

他看了一眼蓝小翅，蓝小翅得了这么大的便宜，脸上却仍是温和恬淡的笑意。她正在跟暗族的十几个代表交谈。十六岁的姑娘，怀着近七个月的身孕，神色亲切，从容中透着一股子领袖的威仪。

那是一种沉稳得令人心仪的气质，有点类似温谜，不疏远也不易接近。

第三十五章 前因后果

落日城城堡之中的气氛不太好，毕竟这个结果，许多人都不满意。蓝小翅倒是明白，这么大一块肥肉，羽族自己独吞是不行的。她需要一个支持者，仙心阁是指望不上了，但是朝廷可以啊。

交税这东西，好说。以后落日城蘑菇的定价她说了算，一点税可以接受。

大家闷声喝了这顿酒，蓝小翅把宇文超、慕裁翎都安排在城中住下。因为有宇文超和慕流苏在，其他人并不敢生事，只好先离开落日城。

等到所有人都散了，蓝小翅说："我的父亲们先留一下。"温谜、金芷汀兰、慕流苏三个人都是一阵瞪眼，你这称呼得还真是省事啊！蓝小翅笑着说："迦夜留下的长生泉泉眼干涸了。"

一句话落，三个人脸上都不太好看。这也是正常的，迦夜先前就已经透露过，长生泉泉眼五到十日需要用十个人的血调和。温谜等人来到泉眼处，果然看见长生泉已经全部凝结成晶盐状。

慕流苏问："听说，微生瓷曾经于落日城盗走长生泉，而且数量不少。难道当时你们都没发现长生泉会凝结吗？"

蓝小翅说："那些都是我爹在处理的，我去哪里发现？我拿在手上的时候并没有凝结啊。"

温谜道："里面加了鹿血。"蓝小翅惊异，"什么？"

温谜说："蓝翡没有告诉你？云采真早就发现长生泉会凝结，于是加了鹿血调和。羽族有木冰砚，我想保存的方法应该差不离。"

蓝小翅说："我爹真是个老王八！"

一句话出，她的三个爹脸色都不太好看。慕流苏说："下次你骂蓝翡的时候，能不能把他的名字加上？他们俩虽然不介意，我还是很介意的。"

金芷汀兰说："我也介意啊！"然后两个人都凉凉地看了一眼温谜——温谜不用介意，他是真王八。

温谜气得哭笑不得，你们俩多大人了，跟着孩子一起拿我逗乐？无言。

三个爹神色各异，蓝小翅也乐了，问："那现在怎么办？你怎么也不提醒我一声？"

温谜说："迦夜一直以人血保存，里面沾满血腥，不要也罢。"

蓝小翅说："我的爹，那现在怎么办？鳍族要是再不回来，大家的菌丝可是要吃人了。"

温谜说："你是真的没有办法，还是想逼着我说出来？"

蓝小翅眨了眨纯洁的大眼睛，温谜说："木冰砚到来之后，看见小瓷体内的菌丝，毫不吃惊。这说明他早就知道落日城菌粉能入体长成菌丝的事。而且他对菌丝的特性了如指掌。他知道用鹿血融合长生泉，可以保泉水不凝，但是迦夜不知道。这说明，蓝翡跟迦夜有交易，但同时也一直有所保留。落日城没有医术特别强大的医者，菌丝的培育，木冰砚帮了不少忙吧？"

蓝小翅还没说话，慕流苏已经森然道："你是说蓝翡一直勾结迦夜？"

蓝小翅赶紧说："真正勾结迦夜的恐怕不是他吧？"

慕流苏哼了一声，已经知道她对宇文超的事心里有数了，说："如果不是羽族的昊天赤血，何来如此混乱的局面？"

蓝小翅说："鬼知道迦夜从哪里弄来的昊天赤血，你怎么不说我温爹手里的也是蓝爹给的啊？"

慕流苏说："你少牙尖嘴利，蓝翡此人断不可留！"

蓝小翅从上到下打量他，慕流苏终于被她看得不自在了，说："干吗？"

蓝小翅说："慕爹爹，虽然您只是我继父，但我也是很关心你的。从第一次见你开始，你就致力于杀死我蓝爹爹。我真是好奇啊，这是为什么呢？！”

慕流苏怒瞪：“胡言乱语什么？蓝翡滥杀无辜，连自己生身之父、骨肉至亲也不放过。这样的恶徒，人人得以诛之！”

蓝小翅说：“不对，咦……当初小瓷莫名其妙中毒，幻绮罗的来历一直以来可没有弄清楚。慕爹爹，您这样急着杀我蓝爹灭口，我可是会起疑心的。”

慕流苏心里一凛，如果蓝小翅对微生歧胡说，后果恐怕真的会相当严重。

他说：“蓝小翅，你现在是羽尊，有些话可不能随口乱说！”

蓝小翅说：“其实吧，我对当年的真相不感兴趣。”慕流苏意外，蓝小翅笑嘻嘻的，“否则的话，朝廷安排在九微山下的眼线，此时应该已经在我公爹面前了。”

慕流苏与她对视，两个人都在彼此眼中看到了火光。事态现在已经很明显，如果蓝小翅掌握了证人、证据，那么她跟微生世家都是不可留的。

蓝小翅说：“怎么，现在不止是蓝爹了，连我也要杀了灭口了？”慕流苏不说话，蓝小翅说，“那如果事情传播出去，令天下人得知，天下人也都不可留了？”

慕流苏心念几转，若真是和蓝小翅生死交锋，青琐恐怕就太伤心了。而且这丫头古怪精灵，羽族内部不乏高手，温谜不会坐视，九微山也是个大麻烦。胜败难料。

他说：“不要让我觉得，当初我没有听先主的话，是个错误。”

蓝小翅说：“错与对都只在自己内心里，你问过，便会知。”

慕流苏说：“你想如何？”

蓝小翅说：“我不想如何，陈年旧怨，提之无益。再说了，我也相信当初的事情，主谋者不是你。”

慕流苏是真的意外了：“哦？”

蓝小翅说：“当时主使人用幻绮罗，怎么就能那么精准的猜中后果？我觉得我婆婆未必是死于小瓷之手。当然了，这么多年过去了，也没必要去开棺查证了。不过我想当时，幕后黑手是先杀死了我婆婆，然后想要我公爹激愤之下杀死小瓷。他对我公爹和我婆婆之间的感情了解得非常清楚。知道此后我公公不会再娶，他手染妻儿鲜血，绝望之下，自尽或者疯癫都是可能的。如此一来，微生世家就此断绝。”

慕流苏说：“你是什么时候知道的这件事？”

蓝小翅说：“那就有点早了，我第一次上九微山，看见小瓷发狂，后来在山壁的火把和石牢的蜡烛里都发现了幻绮罗。当时我就在想，这样杀人不见血的歹毒法子，不像是江湖仇家所为。而奇怪的是，对方得手之后，微生瓷并没有死，微生歧也没有疯癫，他为什么突然收手了呢？打虎不死，留下这样的祸患，不会很奇怪吗？”

她抬起头，向慕流苏微笑：“后来我发现了一个巧合，小瓷出事后没多久，先王驾崩了。”

慕流苏一身冷汗，温谜说：“小翅！微生歧性格冲动耿直，微生瓷虽然表面不提其母之事，但是心里一直耿耿于怀。你千万不可在他父子二人面前提及此事，否则后果不堪设想。”

蓝小翅摊手：“要说我早说了。慕爹爹，人都会做错一些事，总不能宽于待己，严于律人啊，对不对？”

慕流苏说：“如果蓝翡的事可以商量，那么此事就此不提了吗？”

蓝小翅说：“我现在是微生世家的媳妇儿，微生世家一直人丁单薄，我觉得陈年旧怨，且主谋已死，没必要拿活人的性命去换什么快意恩仇。”

慕流苏点头，说：“你转告蓝翡，让他好自为之！”

蓝小翅笑得甜甜的：“我会的。”

温谜和金芷汀兰互相看了一眼，温谜说：“小翅，你执意要蓝翡回来，并且一直在为之努力，爹很感动。但是仙心阁与他的仇怨让爹无法与他一笑泯恩仇。如果他要回来，可以。但是如果他要再次执掌羽族，那么，羽族还是只能丢下你如今所有的心血，变成人人眼中的妖魔。”

蓝小翅沉默，金芷汀兰倒是拍拍她的肩，说：“结果已经很不错了呢，对不对？”

蓝小翅说：“还是义父好，哼！”

金芷汀兰轻笑，这小丫头，真是有趣呢！有时候凌厉起来，逼得慕流苏也招架不住。有时候娇憨起来，又是十足的女儿态。

蓝翡的事，几个人也算是达成了共识，温谜和慕流苏、金芷汀兰就去找木冰砚商谈菌粉的事了。

蓝小翅从城堡里走出来，肚子有点大了，行走都不太方便了呢！她慢慢走，突然停住了脚步。门口壁灯的光影下，微生瓷红衣黑发，身姿笔挺。

蓝小翅站住脚步，微生瓷歪了歪头，感觉两个人真是好久没见了啊！

蓝小翅一动不动，他只好自己上前，来到她面前，停住脚步。蓝小翅眼里渗出盈盈水光，许久之后，才微笑着说："你好了呀？"

微生瓷说："云大夫说，只要不动内力，就没事了。"他的伤好得可真是慢。

蓝小翅说："噢。"

垂下头，居然无话可说了。

微生瓷也不说话，他跟蓝小翅在一起，一般是蓝小翅出主意的。如今她沉默，他也就跟着沉默了。过了一阵，蓝小翅笑着说："最近江湖事多，瓷少爷要不要回九微山待一段时间啊？"

微生瓷皱眉："你去吗？"

蓝小翅说："我还要留在落日城一段时间。"

微生瓷说："那我也不去。"

这少爷，蓝小翅说："小瓷，我……"

微生瓷等着她说接下来的话，蓝小翅不想刺激他，斟酌着用词："我觉得，我并不是适合你的女人。也许你爹以前说的是对的，微生世家一直以来不涉江湖事。你们一直隐在九微山的时候，从来也没有遇到过危险。你会不会也想要找一个安于内宅的女人，默默地照顾你，陪伴你？"

微生瓷说："我不明白。"他已经有点不安，以前蓝小翅不说这些他听不明白的话。

蓝小翅说："我是说，你觉得我做你的妻子，好吗？"

微生瓷说："很好啊！"

蓝小翅说："那要是上次遇见迦夜，我温爹没有服下昊天赤血，你死了呢？”

微生瓷说：“那样的话，我会很舍不得你。”只是这一句，生与死都无怨无悔的，只是舍不得。

蓝小翅眼眶红了，微生瓷更加不安了，今天的她有点奇怪。他说：“我……我这些天没来，你生气了吗？”

蓝小翅摇头，他吃力地解释：“我不是不来，我只是想快点好。木冰砚说动一动就好得慢。”

蓝小翅的眼泪终于决堤，一颗一颗滚落，穿过精致的面具，在未被遮掩的半张脸上留下闪亮的水痕。

微生瓷上前握住她的双肩：“小翅膀？”他心里焦急，像是不知道做错了什么的大狗狗，拼命想理解她的意思。

蓝小翅说：“小瓷，我不想说话，我累了。”

微生瓷说：“我送你回房里睡觉。”

蓝小翅回到房里，微生瓷把她扶到床上，又把被子给她盖好。天气冷了，她的手脚总是很冰，他默默地替她捂暖。蓝小翅闭上眼睛，明明知道放他回去才是对他最好的。可是只要一想到会和他分开，就忍不住泪流满面、心如刀割。

她装作睡着了，微生瓷知道她是装的。可是她今天总说些他听不懂的话，他不安，甚至觉得害怕。

他坐在床边，一直等到她真的睡着了才走出来。温谜跟金芷汀兰等人从木冰砚和云采真的住处出来，就看见瓷少爷在城堡门口的菇园旁边焦躁地团团转。

温谜问：“小瓷，你怎么在这里？受了伤就要好好休养，还是回房去吧。”

微生瓷看见他们，走过来。瓷少爷是很有教养的，虽然烦躁，但还是一躬到地：“爹。”

一下子算是把所有人都招呼了，除了微生歧脸色有点难看之外，其他人都挺满意的。微生歧问：“什么事？”

微生瓷说："小翅膀今天说什么？我没听懂。"

微生歧简直是想打他，他那个烈火一样的性子，当即就爆发了："你没听懂？她说的不是人话啊？改狗叫了？！"

温谜等人大都无语，但是有人是知情的，温谜说："小瓷，她有身孕，难免胡思乱想的。你不要在意。"

微生瓷还没说话，微生歧问："她胡思乱想什么了？"

温谜沉默了一下，还是说："小瓷这次重伤吓坏她了。"

微生歧顿了一下，说："她整日里狗胆包天的，也会害怕？"

温谜说："关心则乱。"

微生歧不说话了——排解女人心思，可不是他的强项啊。微生瓷隐约有点听明白了，我吓到她了？他说："可……我不是故意的。我……"有点着急，一时之间又找不到语言来表达自己的意思了。

金芷汀兰说："我们知道，小瓷这丫头我们是对付不了了。不过眼前有一个人还是挺懂他的，估计只有他能收拾得了蓝小翅了。"

微生歧还没说话，微生瓷就问："谁要收拾小翅膀？"

慕流苏赶紧说："行了行了，你去找蓝翡，跟他诉说一下你的烦恼。他一定能帮你的。"

可别再打起来，已经够乱了。微生瓷一听这话，哦了一声就走了。微生歧一直等他走了才醒过味来——不对啊，这小子好像知道蓝翡在哪里啊！

温谜看见他的神色，立刻打岔，说："算起来，小翅也七个多月了，应该请产婆照料了。"

微生歧一听这个，立刻就把先前正琢磨的问题给抛到一边了："嗯！我让步寒蝉去安排。"

旁边的慕流苏这才道："算了，还是宫里的产婆有经验。我派人去找。"这事青琐肯定也关心，他无论如何总得帮着上心的。

微生歧瞪他，说："你们宫里人，素来一肚子坏水。不需要！"

慕流苏气极——难怪当初先王搞你，你真是活该啊！！

一群人在这里斗嘴，微生瓷却是片刻不停，直接就奔九微山而去。落日城离九微山很有一些距离，瓷少爷也知道自己现在不能赶路——若伤势复发了，就又不能见小翅膀了。

他找了一个羽人，虽然不喜欢，还是骑上赶路。羽人倒也很给他面子——姑爷嘛，羽尊小气，得罪不起。

一直赶到九微山，蓝翡正在九薇树下烹茶。九色花瓣重重叠叠，覆了蓝翼白衣。红泥小火炉咕嘟咕嘟，茶香四溢。他洁净无垢的手端起竹盏，提壶斟茶，说不出的清贵风流。连步寒蝉都觉得——自从蓝翡来了之后，整座九微山都变得高端大气上档次起来。想起以前微生父子一身短打，在树下哼哼哈哈，不是练拳就是练剑，真是煮鹤焚琴，辜负美景良辰啊！

偏瓷少爷是不会欣赏这个的，他走到蓝翡面前，皱了皱眉，还是照例行了个礼："爹。"

蓝翡给他也倒了一杯茶，抬手示意："坐。"

瓷少爷不坐。蓝翡只好问："什么事？"

微生瓷说："我受了伤，在养伤，好了之后去找小翅膀。她说……"竟然是洋洋洒洒，将蓝小翅和他的对答一字不漏地重复了一遍。然后问："她在说什么？"

蓝翡终于有史以来第一次特别困惑："她在说什么，你不是记得很清楚吗？"

微生瓷说："我记得，可我不明白。"

蓝翡喝了一口茶，说："所以你来找我，就是想问问她在说什么？"从落日城一直赶到九微山，就为了问这个？

微生瓷理所当然地道："对。"

蓝翡无奈地叹了一口气，说："她的意思是，她不想跟你在一起了，让你回到九微山，跟你爹过从前隐世而居、袖手江湖的生活。"

微生瓷说："不、不想跟我在一起了？"

蓝翡点头，正要再喝一口茶，瓷少爷大声道："为什么？我……我只是受了一点伤，我已经好了！我又不常受伤的！"

声音之大，吓得蓝翡手里茶盏一抖。他双目微红，一种被嫌弃的伤心情绪流露无疑。蓝翡说："如果你还想跟我说话，那么最起码，你要让我觉得你是一个正常人，而不是一个疯子。"

微生瓷呼吸急促："我、我不是疯子！"她也说过我不是，可为什么又嫌弃我？！

蓝翡说："小瓷，你现在不是当初的那个孩子了，你是一个丈夫，一个父亲。我有和一个疯子谈话的办法，也有和自己正常的女婿交流的方式，你要选择哪一种？"

微生瓷沉默，最后默默地坐下来，蓝翡将他面前的冷茶换了，又注入香茗。他看看蓝翡，蓝翡伸出手，示意他品尝。他终于端起茶盏，吹开上面的浮叶，喝了一口。

蓝翡点点头，说："小翅想和你分开，说明你做得很好。对于她来说，你已经比以前任何时候都重要。"

微生瓷还有些急切，但是已经不再像最初那么烦躁。他问："那为什么要分开？"

蓝翡说："你害怕她受伤，或者死掉吗？"

微生瓷用力点头，蓝翡说："以前她不怕你会死，因为你死了，她还是可以一样生活。难过多少会有一点难过，但也不会天塌地陷。"

微生瓷问："是吗？可以前小翅膀对我就很好的。"

蓝翡说："当然，但是那个时候，你只是一味接受她对你的好。现在她开始意识到你也很好，于是像你对她的感情一样，你觉得她有多重要，她就觉得你有多重要。她害怕你会死，因为如果现在你死掉，她可能没有办法再正常地活着了。所以不如和你分开，说不定时间久了，感情淡了，你又变得不重要了。你明白吗？"

微生瓷似乎有点理解了，他问："可我不想分开。"

蓝翡说："那就需要你自己努力了。"

微生瓷问："我应该怎么做？"

蓝翡说："活着，不伤不病，照顾好自己，好好地活着。只有这样的你，才能让她觉得安全。"

微生瓷说："哦。"站起来就要走，想了想，突然问，"正常的女婿，要走的时候应该说什么？"

蓝翡微笑，说："至少说一声'告辞'吧！"

微生瓷于是又深鞠一躬，说："告辞！"

说完，转身走了。

蓝翡："……"

无情海向东，一片茫茫水域。船行海上，入目只见一片烟水茫茫。船上约有四百人，除了暗族的战士，还有一些觉出长生泉妙处、自愿追随迦夜的江湖人士。

迦夜一身黑袍，手上撑着伞站在船头。离开了落日城，暗族战士的情绪有些低迷。连镜站在甲板上，只见一片天高水蓝，风吹过来，带着咸湿的味道。

连镜在出神，他突然想到，微生世家有一本典籍中，记载了一种可以吸取别人功力的心法，名叫万流归宗。但是微生世家历代家主，均觉得此功乃邪功，易养成不劳而获、不思进取的恶习，所以一直禁止男丁使用。

虽然不准使用，但身为这样站在武学巅峰的世家，是不会阻止传人修习的。虽然修习的目的，仅仅只是为了破解。

如今这么近的距离，如果自己施展开来——不，不行。他随即否决了这个想法。如今迦夜的功力比他高出很多，万流归宗未必能对付得了他。

这样一想，他走上前，说："义父，外面天光正盛，还是先回舱里去吧。"

迦夜突然说："我们带出来的长生泉，五到十日之间，就需要以人血调和。"连镜愣住，迦夜的声音很低，是不让其他人听见的意思："找三女七男，杀而取血，否则长生泉干涸，大家都会没命。"

连镜心中狂跳——所以，这才是迦夜带了这么多人上船的原因！

他早就想好，用这些人的血来滋润长生泉！

心中惊异，面上却不动声色，他低声说："是。我会办妥，义父放心。"

迦夜点点头，返回舱中。

连镜私下叫了三女七男，前往舱底。迦隐看见了，当然明白这是要干什么。可是事情到了这一步，已经无力再反对。旁边迦月也没有睡，兄妹二人自幼就长在落日城，第一次离开家园，自然睡不着。

她问迦隐："哥哥，我们就这样待着吗？没有别的事做吗？"

迦隐心中叹息，船上只有迦月没有服食长生泉，他说："回你房里去吧。"傻丫头，希望你永远不要明白，能够这样平静安宁地待在船上，是一件多么幸福的事。

到了晚上，已经有人发现船上少了人。遍寻不到之后，向迦夜汇报。迦夜扫视诸人，沉声说："要想前往仙山，从此长生不老，岂是如此轻易就能实现的？古往今来，连帝王也未能觅得寻仙长生之道。这里离仙山只有四十日的水程，我们需要八十名男女献祭神灵。剩下的人，能得以长生。"

船上的人顿时大哗，有女子已经吓得面如土色。但是如今迦夜功力高绝，谁是他的对手？

迦夜也知道这些人无力反抗，如今船在海上，还能跑到哪里去不成？

他说："你们只要安分守己，活下去的可能性还是很大的。毕竟不过只是几十个人而已。如果有人想要妄动，那于我而言，真是再好不过。"

大家互相看看，突然发现，自己成了被宰的猪羊。

金鹰等人尾随在巨船之后，四肢的鳍在水中铺陈舒展，渐渐由透明变成了金黄色。金枕流的四十四战鹰，身手还是很好的。金鹰不时向天上的青鹏、火雀传递消息。

岛上没有陆地，大家又不敢跟得太近，火雀没有翅膀，青鹏只能带着她飞翔，实在是辛苦。

金鹰倒也知道自己现在的主人是谁，不时给他们留下一些礁石的信息，让他们有个落脚的地方能歇上一歇。每过几天，船上总是会漂下来几具尸体。金鹰等人查看之下，发现尸身鲜血被放干，不由不寒而栗。

时间一直过去了四十天，船终于靠向了一个海岛。船上的三百余人，也在这时候才欣喜若狂——他们成功了！长生不老，不病不死！

顿时大家一扫多日以来的阴霾，纷纷互相搀扶招呼着下了船。迦夜冷眼相看，迦隐和迦月也是松了一口气，一行人来到岛上，只见岛上石头莹白如玉。

阳光反射之时，透出一种怪异的魔魅。

迦夜撑着伞，将诸人带到一个天然的石洞。石洞里有火把燃烧之后的痕迹，显然他确实来过这里。

连镜一直非常小心留意左右，整个洞里都是长生泉的甜香。闻得多了，让人有一种飘飘欲仙的感觉。

一群人跟着迦夜入内，石洞向下蜿蜒，行走了约莫一个时辰，已经离海岛很遥远了。只见奶白色的石洞尽头，一股仙泉自上而下，如同天河弱水降落人间。

所有人都是一阵欢呼，迦夜说："这里就是我们日后新的营地，这片岛屿日后就叫长生岛。"

话音刚落，暗族战士单膝跪拜："教父圣安！"其他人一见，也都陆续跪下。

迦夜转过头，又看了一眼长生泉，目光阴沉不定，说："各自寻找山洞，暂时居住。"

诸人应了一声是，各自去寻觅住处，了解这片崭新的土地不提。迦隐站在迦夜身边，说："爹，孩儿不理解，一直以来，你并不是一个野心勃勃的人，也从来没有想过要称霸江湖，为什么突然之间，长生泉会对您有这样巨大的吸引力？"

迦夜转过头，说："你跟我来。"

迦隐不解，只见迦夜突然化雾，伸手快速在墙壁上一按，石壁裂开。迦隐只得跟上，待进到里面，发现里面居然别有洞天！

周围奶白色的长生石如同绽放的莲花，莲花中央，有一个水池。池中蒸汽隐隐，竟然还泡着一个人！

迦隐吃了一惊："这……"

迦夜走到水池面前，撩衣跪倒："属下迦夜，参见陛下。"

迦隐吃了一惊："什、什么？陛下？！"

水池里的人睁开眼睛，说："你来了。"似乎对迦夜的到来并不惊讶。迦夜转头，对迦隐说："跪下！"

迦隐只得跪倒，却还是茫然："陛下？"现今大凉国的陛下，难道不是十四岁的宇文超吗？！这个人是谁，为什么会被自己的父亲尊为陛下，又如此机密地浸在长生泉中？

他一脸狐疑，水池中的人看向他，说："朕是宇文疾，宇文超的父亲，大凉的国主。"

迦隐心中狂跳，宇文疾！他说："可……可您不是已经……"宇文疾早在十几年前就已经病故了啊！

池里的宇文疾冷笑，说："让你父亲给你解释吧。"

迦夜说："二十一年前，陛下身患怪病，宫中太医束手无策。我身为暗影龙卫，出外寻访名医。当时整个大凉最有名的医者，非木冰砚莫属。"

迦隐说："木……木冰砚？羽族不老坑？"

迦夜说："当时他并不在羽族。我们找到他，许以万金，让他帮陛下治病。可是他只是略一把脉，就称陛下病入膏肓，若剖腹洗肠，可延五年寿命。"

迦隐突然明白了："江湖上盛传，当年木冰砚治病失策，被病人报复，是……"是你们所为？

池中，宇文疾冷笑："他既然说，人能剖腹洗肠而生。朕身为一国之君，总不能凭他一面之词就将性命交付出去。"

迦隐睁大眼睛，迦夜说："我们剖开了他妻儿的胸腹，令他示范，以证明他所言不虚。然而他并没能救活他的妻儿。"

迦隐喃喃说："所以你们杀了他全家老小。"

迦夜说："欺君之罪，岂能轻饶？"

迦隐浑身发冷，迦夜接着道："后来，我们找到岐黄世家云氏后人，他却已经离开，只留下一本宝典。我奉陛下之命出外寻找宝典中记载的神药。经过百般周折，终于找到长生岛。可是……长生泉却无法带离岛屿。因为一旦离开此岛，它就会凝结如盐石。万般无奈之后，我们只有将陛下接到海岛之上，以作调养。"

迦隐说："怎么可能？难道慕流苏不知道陛下还活着吗？"

宇文疾说："慕流苏对朕素来忠诚，但是朕若不在，国不可无主。他身为丞相，若知我并未身故，也不一定会全力辅佐超儿。"

迦隐明白了，说："你假死。"

宇文疾没说话，迦夜说："长生泉果然妙用无穷，后来，陛下的病情渐渐痊愈了，本来我已经想要接他离开此岛，可谁知道……离开此泉三天之后，他整个人都变得无比苍老，仿若百岁老翁，且肠疾发作，痛苦无比。我没有办法，幸好身上长生泉未凝结，再度服用之下，陛下方才又恢复正常。"

迦隐看着自己的父亲，眼光陌生。迦夜说："我再次抓到木冰砚，想要让他研究出令长生泉不凝结的办法。当时他在侠都下毒，杀死大凉百姓数千人，早已经为世人所不容。所以他很合作，几番研究之后，告诉我们，以人血可以调和长生泉，使其不致凝固。"

迦隐说："你们杀光了他的家人，难道他还会替你们做事吗？难道你就没有想过，他也许根本就是在骗你们？"

迦夜脸色也变得不好看起来："事实上，他确实骗了我们。人血确实可以令长生泉不凝，但是他事先就喂我们取血的十个人喝下奇毒，以至于陛下按他给出的十个男人的血配兑长生泉之后，从此必须泡在泉水里，全身皮肤再也不能承受半点热气。而木冰砚，也毒死了看守他的侍卫，逃之夭夭，不知所踪。我只好把暗影龙卫带到落日城，落日城靠近无情海，来到长生岛非常方便。而那里地处偏僻，不但可以遮蔽日光，也可以远离慕流苏的视线。"

迦隐说："所以，爹您是暗影龙卫？"

迦夜说："一直就是。"

迦隐说："那么想来，我们暗族不能见光，也一定另有原因了？"

迦夜说："落日城是大凉龙脉所在，地下更有护佑大凉国运风水的龙壁。大批暗影龙卫一直在此保护。可能因为落日城地势特殊，大家又长期在黑暗之中生存，毒素渗进皮肤和血液，久而久之，不能再见阳光。"

迦隐明白了，迦夜说："现在你知道了一切，也表示你已经是暗影龙卫的一分子。你是我的儿子，这事本也不应该瞒着你。"

宇文疾说："当初朕病重之时，仙心阁维护云采真，羽族包庇木冰砚。这些江湖势力，真是不把朝廷放在眼里。”

迦隐说：“陛下此言，我不敢苟同。陛下既知木冰砚是神医，当初求医之时，便应与他细谈。就算是陛下对他的医案有所怀疑，放他离开便是，何必杀他妻儿老小？木冰砚在侠都毒杀数千人，然而说到底，难道不是陛下之过吗？”

迦夜怒喝：“孽子，你说什么？！”

迦隐说：“陛下，云采真为何避而不见，转而向仙心阁求助？难道不正是因为木冰砚前车之鉴吗？您身为一国君主，可是您的性命，真的就值这么多条无辜的人命吗？”

宇文疾盯着他看，他并不后退，说：“这么多年以来，难道您从来没有后悔过吗？”

宇文疾说：“迦夜，你这个儿子教育得不错。”

迦夜一把握住腰中剑，抽剑在手，厉声道：“迦隐，你再无礼，休怪我不念父子之情！”

迦隐说：“爹，难道我说得不对吗？”

迦夜怒道：“我杀了你这个孽子！”嘴里这样说，剑锋到底还是犹豫了一下，毕竟是他的亲儿子。水池里，宇文疾说：“好了。朕要的东西，你带来了吗？”

迦夜赶紧道：“回禀陛下，已经带来了。”

说罢，献上一盒水培的菌丝。宇文疾看着盒子里的东西，说：“就是这个？”

迦夜说：“此物确实能够吸附血液中的毒素，但具体如何操作，恐怕还需要麻烦太医。”

宇文疾说：“既然如此，让慕流苏前来见朕吧，也是时候让他知道朕还活着了。”

迦夜说：“是。”

转头看了迦隐一眼，迦隐倒也明白他的意思，跟他退至石壁之外。迦夜合上机关，方才转过头，严肃道：“暗影龙卫从出生开始就是陛下的护卫，这是我们的天职。我们只是陛下手中的刀剑，主子的对错，轮不到我们来议论。”

迦隐说：“那是因为从小，父亲都没有教育过我怎么做好一个奴才。”

迦夜啪的一记耳光，扇得他偏过头去。父子二人相对无言，迦隐说：“我一直以为，我的父亲是暗族的一族之长，您所有的作为，都是为了保护我们的族人，维系这个种族。就在进入这个石壁之前，我还在想，是不是长生泉有治愈我们族人顽疾的功效？如果是这样的话，起码您仍然是一个值得尊敬的人。”

迦夜怒道：“我们是在守护大凉国主！难道这不比保护一个区区暗族荣耀吗？”

迦隐说：“暗族只是想要自己和平安稳的生活！我们落日城里每一个族人都勤劳善良！他们从来没有伤害过谁！可是宇文疾，哪怕木冰砚明确告诉他长生泉要以人血调和，他在干什么？他立刻就杀人采血！如果不是木冰砚知道他的个性，怎么会对被采血的人下毒？爹，这样的君主没有人性，你这是为虎作伥。你难道真的不明白吗？”

迦夜说：“看来，是我从小太纵容你了。”

迦隐说：“这是你教我的，是非善恶，对和错。”

迦夜说：“这真的是你的想法吗？”

迦隐说：“爹，不要被愚忠蒙蔽了双眼。您……”他声音一顿，慢慢低下头，只见迦夜的剑穿过了他的身躯。迦夜的声音很低沉，也很冷静：“爹从小就被人这样教导。你祖父……曾祖父……都是这样的。隐，如果你真的是这样想的话，把你的性命还给暗影龙卫吧。”

迦隐这时候才觉出痛和可怕：“爹……”

迦夜说：“暗影龙卫誓死保护陛下，如果你不能做到，把你的这条命还给大凉皇族吧。”

话落，他将手中剑抽出，迦夜用手捂着伤口，全身如置冰窖。外面迦月跑过来，大声喊：“哥哥！”她扶住迦隐，震惊而恐惧地看着迦夜手里的剑，剑尖犹滴血。

迦夜说：“扶你哥哥先去休息。”然后转而对迦隐道：“你我父子一场，我希望你再想想。”

迦月哭道：“爹，到底发生了什么事？！为什么啊？”

迦夜说：“不要多问！”

迦月转身离开。

落日城，蓝小翅站在城头，肚子有些大了，她改穿了宽松的衣裙，因为一直控制着饮食，又经常走动，倒也没有发胖。微生歧陪在她身边——自己儿子不知道去哪儿了，儿媳妇这么大肚子了，他不放心。

今天日头不错，也没有什么风。蓝小翅说：“爹，你说落日城为什么要建在这里呢？”

微生歧说：“这里没有光啊！”

蓝小翅说：“但这里没有光，是因为种满了遮日和避月两种树啊！而且这两种树，素来十分稀有，暗族在城里种了这么多，足见财力不差。这里如此偏远，他们以种蘑菇为生，自己又卖不了多少，只能靠中间商人倒卖。这不是很奇怪吗？”

微生歧说：“你想说什么就说！”

蓝小翅说：“我只是觉得想不通。”

微生歧瞪了她一眼：“想不通就不要想，别累着我孙儿！”

蓝小翅啧了一声，微生家的人真不会聊天。她说：“爹，如果，我是说如果，害死婆婆的真凶找到了，你会怎么办啊？”

微生歧说：“我剥了他的皮！”

蓝小翅说：“哦。”说完，再次远眺蓝天，微生歧看她一脸沉思，不由得问：“你在想什么？”唉，公爹真是不好做，还要负责陪儿媳妇聊天，免得她闷着。

蓝小翅说：“我温爹不惜将整个江湖都拖下水，想要找出这次落日城事件的幕后主使。可能他跟我一样，也觉得不安吧。”

微生歧说：“幕后主使不是迦夜吗？还能有谁？！”

蓝小翅看了他一眼，唉，这天真是没法聊了。好想蓝爹！！为了给微生世家家主的脑子开一下光，她耐心地道：“长生泉这样的至宝，哪有那么容易找到？当初秦始皇派人出去寻找长生药，搞了多大阵仗，最后不也还是死了吗？这些宝物，没有巨大的人力、物力，想要寻找根本是痴人说梦，何况还是在海上。”

她说到这里，突然喃喃道：“海上……秦始皇……”嗯？！

微生歧不满，说：“让你少动点脑子，秦始皇又关你的事了？！”

蓝小翅说：“别打岔，我这是胎教。以后你孙儿能聪明点。”

微生歧怒道：“不用太聪明。若到时候学武跟你一样，我们微生世家可不都得毁你身上！”

蓝小翅气得说：“我怎么了，我也乃武林高手好不好？！”

微生歧说：“放……”一想到未出世的孙儿，改口说，“武林高手要是像你这样，我一只手能打十个！”

蓝小翅气极：“你再埋汰我试试，我不活了啊！！”

两个人正在斗嘴，城下白翳飞落下来：“羽尊，青鹏和金鹰等人传回讯息，发现了迦夜等人的下落，他们停留在东边的一处海岛上。不过离此甚为遥远，估计船行需要四十天左右。”

蓝小翅说：“嗬，藏得还真好啊！”

白翳说：“是否马上通知慕相和温阁主他们准备？”

蓝小翅说：“这件事先不提，你把身中长生泉之毒的人都叫来，我有事要跟他们说。”

白翳赶紧去办，蓝小翅在城头跨踱了一会儿步，突然问：“爹，你给我找好产婆了吗？”

微生歧莫名其妙：“找了啊，干什么？”

蓝小翅问：“可靠吗？”

微生歧说：“可靠啊！”

蓝小翅这才哎哟一声，说：“那赶紧带我去，我好像要生了！”

微生歧给气得！哪还敢再犹豫，赶紧打横抱起，飞一般的就往落日城的城堡里跑，一边跑一边喊：“产婆、产婆！！”

整个落日城顿时鸡飞狗跳，温谜、慕流苏、青琐、金芷汀兰等人都到了，微生瓷这会儿才从九微山跑回来，听闻蓝小翅要生了，一脸蒙圈。青琐到底是生过孩子的，能帮上忙，跟产婆在房里忙活。云采真和木冰砚也被请了过来，两个大夫在外面听着动静。

正在此时，白翳把江湖人士都召集好了，然后大家蒙了——这是怎么回事？我们聚在一起，你们羽尊生娃去了？！

白翳团团转，在门外喊："羽尊，这……大家都到了，让他们改天来吗？"

门里，蓝小翅痛喊了一声，说："来都来了，算了，我就说几句话吧。"

门外几个爹气得，微生歧怒道："都这时候了，你就不能闭上嘴！"

温谜也说："等你生完再说吧，天塌下来也有爹在。"

蓝小翅说："啊，我好痛！我跟你们说，长生泉快要没有了！"

外面江湖人士一听，顿时焦急起来——这可如何是好！一时之间，里面的叫痛声和外面的嗡嗡议论声相映成趣。过了一会儿，蓝小翅又喊了一声："不过如果你们能宽恕我蓝爹以前的过错，让他回到方壶拥翠……我能想到办法，帮你们暂时渡过难关。"

外面大家都怒了："你这是威胁我们！"

蓝小翅说："啊啊啊啊，娘娘娘！"里面青琐又是一阵低声哄，蓝小翅又说："答不答应你们自己看着办。我生完孩子可是要坐月子的，到时候不见人，啊——"

外面诸人都气坏了："温阁主，此事乃整个江湖的事，岂能由她胡来？"

温谜叹了一口气："小翅，你到底有什么办法？"

蓝小翅说："不答应我的条件，我不说……你们想好了，现在可就我手上有长生泉了！啊——怎么这么痛，老娘不生了！！"

微生瓷在外面，急得，闻言怒道："不同意就滚！"

大家一看，这少爷急得都要吃人了，顿时也不敢大声抗议了。蓝小翅的声音都抖了，却还是说："同意的都给我签个名，这份长生泉可以让我们找到迦夜。它是……它是我们一个族人用十几年时间换来的东西，不能白给！"

白翳闻言，赶紧取出早已经准备好的契书，上面白纸黑字，写着某门派同意羽族前羽尊蓝翡及木冰砚、郁罗等回到方壶拥翠，前罪不究，若有再犯，江湖共诛。口说无凭，立字为据。

蓝小翅也真是狠，反正签完字的就领一份长生泉，大家咬牙切齿。

她在里面叫得惨烈，微生瓷当然情绪更坏了，但是有着先前和蓝翡的谈话，他并没有冲进去。他想帮她做点事，现在唯一能做的，就是让这些人签字了。

他拿着契书，挨个过去，直接说："签！！"

大伙儿气极，但是眼看他急得双目赤红，谁敢跟他讲道理？！何况再拖下去，体内的菌丝可是要喝血吃人的。最后有人开始陆续签字画押。有一就有二，三三两两，蓝小翅将最后的顽固派也搞定了。

正在此时，房里哇的一声嘹亮的婴儿哭声。

一个新的小生命，出生了。

第三十六章 初为人母

等到产婆把孩子抱出来，等在外面的几个爹都蒙了——都是半桶水啊！金芷汀兰看温谜：“我没抱过，怎么抱？”

温谜说：“我也就养过一个月，还尽想名字了，早忘了怎么抱了。”

两个人一起看向微生歧，微生歧说：“我……小瓷小时候都是他娘抱的……”

几个人一起鄙视。微生瓷就更不用说了，呆瓜一个。微生歧也不敢让他抱，最后还是慕流苏叹了一口气，一脸无奈——这些江湖人，没一个靠谱的啊！

他接过产婆手里的孩子，抱抱拍拍，居然很内行。温谜跟金芷汀兰都很是佩服，金芷汀兰问：“你以前在家经常带孩子吗？”

慕流苏说：“哼！”他虽然日理万机，却不是那种远庖厨的君子，平时跟青琐过日子，也是经常自己下厨做两个小菜的。慕裁翎出生的时候，他连尿片都会换，不会扔给奶娘就不再过问。

他抱着孩子轻轻晃，温谜伸出手去，轻轻逗弄了一下那红红皱皱的小脸蛋，依稀中似乎时光倒流，又回到蓝小翅刚刚出生的时候。那时候他与青琐也曾是欣喜若狂、爱若掌珠。

他神情微黯，好在微生歧立刻不满地说：“别碰我孙子！”直到这时候，大家才想起来——哎，到底是孙子还是孙女？

微生歧想要掀开包被看看，但那孩子小小的一团，他又不敢——不会着凉吧？

旁边产婆笑着说："恭喜……"啧，一直没开口，就是因为不知道——哪有生孩子这么多人守在外面的？好家伙，这黑压压的一窝人，个个持刀挂剑，人人看上去都气度不凡！这到底生的是啥？谁是孩子父亲啊？一向玲珑的她也有点蒙圈，我到底应该恭喜谁？！

微生歧不满意了，你倒是说话啊！还是金芷汀兰好心，说："我们都是孩子的外祖父。"一指瓷少爷，"他是孩子父亲。"

产婆这下子总算是找到了正主，赶紧到瓷少爷身边："哎呀恭喜少爷，喜得一位公子！"

微生瓷哦了一声，有点着急，他想进去看蓝小翅，微生歧看出来了，说："有她娘在呢，你就不要进去添乱了。"转头对产婆说，"干得好，重赏！"

产婆脸上笑得跟一朵花儿似的，正要客气客气，说两句吉祥话儿，就见面前的金芷汀兰、温谜、慕流苏的随从都摸了银子出来，因为是"重赏"，分量当然不少。微生歧没有随从，不过微生世家的人一向也不需要随从——他自己摸了银票出来，心情太好，看也没看，眼珠子还落在自己孙子脸上呢，直接就将银票递给产婆了。产婆接在手里，真是想哭，这一票大的干完了这辈子都不用愁了。

一时之间，她千恩万谢，临走时叮嘱白翳："回头你们家夫人生二胎的时候一定还找我啊！"然后小声道，"银子分你一半……"

白翳气极。

里面又过了好一阵，青琐终于出来了，看见云采真和木冰砚，上前施礼，说："多谢两位先生调理，小翅身体很好，也没遭什么罪。"

云采真欠了欠身，说："分内之事，不必言谢。"

木冰砚居然难得也答了句："我早就把她当自家孩子了。"然后转头瞪了一眼木香衣——可惜自己儿子不争气，不然今天出生的就是自己孙子了！

木香衣接收到自己父亲这种不太善良的目光，也懒得搭理。小翅膀的孩子好神奇，好像当初那个在自己背上睡得口水直流的小团子还在眼前一样，怎么就有了自己的孩子了呢？

微生歧正忙着高兴，青琐把孩子接过来，说："孩子小，还是抱回母亲身边去吧。"

大家都没什么意见，微生瓷说："我能进去吗？"他是真的等得心焦了。

青琐微笑着说："那你抱孩子进去吧。"

微生瓷看了一眼孩子——这、这么小……怎么抱啊……

瓷少爷头大了。

青琐笑着教他："这只手托住这里，手弯靠着孩子的头，对……就是这样……"微生瓷小心翼翼地把孩子抱在怀里，每一根肌肉都绷得紧紧的，米粒落地之前都能精准接住的他，浑身上下都透出一种诚惶诚恐。

微生歧瞪了一眼，觉得这儿子真是没用——好在傻人有傻福。相比自己……他突然又想起了慕容绣，如果她也在，此情此景，多么完美。

他正出神，突然听青琐说："小心，不要压到孩子的翅膀。"

微生歧瞪大眼睛——什么？！

他上前两步，挑开孩子的包被，果然看见孩子背上长着两片粉粉的、软软的翅膀！

他怒道："怎么会有翅膀？！"

青琐被他吓了一跳，慕流苏立刻不高兴了，沉声道："小翅的母亲是羽人，孩子有翅膀有什么好大惊小怪的？！"

微生歧急了："可是……可是长着翅膀，他怎么能成为一个武林高手？！"真是一脸崩溃了，那么大的两个翅膀，和人对敌时呼扇呼扇的，简直就是一个活靶子！

青琐还没说话，孩子哇的一声哭了。

微生瓷瞪了自己爹一眼，看你，吓到我儿子了！啊，我儿子！天啊，这真的是我儿子吗？

微生歧顾不得这个了，说："反正我微生世家的传人不能有翅膀！"

温谜说："小翅的身世，你一开始就知道，如今这么说，是什么意思？"

谦谦君子，也难免不悦了。

微生歧说："这……反正就是不行！顶着这么大一对翅膀，以后怎么练功！"

金芷汀兰一脸同情："这个……你是说，这个孩子你微生世家不认？"

微生歧一愣，这也不行，我微生世家的孙子，我能不认吗？！他瞪了金芷汀兰一眼，突然有点绝望。温谜有些好笑，微生瓷却不再理会这些，小心翼翼地抱着孩子进去了。

蓝小翅躺在床上，因着云采真一直以来的悉心调养，孩子并不大。生产的时候痛苦是痛苦，但是也没有那种死去活来的感觉。这时候生完了，大家都出去了，她躺在床上，身上已经换了干净的衣服，房间里还是有点血腥气。

她睁着眼睛看着帐顶，啊，她有孩子了。就这么当娘了？

虽然有了好几个月的心理准备，但真到了这天，她还是有点蒙的。

正在这时候，微生瓷进来。蓝小翅转过头，看见他，也是一愣，微生瓷去九微山，也有好些日子没见着了。微生瓷走过来，把孩子放到她身边，蓝小翅撑起身子，居高临下地俯视这个小毛猴。

微生瓷说："我……我这就当爹了？"

蓝小翅又好气又好笑："不然呢？"

微生瓷问："不需要再做别的？"

蓝小翅一笑，身子再怎么说也还是痛的，只得又躺下，微生瓷赶紧把被子给她盖好。蓝小翅说："你爹不喜欢孩子有翅膀，哼，我听见了。"

微生瓷急道："不，他喜欢的。"

蓝小翅说："你把孩子抱出去，告诉他，羽人的婴儿，翅膀很软，要剪掉很容易，也不会流多少血。"

微生瓷说："不！"不流血，也会很痛的吧？

蓝小翅瞪他："去说！"

微生瓷被她一吼，犹豫了一下，却坚持说："不！"

"咦？"蓝小翅倒是对他刮目相看了，"你不是一向最听你爹的话吗，今天怎么这么有原则了？"

微生瓷说："我觉得，羽人也很好。"蓝小翅的大眼睛里满是玩味之色，微生瓷说："你是羽人，你很好。所以，羽人很好。"

这一定是世界上最狗血的情话了，然而最狗血的东西也最动人。蓝小翅不说话了。爱屋及乌，便是如此吗？

微生瓷在床榻旁边干坐，也不吭声。过了好久，蓝小翅说："你怎么不说话？"

微生瓷轻声道："让你好好休息。"

蓝小翅说："那你出去吧，外面挺多人的，刚才你那么凶，现在让他们给你道个喜，也缓和一下关系。"免得他们老是不拿你当正常人看待。

微生瓷说："不，我在这里守着你……"想了想，加了一个"们"字。

蓝小翅说："你今天怎么一点都不听我话啊？我说一句你顶一嘴，你以前可不这样啊！"

微生瓷说："我……我现在当爹了，能有一点自己的想法吧？"

蓝小翅笑出声来，说："好吧。那我睡一会儿，你看累了就自己出去啊。"

微生瓷握着她的手，低声说："不会累的。"他伸出手指，又轻轻按了按包被里小婴儿的脸蛋。如果能这样守着你们，就算是天荒地老，又怎么会累呢？

外面，微生歧已经接受了微生世家的下一代传人会是个"翅膀怪"的事实。

慕流苏在旁边凉凉地说："羽人的翅膀，是可以剪掉的。"

微生歧瞪了他一眼，突然明白过来，对，可以剪掉！

他喊自己儿子："把孩子抱出来！"

微生瓷根本不理他，微生歧气得很，但想想儿媳妇刚刚生产完，正在休息，也不好打扰。

温谜等人知道他的性情，也不理他，周围武林人士虽然对方才被逼着画押各种不满，但是现在也只有道声恭喜了。

温谜团团作了个揖，在这样的情况之下，当然不能直接让诸人回去了。好在白翳考虑得毕竟是周到，说："厅中已经备下酒饭，如今羽族添丁，实乃大喜，请诸位入席，喝杯水酒吧。"

大家一想，也没办法了，去就去吧。于是三三两两，都跟着去了。

温谜等人只有前去帮着待客，如今这落日城，可真是她的地方了，孩子都生在这里了。

等人都走了，青琐端了些热汤进来，见微生瓷坐在床边，不时逗弄着襁褓中的婴儿，蓝小翅呼吸均匀，睡得很香。这一幕，居然很美好呢。她轻轻把汤端出去，对微生瓷做了个口型，示意蓝小翅醒了她再送过来。

微生瓷点点头，而一向警觉的蓝小翅居然没有醒。孩子也没有醒，母亲身上熟悉的味道，让他睡得安稳而宁静。

暗族城堡的正厅，各派掌门吃着酒宴，突然意识到一个事情——蓝小翅生孩子去了。生完孩子要坐月子吧？出了月子要奶孩子吧？孩子断奶之后要识文断字吧？衣食住行，少了母亲怎么行？

这是不是说，她会让出羽尊之位了呢？难道这就是她急着让蓝翡回来的原因吗？

这样一想，大家顿时都眉头紧皱，再互相一交流，发现彼此都有这个意思，顿时发作了，围着温谜问个不休。温谜被他们吵得脑仁疼，白翳、凤翥以及已经听闻羽尊生产而特意赶来的羽人们都再度开始变得不安。

慕流苏在旁边听见了，倒是心中一亮，对啊，现在江湖势力绝不可能接受蓝翡再任羽尊，否则羽族又会回到原来的境地。蓝小翅毕竟已为人母，以后要带孩子，说不定孩子还没带大，就得生个二胎三胎什么的。

这羽尊之位，会落到谁手上？

他动了这个心思，当然就格外留心温谜。

温谜示意大家都静一静，说："毕竟今日温某喜得外孙，各位就暂时不要提公事了吧？羽族的事，必须跟羽尊商量。但今日提及难免不便。我只能向大家承诺，如果蓝翡再重任羽尊，仙心阁绝不允许。"

大家一听这话，方才放了心。慕流苏走过去，说："如今事已至此，下一任羽尊的人选，你恐怕要早作准备。"

温谜看了他一眼，说："你的想法，我心里有数。但是可不可行，你也清楚。"

慕流苏说："裁翎虽然年幼，但是我会倾力相助。"

温谜说："当今陛下在你的倾力相助之下，差点灭了江湖七十二派！"

慕流苏瞪了他一眼，到底有点理亏，摸了摸鼻子，说："反正如果蓝小翅离开，其他人谁做羽尊，也是他的傀儡。不对，就算是蓝小翅，也是他的傀儡。"只不过这傀儡经常性出故障……

温谜说："无论如何，此事必须跟小翅商量。"

慕流苏说："当然。"

金芷汀兰当然将两个人的话听在耳中，心里有些叹息，女人似乎天生就有一个强大的弱点——她们身兼母职。如果说父亲能给予孩子的是物质与信念的话，母亲要付出的就是大量的时间，长到几乎是一辈子最好的时光。

多少美好如诗如画的女子，因为做了母亲，从此洗尽铅华，在鸡零狗碎的琐事中，平淡无奇地衰老枯朽。

如果蓝小翅也如此，那将是一件多么让人叹息的事。若真是这样的话，以后她就只能成为自己一个真正的义女，而不再是……一个可以并肩作战的伙伴。

到时候，鳍族当然只有去建立新的关系网。毕竟如果蓝翡重新执掌羽族的话，鳍族是不能跟着他趟浑水，得罪整个江湖的。

酒席宴间诸人各怀心思，蓝小翅却睡得踏实。一觉醒来，只觉得天色已经蒙蒙亮了——她居然从下午睡到了第二天清晨。再一个翻身，发现孩子已不在身边，她倒也不吃惊——微生瓷也不在。肯定是抱出去了，她闭上眼睛，也懒得动，又睡了过去。

微生瓷是抱着孩子出去了，青琐看见就笑："怎么了？"

微生瓷皱眉："他醒了要哭，会吵到小翅膀的。"

青琐赶紧将孩子接过来，说："你怕他吵到小翅，倒是不怕他饿着。"微生瓷不是很理解——这刚吃了没多久啊！

青琐叫来早已经找好的奶娘，又给孩子换了干净的尿片。微生瓷在旁边，皱着眉头默默地看着。

青琐给孩子换完尿片，看见他的眼神，笑着说："你也一天没吃东西了，要不要我让人给你做点吃的？"

微生瓷说："等小翅膀醒来一起吃吧。"

青琐失笑，说："你也要好好照顾自己，不然她照样还是会担心的啊。"

微生瓷想起蓝翡的话，说："那我去吃东西。"

青琐点头，他说："告辞！"于是转身离开。

青琐莫名其妙，半天没想明白。

蓝小翅再次睡醒的时候，是被孩子的哭声吵醒的。她睁开眼睛，看见孩子被抱到了铺得暖暖软软的婴儿篮子里。而微生瓷正埋着头……干什么？蓝小翅睁大眼睛，好半天，才发现瓷少爷居然在给他换尿片！

她吃惊道："小瓷！"

微生瓷回过头，终于皱眉道："吵醒你了？"我换得已经够快了，他怎么还哭呢？！

蓝小翅看见婴儿身上包得整整齐齐的尿片，简直是要笑出声来："你……你怎么还会这个啊？"

微生瓷说："你娘给他换时我学的。"

蓝小翅笑得不行，睡了一个好觉，这会儿也有精神了，对他伸出双手，说："过来！"

微生瓷于是把孩子递过去，蓝小翅说："傻子，我是说你过来。"

于是微生瓷走过去，蓝小翅直起身子，搂住了他的腰。微生瓷站住没有动，这样的时刻，如果可以，他愿意站成石头。蓝小翅感觉到他的气息，相处得久了，他的身上也沾染了七日薰的味道，熟悉得让人安心。

她突然觉得，当初想要跟他分开的想法挺愚蠢的。也是一时受了惊吓，连方寸都乱了。分是分不开了，这个人，我就爱到他死，或者我死吧。

青琐一大早就起来熬了鱼汤，这时候正要送进来，一开门，看见两个人静默相拥。

她心里有点意外，其实大多数女人，在有了孩子之后，对丈夫以及其他人的爱都会大大减少。很多人把这种现象称为母性，但更多人觉得，这样的女人已经不再可爱了。

成熟当然是成熟，但是慢慢地，失去了自我。

可是蓝小翅现在，并没有第一时间牢牢地抱住孩子。她将脸贴在微生瓷腰上，长发垂落，滚动如丝。面上没有戴面具，余毒留下的瘀斑还是很明显，可是那一瞬间的娇俏，说不出的风情万种。

微生瓷伸手轻抚她的脸，他并不觉得那些瘀斑丑陋，他只是知道，自己这一生，再也不可能找到一个这样美好的灵魂。

时间沉默无声，不知道过去了多久，蓝小翅突然抬起头，呀了一声，放开微生瓷："让娘看笑话了呢！"

青琐心里有一种令人哀伤的感动，她说："哪儿就笑话了？娘看见你们这样，心里真是甜得都冒汁了。来，喝点鱼汤。"说完，转身去抱摇篮里的小外孙："乖乖，让外祖母看看你便便了没有。"

微生瓷拿起汤碗，去喂蓝小翅。蓝小翅像是没长手一样，任由他几乎笨拙地，一勺一勺喂她。鱼汤熬了很久，已经呈奶白色，入口生津，格外鲜美。在这个人漆黑的眼眸里，她明明已经恢复了力气，可就是不想伸手。

而青琐打开孩子的尿片，发现里面干干净净的。她以为是奶娘过来换过，不料旁边微生瓷说："我换过。"

青琐吃惊地张大了嘴："你……你换的？"

微生瓷说："不太难，我能学会。"

青琐笑弯了腰，真想看看微生歧知道他儿子学会了这门技术之后的表情啊！

蓝小翅喝完鱼汤，这才元气十足地说："来，把我的丑猴子抱过来让我瞅瞅！"

青琐收了碗，见小夫妻俩相处得这么好，也不再多说什么，自己出去，顺便带上了门。微生瓷把孩子抱到蓝小翅面前，蓝小翅看了看他的脸，又摸了摸自己的脸，再看看微生瓷，好半晌，问："这……像谁啊？"

微生瓷也纳闷，好像谁也不像——微生世家和温家，谁长这么丑啊！

蓝小翅哈哈大笑，在孩子脸上使劲香了一个，然后终于感叹了一句：“真丑啊！”

然后，羽尊就宣布，自己要坐月子了。期间不能受风，所以不再外出。

各大门派掌门都议论纷纷——看吧，猜测的事情成真了。不过这时候，是不是蚕食侵吞羽族各大产业的好时机呢？虽然现在不允许买卖羽人做驯鸟奴隶了，但是谈合作还是可以的啊！

找几个羽人来为自己驯鸟，照样能够开鸟场。趁着羽族现在无人管理，浑水摸鱼！

大家各自打着小算盘，然而很快，他们就收到一个消息——羽尊下令所有羽族管理层前往落日城城堡开会。

大伙儿都很纳闷——不对啊，她不是在坐月子吗？开什么会？

连慕流苏也惊讶，自己前去旁听。然而蓝小翅的意思很明白，她把房间隔出一个小里间，前面放上帘子。其他人就坐在帘子外面，她坐在床上，隔着帘子开会。

白翳说：“羽尊，这些日子的账目交由谁过目？”你夫君可不像是能处理这些的人啊！

蓝小翅说：“过目我是暂时不能了，采真叔叔说月子里用眼多了不好。你让风遥过来念给我听吧。”

白翳一直悬着的心，突然有点放下了，现在整个羽族都很担心，如果羽尊换人了，是不是情势又要变动了？

他犹豫着说：“可……羽尊如今刚刚生产，是否……”是存了个试探的心思。大家都想知道她的打算——会不会从此回九微山去带孩子？

蓝小翅说：“是否什么？账本放下，让风遥来念给我听。各大鸟场业务照旧，如果有人寻衅，让我大师兄和雨苔前去处理。你传话出去，现在我在月子里，肯定是不会亲自下去巡视了。如果有人找事而不给我大师兄面子，我就只有让我夫君去跟他们讲道理了。”

白翳顿时一挺胸膛：“是！”

风翥在旁边，听了这话，心里也跟喂了一颗定心丸差不多。但他还是问：

“羽尊，如今江湖各大门派都已经同意了迎回……”他还是不愿在蓝翡的称呼之前加一个“前羽尊”。可一时之间，竟不知如何称呼他了。

蓝小翅说：“我爹啊，他是不会这样轻易回来的。你先带人去请一回，然后让白翳带人去请一回。我估摸着两回之后，我也该出月子了。”

凤翥心里有数了，说：“属下遵命！”说完跪下，向她行了个大礼。

蓝小翅身边，孩子发出了两声含混不清的吟哦。蓝小翅将他抱起来，在怀里轻轻摇晃，说：“现在我不出去，外面的事情就不能听你们一面之词。下次你们来的时候，带上你们的助手。大的驯鸟场要带上一个伙计，我要听听其他人怎么说。”

白翳和凤翥互相看了一眼，心中大石落定，只要她还愿意认真管理羽族，羽人就会安定。

微生歧在外面转来转去，担忧带着一双翅膀，以后孩子的灵活程度一定大打折扣——当然了，他所谓的“大打折扣”在江湖人眼里根本不算什么。大家反而还觉得羽人能飞，多么完美。

可是对于微生世家这种想要追寻武学巅峰的目标来说，一双羽翼就实在是太累赘了。所以，微生歧看见奶娘给孩子喂完奶之后，说：“让我抱抱。”

奶娘正要把孩子递给他，突然微生瓷一双手将孩子抄起来，护在怀里。

微生歧一看，顿时大怒：“微生瓷，你想干什么？！”

微生瓷一脸防备：“不许剪他翅膀！”

微生歧气极——平时怎么不见你这么聪明？！

然而微生瓷却是再没理他，抱着孩子，二话不说，熟练地解开他的包被，为他换起了尿片。

微生歧目瞪口呆，许久之后，一声怒喝震得落日城都抖了一抖：“你在做什么？！！”

武功盖世的微生家主捂着胸口，一脸猪肝色，气喘如牛——我这是要死，我早晚要被这臭小子气死！！

白翳带着羽族凤、白、银三家，以及一些年轻的后辈子弟前往九微山迎接蓝翡。如蓝小翅所料，却连蓝翡的面都没见着。

过了不久，凤翥再次带人前去迎接，这次森罗、郁罗终于没拦着，一行人来到竹舍。尽管这里已经被再三修葺，但凤翥等人看见，还是不由得红了眼眶。

羽族让蓝翡流落在外，不管新的羽尊如何明智，对他们这些老一辈的羽人来说，都是一种屈辱。

凤翥率领一群人等在门外，森罗进去通禀。不一会儿，竹舍房门打开，蓝翡依然白衣蓝翼，手中握着白色的羽扇。见到诸人前来，他微笑：“最近你们似乎都很清闲。”

凤翥领着一众羽人下拜：“羽尊。”

蓝翡说：“你们的羽尊现在在落日城正坐月子呢！”

凤翥抬起头，双目含泪：“在羽人眼中，您永远是我们的羽尊。”

蓝翡说：“哦？真是感人肺腑！”

凤翥说：“羽尊，这些日子，大家都很想念您。”

以前他在蓝翡面前说话也不这样，字字谨慎，生怕一不小心，就让蓝翡觉得被轻视和冒犯。当他突然意识到这一点时，有一种难以名状的心酸。

蓝翡说：“凤翥，羽族只需要一个羽尊。”

凤翥呆住，蓝翡只说了这一句，然后挥挥手，示意郁罗送客。

凤翥说：“可是羽尊，现在所有江湖门派都已经签下契书，对羽族之前的事不再追究。您返回羽族是顺理成章的事！”

蓝翡说：“乞求得来的宽恕，我不需要。”

凤翥还要再说话，蓝翡看了郁罗一眼。郁罗立刻上前，做了一个“请”字。

凤翥与身后的羽人互相看了一阵，也没有办法，只得离开。虽然心酸而沮丧，但是想起蓝小翅说的话，心里还是不算绝望的——羽尊既然料到了这样的情况，肯定是有办法的。

他这样想之后，突然发现，其他的羽人也没有特别神伤的表情。他们也跟他一样，对如今的羽尊充满信心。哪怕是被蓝翡拒绝，对他们而言，也只是羽尊意料之中罢了。反正只要羽尊愿意，蓝翡早晚还是会回到方壶拥翠。

凤翥突然有点理解了蓝翡，如今的羽人，似乎在短短一年的时日里，已经开始习惯于蓝小翅的领导。

落日城，蓝小翅坐月子期间，外面驯鸟场开始有羽人跟其他门派悄悄合作，接一些驯鸟、送信的私活。木香衣和贺雨苔这些日子一直在各大驯鸟场巡视监督，发现这样的事，他们当然气愤。

两个人飞书传报给蓝小翅，蓝小翅只回复了四个字——保留证据。

而她默不作声，这种风气也就越来越严重。

一个月之后，蓝小翅出了月子，这才召集羽族驯鸟场所有场主和驯鸟人、传信人议事。

因为是羽族的事，地点当然是选在方壶拥翠。羽人们陆陆续续到齐了，温谜倒是对这些事有所耳闻，他担心蓝小翅激进，特地派了柳风巢过来旁听。

可是等所有人都到齐了，蓝小翅却还没来。大家议论纷纷。书信上写着未时初刻，蓝小翅居然真的就等到未时初刻才踩着点进来。

令众人意外的是，她不仅自己来了，手里还抱着刚刚足月的娃儿。大伙都惊呆了，这……这是干什么？奶娃大会啊？

蓝小翅在羽尊的位置上坐下来，看看神色各异的羽人，说："不好意思啊，他爹和祖父这个时辰要练功，孩子没人照应。"

大家都没说话，蓝小翅拍着手里的小奶娃，孩子在母亲怀里很是自在，倒也没有哭闹。白翳和凤翥将这些天各驯鸟场的账目呈上来，木香衣和贺雨苔也把这些日子驯鸟场接私活的证据都送到她面前。

蓝小翅随手翻了翻，说："前些天我喜得麟儿，就有人私下里传言，说我要回家带孩子了。"这话一出，顿时一些心里有鬼的人就开始惴惴不安了。

蓝小翅说："当然了，我是并没有这样的打算的。毕竟带孩子嘛，哪里不能带，为什么非要回家呢？有时候我在想，当初我爹也曾有过孩子，你们怎么就不觉得，羽尊会回家奶孩子从而人心惶惶呢？"

大家都没说话——这不废话吗，你爹是男的！

蓝小翅说："我知道，因为我是女人嘛。从古至今在很多人眼里，女人不管再如何，最终也是要回归家庭的。但是呢，我觉得羽族是我的大家庭，夫君、子女是我的小家庭。所以，我是回归家庭，但也是先回归羽族这个家庭，跟我的族人、跟你们，在一起。”

现场安静无声，蓝小翅说：“我坐月子的这段日子，自问并没有耽误任何事，对我的宗亲族人，也还算是尽心尽力。但是即便如此，还是出现了一些让我不太满意的事。”

她低头，将木香衣提供的证据又翻了一遍，下面诸人屏住呼吸，一时之间，气氛十分凝重。

蓝小翅挥挥手，示意白翳：“念。”

白翳将册子拿起来，一一公布上面驯鸟场私自与其他门派合作的记录，包括日期及对接人都有。

被他点到名的驯鸟场，瞬间面色如土，但好在柳风巢在——有仙心阁的人在这里，好歹羽族不能自己动家法。否则如果是蓝翡时期，这些人胆敢违背他定下的族规，不仅自己会死得很难看，而且后辈儿孙都休想讨得了好——想想蓝氏家族吧！

蓝小翅一直等到白翳念完，旁边柳风巢已经有点着急了，生怕她真的干出什么被族规处置的事来。

蓝小翅倒是心平气和，只是说：“既然诸位已经不再信任我，那么我也不勉强。此后，名册上提及的六个驯鸟场场主、二十七名驯鸟人，以及四十名传信人，都将离开驯鸟场。当然，你们可以自立营生，到时候如果需要找羽族合作的话，我还是很欢迎的。”

这些人都有些呆呆的，有人小声问：“羽……羽尊，您要将我们逐出羽族吗？”

蓝小翅说：“不，你们是羽人，对现任羽尊没有信心，也不是什么大错，所以你们还是可以住在方壶拥翠，宗亲族谱也仍然留在羽族。不过信心是相互的嘛，你们对我没有信心，我同样也对你们失去了信心。所以以后，在羽族已经设有驯鸟场的地方，你们不得再开设驯鸟场。但是现在还有一些地方是羽族尚未顾及到的，你们可以前往。等到开设之后，如果有意与我合作，再来商谈合作吧。”

这些人互相看看，先是松了一口气——蓝小翅似乎并没有处置他们的意思。

然后他们开始窃喜，毕竟现在的驯鸟场都是蓝小翅在把持，活是很多，赚得也很多，大家的生活也确实是比从前富裕了不少。但再怎么说，又怎么能比得上自己开设驯鸟场赚钱更快呢？

这些人心思立刻活络开来，面上不仅忧色一扫而光，更带了一丝喜色。

蓝小翅倒也没有管他们，等处理完这件事，就示意众人前去吃饭。然后她抱着孩子笑嘻嘻地来到柳风巢面前："来，给你抱抱。"

柳风巢看着那个已经长得有几分粉嫩的小孩，问："他叫什么名字？"

"啊？"蓝小翅傻了，柳风巢说："名字啊，你们没取？"

蓝小翅一拍脑门，嚷道："我说我们好像忘记了什么东西呢！"

贺雨苔大笑，柳风巢无语。

到了晚上，微生歧父子练完功，大家在饭桌上就开始为孩子取名的事情忙活开了。蓝小翅说："按羽人的规矩，孩子的名字里一般都要带一个鸟字。"

微生歧一瞪眼："我微生世家的子孙，为什么要遵循羽人的取名传统？！"

蓝小翅说："他本来就是羽人啊，你打算取啥？可别再取瓷少爷那么清脆的名字了啊！你取个皮实的，好养！"

旁边的木香衣说："微生狗怎么样？"

天生没有幽默感的微生歧差点跳起来打他。

柳风巢和贺雨苔埋着头只是笑，孩子睁着滴溜溜的眼睛，不一会儿，流了一溜口水。蓝小翅拿口水巾给他擦了。用手指在桌上写了一个"翊"字。瓷少爷看见了，说："微生翊？"

蓝小翅伸手盖住那个字，立刻说："不要啊，翊字不带鸟，以后让我怎么跟我蓝爹解释！！"

微生歧立刻就说："翊……嗯，敏捷而渊博，甚好！"他就是想让蓝翡不爽。

旁边的木香衣和柳风巢都在看他——你真没发现这字有什么不对吗？

蓝小翅说："不是吧，你们真的要给他取这个名字啊？天啊，我蓝爹肯定要郁闷死了……"

微生歧把孩子抱过来，左右看看，除了一对翅膀实在碍眼以外，其他地方真是百般顺眼。翊，嗯，好字好字！

于是，孩子的大名就这么定了下来，微生翊。柳风巢跟木香衣在默默地吃饭——就这样的微生世家，到底是怎么活到现在还能称霸武林的呢？看来宅确实是能活得久点。

晚上，蓝小翅抱了孩子回房，因为公爹整天琢磨着剪掉孩子的翅膀，她跟微生瓷都不太放心把孩子放到奶娘那里，所以两个人自己照料的时候居多。

此时下人兑好热水，微生瓷先去给孩子洗澡。他都是跟青琐学的，做起来顺手得很。小翊也很喜欢让他给洗，有时候还跟他喔喔说话。微生瓷先把孩子洗好，放进婴儿篮里盖好。天气冷，再加进去一个小暖水袋。

蓝小翅才懒懒地摘了发饰，说："我胸口好胀。"她本来是兴致勃勃想要自己哺乳的，但是才喂了一阵就不喂了。嫌孩子咬得疼。反正有奶娘，大家倒也不在乎这个。微生瓷说："我替你揉揉。"

蓝小翅立刻靠过去："好呀。"

两个人依偎在一起，久未亲近，微生瓷明显有些蠢蠢欲动。蓝小翅抬起头，亲了亲他的下巴，他别开脸，认真地说："云大夫说，要两个月之后才可以。"

蓝小翅倒塌："你怎么什么都问他们啊！"

微生瓷说："太快对你不好的。"

蓝小翅伸了伸懒腰，长发垂于他膝，依旧娇美无比。她望定他，目如星空，说："那……我们做一点对瓷少爷很好的事，好吗？"

声音软软暖暖的，黏得微生瓷眼睛都移不开了："嗯……哦。"他红了脸，别过脸去不看她。那一瞬怀中美人风情万种，足以融化他。

蓝小翅命下人重新打了热水，亲自侍候瓷少爷。微生瓷伸手把她抱进浴桶里，随口道："重了。"

蓝小翅大惊失色，说："重了？我？是吗是吗？"站起来两手一握腰，惨叫："还真是！腰都粗了！啊，我何止腰粗，肚子上也有肥肉了！"

微生瓷说："我觉得挺好的。"

蓝小翅推开他："好个屁！"她迅速穿上衣服，飞奔出去："老木，快给我开个减肥的方子！！"

瓷少爷追出去，只看见她一个背影。看着桶里撒满九薇花瓣的热水，瓷少爷破天荒地很想给自己的嘴一记耳光。叫你乱说话！福利都没了！！

木冰砚也没空理蓝小翅，他这是第一次见到贺雨苔——自己的儿媳妇。不老坑里，这位一向目中无人的神医，也突然有些局促。他以前一直是很希望木香衣能娶蓝小翅的。但是贺雨苔是谁见了都不会失望的乖乖女，说话做事大方得体，又很懂礼貌，没有蓝小翅的古灵精怪，却多了她没有的温柔贤惠。

木冰砚也是第一次当公爹，一时间也不知道应该怎样做。正在不安时，蓝小翅冲进来，说："老木，天啊，你看我腰上、肚子上怎么长了这么多肉！"

木冰砚没好气，心里却松了一口气，不管是哪里，只要蓝小翅在，仿佛就不会冷场。他说："生完孩子，胖一点正常。"

蓝小翅说："什么啊！快给我开点药，我不要肥肉！"

木冰砚说："去去去，一边去。"蓝小翅回过头，看见贺雨苔和木香衣，说："啧，有了儿媳妇，连给我开点药的时间都没有了哈！"

木冰砚哭笑不得，贺雨苔也有些羞涩，毕竟她成亲之时木冰砚还在九微山躲藏。这时候儿媳妇第一次见公公，心中忐忑在所难免。蓝小翅拉起她的手，说："我跟你说，你不用跟他客气。你是他的儿媳妇，以后他的东西就都是你的。来来，我教你应该拿些什么！"

说着话，她就带着贺雨苔到了木架旁边，二话不说拣了最贵重稀有的药往贺雨苔怀里塞。贺雨苔急得："小翅……这样不好……"

蓝小翅说："拿自己的东西，有什么不好的！啊，这个药一定要来上几瓶，这个喝了养颜美容的！这个更牛啦，可以去斑的……"

贺雨苔不一会儿就被这些药古怪而新奇的用途吸引了，木冰砚在旁边看看自己儿子，又看看土匪一样四下翻找的蓝小翅，突然发觉，其实这种感觉挺好的。

一家人还是这样自由自在的好。

不一会儿，蓝小翅就将贺雨苔怀里都塞满了药瓶，贺雨苔面色通红，不安地看看木冰砚，说："爹，我……"

木冰砚见这孩子稳重，倒也心里满意，见状说："拿着吧，爹也没有别的能给你们。"

木香衣没有说话，蓝小翅先嚷道："太不公平了，为什么我每次来拿东西，你从来没有过这么通情达理？"

木冰砚是真无奈了："你都是当娘的人了，就不能稳重一点……"

蓝小翅说："我当娘怎么了？咦，过两天我去接我爹，你要不要一起去？"

木冰砚愣住，心下微暖，总算她虽然任了羽尊，却还是想着她爹。他说："让香衣跟着你去吧。我就不去了。"

蓝小翅说："好吧，那你帮我带娃。"

木冰砚说："嗯。"然后反应过来——什么啊！！

两天后，蓝小翅带着木香衣等人前往九微山。当时已经是冬天，九微山天气极为寒冷。蓝小翅站在山脚下，看着满山积雪，叹气。木香衣带着贺雨苔，莫名其妙："上去啊！"

蓝小翅说："去毛啊，我爹的性子，你不知道？不给足他台阶，他会回去才怪。"

木香衣说："那你想干吗？"

蓝小翅伸出双手，使劲搓了搓，说："我真是命苦啊！"

白翳、凤翥、银雕等人跟在身后，都不明白，然后就见她双膝一屈，跪下。

三拜九叩，她在深深积雪之中，一边骂娘一边叩拜。木香衣眉头紧皱，一转身，飞一般上了山。蓝翡在山上，当然已经得到森罗传报。他还没说话，郁罗已经开口："她刚刚生产，九微山积寒甚重，羽尊还是不要为难小辈了吧？"

蓝翡说："这小家伙啊。"她就是看准这一点呢。

郁罗说："不管怎么样，小翅对羽尊也算是尽心尽力，没有为难自己孩子的道理。"

蓝翡看了他一眼，终于说："走吧。"

蓝小翅一路跪到九微山山腰之上，又磕了三个头，再一抬起头，就看见面前一抹孔雀蓝的衣角，在无边的雪域之中，显得格外分明。

她抬起头，看见蓝翡熟悉的面容，有那么一刻，她鼻子里涌入一股酸楚。蓝翡轻声说："你下次再要赖的时候，能不能换个方法宝贝儿？"

蓝小翅咧嘴："我打算一个法子用到死，爹！"

蓝翡叹了一口气，蓝小翅拉住他的衣袖，说："我来接您回去过年，顺便看看您的外孙！"在她身后，所有羽人都跪下："请羽尊回家过年。"

蓝翡无言，却任由她扯着自己的袖角。眼前的孩子神采飞扬，他叹了一口气，却不由自主地跟随她。

回家。

第三十七章 平生至幸

方壶拥翠，蓝翡回到以前的旧居，发现里面一切如故，好像他根本没有离开过一样。郁罗和森罗也回到之前的住处，羽人们张开翅膀，大摇大摆地行走在药田花径之间，从来没有像今天一样觉得家园如此安稳强大过。

蓝小翅等蓝翡的人安顿下来，就前去不老坑。一般这个时候，微生父子都在练功，她在的时候是跟微生瓷换着带孩子的。现在她不在，小翊当然就在不老坑了。

蓝小翅摸进去，木冰砚在跟药童铡着药草，孩子在小小的婴儿摇篮里，小拳头紧紧握着，睡得十分香甜。

木冰砚铡一阵药草，又回头摇一下摇篮，蓝小翅几步蹦过去，打开摇篮上面的防尘纱，把孩子抱了出来。木冰砚皱眉，说：“外面尘重！”

蓝小翅说：“那我抱出去玩会儿。”

木冰砚说：“一会儿该喝奶了。”

蓝小翅将毛茸茸的脑袋凑过去，在他脖子旁边拱了拱：“木爷爷万岁！”

木冰砚哼了一声，看着她连蹦带跳地抱着孩子走了，再看看空空的摇篮，心里居然有点空。唉，不知道自己儿媳妇什么时候也能生一个。

蓝小翅来到蓝翡的住所，把双手藏到背后，一脸讨好地笑：“爹，你一个人在这里无聊不？有没有兴趣养个宠物啊？”

蓝翡瞅了她一眼，说："比如？"

蓝小翅蹭到他身边，说："你先闭上眼睛。"蓝翡一脸警觉，蓝小翅撒娇："哎呀你伸出手，然后闭上眼睛嘛，不然就不够惊喜啦！"

蓝翡轻声叹气，终于闭上眼睛，然后就觉得双手一沉——这……什么东西？

他睁开眼睛，骇然看见双手之间躺着一个小婴儿！再一抬头四顾，哪里还有蓝小翅的影子！

"蓝小翅！！"整个方壶拥翠都燃烧着他的怒火。

蓝小翅带着金鹰、凤遥、青鹏等羽族的少年子弟，浩浩荡荡来到太极垂光。此时武林人士已经开始聚集。

温谜看见她过来，说："你把小翊交给谁了？"微生父子可不像是能带好孩子的样子啊！

蓝小翅耸耸肩，说："交给了一个倍有经验的人！"

温谜简直是哭笑不得了——蓝翡也是惨……

他说："小翊毕竟还小，迦夜逃往长生岛，我们并不知道其目的。岛上情况也都很陌生，此行可谓十分危险。你若不去……也是可以。"

蓝小翅叹了口气，说："此时此刻，我终于发现你真的是我亲爹了。谢谢，但是我说过，只要我蓝爹能回到方壶拥翠，此事我是不会置之不理的。"

温谜想了想，也点点头。蓝小翅的机灵劲有时候还是有用的。蓝小翅转而问："本来早就已经得到方位了，仙心阁一直不出发，是有别的什么打算吗？"

温谜说："一方面是造船，除了大船，逃生的小舟也是要埋下的。第二是我还是希望云采真和木冰砚能够对菌丝的事有所突破，让我等不必受制于长生泉。"

蓝小翅对这个还是感兴趣，问："有进展吗？"

说话之间，温谜已经带着她入了正厅，说："只有一点，菌丝在人体里能够移动，如同植物向阳、根系近水一样。"

蓝小翅说："也就是说，如果把手臂浸入长生泉里，体内所有的菌丝都会游离到手臂位置？”

温谜说：“对。现在云采真和木冰砚正在研究如何让它们变得更加柔韧纤细，可以从毛孔中长出来。”

蓝小翅说：“如果真能如此，倒是解了燃眉之急。”

温谜说：“正是。我估计迦夜逃往的地方，定然有长生泉泉眼所在。让一批受长生泉制约的江湖人前往，无论是毁掉泉眼还是取回长生泉，都不明智。”

蓝小翅点头，温谜看向她，突然问：“你没有什么发现吗？”

蓝小翅说：“我不是在坐月子嘛！”

温谜看看她，问出这样的话，他也有些吃惊——在不知不觉中，他已经不把她当小孩子了。他不经意地像询问自己的伙伴一样询问她。

他说：“嗯，我倒忘了。”

蓝小翅笑嘻嘻的，说：“不过小发现还是有一点的。最近慕爹爹没有找你吗？”

温谜一愣，说：“确实没有！”然后他也开始觉得奇怪了，“按理，他和慕裁翎都被逼服下了长生泉，怎么可能这么长时间都毫无动静呢？”

蓝小翅眨眨眼睛，说：“对啊，我就是发现朝廷的大军退后，居然就再无动静了。然后我派人留意了一下，有驯鸟场发现羽族的传信鸟，曾经飞往过侠都。但是这些传信鸟并不是出自我们现在的任何一个驯鸟场。”

温谜说：“你们没有抓住？”

蓝小翅说：“巧的是，这些鸟经过特殊的训练，羽族传统的引鸟法子对它们并不管用。”

温谜的脸色慢慢严肃了，蓝小翅说：“我查看了一下羽族的资料，在很久以前，朝廷曾经命羽族一批优秀的驯鸟人，训练了一批鸟儿，用以传递紧急军函。当时负责此事的人，是蓝老爷子，嗯，我爷爷。但是知晓其中关键的人现在都已经不在了，所以无法查证。”

温谜说：“纵然没有实据，此事恐怕也八九不离十了。”

蓝小翅说：“我也这么想。现在往侠都传信，又有这样的信鸟，除了朝廷，我想不到其他势力。”

温谜说：“是否……派人监视慕流苏和宇文超？”

蓝小翅懒懒地说：“那是仙心阁的事，我只是个搞情报的。”

温谜白了她一眼，转头吩咐丁绝阴前去安排。接下来他要带数百江湖人前往情势未知的长生岛，到时候远离陆地，真是上天无路、入地无门，由不得他不小心。

蓝小翅倒也理解，说：“其实我觉得吧，无论我们再怎么准备，风险肯定都很大。在海上，地势不熟，鳍族倒是会水，武力值又低下，战术安排不太管用。依我所见，不如我们找个人帮我们开路。”

温谜看过去，蓝小翅瞳若剪水，调皮地眨了眨眼睛。

侠都，慕流苏确实是遇到了问题——有人以羽族的信鸟向他传信。他起初以为是蓝小翅有事，但打开信纸，却有些愣住——那熟悉的笔迹！这怎么可能？！

宇文疾，他还活着？

要验证信的真伪很容易，只要派人前往皇陵，查验宇文疾的棺椁。可是宇文超知不知道这件事？宇文疾这么多年没有音讯，如果真的是假死，意义何在？

自己贸然前往皇陵查证，会引起其他势力的注意吗？

他心中犹豫，难免神思不定。青琐看出来了，但询问他时，他也不作解释。

到了最后，到底还是按捺不住，带了丁强等一行人前往皇陵，悄悄开棺。等到棺材打开，慕流苏还没有出声，身后突然有人问：“是空的吗？”

慕流苏一惊，猛地回头，就看见蓝小翅懒洋洋地坐在鎏金的铜马上。慕流苏的脸色顿时难看起来：“你什么时候竟到了此处？私闯皇陵是重罪，你不知道？”

蓝小翅说：“切，说得好像你就不是私闯皇陵一样。”

慕流苏瞪了她一眼，到底还是关心棺椁中的真相，低头去看。只见棺中，只有一件龙袍。

他心里顿时七上八下，如果是这样的话，那么——宇文疾的信就是真的。他真的还活着？

他眉头紧皱，蓝小翅说：“看来，棺里是空的了。”

慕流苏没好气：“你既然早来了，为什么不自己打开看？”

蓝小翅说：“因为我想看看您会不会来呀。如果慕爹爹不来，我开不开都无所谓。但是如果您来了，那么我又何必自己动手呢？”

慕流苏对这个丫头的智力已经不惊讶了，只是说：“你已经猜到了？”

蓝小翅说：“只是有点怀疑。温爹没有说，但他也有一样的疑虑。长生泉这种东西太惊人了，总不可能是随随便便捡来的吧？”

慕流苏沉声说：“你想怎么样？”

蓝小翅说：“我只是好奇啊，难道连慕爹爹也不知道事情的始末吗？”

慕流苏略微沉思，说：“当初，我与先王政见并不一致。他的许多事，我并不完全知情。事实上，在他在世时，我已经递上了辞呈，请求辞官返乡。但是后来，他因肠疾，病故了。病故之前，将少帝宇文超交托给我。”

蓝小翅终于有点惊讶了：“咦，看不出来原来慕爹爹您是这么有骨气的一个人。我肃然起敬啊！”慕流苏气得又瞪了她一眼。蓝小翅从铜马上跳下来，问：“那么现在，慕爹爹您有何打算呢？”

慕流苏说：“陛下……给我写了一封信，命我前往长生岛见他。”

蓝小翅说：“意料之中。您去吗？”

慕流苏说：“信中言道，他肠疾未愈，但暗影龙卫已经为其找到药方。他命我带太医前往长生岛，共同研制配药。”

蓝小翅说：“所以，您是准备去了？”

慕流苏沉思片刻，说：“当初他命我为顾命大臣，无论如何，我总要去见见他。”

蓝小翅说：“多年前政见不合，以后就合了吗？”

慕流苏说：“这……我只是尽一个臣子的本分。等太医送到，我会辞官。”

蓝小翅说：“宇文超知道这件事吗？”

慕流苏沉默了一下，说："我不知道，但是观少帝神色，他应该不知。"

蓝小翅说："那么，我陪你走一趟长生岛啊！"

慕流苏愣住："什么？"

蓝小翅说："反正我闲着也是闲着嘛！"

慕流苏瞪她："你不用照顾孩子吗？"这才刚生了几个月啊！

蓝小翅伸了伸懒腰，黑发披垂，如丝如云："我蓝爹回来了嘛，他看娃可有经验了。当初我就是他奶大的。何况还有他亲爹在，哎呀没什么可担心的了。"

慕流苏："……"

蓝小翅笑嘻嘻的："不要这样嘛，我说过，我是很关心你的。"

慕流苏说："我此去并不是要与他为敌。毕竟少时，也曾受他知遇之恩。所以，你没有跟去的必要。"

蓝小翅说："有！你是我娘的丈夫，你既然娶了她，就应该对她负责。我要前去监督你，免得你半路落跑！"

慕流苏无语，半天才说："你要去，只能一个人去。但是你要想清楚，长生岛……迦夜必然在此，你若前去，若被他认出……后果自负。"

蓝小翅说："当然。"

下午，慕流苏向宇文超请旨之后，以巡查漕运为由，备好大船，从侠都的码头出发，一路向无情海行进。

蓝小翅穿了士兵的铠甲，一路东瞧西看，好像出来游玩一样。慕流苏站在船头，心绪难免纷乱，见状不由道："你倒是自在，就不怕小命不保！"

蓝小翅说："要是真的小命不保，我就更应该吃好玩好了，不然一命呜呼的时候多冤啊！"

慕流苏闻言，半晌才说："倒也有理。那你玩去吧。"哪怕只是继父，也是一直带着跟小辈说话的意思。

蓝小翅头上戴着缨盔，遮住大半张脸，只露出一双眼睛和一点小下巴，看上去就像是个娇小一点的普通士兵。慕流苏心里也安心了一点——如今并不知道宇文疾身边有多少人。但是单凭迦夜和迦隐两个人，已经极难对付。

他带去的人，如果真有冲突，真是什么用都顶不上的。若真是计较起来，恐怕还只有蓝小翅有一战之力——虽然也是不堪一击。

蓝小翅在甲板上跑来跑去，她是第一次见到大海，兴奋得像条没见过世面的狗，就差没吐舌头了。

慕流苏摇摇头，突然觉得自己竟然还不如一个孩子看得开。

船从侠都驶离，至长生岛要不下六十天。闲来无事，蓝小翅做了竿子钓鱼，有时候能看见日头，她还只穿着鼠皮衣下海玩水！

把慕流苏给气得，他又不会水，只好无数次扒着船栏杆喊："混账东西，你给我上来！"

蓝小翅在水里，像蓝色丝绸中盛开的花，一边游水一边笑："我就不上来，有本事你下来啊！"

慕流苏简直是心都要操碎了——女孩家家的，成何体统啊！这要是自己生的，早就打死了……

等蓝小翅玩得尽兴了，上了船，他才问："以前你在方壶拥翠，蓝翡没有管过你吗？你这一身水性，从何处习来？"

蓝小翅用汗巾擦着头发，闻言翻了个白眼，说："方壶拥翠的湖里啊，以前我偷偷识字、学武，我爹见了，一脚就薅下去了！我不学游水，难道要淹死啊？！"

慕流苏简直是无语了："他还真不怕你死在里边啊？"

蓝小翅说："他怕过什么啊，木香衣小时候，才刚刚出生呢，木冰砚说一句不要，他抬手就扔湖里了，那才是真的差点喂了鱼。我还好，他薅我进去的时候我都已经三岁了。"

慕流苏突然觉得，难怪自己儿子差人家几个档次，原来真是养不教，父之过！

蓝小翅把头发擦干，换了衣服，把刚抓上来的海鱼拿到甲板上烤。慕流苏闻着那阵阵香味，心里是真的无奈了——这哪里像是当了娘的女人！

蓝小翅才不管那么多，自己拿着烤鱼在他身边转来转去，吃得倍香，还吧唧嘴。慕流苏实在是忍不住，终于自己也去拿了一条……羽族烤鱼是真香，他优雅地撕着鱼肉，突然说：“舱里有好酒。”

本来是带给宇文疾的，他却不怎么喝酒。蓝小翅听了，哪还用他再说？小跑着就进了舱里，翻翻找找，她眼睛尖，一眼就看中那坛足有六十年的女儿红。立刻抱出来，然后拿了两个碗，给慕流苏和她一人一碗，再拍开泥封，一人倒了一碗。

慕流苏喝了一口酒，烈酒入喉，辛辣直往鼻子里冲。然而就着甘甜的鱼肉，滋味却是很好的。他端起酒碗，蓝小翅突然凑过来，和他碰了一下碗沿。慕流苏看见碗里的酒漾出一圈一圈的细纹，微微一笑。

谁能想到，自己这一生，居然还会和这个小姑娘一起对坐饮酒。

船行两个月，时间居然也并不难熬——蓝小翅实在是太淘气了！慕流苏一路上真是操不完的心。

终于这一天，有水手说：“相爷，前面已经能看见岛屿，应该就是地图上的长生岛了！”

慕流苏站在船尾，向远方眺望，果然看见淡如烟雨的海岛的影子。蓝小翅跟在他身边，说：“嘿，早知道路上这么好玩，应该把裁翎也带来的。”

慕流苏初时不以为然，但仔细想一想，突然发觉——自己是不是真的把孩子保护得太好了？早点见一见风浪，其实也不是什么坏事。然而再一看蓝小翅，他又释然了——算了吧，毕竟不是谁都像她一样有九条命的。

船行又一天，终于触到岸边礁石。水手靠着海岛停船下锚，慕流苏站在船上看过去，只见满岛都是白色耀眼的晶石，像是盐结了块，然而只有他知道——这不是盐，正是长生泉凝结而成的。

旁边有人轻声说：“相爷，我扶您下船。”

慕流苏点头，又看了一眼来时的路。入目所见，皆是水域，无边无涯。长生岛到了，他不知道能不能活着回去，但已没有退路。

下人正忙着在水里铺木板，方便上岸。只听咚的一声，然后是光影一闪。蓝小翅瞬间就滑过水面，上了岸。慕流苏一看就气炸了肺：“混账东西，让你跟在我后面，你偏偏跑得比兔子还快！掉水里淹死你！！”

幸好宇文疾没有布下什么机关陷阱，他心有余悸，蓝小翅却已经站在白色的晶石上，远远地冲他做了一个鬼脸。

长生岛，连空气之中都飘散着一股甜香。

慕流苏在侍卫的搀扶下，行过木板，上了岸。环顾四周，只见晶石横陈，而四周高大的树木，全是本应根株矮小的灌木。他示意蓝小翅跟在他身后，蓝小翅到了这里，也不敢再皮——让迦夜发现她跟来了，不是件好事。

她拉拉头盔上的青铜面罩，把脸盖得严实一些，慕流苏这才举步往里行去。走了不多久，已经有人迎上来——黑袍红伞，正是暗族的常见装束。慕流苏问："迦夜何在？我就不用再自报家门了吧？"

暗族战士对他欠了欠身，头前带路。慕流苏往前走，身后蓝小翅和丁强等人都跟了上来。

等行至石洞口，慕流苏心头微跳——这石洞明显是人工开凿，这里很久以前，说不定根本不是一座岛屿。蓝小翅等人估计得不错，这里以前不过就是一小块礁石，有人不惜耗费巨大财力物力，硬生生在这里堆砌了这座海岛。

而这座石洞……可能是为了将长生泉从深海引流而出所建造，这需要多少能工巧匠？更可怕的是，大凉从来没有听说过这件事。那么很可能，这些工匠还在这里，或者说……已经全部都不在了。

他心思百转，行走了一个半时辰，身后天光已经不见，前方隐隐听见水声如瀑布。引路的暗族人站住了，在前方，迦夜站在前面，长生泉在他身后从高往低倾泻而下，色泽如练，美得妖异。

慕流苏说："迦夜？哼，先王的信，是你发给我的？"

迦夜从腰中摸出一枚纯金腰牌，慕流苏目光凝结如针："暗影龙卫？"

迦夜将腰牌收好，说："你既已知我身份，当然知道这里住着谁。怎么，去见主子，还要带侍卫和刀剑吗？"

慕流苏说："若见旧主，当然不必如此，但如今我并未见到旧主，只是见到一枚腰牌而已。"

话作此说，只是不愿示弱了。迦夜在此，以他现在的武功，自己带不带侍卫又有什么区别？其他人倒也罢了，反正是他的侍卫，养兵千日，用兵一时，死在这里虽然可惜，到底也不算冤枉。

可蓝小翅……唉，如果自己回不去，自己的妻儿好歹还能托她照顾。

现在也是没办法，带不带进去，也都是吉凶难料。而且这丫头素来多智，如果让她跟着，说不定能有什么转机。天啊，自己竟然会这么想！

迦夜扫视慕流苏，并没有从他脸上看到丝毫不安，到底是大凉宰辅，武力与险境还镇不住他。

他说："既然丞相这样想，那么就随我来吧。"

他转过身，再次出手如电，拍开墙上机关。慕流苏回头看了蓝小翅一眼，当先举步入内。

里面晶石倒垂，池如莲花。长生泉水珠四溅，氤氲水汽之中，只见池中一人正在打坐。慕流苏上前两步，撩衣跪倒："陛下。"

池里的人睁开眼睛，正是宇文疾，看见慕流苏，他一笑，说："十四年不见，爱卿倒是容颜如旧。"

慕流苏目光垂地，道："谢陛下关怀，原以为此生再无缘面见君主，却不想还有再见之时。"

宇文疾说："可是爱卿脸上，却并无丝毫欢欣之色。"

慕流苏没有理会这一句，他也没有办法强作欢喜，只是说："听闻陛下肠疾已有灵药可医，微臣已带侠都数百名医者前来。"

宇文疾嗯了一声，向迦夜一扬下巴，迦夜说："属下这就前往安置。"

他转身下去，宇文疾说："听说，这些年你将超儿教导得很好。"

慕流苏心里明白他最是多疑，恭敬地道："少帝天资聪颖，也是陛下大德庇佑，大凉这些年一直风调雨顺、黎庶安泰。"

宇文疾唔了一声，明显对这些年朝廷中事了如指掌。此时并不打算细问。慕流苏也明白——迦夜能够如此轻易地撺掇少帝，显然朝中有其他人是知道宇文疾假死的。

宇文疾就是这么一个人，他并不会全心全意地信任谁。

所以他说："这些年你也辛苦，你我君臣二人久未相聚，好不容易孤岛重逢，就不如留下陪朕盘桓几日。"

慕流苏心中叹气，果然，还是想要扣下他。只要扣住他，宇文疾要回到大凉重新掌权，就很容易。少帝毕竟还年幼，无论如何，也不会反抗他的亲生父亲。或者说，就算是反抗，他也没有他爹的城府和狠辣，输赢也是没有悬念的。

他只得再磕头，道："微臣谨遵圣谕。"说完，他向身后的侍从道："去找迦夜统领，由他安置你们先行住下。"

说话间向蓝小翅使了一个眼色，知道她最是机灵，是要她见机行事。要逃要反抗都随她，可别被迦夜宰了。

蓝小翅跟丁强等人一起下去，目前看来，宇文疾并没有处死慕流苏的意思。但这是因为两个人毕竟是幼时至交，如今已经过了十四年缓和期，矛盾有些淡化了。

以宇文疾的性子，等过些时候，再被慕流苏反对、顶撞之时，恐怕杀心还是难免的。

蓝小翅离开石壁，外面迦夜说："鸦奴，安排相爷的侍从们到外面住下。"

旁边的鸦奴应了一声，过来带着他们离开石洞。如此一来，就等于跟慕流苏彻底隔绝开来。

鸦奴带着蓝小翅等人来到一排石屋旁边，躬了躬身，径自离开。丁强终于急了："大小姐，听陛下的意思，短时间内他是不打算再放相爷离岛了！这不是变相软禁吗？"

蓝小翅说："这有什么好奇怪的，我要是皇帝我也软禁他啊！"

丁强无语："可您得想想办法啊，相爷久不回去，夫人和公子指不定得急成什么样呢？！"

蓝小翅说："行了，我心里有数。"

下午，天光正盛的时候，暗族人都已经歇下。

慕流苏被带到石洞里的一间石室，里面四壁光洁白净，石桌石凳均光滑如玉。他在凳子上坐了下来，当然也明白这是在软禁他。这样的后果，倒也在他的意料之中，只是毕竟是旧主，他又能怎么样呢？

他正沉思，外面石门一响，有人进来——是迦夜的随侍奴隶鸦奴。鸦奴给他添上水，又打开食盒，摆上水果糕点。慕流苏知道他是迦夜的人，也不说话。

半晌，鸦奴突然问："相爷，我们主人说，新旧择一，您恐怕要早作抉择。"

慕流苏猛地一惊："你……你不是迦夜的人？"不可能啊，据朝廷对暗族的了解，这个人是迦夜从小收养的，在他身边有十几年了！

鸦奴收起食盒，残缺的右手让他看起来有一种奇异的阴森。他眸子里亮若星辰，盯着慕流苏，等待他的回答。慕流苏说："我……我不会背叛旧主。"

鸦奴点点头，也不再多说了，提起食盒离开。慕流苏看着他的背影，心中阴沉不定——是谁，十几年前就在迦夜身边埋下了棋子？！

他右手残缺，恐怕是苦肉计。温谜不会这么狠毒，金芷汀兰没有这样的城府，是……蓝翡？

石洞外，蓝小翅等人脱下面罩，开始洗脸，丁强就觉得不对——这几个人不是相府的侍卫！他立刻怒道："你们是什么人？！"

蓝小翅说："嘘，小声！"

丁强明白了："是……大小姐您带过来的人？"

蓝小翅说："金鹰、金方义、火雀……"她把人都介绍了一遍，说，"男羽人有翅膀，不方便携带，我就带了这几个。"

丁强瞪她，这不是重点吧？！他说："您居然让这些人蒙混在相爷的卫队之中！"

蓝小翅翻了个白眼："拜托，九死一生啊！这么危险，你以为我们愿意来啊！"丁强无语，蓝小翅转头对金鹰和金方义说："我说，你俩武功虽然也不错，但是跟迦夜和连镜他们比起来还是差远了。要不还是把昊天赤血喝了吧？"

金鹰和金方义都瞪了她一眼——那玩意儿喝下去之后就只剩下三五年的寿命，我们有毛病啊！两个人白了她一眼，洗完脸，又把面罩戴上。蓝小翅说："啧，真不给面子。"说完，她又笑嘻嘻地问丁强，"丁大哥，你要不要来一瓶？"

丁强摸了摸鼻子："大小姐，虽然我很乐意给您面子，但是以我的武功，喝了也只是糟蹋这样的好东西罢了。"

蓝小翅"切"了一声，抱起衣服，说："我去洗个澡，都不许偷看啊！"

几个人都一阵无语，你把我们当什么人了！

她倒是笑嘻嘻的，出了石室，就来到旁边的海湾里。鸦奴已经在等候，蓝小翅说："算起来，也是快十三年不见了。"

鸦奴不说话，蓝小翅问："你的翅膀呢？"他还是沉默，蓝小翅说，"我爹早就想好，要派你去暗族？"

鸦奴这才开口："他说，羽族很难再出现新的贵族。因为这二十年之间，没有人真正称得上对羽族有重大贡献。"

蓝小翅说："所以你挖去了自己的羽翼？"

鸦奴神情淡然，说："如果留着它，我去任何地方都只是一个普通的羽人。"

蓝小翅说："十几年，就为了在羽族换一个地位，值得吗？"

鸦奴转过头，说："我能换到这个地位吗？"

蓝小翅说："当然。"

鸦奴说："那就值得。"

蓝小翅说："你帮了我很大的忙，如果没有你暗暗留存下来的长生泉，我们没有这么多时间追到长生岛。"

鸦奴跪下，说："寒鸦参见羽尊。"

蓝小翅蹲下来，与他平视，说："当初你要离开方壶拥翠，我以为你能自己去闯一番事业的。看到你如今这样……我觉得我爹真是个王八蛋。"

寒鸦阴冷的嘴角，难得居然也出现了一丝笑。八岁那年，在羽族的择师大会上，他偷袭木香衣不成，却被蓝小翅伤了右手。随后木冰砚暗下毒手，令他右臂从此不能再受力，否则立时疼痛难当。

父母背弃，恩师袖手，只有蓝翡给他送来一把刀，一把并不锋利的刀。随刀而来的，还有一句话——还想再搏一搏吗？

一个八岁的孩子，在寒屋陋室中想了半夜，然后他决定走这条路。

他不愿意回去种地，从此做一个残废。然后，就是十二年。

他说："我是自愿的。"

蓝小翅伸出手，摸了摸他的后背，在他的衣裳之下，巨大的伤口被遮掩得很好，这样的触碰感觉不到。但是那种痛，常人又如何能想到？

她说："我慕爹怎么说？"

寒鸦道："他的意思……还是不愿背叛宇文疾。"

蓝小翅点头，说："意料之中。你觉得迦夜对宇文疾究竟有多忠诚？"

寒鸦犹豫了一下，说："上次，因为迦隐反对宇文疾，迦夜几乎杀了他。"

蓝小翅皱眉，说："这么死忠？"

寒鸦说："以前，我也不知道暗影龙卫之事。但是听说，他们是大凉皇室的死士，忠诚度不容置疑。"

蓝小翅说："如果以大凉江山相易，他也不能动摇？"寒鸦没明白，蓝小翅说："我是说，如果迦夜背叛宇文疾，能自己当凉王，而且轻而易举，他也不会动摇？"

寒鸦犹豫，说："我不知道。"

蓝小翅将手搭在他肩上，说："不知道就试一试。"

寒鸦问："如何试？"

蓝小翅凑到他耳边，小声嘀咕了一阵。寒鸦浑身一凛——如果要比肚子里有多少坏水，蓝小翅比蓝翡只多不少。

蓝小翅一巴掌拍在他头上，说："给我换个表情！"

寒鸦于是真的换了一个表情，说："我会去试试。"

蓝小翅说："他现在武功高强，你一定要小心，不要露出破绽。"

寒鸦点头道："我会小心。"

石洞里，迦夜站在长生泉旁边，看泉水自上而下奔流不息。那水珠也是清亮的，落在手上如珍珠般晶莹。

宇文疾这几天都在跟慕流苏谈话，看来他是想看看经过这么多年，慕流苏到底有多少改变。迦夜自然要在外守候，暗影龙卫经过这十几年的折损，剩下来的已经不多，忠诚可靠的就更少了。

身后脚步声响起，他没有回头就知道来的是鸦奴，当即问：“隐的伤势如何了？”

他那一剑下手极重，如果不是长生泉，迦隐早就死透了。鸦奴说：“公子伤势已经好转，小姐正在照料。”

迦夜点点头，面上没有表情。现在他的武功已经足够高强，但是温谜也服用了昊天赤血，还有微生歧父子，一旦被逼急了，对方也服下昊天赤血，那就危险了。

如果宇文疾能够早日治愈肠疾，返回侠都重新执掌大凉政权，那么最起码这些江湖人士不敢相抗。

所以他当然还是不希望以武力去取胜。

鸦奴在他身后站了一阵，突然说：“公子的伤势得长生泉相助，恢复完好。”

迦夜回过头——什么意思？他说：“这句话，你之前已经说过了。”

鸦奴说：“我只是突然想到，暗族的皮肤里有毒素，以至于不能见光。如果换一张普通人的皮，而长生泉愈合能力又极为快速，那么是不是……可以治愈暗族人的痼疾呢？”

迦夜冷笑：“换皮以求生，倒是胆大。”

鸦奴说：“属下也是在想，只是不知，换皮会不会改变声音、容貌。”只能这样了，不能再说下去了，如果让他起疑，那就不好了。

迦夜挥挥手，等他躬身退下，石壁里慕流苏告退而出。迦夜看着他的背影——主要是看着他的皮，慕流苏的皮相不错，在满朝文武之中，也算得上是数一数二的美男子，否则一向不喜朝廷纷争的青琐当初也不至于就改嫁给了他。

如果换了这身皮，自己是不是就会变成他的样子？他盯着奔流的长生泉，突然心里一跳，那样的话，如果自己返回朝堂，岂不是可以当丞相？

但是青琐和慕裁翎肯定还是能认出来的吧？这个想法一冒出来，他觉得很有意思，然后一个突如其来的想法突然惊住了他。

有一个人的皮，一定没有几个人能看出破绽，因为……这个人已经消失十四年了。

而且这个人，无论权势、身份都在慕流苏之上！他就是大凉国主宇文疾！！

在那一瞬间，迦夜心中狂跳。不，这种想法是不应该有的。

暗影龙卫，从小到大就被灌输以忠君为性命，他们是皇室手中所向无敌的剑。但是谁还没有一点私欲？凭什么自己就应该是一个小小的护卫？暗影龙卫这么多代人不见天日，到底是为了什么？！

他面色阴冷，心里却似乎酝酿出了一汪毒汁。宇文疾的皮，如果披在自己身上，合身吗？

石洞外，太医们正在研究菌丝。

连镜站在旁边，名为保护，实则一直在暗中观察。菌丝可以吸出身体内的很多毒素。长生泉入人体之后，它们会第一时间从血液里将其吸收过来，以为自己生长之用。

连镜心中一跳，突然有一种奇怪的想法——如果这个人的血液里有昊天赤血，这些菌丝也能将之吸收分离出来吗？

如果是这样的话，那么就很容易解释，为什么蓝翡并没有直接将昊天赤血交易给迦夜，迦夜却能将之注入自己体内了。

他这样想，心中难免就会格外留意。

而这时候，有太医发现，这种菌丝在人体内吸收的毒素，当泡在长生泉里的时候，就会“吐”出来。大家啧啧称奇的时候，连镜狂喜。黄昏时分，连镜找了一名被注入了昊天赤血的暗族战士，以让其为迦隐疗伤为借口，将其诳到海边。

他的功力不是这些暗族战士能比的，何况他们体内只有半份昊天赤血。连镜很小心，偷袭出手，很顺利将此人杀死。

他担心血液凝固，很快将其拖至一个石坑，将其放血，并取出水培的菌丝。

菌丝浸入血液里，当先吸收的果然不是鲜血。许久之后，菌丝慢慢变成了暗红色，而死者的血液很快就凝固了。

连镜无奈之下，也只得将这些菌丝先泡在长生泉里，然后解析出了少量的昊天赤血。他咬咬牙，将这部分昊天赤血注入血脉当中。他的功力远高于迦夜，当然可以感觉到这药力的扩散。

功力提升很明显，但是远称不上可怕。他伸手挥出一掌，心里冷笑，昊天赤血真是可怕的东西啊。可惜这么一星半点，显然是不够的。

他故技重施，又找了一个暗族战士，这次有了经验，没有直接将他杀死，而是将他的穴道制住，然后将菌丝直接塞到他的血管里。暗族战士的血染红了他的衣衫，他连眼睛都是红的，半是兴奋半是心疼——这些血里的昊天赤血真是可惜啊。

这次，菌丝提取出来的昊天赤血数量明显增多。

他将其全部注入血脉之中，感觉到那种汹涌澎湃的力量。迦夜，哈哈哈哈。

石洞里，迦夜打开石壁，来到洞中。池里宇文疾睁开眼睛，问："什么事？"

迦夜走过去，人虽然跪下，目光却有意无意中扫视着他的身躯——这一身皮，自己真的合用吗？

宇文疾只看见他的目光，心中已然一凛。但是他没有动，脸上仍然是一贯的威严，说："朝中除了慕流苏，还有朕的人。你先联络他们，慕流苏此人，才能是有，但是过于自我，不是一个可以无条件忠于朕的人。"

迦夜站住脚步，对，宇文疾这些年，对于朝中他的忠狗，可是一直没有全盘托出过。自己要冒充他回去，总要在这上面费点心思。他立刻磕头，道："请陛下列出名册，属下这就去办。"

宇文疾嗯了一声，说："你先让慕流苏进来，朕要再了解一番朝中局势。十几年，人心若是变迁，恐怕也难免。"

迦夜再磕头："是。"

等他出去，宇文疾的目光立刻变了——迦夜对他起了杀心？这是为什么？是因为他身上昊天赤血的力量，让他更垂涎权势了吗？不，如今跟着自己，他回到朝中当然是有权有势，如果自己死了，他能得到什么？

他心念百转，当务之急，当然是自救。

不一会儿，慕流苏进来。宇文疾令迦夜出去，外面是长生泉的瀑布，里面人的说话声难以听清。他示意慕流苏近前，慕流苏只得上前，他终于低声说："迦夜已经变节，不再可靠。"

慕流苏心中一惊，宇文疾说："他如今武功高强，朕……恐怕危在旦夕。"

慕流苏说："武林之中，温谜也服下了昊天赤血，只有他对决迦夜，能有胜算。"

宇文疾说："事到如今，可能来不及了。"

慕流苏问："暗影龙卫是皇室暗卫，陛下能让他们随侍，难道就没有控制的手段吗？"

宇文疾微笑，说："当然有，流苏，你总是这么机智清醒。"

慕流苏说："我总归是身为臣下，陛下若有差遣，微臣万死不辞。"

宇文疾说："从小到大，朕唯一没有看错的，只有你。"

慕流苏并不想接受这样的表扬，他说："微臣只是希望，陛下返朝之后，能许微臣携家眷辞官返乡。微臣与陛下，总角相交，不敢他求，唯愿以三十年交情，换一个安然归隐。"

宇文疾将手搭在他肩上，说："好吧。朕应允。"

慕流苏叩首，宇文疾说："暗影龙卫体内的毒素，其实并不是意外。墙角有个箱子，你去打开，里面有三色香。一旦此香点燃，所有暗影龙卫，但凡沾染，都会皮肉尽烂而死。"

慕流苏走到墙角，里面有许多宇文疾随身的物什，他打开那口装饰华丽的箱子，里面果然有许多三色香。他将香取出，问："燃于洞中吗？"

宇文疾说："对。此香对所有暗卫来说均是剧毒，你传我令，让迦夜带他们进来见我。他与他儿子迦隐都服用了昊天赤血，武功高强，所以这两个人一定要到。其他的人，相信以你的机敏，可以料理。"

慕流苏答应一声，心中到底还是寒凉——这个人从始至终，也没有信任过任何人。

他将香用火把点燃，插在一个不起眼的角落里。待出得石洞，迦夜已经不在，他暗握了那香，正要出石洞，就看见蓝小翅正在四下游走。他皱眉："你怎么进来的？！"

蓝小翅说："迦夜不在，我就进来看看呗。咦……"她皱眉，"你身上什么味道？"

慕流苏说："是三色香，陛下说此香可以引暗影龙卫毒发身亡。"

蓝小翅凑过去细闻了一下，脸色大变："不对！这香……"她突然反手一掌，将慕流苏打得哇的一声喷出一口血来。慕流苏一愣，这才发觉手掌剧痛！

他吃惊道："这是……"

蓝小翅说："这香里有一种原料是落日城的朽木菇，可以致人麻痹，感觉不到痛楚。如果没猜错，我想那香并不是令暗卫毒发，而只是麻痹他们的感觉。真正的毒，应该早已经布下了。"

慕流苏说："这么多年，他果然还是他，丝毫未变。"

蓝小翅说："少说点话吧。你现在感觉怎么样啊？"

慕流苏说："我……只是剧痛。"说着话头上已经出汗了。

蓝小翅从怀里掏出一粒药丸塞进他嘴里，一把将他提到旁边的石洞里，将他按得坐下来，一手抵在他背上，替他疗伤。慕流苏说："当务之急，是要先制住迦夜等人。你不必管我！"

蓝小翅怒："说得好听，回头我回去，我娘问我你哪去了，我怎么说？！"慕流苏愣住，蓝小翅说："不到万不得已呢，你还是保住这条命，回去见我娘和裁翎吧。"

慕流苏低下头，背心的热流在他的血脉之中奔流席卷。他一直认为，一路是他在照顾蓝小翅。可是这个孩子，从来就不是一个一味索取的孩子。跟在蓝翡身边的她，早已经学会了温暖旁人。也许当年屠尽自己满门，只剩孑然一身的蓝翡，也是感动于此吧？

外面迦夜已经赶来，一旦他发现二人，后果将不堪设想。蓝小翅没有动，迦夜几乎是贴着二人容身的墙缝走过。三十八岁的朝廷宰辅，突然升起一种陌生的温暖和感动。

江湖人说，得温谜为友，乃平生至幸。

可得到蓝小翅当女儿，也当如是。

第三十八章 石洞遇险

蓝小翅给慕流苏疗伤逼毒，过了一会儿，慕流苏感觉好些了，说：“既然他真的在石壁中布下剧毒，我们就要将迦夜等人先引进去。否则以迦夜的武功，我们难以对抗。”

蓝小翅说：“他布下的毒是很剧烈，但是以迦夜现在的功力，这毒还没有那么容易取他性命。让他们两个人多咬一阵。”

慕流苏说：“那么……宇文疾必将性命不保。”

蓝小翅说：“你不会这时候还想着要救他还朝吧？”

慕流苏的声音略见低沉：“我知道怎样是最好的结果。”

蓝小翅收功，又给他喂了一粒解毒的药丸，说：“现在不是我们伤心的时候，如果他弄不死迦夜，我们还要费一番手脚。”

慕流苏说：“温谜现在的功力，应该在迦夜之上。为什么不直接让他过来收拾迦夜？”

蓝小翅说：“昊天赤血没有你们想的那么美好，如果我温爹真的跟迦夜全力一战，就算是赢了，所剩寿数恐怕也不过一年半载。经脉受不住功力的冲击，功力大幅提升的代价就是性命。我师公当年和仙心阁一战，不就爆体而亡了吗？能不战最好还是不战。”

慕流苏明白了，说：“你早就想到这些，所以避开温谜私自前来？”

蓝小翅说："也不算是避开，我让他们尾随在您的船队之后，和他约好，我先观察情况，五日之后我们在长生岛会合，开始行动。"

慕流苏说："他也真信你能安静得了五日。"蓝小翅瞪了他一眼，慕流苏居然有点想笑，说："我已经无恙，你若想做什么事，就先去吧。"

蓝小翅有点不放心，说："你在这里可别乱走啊，迦夜还有好几个被注入了昊天赤血的下属，功力可都不低。"

慕流苏说："放心。"

蓝小翅又补充一句："不过你要真是生无可恋呢，也不用担心，反正你要真死在这里，我回去肯定把我娘跟我亲爹撮合成！"

慕流苏一大脚踹过去，她终于跳将出去，嘻嘻哈哈兔子一样地跑走了。

迦夜进到石壁之中，看见慕流苏已经不在，未免起疑。但是见宇文疾仍然在池中，他又有些安心，说："陛下与慕相商谈过，结果如何？"

宇文疾说："慕流苏对朕仍然是不能全力支持，想不到这么多年过去了，他的性子仍如当年。"

迦夜对此倒是早就知晓，说："既然如此，就请陛下写出名册，由属下前去朝中联络朝臣，帮助陛下复位吧！"

宇文疾说："这是当然。先为朕更衣，再取纸笔。"

迦夜应了一声是，上前行至池边，水汽蒸腾，他为宇文疾取来衣物，宇文疾更衣完毕，取过笔墨纸砚，略微沉思。

他的目光根本没有往迦夜那边看，但是却在他递来衣物、笔墨时注意了一下他的手。他的皮肤已经略略浮肿，但是相对于药效正常的发作时间来说，确实是太慢了。

宇文疾在池边的石桌上坐下来，他不能长时间离开长生泉，当然也不能走远。此时一边思索，一边下笔。

迦夜站在旁边，正在此时，外面有暗族战士进来："教父！"

迦夜还没有说话，宇文疾已经沉声道："外面回话！"

然而已经晚了，那人已经站在洞口。迦夜沉声问："什么事？"

那人跪下，说："回教父，我们在海边的石洞里发现了大量鲜血……"话没说完，他的表情突然有点奇怪。迦夜也吃了一惊，只见这个人的脸，以肉眼可见的速度浮肿，然后迅速溃烂。

他却似乎全然未觉，再开口的时候，他脸上的皮肤像是化了一样，掉在地上。人往后一仰，倒地而亡！

迦夜怒吼了一声，突然低下头，看见自己也微肿的皮肤！宇文疾抽身便退，但他哪里是迦夜的对手？只是一瞬间，已经被迦夜抓在手里。宇文疾沉声道："迦夜，你想干什么？！"

迦夜冷笑："干什么？宇文疾，你可真是一条毒蛇！既然如此，也怪不得我了。"

宇文疾心中一惊，怒道："你要杀朕？！你是朕的暗影龙卫，若朕重回侠都，你必将位极人臣，你为何会对朕起杀心？！"这也是他一直不明白的地方。迦夜对他毕竟一直以来还算是忠诚。

迦夜冷笑着将他拎到外面，回身关上了石壁。里面有毒，目前看来，这种毒会让暗影龙卫的发作更为迅速，他当然不能让毒扩散出去。此时他提着宇文疾一路向下而行，到了长生泉最底端。泉水由海底被引出，经过暗无天日的山洞，又从这里奔流入海。当初设计这里的工匠，鬼斧神工地仿制了长生泉在海底的天然环境，将它的干涸凝结程度降至最低。

他说："为什么？因为做一条狗，终归还是不如做主人自在啊！"

宇文疾瞳孔缩成一根针："做主人？你……"

迦夜狞笑着道："我想借用一下陛下这身皮囊啊！"

宇文疾终于也忍不住打了个寒战："迦夜！！"

迦夜封住他的穴道，将他扔进池中，然后抽出腰刀，从他头顶下刀，宇文疾眼睛瞪得奇大无比，但是他不能动，甚至发不出声音。他只有眼睁睁地看着迦夜出刀如电，将他的皮肤完整无缺地剥下。

血顺着长生泉而流，将整个泉水都染成了刺目的红色。然后很快，又被泉水覆盖，变成一片奶白。他嘴唇不住地颤动，眼里是无法言喻的惊惧和痛苦。

蓝小翅贴着洞壁，慢慢向池中正忙着取旧主人皮的迦夜靠近。此时下手，必不是好时机，她必须要选在迦夜全无防备的时候一击而中。当然最好是他剥了自己的皮正准备换上新皮的时候。

虽然还是非常冒险，但赢面也可占五五。和现在的迦夜对敌，五五的赢面已经算是很高了。她尽量掩饰自己的身形，安静地看一股一股的血水随长生泉奔流，如同白玉中飘散的烟纱赤霞。

海岛之外，迦隐的伤势已经好些了，迦月这些天一直在照顾他。他说："我已经无恙，月儿，你去看看爹。"

迦月说："他把你伤成这样，你还管他！"

迦隐摸摸她的头："月儿，我后悔了，我不应该让你跟我们一起来到这里。"

迦月靠在他肩头，忍不住低声呜咽。兄妹二人正说着话，突然门被推开，迦月一转头，顿时一脸怒色："连镜，你好大胆，不知道我和我哥哥不能见光吗？！"

连镜站在门口，天光将他的身影拖出长长一条，像是妖魔。看着房中的兄妹二人，他微笑："我当然知道啊！"

迦月说："你知道还不关上门？！"

迦隐已经看出连镜神色不对，一伸手将迦月护在身后："连镜，你想干什么？"

连镜说："义父对你真是格外不满。隔了这么久，才让我送药过来。"

迦隐听他这么说，倒是放松了一点警惕，说："把药放下，你可以走了。"

连镜进去，把两瓶药放下，说："让我看看你的伤，不然回去义父问起，我怎么交代？"

迦隐不悦道："我伤势已无碍，你如实回禀父亲便是。"

连镜凑过去，说："还是要看一看的，否则……"他说着话，迦隐只是侧身躲避，却未料他话到中途，突然出手，而且毫不留情！迦隐猝不及防，顿时被他一掌击中。连镜再无他话，随即就是一招万流归宗，吸他功力！

迦隐想反抗，但是他体内只有半份昊天赤血。而连镜连续提取了两个暗族战士体内的昊天赤血，比他的分量更多。再加上他的功力原本就不及连镜，此时又被偷袭在前，哪能反抗？！

他只觉内力如海，纷纷涌向连镜，自己却毫无反抗之力。迦月尖叫一声，猛地扑上去，然而却被连镜的真气弹开，身体猛然撞到墙上，哇的一声，喷出一口血来。

迦隐不能出声，只能任由内力流逝。一炷香的时间过后，连镜将他砰的一声扔到地上。迦隐痛哼一声，内息空空如也。迦月哭着奔过去："哥哥！"

迦隐吐出一口血水，说："你从何处得到的昊天赤血？！"

连镜一笑，说："你们父子有办法得到，我当然也能。迦隐，你们兄妹不是一直因为我出身低微而瞧不起我吗？"他上前，一脚将迦隐踢倒在地，然后踩住他的脸："现在又如何？什么暗族公子，哼，还不是贱如蝼蚁？"

迦月扑过来："你放开我哥哥！"她伞刀出鞘，但那几下功夫，在现在的连镜面前明显如蚍蜉撼树。连镜一手抓住她，说："还有你，暗族的大小姐……哼！"

他上下打量迦月，目光淫邪，迦隐说："连镜，你放开她！"

连镜将她扔在迦隐旁边，说："我现在没空，等我收拾完你爹，再回来。你虽然性情令人生厌，但相貌也还有几分俏丽，供我闲时取乐消遣一番，也还是可以。"

迦月气得满脸通红，连镜却不再理她，转身进了石洞。

迦月哭着道："哥哥，我们怎么办？我们要不要进去救爹？"

迦隐道："月儿，我进去救爹，你去慕流苏船上。你听哥哥的话，这样的大船，一定有小舟可以逃生。你自己摇舟离开，如果侥幸，能回到落日城，记得一定去找温阁主。"

迦月说："不！我们一起走！"

迦隐说："我走不了，月儿，我身上有伤，而且功力全失。我现在进去通知爹一声，免得爹也被连镜暗害。乖，你走吧。"

迦月哭道："哥哥！"

迦隐服下身上的长生泉，长生泉可以恢复功力，但是不能凭空造物。被吸取之后的功力，就很难恢复。他撑着伞，向山洞行走，脚步踉跄。迦月说：

“哥哥，我去船上找小舟，你通知完爹，就回来找我，我们一起走！”

迦隐没有回头，以连镜现在的功力，我若进去，还怎么可能活着？

傻妹妹。

山洞里，蓝小翅看着迦夜将宇文疾的皮剥了个干干净净，然后他开始剥自己的皮。他的皮已经松散，此时剥来也极为容易，只是流血当然是少不了的。他飞快地将皮扯下来，居然没有感觉。

迦夜心中也明白这是宇文疾搞的鬼，心中对他的恨意更甚，于是偏不结果他的性命，就看着他血淋淋地浸在长生泉中，双唇张翕，偏生无声。

他将自己的皮扯了个干净，披上宇文疾的皮，让眼、耳、口、鼻等处与自己的五官贴合。就是这个时候了，蓝小翅正要出手，突然外面又有人进来。

她吃了一惊，就见连镜步履如飞，转瞬已经到了面前。连镜第一眼也看见了她，在盐石如雪的山洞里，她一身孔雀蓝的衣裙，头上戴着同色的羽毛发饰。耳边明月珰、项间黑皮绳系一颗珍珠坠。脸上的面具非但无损她的美貌，反而令她更添妖异魔魅之感。

蓝小翅与他打了个照面，这时也是暗中叫苦——这货怎么会突然来了？！

连镜只觉得这个人像一朵蓝莲花，瞬间盛开在他的瞳孔里，这跟迦月那种女人是没法比的。他心中的仇恨与欲望纠缠在她身上，只要看上她一眼，想上一想，便可以令他销魂噬骨，欲仙欲死。

所以他唇边溢出一抹诡异的笑意：“原来你也在这里。”

蓝小翅说：“连镜哥哥，哎呀真是好久没见了！”

连镜说：“是啊！可是在这些日子里，我却无时无刻不在想你。”蓝小翅被他这样一看，身上的鸡皮疙瘩就全部起来了。她勉强笑道：“是吗？能够成为连镜哥哥的梦中情人，我真是荣幸！”

连镜轻笑，说：“在这里遇见你，真是我今天最满足的事。”他伸手触摸她的脸蛋，轻声说，“一想到微生瓷的妻子会在我胯下辗转呻吟，我真是兴奋不已。”

蓝小翅笑不出来了，当即指了指迦夜：“这些事情有空再说，你我再不出手，他就要换皮成功了。”

连镜一听，也是眉头一皱——换皮?

他转头看向泉中，迦夜也已经看见了他和蓝小翅，正加快让宇文疾的皮贴合自己的身体。连镜看得一愣，这个人……像是宇文疾，但又不像……再一看长生泉中血肉支离的人，他心中猛地反应过来!

迦夜想要换取宇文疾的皮!

他当然不会错失这样的良机，一手点住蓝小翅的穴道，然后一个纵身扑向迦夜!

蓝小翅被点得动也不能动，心里直骂娘。鸦奴赶到，看见这情形就是一愣，正要上前，蓝小翅在万分危急的时候，仍然向他示意——不要出手。她见识过微生歧封住微生瓷穴道时的情景，且不说微生世家的点穴手法古怪，单说功力，鸦奴也是解不开她的穴道的。

现在的好处是连镜应该可以收拾掉迦夜，坏处是连镜的功力进展如此迅速，只怕自己的处境真的是糟糕了。

外面又有人奔进来，而且脚步声极重。迦隐的声音传来："爹，连镜叛变……"他正要说下去，看见二人已经打在一起。连镜哼了一声，没有回头，却说："你说话，我想听你的声音。"

这话当然是对蓝小翅说的，蓝小翅很配合地说："哦，你加油。"

连镜的声音有一种令人寒毛倒竖的温柔欲滴，他说："我发现现在只有你的声音、你的体香能让我兴奋。"

蓝小翅不想再搭理这个变态了，她对迦隐说："迦隐，你还是快走吧。"

迦隐说："可……我父亲……"

蓝小翅说："已经变质的东西，就应该丢弃。物件如此，情感亦如是。"

迦隐说："爹……"

迦夜已经知道不好了，连镜的功力已经不是他可以抵挡的！何况他现在正值危急关头。他说："走！"

迦隐说："爹，我进到这里，是因为我是您儿子，我会与您同生死。我……我多希望我们一家人好好在一起。"迦夜纵然到了这般境地，亦不由红了眼睛："离开！"

迦隐手中天罗伞开，暗器疾射，连镜说：“找死！”回手一掌，砰的一声，将迦隐拍出丈余。白色的脑浆子噗的一声，刚好溅在蓝小翅旁边的洞壁上。

迦夜狂呼一声：“隐儿！”一掌如怒涛，奔向连镜！

连镜正是要激他急怒，如今见他已不再防守，顿时全力击出，双掌相接，山洞轰然一声，剧烈摇晃。碎石擦过，蓝小翅心中已经想过了好几轮主意，但在绝对的实力面前，智计真是无力啊！

迦夜被震得后退几步，嘴里终于血如泉涌。昊天赤血的弊端，在功力催到极致的时候，终于显现出来。他的经脉全部被震碎，整个人形如恶鬼。

连镜本来武功高强，经脉的容量比他大得多，此时微笑着道：“真是对不住啊，义父！本来应该多点时间侍候您，可我真是太想享受我的美餐了，只好急急送您上路了。”

说罢，又是一掌击出，迦夜像断了线的风筝，轰的一声，被击出长生泉。那张宇文疾的人皮从他身体上脱落，一声轻响，坠入长生泉中。

他血淋淋的身体猛然坠地，身前不远处，就是自己儿子的尸身。他伸出手，只剩筋肉的手血糊糊地伸过去，眼中的愧悔，在一刹那席卷了他。转瞬之间，又神采尽敛。

他头一低，尸身歪倒在地。

连镜从泉水中走出来，身上还带着一身血腥气，他向蓝小翅伸出手，说：“现在到我们了。”

蓝小翅勉强笑道：“在这里，不好吧？”

连镜走近她，只要一看到她，他呼吸就急促起来，血脉都在翻腾，他说：“我也想换个地方，但是现在我忍不住了。”他伸手去解蓝小翅的衣服，蓝小翅说：“我不喜欢被动，你把我穴道解开，我自己来。”

连镜说：“我喜欢看小白兔在雄鹰利爪之下，做无意义的挣扎。”说着话，真的解开了她的穴道。

蓝小翅上下打量他，他眼睛已经通红，真是一副欲火焚身的架势。

她微微倾身，修长的指尖划过连镜的腰胯。涂着蔻丹的指尖，纤美带香，连镜的目光都似着了火。蓝小翅解开他的腰带，他享受着微闭了眼睛，说："微生歧和微生瓷要是现在知道你在做什么，你猜猜他们会怎么样？一想到他们的表情，我就忍不住……"

蓝小翅把他的裤带也解开了，他的裤子顿时滑了下去。蓝小翅一掌拍出，连镜早就防着她，当场回击一掌。他掌下留力，不想将她打死。谁知道蓝小翅借这一掌之力而退，飞一般往洞口跑！

连镜当然迈步要追，然而刚迈了一步，用力过大，忘了裤子还挂在两条小腿上呢。刺啦一声，裤子被从裆扯断，变成了两条裤管！

他整个人被这一绊，差点一个狗啃泥摔在地上！而此时，蓝小翅使出了吃奶的劲儿，风一样地跑出了山洞。连镜没有追来，别的还好说，绝世高手也没有光着屁股追人的脸皮。

他阴沉着脸，默默地回身去到宇文疾先前容身的石壁里。

换裤子。

蓝小翅从石洞里冲出来，跑得那叫一个快。鸦奴想要跟她说话，她只来得及丢下一句："不要暴露。"话音还未落地，人已经不见了。连镜出来的时候，果然见她已经无影无踪，他倒也不着急——现在就算是微生歧父子二人联手，要对付他也是痴人说梦。

但还是不能逼得太紧，如果微生歧二人也服下昊天赤血，还是比较麻烦的。

最好是抢在蓝小翅赶回去之前，先杀微生瓷，再杀微生歧，各个击破。这里四面皆水，离陆地遥远，蓝小翅没有船，要回去也不可能。

只是自己要离开，长生泉如何携带是个问题——还是需要以三女七男的血用以调和以保其不凝固吗？

他正这样想，突然看见自己的手——他的手开始微微浮肿。

这是……中毒？

他眉头微皱，立刻回到石洞，找了个地方运功解毒。外面太医们还在研究菌丝，无人发现洞里的异状。

蓝小翅命丁强将岛上所有的女人全部带到船上。丁强不明所以，但见蓝小翅行走如飞、焦急无比，他也不敢耽搁，就将岛上所有的女人都抓上船。

然后蓝小翅命令水手迅速拔锚起航，自己准备跳水，丁强赶紧问：“大小姐，你呢？”

蓝小翅说：“少废话，我去把迦夜的大船凿沉！快开船，没有时间了！”

丁强赶紧命水手开船，自己跟着蓝小翅拿上凿子跳海，游到另一艘船上，一边游还一边问：“大小姐，我们相爷呢？”

蓝小翅说：“他老狐狸一个，死不了。我们回去却真的会死！”

丁强说：“不，我们不能弃他不顾。”

说话间两个人已经游到迦夜的大船之下，蓝小翅二话不说开始凿船。她内力不错，要凿沉这样的船还是很快的。但她还是嫌慢，一掌一掌，生生将船底拍裂。

然后说：“你们相爷只要稍稍动点脑子就有办法保命，而你们却未必。你要回去我不拦你，但是想想你的父母妻儿。”

丁强略微犹豫，说：“我先回岛上，无论如何要跟相爷在一起。您带其他侍卫返回。”

说罢，他转身要走，蓝小翅叹了一口气，说：“石洞里有一方石壁，里面已经被宇文疾布下剧毒，你不要去。连镜现在非常厉害，你尽量顺着他。”

丁强一点头，义无反顾地游向长生岛。

蓝小翅眼看着大船沉没，突然船上一人哎呀叫了一声，蓝小翅探头一看，只见迦月从船舷掉落入海。她叹了一口气，终于还是伸手将她接住。

迦月吓了一跳，蓝小翅也没理她，拖着她一路来到已经驶出数丈远的大船上，随手将她丢进舱里。

迦月看见她，眼泪唰的一下流了下来：“你有没有看见我哥哥？”

蓝小翅说：“不该死的人死了，该死的偏偏还活着。”

迦月一把扯住她的衣角：“我哥哥死了？！”

蓝小翅说：“是啊，不仅你哥哥，你爹也死了。”

迦月抿了抿唇，二话不说就要跳海，蓝小翅拉住她，她使劲挣扎：“你放开我！我要回去，我不相信！”

蓝小翅于是放开她，说："好，你去吧。"迦月仍要跳海，蓝小翅说，"回去让连镜把你先奸后杀。你爹和你哥在天之灵看着，就高兴了。"

迦月脚步一顿，终于还是犹豫了。

蓝小翅也没理她，只是不知道为什么，突然想起当初太极垂光，迦隐微笑着，自天罗伞下露出半张脸来。她叹了一口气："人长了一张俊脸真是有好处啊！"到底还是那一眼的惊艳，连他妹妹都受益了。

迦月双手捂住脸，蓝小翅也没有哄她，眼看着大船远离了水域，连镜并没有追来，她才松了一口气。丁强因为来不及解释，只得命人把岛上的女人点了穴道，强行带到船上。此时约莫有四十余人。蓝小翅把她们的穴道解开，立刻有女人问："蓝小翅，你将我们抓到船上有什么企图？！"这些女人大多也都是江湖恶人，还有一些贪恋长生不老的侠女，因为各种原因需要跟随迦夜追随长生泉。

此时见迦夜不在，只有蓝小翅一个，她们又一扫先前的恐惧，原形毕露了。

蓝小翅说："我可以解释。"

但是有一人询问，其他女人也纷纷出声，一时之间，大家都握紧手中的武器，还有人道："我们没有长生泉，三天就会毒发！你带我们离开就是想我们死！姐妹们，大家不用跟她客气！"众人一闹将起来，甚至有人想威逼水手返航。

蓝小翅手中无色翼出鞘，一刀过去，一颗美人头冲天飞起，带起一线血泉。所有的声音都静默下来，蓝小翅说："我可以解释，你们听吗？"

诸人看着她手中带血的无色翼，不自觉地后退了两步。蓝小翅轻轻拭尽剑锋上的血痕，说："现在的连镜已经不是我们能够对付的。他随时可能离岛，唯一能限制他离开的，就是长生泉。长生泉每五到十日需要三女七男的血调和，你们明白吧？你们就算继续留在岛上，也只能帮助连镜调和长生泉而已。"

女人们明显有些怕了，有人道："别说得好像是为了救我们一样，你若重视我们的性命，就不会随意杀人了！"

蓝小翅说："我本来就不是为了救你们啊，我为什么要重视你们的性命啊？"

所有人都愣了——什么？

蓝小翅说："我把你们带走，只是为了不让迦夜有办法调和长生泉，至于你们的死活，我不关心。但是一句话，你们死了比活着的危害要小。我仍然选择把你们活着带到船上，这是我的慈悲。你们领不领情，我并不在意。但我还是希望诸位安分一点，否则……这一位……"她一指船上的无头女尸，说，"就是诸位的榜样。"

大家后退，也在这一刻，突然发觉她跟迦夜同样可怕。于是没有人敢闹了。

迦月也不敢哭了。有人小声问："可……离了长生泉，我们还是会死的。"

蓝小翅说："温阁主的船正在赶来的路上，如果不出意外，一两天内我们就可以与他会合。他船上有长生泉。"

又有人小声问："我们怎么知道你是不是在骗人？"

蓝小翅笑了一下，说："你也可以不信。"

对方一缩脖子，不再说话了。

蓝小翅站在甲板上，一脸担忧地望着长生岛的方向，连镜真的没来，真是万幸。

迦月呆呆地站在船舱里，一脸迷茫，爹爹和哥哥是真的没有了吗，那自己怎么办？

蓝小翅没有管她，她不能任由这些女人胡闹，船上的水手大多是不懂武功的。万一她们伤了水手船夫，在这样的茫茫海域上，那才是真的糟糕了。

方壶拥翠，微生瓷练完功出来，先去不老坑。木冰砚一看见他，就主动说："孩子蓝小翅抱走了。"

瓷少爷还有点高兴的——小翅膀回来了？

他赶紧跑到蓝小翅书房里，推门一看，人不在。倒是蓝翡的住处有声音，两个地方离得近，他一出来就赶到蓝翡的书房。然后就看见蓝翡跟白翳、凤翥等人正在议事。

他的住处又铺上了厚厚的长毛地毯，小翊被放在地毯上，用包被裹着，也还不会爬，只是时不时伸伸小胳膊、蹬蹬小腿，偶尔咿咿喔喔地说话。

微生瓷进去，伸手把孩子抱起来，不悦地看了自己岳父一眼——你就这么带我儿子！！

蓝翡也不理他——臭小子，老子一直就这么带娃，不满意自己带着滚！

微生瓷抱着小翊去洗澡了，白翳说："羽尊，这是羽族现在的账目，不同的盒子来自不同的驯鸟场……"他正准备详细说明，蓝翡突然说："我现在，已经不是羽尊了。"

白翳和凤翥都愣住了，蓝翡说："这些东西应该只有你们羽尊才能过目。"

白翳说："大小姐她应该不会介意。"

蓝翡说："所以你们的意思，是让我重任羽尊，而她做回羽族大小姐吗？"

凤翥和白翳都犹豫了，现在的情况很明显，如果蓝翡重任羽尊，仙心阁就一定会反对，更不要说其他江湖势力了。凤翥说："大小姐……有落日城。"

蓝翡盯着他，说："所以，你们愿意我来管理羽族，将她赶到落日城？"

凤翥不敢说话了，其实蓝翡与蓝小翅的行事作风是完全不一样的。现在的羽族，对蓝小翅的领导更为适应。这是不争的事实。

蓝翡说："我明白你们的好意，不过你们一定要知道现在羽族的首领是谁。如果你们非要找出两个首领，那么就要接受因为分歧而引起的恶果。"

白翳说："可是羽尊，难道您就不再过问羽族的事了吗？"

蓝翡把账本全部合上，递给他们，说："我也是羽人，当然对族里的事还是关心的，如果羽族有需要我过问的事情的话。"

两个人接过账本，蓝翡说："以后，不要再做出这种会让羽尊生疑的事情了。"

瓷少爷手忙脚乱地给小翊洗完澡，换上微生歧给他做的小衣服，又穿上她外祖母派人送来的小鞋子。微生翊浑身上下都簇新一团，散发着一股奶香。

瓷少爷把他抱到奶娘那边，等他吃完奶，再一边吃饭一边哄他午睡。

他跟自己亲爹玩得好，不时冲他咯咯笑。瓷少爷摸了摸他的小脸蛋，唉，不知道孩子他娘又去哪了。

微生歧也在吃饭，一边吃饭一边看正吮着手指睡觉的孙子，不自觉地，伸手摸了摸揣在腰间的剪刀。

长生岛，连镜运功逼出自己体内的剧毒。从石洞出来的时候，他就发现船已经沉没，岛上其他人一片惊慌，还有暗族战士想向迦夜汇报，连镜直接一掌将人拍死。

慕流苏一直暗藏在石洞里，看见蓝小翅和连镜先后奔出，此时也忍不住现身，向山洞深处奔去。第一眼先看见的是迦夜父子的尸体，迦夜一身筋肉，简直无法分辨。迦隐也好不到哪去，脑浆迸裂。

他心中暗惊——蓝小翅居然这么轻易地就解决掉了迦夜，只是这个连镜真是不知道怎么收拾了。

他来到泉水中，入目先看见一张人皮，哪怕只剩一张皮，他还是一眼就认出了那人是谁。他伸手将人皮捞起，身上、心上都是一阵阵的寒意。然后再一看水里，宇文疾还没有死，他全身肌肉抽搐，却还在呼吸。

长生泉保住了他的性命，却无法恢复他的皮。不死却也不会不痛。

他双眼无法合上，让人看上一眼，就肝胆俱裂。

慕流苏走到他面前，他也看见了慕流苏，双唇抖动，却没有声音。

慕流苏说："我不会武功，也解不开穴道。按理，你我总角之交，你又待我有知遇之恩，我不应负你。我没有办法动手杀你，但……我也并不想救你。"

宇文疾的呼吸越来越急促了，慕流苏双拳紧握，转身离开山洞，也曾心乱如麻，但片刻之间，心里又归于平静。他必须做出正确的选择，对于大凉天下而言，有宇文超就够了。

连镜在海边，一脸阴沉。没有船，而且岛上所有的女人都不见了。很明显，这是蓝小翅搞的鬼。可是现在不是应该怪谁的时候，自己要怎么离开长生岛，怎么保证一路之上长生泉流动不凝？

慕流苏来到他身边，他是有些奇怪了："你居然还在！"

慕流苏叹了一口气："没有船，我又需要长生泉，我当然也在。"

连镜转回身，上下打量他，说："迦夜和宇文疾都死了，你却是很淡定。"

慕流苏说："宇文疾的为人，我再了解不过。我来到此岛，就不一定还能活着。我既然早就心中有数，其他的事当然也就都在意料之中。"

连镜冷笑："你知不知道，我仅凭一根手指头，就能取你性命？"

慕流苏微笑："取我性命有何用？"

连镜愣了一下，倒是觉得，确实也没什么用。

慕流苏说："我现在也必须依赖长生泉，如果到时候回到大凉，我们说不定还可以合作。我不会武功，你们江湖人的恩怨，我并不想理会。"

连镜奇道："你倒是看得开。"

慕流苏说："我可以跟迦夜合作，为什么不能跟你合作？你要是想称霸江湖，有朝廷支持总是好的。"

连镜说："如果我想得到天下呢？"

慕流苏笑道："那你也总需要有人帮你治理天下。"

连镜哈哈大笑："我喜欢识时务的人。"

慕流苏说："先想办法怎么离开长生岛吧。"说完，转身要走，连镜问："你去哪里？"

慕流苏说："清点一下岛上还有多少人，有没有材料可以修补漏船。"

连镜这才道："去吧。"心里突然也觉得，慕流苏这个人真是应该活着。他不会武功，容易控制。偏生还不是草包一个，办起事来却很冷静、机敏。

只是，现在长生泉需要三女七男的血调和，现在岛上没有女人，该如何是好呢？

连镜没有找到办法离岛，蓝小翅这边在海上行驶了两天一夜，她生怕错过温谜的船只，一直命人沿途发射信号烟花。因为航线相同，温谜得烟花指引，双方倒是终于碰面了。蓝小翅跃到温谜的巨船上，温谜一伸手把她接住，问："情况如何？"

金芷汀兰凉凉地说："你看她这模样，就知道大事不好了。"

蓝小翅瞪了自己义父一眼，对温谜说："现在先不能登岛！"然后把宇文疾对迦夜下毒，迦夜剥宇文疾的皮，父子二人被连镜双杀的事都说了一遍。

温谜盯着她看，问："迦夜对宇文疾忠心耿耿这么多年，为什么会突然想要杀宇文疾取皮？"

蓝小翅呃了一声，小手一挥，说："不要在乎这些细节，现在我们不能去给连镜送人头。得想想事情应该怎么办！"

温谜沉吟了一阵，说："如果事情真像你说的这样，那我们恐怕只有回去再想办法了。但是既然来了，还是应该再取一些长生泉，以备不时之需。"

蓝小翅说："这好说，长生泉原来在海底，是宇文疾命工匠制造了一个引流的工程，将其引出。我们现在不能去岛上，但可以直接去海底取水。"

温谜说："你到过海底吗？"

蓝小翅一脸幸灾乐祸："我到不了，义父能到啊！他是鳍族。"

金芷汀兰叹了一口气，温谜微笑地指了指船边早就码好的铁桶。铁桶居然是全封闭式的，只有一个木塞可以进出水，看来温谜这厮是早有准备了。金芷汀兰只好带着鳍族卫队下水，从水底游向长生泉，以获取长生泉。

温谜把蓝小翅那边船上的女人们都接过来，大家看见他，立刻七嘴八舌地向他告状。温谜听见她们告状的内容，不由沉了脸："小翅，我早告诉过你，人命关天，岂能儿戏？！你为何就……"

蓝小翅双手捂住耳朵——不听不听，王八念经！！

温谜没办法，这宝贝，说吧，反正说了她也不听，打吧，也下不了那手，若是弄回丹崖青壁公议吧，反正最后还是自己顶罪。他无奈地叹了一口气，回头安排一众女人领取长生泉。

这些女人都是直接饮用的长生泉，比及温谜带领的江湖人对长生泉的依赖要高得多。温谜皱着眉头，将泉水发放下去，有女子冲着他直飞媚眼，温谜哭笑不得，随命柳风巢和木香衣过来看管这些女子，免得她们再惹出什么乱子。

柳风巢将这些女人挨个编号登记，现在船中还是男人居多，她们又是多少会些武功的，必须严格看管。

他正忙着，不期然看见角落里的一个女孩，不由皱了皱眉头：“是你？”

迦月流浪许久，好不容易遇到一个认识的人，本来眼眶就红红的，如今遇到他问一句，眼泪立刻就流了下来。柳风巢把长生泉递给她，说：“不要哭，你在这里很安全。”

迦月不接长生泉，说：“我……我没有喝，我不需要这个。”

柳风巢点点头，也无暇顾及她，继续发放给别人。迦月的目光不自觉地就追着他，柳风巢发现了，说：“你饿不饿？底舱有厨房，可以先去吃东西。”

迦月哽咽了一声，这里要从尾舱才能进底舱，要经过一段路，有阳光直射。柳风巢也想起来，没办法，只好自己去底舱。不一会儿，他将这些人的饮食也安排好，然后自己端了一盘子糕饼，递给迦月。

迦月确实是饿了，先前照顾迦隐，她自己也没顾得上吃东西。随后就是在大船上找逃生的小舟，再后来落水被蓝小翅所救。蓝小翅对她可谓爱答不理，她又不能见光，也没吃上什么东西。

这时她拿起一块桂花糕就塞进嘴里。柳风巢又细心地给她倒了一杯水，这才起身离开。

木香衣一直冷眼瞅着呢，这时候说：“你喜欢这样的？小了点吧？”那时候迦月也才十五岁。

柳风巢怒瞪了他一眼，木香衣了然：“哦，不小！你最初看上蓝小翅的时候，她也就这么大。”

柳风巢一脚踹过去，木香衣飞身闪开，温谜听见动静，往这边看来，柳风巢莫名其妙地闹了个大红脸——这叫什么事啊！

等到金芷汀兰弄到长生泉返回的时候，温谜就准备返航了。现在连镜的功力已经恐怖到这种程度，不是他这一船人能对付得了的，还是得回去找微生歧。

毕竟连镜的武功是他教的，跟他商量一下有无破解之法总是好的。蓝小翅等人返回无情海的时候，又是一年初夏了。

方壶拥翠，蓝小翅野狗一样地冲进来，把羽人都吓了一跳——森罗都差点放箭了。蓝小翅倒是好，一步不停，飞奔进蓝翡的住处。蓝翡正在作画，微生翊被烟峦抱在怀里，不时伸手去抓蓝翡背上的羽毛。

小手将要碰到翅膀尖儿的时候，蓝翡将羽翼一收，他顿时乐得咯咯直笑。蓝翡无奈地叹了一口气，爱拔毛难道是你们家族的遗传病吗？

然而这羽翼终究也是个法宝，他若一哭，蓝翡只要把翅膀尖儿伸过去，他立刻就会转移注意力，不一会儿又会笑得跟朵花儿一样。

烟峦在旁边看着好笑，眼见大家正逗得开心，蓝小翅破门而入。蓝翡立刻收回翅膀尖儿，微生翊没了玩具，哇的一声哭出来。蓝小翅冲上前来，一把将他抱住，然后用力在他脸上亲了一个：“我的乖乖，娘想死你啦！”

微生翊瞪着滴溜圆的眼睛，狐疑地打量她。最后嘴一扁，哇的一声，又哭了。

这哭声，很快就将微生父子给招来了，蓝小翅正头大呢，微生瓷就从她怀里把孩子接了过来，然后抱着摇摇晃晃，不一会儿，就给哄睡着了。

蓝小翅飞扑上去：“小瓷！”

微生瓷一手隔着孩子，却忍不住伸出头，蹭了蹭她的脸颊。微生歧和蓝翡同时翻了个白眼，被狗粮噎得。

正在此时，温谜和金芷汀兰从外面进来，蓝翡一见，轻摇羽扇，问蓝小翅：“宝贝儿，你在海上往返四个多月，为什么一点没黑呢？”说完还看了温谜和金芷汀兰等人一眼——看你俩爹晒得黑丑黑丑的。

蓝小翅得意：“我让老木给我做了防晒膏啊！怎么可以让海风吹粗我娇嫩的肌肤！！”

温谜这次是真的对自己的爱女表示了鄙视：“大敌当前，你就不能靠点谱？！”

蓝小翅说：“切！头可断，血可流，不可丑！”

诸人：“……”

还真不能让女人当领袖，因为你永远不知道在危难关头她会让神医研究解药还是防晒膏！！大家无语，还是微生歧问：“迦夜抓住了？”

蓝小翅呃了一声，说：“算……算是抓住了吧。他好像也不会跑了。”

微生歧说：“那是不是没事了？”

温谜说："是事情更大了。"然后将蓝小翅讲述的海岛情况又讲了一遍。微生歧皱眉："他功力竟然能催生至此？！"然后他突然转向蓝小翅问："那你是如何逃出长生岛的？！"

诸人目光都看向蓝小翅，同样一脸诧异，对啊，你是怎么逃出来的？

蓝小翅说："呃……"羽族羽尊、落日城主突然一个仙鹤亮翅，说，"话说当时，情况万分危急！我就……我就使了一招山风满楼，他回以一掌，我们插招换式，走了九百多招，然后我见歹人武艺高强，不得已使了一招自创的绝技，终于逃出生天！"

微生歧说："什么绝技居然能在这种情况下阻挡连镜……"

金芷汀兰也说："你倒是说一说，如果下次紧急之时，我等说不定也可以以此招逃生。"

蓝小翅瞪了他一眼——你倒是想，连镜的裤子同意吗？！

第三十九章 隐患解除

温谜等人聚集在方壶拥翠，再次商量对策。他还是想让微生歧找一找连镜的弱点，毕竟连镜的武功根基来自微生世家。

微生歧难得沉思，各武林人士也是心中惶惶不安，厅中虽聚数百人，却安静得落针可闻。蓝翡悠然道："其实也并不难。"所有人都看向他，他微笑，说，"连镜功力大进，无外乎得益于长生泉和昊天赤血。可无论是微生世家的高手，还是长生泉，或者说昊天赤血，我们不是都有吗？"

以温谜为首的所有人都瞪了他一眼，温谜无语——你就不能不要出来拉仇恨吗？

大家在商量正事，微生瓷要带小翊出去睡觉了。小翊每天在蓝翡这里就是疯玩，特别喜欢蓝翡的翅膀尖儿。到奶娘那里是吃饭，然后微生瓷就会带着他睡觉。

他生活得简直美满幸福。

蓝小翅也不管这些人了，一见微生瓷要走，就赶紧跟上来，说："来，让我抱抱。"

微生瓷把孩子给她，小翊睁开眼睛，一见自己老爹把自己给别人了，张开嘴又要哭。蓝小翅怒瞪："臭小子你敢哭！！"

小翊哪管她，不仅哭，还蹬着腿儿哭。

微生瓷在旁边哄，微生歧回头看了一眼，怒哼一声——当娘的，天天在外面跑，连孩子也不管！留下丈夫天天看孩子，成何体统！但知道她好久没回来，也没人叫住她。

蓝小翅说："他怎么哭得这么凶？不睡觉的吗？"

微生瓷说："他该吃奶了，你抱去找奶娘，我去做点鱼肉泥。"

蓝小翅哦了一声，说："可以吃鱼肉泥了啊？"

微生瓷轻声道："可以了，他七个月了。"

蓝小翅将孩子抛起来掂了掂，自言自语："是很大了哎，我怎么老觉得他才一两个月呢！"

微生瓷没说话，蓝小翅凑过去，说："早点把他哄睡着吧，我们都好久没说过话了！"

微生瓷认真地说："他要先吃过奶，然后趁着天气暖和洗个澡才会睡的。"

蓝小翅一双眼睛宝光流转，声音娇媚欲滴，说："那我们瓷少爷要不要趁着天气暖和也洗个澡呢？"说话间媚眼轻抛，勾魂夺魄一样。

瓷少爷看看小翊，又看看她。蓝小翅心里有点稀奇——哟，这招失灵了？

然后就见瓷少爷抱过孩子，在他头顶轻揉了十几下，小翊哭声渐歇，安安静静地就睡着了。蓝小翅有点担心了："这……他不会有事吧？"

微生瓷抱着他回房，声音急切地道："不会，这样可以让他睡得很好的。"

蓝小翅跟在后面，惊叹："高明！"

微生瓷把孩子放进婴儿篮里，扯开薄毯给他盖好，然后一转身，握住蓝小翅的手腕。

蓝小翅在海上待了几个月，但是肌肤却保养得非常好，一点不见风吹日晒的痕迹。微生瓷伸手抱住她，她身上依旧是他最熟悉的香气。他轻声说："瘦了。"

蓝小翅兴奋地道："是吧是吧？我在船上还天天练五禽操呢！"这话倒是没说错，她跟慕流苏一起乘船前往长生岛的时候，每天晚上就在甲板上跳木冰砚从五擒戏改编而来的五擒操。

最开始慕流苏还以为她疯了，后来就习惯了——就当船上养了只猴了，天天要猴戏。

她倒也有毅力，每天一个时辰专门跳操，效果当然十分明显。这时候她得意地将他的手往自己腰上挪挪："肥肉是不是没有了？你是不知道，我在船上天天都跳操来着。嘿，老木的法子还真挺有效……"

正叽叽喳喳说着话，微生瓷蓦地低头，吻住了她的唇。蓝小翅唔了一声，他的舌尖已经伸过来，蓝小翅张开贝齿，他呼吸明显加重，几步将她抱到了榻上。

他居高临下地俯视她，蓝小翅眼睛水汪汪的，几个月没见，她胆子又大了，也不觉得瓷少爷危险了。微生瓷还是有些犹豫，沙哑着道："我……我去找我爹？！"

蓝小翅气得说："你爹现在肯定忙着跟我其他爹爹们研究怎么去救长生岛上我另一个爹呢！你这样去找他丢死人了！"

微生瓷说："可是，我……我……"他俯身，重新亲吻她。蓝小翅搂着他的脖子，水蛇一样扭动了一下身子："你试试嘛！"

微生瓷伸手去解她的衣带："我很想，可……我害怕！"

蓝小翅挣扎着想起来，说："好吧，那算了！"

微生瓷忙压住她，说："不不，不算！"

他是真急了，脖子都红了。蓝小翅双手勾着他，说："你看，你现在性情已经好多了，小翊那么烦你也不嫌他，对不对？"

微生瓷说："我……"

蓝小翅笑得柔情款款的："好吧好吧，我先让我们瓷少爷冷静一下。"说完，一翻身，将他推倒在床上。然后蛇一样攀爬到他身上，纤纤十指涂丹，挑开他的衣带，在他的肌肤上钩挑游离。

她的衣带早松了，瓷少爷正好能看见最绮丽的风景。蓝小翅从他额头一路吻下去，瓷少爷不仅没冷静，差点又疯了。

大厅里，微生歧还是有点不放心，虽然公爹关心这些事是挺尴尬的，但是蓝小翅是惯会做妖的，可别又把自己儿子刺激疯了。他不时向外面张望，温谜看出来了，问："歧兄有事？"

微生歧瞪了他一眼——有事跟你说得着吗？

还是旁边蓝翡道："小瓷现在还是易躁易怒？"

微生歧虽然讨厌蓝翡，但是好歹蓝翡的问题不那么令人尴尬，所以他说："照顾小翊的时候，似乎已经好多了。"

蓝翡说："我观察下来，这倒并非完全是药物所致。"

微生歧唔了一声，他七岁就被囚禁，一个孩子，在发生了那样的惨事之后，一直待在石牢里。他根本就不需要控制自己的情绪，再加上药物作用，当然就更加焦躁。

时间久了，与正常人的差别越来越大。

现在天天照顾孩子，事事都要耐着性子小心细致，半点不能马虎，反而好了许多。

几句话下来，温谜倒是终于明白微生歧在担心什么了，但他更担心，毕竟女儿是他生的啊！所以他说："那以前怎么控制？"吃药的话小瓷那里有没有啊？没有你赶紧给送过去啊！

一句话说出，微生歧又瞪了他一眼，怎么感觉现在温谜还不如蓝翡顺眼了呢？！

说来也奇怪，他原以为，自己是绝不可能跟蓝翡待在同一个屋檐下的。从蓝翡返回方壶拥翠的那一天开始，他就想着带儿子、孙子、儿媳妇返回九微山去。

可是蓝小翅刚接回蓝翡，把孙子往他那里一丢，人就不见了，然后就是四个月也没回来一趟。

微生歧本来是觉得，自己跟蓝翡肯定要不了几日就会大打出手——他怎么可能习惯寄人篱下？！但是没想到，蓝翡却完全没有给他想象中的那种压力，似乎他也只是借住方壶拥翠一样。

微生歧有时候就觉得两个人只是住客的感觉，反正谁也不碍着谁。

而蓝小翅不在的日子，他明明不怎么管理族里的事，羽族却是人人各司其职，就连之前因为蓝小翅怀孕而动摇不安的人，也安安分分的。

他不是羽尊，却依然是羽族的主心骨。羽人有蓝小翅，可以过得富裕。羽人有他，才得以安稳。

所以微生歧虽然嘴上不说，但是孙子由蓝翡带着，他也没有拒绝。每日里蓝翡带微生翊像带小狗，微生歧却觉得有点对胃口——男孩子嘛，还是不要带得娇里娇气的。

其实蓝小翅的那种性格就挺好的，大事有主见，不娇不骄，又偏偏自信自恋得可怕。待人又狡猾又真实，有时候出了点什么事，还真让人忍不住想找她商量商量。

哎，原来自己对儿媳妇这么满意！看来自己当初真是有眼光啊，一眼就看中这丫头是微生家的人！

微生老呆想偏了……

温谜也发现了，微生歧跟蓝翡相处的这几个月，居然相安无事。

当然，蓝翡这个人，缺点固然是有，但是他的情商无疑很高。他如果不那么骄傲，不是太有自尊，他能玩转整个江湖。但是如果他跟微生歧格外合拍，对于江湖来说，绝对不是件好事——微生歧的智力，绝对会被他玩弄于股掌之间。

被坑死都不知道为什么。

金芷汀兰看看这三个人，知道几个人心思各异，他倒是觉得有趣。但同样的，他也不希望蓝翡和微生歧父子二人走得太近。蓝翡这个人心思狠毒，视人命如草芥。

微生歧如果对他有好感，一不小心就会入了他的套，那才是令人头大的事。他和温谜互相看了一眼，两个人的意思倒是显而易见。

微生歧倒是没想这么多，他不时还往儿子儿媳房间的方向看看。

这么久了，真的没事吧？

蓝小翅先侍候了瓷少爷一通，然后二人洗漱，微生瓷终于忍不住，半天将九微剑递给她，说：“你……你拿好。”

蓝小翅莫名其妙：“我拿这个干什么啊？！”

微生瓷说："我……要是我忍不住，你就杀了我吧。"

蓝小翅气乐了："我去你的！快来啊，讨厌！"

两个人小心翼翼，时间当然就久些。瓷少爷先前含糊地叫她的名字，后来就什么也说不出来了，双手握着她身边的锦被，力度之大，手臂上暴出条条青筋。

蓝小翅跟他在房间里厮混了两个时辰，出来的时候都是晚饭时间了。蓝小翅抱着小翊，见他还睡得香甜无比，终于有点担心了："小瓷，他不是午睡吗？怎么睡到现在，不会有什么事吧？"

瓷少爷第一次心满意足，闻言道："没事的，不过晚上可能要到很晚才睡了。"

蓝小翅还是不放心，用力两下，终于将小翊晃醒。小翊睁开眼睛，终于对自己这对不靠谱的爹娘绝望了，哇的一声痛哭。

微生瓷赶紧起来，又抱去换尿片。蓝小翅这才踱出来。

几个爹坐在桌边，正准备吃晚饭呢，一直等他们也不见人来。蓝小翅在桌边坐下来，微生歧瞪了她一眼——你们这可……真够久的！蓝翡轻摇羽扇，微微含笑，温谜干咳了一声，没有说话。金芷汀兰笑着问："小瓷怎么没来？"

蓝小翅一向厚如城墙的脸皮终于也忍不住红了："给孩子换尿片呢，马上就来了。"

微生歧终于忍不住了："你才是小翊的娘亲！自从生了他之后，你照顾了多久？天天就知道往外跑，家也不顾！要你这种女人有什么用！"

蓝小翅说："好啦好啦，不要我这个女人，你儿子自己能生孩子啊？"微生歧气得，还要再说什么，蓝翡说："小瓷……性情是不是好多了？"

一听这话，微生歧立刻忘记之前纠结的事了，等着蓝小翅回答。

蓝小翅看了一眼蓝翡，咦，几个月下来你对我公爹很有办法了嘛。蓝翡回以微笑，她说："嗯，正常得多了。"

蓝小翅说完，也不要脸皮了，双眼平望桌上那一大盆汤。微生歧顿时舒了一口气，心情大好。不一会儿，微生瓷抱着孩子出来，大家围坐一桌，开始吃饭。

等到饭罢，微生父子是要继续练功的。蓝翡与温谜也是仇深无话，离席而去。蓝小翅抱着孩子，给他喂点鱼肉泥。奶娘在旁边帮衬。温谜终于脸色严肃，说：“我们不在的这些日子，微生歧和蓝翡似乎处得不错。”

蓝小翅说：“那又怎么样？”

温谜说：“他们不能走得太近，微生世家的人太单纯，容易被人利用。”

蓝小翅说：“所以？”

金芷汀兰说：“最好还是让他们父子二人返回九微山去。”

蓝小翅挑眉：“那谁帮我看孩子？”

温谜和金芷汀兰都皱了眉头，温谜说：“孩子可以由奶娘照顾。”

蓝小翅说：“奶娘只能照顾起居，小孩子要读书写字练功，一个奶娘怎么够？这里有老木，又有我爹，我觉得很好。至于我爹和我公爹，放心吧，我会解决的。”

温谜挑眉：“怎么解决啊？你切不可在微生歧面前胡说，他性情冲动，万一挑事不成，引他们相杀，那可是了不得的事。”

蓝小翅一边喂孩子，一边说：“放心吧！哎！”转头问奶娘，“该喂多少来着？这个都吃完吗？”

奶娘几乎要倒地不起——这么一大碗，你当喂猪啊……

当天夜里，蓝小翅抱着小翊，笑眯眯地去看微生歧。微生歧都准备睡了，见她进来，只好坐在桌边，严肃地问：“什么事？”你不会又是为了点穴而来的吧？你们下午在房间里那么久，难道在坐而论道啊？

天啊，我到底在想什么！现在要做一个正直的公爹越来越难了！

蓝小翅倒似乎真的只是为了闲聊，说：“我不在的这些日子，方壶拥翠多亏有公爹坐镇。我蓝爹一直对您称赞有加，每每提及您，仰慕之情溢于言表。”

微生歧冷哼一声，对这样的溢美之词还是受用的。而且方壶拥翠有他在，确实是没人敢来捣乱了。连找蓝翡麻烦的人，也总要掂量一下自己的实力吧？

他问：“你来有什么事？”

然而蓝小翅是真没什么事，只是代表蓝翡把他极力称赞一番，就离开了。

第二天，一桌人吃早饭，微生歧现在觉得蓝翡顺眼，说话也中听，当然就坐在蓝翡左边了。蓝翡一身香气幽微，白衣蓝羽，手持白色羽扇，头上玉簪横斜的，慵懒优雅。

蓝小翅抱着小翊把椅子一拉，坐到蓝翡右边。下人不时上着粥菜。温谜还在跟微生歧商量连镜的事。突然微生歧就觉得有一只手悄悄摸上了自己的背，然后慢慢向下。他浑身一凛，左右环顾，手又收了回去！但是温谜正人君子一个，肯定干不出这样的事！他往右一看，只见蓝翡微微含笑，似也在听。因着准备用饭，羽扇闲搁在桌上，右手有意无意，把玩着扇柄，左手微垂。

微生歧没理会，又跟温谜说话，这次一只手顺着他背脊向下，简直是摸到尾骨了！微生歧寒毛都竖了起来，猛地站起身来，怒瞪了蓝翡一眼！

蓝翡莫名其妙——何事？微生歧能说有人想要摸他屁股吗？！

再一想昨天蓝小翅代表蓝翡给他的称赞，他顿时鸡皮疙瘩掉一地！难怪这个蓝翡每天穿得跟个亲家母一样,妖里妖气！天啊，他还对着自己笑！这真是单纯的笑吗，还是笑里还有别的意义在？这个人果然是个变态！令人作呕！！他拂袖而去，温谜不解，蓝小翅还在专心地喂小翊吃饭，看见温谜的目光，耸了耸肩。

隐患解除啦，微生歧这辈子也不会再跟蓝翡打交道了。

长生岛情况危急，各大门派的掌门齐聚方壶拥翠——太极垂光离无情海太远了，落日城的白昼又太短，还是方壶拥翠令人身心放松。

他们各种商议对策，蓝小翅抱着微生翊玩。过了一阵，终于有人不满道：“羽尊，温阁主在主持会议，你带个奶娃，未免太不把各位同道当做一回事了吧？”

蓝小翅说：“切，微生世家还根本不参加呢，你们怎么不觉得他们无礼啊？”

诸人皱眉：“他们不一样！他们本来也不参加啊！”

蓝小翅说：“我虽然带了孩子，但是我在听并且在认真思考啊。再说了，你们不带孩子来，是因为你们夫人在家带着孩子啊。我带孩子来，是因为我就是别人的夫人啊！还讲不讲理了！”

诸人无语，温谜微笑，问：“你思考出了什么？”

蓝小翅说：“会不管怎么开，这件事总是要动拳头的。我们现在能够出战的高手，只有我公爹、小瓷和温阁主。这三个人的战力加在一起，要战连镜，估计都吃力。”

诸人不说话，蓝小翅环顾一周，说：“剩下的诸位直接参战的话不现实，但是用毒、用暗器，设点陷阱干扰一下，也许还是可能的。”

温谜说：“为什么你看起来并不紧张的样子？”

蓝小翅说：“因为我就算跪地求饶，连镜也不会放过我啊。其实依着我的意思呢，还有一个简单一点的方法。”

温谜说：“哦？”

蓝小翅想了想，又说：“算了，告诉你又有什么用？”

温谜说：“你不说怎么知道没用？”

蓝小翅于是说：“连镜的母亲肖景柔还在大凉，如果……”话未完，温谜厉声道：“小翅！”

“我就说吧。”蓝小翅耸耸肩，低下头继续跟小翊玩抓手指的游戏。

温谜说：“云采真和木冰砚都研制出了一些毒药，可以用来对抗长生泉的药效，各派掌门都过来领取一些。微生家主对付连镜的时候，大家也可以帮得上忙……”

他将每个人的任务都安排下去，蓝小翅怀里的小翊不耐烦了，她只好站起来抱着他走动。

温谜把每个门派的任务都安排好。因为上次被蓝小翅怼了，这次总算没有人说出“让微生歧服下昊天赤血”这样的话了。温谜也觉得好笑，这些人在蓝小翅面前可比在他面前听话多了。

等一切安排妥当，微生歧与微生瓷对温谜的安排倒也同意。无论如何，连镜现在武力强大至此，不靠他们出手也不行。微生歧倒是对蓝小翅说：“这次对付连镜，你就别去了，留在家里照顾小翊。”

蓝小翅说：“我怕照顾不好。”

微生歧怒瞪了她一眼：“你是孩子娘！”想了想，突然又说，“如果真有什么事，微生世家也总算还有人当家做主。”

蓝小翅抬起头，微生歧又说：“九微山的密室，你进去过。微生世家所有的武学典籍，全部储藏其中。”

言语之间，颇有点交代后事的意思。蓝小翅说：“我可进不去啊！”

微生歧接过微生瓷手中的九微剑，将剑柄上两颗九色宝石抠出来，递给她：“这宝石，契合到密室门上的龙目之中，可以开门。”

蓝小翅接过来，说：“噢。”

微生歧又看了她一眼，说：“你的武功，有空也要好好练练。”

蓝小翅说：“你不是说微生世家的武功外人不得偷学嘛！”

微生歧瞪了她一眼，说：“我说的是外人，你是吗？”蓝小翅摸了摸鼻子，他说，“我们走了。”

蓝小翅终于说：“爹。”微生歧回过头来，她说，“老木刚刚跟我说，昊天赤血少了一支。”

温谜等人都是一怔，微生歧说：“无论如何，我是不会让连镜活着回来的。这一点，你不必担心。”

他说这话的时候，坚定而自信，眼神之中，有一种令人动容的风采。在他身后，微生瓷说：“给我。”

微生歧莫名其妙，问：“什么？”

微生瓷说：“昊天赤血，给我。”

微生歧怒瞪：“放屁！你现在胆子大了？老子做事轮得到你教？！”

微生瓷被吼得脑袋一缩，声音也小了，却还是说：“我……我有病，必要的时候我去。”

微生歧说：“你去个屁！走！”一个转身就出了方壶拥翠。

微生瓷没有跟上，回头看蓝小翅。大家都知道此去危险，倒也没有阻拦这两个人。蓝小翅慢慢走上前，微笑：“你要早点回来呀，我等你。”

微生瓷低头看她，当时阳光正好，她头上的发饰里，有一根孔雀蓝的羽毛向天斜立，被风吹得转呀转的。他伸出手，轻轻触摸了一下，说：“我会非常努力地活着回来的。”

蓝小翅注视他，他说：“但是小翅膀，如果我没有回来的话，你也要相信，我真的已经尽了全力，不是不愿，而是不能了。”

蓝小翅眼里升起一层水雾，包裹着漆黑的眸子，水光欲滴。微生瓷说：“你不要哭好不好？你要是哭，我就更担心了。”

蓝小翅说：“我很想你活着回来，但是小瓷，如果……我是说如果，到了最后关头，没有昊天赤血不行的话，那么你就喝下它吧。你的血液里本来就有毒素，危险性比爹大得多。长生泉至少还能救一时之急。爹毕竟是爹，有我们在，没有让他们自己拼命的道理。”

微生瓷双手握紧她的肩，慢慢地将她拥进怀里。这个女子，是最任性最胡闹的孩子，也是最体贴最知进退的人。他当然不可能让微生歧去拼命，无论如何，那是他的父亲。哪怕需要抛下娇妻幼子，也是没有办法的事。

而他的妻子对他说：“你去吧，我明白。”

他紧紧地拥抱她，她的体温、心跳，跟那年九微山中的初见一样，从未改变。

蓝小翅也慢慢回抱他，许久，掏出一支昊天赤血和一小瓶长生泉，说：“收好吧。”

微生瓷说：“我爹那一瓶，我要拿回来。”否则的话，微生歧是不会同意自己儿子服下昊天赤血的。蓝小翅说：“他那瓶是假的。必要的时候，可以用来吓一吓连镜。有你们三个人在，他再服下昊天赤血，连镜不是你们的对手。所以可以震慑一下他，但是你要知道这件事。”

微生瓷说：“你早就知道他会去偷昊天赤血？”

蓝小翅将脸贴在他胸口，说：“小瓷，我爱你。只要有可能，你就要活着回来。因为如果你不在了，我再也找不到另一个可以让我这样依靠的人了。再也没有了。”

微生瓷没有说话，也不必再说话。我也想回来，此生再不离开。

等到诸人离开方壶拥翠，蓝小翅还站在湖边。蓝翡走过来，怀里抱着孩子，真是不符合他的人设，但是没办法，现在微生父子都走了，蓝小翅又要表演千里送夫。孩子他不抱谁抱？

他说："这样的热闹，你居然不去凑，爹真是好奇！"

蓝小翅说："我去了小瓷会分神照顾我！"

蓝翡说："你倒是很为这对父子考虑嘛！"

蓝小翅说："当然了，他是我的夫君嘛。女生外向，爹又不是不懂。"

蓝翡说："嗯？"

蓝小翅说："我要是离开了，爹在他们背后捅上一刀，岂不是更惨吗？"

蓝翡微笑，不说话了。蓝小翅说："这次江湖人士愿意与羽族一笑泯恩仇，虽然爹肯定是不屑于他们的谅解的，但我总觉得，羽族还是应该为江湖做点什么。爹以为呢？"

蓝翡晃了晃小翊，说："比如？"

蓝小翅说："比如爹的蓝血银毫，如果从空中偷袭一下连镜，至少还是可以分散一点他的注意力的，必要的时候说不定能救人一命。"

蓝翡冷哼："我并没有说我会去。"

蓝小翅说："爹，我原来是怕他们让您当炮灰，后来我一想，我爹哪有那么容易当人炮灰呀！所以，您还是去吧。"

蓝翡说："我做事一向敢做敢当，几时需要他们可笑的原谅？休想我会为了……"话没说完，蓝小翅就接过他手里的小翊，用小脑袋拱着他往前走："去啦去啦！再晚点船要开走了！"

蓝翡虽然万般不情愿，但还是被女儿拱出了方壶拥翠。

蓝小翅在界碑前站了一阵，身后白翳说："羽尊，外面天气热，还是先回去吧。"

蓝小翅说："我也知道外面热，我这不是放心不下嘛！"

白翳稀奇："您也会放心不下？"你不是一向胜券在握嘛！

蓝小翅瞪了他一眼，说："废话，我五个爹可是都搭里面了，再加上一个夫君，这要是血本无归，我找谁哭去！"

虽然情势万般紧急，白翳却是真的想笑。蓝小翅想了想，说："青鹏他们都跟着我爹去了吧？你去，让他给我夫君带句话……"

无情海边，青鹏走到微生瓷身边，微生瓷莫名其妙——他不喜欢别人靠他这么近。

青鹏盯着他看了一阵，终于说：“羽尊说……”

微生瓷不明所以，但听说是蓝小翅的话，才很认真地在听，就差没立正了。青鹏壮了壮胆，还是把话说完：“羽尊说，连镜想要非礼她，她是脱了连镜的裤子才逃出来的。”

微生瓷啪的一掌，将一块礁岩轰出十余丈。所有人都看过去，他双目怒瞪，好家伙，这句话比昊天赤血都管用！！

大家上了船，拔锚起航，再度前往长生岛。

长生岛上，慕流苏已经将大船修复完毕。因为之前是供宇文疾栖身之用，岛上水和粮储备还算充足。长生泉凝结成的晶石寸草不生。宇文疾却还是人工填充了一大片区域，用来种植果树、蓄养猪羊。

连镜用了各种办法，试图保存长生泉，但是全都失败了。长生泉用十个男人的血调和之后，也不会凝固，然而服用之后，就会使人异常燥热，嘴角生疮、眼睛赤红等等。

连镜几次想要以这样的长生泉离开长生岛，可最终都打消了念头——这里距离陆地，毕竟有不远的路程，服用一次就上火如此严重，等回到大凉，还不知道会是什么情况。

慕流苏一直在观察岛上，其实他手底下的丁强等人也是没有服用长生泉的，完全可以乘船离开长生岛。

只是连镜不会信任他们，而慕流苏自己当然也不会提——别说没有办法，就算是有办法，也绝不能让连镜返回大凉。他现在的功力，实在是太可怕了。

如果蓝小翅和温谜等人想出办法，自然会前来对付他。如果想不出办法，那么最好的结果，就是把他困死在海岛之上。

然而这一天，海面上浩浩荡荡来了几艘大船。慕流苏只看了一眼，脸色突然一变——温谜他们果然还是来了。

微生瓷站在船头，这些天瓷少爷脸色都阴沉得可怕，像一只随时准备生嚼了猫的老鼠一样。大伙儿也不敢问，微生歧都不明所以。

如今他站在船头，已经看见前面一片隐约的岛屿，于是转头问温谜：“长生岛？”

温谜说：“依照地图所指的航线，是这里没错。”

微生瓷身如雨燕，轻轻一掠已经来到了岛上。温谜和微生歧一惊，赶紧随后跟上。船上其他人，温谜早已各有安排，各掌门开始领着弟子纷纷上岸。

蓝翡左右四顾，见岛上长生泉的晶石光彩刺目，也不由赞叹造化神奇。

他最后上岸，岛上御医早已经跑得差不多了。蓝翡说：“羽人可以从天上袭击连镜，你们最好将连镜引出山洞。”

慕流苏此时已经迎上来，说：“你们终于是舍得来了。详情蓝小翅应该已经转述了。连镜如今今非昔比，大家都要小心。”

金芷汀兰说：“不能直接在山洞里消灭他吗？把毒气放进洞里？”

慕流苏等人还没说话，温谜说：“不能。还有许多人需要长生泉续命。”

金芷汀兰这才想起。也对，这座海岛本来就是人工建成的海岛，别指望有多牢固。如果到时候把长生泉炸沉了，只怕真要坏事了。

他也不再说话，微生瓷已经想往山洞里冲：“连镜在哪里？”

山洞里，连镜的声音传来：“你们都来了？”

隔着这么深的山洞，他的声音仍震得一般人头昏眼花。岛上土石却丝毫不动，诸人都是一惊，单听这声音，也知道此人现在确实内力不弱。微生瓷一听这声音，再一想蓝小翅让青鹏带给他的话，眼睛都红了，提着九微剑就要进去杀贼。

微生歧怒道：“小瓷，你干什么？”

温谜也拦住他道：“不可冲动！”

微生瓷咬牙切齿，胸中一股怨恨积压了这么多时日，眼看立刻就要爆炸开来。

蓝翡指挥羽人带着毒药和暗器飞到空中，其他门派的掌门也在温谜的指挥下布置陷阱。然而连镜明显没有给他们时间，他穿着宇文疾的衣服，缓缓步出了山洞。

看见他，连微生歧也咬紧了牙关，他却面带微笑，说：“义父何必如此呢？其实我并未想过与你们为敌的。”

微生歧说："少废话！"

他把九色九微剑给了微生瓷，现在手里只有一把七色九微剑。此时剑出鞘，在阳光与晶石之下光芒惊天，连镜却丝毫不惊："难怪这么有底气，原来是要以众欺寡啊！你好歹是我义父，对我教养一场，临到头这样做，有失风度吧？不考虑跟我单挑吗？"

温谜也笑了一下，年轻人就是天真。他冲身边的金芷汀兰一扬眉毛，金芷汀兰无奈，只得说出那句正道人士惯用的对白："对付你这种人，还需要讲什么江湖道义吗？"如果围殴能把你殴死，你早就死了好嘛！

连镜冷哼，也知道这伙人是不要脸的。只是这些人齐聚一处，还真是不好收拾——昊天赤血本来就是羽族的东西。如果真要逼急了，微生歧父子二人肯定会一并饮下。

长生泉他们也有，到时候自己的优势也就不算什么优势了。

他心中沉思不定，微生瓷却早已按捺不住，一剑刺出！微生歧和温谜不敢耽搁，立刻一左一右包抄过去。连镜心里最大的忧虑，是蓝小翅没出现。

这个丫头一向最是狡诈恶毒——如果不是她带走岛上的女人，将自己困在此处，如今自己也不至于这般被动。如今她不出现，不定躲在哪里等着使出什么坏点子。所以他往后一退，仍然退入山洞之中。

山洞毕竟地方狭小，几个高手打斗，实在是缚手缚脚。连镜要的正是这种效果，山洞能束缚拳脚，他的内力正好大显身手。他一掌击向微生瓷——现在三个人中，温谜服下了昊天赤血，微生歧内力深厚。微生瓷虽然比之微生歧不遑多让，但是毕竟有病在身。如果先除掉他，自己压力就会减轻许多。

微生瓷早就跟着要手刃此贼，如今得了这机会，哪里肯退缩？一掌如挟雷霆之怒，砰的一声，与连镜对上！温谜一见，立刻以手抵在微生瓷背上，二人内力合一，硬接下连镜这一掌。

连镜心中也觉得奇怪，这个微生瓷，今天好像跟他有深仇大恨一样，一出掌就是两败俱伤的架势。

他心里狐疑，立刻又是一掌。他身后，鸦奴站在四五丈开外，手里捧着连镜的剑。他虽然之前是迦夜的人，但是既然迦夜死了，也不需要他效忠了，那他跟着连镜当然也没什么区别了。

连镜对慕流苏一直存疑，那是只老狐狸，表面上再如何摇尾乞怜，一到关键时候还是会飞起来咬人。但是鸦奴不同——反正他的主子已经死了，而且他的武功又弱，难道除了效忠自己以外，他还有更好的出路吗？

所以他当然更信任鸦奴，这些天也总是命他注意慕流苏的动静。

这鸦奴倒确实是个可靠之人，平时从不多话，对他的命令只是执行，从不多问。此时，连镜不过一伸手，他立刻将手中宝剑递上。温谜想要抢剑，被连镜一掌逼退。宝剑在手，连镜顿时又添几分神威，三个人居然被他逼得节节败退。

温谜向微生父子使了个眼色，很明显——退出山洞。

这里的地势，连镜更熟悉，而且他在岛上这么长时间，万一布下什么机关陷阱就不好了。

微生父子倒也明白，一路又退出了山洞。连镜追将出来，心知这三个人难对付，但是他一时半会伤不了微生瓷，这样下去，双方谁也难有胜算。

此时到了洞口，天上羽人振翅盘旋，不用说，肯定携有剧毒和暗器——以前他和迦夜偷袭方壶拥翠，蓝小翅对付他们的手段他可还没忘记。还有蓝翡上次暗算他的毒浆，就算有长生泉在，可也差点要了他半条命。

而水里也不安全，金芷汀兰在，鳍族肯定也有人在。他们在水中，可比自己灵活得多。

连镜眉头紧皱，几番思量之下，还是觉得不出山洞为妙。他明白，眼前这些人也需要长生泉。现在长生泉被山洞里的机关引流，能够直上海岛。如果山洞里的引流机制被破坏了，就只能到海底去取了。那个时候，就算是鳍族人，要想得到长生泉，恐怕也是难如登天了。

所以他们并不敢对山洞大肆破坏，也不敢直接对内用毒。

连镜微微一笑，说："看来义父还是不愿意接受我的邀请啊！相比之下，您可真是没有您儿媳妇坦诚。她可是直接就在这洞中，跟我颠鸾倒凤了呢！"

微生歧双目渐渐突出，猛地怒喝一声，人已经又冲了进去。温谜沉声道："小心，歧兄！你知道此人的为人，不可被他所激！"他本是觉得微生瓷应该最冲动，想要拦住微生瓷，不料微生瓷反而没有自己父亲冲得快。

微生歧跟连镜再一次交手，数十招之后，微生歧发现自己儿子并未因此失了方寸，也沉下心来。连镜眉头微皱，原以为微生瓷会狂性大发，他居然没有。

怎么，带了几个月的孩子，学会修身养性了？

方壶拥翠，蓝小翅正在哄孩子呢，外面就有人传报："羽尊，慕相爷的公子慕裁翎在外求见。"

蓝小翅怒瞪："什么慕公子！他是我弟弟，我弟弟！要我说多少遍？"

羽人也不怕她，偷着乐儿。大家都很担心慕公子出任羽尊，是以一直回避他们是姐弟的事实。蓝小翅抱着娃，也挪不出手来揍他，只得一脚踹他屁股上，说："请进来啊！"

羽人刚出去，又有人进来，说："羽尊，鳍族枕流太子求见。"

蓝小翅无力道："什么枕流太子，那是我义兄，也请进来！"尾声刚落，又有羽人进来，蓝小翅瞅他，问："柳风巢也来了？"

羽人回禀道："羽尊英明。还有大师兄和贺师嫂也回来了。"

蓝小翅挥挥手："行了行了，都请进来。谁来都请进来！"

不一会儿，慕裁翎、金枕流、柳风巢、木香衣夫妇都进来了。令人意外的是，柳风巢后面还跟着迦月。迦月打着伞，身上穿着一袭黑色衣袍，将自己遮得严严实实。

蓝小翅说："自己坐，你们要干什么？"

慕裁翎先说话："姐姐，爹一去长生岛好几个月，娘非常担心他，让我来找你商量商量。"

蓝小翅稀奇："这不符合娘的风格啊，她怎么放心让你独自出门来找我的？"

慕裁翎有点脸红了，低着头说："娘……娘说，我已经十岁了，可以自己出门了。她说，我也应该像你一样独立才好。"

蓝小翅说："哎哟，我真是受宠若惊！"

金枕流说："快别唠家常了，我皇叔也在呢，我们难道就这么干等着吗？”

蓝小翅说：“我知道你们担心，但是他们走的时候把我们留下，也正是不想门派宗族后继无人的意思。”

贺雨苔说：“我……我现在已经出嫁了，为什么师父不让我也跟去？”

蓝小翅说：“连镜一直没有离开长生岛，正是因为缺少女子鲜血调和长生泉。在没有必胜的把握之前，女人不要去。”

贺雨苔还没说话，柳风巢身后，迦月小声地说：“我……我想去找到父亲和哥哥的遗体……”

迦月声音确实是非常小，蓝小翅一瞪她，她立刻就不说话了。什么都没有了的孩子总会学乖的。柳风巢倒是说：“不要吓她，她也只是想尽尽孝道，原是无错。”

蓝小翅说：“哟，现在就开始护着她教训起我来了？！”

柳风巢说：“你……唉，这样的关头，你就不能正经一点？”

蓝小翅说：“行吧，看在你二十好几了还是个单身狗的份儿上。你这年纪要是放在侠都，都要缴人头税了。”大凉规定男子二十五不娶，女子二十不嫁，就要缴人头税。

柳风巢气得，说：“胡说什么！我已征得师父同意，收她为弟子。”

蓝小翅说：“师徒？原来你好这口。”

迦月急了：“你……我们没有，你不要为难我师父！”

木香衣和蓝小翅都是一副“哦哟”的表情，金枕流说：“住嘴，信不信我飞起一脚踹翻你们这三盆狗粮啊！！”

……

大家都要求前往长生岛，蓝小翅正在想办法，外面突然又有人道：“羽尊，有一位公子说他是从侠都来的，请求见您。”

金枕流说：“咦，你在侠都还认识了别的公子吗？我见过没？”

蓝小翅有气无力，说：“你就算是用大拇指想，也应该知道现在来的是谁啊！”

金枕流还没想明白，木香衣说：“宇文超？”

大家都站起来，谁都没忘记，毕竟长生岛事件真正的幕后主使，可是宇文超的老爹。他到底知不知情，或者说，是不是参与者之一？

蓝小翅说：“不用紧张。我相信他如果知情，一定瞒不过慕爹爹。宇文疾应该不会让他知道。”

柳风巢说：“朝中宇文疾的人也没有告诉过他吗？”

蓝小翅说：“那就只有请他进来之后再看了。”转头对羽人使了个眼色，羽人赶紧躬身出去。等他走了，慕裁翎才说：“这个……好像陛下亲临，我们应该出去迎接才对吧？”

几个人互相一看，对啊，大人走了，连礼数都忘了，赶紧你推我赶地出门迎接。

宇文超在方壶拥翠外面等着，界碑旁边还立着他上次来此立的石碑呢。他歪着脑袋，有个羽人过来请他进去。他觉得有点不对，但也说不出来什么。还是旁边的内侍郑亭尖声道：“大胆！陛下亲临，尔等竟然……”

话音刚落，蓝小翅等人已经迎出，郑亭这才没再继续说下去。大家看见宇文超，眼神多少都有些微妙。宇文超看见蓝小翅，却急急道：“羽尊，慕丞相离朝已经数月，说是巡查漕运，然而至今未归，也没有消息传回。爱卿可有消息？”

我去，他是真不知情！

蓝小翅看了一眼金枕流等人，这些人也在看她。场面静默了一小会儿，蓝小翅干咳一声，说：“实不相瞒，陛下，慕丞相被困在无情海以东的一座孤岛上，温阁主等人已经前往营救了。”

宇文超终于不解了，别看人家小，人家也是有智商的。他说：“慕相明明只是巡查漕运，怎么会被困孤岛？温阁主又是如何得知的呢？”

蓝小翅说：“咳，说来话长，我们也正准备前往长生岛，陛下要去吗？”

宇文超一听，立刻连眼睛都亮了起来——这熊孩子也是贪玩的。不然此来方壶拥翠，他派人问一声不就好了，何必亲自来？

一听蓝小翅这么说，他立刻道：“郑亭，立刻派人准备船只。”

郑亭说：“陛下……”

他还想再劝，但被宇文超瞪了一眼，只得下去准备了。

等他离开，宇文超一眼看见蓝小翅怀里的小翊，不由奇怪："谁的小孩？"

蓝小翅这个不要脸的人，立刻就说："我的啊，我生孩子的时候陛下怎么没来随礼啊？"

其他几个人都翻了个白眼，宇文超立刻也察觉出来——这个丫头可不像她表现出来的那么老实。他立刻哼了一声，说："慕相肯定随过了吧？他随了，就是朕随了。"

蓝小翅无奈，果然人都是活着活着就精了。宇文超话是这么说，却还是接过小翊掂了掂，一脸严肃地说："快，给朕请安。"

小翊也一脸严肃地看着他，半天，噗地喷了他一口口水。宇文超大怒："混账！朕要诛你九族！"一边怒吼，一边把他递给蓝小翅，身边诸人忙着给他擦脸上的口水。

几个人暗笑不已，一群人进了方壶拥翠，蓝小翅一边命人准备大量野鹿，用以调和长生泉，一边把长生岛的地图画下来。金枕流在旁边抱孩子，一边抱一边抱怨："太不公平了，为什么是我抱孩子？"

蓝小翅说："或者你也可以选择绘制地图，我来抱孩子。"

金枕流喊："我又不知道地势，怎么画地图？"

蓝小翅耸耸肩，问："那你告诉我你还能干什么？"

金枕流哑了。

宇文超暗笑，觉得跟他们在一起比看奏折可有意思多了。蓝小翅把地图画好，说："喏，这是地形图，你们带上，自己去长生岛吧。"

宇文超愣住："我们去？"

蓝小翅说："当然啊，我要留在家里看孩子。"

宇文超握着那张地图，看了看柳风巢等人，问："就不能让金枕流给你看孩子吗？朕看他照顾孩子挺拿手的。"

金枕流哀号："什么啊！"

柳风巢也说："小翅，你还是跟我们一块去吧。"

蓝小翅想了想，说："那小翊……带上？"

大家一想，行啊，带上就带上呗！正好大船已经备下，粮和水都已经备齐。蓝小翅命羽人把小翊的一应用具也都准备好，光小衣服就准备了几大箱。风翥都要崩溃了："羽尊，孩子这么小，你带他去对付连镜……微生家主会杀了你的！"

蓝小翅理所当然地说："杀我干什么，我这是带他的孙子去见见世面。"

几个少年一齐点头，深以为然。

等到上了船，宇文超已经听柳风巢等人有选择性地说完了这些天来发生的事。一切罪名都推给了迦夜和连镜，宇文疾当然是无人提及的。所以宇文超志气满满："朕一定要消灭连镜这个恶贼，为大凉除一大患！"

少年们连连点头，用关爱智障的目光对他表达了深深的关心和爱护。

大船扬帆起航，一路向长生岛行去。蓝小翅每天给小翊喂辅食，然后跳五禽操。金枕流每天教大家游泳，几十天下来，连宇文超都学成了浪里白条。柳风巢生活作息非常规律，每天准时起床，练功、看书，指导迦月剑法。

木香衣和贺雨苔也在他的管教范围之内。

一行人在一起，时间居然过得飞快。

眼看着要到长生岛了，贺雨苔说："不知道师父怎么样了？"

船上的气氛似乎才突然凝重起来，在大人的羽翼下待久了，似乎就觉得没有他们摆不平的事，天塌下来也是与己无关的。而到了这个时候才有人意识到——他们会不会不是连镜的对手？

金枕流小声说："他们……不会被连镜……"竟然也不敢再说下去了。

蓝小翅坐在船头，宇文超走过来，说："连镜真的像你们说的那么厉害吗？"

蓝小翅说："远比我们说的厉害。"

宇文超在她身边坐下来，说："可是慕相根本不会武功，如果……如果他真像你们说的那么凶残，会不会他已经……"

旁边慕裁翎的脸色都白了，蓝小翅说："慕相智计过人，是不会这么容易被杀的。"

宇文超说："真的吗？"

蓝小翅说："奇了怪了，你这么担心干吗，他又不是你爹。"

宇文超说："我……我是他一手带大的。"

蓝小翅觉得好笑，问："那么，他和你亲爹，谁重要？"

宇文超说："我父王早就死了。"他在这些人面前倒是不喜欢摆凉王的架子。而且这些人表面尊敬他，其实根本不把他当作圣人高贤。他有时候会恼羞成怒，有时候又很享受这种自在随意的说话方式。

蓝小翅说："所以活人更重要喽？"

宇文超认真地想了一下："我不知道，但是我父王离开的时候我还很小，没什么印象了。提到父亲，我只能想到他。"

蓝小翅说："我想慕相听到这番话，一定会很感动的。"

宇文超说："我只是想救回他。"

蓝小翅终于拍拍他的肩，说："我们做了很周全的准备，胜算还是很大的。你也不用太担心。"

长生岛上，温谜、微生歧、微生瓷三人对战连镜，蓝翡等人在外面等待时机。连镜一直很小心，拒不出洞。温谜等人如果入洞，一是怕引起山洞坍塌，二是洞中空间受限，胜算不大。

久战无功，温谜等人当然也开始思考。蓝翡说："用毒烟熏，怎么样？"

温谜说："可以一试。"

于是诸人在洞外点起毒烟。因为怕破坏长生泉，毒烟也并不是什么剧毒。烟入洞中，然而效果却并不大。当初宇文疾建此山洞，通风透气都做得非常好。一些毒烟对其根本不能起到什么作用。

水灌不可行，火攻什么的就更不起效果了，山洞太深了！

大家都正想着办法，就见海面上又有一艘大船靠近。温谜等人凝目一望，待看清船头站着的人时，气得差点炸了肺——就知道这群臭小子待不住！

而微生歧更是怒目圆瞪——混账啊，蓝小翅手里抱着谁？！

倒是微生瓷一喜："小翅膀？"

他飞身掠过去，一把将蓝小翅抱起来转了个圈圈，然后才发现她怀里还抱着一个小肉团子！微生瓷难以置信地睁大眼睛：“你……你把小翊也带来了！”

就算是呆，也是止不住地气呀！你不知道这里危险啊！

蓝小翅倒是笑嘻嘻的，说：“来来，诸位，先见过陛下。”

大家也是这时候才注意到宇文超也在，只得按礼参拜。宇文超一眼便见慕流苏，见他好好的，不由红了眼圈。慕裁翎扑过去：“爹。”

慕流苏看见少帝和自己儿子晒得跟黑炭似的，好半天才叹了一口气：“你们……你们……”又生气，又有些感动，半天说了句，“你们怎么也不跟蓝小翅要点防晒膏擦擦，看这一个两个晒的……”

诸人倒塌。

金枕流来到金芷汀兰身边，父子二人对视一眼，便没有再说话。大家都很感动，只有蓝小翅有点惨。微生歧怒瞪她，如果不是看在她是儿媳妇的分上，估计早就跳起来揍她一个万紫千红了：“你是不是没长脑子！自己来也就算了，你还把小翊带来！”

温谜皱着眉头，说：“你已经为人母，无论如何总要替孩子想想。此地危险你不是不知，而且海上气候多变，孩子幼小，如何吃得消？”

金芷汀兰笑而不语，慕流苏幸灾乐祸，蓝翡说：“孩子给我。”

蓝小翅把小翊递给他，他用衣带将她牢牢地绑在背上。他飞在空中，总是安全些，保护孩子当然也万无一失。蓝小翅被数落得满头包，这时候只好问：“你们战果如何？看起来没有什么损伤嘛！”

大家终于安静了，是没什么损伤，也没什么成果就是了。

蓝小翅往里看了一眼，乐了：“他不出来啊？”

微生歧这才没好气地道：“你没看见吗？”

蓝小翅说：“你们没试试在外面骂他娘啊？”

温谜也是这时候才意识到，当初蓝小翅说把肖景柔抓住，很有可能早就意识到了这种情况。他说：“你不会真把他娘抓来了吧？”

蓝小翅歪了歪头，说：“如果真的抓来了，你还是会反对吗？”

温谜说：“会。挟母令子，有失道义。”

蓝小翅说："天啊，你竟然是我亲爹，真是不可思议！"

旁边的慕流苏说："你有没有什么办法？有就快说。"

蓝小翅说："难，洞里肯定水粮充足。他要是不出来，我们还真是没什么办法。"

几个人都不说话，过了一会儿，蓝小翅说："不过……"大家都看向她，微生歧那脾气，更是忍不住了："说。"

蓝小翅说："就是有点损。"

大家都对她刮目相看了——我靠，你都觉得损的法子，那恐怕是真的损！

果然，蓝小翅说："把各个船里的马桶都搬上来，往洞里倒。再把那艘船拆了。"她一指先前慕流苏在海岛上修补的船，说："在山洞四周架上柴火，一烤……香味散出去，我估计……"

众人绝倒。

船上数百号人，加上蓝小翅这边的，一共近千号人。马桶一桶一桶地倒进山洞里，虽然流不到底，但是经火一烤，温度上升，那气味简直了……

虽然这个法子很有些不可描述，但连镜是真的气炸了肺——他妈的老子已经神功盖世、天下无敌！可是看看老子自天下无敌之后都经历了些什么！！

第四十章 诛杀连镜

山洞里，连镜和鸦奴的脸都成了猪肝色。随着外面柴火添加，山洞里气温逐渐上升，味道也越来越恐怖。

连镜还没说话，鸦奴先受不住了，说："我先出去了。"

连镜沉声说："温谜等人就在洞外，你若现身，难有活路。"

鸦奴说："我宁愿死。"一定是蓝小翅来了，温谜和蓝翡都是要脸面的人，干不出这样的事。这丫头还是跟小时候一样损！连镜也几乎是张不开嘴了，最后一想，说："走！"

他一马当先，飞出山洞，轰的一声，抬手一掌开路。

然而山洞前却根本没有人，蓝小翅觉得光是烤还不够，特地命人用湿帆布捂住了洞口再烤。此时洞口是帆布，外面堆了柴火。连镜一掌过去，只有断木横飞。长生岛上烈火熊熊，蓝小翅站在船头，还捂着鼻子。一众羽人飞在空中。温谜、微生歧、微生瓷蓄势以待。

连镜眼里却只看见蓝小翅——这女人真是该死！他一掌拍过去，想要将船拍成碎片，但是温谜等人早已经一脸戒备，此时立刻将他的掌风挡回。眼见三人联手，连镜也顾不上蓝小翅了，与温谜和微生父子战成一团。

蓝小翅站在船头，纵然有风吹过，可也真是臭啊！

一众少年哪里见识过这个，个个面露痛苦之色。洞外尚且如此，就更不要说被来个混合大清蒸的连镜了！

他觉得自己的鼻子真的要炸了，已经完全感觉不到嗅觉的存在。那污秽之物好像不是流进了山洞，而是渗进了他的脑子。他心中气急，但是一出了山洞，温谜等人的优势可就十分明显了。毕竟三个绝顶高手，进退攻防简直是相得益彰。

连镜全仗功力深厚，未露败象。而长生泉能补充他的体力，反而让他有越来越强的架势。

蓝翡等人飞在空中，此时其他羽人简直不敢放暗器——下面四个人身影交错，根本就看不清谁是谁。只有蓝翡和郁罗还能勉强偷着冷子给连镜来一下。

但是连镜的护体真气太强大，蓝血银毫也无法伤其分毫。

旁边慕流苏等人都看得一脸凝重，金芷汀兰说："这个人实力至此，温阁主三人，只怕久战不利。"

慕流苏说："我是帮不上忙了，三王爷是否有兴趣加入战团？"

金芷汀兰没有说话，想要帮忙，就要服下昊天赤血。这可不是闹着玩的。

旁边宇文超问："我们能干点什么？"是问的慕流苏和蓝小翅。

慕流苏说："陛下只需要站在这里远观就好。"唉，傻子，你还不知道这长生岛是谁的杰作吧？你知道你的父王还躺在山洞的长生泉之中吗？如果你知道了一切，你会怎么办呢？

宇文超自然不知道他心中所想，转而看蓝小翅。蓝小翅说："我们可以骂他吗？"

宇文超瞪大眼睛，一脸不可思议："骂他？"

蓝小翅扬声说："连镜，我本来想抓你娘过来威胁你，但是呢，我温爹不同意。所以我只好把你娘嫁给十三个大汉啦。回到大凉，你就有十四个爹了，你高兴不？"

慕流苏和金芷汀兰都用袖子遮住脸，天啊，这不是我女儿，我没脸见人！！

连镜咬牙，恨不得将蓝小翅一掌拍个粉碎。蓝小翅转头看宇文超，说："看见没，就这样。"

宇文超有些不好意思，说："朕……朕乃一国之君，岂能口出污秽之语？"

蓝小翅说："这里又不是在朝中。何况您既然是一国之君，总是什么都要会一点的嘛。"

宇文超脸红了，说："那朕应该怎么说？"

蓝小翅说："你就说你已经刨他祖坟了。"

这个容易，宇文超扬声道："连镜，你这十恶不赦的贼子，朕已经命人刨了你的祖坟，将你父亲的尸骨拖出来喂狗了！"

他说完，蓝小翅问："怎么样？"

宇文超顺了顺胸口，感觉了一下，说："身心舒畅。"

蓝小翅鼓励道："再接再厉！"

于是宇文超开始自己创新了，说："连镜，朕看你功夫不错，此战之后，你就自宫，跟在朕身边当个小太监吧！"

蓝小翅竖起大拇指："行啊，陛下，果然不愧是大凉国主，举一反三！"

慕流苏给气得一脚把蓝小翅薅了过去。

慕裁翎期期艾艾地问："我能不能也骂两句？"

慕流苏怒瞪："你敢！"

金枕流等人都捂着嘴，过了一会儿，连镜已经被逼至浅水中，他脚下咔嚓一声，踩到一处暗布的陷阱。他腿脚处顿时鲜血淋漓，但是很快又被长生泉恢复过来。

诸人不由面色凝重，时间拖得越长，对温谜等人越不利。毕竟这样激烈的对战，体力消耗是非常快的。

陷阱暗器无济于事，连镜慢慢地占了上风。他心中对这群人的恨意到达极点，恨不得把蓝小翅撕成碎片。这种强烈的恨，让他不由抬头，看了一眼站在船头的人。蓝小翅仍然是孔雀蓝的衣裙，站在船头的时候，整个人如一朵海上花。

他心里已经给这个女人设下了一千种死法，下手却格外谨慎——他太了解微生世家的武学功法了。

慕流苏说：“我说，温谜他们不会不是连镜的对手吧？”

蓝小翅说：“连镜的功力比预想中的要高。当时迦隐进山洞救他爹时，武功全失，看来是连镜吸取了他的功力。”

金芷汀兰眉头紧皱，说：“迦隐的功力也不会让他进步如此神速。”

蓝小翅说：“如果迦隐也服用了昊天赤血，就说得通了。”

慕流苏急道：“他似乎放弃微生瓷，开始专心对付温谜了。”

蓝小翅挑了挑眉：“是啊！”

蓝翡都有些急了，如果温谜的功力被连镜吸走，那可就大事不妙了。他看了一眼蓝小翅，意思很明显——必须让微生歧或者微生瓷服下昊天赤血。

连镜当然明白他们的意思，他一直没有全力施为，也正是为了防止诸人狗急跳墙。可如今被消耗到这种地步，即使是昊天赤血，也需要一段时间才能全部发挥效用。

只要他吸取了温谜的功力，眼前的这种杂碎必然不堪一击。

温谜心知他的目的，但是实力辗压，根本无法抵抗。连镜一双手掌如磁石吸铁般牢牢吸附着他。万流归宗正准备使出，微生歧咬牙，终于取出身上的一支昊天赤血，注入血脉。连镜一怔，警惕地放开了温谜。

三个人又是一场混战，连镜对微生歧一直心存惧意，但是过了一会儿，他开始纳闷——微生歧的功力怎么好像并没有催升的样子？

微生歧自己也纳闷，这是怎么了？过期啦？

微生瓷挡在自己老爹前面，当然知道是怎么回事，生怕自己父亲不明就里，就这么冲上去当超级人类。

等连镜再度被三个人逼到水边，埋伏在水里的鳍族人也开始使出各种阴招。连镜一脚将一个鳍族人踏得血肉模糊，咬牙回身就是一掌，再次逼退微生歧父子二人，又是一记万流归宗，还是想要吸食温谜的功力。

微生歧此时已经觉出异样，说：“怎么回事？我的昊天赤血为何无效？”

微生瓷回头，看了蓝小翅一眼。千钧一发，诸人体力耗尽，温谜的功力在飞速流逝。他掏出长生泉饮下，然后取出另一支昊天赤血，微生歧猛地明白过来，怒吼：“微生瓷！”

微生瓷不理他，一扬手将昊天赤血注入体内。连镜见势不好，想要拖着温谜再次进入山洞，此时再臭也是顾不得了，保命要紧。只要温谜的功力归他所有，眼前的微生歧父子二人也不足为惧。

微生歧二人当然飞身阻挡，温谜全身是汗，功力快速流失，让他面色苍白，但是他的第一反应，居然不是阻止自己功力的流失，而是突然用尽全力，向连镜传功！

连镜猝不及防，被这汹涌而来的内力震出一口血来。他抽身想退，但是温谜的内力呈热火灼油之势，他只得硬接。他的经脉本来就经过昊天赤血强行扩张，如今顿时雪上加霜。微生歧见状，手里的七色九微剑猛地刺入他的腰腹。

连镜受此一剑，一声暴喝，七色九微剑从体内迸出，落在身后长生泉凝结而成的晶石上。微生歧也被一股大力震得退后几步。连镜知道自己经脉受损严重。但是他还有长生泉，只要再饮下长生泉，受创的经脉很快就会愈合。

而敌方失去了温谜这个主力，就算是微生瓷服下昊天赤血，也未必是他的对手。

他咬紧牙关，硬生生将温谜的功力全部吸入体内，微生歧父子二人当然不会给他喘息的时间，二人将他阻在洞口。连镜一把将温谜抓在手里，所有人顿时色变："温阁主！"

温谜内伤也不轻，一时之间口不能言，连镜哈哈大笑，口齿之间全是鲜血。他将温谜举起来，说："谁敢走近一步，你们的温阁主就将死无葬身之地。"

此时他的伤比所有人的都重，但是长生泉恢复速度非常快，如果任由他拖延下去，很快他就能恢复。

微生歧说："温兄，对不住了！"右掌蓄力，就想拍下去，但是眼中的犹豫在所难免。船上慕流苏等人都急坏了，如果任由这样的连镜活下来，那大家可就再难有胜算了。

蓝小翅飞身一掠，来到微生瓷旁边，说："别伤我爹！"

微生歧终于还是放下手，眼神之间难免焦急："你有什么办法？快说！"

微生瓷犹豫一下，终于也说："时间不多！"

蓝小翅说："小瓷，你能不能试试去救我爹？就算是救不了，我们总也要努力一下吧？"

微生瓷毫不犹豫，说："好。"

微生歧怒道："救不下来，他……"

话没说完，微生瓷已经化作一道红影扑向连镜，微生歧也只得跟上。

连镜当然知道这父子二人是来抢温谜，以做最后努力的。所以他的注意力全部在温谜身上，一见父子二人扑过来，当先蓄力，在温谜身前，准备等微生歧冲过来之时，一举击杀。

然而就在这个时候，他突然觉得腰间一凉。他惊诧地回过头，只看见自己腰腹被七色九微剑砍断——就算是有长生泉护体，终究也只是凡人血肉之躯，哪经得住这种神兵利器？他想一掌将鸦奴袭毙，蓝小翅袖中机栝声响，一记蓝血银毫飞射而至！连镜只得出招一挡，蓝翡如跟蓝小翅心有灵犀一般，就在这刹那之间，已经将寒鸦带至空中。

那样的高度，他要一掌击中已经不太可能。而此时，微生歧父子二人已扑至。

连镜心里恨意滔天——他得到了绝世武功，可是他什么都没来得及做啊！

他有心想把手里的温谜撕成碎片，但微生瓷体内昊天赤血的药效已经开始发作，他趁连镜回头的瞬间，抢出了温谜。连镜刚要追至，上身突然向前一倒——寒鸦知道自己的最后一击是成败关键。

他几乎用尽了全力，而手中又是九微剑那样的神兵利器，那一击几乎直接将连镜腰斩。

船上诸人都愣住，这才一时半会的工夫，怎么就发生了这么多事？

战况突然被逆转了，金芷汀兰说："好险！"

连镜腰间血流如注，他在地上爬行，只要拖着自己的下半身回到长生泉里，他还能有救，身体还能再长回去。他拖着自己的腿，拼命地往前爬。在洁白的晶石上，血与内脏被拖出一条长长的痕迹。

蓝小翅去扶温谜，微生歧还很警觉，说："小心！"

蓝小翅当然小心，带走温谜就直奔船上而去。微生歧话音一落，发觉眼前已经没人了，顿时又好气又好笑。这丫头转移别人的注意力确实是一绝。

温谜武功全失，蓝小翅蹲在他面前，以掌手贴他后背，用功力护住他的心脉。诸人都顾不上松一口气，只看见岛上只剩一半的连镜，拖着自己的另一半身体，拼命地爬行。

纵然是见惯生死的江湖人，也被这种异象惊住了，有胆小的早已开始呕吐。

地面的柴火还在燃烧，温度很高，而连镜双目滴血，只知道拼命向里爬。微生歧接过微生瓷手里的九色九微剑，走到他面前，毕竟拖着自己的腿，连镜的爬行速度并不快。

微生歧居高临下，说："当初救你，是我错了。"

连镜笑，齿缝之间全是鲜血，狰狞如恶鬼："错了？"

微生歧说："是的。我不该忘记亲疏远近，内外有别。如果当初，我并未收你为义子，只是当你为一个普通弟子，想必你我之间不至如此。"

连镜眼神里有一丝困惑——是吗？

也许是吧，当年侠都之外，他与寡母被父亲的仇家追杀。四五岁的孩子只看见母亲的血染红衣衫，车夫、仆从被杀，仇人提着滴血的大刀走近。他坐倒在地，摸到奶娘滚落的头颅。

然后，微生歧就出现了。他腰佩九微剑，根本没有出手，那些凶神恶煞的人就纷纷落荒而逃。

那时候他以为自己遇见了神，而神没有子嗣，他是微生歧与慕容绣唯一的儿子。

他低下头，看见九微剑依然闪烁着九色华彩，想说什么，却没有开口。也许，是这样的吧。过度的爱，反而催生了嫉恨与仇怨。

他想笑，嘴刚刚咧开，九微剑从左至右，一剑下去。他的头颅飞出很远，滚落在燃烧的木板旁边。身躯抽搐了一下，终于倒地。握着自己脚踝的手，也就这样松开。

微生歧慢慢回头，在那一瞬间，脑海里居然也同样是那一年的侠都城外，烟雨蒙蒙。他行过护城河，看见一帮人欺负一对孤儿寡母。他走过去，凶徒四散，那个坐倒在泥泞中的孩子抬起头，一双眼睛闪闪发亮，像是映入了日月星辰。

二十五年，一场错。

一直到连镜死得透透的，众人终于从天上、水里、船上下来，当务之急自然是要去山洞里看看长生泉。但是这时候一看里面的杰作，一个个把蓝小翅给恨得牙痒痒。

蓝小翅根本没理他们，扶着微生瓷，问："你怎么样？"

微生瓷摇摇头，说："我还好，有长生泉，经脉并无损伤。"

蓝小翅松了一口气，如果是这样的话，总算是性命暂时无忧。长生泉毕竟数量有多，还有时间。

金芷汀兰和慕流苏这时候指挥众人清洗山洞，柳风巢和贺雨苔都扑到温谜身边："师父。"

温谜摇摇头，贺雨苔问："小翅，师父怎么样？"

蓝小翅说："昊天赤血之所以会让人短寿，最主要的原因就是内力冲击经脉。现在他失去了功力，反而没有这种担忧。我估计长命百岁有点难，但是如果好好养着，活个六七十岁还是有可能的。"

柳风巢、贺雨苔二人都瞪了她一眼，温谜倒是微微一笑，说："那我这也算是因祸得福了。"

旁边宇文超忍不住了，好奇地问："长生泉就在里面？"

大家都忍不住看了他一眼——不只长生泉在里面，你爹也在里面，可怜的孩子！宇文超可不知道这些眼神的用意，探头探脑想进到山洞里。蓝小翅说："陛下要先进去吗？里面应该是没有别的危险了，只是肯定还不干净。陛下进去味道难闻倒是没关系，万一踩到什么东西……"

宇文超只是想想，就觉得恶心！他说："朕……朕还是等等再进去吧！"

蓝小翅说："我为陛下探路！"说着话，当先进入了洞中。

诸人在外面等着，倒也无所谓，知道她古怪精灵，吃不了亏。

蓝小翅一路顺着山洞进去，里面的气味混合了长生泉的甜味，何止恶心，简直是让人想死。她用丝绢捂住鼻子，一路直接进到长生泉处。外面诸人幸好没进来——如果他们知道长生泉被这种气味笼罩着，不知道还喝不喝得下去。

蓝小翅倒是无所谓——与我何干啦，我又不喝！

她一路来到先前宇文疾容身的石壁前，打量了一阵，里面密封得还算严实，宇文疾明显没有想过把整个山洞都变成毒气窟，所以毒气并未外泄。

蓝小翅继续往前走，只见前面长生泉倾泻依旧。她来到瀑布前，周围的味道还是不堪描述。她蹲下来，已经看见泉水里的宇文疾。他居然还活着！

蓝小翅将他从水里拎起来，他双眼外翻，口鼻俱是长生泉，胸口微微起伏，嘴唇微张，想要说什么，却无力发声，只是不停地抽搐。蓝小翅说："你能听见我说话吧？宇文超来了，就在外面。"

宇文疾呼吸明显急促起来，第一次尝到生不如死的滋味。蓝小翅说："你不想让他看到你现在的样子吧？"

宇文疾眼里有某种渴求的光芒，他的皮，只要他的皮还在长生泉里，他就能再长回去。蓝小翅看懂了，说："看来，你并未顿悟。陛下还是想活着吗？"

宇文疾直勾勾地看着她，眼神实在是令人发怵。蓝小翅说："其实你怎么想，我是不关心的。不过宇文疾，你还记不记得，十六年前，九微山，一个叫慕容绣的女人？"

宇文疾的目光在颤抖，剧痛折磨着他，他却丝毫不能动弹。这种无声的等待，胜过世间任何一种酷刑！他拼命想要说话，嘴里却没有任何声音。慕容绣？他当然记得，九微山微生歧的妻子。

当年微生歧拒绝出仕，他一怒之下，在九微山埋下眼线，然后就发现微生歧的义子，一直对他的儿子极为嫉恨。

微生世家的人武艺高强，但智商却不敢恭维。他只是略施小计，就让慕容绣死于非命。可惜的是，当时本来是想让微生歧杀死微生瓷，谁知道微生歧在那种情况之下，仍然没有对微生瓷下杀手，只是将他囚禁。

宇文疾目光中冷意森然，蓝小翅说："可能对你而言，这些人印象并不深刻。不过，我是慕容绣的儿媳妇。"

宇文疾这才重新盯着蓝小翅，他终于有些明白了，目光里带了询问——你是来报仇的？

蓝小翅微笑，说：“是啊，仇恨是不能私了的东西。当我知道你还活着的时候，我就在想老天真是不公，你害过的人已经死了，就算杀了你，你也比她多活了这么多年。报仇有何意义？失去的再也回不来，你活着的年岁，我们也无法夺取。可是当我看到你的时候，我又觉得也许这人间冥冥之中，是有因果报应的。这些年，你活得也并不好。”

宇文疾明白了，蓝小翅是故意将他扔在长生泉里，让他无皮而生，痛苦这么多天的！

他眼神中有一种急怒和凶狠之色，蓝小翅轻笑，说：“对，我是故意的。就这几个月的时间，就当是你偿还我公爹这么多年的相思之苦了。相信我，这样的交易还是你赚了。”

宇文疾鼻腔中呼呼有声，蓝小翅伸出手，扼住他的颈项，他眼睛突起，显得异常恐怖。蓝小翅说：“不要再挣扎了，你要相信我真的是一个好人。否则我就应该给你喂上假死的药，然后让宇文超把你埋进土里。棺木要做得很大，并且打上气孔。你三五天内死不了，但是没了长生泉，你又没有皮，虫子会代替我们问候你。到时候，你才会真正体会到什么是我的仁慈。”

宇文疾打了个冷战，目光渐渐黯淡下来。蓝小翅的手段，他是相信的。因为他也是这种人。他能做出这样的事，别人当然也能。蓝小翅五指收紧，宇文疾纵然穴道被制，也突然蹬了一下脚，然后整个人如同被抽干了精气神，渐渐软倒下去。

蓝小翅一直等到他气息全无，才将他重新放进长生泉中。长生泉虽然神奇，但也不具备活死人、肉白骨这样的功效。她又站了一阵，确信这个人是活不过来了，终于起身，四下检查一番。找到了几块碎皮，看来是有人将宇文疾的皮剪破了。

至于是谁嘛……除了慕流苏，还能是谁呢？他是个周全的人，蓝小翅放心了。

外面毕竟人多力量大，不多时，洞口已经被清洗干净。气味还是难闻，但也是没办法的事，只能忍了。

宇文超等人在诸人的保护下，踏入洞中。山洞里晶石洁白依旧，宇文超也不由感叹这奇景。慕流苏是知道宇文疾的下落的，此时四下搜寻蓝小翅。他下不了手杀死宇文疾，但也不太担心——他相信蓝小翅一定会妥善解决的。

一行人前行，过了好一阵，终于来到长生泉瀑布之中，宇文超老远就已经看见泉水中泡着什么东西。刚一走近，他就忍不住过去看。少年们谁没有好奇心？不由都凑了过去。

微生瓷此时已经将小翊抱在怀里，他倒是没凑这个热闹。微生歧也没过去——他对泉中人的身份，并不关心。

但是很快，只听宇文超一声尖叫，慕流苏心里有数，立刻上前将他拉了回来。蓝小翅站在泉边，身上衣袂已经被沾湿。温谜看她一眼，她笑嘻嘻的，说："泉中不知何人，已经被迦夜还是连镜剥皮。你们有谁认识他的？"

宇文超转身呕吐，其他人倒还好，好歹是混迹过江湖的，没吐。金枕流说："剥成这样，鬼才认识啊！"

慕裁翎也吓坏了，这时候说："我们都在这里，应该没有其他人吧？可能是个得罪了迦夜或者连镜的小兵？"

蓝小翅说："有道理啊，我也想不出这个人是谁。不过既然我们机缘巧合在此路过，就将他入土为安吧？"

柳风巢很意外，说："你什么时候这么好心了？"

蓝小翅和慕流苏都瞪了他一眼，他一脸无辜——我说错了什么？

宇文超说："对！他竟然有幸让朕见上一面，也算是颇有厚福了。朕就将他厚葬了吧。"

蓝小翅与温谜对视一眼，两个人同时躬身道："陛下仁德齐天！"

宇文超命人上前将宇文疾的尸首抬出来，也许是父子天性，不知道为什么，有一点难过。他伸手解下自己身上的一件外袍，随手丢在尸身之上，挥挥手，说："抬下去抬下去，再看他一眼，朕简直要做十天噩梦！"

侍卫赶紧将尸体抬了下去，岛上的太医们已经被慕流苏控制，他做事，大家还是放心的。看来此事，不会有消息传到宇文超耳朵里了。而且就算是传过去又如何？蓝小翅也只是说不认识这个苦逼的剥皮者，又没说他不是宇文疾！

等到把尸体处理干净，其他人一想到自己从此要以喝这里的长生泉为生，不由都露出了几分痛苦的表情，连微生瓷也觉得想吐。

蓝小翅哈哈大笑，说："你们就祈祷老木和采真叔叔能够赶紧研制出解决办法吧。"

诸人能有什么办法，一边骂蓝小翅，一边取长生泉。

船上带了野鹿，太多的长生泉，也无法调和。大家倒也知道，取够足量之后，就要准备返航了。等宇文超上了船，蓝小翅才问慕流苏："宇文疾的皮，你处理好了吧？"

慕流苏说："我怕连镜发现，已经剪碎扔进大海了。"

蓝小翅说："别看你对宇文疾挺心软的，对他的皮倒是下得去手。"

慕流苏哼了一声，到底心里不好受，转身上船去了。蓝小翅跟在他身后，抱着孩子也上了船。

少年们叽叽喳喳，第一次参与这样危险的任务，虽然没有特别大的贡献，却总算开了眼界。这时候想起来，还颇为兴奋，正在私下谈论。蓝小翅把小翊抱给奶娘，让他先喝点奶，自己在旁边等着。

阳光斜斜地撒落下来，远处的长生岛，晶石散发着奇异的光辉，美到刺目。

温谜走过来，坐到她旁边，问："在想什么？"

蓝小翅说："心里有点空。"

温谜说："习惯了就好。"

蓝小翅说："还是别了，这样的事一次就好，我可不想习惯。"

温谜笑笑，说："江湖风浪，无穷无尽，岂是一次就好的？"

蓝小翅说："我就想回到羽族，好好地带娃，照顾夫君，闲时经商，多赚点钱。可不想跟人拼命。"

温谜将手搭在她肩上，说："如果可以，爹也很想过这种日子。"

蓝小翅说："好吧，忘了你现在武功全失了。呐，虽然你小时候只养过我一个月，但是我也愿意养活你一百年。你要来吗？"

温谜笑笑，说："方壶拥翠，我并不习惯。"

旁边的柳风巢说："师父是仙心阁阁主，有没有武功都是！"

蓝小翅啧了一声："武功都没了，还这么抢手啊！"

温谜摸摸她的头，她的头发真滑，像是调和了阳光，美如丝缎。

等船只返回大凉，木冰砚和云采真二人就命体内种上菌丝的诸人到落日城——菌丝用长生泉可以诱出。只需要将手臂泡在长生泉里，菌丝会全部循长生泉而去。过上十几天，就会从毛孔里脱出。

这真是成也长生泉，败也长生泉。

温谜武功全失，仙心阁必然要推选新的阁主。柳风巢当然是不二人选。趁着江湖各派都在这里，温谜也不打算另择时间，就打算宣布新阁主的事。此事重大，当然还要拟帖通知其他江湖人士。

蓝小翅没办法，好歹是自己的地方啊，只得帮着他拟帖。一边写帖子，她还不解："其实对付连镜的事，其他人根本就没出什么力嘛。你带着一船人这么来回奔波，不嫌麻烦啊？"

温谜说："江湖不是一个人的江湖。哪怕是你一个人能解决的事，你也一定要明白这个道理。单打独斗不算勇，你要让其他人也参与其中，让他们明白这是大家的事。哪怕他们无力相助，也能从中明白自己是江湖一分子。"

蓝小翅说："不懂。"

温谜说："如果是单纯做一个英雄，当然可以逞个人之勇。但是如果要做一个合格的领袖，你就要明白归属感对于你的下属来说有多重要。"

蓝小翅摊手，说："可是我自己能处理好的事，干吗要带着一群没有毛用的家伙？！这样多没效率啊！"

温谜微微一笑，说："别说了，快写，银剑书生。"

蓝小翅说："这……还真有叫这名的啊？！"

温谜嗔道："快写啊，话多！"心里却觉得很是温暖，原来亲密无间是这种感觉。

蓝小翅咬了咬笔头，在帖子下写下——淫贱书生。

一个月后，武林大会在落日城举行。体内被种上菌丝的人，都已经被治好。只有直接饮用长生泉的人，还需要用菌丝吸收泉水。而昊天赤血，也可以用菌丝吸取。

这算是解决了这场江湖浩劫，所以哪怕是体内还有长生泉的人，终于也都面露了笑容。

温谜当众宣布，将仙心阁阁主之位传给柳风巢。其他人顿时不放心了：“温阁主，您不是想要退出江湖吧？”

温谜微笑：“江湖事，我管了这么多年，也是时候让其他人去管了。”

他这样一说，其他人顿时慌了：“温阁主，您虽然武功全失，但是我们信任的是您的为人呀！”

一时之间，诸人纷纷挽留，旁边还有一个不小心说了实话的：“温阁主，您可不能退隐啊，您要是不在了，蓝小翅还不无法无天了？！”

蓝小翅怒瞪了说话者一眼，温谜终于忍不住笑出声来。下面鹰愁涧洞主冯蛟大声道：“依我所见，我们推选温阁主为武林盟主，大家意下如何？”

顿时大家纷纷响应，温谜连连道：“承蒙各位抬举，但是温谜如今身无武艺，常人一个，实在不能担此重任……”

下面有人说：“温阁主，以您在江湖上的声望，武林盟主当之无愧，就不要再推辞了。”

温谜坚持道：“诸位，温某确实已经无意再涉江湖事。仙心阁新任阁主柳风巢仁孝敦厚，诸位可以放心……”他有心推自己的大弟子出去，但是很明显，年纪尚轻的柳风巢，是没有办法让其他门派放心的。

化成雨说：“温阁主，自您担任仙心阁阁主以来，一直讲究公平公正。平时有什么事，也大多是各门派投票表决。如今武林盟主的事，我们也依例投票表决，想必您应该没有异议吧？”

他此言一出，众人顿时连声附和。柳冰岩等人互相看了看，他们当然是最不希望温谜就此引退的。所以投票举行得干脆利落，不到一盏茶时间，温谜任武林盟主的事经在场各大门派表决，一票反对，其余全部赞同。

温谜一脸无奈，但是显然这个盟主之位他是无法推脱了。这个结果倒是皆大欢喜，只有蓝小翅问：“你们这个武林盟主，除了听着威风以外，有没有什么特权啊？”

各大门派的掌门闻言都忍不住瞪了她一眼，温谜无力，说：“小翅！”

蓝小翅说：“我又没说错。”说着话靠到温谜身边，说，“反正你现在武功全失，也是时候享享清福了。这个武林这么多年来没有盟主不也好好的？”

温谜含笑看她，问：“所以呢？”

蓝小翅说：“我是说，你要是实在不想出任这个盟主呢，也不是没有办法。”

温谜微笑，说：“如果我并不打算拒绝呢？”

蓝小翅大为惊异：“这跟你平时淡泊名利的画风不太像啊！你不是被迦夜换了皮了吧？”

温谜无奈，伸手敲了敲她的头：“我做武林盟主对你最没有好处，是吧？”

蓝小翅心里的小九九被看破，有点尴尬，咳嗽一声，说：“爹说这话多见外，我是关心你的身体嘛。”

温谜抬手摸摸她的头，一脸诚恳地说：“你的关心爹受宠若惊。不过一个武林盟主爹还是可以胜任的，如果你不搞太多幺蛾子的话。”

蓝小翅切了一声，温谜终于忍不住轻笑出声。

等到武林大会结束，诸人陆续离开落日城。慕流苏、宇文超一行人当然是要赶回侠都。温谜、柳风巢等人回太极垂光，鳍族也要返回葬星湖。慕流苏走出方壶拥翠，在楼门外站了一阵。

那里立了一块石碑，是宇文超亲笔题书的。他当然一眼就扫到重点，眼里的怒意仅仅只是略略凝结，随后不明所以地熄灭下去。身后温谜走近，慕流苏这才把目光从御笔亲题的石碑上移开，说：“功成却不愿身退，还留在江湖，你是想干什么？”

温谜说：“发挥余热而已。”

慕流苏像是听到了什么可笑的话，表情很是不以为然。温谜说：“怎么，慕相对武林大会的结果好像并不满意？”

慕流苏往前走了几步，突然说：“你出任盟主也好，我和青琐都会比较放心。”

他放心，自然是因为有温谜在，江湖中不会出什么大的乱子。而青琐放心，则是因为温谜无论如何，也会照应蓝小翅。说完这一句，慕流苏像是突然醒悟过来什么，说："你也真是用心良苦！"

温谜跟在他身后，将他送出一段路，说："彼此彼此吧。"

二人对视一眼，都在对方眼里看到一丝为人父的慈爱和无奈。

诸人一走，蓝小翅抱着儿子唉声叹气。蓝翡微笑，说："他本可以回到仙心阁再将阁主之位让给柳风巢。如今搞了这么大的阵仗，恐怕武林盟主也在他的意料之中。"

微生歧闻言，立刻道："哼，这个利欲熏心的伪君子！"

蓝翡以扇掩唇，只是笑，并不说话。蓝小翅叹了一口气："公爹，柳风巢刚刚继任仙心阁阁主，他不放心也是常理。再说了……"她看看蓝翡，还是说下去，"他也不放心我。"

蓝翡说："当然了，毕竟是骨肉至亲。""骨肉至亲"四个字说得很是酸溜溜。蓝小翅一脸无奈："爹，现在整个武林，唯一不想让他担任武林盟主的，可能就是我了。你没看见就只有一票反对吗？"

蓝翡笑了一声，问："接下来有什么打算？"

蓝小翅说："我带小翊去找陛下玩几天。要想从温爹手里捞点好处难如登天，反倒从陛下那里好入手一点。顺便给慕爹爹做做思想工作。现在陛下允许羽人读书入仕，如果我的弟弟将来能在朝中有个好位置，对我们的助益会很大。"

蓝翡羽扇轻摇，说："走得一步好棋。"如果慕裁翎能在朝为官，慕流苏就会彻底断了让他领导羽人的念头。而裁翎身为一个羽人，总不会歧视自己的族人。这对羽人的地位，将是一个真正意义上的提升。

从此平等二字，不再是说说而已。

侠都，相府厨房。

慕流苏正在切菜，厨子们都安静地站在门外。相爷有心事的时候，就喜欢自己下厨，但不喜欢身边有人说话。

所以大家已经习惯让他独自在厨房里忙碌。慕流苏手指修长洁净，他不会武功，然而切菜却极为齐整，刀功不错。

等到他将整只鸽子骨头剔净时，一转身，已经有人将八角、生姜等递过来。慕流苏叹了一口气，没有抬头就知道是蓝小翅。他用白巾擦了擦手，说：“你来干什么？”

蓝小翅说：“啧，我来看我娘和我弟弟。”

慕流苏说：“他们过得不错，如果你不来的话。”

蓝小翅哈哈大笑：“我娘那么疼我，我不来她怎么可能过得不错！哎哎，这只鸽子不错，给我家小翊蒸一只。”

慕流苏说：“小翊太小，不能吃鸽子。”说罢，回头拿了一个土豆，削皮丢进水里，“土豆泥吧。”

蓝小翅站在他旁边，看了一阵，说：“慕爹爹觉得羽人入仕不妥吗？”

慕流苏背脊微僵，哪怕自己什么都没说，她还是知道自己在想什么。他说：“进展太快，不是一件好事。”

蓝小翅说：“可您当时又没有反对。”当时他站在方壶拥翠的门楼之外，选择了沉默。

慕流苏没有说话，当然不应该反对，如今裁翎要统领羽人已是无望，如果能入朝为官，那当然是再好不过的一条出路。

可羽族身上的奴隶印记尚未完全消失，鲜血未干，这个以激烈手段获得平等身份的种族，依然心怀仇恨和不甘。

他们能好好为官吗？能将以前迫害过他们的人一视同仁，并为这些人谋求福祉吗？

他一点一点地削着土豆皮，蓝小翅站在他身边，许久之后，说：“慕爹爹是觉得如今的羽族戾气未消，还不能融入到普通的凉人之列。”

慕流苏说：“难道你觉得可以吗？”

蓝小翅耸耸肩，说：“我也觉得还需要时间。”

慕流苏愣住，这次终于回身打量她，问：“那你是怎么个意思？”

蓝小翅说：“冰冻三尺，非一日之寒。戾气不是一时半会能够消除的。但是起码需要一个开始。”

慕流苏的嘴角微微扯动了一下，又低下头继续削土豆：“怎么开始？大凉王朝，不是用来给谁机会尝试的。”

蓝小翅说：“就不能先把羽族圈起来，让我们自己尝试一下吗？朝廷还缺不缺一个驯鸟司什么的？我们提供的信鸟质量绝对优异啊！而且……如果裁翎能够入朝为官，地位相比及其他羽人当然不一样。羽族对他，怎么也会不同一些吧？”

慕流苏把土豆放进锅里，添上水。蓝小翅机灵地过去添柴烧火，又过了一阵，慕流苏说：“信鸟价格怎么说？”

蓝小翅用吹火筒吹了一阵，让火烧得更旺，然后兴致勃勃，开始谈价。

数日后，朝廷在官邮司的水、陆驿站中又添空驿，空驿由羽族负责。蓝小翅派寒鸦出任驿长，寒鸦成为羽族在朝有正式官职的第一个羽人。

消息传到太极垂光，温谜跟柳风巢相对而坐，问：“你说，她这是什么意思？”

柳风巢说：“我觉得羽人能够入仕是好事，起码这可以让他们真正成为大凉百姓中的一分子。”

温谜叹了口气，说：“风巢，这表示以后羽族将不再是一个单纯的江湖势力。”

柳风巢愣了一下，温谜说：“以后如果江湖想要制约他们的一些行为，就需要通过朝廷。她是认为我任武林盟主对她并无助益，所以赶紧依附一根高枝。这孩子。”

柳风巢说：“师父不必这样想，师妹这么做，也是替羽族着想。”

温谜说：“那是当然的，而且她能如此机敏，为师其实很高兴。”任何人都只是她的合作伙伴，她不依赖，也不完全信任。与其打着亲生女儿的感情牌，让温谜照顾，不如另寻盟友，互相掣肘。

几天后，温谜重新为羽族驿站估算费用，将蓝小翅之前的估价下调三成。并且要求羽族一视同仁，不得公报私仇，将各门派分门别类地定价收费。

羽族凤翥、白翳收到消息就气炸了：“羽尊，温谜这是什么意思？他不是你亲爹吗？怎么一点也不向着你啊！”

蓝小翅当然也接到了温谜发来的书信，她咬着笔头，面上居然没有多少愤慨之色，只是淡淡道：“同意吧。”

凤翥、白翳都愣住了：“就这么同意了？”

蓝小翅说：“他是武林盟主，无论怎么样，都要给点面子的。”

凤翥不满，说：“是因为他是武林盟主，还是因为他是你亲爹？”

蓝小翅凑近她，双瞳如海，幽深难测。凤翥心中一跳，放低了声音，说：“不会只有我一个人这么想的。属下觉得，不管怎么样，总要抗争一下，以显示您是在维护羽族的利益。哪怕失败，也无人会多想。”

蓝小翅这才靠在椅背上，许久，说：“稍后寒鸦会送来朝廷的采购单，利润远大于我们下调的三成费用。把这个解释给需要解释的人听，如果还有人多想，我会认为你们俩已经老了，办事不力了。”

凤翥和白翳都站起来：“是，羽尊。”

他二人离开之后，蓝小翅独坐了一阵，待她走出来，才发现微生歧站在门外。她愣了一下，随后笑：“爹，您怎么站在这里？这夜深露重的。”话是这么说，却也没什么心疼的意思。微生歧跟牛似的，这点风露不算什么。

果然微生歧是全没当回事，只是说：“以前你东奔西跑，小瓷带着孩子也就罢了，现在你在家里，还让丈夫整天带孩子，成何体统？！”

蓝小翅赶紧说：“哦哦，我这不是有点事情耽搁了吗。我这就去这就去。”一边说着话一边就准备出门，微生歧突然又说：“温谜如果不给你面子，我可以跟他打个招呼。”

蓝小翅回过头，终于觉得很稀奇了：“爹，您不是不理江湖事嘛？”

微生歧说：“我不理，并不代表有人能欺负到我微生世家头上。”他向来耿直，总觉得温谜刚出任武林盟主，第一个就拿自己女儿开刀这种行为实在是沽名钓誉。武林第一高手顿时看不下去了，他的打招呼，恐怕不友好。

蓝小翅又好笑又感动，说：“爹，这些事情我会好好处理的。”欲待离开，突然又回过身来，耐心地解释，“他目前给出的费用，在我能接受的范围之内。他有认真核算过羽族信鸟和驿站的成本，并不是欺负人。另外，我们需要一条纽带，和各门派真正地同化、和解。”

微生歧皱眉："不是早就和解了吗？"羽族通商、入仕，难道还不是和解？

蓝小翅说："这只是一个开始，人心的积恨需要很长的时间和耐性去消融。温爹爹和慕爹爹的顾虑是一样的，羽人还有很长的路要走。但是开端很好，未来可期。"

微生歧说："嗯。"对于这种一听就很麻烦的事，他可不想关心。

蓝小翅笑笑，突然张开双臂，给了他一个高规格的拥抱："谢谢啦，爹！"微生歧给肉麻的，待要怒吼，她已经蹦蹦跳跳地跑远了。

蓝翡的书房里还亮着灯，蓝小翅推门进去，他头也没抬，问："什么事？"

蓝小翅在他书桌对面坐下来，说："来跟爹解释一下武林盟主的无理要求。"蓝翡失笑，说："你同意了？"他始终是最了解蓝小翅的人。温谜为了她，几乎是毫不犹豫就饮下昊天赤血。她还是感动了，所以温谜提出的调整羽族信鸟费用，哪怕对羽族不利，她还是迫不及待就同意了。养父，怎么说还是比不上亲爹啊！光是这份毫不犹豫饮下昊天赤血的勇气他就得思考衡量一番了吧？

蓝小翅根本不用去看他的眼神，就知道的他所思所想，她说："朝廷成立空驿，拨下来的银子，足够弥补这部分调价。"

蓝翡说："你是羽尊，不必向我解释。"

蓝小翅说："别的人，我也不太想解释。但是爹这边，我还是想仔细说说。"

"哦？"蓝翡这下是真的感兴趣了，微仰上身靠在椅背上，"你说。"

蓝小翅说："之前因为价格不平等，不少门派对羽族始终带着敌意和怨气。如今价格做出调整，他们会更乐意跟羽族合作，而不是自己私下里联系羽人单独送信。我认为这对羽族而言，更有利。"

蓝翡微笑："然后？"

蓝小翅说："人情债，是早晚要还的。当初如果不是为了救小瓷，温阁主也不会就这么饮下昊天赤血去和迦夜拼命。与其下一次让他提出更为难的要求，不如就这么答应。”

蓝翡失笑：“人情债？温谜要是听你这么说，恐怕会伤心欲绝。”

蓝小翅没有回应这句话，只是继续道：“他初任盟主，各门各派为了表示对他的拥护，会全力支持他的决定。而他这次调价刚好在我的预估价之内，如果我们反抗，其他门派会联手抵制。我们即使据理力争，也未必有胜算。”

蓝翡说：“你很清醒。”

蓝小翅起身走到他面前，慢慢在他面前跪下，将脸贴到他的膝盖上，说：“我知道自己在做什么，也在学习怎么做。如果你觉得我做得不对，那么，请你教我。”许久，她又轻声道，“我不怕你冷嘲热讽，我只怕你什么都不说。”

蓝翡伸出手，轻轻抚摸她毛茸茸的小脑袋：“能够让我什么都不说的人不多，你已经做得很好，也能做得很好，宝贝儿。”

话落，两个人都沉默。书房里七日薰的香气若隐若现，仿佛时光从未来去。

而这一边，微生歧回房的时候，看见自己儿子在给微生翊洗澡，当即就怒了——这个蓝小翅又跑到哪里去了？大晚上不回家，这是把自己的话当耳边风了！岂有此理！

他一脸怒容，微生瓷抬头看见，微微皱眉：“我自己能照顾好孩子。”因为有点怕，他的声音弱弱的。

微生歧说：“你能照顾，那你娶个媳妇干什么？哪个孩子不是由娘看顾着长大的？”

微生瓷小声说：“我娶小翅，是因为我喜欢她，想跟她在一起，又不是为了孩子。”

微生歧火冒三丈：“混账，你说什么？”

微生瓷说：“难道我们娶妻，不是因为相爱吗？”我们为什么要找一个人共度一生？我们来到这个人间，遇到一个让自己心动的人，于是追逐陪伴、迁就体谅，把人生的苦乐酸甜都体验一遍，这不对吗？难道生育和繁殖，才是我们一生的目的和追求吗？

瓷少爷迷惑了。哪怕是思维方式再简单，他也认为不是的。

微生歧居然难得也沉默了。微生瓷说：“她是孩子的娘，但也是一个人。她也有权利去感受与体验她的梦想和追求。我应该和她分担，也愿意与她分担这些苦乐烦忧，这样不好吗？”谁也不应该被繁衍与生殖囚于方寸之间，这不是任何一个人来到人间的意义。

微生歧第一次哑口无言了，后果是他跳起来，把微生瓷狠削了一顿——臭小子，还学会顶嘴了你！

蓝小翅回来的时候，正看见微生歧揍微生瓷呢。她叫了一声“糟糕”，赶紧过去把微生翊抱起来。那孩子看见爷爷正在揍他爹，笑得鼻涕泡都要冒出来了。蓝小翅叹气：“小子，你爹真是白疼了你一场啊！”这真是亲儿子吗？！

她抱着孩子冲过去，一脸热情洋溢：“爹，这么晚了，您还在这里跟小瓷进行不友好的肢体接触呢？”

微生歧怒瞪她一眼，打儿子就打儿子，什么叫“不友好的肢体接触”？再一看微生瓷脸上的痕迹……好吧，这肢体接触也确实不友好。心中怒气被这么一转移，散了大半。他怒道：“你还知道已经这么晚了？跑到哪里去了？已经当了娘的人，天天不着家，像什么样子……”

蓝小翅笑得一脸狗腿：“爹，我去了个茅房。您知道的我这几天有点忙，肠胃不好，蹲茅房就蹲得久了一点……”

微生歧被噎住了，这……跟儿媳妇谈这个话题，不是他的长处。剩下的话也说不下去了，他愣了半天，拂袖而去。蓝小翅把小翊抛起来，微生瓷赶紧上前接住。小翊乐得咯咯直笑，蓝小翅张开双臂，慢慢抱住父子二人。

微生瓷安静地任她拥抱，夜风吹拂，凉意沁人心脾。

第四十一章 新旧交替

第二天，微生歧吩咐蓝小翅在家里带娃，理由是微生瓷需要闭关三个月。这倒是真的，微生瓷体内的昊天赤血和长生泉，木冰砚虽然一直在用菌丝导引，但他体质特殊，而且内伤沉重，功效没有那么快。微生歧口中不提，心里还是焦急，打算运功助他。

蓝小翅当然满口答应，白翳、凤翥等人也很识趣，各忙其事，不来扰她。

蓝小翅抱着小翊，正在喂饭，外面有人进来。蓝小翅抬头看了一眼，一脸警惕："你来干吗？"

来的正是迦月，她进到屋子里方才收了伞，说："温盟主吩咐你去一趟太极垂光。"

蓝小翅说："哟，是温盟主找我还是柳阁主找我？"

迦月面上一红，她是暗族，本不适合白日出行。柳风巢也不同意她出来——以蓝小翅的德行，不给她难堪才奇怪了。然而迦月居然没有恼怒，只是半低着头，说："是温盟主的吩咐。"

蓝小翅把最后一口土豆泥喂给小翊，说："什么事？我这几天得看孩子呢！没要紧的事让他等我几天。"

迦月睁大眼睛："他是盟主，他有事找你，你怎么可以推三阻四？"

蓝小翅乐了："他不仅是盟主，还是我亲爹呢。你就告诉他，我在带他外孙，没空。”迦月站了一阵，没走。蓝小翅挑眉：“你还有事？”

迦月想了想，说：“温盟主说，上次调整羽族信鸟定价之事，你想必不乐。这一次，也不会这么配合就过去，所以让我再多等等。如果你还是不同意的话……”

蓝小翅有点感兴趣了：“他还知道心虚啊！我不同意他打算怎么办？”

迦月说：“他让我回去，他回头得空了自己来。”

蓝小翅呻吟一声，无可奈何，抱起小翊，回头吩咐奶娘：“来来，给我家翊少爷准备准备。”

奶娘小声说：“回头微生老爷知道，又要……”

蓝小翅说：“又要大发雷霆了，我知道。我这不是没有办法嘛！如果他亲自过来，我又不好晾着他，我蓝爹该大发雷霆了！”

无可奈何，奶娘也只得收拾了东西。蓝小翅带着奶娘、翊少爷，跟迦月一起出发前往太极垂光。带着孩子毕竟不方便，一路上，迦月忙前忙后，虽然笨拙，倒也周到。

蓝小翅看着她，暗族在天光之下，纵然打着伞，裸露的皮肤还是被晒得通红。她从包里翻出防晒的药膏扔过去，迦月接住，又一瞬的茫然。

蓝小翅说：“没事让云采真照药方给你配一点，效果很好的。”

迦月将药膏放好，好半天小声说：“谢谢！”可是怎么好因为这点事去麻烦云采真呢？她一个暗族人，能够在仙心阁容身，已是诸般不易。事实上，如果不是柳风巢有意维护，而温谜又素来宽厚，以迦夜之前的恶行是不会有人愿意庇护她的。

蓝小翅说：“还不错嘛，居然知道言谢了。难道阿猫阿狗去到温盟主身边都会变得很讲道理吗？”

迦月抿了抿唇，没有说话。她一味忍让，蓝小翅就觉得没什么意思了，也不再挤对她，跟着她一起出了门。

太极垂光。温谜虽然任武林盟主，但是仍然住在这里。门人弟子传报蓝小翅到来的消息，温谜和柳风巢当然就在门口等了。蓝小翅多会说话啊，见面第一句话就是：“温盟主，你都不是仙心阁的阁主了，怎么还住在太极垂光呢？”

一句话出，仙心阁弟子恨不得把她捶死。柳风巢知道她这张嘴，当下就欲辩白，温谜无奈地摆摆手，道：“来就来吧，还贫什么嘴？！”

蓝小翅说：“可不是这个道理吗，我看你要一直在这儿，我这柳师兄就是个被架空的傀儡嘛。”

温谜从她手里接过小翊，小翊醒着，睁着圆圆的眼睛四下乱看。他逗了逗孩子，说：“蓝翡在方壶拥翠，也没见你变成多听话的傀儡啊。”

蓝小翅立刻就吐槽开了：“谁说我不是傀儡，我是啊！所以你知道你要调整信鸟价目的时候，我多为难吗？我蓝爹多凶啊，他在那里瞪着，我是多么艰难才说服了他。你这爹可真是一点也不体谅我啊！我真是你亲生的吗？为什么这么让人存疑啊……”

温谜抱着孩子在前面走，她在后面嘀嘀咕咕，柳风巢先前还生怕自己师父往心里去，后来一看温谜那笑容，只有见到爱女的温柔欣喜，哪有半点不快的意思？他也就懒得管了。回头看见迦月皮肤泛红，说：“你体质特殊，日间不宜行走。以后传信找人的事，就不要理会了。”

迦月在他面前总算自在了一些，说：“师父，我想做点力所能及的事。我不会在仙心阁做一个……”“闲人”这样的话，她终究是不好意思说出口。因为哪怕就是干些跑腿传信的事，也跟闲人没多大差别吧？

柳风巢把手搭在她肩上，面前的少女因为努力练功，竟比之前要强壮一些。但那个娇骄的暗族大小姐，真的是不在了。族人的驱逐与旁人的目光，让她变得成熟懂事了许多。

他温声道：“你是我的弟子，是仙心阁的一分子，不要总是把自己当外人。”

迦月点点头。可这里除了你和温盟主，谁又把我当自己人呢？她眼眶微红。

蓝小翅跟温谜一起进到正厅，温谜不待蓝小翅开口，就说：“我虽然不是仙心阁阁主了，但是柳阁主尊师重道，所以为父只好仍霸着阁主的居处不放了。”

蓝小翅爆笑，半晌才问：“找我过来干吗？我公爹最近不满着呢，要是等他出关发现我又跑了，该暴跳如雷了。”

温谜失笑，说：“你几时在乎他怒不怒了？”

蓝小翅说：“我决定从今天起做个孝顺的儿媳妇。”

温谜说：“孝顺的儿媳妇？过段日子再说吧。武林中每年有一次新秀弟子比武擂台赛，需要开始准备了。”

蓝小翅疑惑：“这个往年不就是仙心阁在操办吗？你自己办了不就好了？”

温谜说：“如今我功力全失，当然是需要帮手的。”

蓝小翅哀号：“你不是有柳阁主当帮手吗？”

温谜含笑，说：“以前我有武功的时候，风巢就是我的帮手。现在，一个就不够了。”

蓝小翅无可奈何，只得说：“好吧好吧，要我做什么？”

温谜说：“这里是各门派拟好的新秀名册。你需要先调查他们有无劣迹。考察通过之后，最后要不着痕迹地约谈。你要知道哪些人是什么性情，适合在什么位置。”

蓝小翅说：“不是吧，你还搞暗箱操作啊？”

温谜敲了一下她的小脑袋，说：“这些人是各门各派下一届的骨干精英，也会是我们将来的合作伙伴。什么时候也难免有些刺头，你要在他们羽翼未丰之前，以他们的为人，来确定是施恩还是施威。”他顿了顿，终于又说了一句：“以及这个人是不是有不能出现在擂台赛的理由。当这个理由确实很充足的时候，就必须采取行动了。”

蓝小翅说：“嗯，我知道了。”

温谜意外：“没有别的表示吗？”

蓝小翅凑近他看了一阵，认真地说：“你打算看看我和柳阁主，谁更适合成为你将来的伙伴，或者……继承人？”

温谜说：“将来……颇多变数。为父希望你做好现在。”

蓝小翅两手一摊：“我觉得我现在做得很好啊。”

温谜微笑，说："别自满，你和风巢都很好，往前看。"

蓝小翅说："惊天大黑幕啊！一向讲究公平公正的温盟主准备任人唯亲啊！"

温谜晃了晃怀里的孩子，翊少爷哪有耐性听这通无聊的对话，早就睡着了。他轻声说："如果谁有半点不合适，就不会有什么黑幕。"

蓝小翅正色道："我也觉得我不需要什么黑幕，如果你不出任武林盟主的话。"

温谜终于也给气笑了："少贫嘴！"

他抱着孩子，蓝小翅只好去看各门派送来的新秀弟子名册了。温谜站在旁边，说："他们的资料，仙心阁已经调查清楚，但是不一定完整真实。我约谈他们的时候，会带上你和风巢。他们来到仙心阁，一般会有师长陪同。但我们约谈这些子弟时，他们的师长只能在外等候。你要注意，九曲宫宫主和广云山岳门主有过节，不可同时出现。蜀雨青枫的化掌门和鲸云岛岛主性情不合，二人见面必起纷争。万剑谷与江河剑派一直很在意气宗和剑宗高下问题，一见面势必打斗。另外……"

他洋洋洒洒地说了一大篇，蓝小翅抓抓头皮——我的娘啊，脑子里想起很久以前蓝翡给她讲的故事。某人要带一条狗、一头猪、一筐白菜过河，但舟一趟只能同时带一样。而狗要咬猪，猪要吃菜。问，此人怎么过河……

约谈新秀弟子，不是一件容易的事。人大多是会伪装的，而如果选出来的子弟为非作歹太多，那就是给自己添麻烦。而且因为这些弟子特别优秀，所以他们的师长，可能明知道他们人品有问题，还是会帮忙遮掩，以期得到自己在门派中真正的助力。所以约谈这一环节，就是一场无形的较量了。

蓝小翅跟着温谜和柳风巢，从旁协助。她第一次见到这样的温谜，他似乎拥有一双洞彻人心的眼睛。这些少年子弟在他面前，每一句话都答得十分小心。但每次谈话结束之后，温谜都会指出这个人的行事风格，以及可能存在的缺陷。

而蓝小翅和柳风巢沿着这个方向，往往还真能找到点蛛丝马迹。蓝小翅叹为观止，柳风巢反而相当平静——二十几年的师徒，还有比他更了解温谜有多可怕的人吗？而其中云屿九连寨寨主的儿子，温谜与他详谈三次，之后交代蓝小翅和柳风巢：“此人年纪轻轻，然而心术不正，恐怕极为好色。且他父亲本是个贪财纵欲之人，你二人前往云屿九连寨，重新调查一下这位少寨主。”

蓝小翅歪了歪头：“这么严重？”

温谜嗔道：“快去，务必真实详细。”

蓝小翅跟着柳风巢秘密前往云屿九连寨，一查之下，发现这个少寨主身上还真是有奸情人命。跟一个少妇通奸，杀死了对方丈夫。后被死者家里的丫头发现，又杀了丫头。

云屿九连寨在当地势力庞大，寨主郑金银当时花了不少银子，把这件事私下处理了。蓝小翅直到回到太极垂光，还在啧啧称奇。倒是柳风巢问：“师父，接下来怎么办？是否抓郑金银之子上丹崖青壁，接受审讯？”

温谜详细地询问了他们探查的经过，又细细看过了证据。半晌，转头问蓝小翅：“你怎么看？”

蓝小翅说：“云屿九连寨的郑寨主虽然贪财，但是为人还不算太坏。我看过他与旁人往来的一些书信，顶多也就是贩点私盐。他这个儿子，也是因为亡妻早逝，才格外偏宠，从而无法无天。而云屿九连寨现在资格最老的，就是大寨主和二寨主，如果真的把他儿子押上丹崖青壁公审，他也必将被牵连其中。他被拱下去，二寨主吴天行会上位，那时候云屿九连寨恐怕要糟糕得多。吴天行生性好斗，经常跟临近的水帮发生械斗。郑寨主讲究和气生财，反而平和一些。天天解决他们这些鸡毛蒜皮的小事，会很耽误我们的时间。”

“还有就是……”她歪着脑袋思考了一下，说，“如果，其他帮派知道参加每年的新秀擂台赛，仙心阁会调查得这么彻底的话，那么下一次，恐怕我们就未必能找到这些蛛丝马迹的证据了。他们会用尽最高明的手段去隐藏，到时更麻烦。再说了，这小子到底是云屿九连寨的少寨主，我们何必树这个敌？”

温谜面上的笑容慢慢消失了，他眸色如海，问蓝小翅：“依你所见呢？”

蓝小翅说：“他身上有几条人命，上丹崖青壁也无非是让他偿命。想要他顺其自然地死，办法没有一万种也有九千种，每一种都不必这般伤筋动骨。”

温谜沉吟，说：“下去吧，看看孩子。”

蓝小翅哦了一声，当然不客气，转头就跑了。一直到她走远了，温谜转过头，看着柳风巢。柳风巢面色微红：“师父。”

温谜说：“小翅与你同行，但是她看到的远比你看到的多。”

柳风巢跪下：“弟子惭愧。”

温谜说：“你现在已经是仙心阁的阁主，你没有余地惭愧。”柳风巢满脸通红，温谜拍拍他的肩，“有些事情可能不那么光明正大，但是你已经不能只着眼于个人的公正与光明。你要记住，一方领袖，最重要的有两件东西，一是菩萨心肠，二是雷霆手段，缺一不可。”

柳风巢震惊地抬起头，温谜温和地道：“这些，为师之前没有说。是因为总觉得你还小，想让你一步一步、踏踏实实地往前走。但是现在看来……”他苦笑，“教得有些晚了。”

柳风巢以额触地，其实在这之前，虽然他并不介意，但是也不是没有想过温谜特地把蓝小翅带来的原因。也许，师父是想要给她一些什么，以作补偿吧。

他这么想。当然，他并没有不平衡，他喜欢蓝小翅，更敬重温谜。他与连镜是截然相反的人。连镜也敬重微生歧，甚至说，连镜对微生歧的感情不比他对温谜少。

连镜是占有，所以他仇恨微生歧的亲生儿子。而他则是心疼，他心疼温谜这些年来的急公好义却妻离子散。他敬他如父，愿意以任何方式帮助他，实现他的任何心愿。

他以为温谜有意栽培蓝小翅，于是甘心辅助。哪怕其他江湖势力再反对，他也定然支持到底。可是现在看来，温谜并不是这样想，他在教他，让他从蓝小翅身上学习另一种为人处世的道理。

这些与他之前二十几年的所学都不同，甚至有时候可能改变一个人善良正直的心性。所以他的师父选择在他已经成熟的时候再教给他。

他拜温谜为师，而温谜对他，哪怕是在自己亲生女儿面前，也从无私心。

他跪下，红了眼睛。

不久之后，云屿九连寨的少寨主在一次游泳时突然溺水。谁也不知道以他的水性，又是在自己最为熟悉的水域，为什么会突然抽筋溺水。但真的就发生了这样的事，等到他被打捞上来的时候，已然气绝。

太极垂光。温谜将参加新秀擂台赛的少年子弟都标注出来，哪一些可以交往，哪一些需要提防，哪一些需要指引，他一一备注完整。然后他将册子交给柳风巢和蓝小翅，说："细看，照办。"

蓝小翅说："柳阁主去处理就行了，我就不必了吧？"

温谜说："你们共同的朋友和敌人，风巢一人如何处理？"

蓝小翅这才搔搔头："好吧。"

于是这次的少年子弟，由柳风巢和蓝小翅共同招待。柳风巢耿直仁厚，蓝小翅却是爱玩的，带着一帮少年没少闯祸。

其他门派大多也明白温谜的意思了，他是有意要带自己的弟子和女儿。可是柳风巢就算了，蓝小翅……这怎么可能呢？太多人旁敲侧击地打探，然而温谜是多谨慎的人？谁能从他嘴里问出点什么来？他全程顾左右而言他，半点口风不露。

新秀弟子擂台赛如期举行，为期半个月，一切顺利。蓝小翅陪着温谜和柳风巢送完客，已经是傍晚时分。温谜如今没有武功，蓝小翅和柳风巢也不敢让他过于劳累，分担了绝大部分事情。

柳风巢、蓝小翅脸上都带了倦色，温谜拍拍他的肩："今天你们也累了，先歇着吧。"

蓝小翅说："我要回一趟方壶拥翠。"

温谜说："天都快黑了。"

蓝小翅说："是啊，但是小瓷快要出关了。公爹要是发现我又跑了，会气坏的。"

温谜皱眉，蓝小翅咧嘴笑了一下："奶娘，把我们家翊少爷抱过来。"奶娘赶紧过来，说："羽尊，我这就去收拾翊少爷的衣服。"

蓝小翅摇头："来不及了，我先带孩子回去。"

奶娘吃了一惊："怎、怎么回去？"

蓝小翅一挥手，青鹏过来，蓝小翅抱着小翊坐到他背上："快回方壶拥翠，十万火急！”

青鹏一脸尴尬，到底是年轻，而且在羽族又有点地位。他叽叽歪歪：“羽尊，您能不能不要把我当坐骑……上回微生家主看见，差点没把我剁了！”蓝小翅笑嘻嘻的：“他在闭关，马上就要出关了。你要是能在明日午时之前飞回去呢，他应该是看不到的。不然的话……”

青鹏一言不发，展翅而起，奶娘追了几步，还喊：“羽尊，路上风大，翊少爷吹不得风啊！”

蓝小翅把小翊裹进衣服里，羽人飞得快，风果然很大。她干脆脱下外套裹住孩子，累了一天，真有点困，眼皮打了两次架。这时候可打不得瞌睡，一不小心把翊少爷滑下去可不是闹着玩的。蓝小翅一狠心，在自己手臂上狠狠一拧，痛得她叽哇乱叫了一通。

等到赶回方壶拥翠，翊少爷已经饿哭了。奶娘不在，蓝小翅只好自己下厨，给他做了个鱼肉泥。正喂着呢，身后有人接过了她手里的勺子。

蓝小翅没有回头，只闻一下缠绕在鼻端的香气，她也知道来的是谁。蓝翡喂着孩子，蓝小翅索性将头一歪，靠在他身上。他说：“累就歇一会，微生老呆和小呆没这么快出关。”

蓝小翅说：“一会儿再给小翊洗个澡。路上吹了风，不知道会不会生病？”

蓝翡没有回应，半晌说：“如果选择这条路，你就只能一直过这样的生活。你撑得住吗？”

蓝小翅困得头都抬不起来了，却答非所问了一句：“你会生气吗？”我跟随他的脚步，脱出你的羽翼，你会生气吗？

蓝翡微微思考了一下，说：“有一点，但不太严重。”

蓝小翅点点头，嘀咕了一句：“那就无所谓。”说完，便将小脑袋与他贴得更紧一些，不一会儿传出轻微的鼾声。蓝翡动作轻微地给小翊喂，等到小翊吃完，他也不站起来。又等了许久，蓝小翅头一歪，差点栽地上。

她可算是清醒过来，看见小翊歪着小脑袋看她，顿时露了一个大大的笑容：“哎呀，我们翊少爷吃饱了！走，洗澡去！”

等小翊洗完澡，微生父子刚好出关。蓝小翅做了几个小菜，烫了一壶酒。微生歧看见她，脸色这才好些——这还差不多。他跟蓝翡、木冰砚等俱在桌前坐下，下人摆着碗筷。蓝小翅问：“老木，小瓷怎么样啦？”

木冰砚脸上也有一丝倦容，说：“他体质特殊，余毒极难排出。但是长生泉也恢复了他一部分内伤，这算是因祸得福，从而加重了长生泉对他身体的影响，这是因福得祸。”

蓝小翅抿着唇看他，他这才说：“还需要一两年的时间。”蓝小翅这才松了一口气。

微生歧突然问：“蓝小翅的脸，有没有办法？”

木冰砚说：“她的脸需要干什么，反正她也不在乎。”

蓝小翅随即跳起来：“我在乎我在乎！老木你快救救我！”

木冰砚没好气地道：“说过多少次要你抽出三五天时间，你哪天有空？自己的事自己都不放在心上，指着谁替你上心？”

蓝小翅拿脑袋蹭他，还推卸责任：“都怪瓷少爷，他天天对着我这张脸，也没见有半点为难啊！我就忘了。”

微生瓷说：“为什么要为难，看都看不够啊！”

木冰砚被塞了一嘴狗粮，再也不想说话了。蓝翡说了一句：“下午过去吧。”

蓝小翅点头：“来来，爹，尝尝我的手艺。”说着话给蓝翡、木冰砚和微生歧都添了一碗汤，然后给瓷少爷夹菜。

及至饭罢，她去不老坑让木冰砚医治脸上的毒伤。木冰砚刚回头拿了菌丝过来，一低头，看见她坐在羽藤编织的躺椅上，已经睡着了。

武林新秀擂台赛之后，没有其他大事。温谜也要暂时闭关，由云采真为他调养因着昊天赤血造成的经脉损伤。他此时没有内力，这些内伤在体内积聚过久，可是大大不妙。

温谜对柳风巢倒也放心，他将柳风巢叫到跟前，嘱咐道：“为师闭关这些日子，琐事都交你处理。仙心阁四大长老从旁协助，当无大事。但武林乃刀兵之地，尤多意气之争，你仍要耐心细致，不可疏忽大意。”

柳风巢行礼道："师父的吩咐，弟子铭记于心。"

温谜点头，经过长生泉一事之后，各大门派骨干精英都在休养中，就连蓝小翅都在医治毒伤，江湖一时风平浪静。他自然也不担心，交代完这几句话，便行闭关。

大家都被长生泉折腾得半死的时候，唯有蓝小翅占了便宜。她的毒伤被长生泉培育出来的菌丝慢慢治愈。但是因着瓷少爷不以为然，也就没有多少欣喜若狂了。

突然一下子可以摘掉面罩了，蓝小翅抱住木冰砚，就准备在他脸上狠狠亲上一口。木冰砚正要拼死反抗，瓷少爷已经飞身上前，他眉头微皱："干什么？"

蓝小翅被他拿住双手扣进怀里，当然也作不了妖了，只好老老实实地说："我对老木表示一下感谢啊！"

微生瓷犹豫，半天问："要这么感谢吗？"亲一下表示感谢，这很不能接受啊！

蓝小翅说："不应该吗？如果不是他，我的脸怎么可能好得了啊？"

微生瓷放开她的手，紧紧皱着眉头，又犹豫了一下，终于一把扣住木冰砚的手，在他脸上亲了一口。他那速度，木冰砚能躲得开吗？！木冰砚没有表情的脸上像一块千年老冰，慢慢出现一丝一丝的裂痕，离得近了，仿佛还可以听到咔嚓咔嚓的声音。瓷少爷虽然一脸嫌恶，但还是转过头，对蓝小翅说："好了，我感谢过了。"

蓝小翅冲过去一把拉起瓷少爷，几乎逃命一般逃出了不老坑。后面传来木冰砚的疯吼："微生瓷！！！"

……这不老坑，看来一年之内是不能再来了……蓝小翅跑得上气不接下气，瓷少爷莫名其妙："我们为什么要跑？"

蓝小翅眼见木冰砚没有追来，笑到捧腹："你别跟老木开这样的玩笑，托我爹的福，他对这些有心理阴影。"

微生瓷皱眉："那为什么你要亲他？"

蓝小翅昏倒："你不会连这个醋也吃吧！"

瓷少爷不依不饶："为什么你可以亲他？"

蓝小翅说："我吓他的，哈哈哈哈！噢噢，为了帮我报恩，我们瓷少爷今天牺牲很大嘛。来来，我亲回你。"说着，随即踮起脚，双手搂着瓷少爷的脖子，对着他的嘴就亲了一个。微生瓷还是皱着眉，蓝小翅说："一个不够吗？那再来一个。"

那日秋意正浓，她唇如烈火，绵绵密密地印在微生瓷脸上。微生瓷不由伸出双手，小心翼翼地抱紧了她。

而此时，太极垂光正在迎接一位贵客。柳风巢面色凝重，慕流苏此人素来忙于朝政，怎有闲暇亲临？他迎至山门前，慕流苏面色不善，见到他，许久才问："温谜呢？"

柳风巢施礼道："家师正在闭关疗伤，不知相爷亲临有何要事？"

慕流苏说："他还有空闭关。数日前，有人私自踏上长生岛，盗取了一部分长生泉。"

柳风巢吃了一惊："什么？"

慕流苏冷哼："朝廷留在长生岛上的八百甲士，都未能拦住其船只。据说来人身手不凡。"

柳风巢明白了，他这是兴师问罪来了。慕流苏说："长生泉遗祸未消，又添新忧，你们仙心阁打算如何处理？"

柳风巢沉吟片刻，说："我会详查。"

慕流苏可不是这么容易打发的，当下问："怎么查？什么时候能有结果？如果再有人受到长生泉挟迫或荼毒，你如何负责？"

柳风巢说："这……"

慕流苏铁青着脸，伸手自袖中取出一卷圣旨，说："限你一个月之内找出真凶，追回被盗的长生泉，否则后果自负！"

柳风巢接过圣旨，上面果然是限仙心阁一个月内破案，抓捕人质。如到期仍未破案，朝廷将下达禁武令。柳风巢心中微沉，他当然知道事情的严重性，说："慕相，并非我等有意抗旨。此地离长生岛路途确实遥远，光是来回就需要不少时日，一个月时间恐怕……"

慕流苏说："圣上旨意，是可以讨价还价的吗？"

旁边柳冰岩与古鹤影对视一眼，两个人都皱眉。柳风巢先将慕流苏迎入仙心阁，古鹤影说："风巢应付不了慕流苏那只老狐狸。我看还是得去找温谜。"

柳冰岩自然更着急，说："走！"

二人来到烟雨虚岚，但是不要说温谜了，连云采真都不在。二人也不敢贸然打扰，只能让药童前去通禀，等了半天，药童终于前来回复："二位长老，我们家云大夫说了，温盟主如今昏迷不醒，如果强行唤醒，也是可以。但是后果他不负责。"

柳冰岩和古鹤影哪还敢再说什么，只得另想办法。二人一路走出烟雨虚岚，古鹤影终于说："老柳，风巢敦厚，慕流苏步步紧逼，此事恐怕要通知其他武林同道商议。"

柳冰岩当然也同意，立时修书通知其他各大门派。

禁武令，对江湖人士的影响可以说是毁灭性的。这表示从此以后，除朝廷、保镖等职业以外，民间百姓禁止佩带刀剑、比武较技。

武林顿时大哗。

方壶拥翠，木香衣带着贺雨苔返回。蓝小翅几乎飞奔过去，眼看就要扑到木香衣身上，看见他身边微笑的贺雨苔，猛地调整方向，给了贺雨苔一个结结实实的拥抱。

木香衣失笑，贺雨苔倒是大方，拉过木香衣推到蓝小翅面前："来吧，借你抱一下。"

蓝小翅摸了摸鼻子，表情有点悻悻的。木香衣将她拉过来，轻轻拍了拍她的后背，问："叫我们回来干什么？"

他跟贺雨苔负责巡视鸟场。空驿的很多事情，寒鸦也有很多用得着木香衣的地方。毕竟是蓝翡的亲传弟子，他虽然不是羽人，但声望却不低于羽族任何一位少爷，武功就更不用说了。

蓝小翅喜欢放他在外行走，因为跟其他门派的小纷争，只要木香衣到场，基本就能解决，不必捅到温谜那里去。这时候召二人回来，蓝小翅当然是真的有事："宇文超的生辰快到了，到时候你们陪我去趟侠都。"

二人当然没什么意见，贺雨苔问："他的生辰，你是怎么知道的？慕相应该不会邀请你吧？"

蓝小翅说："我弟弟跟他是穿一条裤子的，我能不知道这个？"

贺雨苔笑了一声，蓝小翅说："算起来他也快十五岁了，送个美女怎么样？"

木香衣扶额："慕流苏真的会杀了你的！"

三个人正有说有笑，突然白鸥疾步行来："羽尊，仙心阁迦月前来，说是柳阁主请您速速前往太极垂光一趟。"

蓝小翅皱眉："什么事？"她跟温谜是一样的想法，现在的江湖，大家都在休养生息，能生出什么事来？

迦月已经等不及通禀，急急进来，说："慕相亲自去了太极垂光，说是长生泉被盗，要求仙心阁一个月内查明真相、捉拿凶手，否则就要发布禁武令。"

蓝小翅眉头微皱："禁武令？"

木香衣和贺雨苔都静默地看着她，她叹了口气："走吧，去趟太极垂光。"

蓝小翅一行人赶到的时候，太极垂光已经人满为患。慕流苏安静地坐在上首，手里端着茶盏。柳风巢陪坐于身边，纵然他的武功可以吊打一千个慕流苏，但慕流苏的气场却偏偏强大到足以忽略他。

此时武林人士只是私下讨论，蓝小翅进来的时候，大家短暂安静了一下，没人同她搭话。就算是现在羽族已经是大凉武林中的一分子，但同其他门派的关系，可不能算热络。

只有金枕流冲过来："三十六姨太，你们来啦？咦，微微怎么没来？"

蓝小翅拍拍他的肩，含笑走到慕流苏身边，一躬到地："慕爹爹。"

慕流苏没有起身，来此是公事，他只是嗯了一声。蓝小翅热情地道："听说朝廷把长生泉弄丢了？谁干的呀？"

慕流苏眉毛微挑——什么叫朝廷把长生泉弄丢了？他问："胡说什么？明

明是江湖中人盗走了长生泉。”

蓝小翅随手扯了一把椅子，在他身边坐下，说：“慕爹爹……”

慕流苏沉声说：“本相此来是为公事，注意称呼。”

蓝小翅说：“哦，流苏叔叔。”

慕流苏气极，她却又笑嘻嘻地道：“如果我没记错，当初我们杀死迦夜和连镜之后，长生岛已归朝廷接管。现在长生泉被人盗走，流苏叔叔身为一朝宰辅，不去追究看守者的责任，不找衙门缉拿盗匪，反而来太极垂光逗留。嗯，是因为盗匪武艺高强，朝廷需要武林人士协助吗？”

她就坐在慕流苏身边，因着深秋天凉，身上还披着蓝色的轻裘。此时轻声细语，说不出的慵懒风流。方才群龙无首的各大门派，似乎突然之间都有了主心骨。

正厅中安静得落针可闻，慕流苏说：“蓝小翅，长生泉的功用，你非常清楚。此事可大可小。圣旨在此，你多说无益。总之，如果一个月内本相见不到凶手，休怪本相不留情面。”

蓝小翅微微一笑，起身给他添了热茶，说：“爹，要缉拿凶手很容易。这么多江洋大盗、船匪路霸，谁都可以是凶手。甚至说，我们也有很多办法让他们承认他们就是凶手，以助我们渡过难关。”

慕流苏怒道：“你敢，这是欺君！”

蓝小翅说：“我是说，如果慕爹爹今天来是为了追究责任，那么我们可以好好区分一下长生泉在朝廷的看护下丢失到底是谁的责任。是当初受命看护长生岛的兵士，还是远在大凉各处的武林门派？如果慕爹爹是为了追拿凶手以便给陛下一个交代，那我们也可以在期限以内找到凶手交给陛下，不会有什么禁武令，因为我们不会逾期。如果前两者皆不是，慕爹爹是真的希望找出真凶，并且杜绝再有人垂涎长生泉而引发骚乱，那么我们就只能坐下来同心协力，商量对策。禁武令解决不了问题，您也是知道的。”

慕流苏沉吟片刻，终于问：“你有什么办法？”

蓝小翅说：“把守长生岛的兵士应该已经将当时情况都传报给慕爹爹了吧？”

慕流苏问话，当然是非常仔细。虽然长生岛和侠都相距遥远，但羽族的信鸟好用啊！他把已知的情况整理成册，一起带了过来。

蓝小翅伸手接过只略略翻看，便说：“查找线索一向是仙心阁的专长，我想柳阁主应该已经派人前往长生岛了吧？”

柳风巢说：“已经去了，也派了其他水帮监视无情海动向。我根据案发时间推算了对方船只的行程距离，一路有安排船只监视。但是……”

蓝小翅摆手：“好了，这些稍后再议。柳阁主，武林同道这边，你先请大家协助调查一下最近有无可疑人士出入无情海一带。我和慕爹爹好久不见，想跟他说几句私话。”

柳风巢点头，蓝小翅带着慕流苏出来。武林其他人士都是一愣，然后他们发现，这个丫头似乎成了他们的领头羊。这不对啊！

大家互相看看，一脸狐疑地去了花厅。

半个时辰之后，蓝小翅和慕流苏出来，慕流苏毫不停留，直接下山。柳风巢等人当然只有相送，一直送到山下，慕流苏脸色仍然不好看，只是说了一句：“记住你的话。”

蓝小翅将他一路送到太极垂光之外，微笑：“即使不能圆满，也绝对不会出乱子。”

慕流苏说：“最好圆满。”

蓝小翅微微欠身：“当然。”

慕流苏不再多说，上轿离开。

一直到他的仪仗行出很远，仍然没有人说话——现在是怎么个意思？蓝小翅回过身，看着表情各异的众人，说：“慕相答应，将期限宽限一阵。但是抓住凶手仍然是我们当前的首要任务。非常时期，如果我们需要抽调高手，还请各位叔伯配合。”

大家互相望望，化成雨问：“小翅，你跟他说了什么？他来时可是气势汹汹，为何突然就愿意延期了？还有，这个期限宽限到多久？如果超过期限，圣上真的会下达禁武令吗？”

蓝小翅说：“化伯伯，期限的事暂时不用考虑。陛下是圣明君主，想要的不过是真凶落网、永绝后患而已。慕相也已经表示会派人相助，船只会由朝廷提供。我和柳阁主会从各门派抽调出高手，临时组成小队，前往各处搜捕真凶。有劳各位了！”

底下广云山岳门主立刻就说：“你是想命令我们吗？”

九曲宫的宫主也说：“是否需要等温盟主醒来再作打算？”

蓝小翅说：“也可以。反正羽族目前以信鸟和羽缎为生，又有空驿可领取军饷。禁武令什么的，影响不是很大。”

鳍族太子金枕流已经在旁边围观多时了，当下说：“鳍族也一直是本分的商人，嗯，倒也不受什么影响。”

其他门派就慌了，青云山的掌门陆化涛说：“够了，如果几位没有别的办法，不如就先按蓝小翅的话去办。若是中途温盟主醒来，我们再作打算也来得及。”

大家一想，也没别的办法，只好勉强同意了。

等到诸人暂离，只剩下木香衣、贺雨苔、金枕流等几个人后，柳风巢才问：“你是如何说服慕流苏宽限期限的？他这次来势汹汹，似乎是为了禁绝武林。”

蓝小翅说：“禁绝武林，会引起江湖人士对朝廷的反抗和仇视，这不是他的目的。但他亲自过来，足以说明此事确实非常严重。你有没有想过，他有什么亲自出马，甚至还要步步紧逼着我们缉拿凶手的理由？”

柳风巢说：“长生泉确实后患无穷，他想必是心有余悸。”

蓝小翅摇摇头：“柳师兄，长生泉虽然可怕，但朝廷仍然留着它。现在采真叔叔和老木都已经有解法，这事不值得慕爹爹紧张。何况他既留人看守，当然想到过会有人前去抢夺。意料之中的事，不至于令他这样的人失态。”

柳风巢眉头微皱：“这么说，他不是因为有人抢夺长生泉而怒？”

蓝小翅说：“当然不是。这个登岛的人，抢夺长生泉不可怕，怕的是他别有居心。柳师兄，长生岛是谁所建，迦夜效忠于谁，你忘了吗？”

柳风巢如醍醐灌顶：“这件事……跟先皇有关系吗？”

蓝小翅说：“先皇的尸身被葬在岛上。宇文超现在是不知道，但是有没有别的人希望他知道呢？如果他知道以后，对了解一切却闭口不言的慕相会怎么看呢？”

先皇乃宇文疾，已死！

柳风巢如梦初醒，蓝小翅说：“所以，慕相是急着找到闯入长生岛的人。但是他要找的，是真正的案犯，而不是我们交出来的一个随便可以让他结案的人。朝廷中有这样的黑手，如同他的眼中钉肉中刺，他当然有来势汹汹的理由。”

柳风巢说：“你真是……”真是心如明镜，洞察人心。

他还没说出口，蓝小翅拍拍他的肩，说：“别急着佩服我，想一想接下来怎么做。”

柳风巢说：“你待如何？”

蓝小翅说：“派大量高手监视无情海，海域宽广，不一定能奏效。但是可以让慕相看到我们在竭力相助。他不会迁怒于我们。然后，派真正的高手，潜入大内，盯紧宇文超。无论这个人是谁，他最终也一定会跟宇文超有所接触。到那个时候，真相自将分晓。”

柳风巢说：“可如果到了那个时候，宇文疾的事岂不是也瞒不住了吗？”

蓝小翅哈哈大笑：“柳师兄，你一定没玩过宫斗。”

柳风巢莫名其妙：“什么？宫斗？”

蓝小翅说：“我爹以前的侍妾们，为了争宠，经常这么玩。嗯，我慕爹爹肯定也会玩。”

“你在说什么啊？”柳风巢更加一头雾水了，蓝小翅只是笑，再也不说话了。

侠都，慕流苏返回。青琐问：“事情解决了？”慕流苏摇头，青琐不解，“无功而返，不是你的作风。”

慕流苏说：“我见到咱们女儿了。”

青琐欣喜：“小翅？她还好吗？”

慕流苏笑笑：“好着呢，活蹦乱跳的。”

青琐说：“见了她，你就回来了？”

慕流苏挽着她的手臂往府里走，说：“她跟我说了三句话，我觉得我可以回来了。”

“我会帮你找到宇文疾遗留在朝中的心腹。”

“我会解决你真正担心的问题。”

“不该知道的事，宇文超永远不会知道。”

得了这三句应允，慕流苏觉得可以离开了。真奇怪，这原本是他想向温谜要求的保证，然而蓝小翅给了，他竟也觉得心里踏实了一半。

一个月后，宇文超带着大司农娄臻微服出巡，郎中令萧戟随行。明里是去侠都游玩，暗里却去了皇陵。宇文超眼神阴郁：“你真的确信，长生岛上他们杀死的，是我父皇？”

娄臻说：“陛下，此事千真万确！陛下当年重病遁世，将皇位传于您。命慕流苏辅政，却也令我等保护陛下，令我主安然成长。后来陛下在海外一处荒岛寻得长生泉，得以续命。这期间他一直与微臣等人有所联络。后来更是传信，称已经让慕流苏带着御医前往岛上诊病。陛下试想，这长生泉何等奇宝，若非先王，谁有此财力能将其引流而出？”

宇文超目光阴沉，长生岛真的是父王开拓的吗？那他最后去了哪里？泉中那个无皮惨死的人真的会是他吗？慕相真的知道这一切？可他为什么从来不说？一个字也没说过。

宇文超站在宇文疾的寝陵前，这座地陵真的是空的吗？这么多年曾经思念过、祭拜过的人，其实一直活在长生岛上，和自己呼吸着同样的空气，看着同一个月亮？

他满腹心事，缓步踏入地陵。守卫当然不敢阻拦，娄臻和萧戟跟在他身后，一同入内。

地陵对面的山头，蓝小翅倚着微生瓷，说：“喏，你要的幕后黑手。”

她二人身边，慕流苏阴沉着脸，说：“你说过，少帝不会知道他不该知道的事！但是现在少帝正在自己去寻找真相。”

蓝小翅微笑，说：“我说过的话，几时骗过你嘛！一把年纪了，这么大火气。回去让我娘炖点文蛤豆腐汤给你下下火。哦，对了，你自己就会，还是自已动手吧。”

慕流苏说：“哼！”

蓝小翅哈哈一笑：“这几个人我也不认识，你能收拾吧？如果需要帮忙，你开口。”

慕流苏说：“如果连他们也摆不平，我也不必在朝了。”

蓝小翅点头：“里面，有我送你的一件礼物。”慕流苏转过头，蓝小翅微笑，“案子破了，朝廷有没有什么奖励啊？”

慕流苏挥手：“快滚！”跟赶苍蝇一样。

蓝小翅叹了一口气，转过头抱着微生瓷，她又笑意盈盈了：“瓷少爷辛苦了，走，我们吃饭去。”结果两个人真的就去吃饭了，顺便还找个温泉泡了个澡。

缠绵恩爱了一下午，才想起把翊少爷忘在客栈了。翊少爷哭得一脸绝望。

而慕流苏仍然站在山头，蓝小翅说，里面有她准备的一件礼物，什么礼物？

地陵里，娄臻说：“当年陛下的棺椁确实是空棺，里面不过一件龙袍而已。待陛下亲自看过，自会相信，真正的陛下已经被慕流苏害死在长生岛！”

宇文超咬牙，命人打开地宫。密闭的地宫被打开，潮湿之气扑面而来。宇文超走进去，停在里面的是一口华丽繁复的棺椁。娄臻一挥手，自有守卫过来。宇文超又沉默了半天，终于还是说：“打开。”

守卫犹豫了一下，看见娄、萧二人的神色，不敢有违，只好上前帮忙开棺。沉重的棺木，重重嵌珠。最后棺盖被打开，宇文超面色陡变！

只见里面躺着的，腐烂得只剩嶙峋白骨，不是宇文疾是谁？！

他猛地转过头，身后站着同样目瞪口呆的娄臻和萧戟！这……这怎么可能？娄臻道：“陛下，棺中之人一定不是先王。这一定是慕流苏的诡计……”

萧戟也说：“陛下，慕流苏一定是想到你会开棺查看，所以早已将一副枯骨放在此处迷惑陛下！还请陛下明鉴！”

宇文超没有说话，娄臻突然想起一事，说：“先王尸骨虽枯，但当初行军打仗，身上多处战伤。大将军于伦与郎中令司马修都一清二楚。先王真假，让他们一验便知。”

宇文超沉默半晌，转头示意，地陵的守卫会意，飞身而出。

然而当于伦和司马修赶到之后，百般验证，得出的都是同一个结果——棺中之人确实是宇文疾。而且根据尸体的腐化程度来看，死亡时间确实已不下十几年之久。

宇文超大怒，当即将娄、萧二人革职查办，二人大喊冤枉，宇文超气急败坏，哪里肯理这二人。

待前行没几步，萧戟猛地挣脱了地陵守卫的挟制，冲了过来。宇文超虽然也学了一些功夫，但是那点武技比起郎中令这等武官，可就太不够了。

萧戟夺刀，竟然擒他在手。宇文超心中一惊，也知道自己操之过急了，应该不动声色，回宫再说。但是一想到这二人竟然想诬告慕流苏，他实在是太生气了。

他惊声道：“萧戟，你想干什么？”

萧戟说：“陛下勿惊，微臣并无恶意。只想请陛下跟我们去一趟长生岛，只要到了那里，陛下自会明白我们所言不虚……”

他话未完，外面已经响起纷乱的脚步声。宇文超抬起头，见慕流苏匆匆而来，他未着宰相朝服，白衣轻裘，却另有一番清华博雅。

此时眼见陵中情形，他沉声道：“萧戟，你疯了？放开陛下！”

萧戟一见他，哪里还肯放开宇文超，只是说：“慕流苏，放我走，否则休怪我手下不知轻重！”说罢将佩刀往宇文超颈间一横。

宇文超只觉喉头冰凉，慕流苏缓缓后退，问：“萧戟，你身为郎中令，为何会私开皇陵，还挟持陛下？你待如何，只管讲来，休伤陛下！”

宇文超鼻子一酸：“慕相。”

慕流苏温和道：“陛下勿惊，总有商量的余地。”

萧戟说：“余地？哼，我要带陛下前往长生岛，揭发你背恩弑主的罪行！”

慕流苏眼神中那一抹惊愕恰到好处：“我？萧戟，若是如此，我愿为人质，陪你去往长生岛。若是你所言不虚，再杀我不迟。否则你挟持陛下，那是十族俱灭的大罪。就算证明你所言为真，又有什么用？”

萧戟冷笑：“你愿为人质？哈哈哈哈，慕流苏，你真是虚伪到了极点！你若真的愿为人质，那你现在就过来！”

慕流苏说：“萧戟，你说话算数！”话落，他真的大步走过去，毫不犹豫。

萧戟面上的冷笑变成了仇恨，他一刀劈过去，慕流苏趁机一把推开宇文超，刀锋入肉！宇文超惊道：“慕相！！”当下猛地扑过去，正在此时，暗伏于阴影里的侍卫丁强挽弓一箭。箭矢不偏不倚，穿脑而过，萧戟倒地。

慕流苏亦倒地，血染轻裘。宇文超按住他的伤口，嘶声呼喊，泪落如雨。娄臻闭上眼睛，还是输了啊，还输得这么彻底。

半个月后，仙心阁终于抓住了盗取长生泉的狂徒。那是个武林人士，然而是谁却也无所谓了。江湖上总有那么一些人，为了利益可以听从任何人的驱使。事实上不止江湖，这种人无处不在。

朝廷嘉奖了诸人一番，至于限期和禁武令的事只字未提。

慕流苏在养伤，微生瓷又闭关去了。蓝小翅带着翊少爷来相府玩。翊少爷都会满地乱走了，慕裁翎稀奇得很，第一次发现自己当舅舅了，带着他在相府里四处玩。青琐不放心，跟着去了。

蓝小翅坐在榻前，给慕流苏削水果。慕流苏问：“你是什么时候把先王的尸骨搬进皇陵的？”

蓝小翅说：“说起这个就费事了！我们自长生岛撤离之前，我把他塞进了舱里。我蓝爹你知道的，狗鼻子，总嫌弃，几次要丢海里。但我想宇文疾在朝中的心腹恐怕不会死心，你会有用，就给你留着了。后来让老木想办法把他血肉化尽，送回皇陵。然后那个棺椁啊，怎么都有撬开过的痕迹。我没办法，又换了里面的木料，差点被巡陵的守卫发现！成本好高的，你要补给我啊！”

慕流苏笑了一下，牵动了伤口，眉头微皱。蓝小翅说：“一把年纪了，干吗这么拼啊？”

慕流苏说：“人在朝堂，有妻有子的，身不由己。”

蓝小翅说：“回头找老木给你拿点伤药，你看你这么英俊，留疤不好！

哦，还是算了，留点疤，好让宇文超一看见就想到慕爹爹对他的深情厚义。”

慕流苏这次是真的忍不住笑，骂道：“滚出去带孩子去！”

这丫头。

温谜闭关近三个月，出来之时，外面依然风平浪静。不仅风平浪静，仙心阁还得了朝廷的一封嘉奖令。而更令人奇怪的是，年底宇文超的生辰，竟然单独送了请柬给蓝小翅夫妇。

宇文超与慕流苏关系之密切，如果慕流苏不首肯，绝对不会有人能得到宇文超的请柬。

温谜得到这个消息，当然也陷入了沉思。慕流苏不会无缘无故这么做，他恐怕是另有深意。让所有人知道蓝小翅与朝廷关系密切，是什么意思？

而方壶拥翠，蓝小翅拿到请柬，倒是高兴：“大师兄、雨苔，走走，我们叫上人，去为陛下贺寿。”

贺雨苔说：“这样好吗？陛下的请柬上可只请了你和微生少主两个人。”

蓝小翅说：“人少了多不好玩啊，走走走！”

侠都，皇宫。宇文超在御花园赏月。他年纪尚小，虽然定下了皇后，但是还没成亲。此时宫里没有妃嫔，只有内侍郑亭陪在他身边。

“陛下，慕相昨日说，陛下年纪已经不小，是时候应该册立皇后了。这日子也是礼官挑好的良辰吉日，陛下何以心忧啊？”郑亭一直陪着这小皇帝长大，说话倒也没有其他宫人的小心翼翼。

宇文超叹了一口气，就这样成亲了？四四方方的宫宇、死气沉沉的花木，他的生活可真是单调啊！他正要说话，突然看见花木阴影处，一个人影正对他招手。是蓝小翅？！

宇文超目光一凝，蓝小翅赶紧做了个噤声的动作。他立刻心领神会，说：“没事，你先下去吧，朕想一个人静静。”

郑亭只得躬身下去，他一走，宇文超就朝蓝小翅跑过去：“你怎么来了？”

蓝小翅说：“你不是给我发请柬了嘛，嘿嘿！”

宇文超说：“大胆啊你，请柬是指，你需要在朕寿诞的前三日，由女官教导见驾礼仪。然后在当天，在礼官搜身之后，依礼前来向朕拜……”

话未完，蓝小翅说：“得了得了，怎么着不是庆祝。我今天带了几个朋友来，走走，我们出去玩。”

宇文超惊呆，说：“出……出去？”

蓝小翅说：“对啊，今天万寿节，侠都有花灯会。你不会不知道吧？”

宇文超说：“我不知道啊。”

蓝小翅是真的同情了，可怜的，大家都以他生日的名义在狂欢，却连看都不准他看……她说：“你能偷溜出宫吗？”

宇文超说：“朕没试过。”

蓝小翅说：“嗯……不怕，我帮你。”

她似乎早有准备，掏出腰间的瓶瓶罐罐，拿湿毛巾给宇文超洗了洗脸，然后在他脸上涂涂抹抹。片刻之后，宇文超竟就摇身一变，成了个小太监。

……蓝小翅还连太监衣服都给他准备好了。

第四十二章 新的时代

万寿节，天寒无月，侠都却热闹无比。宇文超出了宫，才发现来的除了蓝小翅，还有柳风巢师徒、木香衣夫妇、金枕流主仆等二十来人，都是江湖名门大派的后生新秀。这个穿土豪金，那个穿基佬紫，左边是人妖红，右边是公子白，前面一孔雀蓝，后面一菠菜绿，也不分生熟，众星拱月一般，拱着一个太监打扮的少帝，开始了他们多姿多彩的夜生活。

此时，慕流苏也行走在繁华流金的街道上，身边跟着温润博雅的温谜。温谜问："这次少帝万寿，仅发请柬给小翅，是什么意思？"

慕流苏微笑："上次的事她办得不错，一点回报而已。你觉得是什么意思？"他身上的刀伤，对江湖人士来说不算太严重，但是对于他而言，此时还是不由带了几分病弱之色。

温谜说："你明知道，武林盟主我不会任太久。怎么，有意培养伙伴了？"

慕流苏说："我也正想问你，你如果退下来，打算由谁接任？"

温谜正色道："风巢好过小翅。"

慕流苏说："你真的这么想？"

温谜说："不然呢？"

慕流苏说："你是想以风巢为盟主，蓝小翅从旁协助。有柳风巢制衡，蓝小翅不能为所欲为。而有蓝小翅的心机智谋，又会解决柳风巢遇到的所有问题。”

温谜没有说话，都是千年的狐狸，谁也骗不了谁。慕流苏说：“想得很不错。但是蓝小翅要是钻空子，柳风巢有办法阻止得了吗？哦，不，应该是柳风巢能看得出来吗？”

温谜正要说话，突然像是看见了什么，目光一凝。慕流苏顺着他的目光看过去，嗯，怎么感觉前面那个太监如此眼熟？

慕流苏就要冲上去，温谜虽然内力全失，但毕竟曾是江湖一流高手，要挡他一挡简直易如反掌，所以温谜就不着痕迹地挡了一挡。慕流苏冲上去的时候，只看见行人如织，哪里还有那个太监的身影？

他回头看看温谜——为什么我总有一股不祥的预感？温谜轻咳了一声，说：“你要仙心阁查的，朝中宇文疾剩余的心腹，资料已经全部整理成册。”仙心阁的资料，向来不吹不黑，是非常客观公正的。而慕流苏不想牵连无辜，也不愿大规模铲除异己，仙心阁的资料当然最可靠。

慕流苏“噢”了一声，与温谜并肩同行，回头又扫视了一遍人群。看错了，刚刚一定是看错了。

那个太监，怎么长得有点像陛下……

一群少年哪里管那么多，出门在外，只顾狂欢。什么皇帝乞丐，且以千金换酒来！贺雨苔坐在木香衣身边，蓝小翅给她倒酒，木香衣说：“她不能喝酒。”

蓝小翅歪头：“为什么啊……啊！”她仔细打量贺雨苔，贺雨苔抿唇，只是笑。蓝小翅说：“有好消息了啊？”

贺雨苔面色微红：“才两个月呢。别跟我公爹说，上次看你怀孕那一番折腾。我可不想再来一回。”

蓝小翅开心：“哎哟，真不错！你想要儿子还是女儿？”

贺雨苔还没说话，木香衣就抢先说：“女儿。”然后慢悠悠地道，“让你家翊少爷也尝尝小师妹的厉害。”

蓝小翅笑得直不起腰，翊少爷，看来你真是凶多吉少了。唉，出来混，总是要还的。母债子还，看起来不冤枉。旁边微生瓷根本不明白他们在说什么，倒是其他少年们纷纷恭喜，木香衣举杯，来者不拒，把酒全喝了。

宇文超跟慕裁翎换了个位置，坐到微生瓷旁边，问：“微生卿，你为什么不喝酒？”他听慕流苏说过微生世家的事，小小年纪却也知道自己父皇是对不住眼前这个少年的。

本就倾慕的高手，受到这样的无妄之灾，而是因为自己祖上的一时猜忌。他心里挺不是滋味的，跟微生瓷说话都透着两分心虚和格外关照的意味。

微生瓷皱眉，说：“我酒量不好，小翅膀不准我喝。”

旁边少年们哄笑一片，江湖上神秘莫测的微生少主啊，居然还是个妻管炎……

宇文超忍着笑，说：“你就不能把酒逼出来吗？我听说武林高手都通运功逼毒、逼酒的。”

微生瓷说：“哦，这个可以。”

宇文超立刻亮起一双星星眼，微生瓷只好喝了一口，表演给他看。旁边的少年早就想看看微生世家的武学，顿时全都凑了过去。就连柳风巢也注目了几分。

蓝小翅给贺雨苔重新叫了一碗粥，回过头，看见迦月坐在旁边，很是安静的模样，问她：“这么多少年新秀，你就没有想认识的？还是看来看去，就柳阁主最合心意啊？”

迦月的脸红了，说：“我……我没……”

贺雨苔忍着笑，说：“好了，小翅是逗你玩的。迦月，以前的事都过去了。你现在是我大师兄的弟子。没有人会在乎别的。你应该开朗、自信一点。”

迦月咬着唇，点点头。蓝小翅说：“没有什么可以让你依靠一辈子的。”迦月愣住，慢慢回头。蓝小翅眼睛看着瓷少爷的方向，说：“柳风巢跟我温爹一样，有点母性光辉。所以在他的羽翼之下，确实是很安全很舒适。但是，没有一个人可以真的以别人为生。如果你害怕，不如走出来，直面风雨。其实，也没那么可怕。”

说完，她起身走过去，一把将宇文超揪起来，提到一边放下："好了，你们要玩别的都行，我家瓷少爷可不是给你们玩的。滚滚滚！"

诸人一片哄笑声，蓝小翅给微生瓷擦擦嘴，又把粥也给他盛了一碗："我们瓷少爷要先喝点东西填饱肚子哦！"

微生瓷拿过勺子，乖乖喝粥。迦月看了一阵，突然问："如果我想跟着你做事，你会同意吗？我会很努力很努力。"

她问得非常认真，连柳风巢都看过来，蓝小翅站起身来，与她走到院里的葡萄架下。迦月说："我知道我……以前不好，但是我已经竭力在改了。我……我也不想躲在师父身边，总是给他添麻烦。"

蓝小翅说："我是不会同意的。"迦月愣住，她微笑，说，"你不应该来问我。就冲着你之前和小瓷的事，我也不会把你放在我身边，去考验所谓的人性。再者，落日城以前是迦夜的地方，而你是迦夜唯一的女儿。如果我接纳你，会有别有用心的人去分化暗族。我不会自找麻烦。"

她开门见山，简直是字字坦荡。迦月彻底明白了，蓝小翅笑："太直白了，是吧？可是连这么直白的道理你都想不明白，那我真是不知道说什么好了。"

迦月说："我、我只是以为……"

蓝小翅说："你觉得我会同意，因为你觉得我可能是一个大度的人。傻子，怎么可能？大公无私是我温爹和柳风巢那种圣母的事。"

迦月低下头，小声说："我明白了。"

蓝小翅说："去跟着柳冰岩。"

迦月惊呆："柳长老？"

蓝小翅说："柳风巢虽然接任了阁主，但是他的恩威尚不足以和温盟主并提。柳冰岩是最不遗余力帮助他的人。跟着柳冰岩，他对你的要求可能会很高，因为他同样希望你也成为对柳风巢最有用的人。"

说完，她转身离开，迦月突然说："你喜欢过我哥哥吗？"蓝小翅顿足，她赶紧又慌忙道，"我只是觉得，你明明不喜欢我，还是在帮我。是不是因为……"

蓝小翅轻描淡写地说：“喜欢过啊。”

迦月却突然不知道该说什么了，蓝小翅回过头，微笑：“每个人都有可能会惊艳于那些流于表面的风景，但最后真正能让人停留的，永远都只是一个更为契合的灵魂。所以喜不喜欢，其实无关紧要。”

说完，她回到宴前，宇文超已经有了三分醉意——平时在宫里，他哪里敢这么喝酒！蓝小翅说：“走走，不喝了，我们去千丈滩数星星。”

宇文超说：“数、数星星？疯了吧，外面哪有星星。”

蓝小翅调皮地眨眨眼睛，轻声说：“我让这夜晚有星星，这夜晚就会有星星。”

一行人来到千丈滩，宇文超和慕裁翎都惊呆了——只见漫漫千丈滩上空，全是孔明灯。五彩斑斓、一闪一闪，简直就是更明亮更硕大的星星。千丈滩的寒气上升，空中彩烟成雾，美不可言。有十几个羽人上前，驮起宇文超和慕裁翎等人飞到半空，真正的手可摘星辰。

贺雨苔惊叫一声，想上去，却被木香衣抓住。柳风巢都有点震惊于这满天风灯明媚似星辰的浪漫。看着身边的迦月仰起头，一脸钦羡，他抓起她的手，只轻轻一跃，足尖在一个羽人身上轻轻一点，已经腾至空中。

空中羽人往来，他几个腾挪，身影如电，已经取下了两盏风灯。迦月心跳如狂，一边为玉制的风灯，一边为紧扣着自己手掌的那种温度。

她低下头，看见蓝小翅站在枯草离离的千丈滩边，寒风吹起孔雀蓝的轻裘，皓腕上的手镯熠熠生辉。微生瓷一袭红衣，站在她身边，没有说话，却默不作声地为她挡去了大半凛风。

也许，她说的真的是对的吧。喜不喜欢无关紧要，不要执着于惊艳过你的花，牢牢紧握珍惜你的人。

次日，宇文超的生辰，文武百官自然都要贺寿。往年江湖人能有资格得到邀请的，只有仙心阁温谜一人而已，但今年无疑又多了两个人。蓝小翅跟微生瓷并肩走进金銮殿，两个人一红一蓝，缓步前行，天造地设一般。

宇文超的目光都有瞬间的定格，仿佛天地灵气都被吸引，凝结成了这一双璧人。两个人依礼参拜，宇文超看了一眼慕流苏，慕流苏回了他一个眼神。

是以他也只是点点头，在宴间赐了座席，并未多加关注。这就是慕流苏要的效果，宴请蓝小翅是很有必要的。这丫头聪明也识趣，将来宇文超当政，她会是一个不错的伙伴。

但也不能太过，羽人还未定性，恩宠过盛，恃宠生娇就不好了。蓝小翅倒也很老实，跟微生瓷在席间坐下来，一直没生什么幺蛾子。

慕流苏正当满意，在宴会即将结束的时候，蓝小翅端着个杯盏，走到他几案前，亲热地道："爹。"

慕流苏气得！身边的大臣们，早就对今年这个受到陛下亲自邀请的江湖女子感兴趣了。如今听她这么一声喊，顿时个个都觉得心如明镜了——哦，慕相流落在外的私生女啊！噫，听说他一向惧内，恐怕是不敢认回来，只好默默支持，私下里给予方便了。

慕流苏也不能个个都去解释啊！何况青琐的身份，他本来就不想让外人知晓——慕裁翎是羽人的事情，也是最近见羽人逐渐洗白，他才准备公开。

这丫头！

蓝小翅是不管这么多的，谁管这些人怎么猜测呢。他们猜得越玄越好啊，以后好打交道。她欢欢喜喜地敬了慕流苏一盏酒，跑了。

等到年底，微生歧要回九微山，蓝小翅当然就带着一家老小，返回九微山了。翊少爷已经会满地乱跑了。该泡泡药酒了。再过一年，就要开始练基本功了。九微山气候寒冷，对人的意志是一重考验。

微生歧明显是希望孙儿在这里长大。翊少爷还不知道他未来悲惨的命运，正在奶奶墓前玩雪。微生歧一边揪着他，不让他乱跑，一边看向爱妻被风雪半埋的墓碑。

蓝小翅倾身，拂去碑上的落雪，笑意盈盈："娘，我带着您丈夫、儿子、孙子回来看您了。"

微生歧回头瞪了她一眼，蓝小翅歪了歪头："爹，您看这大过年的，娘也在，我再给您生个孙子啊。"

微生歧一愣，突然明白过来这话的意思，说："微生世家四代单传，原以为小瓷……没想到倒是开枝散叶了。"抿了抿唇，突然之间百感交集。他身后，瓷少爷说："还、还是不要了吧。"

微生歧和蓝小翅都回过头去，瓷少爷的神情又认真又苦恼："带孩子太麻烦了！"

蓝小翅哈哈大笑，微生歧嘴角也露出了一丝笑容，他伸出手，粗糙的指腹滑过爱妻的碑，轻声说："生吧，我来带。"蓝小翅止了笑，这不像是微生歧会说的话。微生歧抬眼看她，说："蓝翡都能做好的事，没理由我不会。"

蓝小翅轻笑，许久说："其实我也不想生两个。不过蓝爹爹看样子是懒得再生了，三十几岁的人，老闲着没事做，就该给别人找事做了。"

一向一根筋的微生歧，这回却是明白了她的意思。两个孩子，一个是微生世家的，一个是羽族蓝氏后人。以他的脾性，必定是一瞪眼，骂一声"说的什么屁话！"

可是说话的人是蓝小翅，他只是问了句："姓什么？"

蓝小翅说："蓝。虽然我爹不会在意这个，但是羽人会在意。蓝氏在羽族，根基深厚。虽然我爹这支上位的过程有点……咳，不太礼貌，但是若换了别的姓氏，恐怕羽人也是会心怀芥蒂的。"

微生歧无语——蓝翡上位岂止是不太礼貌？你可真是会美化他！然而沉默了一阵，正当蓝小翅还要继续说服的时候，他说："嗯。"

蓝小翅反倒是呆住了："爹，您同意了啊？"微生歧瞪了她一眼，蓝小翅一脸狐疑，"不对啊爹，这不是您的性格啊！您怎么这么痛快就同意了呢？"

微生歧回过头，又看了一眼慕容绣的墓碑，缓缓说："滚开，让你婆婆安静一会儿。"

蓝小翅叽里呱啦乱叫："婆婆安静这么久了，我闹她一会儿有什么关系啦！再说她肯定想多看看孙子，我不走！"

微生歧气笑了，好不容易把她一家三口都给轰走，他转过头，重新半蹲在慕容绣墓前。良久，他说："蓝小翅这丫头，小事从不靠谱，大事从不糊涂。她既这般想，也定有其道理。你觉得呢？"

当然没有回应，他却在无垠风雪之中又看见她的笑容，温婉秀丽。

不久后，武林英豪再次聚集在太极垂光。他们身上长生泉的余毒，需要定时复诊。出乎意料的是，温谜给羽族也发了帖子。蓝小翅还在九微山，迦月亲自送了帖子过来，她有点意外，问：“是温盟主送来的？”

迦月看了一眼正在雪里打滚的翊少爷，目光没有移向微生瓷，说：“是的。”

蓝小翅说：“奇怪。”

微生歧正盯着自己的孙子，闻言问：“他是你亲爹，给你送张帖子，有什么好奇怪的？”

蓝小翅说：“他们这次齐聚太极垂光，是为了复诊大家身上的长生泉余毒。我并没有中毒，他仍单独发帖子给我，当然奇怪。”

微生歧说：“他难道还会害你不成？”

蓝小翅说：“他当然不会害我，但是他行事定有目的。如果我没猜错，他可能是想趁机提拔一个人，新手培养。”

微生歧终于明白了过来，问：“你是说，他准备退了？”

蓝小翅说：“那倒是没那么快，现在的江湖，若论威望，没人比得上他，他不会撂下担子就跑的。但是就跟朝廷一样，储君总是要先定下来的。”

微生歧了然，说：“这是好事啊！”就算只是一个旁观者，他也明白蓝小翅现在干得还不错。特别是上次长生岛遇袭的事，让武林人士对她的看法大大改观。

蓝小翅看了他一眼，轻声叹气，说：“爹，您难道认为，其他武林同道会选择一个孕妇担任武林盟主的继承人吗？”

微生歧一愣，这才想起来，顿时眉头紧皱，语气也严肃起来：“你待如何？”

蓝小翅低头看了一眼那张请帖，许久，微笑：“真不是个好时机啊！”

迦月目光迟疑，蓝小翅说这番话的时候，完全没有避开她的意思。她当然也知道自己是外人，并没有乱问。蓝小翅回头看她，说：“既然盟主相邀，我当然是只有赴约的。请吧。”

是完全对待盟主特使的礼仪，迦月对她亦欠了欠身。蓝小翅准备一番，与她一同前往太极垂光。微生歧还是不放心，说：“让小瓷陪你去。”

蓝小翅回头，微笑：“爹，我要是连独自外出都成问题的话，那我真是没必要去了。爹和小瓷最近需要闭关吗？我可以带翊少爷出去玩。”

也许自己真的是应该放心的。微生歧没再多说，挥挥手，就像赶狗一样。

仙心阁。

大多数武林人士都前来赴宴。蓝小翅依旧是一袭孔雀蓝的轻裘，头戴定风铃，笑意盈盈。她款款行至席间，鹰愁涧洞主冯蛟将座椅往旁边挪挪。只是一个很微小的动作，温谜却看在眼里。蓝小翅在冯蛟旁边坐下，青鹏、火雀侍立身后。

温谜一瞬凝聚于此的目光，也没能避开她。二人目光短暂交集，蓝小翅微微一笑，没有说话。温谜站起来，酒席宴前顿时十分安静，他说：“此宴，只因诸位长生泉之毒恐有遗留，仙心阁拜托云大夫为诸位复诊。诸位远道而来，十分辛苦。薄酒一杯，且暖暖脾胃。”

诸人自然满饮此杯，蓝小翅给自己倒了杯白水，温谜果然话锋一转，说：“酒席宴前本不应该涉及公事，但大家向来繁忙，聚集不易，所以趁此机会，我想在后辈新秀弟子中挑一个帮手。如今诸位都在，依照惯例，当然是想要征求一下大家的意见。”

话虽然是这么说，但是大家也都明白，这所谓的帮手，其实也就是在柳风巢和蓝小翅中二选一。而且这个人可不仅仅是个帮手，很有可能，就是以后的武林盟主。

但是温谜这话也没人反对，毕竟如果温谜真的不主事了，那么江湖是不是还像从前一样由仙心阁号令？

按理，仙心阁如今在武林势力最大，柳风巢为人也算是温厚公正。但是他处事，恐怕不是那么灵活。如果自己门派将来有事找上门来，他就算有心，又是不是真的能够完美解决？他好像会被蓝小翅牵着鼻子走啊……

蓝小翅当然是个好人选，但她可是蓝翡养大的。蓝翡在之前二十年中带给大凉武林的阴影，诸人并没有忘记。这么短的时间，要选这个人的养女为武林盟主候选人，这可真是太为难了。

温谜注意到诸人的神情，仙心阁四大长老面色都不佳。这么多年来，仙心阁一直是武林之首，阁主也自然而然地号令江湖，然而今天林盟主的位置却有可能换别的人来坐。只是蓝小翅是温谜的亲生女儿，他们实在是不好多说。

气氛有点僵，大家都知道，一旦投票，蓝小翅和柳风巢恐怕胜负难料。柳风巢的座次，与蓝小翅就隔了一个温谜。蓝小翅看了他一眼，他和气地笑笑。柳冰岩站起来，无论如何，投票事宜他还是必须主持的。

诸人正要投票，突然有人大声道："蓝小翅，你不是怀孕了吗？怎么还可以协助温盟主？"

诸人一惊，蓝小翅抬头看过去，说话的人她还认识——当初想要跟贺雨苔生米煮成熟饭的谈谦。嘛，这是被她坏了好事，还怀恨在心呢！

蓝小翅看了迦月一眼，她怀孕的事，是当着迦月说的。只是迦月什么时候这么有脑子了？还知道找个炮灰来挡枪？这丫头不可小视啊。她正这样想着，就见迦月脸都白了，连连道："我……我没让他这么说，我只是说漏了嘴，我……我知道师父是不会允许我们这么说的！"

……好吧，白夸她了。蓝小翅转头看向柳风巢，柳风巢也是面色一沉，这时候仙心阁阁主的气派倒是出来了："谈谦！"

谈谦的师父谈追也变了脸色，谈谦赶紧说："师父，我这也是为了咱们阁主……"谈追起身，一巴掌扇过去。谈谦被他打得头一偏，嘴里已沁出血来。然而其他人当然不关心他责罚弟子，大家都看向蓝小翅。陆化涛问："蓝小翅，你当真怀孕了？"

温谜眉头紧皱，蓝小翅举了举手里的半杯白开水，说："是呀，陆叔叔是准备恭喜我吗？同喜同喜啊！"

陆化涛给气得，旁边冯蛟问："你既然怀孕了，方才为什么不说？如果不是被人揭露，你还打算瞒着我们不成？"

蓝小翅微笑，说："冯叔叔，我才刚坐下。刚开始吃饭，没有时间谈及此事，不足为奇吧？"

冯蛟说："胡闹！你分明就是想欺瞒众人，以得到更高的票数！"

蓝小翅说："奇怪，冯叔叔为什么会这样想呢？我已经有个翊少爷了，再添一个，以后恐怕是不会再生了。而柳阁主一个孩子都没有，将来他要生几个还不知道呢。我不提此事，是不想用个人优势去对比柳阁主的劣势，以免影响诸位的判断啊。毕竟柳阁主是我爹的爱徒，我怎么能以如此鄙劣的手段取胜呢？”

诸人气极，连温谜都不由笑出声来。化成雨这时候也顾不得了，说了句：“风巢是男子！男儿志在家国天下，儿女之事自由夫人内眷打理。江湖腥风血雨，女子行走本就多有不便，而今你身怀有孕，又如何能成为温盟主的左膀右臂？”

蓝小翅说：“化伯伯的意思我明白，但我也希望各位都明白，我们每个人都有母亲。你们能够坐在这里居高临下地排斥女人，是因为女人们在生育、抚养你们以及你们的子女。”

这话说得有些尖锐，温谜说：“小翅！”

蓝小翅伸了个懒腰，说：“好吧，因为怀孕，我退出这次竞争。柳师兄加油！”

柳风巢面红耳赤：“温盟主，各位武林同道，我觉得羽尊说得有道理。我们不能因为这个可笑的原因而剥夺她正当的权利，而且……而且我觉得小翅机智，比起我，她更能够……”

温谜终于叹了一口气，及时打断了自己弟子的话：“好了，看来今日提此事，果然不是恰当的时机。诸位先行用饭，云大夫怕也是等候多时了。”

说完，他起身离开。蓝小翅跟柳风巢本来就坐得近，这时候看了他一眼，叹气：“柳师兄，你能不能不要这么实诚啊！”

柳风巢说：“谈谦的事，我会给你一个交代。”

他说得很认真，蓝小翅说：“我的柳师兄，如果我不想让人知道我怀孕的事，我不要当着迦月提不就好了？我既然当着她的面提了，当然就是希望她能找个机会说出来。谁想到你已经把她感化得跟你一样忠厚老实了。好不容易谈谦冒出来这么干了，你还推脱个什么劲儿？”

柳风巢愣住：“啊？可……可我……”

蓝小翅说：“仙心阁历来就是武林之首，你身为阁主，成为盟主继承人，实至名归啊！”

柳风巢虽然忠厚，但他也不傻，他问："真正的原因是什么？"

蓝小翅低声说："我看了一下，武林盟主居然是无偿的！你敢相信吗？温盟主居然无偿在为大凉武林服务！羽族生意刚刚才有了一点起色。这种开销，我觉得实在是没必要。仙心阁家大业大，当然是你更合适。"

柳风巢惊呆——蓝小翅拒绝武林盟主如此一统江湖的地位，仅仅是因为这个位置没有油水！！就算是他，也真恨不得把这丫头抽上一顿。

以至于云采真在为武林人士诊脉开药的时候，柳风巢还在发愣。温谜发现了，问："什么事？"

柳风巢将刚才蓝小翅的言论说了，温谜轻声道："风巢，以后别人对你说的话，你能不能略作思考？"柳风巢不明所以，温谜语重心长地说，"小翅虽然机敏聪慧，但是她是羽尊。在江湖同道面前，她同时代表着羽人的利益。她就算与你竞争，票数也不可能会超过你。无论什么原因，大家都不会愿意看到羽尊出任盟主。此乃立场问题，至于她是不是女人，是不是孕妇，都不是主要原因。她明知道结果，当然要放弃。如此一来，大家会觉得她是因为弃权而没有担任盟主。再者，诸人更会觉得她是因为女人、孕妇而错失这次机会，从而心怀歉疚！一旦你出任盟主，大家一定会举荐她为副盟主，这才是她的目的！"

柳风巢惊呆："师父是说，她从一开始就在谋划副盟主之位？"

温谜说："从她的角度来说，副盟主之位确实是……更为实惠。"他从来没有想过，有朝一日，自己也会用"实惠"这个词来评估盟主之位，不由苦笑。

及至八月，蓝小翅在方壶拥翠生下小女儿，取名蓝翾。待坐完月子，蓝小翅立刻去到太极垂光，找到柳风巢："听说仙心阁不止在大凉，在其他国家也有颇多分阁。收支如何？"

柳风巢说："其余国家？除了确实非常偏远的所在，主要都城仙心阁都有分阁。你意如何？"

蓝小翅拍拍他的肩："羽族现在的驿站已经十分成熟，反正仙心阁也有现成的分阁，我们合作一下。让羽族在你们分阁经营一下驿站，你觉得如何？”

柳风巢说：“我倒是觉得蛮好的。不过你不是打算白用我们分阁的人、地和关系吧？”

蓝小翅大为吃惊：“柳阁主，你眼看就要继承盟主之位，成为武林之主了，能不能不要这么小气？”

柳风巢不好意思地说：“我也不想，但是师父说如果你提出这种建议，我也必须保证仙心阁的利益。毕竟亲兄弟也得明算账嘛！”

蓝小翅无言，半天说：“唉，我早就知道他是你亲爹。说吧，什么条件？”

柳风巢早有准备，将条件一一列出，比如羽族交纳一定租金，仙心阁所有信件免费收寄，以及羽族驿站需要服从仙心阁管理等等。

蓝小翅看完，说：“这……我说仙心阁什么也不干，就坐收这么多好处，是不是太过分了？你知道的，建鸟场可不便宜！”

柳风巢说：“你总能想到办法的吧？”

蓝小翅歪了歪头，左拳击右掌：“有了！钱嘛，有个人不缺啊！”柳风巢也突然想到这个人，还有谁？鳍族金枕流啊！

他说：“是否跟三王爷商量？枕流……没个正形的样子。”

蓝小翅说：“能别傻不？他没个正形？鳍族除了金芷汀兰以外，没有特别拿得出手的高手。但是枕流的四十四战鹰，实力可不弱。这么多年来，所有人都喜欢跟枕流太子打交道，是因为谁都知道他人傻钱多。但是你听过他干过一件亏本的买卖没有？”

柳风巢说：“你是说……金枕流……不能吧，如果这个人深藏不露的话，那城府未免也太深了。”

蓝小翅一手揽过他的脖子，拍了拍，说：“柳师兄啊，想想他可是只用了几顿饭、几件礼物，就把我们收入囊中了！”柳风巢心中一顿，蓝小翅说，“不能掉以轻心啊！”

柳风巢去找温谜，提及金枕流一事。然而出乎意料的是，温谜以不便插手仙心阁的事务为由，拒绝再为他做分析。坑嘛，栽得多了，总会变聪明的。他决定也学一回蓝翡，让孩子们自己成长吧。

柳风巢只好自己想了。

半个月后，金枕流应邀而来。柳、蓝、金三人同桌而坐，金枕流听完蓝小翅的想法，又看了仙心阁的所有分阁位置之后，略略沉思，说："这笔钱数目很大，而且驿站如果数目过少，达不到传讯时效，一开始就会失去人心。"

蓝小翅说："你有办法？"

金枕流说："这样吧，钱我来筹，人和场地、当地人脉关系由小巢巢负责。信鸟和驯鸟人以及具体寄送事务由三十六姨太负责。所得收益嘛，羽族四，鲭族与仙心阁各三，如何？"

蓝小翅摊手，说："我没意见。"

柳风巢突然觉得，这个枕流太子确实不简单，他问："钱从何来？"

金枕流拍拍他的肩："小巢巢不用担心，其他都是事，唯有银子不在话下。"

第二天，他在所有商会和武林门派之间发起筹款，以鲭族、羽族和仙心阁的名义筹集驿站建设款项，并以大凉国内羽族开设的鸟场驿站为蓝本，向这些商会、门派承诺了无比美好的前景未来。

蓝小翅和柳风巢还没有考察好鸟场位置，第一笔款项就已经到位了。柳风巢感叹："牛皮吹这么大，他也不怕亏！"

蓝小翅说："废话！他一厘银子都没出，何惧之有？"

然而他一厘银子都不出，还要分走三成利，奸商啊！大凉未来的武林盟主和未来的武林副盟主互看一眼，都有些悻悻然。

一年之后，经过周密筹划，羽族驿站在仇池正式开业。为表重视，柳风巢、蓝小翅、金枕流亲临。仇池百姓争相围观，只见三人中，柳风巢一袭素净白衣，只有腰间系玉，端庄稳重。蓝小翅华裙之外披着孔雀蓝的风氅，蓝羽为饰，慵懒风流。金枕流依然披金挂玉，衣着虽俗，眉眼之间却有着玩世不恭的贵气。

三人并肩而行，柳风巢身后迦月撑着伞跟随。微生瓷和木香衣亦紧跟蓝小翅，金枕流身边一脸肃杀的青灰不离左右。一行人亲自点燃鞭炮、揭红绸，蓝小翅亲手放飞第一只信鸟。

鞭炮齐鸣，漫天红屑纷飞，落在少年发际肩头。新的时代，就此来临。

番外一 儿时月光

夜已经过了三更，蓝小翅房里灯烛未熄。

“狗不叫，性乃谦……”小小的孩童坐在床上，手里捧着一本书，摇头晃脑，有模有样地念着。清脆的童音有意压低，像是怕被发现。

外面门一声响，她像只受惊的小兔子，立刻嗖的一下缩进了被子里。门被推开，最先入内的是一阵暗香。

月下，有人缓步入内，走到床前。蓝小翅连呼吸都压得很低，大气不敢出。那人在床前蹲下，默不作声。蓝小翅在被子里捂不住了，终于伸了脑袋出来换气。男人看见了，一把揪住她，朗声笑：“小家伙，就知道你没睡！”说着话，在她细嫩的脸蛋上用力香了一口。蓝小翅哆哆嗦嗦地叫了声：“爹。”

来人正是她爹蓝翡，蓝翡拍拍她小小的脑袋，说：“走，宝贝，陪爹出去看月亮。”蓝小翅也习惯了，噢了一声，从被窝里爬出来，没留神，一本书啪的一声，掉在地上。空气都凝固了，半晌，蓝翡弯腰将书拾起来——是一本幼儿开蒙的《三字经》。

蓝翡脸上的温柔笑意慢慢淡了，说：“你居然在看书？”

蓝小翅往床帷里缩：“爹，我其实也没怎么看……”

蓝翡随手将那本书凑到烛火上，火舌很快将书舔去了一个角。他轻声说：“自己去冥巢，断水断食一天一夜，以作惩戒。”

蓝小翅慢慢下了床，低着头往冥巢而去。所谓冥巢，是个黑乎乎的鸟巢，只有一扇小门，是羽族所有人面壁思过的地方。

蓝小翅自己钻进去，小门一关，里面就一丝光亮也没有了。她蹲在黑暗里，靠着油藤编织而成的巢壁，不一会儿，闭上眼睛睡着了。

等到睡醒之后，她又有些无聊了，以小小的指尖划着巢壁。对于羽族幼童，断食倒是没什么，断水却是很痛苦的。她双手抱膝，默默地蹲着——蓝翡说断水断食，是没人敢来送水的。

“人之初，性本善，性相近，习相远……”她又默默地开始背书，那本书只听学堂里的先生念过几次，她却记得还算清楚。意思是不懂了，字句却照猫画虎地给背了个八九不离十。

时间不知道过了多久，久到她把一本书都倒背如流了，冥巢的小门终于又打开了。蓝小翅探了个小脑袋出去，外面还是深夜。

蓝翡双手伸进她腋下，将她从冥巢抱出来：“宝贝，你看今晚月色这么好，爹带你去玩吧？”

蓝小翅说：“我要喝水，我还要吃果子，还有油炸小元宵……”

蓝翡摸摸她的头，爱怜溢于言表：“当然，宝贝。”

说完，他张开背后宽大的羽翼，温柔道：“来。”

蓝小翅二话不说，直接爬到他背上。羽族与普通人不一样，据传闻羽族的祖先有飞鸟的血统。传承至今，羽族的男人依然背生双翅。而羽族的女子却是没有翅膀的，只是眼睛又大又圆，随便一个羽族女子放到外面，也绝对是难得一见的美人。

蓝翡的双翼呈孔雀蓝，毛光水滑，平展开来足有丈余，华美无比。蓝小翅坐上去，蓝翡双翼一扇，离地而起。

夜里的风带了一丝凉意，小小的孩童一天一夜不吃不喝，有点冷。蓝翡当然是想不到的，他飞得特别高，月亮又大又圆，仿佛就在头顶。

蓝小翅伸手抓了几下，手里还是迷蒙的雾气。

她爬过去抱住蓝翡的脖子：“爹，我渴了，我饿了，我还很冷！”小脸蛋几乎贴着蓝翡的脸，三四岁的幼童，有一点奶香。

蓝翡说："就快到了宝贝。"说着话，却丝毫没有停下来的意思，夜风呼呼地灌，蓝小翅不高兴了："爹，我要撒尿！"

蓝翡几乎瞬间落地，一脸嫌弃地将她丢进了旁边的树林子里。蓝小翅躲着他，自己在林子里玩。不多时找到一棵桃树，上面结满了皮薄汁多的桃子。

她经常来这儿，也不害怕，自己吃了几个，不那么渴了，就脱了小衣服，兜了十几个跑出去："爹，里面有好多桃子噢，特别好吃，我特地摘了来孝敬您的。"一边说一边特别狗腿地挨着蓝翡，蹭他的腿。

蓝翡看了一眼那兜桃子，还真是选了最大最甜的摘的。

他轻声叹气："孝敬我？"

蓝小翅嗯了一声，一转身就想跑。但是后领一紧，已经被蓝翡抓住："混账，爹平时是怎么教你的？！你是我蓝翡的女儿，你应该无恶不作、诸善莫为！孝敬，这是你该有的东西吗？！"

蓝小翅哇哇大哭："爹，我以后不会了！我再也不敢了！"

蓝翡说："不，宝贝，你一点也没有吸取教训。再去冥巢待一天吧。"

蓝小翅抱着他的腿："爹，我知错了！"

蓝翡摸着她的小脑袋，说："嗯，去巩固一下。"

蓝小翅一边哭一边往冥巢走，蓝翡来时飞行速度很快，这里离冥巢已经很远。她小小的身影行走在茂盛的野草密林之间，月亮淡淡随行，桃子撒了一地。

蓝翡没有跟过去，随手捡了地上的一个桃子，细致地撕去桃皮，轻轻一咬，真是肥美多汁。

深山野林，大人尚且容易迷路，何况是个孩子？蓝小翅一边走一边抬头看天上，蓝翡已不是第一次把她丢在深山里让她自己滚回去了。所以她也学聪明了，知道循着最亮的那颗星星走。

有时候树林实在太深了，就爬到树梢看看方向。

等到第二天中午，她终于又走回了冥巢。蓝翡站在冥巢顶上，扇了扇翅膀——居然这样也没走丢！

蓝小翅全身衣服湿了又干透。人是没有一点力气了，她闭上眼睛，重新睡着了。然而这一觉醒来，就觉得头痛了。她哼了一声，想喝水，可是小门没有打开，显然还没到时间。

小小的孩子怒了："该死的蓝翡，杀千刀的蓝翡，看你以后老了我管不管你！我要揪光你的毛做毽子！撕了你的翅膀做烤翅！"

她在里面喃喃地咒骂，冥巢之外，蓝翡同样靠着油藤编织的巢壁，嘴角微扬，竟毫无怒意。

直到后来，里面的小人儿恶狠狠地道："你不让我读书，我偏读书。我不仅读书，我还要拼命读书，气死你个臭鸟！"

蓝翡终于笑不出来了。

蓝小翅不知道什么时候睡着的，睡着不久又醒了。额头有点烫，她知道自己肯定是生病了。外面一个声音偷偷喊："喂！"

蓝小翅精神一振，立刻坐起来："大师兄！"外面是蓝翡的大弟子木香衣，刚好八岁。蓝小翅仿佛盼来了救星："快给我水！我快要渴死了！"

外面没有回答，但是不一会儿，冥巢的上方开始浸水。鸟巢嘛，防水性都不好。那水一滴一滴的，蓝小翅也顾不上干不干净，拿了脑袋就去接。

她的生命力之顽强，也一度令蓝翡为之不解。所以几碗水一灌，她又有了精神，说："大师兄，我好饿啊！"

外面那个声音说："那我就没办法了，出来再吃东西吧。"

蓝小翅说："你就不能把这个鬼冥巢挖个洞，送点吃的进来吗？"

正说着话，外面一个声音说："你这样关心师妹，师父真是感动。"

蓝小翅立刻紧紧闭上了嘴，外面衣袂轻响，木香衣已经跪在了冥巢上："师父。"

蓝翡的声音又温柔又亲切："身为大师兄，就是应该这样关心同门。你做得很好。"这话从他嘴里说出来，可不是什么好话。木香衣低着头，也开始发抖了。蓝翡说："不过既然师父说了断水断食，你这样做还是太伤师父的心了。"

木香衣说："师父，弟子知错了！"

蓝翡说："师妹是女孩，羽族女孩娇嫩，当然不能重罚。你是男孩，总不好意思也窝在冥巢里。不过念在你们同门情深，在这里陪陪师妹也好。徒儿来。”

木香衣走到他面前，四周一片荆棘。

羽族所在的这片土地，名叫方壶拥翠，里面有一种独独生长于此的植物，就是这片毒荆棘。荆棘赤红，与其他植物一样春生夏长，秋结子夏枯萎。但是其上之毒，无人能解。每每荆棘生长之后，就连地上的土地也被染成一片鲜红。

而这又偏偏不是剧毒，他只是令人浑身红肿，奇痒无比，严重时会流脓不止。蓝翡说：“好了，你就在这儿陪陪师妹吧。”

木香衣也习惯了，不再言语，乖乖跪下。荆上刺扎进膝盖和小腿，他埋着头，一声不吭。

冥巢里，蓝小翅不吭声了——以前吭过，结果蓝翡却温柔地说：“宝贝，你这么心疼师兄，爹果真是没有看错人。既然这样，你出来陪陪你师兄吧。”

等到他走了，蓝小翅终于小声说：“你疼不疼啊？”

木香衣没有吱声——废话啊，你自己来试试！蓝小翅说：“这疯狗太坏了，出去以后你教我武功，我们一起把他打死！”

木香衣当作没有听见——真要让蓝翡听见，她是没事，自己恐怕要再跪上几天。

蓝小翅从冥巢里出来的时候，木香衣站都站不起来。

蓝小翅试了几次，扶不起来。羽族神医木冰砚从旁边走过，一脚过去，木香衣直接从毒荆棘上滚下来。蓝小翅叉腰，瞪着圆圆的大眼睛：“木老头，你是不是想死？！”

木冰砚冷哼一声，木香衣虽然是他的儿子，但是父子二人的关系却极为淡薄。平时木香衣从不找他，他也只当作没有这个儿子。

这些年蓝翡对木香衣的教导可谓严苛，木香衣身上长年各种伤痕，几乎没有一块好地方。蓝翡一边近乎折磨地教木香衣武艺，一边好奇地注意木冰砚的反应。然而木冰砚的反应就是没有反应，面对木香衣身上的伤，他神情冷漠，就像面对任何一个病人一样。

木香衣撑着蓝小翅小小的肩膀站起来，双腿一个劲地发抖。他眉头皱了皱，还只是个孩子，却已经习惯了忍痛。他不出声，蓝小翅当然就当他不痛了，说："大师兄，我想学武功。你看他们都学呢。"

木香衣说："师父不让你学。"

蓝小翅仰起头："为什么？"

木香衣说："师父说，你是羽族大小姐，学武不雅。"

蓝小翅歪了歪头，不懂："雅是什么？"

这个就很难解释了，木香衣一步一步如同行走在刀尖之上，却还是慢慢说："就是斯文，好看……出身尊贵的女孩子，要非常有教养，学武显得很粗鲁……"

蓝小翅听不懂，也不爱听，半晌扯着他的衣角，说："我走累了，大师兄你背我。"

木香衣问："你能再走一会儿吗？"

蓝小翅举起双手，说："不要，你背！"

木香衣只好背起她，三四岁的小女孩，不沉。但是走了几步，他突然一个趔趄，几乎栽倒。蓝小翅没有醒，小脑袋凑在他的颈窝里，睡得正香。

待蓝小翅再醒来的时候，天已经擦黑了。她在自己的小窝里。小窝里铺满柔软的白羽，中间悬着骨制的风铃，床上放满各式各样的布老虎。

床下面玩的就更多了，什么泥车、瓦狗、陶响球之类的。蓝小翅随手抱起一个布老虎，就听外面两个女子说话。

甲女说："到时间了，你来照顾大小姐。记得一会儿喂她喝药，她有点发热。"

乙女说："知道了，把药搁这儿吧。"

蓝小翅出去，两个女子是蓝翡新来的侍妾，她并不懂什么是侍妾，只知道一个叫锦笺，一个叫文素。

现在锦笺出去了，文素看见她，随手把药端了，说："过来喝药。"

蓝小翅皱了皱眉头，说："不要。"药总是又苦又难喝。

文素满脸不耐烦——锦笺去侍伺羽尊，却留下她来照顾这么个小丫头。她一手端着药碗，一手揪住蓝小翅，蓝小翅扭来扭去，拒不合作。

文素一手拧开她的嘴，直接将药灌进她嘴里。蓝小翅一用力，将药碗掀翻，自己也呛得一个劲咳嗽。

药碗翻了文素一身，文素惊叫一声：“我刚做的衣裳！！”

急怒之下，伸手就在蓝小翅身上一拧！

蓝小翅吃痛，一爪子挠在她的脸上，文素的脸颊瞬间就有了一道红痕。她捂着脸，也是气极，啪的一声给了蓝小翅一个耳光，怒骂：“你不过是个杂种，还以为自己是什么了不起的身份，天天要让大家都这么侍候你，哄着你！！”

蓝小翅脸上有点痛，不过没哭，她从小就不爱哭。她歪着头，问：“什么是杂种？”

外面一个声音温柔地道：“原来你不喜欢我女儿。”

蓝翡从外面走过来，孔雀蓝的羽翼在阳光下有一种刺目的冶艳。蓝小翅叫了一声爹，张开双手就扑过去。

蓝翡弯腰抱起她，蓝小翅告状：“爹，她拧我，还打我！”

蓝翡看了眼她脸上的巴掌印，微笑着说：“是啊，那怎么办呢宝贝儿？”

他说这话的时候，脸上仍是带着笑意的，似乎并不发怒的样子。文素心中虽不安，却也并不太害怕——这些日子，蓝翡对她也是很好的。

她跪在地上：“羽尊，大小姐她不肯好好喝药，奴婢一时失手，这才打了她。您知道的，奴婢长这么大，从来没有哄过孩子。”

蓝翡笑着说：“是我不该为难你。”

文素抬起头，看见他脸上淡淡的笑意，蓝小翅歪着头，问：“爹，什么是杂种？”

蓝翡说：“杂种是骂人的话。”

蓝小翅说：“噢。”

蓝翡伸手替她揉揉渐渐肿起的脸，说：“小东西，有人骂你，又打你，怎么办呢？”

蓝小翅想了想，说：“她力气大，我打不过她。”

蓝翡笑得不行，还知道权衡实力。他说：“可是有爹在，爹会帮你的。你说，应该怎么办呢？”

蓝小翅看了一眼文素，文素仍不明所以。蓝小翅说：“那就在她脸上画个乌龟吧。”

蓝翡说：“好啊。”转身一挥手，说：“来人，把她绑起来。”

有羽人上前，把文素双手向后绑起来。文素说：“羽、羽尊……”

蓝翡说：“爹已经把她绑好了，去吧宝贝。”

蓝小翅挽起袖子，兴高采烈，说：“笔呢，墨呢？”

蓝翡微笑着抽出一支狼毫，饱蘸墨汁，在文素脸上画了一只乌龟。刚落第一笔，文素就一声惨嚎，蓝小翅狐疑地看看蓝翡，又看看文素。

蓝翡笔尖飞快，一只乌龟几乎占了文素一整张脸。蓝小翅在旁边拍手叫好，文素痛哭，直到蓝翡最后一笔完成，血才和着墨汁，一滴一滴沁出来，滴落在文素的衣裳上。

蓝小翅呆住了，蓝翡说：“这样子，宝贝消气了吗？”

蓝小翅看清文素脸上被墨和血浸透的伤口，连连后退。蓝翡按住她，说：“记着，对于侮辱你的人，绝不能手下留情！”

那伤口真是又狰狞又可怕，蓝小翅哇的一声哭出声来。蓝翡说：“不宝贝，你的声音太刺耳了！”

蓝小翅的哭声越来越尖利，蓝翡叹口气，说：“好吧宝贝，你需要冷静一下。去冥巢，哭完了再出来吧，爹等你。”

蓝小翅边哭边往冥巢走，等她哭完出来之后，羽族就多了一个扫地的女人。蓝翡用了内力，狼毫在她脸上留下了永远不能洗净的伤口。

她就顶着这一张被画了一只乌龟的脸，默默地清扫方壶拥翠的每一个角落。每次蓝小翅的目光落在她身上，她都会发抖。

蓝小翅想学武，可是没有羽尊的吩咐，整个羽族没有一个人敢教她。连木香衣也不敢。

她经常扒在练武场的围墙上，探头探脑地看银雕教羽族的少年们练功。银雕也不敢赶她，只能当作不知道。

她东看一点，西看一点，难免想不明白。

终于这一天，她截住了银雕的儿子银獠，双手一叉腰："你把你爹今天教的武功练一遍！"

银獠后退一步："羽尊吩咐过，你不能学武。"

蓝小翅恶狠狠地说："那我就去告诉你爹，说你打我。"

银獠都要哭了——他爹知道了非把他揍死不可。他说："我没有啊！"

蓝小翅露了一个凶狠的表情，威胁："快练！！练错一招，我也让我爹在你脸上画个乌龟！"

银獠是真哭了，只好把他爹当天教的武功，小心翼翼地重新练了一遍，表情像个被恶棍胁迫的良家少女。

蓝小翅开心了，照着练了一遍，感觉不太对，转头一脸凶相地问："这招怎么回事，你是不是记错了？！"

银獠毕竟是银雕的儿子，可谓是所有孩子里面基本功最扎实的了。当下说："没有没有，要这样……"边说边学着蓝小翅的样子蹲了个马步，重新练了一遍。

因为没有师父，只有很认真地练武，才能赶上其他孩子的进度。

所以，蓝小翅很忙，但是练了很久，感觉效果一般。蓝小翅于是问银獠："你爹的武功怎么一点用没有？他教你的是天底下最厉害的武功吗？"

银獠说："当然不是！天底下最厉害的武功，都在九微山的微生世家。"小小的孩子，提到这个武林神话时，也两眼冒光了，"他们才是整个江湖上最厉害的人！"

蓝小翅说："九微山在哪里？"

银獠为难："这个……我也不知道啊。我从来没有出过方壶拥翠。"

蓝小翅点点头，双拳紧握，志得意满："果然你爹这种只是三脚猫的功夫，等我再大一点，我去九微山学艺！"

传说方壶拥翠外面，有一个地方叫江湖。

江湖里的男人都是没有翅膀的，江湖里人人都是提刀佩剑，武功高强的。江湖里动不动就是要杀人见血的。

江湖里有个微生世家，武功高强。江湖里有仙心阁，酷爱管闲事。所有没人管的事找他们都可以解决。

江湖里还有长着鳍的鳍族，烤起来吃味道非常鲜美。

还有不能见光的暗族，他们练奇怪的武功，如果被太阳一晒，身上皮肤就会溃烂，一块块地往下掉落。

蓝小翅一脸向往，银貅说："羽族的女孩子是不准学武的，爹爹说，你们长到十五岁就要嫁人了。以后哪也不许去，在家看孩子。"

蓝小翅飞起一脚将他踹翻在地，一屁股坐到他背上，双手扯住他的两个翅膀儿，用力一折。银貅啊的一声惨叫，蓝小翅说："嫁人，嗯？哪也不许去？嗯？看孩子，嗯？！"

嗯一声就加一把劲儿，银貅哭喊："我错了，大小姐饶命，饶命啊！爹——爹呜呜呜——"

银雕在旁边没敢过去，这要一伸手让那个神经病羽尊知道，自己一家老小都未必保得住！孩子哭得揪心，他心疼得——你还是趁早去九微山学艺吧，羽族的男儿造了什么孽要跟你生孩子啊……

哦对，让木香衣跟你生去！天啊，幸好有木香衣。

木香衣八岁的时候，已经是少年弟子里面的高手。白翳、凤翥、银雕等人对其是又羡慕又嫉妒，不过也没办法——自己生的，谁舍得当牲口一样逼着练功啊？也就这种路边捡来的，又遇上神经病的羽尊，能下得去这种狠手。

木香衣总是沉默寡言的，像他的邪钩阴藤一样，敛戾气于鞘中。在旁人看来，便是少年新秀的骄矜自持。

平辈少年大多躲着他，偶尔背地里议起，提得最多的还是他的身世——妓女生的孩子。

蓝小翅很喜欢邪钩阴藤，那兵器古怪，拿在手里却总让人有一种很牛逼的感觉。木香衣每次练完功，她都会拿着他的兵器乱挥乱舞一番。

木香衣当然不会阻止，事实上他希望蓝小翅自己多玩一会儿——蓝翡给他安排的课业实在很多，完不成没有饭吃是常事。孩童正在长身体，体力消耗又大，饥饿最是折磨人。可蓝小翅却吃得很饱，闲得可怕，他累得站着都可以睡着，她却有无穷精力，好像不用睡觉一样。

蓝小翅正举着邪钩阴藤练银雕今天教的剑法，突然隔壁花木深处有人说话："今天师父又夸木香衣了，他真的那么厉害？"

另一个少年说："听说他是个妓女生的孩子，连他爹都不认他。当然要努力一点啦，哈哈哈哈！"

少年都是谁也不服谁的，遇到这种确实比自己厉害又追不上的，难免要酸几句。

木香衣双手枕着头，仰卧在花丛中。蓝小翅爬到他身上，看见他眼中倒映的白云朵朵，她歪了歪脑袋，问："妓女是什么？"

木香衣目光轻移，看见她大眼睛里清澈得近乎透明，他木然地说："就是很脏的女人。"

蓝小翅歪着头，说："脏为什么不洗洗？"

木香衣虽然年幼，但这些话听得多了，也已知道那是肮脏卑贱之意。他说："洗不干净。"

蓝小翅说："那她人呢？我们去帮她洗。"

木香衣说："她走了。没人知道去了哪里。"当初蓝翡放出话来，谁为木冰砚生下一男半女，赏黄金五万两。那女人生下他，拿了钱，从此不知所踪。

当然也没有人去找过，木冰砚甚至连她的名字都不知道。而她也不知道木香衣的名字，于她而言，他只是五万两黄金。

啧，真是昂贵！

蓝小翅说："你想她吗？"

木香衣说："我累了，你乖乖地自己玩一会儿好不好？"

蓝小翅很懂事地说："好。"

她从木香衣身上爬下去，木香衣闭上眼睛，不一会儿就鼾声渐沉。等一觉醒来，已经过去了半个时辰——他并没有多少时间可以用来休息，身体已经习惯了迅速恢复体力。

等一睁开眼睛，他就吃了一惊——蓝小翅不见了！

他几乎是跳起来，跟着草木的痕迹走了几步，前面是蓝幽幽的一片湖。木香衣血都凉透了，喊：“小翅，大小姐——”

他虽然名义上是蓝翡的弟子，但却知道自己不过是个无人在意的孤儿。低贱的出身，何异于奴仆？而跟在他身边的小肉团子却是羽尊的爱女。

他纵身跳进湖里，拼命四下寻找。

一直找到暮色渐起，木香衣一身湿淋淋地去到蓝翡的住处，心知此去定是难逃一死，反而绝望到平静。

然而他推门进去，看见银灯华室，没有下人。蓝翡坐在书案前，正在审查羽族的账目，地上铺着雪白长毛的垫子。蓝小翅团在上面，小脑袋靠着蓝翡的脚，睡得正香。

木香衣全身一脱力，昏倒在地上。

蓝翡讨厌看账，讨厌与钱有关的一切事情。但是养着这么大一个羽族，这些却是不可避免的事。

他放下账本，用脚尖踢了踢脚边的蓝小翅：“走，宝贝，我们出去玩。”

蓝小翅迷迷糊糊地睁开眼睛，张开双手。蓝翡把她抱起来，跨过地上昏迷的弟子，当然没有理会的意思。

他展翅飞翔，蓝小翅在他怀里探头往下看，地上房舍都变得非常小，万家灯火如豆，耳边有晚归的飞鸟擦着她的脸过去，她一缩头，咯咯地笑。

蓝翡说：“好玩吗？”

蓝小翅搂着他的脖子，喊：“爹，再飞高一点。”

蓝翡振动双翅，往更高处飞，风渐寒冷，蓝小翅喝了风，开始咳嗽。蓝翡带着她，落在一处山尖。

不知道是哪里，但是草木茂盛，花香依稀。月亮圆圆地贴着山尖尖，四处都是虫鸣。蓝小翅欢呼一声，立刻在草丛中四处翻找，这样的地方仿佛天生就蕴藏着神秘，是孩子们冒险的天堂。

蓝小翅在深草乱树之中乱扒，不一会儿，就找到一排墓碑。她歪着头：“爹，这是什么？”

蓝翡说：“是一个人的墓。”

蓝小翅说：“墓是什么？”

蓝翡站在银盘般的皓月之下，整个人身上都泛着银色的光芒，美不可言。他说："墓就是人死之后埋的地方。"

蓝小翅说："噢，谁呀？"

蓝翡上前蹲下，轻抚那块墓碑，说："这是爷爷，这是奶奶，这是爹的叔伯兄弟，嗯，这是爹的师父。"

蓝小翅哦了一声："他们都在里面啊？"蓝翡说："嗯，你不害怕吗？"

蓝小翅说："不怕啊，我们把他们弄出来说说话吧。"

蓝翡："……不，宝贝，那样爹会害怕的。"

蓝翡喜欢看月亮，但是身边有人的时候太吵，没人的时候太安静。所以他总喜欢带上蓝小翅。

蓝小翅也喜欢跟着他，她可以掏鸟窝、抓兔子，蓝翡可以安安静静地看他的月亮。

月色如诗如纱，蓝翡说："宝贝，你还想去哪里？爹带你去。"

蓝小翅眼睛里盛满了月光："我要去九微山。"

蓝翡吓了一跳，问："为什么呢？"

蓝小翅说："听说他们的武功是最厉害的，我要去学艺。"

蓝翡笑得不行："有志气。但是这个地方爹不能带你去，乖宝贝，你以后有空自己去吧。"

蓝小翅瞪着圆圆的眼睛，一口答应："好。那爹现在带我去吃东西吗？"

蓝翡抱起她，再度展翅飞翔。方壶拥翠边缘，有一家羽人开的酒楼，名叫漆园。漆园的菜都偏甜，很是符合羽人的口味。

蓝翡抱着蓝小翅一过去，就已经有小二带他们到单独的雅间。各色吃食流水般上来，蓝小翅最爱吃的油炸小元宵就是这里的特色菜。

蓝小翅开心坏了，抬头就在蓝翡下巴上啃了一口："爹爹最好了！"

蓝翡呵了一声，把她放到地上。小小年纪，嘴巴像是抹了蜜一样。然而却很真诚，丝毫没有市侩小人的污浊附势。

蓝小翅还不大会用筷子，平时都是蓝翡的侍妾们喂。蓝翡是没有那个耐性喂她吃饭的，所以她一般都是用勺子。

她舀了名为“莲莲似蜜”的莲藕片，非要塞进蓝翡嘴里。蓝翡一脸嫌弃，然而终是抵不过那双大眼睛里快要化开一样的热情，张嘴吃了。

蓝小翅很开心，一边自己吃饭，一边喂他。蓝翡初时食难下咽，但吃得多了，也就习惯了。何况那藕片确实是又脆又甜，很是可口。

父女二人一顿饭吃了半个时辰，蓝翡都不知道那个小小的人儿怎么那么能吃。掌柜的知道他不擅带孩子，急忙上来帮蓝小翅漱口、擦脸擦嘴，漆园有她的衣服，也赶紧拿过来换得干干净净。

蓝小翅乖乖的没有捣乱，虽然小，但她也知道只有干干净净的，蓝翡才会抱她。若是身上有点油味什么的，就只有自己走回去了。这里路可不近。

等收拾干净了，连头发都重新梳过了，蓝翡这才抱起她，然后说：“人都重了一圈，吃得跟头小猪一样。”

蓝小翅咯咯笑，伸嘴去啃他的下巴。蓝翡仰首避开：“走，我们回家了。”

蓝小翅抱紧他的脖子，几次努力，终于还是在他下巴上啃了一口，然后一脸得逞地坏笑。

蓝翡把她送回她的小巢时，天已经很晚了。至于孩子是不是应该早睡，他是不管的。兴致来了就逗一逗玩一玩，反正她有的是时间睡觉。

蓝小翅在被窝里猫了一会儿，等他一走，立刻爬起来。方壶拥翠月照花林，细雾如纱。

她偷偷摸摸来到湖边，果然木香衣还在练功。

兵器切开花叶的声音在夜里听来细碎轻微。蓝小翅扑过去：“大师兄，我回来了！”

她说话间一把抱住木香衣的腰。木香衣嘶了一声，蓝小翅歪着头看他。他说：“没事。去睡觉吧。”

蓝小翅打了个饱嗝：“不要。”

木香衣肚子咕咕叫了几声，蓝翡没耐性，一套掌法、剑法教一两遍，剩下的就要他自己练。木香衣不懂也不敢问，只好自己慢慢琢磨。

练功到天明是经常的了。

蓝小翅说："大师兄你哪里不懂？我去问爹。"

木香衣不敢说，让蓝翡知道那还了得？

蓝小翅摸了摸他的肚子，说："大师兄，你的肚子在说话。"

木香衣没好气："睡你的觉去。"

蓝小翅把耳朵贴在他的肚子上，听了一阵，问："它在说什么？我为什么听不懂？"

木香衣饿了，却一直在出汗，衣衫全是湿的。这时候他推开她："弄脏你衣服。"

蓝小翅说："你是不是饿啦？"

木香衣白了她一眼——废话，你是饱汉不知饿汉饥。

蓝小翅说："我去给你找吃的。"

木香衣不放心："你别乱跑！下午差点被你吓死！"

蓝小翅满不在乎，旁边最近的是凤翥的居处。但他只是在这里办公，偶尔天晚了就住下了，妻儿家眷不在此地。

蓝小翅从院墙上翻进去，里面就只有一个老仆，这时候早睡下了。蓝小翅也不理他，径直钻进凤翥的房间里。凤翥听见门响，一睁眼看见她，赶紧坐起来："小东西，你要干什么？！"

蓝小翅不管他，径自在他床头乱翻。凤翥无奈了："小祖宗，你到底要找什么？"

蓝小翅认真地说："上次来我记得这里有一包蜜饯的。"

凤翥气得说："你对老子这里倒是比老子自己都熟！"

蓝小翅在乱找："哪去了？"一把掀开被子，凤翥吓得，赶紧拿衣服遮住自己的两条毛腿："蓝小翅！"

蓝小翅说："说，放哪儿啦？！"

凤翥偏头："不知道！"

蓝小翅说："那你带我出去玩吧，我睡不着。"

凤翥气极："老子把你带出去卖给人伢子！"

蓝小翅说："噢，那走吧。"扯着他的衣服不松手，外面老仆听见了，掌了灯进来："凤爷，怎么了？"一眼看见蓝小翅，不由睁了睁老眼，"大小姐，您几时进来的？这么晚了，小的带您睡觉去。"

说着话伸手过来要抱蓝小翅，凤翥瞪了他一眼："退下。"

那老奴吓了一跳，再不敢上前了。凤翥披衣起床，把蓝小翅抱起来，对老奴说："找点孩子吃的东西给大小姐。"

老奴赶紧到小厨房，里面有白果鸽蛋羹，他给蓝小翅盛了一大碗。凤煮坐在桌子前，看蓝小翅："吃吧小祖宗。"

蓝小翅一脸诚实地说："看着你这张脸，我吃不下。"

凤翥被气得说："滚滚滚，你给我滚！"

蓝小翅偏不滚，说："凤翥叔，来，我们谈谈人生。"这是蓝翡经常用的话。凤翥噗的一声就喷了——你大爷的啊！

他一手抱起蓝小翅，一手端着那碗羹，把她送回她的小窝里："你给我乖乖在这里吃，吃完睡觉！"想了想，不放心，哄着她说，"要是吃完还是不想睡，你就去看看你白翳叔，你有两天没去了，他可想你了。"

"噢！"蓝小翅点了点小脑袋，在桌前坐下来。凤翥扯了件厚衣服给她披上，这才回去。

院子里老奴还没睡，点着灯等他呢。见他回来，说："凤爷，这是怎么了？"

凤翥说："以后蓝小翅过来，你直管叫我，别抱别碰，也别自己侍候。"

老奴有些不懂，却还是低头道："是，凤爷，这宝贝疙瘩碰不得，小的记下了。"

凤翥瞪了他一眼："你现在只管贫嘴吧，上次白翳身边的汪和可就死在这上边了。"

老奴一个激灵，凤翥想想那天的事，还心有余悸——蓝小翅跑到白翳的院子里玩。白翳忙着，就打发贴身的下人汪和哄着蓝小翅玩。正好汪和也有事，就让手下哄着蓝小翅。

蓝翡看见了，微笑着说："原来在你这儿，还有这么多比我家宝贝儿更重要的事。”说着话在蓝小翅脸上香了一个，说，“既然你这儿连下人都这么忙，看来女儿我还是只有自己带了。”

白翳冷汗直冒，回头就吩咐下人直接将汪和打死。

从那时起，羽族几个管事的就没人敢让下人带蓝小翅。蓝翡不在乎有人轻慢蓝小翅，但是如果有人轻慢他的女儿，那就是该死了。

蓝小翅等他一走，立刻把白果鸽蛋羹带上，去找木香衣。木香衣见了，眉头微皱，说：“我不用。”

蓝小翅拿勺子舀了，喂到他嘴边。木香衣转过头，说：“我不饿，你自己吃。”

蓝小翅眨了眨眼睛，一脸狡黠：“我喂的，不算你偷吃。”

木香衣终于张开嘴，蓝小翅一勺一勺地喂他，羹虽然凉了，但是对于饥饿的孩童来说，那真是人间美味。

蓝小翅等他吃完了，这才丢了碗和勺子，在湖水中洗了洗手，回头走来。这时候她有点困了，经过蓝翡的住处，一猫腰钻了进去。

值守的羽人哪里敢拦她——她是要咬人的！

蓝小翅一头钻进蓝翡的床榻，两只小手在湖里洗过，冷冰冰的，直接就往蓝翡被子里摸。蓝翡身边的侍妾惊叫一声，连滚带爬地裹着外袍就跑了。

蓝翡叹了口气，蓝小翅一双手已经揣进他的翅膀里捂暖了，这时候整个小脑袋也毛乎乎地凑过来：“爹，晚安。”

蓝翡嗅着那淡淡的蛋腥味——小坏蛋又没漱口。养个小孩儿，生活质量真是无限下跌啊！他把她放到翅膀窝窝里，用羽毛暖着，不一会儿也睡了。

第二天，有一场盛会。

羽族的孩童们，最初是不拜师的。从三四岁起就由银雕统一传授基本功。因为人少，蓝翡非常注意对幼童的培养，所以幼童从送到银雕这里开始，五年之间的衣食住行是不需要任何费用的。

到了八岁，就会根据孩子们的基本功排名，然后优秀的孩子会拥有正式的师承。羽族有资格收入室弟子的人不多，但是每收一个弟子，羽族也会给予一定奖励。

如果弟子表现优异，师尊的名望身份也不一样。

白翳、凤翥、银雕等人，都是因为弟子表现不错，所以很得蓝翡的看重。

在蓝翡之前，羽族并不尚武，基本以耕种、饲鸟为生。据说有人能懂鸟语，培养出来的信鸽、猎鸟、八哥等千金难求。这也是羽族主要的经济来源。

时间久了，就有人生了歹念，许多羽人被富户抓去，训养鸽鸟。然而羽人驯鸟，一个需要时间，二个不少人一心求财，为了让羽人更多更快地训练出优秀的鸽鸟，他们修剪羽人的舌头，让他们的发音更接近鸟语。但是被修剪过的舌头，忽略了疼痛，再说人言也是含混不清的。

而主人又担心他们逃跑，就会剪掉他们的翅膀。

羽族的女子个个容色无双，又没有翅膀不易逃脱，在外面会比男羽人贵上一倍。因为暴利而产生的残害，让羽族幼童频频被抢，几乎没有孩童能长到成年。羽人一直作为昂贵的奴隶而存在，数量也越来越少。

甚至有男羽人一生下来就被父母剪去翅膀，从而隐藏羽人的身份。

蓝翡是驯鸟奴隶之一，蓝氏家族一直就是羽族最大的家族，本来不会让自己家的少爷沦落到奴隶的地步。

可是他是婢生子。蓝家的主母将他以低价卖给了一个臭名昭著的驯鸟场。

至于他为什么没有被剪掉舌头，这是现在没有人敢猜测议论的事。但据说，当初驯鸟场的主人曾称赞他的舌头妙用无穷。

后来，蓝翡不知从何处学得一身武艺，捣毁驯鸟场，用驯鸟场场主的白骨和死去羽人的羽翼做了一把羽扇，以此为羽尊信物，带领里面的羽人奴隶迁往方壶拥翠。

驯鸟商人当然曾经百般阻挠打击，但是方壶拥翠的毒荆棘虽不致命却无药可医。而普通人的体质弱于羽人，伤口更是难以愈合。

不杀人却如病痛般折磨人。

而此时，蓝翡不知从何处带了两个羽人回来，这两个羽人一个叫森罗，一个叫郁罗，武功高强而且手段残忍。

试图杀进方壶拥翠的人几乎全部死于非命，也就是从这时候起，羽族开始尚武。

而也正是如此，蓝翡虽然是个神经病，却极其受羽人的拥护。如果外人到达方壶拥翠，说蓝翡一句恶言让羽人听见，被杀死、烧死都是活该。

几乎被羽人神化的蓝翡，羽毛扇轻摇，说一句：“羽人的男孩，人人都要练武。”

于是所有羽人都将自己的男孩送到这里练武。

如今时间并不长，但是羽人大量回归方壶拥翠，而方壶拥翠也会解救所有所谓的“驯鸟奴隶”。

如果遇到对羽人剪舌、断翼的，杀主人全家是家常便饭。

仿佛积压多年的仇恨洪流般暴发，羽人滥杀无辜的事也不少。于是羽人慢慢从“羽奴”变成了羽族妖人。

但无论如何，羽族实力越来越强却是事实。每一年，银雕手里的满八岁的男孩子都要举行择师大会。

孩子们互相比武，胜出者根据排名，可以选择师父。排名前十的孩子若是选定了师父，师父是不能拒绝的。

排名在十以后的孩子，就需要由师父自行选择。

而羽族若论战力，最强的无疑是蓝翡、郁罗、森罗。蓝翡是羽尊，不能由孩童们选定。所以最优秀的孩子，一般都在郁罗和森罗名下。

可奇怪的是，郁罗的弟子都是非常神秘的，这几年他收下的弟子从未在众人眼前出现过。

正因为这样，羽族对于郁罗的传说也很多。但孩子们对于他还是很向往的。

今天，当第一线晨曦穿透方壶拥翠的花叶重林，蓝翡坐在装饰华美的太师椅上，郁罗和森罗站在两边。木香衣站在下首，就连一向不出不老坑的木冰砚也过来观武。

蓝翡孔雀蓝的羽翼，在阳光之下色彩浓烈，羽族孩子的眼睛里都冒着光。

蓝小翅依偎在他怀里，玩他的羽毛扇子。她低头想去啃骨制的扇柄，蓝翡敲了敲她的头，把羽毛扇扔到旁边羽人捧着的托盘。

蓝小翅指着前面羽人捧着的托盘，说：“爹，这个是什么？”

蓝翡拿过来，是个紫色的花铃，上面缀有白色的羽毛，很漂亮精巧。蓝小翅拿在手里把玩，花铃轻响，蓝翡摸摸她的头，问：“喜欢吗？”

蓝小翅说：“喜欢。”

蓝翡随手将花铃别在她头上，说：“这是羽族的定风铃，只有一个，别弄丢了。”

蓝小翅也没在意，继续窝在他怀里，说：“噢。”

下面的一干羽人当然都看见了，但是神的女儿也是神，蓝翡把定风铃给蓝小翅，谁敢反对？

白翳主持择师大会，木香衣手握邪钩阴藤，手心里都是汗。蓝翡虽然亲自教他武艺，但其实并没有正式收他为徒。

他今年也是八岁，如果他表现不够优异，蓝翡可是不会轻易放过拂了自己面子的人的。

可郁罗的弟子寒鸦也正好八岁。所有人都可以点到为止，唯有他输了就等于死。他面无表情地注视场中，每个孩童都有拿号，旁边都有父母在场，比他们更紧张，不时端菜递水，说些鼓励的话。

而木香衣身边，谁也没有。木冰砚当然不会站在他身边，这样公开露面的场合，日光如炽，似乎更能照见他身上的污秽。

他低下头，却不知何时，身边有个小不点儿牵起他的手。他看过去，蓝小翅递给他一个水果馅的糕饼——从蓝翡面前的果盘里拿的。

她的笑脸在日头下明晃晃的，说：“大师兄加油！”

木香衣慢慢接过那块糕饼，轻声说：“嗯。”

番外二 风起九微

孩子们开始比武，八岁的幼童，学的也都是基本功，大人在旁边看，其实是很无聊的。只有小点的孩子们看得津津有味，有时一片喝彩声。

孩子们的父母站在场下，更是双手握拳给自家孩子鼓劲儿——择到一位好的师父，几乎是现在在羽族能获得地位的唯一出路。

羽族被奴隶多年，里面几乎没有了天生的贵族，白翳、凤翥、银雕等人也是蓝翡提拔上来的，大家都希望子孙后代能争气一些。

所以孩童们个个都很努力，此时场上比武，虽是点到为止，但大家都已经用尽全力。

蓝小翅在蓝翡怀里看了一阵，打了个哈欠，说："不好玩。"

蓝翡声音柔和："是啊，习武就是不好玩。宝贝别学。"

蓝小翅瞪着圆圆的眼睛，说："不是习武不好玩，是他们打得根本就不对！你看那个风遥，他那一招用得就不对，如果他用剑搅长天，对面的黑鹊早就输了。可是你看看他用的什么……"

蓝翡把她揪起来，放在地上。蓝小翅的小白嫩爪子一下子捂住嘴。

蓝翡说："谁教你的？"该死的，说得还挺对。

蓝小翅捂着嘴巴，呜呜摇头。蓝翡说："爹不让你学什么，你就偏要学什么是不是？"优雅的羽尊也压不住怒火了，"你下去，自己拿个号。"

蓝小翅大眼睛里立刻蒙上了雾气："爹！"

蓝翡说："去！"

蓝小翅小声说："人家又没满八岁。"

蓝翡笑，说："你这么能耐，真等八岁还不得上天啊？"一转头，吩咐凤翥："给大小姐拿个号。"

所有人都呆了——大小姐？

凤翥吃惊："羽尊？"且不说他自己立下的规矩，羽族女孩不学武，单说现在，大小姐才四岁啊。

蓝翡哪管那么多，眼角扫过凤翥，凤翥立刻低头道："是。"过去给蓝小翅也拿了一个号。

羽族人丁稀少，所以蓝翡很是爱护羽族幼童。平时训练时的艰难当然是肯定的，但是比武场上他是不允许出现死亡事件的。

所以幼童们都是拿木剑，蓝小翅得了号，当然也分到一把木剑。

木剑上有特殊的红漆，红漆不会干，也不能洗净。等到交手的时候，木剑若得中对手，会在对手身上沾上红漆。比赛规矩，比照红漆的位置、大小、浓淡判断胜负。

凤翥把木剑递给蓝小翅，蓝小翅伸手一接，按在剑身上，双手染了个血红。众人皆笑，蓝小翅怒瞪一圈，又跟蓝翡撒娇："爹！"

蓝翡看着那双血红血红的爪子，也是忍不住地笑，说："依照比赛规定，你的双手已经掉，宝贝。"

蓝小翅当然不服："我……不算不算！我又不知道啦！不知者不算！"

蓝翡露出个笑脸，说："好吧宝贝，给你一个机会。"

大家也都知道这大小姐就是出来玩玩的，没人有意见——才四岁的孩子，又没人教她武功，一个指头也戳倒了，谁会跟她计较。

比武继续，随着时间渐久，一些孩子的优势渐渐显现出来。银雕的儿子银猱、凤翥的儿子凤遥，白翳的儿子白鹭、白鸥等人，这些在羽族有父辈做靠山的，明显经过长辈的精心指点，当然起点会更高。

黑鹊、雪雁这种跟凤、白、银等家族沾亲带故的，家里有长辈在方壶拥翠当差做事的，也要厉害一些。

其他的孩子，天资聪颖的也有，但都是大锅饭里捞食，要出头其实不容易。

等到了蓝小翅，排到的对手就是雪雁。

大家这样排，也不是没有道理的——大小姐上来，谁跟她打谁是炮灰。真要把她赢得太惨，就是给羽尊脸上抹灰。万一要是把她伤着了，好家伙，一大家子都等着小鞋穿吧。

可也不能太让着——如果排个出身不高的小孩跟她对打，蓝翡的脸色铁定更加难看。

可是真要让自家儿子去当这个炮灰吧，也有点不好看。

羽尊不好侍候，所以大小姐的排名大家也费了一番脑筋。就让银雕的表兄弟雪隼的儿子雪雁出手，身份也好，当炮灰也不太可惜。

雪隼当然不敢有意见，只是不停地叮嘱自己儿子："儿啊，胜负不重要，你可千万别伤了大小姐啊！"

所以雪雁上场时有点畏畏缩缩。

蓝小翅高举着手里的木剑："来吧！"

雪雁看了一眼自己的爹，他爹当然一脸担忧。蓝小翅可不管那么多，举着剑上去，劈头盖脸就是一通乱砍。

雪雁哪敢还手，掉头就跑。蓝小翅双手举着木剑在后面追，追到就一通砍白菜萝卜的架势。

雪雁叫苦不迭，众人一通哄笑。

这有点太难看了，银雕看了一眼蓝翡，蓝翡也注视着场中，嘴角一抹淡笑。雪雁不敢还手，半晌被蓝小翅用木剑砍在脑袋上。

雪隼赶紧说："大小姐，大小姐，您赢了！"说着话还是瞪了自己儿子一眼，你这输得也太难看了！

雪雁一脸委屈，蓝小翅欢呼："我赢了，我赢了！"

众人哈哈大笑，于是大小姐……她晋级了。

木香衣和寒鸦，不参与首轮比武。

第二轮就只有二十个少年了。这次蓝小翅抽到的是凤遥。凤翥也有点担心了，说：“不要紧张，大小姐晋了一轮，羽尊面子上已经过得去了。你只需要将她打败即可。但是牢记，不可伤她。”

凤遥点点头，没把这个丫头放在眼里。蓝小翅毕竟还是小，四岁，走路都不一定稳，何况平时也没人教她。

木香衣和寒鸦这一轮都没有直接对上凤、白、银三家的公子，木香衣对锦鸯，当然没有悬念，两招获胜。

寒鸦对青鹏，也是两招，青鹏脖子上已经留下红色的漆痕。

打斗虽然简洁，却十分精彩。这在武功相对薄弱的羽族，还是引起了阵阵喝彩。

寒鸦的父母在旁边观看，他们虽然现在没有人在羽族主事，但因为以前是蓝家的表亲，所以寒鸦论辈分要叫蓝翡一声表叔。

再加上他天资不错，当初被郁罗相中，亲自教导，可以预见是后起的贵族。所以寒家在羽族一直还算是有点地位。

如今寒鸦得胜，他的父母当然与有荣焉。他爹轻声说：“木香衣虽然是羽尊教导，但是毕竟是妓女所生，出身低贱。羽尊也并未正式收他为徒，你不必顾忌。”

寒鸦看了一眼木香衣，两个人素来没有什么交集，他紧握手中剑，说：“嗯。”

旁边他母亲又说：“听说这小子出手素来狠辣，我儿可要当心。对这种低贱凶残之辈，不必手下留情。”

寒家的人，当初其实是想将自己儿子送到蓝翡身边去的，谁都知道，由羽尊亲自教导，是一种怎样的荣耀。羽尊现在还没有儿子，说不定以后就是下一任羽尊的人选。

但是蓝翡居然选了木香衣，木香衣出身低贱，又不是羽人，当然就有人背地里中伤嫉妒，其中就以寒家尤胜。

寒鸦说：“嗯。”

八岁的孩子，并不太能明白是非善恶，但是爹娘都恨得咬牙切齿的人，当然一定是坏人了。所以他给木香衣贴的标签，无外乎就是——妓女生的杂种，凶残阴狠的怪物。

蓝小翅窝在蓝翡怀里，隐约地听到寒家谈话，这时候向那边瞪了一眼，寒家没人注意到她。即使注意到，也只会温和地对她微笑。

——寒家的人想定下寒鸦和蓝小翅的婚事，可是已经想了很久了。寒鸦的娘曾经就着表亲这层关系，多次向蓝翡暗示过。

蓝翡的反应很直接——不能证明自己是最强最好的，怎么配得上我女儿？

这也是寒鸦父母想让他打赢木香衣的原因之一。

白翳终于叫到蓝小翅的号了，蓝小翅从蓝翡身上下来，再次接过木剑。凤遥站在场中，看见这个四岁的小不点儿提着剑上来，莫名有些好笑。

蓝小翅瞪着圆圆的大眼睛，懒洋洋地说："来吧。"

凤遥一剑过去，是很正式的挑战的架势。蓝小翅前三招都接得有些吃力，毕竟是人小力气小。好在凤遥有意给她留面子，没有直接砍飞她的剑。

但是到了第四招，她好像突然开了窍，剑招竟然可以用"流畅"来形容。凤遥几次想结束比斗，都被她泥鳅一样滑了过去。

将近十招了，凤遥有点急了，蓝小翅却似乎找到了节奏，知道对方力气大，就是不和他正面比拼。

凤遥毕竟年纪小，八岁的孩子，一时不得手，对方又是个四岁的小孩子，一下子就慌了。

蓝小翅却渐渐看出了他的破绽，银雕传授武功是非常系统的基本功。因为系统，所以许多招式都是一板一眼，扎实却少变化。

看凤遥的招式，她几乎都能猜出他下一招要用什么。所以当凤遥使出一记彗星袭月的时候，她回手一记雨过桃花，手中木剑挽出五朵剑花，刚好挡过凤遥的一记直刺。

凤遥按照银雕的教学，下一招就是白虹贯日，然而雨过桃花的尾势有快若蜻蜓点水般的五刺，剑势横来，凤遥只挡住五刺之一。

剩下四朵剑花全部开在他身上，红漆如血，鲜艳无比。

场外人声俱静，连凤翥都站了起来。过了好一阵，白翳才说："根据伤口，判定凤遥败，大小姐胜。”

没有人喝彩，大家互相看着，直到凤翥上前，对蓝小翅拱了拱手，说：“大小姐真是天资聪颖，胜我儿多矣！”

众人这才反应过来，一致喝彩。等蓝小翅跑回蓝翡身边讨赏去了，银雕才轻声问凤翥：“你让你儿子让她的？”

凤翥沉声说：“没有！”

银雕与他对望一眼，一齐看向那个奔向蓝翡的小不点儿。

蓝翡把蓝小翅抱起来，看了一眼银雕和凤翥——你们可真是行啊，几年调教出的精英弟子，败给一个四岁的孩子。

他有点不高兴了，但是蓝大小姐又晋级了。

银雕有点急了，如果让一个四岁的孩子拿了前十，他真要成羽族的笑话了。别的不说，现在的位子肯定保不住。

所以休息的时候，他把自己的弟子都叫到一起，怒问：“谁教的大小姐武功？”正打算拎出来狠狠教训一顿，他儿子弱弱地说：“爹……”

银雕无语了，半晌，提示说：“大小姐招式灵活，但是毕竟太小了。”你们懂的吧？她年纪小，剑都不一定拿得住，你们只要直接击飞她的剑就完事了，行不行？

他是真急了。

但知道急也没用，银雕挨个拍拍他们的肩：“尽力！”

蓝小翅把脑袋埋在蓝翡怀里：“爹，我渴了。”

蓝翡伸手，提壶倒了半盏酒：“好宝贝，来。”所有人都屏息——羽尊亲自替人斟酒，在场的谁也没有过这种殊荣啊！

蓝小翅喝了一口，辣得直伸舌头，像小狗一样，又可爱又萌。蓝翡哈哈地笑了一声，自己喝了剩下的半盏，转头看了一眼，已经有人奉上苹果煮的汤。

蓝小翅埋头喝了大半碗，说：“爹，我累了，我不比武了。”

蓝翡说：“那怎么行？宝贝既然要选择这条路，就只能辛苦了。”

蓝小翅靠在他怀里，不一会儿已经传出轻微的鼾声。

两天后，孩子们都休息得差不多了，第三轮比武就开始了。

最后剩下的这十几个孩子，要挨个比武，然后自由挑战，以确定名次。蓝小翅觉得没意思，新鲜感过了，她说："我不打了。"

银雕、白翳等人都松了一口气——好好好，大小姐真是英明。然而蓝翡笑着说："这可不行宝贝。"

其他人又只有前去准备了。

这次蓝小翅没有拿号，她毕竟年纪小，后面补个挑战就差不多了。

在所有孩童里面，除了木香衣和寒鸦以外，银貅、凤遥、白鸽、白鹭四兄弟算是最出众的。

这六个人进前六名几乎是毫无悬念的。但现在凤遥败给了蓝小翅，排名就变成了银貅、蓝小翅、凤遥、白鸽、白鹭。后面就不是嫡出的公子们了，来自羽人平民之子的青鹏、火雀占了八、九名，第十名是第一轮输给蓝小翅的雪雁。

雪雁后面还有黑鹊、公仪鸩等人。

排名确定之后，就可以挑战。前十五名可以根据自己的实力任意挑战对手，以提升排名。

蓝小翅的排名没人去动——大家都想躲着这个小魔王走。何况她才四岁，真打败了她，面上有光吗?

而众人最期待的，还是木香衣和寒鸦的对决。木香衣提着木剑，环视场中，目光极快地停留在木冰砚身上。

可是木冰砚并没有看向他，木冰砚只是过来工作的，如果场里有孩子受伤，需要他急救。

他似乎并不关心任何人的胜负，所以木香衣的目光很快也移开了。

呵，一个曾名满江湖的神医，被妓女强迫，生下来的儿子，他是不会认的。木香衣曾经小小地期待过，然而即使只是一个孩子，也渐渐明白，自己只是这个人的耻辱。

他低下头，去看自己的兵器邪钩阴藤。这是蓝翡送给他的礼物。那天，那个华美的男人说——从此以后，它是你的兵器，或者它令你荣耀，或者你让它蒙羞。

木香衣握紧手中的木剑，抬起头，看见寒鸦眼中的鄙薄之色。他当然也没有用自己的兵器，郁罗给他的无色翼被他背在身后。

两个少年手中都只有一把沾满红漆的木剑，然而目光对视的刹那，却迸溅出杀气磅礴。

木剑相击，一声闷响，虽无火花，却更暗潮汹涌。木香衣虽然不喜欢寒鸦，但是最开始就已经说好是点到为止的。再说，寒鸦是蓝翡的表侄，若真是伤到了，恐怕也不好交代。他的招式便多少有些保留。

然而寒鸦却是出手无情，他们这样的高手，跟风遥那种孩子不一样。剑身如果被灌注内力，木剑伤人也是轻而易举的。

两次交手，木香衣都被对方的内力所击，不由得后退了一步。

寒鸦的父母见状，兴高采烈，大声为自己儿子鼓气，蓝小翅不高兴了，大声喊："大师兄打死这个姓寒的乌鸦！"

寒鸦的父母有些尴尬，他母亲说："大小姐，我们家鸦儿可是您的表哥啊！表哥对大小姐很好，大小姐一直也很喜欢他的，不是吗？"

蓝小翅横眉怒目，说："谁喜欢他？谁和你是亲戚？走开啊！"

小孩子被蓝翡宠坏了，礼数是什么东西，她从来不懂。

寒鸦父母被吼了一个灰溜溜，寒鸦心头火起，到底是小孩，父母又一直说蓝小翅是他的媳妇，如今被未来媳妇这么偏袒外人，他手中的剑更狠厉了几分。

但是木香衣这么多年来被蓝翡像牲口一样逼迫，绝非易与之辈。

几十招下来，木香衣步步稳健，而寒鸦却现了败势。寒鸦的父母看出来了，脸色已经很不好看了。

寒鸦心头更急，剑行险招，意图直取木香衣的咽喉，但被木香衣拿住破绽，长剑一斜，击飞了他手中的木剑。

然后一脚将寒鸦踹倒在地。手中长剑在他咽喉一比，但是没贴上去，没留下印记。

寒鸦坐倒在地，他居然被一个妓女生的杂种打败了！

木香衣扔了木剑，转身要走，寒鸦突然一咬牙，背上无色翼出！诸人完全没有反应过来，以往赛场上，从来没有发生过这种事。

寒鸦的无色翼快而无声，木香衣发现的时候已然抵挡不及，刃入他背，足有三寸深。

旁边白翳怒喝一声："寒鸦，你大胆！！"

寒鸦犹不收手，只想再压刃一分，置木香衣于死地。他的父母站得非常近，但是当下竟未出声——他们和蓝翡是表亲，就算寒鸦把木香衣杀了，蓝翡难道还会要他抵命不成？

一家人未出声，寒鸦只觉得眼前一花，一个小小的身影扑面而来，寒鸦未及反应，收兵器自保。而就在片刻间，木香衣觉得腰间一轻，邪钩阴藤已经被蓝小翅握在手里。

蓝小翅一钩过去，一记飞花穿林，直指寒鸦颈项要害而来。寒鸦哪把她放在眼里，放手一挡，护住咽喉。

但是他忽略了木香衣的兵器是钩。既然是钩，肯定是有钩尖的。蓝小翅刺他咽喉是虚招，这一钩却正是袭他护住咽喉的手。

一钩过去，她用力一拉，到底年轻，那钩力度不大，没能切下寒鸦的手。然而寒鸦只觉得手上一凉，他心里也是一凉——他的手筋断了。

木冰砚上前，冷冷一查看，寒鸦只觉得被他握住的右手一阵剧痛，木冰砚冷冷地说："右手废了！"

寒鸦惨叫："是你废了我的手，是你！"

他的父母也跟着闹将起来，木冰砚神情冰冷："不信我，你们自己找人治。"

话落，转身去看木香衣。木香衣推开他的手，说："不用你好心！"

木冰砚查看了一下，见未伤及内脏，随手把药丢给蓝小翅，扬长而去。

木香衣背部受伤，寒鸦右手被废，这还是这些年羽族择师会上出现的最严重的事件。寒鸦的父母哭天喊地，但是不敢去拉扯蓝小翅。

蓝小翅不理他们，想把木香衣扶起来。木香衣跪在地上，没有蓝翡的命令，他根本不敢起来。

蓝小翅扶了几次，终于抬头，在寒家人的哭闹中喊："爹！"

旁边寒鸦的父母已经跪在蓝翡面前："羽尊，你要为我们家鸦儿做主啊！"

蓝小翅歪了歪头——什么情况？

蓝翡含笑，右手捡起盘中羽扇，问："你们想要我如何做主呢？"

寒母哭道："羽尊，鸦儿是您表侄这是所众所周知的事，木香衣胆敢伤他，而且竟然下如此重手，简直是不把羽尊放在眼里。羽尊岂能轻饶？"

蓝翡说："木香衣？呵，木香衣并没有动手啊！"

寒母愣了愣，可是她不敢直指蓝小翅，只好含糊地说："可是大小姐幼不更事，莫非他教唆，岂会对自己表哥下此毒手？"

蓝小翅听得半懂不懂，何况木香衣流了好多血。她瞪着眼睛喊："他要杀大师兄！"

寒父出言道："大小姐，你误会了。鸦儿只是想试试木香衣的真本事而已。不然你看，木香衣毕竟只是受了点外伤。如果他真有杀心，木香衣还能有命在？"

旁边寒家人也赶紧应和。

蓝小翅毕竟是小，一时之间也辩不过这七嘴八舌，气得脸通红，说："爹，你先让大师兄起来！"

寒母说："大小姐，自古杀人偿命，鸦儿的手毁在他手里，如若轻饶，焉有公理？"

蓝小翅看看蓝翡，蓝翡指尖轻抚羽毛扇，心情不错——木香衣比寒鸦实力还是要高出很多。他说："郁罗教导了他四年，最后被一个四岁女孩所伤，也好意思来讨公道？"

寒母语塞，接着又开始大哭："羽尊，鸦儿一向用功，你可不能不管他啊……"

蓝翡看向蓝小翅，问："宝贝你看呢？"

蓝小翅就想让木香衣先起来，她小手叉腰，气呼呼地问："你们想怎么样？"

寒父说："木冰砚必须治好我们家鸦儿的手。"

寒母眼珠转了一下，一边哭一边说：“鸦儿既然是被大小姐所伤，她虽因为年轻不懂事，但也有一定责任。如果鸦儿的手治不好了，大小姐就应该对鸦儿负责，两个孩子又一向交好，若成了一对，本也是错不了的。”

蓝小翅不太明白——什么成不成一对？她怎么听不懂？

蓝翡看向她，含笑等她意见。她只有老实地说：“我很生气，可是我听不懂。”

蓝翡哈哈大笑，旁边郁罗突然说：“寒鸦，你作何想法？”

他是寒鸦的授业之师，虽然也没有正式收徒，但是毕竟相处了四年。他一说话，大家也都安静下来。寒鸦看了一眼自己的父母，寒母赶紧示意他点头。

他说：“我听爹娘的。”

郁罗说：“好。你知道无色翼的由来吗？”

寒鸦不明所以，无色翼是一把形似半翼的兵器，轻而薄，如果内力足够的话，灌注于兵器时，无色翼会完全透明。

当初郁罗将此兵器赠他，只说是友人遗物，并未说其他。他低着头，说：“这是师父朋友所遗留下来的兵器。”

郁罗说：“无色翼与我的凤首箜篌是同一位铸剑师所造。得获无色翼的朋友，曾经也是一名驯鸟场的奴隶，和我一起效忠羽尊，在不同的驯鸟场联络我们的族人。后来事情败露，我再去寻他时，只找到一副骨架，散落在地的血肉，和无色翼。而他手下所有的羽人，与他知情的所有联络点，无一暴露。”

寒鸦不明所以，寒鸦的父母感激地道：“所以郁罗大人将此兵器赐给鸦儿，显然对鸦儿异常器重。”

郁罗说：“以前是的，但是我讲这件事，主要是因为我觉得，如此好汉遗物，不应羞辱。”他向寒鸦伸出手，说，“归还于我吧。”

寒鸦惊住，寒鸦的父母也慌了。寒母说：“郁罗大人，鸦儿的手只是受伤，有木冰砚在，说不定可以治好……”

郁罗说：“手可以治，性不能修。”

说罢，收起无色翼，平静地走回蓝翡身边。

寒家人已经预料到有点不好了，寒母开始继续痛哭。蓝翡有点烦了，说：

“够了！”下巴一扬，向白翳道：“还等什么，开始择师。”

白翳点头，宣布道：“排名前十名单：木香衣、蓝小翅、银貅、风遥、白鸽、白鹭……”

他话未说完，寒家人已经道：“等等，鸦儿虽然败给木香衣，也是第二名，凭什么名单里没有他？”

白翳看了蓝翡一眼，心道真不是我故意不给你表亲面子啊羽尊，我给了他们自己不要。

他叹口气说：“也可以。”他重新宣布了一下名单，将寒鸦排在第二位。然后环视四周，问：“可还有人有异议？如有，可选择挑战。”

这时候，风遥突然弱弱地出声，说：“我……我想要挑战寒鸦。”

寒家人这时候才突然明白——寒鸦的手废了！如果将他列在排名之中，是所有孩子都会争相挑战的。

可是如果此时放弃，又怎么会甘心？！

寒母凑近寒鸦，问：“鸦儿，你用另一只手也可以的，对吧？毕竟都是一样的招式，你都会，换一只手有什么区别？”

寒鸦沉默了，小小的孩子，看见父母眼里希冀的光，他只有点头。

寒母大喜，赶紧说：“好孩子，那就应战。”又小声说，“如果郁罗大人看见你的努力，说不定还会改变主意。”

可是用惯右手的人，突然换到左手，又带旧伤，谈何容易？风遥等人这些年也不是白闲着的。寒鸦坚持了四十招左右，还是败给了风遥。

这成绩已经够让人意外，毕竟他初用左手。但此时，寒家人的面色开始难看起来。

果然这一败之后，白鹭兄弟也开始跃跃欲试，寒鸦右手剧痛，木冰砚不知道伤到了他手腕哪里，里面好像有刀子在刮一样。

一战失利之下，他体力又消耗甚巨，第二战竟然败给了白鹭，于是排名直接跌到第六。

寒家父母都是心中一凉，但少年们并不甘心，青鹏和火雀也提出了挑战。

眼看这样就要跌出前十，寒家父母开始怒道：“你怎么回事？不就是一只手受了点伤吗？没用的东西，寒家这几年来白白栽培你了！”

寒母也怒道：“当初我就说让他弟弟去，你偏要送他去。现在好了吧！”

寒父怒道：“我怎么知道他这么没用？”

二人不断争吵之中，寒鸦已经败给了青鹏。

寒鸦右手已经痛得颤抖不已，下场之后，他简直不敢抬头看自己的爹娘。但是当他抬头时，却发现不知道什么时候，他的父母已经离开了。

他几乎不敢相信自己的眼睛，他们就这样离开了？没人再管他了。

白翳看了眼跃跃欲试的火雀，终于上前，对寒鸦说：“你累了，歇一歇再比吧。”

寒鸦没有说话，突然有一瞬间，小小的孩子也明白了，其实父母关心的并不是他。这么多年来的好，也不过是为了一个名次，一个能令寒家沾光的人。

如果他不能，那与垃圾何异？

蓝小翅已经给木香衣背上上完药，这时候也察觉场中安静了，左右四下一望——咦，寒家人居然走了。

她只是觉得太好了，然后一转头，发现寒鸦还在，又奇怪了——怎么没把自己儿子带走？

蓝翡饶有兴趣地盯着自己的表侄，毫无疑问，他是个见到别人痛苦就会觉得欢愉的人，所以寒鸦脸上的表情吸引了他。

他说：“知道你为什么会输吗？”

寒鸦抬起头，蓝翡说：“人的身体，几乎每一处都是相关联的。你右手经脉的损失，会引起全身失力、剧痛。但是有个办法是可以治好的。”

寒鸦唇色发白，全身颤抖，蓝翡说：“右手至肘以下砍断。你想想。”

说完，他终于看向还跪在一边的木香衣，木香衣身上的伤口已经不再流血，蓝小翅包扎技术真是太烂，现在他像个驼背一样。

看着有点搞笑，但蓝翡却轻声说：“你今日成就，为师真是功不可没。来，给为师磕一个，然后起来吧，徒儿。”

木香衣愣住，这意思……是蓝翡正式收他为徒了？！

蓝翡也在含笑看他，直到身后，风翥说：“还不快磕个头，别愣着！”

木香衣这才反应过来，双手撑地，不顾背上伤处，重重地磕了三个响头。

白翳高声道："择师大会第一名木香衣，拜羽尊蓝翡为师！木香衣，从此以后，你要尊师如父，如有违逆，人神共诛。"

木香衣如在梦中，再拜，有羽人捧了茶盏过来，白翳说："向师父奉茶。"

木香衣手捧茶盏，膝行几步，双手奉给蓝翡。

蓝翡接过来，轻啜一口。白翳道："礼成。"

周围全是各色艳羡的目光，要真正入了蓝翡名下，哪怕再低贱的出身，也不一样了。以后哪怕风遥等公子哥见了他，也要恭恭敬敬地叫一声大师兄了。

蓝翡说："行了，下去歇着吧。"

蓝小翅扶着木香衣站起来，她倒是不觉得这有什么，不就是给爹磕三个响头吗？他以前磕得多了去了，还没磕够啊？

所以她说："我们走吧。"

木香衣点点头，转头又看了一眼蓝翡。突然觉得这么多年的辛苦，其实值得。

剩下的，就是郁罗、森罗、白翳、风翥、银雕几个人的收徒仪式了。郁罗与森罗包揽了前十，这些少年们有权利自己挑师父。但是对于拜郁罗和森罗为师，他们是绝无异议的，是以无人反对。银、白、风三个家族的人都是高兴的，森罗武功比他们高，地位也高，孩子跟着他比跟着自己更好。

剩下的人，就是银、白、风三人挑了。现在家族实力都单薄，多选些资质好的弟子还是非常有必要的。

所以三个人也很高兴，几乎是抢着挑了不少实力相对出众的弟子。

再剩下的连他们也看不上的，就是真正资质平庸的子弟了。这些孩子会回到父母身边，学习驯鸟。

如果驯鸟师也当不了，那就只有耕种了。毕竟不管在任何一个种族，普通人都占大多数。

不老坑，火中生莲、石上开花，稀奇古怪的景象都在这一片石林里，一代神医木冰砚也住在这里。因为有羽人的保护，没有人敢来这里滋事。

木冰砚低头碾着药草，他碾了很多很多，旁边药童说：“师父，太多用不完，要搁坏的。”

木冰砚瞪了他一眼：“用你多嘴！”

药童不敢再说话了，他也终于停下手来。

想当初，木氏一家，也是正道响当当的神农世家，与秦岭云家争辉。后来碰上医闹，他妻儿家人被屠杀殆尽。

而他愤而下毒，几乎毒杀一城百姓。被仙心阁追杀得走投无路，想想也值了，找了棵歪脖子树准备一死了之。

蓝翡把他救下来，然后点了他的穴道，找了几十个妓女，扬言谁若为他生下一男半女，赏黄金五万两。妓女手段百出，木冰砚羞愤欲死。终于有人为他生下了一个儿子。

蓝翡花五万两黄金求这个孩子，然后花八年教养。成果就是留下木冰砚，老老实实地待在羽族。

值得吗？当然是值得的。

所以木冰砚从来只将木香衣视为蓝翡的一个工具。可是他还是留了下来，声名皆抛，留在不老坑，一年一年地看他成长。死去的妻儿，在无尽思念中慢慢淡薄。这之后的木冰砚，为了一个陌生的却流着自己的血、拥有自己相同姓氏的孩子而活。

纵然不曾假以辞色，然而在寒家人公然欺辱他的时候，看见那孩子诸般隐忍的时候，木冰砚还是怒了。

他废了寒鸦的右手，哪怕他们能找到云采真之流，原手臂也不可能治愈。而换臂的法子，云采真是不会施为的。

这时候最得意的该是蓝翡吧？

他心中时怒时喜，时而又有点快意。

木香衣回到房里，把上衣脱了，俯趴在榻上。他身上伤口虽然没有伤及内脏，却很深。痛是在所难免的，但是他也早已习惯了，并不当回事。

蓝小翅在他旁边玩，她是不会刻意放低动静的，但他却能睡得很熟。

蓝小翅虽然懵懂，但是看见大师兄睡着了，也知道他正伤着，应该休息，于是她提了木香衣的邪钩阴藤出来，东砍砍西砍砍。

这时候天快黑了，天边的晚霞被渐沉的夕阳镀上了一圈金边。

蓝小翅一路砍坏了无数花花草草，也没人敢说，看见的羽人还捧呢："大小姐，好剑法，好剑法！"

蓝小翅不理他们，走了不久，看见郁罗回来。她张开双手："郁罗！"

郁罗很自觉地蹲下来，蓝小翅立刻把邪钩阴藤丢给他，自己爬到他背上，去玩他凤首箜篌的流苏。郁罗提着邪钩阴藤，问："你的武功跟谁学的？木香衣教的？"

蓝小翅立刻怒了，说："他才不教呢，哼！"

郁罗说："那你想学吗？"

蓝小翅说："想！"

郁罗说："那你有空来羽藤崖。"

蓝小翅歪了歪头，说："真的吗？"

郁罗说："嗯。"

蓝小翅高兴了，说："飞！飞！"

郁罗张开双翅，腾空而起。蓝小翅抱住他的脖子，他的羽翼是黑色的，在空中盘旋飞翔，像苍鹰一样。蓝小翅拍着巴掌，也不害怕，伸手去抓空中的飞鸟，好不容易抓到一根羽毛，就乐得咯咯笑。

羽藤崖，是方壶拥翠的一面断崖，上面藤上生薄叶，柔软如细羽，所以称羽藤。羽藤对治疗羽人的外伤有奇效，被视为羽族圣草。

崖高万丈，深不见底，但有藤梯，如果不嫌麻烦的话，也可以上下来往。

传说郁罗以前收的很多弟子就在崖下，可是郁罗并不允许蓝小翅下去，只在崖上传授她一些武艺。

他亲自传授，当然比蓝小翅东一招西一招学得全面得多。蓝小翅惊叹，很多不明白的地方，这时候才开始明白。

郁罗一边传授，一边看她练，然后心中暗惊——她几乎过目不忘，天资惊人，而这种天赋可不是蓝翡的。

蓝小翅练了两个时辰的功，眼看天色已晚，自己从羽藤崖上爬下来。郁罗在崖顶，白衣黑翼，修长的五指拨动箜篌之弦，弹一曲荒城月夜。在弦音里，月光倾城，荒草丛生，琴声婉转无故人。

蓝小翅是不懂的，踩着羽藤就跑了。

经过一个小院子，里面传来沉重而痛苦的低吟声，蓝小翅歪了歪头——孩子嘛，跟猫狗也是差不离的，好奇心重。

她探头往里面一看，只看见隐隐的灯光。院门紧闭，这难不倒她，她搓了搓手，攀着院墙就上去了。

一进到院里，急促的喘息声就更清晰了。窗没关严，蓝小翅从缝隙中往里面看，只见一片血迹。她吃了一惊，一脑袋拱开窗户，只见屋子里，寒鸦拖着一条断臂，满地打滚，血流一地。

蓝小翅有些吓到了，但是看了看手里还提着木香衣的兵器，她又有点底气了，当下从窗户钻进去："喂？！"

寒鸦没有说话，事实上他已经说不出话，而旁边的桌上，放着一把刀，是把剔骨刀。

蓝小翅过去，看见他右臂手肘的地方，已经被砍得只剩一点皮肉相连。

蓝小翅连连后退，最后问："谁干的？！"

寒鸦不说话，身体筛糠似的发抖。蓝小翅看了一眼他左手的血，又看看剔骨刀的刀柄，说："是你自己？"

寒鸦紧紧咬着唇，冷，好冷。他只在早上吃了东西，参加择师大会之后，受伤、比武，早已耗尽了体力。

而在他被暂时安置在这里之后，蓝翡派人送来了这把剔骨刀。他说过，只有砍断右手。

现在，木冰砚不会收治他，而寒家直到入夜都没有人过来问一声。他被遗弃了。

所以他面对着那把剔骨刀，想了半夜，终于握住了刀柄。骨头要斩断很难，尤其是自己的手。他缩在阴影里，当时想，自己会因为这样鲜血流干而死吧。

蓝小翅用衣服先包住他的断臂，说："你是不是疯了？走，去不老坑！"

寒鸦根本站不起来，只是说：“不！”

蓝小翅拖不动他，想了想，翻到木香衣的屋子里。木香衣已经醒了，正到处找她呢，此时问：“你去哪了？”

蓝小翅翻箱倒柜，把木冰砚给木香衣的药都找出来，用衣服包好，急匆匆地出来。木香衣赶紧跟过去：“你找这些干什么？谁受伤了？”

蓝小翅拔腿往前面小院跑，说：“寒鸦，快来！”

两个人来到寒鸦的院子里，木香衣也惊住。片刻之间，连背上伤口开裂都感觉不到痛了。

蓝小翅说：“拿酒，给他洗一下伤口。”

木香衣说：“这里不行，要带他去不老坑。”

寒鸦还是坚持：“不！”

木香衣上前，不由分说将他架起来，蓝小翅托着他的断臂，一起赶到不老坑。

这是木香衣第一次来这里，木冰砚本来已经睡下了，这时候被蓝小翅吵起来，他不敢不给蓝小翅面子，总算还是问了一句：“什么事？”

蓝小翅说：“木老头，你看看寒鸦的手！”

木冰砚一听就不想管了，说：“不治！”

蓝小翅说：“你先开门！”

木冰砚说：“不开！”

寒鸦左手握着右臂，说：“我走了。”

蓝小翅撞了几下门，到底小，怎么能撞得开？她想了想，说：“等等！”

木冰砚养了不少狗，这里有狗洞！她在墙旁边刨了一阵，终于刨开一个洞，然后将脑袋钻进去：“木老头！”

木冰砚乍然看见墙边狗洞里冒出一个人头，先是吓了一跳，然后又有些好笑，说：“小心你爹看见！”

蓝小翅说：“寒鸦把他的手砍断了。”

木冰砚一怔——怎么还给砍断了？

蓝小翅说：“你给看看嘛，木香衣背上的伤也裂开了，看起来好严重，会不会心脏破了？”

木冰砚怒瞪——你这个乌鸦嘴，心脏破了他还能活？

但听见这话，却还是打开了门。

当先自然是看了木香衣一眼，脸色正常，内脏没有损伤。木冰砚放下心来，这才去看寒鸦。

寒鸦的手臂触目惊心，但是对他而言，却是司空见惯。他直接拿了刀，将断臂彻底切下来，修整断面，清理碎裂的骨骼，这才清洗、包扎。

一切都轻车熟路，寒鸦嘴唇都已经咬破，木冰砚说：“伤口不要碰水，两天换一次药。”

说完，一挥手，示意几个小家伙走。

三个人一起出来，蓝小翅问：“你要回寒家吗？”

寒鸦愣住，八岁的孩子，眼睛里全是迷茫。蓝小翅说：“你爹娘会骂你吗？”

木香衣把蓝小翅扯到身后，说：“如果你要回去，也可以。你现在虽然只剩一只手了，但是如果够努力，还是会有所成。但是到了现在，你还是觉得你父母是对的吗？”

寒鸦低下头，蓝小翅立刻帮腔：“就是！我大师兄有骂过你吗？有打过你吗？”

寒鸦说：“没、没有。”其实这些年，木香衣从来没有做过什么恶事。可是你爹娘为什么要说他是个贱种？为什么要说他凶残阴狠？

蓝小翅说：“所以你爹娘是错的啊！”

寒鸦失措——错的？父母长辈的话是错的吗？难道他们不知道木香衣是怎么样的人吗？

蓝小翅说：“他们就是想寒家有人出来做事，可以帮他们赚钱，让他们有地位，说话有更多的人听从。他们是不管这个人是谁的。你要是回去了，以后他们跟你说谁坏，你应该怎么样的时候，你就不要轻信了啊！”

寒鸦低头，其实如果忽略这些年寒家人的教育，他自己想一想，心中也会明白。是啊，他们是不在乎那个人是谁的，只要可以让他们沾光，他们将之称为“重振家风”。

他说：“我、我想离开方壶拥翠。”

蓝小翅和木香衣都愣住了，木香衣问：“离开？去哪？”

寒鸦说：“不知道，但总得试试。我不想回去种地。”

蓝小翅和木香衣都不知道应该说什么，寒鸦对蓝小翅说：“谢谢！”转而看了一眼木香衣：“对不起！”

第二天，寒鸦离开方壶拥翠，蓝小翅给了他一个包裹，里面装了她这些年从木冰砚那里倒腾的所有药，那是她的全部家当了。

寒鸦接过来，打开一角看了看，见是药，他没有拒绝——他真的需要。他背着这个小布包，这竟也是他唯一的行李。他慢慢走出方壶拥翠，小小的身影在交错阡陌上独行。两旁绿草繁花、青山碧水都渐渐远离了他。

那些从小教导我们是非善恶的人，原来并不一定正确。这世上总有一些人，披着亲人的外衣，以爱为名，指引我们不择手段逐利而行。

用光宗耀祖、出人头地这样种种冠冕堂皇的理由，来掩盖他们的自私自利。而置身其中，贪恋他们一丝温柔与关怀的人，只是工具。

有用时捧，无用时弃。

于是越往前行，越觉成长不易。

寒家人本以为，寒鸦肯定会跌出前十，过不了两天就会被灰溜溜地送回寒家。他们已经在做另外的打算——寒鸦的两个弟弟，现在还在银雕那里学武。

寒鸦虽然废了，但是所学毕竟还在，平时没事教两个弟弟练功也行。等弟弟们有所成就，寒家一样能飞黄腾达。

至于他嘛，自己练不了武了，就驯鸟种地吧，反正废人一个。

可是等了几天，寒鸦并没有回来。寒家父母突然又升起一丝希望，难道郁罗大人心软了？

这才急急又装作一副关心的样子来到方壶拥翠。寒母见到白翳，笑容满面地说：“白二哥，我们鸦儿怎么还没回来？家里给他请好了大夫，一家子都盼着呢！”

白翳看了她一眼，神情冷淡——为人父母，能无情到这种地步，也是不多见。他说："寒鸦走了。"

寒母一愣，说："他没回家啊！"

白翳说："方壶拥翠又不是给你看孩子的地方，他回不回家，去哪里，我怎么知道？"

寒母一听，立刻一屁股坐在地上，开始闹将起来："你们弄丢了我家鸦儿！他是不是被你们杀了？可怜我鸦儿小小年纪啊……"拍着大腿哭。

白翳根本不理她，径自忙自己的，连下人也没有去扶她。寒母哭了一阵，说："我不管，反正鸦儿丢了，你们总要给我一个说法，不然我就去找羽尊，让他评评理！"

白翳问："你想要什么说法？"

寒母转了转眼珠，说："我们鸦儿可是寒家唯一的指望啊，他现在没了，你们总得给他两个弟弟都找个好师父吧。"

知道寒鸦只是自己离开之后，她根本连孩子的下落都不打算知道。白翳笑了一下，说："这我可做不了主，你去找羽尊吧。"当初郁罗肯收寒鸦为徒，也是因为寒鸦是真的有天赋。他心中叹息，也是可惜了这个孩子。

蓝翡的住处，在六棵古木联结而成的树冠上，呈圆形的鸟巢状，里面正厅、卧室、书房等一应俱全。

现在蓝翡正在看书，窗外的羽藤开出了小花，一根藤尖把自己的花蕾递进了窗里，小巧可爱。

蓝小翅睡在蓝翡脚边的长毛垫子上，身上盖着蓝翡的披风，不时发出轻微的鼾声。

而这时候，外面传来哭闹的声音："羽尊，你可要为我们做主啊！这可让我们怎么活啊……"

蓝翡皱眉，蓝小翅抬起小脑袋，说："是寒家人。"

蓝翡说："真是……麻烦啊！"

蓝小翅歪了歪脑袋，一脸懂事地跟着感叹："是啊，麻烦啊！"

蓝翡失笑，轻轻敲了敲她的头。

蓝小翅说："既然爹觉得他们这么麻烦，为什么还要理他们啊？"

问得有模有样，小大人一样。蓝翡说："因为呢，他们跟爹沾亲带故。爹杀了太多亲人，如果连他们也杀了的话，羽人会觉得爹无情无义的。"

蓝小翅说："噢，可是他们真的很坏很坏啊！"

蓝翡说："是啊！所以我们要想办法对付啊！"

蓝小翅不明白："对付？"

蓝翡循循善诱，说："爹把所有的宝贝都给了他们，让所有的羽人都知道爹对他们很好。他们就会很得意，一得意，就会欺负人。一欺负人，羽人就会很生气。这时候爹再杀他们，羽人就会觉得爹杀得对。宝贝，你说这样好不好？"

蓝小翅歪着头，想了半天，蓝翡把她抱起来，亲了亲她的额头，说："好不好？"

蓝小翅说："我听不懂。"

蓝翡轻笑了一声，说："爹做给你看啊！"

蓝小翅开心了，说："好。"

蓝翡转头说："来人，请寒夫人进来。"

寒母哭得一把鼻涕一把泪，这时候进来，双膝跪地，说："羽尊，今天我来接鸦儿回去，才听白二哥说他丢了！他可是您的表侄，好好的一个孩子，就这么丢了，让我们为人父母的，简直心如刀割啊！"

蓝翡说："鸦儿丢了，我也着急，正派人四处寻找。"

寒母说："可是这天大地大的，几时能找到？羽尊，我们寒家可就这一个指望啊！"

蓝翡说："羽人的情报系统最是精良，相信要找到他不难。三四天内就能找回了。"

寒母慌了，忙说："羽尊，如今鸦儿手上有伤，不能再为羽族出力了。我们寒家也不敢让羽尊浪费人力物力去找他。正好现在他两个弟弟天资也不错，您看能不能……给他两个弟弟择名师教导。如此一来，以后也可以为族人做点事啊。"

蓝翡说："可以啊。你想择谁来教导他们兄弟二人？"

寒母欣喜若狂，说："小妇人没什么见识，不过却觉得森罗大人是非常不错的人选。犬子二人若得他教导，定能有一番光明前程。羽尊是他们表叔，到时候他们也会是羽尊的心腹啊！"

蓝翡说："可以，我会吩咐森罗。"

寒母喜极，说："谢谢羽尊，谢谢羽尊。"转头又看了一眼蓝小翅，说："大小姐真是长得越来越可爱了。"

蓝翡说："是啊，本来我觉得鸦儿不错，可惜出了这样的事。"

寒母两眼冒光，赶紧说："鸦儿的两个弟弟比他长得好，也更聪明。有空让他们来找大小姐玩，大小姐肯定会喜欢的。"

蓝翡低下头，逗了逗蓝小翅，说："可以，反正她一个也闷得紧。"

听到蓝翡好不容易松了口风，寒母只恨不得立刻将自己的两个儿子攥过来由着蓝小翅挑选。蓝小翅依在蓝翡怀里，见他笑容温柔，如沐春风一般。仿佛面前站的就是他的血脉至亲，而他正一腔热情，绝无任何不良心思。

第二天，寒母就让自己的两个儿子来蓝翡这里走动，蓝翡伸了伸懒腰，让蓝小翅跟他们玩。

于是寒家人就觉得自己又有了指望。

寒家跟以前的蓝家是亲戚，蓝家一直就是羽族中的大族，寒家则跟其姓氏一样，很是贫寒，以耕种为生。

后来寒家一小子生得不错，跟蓝家一位小姐相恋。小姐未婚先孕，蓝家没办法，只好将女儿嫁过去。这位蓝小姐，算是蓝翡的姑姑。

不过蓝家不认蓝翡这个婢生子，所以嫡出的姑姑跟他也淡薄得很。只是寒家为了能攀上这样的大家族，一直以蓝家的亲戚自居。

平时无事时也是多有走动，常来常往。后来蓝翡被卖到驯鸟场，更是毫无往来。

本来这样拐七拐八的关系，蓝翡也是不屑理会的，不过当时蓝翡带领羽人独立的时候，仙心阁阁主派出了自己的大弟子温谜前来相助。

蓝家最开始是不屑一顾的，甚至觉得蓝翡多事，一个低贱之子，凭什么带领羽人？！但是仙心阁派人来助，蓝老爷子也就开始重视了。

温谜带领仙心阁的人，与蓝翡联手，救出了许多羽人，最后渐成规模。蓝老爷子见状，立刻也命蓝家联络其他羽人相助。

最后竟然真的将羽族从驯鸟奴隶的泥潭中拔出。

然而随后就是羽尊之争，蓝家与羽族的一些旧人当然是扶持蓝老爷子。称他德高望重，资历也够。仙心阁也觉得，蓝老爷子是蓝翡生父，他任羽尊，也算是顺理成章。

所以仙心阁阁主温靖指示温谜，扶持蓝老爷子。

当时温谜正当年少，与蓝翡也算是惺惺相惜，得到父亲指示之后，他立刻对蓝翡照实直言。

蓝老爷子得了仙心阁相助，更是大喜，将自己的养女青琐许配给仙心阁阁主首徒温谜，以此笼络仙心阁作为自己的后盾。

青琐虽然是养女，却一直备受蓝氏夫妇喜爱——她长得是真漂亮。羽族内外，前来求娶之人络绎不绝。

蓝老夫人对蓝翡刻薄，对她却视如己出，很是关怀。温谜受命辅助蓝老爷子，当然也被蓝家视为上宾，有一段时日住在蓝家。

二人一个青春貌美，一个血气方刚，经由师长指婚，当然情愫渐深。

眼看蓝老爷子任羽尊的事已成定局，蓝翡也表示了支持。温谜也心知羽族独立，蓝翡是最初发起人，也一直是出力最多的人。

一路血战之时，都是仙心阁和蓝翡的人流血出力，蓝老爷子做过什么？

所以他也向蓝老爷子提出，要求保证蓝翡的地位。蓝老爷子到了现在，也知道蓝翡手底下人厉害，于是承诺让蓝翡认祖归宗。蓝翡的娘已经被蓝夫人折磨致死，人死不能复生，但蓝家人也准了她的牌位入蓝家祠堂。

对这样的安排，蓝翡显得并无异议，他一脸感动地叫了蓝老爷子一声爹，也认了蓝老夫人这个娘。

开宗祠拜了蓝家祖先，一副孝子贤孙的模样。

蓝家人觉得到了这种地步，肯定是皆大欢喜了。仙心阁也觉得功德圆满了。温靖决定撤回温谜等人，只有青琐很担心。

温谜走时，十六岁的少女出门相送，说：“我总觉得，蓝翡不是这样认命的人。你不了解他的个性。”

温谜安抚她，说：“蓝翡不论武功还是性情，都是个值得相交的人物。现在蓝老爷子毕竟是他的父亲，他在，仙心阁也不好说什么。但是他百年之后，如有需要，仙心阁会支持蓝翡。”

青琐点头，终于送走温谜。

仙心阁的人一走，蓝翡立刻提刀杀了蓝老爷子和蓝老夫人，郁罗与森罗紧随其后，蓝家老幼妇孺一个未留，全部杀绝。蓝家满门毫无防备，全部归西。

人死之后，蓝翡以自己的名义召尚成规模的家族前来议事。十二个家族里，只有凤、白、银三家响应，凤翥、白翳、银雕带人前来。

然后看见蓝氏满门血流成河。蓝翡手提蓝血之翼，衣衫溅血，满面微笑，说：“我刚灭了自己满门，你们找地方先坐。”

青琐送走温谜，返回蓝家，只见尸山血海，蓝翡连刚出生两天的婴儿也没放过。青琐几乎发疯，当众骂蓝翡禽兽。蓝翡笑容愉悦，一边擦拭蓝血之翼，一边说：“你这样的大小姐，十指不沾阳春水的，目之所见，皆是人间锦绣。又怎知何为禽兽？”

青琐说：“蓝翡，你怎么会变成这样？他们是你的父母兄弟，你的亲人！就算养母有得罪你的地方，你的兄嫂、弟妹，还有刚出生的孩子何辜？”

蓝翡说：“哈，问得有趣。”他抬起头，眼睛映着血色，像一头食腐而生的野兽：“郁罗，带青琐小姐回我的住处歇息，此处污秽，不要脏了小姐衣裙。”

青琐后退：“蓝翡，你就不怕仙心阁的人回来！”

蓝翡笑，说：“有朋自远方来，何惧之有？”

郁罗将青琐带回蓝翡的住处，派人软禁。随后仙心阁得到消息，温谜带人去而复返，见比惨状，也是急怒攻心。

好友反目，双方交手，本来仙心阁的战力强于羽族。但是蓝翡的师父带来一支奇兵，令蓝翡战力大增。

于是仙心阁死伤甚巨，蓝翡的师父也在此役中战死。温谜也受了伤，救出青琐之后，返回仙心阁。

随后蓝翡带人清洗羽族旧日大族。羽人旧族早已从根系腐朽，战力也减弱，他带人清洗几乎毫不费力。

而此举却得到了羽族平民的大力支持。蓝翡花了三天时间，将旧族铲除，并携羽人迁至方壶拥翠。

然后他承继羽尊之位，从此，羽族只有郁罗、森罗两位“大人”，凤、白、银三家主事。

其余皆为平民，青年之中，上层习武识字，中层驯鸟，低层耕种。

而寒家，也是在蓝翡杀死蓝家人之后，立刻跳出来表示支持的存在。他们与蓝家沾亲带故，这时候说蓝翡杀得好，虽然是忘恩负义，但对蓝翡而言，却正是需要的时候。

所以蓝翡成为羽尊之后，对于这个虽未出力，却有摇旗呐喊之功的寒家，也还算帮衬。

但仅仅帮衬，这可不是寒家想要的。

他们是想像凤、白、银三家一样，成为主事。甚至于，自己家的孩子能成为蓝翡的弟子或者女婿。

到时候寒氏一门，在羽族将会举足轻重。

而此时，蓝翡似乎有意将女儿许配给自己儿子了，两个儿子又得森罗大人亲自教导，寒家人上蹿下跳。

可是蓝小翅哪是好养的？一件衣裳几百两银子毫不奇怪。寒母觉得自己要攀这门亲事，绝不能寒碜。可是寒家是耕种之家，在羽族中都算是下品。钱从何来？

寒家人想了想，觉得要赚钱，还是要驯鸟。于是强占别人的驯鸟场，还打了凤翥的亲戚。

最后还嫌来钱慢，偷偷修剪了一个家奴的舌头，强迫家奴驯鸟。

这在方壶拥翠是严厉禁止的事，查实者杀。凤翥暗中联络其家奴的亲人上告。

蓝翡得知后，一脸悲痛，说：“我领羽人起义至今，为的就是族人的安定，想不到竟在族内发生此等泯灭人性之事。虽为至亲，亦不能容。”

他大义灭亲，将寒父、寒母处死，其二子送回寒家，从此寒家以耕种为生，剥夺参加择师大会的资格。

羽人纷纷称赞羽尊的铁面无私。蓝小翅觉得很有意思，蓝翡摸摸她的头，说：“乖宝贝，原来你喜欢这个。”可算找到你感兴趣的路子了。

四年后，蓝小翅八岁，自以为聪明绝顶，对读书、习武皆厌恶至极，提着包裹就离家出走，立志前往九微山学艺。不料地图看反了，错入侠都。蓝翡几乎掘地三尺，耗时两个月，终于抓住已是小混混首领的蓝小翅一顿痛扁。

十一岁，蓝小翅再度前往九微山，被微生世家的下人发现，赶狗一样赶了出来。

十五岁，蓝小翅再度前往九微山，绕山数匝，发现九微山后山空虚。自后山入。夜间听闻山体中嘶号哀鸣，好奇心大作，闻声前行，发现一座石牢。又趴在雪里守候半夜，见下人送饭，开关机关。

她潜入石牢，见里面关着一个十六七岁的大小孩。他发病时双瞳如灌血，恐怖至极。蓝小翅潜伏了很久，终于发现他发病的规律——桌上蜡烛燃到三分之二的时候，往往就是他的发病之时。

于是她挑了他不发病的时候，拿铜丝勾开铜锁。狐狸一样的小脑袋从门缝里偷偷探进去，问：“喂，我是蓝小翅，你是微生世家的人吗？听说你们家的武功很厉害，教我啊！”

石牢内，一身红衣的少年转过头，只见一个少女搓着手冲进来，寒风挟暗香，满室烛火都融化在她眼眸，她的笑靥如魔咒。

蓝……蓝小翅吗？

一眼如故，终身误。